Het ravijn

Ivan Gontsjarov

Het ravijn

Vertaald door Monse Weijers

Athenaeum—Polak & Van Gennep
Amsterdam 2005

De vertaler ontving voor deze vertaling een werkbeurs van de Stichting Fonds voor de Letteren.

Een asterisk (*) in de tekst verwijst naar de noten op pagina 795.

Oorspronkelijke titel *Obriv*
Copyright vertaling © 2005 Monse Weijers /
Athenaeum–Polak & Van Gennep, Singel 262, 1016 AC Amsterdam

Boekverzorging Jacques Janssen en Jaap Meijer
Illustraties cassette Ilja Glazoenov, *Katerina*, 1975, *Vera*, 1977
en *Maannacht*, ongedateerd

ISBN 90 253 1751 0 / NUR 302
www.boekboek.nl
www.klassieken.nl

Deel een

I

Twee heren zaten in een slordig ingerichte woning in een van de grote straten van Sint-Petersburg. De een was ongeveer vijfendertig jaar oud en de ander ongeveer vijfenveertig.

De eerste heette Boris Pavlovitsj Rajski en de tweede Ivan Ivanovitsj Ajanov.

Boris Pavlovitsj had een levendig, buitengewoon beweeglijk gezicht. Op het eerste oog leek hij jonger dan hij was: zijn grote, blanke voorhoofd had een frisse glans en zijn ogen wisselden voortdurend van uitdrukking, nu eens stonden ze nadenkend, dan weer gevoelvol, dan weer vrolijk, of ze werden dromerig en leken dan jong, bijna jongensachtig. Soms echter vertoonden ze een rijpe, vermoeide, vervelde uitdrukking en dan verrieden ze de leeftijd van hun eigenaar. Rond de ogen hadden zich zelfs al drie kraaienpootjes, die onuitwisbare sporen van leeftijd en ervaring, gevormd. Sluik, zwart haar viel over zijn oren en in de nek, maar aan de slapen schemerden al een paar witte haren. Zijn wangen en de huid rond mond en ogen hadden, net als het voorhoofd, hun jeugdige teint behouden, maar aan de slapen en rond de kin ging deze over in een geelbruine kleur.

Aan zijn gezicht was zonder moeite het levensstadium af te lezen waarin de rijpheid het gevecht met de jeugd heeft gewonnen, waarin de mens de tweede levenshelft heeft betreden en iedere nieuwe ervaring, iedere emotie, iedere ziekte haar sporen nalaat. Alleen zijn mond had, in het nauwelijks waarneembare spel van de dunne lippen en in zijn glimlach, een jonge, frisse, soms bijna kinderlijke uitdrukking behouden.

Rajski droeg een grijze huisjas en zat, met zijn benen uitgestrekt, op de divan.

Ivan Ivanovitsj daarentegen droeg een zwarte pandjesjas. Zijn witte handschoenen en zijn hoed lagen naast hem op tafel. Zijn gezicht had een uitdrukking van rust, of liever gezegd, van onverschillige afwachting ten aanzien van alles wat hem kon overkomen.

Een schrandere blik, intelligente mond, lichtbruine gelaatskleur, zorgvuldig geknipt, sterk grijzend hoofdhaar en dito bakkebaarden, beheerste bewegingen, een ingehouden manier van spreken en een onberispelijk kostuum – ziedaar zijn buitenkant.

Rustig zelfvertrouwen en begrip voor anderen spraken uit zijn ogen. Die man heeft geleefd, hij kent het leven en de mensen, zou een buitenstaander over hem zeggen en als hij hem al niet had gerekend tot de bijzondere, hogere naturen, dan toch zeker niet tot de naïevelingen.

Hij was een typische vertegenwoordiger van de geboren Petersburgers en tevens, zoals dat heet, 'een man van de wereld'. Hij hoorde thuis in Petersburg en zijn society en je kon je hem moeilijk voorstellen in een andere stad dan de hoofdstad en in een ander milieu dan de society, oftewel de bekende bovenlaag van de Petersburgse bevolking. Hij had een betrekking én zijn eigen zaken, maar toch trof je hem het vaakst aan in de salons van de society, 's morgens om een bezoek af te leggen, en later voor het diner en de avond. In het laatste geval was hij altijd aan de kaarttafel te vinden. Hij was een man zonder uitgesproken eigenschappen, had geen karakter maar was ook niet karakterloos, beschikte over eruditie noch onwetendheid, overtuiging noch scepsis.

Zijn onwetendheid of gebrek aan overtuiging had bij hem de gedaante aangenomen van een luchthartige, oppervlakkige ontkenning van alles. Hij sprak over ieder onderwerp met een geringschattend air, had voor niets een oprechte eerbied, nergens een diep geloof in en was nergens bijzonder enthousiast over. Hij was enigszins spotziek, sceptisch, koeltjes en gelijkmatig in de omgang met allen, schonk niemand een blijvende en diepe vriendschap maar achtervolgde ook niemand met een verbeten vijandschap.

Hij was in Petersburg geboren en getogen, had er zijn opleiding genoten en zijn hele leven doorgebracht zonder verder weg te gaan dan Lachta en Oranienbaum aan de ene, en Toskovo en Srednaja Nogatka aan de andere kant. Daardoor weerspiegelde zich in hem, als de zon in een regendruppel, de hele Petersburgse wereld, de Petersburgse praktijkgerichtheid, haar zeden en haar omgangsvormen, haar natuur en vooral haar ambtenarij, die men als een tweede natuur van deze stad kan beschouwen – en verder niets.

Van wat er verder op de wereld gebeurde wist hij niet meer dan wat de binnen- en buitenlandse kranten erover schreven. De Petersburgse meningen en hartstochten, de Petersburgse jaarrekening van deugden en ondeugden, van denken en doen, van haar politiek en misschien zelfs haar poëzie – dat was de wereld waarin zijn leven zich afspeelde en hij had geen enkele aanvechting om die wereld te verlaten, daar ze zijn geestelijke behoeften volledig bevredigde.

Hij had veertig jaar lang onverschillig toegekeken hoe iedere lente stampvolle schepen naar het buitenland vertrokken, hoe postkoetsen en later treinen naar het binnenland vertrokken, hoe massa's naïeve mensen op weg gingen om een frisse neus te halen, indrukken op te doen en verstrooiing te zoeken.

Hij had nooit een dergelijke behoefte gevoeld en beschouwde die ook in anderen niet als legitiem. Hij bekeek hen, die anderen, rustig, en onverschillig, zonder zijn mening prijs te geven, maar met een blik die zei: ze doen maar, ik ga niet mee.

Hij praatte makkelijk, ging losjes van het ene onderwerp over op het andere, wist altijd wat er aan de hand was in de wereld, in de society en elders in de stad. Als er een oorlog was, volgde hij die op de voet; hij nam in alle rust kennis van een kabinetswijziging in Engeland of Frankrijk, las de laatste rede, gehouden in het Engelse Lagerhuis of de Franse Kamer van Afgevaardigden, kon van ieder nieuw toneelstuk zeggen waar het over ging, en wist wie ze 's nachts op de Vyborgzijde hadden doodgestoken. Hij kende de genealogie, de financiële positie en de *chronique scandaleuse* van ieder groot huis van de hoofdstad, wist op ieder moment wat er in het landsbestuur speelde en was op de hoogte van overplaatsingen, salarisverhogingen en onderscheidingen. Hij kende ook de stedelijke roddels, kortom, hij kende zijn wereld goed.

De dag besteedde hij deels aan salonbezoek, deels aan privé-zaken en de dienst; de avond begon hij vaak met een schouwburgbezoek en sloot hij altijd af met een spelletje kaart in de Engelse club of bij kennissen (en bijna iedereen was een kennis van hem).

Hij speelde foutloos kaart en had de reputatie een prettige speler te zijn, omdat hij anderen hun fouten niet kwalijk nam, nooit kwaad werd, en even onverstoorbaar reageerde op een blunder als op een uitstekende slag. Daarbij speelde hij zowel om grote als om kleine bedragen, zowel met gerenommeerde spelers als met wispelturige dames.

Hij had de gebruikelijke loopbaan zonder problemen doorlopen: ongeveer vijftien jaar had hij in de tredmolen van de kanselarijen gelopen en ambtshalve andermans projecten uitgevoerd. Hij wist altijd de gedachten van zijn chef te raden, deelde steeds diens kijk op de zaken en was zeer bedreven in het op papier zetten van allerlei projecten. Kwam er een andere chef en daarmee een andere opvatting, een ander project, dan werkte Ajanov even intelligent en bedreven onder de nieuwe chef aan een nieuw project—en zijn rapporten vielen bij alle ministers waaronder hij werkte in goede aarde.

Momenteel was hij aan een van deze heren toegevoegd als ambtenaar voor bijzondere opdrachten. 's Ochtends verscheen Ajanov in de werkkamer van zijn chef, en vervolgens in de salon van diens vrouw en voerde inderdaad enkele van haar opdrachten uit: zo stelde hij op vaste dagen voor de avond een kaartgezelschap samen met lieden die men ten huize van zijn chef graag wilde zien. Hij had een tamelijke hoge rang en een flink salaris, maar vrijwel niets te doen.

Indien het geoorloofd is in andermans ziel door te dringen, dan kan over de ziel van Ajanov alleen gezegd worden dat er geen duisternis, geen enkel geheim, niets raadselachtigs in te vinden was. Zelfs de heksen uit *Macbeth* zouden het moeilijk gevonden hebben hem te verleiden met het drogbeeld van een aantrekkelijker lotsbestemming of hem af te brengen van de weg waarover hij zo welbewust en waardig voortschreed. Van staatsraad zal hij promoveren tot werkelijk staatsraad en ten slotte, wegens langdurige en nuttige dienst en 'niet-aflatende arbeid' zowel in overheidsdienst als bij het kaarten, tot geheimraad* – om uiteindelijk in een of andere eeuwigdurende commissie met behoud van zijn volle salaris voor anker te gaan. Dan mag de oceaan van de mensheid in beweging komen, mogen de tijden veranderen, volkeren en rijken verdwijnen in de maalstroom der geschiedenis – alles zal aan hem voorbijgaan totdat een beroerte of ouderdomskwaal zijn leven een halt toeroept.

Ajanov was getrouwd geweest, had zijn vrouw al vroeg verloren, en had een dochter van twaalf die op staatskosten werd opgevoed op een kostschool; zelf leidde hij, nu hij zijn schaapjes op het droge had, het rustige en onbezorgde bestaan van een oude vrijgezel.

Slechts één ding verstoorde zijn rust: de aambeien die hij ten gevolge van zijn zittende levenswijze had opgelopen. Er stond hem iets onaangenaams te wachten: hij zou zijn prettige Petersburgse leventje moeten onderbreken om enige tijd in een kuuroord door te brengen. Daar had de dokter hem althans mee gedreigd.

'Is het geen tijd om je jas aan te doen? Het is kwart over vier!' zei Ajanov tegen Rajski.

'Ja, het is tijd,' antwoordde Rajski, uit zijn gepeins ontwakend.

'Waar dacht je aan?' vroeg Ajanov.

'Aan wíé bedoel je,' corrigeerde Rajski hem. 'Nog steeds aan haar... Aan Sofja...'

'Alweer? Allemachtig!' merkte Ajanov op.

Rajski trok zijn jas aan.

'Vind je het niet vervelend dat ik je daarheen meesleep?' vroeg Rajski.

'Helemaal niet! Het blijft me gelijk waar ik mijn spelletje kaart speel, daar of bij de Ivlevs. Het is alleen wat beschamend om te winnen van oude vrouwen: Anna Vasiljevna slaat uit bijziendheid de kaarten van haar partner en Nadjezjda Vasiljevna zegt hardop waarmee ze gaat uitkomen.'

'Maak je geen zorgen: met een inzet van vijf kopeken kun je ze niet ruineren. Beide vrouwen hebben een inkomen van zestigduizend roebel.'

'Dat weet ik. En dat krijgt Sofja Nikolajevna allemaal?'

'Ja, ze is een volle nicht. Maar wanneer zal ze het krijgen? Ze zijn gierig, overleven haar nog.'

'Maar haar vader schijnt ook wat...'

'Nee, hij heeft alles verkwist.'

'Waaraan dan? Hij kaart bijna nooit.'

'Waaraan? Aan de vrouwen! Die kosten wat! Dat eeuwige gedoe, de *petit soupers*, die hele levensstijl! Van de winter heeft hij *Armance* een servies van vijfduizend roebel geschonken en zij heeft vergeten hem uit te nodigen toen ze het in gebruik nam...'

'Ja, ja, dat heb ik gehoord. Waarom zou ze hem ook uitnodigen? Wat heeft hij bij haar te zoeken?'

Beiden begonnen te lachen.

'Ook van haar man schijnt Sofja Nikolajevna weinig geërfd te hebben!'

'Dat klopt: ze krijgt maar zevenduizend per jaar; dat is haar zakgeld. Voor de rest is ze op de tantes aangewezen. Maar we moeten weg!' zei Rajski. 'Ik wil voor de lunch nog even over de Nevski wandelen.'

Ajanov en Rajski liepen knikkend, buigend en links en rechts handenschuddend over straat.

'Blijf je vandaag lang bij Bjelovodova?'

'Tot ze me wegjagen... zoals gewoonlijk. Hoezo, vind je dat vervelend?'

'Nee, ik vroeg me alleen af of ik dan nog tijd heb om naar de Ivlevs te gaan. Ik verveel me nooit...'

'Je bent een gelukkig man!' zei Rajski afgunstig. 'Bestond er maar geen verveling op de wereld! Ik ken geen grotere plaag!'

'Hou je mond, alsjeblieft!' onderbrak Ajanov hem met bijgelovige angst, 'dat is de goden verzoeken! Ik heb al genoeg te stellen met mijn aambeien! De artsen zeggen voortdurend dat ik hier weg moet. Dat zittende leven van mij zit ze hoog, dat zien ze als de bron van alle kwaad. En ook de lucht... maar wat is er beter dan deze lucht?' Hij snoof haar met welbehagen op. 'Ik heb nu een betere esculaap genomen, die me met zure melk wil genezen. Je weet dat ik aan verstopping lijd... Dus je gaat uit verveling naar je nicht?'

'Wat een vraag: uiteraard! Jij kaart toch ook uit verveling? Iedereen probeert aan de verveling te ontkomen als aan de pest.'

'Wat heb je dan een armzalig geneesmiddel gekozen tegen de verveling: oeverloos en doelloos kletsen met een vrouw, iedere dag hetzelfde!'

'Is het bij het kaarten dan niet iedere dag hetzelfde? En toch probeer jij daarmee de verveling te verdrijven...'

'Nee, dat is niet steeds hetzelfde. Een Engelsman heeft uitgerekend dat een bepaalde hand met kaarten maar één keer in de duizend jaar voorkomt... En dan heb je nog de wisselende kansen, de karakters van de spelers, de trucjes van elk van hen, de blunders... Het is niet steeds hetzelfde! Maar de hele zomer, de hele lente rondhangen bij een vrouw! Vandaag, morgen, overmorgen... dat begrijp ik niet!'

'Jij bent niet ontvankelijk voor schoonheid, daar doe je niets tegen. Een ander is niet ontvankelijk voor muziek, een derde niet voor schilderkunst, dat is een soort gebrek in de ontwikkeling...'

'Precies, een soort gebrek. Bij ons op de afdeling werkte vroeger ene Ivan Petrovitsj als assistent. Hij liet geen enkele ambtenaarsvrouw, geen enkele schoonmaakster met rust, dat wil zeggen: als ze mooi waren natuurlijk. Hij maakte tegen allemaal vleiende opmerkingen, bracht snoep en bloemen voor ze mee. Was die soms ontwikkeld?'

'Laten we maar ophouden met dit gesprek,' zei Rajski, 'anders zitten we zo meteen allebei weer op de kast en gaan we misschien wel vechten. Ik begrijp niets van jouw kaarten, in dat opzicht mag jij mij een nitwit noemen. Probeer jij dan ook niet mee te praten over schoonheid. Ieder verlustigt zich op zijn eigen wijze in schoonheid: de een geniet van een schilderij, een ander van een standbeeld, een derde van de levende schoonheid van een vrouw. Jouw Ivan Petrovitsj houdt hiervan, ik daarvan, en jij nergens van. Amen, uit.'

'Wat jij doet is volgens mij niet meer dan spelen met vrouwen,' zei Ajanov.

'Goed, ik speel met ze, en wat dan nog? Jij speelt ook en je wint bijna altijd, terwijl ik altijd verlies... Wat steekt daar voor kwaads in?'

'Goed, Sofja Nikolajevna is een schoonheid, en ook nog een rijke bruid: trouw met haar en alles is geregeld.'

'Ja, alles is geregeld, en de verveling kan beginnen!' antwoordde Rajski peinzend. 'Zo'n regeling wil ik niet! Overigens kun je gerust zijn: ze zullen haar nooit aan mij ten huwelijk geven!'

'Dan heeft het volgens mij ook geen zin om erheen te gaan. Je bent gewoon een Don Juan!'

'Nou en? Was Don Juan volgens jou een leeghoofd?'

'Wat anders?'

'In dat geval waren Byron en Goethe en een hoop schilders en beeldhouwers allemaal leeghoofden.'

'En jij bent een Byron of een Goethe...?'

Rajski keerde zich geërgerd van hem af.

'Donjuanerie is even eigen aan de mensheid als donquichotterie: deze behoefte wortelt misschien nog wel dieper in haar natuur,' zei hij.

'Je noemt het een behoefte... trouw dan, zeg ik je.'

'Ach!' riep Rajski bijna wanhopig uit, 'je kunt een, twee, misschien wel drie keer trouwen. Maar mag ik dan niet van de schoonheid van een vrouw genieten zoals ik geniet van de schoonheid van een standbeeld? Don Juan genoot vooral in esthetisch opzicht van deze behoefte, zij het op een grove wijze; hij was een zoon van zijn tijd, van de opvoeding en de zeden, en liet zich meeslepen tot voorbij de grenzen van die verering... dat was alles. Maar daarover valt met jou niet te praten!'

'Wanneer je niet wilt trouwen, heb je ook geen reden om erheen te gaan,' herhaalde Ajanov apathisch.

'Je hebt ten dele gelijk. Ik wil benadrukken dat mijn verliefdheden altijd oprecht zijn en nooit voortkomen uit berekening; het is geen rokkenjagerij, onthoud dat. Wanneer het voorwerp van mijn verering ook maar enigszins in de buurt komt van het ideaal dat mijn fantasie zich van haar schept, wordt de rest als het ware vanzelf aangevuld en dan ontstaat een ideaal van geluk, van gezins...'

'Zie je wel, trouw dan...' merkte Ajanov op.

'Wacht even, wacht even: geen van mijn idealen heeft het ooit uitgehouden tot de bruiloft: het verbleekte, viel van zijn voetstuk, en mijn verliefdheid bekoelde. Wat de fantasie schiep, dat liet de analyse als een kaartenhuis weer instorten... Of het ideaal zelf had zich voor die ontnuchtering al van mij verwijderd.'

'En toch zit je iedere dag met die vrouw te zwetsen,' herhaalde Ajanov halsstarrig en schudde het hoofd. 'Waar ga je het bijvoorbeeld vandaag met haar over hebben? Wat wil je van haar als ze je haar toch niet ten huwelijk geven?'

'En ik vraag jou: wat wil jij van haar tantes? Welke kaarten krijg je? Win je of verlies je? Je gaat er toch niet heen met het idee om hun zestigduizend roebel rente van hen te winnen? Je gaat om te spelen... en misschien iets te winnen...'

'Ik heb geen bepaalde bedoeling. Ik ga erheen om... om, nou, om me te vermaken.'

'Om je niet te vervelen, zie je wel. Ik ga er ook heen om me te vermaken en heb ook geen bepaalde bedoeling. En hoe ik geniet van schoonheid, dat zullen jij en je Ivan Petrovitsj nooit begrijpen, dat zeg ik niet om jullie iets te verwijten. Er zijn ook mensen die hartstochtelijk bidden, terwijl anderen daar helemaal geen behoefte aan hebben en...'

'Hartstochtelijk! Hartstochten beletten je om te leven. Werk, een nuttige bezigheid, dat is de enige medicijn tegen de leegheid van het bestaan,' zei Ajanov op belerende toon.

Rajski bleef staan, hield Ajanov tegen en vroeg met een spottend lachje: 'Wat voor nuttige bezigheid bedoel je? Vertel me dat alsjeblieft, ik ben razend nieuwsgierig!'

'Wat voor nuttige bezigheid? Treed in overheidsdienst.'

'Dat is toch geen nuttige bezigheid? Toon me in de overheidsdienst een enkele bezigheid die onontbeerlijk is, een paar uitzonderingen daargelaten...'

Ajanov floot van verbazing.

'Daar zeg je me wat!' zei hij en keek om zich heen. 'Kijk daar dan eens!' Hij wees op een politieagent die strak één kant uit keek.

'Vraag hem dan eens,' zei Rajski, 'waarvoor hij hier staat en op wie hij zo ingespannen staat te wachten? Op een generaal, zal hij zeggen. Maar ons ziet hij niet zodat iedere willekeurige voorbijganger onze zakdoek kan stelen. Zie jij je papieren echt als een nuttige bezigheid? Ik wil er niet al te diep op ingaan, maar ik zeg je wel dat ik nuttiger bezig ben wanneer ik aan het kliederen ben of op de piano tingel en zelfs wanneer ik me overgeef aan mijn schoonheidscultus...'

'Wat heb je eigenlijk afgezien van schoonheid voor bijzonders in je niet gevonden?'

'Afgezien van schoonheid? Daar gaat het juist om! Overigens ken ik haar slecht en dat trekt me, samen met haar schoonheid, in haar aan.'

'Wat? Jullie zien elkaar iedere dag en je kent haar slecht...?'

'Ja. Ik weet niet wat er schuilgaat onder die rust, ik ken haar verleden niet en heb geen idee van haar toekomst. Is ze een vrouw of een pop, leeft ze of doet ze maar alsof ze leeft? Die vragen laten me geen rust... Kijk daar,' vervolgde Rajski, 'zie je die vrouw?'

'Die dikke, die met een pakket in een rijtuig gaat zitten?'

'Ja, en degene die uit het raam van het rijtuig kijkt? En degene die de hoek om komt en ons tegemoet loopt?'

'Ja, wat wil je daarmee zeggen?'

'Zelfs als je maar vluchtig kijkt, kun je van hun gezichten iets aflezen: een of andere zorg, verdriet of blijdschap, een gedachte of wilsuiting, kortom, beweging, leven. Er is niet veel voor nodig om te raden dat de één een gezin heeft, een man en kinderen, dus een verleden; dat een ander, in wiens gezicht hartstocht of een sterke gemoedsbeweging tot uiting komt, een heden heeft; en dat op dat jonge gezicht daar hoopvolle verwachtingen en geheime verlangens tot uitdrukking komen die een onrustige toekomst voorspellen...'

'Nou en?'

'Overal zie je leven en beweging, men verlangt naar leven en reageert erop. Maar daar, bij Sofja, is daar niets van te bekennen... al ga je op je hoofd staan! Zelfs geen apathie of verveling, zodat je zou kunnen zeggen: er was leven maar het is gedood. Niets daarvan! Ze straalt en schittert, vraagt niets en geeft niets. Ik begrijp niets van haar! En dan verbaas jij je dat ik het daar moeilijk mee heb?'

'Dat had je me al langgeleden moeten zeggen, dan had ik me niet langer verbaasd, want ik ben zelf zo,' zei Ajanov en bleef plotseling staan. 'Kom mee naar mijn huis, in plaats van naar haar toe te gaan...'

'Naar jouw huis?'

'Ja!'

'Beschik jij dan ook over... deze goddelijke schoonheid?'

'Nee, maar ik beschik over een goddelijke rust en geniet daarvan, net zoals zij... Wat wil je nog meer?'

'Van jou? Niets! Maar zij is een schoonheid, een schoonheid!'

'Trouw dan, en als je dat niet wilt of als dat onmogelijk is, laat haar dan lopen en zoek een nuttige bezigheid.'

'Toon me dan eerst maar eens een nuttige bezigheid waar een levendige geest die de pest heeft aan saaiheid, een hartstochtelijke ziel, zich op zou kunnen storten. Laat zien hoe ik mijn krachten voor iets kan gebruiken wat het gevecht waard is. Maar met je kaarten, visites, soirees en je overheidsdienst kun je naar de duivel lopen!'

'Je hebt een onrustige natuur,' zei Ajanov. 'Je hebt nooit de harde hand van een opvoeder gevoeld of op een strenge school gezeten, daarom hang je nu de beest uit...! Weet je nog wat je me van je Natasja verteld hebt toen ze nog leefde?'

Rajski bleef plotseling staan en pakte met een droevig gezicht de hand van zijn metgezel.

'Natasja!' zei hij zacht, 'dat is de enige zware steen die op mijn ziel drukt, vermeng de herinnering aan haar niet met deze indrukken en voorbijgaande verliefdheden...'

Hij zuchtte en zij bereikten zwijgend de Vladimirkerk, sloegen een steeg in en gingen door de poort van een herenhuis.

2

Rajski had pas een jaar daarvoor kennisgemaakt met Sofja Nikolajevna Bjelovodova, een vrouw van vijfentwintig die na een kort huwelijk met de diplomaat Bjelovodov weduwe was geworden.

Ze stamde uit het oude, rijke geslacht van de Pachotins. Haar moeder had ze al voor haar huwelijk verloren en haar vader, die onder de plak van zijn echtgenote had gezeten, kwam toen hij zijn vrijheid had herwonnen plotseling tot de ontdekking dat hij veel te vroeg in het huwelijksbootje was gestapt en dat hij niet de tijd had gehad om van het leven te genieten.

Hij wilde het leven van een vrijgezel leiden en probeerde dingen te doen die zijn krachten en zijn leeftijd verre te boven gingen: terwijl anderen op zijn kosten aten en dronken, zat hij er met een zieke maag bij en keek toe. Voor zijn vermogen betekende dat de doodklap.

Als compensatie voor de genietingen waar hij geen deel aan kon hebben stak bij hem de oudemannenijdelheid de kop op om voor een schuinsmarcheerder door te gaan en probeerde hij zichzelf schadeloos te stellen voor zijn noodgedwongen huwelijkstrouw met dolzinnige liaisons, waaraan al snel al het contant geld opging, vervolgens de briljanten van zijn vrouw en uiteindelijk ook het grootste deel van de bruidsschat van zijn dochter. Zijn onroerend goed, waarop hij sowieso al voor zijn huwelijk een hypotheek had genomen, werd nog eens belast met aanzienlijke schulden.

Toen zijn middelen waren uitgeput, moest hij zich ermee tevredenstellen om af en toe, een of twee keer per jaar, een kostbare dwaasheid te begaan. Hij kocht dan voor een zekere *Armance* briljanten, een rijtuig of een servies, maakte haar een week of drie het hof, nam haar mee naar de schouwburg en gaf te harer ere soupers, waarvoor hij de jeugd uitnodigde. Daarna hield hij zich een tijd gedeisd tot hij opnieuw geld kreeg.

Nikolaj Vasiljevitsj Pachotin was een mooie, gedistingeerde oude heer met eerbiedwaardige, zachte, grijze haren. Qua uiterlijk deed hij denken aan de Engelse premier Palmerston.

Bijzonder veel indruk maakte hij wanneer hij gearmd met zijn dochter Sofja trots een balzaal betrad of naar een feestje ging. Wie hem niet kende, ging dan eerbiedig opzij en zijn kennissen begonnen zodra ze hem zagen veelzeggend te glimlachen en schudden hem vervolgens familiair en schertsend de hand, vroegen hem weer eens een feestelijk diner aan te richten en fluisterden hem een grappige geschiedenis in het oor...

De oude man maakte dan grapjes, vertelde zelf links en rechts anekdoten, maakte woordspelingen en mocht bijzonder graag met zijn leeftijdsgenoten herinneringen ophalen aan hun vervlogen jeugd en hun eigen tijd. Vol verrukking herinnerden ze zich hoe graaf Boris of Denis aan de speeltafel een hoop goud had verloren, constateerden bedroefd dat ze zelf maar zo weinig verkwist hadden en überhaupt armetierig geleefd hadden en onderwezen de aandachtig luisterende jeugd in de grote kunst van het leven.

Bijzonder graag vermeide Pachotin zich in zijn herinneringen aan Parijs, waar in 1814 de Russen waren binnengetrokken als grootmoedige overwinnaars, die wat hoffelijkheid betrof de toenmalige, in dat opzicht al door de revolutie verpeste Fransen de loef afstaken en met hun dolzinnige spilzucht de royale gulheid van de Engelsen overtroffen.

Schertsend en lachend ging de oude man door het leven. Hij vertelde altijd alleen maar vrolijke dingen, keek zelfs met een glimlach naar een tragedie in de schouwburg, zich verlustigend in de aanblik van het voetje van een tragédienne of door zijn lorgnet haar boezem fixerend.

Wanneer er echter iets ernstigs gebeurde, dat niets met zijn diners en amoureuze avonturen van doen had maar de zenuwen van het leven raakte, de donder deed rollen, wanneer zich in zijn omgeving een serieus probleem voordeed dat aan het verstand of de wil appelleerde, dan stond de oude man met zijn mond vol tanden, verviel tot een onrustig zwijgen en kauwde hulpeloos op zijn lippen.

Hij had een levendige, speelse geest, opmerkingsgave, en bij vlagen toonde hij karakter. Op zijn zestiende was hij bij een garderegiment gegaan, leerde daar uitstekend Frans spreken, schrijven en zingen, maar kon het Russisch lezen noch schrijven. Men gaf hem een prachtige woning, paarden, een rijtuig en een inkomen van twintigduizend roebel.

Niemand ging beter gekleed dan hij en nu nog, op zijn oude dag, gold zijn smaak in modekwesties als toonaangevend. Alles aan hem zat als gegoten, zijn gang was kwiek en voornaam, zijn manier van spreken zelfverzekerd; en hij bleef altijd zichzelf. Zijn oordelen waren meestal in strijd met de logica, maar hij was wel een meester in het aanvoeren van drogredenen.

Je mocht wel met hem van mening verschillen, maar het was moeilijk om hem van zijn standpunt af te brengen. De society, zijn ervaring en zijn hele leven hadden hem geen enkele inhoud gegeven en daardoor was hij als de dood voor ernst. Maar diezelfde ervaring, de voortdurende omgang met een massa mensen en de gelegenheid om met iedereen kennis te maken hadden voor een bijzonder aangename, oppervlakkige manier van doen gezorgd en iemand die hem niet kende was geneigd zich op zijn advies en oordeel te verlaten, om daarna pas, na bedrogen te zijn uitgekomen, te zien wat voor iemand hij was.

Hij had nog niet de tijd gehad om zich in de voor iemand met geld die niets te doen heeft zo gevaarlijke maalstroom van het leven te storten toen men hem op zijn vijfentwintigste uithuwde aan een mooi meisje uit een oud geslacht. Zij had een koel, despotisch karakter, doorzag de zwakte van haar man onmiddellijk en liet hem naar haar pijpen dansen.

Momenteel was Nikolaj Vasiljevitsj Pachotin lid van een of ander officieel comité, woonde iedere week een vergadering daarvan bij, had een belangrijke rang, twee sterren, en wachtte vol ongeduld op de derde. Dat was zijn positie in de samenleving.

Behalve die derde ster had hij nog een hartstochtelijk verlangen: een reis naar het buitenland, naar Parijs te maken, deze keer niet met een wapen in de hand maar met een goedgevulde geldbuidel, en zich daar een keer goed uit te leven, zoals men dat in de oude tijd placht te doen.

Hij vertelde meesmuilend anekdoten uit de tijd van de revolutie: hoe een legendarische bon-vivant in een winkel een kopje had gebroken en in antwoord op verwijten van de eigenaar de hele porseleinvoorraad van de man aan diggelen had geslagen, natuurlijk niet zonder alles tot op de laatste cent te betalen; hoe een ander een buitenhuis van de koning had gekocht en dat aan een danseres had geschonken. Hij beëindigde die verhalen altijd met een zucht van spijt dat dat verleden onherroepelijk voorbij was.

Al spoedig na de dood van zijn vrouw diende hij een verzoek in tot overplaatsing naar Parijs, maar zijn losse zeden en zijn dwaze streken waren al zo bekend dat men in antwoord op zijn verzoek kortaf antwoordde: 'Dat is nergens goed voor.' Hij kauwde op zijn lippen, liep een tijdje somber rond, ging zich te buiten aan een kolossale, kostbare extravagantie en bedaarde weer. Daarna had hij, definitief geruïneerd, geen aanvechtingen meer om naar Parijs te gaan.

Afgezien van het uitblijven van de derde ster, had hij nog een ander probleem dat hem voortdurend in beslag nam en dat, sinds hij zijn vermogen erdoorheen had gejaagd, zijn gespannen aandacht, zijn scherpzinnigheid en al zijn tact vereiste – dat was het lospeuteren van financiële middelen bij zijn beide oudere zusters, de bejaarde maagden en tantes van Sofja.

Nadjezjda Vasiljevna en Anna Vasiljevna Pachotin waren weliswaar gierig en keken neer op de persoonlijkheid van hun broer, maar ze koesterden de naam die hij droeg, de reputatie en het gewicht van het huis en zijn tradities en gaven hem daarom, behalve de eens en voor altijd vastgestelde vijfduizend roebel zakgeld, jaarlijks nog toelagen van tezamen ongeveer eenzelfde bedrag. Aan het einde van het jaar moesten ze dan nog eens ongeveer net zoveel betalen om de rekeningen van kleermakers, meubelmakers en andere zakenlieden te voldoen, hetgeen natuurlijk geschiedde onder verwijten en vermaningen, bijna in tranen.

Ze wisten waarvoor hij het geld gebruikte, maar knepen een oogje toe, daar ze zich de losse moraal van de losbollen van hun tijd herinnerden en dat in een man natuurlijk vonden. Als zedige vrouwen luisterden ze nauwelijks als hij tegen hen op wilde scheppen over zijn uitspattingen of wanneer iemand anders op het idee kwam hen in kennis te stellen van een van zijn dwaze streken.

Hij was in hun ogen een onbenullige, nergens meer voor deugende, afgeleefde oude man en een slechte vader, maar hij was een Pachotin, een telg van het oude geslacht waarvan het begin terugging tot oeroude tijden, waarvan de familieportretten een hele zaal in beslag namen, waarvan je de stamboom nauwelijks op een grote tafel kon uitspreiden, en dat een hele reeks klinkende namen had opgeleverd.

Ze waren daar trots op en vergaven hun broer, alleen omdat hij een Pachotin was, alles.

Zelf hadden ze ooit geschitterd in de beau monde, en waren om nu door iedereen behalve henzelf vergeten redenen ongetrouwd gebleven. Ze hadden zich teruggetrokken in hun geboortehuis en sleten daar, in het gezin van hun getrouwde broer, hun laatste dagen, al hun aandacht en zorg bestedend aan de opvoeding van Sofja, Pachotins enige dochter... Het huwelijk van laatstgenoemde gooide hun leven aanvankelijk overhoop, maar Sofja was al snel weduwe geworden, had haar moeder verloren en aanvaardde opnieuw, alsof ze in een klooster ging, het gezag en de voogdij van de tantes.

Het waren twee lange, grijze, nette oude dames die thuis zware, zijden, donkere jurken droegen, grote mutsen en veel ringen aan hun vingers.

Nadjezjda Vasiljevna leed aan een zenuwtrekking, droeg onder haar muts een fluwelen petje, en om de schouders een fluwelen met hermelijn gevoerd bontje, terwijl Anna Vasiljevna krullen van ruwe zijde had en een lange sjaal droeg.

Beiden hadden altijd een handtas bij zich en Nadjezjda Vasiljevna bovendien een hoge gouden snuifdoos. Ze had steeds een paar zakdoeken binnen handbereik en bezat een mopshond, een oud, altijd slaperig en hees exemplaar dat door zijn ouderdom behalve zijn bazin geen van de huisgenoten herkende.

Het huis van de Pachotins was een oud, langgerekt gebouw van twee verdiepingen, met het familiewapen op de voorgevel, dikke, massieve muren, diepe kleine venstertjes en lange penanten.

Een eindeloze rij met damast gestoffeerde kamers liep van het ene eind van het huis naar het andere. Donkere, zware, met houtsnijwerk versierde kasten met oud porselein en zilver stonden als sarcofagen langs de wanden, afgewisseld door zware divans en rijkversierde, maar harde en ongemakkelijke rococostoelen. De portier leek op Neptunus, de lakeien waren bejaard en zwijgzaam en de vrouwen droegen donkere jurken en mutsen. Het rijtuig was hoog en voorzien van een zijden franje, de paarden waren oud maar raszuiver, met lange nekken en ruggen, met door ouderdom verbleekte lippen en hoofden die onder het lopen voortdurend op en neer gingen.

Sofja's kamer had een wat vrolijker aanzien, vooral wanneer de bewoonster er zelf aanwezig was: er waren bloemen, muziekbladen en een hoop moderne snuisterijen.

Nog wat meer ongedwongenheid, wanorde, licht en geluid, en het zou een behaaglijk klein nestje geweest zijn, waar je zou kunnen wegdromen, je laten meeslepen door een boek of spel en misschien zelfs door de liefde.

Maar de bloemen stonden in zware, antieke, op grafurnen lijkende vazen. Een porseleinkast van massief oud zilver versterkte het antieke karakter van de kamer nog meer. En de tantes konden niet tegen wanorde: zodra de bloemen in de vaas een wat grillig patroon vertoonden, kwam Anna Vasiljevna, schelde om het kamermeisje met de muts en beval haar de symmetrie te herstellen.

Als een van de prachtig gebonden boeken op de divan of op een stoel slingerde, zette Nadjezjda Vasiljevna het terug op de boekenplank; als er een al te eigenzinnige zonnestraal binnendrong en speelde met het kristal, met de spiegels en het zilver, dan vond Anna Vasiljevna dat het pijn deed aan de ogen en wees een bediende zwijgend op de portière, waarop deze het zware, stijve, zijden gordijn gelijkmatig naar beneden rolde en het licht buitensloot.

Beneden bij Nikolaj Vasiljevitsj daarentegen was het een en al wanorde. Oude tradities waren hier vermengd met modern comfort. Naast de zware barokmeubelen stond er een opklapsofa van Gambs, de hoge gotische schoorsteen werd afgedekt met een haardscherm waarop vrolijke Franse genretafereeltjes te zien waren, op de tafels trof je 's ochtends vaak resten van het souper aan, op de divan kon je soms een dameshandschoen of een schoentje vinden en in de badkamer een hele winkel aan cosmetische benodigdheden.

Zo stil en rustig als het boven was, zo luid klonken beneden de stemmen en het gelach, het ging er altijd levendig en losbandig toe. Zijn lakei was een Fransman, met een flemende manier van spreken en een brutale blik.

3

Rajski en Ajanov moesten veel kamers passeren voordat ze in de eigenlijke woning kwamen, dat wil zeggen: in de door de beide oude vrouwen en Sofja bewoonde kamers.

Toen ze de salon binnengingen, stootte het mopshondje een hees geluid tegen hen uit, maar het kon niet blaffen en ging, na een keer rondgetold te hebben, weer liggen.

Anna Vasiljevna knikte hen toe en Nadjezjda Vasiljevna beantwoordde hun buigingen met een vriendelijke blik, snoot met genoegen haar neus en nam meteen een snuifje tabak, daar ze wist dat ze haar spelletje kaart zou spelen.

'*Ma cousine*!' zei Rajski, zijn hand uitstekend naar zijn nicht.

Ze boog glimlachend en gaf hem een hand.

'Schel, *Sophie*, laat het eten opdienen,' zei de oudste tante toen de gasten aan de tafel waren gaan zitten.

Sofja wilde van haar plaats opstaan maar Rajski was haar voor en trok aan het koordje.

'Zeg tegen Nikolaj Vasiljevitsj dat wij aan tafel gaan,' wendde de oude vrouw zich met koele waardigheid tot de bediende. 'En dien het eten op! Waarom ben je zo laat vandaag, Boris? Het is al kwart over vijf,' berispte ze Rajski.

Rajski was een neef van de oude vrouwen en een achterneef van Sofja. Zijn familie, die ook oud was en eens rijk was geweest, was geparenteerd aan het huis van de Pachotins. Maar hij had pas een jaar geleden kennisgemaakt met deze verwanten.

Dat was zijn eigen schuld. De oude vrouwen hadden toen ze zijn naam hoorden meteen geïnformeerd of hij bij de Rajski's hoorde die van die en die afstamden en daar en daar hadden gewoond.

Hij wist daarvan, maar had geen sjoege gegeven en hun vraag onbeantwoord gelaten, daar er voor hem niets aantrekkelijks school in een kennismaking met het saaie, stijve, rijke huis.

Zelf was hij saai noch stijf noch rijk. Aan de anciënniteit van zijn geslacht hechtte hij geen enkele waarde, hij dacht er zelfs nooit aan.

Al in zijn kindertijd was hij wees geworden en overgeleverd aan de zorg van een onverschillige, ongetrouwde voogd die zijn opvoeding aanvankelijk had toevertrouwd aan een familielid, een oudtante van Rajski, die hij baboesjka noemde.

Het was een vrouw met een erg goed hart die niet verder keek dan haar eigen hoekje en geheel opging in haar huishoudelijke zorgen. In dat stille hoekje, te midden van tuinen en parken, had Rajski enkele jaren onder haar toezicht doorgebracht, maar zodra hij wat groter was, deed zijn voogd hem op een gymnasium, waar alle herinneringen aan de vroegere rijkdom van de familie en haar verwantschap met andere oude huizen snel uit het geheugen van de jongen waren verdwenen.

Zijn verdere ontwikkeling, zijn bezigheden en interesses, vervreemdden Rajski nog verder van de oude tijd met zijn tradities.

Hij haastte zich dus niet om kennis te maken met zijn Petersburgse verwanten, die hem ook alleen van horen zeggen kenden. Maar op een winteravond had Rajski Sofja op een bal gezien en twee keer met haar gesproken; daarna probeerde hij kennis te maken met haar familie. Het makkelijkst ging dat via haar vader en dat deed Rajski dan ook.

Hij kende een knappe actrice en op een avondje bij haar drong hij zich handig op aan de oude man, schonk hem vervolgens een portret van de actrice dat hij zelf had geschilderd, kwam daarbij te spreken over zijn familie, over de oude banden en had al spoedig het genoegen voorgesteld te worden aan de oude vrouwen en aan de dochter.

Zich nu eens voordoend als een schuchtere jongeman die bescheiden naar de superieure wijsheid van de ouderdom luisterde, dan weer als een levendige, vrolijke gesprekspartner, wist hij beide zusters geheel in te palmen. Het duurde niet lang of ze gingen hem tutoyeren en noemden hem *mon neveu*, terwijl hij Sofja nicht ging noemen en een zekere mate van vertrouwelijkheid verwierf alsmede bepaalde rechten die een vreemde in geen honderd jaar had verworven.

Maar toch was hij er nog niet tevreden mee dat hij twee keer per dag op bezoek kon komen, boeken of muziekbladen kon brengen en onuitgenodigd kon komen eten. Hij was gewend geraakt aan de vrijere zeden van de nieuwe tijd en aan de ongedwongen omgang met vrouwen. Sofja bleef echter niet vaak met hem alleen. Altijd was nu eens de ene, dan weer de andere van de tantes aanwezig en het gesprek ging zelden verder dan alledaagse gebeurtenissen of familieherinneringen.

Werden er serieuze, diepgravende problemen aangeroerd, dan drukten de tantes met hun toon en hun moraliserende spreuken meteen hun gepatenteerde stempel op het gesprek.

Rajski brandde ondertussen van verlangen, niet om Sofja Nikolajevna Bjelovodova te leren kennen – er viel niets te leren kennen behalve dan dat ze een mooie, uitstekend opgevoede vrouw van goede familie was –, nee, hij wilde eenvoudig de vrouw in haar ontdekken, doorgronden, en vaststellen wat zich verborg onder dat kalme, roerloze omhulsel van schoonheid dat gelijkmatig en eentonig straalde; nooit wierp ze een snelle, dorstende, vurige, of zelfs maar een verveelde, vermoeide blik ergens op, nooit liet ze zich een ongeduldig, onvoorzichtig of heftig woord ontvallen.

Ze was inderdaad beeldschoon. Hoewel ze al een volwassen vrouw en weduwe was, verrieden haar open melkblanke voorhoofd en de nobele, enigszins grove gelaatstrekken een meisjesachtige, bijna kinderlijke onbekendheid met het leven.

Ze scheen nooit gehoord te hebben dat er hartstochten in het leven bestaan, onrust en een wild spel van gebeurtenissen en gevoelens dat de mens verwensingen op de lippen brengt en de kinderlijke glans van het gezicht doet verdwijnen.

Er lag een gelijkmatige, matte gloed in de grote grijsblauwe ogen. Maar soms flakkerde er ook gevoel in op, ze was schijnbaar geen harteloze vrouw. Het was echter slechts een gevoel van onbestemde welwillendheid tegenover alles wat bestaat, zoals dat straalt uit de ogen van verzadigde, zorgeloze mensen wie het aan niets ontbreekt en die geen verdriet of gebrek kennen.

Haar haren waren donker, bijna zwart, en een dichte, zware vlecht werd ternauwernood met grote spelden op haar achterhoofd vastgehouden. De schouders en boezem waren vol en weelderig.

Haar gezicht, schouders en armen hadden een gave, frisse teint, en straalden van een door ziekte noch ontberingen aangetaste gezondheid.

De manier waarop ze zich kleedde maakte ondanks alle eenvoud een voorname indruk. De stof van haar kleren leek van een bijzondere soort en haar schoenen zaten haar niet zoals ze anderen zitten.

Als een prachtig schilderij, een heerlijk visioen, was ze de eerste keer, ergens op een bal, aan Rajski verschenen.

De tweede keer had hij haar uit de verte in de schouwburg gezien, de derde keer weer op een bal, daarna op straat – en iedere keer was het schilderij in zijn schittering en kleuren zichzelf trouw gebleven.

Tevergeefs had hij geprobeerd met een indringende blik haar gedachten, haar ziel te lezen, te doorgronden wat er verborgen ging onder dat omhulsel. Behalve een diepe rust had hij er niets in gelezen. Ze scheen hem nog steeds datzelfde schilderij toe, of een prachtig standbeeld in een museum.

Iedereen vond dat ze het toonbeeld was van een voornaam opgevoede aristocrate, een *dame comme il faut*, en men betreurde dat ze beroofd was van gezinsgeluk en verwachtte dat een nieuwe Hymenaeus* haar spoedig zou ketenen.

In familiekring zagen de tantes en andere verwante oudjes vaak waar ze bij was in deze of gene cavalier een toekomstige echtgenoot: nu eens verscheen een gezant opvallend vaak in het huis, dan weer een generaal die zich onlangs had onderscheiden. En één keer was er serieus sprake van een oude man, een buitenlander en nazaat van een uitgestorven koningsgeslacht. Zij zweeg dan en keek onbekommerd om zich heen, alsof het haar niet aanging.

Anderen vonden dat gedrag heel natuurlijk, zelfs hoogstaand, alleen Rajski probeerde – God weet waarom – uit alle macht om haar uit haar tent te lokken en wilde iets anders zien.

Zij volgde zijn inspanningen met een minzame glimlach. Geen enkele van haar gelaatstrekken verried ooit een spoor van onrust, van opwinding of een hevig verlangen.

Tevergeefs keek hij haar wanneer hij naast haar in de schouwburg zat in het gezicht om te zien of een hartverscheurende kreet op het toneel haar beroerde. Ze volgde de handeling zonder enig spoor van naïef medeleven, zonder de spanning die de rest van het publiek in haar greep hield.

En een komische scène, een vrolijke karikatuur van het leven die een algemeen en langdurig gelach opriep, wekte bij haar slechts een lichte glimlach op, hoogstens vergezeld van een vluchtige blik van verstandhouding met de vrouw die naast haar in de loge zat.

En die was getrouwd! dacht Rajski in stomme verwondering.

Nadat hij kennis met haar had gemaakt, bracht hij zijn voormalige collega Ajanov het huis binnen, zodat die twee keer in de week een spelletje kaart met de tantes kon spelen. Zelf benutte hij die gelegenheden om zoveel mogelijk toenadering tot zijn nicht te zoeken en stelde – zonder zelf te weten waarom of waarvoor – alles in het werk om tot het wezen van deze zeldzame schoonheid door te dringen.

4

Ze zaten al aan tafel toen Nikolaj Vasiljevitsj binnenkwam. Hij droeg een halflange geklede jas, een onberispelijk geknoopte das en een verblindend wit vest; hij was fris geschoren, zijn mooie grijze haren geurden naar parfum en zijn hele verschijning verried het streven om er jong uit te zien

'*Bonjour, bonjour!*' riep hij, en knikte iedereen toe. 'Ik dineer niet met u, maakt u zich geen zorgen, *ne vous derangez pas*,' zei hij toen men hem uitnodigde om te gaan zitten. 'Ik ga vandaag buiten de stad eten.'

'Mijn hemel, *Nicolas*, buiten de stad!' zei Anna Vasiljevna. 'De sneeuw is daar nog niet gesmolten... Moet je weer last krijgen van reumatiek?'

Pachotin haalde zijn schouders op.

'Wat doe je eraan! *Ce que femme veut, Dieu le veut*! Gisteren heeft *la petite Nini* bij Viktor een diner op zijn boerderij besteld. "Ik wil," zegt ze, "een frisse neus halen." En dat wil ík ook!'

'Alsjeblieft, alsjeblieft!' zei Nadjezjda Vasiljevna met een afwerend handgebaar, 'bespaar me de details, bewaar die maar voor *la petite Nini*.'

'U loopt het risico op een verkoudheid,' zei Ajanov. 'Ik heb een warme jas aan en toch heb ik het koud gehad.'

'Ach, *mon cher* Ivan Ivanovitsj, als u uw pelsjas had aangetrokken, had u het niet koud gehad.'

'Een *partie de plaisir* buiten de stad, in bontjassen!' merkte Rajski ironisch op.

'Buiten de stad! Daarbij stel jij je natuurlijk meteen groene weiden voor en murmelende beekjes, herdertjes, en misschien ook wel een herderinnetje! Daarvoor ben je een kunstenaar! Maar stel je een feestje buiten de stad voor zonder groene weiden, zonder bloemen...'

'Zonder warmte, zonder water,' viel Rajski hem in de rede.

'En met alleen lucht... En lucht kun je ook in een kamer inademen. Mijn bontjas doe ik in ieder geval aan. En ik doe een fluwelen kalotje onder mijn hoed, want sinds gisteren zoemt het voortdurend in mijn hoofd, net of er een klok geluid wordt; toen ik gisteren op de club was, werd er naast mij Duits gesproken en ik had de indruk dat ze op noten knabbelden... Maar toch ga ik. O, die vrouwen!'

'Is hij ook een Don Juan?' vroeg Ajanov zachtjes aan Rajski.

'Ja, op zijn manier. Ik zeg je nog een keer dat de Don Juans, net als de Don Quichots, eindeloos verschillend zijn. Deze heeft het fijne, artistieke gevoel voor schoonheid verloren, zijn verering is grof, zinnelijk...'

'Je schijnt een hele metafysica van de schoonheid ontworpen te hebben!'

'De vrouwen,' vervolgde Pachotin, 'vermaken zich tegenwoordig alleen nog met mannen van onze leeftijd.' (Hij noemde zichzelf nooit een oude man.) 'En wat zijn ze charmant: *Pauline* bijvoorbeeld zei me onlangs nog...'

'Alsjeblieft, alsjeblieft!' zei Nadjezjda Vasiljevna ongeduldig. 'Gaat u maar, als u niet met ons mee wilt eten.'

'Ach, *ma soeur*! nog een paar woorden...' wendde hij zich tot de oudste zuster en fluisterde haar voorovergebogen, met een smekend gezicht, iets in het oor.

'Alweer!' onderbrak Nadjezjda Vasiljevna hem met koele verbazing. 'Ik heb het niet!' voegde ze er koppig aan toe.

'*Quinze cent*!' smeekte hij.

'Nee, die heb ik niet, *mon frère*, met Pasen hebt u drieduizend roebel gekregen, zijn die al op...? Dit lijkt nergens op...'

'*Eh bien, mille roubles*! Ik moet het de graaf teruggeven: ik heb het vorige week van hem geleend. Ik durf hem niet eens meer onder ogen te komen.'

'Nee, nee en nog eens nee. Durft u mij nog wél onder ogen te komen? Ik heb het niet en daarmee uit!'

Hij wendde zich van haar af en kauwde peinzend op zijn lippen.

'Heeft men u gezegd, papa, dat de graaf vandaag langs is geweest om u te spreken?' vroeg Sofja toen ze over de graaf hoorde spreken.

'Ja, jammer dat ik niet thuis was. Ik ga morgen naar hem toe.'

'Hij vertrekt morgen vroeg naar Tsarskoje Selo.'

'Heeft hij dat gezegd?'

'Ja, hij is hier geweest. Hij zegt dat hij u moet spreken, over een of andere zaak...'

Pachotin kauwde weer op zijn lippen.

'Ah, ik weet het al: ik moet bepaalde akten doorwerken... merci...! En met Pasen heeft hij me weer overgeslagen terwijl Ilja zijn ster gekregen heeft. *Qu'il aille se promener*! Ben jij in de Zomertuin geweest?' vroeg hij aan zijn dochter. 'Ik was te laat, tot mijn spijt...'

'Nee, ik ga er morgen heen met *Catherine*, ze heeft beloofd dat ze me komt halen.'

Hij kuste zijn dochter op het voorhoofd en vertrok. Na het middageten gingen Ajanov en de beide tantes aan de kaarttafel zitten.

'U moet niet boos op me worden, Ivan Ivanovitsj,' zei Anna Vasiljevna, 'als ik weer mijn eigen klaverenvrouw sla. Ik heb vannacht zelfs van haar gedroomd. Hoe kon ik haar over het hoofd zien! Ik legde een negen op de boer van een ander terwijl ik zelf de vrouw in handen had...'

'Dat kan gebeuren!' zei Ajanov hoffelijk.

Rajski en Sofja bleven nog even in de salon en gingen toen naar Sofja's kamer.

'Wat hebt u vanmorgen gedaan?' vroeg Rajski.

'Ik heb Lidia opgezocht op het internaat.'

'Ah! Uw nicht. Hoe is het met die lieve schat? Komt ze al van het internaat af?'

'Tegen de herfst; en vóór de zomer nemen we haar mee naar de datsja. Ja, ze is erg lief, en ze is mooi geworden, alleen is ze nog erg kinderlijk, zoals iedereen daar...'

'Hoezo?'

'Ze omringden me meteen van alle kanten en waren van alles verrukt: van het kant, van mijn jurk, mijn oorbellen; ik moest zelfs mijn schoenen laten zien...' Sofja glimlachte.

'En? Hebt u ze laten zien?'

'Nee. Van de zomer moeten we Lidia die naïviteiten afleren...'

'Waarom zou je ze dat afleren? Ik vind die naïviteit van jonge meisjes die alles bewonderen en zich overal over verheugen vertederend. Waarom zouden ze zich niet voor uw schoenen interesseren? Als ze zich op jullie datsja verheugen over de bomen en de bloemen, zult u daar dan ook tegen zijn?'

'Nee, zeker niet! Wie zou hun de vreugde over bomen en bloemen misgunnen? Ik heb hun alleen mijn schoenen niet laten zien, dat leek me onnodig en overbodig.'

'Je kunt toch niet leven zonder het overbodige?'

'Ik geloof dat u vandaag weer oorlog met me wilt voeren,' merkte ze op. 'Maar spreekt u niet zo luid, alstublieft: als mijn tantes een woord opvangen, willen ze alles precies weten en het is vervelend het te moeten herhalen.'

'Als we ons beperken tot het noodzakelijke en het serieuze,' vervolgde Rajski, 'wat zal het leven dan troosteloos en vervelend worden! Alleen wat de mens zelf heeft bedacht, eraan heeft toegevoegd, dat verfraait het. Alleen in afwijkingen van de traditionele orde, van de stijve vorm, van jullie vervelende principes, schuilt vreugde...'

'Afwijkingen van de principes... als *ma tante* dat eens hoorde,' merkte Sofja op.

'Dan zou ze meteen zeggen: alsjeblieft, alsjeblieft!' vulde Rajski haar aan. 'Maar wat zegt ú ervan?' vroeg hij. 'Probeert u er eens zonder *ma tante* uit te komen! Of is dat uw eigen kijk op afwijkingen van de regel, alleen verborgen achter de autoriteit van *ma tante*?'

'U wilt zoals gewoonlijk het verlangen van jonge meisjes om mijn schoenen te zien opblazen tot een halszaak, mij de les lezen en me daarna dwingen om het met u eens te zijn... is het niet zo?'

'Zeker,' zei Rajski.

'Waarom wilt u eigenlijk zo graag mijn arme principes op de korrel nemen?'

'Omdat ze niet van u zijn.'

'Van wie dan?'

'Van uw tantes, grootmoeders, grootvaders, overgrootmoeders, overgrootvaders, van al die verbleekte dames en heren in hoepelrokken en met manchetten...'

Hij wees op de portretten.

'Zo ziet u maar hoeveel medestanders ik heb,' zei ze schertsend. 'En u...?'

'Ik heb er veel meer!' antwoordde Rajski, en trok het gordijn omhoog.

'Kijk naar buiten: alle mensen die daar lopen, rijden, heen en weer rennen, al die levende, nog niet verbleekte mensen... die zijn het allemaal met mij eens! Ga naar hen toe, nicht, en deins niet voor hen terug! Daar is het leven...' Hij liet het gordijn weer zakken. 'Hier is het een kerkhof.'

'Kunt u misschien eens en voor altijd uiteenzetten wat de principes van die mensen' – ze wees naar de straat – 'zijn. Waaruit bestaan ze? En waarom moet ik de principes waarnaar zo velen zo lang geleefd hebben plotseling inruilen voor de principes waaraan zij zich houden...'

'In uw vraag ligt het antwoord al besloten: "die zo lang hebben geleefd" zei u, ik voeg eraan toe: en die zijn gestorven. En zij' – hij wees naar de straat – 'leven! Hoe ze leven, dat kan ik niet vertellen, nicht. Dan zou ik u het hele leven moeten schilderen, en het moderne leven in het bijzonder. Maar wat praat ik nog, ik heb u er al zoveel van verteld: door voorbeelden te geven, met u te discussiëren, u voor te lezen... maar allemaal voor niets.'

'Is dat mijn schuld?'

'Zeker, nicht. Als ik iets kan, dan is het wel vertellen. Maar u bent onwankelbaar, onverstoorbaar, u verlaat uw vesting niet... en ik buig me diep voor u.'

Hij maakte een diepe buiging voor haar en zij keek hem glimlachend aan.

'Laten we allebei onwankelbaar zijn en onze principes trouw blijven, daar draait geloof ik alles om...' zei ze.

'Trouw blijven aan je eigen blindheid... dat is niet God mag weten wat voor een heldendaad...! De wereld is op weg naar geluk, naar succes, naar volmaaktheid...'

'Maar ik ben toch zelf... de volmaaktheid, *cousin*? Dat hebt u me eergisteren nog gezegd en u had het me zelfs bewezen als ik maar had willen luisteren...'

'Ja, u bent volmaakt, nicht: maar de Venus van Milo, de kopjes van Greuze,* de vrouwen van Rubens, die zijn nog volmaakter dan u. Daarentegen zijn uw principes en de hele manier waarop u leeft allesbehalve volmaakt!'

'Wat moet ik dan doen om dat leven en zijn raadselachtige principes, die ook de uwe zijn, te begrijpen?' vroeg ze op een kalme toon die duidelijk maakte dat het haar er absoluut niet om te doen was iets te begrijpen, en dat ze het alleen zei om maar iets te zeggen.

'Wat u moet doen?' herhaalde hij. 'In de eerste plaats dat gordijn van het raam halen, dat u van het leven afsluit, en met open ogen naar de dingen kijken, dan zult u begrijpen waarom die oude mannen verbleekt zijn en tegen u liegen, waarom ze u gewetenloos bedriegen vanuit hun vergulde lijsten.'

'*Cousin!*' riep Sofja uit om Rajski te temperen, maar tegelijk moest ze glimlachen om de felheid waarmee hij zich uitdrukte.

'Ja, ja,' vervolgde Rajski gepassioneerd, 'ze liegen. Kijk eens naar die gepoederde oude man met de staalblauwe doordringende ogen,' zei hij, wijzend op een portret dat tussen twee ramen hing. 'Hij moet erg streng geweest zijn, zelfs voor zijn gezin, de mensen vreesden zijn blik. Hij zegt dat ook vanaf de muur: "Gedraag je met waardigheid." Met de waardigheid van wat: van een mens, van een vrouw? Nee, met de waardigheid van je geslacht, je familie, en als er, wat God verhoede, iemand opduikt met een onbekende naam, die zich met eigen hoofd en eigen handen omhooggewerkt heeft, keur hem dan geen blik waardig, denk eraan dat je de naam Pachotin draagt...! Kijk hem niet aan, als het niet hoeft, vat geen ongedwongen, natuurlijke sympathie voor hem op... God behoede je voor een mesalliance. En dan hijzelf: wie keurde hij wel en wie geen toenadering tot zichzelf waardig. "*Il faut bien placer ses affections!*" zei hij in zijn kille, verstarde taal die niets menselijks meer had. Tot wie heeft hij zelf zijn *affections* gericht, aan wie heeft hij zijn leven en gezondheid geofferd? Aan dat dorre oudje met het spitse neusje, zijn vrouw...?' Rajski wees op een vrouwenportret. 'Nee, ze kijkt niet erg vrolijk, de ogen zijn diep weggezakt in hun kassen: ze is net zo'n slachtoffer van de goede toon, de fatsoensnormen en het voorname geslacht... als u, arme, ongelukkige nicht...'

'*Cousin, cousin!*' probeerde Sofja glimlachend zijn woordenstroom tot staan te brengen.

'Ja, nicht: u bent bedrogen, en ook uw tantes zijn ten prooi gevallen aan een verschrikkelijk bedrog, hebben zichzelf opgeofferd voor een spookbeeld, een droom, een stoffige herinnering... Hij heeft het bevolen!' zei hij, bijna woedend naar het portret kijkend. 'Zelf schrok hij niet terug voor bedrog, sluwheid of geweld, hij verkwistte zijn vermogen en haalde de domste streken uit, maar anderen verbood hij om lief te hebben en te genieten!'

'*Cousin*! Laten we naar de salon gaan: ik kan niets antwoorden op uw prachtige monoloog... Jammer dat hij geen enkel effect zal hebben!' merkte ze enigszins spottend op.

'Ja,' antwoordde hij, 'de voorvader triomfeert. De principes die hij u heeft nagelaten zijn streng en solide. Hij bekijkt u goedkeurend, nicht: onverstoorbare rust en een onberispelijke voornaamheid omgeven u als een stralend aureool...'

Hij slaakte een zucht.

'Dat slaat allemaal nergens op, *cousin*!' zei ze. 'Er klopt helemaal niets van: mijn voorvader bekijkt me niet goedkeurend en ik heb geen aureool. Maar ik bekijk u wel goedkeurend en ik hoef een hele tijd niet naar het toneel, ik zie hier een prachtige scène zonder van mijn plaats te komen... Weet u aan wie u me doet denken? Aan Tsjatski...'*

Hij dacht even na, probeerde van ter zijde naar zichzelf te kijken en glimlachte onwillekeurig.

'U hebt gelijk, ik ben dom en belachelijk,' zei hij, met een goedmoedige glimlach op haar toelopend, 'misschien ben ik ook maar "van het schip naar het bal gekomen". Maar die Famoesovs* in rok ook!' Hij wees in de richting van de tantes. 'Denkt u werkelijk dat over vijf, over tien jaar...'

Hij maakte zijn zin niet af, maakte een ongeduldig gebaar en ging op de sofa zitten.

'Over welk bedrog, geweld en sluwheid hebt u het?' vroeg ze. 'Er klopt niets van. Niemand legt me ook maar iets in de weg... Wat heeft mijn voorvader verkeerd gedaan? Is het zijn schuld dat u me niet kunt vertellen wat uw eigen principes zijn? U hebt het al vaak geprobeerd, maar steeds tevergeefs...'

'Ja, bij u is dat tevergeefs, dat is waar, nicht! Uw voorvaderen...'

'En de uwe ook: u hebt toch ook voorvaderen?'

'Goed, laten we dan zeggen: onze voorvaderen waren slimme, handige mensen,' vervolgde hij. 'Als er met geweld niets meer te halen viel, zetten ze een geraffineerd systeem in werking en dat systeem werd verheven tot een traditie. En u gaat te gronde aan dat systeem, die traditie, zoals een vrouw uit India die samen met het lijk van haar man wordt verbrand.'

'Luister, *monsieur* Tsjatski, onderbrak ze hem, 'zeg me ten minste waaraan ik te gronde ga. Aan het feit dat ik het nieuwe leven niet begrijp, dat ik niet... niet vatbaar ben... zoals u het uitdrukt... voor ontwikkeling? Dat is wel uw lievelingswoord. Maar bent u dan wél zo ver gevorderd in uw ontwikkeling? Ik hoor iedere dag dat u zich verveelt. En soms besmet u iedereen hier met die verveling...'

'U ook?'

'Nee, serieus, ik heb medelijden met u.'

'Stelt u zich niet op een lijn met mij, nicht: ik ben een wangedrocht, ik... ik weet niet wat voor iemand ik ben en niemand weet dat. Ik ben een ziek, abnormaal mens en daarbij heb ik mijn leven vergooid, verpest... of liever: ik heb er niets van begrepen. Maar u bent een gave, afgeronde persoonlijkheid, uw leven is zo helder en doorzichtig, en toch maak ik me zorgen om u. Ik kan het niet aanzien dat een leven in het niets verdwijnt, als een rivier in de woestijn... Heeft de natuur u daartoe voorbestemd? Kijkt u eens naar uzelf.'

'Wat moet ik dan doen, *cousin*: ik begrijp het niet! U zei net dat om het leven te begrijpen, je eerst het gordijn moet wegtrekken dat het aan het zicht onttrekt. Laten we aannemen dat het gordijn is weggetrokken, dat ik niet meer aan mijn voorvaderen gehoorzaam, dat ik weet waarom die mensen...' – ze wees op de straat – 'waarom ze waarheen gaan, wat hen bezighoudt en verontrust. Wat moet ik daarna doen?'

'Daarna moet u...'

Hij stond op, wierp een blik in de salon, liep zachtjes op haar toe en zei zacht, maar duidelijk verstaanbaar: 'Verliefd worden!'

'*Voilà le grand mot!*' merkte ze spottend op.

Beiden zwegen.

'U verwijt de tantes geloof ik ook dat ze niet verliefd zijn,' zei ze glimlachend en wees met haar hoofd naar de tantes in de salon.

Rajski maakte een geïrriteerd gebaar in de richting van de tantes.

'Bent u dan beter dan de tantes, nicht?' wierp hij tegen. 'Zij zijn alleen oud en ziek, terwijl u straalt in jeugdige, verblindende schoonheid...'

'*Merci, merci,*' onderbrak ze hem ongeduldig met haar gebruikelijke, als het ware bevroren glimlach.

'Waarom vraagt u mij niet, nicht, wat het betekent om verliefd te zijn, wat ik onder liefde versta?'

'Waarom? Dat hoef ik niet te weten.'

'Nee, omdat u het niet durft te vragen!'

'Waarom zou ik dat niet durven?'

'Omdat zij het horen.' Rajski wees op de portretten van de voorvaderen. 'En omdat zij' – hij wees in de richting van de tantes in de salon – 'het niet goedvinden...'

'Nee, omdat híj het zou kunnen horen!' zei ze en wees op het levensgrote portret van haar man dat in een vergulde, gotische lijst boven de divan hing.

Ze stond op, liep naar de spiegel en streek peinzend de kant om haar hals glad.

Rajski bestudeerde ondertussen het portret van haar man. Hij zag grijze ogen, een scherpe, kleine neus, ironisch vertrokken lippen, kortgeknipt haar en rossige bakkebaarden. Daarna keek hij naar haar voluptueuze gestalte, vol schoonheid, en hij probeerde zich de gelukkige voor te stellen die eenmaal deze godin zou veroveren en haar vervolgens zijn wil zou opleggen.

Nee, nee, die heeft haar niet veroverd! dacht hij, naar het portret kijkend, dat is ook een voorvader, al is hij nog niet zo verbleekt: je hebt je niet aan hem onderworpen, maar aan je principe...

'U komt zo vaak terug op uw favoriete onderwerp, op de liefde, maar kijk toch, *cousin*,' zei ze, een kokette blik in de spiegel werpend, 'we zijn al te oud om daar nog aan te denken!'

'Met andere woorden: te oud om nog te leven? Dat geldt misschien voor mij, maar toch niet voor u, nicht?'

'Hoe leven de anderen dan, bijna iedereen?'

'Niemand leeft zo!' onderbrak hij haar zelfverzekerd.

'Wat? Dus volgens u leven vorst *Pierre*, Anna Borisovna, Ljev Petrovitsj allemaal voor...?'

'Ze leven ofwel via hun herinneringen aan de liefde of ze houden nog van iemand, maar doen alsof ze...'

Ze lachte even, begon de bloemen in een vaas symmetrisch te rangschikken en liep daarna naar de spiegel.

'Ja, ze hebben van iemand gehouden of ze houden van iemand, natuurlijk, maar ze doen dat in stilte en zonder er veel ophef van te maken,' zei ze en wilde naar de salon gaan.

'Nog één woord, nicht!' hield hij haar tegen.

'Over de liefde?' vroeg ze en bleef staan.

'Nee, wees maar niet bang, daar ben ik voor een keer niet voor in de stemming. Ik wilde iets anders zeggen.'

'Zeg het maar,' zei ze zacht en ging zitten.

'Ik zal er niet omheen draaien: vertelt u me waar u die rust vandaan haalt, hoe u erin slaagt uw kalmte en waardigheid te bewaren, die frisheid in het gezicht, die rustige zekerheid en bescheidenheid in al uw handelen en doen. Hoe speelt u het klaar te leven zonder strijd, zonder passies, zonder nederlagen en zonder overwinningen? Wat doet u daarvoor?'

'Niets!' zei ze verbaasd. 'Waarom wilt u dat ik lijd aan allerlei stuiptrekkingen?'

'Maar u ziet toch andere mensen in uw omgeving die niet zijn zoals u, met onrust in hun gezicht, met klachten.'

'Ja, die zie ik en ik heb medelijden met hen: *ma tante* Nadjezjda Vasiljevna klaagt voortdurend over haar zenuwtrekking en *papa* over congestie...'

'En de anderen dan, en iedereen dan?' onderbrak hij haar. 'Niemand leeft toch zo? Hebt u zich wel eens afgevraagd waarom zij lijden, huilen, verteerd worden van verlangen, en u niet? Waarom worden anderen drie keer per dag bevangen door een afkeer van het leven en u niet? Waarom worden zij heen en weer geslingerd tussen hoop en vrees, haten ze en beminnen ze, en u niet?'

'Spreekt u over degenen,' vroeg ze, met haar hoofd naar de straat wijzend, 'die daar rondlopen en zich druk maken? Maar u hebt toch zelf gezegd dat ik hun leven niet begrijp? Ik heb er niets mee te maken...'

'Niets met hen te maken? Maar dat betekent dat u niets te maken hebt met het leven!' schreeuwde Rajski bijna, zodat een van de tantes een ogenblik opkeek van het spel en hen toeriep: 'Waar redetwisten jullie toch over? Ga elkaar niet te lijf! Waar hebben ze het over?'

'Alweer "het leven". U herhaalt dat woord de hele tijd alsof ik dood ben! Ik zie al hoe het verdergaat,' zei ze en begon te lachen zodat haar prachtige tanden zichtbaar werden. 'Dadelijk gaan we het over principes hebben en daarna... over de liefde.'

'Nee, de Olympus is nog niet uitgestorven,' zei hij. 'U, nicht, bent gewoon een Olympische godin, verder valt er niets over te zeggen,' voegde hij eraan toe, er schijnbaar aan wanhopend dat het hem zou lukken die oceaan in beroering te brengen. 'Laten we naar de salon gaan!'

Hij stond op. Maar zij bleef zitten.

'U verwaardigt zich niet af te dalen tot het niveau van de stervelingen en te kijken hoe ze leven, u leeft in een Olympische, roerloze gelukzaligheid, nuttigt nectar en ambrozijn en laat het u goed smaken!'

'Waarom niet? Ik heb alles wat ik nodig heb en verlang verder nergens naar...'

Ze had haar zin nog niet afgemaakt of Rajski sprong op.

'U hebt uw eigen veroordeling uitgesproken, nicht,' viel hij haar onstuimig aan. ' "Ik heb alles wat ik nodig heb en verlang verder nergens naar." Maar hebt u zich ook maar één keer afgevraagd hoeveel mensen er op de wereld zijn die niet hebben wat ze nodig hebben en die overal naar verlangen? Kijk om u heen: u bent omringd door zijde, fluweel, brons en porselein. U weet niet waar uw kant-en-klare diner vandaan komt en hoe het wordt klaargemaakt, voor het huis wacht een rijtuig op u en brengt u naar een bal of opera. Een dozijn bedienden staat klaar om uw wensen te vervullen, nog voor u uitgesproken bent. Nee, weest u niet ongeduldig, ik weet dat het allemaal gemeenplaatsen zijn... Maar denkt u er wel eens over na waar dat allemaal vandaan komt en wie het u bezorgt? Natuurlijk niet. De rentmeester stuurt het geld vanuit het landgoed op, men brengt het u op een zilveren dienblad en u bergt het zonder het te tellen op in een la...'

'Mijn tante telt het tien keer na en bergt het dan op,' zei ze, 'terwijl ik als een kostschoolmeisje om mijn deel moet vragen. U moest eens weten met hoeveel vermaningen ze het me geeft.'

'Ja, maar ze geeft het. U luistert naar de vermaningen en geeft vervolgens het geld uit. Als u eens wist hoe daar een zwangere boerenvrouw in de hitte aan het oogsten is...'

'*Cousin!*' trachtte ze hem geschrokken te onderbreken, wat wanneer Rajski het eenmaal op zijn heupen kreeg, niet meeviel.

'Ja, en haar kindertjes heeft ze thuisgelaten: ze kruipen tussen de kippen en biggen en als er niet toevallig een aftands grootmoedertje in huis is, dan hangt hun leven ieder moment aan een zijden draad: een valse hond kan ze bijten, een passerende wagen kan ze overrijden, ze kunnen verdrinken in een regenplas... En haar man is zich ergens in de buurt aan het afbeulen, hij is de akker aan het ploegen of hij rijdt bij strenge vorst het graan naar de schuur, allemaal om aan brood, in letterlijke zin: brood, te komen om de honger van zijn gezin te stillen, en overigens ook om de vijf of tien roebel te verdienen die hij op het kantoor van het landgoed moet brengen en die ze u vervolgens op een dienblad aanreiken... U weet dat niet, u "hebt er niets mee te maken" zegt u...'

Over haar gezicht trok een schaduw van ongebruikelijke onrust en verbazing.

'Waar ligt mijn schuld? Wat kan ik eraan doen?' vroeg ze zacht, bijna deemoedig en zonder een spoor van ironie.

'Ik preek niet het communisme, nicht, maakt u zich geen zorgen. Ik antwoord alleen op uw vraag wat u eraan kunt doen en ik wil aantonen dat niemand het recht heeft om het leven niet te kennen. Het leven zelf beroert je, laat je geen rust, wekt je uit deze gelukzalige sluimering, en soms op een zeer harde manier. Ik kan u niet leren wat u moet doen, dat zullen anderen doen. Ik zou u alleen wakker willen schudden, want u slaapt, u leeft niet. Wat daarvan komt, weet ik niet, maar ik kan niet onverschillig blijven toezien hoe u slaapt.'

'En u, *cousin*, wat doet u met die ongelukkigen, u hebt toch ook boeren en van die... vrouwen?' vroeg ze nieuwsgierig.

'Ik doe weinig, of bijna niets... tot mijn schande, of tot schande van degenen die me hebben opgevoed. Ik sta allang niet meer onder voogdij, maar laat al dit soort zaken nog steeds over aan mijn voogd... en hoe hij dat doet, weet ik niet. Ik heb nog ergens een lapje grond dat mijn oudtante voor mij beheert, zij heeft daar meer sjoege van dan ik. Maar ik ken mezelf tenminste het recht niet toe om een excuus te zoeken in onbekendheid met het leven, ik weet het een en ander, praat erover, zoals nu bijvoorbeeld, schrijf en discussieer erover, dus ik doe iets. En daarnaast houd ik me af en toe met kunst bezig: ik schilder, musiceer, schrijf...' voltooide hij zacht zijn zin en keek naar de punt van zijn schoen.

'Dat zijn ernstige zaken, die u me hebt verteld!' sprak ze peinzend. 'Als u me al niet wakker hebt geschud, dan hebt u me toch aan het schrikken gemaakt. Ik zal slecht slapen. Geen van mijn tantes, noch Paul, mijn man, of wie dan ook, heeft me dat ooit verteld. Ivan Petrovitsj, de rentmeester, bracht soms papieren, rekeningen, en ik hoorde hoe er dan over het graan, of over een misoogst gesproken werd. Maar... over die vrouwen... en over hun kinderen... nooit.'

'Ja, dat is *mauvais genre*! Je geneert je gewoon om in jullie aanwezigheid over boeren of boerinnen te praten, om nog maar te zwijgen van een zwangere... De zogenaamde goede toon staat de mens immers niet toe om zichzelf te zijn... Je moet al het eigene afschudden en zorgen dat je op de anderen lijkt...!'

'We brengen de zomer door op het land, *cousin*,' zei ze levendiger dan gewoonlijk. 'Komt u daarheen en wij zullen verhinderen dat kinderen tussen honden rondkruipen; dat op de eerste plaats. Daarna zullen we Ivan Petrovitsj vragen om... die vrouwen niet naar het veld te sturen om te werken... En ten slotte zal ik afzien van mijn zakgeld...'

'Nou, dat steekt Ivan Petrovitsj dan mooi in zijn zak. Dat hoeft niet, nicht. We zijn nu bij de politieke en economische problemen beland, bij het socialisme en het communisme... daar ben ik niet goed in thuis. Het is al voldoende dat ik u heb opgeschrikt uit uw rust. U zegt dat u slecht zult slapen, dat is juist goed: morgen zal uw gezicht misschien niet zo stralen als nu, het zal dan stralen met een andere, minder engelachtige, menselijkere schoonheid. En mettertijd zult u erachter proberen te komen of u geen serieuzere taak in het leven hebt dan lediggang en het afleggen van bezoeken en u zult met andere gedachten daarheen kijken, naar de straat.

Stelt u zich zichzelf eens in de massa op straat voor: u moet bijvoorbeeld te voet in een winternacht in uw eentje vijf trappen op om daar slecht betaalde lessen te geven. U weet niet of u genoeg zult verdienen om uw kamer te verwarmen en schoenen en een warme jas te kopen... niet eens voor uzelf, maar voor uw kinderen. En daarna komt de vraag bij u op wat er van uw kinderen zal worden wanneer uw krachten afnemen... En die vraag laat u niet meer los, ze zal u tien, twintig jaar als een donkere wolk vergezellen...'

'*C'est assez, cousin*!' zei ze ongeduldig. 'Neemt u mijn geld en verdeelt u het onder hen daar...'

Ze wees naar de straat.

'Leer zelf om te geven, nicht; maar eerst moet u die zorgen, die onrust begrijpen, aan ze geloven, dan zult u ook leren om geld te verdelen.'

Beiden zwegen.

'Dat zijn dus uw principes... En wat nog meer?' vroeg ze.

'Verder... moet u beminnen en bemind worden...'

'En daarna?'

'Daarna... moet u zich voortplanten, vermenigvuldigen en de aarde bevolken; u laat dit heilige gebod onvervuld...'

Ze bloosde en begon, hoe ze ook probeerde zich goed te houden, te lachen. Rajski lachte ook, tevreden dat ze hem zelf had geholpen het uiteindelijke doel van de liefde te definiëren.

'En als ik nu wel van iemand heb gehouden?' vroeg ze.

'U?' vroeg hij, en liet zijn blik over haar onbewogen gezicht glijden. 'U hebt bemind en...?'

'Ik ben gelukkig geweest. Moet je dan per se lijden?'

'Ja, daardoor komt het dat u het leven niet kent, niet weet hoe anderen lijden: u begrijpt niet waar anderen onder gebukt gaan, voelt niet mee met een boer die zich afbeult in het zweet zijns aanschijns, met een boerenvrouw die in een ondraaglijke hitte het graan maait... allemaal doordat u niet hebt bemind. En beminnen zonder te lijden, dat is onmogelijk. Nee,' zei hij, 'indien uw tong al zou willen liegen, uw ogen zouden het niet kunnen, uw gezicht zou, al was het maar voor een moment, van kleur verschieten. En uw ogen zeggen dat u als het ware gisteren geboren bent...'

'U bent een dichter, een kunstenaar, *cousin*, u hebt misschien behoefte aan drama's, kwetsuren, gekreun en wat niet al! U begrijpt het rustige gelukkige leven niet, ik begrijp dat van u niet...'

'Dat zie ik, nicht, maar of u het ooit zult begrijpen, dát zou ik willen weten! U hebt bemind, zegt u, toch hebt u uw Olympische rust nooit verloren?'

Ze schudde ontkennend het hoofd.

'Hoe hebt u dat gedaan, vertel op! Hebt u op dezelfde manier rustig naar alles zitten kijken, u even rustig aangekleed en even gelijkmoedig op het rijtuig gewacht dat u moest brengen waarheen het hart u trok? Hebt u uw zelfbeheersing niet een keer verloren, hebt u zich niet duizend keer afgevraagd of híj daar zou zijn, op u zou wachten, aan u zou denken? Bent u niet een keer onwel geworden, hebt u gebloosd van geluk toen u hem eindelijk zag? Is niet alle kleur uit uw gezicht geweken, was u niet verbaasd en geschrokken toen u hem niet zag?'

Ze schudde ontkennend het hoofd.

'Gebeurde het dat u zich verheugde, u op hem stortte, geen woorden vond toen hij hier binnenkwam?'

'Nee,' zei ze met haar vroegere glimlach.

'En als u naar bed ging...'

Er verscheen onrust in haar gezicht.

'Stond hij dan niet hier?' vervolgde hij.

'Wat zegt u nu, *cousin*!' vroeg ze bijna verschrikt.

'Stond hij niet, al was het maar in uw fantasie, bij u, boog hij zich niet naar u over...?'

'Nee, nee...' wimpelde ze hem hoofdschuddend af.

'Pakte hij u niet bij de hand, weerklonk er geen kus?'

Kleur verspreidde zich over haar wangen.

'*Cousin*, ik was getrouwd, dat weet u... *assez, assez de grâce...*'

'Indien u bemind hebt, nicht,' vervolgde hij, zonder naar haar te luisteren, 'dan moet u zich herinneren hoe heerlijk het was om te ontwaken na zo'n nacht, wat een vreugde het gaf om te weten dat u bestond, dat de wereld bestond, de mensen en hij...'

Ze sloeg haar lange wimpers neer en luisterde ongeduldig tot hij klaar was, schuivend met haar schoenpunt.

'Als dat er niet was, hoe hebt u dan bemind, nicht?' besloot hij met een vraag.

'Anders.'

'Vertel: waarom zou je een verheven liefde verbergen?'

'Ik verberg haar niet: er was niets geheimzinnigs of verhevens aan, het was net zoals bij iedereen...'

'Ach, niet zoals bij iedereen, nee, nee! En indien u niet bemind hebt, en ooit nog zult beminnen, wat zal er dan van u worden en van deze vervelende kamer? De bloemen zullen niet meer zo symmetrisch in de vazen staan en alles zal hier spreken van de liefde.'

'Genoeg, genoeg!' onderbrak ze hem met een lichte glimlach, niet uit verveling of ongeduld, maar schijnbaar vermoeid door de opwindende discussie. 'Ik stel me beide tantes voor, nadat wanorde zich in deze kamer gevestigd heeft,' zei ze lachend. 'Verspreid liggende boeken en bloemen; en de hele straat kijkt vrijelijk naar binnen...!'

'Alweer de tantes!' berispte hij haar. 'Geen stap zonder hen! Gaat dat het hele leven zo?'

'Ja... natuurlijk,' zei ze na even nagedacht te hebben. 'Hoe anders?'

'En uzelf dan? Hebt u werkelijk nooit iets uit eigen beweging gedaan, een eigen stap gezet, toegegeven aan een gril, een dwaasheid, al was het maar een domheid?'

Ze dacht na, scheen zich iets te herinneren, glimlachte toen plotseling en bloosde lichtjes.

'Ah! Nicht, u bloost? Dus de tantes hebben hier niet altijd gezeten, hebben niet alles gezien en geweten! Zeg me wat het was!' probeerde hij haar te vermurwen.

'Ik herinnerde me inderdaad een domheid en ik zal die u een keer vertellen. Ik was toen nog een meisje. U zult zien dat ik ook tranen gekend heb, en opwinding, en het schaamrood... *et tout ce que vous aimez tant*! Maar ik vertel het op voorwaarde dat u het verder niet hebt over de liefde, over hartstochten, over gekreun en kreten. Maar laten we nu naar de tantes gaan.'

Hij ging de salon binnen, terwijl zij naar de etagère liep, een flacon pakte, een paar druppels eau de cologne op haar hand sprenkelde en bedachtzaam opsnoof; daarna wierp ze een blik in de spiegel en ging de salon in.

Ze ging naast de tantes zitten en begon het spel op de voet te volgen terwijl Rajski háár weer observeerde.

Ze was rustig, fris. In zijn geest daarentegen sloop onrust binnen, het verlangen erachter te komen wat zich nu afspeelde in haar hoofd en hart; hij wilde in haar ogen lezen of zijn woorden haar hadden geraakt, maar ze sloeg haar ogen niet één keer naar hem op. En daarna, toen ze na het spel haar ogen naar hem opsloeg, met hem sprak, stond op haar gezicht hetzelfde te lezen als gisteren, als eergisteren en als een half jaar geleden.

Wat gaat er eigenlijk in die vrouw om? Indien niets haar ziel verontrust, indien ze hoop noch zorgen kent, indien ze inderdaad boven de wereld en haar hartstochten staat, hoe komt het dan dat ze zich niet verveelt, niet moe is van het leven, zoals ik me verveel en moe ben? Dat zou ik wel eens willen weten!

'Nou, wat heb je gedaan?' vroeg Rajski aan Ajanov toen ze de straat op gingen.

'Ik heb vijfenveertig roebel gewonnen. En jij?'

Rajski haalde zijn schouders op en gaf de inhoud van zijn gesprek met Sofja weer.

'Ach, ook dat helpt de verveling te verdrijven. Het is beter dan niets. Heb je je vermaakt?'

'Wat een dom woord... je vermaken! Alleen kinderen en Fransen zijn in staat om zich te vermaken: *s'amuser*.'

'Hoe moet ik dan datgene noemen wat jij doet, en waarom doe je het?'

'Ik heb je al uitgelegd waarom,' reageerde Rajski boos. 'Omdat haar schoonheid me boeit en irriteert, en het verdrijft de verveling, ik geniet, begrijp je? Ik speel nu met de gedachte om haar portret te schilderen. Dat zal een maand in beslag nemen, ik zal de gelegenheid hebben haar goed te bestuderen...'

'Pas maar op dat je niet verliefd wordt,' merkte Ajanov op. 'Je kunt niet met haar trouwen, zeg je, maar je kunt ook niet spelen met hartstochten. Dadelijk brand je je vingers nog...'

'Alsof ik dat niet weet!' onderbrak Rajski hem. 'Ik droom er dag en nacht van om me een keer flink de vingers te branden. En als ik eenmaal zo hevig vlam vat dat de brand niet meer te blussen is, dan zal ik ook trouwen met die vrouw... Maar nee, hartstochten doven bij mij weer uit, en indien ze ongeneeslijk zijn eindigen ze toch niet met een bruiloft. Voor mij is er geen veilige haven. Ofwel ik sta in vuur en vlam, ofwel ik slaap en verveel me!'

'Wat heb je je nicht vandaag allemaal weer verteld! Zij vergeleek je met Tsjatski, maar volgens mij was je half een Don Juan en half een Don Quichot. Je hebt heel wat noten op je zang! Het zou me niet verbazen als je nog eens een toog aantrekt en begint te preken...'

'Het zou mij ook niet verbazen,' zei Rajski. 'Een toog zal ik niet gauw aandoen maar ik ben wel in staat om te preken... en vanuit een oprecht hart, overal waar ik leugens, schijnheiligheid of boosaardigheid zie, kortom, waar ik de schoonheid mis, ook al doe ik zelf soms lelijke dingen... Mijn temperament reageert op alles; zodra mijn zenuwen geprikkeld worden, meldt het zich...! Weet je, Ajanov, ik loop al een tijd rond met het serieuze plan om een roman te schrijven. En ik wil er nu al mijn tijd aan besteden.'

Ajanov lachte.

'Dat noem je een serieus plan,' zei hij. 'Hoe kun je een roman nu als een serieuze zaak beschouwen? Maar je hebt gelijk: schrijf, je hebt verder toch niets anders te doen...'

'Je moet niet lachen en er de spot mee drijven. Een roman is niet zoiets als een tragedie of een komedie. In een roman kun je alles kwijt, dat is zoiets als een oceaan, er zijn geen oevers, althans ze zijn niet te zien. Je hoeft je niet te beperken, kunt alles erin onderbrengen. En weet je wie me op het idee heeft gebracht? Onze gemeenschappelijke kennis Anna Petrovna, herinner je je haar?'

'De actrice?'

'Ja, het is erg komisch. Het is een lieve, intelligente vrouw en ze kan het leven goed aan, zoals de meeste vrouwen, zolang ze in hun eigen element blijven en niet uit het water de oever op kruipen...'

'Maar wat heeft zij ermee te maken?'

'Zij vertelde me een keer dat ze verlegen zat om een toneelstuk toen ze aan de beurt was voor een benefietvoorstelling. We hebben maar weinig toneelschrijvers en wie wat had, die had het al aan anderen beloofd. En ze had geen zin om een vertaald stuk op te voeren. Toen is ze op de gedachte gekomen om er zelf een te schrijven...'

'Dat fiksen we wel even! heeft ze kennelijk gedacht,' zei Ajanov.

'Precies. En met welk een innemende naïviteit heeft ze me haar overwegingen toevertrouwd. In *Lijden door verstand*, zo zei ze, zijn alle personen heel gewone mensen, ze praten over de gewoonste dingen, en de intrige is ook simpel: Tsjatski is verliefd geworden, men weigert hem de hand van zijn uitverkorene, die aan een ander is toegedacht, hij komt erachter, wordt woedend en vertrekt. De vader is van zijn kant woedend op hen beiden, en zij weer op Moltsjalin,* en dat is alles...! Ook bij Molière, zo zegt ze, is de vrek gierig en is Tartuffe een laaghartige huichelaar. Je zou makkelijk, zegt ze, een meer geraffineerde, interessantere intrige kunnen bedenken. Kortom, ze zag het schrijven van een komedie net zomin als een serieuze zaak als jij het schrijven van een roman. Aan een tragedie waagde ze zich niet, wat dat betreft scheen ze haar beperkingen te kennen. Maar aan een komedie begon ze wel en ze schreef binnen een week tien vellen vol. Ik vroeg haar om ze me te laten zien, maar dat wilde ze voor geen prijs! "Nou, ben je al klaar?" vroeg ik haar een tijd later. "Hoe ik me ook aftob," zei ze, "ik kan er geen eind aan breien, de personen blijven maar praten en praten, weten van geen ophouden, daarom heb ik het maar opgegeven." De arme stakker! Jammer dat ze een komedie nodig had waarin je een begin en een einde moet hebben, een intrige en een ontknoping. Als ze een roman had geschreven, dan had ze het misschien niet opgegeven, dan zouden haar personen nog steeds met elkaar praten. Ik ga een roman schrijven, Ajanov. In een roman kun je het leven uitbeelden zoals het is, zowel in zijn geheel als in zijn delen.'

'Dat van jezelf, of van anderen?' vroeg Ajanov. 'Misschien zet je ons allemaal wel te kijk...'

'Maak je geen zorgen. Wat een schilder kan met het penseel, dat lukt in een andere kunst niet. Het gaat in de eerste plaats om een paar ideeën en een kleurrijke uitwerking; je moet een levendige fantasie hebben en een originele kijk op de dingen, wat humor, gevoel en oprechtheid, maar vooral zelfbeheersing en poëzie.

Hij zweeg en liep peinzend voort.

'Schrijf er maar op los,' zei Ajanov. 'Schrijf alles op wat in je opkomt, dan komt er wel iets uit.'

Rajski slaakte een zucht.

'Nee,' zei hij, 'je hebt nog iets nodig wat ik niet heb vermeld: talent.'

'Natuurlijk, een analfabeet zal geen roman schrijven.'

'Jij kunt lezen en schrijven, waarom schrijf je dan niet?' onderbrak Rajski hem.

'Waarom niet? Omdat ik iets anders te doen heb. Ik ben met een groot project bezig...'

'Je schept weer op over je werk. Geef die baan toch op, dat is, denk ik, het beste wat je kunt doen.'

'Verschaft die roman van jou me een salaris van vijfduizend roebel, een woning met verwarming en een rang?'

'En je schaamt je niet om zoiets te zeggen! Wanneer worden we eindelijk eens mensen?'

'Ik ben al een mens... sinds ik een salaris van tweeduizend roebel per maand ontvang. Sindsdien begrijp ik ook dat problemen van humaniteit onverbrekelijk verbonden zijn met economische...'

'Dat weet ik, dat weet ik; maar waarom laat je je zo voorstaan op dat cynische egoïsme?'

Ajanov stond op het punt een geprikkeld antwoord te geven, maar op dat moment reed er een rijtuig vlak voor hen langs, de koetsier schreeuwde iets naar hen en de discussie werd gestaakt.

'Dus je neemt afscheid van de schilderkunst!' zei Ajanov even later.

'Hoezo neem ik afscheid? En het portret van Sofja dan...? Binnenkort begin ik. Ik ben de laatste tijd niet meer naar de academie gegaan en zie niemand meer. Morgen ga ik naar Kirilov... ken je hem?'

'Ik geloof dat ik hem wel eens gezien heb: zo'n onverzorgd type...'

'Ja, maar een diepzinnig, waarachtig kunstenaar, zoals je ze tegenwoordig niet meer hebt: de laatste der mohikanen...! Ik schilder alleen nog het portret van Sofja en laat het hem zien; daarna beproef ik mijn krachten op de roman. Ik heb vroeger ook het een en ander opgeschreven, al is het bij fragmenten gebleven, maar nu wil ik er serieus werk van maken. Het is een nieuw soort creativiteit voor mij; misschien dat ik daar meer succes mee heb.'

'Luister, Rajski, voorzover ik het begrijp, moet je niet eerst de schilderkunst opgeven maar Sofja. Als je een roman wilt schrijven, moet je niet proberen van het leven een roman te maken... Ik zou je aanraden de ochtend aan het schrijven te wijden en 's avonds een spelletje kaart te spelen in de handelsclub, om kleine inzetten, dat zal je niet al te veel opwinden...'

'Dat heb je juist nodig voor een roman, ik bedoel opwinding. Zodra ik ga kaarten, verspeel ik alles, dan trek ik jou je jas uit en verspeel die. Daar gaapt ook een afgrond, godzijdank heb ik er nooit een blik in geworpen en als ik dat wel doe... dan komt er geen roman uit maar een tragedie. Overigens is het waar wat je zegt: je kunt geen twee heren dienen! Laat me die geschiedenis met Sofja op een of andere manier afmaken en haar portret schilderen; en dan zal ik onder de invloed van de indruk van haar schoonheid een serieuze poging doen. Laat die ster daar, hoe heet ze... weet je dat niet? Ik weet het ook niet, nou, geeft niet: in ieder geval roep ik haar tot getuige aan dat ik eindelijk iets tot een goed einde ga brengen: ofwel het schilderij, ofwel de roman. Ja, een roman! Je eigen leven vermengen met dat van een ander, al je observaties, gedachten, ervaringen, waarnemingen, gevoelens, beelden van mensen en dingen versmelten tot een geheel... wat een opgave: *une mer à boire!*'

Ze liepen zwijgend voort. Ajanov floot en Rajski liep met gebogen hoofd, nu eens aan Sofja denkend, dan weer aan zijn roman. Op het kruispunt, waar hun wegen zich scheidden, vroeg Rajski plotseling: 'Wanneer gaan we er weer heen?'

'Waarheen?'

'Naar Sofja.'

'Wil je er weer heen? Ik dacht dat je al aan je roman werkte en wilde je niet hinderen.'

'Ik heb je gezegd: het leven is een roman, en een roman is het leven.'

'Wiens leven?'

'Ieders leven, zelfs dat van jou!'

'De tantes hebben me uitgenodigd om woensdag weer te komen kaarten.'

'Dan pas? Maar goed, er is niets aan te doen... tot woensdag dan!'

Rajski woonde al een jaar of tien in Petersburg: hij huurde van een Duitse een woning van drie ordentelijk gemeubileerde kamers waar hij, sinds hij geen ambtenaar meer was, nooit langer dan een half jaar achter elkaar vertoefde. De rest van de tijd bracht hij buiten Petersburg door.

De overheidsdienst had hij kort na zijn indiensttreding alweer verlaten. Na om zich heen gekeken te hebben, kwam hij tot de originele conclusie dat deze dienst op zichzelf geen doel was, geen levensvervulling, maar slechts een middel om een massa mensen ergens onder te brengen die zonder dat geen reden van bestaan zou hebben. Als die mensen er niet geweest waren dan was ook de dienst waarin ze werkzaam waren niet nodig geweest.

Hij was in opdracht van zijn oom, die tevens zijn voogd was, eerst in militaire dienst gegaan en later in overheidsdienst getreden. Zijn oom wilde niet dat men hem verweet dat hij zich te weinig om zijn neef bekommerde; bovendien schoof hij op die manier alle verantwoordelijkheid van zich af. Rajski ging om dezelfde reden naar Petersburg als waarom alle jonge mannen daarheen gestuurd werden: opdat ze niet werkeloos thuiszaten, niet gewend raakten aan het nietsdoen, niet luierden, enzovoort — allemaal negatief geformuleerde doelen dus.

In Petersburg stonden de jongelui onder toezicht en er was werk; in Petersburg kon je het tot officier van justitie brengen en mettertijd zelfs tot gouverneur — dat was de positieve kant van de zaak.

Nadat Rajski een tijd in Petersburg had gewoond, kwam hij zelf tot de conclusie dat in deze stad volwassen mensen woonden en in de rest van Rusland melkmuilen.

Rajski was al over de dertig en hij had nog niets gezaaid of geoogst, had nog geen van de wegen ingeslagen die de van het Russische platteland komende jongelingen plachten in te slaan.

Hij was geen officier, geen ambtenaar, baande zich geen weg door middel van werk of relaties en was schijnbaar opzettelijk, in tegenstelling tot alle anderen, de enige 'melkmuil' in Petersburg gebleven. Bij de burgerlijke stand stond hij ingeschreven als 'voormalig collegesecretaris'.

Zelfs voor een gelaatkundige zou het moeilijk zijn om aan de hand van zijn gezicht zijn eigenschappen, neigingen en karakter vast te stellen, daar de uitdrukking van dat gezicht voortdurend veranderde.

Soms leek hij zo gelukkig en hadden zijn ogen zo'n glans dat een toeschouwer waarschijnlijk geneigd zou zijn in hem een open, mededeelzaam, ja zelfs een babbelziek iemand te zien. Maar al een of twee uur later zou hem de bleekheid van dat gezicht zijn opgevallen, een ongeneeslijk innerlijk lijden stond dan in zijn ogen te lezen, alsof hij in zijn hele leven nog nooit had gelachen.

Hij leek lelijk op zulke momenten, zijn gelaatstrekken vertoonden dan een zekere disharmonie en de frisse teint van zijn voorhoofd en wangen maakte plaats voor een ziekelijk koloriet.

Maar als de golven van zijn leven bedaarden of wanneer hij gewoon in een goed humeur was, drukte zijn gezicht een rijkdom aan wilskracht, innerlijke harmonie en zelfbeheersing uit en soms ook vrijmoedigheid en een zekere dromerigheid die hem flatteerde, en die ofwel in de donkere ogen besloten lag ofwel in een lichte trilling van de lippen.

Nog moeilijker was het vast te stellen in welke relatie hij tot zijn medemensen stond. Hij had perioden waarin hij, zoals hij het zelf uitdrukte, 'het liefst de hele wereld zou willen omarmen', waarin hij met een betoverende zachtmoedigheid iedereen de toegang tot zijn hart ontsloot. Iedereen die hem op zo'n moment tegenkwam, zei dat hij de goedhartigste en vriendelijkste man ter wereld was.

Maar hij had ook ongelukkige momenten waarop er vale vlekken op zijn gezicht verschenen, zijn lippen zich vertrokken in een nerveuze trilling, en hij voor blijken van vriendschap of sympathie slechts een botte, kille blik en bitse woorden overhad. Degenen die hem op zo'n moment tegenkwamen, namen weer afscheid in bittere vijandschap, soms voor altijd.

Wanneer deze perioden, deze goede en slechte dagen, zich bij hem voordeden, dat konden anderen noch hijzelf zeggen.

'Het is een kwaadaardige, kille, hovaardige egoïst!' zeiden degenen die hem op een slechte dag tegenkwamen.

'Kom nou toch, hij is charmant; hij heeft ons allemaal betoverd, iedereen is weg van hem!' zeiden anderen.

'Het is een komediant!' beweerden sommigen.

'Het is een onoprecht mens!' wierpen anderen tegen. 'Als hij iets gedaan wil krijgen, dan vindt hij wel mooie woorden; kijk dan eens hoe hij speelt met zijn gezichtsuitdrukking.'

'Hoe komt u erbij! Hij heeft een erg goed hart en een nobel karakter, alleen is hij erg nerveus en hartstochtelijk, al te vurig en prikkelbaar,' lieten twee of drie stemmen van vrienden zich dan tot zijn verdediging horen.

Zo hadden zelfs zijn naaste kennissen geen welomschreven idee van wat hij voor iemand was.

Zelfs in zijn vroege kinderjaren, toen hij werd opgevoed door zijn baboesjka, en ook later op school, manifesteerden zich in hem al dezelfde raadselachtige trekken, diezelfde ongelijkmatigheid en onbepaaldheid van zijn neigingen.

Toen zijn voogd hem naar school bracht en hij voor het eerst in de klas zat, had zijn eerste zorg, zou men denken, toch moeten zijn om te luisteren naar de vragen van de leraar en de antwoorden van de leerlingen.

Maar hij richtte zijn aandacht in de eerste plaats op de uiterlijke verschijning van de leraar: hoe hij sprak, hoe hij tabak snoof, wat voor wenkbrauwen en wat voor bakkebaarden hij had; vervolgens ging hij de kornalijnen zegelring bestuderen die aan een horlogeketting op de buik van de leraar bungelde, daarna merkte hij op dat de duim van diens rechterhand in het midden gespleten was, zodat deze eruitzag als een dubbele noot.

Vervolgens monsterde hij iedere leerling afzonderlijk en merkte al hun bijzonderheden op: de een had een wijkend voorhoofd en dito slapen, bij de ander staken de kaken ver naar voren, bij twee jongens, bij de een rechts, bij de ander links, stak het haar op het voorhoofd in een kuif omhoog, enzovoort. Hij monsterde en bestudeerde iedereen, vooral de manier waarop ze keken.

De een keek vol vertrouwen naar de leraar, vroeg met zijn ogen hem een vraag te stellen en krabde eerst zijn knieën, vervolgens zijn hoofd van ongeduld. Een ander was onzeker en werd afwisselend rood en bleek, scheen voortdurend te twijfelen en te aarzelen. Een derde hield zijn blik hardnekkig neergeslagen in de hoop dat men hem geen vraag zou stellen. Een vierde peuterde in zijn neus en luisterde totaal niet. Een vijfde scheen over een enorme kracht te beschikken, en die donkere naast hem was waarschijnlijk een schelm. Ook het bord waarop men de opgaven schreef en zelfs het krijt en de bordendoek ontsnapten niet aan zijn aandacht. Af en toe maakte hij ook zichzelf tot voorwerp van studie: hoe hij zat, hoe zijn gezicht eruitzag, wat de anderen dachten als ze naar hem keken, welk beeld ze zich van hem vormden.

'Waar heb ik net over gesproken?' vroeg de leraar, die had gemerkt dat hij zijn ogen verstrooid door het vertrek liet dwalen, hem plotseling.

Tot zijn verbazing kon Rajski alles wat hij net gezegd had woord voor woord herhalen.

'En wat betekent dat dan?'

Rajski wist het niet. Hij luisterde even werktuiglijk als hij keek en ving de woorden alleen maar op.

De leraar herhaalde zijn uitleg. Boris luisterde opnieuw hoe de woorden klonken. Sommige stootte de leraar kort en zwaar uit, andere droeg hij langgerekt, als het ware zingend, voor, vervolgens slingerde hij weer een dozijn woorden als een handvol noten de klas in.

'Nou?' vroeg de leraar.

Rajski werd rood, op zijn voorhoofd vormden zich zweetdruppels. Hij wist niets te zeggen en zweeg.

Het was een wiskundeles. De leraar ging naar het bord, schreef een opgave op en begon die uit te leggen.

Rajski zag alleen hoe hij de cijfers met vaste en zekere hand opschreef, hoe hij zich vervolgens omdraaide en op hem toeliep, hoe eerst de buik van de leraar met de kornalijnen zegelring en vervolgens de borst met het met tabak bestrooide frontje voor hem opdoemde. Niets ontging Rajski, behalve dan de oplossing van de opgave.

Met veel moeite wist hij zich de breuken eigen te maken, ook de vier regels van de algebra doorgrondde hij nog, maar toen men bij de vergelijkingen kwam, brak hij zich daar tevergeefs het hoofd over en de vraag hoe en waarom men de vierkantswortel trok, liet hem volslagen koud.

De leraar sloofde zich vaak met hem uit en zei bijna iedere keer uiteindelijk zuchtend: 'Ga op je plaats zitten, je bent een stuk onbenul.'

Maar wanneer de leraar een speels moment had en hij zijn opgaven niet uit het boek haalde, maar ze bij wijze van grap zelf bedacht, zonder het bord of de griffel te gebruiken, zonder zijn toevlucht te nemen tot regels of porren in de zij, dan vond Rajski, dankzij zijn vermogen om intuïtief de zin van iets te vatten, als eerste de oplossing.

Hij had een eigen cijfersysteem in beelden in zijn hoofd: ze stonden daar als soldaten in het gelid. Hij had eigen tekens en kenmerken verzonnen die het hem mogelijk maakten de cijfers in een oogwenk te groeperen, ze op te tellen, te vermenigvuldigen en te delen. Het waren meestal de gezichten van bekenden of ook dierenfiguren die hij voor deze operatie gebruikte.

'Je bent toch geen stuk onbenul!' riep de leraar uit. 'Hij kan de opgaven niet maken op de voorgeschreven, dat wil zeggen de makkelijkste manier, maar zonder regels vindt hij in een flits de oplossing. De mensen die de regels gemaakt hebben schijnen niet intelligenter geweest te zijn dan wij beiden.'

Onderwijl leerde Rajski wel snel lezen en schrijven. Hij verslond verhalen, epossen, romans, sprookjes, vroeg aan iedereen boeken te leen, maar altijd boeken waarin een handeling voorkwam, hij had iets tegen bespiegelingen, eigenlijk tegen alles wat hem uit de wereld van de fantasie terugvoerde naar de werkelijke wereld.

Over geografie wist hij als de stof in de volgorde van het boek overhoord werd, en landen, volkeren en rivieren opgesomd moesten worden, vrijwel niets te vertellen. Vooral niet wanneer de leraar zei: 'Noem alle gebergten van Europa!' of: 'Noem alle havensteden aan de Middellandse Zee.' Maar wanneer hij buiten de klas begon te vertellen over vreemde landen, zeeën en steden, dan begreep je niet waar hij het vandaan haalde. Het stond niet in het boek en de leraar had er niet over verteld, maar hij schilderde taferelen alsof hij er was geweest, alles zelf had gezien.

'Dat zuig je allemaal uit je duim,' zei soms een scepticus onder zijn toehoorders, 'dat heeft de leraar ons nooit verteld.'

De directeur hoorde hem een keer over wilden vertellen: hoe ze mensen vangen en opeten, hoe ze in het oerwoud wonen, wat voor wapens ze hebben, hoe ze vanuit bomen op wilde dieren jagen. Hij imiteerde zelfs de keelklanken uit hun taal.

'Onzinverhalen vertellen, dat kun je wel,' zei de directeur tegen hem, 'maar op het examen kon je niet eens de Russische rivieren opnoemen. Ik zal je eens een aframmeling geven, wacht maar. Je wilt je nergens serieus mee bezighouden, je bent een echt leeghoofd!' En hij trok hem stevig aan zijn oren.

Rajski keek toe hoe de directeur daar stond en sprak, zag wat een boosaardige en kille ogen hij had, analyseerde waarom hij koude rillingen kreeg toen de directeur hem aan zijn oor trok; vervolgens stelde hij zich voor hoe men hem meenam om hem af te ranselen, hoe zijn klasgenoot Sevastjanov plotseling wit om de neus werd en heel mager scheen te worden, hoe Borovikov begon te trillen, te springen en te giechelen van opwinding, hoe de goedmoedige Masljanikov hem huilend omarmde en afscheid van hem nam als van een ter dood veroordeelde. Verder stelde hij zich voor hoe men hem uitkleedde en hoe eerst zijn hart en dan zijn armen en benen verkilden, en hoe Sidorytsj, de conciërge, hem, omdat hij zelf niet in staat was zich te bewegen, zacht op de pijnbank legde.

Hij hoorde in gedachten zijn eigen gekerm, zag zijn benen spartelen en er voer een huivering door hem heen...

Hij kreeg een zenuwinzinking, at niet meer en sliep slecht. Het dreigement van de directeur ervoer hij als een belediging en het scheen hem toe dat indien het ten uitvoer werd gebracht, het al het goede in hem zou vernietigen, dat zijn leven ellendig, arm en verschrikkelijk zou worden en dat hij een door allen verachte en verlaten bedelaar zou worden.

Toevallig vertelde de godsdienstleraar net in die tijd het verhaal van Job die door allen verlaten en zwaar ziek op een mesthoop zat.

Rajski barstte in tranen uit en werd uitgemaakt voor huilebalk. Drie dagen lang, tot het zondag werd, liep hij met een somber gezicht rond en was nauwelijks te herkennen. Als zijn klasgenoten vroegen wat eraan scheelde, zei hij geen woord.

Op zondag ging hij naar huis en vond in de boekenkast *Jeruzalem bevrijd* in de vertaling van Moskotilnikov.* Hij vergat de directeur en zijn bedreigingen, kwam de hele dag niet van de divan af, at 's middags haastig en las door tot het donker werd. Maandagochtend nam hij het boek mee naar school, las het stiekem en haastig uit en vertelde vervolgens veertien dagen lang nu eens aan de een, dan weer aan de ander wat hij gelezen had.

Hij droomde hete dromen over verre landen, over ongewone mensen in harnassen, zag de steenachtige woestijnen van Palestina blinken in hun dorre, treurige schoonheid, zag het glinsterende zand en voelde de hitte, bewonderde de mensen die zo'n hard en moeilijk leven leidden en zo makkelijk stierven.

Hij smachtte ernaar om op de stenen van de woestijn te zitten, een Saraceen te doden, honger en dorst te verdragen en nodeloos te sterven, alleen maar opdat men zou zien dat hij wist hoe je moest sterven. Hele nachten bracht hij slapeloos door, lezend over Armida, hoe ze de ridders en zelfs Rinaldo* betoverde.

Hoe zou ze eruitgezien hebben? dacht hij en stelde haar zich nu eens voor als zijn tante Varvara Nikolajevna, die als een speelgoedkat altijd met haar hoofd liep te schudden en haar ogen half dichtkneep, dan weer als de vrouw van de directeur, die zulke mooie blanke handen had en een scherpe, doordringende blik, of als de knappe dertienjarige dochter van de commissaris van politie, die in een kanten broekje rondhuppelde.

Helemaal ineengedoken zat hij daar en las gretig, bijna ademloos, maar innerlijk verscheurd door de spanning, tot hij het boek plotseling woedend weggooide en wegrende wanneer de dappere Rinaldo of, in de roman van madame Cottin,* Malek-Adel werd verteerd van verdriet aan de voeten van de tovenares.

Een andere keer voerde zijn fantasie hem mee naar het land van de *Ossian*: een ander leven, andere beelden, nog majestueuzer en ongewoner, hoewel ook ruwer, dan de andere.

En dat alles, dat helemaal niet leek op het leven om hem heen, trok hem zijn wonderbaarlijke atmosfeer binnen, waaruit hij ontwaakte als uit een roes. Daarna liep hij nog lang rond met een bleek en verveeld gezicht, tot opnieuw andermans leven en andermans vreugden hem als door een frisse waterstraal deden ontwaken.

Zijn oom gaf hem *De geschiedenis van de vier Hendriken* en *De Bourbons tot Lodewijk* XVIII, maar dat was voor hem allemaal als water na een glas rum.

Alleen Ivan III en IV en Peter de Grote wekten even zijn belangstelling op.

Hij verdiepte zich in Plutarchus om zich maar zo ver mogelijk van het heden te verwijderen, maar ook die leek hem gortdroog, riep geen kleuren, geen beelden in hem op, zoals de boeken die hij vroeger gelezen had, of zoals later *Telemachus** en nog later de *Ilias*.

In de omgang met zijn kameraden gedroeg hij zich vreemd, ze wisten niet wat ze van hem moesten denken. Zijn sympathieën wisselden zo vaak dat hij vaste vrienden noch vijanden had.

De ene week zocht hij toenadering tot de een, zocht hem overal, zat met hem te lezen en fluisterde hem dingen in het oor. Vervolgens liet hij hem zonder enige aanleiding vallen, vergaapte zich aan een ander en vergat ook deze na een tijdje weer.

Als een van zijn kameraden hem beledigde, dan mokte hij en liet de kwade gevoelens uitgroeien tot een hardnekkige vijandschap, en als de belediging zelf allang weer was verbleekt, de aanleiding vergeten, dan zette hij de vijandschap toch voort; de hele klas volgde deze op de voet, en hijzelf wel het meest. Vervolgens zocht hij in zichzelf naar zachtmoedigheid, grootmoedigheid en smachtte er gewoon naar zijn nobele hart in al zijn glorie te tonen: er werd een plechtige verzoening in scène gezet waarin zijn edelmoedigheid volledig tot haar recht kwam, en opnieuw keek de hele klas geïnteresseerd toe en hijzelf het meest.

Hij bekeek dat alles als het ware van ter zijde en genoot wanneer hij zichzelf en de ander en het hele tafereel voor zich zag.

Maar wanneer het allemaal voorbij was, wanneer de oplaaiende vlammen in hem geblust waren, de roes vervlogen was, dan kwam hij plotseling tot zichzelf en monsterde iedereen met verbaasde ogen. Een innerlijke stem vroeg hem dan: waar was dat goed voor? En hij haalde zijn schouders op omdat hij het antwoord zelf niet wist.

Soms daarentegen raakte hij door een kleinigheid in verrukking: een verzadigde leerling gaf zijn kadetje aan een bedelaar, zoals deugdzame kinderen dat doen in leerboeken of in aap-noot-mies-boeken; een ander nam de schuld voor een of andere domme streek van een kameraad op zich; een derde liep rond met een somber gezicht alsof hij diepe gedachten had – en meteen was Rajski vol medeleven voor hem, sprak over hem met tranen in de ogen, zocht iets geheimzinnigs, ongewoons in hem, en behandelde hem met een achting die de anderen onwillekeurig overnamen.

Een week later echter, toen zijn klasgenoten op een mooie ochtend bij Rajski kwamen met enthousiaste verhalen over de feniks, barstte Rajski in lachen uit: 'Jullie hebben wel een mooie uitgezocht om te vertroetelen! Loop toch heen met die hansworst!'

Allen staarden hem met open mond aan en zelf schaamde hij zich voor zijn enthousiasme van een week geleden. De lichtstraal die voor even op zijn idool was gevallen, was al gedoofd, de kleuren waren verbleekt, de vormen vervaagd, hij had hem laten vallen en zocht met begerige ogen iets nieuws, een nieuwe sensatie, een nieuw schouwspel, en zolang dat niet gevonden was, verveelde hij zich, was lichtgeraakt, ongeduldig, of staarde somber voor zich uit.

Buiten de school vermocht het echte leven Rajski niet te boeien, noch met zijn vrolijke kanten, noch met zijn rauwe werkelijkheid. Wanneer zijn voogd hem uitnodigde om te komen kijken hoe men de rogge dorste of hoe men in de fabriek het vilt platwalste, of hoe het linnen gebleekt werd, dan probeerde hij eronderuit te komen en gaf er de voorkeur aan om de belvedère te beklimmen en vandaar naar het bos te kijken; hij ging naar de rivier of het struikgewas in en keek daar hoe de insecten in de weer waren, of hij observeerde de vogeltjes: hoe ze rondfladderden en ergens neerstreken, wat voor verentooi ze hadden, hoe ze hun snaveltjes wetten. Hij ving een egel en was urenlang met hem bezig, ging de hele dag vissen met de boerenkinderen of luisterde naar een halfgare oude man die aan de rand van het dorp in een plaggenhut woonde en die vertelde over Poegatsj.* Gretig hoorde hij de details aan van de wrede folteringen en terechtstellingen en keek de man daarbij recht in de tandeloze mond en in de diepe oogkassen, waarin uitgedoofde ogen schemerden.

Urenlang kon hij met een ziekelijke nieuwsgierigheid naar het gebrabbel van de 'bedorven Fekla' luisteren. Thuis las hij allerlei onzin. Kreeg hij *De Saksische rover** in handen, dan las hij dat helemaal uit. Hij haalde de werken van Eckarthausen* uit de boekenkast en probeerde uit de nevel van diens woeste fantasie heldere conclusies te trekken. Het exemplaar van *Tristram Shandy* dat hij door een toeval in handen had gekregen las hij wel tien keer; hij ontdekte een boek met de titel *Geheimen van de Oosterse magie*, en las ook dat; dan weer was de beurt aan Russische sprookjes en sagen, waarna hij zich plotseling weer wierp op de *Ossian*, Tasso en Homerus, of hij voer met Cook naar wonderbaarlijke landen.

Had hij niets om handen, dan lag hij dagenlang roerloos op de divan, maar zijn liggen wekte de schijn dat hij zware arbeid verrichte: zijn fantasie bracht hem veel verder dan de *Ossian* en Tasso en zelfs dan Cook; ofwel een toevallige indruk, een voorbijgaande gewaarwording bracht hem tot een koortsachtige opwinding, en hij stond bleek en vermoeid op, voelde zich pas na een hele poos weer normaal.

'De luilak, de lanterfanter!' heette het om hem heen.

Hij schrok van die oordelen, huilde stilletjes en vroeg zich vertwijfeld af waarom men hem een luilak en een lanterfanter noemde. Wat ben ik voor iemand? Wat moet er van mij worden? dacht hij en hoorde het strenge antwoord: 'Leer, zoals Savrasov, Kovrigin, Maljoejev, Tsjoedin, de beste leerlingen, leren. Die zijn zowel goed thuis in de wiskunde als in de geschiedenis, ze schrijven opstellen, maken tekeningen, kennen hun talen... de gelukkigen! Iedereen respecteert hen, ze kijken trots uit hun ogen, slapen rustig en blijven steeds dezelfde.'

Maar Rajski is vandaag bleek, zwijgt als het graf – en morgen huppelt en zingt hij, God mag weten waarom. Hij werd het meest gekwetst en afgeschrikt door het neerbuigende medelijden van de conciërge, hoewel die hem ook ontroerde door zijn eenvoud. Een keer had hij twee lessen achter elkaar niet geleerd en zou de volgende dag geen middageten krijgen als hij ze 's morgens niet geleerd had; maar hij had geen tijd om ze te leren, iedereen sliep al.

Sidorytsj stond stilletjes op, stak een kaars aan en bracht Rajski het boek uit de klas.

'Leer ze, m'n beste,' zei hij, 'terwijl zij slapen. Niemand ziet je, en morgen zul je ze beter kennen dan zij. Waarom beledigen ze je eigenlijk steeds, jou, arme wees.'

Rajski kreeg tranen in zijn ogen, zowel door de belediging waar de conciërge over sprak als door zijn goedhartigheid. Hij wierp een blik op de andere leerlingen, die in diepe slaap verzonken waren, en leerde uit trots de les niet.

Maar als zijn gevoel van eigenwaarde in het geding was, als hij op zijn ziel was getrapt, dan nam hij met een blik in het boek als het ware een foto van de les, herinnerde zich rijen cijfers, vond de oplossing van de moeilijkste opgaven en verbaasde, als een opvlammend vuurwerk, de hele klas, de leraar incluis.

Hij stelt zich aan, dachten de leerlingen. Wat een capaciteiten heeft die luilak, dacht de leraar.

Hij voelde en begreep dat hij geen luilak en geen lanterfanter was, maar iets anders; dat voelde en begreep echter hij alleen en verder niemand. Hij begreep niet wat hij eigenlijk voor iemand was en er was niemand die hem dat kon uitleggen en hem duidelijk kon maken of hij wiskunde moest leren of iets anders.

Later, als ambtenaar, kreeg hij nog sterker het etiket van leeghoofd opgeplakt. Hij leverde geen enkel rapport af, las nooit dossiers; daarentegen bracht hij wel vrolijkheid, gelach en grappige verhalen in de kamer waar hij werkte. Er verzamelde zich altijd een hoop mensen om hem heen.

De kern van een zaak was voor hem altijd helder, zolang die althans niet in een rapport vervat lag, maar onder grappen en grollen als terloops naar voren werd gebracht en niet in een papieren vorm gegoten hoefde te worden, zoals hij ook van de Russische taal hield maar de grammatica verafschuwde.

Hij deed de andere ambtenaren vaak versteld staan door zijn verrassende kijk op de dingen. De afdelingschef hoorde hem glimlachend aan, nam hem de stukken die hij moest bewerken af en gaf ze aan een ander met de woorden: 'Schrijft u alstublieft het rapport terwijl Boris Pavlovitsj zijn project uitwerkt.'

De afdelingschef had gelijk: Rajski zag een zaak als een schilderij en gaf hem ook als zodanig weer.

Zijn verbeelding vlamde op, hij vatte intuïtief het wezenlijke van een zaak en zijn fantasie completeerde het beeld. En hij had er dan al geen behoefte meer aan om via ervaring en arbeid vaste grond onder de voeten te krijgen.

Hij was de zaak al beu, hij wilde verder, zijn ogen en zijn geest zochten iets anders en hij vloog op de vleugels van de fantasie over afgronden, bergen en oceanen waarover de massa zich slechts met veel moeite en geduld een weg baant.

Hij bezat zijn kennis niet als anderen, maar zag haar als het ware in de spiegel van zijn fantasie als iets wat kant-en-klaar was, hij was zich van dit bezit bewust en verheugde zich erover; het verwerven van kennis vond hij vervelend en als iets hem eenmaal verveelde dan schoof hij het van zich af en zocht om zich heen naar iets nieuws, levends, verrassends, dat in hemzelf levendige reflexen wakker riep en hem de mogelijkheid bood met leven te reageren op leven.

Er was niemand in zijn omgeving die deze opwellingen van gulzige weetgierigheid een bepaalde richting kon geven.

De zorgen van zijn voogd en van baboesjka waren altijd op het uiterlijke gericht: de eerste lette erop dat de leraren hem op de daartoe vastgestelde uren bezochten en dat hij geen lessen verzuimde op school; de tweede zorgde ervoor dat hij gezond was, goed at en sliep, dat hij goed gekleed ging en zich netjes gedroeg en, zoals een goed opgevoede jongen betaamde, niet met allerlei uitschot omging.

Wat hij las, welke boeken hij verslond, daar hielden ze zich niet mee bezig; wel gaf baboesjka hem de sleutels van de bibliotheek van zijn vader in het oude huis. Daar sloot hij zich op en las alles door elkaar: nu eens Spinoza, dan weer een roman van Cotton, dan weer de *Belijdenissen* van

Augustinus, en een dag later haalde hij Voltaire of Parni uit de kast, of zelfs Boccaccio.

De kunsten lagen hem beter dan de wetenschappen, hoewel hij ook hier grappen uithaalde. De leraar liet de hele klas bijvoorbeeld een week of twee alleen ogen tekenen, maar Rajski hield dat niet vol: hij voegde aan de ogen een neus toe, en begon zelfs aan een snor. De leraar betrapte hem echter en trok hem eerst aan zijn kuif, om vervolgens, na de tekening bestudeerd te hebben, te vragen: 'Waar heb je dat geleerd?'

'Nergens,' was het antwoord.

'Helemaal niet slecht, vriend, je ziet alleen wat ervan komt als je te snel gaat: het voorhoofd en de neus zijn goed gelukt, maar waar heb je het oor geplaatst, en het haar ziet eruit als lindebast.'

Maar Rajski triomfeerde: 'Helemaal niet slecht, vriend, het voorhoofd en de neus zijn goed gelukt!' – dat stond voor hem gelijk aan een lauwerkrans.

Hij liep trots over de cour in de overtuiging dat hij beter was dan de anderen, tot hij de volgende dag publiekelijk te schande werd gemaakt bij de 'serieuze' disciplines.

Maar hij vatte een passie op voor het tekenen en een maand na 'de ogen' tekende hij een jongen met een krullenbol en daarna het hoofd van Fingal.*

Het was zijn hartenwens om een vrouwenhoofd dat in de woning van de leraar hing na te tekenen. Enigszins naar de schouder toegewend, keek dit hoofd met een dromerige uitdrukking in de verte.

'Staat u me alstublieft toe om dat hoofd na te tekenen!' vroeg hij schuchter met een meisjesachtig zachte stem en een nerveuze trilling van de bovenlip.

'En als je het glas breekt!' zei de leraar maar gaf hem toch het hoofd mee.

Boris was gelukkig. Iedere keer als hij bij de leraar kwam, sloeg zijn hart over bij de aanblik van het vrouwenhoofd. En nu mocht hij het meenemen en natekenen.

Die week kon geen enkele leraar een verstandig woord uit hem krijgen. Hij zat in zijn hoekje, tekende, gumde uit, bracht schaduw aan, gumde weer uit of dacht zwijgend na; de ogen kregen een blauwe kleur en werden als het ware overdekt met een nevel, en de tedere roze lippen schenen nauwelijks merkbaar te trillen.

Hij nam de tekening voor de nacht mee naar de slaapzaal en toen hij een keer verzonken was in de aanschouwing van die tedere ogen, en de lijn van de gebogen hals volgde, huiverde hij plotseling; hij voelde een zware beklemming op de borst, zijn adem stokte, en in een plotselinge schemertoestand sloot hij de ogen en drukte de tekening, een onderdrukt gekreun uitstotend, met beide handen tegen zijn linkerzij. Het glas brak en de scherven vielen rinkelend op de vloer.

Toen hij het hoofd had nagetekend, kende zijn trots geen grenzen meer. Zijn tekening werd samen met de tekeningen van de hoogste klas tentoongesteld op het publieke examen. De leraar had er maar weinig aan verbeterd, hij had alleen hier en daar wat zwakke plekken versterkt met krachtige lijnen, als een ijzeren traliewerk; bovendien had hij drie, vier strengen aan het haar toegevoegd en punten gezet in de ogen, die nu plotseling leken te leven.

Hoe heeft hij dat gedaan? En hoe komt het dat bij hem alles zo levend, zo gedurfd, zo solide wordt? vroeg Rajski zich af terwijl hij aandachtig de lijnen en punten bekeek, vooral de twee punten die de ogen tot leven hadden gebracht. Hij oefende zich er voortaan met veel ijver in om de strepen en punten met evenveel zekerheid en overtuiging aan te brengen als de leraar, om daardoor dezelfde levendigheid en kracht, dezelfde pakkende uitwerking te bereiken als hij. Af en toe dacht hij het geheim doorgrond te hebben, maar even later ontglipte het hem weer.

Maar om steeds ogen, neuzen, voorhoofdslijnen, oren en handen te tekenen, wel honderd keer, leek hem dodelijk vervelend.

De ogen behandelde hij met enige zorgvuldigheid, hij bekommerde zich er vooral om dat de punten op de goede plaats kwamen, zoals bij de leraar, zodat ze keken als levende ogen. Lukte hem dat niet, dan schoof hij alles ter zijde, steunde met zijn ellebogen op tafel, legde zijn hoofd op zijn handen en zadelde zijn geliefde fantasiepaard, om zich mee te laten voeren naar de verte, naar de wereld van zijn dromen en beelden.

Zich koesterend aan zijn gemakkelijk behaalde succes, liep hij trots rond: 'Ik heb talent, talent!' zong het voortdurend in zijn oren. Maar algauw wist iedereen hoe mooi hij kon tekenen en klonken er niet langer kreten van bewondering, het succes was voor hem iets alledaags, iets gewoons geworden.

Op het platteland begon hij opnieuw hartstochtelijk te tekenen, hij portretteerde de kamermeisjes, de koetsier, de boeren.

Hij tekende een portret van de halfgare Fekla: ze zat in een grot en het licht viel zeer effectvol op haar gezicht en verwarde haren terwijl de rest van haar lichaam in het duister gehuld bleef. Het ontbrak hem zowel aan kunde als aan geduld om er armen, benen en een romp bij te tekenen. En waarom zou hij ook de hele ochtend blijven tekenen terwijl buiten de zon de weilanden en de rivier lachend met haar licht overgoot?

Daar komt net een bediende van de buren aangereden, waarschijnlijk brengt hij een uitnodiging om te komen dansen...

Drie dagen later was het beeld dat hem voor ogen stond al verbleekt, en maakte een ander beeld zich meester van zijn fantasie. Hij zou een reidans willen tekenen, met een dronken oude man als toeschouwer en een trojka die op de achtergrond voorbij suist. Opnieuw liep hij twee dagen rond met het beeld in zijn hoofd. Het stond hem levendig voor de geest. De dansende meisjes en de oude man zou hij zo kunnen tekenen, maar met de trojka werd het niets: paarden hadden ze 'niet gehad' op school.

Een week later was ook dat beeld vergeten en vervangen door een ander...

Hij hield zielsveel van muziek. Op school was de suffe, door de overige leerlingen verachte Vasjoekov het voorwerp van zijn voortdurende genegenheid geweest.

Iedereen placht Vasjoekov aan zijn oren te trekken: 'Donder op, idioot, stommeling' was het enige wat hij te horen kreeg. Slechts Rajski bekeek hem met vertedering, alleen omdat de voor alles onverschillige, slaperige, lusteloze Vasjoekov, die zelfs bij de door allen geliefde leraar Russisch nooit ook maar één les had geleerd, iedere dag na het middageten zijn viool pakte, zijn kin erop legde, met de strijkstok over de snaren ging en de school, de leraren en de mishandelingen door zijn kameraden vergat.

Zijn ogen zagen daarbij niets van wat zich om hem heen afspeelde, maar keken naar een andere plek, ergens in de verte, alsof hij daar iets bijzonders, iets geheimzinnigs zag. Ze kregen dan een wilde, ruwe uitdrukking en schenen soms te huilen.

Rajski placht tegenover hem te gaan zitten en verbaasd naar het gezicht van Vasjoekov te kijken. Hij observeerde hoe hij, voorlopig nog met zijn gewone doffe blik, zijn viool tevoorschijn haalde, lusteloos de strijkstok pakte en die insmeerde met vioolhars, daarna eerst met zijn vinger de snaren beroerde, ze vaster aanspande, ze opnieuw beroerde, en er vervolgens, nog steeds slaperig kijkend, met de strijkstok overheen ging. Maar nu was hij begonnen met spelen, nu was hij wakker en vloog hij op en weg.

Er was geen Vasjoekov meer, een ander stond daar in zijn plaats. Zijn pupillen verwijdden zich, de ogen knipperden niet meer, maar werden steeds doorzichtiger, lichter, dieper en keken trots en intelligent de wereld in. Zijn borst ademde traag en zwaar. Een uitdrukking van voldaanheid en geluk gleed over zijn gezicht, de huid werd gaver, de ogen werden dieper blauw en straalden – Vasjoekov was mooi geworden.

Rajski probeerde in gedachten daarheen te kijken waar Vasjoekov keek en te zien wat hij zag. Niemand en niets bestond nog voor hem: de leerlingen noch de banken, noch de kasten. Dat was allemaal als in een nevel gehuld.

Na enkele klanken had de blauwe verte zich geopend en een bewegende wereld van golven en schepen, van mensen, wouden en wolken verscheen. Alles scheen te drijven en langs hem te zweven in de lucht. En hijzelf werd, naar het hem toescheen, steeds groter, zijn adem stokte, hij had het gevoel of hij gekieteld werd of een bad nam...

En die droom duurde voort zolang de klanken voortduurden.

Een geklop, een geschreeuw en een por in zijn rug wekten hem plotseling en wekten ook Vasjoekov. De klanken waren verstomd, de werelden verdwenen, hij was wakker: om zich heen zag hij leerlingen, banken, tafels – en Vasjoekov borg zijn viool op, iemand trok hem al aan zijn oor. Rajski stortte zich woedend op de vechtersbaas om hem af te rossen en liep vervolgens lang in gedachten verzonken rond.

Zijn zenuwen zongen hymnen die hem onbekend waren, het leven klotste in hem als een zee en gedachten en gevoelens overspoelden elkaar als golven, botsten op elkaar en snelden ergens heen, spatten en schuimden rondom.

Hij hoorde iets bekends in die klanken, ze riepen een herinnering in hem wakker, de schaduw van een vrouw die hem eens op haar schoot hield.

Hij zocht zijn geheugen af en bevroedde vaag dat het zijn moeder was die hem op haar schoot hield terwijl hij, met zijn wang tegen haar borst gedrukt, toekeek hoe haar vingers over de toetsen gleden, luisterde hoe er nu eens treurige dan weer vrolijke klanken van onder haar handen opklonken en hoe haar hart klopte in haar borst.

Steeds helderder kwam de vrouwengestalte in zijn herinnering tot leven, alsof ze in die ogenblikken uit het graf was opgestaan en levend voor hem stond.

Hij herinnerde zich hoe ze na de muziek heel haar sidderende lust had geconcentreerd in de hete kus die ze hem gaf. Hij herinnerde zich hoe ze hem de platen in de kamer uitlegde: wie die oude man met de lier was naar wie de trotse tsaar luisterde, doodstil en zonder het te wagen om zich te verroeren; wie de vrouw was die naar het schavot gebracht werd.

Daarna herinnerde hij zich hoe ze hem naar de oever van de Wolga had gebracht, hoe ze daar urenlang zat en in de verte keek of hem op een door de zon verlichte berg wees, op de donkere groene bossen, op voorbijvarende schepen.

Hij keek toe hoe ze roerloos in de verte staarde, zag hoe doorzichtig haar ogen waren, hoe diep en goedhartig – precies zoals bij Vasjoekov, wanneer hij speelde, dacht hij.

Waarschijnlijk zag ze in het groen van de bossen, in het stromen van de rivier, in het blauw van de lucht hetzelfde als wat Vasjoekov zag wanneer hij op zijn viool speelde... Bergen, zeeën, wolken... Kortom, alles wat ik ook zie, dacht hij in stilte.

Hoorde hij ergens een dame op de piano spelen, bijvoorbeeld de gouvernante bij de buren, dan bleef hij als aan de grond genageld staan, vergat zelfs de hengel waarmee hij net naar de rivier wilde gaan.

Het was alsof hij er helemaal niet was, alsof hij door de grond was gezakt: ver, ver weg droeg iemand hem door de lucht, opnieuw groeide hij en er vloeide zo'n kracht in hem dat hij zich in staat voelde om als Atlas het hemelgewelf op te heffen en te ondersteunen.

De klanken troffen hem bijna pijnlijk in zijn borst, drongen door in zijn hersens, deden het zweet parelen op zijn voorhoofd en tranen wellen in zijn ogen...

Plotseling verstomden de geluiden, hij kwam weer tot zichzelf, schaamde zich en rende weg.

Hij begon te studeren, eerst viool bij Vasjoekov. Al een week ging hij nu met de strijkstok heen en weer; a, c, g intoneerde Vasjoekov geduldig terwijl de valse tonen die zijn leerling produceerde hem pijn aan de oren deden. Nu eens pakte hij twee snaren tegelijk, dan weer trilde zijn hand van zwakte – nee, dat werd niets. Als Vasjoekov daarentegen speelde, was het of zijn hand geolied was.

Twee weken had hij nu al les en hij vergat nog steeds nu eens de ene, dan weer de andere vinger. De leerlingen morden: 'De duivel hale jullie met jullie gefiedel!' riep de eerste van de klas. 'Er moet hier serieus gewerkt worden en jullie zagen maar op jullie viool!'

Rajski gaf de viool op en vroeg zijn voogd hem pianolessen te laten nemen. De piano is makkelijker, dat leer ik sneller, dacht hij.

Zijn voogd nam een Duitse pianoleraar in dienst, maar besloot tegelijk een serieus gesprek met zijn pupil te voeren.

'Luister eens, Boris,' begon hij, 'ik wilde je allang eens vragen waar je je op voorbereidt...'

Rajski begreep de vraag niet en zweeg.

'Je bent al zestien,' vervolgde zijn voogd, 'het is tijd om aan je toekomst te denken. Maar jij hebt er, heb ik de indruk, nog nooit over nagedacht wat je op de universiteit en later in overheidsdienst wilt gaan doen. Een militaire loopbaan zit er voor jou niet in: je vermogen is niet groot en volgens de traditie van je familie moet je ook nog bij de garde dienen.'

Rajski zweeg en keek uit het raam naar het erf, waar net twee hanen aan het vechten waren, een varken in de mest aan wroeten was en een kat op een duif af sloop.

'Ik praat met je over serieuze zaken en jij kijkt uit het raam! Wat wil je worden?'

'Ik wil kunstenaar worden.'

'Wat?'

'Ik wil kunstschilder worden,' herhaalde Rajski.

'De duivel mag weten wat je in je hoofd gehaald hebt. Weet je eigenlijk wel wat een kunstenaar voor iemand is?' vroeg zijn oom.

Rajski zweeg.

'Een kunstenaar, dat is iemand die ofwel geld bij je leent ofwel zo'n onzin uitkraamt dat je hoofd nog een week lang in mist gehuld blijft... Een kunstenaar wil hij worden...! Dat betekent toch niets anders dan een losbandig zigeunerleven leiden, gebrek hebben aan geld, kleding en schoeisel en alleen een overvloed hebben aan dromen! Kunstenaars huizen, als de vogelen des hemels, op zolders. Ik heb ze in Petersburg gezien: zij zijn het soort branieschoppers die, gekleed in fantasiekostuums, 's avonds bijeenkomen, op divans liggen, pijproken, allerlei onzin uitkramen, gedichten lezen, veel wodka drinken en vervolgens verkondigen dat ze kunstenaar zijn. Ze kammen hun haar niet, lopen rond in vuile kleren...'

'Ik heb gehoord, oom, dat kunstenaars tegenwoordig zeer worden gewaardeerd. U denkt misschien aan vroeger... Er zijn beroemde lieden uit de kunstacademie voortgekomen...'

'Zo oud ben ik nog niet en ik ken de wereld,' wierp zijn oom tegen. 'Je hebt de klok horen luiden maar je weet niet waar de klepel hangt. Beroemde lieden! Er zijn beroemde lieden onder kunstenaars, net als onder artsen, maar vraag eens wanneer ze beroemd zijn geworden. Wanneer ze in overheidsdienst getreden zijn en de rang van geheimraad hebben verworven! Als ze een kathedraal bouwen of een monument op een plein neerzetten... dan verleent men ze die rang! Maar in het begin zijn ze doodarm, werken voor een stuk brood. Het zijn immers grotendeels vrijgelatenen, kleinburgers of buitenlanders, ja zelfs joden, die zich aan deze beroepen wijden. Het is de bittere nood die ze in de armen drijft van het artiestendom. En jij bent nog wel een Rajski! Je hebt land en je kostje is gekocht. Natuurlijk is het voor de society heel prettig als iemand talenten heeft, iets op de piano kan spelen of in een album kan tekenen, een romance zingen... Daarom heb ik die Duitse pianoleraar ook voor je aangenomen. Maar kunstenaar van beroep worden... wat een waanzin! Heb je ooit gehoord van een vorst of een graaf die een schilderij heeft gemaakt, of van een edelman uit een oud geslacht die een beeld heeft gemaakt?'

'En Rubens dan?' onderbrak Rajski hem plotseling, 'die leefde toch aan een hof, was gezant!'

'Je gaat wel ver terug, dat was tweehonderd jaar geleden,' zei zijn voogd, 'ergens bij de Duitsers... Nee, het is beter als je rechten gaat studeren, een betrekking aanvaardt in Petersburg, je goed inwerkt, het tot officier van justitie brengt en je via je familiebanden opwerkt tot hofjonker. Dat is de carrière die voor je openligt! Als je niet langer loopt te suffen, kun je met jouw naam en jouw afkomst op je dertigste gouverneur zijn. Maar helaas kan ik geen ernst in je ontdekken: je gaat vissen met dorpsjongens, je tekent een moeraslandschap, een dronken boer bij een kroeg... Je loopt door de bossen en de velden en het komt niet bij je op om een keer aan een boer te vragen wat voor graan hij op welke tijden zaait en voor hoeveel hij het verkoopt. Niets daarvan. Je hebt het niet eens in je om een goede landheer te worden.'

Zijn oom zuchtte en Rajski keek mismoedig voor zich uit. De donderpreek van zijn oom had alleen op zijn zenuwen gewerkt.

De Duitse pianoleraar was er net als Vasjoekov vooral op bedacht zijn vingers recht te zetten en begeleidde iedere aanslag van zijn leerling met voetengestamp en geneurie: 'A-a-oe-oe-o-o.'

Alleen omdat hij zich schaamde voor zijn voogd, liet Rajski zich deze marteling welgevallen en slaagde hij er in de loop van enkele maanden in de eerste beginselen van het pianospel machtig te worden. En ook hierbij had hij voortdurend kuren: nu eens speelde hij niet met de vinger waarmee de leraar wilde dat hij speelde, maar met degene die voor hem het makkelijkst was, dan weer wilde hij geen toonladders spelen, maar zocht naar de motieven die hem door het hoofd gingen, en was gelukkig wanneer het hem lukte dezelfde expressie en kracht in zijn spel te leggen als een of andere begaafde pianist die hij toevallig een keer gehoord had en wiens spel hem geïnspireerd had, zoals de strepen en punten van de leraar hem vroeger hadden geïnspireerd.

Met de noten werd hij geen vrienden. Het leek hem een kwelling om alle bestofte, vergeelde, door de leraar meegebrachte schriften van de muziekschool door te moeten werken. Wel verzonk hij, luisterend naar zijn eigen spel, vaak in gedachten en dan liepen de rillingen hem over de rug.

Hij zag zich al in een met publiek gevulde zaal, aan de vleugel gezeten en met zijn spel de muren en de harten van de kenners aan het wankelen brengend. Vrouwen luisterden met rode konen naar hem en zijn gezicht straalde in een beschaamde vreugde over de eigen triomf...

Hij veegde stilletjes de tranen af die hem over de wangen liepen, geheel in vervoering gebracht door het heerlijke droombeeld.

Toen hij ten slotte, zo goed en zo kwaad als het ging, de eerste beginselen onder de knie had gekregen, schenen zijn vingers in plaats van zich aan de noten te houden al iets eigens te zoeken en hem die zaal, die vrouwen, dat stormachtige applaus voor te toveren.

Weldra had hij alle roodwangige jongedames uit zijn kennissenkring overtroffen en verbaasd door de kracht en de stoutmoedigheid van zijn spel, de temperamentvolle speelsheid waarmee zijn vingers over de toetsen gleden. Zij waren nog bezig met een of ander ouderwets rondo of een sonate à quatre mains, terwijl hij de oefeningen en de sonaten gewoon had overgeslagen, begonnen was met de quadrilles en marsen, en vervolgens met de opera's. Hij doorliep de cursus volgens een eigen programma dat hem door zijn gehoor en zijn fantasie werd gedicteerd.

Hoorde hij orkestmuziek, dan prentte hij zich dat wat hem beviel in en herhaalde, zich koesterend in de bewondering van de jongedames, de motieven. Hij gold als de beste pianist van de hele omgeving en zijn leraar, de Duitser, zei over hem dat zijn talent verbazingwekkend was, maar zijn luiheid nog verbazingwekkender.

Maar dat was geen ramp: een zekere luiheid en slordigheid misstaan een kunstenaar niet. Bovendien had iemand hem gezegd dat wie talent heeft niet hard hoeft te werken, dat alleen talentlozen hard werken, om met veel pijn en moeite een schamel surrogaat voor die grote, alles overwinnende gave van de natuur – het talent – te verwerven.

7

Rajski had eindexamen gedaan en was gaan studeren. De eerste zomervakantie wilde hij doorbrengen bij zijn oudtante Tatjana Markovna Berezjkova.

Deze baboesjka woonde op het kleine landgoed dat Boris had geërfd van zijn moeder. Het lag vlak bij een stad waarvan het slechts door velden en door een aan de Wolga-oever gelegen voorstad werd gescheiden. Het telde slechts vijftig zielen. Van de beide huizen die erop stonden was het ene van steen, het was nu verlaten en verwaarloosd; het andere, iets kleiner en van hout, was gebouwd door Rajski's vader. Hierin woonde nu Tatjana Markovna samen met twee achternichten, weeskinderen in de leeftijd van zeven en zes jaar die aan haar hoede waren toevertrouwd door haar achternicht, van wie de oude dame hield als van een dochter.

Baboesjka had haar eigen kapitaal en haar eigen kleine landgoed. Ze was ongehuwd gebleven en had zich na de dood van de ouders van Boris, haar neef en nicht, op het landgoed van de Rajski's gevestigd.

Ze beheerde het landgoed als een klein koninkrijk, wijs, efficiënt en met oog voor de details, maar tevens despotisch en volgens feodale principes. Ze stond Rajski's voogd niet toe zich met haar zaken te bemoeien, wilde niets weten van akten, documenten of andere papieren en continueerde de toestand zoals die tijdens het leven van de laatste bezitters was geweest; op brieven van Rajski's voogd antwoordde ze dat alle akten en documenten in haar geweten waren opgeslagen, dat ze rekenschap zou afleggen aan haar achterneef zodra die meerderjarig was en dat tot die tijd het beheer van het landgoed, in overeenstemming met de mondelinge wilsbeschikking van Rajski's ouders, uitsluitend aan haar was toevertrouwd.

De voogd haalde zijn schouders op en liet haar voortaan met rust, omdat het landgoed klein was en in de handen van zo'n rentmeester als baboesjka goed zou gedijen.

Nadat hij zich had laten inschrijven voor de universiteit bezocht Rajski haar. Hij wilde een paar weken blijven om dan, misschien voor lang, afscheid te nemen.

Wat een lusthof bleek het hoekje te zijn dat hij als kind had verlaten en waar hij later als jongen af en toe in de zomervakantie had gelogeerd. Wat een prachtige uitzichten rondom: ieder venster in het huis vormde de omlijsting van een verrukkelijk tafereel.

Aan de ene kant stroomde de Wolga met haar steile oevers en het weidse landschap daarachter; aan de andere kant lagen uitgestrekte landerijen, deels bewerkt, deels braakliggend, en ravijnen. En dat alles werd in de verte afgesloten door blauw schemerende bergen. Aan een derde kant zag men dorpen en gehuchten en een deel van de stad. De lucht was fris en koel en bezorgde je een lichte rilling van levenslust, als na een zomerse duik in een rivier.

Het huis werd omringd door dit prachtige landschap, door deze lucht, door velden en een park. Het uitgestrekte park rond beide huizen was goed onderhouden en voorzien van lommerrijke lanen, een tuinhuisje en banken. Hoe verder je van de huizen kwam, hoe verwaarloosder het park werd. Naast een enorme olm met hangende takken waar een vermolmde bank onder stond, verdrongen zich appel- en kersenbomen; hier stonden lijsterbessen, daar een groep linden die van plan leek een laan te vormen maar plotseling verdween in het bos en zich broederlijk vermengde met dennen en berken. En plotseling vond dat alles zijn einde in een ravijn dat met dicht, zich bijna een halve werst over de Wolga-oever uitstrekkend struikgewas, begroeid was.

Naast het park, dichter bij het huis lagen de moestuinen. Daar groeiden kool, bieten, wortels, peterselie, augurken, enorme pompoenen en, in een broeikas, verschillende soorten meloenen. De zonnebloemen en papavers vormden tussen deze groene massa helle, in het oog springende vlekken; langs staken kronkelden zich Turkse bonen.

Voor de ramen van het houten huis lag een grote bonte bloementuin in de felle zon; van daaruit leidde een deur naar het erf en een andere, glazen deur naar de veranda en het woonhuis.

Tatjana Markovna had graag een vrij uitzicht uit de ramen: het moest niet op een gribus lijken, de zon en bloemengeur moesten vrije toegang hebben. Van de andere, naar de erven toegekeerde kant van het huis, kon ze alles zien wat er gebeurde op het grote erf, in de bediendeverblijven, in de keuken, de paardenstal en de kelders. Niets ontsnapte aan haar aandacht.

Het oude huis stond enigszins apart achteraf op het erf, als een blinde vlek in het oog. Het maakte een sombere, grauwe indruk en lag bijna altijd in de schaduw. Het was verkleurd, de ramen waren voor een deel gebroken, de buitentrap was met gras overwoekerd en voor de zware deuren waren navenant zware grendels geschoven. Toch maakte het geheel ondanks alle verwaarlozing nog steeds een stevige, compacte indruk.

Het kleine houten huis daarentegen werd van de vroege morgen tot de late avond overgoten door warme zonnestralen, de bomen waren teruggeweken om het lucht en ruimte te geven. Alleen de bloementuin slingerde zich als een guirlande vanaf de kant van het park om de houten muren, en de klimrozen, de dahlia's en andere bloemen schenen toestemming te vragen om de vensters binnen te kruipen.

Zwaluwen hadden hun nesten op het dak gebouwd en scheerden om het huis heen; in het park en in de bosjes zongen roodborstjes, wielewalen, sijsjes en distelvinken en 's nachts kon je het fluiten van nachtegalen horen.

Het erf was vol met allerlei pluimvee, honden van allerlei rassen liepen er af en aan. De koeien werden 's ochtends naar het veld gedreven en keerden tegen de avond terug, vergezeld van een bok met twee geiten. In de stallen stonden enkele paarden, die vrijwel niets te doen hadden.

Boven de bloemen rond het huis gonsden bijen en hommels, fladderden libellen en vlinders en in de hoeken lagen katten met hun jongen.

Welk een vreugde en vrede heersten er in het huis! Alles wat je hartje maar begeerde, was daar voorhanden. Kleine, maar gezellige kamertjes met antiek meubilair dat vanuit het oude huis hierheen was overgebracht en nog uit de tijd van de grootouders en overgrootouders van Rajski stamde. Aan de wanden hingen portretten van Rajski's glimlachende ouders en ook van de ouders van de twee kleine meisjes, die aan de hoede van Berezjkova waren toevertrouwd.

De vloeren waren overal geverfd, geboend en overdekt met wasdoek, de kachels waren ingelegd met bonte, antieke tegels die ook uit het oude huis stamden. De kasten zaten propvol oud vaatwerk en zilver, dat iedere keer als er iemand langsliep trilde en rinkelde.

In het oog sprongen de antieke Saksische theekopjes, herderinnetjes, markiezen, Chinese monsters, buikige theepotten en suikerpotten en de zware lepels. Ronde, met brons versierde stoelen en tafeltjes met houtmozaïek stonden overal in de gezellige hoekjes.

In het kabinet van Tatjana Markovna stond een antiek, eveneens met brons beslagen en met houtsnijwerk verfraaid bureau met een spiegel, met urnen, met lieren en 'kopjes'.

Maar baboesjka had een doek voor de spiegel gehangen. 'Het stoort bij het schrijven wanneer je steeds je bakkes tegenover je ziet,' zei ze.

Verder stond er nog een ronde tafel waaraan ze het middageten gebruikte en koffie en thee dronk, alsook een tamelijk harde leren fauteuil met een hoge rococorug.

Baboesjka was nog opgevoed volgens de oude methode en liet zich niet graag gaan; ze gedroeg zich ongedwongen, met een natuurlijke eenvoud maar ook met een ingehouden fatsoen in haar manieren; haar benen trok ze niet onder zich zoals de tegenwoordige jongedames dat doen. 'Dat past een vrouw niet,' zei ze.

Ze leek Boris een schoonheid en dat was ze ook.

Het was een lange, niet dikke en niet magere, maar wel vieve oude vrouw... eigenlijk niet eens een oude vrouw maar een vrouw van een jaar of vijftig met levendige donkerbruine ogen en zo'n goedhartige en innemende glimlach dat zelfs wanneer ze kwaad werd en het in die ogen donderde en bliksemde, je achter dat onweer opnieuw de heldere hemel meende te zien.

Tussen bovenlip en neus had ze een klein snorretje en op de linkerwang, in de buurt van de kin, een moedervlek met een dicht bosje haren. Dit versterkte de goedhartige uitdrukking van haar gezicht nog.

Ze liet haar grijze haren kort knippen en liep thuis, op het erf en in het park, blootshoofds rond. Alleen op feestdagen en als er gasten waren, droeg ze een mutsje; maar dat mutsje had geen houvast op haar hoofd, stond haar niet en dreigde ieder moment van haar haren af te glijden.

Ze vond het zelf ook lastig en als ze vijf minuten met een gast had zitten praten, excuseerde ze zich en deed het mutsje af.

's Ochtends droeg ze een wijde witte peignoir met een ceintuur en grote zakken en 's middags een bruine jurk; op grote feestdagen trok ze een lichte, zilverkleurige japon aan die heel stijf was en voortdurend knisperde; om haar schouders deed ze dan een kostbare oude sjaal die alleen door Vasilisa, de huishoudster, tevoorschijn gehaald en opgeborgen mocht worden.

'Die sjaal heeft oom Ivan Koezmitsj nog uit het oosten meegebracht, driehonderd dukaten heeft hij ervoor betaald,' placht ze op te scheppen, 'nu kun je zo'n sjaal voor geen prijs meer krijgen.'

Aan haar gordel en in haar zakken hingen en lagen talrijke sleutels, zodat je baboesjka wanneer ze over het erf of door de tuin liep als een ratelslang al uit de verte hoorde aankomen.

Wanneer de koetsiers dat geluid hoorden, stopten ze snel hun pijpen in hun laarzen want baboesjka was voor niets ter wereld zo bang als voor een brand en rekende het roken van tabak om die reden tot de grote ondeugden.

De koks en de keukenmeiden grepen zodra ze het gerinkel van de sleutels hoorden naar een mes, een pollepel of een bezem, terwijl Kirjoesja, die net met Matrjona in de poort stond, vlug wegrende, en Matrjona al naar de varkensstal liep, met grote moeite een trog meeslepend – dat allemaal voordat baboesjka verscheen.

Ook in het huis zorgde het gerinkel van de sleutels altijd voor grotere activiteit. Masjoetka deed vlug haar vuile schort af, veegde met de eerste de beste lap, of het nu de zakdoek van haar meesteres was, of een vod, haar handen af. Vervolgens spuugde ze in haar handen, probeerde haar weerbarstige, droge lokken glad te strijken en spreidde een schoon tafelkleed van fijne stof over de ronde tafel, waarop Vasilisa, een zwijgzame, ernstige vrouw, die ongeveer even oud was als haar meesteres en door het eeuwige zitten een pafferig en ziekelijk lichaam had gekregen, het zilveren servies met de dampende verse koffie binnenbracht.

Masjoetka trok zich terug in de verste hoek om zich te ontrekken aan de blik van haar meesteres die haar altijd proper en netjes wilde zien. Het was voor Masjoetka ook wat te ongemakkelijk om zichzelf schoon te houden: als ze haar handen had gewassen, hield ze de dingen niet stevig genoeg vast en liet ieder ogenblik iets vallen. Of het nu de samowar of een kostbaar servies was, het gleed uit haar handen. In een schone jurk voelde ze zich ook altijd onbehaaglijk. Wanneer ze zich op zondag moest wassen en haar haren kammen en haar goede goed moest aantrekken, voelde ze zich de hele dag, zoals ze zelf zei, alsof ze in een dichtgenaaide zak zat. Ze scheen zich pas gelukkig te voelen wanneer ze door het boenen van de vloeren, het lappen van de ramen en het doen van de vaat zo onder het vuil zat dat je haar gezicht niet herkende, en ze om over haar neus of haar wenkbrauwen te wrijven, in plaats van haar smerige handen, haar ellebogen gebruikte.

Vasilisa daarentegen was pijnlijk netjes en ernstig, sprak altijd op fluistertoon en was de enige vrouw onder het huispersoneel die zich goed schoonhield. Al op jeugdige leeftijd was ze als kamermeisje in dienst getreden van haar meesteres, ze was nooit bij haar weggegaan, kende haar al haar hele leven en was nu haar huishoudster en vertrouwelinge geworden.

Ze hadden onder elkaar aan een half woord genoeg, baboesjka hoefde haar nauwelijks bevelen te geven: ze wist uit zichzelf alles wat er te doen viel. Als er iets bijzonders gedaan moest worden, dan eiste baboesjka dat niet maar adviseerde haar als het ware om dat of dat te doen.

Een ondergeschikte verzoeken om iets te doen was in strijd met de feodale instelling van baboesjka. Een lakei, een bediende, een kamermeisje bleef voor haar ondanks alles een lakei, een bediende of een kamermeisje.

Ze keurde slechts weinigen een persoonlijk bevel waard: in het huishouden gaf ze die aan Vasilisa, en wat het dorp betrof wendde ze zich tot de rentmeester of de dorpsoudste. Behalve Vasilisa noemde ze niemand bij zijn volle naam; of het moest zijn dat iemand een naam droeg die zich absoluut niet liet afkorten of verminken, zoals Ferapont of Pantelejmon, die bleven Ferapont en Pantelejmon, en de dorpsoudste noemde ze Stepan Vasiljev – maar de overigen waren voor haar Matrjosjka, Masjoetka, Jegorka, enzovoort.

Als ze iemand bij zijn voornaam en vadersnaam noemde, dan wist diegene al dat er onweer op komst was.

'Kom eens hier, Jegor Prochorytsj, waar heb je gisteren de hele dag gezeten?' Of: 'Semjon Vasilitsj, jij schijnt gisteren de hele dag pijp gerookt te hebben op de hooiberg? Denk er voortaan om!'

Ze hief dreigend haar vinger op en stond soms 's nachts op om door het raam te spieden of er geen pijp oplichtte, of er niemand met een lantaarn over het erf of door de schuur liep.

Het verschil tussen heren en knechten was voor haar onoverbrugbaar. Ze was niet erg streng, ja tot op zekere hoogte coulant en menslievend, maar alles binnen het kader van de feodale begrippen. Kreeg een of andere Irina of Matrjona een onwettig kind, dan hoorde ze het nieuws hierover zwijgend, met een gezichtsuitdrukking van beledigde waardigheid aan, vervolgens beval ze Vasilisa alles te geven wat nodig was, wendde zich verachtelijk af en zei slechts: 'Laat dat wezen me niet onder ogen komen.' Als Matrjona of Irina weer op de been was, hield ze zich ongeveer een maand schuil voor haar meesteres en deed vervolgens weer of er niets gebeurd was. Het kind werd 'naar het dorp' gestuurd.

Als een van de dorpelingen ziek werd, dan stond Tatjana Markovna 's nachts op en liet hem alcohol en zalf brengen, maar de volgende dag stuurde ze hem naar het ziekenhuis of ze liet Melancholicha komen, maar geen arts. Wanneer daarentegen een van haar achternichten een beslagen tong had of last van haar maag, reden Kirjoesjka of Vlas, hevig met hun ellebogen en knieën werkend, op een ongezadeld paard naar de stad om de dokter te halen.

Melancholicha was een boerenvrouw in de voorstad, die met eenvoudige middelen de lijfeigenen genas en hen in een handomdraai van hun kwalen verloste. Wel kwam het voor dat haar behandeling de een voor zijn hele leven kreupel maakte, dat de ander daarbij zijn stem verloor en tot zijn dood alleen nog maar wat krassende geluiden kon voortbrengen of dat iemand zonder een oog of kaak van haar terugkwam—maar de pijn was over en de betreffende man of vrouw kon weer werken.

De zieke en het kruidenvrouwtje namen daar genoegen mee en de landheer al helemaal. Omdat Melancholicha haar geneeskunst alleen uitoefende op lijfeigenen en de kleine luiden van de voorstad, liet het medisch tuchtcollege haar begaan.

Het eten dat Tatjana Markovna haar personeel liet voorzetten was overvloedig en voedzaam: gewoonlijk was het koolsoep of pap en op feestdagen waren er pasteitjes en lamsvlees; met Kerstmis werden er ganzen en varkens gebraden. Maar enige 'luxe' bij het eten of in hun kleding stond ze de lijfeigenen niet toe, wel gaf ze soms, bij wijze van liefdadigheid, de resten van haar tafel aan een boerenvrouw, nu eens aan de ene, dan weer aan de andere. Thee en koffie werden onmiddellijk na de meesteres door Vasilisa gedronken, daarna was de beurt aan de kamermeisjes en de bejaarde Jakov. De koetsiers, de leden van het huispersoneel en de dorpsoudste kregen op feestdagen ieder een glas wijn als dank voor hun trouwe dienst.

Wanneer 's morgens de koffietafel werd afgeruimd, verscheen er een gezonde boerenvrouw met opvallend rode wangen en een eeuwig lachende mond—het was de oppas van de twee achternichten, Verotsjka en Marfenka; achter haar aan kwam een meisje van een jaar of twaalf binnen, haar helpster. Ze bracht de twee meisjes naar het ontbijt in de kamer van baboesjka.

'Nou, mijn lieve vogeltjes, hoe gaat het?' zei baboesjka dan en ze wist nooit wie ze als eerste zou kussen. 'Verotsjka, jij bent een brave meid: je hebt je haar al gekamd.'

'Ik ook, baboesjka, ik ook!' riep Marfenka.

'Waarom heeft Marfenka zulke rode oogjes. Heeft ze in haar slaap gehuild?' vroeg ze bezorgd aan de oppas. 'Of heeft de zon haar gebrand? Zijn de gordijnen daar bij jou gesloten? Daar let je natuurlijk niet op, sufkop! Ik zal zelf eens gaan kijken.'

In de bediendekamer zaten nog drie of vier jonge kamermeisjes die de hele dag door zonder ophouden iets naaiden of kantklosten omdat baboesjka er niet tegen kon dat iemand niets om handen had. En in de vestibule zat zonder iets te doen de bedachtzame Jakov, samen met de zestienjarige spotzieke Jegorka en nog twee of drie lakeien die hem moesten helpen maar niets deden en vaak afgewisseld werden.

Jakov zelf bediende alleen aan tafel, verjoeg traag met een tak de vliegen, verwisselde even traag en bedachtzaam de borden en uitte slechts zelden een woord. Zelfs wanneer zijn meesteres hem iets vroeg, antwoordde hij nauwelijks, alsof het leven hem oneindig zwaar viel of er een last op zijn ziel drukte, hoewel niets van dien aard het geval was. Tatjana Markovna had hem uitsluitend tot hofmeester benoemd omdat hij een rustige man was, niet rookte en slechts met mate dronk, dat wil zeggen nooit stomdronken werd; bovendien was hij een trouwe kerkganger.

8

Rajski trof baboesjka aan bij het ontbijt van de kinderen. Ze sloeg de handen in elkaar van vreugde en sprong van haar stoel op. De borden vielen bijna van de tafel.

'Wat ben jij een schelm, Borjoesjka! Je hebt niets geschreven, komt zomaar binnenvallen. Ik schrok me een ongeluk toen je binnenkwam.'

Ze omvatte zijn hoofd met haar handen, keek hem een poosje in het gezicht, wilde in huilen uitbarsten maar bedacht zich en drukte zijn hoofd tegen haar schouder, wierp een snelle blik op het portret van Rajski's moeder en onderdrukte een zucht.

'Tjonge jonge...' Ze wilde een hoop zeggen en vragen, maar ze zei en vroeg niets, lachte alleen en veegde behendig een traan uit haar oog. 'Je bent een zoon van je moeder, je lijkt sprekend op haar. Kijk eens wat een schoonheid ze was. Kijk eens, Vasilisa... Je herinnert je haar? Lijkt hij op haar of niet?'

Koffie, thee, broodjes, ontbijt, middageten, dat alles werd voorgezet aan de student, een nog verlegen en schuchtere jongeling die nog de gezonde eetlust van de vroege jeugd had en zich alles liet smaken. Baboesjka liet onderwijl geen oog van hem af.

'Roep de bedienden bij elkaar,' riep ze. 'Zeg tegen de dorpsoudste, zeg het aan iedereen: de landheer is gekomen, de echte landheer, de eigenaar van het landgoed. Welkom vadertje, welkom in het familienestje!' zei ze op schertsende, quasi-deemoedige toon, de manier van spreken van de boeren nabootsend. 'Onthoud u ons uw gunst niet, Tatjana Markovna heeft ons gekwetst, uitgezogen, komt u voor ons op...! Ha, ha, ha! Hier zijn de sleutels, hier zijn de rekeningen! Neem het commando over, vraag rekenschap aan de oude vrouw: vraag haar waarom ze alles heeft verkwist, waarom de boerenhuizen zo vervallen zijn. Ga naar de stad, daar schooien de boeren van Malinovka langs de huizen... Ha, ha, ha! Daar bij je voogd, je oom, op het nieuwe landgoed, lopen de boeren, denk ik, in vetlaarzen rond en in rode hemden en hun huizen hebben twee verdiepingen... Wat zwijg je, landheer? Waarom vraag je geen rekenschap? Ontbijt eerst en daarna laat ik je alles zien.'

Na het ontbijt pakte baboesjka een grote parasol, deed laarzen met dikke zolen aan, zette een linnen muts op en verliet samen met Boris het huis om hem het landgoed te laten zien.

'Nou, landheer, kijk om je heen, merk alles op en als je iets ziet wat niet in orde is, spaar baboesjka dan niet. Het bloementuintje hier onder de vensters heb ik onlangs laten aanleggen,' zei ze, tussen de bloemenperken door naar het erf lopend. 'Hier spelen Vera en Marfenka vlak voor mijn ogen, hier wroeten ze in het zand. Ik kan me niet verlaten op de oppas, en hier kan ik uit het raam zien wat ze doen. Als ze groot zijn, hoeven we geen bloemen te kopen: we hebben ze zelf.'

Ze betraden het erf.

'Kirjoesjka, Jeremka, Matrjosjka. Waar hangen jullie allemaal uit?' riep baboesjka, in het midden van het erf staand. 'Is het soms te heet? Laat er iemand naar buiten komen!' Matrjosjka kwam naar buiten en meldde dat Kirjoesjka en Jeremka naar het dorp gestuurd waren om de boeren te halen.

'Kijk, dat is Matrjosjka; herinner je je haar?' vroeg baboesjka. 'Kom hierheen, sufkop, wat sta je daar? Kus de hand van de landheer: het is immers mijn kleinzoon.'

'Daar ben ik te verlegen voor, meesteres, dat durf ik niet,' zei Matrjosjka, maar ze liep toch op Rajski toe.

Hij omhelsde haar met enige gêne.

'Die vleugel is nieuw, baboesjka, die kende ik nog niet,' zei Boris.

'Je hebt het dus opgemerkt! Ja, ja, herinner je je de oude vleugel? Die was helemaal vergaan, er zaten kieren in de vloer zo groot als een hand, hij was vervuild, zat onder het roet en moet je nu eens kijken.'

Ze betraden de nieuwe vleugel. Baboesjka liet hem de veranderingen zien die de paardenstal had ondergaan. Ze toonde hem ook de paarden, de aparte afdeling voor het pluimvee, de waskeuken en zelfs de varkensstallen.

'De oude keuken is er ook niet meer, hier is de nieuwe, die heb ik met opzet buiten het huis laten bouwen vanwege het brandgevaar en opdat de bedienden de ruimte zouden hebben. Nu heeft iedereen zijn hoekje, ook al is het klein. Daar is de graanschuur en hier de voorraadkamer, hier is de nieuwe kelder; de oude kelder heb ik laten verbouwen.'

'Wat sta je daar?' wendde ze zich tot Matrjosjka. 'Ga naar Jegorka en zeg hem dat hij naar het dorp gaat en dat de oudste zegt dat wij er zelf aankomen.'

In het park maakte Tatjana Markovna hem opmerkzaam op iedere boom, iedere struik, leidde hem langs lanen, wierp samen met hem een blik vanaf de heuvel op de bosjes en bracht hem ten slotte naar het dorp. Het was warm en de winterrogge golfde lichtjes in de flauwe middagbries. 'Dit is mijn kleinzoon Boris Pavlovitsj!' zei ze tegen de dorpsoudste. 'Goed, zijn jullie binnenkort klaar met het hooi? Haast je zolang het mooi weer is, na de hitte komen er regenbuien. Hier heb je nu de landheer, de echte landheer, hij is vandaag gekomen!' zei ze tegen de boeren. 'Heb je hem ooit eerder gezien, Garasjka? Bekijk hem maar eens goed! Zeg, is dat niet jouw kalf daar in de rogge, Iljoesjka?' vroeg ze terloops en wierp vervolgens een blik op de vijver.

'Er hangt alweer wasgoed aan de bomen!' zei ze kwaad tegen de dorpsoudste. 'Ik heb toch bevolen om een touw te spannen. Zeg het tegen de blinde Agasja, zij is het die hemden aan de wilgen hangt! Ze breekt de takken nog.'

'We hebben geen touw van die lengte,' reageerde de dorpsoudste slaperig, 'dat moeten we in de stad kopen...'

'Waarom zeg je het dan niet tegen Vasilisa: die brengt het weer aan mij over. Ik ga iedere week naar de stad, ik had het allang gekocht.'

'Ik heb het gezegd maar ze vergeet het... of ze zegt dat het niet de moeite is om er de meesteres mee lastig te vallen.'

Baboesjka maakte een knoop in haar zakdoek. Ze zei graag dat er zonder haar niets werd gedaan, hoewel natuurlijk iedereen een waslijn had kunnen kopen. Maar God verhoede dat ze iemand geld moest toevertrouwen.

Ze was niet gierig, maar ging wel behoedzaam met geld om. Voor een uitgave dacht ze lang na, was onrustig, zelfs een beetje boos. Had ze het geld eenmaal uitgegeven, dan vergat ze het meteen en noteerde het niet eens graag en als ze het wel opschreef dan was het, zoals ze zei, om te weten waar het geld gebleven was en niet te schrikken als het er opeens niet meer was. Het ergst van alles vond ze het om in één keer grote sommen geld uit te betalen.

Afgezien van de belangrijke beslissingen die ze moest nemen, was haar leven vol van kleine zorgen en beslommeringen. Nu eens liet ze de meisjes kleren naaien en knippen, dan weer iets verstellen, dan weer koken of schoonmaken. Toekijken hoe de anderen in haar aanwezigheid alles deden, noemde ze 'alles zelf doen'.

Ze raakte zelf niets aan, maar zette met de typische gratie van een oude vrouw een hand in haar zij en wees met de wijsvinger van de andere gebiedend waar iets neergezet of weggehaald moest worden, hoe alles gedaan moest worden.

De rinkelende sleutels pasten op de kasten, de koffers, de kistjes en doosjes in het huis waarin het oude fijne linnen, de vergeelde kostbare kant, de briljanten die haar kleindochters als bruidsschat zouden krijgen, maar vooral het geld werd bewaard. De sleutels voor de provisiekamer waar de thee, de suiker, de koffie en de overige proviand werden bewaard, berustten bij Vasilisa.

Nadat baboesjka 's morgens haar huishoudelijke bevelen had gegeven en koffie had gedronken, controleerde ze staande aan haar bureau de rekeningen, ging vervolgens bij het raam zitten en keek naar het veld, hield het werk in de gaten, keek wat er op het erf gedaan werd en stuurde Jakov of Vasilisa erop uit als er op het erf iets niet zo gedaan werd als zij het wilde.

Daarna reed ze als het nodig was naar de stad, bezocht winkels en legde bezoeken af, maar ze bleef nergens hangen, wipte voor vijf minuten aan bij twee of drie kennissen en was tegen het middageten weer thuis.

Haar eigen gasten liet ze niet zo snel weer gaan, ze onthaalde ze graag op een ontbijt of diner. Zo lang als baboesjka leefde had ze nog nooit, of het nu ochtend was of avond, iemand laten gaan zonder hem volgestopt te hebben met eten.

In de winter zat ze na het avondeten, als ze alleen was, vaak zwijgend en peinzend bij de schoorsteen. In een mooie pose, als een voorname dame die geen zorgen had, zat ze daar, diep in gedachten of herinneringen verzonken. Dan moest het heel stil om haar heen zijn en bleef ze lang alleen zitten schemeren. 's Zomers bracht ze de avond in de moestuin of het park door. Ze trok dan graag een paar zeemleren handschoenen aan, pakte een schop, een hark of een gieter en spitte om gezondheidsredenen een perkje om of begoot de bloemen, zuiverde een struik van rupsen, verwijderde de spinnenwebben van de aalbessen en beëindigde de avond vermoeid aan de theetafel in het gezelschap van Tit Nikonytsj Vatoetin, haar oudste en beste vriend, haar gespreksgenoot en toeverlaat.

9

Tit Nikonytsj was een geboren gentleman. Hij bezat in hetzelfde gouvernement een landgoed van tweehonderd vijftig tot driehonderd zielen, precies wist hij het niet, want hij kwam er nooit, liet de boeren doen wat ze wilden en hen zoveel pacht betalen als hun goeddocht. Hij controleerde ze nooit. Gegeneerd en zonder het te tellen nam hij het geld aan dat ze hem brachten, borg het op in zijn bureau en beduidde de boeren met een handgebaar dat ze weer konden gaan en doen wat ze wilden.

Vroeger had hij in het leger gediend. Oude mensen herinnerden zich hem als een erg knappe, jonge officier, een bescheiden, welopgevoede man met een open, moedig karakter.

In zijn jeugd bezocht hij vaak zijn moeder op zijn landgoed, bracht daar zijn vakantie door en vertrok weer; ten slotte ging hij met pensioen, trok naar de stad, kocht er een klein grijs huisje met drie ramen op de straat en bouwde daar voorgoed zijn nestje.

Hoewel hij een tamelijk gebrekkige opleiding had genoten op een cadettenschool las hij graag, vooral op het gebied van de politiek en de natuurwetenschappen. Zijn manier van spreken en zijn hele optreden hadden iets zachts en schuchters; daarachter ging echter een sterk gevoel van eigenwaarde schuil dat nooit aan de dag trad, maar toch zichtbaar in hem aanwezig was, bereid leek zich te manifesteren zodra de nood aan de man kwam. Of hij nu tegenover de gouverneur, een vriend of een nieuweling stond, hij maakte altijd dezelfde hoffelijke buiging, klikte met de hakken en hief een been lichtjes achterwaarts, geheel volgens de aloude beleefdheidsvormen. Hij ging nooit zitten in aanwezigheid van een dame, sprak zelfs op straat met een dame alleen met onbedekt hoofd en was altijd de eerste die een op de grond gevallen zakdoek opraapte of een voetenbankje aanschoof. Als er jonge meisjes in huis waren, bracht hij altijd een pond snoep of een boeket bloemen mee en probeerde de toon van het gesprek aan te passen aan hun jaren, bezigheden en neigingen, waarbij hij steeds de grootste hoffelijkheid en ridderlijkheid in acht nam en zich geen enkele onbescheiden gedachte of vrijmoedige toespeling veroorloofde. In damesgezelschap verscheen hij nooit anders dan in pandjesjas.

Hij rookte niet, gebruikte geen parfums, probeerde er niet jonger uit te zien dan hij was en maakte in zijn uiterlijk, zijn manieren en omgangsvormen steeds een nette, elegante en voorname indruk. Hij kleedde zich altijd onberispelijk en hield vooral van schoon linnengoed; hij hoefde niet op te vallen door een bijzonder model of allerlei frutsels, maar lette er wel op dat het smetteloos wit was.

Alles aan hem was eenvoudig, maar toch om zo te zeggen stralend. Zijn nanking pantalon was altijd schoon en pas gestreken; zijn blauwe pandjesjas leek gloednieuw. Hij was al over de vijftig, maar maakte dankzij zijn pruik en altijd gladgeschoren kin de indruk van en frisse, rozige veertiger.

Zijn blik en glimlach waren zo vriendelijk dat ze iedereen onmiddellijk voor hem innamen. Hoewel zijn middelen beperkt waren, maakte hij toch de indruk van een vrijgevige grote heer: hij wierp net zo makkelijk en goedgehumeurd een biljet van duizend roebel op tafel als een honderdje.

Voor baboesjka koesterde hij een gevoel van respectvolle, bijna eerbiedige vriendschap, doordrenkt met zo'n warmte dat je alleen al uit de manier waarop hij haar huis betrad, ging zitten en naar haar keek, kon opmaken dat hij dol op haar was. Nooit veroorloofde hij zich in de omgang met haar enige blijk van intimiteit, hoewel hij haar dagelijkse gast was.

Zij koesterde dezelfde vriendschap voor hem, maar in de toon waarop ze met hem sprak, school meer spontaniteit en intimiteit. Ze speelde zelfs enigszins de baas over hem, hetgeen gezien haar voortvarendheid niet verwonderlijk was.

Degenen die haar in haar jeugd gekend hadden, zeiden dat ze een levendig, heel mooi, slank en wat preuts meisje was geweest en dat pas haar bemoeienis met het boerenbedrijf een altijd in beweging zijnde, slagvaardige vrouw van haar had gemaakt. Maar sporen van haar jeugd en van andere manieren waren in haar behouden gebleven.

Als ze haar sjaal had omgedaan en zat te peinzen leek ze op een oudevrouwenportret dat in het oude huis tussen de voorouders hing.

Soms kwam er plotseling iets krachtigs, gebiedends, fiers in haar boven: ze rechtte dan haar rug en haar gezicht lichtte op onder invloed van een plotselinge, strenge of gewichtige gedachte die haar van dit onbeduidende leven naar een andere, verre wereld scheen te voeren.

Wanneer ze in haar eentje ergens zat, glimlachte ze soms zo aanminnig en dromerig dat ze leek op een zorgeloze, rijke, verwende dame. En soms, wanneer ze met haar handen in de zij of haar armen gekruist op de borst naar de Wolga staarde en het werk vergat, verscheen er iets triests in haar gezicht.

Er ging geen dag voorbij of Tit Nikonytsj bracht een geschenk mee voor baboesjka of de twee meisjes. In maart, wanneer alles nog bedekt was met sneeuw, bracht hij een verse augurk mee of een mandje aardbeien, in april een handvol verse paddestoelen als 'primeur'. Als er sinaasappels naar de stad gebracht werden of perziken op de markt kwamen, dan verschenen die als eerste op de tafel van Tatjana Markovna.

In de stad had vroeger het gerucht de ronde gedaan dat Tit Nikonytsj als jonge man tijdens een bezoek aan de stad verliefd was geworden op Tatjana Markovna en Tatjana Markovna op hem. Maar haar ouders hadden geen toestemming gegeven voor het huwelijk en een andere bruidegom voor haar gekozen.

Zij had zich op haar beurt niet neergelegd bij deze keuze en was ongehuwd gebleven. In de loop van de tijd was dit gerucht verstomd en alleen zij beiden wisten of het waar was of niet. Maar het was een feit dat hij dagelijks bij haar op bezoek kwam, vaak al tegen het middageten, en in haar gezelschap de dag doorbracht. Iedereen was daaraan gewend geraakt en verbond er verder geen conclusies aan.

Tit Nikonytsj praatte graag met haar over wat er in de wereld gebeurde, over wie met wie oorlog voerde en waarom; hij legde uit waarom het graan in Rusland zo goedkoop was en wat er zou gebeuren als het geëxporteerd kon worden. Hij kende ook de genealogie van alle oude adellijke families vanbuiten, alle veldheren en ministers en hun biografie; hij vertelde haar dat de ene zee hoger lag dan de andere, stelde haar als eerste in kennis van de nieuwe uitvindingen van Engelsen en Fransen en oordeelde of die nuttig waren of niet.

Hij meldde Tatjana Markovna ook dat de suiker goedkoper geworden was in Nizjni Novgorod zodat de kooplieden haar niet konden bedriegen, of dat de thee spoedig duurder zou worden zodat ze op tijd een voorraad kon inslaan.

Als er iets geregeld moest worden bij een officiële instantie, dan deed Tit Nikonytsj dat, hij bracht alles in orde en betaalde soms zelfs een extra uitgave. Als dat dan toevallig, via anderen, aan het licht kwam, waste ze hem de oren, waarop hij, geheel in verwarring gebracht, om vergeving vroeg, een strijkage maakte en haar de hand kuste.

Baboesjka lag altijd in de clinch met de plaatselijke overheden: of men nu iemand bij haar inkwartierde, haar beval de wegen te herstellen of belasting van haar eiste, zij beschouwde al dergelijke verordeningen als ambtelijke willekeur, schold, maakte ruzie, weigerde te betalen en wilde niets weten van een begrip als het algemeen belang. 'Laat ieder maar voor zichzelf zorgen,' zei ze en stak haar afkeer van de politie niet onder stoelen of banken, vooral niet die van een bepaalde politiecommissaris die ze als een soort bandiet zag. Tit Nikonytsj had een paar keer vergeefs geprobeerd haar begrip voor het algemeen belang bij te brengen en moest zich er ten slotte toe beperken haar te verzoenen met de plaatselijke overheden en de politie.

In een dergelijk oord van patriarchale rust was de jonge Rajski dus terechtgekomen. De wees maakte plotseling deel uit van een gezin, had een moeder en zusters en had in Tit Nikonytsj een ideale oom gevonden.

10

Baboesjka was er nog maar net voor gaan zitten om hem uit te leggen wat er op haar grond werd gezaaid en welke producten op dat moment het best in de markt lagen, of haar neef begon al te geeuwen.

'Luister toch: het is immers allemaal van jou, ik ben jouw rentmeester...!' zei ze. Maar hij gaapte opnieuw, keek toe hoe de vogels zich verscholen in de rogge, volgde de vlucht van libellen, plukte een paar korenbloemen, observeerde de boeren bij hun werk, luisterde naar de landelijke stilte en liet zijn blik dwalen over de blauwe hemel, die zich hier zo ver leek uit te strekken.

Baboesjka raakte met de boeren in gesprek over het een of ander en hij nam de kans waar om naar het park te lopen en in het ravijn af te dalen. Hij baande zich een weg door het struikgewas naar de oever van de Wolga en stond sprakeloos bij de aanblik van het landschap dat hier voor hem lag.

Nee, hij is te jong, een kind nog, hij begrijpt nog niets van zaken, dacht baboesjka, die hem met haar blik volgde: hij loopt gewoon weg! Wat moet er van hem worden?

De Wolga stroomde onverstoorbaar voort tussen haar oevers; hier en daar werd de stroom onderbroken door met struikgewas begroeide eilanden en zandbanken. In de verte waren de gele, zanderige flanken van de bergen zichtbaar, met daarop de blauw schemerende bossen; hier en daar blonk een zeil, meeuwen streken klapwiekend op het water neer, beroerden het even en stegen cirkels beschrijvend weer op terwijl hoog boven het park traag een wouw zweefde.

Boris keek al niet meer voor zich uit. Zijn blik was naar binnen gericht: fijngevoelig als hij was, had hij opgemerkt dat het tafereel voor hem zich in zijn hoofd weerspiegelde; hij ging na of de bergen er hier op dezelfde manier bij lagen als in de werkelijkheid en of ook het boerenhuisje waaruit rook opsteeg er terechtgekomen was, en hij constateerde dat ook de zandbanken en de blinkende witte zeilen er niet ontbraken.

Hij stond daar lang en verplaatste zich met gesloten ogen naar zijn kinderjaren, herinnerde zich dat zijn moeder hier naast hem placht te zitten, zag haar gezicht weer voor zich en haar ogen, die zo dromerig konden worden wanneer zij naar dit tafereel keek...

Hij liep rustig naar huis, klom het ravijn uit en droeg het tafereel dat hij zo-even had aanschouwd als een verworven bezit met zich mee.

Aan het ravijn was de herinnering aan een droevige gebeurtenis verbonden die in Malinovka en omgeving nog steeds niet vergeten was. Op de bodem, tussen het struikgewas, had nog tijdens het leven van Rajski's ouders een jaloerse echtgenoot, een kleermaker uit de stad, zijn ontrouwe vrouw en haar minnaar vermoord en daarop zichzelf de keel doorgesneden. De zelfmoordenaar had men ter plekke, op de plaats van de misdaad, begraven.

Heel Malinovka, de voorstad, het huis van de Rajski's en ook de stad waren toen vervuld van ontzetting. Onder het volk ontstonden, zoals altijd in zulke gevallen, geruchten dat de zelfmoordenaar in een wit gewaad door het bos dwaalde, op de rand van het ravijn klom om vandaar naar de huizen van de mensen te kijken, en weer verdween. Uit bijgelovige angst had men verder geen enkele aandacht meer besteed aan dat deel van het park dat zich vanuit het ravijn over de heuvel uitstrekte en door een gevlochten omheining van het sparrenbos en de wilde rozenstruiken was gescheiden.

Niemand van het huispersoneel daalde nog af in dit ravijn, de boeren uit de voorstad en Malinovka liepen er in een boog omheen en gaven er de voorkeur aan om via andere hellingen of glooiingen naar de Wolga af te dalen, of ook wel via de gebaande, zij het steile weg die tussen twee omheiningen liep.

De omheining die het park van de Rajski's eens van het bos gescheiden had, was allang in verval geraakt en verdwenen. De bomen van het park hadden zich vermengd met de sparren en de rozen- en kamperfoeliestruiken; ze waren onderling verstrengeld geraakt en hadden geleidelijk een ware wildernis gevormd, waarin een verwaarloosd, half ingestort tuinhuisje schuilging. Rajski's vader had zelfs een greppel laten graven in het bovenste deel van het park, die voortaan, niet ver van de plek waar het ravijn begon, de grens van het park vormde.

Rajski herinnerde zich, toen hij de helling afdaalde in de richting van het dichte struikgewas, de trieste geschiedenis die zich daaronder in het struikgewas had afgespeeld en er liep een rilling over zijn rug.

Levendig stelde hij zich het hele tafereel voor: hoe de jaloerse echtgenoot bevend van opwinding door de struiken naderbij was geslopen, hoe hij zich op zijn rivaal had gestort en hem een mes tussen de ribben had gestoken, hoe zijn vrouw zich misschien voor zijn voeten had geworpen en hem om vergeving had gesmeekt. Maar hij had haar met het schuim op de mond de ene wond na de andere toegebracht en ten slotte had hij boven de twee bebloede lijken zichzelf de keel doorgesneden.

Rajski huiverde van ontzetting en keerde opgewonden en in een droevige stemming van de onheilsplek naar huis terug. En toch bleef die wildernis hem aantrekken, lokte ze hem naar het geheimzinnige duister aan de voet van de helling, vanwaar je zo'n prachtig uitzicht had over de Wolga en haar beide oevers.

Boris ging geheel in het landschap op; zijn gezicht kreeg een peinzende uitdrukking en hij voelde zich zo goed dat hij daar wel zijn hele leven had kunnen blijven staan.

Hij sloot de ogen en probeerde vast te stellen waaraan hij eigenlijk dacht, maar het lukte hem niet. Zijn gedachten kwamen en gingen als de golven van de Wolga; er zong alleen een stem in hem, en in zijn hoofd zag hij, als in een spiegel, hetzelfde tafereel als voor zijn ogen.

Verotsjka en Marfenka vermaakten hem voortdurend. Ze lieten hem niet met rust, dwongen hem om kippen, paarden, huizen, baboesjka en ook zichzelf te tekenen en weken niet van zijn zijde.

Verotsjka was een brunette met schrandere bruine ogen; ze gaf zich al een beetje een air, begon zich te schamen voor haar kinderlijke dwaasheden: als ze twee, drie passen als een kind had gehuppeld, bleef ze plotseling staan en keek verlegen om zich heen, deed een paar rustige passen, rende dan weer verder en plukte stiekem een ris aalbessen, stak hem vlug in haar mond en slikte hem zonder haar lippen te bewegen door.

Als Boris haar over haar hoofd had geaaid streek ze meteen haar haren recht, als hij haar had gekust wreef ze stiekem over haar wang. Soms pakte ze een bal, gooide hem twee keer in de lucht, en als hij dan wegrolde liep ze er niet achteraan maar huppelde weg, rukte een blad van een boom en probeerde daarmee een knalletje te maken.

Ze was koppig; als men zei: laten we daarheen gaan, dan ging ze niet, of ze ging niet meteen maar schudde eerst van nee, om zich ten slotte toch, al huppelend, naar het aangegeven doel te haasten.

Ze vroeg Rajski nooit om iets te tekenen, maar als Marfenka hem dat vroeg, keek ze oplettender toe dan haar zusje en zei geen woord. Ze vroeg ook nooit om tekeningen en potloden, zoals Marfenka dat deed. Ze was ruim zes jaar oud.

De vijfjarige Marfenka daarentegen was een mollig meisje met een witte huid en rode wangen. Ze had vaak kuren en huilde dan, maar niet lang; het volgende moment, terwijl haar ogen nog nat van de tranen waren, gilde en lachte ze alweer.

Verotsjka huilde zelden en dan nog stilletjes. Als men haar ergens verdriet mee deed, dan zei ze geen woord en duurde het lang eer ze eroverheen was. Ze vond het bijvoorbeeld vreselijk als men haar vergiffenis voor iets liet vragen. Ze zweeg en zweeg, werd dan plotseling weer de oude, begon weer rond te huppelen en stiekem aalbessen te plukken, maar nog vaker een van de zwarte mierzoete bessen van de in de greppels groeiende zwarte nachtschade, waarvoor baboesjka streng gewaarschuwd had omdat je er misselijk van kon worden.

Waar denkt hij toch steeds over na? vroeg baboesjka zich af als ze zag hoe haar neef plotseling in gepeins verzonk na een (vaak even plotseling opkomende) oprisping van vrolijkheid, en wat doet hij wanneer hij alleen op zijn kamer zit?

Boris liet haar niet lang op het antwoord wachten: hij liet baboesjka zijn map met tekeningen zien en speelde daarna op de piano alle quadrilles, mazurka's en operamotieven die hij kende, en tot besluit zijn eigen fantasieën.

Baboesjka wist niet hoe ze het had.

'Precies, precies z'n moeder!' zei ze. 'Die zat soms ook te treuren, had geen wensen en verlangde toch steeds ergens naar, alsof ze op iets wachtte, maar plotseling werd ze dan vrolijk en begon het ene stuk na het andere te spelen of ze liet zich meeslepen door een boek. Kijk eens, Vasilisa: hij heeft jou en mij geportretteerd, het lijkt sprekend! Wacht eens, als Tit Nikonytsj komt, moet je je verbergen en hem tekenen, dan laten we het portret morgen stiekem in zijn kabinet aan de wand hangen! Dat is me een kleinzoon! Wat speelt hij prachtig! Minstens zo goed als die Franse emigrant die bij mijn tante woonde... En hij zwijgt, zegt er niets over. Morgen ga ik met hem naar de stad, naar de vorstin, naar de adelsmaarschalk!* Alleen van het boerenbedrijf wil hij niets weten, daar is hij nog te jong voor.

Boris vertelde baboesjka de hele inhoud van zowel *Jeruzalem bevrijd* als de *Ossian*, hij vertelde haar zelfs een en ander uit Homerus en uit de colleges die hij op de universiteit had bijgewoond. Steeds opnieuw portretteerde hij haar, de kinderen, Vasilisa, en hij speelde weer op de piano.

Daarna daalde hij af naar de Wolga, ging bij de helling zitten of liep naar de rivier zelf, ging daar in het zand liggen, observeerde ieder vogeltje, iedere hagedis, ieder beestje in de struiken en wendde zijn blik naar binnen om te controleren of het beeld zich in hem net zo helder en bont weerspiegelde. Een week later merkte hij dan dat het beeld verbleekte en verdween en dat hij zich al scheen te... vervelen.

Baboesjka wilde hem steeds de rekeningen laten zien, legde hem uit hoeveel ze opzij legde, hoeveel de reparaties kostten en hoeveel de verbouwingen.

'Voor Verotsjka en Marfenka houd ik aparte rekeningen bij, kijk maar,' zei ze. 'Denk niet dat ik ook maar een kopeke van jouw geld voor hen uitgeef. Luister maar...'

Hij luisterde niet, maar keek toe hoe baboesjka rekeningen schreef, hoe ze hem over haar bril heen aankeek, bestudeerde haar rimpels, haar moedervlek, en zodra hij aan haar ogen en haar glimlach toe was, begon hij plotseling te lachen en stortte zich op haar om haar te kussen.

'Ik spreek met je over zaken en jij denkt alleen aan dwaasheden: je begrijpt nog niets, bent nog helemaal een kind!' zei ze een keer. 'Ren maar rond en teken. Als je oud bent en hier een warm nestje vindt, zul je me dankbaar zijn. God weet wat er van het andere landgoed wordt, dat je oom beheert. Maar dit is al oud, er hebben al zoveel mensen gewoond, je kunt er altijd terugkomen...'

Hij vroeg haar toestemming om het oude huis te mogen bezichtigen.

Baboesjka kon niet weigeren, maar ze gaf hem met tegenzin de sleutels. En hij maakte zich op om de kamers te gaan bekijken waarin hij geboren was en als kind had gewoond, en waaraan hij nog slechts een vage herinnering had.

'Vasilisa, ga jij met hem mee,' zei baboesjka.

Vasilisa wilde al opstaan, maar Boris zei op gedecideerde toon: 'Nee, nee, ik ga alleen.' En hij ging op weg, de zware sleutel inspecterend, waarvan de uitsparingen overwoekerd waren met roest.

Jegorka de Spotter, die zo werd genoemd omdat hij altijd in de bediendekamer zat en genadeloos de spot dreef met de kamermeisjes, deed de deur voor hem open.

'Mag ik met oom mee?' had Marfenka gevraagd.

'Nee, dat is niets voor jou, liefje, het is eng daar!' zei baboesjka.

Marfenka schrok en ging niet. Verotsjka zei niets, maar toen Boris bij de deur van het oude huis kwam, stond ze daar al, dicht tegen de deur aan gedrukt, en hield de klink vast alsof ze bang was dat men haar met geweld weg zou trekken.

Angstig en met een beklemd gemoed betrad Rajski de hal en wierp een schuwe blik in de volgende ruimte: het was een zaal met pilaren en twee rijen ramen, maar die ramen waren met zoveel vuil en schimmel overdekt dat er nauwelijks licht doorheen viel.

Verotsjka was vanuit de hal meteen doorgelopen en verdween huppelend uit het zicht, haar hakken hoog opgooiend en nauwelijks aandacht bestedend aan de portretten aan de wand.

'Vera, Vera, waar ga je heen?' riep hij.

Ze bleef staan en keek hem zwijgend aan, met haar hand op de klink van de volgende deur. Voor hij bij haar was, was ze al in de volgende kamer verdwenen.

Na de zaal volgde een aantal sombere, beroete salons, in een daarvan stonden twee in hoezen gehulde standbeelden die eruitzagen als spoken, en hing een eveneens met een hoes overtrokken kroonluchter.

Overal stonden donker geworden, zware stoelen en tafels van eiken- of ebbenhout, afgewerkt met brons en houtmozaïek; grote Chinese vazen; een Bacchus op een klok die een ton voorstelde; grote, ovale spiegels in vergulde lijsten met bladornamenten; en in de slaapkamer stond een enorm bed dat op een met brokaat overdekte sarcofaag leek.

Rajski kon zich niet goed voorstellen hoe zijn voorouders op deze katafalk van hun nachtrust hadden genoten; het leek hem onwaarschijnlijk dat een levend mens daarop zou kunnen inslapen. Onder het baldakijn hing een vergulde cupido die zijn glans allang verloren had en onder de vlekken zat; hij spande zijn boog in de richting van het bed. In de hoeken stonden met houtsnijwerk versierde kasten, ingelegd met ivoor en paarlemoer.

Verotsjka had een van de kasten geopend en haar hoofdje erin gestoken; van de oude kaftans en rijk bestikte uniformen met grote knopen die erin hingen, kwam een vochtige en stoffige lucht af; daarna opende ze een voor een de laden en stak daar ook haar hoofdje in.

Aan de wanden hingen portretten. Je kon je er nergens voor verbergen, ze volgden je overal met hun ogen.

Het hele huis was doordrenkt van stof en verlatenheid. Uit de hoeken scheen geritsel te komen: Rajski deed een stap en tegelijk scheen in de tegenoverliggende hoek ook iemand een stap te doen.

Door het trillen van de vloer onder hun stappen viel het belegen stof zachtjes van de pilaren en de plafonds; hier en daar lagen stukken en brokken pleisterwerk op de vloer; in het venster zoemde klaaglijk een vlieg die voortdurend tegen het bestofte raam aan botste.

'Ja, het is waar wat baboesjka zegt: het is hier eng!' zei Rajski huiverend.

Maar Verotsjka liet zich er niet door weerhouden om alle kamers te doorlopen en kwam al terug van de eerste verdieping, die, in tegenstelling tot de begane grond met zijn grote zalen en salons, louter kleine, knusse celachtige ruimten bevatte, die met hun ramen alle kanten op keken.

In de kamers was het somber en doods, maar een blik uit het raam betekende een verademing: je zag een stuk van de blauwe hemel, het frisse groen van de tuinen en rondlopende mensen.

Verotjska leek in die muffe omgeving op een monter jong vogeltje en liet haar stemming door niets bederven: door de blikken van de portretten in haar rug, noch door het vocht en het stof of de andere tekenen van jarenlange, treurige verwaarlozing.

'Hier is het fijn, wat een ruimte!' zei ze om zich heen kijkend. 'En boven is het nog fijner! Die grote schilderijen en al die boeken!'

'Schilderijen, boeken, waar dan? Dat ik daar niet aan gedacht heb! Je bent geweldig, Verotsjka.'

Hij pakte haar vast en kuste haar. Ze wreef haar lippen af en liep vooruit om hem de boeken te tonen.

Rajski vond een bibliotheek van ongeveer tweeduizend banden en begon meteen de titels te bestuderen. Alle encyclopedisten waren er vertegenwoordigd, en verder Racine en Corneille, Montesquieu, Machiavelli, Voltaire, de Griekse en Romeinse klassieken in Franse vertaling, *Orlando Furioso*, Soemarokov en Derzjavin,* Walter Scott, *Jeruzalem bevrijd* en de *Ilias* in het Frans, de *Ossian* in de vertaling van Karamzin, Marmontel en Chateaubriand, en talloze memoires. Veel banden waren nog niet opengesneden; blijkbaar waren de bezitters, dat wil zeggen Rajski's vader en grootvader, er nog niet toe gekomen om ze te lezen.

Vanaf dat moment liet Rajski zich nauwelijks nog zien in het nieuwe huis, hij ging zelfs niet meer naar de Wolga, maar zat voortdurend in de oude bibliotheek, en verslond het ene boek na het andere.

Hij las, tekende en speelde op de piano. Baboesjka luisterde naar zijn spel, Verotjska stond ernaast, haar kin op de piano steunend en keek hem met grote, nooit knipperende ogen aan.

Nu eens schreef hij gedichten en las ze hardop voor, genietend van de klanken, dan weer tekende hij het oeverlandschap en zwolg in wellustige opwinding. Altijd wachtte hij op iets, hij wist niet wat, maar een hartstochtelijke huivering doorvoer hem soms als een voorgevoel van mateloze lust en vreugde. Een wereld vol wonderbaarlijke klanken en beelden leefde in hem, waarin alles vibreerde en waarin een ander, aanlokkelijk leven pulseerde, zoals in de boeken boven, niet zoals datgene wat hem hier omringde...

'Zeg eens Boris,' zei baboesjka een keer, 'waarom ben je weer naar school gegaan?'

'Naar de universiteit, baboesjka, niet naar een school.'

'Dat doet er niet toe: je bent daar om te leren. Maar wat? Toen je bij je voogd woonde, heb je geleerd, op het gymnasium heb je geleerd: je tekent, speelt piano: wat wil je nog meer? De studenten leren je alleen om pijp te roken en misschien ook, wat God verhoede, om wijn te drinken. Je doet er beter aan om bij het leger te gaan, bij de garde.'

'Mijn oom zegt dat me daarvoor de middelen ontbreken...'

'Hoezo? Is dit dan niets waard?'

Ze wees op de akkers en het dorpje buiten.

'Wat bedoelt u...? Dat is toch niet genoeg?'

'Werkelijk niet?' En ze begon te goochelen met honderden en duizenden roebels...

Ze had nooit in de hoofdstad gewoond, was nooit in militaire dienst geweest en wist daarom niet wat en hoeveel daarvoor nodig was.

'De middelen ontbreken...! Ik kan je zoveel proviand sturen dat het genoeg is voor het hele regiment! De middelen ontbreken! Hoe kom je d'r bij? Waar laat je oom de inkomsten van het andere landgoed dan?'

'Ik wil kunstenaar worden, baboesjka.'

'Wat, een kunstenaar?

'Een kunstenaar... Na de universiteit ga ik naar de kunstacademie...'

'Om Gods wil, Borjoesjka, wat zeg je nu?' zei baboesjka, die nauwelijks begreep wat hij bedoelde. 'Dus je wilt leraar worden?'

'Nee, baboesjka, niet alle kunstenaars zijn leraar, er zijn gerenommeerde talenten die erg beroemd zijn en veel geld krijgen voor hun schilderijen of voor hun muziek...'

'Dus je zult voor je schilderijen geld aannemen en op avondjes voor geld spelen...? Wat een schande!'

'Nee, baboesjka, een kunstenaar...'

'Nee, Borjoesjka, dat mag je baboesjka niet aandoen... laat haar de vreugde beleven om jou in een garde-uniform te zien, kom met vakantie hierheen als een trotse officier...'

'Oom zegt dat ik in overheidsdienst moet gaan...'

'Wat? Een klerk worden? De hele dag met een kromme rug zitten schrijven, baden in de inkt, met akten onder de arm naar de rekenkamer gaan? Wie wil er dan nog met je trouwen? Nee, kom als officier hierheen en trouw met een rijke vrouw!'

Hoewel Rajski de mening van zijn oom noch die van baboesjka deelde, zag hij in zijn toekomstbeeld zichzelf nu eens in het uniform van een huzaar, dan weer in dat van een hofjonker langstrekken. Hij controleerde heimelijk of hij goed te paard zat, of hij een goed figuur sloeg in de danszaal. Die dag tekende hij zichzelf, nonchalant in het zadel zittend, de korte kozakkenmantel over de schouder.

II

Op een dag liet baboesjka haar oude, hoge rijtuig inspannen, zette haar mutsje op, deed haar zilverkleurige jurk aan, sloeg haar Turkse sjaal om, liet een lakei zijn livrei aandoen en reed naar de stad om bezoeken af te leggen, haar kleinzoon voor te stellen en inkopen te doen.

Het rijtuig werd getrokken door een paar weldoorvoede en in trage draf lopende paarden; uit hun borst kwam een geluid alsof ze de hik hadden. De koetsier hield zijn zweep in de vuist, de teugels lagen op zijn knieën. Af en toe trok hij ze wat aan, terwijl hij gapend en met lusteloze nieuwsgierigheid naar de hem reeds lang bekende voorwerpen aan weerszijden van de weg keek.

Baboesjka maakte een ware triomftocht door de stad. Er was niemand die haar niet groette. Soms stopte ze om een kort gesprek met iemand te voeren. Ze noemde haar kleinzoon de naam van iedereen die ze tegenkwamen en vertelde hem, terwijl ze de huizen passeerden, wie daar woonde en wat hij deed, en dat gebeurde allemaal vluchtig, in het voorbijgaan.

Ze bereikten de houten markthal met zijn vele winkels en kramen. Baboesjka liep naar een winkel. De koopman begroette haar buigend en glimlachend terwijl hij zijn hoed met een grote boog afnam en het hoofd enigszins naar opzij boog.

'Tatjana Markovna...!' zei hij, glimlachend een rij blinkende witte tanden tonend.

'Goedendag. Ik heb mijn kleinzoon meegebracht, de werkelijke eigenaar van ons landgoed. Het is zijn kapitaal dat ik in uw winkel verkwist. Hij kan prachtig tekenen en pianospelen!'

Rajski trok baboesjka aan haar mouw.

Koezma Fjodorytsj maakte ook voor Rajski een diepe buiging.

'Gaat het goed met de handel?' vroeg baboesjka.

'Ik mag niet klagen, mevrouw. Alleen komt u tegenwoordig zo zelden,' antwoordde hij terwijl hij het stof van een fauteuil veegde en die eerbiedig naar haar toe schoof; voor Rajski zette hij een eenvoudige stoel neer.

In de winkel werden allerlei artikelen verkocht: in de ene ruimte doeken en stoffen, in de andere kaas, zuurtjes, specerijen en zelfs bronzen voorwerpen.

Baboesjka liet zich verschillende stoffen tonen, informeerde naar de prijs van enkele kaassoorten en vroeg of hij ook potloden had, kwam over de graanprijs te spreken en begaf zich toen naar een tweede en een derde winkel, ten slotte had ze de hele markt afgelopen en alleen een touw gekocht, dat ze aan Prochor gaf, opdat de vrouwen in het dorp hun was niet meer aan de bomen hoefden te hangen.

Prochor inspecteerde het touw lang, de kracht van iedere duim ervan met zijn handen beproevend, daarna bekeek hij de beide uiteinden en borg het op in zijn pet.

'Nu is het tijd om bezoeken af te leggen,' zei baboesjka. 'Eerst gaan we naar Nil Andrejitsj.'

'Wie is Nil Andrejitsj?' vroeg Boris.

'Heb ik je dat niet verteld? Dat is de voorzitter van de rekenkamer, een belangrijk man, degelijk, verstandig en zeer zwijgzaam; als hij iets zegt, dan heeft het ook betekenis. Iedereen in de stad is bang voor hem: wat hij gezegd heeft, dat legt gewicht in de schaal. Probeer bij hem in de gunst te komen: hij deelt graag standjes uit...'

'Waar is dat goed voor, dat standjes uitdelen? Ik heb geen zin om er heen te gaan...'

'Je bent nog te jong, je begrijpt dat niet, later zul je me bedanken. God zij dank dat er nog mensen zijn die anderen de les lezen! Daarentegen is het heel vleiend als hij iemand prijst! En hij is erg vroom! Een dandy, van wie hij had gehoord dat hij met het feest van de Heilige Drievuldigheid niet in de kerk was, heeft hij zo de oren gewassen dat hij niet wist hoe het had. Ik ga u aangeven, zei hij, wegens vrijdenkerij! En dat doet hij ook, met hem valt niet te spotten. Twee landeigenaren uit de omgeving heeft hij onder curatele laten stellen. Ze zijn als de dood voor hem. Maar afgezien daarvan is hij goedmoedig: als hij een kind tegenkomt aait hij het, en een kever die over de weg loopt zal hij nooit doodtrappen maar met zijn wandelstok opzijschuiven. "Leven kun je niet scheppen," zegt hij, "daarom moet je het ook niet vernietigen." Zijn hele verschijning is indrukwekkend: hij heeft een machtig voorhoofd zoals jouw grootvader had, en een streng gezicht met doorlopende wenkbrauwen. Hij spreekt zo mooi, daar wil je wel naar luisteren. En hij is rijk: men zegt dat hij een tweede rekenkamer ten bate van zijn eigen zak heeft ingericht, en hij schijnt zijn eigen nicht van haar vermogen beroofd en in een gekkenhuis opgesloten te hebben. Overal is zonde...'

Maar ze troffen Nil Andrejitsj niet thuis, hij was op de rekenkamer.

Toen ze het huis van de gouverneur passeerden, wendde baboesjka trots het hoofd af.

Hier woont gouverneur Vasiljev... of Popov... of hoe hij ook mag heten. (Ze wist heel goed dat hij Popov heette en niet Vasiljev.) Hij verbeeldt zich dat ik als eerste een bezoek bij hem ga afleggen en heeft zich daarom niet bij mij vertoond: Tatjana Markovna Berezjkova gaat zeker naar ene Popov of Vasiljev toe!

De gouverneur verbeeldde zich niets, maar het irriteerde Berezjkova dat hij geen aandacht aan haar besteedde.

'Nil Andrejitsj is ouder en aanzienlijker dan hij, maar die komt met Pasen en nieuwjaar altijd een bezoek afleggen en hij komt af en toe ook eten!'

Ze gingen vervolgens bij een oude vorstin langs die in een groot donker huis woonde. Alleen het kleine hoekje waar ze zich genesteld had, vertoonde tekenen van leven, de andere twintig kamers leken op de kamers in het oude huis op Rajski's landgoed.

De vorstin was een magere oude dame met een spitse neus die een donkere jurk met veel kant en een grote muts droeg. Aan de vingers van haar blauw dooraderde, benige, kleine handjes had ze een hoop antieke ringen.

'Moedertje... vorstin...!'

'Tatjana Markovna...!' riep de oude vrouw uit.

Een schoothondje blafte woedend vanonder de canapé.

'Ik heb mijn kleinzoon meegebracht, de werkelijke eigenaar van ons landgoed, hij kan prachtig pianospelen en tekenen.'

Hij moest meteen wat spelen. Vervolgens bracht men hem een bordje aardbeien. Terwijl baboesjka en de vorstin koffie dronken, nam Rajski de kamers in ogenschouw, de portretten aan de wanden, het meubilair en de groene bomen in de tuin, die vrolijk door de ramen naar binnen keken. Hij zag het keurig schoongehouden tuinpad en de pijnlijke orde en netheid die overal heersten; hij hoorde hoe beurtelings een half dozijn staande klokken en hangklokken, van brons en van malachiet, sloegen; hij bestudeerde het portret van de loensende vorst die een rood ordelint om zijn hals droeg, dat van de vorstin zelf die een witte roos in het haar had, met rode wangen en levendige ogen, en vergeleek het met het origineel. Al die indrukken sloeg hij nauwkeurig op in zijn hoofd en hij controleerde hoe daar, ergens in zijn binnenste, het huis, de vorstin, het schoothondje, de bejaarde, grijze bediende in livrei en het slaan van de klokken weerspiegeld en weerkaatst werden...

Ze gingen ook nog bij een jongedame langs, de plaatselijke *grande dame*, Polina Karpovna Kritskaja, die het leven zag als een reeks overwinningen en de dag als verloren beschouwde als niemand een verliefde blik op haar had geworpen of haar niet minstens een toespeling op zijn verliefdheid in het oor had gefluisterd.

De deugdzame vrouwen van de stad en de streng oordelende heren, waaronder Nil Andrejitsj, braken openlijk de staf over haar; Tatjana Markovna mocht haar gewoon niet, vond haar een onbenullige flirt, maar ontving haar, zoals ze allen ontving, de goeden en de slechten. De jonge mannen van de stad daarentegen maakten ononderbroken jacht op Kritskaja.

Baboesjka bracht hooguit tien minuten door bij Polina Karpovna, die niettemin de tijd vond om een kanten, van voren slecht sluitende blouse aan te trekken.

Ze onderwierp Rajski aan een spervuur van blikken, trok zich niets aan van zijn jeugdige leeftijd en zag kans hem toe te voegen dat hij een betoverende mond en ogen had en dat hij veel vrouwen zou veroveren, te beginnen met haarzelf...

'Wat zegt u hem nu: het is nog een kind!' merkte baboesjka enigszins verstoord op en stond op om afscheid te nemen. Polina Karpovna verontschuldigde haar echtgenoot, die aan het werk was op de rekenkamer, beloofde binnenkort bij hen op bezoek te komen, nam ten afscheid Rajski's hoofd tussen haar handen en kuste hem op zijn voorhoofd.

'De lichtzinnige, schaamteloze vrouw! Zelfs een kind kan ze niet met rust laten!' mopperde baboesjka onderweg.

Rajski was in verwarring gebracht. De ongedwongen manier van praten, de vrijmoedige blikken en de blanke hals van de jonge vrouw hadden zijn fantasie in beweging gezet. Ze scheen hem een stralende godin toe, een koningin...

'Armida!' zei hij hardop, zich plotseling de heldin van *Jeruzalem bevrijd* herinnerend.

'Ze kent geen schaamte!' mopperde baboesjka, terwijl het rijtuig het bordes van de adelsmaarschalk naderde. 'Als Nil Andrejitsj erachter komt, zwaait er wat voor haar, de flirt!'

Wat een ruim bemeten huis had de adelsmaarschalk en wat een prachtig uitzicht bood het. Overigens heb je in de provincie bijna vanuit ieder huis een prachtig uitzicht; een lieflijk landschap, water en zuivere lucht zijn daar goedkope en voor iedereen bereikbare zegeningen. Een groot erf, een grote tuin, talrijk personeel en paardenstallen horen bij zo'n huis.

Het was een langgerekt huis van één verdieping, met een dakkapel. In alles heerste een gezegende overdaad: de gast kreeg de indruk dat hij Odysseus was die op zijn zwerftocht bij een koninklijk hof was aanbeland.

Het talrijke, uit achttien personen bestaande gezin zat voortdurend overal aan tafel: op het grasveldje, in een tuinhuisje of op het balkon, werd nu eens gegeten, dan weer thee of koffie gedronken.

De huishoudster rinkelde de hele dag met haar sleutels en het buffet werd nooit gesloten. Ieder ogenblik werden volle schotels uit de keuken over het erf naar het huis gedragen, terwijl een bediende met kalme tred de lege schotel weer terugbracht en met zijn vinger of tong de resten voor zijn rekening nam. Nu eens wilde de vrouw des huizes bouillon, dan weer een of andere tante een meelspijs, dan weer het jongste kind pap, dan weer moest voor de landheer iets hartigers worden klaargemaakt.

Er was een constante zwerm gasten aanwezig en er waren veertig bedienden. Sommigen van hen verjoegen, na vóór de heren te hebben gegeten, loom met takken de vliegen van de borden. Soms stond een van hen te slapen en beroerde met een tak het kale hoofd van de landheer of de chique muts van de vrouw des huizes.

Bij het middageten werden twee soepen opgediend, twee koude gerechten, vier verschillende sausen en vijf pasteitjes. Van de wijnen was de een nog zuurder dan de ander: zo is het nu eenmaal overal waar in de provincie open huis wordt gehouden.

In de stal stonden twintig paarden: sommige voor het rijtuig van de vrouw des huizes, andere voor de lichte calèche van de landheer; voor de tweespannige droschken, voor die met één paard, en voor de grote calèche waarin de kinderen uit rijden gingen; rijpaarden voor de oudste en de een na oudste zoon en ten slotte een pony voor de vierjarige jongste.

Hoeveel kamers waren er niet in het huis! Hoeveel leraren, gouvernantes, klaploopsters, kamermeisjes... en hoeveel schulden rustten er niet op het huis!

Tatjana Markovna en Rajski werden met luidruchtige vrolijkheid begroet. Er weerklonken menselijke stemmen, honden blaften, kussen werden uitgewisseld, stoelen aangeschoven, en men zette de gasten meteen een ontbijt voor, schonk hun koffie in en trakteerde hen op bessen.

Lakeien en keukenmeisjes liepen van het huis naar de keuken en terug – hoe hardnekkig Tatjana Markovna ook bedankte voor de traktatie.

Rajski werd omringd door leeftijdgenoten. Hij moest iets op de piano spelen en iets tekenen, vervolgens speelden en tekenden de anderen wat; ten slotte werd de Franse leraar erbij gehaald als deskundige.

'*Vous avez du talent, monsieur, vraiment!*' zei hij na Rajski's tekening bekeken te hebben.

Rajski was in de zevende hemel.

Vervolgens gingen ze met z'n allen naar de paardenstal, de paarden werden gezadeld, men reed in de manege en over het erf, en ook Rajski moest rijden. De twee dochters – de ene een brunette, de andere een blondine –, nog met lange, rode handen, zoals bakvissen die plegen te hebben, maar al in een korset gesnoerd en af en toe Franse zinnen rondstrooiend, hadden een betoverende uitwerking op de knaap.

Rajski vertrok in een aangenaam opgewonden stemming. Hij wilde het liefst naar huis, maar baboesjka beval de koetsier nog een zijstraat in te slaan.

'Waar wilt u heen, baboesjka? Het is tijd om naar huis te gaan,' zei Rajski.

'We gaan nog bij de oude Molotsjkovs langs en dan naar huis.'

'Wat is er zo bijzonder aan hen?'

'Alleen dat ze zo... oud zijn.'

'Dat ze oud zijn? Is dat iets bijzonders?' vroeg Rajski misnoegd, nog steeds onder de indruk van de enthousiaste ontvangst in het huis van de adelsmaarschalk en de kus van Polina Karpovna.

'Het zijn van die eerbiedwaardige mensen,' zei baboesjka, 'beiden al tegen de tachtig. Bij hen merk je niets van de stad: het is zo rustig in hun huis, je hoort zelfs geen vlieg zoemen. Ze zitten te fluisteren en proberen elkaars wensen te raden. Ze zijn een voorbeeld voor allen: ze hebben hun leven als het ware slapend doorgebracht. Ze hebben kinderen noch verwanten! Hun leven is als een sluimer.'

'Wat moeten we bij die oude mensen?' vroeg Rajski nog steeds misnoegd.

'Wat frons je je voorhoofd... ouderdom moet je respecteren.'

De Molotsjkovs bij wie ze nu arriveerden waren inderdaad een paar oude mensen en verder niets. Maar wat een montere, rustige, bedachtzame, knappe oudjes!

Beiden zagen er erg proper uit, waren erg netjes gekleed. Hij was gladgeschoren, zij had grijze krullen, en ze spraken erg zacht, keken elkaar liefdevol aan en voelden zich kennelijk erg goed in de donkere, koele kamers met de dichte gordijnen. Ze moesten nog veel plezier in het leven hebben.

Baboesjka bekeek de twee oudjes met eerbied en een zekere afgunst, Rajski met nieuwsgierigheid. Hij luisterde aandachtig naar hun jeugdherinneringen, maar kon niet geloven dat zij de mooiste vrouw van het gouvernement was geweest en hij, naar hij zelf zei, een knappe man, die de vrouwen het hoofd op hol bracht.

Ook voor hen speelde hij, op aandringen van baboesjka, een stukje op de piano. Uit het huis van de twee oudjes nam hij een stille herinnering mee, het beeld van een langzaam voortkruipend, als het ware sluimerend bestaan.

Maar Armida en de twee dochters van de adelsmaarschalk staken overal boven uit. Hij zette nu eens de ene, dan weer de andere op een voetstuk, knielde in gedachten voor hen, zong en tekende hen; het ene ogenblik verzonk hij in een stil gepeins, het volgende ogenblik liepen de rillingen hem over de rug van opwinding. Even later liep hij met hooggeheven hoofd rond, zong zo luid dat het hele huis, de hele tuin het kon horen en zwolg in een mateloze verrukking. Een paar dagen sliep hij onrustig, lag te woelen...

Er zweefde hem een beeld voor de geest; hij lachte beschaamd en schalks, probeerde iemand te pakken, te omarmen en schaterde in een wilde roes...

12

Op de universiteit deelde Rajski zijn tijd zo in dat hij 's morgens de colleges bijwoonde of het Kremlinpark bezocht, op zondag naar de mis ging in het Nikitskiklooster, vervolgens naar de wachtparade keek en ten slotte naar de lunchroom van Pierre en Pedotti ging om koffie te drinken. De avonden bracht hij door bij zijn 'dispuut', dat bestond uit studiegenoten, enthousiaste jongelieden met liberale opvattingen.

Dat alles bruiste en schuimde in trotse afwachting van een grootse toekomst.

Nadat hij iedere professor, iedere student, net zoals op school, indringend had bestudeerd, begon Rajski uit verveling, om zich te verstrooien, te luisteren naar wat er op de colleges gezegd werd. Tijdens de colleges over Russische grammatica was hij minder geïnteresseerd in de regels van de zinsbouw dan in de manier waarop de professor die uiteenzette, hoe de woorden hem uit de mond kwamen en hoe ernaar geluisterd werd.

Maar zodra het leven zelf ter sprake kwam, personen en gebeurtenissen ten tonele verschenen, zodra in een verhaal, een roman of gedicht levende mensen – Grieken, Romeinen, Duitsers of Russen – aan het woord kwamen, was Rajski een en al oor. Hij ging dan geheel op in wat hij hoorde en zag deze mensen, dit leven, lijfelijk voor zich.

Uit zichzelf zou hij nooit, zelfs niet met de hulp van professoren, in de klassieken zijn doorgedrongen: Russische vertalingen bestonden niet, de bibliotheek van zijn vader op het landgoed bij baboesjka bevatte weliswaar enkele klassieke werken in Franse vertaling, maar hij had er toen zonder begeleiding niet veel van begrepen en ze ter zijde gelegd. Ze schenen hem te droog, te nuchter toe.

Pas in het tweede jaar werden er door twee of drie docenten colleges over dit thema gegeven en toen kregen ook de ijverigste studenten de originelen in de handen. In die tijd raakte Rajski bevriend met een student, Kozlov genaamd, een schuchtere, door armoede geplaagde jongeman. Deze Kozlov was de zoon van een diaken en had eerst op het seminarie, later op het gymnasium en thuis Grieks en Latijn geleerd en zich daarbij in de klassieke wereld ingeleefd; het moderne leven interesseerde hem nauwelijks.

Rajski sloot hem in zijn hart, aanvankelijk vanwege zijn eenzaamheid, zijn enthousiasme, eenvoud en goedhartigheid – maar later ontdekte hij plotseling gepassioneerdheid in hem, een heilig vuur, een diepgaand, bijna telepathisch begrip, een strenge denktrant en een fijnzinnig onderscheidingsvermogen: alles met betrekking tot de klassieke wereld.

Hij was het die Rajski, voorzover diens levendige, altijd als de zee zo roerige natuur dat toestond, inwijdde in de geheimen van de klassieke wereld, maar hij was niet in staat hem de blijvende belangstelling die hijzelf voor deze wereld koesterde bij te brengen.

Rajski stak er het een en ander van op en richtte zijn aandacht toen weer op iets anders, zonder dat zijn vriendschap voor Kozlov hier onder te lijden had: hij behield het beeld van diens eenvoudige, naïeve ziel voor altijd in zijn herinnering.

Van Plutarchus en *De reis van Anacharsis de jonge** ging hij over op Livius en Tacitus, verdiepte zich in de gedetailleerde beschrijvingen van de eerste en de pregnante uitdrukkingsvorm van de tweede; hij sliep met Homerus en Dante en vergat vaak het leven om hem heen, leefde in annalen, sagen, en zelfs in Russische sprookjes...

Maar wanneer men hem een onderwerp voor een scriptie opgaf, raakte hij in verlegenheid en werd mismoedig, niet wetend hoe hij de zaak moest aanpakken, of het nu ging om *Bronnen van de volkskunde*, over *Het oude*

Russische muntwezen of *De Noord-Zuidrichting van de volksverhuizing*.

In plaats van beschouwingen ten beste te geven over de volksverhuizing, verdiepte hij zich erin alsof ze zich voor zijn ogen afspeelde. Hij zag hoe de volksmassa's zich voortbewogen als een zwerm sprinkhanen, hun bivak opsloegen en kampvuren ontstaken; hij zag mannen in dierenhuiden met knotsen, haveloze moeders en hongerige kinderen; hij zag hoe ze alles neersabelden en vernietigden wat ze op hun weg tegenkwamen en hoe de achterblijvers te gronde gingen. Hij zag de grauwe hemel, de geplunderde en verwoeste landen en zelfs de oude Russische munten; hij zag het zo duidelijk voor zich dat hij het kon tekenen, maar hij wist niet hoe hij er een verhandeling over moest schrijven: wat viel er trouwens nog te schrijven als hij het ook zo voor zich zag?

's Zomers maakte hij graag tochtjes in de omgeving, bezocht oude kloosters, gluurde in donkere hoekjes en verdiepte zich in door de tijd zwart geworden aangezichten van heiligen en martelaren. Beter en sneller dan de professoren voerde zijn fantasie hem de wereld van de Russische oudheid binnen.

Daar verdrongen zich als levenden de oude tsaren, monniken, krijgers en klerken. Het oude Moskou leek hem een onmetelijk, in verval geraakt rijk. Vechtpartijen, terechtstellingen, tataren, Dmitri Donskoj,* de Ivans – allen drongen zich aan hem op, allen nodigden hem uit op bezoek te komen en hun leven in ogenschouw te nemen.

Vaak stond hij lang te kijken – totdat een geklop of geruis in de buurt hem deed opschrikken en hij een oude kloostermuur voor zich zag of een oude icoon: hij was in een cel of in een torenkamer. Peinzend verliet hij de duistere, bedompte ruimte en kwam pas buiten in de frisse lucht weer tot bezinning.

Rajski begon te schrijven, zowel gedichten als proza, toonde het eerst aan de ene, dan aan de andere kameraad en vervolgens aan het hele dispuut en het dispuut oordeelde dat hij een talent was.

Boris begon toen aan een historische roman, schreef enkele hoofdstukken en las die ook in het dispuut voor. Zijn kameraden begonnen hem te zien als 'onze grote hoop' en schaarden zich om hem heen.

Rajski en zijn dispuut hadden niet veel geluk bij de repetities en tentamina, ze werden dan in de tweede of derde rij gezet en kregen een plaats op de vierde bank.

Op de eerste en tweede rij zaten opnieuw de bollebozen die zo stil waren tijdens de colleges, die van alles aantekeningen hadden gemaakt, die trots en kalm naar de examens gingen en er nog trotser en kalmer van terugkwamen: zij waren de toekomstige doctoren.

Zij keken neer op het dispuut, bestempelden Rajski als een romanticus, en luisterden onverschillig of helemaal niet naar zijn proza en gedichten.

Ze legden zich met dezelfde ijver toe op alle vakken, zonder voor een ervan een voorliefde op te vatten. En ook later, in hun betrekking en in het leven, waar men hen ook onderbracht, in welke situatie ze ook terechtkwamen, altijd en overal haalden ze een voldoende en vervolgden rustig en gelijkmatig hun weg, zonder zich te laten afleiden.

Rajski's vrienden toonden zijn gedichten en proza ook aan de 'genieën' onder de professoren, de 'profeten' zoals het dispuut, dat hen vereerde, hen noemde.

'O, onze Ivan Ivanovitsj! O, onze Pjotr Petrovitsj... dat zijn genieën, dat zijn onze grote lichten!' plachten de begeesterde jongelingen, de ogen ten hemel slaand, uit te roepen.

Een van de 'profeten' analyseerde Rajski's gedichten tijdens een college en zei dat het picturale element erin overheerste, dat ze een rijkdom aan beelden bevatten en welluidend waren, maar dat het hun ontbrak aan diepte en kracht. Maar, zo profeteerde hij, dat zou met de jaren nog wel komen. Hij feliciteerde de auteur met zijn talent en adviseerde hem 'de muze te hoeden en te koesteren' oftewel serieus aan zichzelf te werken.

Rajski was geheel in vervoering door die lof en wankelde toen hij de collegezaal verliet; het dispuut vierde deze gebeurtenis met een drie dagen durende orgie.

Een andere 'profeet' las het begin van zijn roman en nodigde Rajski bij zich thuis.

Rajski ging bij de professor weg met het gevoel dat hij een verkwikkend warm bad genomen. Ook deze 'profeet' had zijn talent erkend en hem een hele hoop oude boeken, kronieken, oorkonden en verdragen meegegeven.

'Ontwikkel uw talent via serieuze studie,' had de professor hem gezegd, 'u hebt toekomst'.

Rajski vatte zijn tochtjes door de omgeving nu nog serieuzer op, drong opnieuw door in oude gebouwen, bekeek, betastte en besnuffelde stenen, las de opschriften, maar ontcijferde nog geen twee bladzijden van de hem door de professor meegegeven kronieken. Wel beschreef hij het Russische leven, zoals hij dat zag in zijn poëtische visioenen, en schiep ten slotte een zeer serieus schertspoëem waarin hij een kameraad bezong die een scriptie had geschreven over 'schuldverplichtingen' en zijn hospita nooit had betaald voor de kost en inwoning.

Slechts met veel moeite ging hij over van het ene jaar naar het andere, de examens bezorgden hem steeds grote problemen. Maar hij werd gered door zijn reputatie van aankomend talent, door enkele geslaagde gedichten en een paar schetsen in proza uit de Russische geschiedenis.

'Waar wilt u in dienst treden?' vroeg de decaan hem op een dag onverwachts. 'Over een week studeert u af. Wat gaat u doen?'

Rajski zweeg.

'Welk beroep kiest u?' vroeg de decaan opnieuw.

'Ik wil... kunstenaar worden...' wilde Rajski antwoorden, maar hij herinnerde zich hoe zijn voogd en baboesjka daarop gereageerd hadden. Daarom zei hij deze keer: 'Ik wil... gedichten schrijven.'

'Maar dat is toch geen beroep, dat is iets wat je erbij doet,' merkte de decaan op.

'En ook verhalen...' zei Rajski.

'Verhalen kunt u ook schrijven, u hebt talent. Maar dat komt pas later, wanneer het talent gerijpt is... Ik bedoel: voor welke loopbaan hebt u gekozen?'

Eerst ga ik in militaire dienst, bij de garde, en daarna in overheidsdienst, ik wil officier van justitie worden... en gouverneur,' antwoordde Rajski.

De decaan glimlachte.

'Dat begrijp ik beter, maar dan moet u eerst aspirant-officier worden. U en Leonti Kozlov zijn de enigen die nog niet voor een bepaalde loopbaan gekozen hebben.'

Toen men Kozlov vroeg wat hij wilde worden, antwoordde hij: 'Leraar ergens in de provincie', en daar bleef hij bij.

13

In Petersburg trad Rajski als aspirant-officier toe tot een garderegiment: hij reed, helemaal in vuur en vlam, mee aan het front van de troepen, voelde de rillingen over zijn rug lopen bij de klanken van de regimentsmuziek, rekte zich uit en rinkelde met zijn sabel en sporen als hij een generaal tegenkwam, terwijl hij 's avonds met een driest gezelschap in trojka's de stad uit reed naar een vrolijke picknick of lessen nam in levenskunst en liefde bij de Russische of buitenlandse *Armida's* van de hoofdstad, in dat feeënrijk waar 'het geloof in een betere wereld verdwijnt.

Zijn geloof in eer, fatsoen, en daarmee in de mens, was inderdaad bijna verdwenen. Zonder het te willen of er zijn best voor te doen, er zelfs vaak voor weglopend, leerde hij die wonderbaarlijke wereld kennen.

Zijn ontvankelijke natuur zoog als een spons alle indrukken op die hem overspoelden. De vrouwen van die wereld maakten op hem de indruk van een afzonderlijk ras. Zoals stoom en machines de levende kracht van mensenhanden hadden vervangen, zo had daar een heel mechanisme van schijnleven en schijnhartstochten het natuurlijke leven en de natuurlijke hartstochten vervangen. Deze wereld kende geen gehechtheden, geen kinderen, geen wiegen, geen broers en zusters, geen echtgenoten, maar alleen mannen en vrouwen.

Onder de mannen waren er die, hun zaken en beslommeringen ontvluchtend, vaak met achterlating van de behaaglijke warmte en de stille sympathieën van het gezin, zich in de wereld van de immer voor het grijpen liggende romances en drama's stortten, als in een speelhol, teneinde in de walm van geveinsde gevoelens en duurbetaalde tederheid in een roes te raken. Anderen werden door hun jeugdig vuur daarheen getrokken, naar het rijk van de valse liefde met al haar raffinement, zoals een lekkerbek door de uitgelezen maaltijd van een meesterkok wordt weggelokt van de eenvoudige maaltijd thuis. Alles in die wereld komt voort uit eindeloos gevarieerde berekening: luxe, eerzucht, afgunst en (minder vaak) eigenliefde zijn de factoren waar alles om draait, nooit spreekt het hart, of spelen gevoelens een rol. De schoonheden van deze wereld offeren alles op aan de berekening: hun hartstocht, indien ze die hebben, en zelfs hun temperament, als hun rol of de situatie dit vereisen.

Ze kunnen niet beschouwd worden als slachtoffers van het harde leven in de maatschappij, zoals de ongelukkige schepsels die voor een stuk brood, voor wat kleding, voor schoeisel en een dak boven hun hoofd, dierlijke begeerte bevredigen. Nee, daar heb je priesteressen van de sterke, hoewel kunstmatige hartstochten, geraffineerde actrices, die met het leven en de liefde spelen als een kaartspeler met kaarten.

Daar heeft men geen serieuze doelen, geen solide bedoelingen en verwachtingen. Het stormachtige leven leidt je niet naar een stille haven. Een priesteres van deze cultus, 'een moeder van het genot', heeft niet, zoals een echte, hartstochtelijke speler, de behoefte om een grote slag te slaan en er dan mee op te houden, alles achter zich te laten, tot rust te komen en een ander leven te gaan leiden.

Indien zo iemand in deze kringen zou opduiken zou ze haar karakter en bekoorlijkheid al snel verliezen: ze zou snel afstand moeten doen van haar goede voornemens of ze zou door haar aanbidders worden verlaten, daar ze de vrije opvattingen en zeden van die wereld niet langer zou delen.

Haar leven verwordt tot een eeuwig spel met de hartstocht, met als doel het onbegrensde genot, dat overgaat in een gewoonte en tot vermoeidheid en oververzadiging leidt. Haar enige schrikbeeld is oud en overbodig te worden.

Verder is ze nergens bang voor. In het spel met de hartstocht neemt ze alle gedaanten, karakters en vormen aan die haar rol vereist, maar altijd zijn ze geleend, zoals de kostuums voor een gemaskerd bal.

Ze is schuchter en bescheiden of trots en ongenaakbaar, of teder en gehoorzaam, al naar gelang haar rol, het moment het vereist.

Maar als ze haar masker heeft afgezet, dan is ze vaak kwaadaardig, onhebbelijk en zelfs wreed. Ze laat zich niet bang maken of beledigen, maar zelf aarzelt ze niet om, uit wraak of om zich te vermaken, iemands gezinsgeluk en rust te verwoesten, om nog maar niet te spreken over iemands vermogen: het financieel ruïneren van mannen is haar roeping.

Onbegrensde luxe moet haar omgeven. Geen van haar wensen mag onvervuld blijven.

Haar woning is haar tempel, maar één die lijkt op een tentoonstelling van meubilair en dure snuisterijen. Niet de smaak van de eigenares maar die van de meubelhandelaar en de stoffeerder komt hierin tot uiting. Het stempel van een verfijnde, artistieke levenswijze ontbreekt en zou hier ook niet tot zijn recht komen. Kostbare serviezen, dure rijtuigen, paarden, lakeien en kamermeisjes die gekleed zijn als balletfeeën gelden hier als de maatstaf voor chic en voornaamheid.

Een duur schilderij of een kostbaar beeldhouwwerk dat hier toevallig terechtkomt, wordt niet beoordeeld naar de artistieke waarde maar naar de prijs die ervoor is betaald.

In haar woning vind je geen gastheer, geen huisvrouw, geen kinderen, geen oude, toegewijde bedienden.

Ze leeft als op een station, op de grote weg, klaar om ieder ogenblik te vertrekken. Ze heeft geen vrienden – vrouwelijke noch mannelijke – alleen een hoop kennissen.

Het leven van een schoonheid van die wereld oftewel 'het lompenproletariaat', zoals Rajski het noemde, vertoont een oppervlakkig, bont en druk patroon: bezoeken aan kennissen, theaterbezoek, tochtjes, schandalig copieuze ontbijten, diners die tot in de ochtend en nachtelijke orgiën die tot in de middag van de volgende dag duren. Haar enige zorg is dat die bonte afwisseling door niets wordt onderbroken.

Een dag die niet volledig bezet is, een avond zonder drukte, uitjes, theaterbezoek, ontmoetingen, geldt als een verschrikking. Op zo'n dag kan het denken ontwaken met allerlei pijnlijke vragen, het kan het gevoel, het geweten en allerlei schrikbeelden opwekken.

Vol angst schudt ze het ongewone gepeins van zich af, verjaagt de lastige vragen, en ze voelt zich weer goed. Dit komt slechts zelden en bij weinigen voor. Haar denken sluimert meestal, het hart is koud en gevoelloos, kennis heeft ze nauwelijks.

Briljanten (het enige echte aan haar) en andere opsmuk kopen, zo mogelijk op kosten van haar aanbidders en beslist meer dan ze nodig heeft, en daardoor de juweliers rijk maken – dat is het enige doel van haar eerzucht.

Een belangrijk tijdverdrijf is ook het reizen: een gravin te spelen in Parijs, een palazzo te huren in Italië, te schitteren met goud en schoonheid, onderwijl hier en daar een verovering makend onder mannen van rang, positie en rijkdom.

Haar ideale man is vooral de *homme généreux*, *liberal*, die met geld smijt alsof het niets is, dan komt de *comte*, de *prince*, enzovoort. Over geest, eer, zedelijkheid heeft deze wereld haar eigen, aparte ideeën. Spaarzaamheid, zelfbeheersing en ordelijkheid ontsieren volgens haar de man. De vrek is in haar ogen een onmens.

Rajski bracht, terwijl hij zich eerst als jonge officier en daarna als jonge bureaucraat in de wereld van de Petersburgse *jeunesse dorée* bewoog, uitbundige eerbewijzen aan haar schoonheid en toen hij haar verliet was het met een gevoel van grote treurigheid en met veel ervaringen die hij heel goed had kunnen missen.

Hij had de wens van baboesjka vervuld en was officier geworden, maar hij droomde onophoudelijk van de Wolga en haar oevers, van het lommerrijke park en het bosschage met het ravijn, of hij zag de wilde ogen en het extatische gezicht van Vasjoekov voor zich, hoorde de klank van zijn viool.

Hij droomde van een wijde kunstarena, van de academie of het conservatorium, zag zichzelf graag als een noeste werker in dienst van de kunst.

Hem stond een bestoft atelier voor de geest met brokken marmer in een gedempt licht, met schilderijen in statu nascendi, met ledenpoppen – en hijzelf zat daar, in een elegante blouse, met lange haren, middenin, in liefdevolle aanschouwing van het schilderij dat op de ezel stond: iemands hoofd kreeg geleidelijk aan vorm onder zijn penseelstreken.

Het is nog onbezield, de ogen zijn nog levenloos, zonder vuur. Maar kijk, hij zet er twee magische punten in, trekt een paar gedurfde lijnen, en plotseling komt het hoofd tot leven, het begint te spreken, kijkt je in het gezicht; gedachten en gevoelens manifesteren zich, schoonheid...

Er komen bezoekers, ze werpen een schuchtere blik in het atelier en fluisteren zachtjes...

Dan is daar eindelijk de tentoonstelling. Hij kijkt vanuit een hoek naar zijn schilderij, maar kan het niet zien, er staat een massa mensen voor, zijn naam ligt op ieders tong. Iemand 'verraadt' hem, noemt zijn naam en de mensen wenden hun blik van het schilderij naar hem.

Hij raakte in verwarring en schrok op uit zijn dromen.

Hij diende een verzoek in tot overplaatsing naar de overheidsdienst en werd op de afdeling van Ajanov ondergebracht. Maar de lezer weet al dat hij in overheidsdienst niet meer succes had dan in het leger. Hij verliet die en liet zich inschrijven op de kunstacademie.

Schuchter betrad hij haar ruimten en oriënteerde zich. Allen zaten zwijgend busten na te tekenen. Hij ging ook tekenen, maar twee uur later vertrok hij weer om thúís een buste te gaan natekenen.

Maar thuis stak hij nu eens een sigaar op, ging dan weer met gestrekte benen op de divan zitten, begon te lezen of droomde weg, of hij luisterde naar de motieven die in zijn hoofd weerklonken. Hij ging achter de piano zitten en vergat alles om zich heen.

Hij maakte kennis met een paar van zijn studiegenoten, nodigde hen bij zich thuis uit en toonde hun zijn werk.

'U hebt talent, waar hebt u gestudeerd?' zei men hem. 'Alleen... die arm daar is te lang... en de rug is scheef... de tekening klopt niet!'

Ze nodigden hem uit voor een feestje en hij voelde zich daar geheel in zijn element: men sprak over koloriet, over busten, over armen, over benen, over 'de waarheid' in de kunst, over de academie, en in het toekomstperspectief verschenen Düsseldorf, Parijs, Rome... Ze berekenden waar hij bij was hoeveel leerjaren ze nog voor zich hadden: zeven, acht jaar—verschrikkelijke getallen. En het waren allemaal al volwassen mannen.

Een maand of zes ging hij niet naar de academie en toen hij weer terugkwam, zag hij diezelfde kameraden... busten natekenen.

Hij wierp een blik in een andere klas: daar stond een mannelijk naaktmodel en de leerlingen tekenden zwijgend een torso. Een maand later kwam Rajski weer—en opnieuw waren allen verdiept in de aanblik van het model en in hun tekening. Hetzelfde zwijgen, dezelfde gespannen aandacht.

Hij betrad het atelier van de professor en ontwaarde het tafereel uit zijn dromen: een bestofte kamer, gedempt licht, schilderijen, maskers, armen, benen, ledenpoppen... alles precies zo.

Alleen stelde de kunstenaar zelf zich niet aan hem voor in een elegante blouse, maar in een smoezelige jas, niet met lange haren, maar kortgeknipt, zijn gezicht drukte geen gelukzaligheid uit, maar een innerlijke worsteling, onrust en vermoeidheid. Hij boorde een gekwelde blik in zijn schilderij, liep erop toe, week terug, verzonk in gepeins...

Dan scheen hij plotseling weer weg te zakken, te stokken, verstommen, alleen zijn ogen schitterden nog, en zijn hand veegde als een razende uit wat hij net had geschilderd, haastte zich om een nieuwe, net aan zijn innerlijke worsteling ontsproten lijn op het doek te gooien, alsof hij bang was dat ze hem zo weer zou ontglippen...

Schuchter ging Rajski naar huis, spande een doek op en begon aan een krijttekening. Drie dagen tekende hij, veegde uit en tekende opnieuw, liet dan de busten en tekeningen voor wat ze waren en nam het penseel ter hand.

Driemaal spande hij een nieuw doek op en pas op het vierde schilderde hij het hoofd waarvan hij had gedroomd, het hoofd van Hector en het gezicht van Andromache en haar kind. De armen liet hij nog weg, die komen het laatst, dacht hij. De kleren schilderde hij lukraak, naar de gegevens die hij inderhaast bij Homerus had gevonden; andere bronnen had hij zo gauw niet bij de hand – en waar had hij die ook zo snel kunnen vinden.

Hij werkte een half jaar aan het schilderij. De gezichten van Hector en Andromache slokten al zijn creativiteit op, met de rekwisieten hield hij zich niet bezig: dat kwam later wel eens.

Het kind tekende hij ook met de Franse slag en dat alleen nog omdat anders de afscheidsscène niet zou kloppen.

Hij wilde het schilderij tonen aan zijn kameraden, maar ze schilderden zelf nog niet in kleur, tekenden nog steeds busten na, ook al droegen ze zelf een baard.

Hij besloot het aan de professor te laten zien. Dat was een vriendelijke heer, gespeend van iedere hooghartigheid, die het werk waarschijnlijk naar waarde zou schatten. Met bonkend hart bracht hij het schilderij en zette het voorlopig in de gang neer.

De professor liet het in het atelier brengen en bekeek het.

'Wat is dat voor pannenkoek?' vroeg hij, nadat hij zijn blik over het schilderij had laten gaan; maar na het nog een keer vluchtig bekeken te hebben, pakte hij het plotseling op, zette het op een ezel en liet er vanonder zijn gefronste wenkbrauwen een onderzoekende blik op rusten.

'Hebt u dat geschilderd?' vroeg hij, op het hoofd van Hector wijzend.

'Ja.'

'En dat ook?' vroeg hij verder, op Andromache wijzend.

'Dat ook, ja.'
'En dat?' vroeg hij, op het kind wijzend.
'Dat heb ik ook geschilderd.'
'Dat bestaat niet, dat hebben twee verschillende mensen geschilderd,' zei de professor bruusk. Hij opende de deur naar een andere kamer en riep: 'Ivan Ivanovitsj!'

Ivan Ivanovitsj, een kunstenaar, betrad het vertrek.
'Bekijk dat eens!'

Hij wees hem op de hoofden van de twee volwassen figuren en het kind. De ander bekeek het schilderij zwijgend en aandachtig. Rajski beefde.

'Wat zie je?' vroeg de professor.
'Wat ik zie?' zei de ander. 'Dat niemand van onze studenten dat geschilderd heeft. Wie heeft het hoofd in die kliederboel geschilderd? Het hoofd, ja... hm, maar het oor zit niet op zijn plaats. Wie heeft dat geschilderd?'

De professor vroeg Rajski waar hij had gestudeerd, bevestigde dat hij talent had, maar waste hem flink de oren toen hij hoorde dat hij maar een keer of tien op de academie was geweest en geen busten naschilderde.

'Kijk hier: niet één lijn is correct geschilderd. Dit been is korter dan het andere, de schouder van Andromache zit niet op zijn plaats... als Hector zich opricht, komt ze maar tot aan zijn buik. En die spieren, kijk hier...'

Hij wees op de knie en daarna op de arm van Hector.
'U kunt niet tekenen,' zei hij. 'U moet drie jaren busten natekenen en anatomie studeren... Maar het hoofd van Hector en de ogen... Hebt u dat geschilderd?'

'Ja,' zei Rajski.
De professor haalde zijn schouders op.
En Ivan Ivanovitsj zei: 'Hm! u hebt talent, dat is duidelijk. Studeert u, mettertijd...'

Studeert u... mettertijd...! dacht Rajski, dat zeggen ze allemaal. Hij wilde meteen zijn doel bereiken, zonder te studeren.

Hij liep in gedachten verzonken naar huis en vond daar een paar brieven. Baboesjka verweet hem dat hij de militaire dienst had verlaten en zijn voogd adviseerde hem lid te worden van de senaat en stuurde hem een paar aanbevelingsbrieven.

Maar Rajski werd geen lid van de senaat en tekende geen busten na op de academie, wel las hij veel, schreef hij veel gedichten en proza, danste, bewoog zich in de mondaine wereld, bezocht de schouwburg en de *Armida's*, componeerde ondertussen drie walsen en tekende een paar vrouwenportretten. Daarna, na een dolle carnavalsweek, kwam hij plotseling bij zinnen, dacht weer aan zijn artistieke carrière en haastte zich naar de academie: daar tekenden de studenten in de ene zaal zwijgend en vol aandacht busten na, en in de andere zaal torso's...

14

Op de afgesproken avond troffen Rajski en Bjelovodova elkaar weer in haar kabinet. Zij was gekleed om naar de schouwburg te gaan: haar vader zou haar na het diner afhalen, maar was er nog steeds niet, hoewel het al half acht was.

'Ik moet steeds aan ons laatste gesprek denken, nicht, u niet?' vroeg hij.

'Neem me niet kwalijk, neef. Waar hadden we het toen ook weer over? Ach, ja,' herinnerde ze zich plotseling. 'U hebt me iets gevraagd.'

'En u hebt me iets beloofd.'

'Wat dan?'

'Me te vertellen over... een of andere stommiteit uit uw jeugd en daarna over uw wettige liefde...'

'Dat ging allemaal zo simpel, neef, dat ik het niet eens kan vertellen: vraag het aan een willekeurige getrouwde vrouw. Bijvoorbeeld aan *Catherine*...'

'Ach, nee, nicht, aan iedereen, behalve aan *Catherine*: alles wat ze doet is zich opmaken en uitgaan, uitgaan en zich opmaken...'

'Wat moet ik u vertellen? Ik weet niet waar ik moet beginnen. *Paul* deed via de vorstin een aanzoek, die zei het aan *maman*, *maman* aan de tantes; men riep de familieleden bijeen, deelde het vervolgens aan *papa* mee... Zoals iedereen het doet.'

'Hem werd het het laatst verteld!' merkte Rajski vrolijk op. 'En wanneer hoorde u het?'

'Diezelfde avond natuurlijk. Wat een vraag! U denkt toch niet dat men mij gedwongen heeft...?'

'Nee, nee, nicht, zo moet u niet vertellen. Begint u alstublieft bij uw opvoeding. Hoe en waar werd u opgevoed? Vertelt u eerst over die "stommiteit"...'

'U weet dat ik thuis werd opgevoed... *Maman* was streng en serieus, maakte nooit grapjes, lachte bijna niet, liefkoosde ons zelden, iedereen in huis gehoorzaamde haar: kindermeisjes, kamermeisjes, de gouvernantes, allemaal deden ze wat zij beval, en *papa* ook. In de kinderkamer kwam ze niet, maar er heerste een strenge orde, alsof ze er zelf aanwezig was. Toen ik zeven jaar oud was, zorgde de Duitse Margarita voor me: ze kamde mijn haar en kleedde me aan, vervolgens wekte men miss Dreadson en gingen we naar *maman*. *Maman* keek me, alvorens me te begroeten, streng in het gezicht, draaide me een keer of drie om en om, keek of alles goed zat, inspecteerde zelfs mijn voeten, liet me een knix maken, die ze met een kritische blik gadesloeg, kuste me vervolgens op het voorhoofd en liet me gaan. Na het ontbijt nam men mij mee uit wandelen, en bij slecht weer maakten we een ritje met de calèche...'

'Vertel me nu hoe u gespeeld en geravot hebt.'

'Geravot? Dat heb ik niet. Miss Dreadson liep naast me en liet me geen drie passen bij zich vandaan gaan. Een keer gooide een jongen een bal en hij rolde voor mijn voeten. Ik pakte hem op en liep naar hem toe om hem terug te geven. Miss vertelde het *maman* en ik mocht drie dagen niet wandelen. Overigens herinner ik me weinig, ik herinner me alleen dat de dansleraar kwam en ons leerde: *chassé en avant, chassé à gauche, tenez-vous droit, pas de grimaces*... Na het middageten liet men mij in de grote zaal een uur met een bal spelen en touwtjespringen, maar zachtjes, zodat de spiegels niet braken. En ik mocht niet met mijn voeten stampen. *Maman* vond het niet prettig als mijn wangen en oren rood werden en daarom mocht ik niet al te veel rondrennen. *Maman* berispte me ook omdat ik...' – ze lachte – 'mijn tong uitstak bij het tekenen en schrijven en zelfs bij het dansen; daarom was ieder ogenblik het *pas de grimaces* te horen.'

'*Chassé en avant, chassé à gauche* en *pas de grimaces*, ja, dat is een goede opvoedingsmethode, net zoiets als de militaire dressuur. Nou, en verder?'

'Verder werd er een Française aangesteld als gouvernante, *madame Cléry*, maar die werd al snel weer ontslagen, ik weet niet waarom. Ik herinner me dat *papa* haar verdedigde, maar *maman* wilde er niet van horen...'

'Nu zie ik dat u geen kindertijd hebt gehad: dat verklaart het een en ander. Heeft men u iets geleerd?' vroeg hij.

'Ja zeker: *histoire, géographie, calligraphie, orthographie*, en dan ook nog Russisch...'

Hier aarzelde Sofja Nikolajevna even.

'Ik weet zeker dat we nu aan de catastrofe toe zijn en de held hiervan, dat is de leraar Russisch!' zei Rajski. 'Dat zijn onze *jeunes premiers*...'

'Ja... u hebt het geraden!' antwoordde Bjelovodova lachend. 'Mijn prestaties waren in alle vakken hetzelfde, dat wil zeggen in alles even slecht. Van de geschiedenis kende ik alleen het jaar 1812, omdat *mon oncle, le prince Serge*, in dat jaar als officier de veldtocht tegen Napoleon had meegemaakt en er vaak over vertelde; ik wist dat er een Catharina de Tweede was geweest, en nog een revolutie, die *monsieur de Querney* op de vlucht had gedreven, maar de hele rest... al die oorlogen, Griekse, Romeinse, wat men over Frederik de Grote vertelde, dat is allemaal verward in mijn hoofd. Maar in de Russische les, bij *monsieur* Jelnin, leerde ik bijna alles wat hij opgaf.'

'Tot nu toe gaat alles uitstekend. Wat hebt u nog meer gedaan?'

'We lazen veel. Hij las prachtig voor, bracht boeken mee...'

'Wat voor boeken?'

'Dat weet ik niet meer...'

'Nou, en verder, nicht?'

'Daarna, toen ik zestien jaar oud was, kreeg ik eigen kamers. Men bracht *ma tante* Anna Vasiljevna bij mij onder, terwijl miss Dreadson terugging naar Engeland. Ik deed veel aan muziek, had nog steeds mijn Franse professor en leraar Russisch, omdat de hogere kringen toen van mening waren dat je bijna net zo goed Russisch moest kennen als Frans...'

'En *monsieur* Jelnin was heel... heel... lief en aardig en... *comme il faut*...?' vroeg Rajski.

'*Oui, il etait tout-à-fait bien,*' zei Bjelovodova, enigszins blozend. 'Ik ben aan hem gewend geraakt... en als er een les uitviel, was ik verdrietig, en een keer werd hij ziek en kwam drie weken lang niet...'

'U was wanhopig?' onderbrak Rajski haar, 'huilde, sliep hele nachten niet en bad voor hem? U had...'

'Ik had met hem te doen en ik verzocht *papa* iemand te sturen om te informeren naar zijn gezondheid...'

'Zelfs dat! Nou, en wat zei *papa*?'

'Hij ging zelf naar hem toe, zag dat hij aan de beterende hand was en bracht hem mee om het middageten te gebruiken. *Maman* werd eerst kwaad en begon een scène met *papa*, maar Jelnin was zo'n fatsoenlijke en bescheiden jongeman dat *maman* zich met hem verzoende en hem zelfs uitnodigde voor onze *soirées musicales et dansantes*. Hij was goed opgevoed, speelde viool...'

'En verder?' vroeg Rajski ongeduldig.

'Toen *papa* hem voor het eerst meebracht na zijn ziekte, was hij bleek, zwijgzaam... met smachtende ogen... Ik had erg met hem te doen en vroeg aan tafel wat hem mankeerde... Hij wierp een dankbare, bijna tedere blik op me... Maar *maman* nam me na het eten apart en zei dat het geen pas gaf dat een meisje naar de gezondheid informeerde van de eerste de beste jongeman en daarbij nog een leraar... "God weet wat hij voor iemand is!" voegde ze eraan toe. Ik schaamde me, ging naar mijn kamer en huilde, daarna heb ik hem nooit meer iets gevraagd.'

'Zo zie je maar!' merkte Rajski spottend op, 'je had nauwelijks de

Olympus verlaten en een voet onder de mensen gezet of je kreeg er al van langs.'

'Onderbreek me niet, anders raak ik de draad kwijt,' zei ze. 'Jelnin bleef met mij lezen, hij liet me ook zelf schrijven, maar *maman* beval dat ik meer in het Frans moest schrijven.'

'En Jelnin las u nog steeds voor?'

'Ja, hij las voor, en begeleidde me op de viool, wanneer ik piano speelde. Het was een vreemde man, soms verzonk hij in gepeins en zei een half uur geen woord. Als ik dan zijn naam noemde, schrok hij op en keek me heel vreemd aan... net zoals u me soms aankijkt. Of hij ging zo dicht tegen me aan zitten dat hij me bang maakte. Maar ik kon niet boos op hem worden... Ik raakte gewend aan zijn eigenaardigheden. Een keer legde hij zijn hand op de mijne: ik voelde me erg ongemakkelijk, maar hij merkte zelf niet wat hij deed en ik haalde mijn hand niet weg. En toen hij een keer niet kwam om samen met mij te musiceren, ontving ik hem de volgende dag heel koel...'

'Bravo! En wat zeiden uw voorvaderen daarvan?'

'Lacht u maar, neef, het was inderdaad lachwekkend...'

'Ik lach niet, nicht, ik verheug me: toen leefde u, was u gelukkig, vrolijk, niet zoals later, zoals nu...'

'Ja, dat is waar: ik was nog maar een dom kind en vond het leuk om te zien hoe hij plotseling verlegen werd, me niet aan durfde te kijken, maar me daarentegen soms juist lang aankeek, soms zelfs verbleekte. Misschien flirtte ik soms een beetje met hem, op een kinderlijke manier natuurlijk, uit pure verveling... Het was soms verschrikkelijk... vervelend bij ons. Maar hij was, naar het scheen, erg aardig en erg ongelukkig: hij had helemaal geen familie. Ik had zeer met hem te doen en ik voelde me met hem op mijn gemak, zeker. Maar wat heb ik die stommiteit duur betaald...!'

'Sneller graag!' zei Rajski, 'ik wacht op het drama.'

'Op mijn naamdag werden er bij ons gasten ontvangen. Ik was toen al opgenomen in de hogere kringen. Ik had een sonate van Beethoven ingestudeerd, die waarvan hij verrukt was en waar u ook van houdt...'

'Ah, vandaar dat u die zo perfect speelt... Verder, nicht, het wordt interessant!'

'In de society wist men toen al dat ik van muziek hield en men zei dat ik een eersterangs kunstenares zou worden. *Maman* had me eerder lessen willen laten nemen bij Henselt, maar toen ze deze lofprijzingen hoorde, bedacht ze zich.'

'De wijsheid der voorvaderen zei dat het onfatsoenlijk was om een kunstenares te zijn.'

'Ik wachtte vol ongeduld op die avond,' vervolgde Sofja, 'omdat Jelnin niet wist dat ik die sonate had ingestudeerd om...'

Bjelovodova aarzelde, enigszins in verwarring gebracht.

'Ik begrijp het,' moedigde Rajski haar aan.

'Allen hadden zich verzameld, sommigen zongen, anderen speelden iets op de piano, maar hij was er niet. *Maman* vroeg twee keer of ik de sonate ging spelen. Ik wimpelde haar zo lang mogelijk af, maar ten slotte beval ze me om te spelen. *J'avais le coeur gros* en ik ging achter de piano zitten. Ik denk dat ik erg bleek was, maar ik had nog maar net de introductie gespeeld of ik zag Jelnin in de spiegel: hij stond vlak achter me. Later zei men mij dat ik vuurrood werd, maar ik geloof niet dat dat zo was,' voegde ze er beschaamd aan toe. 'Ik was gewoon blij hem te zien omdat ik wist dat hij verstand had van muziek...'

'Nicht! spreekt u toch zelf, laat uw voorvaderen niet voor u spreken.'

'Ik speelde, speelde...'

'Geïnspireerd, vurig, hartstochtelijk...' souffleerde hij haar.

'Ik denk van wel, ja... want iedereen luisterde in het begin zwijgend en niemand uitte banale lofprijzingen als *charmant* of *bravo*, en toen ik klaar was klonk er van alle kanten bijval, men omringde mij... Maar ik besteedde daar geen aandacht aan, hoorde de felicitaties niet; ik draaide me, zodra ik klaar was, om naar hem... hij stak me de hand toe, en ik...'

Sofja aarzelde even.

'En u stortte zich op hem...'

'Kom nou! Nee, ik stak hem mijn hand toe en hij... drukte haar en, naar het schijnt, bloosden we beiden...'

'En dat is alles?'

'Ik kwam snel tot mezelf en antwoordde op de felicitaties en de prijzende woorden. Ik wilde naar *maman* toe gaan maar ik wierp een blik op haar, en... schrok me een ongeluk. Ik liep op de tantes toe, maar ze maakten alleen een zeer vluchtige opmerking en lieten me toen staan. Jelnin volgde me vanuit een hoek met zulke ogen dat ik me gedwongen voelde naar een andere kamer te gaan. *Maman* ging, toen de gasten vertrokken waren, zonder afscheid te nemen naar haar kamer. Nadjezjda Vasiljevna schudde bij het afscheid nemen haar hoofd en Anna Vasiljevna had tranen in haar ogen...'

'Er zijn allerlei soorten gekte,' merkte Rajski op. 'Al deze lieden schijnen de gekte van het fatsoen te hebben. Nou, en wat gebeurde er de volgende ochtend?'

'De volgende ochtend,' vervolgde Sofja met een zucht, 'wachtte ik tot men mij bij *maman* zou roepen, maar dat duurde een hele tijd. Ten slotte kwam tante Nadjezjda Vasiljevna bij me en zei droogjes dat ik naar *maman* moest gaan. Mijn hart bonkte hevig en ik kon aanvankelijk zelfs niet onderscheiden wie er zich in de kamer van *maman* bevond en begrijpen wat er daar aan de hand was. Het was er donker, de gordijnen waren dicht, *maman* leek vermoeid, naast haar zaten de tantes, *mon oncle, prince Serge*, en *papa*...'

'Dus de hele areopagus, plus nog de portretten!'

'*Papa* stond bij de haard en warmde zich. Ik keek in zijn richting en hoopte dat hij me een vriendelijke blik zou toewerpen... dan zou ik me beter voelen. Hij probeerde echter me niet aan te kijken. De arme stakker was bang voor *maman*, maar ik zag dat hij medelijden met me had. Hij kauwde voortdurend op zijn lippen, dat doet hij altijd als hij opgewonden is.'

'En wat zeiden ze?'

'"Mag ik u vragen wie u bent en wat u bent?" vroeg *maman* zacht. "Uw dochter," antwoordde ik nauwelijks verstaanbaar. "Het lijkt er niet op. Hoe gedraagt u zich?" Ik zweeg. Wat had ik moeten antwoorden?'

'Mijn God! Daar viel niets op te antwoorden!' zei Rajski.

'"Wat was dat voor scène die u gisteren hebt opgevoerd? Een komedie of een drama? Wie heeft dat bedacht? U of die leraar... die Jelnin?" "Maman, ik heb geen scène opgevoerd, het ging per ongeluk..." bracht ik er met moeite uit, zo zwaar was het me te moede. "Des te erger," zei ze, "*il y a donc du sentiment là dedans*? Luistert u eens," wendde ze zich tot *papa*, "naar wat uw dochter zegt... wat vindt u van die bekentenis?" Mijn arme vader was nog verlegener en zieliger dan ik en keek omlaag; ik wist dat alleen hij niet boos op me was, had op dat moment het liefst willen sterven van schaamte... "Weet u wat voor iemand dat is, die leraar van u?" vroeg *maman*. "Vorst *Serge* heeft inlichtingen ingewonnen: hij is de zoon van een of andere arts, hij geeft privé-lessen, maakt gedichten, schrijft tegen betaling Franse brieven voor Russische kooplieden en leeft daarvan." "Wat een schande!" zei *ma tante*. Ik hoorde verder niets want ik viel flauw... Toen ik weer bijkwam, zaten de beide tantes naast me terwijl *papa* met een reukflesje over me heen stond gebogen. *Maman* was er niet. Ik heb haar twee weken niet gezien. Toen we elkaar daarna weer zagen, vroeg ik haar in tranen om vergeving. *Maman* vertelde me hoe pijnlijk deze scène haar had getroffen, hoe ze bijna ziek was geworden, hoe niet Neljoebova alles had opgemerkt en doorverteld aan de Michajlovs en hoe die haar ervan beschuldigd hadden dat ze niet goed genoeg oplette en God mag weten wie in huis haalde. "En dat heb ik allemaal aan jou te danken!" besloot *maman* haar verhaal. Ik vroeg haar nogmaals mij te vergeven en deze stommiteit te vergeten en ik gaf mijn woord dat ik me voortaan fatsoenlijk zou gedragen.'

Rajski barstte in lachen uit.

'Ik dacht dat er God mag weten wat voor een drama zou komen!' zei hij. 'En u vertelt me de geschiedenis van een zestienjarig meisje. Ik hoop, nict, dat u, wanneer u een dochter hebt, anders zult handelen.'

'Hoe dan? Moet ik haar aan een leraar ten huwelijk geven? Dat kunt u toch niet menen?'

'Waarom niet? Als het een fatsoenlijk man is met een goede opvoeding?'

'Niemand weet of Jelnin een fatsoenlijk man was: integendeel, *ma tante* en *maman* zeiden dat hij slechte bedoelingen had, dat hij me het hoofd op hol wilde brengen... louter uit ijdelheid, want hij kon onmogelijk serieuze bedoelingen hebben gehad.'

'Nee,' wierp Rajski vurig tegen, 'men heeft u bedrogen. Uw dandy's, uw neven, een *prince Pierre*, een *comte Serge* brengen zonder blikken of blozen een meisje het hoofd op hol... zíj zijn het die kwaad in de zin hebben! Maar Jelnin had geen enkele bijbedoeling, hij hield, voorzover ik dat uit uw woorden kan opmaken, oprecht van u. Maar die' – hij wees, zonder zich om te draaien op de portretten achter hen – 'trouwen met u uit berekening en ruilen u vervolgens in voor een danseres...'

'*Cousin*!' riep Sofja ernstig, bijna geschrokken.

'Ja, nicht, u weet dat zelf...'

'Wat had ik dan moeten doen? Had ik tegen *maman* moeten zeggen dat ik met *monsieur* Jelnin wilde trouwen...'

'Ja, u had niet flauw moeten vallen om de reden waarom u dat deed maar omdat men het waagde over uw hart te beschikken, vervolgens had u uit huis moeten gaan en zijn vrouw moeten worden. "Hij maakt gedichten, schrijft brieven, geeft lessen, krijgt daar geld voor en leeft daarvan." Inderdaad, wat een schande! Maar zij' – hij wees opnieuw op de voorvaderen – 'kregen geld zonder iets te schrijven en leefden hun hele leven van de arbeid van anderen... wat een eer! Wat is er eigenlijk van Jelnin geworden?'

'Ik weet het niet,' zei ze onverschillig, 'men verbood hem het huis nog te betreden en ik heb hem nooit teruggezien.'

'En dat deed u niets?'

'Nee...'

'U stond oog in oog met het ware, het echte leven, met het geluk, en u hebt het van u afgestoten! Waarom, waarvoor?'

'*Cousin*, u weet toch dat ik getrouwd ben geweest en dat ik een gelukkig leven heb geleid...'

'Met hem?' vroeg hij en wierp een blik op het portret van haar man.
'Ja, met hem!' zei ze en ze wierp een liefdevolle blik op het portret.
'Hoe bent u getrouwd?'
'Heel eenvoudig. Hij was toen net terug uit het buitenland en kwam regelmatig bij ons op bezoek, vertelde over het leven in Parijs, sprak over de koningin, de prinsessen, dineerde soms bij ons en deed via de vorstin een aanzoek.'
'Goed, maar toen u uw jawoord had gegeven en u voor de eerste keer met hem alleen was... wat zei hij toen...?'
'Niets!' zei ze met een verbaasde glimlach.
'Maar hij heeft u toch wel gezegd waarom hij om uw hand had gevraagd, wat hem in u aantrok... dat er voor hem geen mooier, geen heerlijker wezen op aarde was...'
'...en dat hij geen woorden genoeg kon vinden om mijn lof te zingen, maar dat hij bang was om sentimenteel te worden,' voegde ze er spottend aan toe.
'En toen?'
'En toen ging hij aan de kaarttafel zitten terwijl ik me kleedde om naar de schouwburg te gaan. Hij zat die avond in onze loge en de volgende dag vond de plechtige verloving plaats.'
'Dat ging inderdaad erg eenvoudig!' merkte Rajski op. 'En toen, na de bruiloft...?'
'Na de bruiloft vertrokken we naar het buitenland.'
'Ah! Eindelijk weg van de society, weg van de familie: u ging ergens naar een stil plekje in Italië, in Zwitserland of aan de Rijn, waar het hart tot zijn recht kwam...'
'Nee, nee, *cousin*, we gingen naar Parijs. Mijn man kreeg een opdracht en hij introduceerde me aan het hof.'
'Godallemachtig!' riep Rajski uit, 'dat ontbrak er nog aan!'
'Ik was toen erg gelukkig,' zei Bjelovodova, en haar glimlach en blik verrieden dat ze met genoegen terugkeek op het verleden. 'Ja, *cousin*, toen ik voor de eerste keer naar een bal in de Tuilerieën ging en de kring betrad waarin zich de koning, de koningin en de prinsen bevonden...'
'Toen stond iedereen verstomd?' zei Rajski.
Ze knikte en slaakte toen een zucht, alsof ze betreurde dat die mooie tijd onherroepelijk voorbij was.
'We hielden in Parijs open huis, daarna vertrokken we naar een kuuroord. Mijn man gaf daar feesten en bals waarover in de kranten werd geschreven.'
'En was u gelukkig?'

'Ja,' zei ze, 'ik was gelukkig, ik zag *Paul* nooit ontevreden, hoorde nooit...'

'...een teder, intiem woord, beleefde nooit een ogenblik van hartstochtelijke overgave?'

Ze schudde bedachtzaam en ontkennend het hoofd.

'Geen enkele van mijn wensen, zelfs van mijn grillen, werd onvervuld gelaten.'

'Had u dan grillen?'

'Ja, in Wenen had *Paul* al voor een half jaar een hotel voor ons gehuurd, maar toen we er aankwamen, beviel het me niet en...'

'Hij huurde een ander... wat een liefdevolle echtgenoot!'

'Wat een aandacht, wat een egard,' zei ze, 'wat een respect lag er in elk van zijn woorden besloten.'

'Uiteraard, u bent immers een Pachotin, dat is niet niks.'

'Ja, ik was gelukkig,' zei ze op besliste toon, 'zo gelukkig zal ik nooit meer zijn!'

'God zij dank... amen!' voegde hij eraan toe. 'Een kanarie is ook gelukkig in zijn kooi, en zingt zelfs; maar hij is gelukkig op de manier van een kanarie en niet op die van een mens... Nee, nicht, men heeft systematisch en op geraffineerde wijze alle vrijheid van denken en voelen in u onderdrukt! U bent een mooie gevangene in de serail van de beau monde, u moet innerlijk verpieteren door de onwetendheid waarin u gehouden wordt.'

'Ik zou die onwetendheid niet willen ruilen voor uw gevaarlijke kennis...'

'Net zoals de kanarie die aan zijn kooi gewend is: wanneer men hem openzet, vliegt hij niet weg, maar verbergt zich angstig in een hoekje. Net als u. Ontwaak, nicht, uit uw slaap, laat uw *Catherine, madame Basile* en die uitstapjes voor wat ze zijn en leer het andere leven kennen! Wanneer het hart naar vrijheid snakt, vraag dan niet wat uw nicht ervan vindt.'

'Maar wel wat mijn neef ervan vindt, nietwaar?'

'Ja, herinnert u zich dan uw neef Rajski en betreed het leven van de hartstochten, ga in een u onbekende richting...'

'Maar waarom per se dat van de hartstochten,' wierp ze tegen, 'ligt daar het geluk dan...?'

'Waarom bestaat het onweer in de natuur...? De hartstocht is het onweer van het leven... O, als u eens zo'n hevig onweer zou meemaken!' zei hij enthousiast en verzonk in gepeins.

'Weet u, *cousin*, alle anderen, behalve u, waarschuwen me voor de hartstocht, maar u wilt me juist in die richting duwen, zodat ik er vervolgens mijn hele leven lang spijt van zal hebben...'

'Nee, op hartstocht volgt geen spijt: hij zal de miasma's en de vooroordelen verjagen die u verhinderen om van het echte leven te genieten. U zult geen misstap begaan, daar bent u te kuis, te rein voor, u kunt niet verdorven zijn. De hartstocht zal u niet misvormen, hij zal u alleen verheffen. U zult kennis van goed en kwaad opdoen, u bedrinken aan het geluk en daarna uw hele leven genieten van de herinnering... die niets gemeen zal hebben met het slaperige vegeteren van nu. U zult rust hebben, vrede, maar uw rust zal een polsslag hebben, namelijk het besef van het eigen geluk, u zult nog honderd keer zo mooi zijn, u zult vol tederheid en stille melancholie zijn, de diepte van het eigen hart zal zich voor u openen en dan zal de hele wereld u te voet vallen zoals ik dat doe...'

Hij wilde inderdaad voor haar knielen, maar ze maakte een verschrikte beweging en hij ging weer staan.

'En als ik u daarna weer tegenkom, misschien geplaagd door verdriet, maar rijk, zowel aan geluk als aan ervaring, dan zult u zeggen dat u niet voor niets hebt geleefd en u zult uw onbekendheid met het leven niet als excuus aanvoeren. U zult dan ook daarheen kijken, naar de straat, zult willen weten wat uw boeren doen, zult hen willen voeden, onderwijzen, genezen...'

Ze luisterde bedachtzaam. Twijfels, schaduwen en herinneringen gleden over haar gezicht.

'Niet alle mannen zijn zoals Bjelovodov,' vervolgde hij, 'wellicht vindt u een vriend die zijn hart en zijn tong geen geweld zal aandoen en wanneer u dan, levend in de stilte, de eenzaamheid van een of ander Fins dorp, de stem van het hart eenmaal gehoord zult hebben, zult u met afschuw terugzien op uw hogere kringen, zullen Parijs en Wenen verbleken in vergelijking met dat dorp. Weg met *prince Pierre, comte Serge*, de tantes, de gordijnen, de voorvaderportretten: dat alles verstoort alleen maar het geluk. Uw Pasja en Dasja, uw portier en uw uitstapjes zullen u tegenstaan. Dit leven zal u benauwd en saai toeschijnen zonder degene die u bemint, die u leert te leven. Wanneer hij komt zult u in verwarring raken, bij het horen van zijn stem zult u schrikken, blozen, verbleken, en wanneer hij vertrekt zal uw hart het uitschreeuwen en achter hem aan willen gaan, in bange verwachting zal het uitzien naar morgen, naar overmorgen... U zult niet eten, niet slapen en de hele nacht zonder te slapen of te rusten hier in deze fauteuil zitten. Maar als u hem morgen zult zien of alleen maar de hoop koestert dat u hem zult zien, dan zult u frisser zijn dan deze bloem en u zult gelukkig zijn, en ook hij zal gelukkig zijn onder uw stralende blik en niet alleen hij, maar ook ieder ander die u zal zien in deze aura van schoonheid...'

'Wat betekent dit?' zei ze en keek onrustig naar de deur. '*Papa* schijnt niet te komen.' En even later voegde ze er zachtjes aan toe: 'Dat is onmogelijk, wat u zegt'.

'Waarom?' vroeg hij en zoog zich met zijn ogen in haar vast.

Zijn fantasie was geprikkeld, onwillekeurig zag hij zichzelf als de held van de geschiedenis. Hij keek haar nu eens uitdagend aan en wierp zich dan weer in gedachten voor haar op de knieën. Hij was in vervoering, zijn gezicht gloeide.

Ze keek hem een paar keer aan en durfde of wilde toen niet meer kijken.

'Waarom is dat onmogelijk?' herhaalde hij.

'Ik ben immers een kanarie!'

'O, maar dan zal het deurtje opengaan en zult u de kooi uit vliegen, dan zult u zowel de tantes haten als deze verbleekte heren en dat portret' – hij wees naar het portret van haar man – 'zult u met vijandschap bezien.'

'Ach, *cousin*...!' viel ze hem verwijtend in de rede.

'Ja, nicht, u zult iedere minuut als verloren beschouwen die u geleefd hebt zoals u tot nu toe hebt geleefd... en zoals u nu nog leeft... Dat majestueuze, harmonieuze uiterlijk zal verdwijnen, u zult gaan nadenken, u zult vergeten om die stijve jurk aan te doen... U zult geërgerd die massieve armband weggooien en het kruisje op uw borst zal niet zo stil en symmetrisch meer liggen. Daarna, wanneer u met uw voorvaderen en tantes afgerekend zult hebben en de Rubicon bent overgestoken, dan zal het ware leven voor u beginnen... uren, dagen en nachten zullen ongemerkt passeren...'

Hij ging dicht naast haar zitten en ze merkte het niet, zo diep was ze in gedachten verzonken.

'U zult niet merken hoe ze voorbijvliegen,' fluisterde hij, 'u zult alleen nog maar genieten, u zult de gedachte aan hem nimmer loslaten, zowel slapend als wakend zult u van hem dromen.'

Hij pakte haar hand, ze schrok op.

'Als u alleen thuis bent, zult u plotseling huilen van geluk: er zal een onzichtbaar iemand bij u vertoeven en naar u kijken... En zodra hij verschijnt, zult u huilen van vreugde, opspringen en... en... u op hem storten...'

Ze stonden plotseling allebei op.

'En u zult hem alles... alles geven...' fluisterde hij, haar hand vasthoudend.

'*Assez, cousin, assez!*' zei ze opgewonden en ze rukte ongeduldig, bijna geërgerd, haar hand los.

'En u zult het betreuren,' zei hij nog steeds fluisterend, 'dat u hem niets méér kunt geven, dat u geen groter offer kunt brengen. U zult de straat op gaan, de duistere nacht in, alleen... als...'

'*Mon Dieu, mon Dieu!*' zei ze, en keek naar de deur, 'wat zegt u toch...? U weet zelf dat dat onmogelijk is!'

'Alles is mogelijk,' fluisterde hij, 'u zult voor hem knielen, uw lippen hartstochtelijk tegen zijn hand drukken en u zult huilen van genot...'

Ze ging in een fauteuil zitten, liet haar hoofd achterovervallen en slaakte een diepe zucht.

'*Je vous demande une grâce, cousin,*' zei ze.

'Eis, beveel!' zei hij opgetogen.

'*Laissez moi!*'

Hij liep naar de deur en keek om. Ze zat daar onbeweeglijk, op haar gezicht was alleen het verlangen te lezen dat hij zo gauw mogelijk wegging. Hij was nauwelijks de deur uit of ze stond op, goot uit een karaf water in een glas, dronk het langzaam op en liet vervolgens de al voor het rijtuig gespannen paarden weer uitspannen. Ze ging weer in een fauteuil zitten en dacht na zonder zich te verroeren.

Een paar minuten later waren er stappen te horen en de voordeur ging open. Sofja schrok op, wierp een vluchtige blik in de spiegel en stond op. Haar vader kwam binnen, vergezeld van een gast, een lange man van middelbare leeftijd, met donker haar en een melancholiek gezicht.

'Graaf Milari, *ma chére amie*,' zei hij, '*grand musicien et le plus aimable garçon du monde*. Hij is sinds twee weken in Petersburg: heb je hem niet op het bal bij de vorstin gezien? Neem me niet kwalijk, liefje, ik was bij de graaf en hij liet me niet gaan.'

'Ik heb de paarden laten uitspannen, *papa*, ik heb ook geen zin,' antwoordde ze.

Sofja vroeg de gast om te gaan zitten. Ze begonnen een gesprek over muziek terwijl Nikolaj Vasiljevitsj op zijn lippen kauwend naar de salon ging.

15

Rajski keerde in een roes naar huis terug, en lette nauwelijks op de weg, het verkeer, de voorbijgangers en de passerende rijtuigen. Hij zag alleen Sofja voor zich als schilderij in een omlijsting van fluweel en kant, helemaal in zijde en opgesmukt met briljanten, maar het was al niet meer de vroegere rustige en ongenaakbare Sofja.

Hij had de eerste schuchtere stralen van leven al op haar gezicht gezien: vluchtige opflakkeringen van ongeduld, daarna van onrust en angst; en ten slotte was hij erin geslaagd een zekere opwinding, misschien een onbewuste begeerte naar liefde in haar op te roepen.

Hij had twijfel in haar gezaaid, vragen opgeroepen, misschien wel spijt over een verloren verleden, kortom, hij had haar verontrust. In een ver verschiet zag hij hoe hartstocht bezit nam van haar ziel, hoe een drama zich ontwikkelde, het standbeeld veranderde in een vrouw.

Dat de voorvaderen in haar ogen van hun hoge voetstuk gevallen schenen te zijn, vervulde hem met trots, hij beschouwde dit als een eerste, voorlopig nog miniem succes van zijn propaganda.

Nog twee of drie avonden, dacht hij, hij zou nog een tip van de sluier voor haar oplichten, ze zou een blik in de stralende verte werpen en plotseling begrijpen wat leven was, wat geluk was. Ooit zou haar blik verwonderd op iemand blijven rusten, ze zou haar ogen weer neerslaan, nog een keer goed kijken en dan verstommen... en in een oogwenk zou ze veranderd zijn.

Maar wie zal die iemand zijn? vroeg hij zich jaloers af. Niet degene die als eerste het besef in haar had wakker geroepen dat er zoiets als gevoel bestond? Had hij er geen recht op dat haar gevoel zich op hem richtte?

Hij keek in de spiegel en verzonk in gepeins, liep vervolgens naar het venster, opende het ventilatieraampje en ademde de frisse lucht in. De klanken van een cello drongen tot hem door.

'Ach, die vent is weer op zijn cello aan het zagen!' zei hij geërgerd en wierp een blik op het raam tegenover hem. 'En alweer hetzelfde!' voegde hij eraan toe, het raampje dichtslaand.

Maar de klanken drongen nog steeds, zij het gedempt, tot hem door. Iedere ochtend en iedere avond zag hij de man, gebogen over zijn instrument, in het venster staan, en hoorde hij de eeuwige herhaling van vrijwel onuitvoerbare passages, wel vijftig, wel honderd keer, hele weken en maanden lang.

'De ezel!' zei Rajski, ging op de divan liggen en wilde inslapen, maar de klanken stonden het niet toe. Hoe diep hij zijn gezicht ook in het kussen begroef, ze wisten hem toch te vinden.

'Wat een ezel, verschrikkelijk!' herhaalde hij, ging zelf achter de piano zitten en sloeg een paar krachtige akkoorden aan om de cello te overstemmen. Vervolgens sloeg hij een vrolijke triller, speelde, louter om het ondraaglijke gemekker niet te hoeven horen, motieven uit verschillende opera's en vergat het ten slotte tijdens het spelen van een improvisatie.

Sofja zweefde hem voor de geest: terwijl hij speelde, zag hij haar; haar hartstochten waren ontwaakt, ze leed en beminde, maar zodra hij zich de vraag stelde: wie bemint ze? brak zijn spel plotseling af... Hij stond op en opende het ventilatieraampje.

'Hij speelt nog steeds!' zei hij verbaasd en wilde het raampje alweer dichtslaan toen hij plotseling geboeid bleef staan.

De klanken waren niet meer dezelfde: hij hoorde geen gemekker, geen herhaling van moeilijke passages. Een vaste hand leidde de strijkstok, beroerde als het ware de zenuwen van het hart; de tonen weenden en lachten als op bevel, omspoelden de toehoorder schijnbaar met zeegolven, wierpen hem in de diepte, en gooiden hem dan plotseling weer in de hoogte en voerden hem door het luchtruim.

Hele werelden gingen voor hem open, visioenen trokken langs en sprookjesachtige landen ontsloten zich. Rajski keek en luisterde met gespannen aandacht: hij zag alleen de gestalte van een man in een vest; een kaars verlichtte zijn bezwete voorhoofd, de ogen waren niet zichtbaar.

Boris observeerde hem roerloos, zoals hij dat vroeger bij Vasjoekov had gedaan.

Goh, wat is dat! dacht hij, terwijl hij huiverend, bijna geschrokken, naar deze weids en harmonisch vloeiende klankgolven luisterde.

Wat is dat? herhaalde hij, waar haalt hij die klanken vandaan? Heeft hij ze te danken aan zijn maanden en jaren van ezelachtig geduld en hardnekkigheid? Jarenlang tekenen naar borstbeelden, jarenlang zagen over snaren... is dat het? En het is toch maar één magische punt of streep die een geschilderde menselijke figuur vuur en leven geeft, het is maar één nerveuze trilling van de vinger die hartstocht in het spel brengt? 'Zowel de magische punt als de nerveuze trilling heb ik in me, en al die bliksems branden hier,' zei hij, en sloeg zich op de borst. 'En toch ben ik niet in staat om ze naar een andere borst over te brengen, om met mijn vuur het vuur in het bloed van de toeschouwer of toehoorder te doen ontbranden. Het heilig vuur gaat bij mij niet over in klanken, laat zich niet vangen in een schilderij. Waarom vormen de personen van mijn romans en gedichten geen harmonisch geheel?'

En hij luisterde opnieuw, was een en al oor: hij hoorde strijkstok noch snaren, er was geen instrument, vrij en geïnspireerd scheen de borst van de kunstenaar zelf te zingen.

Er welden tranen van ontroering bij Rajski op en hij sloot zachtjes het ventilatieraampje.

Terwijl hij, Rajski, toch evengoed over doorzettingsvermogen beschikte! Wat een krachtsinspanningen had hij niet geleverd om... zijn nicht naar zijn hand te zetten, hoeveel geest, verbeeldingskracht en moeite had hij er niet aan besteed om in haar vuur, leven en hartstocht op te wekken... Daar gebruikte hij zijn krachten voor!

'Je moet de kunst niet opnemen in het leven,' fluisterde iemand hem in het oor, 'maar het leven in de kunst...! Spaar de kunst, spaar je krachten!'

Hij liep naar de ezel en trok het taf weg: daar was het portret van Sofja, haar ogen, haar schouders, haar rust.

'Nu is ze al niet meer zo!' fluisterde hij. 'Er zijn tekenen van leven in haar verschenen en ik zie ze, daar zijn ze, voor mijn ogen. Maar hoe moet ik ze vasthouden...?'

Hij pakte penseel en palet, veranderde wat aan de ogen en de welving van de lippen, legde het penseel zuchtend weer neer en deed een paar passen achteruit. De jurk, de kant en het fluweel waren er maar op goed geluk op gesmeten. Maar wat het ergste van al was: de handen waren niet waarheidsgetrouw.

Hij bekeek nog een paar bestofte schilderijen: allemaal schetsen waar hij eens aan begonnen was en die hij weer had verworpen; daarna bekeek hij een paar schilderijen in lijsten en stond bij enkele van hen wat langer stil, het langst bij de kop van Hector. Ten slotte haalde hij een klein, schijnbaar snel op het doek geworpen olieverfportret van een blonde jonge vrouw tevoorschijn. Hij zette het op de ezel, steunde met zijn ellebogen op tafel en liet met de handen in het haar een roerloze, van droefheid vervulde blik op dit hoofd rusten.

Lang zat hij daar te peinzen, vervolgens kwam hij weer tot zichzelf, ging aan zijn schrijftafel zitten en begon manuscripten door te nemen. Sommige bladerde hij hoofdschuddend door, verscheurde ze en gooide ze in de prullenmand, andere legde hij opzij.

Onder de stapels literaire experimenten, zowel poëzie als proza, vond hij een schrift met het opschrift 'Natasja'.

Hij had daarin een gebeurtenis uit zijn verleden beschreven, uit de tijd dat hij net was opgebloeid en het leven leerde kennen, waarin hij beminde en werd bemind. Hij had haar indertijd opgetekend onder de invloed van het gevoel waar hij toen door beheerst werd. Hij wist zelf niet waarvoor – misschien met het sentimentele doel om deze pagina's te wijden aan de herinnering aan zijn toenmalige vriendin of om ze als een souvenir van zijn jeugdliefde voor zijn oude dag te bewaren en misschien speelde hij toen ook al met de gedachte aan de roman waarover hij

Ajanov had verteld en wilde hij deze roerende episode uit zijn eigen leven daarvoor gebruiken.

Hij sprak over zichzelf in de derde persoon in deze lichte schets, waarin de gestalte van de tedere, liefhebbende vrouw nauwelijks uit de verf kwam. Toen het idee voor een roman bij hem opkwam, nam hij zich voor om deze schets uit te werken en als een episode hierin op te nemen.

'...toen hij na het middagmaal in zijn artiestenclub thuiskwam...' las Rajski halfluid in zijn schrift, 'vond hij op tafel een papiertje waarop geschreven stond: "Kom me opzoeken, lieve Boris, ik lig op sterven...! Je Natasja."

"Mijn God, Natasja!" riep hij buiten zichzelf en rende de trap af, stormde de straat op, reed in een rijtuig naar een steeg bij de Driekoningenkerk, ging een huis binnen en beklom de trappen naar de tweede etage. Twee weken was hij er niet geweest, twee hele weken lang... een eeuwigheid. Hoe was het met haar?

Buiten adem bleef hij voor de deur staan. In zijn opwinding pakte hij nu eens de trekker van de bel en liet hem dan weer los. Ten slotte belde hij toch.

De hospita, een bejaarde vrouw, de echtgenote van een ambtenaar, deed hem open. Zwijgend en met neergeslagen ogen, alsof ze hem iets verweet, beantwoordde ze zijn buigingen; op de met trillende stem gefluisterde vraag "Hoe gaat het met haar?" antwoordde ze niets, liet hem alleen voorgaan, deed voorzichtig de deur achter hem dicht en verwijderde zich.

Hij betrad op zijn tenen de kamer en keek onrustig om zich heen waar Natasja was.

In de kamer stond een met ribbetjesgoed overtrokken divan van mahoniehout en daarvoor een ronde tafel. Daarop zag hij een werkmandje staan en niet afgemaakte handwerkjes liggen.

In een hoek flakkerde een olielampje; langs de wanden stonden met ribbetjesgoed overtrokken stoelen, in de vensters potten met verwelkte bloemen en twee kooitjes waarin in elkaar gedoken kanariepietjes sliepen.

Hij keek naar het bedscherm en durfde niet goed verder te gaan.

"Wie is daar?" vroeg een zwakke stem vanachter het scherm.

Hij liep om het scherm heen. Daarachter lag tussen de kussens, verlicht door het troebele licht van een nachtlampje, een blonde jonge vrouw op bed. Haar gezicht was bleek als was, haar blik heet en gloeiend en haar lippen bleek en droog. Ze wilde zich naar hem toedraaien toen ze hem zag, maakte een plotselinge beweging en greep met haar hand naar haar borst.

"Ben jij het, Boris, jij!" zei ze met een tedere, smachtende blik, stak haar beide vermagerde, bleke handen naar hem uit en geloofde haar ogen niet.

Hij boog zich over haar heen en kuste haar beide handen.

"Je moet het bed houden en je hebt me dat tot vandaag niet laten weten."

Ze probeerde met haar zwakke hand zíjn hand te drukken, kon dat niet en liet haar hoofd weer op het kussen vallen.

"Vergeef me dat ik je zelfs nu nog lastig heb gevallen," bracht ze er met moeite uit, "ik wilde je zien. Ik lig nog maar een week in bed, ik heb het aan mijn borst..." Ze zuchtte.

Hij luisterde niet naar haar, maar bekeek met ontzetting haar gezicht, dat hem nog onlangs had toegelachen. En wat was er nu van haar geworden?

"Wat is er met je...?" wilde hij vragen, maar de woorden bleven hem in de keel steken en in een plotselinge opwelling begroef hij zijn gezicht in het kussen naast haar en barstte in snikken uit.

"Wat is er dan? Wat is er dan?" vroeg ze en streelde liefdevol zijn hoofd. Ze maakten haar zo gelukkig, deze tranen. "Het is niets, de dokter zegt dat het overgaat."

Maar hij bleef snikken, hij begreep dat het niet over zou gaan.

"Ik dacht dat je me zou troosten. Ik verveelde me zo en ik was zo bang terwijl ik hier alleen lag..." Ze huiverde en keek om zich heen. "Je boeken heb ik allemaal gelezen, daar liggen ze op de stoel," voegde ze eraan toe. "Als je ze doorkijkt, zul je mijn aantekeningen in de marge vinden. Ik heb met een potlood alle plaatsen onderstreept die me aan... onze liefde deden denken... Ach, ik ben zo moe, ik kan niet spreken..." Ze zweeg even en bevochtigde met haar tong haar hete lippen. "Geef me wat te drinken, daar op de tafel... staat water."

Ze dronk een paar druppels, wees toen op een plaats op het kussen en gebaarde dat hij daar zijn hoofd moest leggen... Ze legde haar hand op zijn hoofd terwijl hij stiekem zijn tranen droogde.

"Je verveelt je hier," zei ze zwakjes. "Vergeef me dat ik je heb laten komen... Wat voel ik me nu goed, als je eens wist!" zei ze dromerig en ging met haar hand door zijn haar. Daarna omhelsde ze hem, keek hem aan en probeerde te glimlachen. Hij beantwoordde zwijgend en liefdevol haar liefkozingen en slikte de tranen die in hem opwelden weg.

"Blijf je vandaag bij me?" vroeg ze, hem aankijkend.

"De hele avond, de hele nacht; ik blijf bij je tot..."

De tranen welden opnieuw op. Hij kon ze maar nauwelijks bedwingen.

"Nee, nee, waarvoor? Ik wil niet dat je je verveelt... Ga slapen, rust uit; mij scheelt niets, echt niets." Ze wilde glimlachen, maar kon het niet.

"Ik zal je iets zeggen, maar je mag niet boos worden..."

Hij drukte haar vochtige hand.

"Ik heb een list gebruikt..." fluisterde ze en drukte haar wang tegen de zijne. "Sinds eergisteren voel ik me beter en ik heb geschreven dat ik op sterven lig... ik wilde je hierheen lokken... Vergeef me!"

Ze glimlachte maar hij verstijfde van ontzetting; hij zag en hoorde immers wat dat "beter" inhield. Hij probeerde echter te glimlachen, drukte krampachtig haar hand en liet zijn bezorgde blik nu eens op haar rusten, dan weer door de kamer dwalen.

Hij was plotseling vanuit het licht, vanuit de vrolijke kring van vrienden, kunstenaars, en mooie vrouwen, als het ware in een grafkelder terechtgekomen. Hij ging naast het bed zitten en gaf zich over aan zijn fantasie, waarin zijn ongebonden, jonge leven en het leed dat er plotseling op was neergedaald als twee scherp contrasterende beelden tegenover elkaar stonden. Een grote, gezellige kamer, de groep vrienden, allen blakend van gezondheid, vrolijke liederen zingend en luidruchtig pratend aan het copieuze diner, te midden van schuimende bokalen en welriekende bloemen. Tussen hen, zijn vrienden, de vrolijke gezichten van jonge vrouwen, stralend van schoonheid en levenslust: actrices, balletdanseressen, zangeressen. En naast de kunstenaars de *jeunesse dorée*, schoonheid, geest, talent, humor – de hele zonzijde van het bestaan! En nu was hij plotseling de sombere schaduwkant binnengestapt: deze kleine, armoedige kamer en daarin het geknakte, uitdovende leven.

Daar had hij het lelieblanke voorhoofd, de van jeugd glanzende ogen, het als een waterval over nek en hals vallende donkere haar, de volle boezem en de ronde schouders van de koningin van het feest bewonderd. En dan hier die ingevallen, nauwelijks nog oplichtende ogen van een stervende, het droge en kleurloze haar, de magere handen. De verschrikkelijke tegenstelling tussen beide beelden sneed hem door de ziel. Er scheen een onoverbrugbare afgrond tussen te liggen en toch hoorden ze beide tot de werkelijkheid. In een galerie had men ze niet naast elkaar durven hangen, maar het leven plaatste ze vlak naast elkaar en hij stond daar en keek er met een verwilderde blik naar.

Er ging een huivering van ontzetting en verdriet door hem heen. Onwillekeurig groepeerde hij de figuren, gaf elk van hen, ook zichzelf, zijn plaats, voegde toe wat er ontbrak en verwijderde wat het algemene beeld verstoorde. Tegelijkertijd schrok hij zelf van de genadeloze werking van zijn fantasie, legde zijn hand op zijn hart om de pijn te stillen, zijn van ontzetting verkillende bloed te verwarmen en de kwelling te verbergen die bij iedere klaaglijke zucht van de zieke met een verschrikkelijke kreet aan zijn borst poogde te ontsnappen.

Deze liefde aan het sterfbed verzengde zijn hart als gloeiend ijzer; iedere liefkozing nam hij met een snik in ontvangst als een van een graf geplukte bloem.

Toen zijn pijn geleidelijk verdween en alleen de moeizame ademstoten van Natasja nog hoorbaar waren, ontrolde zich voor zijn ogen de geschiedenis van dit nu wegkwijnende bestaan. Hij zag haar als een jong meisje met argeloze, bedeesde blik, opgroeiend onder het zwakke toezicht van een arme, zieke moeder.

Hij had Natasja leren kennen in een gevaarlijke periode waarin er valstrikken gespannen werden voor haar jeugdige onwetendheid en onschuld. Onder het mom van medelijden en een oude vriendschap had een reeds grijze zogenaamde vriend de moeder een pensioen bezorgd en haar ook een dokter gestuurd. Iedere dag kwam hij 's avonds op bezoek om naar de gezondheid van de moeder te informeren en drukte daarbij een hete, vaderlijke zoen op de mond van de dochter...

Intussen stierf de moeder langzaam aan dezelfde ziekte waaraan nu, een paar jaar later, ook haar dochter dreigde te bezwijken. Rajski doorzag alles en besloot het meisje te redden.

Hij meende het oprecht met zijn reddingswerk, opende moeder en dochter de ogen voor de ware bedoelingen van hun "weldoener" en werd daarbij zelf verliefd op Natasja. Natasja beantwoordde zijn liefde, ze werden gelukkig met elkaar en beiden ontvingen de zegen van de stervende moeder voor hun liefde.

Ze meenden het beiden zo goed, zo eerlijk met elkaar. Hij respecteerde haar onschuld, zij waardeerde zijn trouwe, oprechte hart; beiden zagen in een echtverbintenis de natuurlijke bekroning van hun liefde en beiden... schoten tekort.

Een half jaar duurde het ziekbed van de moeder, toen stierf ze. Haar graf stond tussen hen en het huwelijk in: de diepe rouw die plotseling op haar jonge leven was neergedaald, knakte ook haar tere, door een overgeërfde ziekte bedreigde gestel waarin, nog sterker dan het verdriet en de ziekte, de liefde brandde, en het met haar ongeduld en haar honger naar geluk ondermijnde.

De artsen stelden hun machtswoord tegenover de hartstochtelijke verlangens van het liefdespaar: ze moesten drie of vier maanden wachten voor ze in het huwelijksbootje konden stappen. Maar de liefde wachtte niet, ze sleepte hen mee.

Hij had haar gered van de oude man en van de armoede maar niet van zichzelf. Ze beminde hem niet met een verterende hartstocht, maar met een onverstoorbare, niets vrezende liefde, zonder tranen, zonder lijden, zonder offers, omdat ze niet begreep wat een offer was, niet begreep hoe je iemand kunt beminnen en tegelijk ook niet beminnen.

Beminnen stond voor haar gelijk met ademen, leven; niet beminnen scheen haar hetzelfde toe als niet ademen, niet leven. Als hij vroeg: "Houd je van me? Hoe?" sloeg ze haar arm om zijn hals, drukte hem stevig tegen zich aan, verbeet zich en zei heel kinderlijk: "Zo houd ik van je." En op de vraag "Zul je ooit niet meer van me houden?" antwoordde ze peinzend: "Als ik sterf, zal ik niet meer van je houden."

Ze beminde zonder iets te vragen of te verlangen, ze nam haar vriend zoals hij was en het kwam nooit bij haar op dat hij anders kon of moest zijn. Ze stelde zich nooit de vraag of er nog een ander soort liefde was, of iedereen zo beminde als zij.

Maar hij droomde van een hartstocht die zich in eindeloos verschillende vormen openbaarde, over de bliksemflitsen en hete gloed van een krachtige, vurige, afgunstige liefde die door de tijd niet wordt aangetast, nooit aan kracht inboet.

Natasja was voller en mooier geworden, ze was vrolijk maar nooit verscheen op haar gezicht de geheimzinnige uitstraling van een verholen, stille verrukking, nooit was haar blik vervuld van de zoete waanzin waarmee de vlam van een verterende hartstocht zich verraadt.

En toch waren alle voorwaarden vervuld voor een blijvend geluk; het hart had een permanent, warm toevluchtsoord gevonden en de geest een langdurige, eindeloze opgave: zichzelf en haar ontwikkelen, een jonge ontvankelijke vrouwenziel leiden en opvoeden. Dat was ook scheppende arbeid: op een vruchtbare bodem iets voor zichzelf creëren, het levende ideaal van het eigen geluk vormgeven.

Maar zijn fantasie vroeg om verscheidenheid, afwisseling, onrust. De rust wiegde haar in slaap en zijn leven kwam schijnbaar tot stilstand. Zij wist daar echter niets van, vermoedde niet welke slang zich naast de liefde in zijn hart had genesteld.

Vanaf het moment dat ze verliefd op hem was geworden, was er in haar ogen, in haar glimlach een stil paradijs opgelicht: twee jaar lang had het daar geleefd en ook nu nog straalde het uit haar stervende ogen. Haar verkilde lippen fluisterden onveranderlijk "Ik houd van je", de handen herhaalden de liefkozingen waaraan ze gewend waren.

Het werd hem soms te veel. Hij verdween dan hele maanden en werd bij zijn terugkeer verwelkomd door diezelfde glimlach, door de stille glans van de ogen en door tedere, gefluisterde woorden van liefde.

Hij was er zeker van dat dat altijd zo zou zijn, genoot lang van die zekerheid, maar ontdekte daarna in diezelfde zekerheid een kiem van verveling, en dat betekende het begin van het einde van zijn geluk.

Nooit een verwijt, een traan, een verbaasde of beledigde blik omdat hij niet meer dezelfde was als vroeger, omdat hij morgen weer een ander zou zijn dan vandaag, omdat zij de dagen alleen en verlaten, in angstwekkende eenzaamheid moest doorbrengen.

Haar hart noch haar verstand kende klachten en tranen, er kwam geen verwijt van haar lippen. Ze had niet het geringste vermoeden dat je boos kon worden, huilen, dat je jaloers kon zijn, verlangens kon uiten, ja, zelfs eisen stellen op grond van de rechten die de liefde verleende.

Zij kende maar één recht, had maar één verlangen: te beminnen. Ze dacht dat je zo en niet anders moest beminnen en bemind worden en dat de hele wereld zo beminde en bemind werd.

Zijn absenties zag ze als een onaangename, toevallige omstandigheid, iets van dezelfde aard als bijvoorbeeld een ziekte. Als hij terugkwam, zwolg ze in een stil, deemoedig geluk en als hij weer wegbleef, was ze ervan overtuigd dat hij niet anders kon, dat het zo moest zijn.

Wel was haar in haar leven ook al van andere kanten kwaad ten deel gevallen: ze verbleekte dan van pijn, zakte door haar benen van schrik en leed onbewust – maar vol deemoed had ze dat alles aanvaard, niet wetend dat je iemand een belediging betaald kunt zetten, dat je kwaad met kwaad kunt vergelden.

Ze hechtte zich aan datgene wat haar beviel en stierf uit louter aanhankelijkheid, nog steeds denkend dat het zo moest zijn.

Het was een reine, lichtende gestalte, als een figuur van Perugino,* die argeloos en onbewust had geleefd en liefgehad, die met liefde in het leven was gekomen en er met liefde en met een zacht en stil gebed op de lippen weer afscheid van nam...

Het leven en de liefde hadden als het ware hun hymnen voor haar gezongen en ze was, hiernaar luisterend, in een zoet gepeins verzonken, en met slechts gestolde tranen van ontroering en geloof op haar stervende gezicht stierf ze, zonder klacht over het kwaad, over de pijn of het leed dat haar was aangedaan.

Ze stierf deels ten gevolge van een gebrekkige opvoeding, een gebrekkig toezicht, ten gevolge van de armoede en benauwdheid waarin ze haar kinderjaren had doorgebracht, van de overgeërfde druppel vergif die zich in haar organisme had ontwikkeld tot een dodelijke ziekte; ze stierf ten slotte omdat het eeuwige "het moet zo zijn", ofschoon ze zich daar niet tegen verzette, toch steeds zwaarder op haar zwakke jonge boezem was gaan drukken en haar krachten had gesloopt.

Ze had een hoge leeftijd kunnen bereiken zonder het leven of haar vriend iets te verwijten, zonder hem zijn onbestendige liefde kwalijk te nemen, zonder iemand ook maar ergens de schuld van te geven, zoals ze nu niemand en niets de schuld gaf van haar dood. Zowel voor haar ziekelijke, smartelijke leven als voor haar voortijdige dood had ze maar één verklaring: het moet zo zijn.

Ze probeerde niet te begrijpen wat er achter de apathie, de verveling en de zwijgzaamheid stak waarmee haar vriend haar soms bejegende, vermoedde niet dat hij op haar was uitgekeken en wat de redenen daarvan waren.

Vaak dacht hij, terwijl hij gemelijk en zwijgend naast haar zat, zonder naar haar naïeve gefluister te luisteren of haar tedere liefkozingen te beantwoorden: nee, dit is niet de vrouw die als een krachtige rivier je leven binnendringt, alle hindernissen meesleurt en uiteenvloeit over de akkers. Of die als een vuur de weg verlicht, krachten oproept, hun energie doet ontvlammen en ieder moment, iedere gedachte vervult van opwinding, gloed, genot en hartstocht... Het is geen vrouw die je leven stuurt, die je helpt om de zin ervan te doorgronden en zijn opdracht te vervullen. Waar vind ik zo'n leeuwin? Dit lammetje knabbelt vredig aan het gras, verjaagt de vliegen met haar staart en drukt zich tegen me aan als tegen een moederschaap... Nee, dit is niet leven, maar vegeteren, slapen...

Hij beantwoordde haar gefluister en haar liefkozingen met een brede geeuw, pakte zijn hoed en verdween voor weken, maanden, om zich terug te trekken op zijn atelier, of deel te nemen aan luidruchtige, roesverwekkende diners.

Nu hij aan haar sterfbed zat, trok de geschiedenis van Natasja en zijn liefde voor haar aan zijn geest voorbij, en toen de hele geschiedenis haar beloop had gehad en de gedaante van de stervende met een stil verwijt voor zijn geestesoog verrees, verbleekte hij.

Hij herinnerde zich hoe hij haar had vergeten en verwaarloosd, dat was de enige manier waarop hij haar gekrenkt had. Zelfs de duivel was op zijn knieën gevallen voor de tedere, weerloze blik van deze blauwe ogen. Hij vervloekte zichzelf omdat hij dit leven, dat hem, en hem alleen, was toevertrouwd, niet had omgeven met een oceaan van liefde, het niet had gekoesterd met de tederheid van een vader, een broer, een echtgenoot, het niet had behoed voor iedere tegenspoed, iedere windvlaag en zeker voor de dood.

De dood! O God, geef haar leven en geluk en neem mij alles af! was het verlate en wanhopige gebed dat in hem opkwam. Hij beklom in gedachten het schavot, legde zijn hoofd op het blok en riep: "Ik ben een misdadiger...! Als ik haar al niet gedood heb, dan heb ik toch toegestaan dat ze gedood werd. Ik wilde haar niet begrijpen, zocht hellevuur en bliksemflitsen waar alleen het zachte licht van een olielampje en bloemen waren. Mijn God, wat ben ik voor iemand! Een schurk! Heb ik werkelijk...?"

Hij begroef opnieuw zijn gezicht in haar kussen en bad in stilte dat ze niet zou sterven, beloofde plechtig dat hij voortaan alles voor haar zou doen, dat hij zichzelf zou opofferen voor haar geluk.

"Te laat! Te laat!" fluisterde de wanhoop hem in en haar moeizame ademhaling bevestigde het nog eens.

Hij herinnerde zich dat, toen zij nog het enige doel van zijn leven was en hij zijn eigen geluk zag als verweven met het hare, hij als een slang die de kleur van zijn omgeving aanneemt zich geheel aan haar had aangepast, als het ware zelf haar toen nog lichtende gedaante had aangenomen. Toen hij de oprechtheid en tederheid ontdekte waaruit haar zedelijke ik bestond, werd hij oprecht en teder, hij glimlachte met haar glimlach, verlustigde zich met haar in de aanblik van een vogel, een bloem, verheugde zich kinderlijk over haar nieuwe jurk, weende met haar bij het graf van haar moeder en vriendin, omdat zij weende, plantte daar samen met haar bloemen...

In dat alles, in zijn vreugde over de vogel, zijn glimlachjes, zijn wenen, was hij net zo oprecht geweest als zij. Waar waren die tranen, die glimlachjes, die naïeve vreugden gebleven, waarom waren ze hem tegen gaan staan, net zoals zijzelf?

"Waar denk je aan?" zei een zwakke stem bij zijn oor. "Geef me nog wat te drinken... En kijk me niet aan," vervolgde ze, nadat ze wat had gedronken, "ik ben zo lelijk geworden! Geef me een kam en het mutsje, ik zet het op. Anders houd je niet langer van me, zo afstotelijk ben ik...!"

Ze dacht dat hij nog steeds van haar hield. Hij gaf haar de kam en het kleine mutsje. Ze wilde haar haar kammen maar de hand met de kam viel op haar knieën.

"Het gaat niet, ik ben te zwak!" zei ze, en ze verviel in een somber gepeins.

Hij echter had het gevoel dat men met messen in zijn vlees sneed en dat zijn hoofd brandde. Hij sprong op en liep, voortgejaagd door de beelden van zijn fantasie, door de kamer op en neer. Bijna buiten zinnen beende hij, zonder te weten wat hij deed, van de ene hoek naar de andere. Hij ging naar de hospita en vroeg of de arts, aan wiens zorgen hij Natasja had toevertrouwd, nog geweest was.

De hospita zei hij dat hij was geweest en andere artsen had meegenomen, en dat zij hem zo en zoveel betaald had. "Ik heb het opgeschreven," voegde ze eraan toe.

"En wat hebben ze gedaan?" vroeg hij.

"Wat ze altijd doen: ze bekeken haar, voelden haar pols, gingen naar de andere kamer, haalden hun schouders op, namen het bankbiljet dat ik hun overhandigde aan, knoopten hun jassen dicht en vertrokken haastig."

Rajski hoorde innerlijk huiverend dit korte verslag aan en ging weer naar het bed. Het geanimeerde feestmaal met zijn vrienden, de vrolijke kring van kunstenaars en zangeressen – dat alles was samen met de hoop om dit leven te verlengen uit zijn gedachten verdwenen.

Hij zag alleen nog dit uitdovende gezicht, dat leed zonder een klacht te uiten, dat vol liefde en deemoed glimlachte, dit om niets, om hulp noch een beetje kracht vragende wezen.

En hij stond daar, vol gezondheid en kracht, de kracht die hij vandaag nog nodeloos verspild had, niet gebruikt had om dit vogeltje te behoeden voor stormen en noodweer.

Waarom had hij zichzelf hier niet vastgeketend, waarom was hij verdwenen toen hij gewend was geraakt aan haar schoonheid, toen het beeld van haar eens zo dierbare, lieve hoofdje in zijn fantasie was verbleekt? Waarom was hij, toen andere beelden zich daartussen drongen, niet standvastiger geweest en haar trouw gebleven?

Dat zou geen heldendaad geweest zijn maar zijn plicht. Zonder offers, zonder inspanningen en ontberingen kun je nu eenmaal niet leven. Het leven is geen tuin waarin alleen bloemen bloeien, bedacht hij te laat en hij herinnerde zich Rubens' schilderij *De tuin der liefde*, waarop elegante heren en schone dames paarsgewijs onder de bomen zitten, terwijl cupidootjes om hen heen fladderen.

Leugenaar dat je bent! voegde hij de Vlaamse meester in gedachten toe. Waarom heeft hij in die tuin tussen de liefdespaartjes niet ook bedelaars in vodden en stervende zieken geschilderd: dat zou de werkelijkheid pas recht doen...! Maar had ik dat gekund? vroeg hij zich af. Wat zou er gebeurd zijn als hij zichzelf had gedwongen om mét haar en vóór haar te leven? Slaap, apathie en zijn ergste vijand, de verveling, hadden niet lang op zich laten wachten. In zijn gretige fantasie zag hij dit hele leven voor zich, doemde het beeld op van die slaap, die apathie, die verveling. Hij zag zichzelf daar: somber, hard en onvriendelijk... zou hij haar op die manier niet nog eerder ten grave hebben gedragen...?

Hij maakte een vertwijfeld gebaar.

Woede, razernij, kun je beheersen... trachtte hij zichzelf te rechtvaardigen... maar apathie en verveling niet; die laten zich niet verbergen, al wil je het nog zo graag! En dat zou haar dood geweest zijn, mettertijd zou ze erachter gekomen zijn... Mettertijd? Ja, na jaren misschien en dan had ze zich ermee verzoend, was eraan gewend geraakt, had troost gevonden... en ze had geleefd! Maar nu ging ze dood, en in zijn leven was plotseling en onverwachts een drama binnengedrongen, een hele tragedie, een diepgravende, psychologische roman.

"Kom hier, kom bij me zitten!" klonk Natasja's stem en hij werd opgeschrikt uit zijn gedachten.

Een week later liep hij met gebogen hoofd achter haar kist. Hij vervloekte zichzelf enerzijds omdat hij zo snel op haar was afgeknapt, haar verwaarloosd had, niet voor haar gezorgd had, maar troostte zich anderzijds daarmee dat het hart zich niet laat dwingen, dat hij haar nooit bewust verdriet had gedaan en altijd attent en teder voor haar was geweest, dat niet in hem maar in haar de grondstof had ontbroken om de liefdesvlam brandende te houden, dat ze al beminnend was gestorven en nooit ontwaakt was uit haar stille droom, dat ze er nooit achter was gekomen dat hij de hartstocht in haar miste, die gesel die het leven voortstuwt, scheppende kracht en productieve arbeid opwekt.

Nee, nee, zij was niet degene die ik zocht, ze was een duifje en geen vrouw, dacht hij, terwijl hij in tranen naar de zachtjes wiegende doodkist staarde.

Peinzend stond hij in de kerk en zag hoe de opgewarmde lucht trilde rond de vlammen van de kaarsen. Er waren maar weinig rouwdragers: vooraan stond een dikke, lange heer, een familielid van de overledene, die onverschillig een snuifje nam. Naast hem zag hij het door de tranen opgezwollen en rood geworden gezicht van een tante, verder waren er nog een stel kinderen en een paar arme oude vrouwen.

Naast de kist zat op haar knieën een vriendin van Natasja; ze was na de anderen gekomen, maar scheen het meest door haar dood getroffen te zijn: haar haren waren ongekamd, ze keek verwilderd om zich heen, wierp toen een blik op het gezicht van de dode, boog haar hoofd zo diep voorover dat het de grond raakte en snikte krampachtig...

Hij liep langzaam naar huis en was twee weken kapot van verdriet. In die tijd kwam hij niet in zijn atelier, meed het gezelschap van zijn vrienden en dwaalde door verlaten straten. Zijn verdriet ging langzaam over, zijn tranen droogden, de felle pijn verdween en in zijn herinnering bleven alleen de trillende lucht rond de kaarsen, het zachte gezang, het door de tranen opgezwollen gezicht van de tante en het zwijgende, krampachtige snikken van de vriendin...'

Hier eindigde het manuscript.

Rajski zat, toen hij klaar was met lezen, enige tijd somber peinzend voor zich uit te kijken.

'Een bleke schets!' zei hij tegen zichzelf. 'Tegenwoordig schrijft men anders. Het is helemaal in de stijl van *Arme Liza*.* En haar portret' – hij liep naar de schildersezel – 'is geen portret, maar hoogstens een voorstudie.'

'Arme Natasja!' zei hij ten slotte, als het ware met een zucht haar nagedachtenis erend. 'Ook toen je nog leefde kwam je niet uit de verf, net als op dit doek hier en in mijn verhaal. Ik moet zowel het een als het ander overdoen!' besloot hij.

Vervolgens borg hij zuchtend zijn schrift op, pakte een stapeltje onbeschreven papier en begon het schema voor zijn nieuwe roman te noteren.

De episode die hij achter zich had, was alleen nog maar een herinnering, leek een gebeurtenis die hij niet zelf had meegemaakt. Hij beschouwde haar vanuit een objectief standpunt en plaatste haar vóór in zijn schema.

Hij schreef tot het licht werd, keerde in de loop van de dag meer dan eens naar zijn schriften terug, ging toen hij 's avonds thuiskwam weer aan zijn schrijftafel zitten en noteerde alles wat in zijn fantasie al vaste vorm had aangenomen.

Karakters, portretten van verwanten, bekenden, de gestalten van vrienden, vrouwen die hij gekend had, werden typen voor hem en hij vulde een heel schrift met hun schildering. Hij had altijd een notitieboekje bij zich en vaak haalde hij midden op straat, in een gezelschap of aan het diner, een stuk papier en een potlood tevoorschijn, schreef een paar woorden neer, borg het weer op, haalde het opnieuw tevoorschijn en noteerde, verzonk in gepeins, vergat zijn omgeving, hield midden in een zin op en verwijderde zich plotseling uit zijn gezelschap om de eenzaamheid op te zoeken.

Maar het leven ontrukte hem steeds weer aan zijn creatieve dromerijen en riep hem weg van zijn creatieve arbeid, van de vreugden en kwellingen die de kunst hem verschafte naar de vreugden en kwellingen van het leven zelf; onder de laatste beschouwde hij de verveling als de ergste. Hij haastte zich van de ene indruk naar de andere, probeerde de verschijnselen te betrappen, koesterde de beelden en hield die bijna met geweld in zijn innerlijk vast terwijl hij niet alleen voedsel voor zijn verbeelding zocht, maar ook iets probeerde te vinden wat hem vaste grond onder de voeten zou geven...

Hij koesterde nu zekere, voor hem zelf nog onduidelijke verwachtingen van zijn nicht Bjelovodova en genoot van het contact met haar. Hij wilde voorlopig niets liever dan haar zo vaak mogelijk zien, met haar praten en haar tot leven wekken, zo mogelijk hartstocht in haar wakker roepen.

Maar ze was ongenaakbaar. Hij werd het beu, begon zich bij haar te vervelen...

16

De maand mei was voorbij. Velen in Sint-Petersburg voelden de behoefte de hete Petersburgse zomer te ontvluchten. Maar waarheen? Rajski kon het niet schelen. Hij maakte verschillende plannen, maar realiseerde er geen een: hij wilde naar Finland, maar stelde het uit en besloot naar de meren van Pargolovo te gaan en daar in afzondering aan zijn roman te werken. Hij stelde ook dat uit en dacht er serieus over om met de Pachotins naar hun landgoed in Rjazan te vertrekken. Maar ze waren van gedachten veranderd en bleven in de stad.

De algehele zomerse volksverhuizing zou ook hem naar het buitenland hebben gevoerd als de zaak niet plotseling een heel andere wending had genomen.

Toen hij een keer thuiskwam, vond hij twee brieven: de ene van Tatjana Markovna Berezjkova, de andere van zijn studiegenoot Leonti Kozlov, nu leraar op een gymnasium in Rajski's geboortestreek.

Baboesjka had hem in de eerste jaren vaak geschreven en verantwoording afgelegd voor het beheer van het landgoed: hij beantwoordde de brieven kort, met liefde en tederheid voor de wakkere oude vrouw die zo lang de plaats van zijn moeder had ingenomen en wie hij erg was toegedaan; de rekeningen verscheurde hij en gooide hij in de prullenmand.

Daarna kwamen haar brieven minder vaak, ze beklaagde zich over haar leeftijd, slechte ogen en de zorgen in verband met de opvoeding van haar kleindochters. Wat was hij elke keer blij als hij haar grote, duidelijke, kordate handschrift op de enveloppe herkende.

'...Schaam je je niet, Boris Pavlovitsj,' schreef ze een keer, 'om mij, oude vrouw, te vergeten? Ik ben de enige familie die je nog hebt. Maar wij oude vrouwen zijn tegenwoordig kennelijk overbodig geworden, zo denkt de jeugd er tenminste over... En sterven mag ik ook niet: ik moet voor mijn twee, allang huwbare kleindochters zorgen. Zolang ik hen niet verzorgd weet, zal ik God bidden om mijn leven te verlengen. Daarna mag Zijn wil geschieden.

Ik verwijt je niet dat je me vergeet; maar als ik er, wat God verhoede, niet meer ben, zijn mijn meisjes, jouw nichten, alleen op de wereld. Je bent slechts in de derde graad met hen verwant, maar je bent toch hun naaste familielid en aangewezen beschermer. En denk ook aan het landgoed: ik word oud en kan niet lang meer je rentmeester zijn. Aan wie vertrouw je je bezit toe? Ze gaan ermee vandoor, er blijft niets van over. Moet dat gedurende zo lange tijd vergaarde bezit dan in het niets verdwijnen? Mijn hart bloedt als ik eraan denk dat jouw familiezilver, het brons, de schilderijen, de briljanten en de kant, het porselein en het kristal, het personeel in handen vallen, bij joden en woekeraars terechtkomen en dan over de Wolga naar jaarmarkten worden vervoerd om daar voor een spotprijs van de hand gedaan te worden. Zolang baboesjka leeft, kun je gerust zijn, er zal niets verloren gaan, maar ik weet niet wie er zich daarna nog om zal bekommeren. Je twee nichten kun je het niet vragen. Vera is een goed, verstandig meisje, maar wat wild en mensenschuw, en weinig praktisch. Marfenka wordt een voorbeeldige huisvrouw maar ze is nog te jong; ze had allang kunnen trouwen, maar ze denkt nog als een kind... en daar dank ik God voor. Als de ervaring komt, wordt ze wel volwassen, voorlopig hoed ik haar als mijn oogappel en zij waardeert dat en blijft baboesjka gehoorzamen, waarvoor God haar zal lonen. Ze helpt me met het huishouden, maar ik betrek haar niet bij het beheer van het landgoed, dat is niets voor een meisje! Er zit momenteel een heel intelligente man bij het huispersoneel, Saveli heet hij en sinds ik me niet zo goed meer voel, regelt hij de zaken in het dorp terwijl Jakov en Vasilisa alles doen wat nodig is in het huishouden.

Stel het niet langer uit, maar verblijd baboesjka met een bezoek: ze is aan jou niet alleen via het bloed, maar ook via het hart verwant; toen je jong was, voelde je dat... ik weet niet hoe je in je rijpere jaren bent geworden, maar je was een prachtige jongen. Kom in ieder geval je nichten eens bekijken; wie weet word je hier zelf ook gelukkig. Ik wilde er eigenlijk niets over zeggen voor je hier komt, maar ik kan het, zoals dat gaat bij vrouwen, niet langer voor me houden. Vanuit Moskou is een brandewijnpachter hiernaartoe verhuisd, een zekere Mamykin; hij heeft één huwbare dochter en verder geen kinderen. Als God me eens zegende met het geluk om jou getrouwd te weten en het landgoed aan jou over te geven, dan zou ik rustig de ogen sluiten. Trouw, Borjoesjka, je hebt er allang de leeftijd voor, dan zullen mijn meisjes ook na mij een tehuis hebben en geen dakloze wezens zijn. Je zult hun broer, hun beschermer zijn en je vrouw zal een lieve zuster voor hen zijn. Ze kunnen niet bij je wonen als je nog vrijgezel bent... trouw, doe baboesjka dat plezier en God zal het je lonen!

Ik zie vol ongeduld uit naar je antwoord: schrijf van tevoren, dan laat ik drie kamers op de benedenverdieping voor je schoonmaken en inrichten; Marfenka moet zolang maar in het zolderkamertje slapen: jij bent de heer des huizes.

Tit Nikonytsj laat je groeten. Hij is oud geworden, maar nog steeds kras. Zijn glimlach is nog dezelfde, hij praat nog even verstandig en maakt sierlijke buigingen: de jonge dandy's steekt hij in zijn zak. Neem alsjeblieft, lieve vriend, een suède vest en broek mee: men draagt dat tegenwoordig veel tegen de reumatiek. Ik wil hem daar graag mee verrassen.

Ik stuur de rekeningen van de laatste twee jaar. Aanvaard mijn zegen, enzovoort.

Tatjana Berezjkova.'

'Baboesjka!' riep Rajski vol vreugde uit. Mijn God! ze nodigt me uit: ik ga, ik ga. Daar heb je stilte, gezonde lucht, gezond voedsel, de moederlijke tederheid van een goedhartige, tedere, verstandige vrouw en ook nog de twee nichten, die ik nog niet ken zoals ze nu zijn en die me toch zo na staan... Twee jongedames uit de provincie! Ik ben er ook een beetje bang voor, misschien zijn ze wel heel lelijk geworden! dacht hij nog en fronste zijn voorhoofd... Maar ik ga zeker: het lot stuurt me erheen... als ik me er maar niet verveel!

Hij schrok even maar kwam meteen weer tot rust. Ik ga meteen weer weg, bij de eerste geeuw vertrek ik! troostte hij zichzelf. 'Ja, ik ga erheen, ik ga erheen! Daar is Leonti immers ook!' riep hij uit en moest onwillekeurig lachen toen hij aan die Leonti dacht. Eens kijken wat hij schrijft.

'Gisteren ben ik per ongeluk, ik weet zelf niet hoe, op jouw landgoed terechtgekomen. Door mijn verstrooidheid (je weet dat ik daar soms last van heb) was ik de verkeerde straat in gelopen, daalde een helling af en toen ik weer omhoog was geklommen, zag ik dat ik me in de tuin van jouw baboesjka bevond en wilde weer teruggaan. Tatjana Markovna zag me echter vanuit haar venster en wilde, omdat ze me in het duister voor een dief hield, bedienden met honden op me afsturen, maar toen ze me herkende, riep ze me bij zich en was erg aardig voor me. Ze zette me een overvloedig avondmaal voor en wilde zelfs dat ik bleef slapen. Ze verweet me dat ik zo weinig kwam en zei dat ik jou beslist moest schrijven en je moest overreden om hierheen te komen. Je moet het landgoed van haar overnemen, zegt ze, je hier vestigen en trouwen.

Eerlijk gezegd, mijn beste vriend Boris Pavlovitsj, wilde ik je zelf ook al schrijven, maar durfde ik niet goed... ik zal je zo meteen zeggen waarom niet. De overdracht van het landgoed is eigenlijk maar een voorwendsel; baboesjka wil je graag zien en ze weet niet waarmee ze je anders hierheen moet lokken. Niemand kan het landgoed beter beheren dan zij. Maar dat ter zijde: ik heb nog iets veel belangrijkers op mijn lever, maar weet niet goed hoe ik erover moet beginnen. In ieder geval vereist deze zaak je onmiddellijke komst en vervolgens de strenge berechting en bestraffing van de schuldigen. Ik heb het over je bibliotheek.

Luister, ik weet dat je me graag mag. Op school en op de universiteit heb je me beter behandeld dan alle anderen: je hebt me altijd moed ingesproken, hebt samen met me gelezen en gestudeerd en me vaak geholpen als ik geen geld had om de huur of de wasserij te betalen... Je hebt me niet gepest, geen streken met me uitgehaald, je hebt me niet of nauwelijks geslagen, hebt me hoogstens twee keer aan mijn haren getrokken, terwijl de anderen... Maar God zij met hen, de losbollen. Ze deden het niet uit boosaardigheid, maar zomaar, omdat ze niets beters te doen hadden, niet beter wisten. Dus uit naam van die vriendschap vraag ik je: word niet boos op me... of nee, sla me, trek me nog een derde keer aan mijn haren, maar luister naar me. Herinner je je de oude gotische uitgaven van de klassieken in kostbare banden? Hoe zou je je die niet herinneren? Je placht je er vroeger zelf in te verlustigen. Herinner je je de oude Shakespeare-uitgaven met het commentaar onder de tekst? Herinner je je de... Franse encyclopedisten op perkament, de originele uitgaven? Herinner je je... (natuurlijk herinner je je het, hoewel ik liever had dat je ze had vergeten). Ik sluit de catalogus die ik zelf heb samengesteld hierbij in; bij de genoemde uitgaven heb ik zwarte kruisen gezet, zoals op graven. Luister en sla me: de werken van de kerkvaders zijn, evenals de hele theologische afdeling, intact gebleven; Plato, Thucydides en andere historici en dichters zijn ook nog heel. Maar Spinoza, Machiavelli en nog een stuk of vijftig werken uit andere secties zijn zwaar beschadigd... natuurlijk ten gevolge van mijn zwakheid, lafheid en vermaledijde goedheid van vertrouwen.

Wie is deze barbaar, deze Omar,* zul je vragen. Goed dan... hij heet Mark Volochov en voor hem is er niets heilig op de wereld. Al geef je hem een Elsevier-uitgave, dan scheurt hij er nog bladzijden uit. Hij heeft, zoals ik tot mijn schrik en helaas te laat merkte, een afschuwelijke gewoonte: wanneer hij een boek leest, scheurt hij uit het gedeelte dat hij al gelezen heeft blaadjes en steekt daar zijn sigaren mee aan of hij maakt er rolletjes van waarmee hij zijn nagels en oren schoonmaakt. Ik had steeds de indruk dat de boeken die ik hem geleend had na hun terugkeer dunner waren dan daarvoor, maar ik kwam er lang niet achter hoe dat kwam, totdat hij het een keer in mijn aanwezigheid deed. Alsof het de gewoonste zaak van de wereld was, pakte hij Aristophanes (je kent die uitgave waarin naast het Griekse origineel de Franse vertaling staat) en scheurde er ter plekke, eer ik het in de gaten had, aan de achterkant een bladzijde uit. Die Volochov is een ware gesel Gods voor onze stad. Niemand mag hem hier, iedereen is bang voor hem. Wat mij betreft: ik mag hem erg graag, hoewel ik ook bang voor hem ben. Hij pakt nu eens de pet van mijn hoofd en vermaakt zich kostelijk als ik dat niet merk, en klopt dan weer 's nachts op mijn raam. Daar staat tegenover dat hij soms een fles uitstekende wijn meebrengt of (hij woont hier bij een tuinder in) een hele wagenlading groenten. Hij is hierheen gestuurd door de overheid en staat onder politietoezicht. Sindsdien kun je niet meer zeggen dat de stad veilig is.

Zeg hem alsjeblieft niets over de manier waarop ik hem hier heb geportretteerd. Hij zal beslist uit wraak zowel met jou als met mij een streek uithalen. Ik heb hem naar aanleiding van de beschadigde boeken om een verklaring gevraagd, maar hij trok zo'n gezicht dat ik er maar van afzag. Hij zegt dat hij tegelijk met ons heeft gestudeerd, alleen niet aan dezelfde faculteit. Ik denk dat hij liegt.

Hier weet men alleen dat hij in Sint-Petersburg in een regiment heeft gediend en daar ook zijn draai niet kon vinden, dat hij is overgeplaatst naar het binnenland, dat hij ontslag heeft genomen, in Moskou woonde en in een of andere geschiedenis verwikkeld is geraakt. Nu heeft men hem hierheen gestuurd en staat hij, zoals ik al zei, onder politietoezicht. Hij ligt voortdurend overhoop met die politie. Nil Andrejitsj en Tatjana Markovna willen niets van hem weten. Maar genoeg over hem. Als je hierheen komt, zul je zelf zien wat hij voor iemand is. Ik heb nu een last van mijn schouders gewenteld met mijn bekentenis en voel me opgelucht. Nu zal het niet meer zo erg zijn om je te ontmoeten.

Kom hierheen, Boris, mijn vriend, om baboesjka weer te zien. Als je eens wist hoe ze van je houdt, hoe ze jouw landgoed beheert... heel anders dan ik je bibliotheek. Wat heb je een mooie nichten, Vera en Marfa Vasiljevna! Hoe ziet dat alles uit naar je komst, je hebt een park met prachtige uitzichten op de Wolga! Als je dat allemaal wist, zou je geen minuut aarzelen en hierheen komen: je zou komen om van Tatjana Markovna het landgoed in ontvangst te nemen en van mij de bibliotheek, en om je schuldige, maar jou zeer toegedane oude vriend en kameraad, te straffen en te omhelzen.

Leonti Kozlov

Van mijn vrouw moet ik je groeten en zeggen dat ze nog evenveel van je houdt als vroeger, en dat ze als je komt nog meer van je zal houden.'

Bijna tot tranen toe geroerd las Rajski dit lange epistel; hij herinnerde zich de zonderling Leonti en zijn bibliofilie en lachte om zijn zorgen over de bibliotheek. Ik schenk haar hem, dacht hij.

Leonti, baboesjka! droomde hij. Verotsjka en Marfenka, mijn twee mooie achternichten! De Wolga met haar oeverlandschap, de sluimerende, gelukzalige rust waar de mensen niet leven, maar vegeteren en langzaam wegkwijnen als planten, waar je geen stormachtige hartstochten hebt met hun verfijnde, giftige genietingen, noch kwellende vragen, geen gedachtevlucht, geen vrijheid... daar zal ik me concentreren, mijn materiaal schiften en een roman schrijven. Nu maak ik alleen het portret van Sofja nog af, neem afscheid van haar, en dan... *dahin, dahin*!

17

Vanaf de vroege morgen zat Rajski voor het portret van Sofja en het was niet de eerste morgen die hij zo doorbracht. Hij was moe van dit werk. Hij keek naar het portret, hing er dan plotseling geërgerd een doek overheen en begon door de kamer te ijsberen, bleef bij het raam staan, trommelde met zijn vingers op de ruiten, verliet het huis en dwaalde somber en ontevreden door de straten.

De volgende morgen herhaalde de geschiedenis zich, hij werd bevangen door dezelfde ontevredenheid en wrevel. Soms bleef hij lang zitten en plotseling pakte hij het palet, begon haastig hier en daar extra schaduw aan te brengen, hield plotseling weer op, keek en verzonk in gepeins. Vervolgens schudde hij ontevreden het hoofd, slaakte een zucht en legde het palet weg.

Maar het portret leek precies. Sofja zag eruit zoals iedereen haar zag en kende: onverstoorbaar en stralend. Dezelfde regelmatige trekken, het hoge, blanke voorhoofd, de open, meisjesachtig onschuldige blik, de trotse hals en de hoge, volle, als in een rustige slaap ademende boezem.

Ze was het helemaal, maar toch was hij ontevreden en werd gekweld door artistieke twijfels! Hij had leven gewekt in de geportretteerde, licht in de duisternis gebracht; er waren tekenen van een nieuw gevoel, opwinding en onrust in haar verschenen, maar in het portret was van dat alles niets te bespeuren!

Waarom komt Kirilov niet, hij heeft het toch beloofd, vroeg hij zich af. Misschien kan hij me vertellen wat ik moet doen om een godin in een vrouw te veranderen.

En hij verzonk opnieuw in gepeins, met het palet op de duim en gebogen hoofd, gekweld door het verlangen om het geheim te doorgronden hoe hij nu juist díé Sofja op het doek kon krijgen die hem nu voor de geest zweefde.

Hij herinnerde zich haar opwinding, de smekende stem waarmee ze hem vroeg weg te gaan, haar alleen te laten; hoe ze haar trots te hulp wilde roepen, maar het niet kon; hoe ze haar hand terug wilde trekken en het niet deed; hoe ze zichzelf... Wat leek ze toen weinig op dit portret!

Hij zag dat hij de twijfel van Hamlet in haar had gezaaid. Hij had het in haar blik gelezen: leef ik inderdaad zoals ik leven moet? Breng ik niet iets levends, iets menselijks ten offer aan die dode trots van mijn geslacht en mijn omgeving, aan deze fatsoensregels? Ik moet immers toegeven dat ik me soms verveel met de tantes, met *papa* en met *Catherine*... Alleen niet met *cousin* Rajski...

Rajski's hart begon te bonken toen hij de droom van Sofja met zichzelf in verband bracht.

Hij zag al niet meer het portret voor zich, maar iets heel anders. Als bij een slaapwandelaar waren zijn ogen wijd geopend. Star, zonder te knipperen, keken ze naar een bepaald punt en zagen daar de echte, levende Sofja, hoe ze alleen thuis van hem droomde, in gepeins verzonken, zonder haar omgeving op te merken; of hoe ze doelloos door de kamer liep en plotseling, alsof ze getroffen werd door een geheel nieuwe gedachte, bleef staan, naar het raam liep, het gordijn omhoogtrok en haar nieuwsgierige blik op de straat richtte, op de levende stroom van hoofden en gezichten, hoe ze oplettend de menselijke maalstroom volgde, zonder angst voor de herrie, zonder afschuw van de grove menigte, alsof zij er deel van was gaan uitmaken, alsof ze begreep waar die heer daar zo haastig heen liep, vrezend dat hij te laat zou komen. Ze scheen al te weten dat het een arme ambtenaar was, die voor drie à vierhonderd roebel per jaar twee derde van zijn leven, zijn bloed, zijn hersens en zijn zenuwen verkocht.

Ze voelt medelijden met de boer daar, die de zak op zijn rug nauwelijks kan dragen. Ze raadt dat die vrouw daar met dat bundeltje zich haast om haar laatste jas te verpanden, teneinde de huur te kunnen betalen. Iedere gestalte daar buiten, of het nu een man is of een vrouw, wordt door de nieuwe Sofja begeleid met een nadenkende, bezorgde blik.

Lang kijkt ze naar dit leven dat ze nu schijnt te begrijpen, gaat met tegenzin weg bij het venster en vergeet het gordijn dicht te doen. Ze pakt een boek, slaat een bladzijde op en verdiept zich opnieuw in de vraag hoe anderen leven.

Haar schoonheid krijgt betekenis, de blik in haar ogen is niet langer zorgeloos en onbekommerd, maar nadenkend. Er ligt onrust in om die 'anderen', die vol kommer en kwel over straat lopen, terneergeslagen door werk en ellende.

Ze krijgt plotseling het gevoel dat ze niet heeft geleefd, maar alleen zonder enige zin gevegeteerd. Ze voelt een plotselinge begeerte naar dit leven, naar zijn levendige gemoedsbewegingen, naar zijn zorgen en moeiten, maar vooral naar zijn gemoedsbewegingen.

Het boek valt uit haar handen op de vloer. Sofja neemt niet de moeite om het op te pakken; ze pakt verstrooid een bloem uit een vaas zonder op te merken dat de rest van de bos ordeloos uiteenvalt en dat sommige bloemen zelfs uit de vaas vallen.

Ze ruikt aan de bloem, rukt er mijmerend, met haar lippen verstrooid blaadjes af en loopt zachtjes, zich nauwelijks bewust van wat ze doet, naar de piano, gaat schrijlings, achteloos op de kruk zitten, slaat met een hand een paar melancholieke akkoorden aan en peinst, peinst...

Vervolgens fluistert ze zachtjes, nauwelijks hoorbaar, een naam en huivert, kijkt angstig om zich heen, slaat haar handen voor het gezicht en blijft zo zitten.

Er is niemand in de kamer, alleen zonnestralen vallen door het raam met de open gordijnen naar binnen. Ze spelen uitgelaten in de spiegels en breken in vele kleuren op het geslepen kristal. Het geopende boek slingert op de vloer naast de afgerukte bloemblaadjes.

Hij pakte het penseel en keek met wijdgeopende, gretige ogen naar de Sofja die hij op dat moment in zijn hoofd zag en mengde zorgvuldig, glimlachend, de kleuren op het palet, stond een paar keer op het punt om het doek te beroeren en bedacht zich telkens weer; ten slotte streek hij met het penseel over de ogen en bracht wat extra schaduw aan zodat de oogleden wat meer geopend leken. Haar blik werd daardoor weidser, maar was nog steeds te rustig.

Heel zacht, bijna werktuiglijk, streek hij nog een keer met het penseel over de ogen: ze werden levendiger, sprekender, maar bleven koud. Een poos werkte hij nog aan de ogen, mengde opnieuw bedachtzaam de kleuren, voegde nog een streep toe, zette een punt in ieder oog zoals de leraar die ooit op zijn levenloze tekening had gezet, en deed daarna iets wat hij zelf niet kon verklaren aan het andere oog... En opeens stond hij zelf verstomd van de vonk die hem uit het schilderij tegemoet sprong.

Hij deed een stap naar achteren, keek weer en stond paf: de ogen wierpen hun stralenbundel precies op hem, maar de uitdrukking was nog steeds te streng.

Hij veranderde half onbewust, bijna op goed geluk, nog iets aan de lijn van de lippen, streek lichtjes over de bovenlip met het penseel, verzachtte hier en daar een schaduw en deed opnieuw een stap naar achteren om te kijken: 'Zij is het, zij is het!' riep hij met stokkende adem uit, 'de werkelijke, ware Sofja!'

Hij hoorde stappen achter zich en draaide zich om: Ajanov was binnengekomen.

'Ivan Ivanovitsj!' riep Rajski opgewonden, 'wat ben ik blij dat je gekomen bent! Kijk eens: is ze het of niet? Zeg iets!'

'Wacht, laat me eerst kijken.'

Ivan Ivanovitsj keek lang. Rajski wachtte ongeduldig.

'Wie is dat?' vroeg Ajanov laconiek.

Rajski verstijfde

'Heb je Sofja Nikolajevna niet herkend?' vroeg hij onthutst.

'Wat? Sofja Nikolajevna? Hoe bestaat het!' zei Ajanov, met wijdgeopende ogen naar het portret kijkend. 'Je had toch nog een ander, dat leek mij beter, waar is het?'

Rajski haalde geërgerd, bijna verachtelijk zijn schouders op.

'Dat is dit portret!' zei hij, 'ik heb het alleen veranderd. Zag je dat niet?' stortte hij zich op Ajanov, 'dat er in dat andere geen leven, geen vuur zat; het was futloos, slaperig.'

'Je kunt zeggen wat je wilt, maar dat andere leek beter,' wierp Ajanov koppig tegen, 'hier lijkt ze wel dronken.'

'Je bent zelf dronken. Wat heb ik aan zo'n mening!'

'Veel verstand heb ik er niet van, dat is zo,' reageerde Ajanov onverschillig.

Rajski streek zonder te antwoorden geïrriteerd met zijn penseel over de haren en het fluweel van het portret.

Een kwartier later arriveerde Kirilov. Het was een klein, mager mannetje dat geheel schuilging achter zijn bakkebaarden, snor en baard. Van zijn gezicht was bijna niets te zien, alleen de diepliggende ogen straalden met een onnatuurlijke glans, de neus kwam met een plotselinge bult uit het woud van haren tevoorschijn en raakte met zijn punt opnieuw de baardgroei, waarin wangen, kin en lippen geheel verdwenen. De hals was door de baard bedekt en de romp was gehuld in een zakachtige, wijde, in plooien afhangende mantel waaronder weer de panden van een tweede jas, die onder de verfvlekken zat, uitstaken. Aan zijn voeten droeg hij een paar wijde schoenen, die bij het lopen een sloffend geluid maakten; zijn hoed was versleten, had een vettige glans en een afhangende rand.

Als je naar die bedachtzame, in zichzelf gekeerde, gloeiende blikken keek, dat als het ware onder de dichte haargroei sluimerende, strenge, onbeweeglijke gezicht, vooral wanneer hij in zijn donkere schilderhok met het palet voor de ezel stond en zijn woeste, als een spijker zo doordringende blik in het gelaat van de door hem uitgebeelde heilige boorde, kreeg je niet de indruk een als een vogel zo vrije kunstenaar, op zoek naar de zonnige kanten van het bestaan, voor je te hebben, eerder een martelaar, een monnik van de kunst, die de vreugdevolle kanten van het bestaan haatte en alleen zijn droevige kanten begreep. Zo iemand was hij, naar het schijnt, inderdaad. Hij verdiepte zich zwijgend, langdurig en vol ernst in Sofja's portret. Rajski observeerde onrustig zijn gezichtsuitdrukking. Kirilov richtte zijn ogen het eerste moment vol verbazing op het gezicht van de geportretteerde en liet lang een schijnbaar goedkeurende blik rusten op de ogen. De rimpels op zijn voorhoofd verdwenen, alsof hij een aangenaam droombeeld zag.

Toen scheen hij echter plotseling te ontwaken: een verbazing die meer weg had van een teleurstelling trok over zijn gezicht, de rimpels in zijn voorhoofd verschenen weer. Hij wendde zich af, legde zijn hoed op tafel, haalde een sigaret tevoorschijn en stak hem op.

'Wat vindt u ervan?' vroeg Rajski.

'Heeft u me daarvoor laten komen?' vroeg Kirilov.

'Ja, hoezo?'

'Ik ga weer naar huis, het ga u goed.'

'Wacht, zeg iets.'

'Wat moet ik zeggen: het doet me niets...!'

'Ach, al haal je de schoonheid uit de hemel zelf, dan zegt u nog: het doet me niets!' wierp een gekwetste Rajski tegen. 'Een paar dooie pieren zijn jullie! U hebt toch vroeger zelf gezegd dat ik talent had, Semjon Semjonytsj...'

'Waarom moet ik het dan nog een keer zeggen?' Hij slaakte een zucht. 'Als u op deze weg verdergaat, uw talent verspilt aan modieuze uithangborden...'

'Modieuze uithangborden! Weet u wie dat is?'

'Wie het is?' vroeg Kirilov, een vluchtige blik op het portret werpend. 'Een of andere actrice...?'

'Wat zegt u nu? Het lijkt wel of jullie allebei gek zijn geworden! De een ziet er een dronken vrouw in, de ander een actrice! Met jullie valt niet te praten.'

Rajski hing een doek over het schilderij.

'Ik neem het mee naar haar: de geportretteerde zal het zelf beter weten te waarderen. Van u, Semjon Semjonytsj, had ik in ieder geval een vriendelijk woord verwacht: u vond vroeger in elk van mijn werken wel iets wat de moeite waard was, al was het maar een vonk van leven...'

'Ook hier zie ik die vonk!' zei Kirilov, wijzend op de ogen, de lippen en het hoge blanke voorhoofd. 'Dat is prachtig, dat is... Ik ken de geportretteerde niet, maar ik zie dat er waarheid in schuilt. Die zou besteed zijn aan een serieus, waardig onderwerp. Maar u hebt die ogen, die hartstocht, die warmte gegeven aan een flirt, een pop, een koket dametje!'

'Nee, Semjon Semjonytsj, een schilder zou nauwelijks een waardiger onderwerp kunnen kiezen. Dit is geen flirt, geen koket dametje, ze zou uw penseel waardig zijn. Ze is de kuisheid en trots zelve, het is een godin, zij het een heidense, olympische... ze is helemaal uw genre: niet van deze wereld!'

'Dit gezicht vereist een aandachtige, in gebed verzonken blik, niet deze uitdrukking van zinnelijke hartstocht...! Luister, Boris Pavlovitsj, werkt u het portret om tot een schilderij, keert u de society de rug toe, hou op met die dwaasheden, die rokkenjagerij... doe de gordijnen dicht en sluit u zich drie, vier maanden op...'

'Waarvoor?'

'Schilder een biddende figuur!' zei Kirilov en vertrok zijn gezicht zo dat ook zijn neus in zijn baard verdween en zijn hele gezicht op een borstel leek. 'Weg met dat fluweel, die zijde! Laat haar knielen, gewoon op een steen, gooi een grove mantel over haar schouders, vouw haar handen voor haar borst... Hier, hier' – hij ging met zijn vingers over haar wangen – 'minder licht, weg met dat vlees, maakt u de uitdrukking van de ogen zachter, laat de oogleden zich wat meer sluiten... dan zult u zelf knielen en bidden...'

'Nee, Semjon Semjonytsj, ik wil niet in een klooster. Ik wil leven, licht en vreugde. Ik kan de mensen niet missen, ik vereer schoonheid, houd van haar' – hij wierp een tedere blik op het portret – 'met lichaam en geest, hoewel, ik moet bekennen...' – hij zuchtte glimlachend – '...meer met het lichaam...'

Kirilov maakte een afwerend gebaar en begon door de kamer te ijsberen.

'Er gaat een talent aan u verloren: u zult het niet redden, zult de rechte weg niet vinden. U hebt niet genoeg doorzettingsvermogen, u bent wel onstuimig, maar hebt geen passie, geen geduld! Hier bijvoorbeeld zijn de handen maar vaag aangeduid en niet waarheidsgetrouw, de schouders zijn asymmetrisch, maar u rolt het doek al op, gaat het aan anderen tonen, ermee opscheppen...'

'Het gaat niet om de details of om de uitvoering, Semjon Semjonytsj!'

wierp Rajski tegen. 'U hebt zelf gezegd dat in de ogen, in het gezicht waarheid schuilt, en ik voel dat ik het geheim gepakt heb. Wat heeft dat met het haar of de handen te maken?'

'Geen uitvluchten alstublieft!' onderbrak Kirilov hem. 'U bent niet in staat om handen te schilderen en u hebt het geduld niet om het te leren. Als deze arm uitgestrekt wordt, is hij korter dan de andere; uw schone dame is in werkelijkheid een gedrocht. U maakt voortdurend grappen over het leven, maar met het leven noch met de kunst kun je de draak steken. Het ene is net zo veeleisend als het andere: daarom zijn er maar weinig echte mensen en waarachtige kunstenaars op de wereld.'

Hij haalde diep adem en zijn gezicht scheen nog verder te verdwijnen achter de haren.

'Dus volgens u moet je het leven en de mensen ontvluchten, de wenkbrauwen fronsen en nooit lachen en...'

'Ja, als u het niet erg vindt, dat moet zeker!' onderbrak Kirilov hem. 'Als u iets hogers nastreeft dan zoete glimlachjes en ronde schouders of iets nobelers dan achtererven en dronken boeren, laat uw schoonheden en feesten dan in de steek en wees nuchter, werk onvermoeibaar tot het u duizelt in het hoofd. Je moet vallen en opstaan, sterven van wanhoop en langzaam weer tot leven komen, midden in de nacht uit je bed springen...'

'Dat doe ik ook... of bijna...' zei Rajski. 'Ik spring uit mijn bed, huil soms, ben de waanzin nabij...'

'Jullie zijn allemaal krankzinnig!' merkte Ajanov onverschillig op.

'Ja, u springt uit bed om deze "waarheid" hier op het doek te smijten.' Hij wees op de blote schouder van Sofja. 'Nee, u moet 's nachts opstaan om deze figuur een keer of tien te tekenen, tot ze waarheidsgetrouw is. Laat dat uw opgave zijn voor de komende twee weken, dan kom ik opnieuw kijken. En nu: vaarwel.'

'Wacht, *maître*, blijf nog!' probeerde Rajski hem tegen te houden.

'Nee, laat me gaan! U hebt geen respect voor de kunst,' zei Kirilov, 'en u respecteert uzelf niet. De gemeenschap der kunstenaars, dat is een broederschap, net zoiets als de vrijmetselaars: ze zijn verstrooid over de hele wereld en allen streven hetzelfde doel na. Ze zijn als de tempelbouwers van koning Hiram,* die hun geheim koesteren. Zo is het! Je kunt er niet op los leven, dwaze streken uithalen, salons bezoeken, dansen en ondertussen schrijven, tekenen, schilderen of beeldhouwen. Nee,' stortte hij zich hartstochtelijk en bijna brutaal op Rajski. 'Laat al die pleziertjes varen en word monnik, zoals u het zelf heel treffend hebt uitgedrukt, offer alles op aan de kunst, bid en vast, wees wijs en tegelijk simpel, zoals slangen en duiven, en wat er ook om u heen gebeurt, waar het leven u ook heen voert, in welke kuilen u ook valt, belijd altijd die ene leer, behoud steeds het ene gevoel, koester voortdurend het heilige vuur voor de kunst! Laat men u vervloeken en verachten in haar naam... maar ga verder op die ene weg. Alleen dan zal de dienstbaarheid aan uw roeping met succes worden bekroond, zal u een rijke beloning ten deel vallen, dat wil zeggen onsterfelijkheid. Maar u hebt daarvoor de moed noch de kracht, en u bent ook niet arm genoeg. Verdeelt u uw bezittingen onder de armen en volgt u het verlossende licht van de scheppingsdrang. Maar hoe zou u dat kunnen? U bent een grote heer, geboren in zijde en fluweel en niet in een stal, in een kribbe... De kunst houdt niet van grote heren... ze geeft de voorkeur aan lieden van geringe komaf. Hang een doek voor dat onbeschaamde wezen of maakt u van haar een lichtekooi aan de voeten van Christus. Vaarwel. Over twee weken kom ik weer kijken.'

Hij gooide zijn sigaret in de asbak, pakte zijn hoed en was verdwenen voordat Rajski hem kon tegenhouden.

'Wat een zonderling!' zei Ajanov. 'Ik geloof dat hij echt van plan is om monnik te worden. Zij hoed is verfomfaaid, hij zit onder de verfvlekken, is doodarm, haveloos! Drinkt hij?'

'Alleen water.'

'Dan wordt hij gek of hij hangt zich op.'

Rajski slaakte een diepe zucht.

'Ja,' zei hij, 'hij is een van de laatsten der mohikanen: een waarachtige, doelbewuste kunstenaar... aan wie niemand meer behoefte heeft. De kunst daalt van haar hoge voetstuk af naar de massa der mensen, naar het leven. En zo hoort het ook. Wat hij preekt, dat is fanatisme!'

Onwillekeurig voerde hij de vergelijking die Kirilov had getrokken in gedachten verder: hij zag zichzelf als de rijke jongeling die graag het koninkrijk der hemelen betreden wil maar daar niet toe in staat is. Hij ijsbeerde peinzend door de kamer.

Mistroostigheid nam bezit van hem en tranen welden in hem op. Hij was op dat moment in ernst bereid om naar de woestijn te trekken, afgedragen kleren aan te trekken, iedere dag hetzelfde te eten, zoals Kirilov, zich te onttrekken aan het leven zoals Sofja, en te schilderen, te schilderen tot hij erbij neerviel, tot hij van Sofja een lichtekooi had gemaakt.

Hij pakte zelfs vlug een nieuw, opgespannen doek, zette het op de ezel en begon met krijt een biddende figuur te tekenen. Hij liet haar de arm strekken en begon verwoed, vol vuur aan de vingers te werken; hij wiste het uit, tekende en wiste het opnieuw uit – het wilde maar niet lukken.

Ongeduld begon aan hem te knagen en ging na de eerste mislukte tekening over in heftige irritatie. Hij wiste alles uit, begon opnieuw langzaam te tekenen, met dikke, krachtige halen, alsof hij door het doek heen wilde drukken. De irritatie groeide nu uit tot de wanhoop waarover Kirilov had gesproken.

Hij legde het krijt neer, veegde zijn handen af aan zijn haren en liep naar het portret van Sofja.

Moet ik het portret werkelijk helemaal omwerken? vroeg hij zich af. Heeft Kirilov gelijk? Mijn ultieme doel, mijn opgave, mijn idee is toch de schoonheid. Ik ben ervan vervuld en wil het stralende beeld dat me in zijn greep heeft tastbaar maken: als ik die 'waarheid', namelijk de schoonheid, heb vastgelegd, wat wil ik dan nog meer? Nee, Kirilov zoekt de schoonheid in de hemel, hij is een asceet, ik zoek haar op aarde... Ik ga het portret aan Sofja laten zien... wat zal ze ervan zeggen? Daarna werk ik het om... maar ik maak er geen lichtekooi van.

Hij lachte onwillekeurig bij de gedachte aan wat Sofja zou zeggen als ze van dat idee van Kirilov hoorde. Hij kwam geleidelijk tot rust, verheugde zich over de 'waarheid' die in het portret lag en keerde terug tot zijn vroegere, ongebonden dromen, zijn ideeën over vrije kunst en vrije arbeid. Hij pakte het portret zorgvuldig in en vertrok naar Sofja om het haar te laten zien.

18

Rajski wist niet of hij Sofja te zien zou krijgen en wat hij haar zou zeggen.

Wat een beweging hier binnen! dacht hij, met zijn hand zijn borst beroerend. O, er is storm op komst, en God geve een storm! Vandaag moet de beslissing vallen, vandaag moet haar geheim onthuld worden en zal ik weten... of ze van me houdt of niet. Zo ja, dan zal mijn leven... ons leven een andere wending nemen, dan vertrek ik niet... of ik vertrek wel, dat wil zeggen: wij vertrekken naar baboesjka, naar dat stille hoekje, wij beiden...

Hij pakte het portret uit, zette het in de salon op een stoel en liep zachtjes via de tussenvertrekken naar de kamers van Sofja. Men had hem beneden gezegd dat ze alleen was. De tantes waren naar de ochtendmis.

Hij liep op zijn tenen en hield zijn hand op zijn hart, alsof hij het heftige bonzen tot bedaren wilde brengen. In zijn fantasie zag hij over de vloer verstrooide bloemen, een opengetrokken gordijn en drieste zonnestralen die met het kristal speelden. Stilletjes sloop hij naderbij en ontwaarde Sofja.

Zij steunde met haar ellebogen op de tafel, de handen voor het gezicht en droomde, sluimerde of... huilde. Ze was in negligé, niet zoals anders in een stijve, nauwe jurk, droeg geen kanten kragen of manchetten, geen armband, was zelfs niet gekapt. Het haar lag in een dichte, deinende massa in een net, de ochtendjapon viel vanaf haar schouders in wijde plooien tot aan haar voeten. Op het tapijt lagen twee satijnen pantoffels, de voeten rustten, alleen gehuld in kousen, op een met fluweel bekleed bankje.

Zo had hij haar nog nooit gezien. Ze merkte hem niet op en hij durfde nauwelijks adem te halen.

'Nicht, *Sophie*!' zei hij nauwelijks hoorbaar.

Ze schrok op, week wat terug van de tafel en keek Rajski verbaasd aan. In haar ogen las hij de vragen: hoe komt u hier? Wat wilt u? Wie heeft u binnengelaten?

'*Sophie*!' herhaalde hij.

Ze stond op en richtte zich in haar volle lengte op.

'Wat hébt u, *cousin*?' vroeg ze kortaf.

'Neem me niet kwalijk, nicht,' zei hij, al niet meer zo vol verrukking als daarnet, 'ik trof u onverwacht aan... in deze poëtische wanorde.'

Ze keek om zich heen, scheen plotseling tot zichzelf te komen en schelde.

'*Pardon, cousin*, ik ga me aankleden!' zei ze koel en ze verdween met het meisje in haar slaapkamer.

Hij hoorde dat ze Pasja berispte omdat men hem niet bij haar had aangediend.

Wat is dat nu weer? dacht Rajski, naar het door hem meegebrachte portret kijkend, ze is weer heel anders, weer dezelfde als vroeger...! Maar ik laat me niet bedriegen: die rust en die koelheid waarmee ze zich daarnet tegen mij probeerde te wapenen, heeft niets met haar vroegere koelheid te maken... o nee, ze is gespeeld, het is een masker. Onder deze ijslaag gaat een geheim verborgen, we zullen zien wat het is.

Eindelijk kwam ze de slaapkamer uit, onberispelijk gekapt en gekleed in een ruisende jurk. Ze ging zonder hem aan te kijken voor de spiegel staan en deed een armband om.

'Ik heb uw portret meegebracht, nicht.'

'Waar is het? Laat het me zien,' zei ze en volgde hem naar de salon.

'U hebt me gevleid, *cousin*, zo zie ik er niet uit,' zei ze terwijl ze het portret bestudeerde.

'Gevleid? Integendeel, ik ben ver van de waarheid verwijderd gebleven!' zei hij met ongeveinsde mismoedigheid terwijl hij naar het origineel keek. 'Schoonheid, o wat is dat een kracht! Ach, als ik die eens bezat!'

'Wat zou u dan doen?'

'Wat ik zou doen?' herhaalde hij, haar strak en tegelijk schalks aankijkend. 'Ik zou iemand erg gelukkig maken...'

'En u zou duizenden ongelukkig maken, nietwaar? U zou uw macht op iedereen uitproberen en niemand sparen...'

'Aha!' riep Rajski uit, alsof hij haar ergens op betrapt had, 'dus u bent uit louter mededogen zo ongenaakbaar...? U wilt de mannen niet in de ogen kijken, omdat u weet dat u ze daarmee ongelukkig maakt. Een nieuwe, interessante karaktertrek! Dat zelfvertrouwen staat u goed. Dat soort trots is van een edeler soort dan familietrots: schoonheid is een kracht en het heeft zin om er trots op te zijn.'

Hij was blij dat hij, naar het hem toescheen, ontdekt had waarom ze zich zo hardnekkig voor hem verborg, waarom ze haar dromerige pose zo plotseling had opgegeven en zich weer had teruggetrokken in haar loopgraven.

'Maar u moet niet te ver gaan in uw medelijden: wie zou geen kwellingen willen doorstaan alleen om u te mogen benaderen, met u te mogen praten. Wie zou niet op zijn knieën achter u aan kruipen naar het einde van de wereld... niet eens voor een triomf, voor het geluk van de overwinning, maar louter om een zwakke hoop op een toekomstige overwinning te mogen koesteren...'

'Genoeg, *cousin*, begint u weer!' zei ze, maar ze klonk niet geheel en al onverschillig. Ze scheen eraan te twijfelen of ze wel zo machtig was, of 'iedereen achter haar aan zou kruipen', zoals deze geestdriftige, hartstochtelijke, doldwaze kunstenaar het uitdrukte.

En deze zweem van twijfel ontging Rajski niet. Hij probeerde haar blikken en woorden te doorzien, ving, soms onbewust, alle licht en schaduw die door haar heen ging op, vatte niet alleen met zijn verstand, maar voelde met zijn zenuwen wat zich in haar afspeelde, zelfs wat zich logischerwijs het volgende ogenblik in haar zou afspelen.

'U ziet zelf dat voor een vriendelijke blik van u die verder niets betekent, voor één woord dat geen enkele belofte inhoudt, iedereen rent, zich druk maakt, uw aandacht probeert te vangen.'

'Is dat zo?'

'Hebt u dat nooit gemerkt? Kom nou!'

'Nee, echt niet.'

'U hebt het zeker gemerkt en triomfeert in stilte. Ja, u maakt zich zelfs vrolijk om zulke arme stervelingen als ik en laat mij praten omdat u weet dat ik de waarheid spreek; in mijn woorden ziet u uw beeld weerspiegeld en u verlustigt zich daarin.'

'Tot nu toe heb ik het alleen in uw portret gezien, en daar hebt u het sterk overdreven, met de mond foetert u me alleen maar uit.'

'Nee, dat portret, dat is een zwakke, bleke kopie van de werkelijkheid: alleen uw stralende ogen en de glimlach om uw mond zijn waarheidsgetrouw, ook al kijkt en glimlacht u maar zelden zo... alsof u niet goed durft. Ik heb een van die zeldzame momenten vastgelegd, de waarheid slechts vaag aangeduid, en u ziet wat eruit is gekomen. Ach, wat was u toen mooi!'

'Wanneer was dat?'

'De laatste keer dat ik met u heb gesproken... uw *papa* had die Milari nog meegebracht...'

Ze zweeg.

'Graaf Milari,' herhaalde hij.

'Ja, dat herinner ik me,' zei ze koeltjes.

'Komt hij vaak hier?' vroeg Rajski, wie haar koele toon niet ontgaan was.

'Ja... af en toe. Hij zingt erg goed,' voegde ze eraan toe en ging op de divan zitten met haar rug naar het licht.

'Als hij weer komt, laat het me dan weten, dan kom ik ook.'

'Het is fris hier!' merkte ze op en maakte een beweging met haar schouders. 'We moeten de kachel laten aanmaken...'

'Ik kom afscheid van u nemen, ik vertrek, wist u dat?' vroeg hij plotseling en keek haar aan.

Ze vertrok geen spier.

'Waarheen?' vroeg ze alleen.

'Naar mijn landgoed, naar baboesjka... Vindt u het niet jammer, zult u zich zonder mij niet vervelen?'

Ze dacht na en scheen die vragen voor zichzelf te beantwoorden.

'U zegt geen nee en geen ja,' vervolgde hij, 'en weet u, nicht, alleen deze aarzeling al maakt mij gelukkig. Een snel uitgesproken ja zou ofwel een hoffelijke frase, dus bedrog betekenen of zo'n groot geluk dat ik het niet verdiend zou hebben, en een nee zou me pijn doen. Maar u weet zelf niet of u het jammer vindt of niet. Dat is al veel van uw kant, dat is al een halve overwinning...'

'En u hoopt op een hele?' vroeg ze glimlachend.

'Alleen een slechte soldaat koestert niet de hoop om generaal te worden, zou ik kunnen zeggen, maar ik zeg het niet, dat zou al te hoog gegrepen zijn.'

Hij keek haar aan en zou willen, zou er God weet wat voor over hebben, verwachtte zelfs heimelijk dat ze zou vragen: 'Waarom?', maar ze vroeg het niet en hij onderdrukte een zucht.

'Te hoog gegrepen,' herhaalde hij. 'En om te bewijzen dat ik niet zulke hooggespannen verwachtingen heb, kom ik afscheid van u nemen, misschien voor lang.'

'Ik vind het jammer, *cousin*,' zei ze plotseling zacht, op een warme toon, bijna met gevoel.

Hij draaide zich abrupt naar haar om, als iemand die kiespijn heeft en plotseling van de pijn verlost is.

'Ja, meent u dat?' vroeg hij.

'Absoluut. U weet dat ik nooit lieg.'

Hij pakte haar hand en kuste hem vol verrukking. Ze haalde hem niet weg.

'Wat zouden al de mannen die zich om u verdringen niet doen voor het recht om zo uw hand te kussen?'

'Dus u bent gelukkig: u maakt vrijelijk gebruik van dat recht...'

'Ja, als neef! Maar wat zou ik niet willen doen,' zei hij, haar met een bijna dronken blik aankijkend, 'om die hand anders te kussen... zó...'

Hij wilde nog een kus op haar hand drukken, maar ze haalde hem weg.

'Ik neem van u aan dat u het een beetje... jammer vindt dat ik wegga,' vervolgde hij, 'maar ik zou heel graag willen weten waarom. Waarom wilt u mij graag af en toe zien?'

'Om u aan te horen. U overdrijft natuurlijk wel sterk, maar soms spreekt u heel verstandig over dingen die ik wel begrijp, maar niet in woorden kan vatten...'

'Ah, eindelijk een bekentenis! Daarvoor hebt u me dus nodig: u raadpleegt mij, zoals je een woordenboek raadpleegt... Een weinig benijdenswaardige rol!' zei hij zuchtend.

'Maar u zei toch net, *cousin*, dat u geen hoop hebt om ooit generaal te worden en dat iedereen, alleen om mijn aandacht op zich te vestigen, bereid is om... ergens heen te kruipen... Ik verlang dat helemaal niet, maar schenkt u me toch minstens wat...'

'...vriendschap?' vroeg Rajski.

'Ja.'

'Dat dacht ik al. Ach, altijd die vriendschap!'

'*Cousin*, ik zie dat u nog helemaal niet hebt afgezien van de generaalsrang...'

'Nee, nee, nicht, ik heb geen enkele hoop en daarom, ik herhaal het, vertrek ik ook. Maar u heeft me gezegd dat u zich zonder mij zult vervelen, dat u me zult missen, en ik klamp me, als een drenkeling, vast aan een strohalm.'

'En dat doet u terecht. Ik bied u mijn vriendschap aan en dat is niet niets. Als er mensen zijn die voor een vriendelijke blik of een vriendelijk woord van mij bereid zijn God weet wat te doen, dan zou voor mijn vriendschap, die ik iemand niet makkelijk aanbied...'

'Vriendschap is een schone zaak, nicht, wanneer het een eerste stap is op weg naar de liefde, anders stelt het niets voor, ja, is het soms zelfs kwetsend.'

'Hoezo?'

'Wat houdt vriendschap in? Dat u me het recht geeft om u onaangekondigd te bezoeken, en dat nog niet eens altijd: vandaag was u daar bijvoorbeeld boos over; u zult mij met allerlei opdrachten de stad in sturen... dat is het voorrecht van neven, u zult zelfs, als u vindt dat ik smaak heb, met mij overleggen wat u moet aantrekken; u zult mij uw oprechte mening geven over uw verwanten en kennissen, en ten slotte zult u mij zelfs beledigen... door mij uw hartsgeheim toe te vertrouwen wanneer u verliefd bent...'

Hij merkte dat Sofja zich geweld moest aandoen om zich te beheersen en dat ze zich afwendde en geeuwde om haar gevoelens te verbergen.

'Bent u soms al verliefd?' vroeg hij plotseling.

'Waarom denkt u dat?'

'Wat heeft die verwarring anders te betekenen?'

'Verwarring? Ben ik in verwarring?' vroeg ze en keek in de spiegel. 'Geen sprake van, ik herinnerde me alleen dat we afgesproken hadden niet over liefde te praten. Ik verzoek u, *cousin*,' voegde ze er plotseling op ernstige toon aan toe, 'om u aan onze afspraak te houden. Laten we daar alstublieft niet over praten.'

Hij verbaasde zich over haar verzoek en dacht even na. Ze had het wel eens eerder gevraagd, maar schertsend, met een glimlach. Zijn eigenliefde fluisterde hem in dat hij niet voor niets aan de poort van haar hart had geklopt, dat het reageerde, dat haar verwarring en het plotselinge, onbeholpen verzoek om niet over liefde te praten, voortkwamen uit angst en behoedzaamheid.

Maar even later verwierp hij deze gedachte weer, hield zichzelf blozend voor dat alleen een ijdele dwaas zoiets kon denken en dat hij naar andere redenen voor haar gedrag moest zoeken. Hij voelde al een pijnlijk, knagend gevoel in zijn hart, zijn ogen boorden zich vragend in de hare, de woorden brandden op zijn tong, maar verlieten zijn mond niet. Hij werd nu al verteerd door jaloezie.

Wat betekent dit, ben ik werkelijk verliefd? dacht hij. Nee, nee! Wat heb ik ermee te maken? Ik heb me toch niet voor mijn eigen belang zoveel moeite gegeven, maar voor haar... voor haar ontwikkeling, voor de samenleving... Nog een laatste poging...!

'Eén vraag nog, nicht,' zei hij hardop, 'als ik...' – hij dacht even na, de vraag zou beslissend zijn – '...als ik de vriendschap die u mij als beloning voor mijn goede gedrag aanbiedt niet zou aannemen en mezelf tot opgave zou stellen om generaal te worden, wat zou u dan zeggen? Zou het kunnen? Zou ik...?' Ze is geen flirt, ze zal me de waarheid zeggen, dacht hij.

'Zou u deze hoop ondersteunen, nicht?'

Hij sprak deze laatste woorden met hortende stem uit en durfde haar niet aan te kijken.

Ze lachte.

'Er is niet de minste hoop voor u, neef,' sprak ze onverschillig.

Hij maakte een ongeduldige beweging, maar zweeg niettemin.

'Dat is uitgesloten,' herhaalde ze op besliste toon. 'U overdrijft altijd alles: een enkel vriendelijk woord houdt u al voor een *entraînement*, in simpele aandacht ziet u al tekenen van hartstocht, en zelf lijkt u wel bevangen door een soort koorts. U valt uit uw rol van neef en vriend, neem me niet kwalijk dat ik het zeg.'

'Dus u scheert me over een kam met mondaine rokkenjagers?'

'*Fi, quelles expressions!*'

'Met die figuren die in salons en theaterloges rondhangen, met hun pseudo-tedere blikken, hun laffe vleierijen en vanbuiten geleerde geestigheden. Nee, nicht, als ik over mezelf praat, dan zeg ik wat ik werkelijk voel: mijn tong vertolkt de stem van het hart. Ik kom nu al een jaar bij u aan huis: ik draag uw beeld in mijn geest mee, en wat ik voel, dat kan ik ook tot uitdrukking brengen.'

'Wat moet ik met die bekentenis?' vroeg ze plotseling.

Hij zweeg, beduusd door de toon van haar vraag. Hij had nu een eenduidig antwoord op zijn vraag of hij mocht hopen op de generaalsrang. En het zou voldoende moeten zijn, er viel verder niets te vragen; maar hij vroeg toch verder.

'U... houdt niet van mij, nicht?' vroeg hij zacht en flemend.

'Ik houd erg veel van u!' antwoordde ze vrolijk.

'Maakt u geen grapjes, om Gods wil!' zei hij geïrriteerd.

'Ik geef u mijn woord dat ik geen grapjes maak.'

Te vragen of ze verliefd op mij is, zou dom zijn, dacht hij, zo dom dat ik beter kan vertrekken zonder iets te weten te zijn gekomen... Dat is nu iemand die boven de wereld en zijn hartstochten verheven wil zijn, maar ze verlaagt zich tot listen en streken als de eerste de beste flirt! Maar ik kom er wel achter! Ik flap er plotseling uit wat me voor de geest zweeft...

Tijdens deze innerlijke monoloog keek ze hem met een schalks glimlachje aan en scheen er wel wat voor te voelen hem te plagen, en dat had ze ook gedaan als hij... zijn onverwachte vraag er niet had uitgeflapt.

'U bent verliefd op die Italiaan, op graaf Milari, is het niet?' vroeg hij en liet zijn blik op haar rusten... Hij voelde zelf dat hij verbleekte en had het gevoel alsof hij plotseling een loodzware last op zijn schouders had genomen.

Haar glimlach, vriendschappelijke toon, ongedwongen houding, alles was verdwenen nadat hij deze vraag had gesteld. Voor hem stond een koele, strenge, vreemde vrouw. Zij die hem zo na had gestaan, scheen nu ergens ver weg te vertoeven, op grote hoogte, door geen verwantschap of vriendschap meer met hem verbonden.

Dus het is waar: ik heb het geraden! dacht hij en probeerde te analyseren op welke manier hij het had geraden. Hij had Milari één keer bij haar gezien, maar pas toen hij vandaag over hem sprak, was het hem opgevallen dat er een lichte schaduw over haar gezicht trok en dat ze met haar rug naar het licht ging zitten.

Mijn God! Waarom zie en weet ik alles, terwijl anderen blind en gelukkig zijn? Hoe komt het dat een licht geritsel, een zuchtje wind, louter zwijgen al genoeg zijn om mij alles te laten raden. Wat een ellendig instinct! Nu is het gif mijn ziel binnengedrongen en wat koop ik daarvoor?

Ze zweeg.

'Bent u beledigd, nicht?'

Ze zweeg.

'Zegt u toch ja.'

'U weet zelf wat het uiten van een dergelijk vermoeden teweeg kan brengen.'

'Ik weet zelfs meer, nicht: ik weet waarom u beledigd bent.'

'Waarom dan?'

'Omdat het de waarheid is.'

Ze maakte een beweging en keek hem verbaasd aan, alsof ze wilde zeggen: u blijft er nog steeds bij?

'Ook die blik is niet oprecht, nicht, maar gemaakt.'

'Dus ik doe alsof! U hebt te veel verbeelding, *monsieur* Rajski!'

Hij lachte en slaakte vervolgens een zucht.

'Als het niet waar is, wat schuilt er dan voor belediging in mijn vermoeden?' zei hij. 'En als het waar is, waarom is dan de waarheid beledigend? Denkt u na over dat dilemma, nicht, en geef toe dat u uw arme *cousin* ten onrechte met het volle gewicht van uw waardigheid wilde verpletteren.'

Ze haalde haar schouders op.

'Ja, zo is het, en alles wat u op dit moment doet, drukt geen belediging uit, maar ergernis dat men u een geheim heeft ontfutseld... Het beledigd zijn zelf is maar een masker.'

'Wat voor geheim dan? Wat zegt u toch?' vroeg ze met stemverheffing en keek hem met grote ogen aan. 'U misbruikt de rechten van een neef, dat is het hele geheim. En het is onvoorzichtig van mij om u op ieder tijdstip te ontvangen zonder dat de tantes en *papa* erbij zijn...'

'Nicht, laat u die toon toch varen!' begon hij op vriendschappelijke toon, vol warmte en oprechtheid zodat ze weer enigszins ontdooide en geleidelijk aan haar vroegere, ongedwongen en vertrouwelijke houding weer aannam, alsof ze inzag dat haar geheim, indien daar al sprake van was, niet in slechte handen was gevallen.

'Dat houdt uw olympische rust dus in!' vervolgde hij. 'Indien u een gewone vrouw was en geen godin, dan zou u mijn situatie begrijpen, u zou een blik in mijn hart werpen en niet streng maar met deernis optreden, zelfs indien ik een vreemde voor u was. Maar ik sta u na. U zegt dat u vriendschap voor mij koestert, dat u zich verveelt als u mij niet ziet... Maar een vrouw is alleen barmhartig, teder, eerlijk en rechtvaardig tegenover degene van wie ze houdt en genadeloos tegenover alle anderen. Een booswicht die je het mes op de keel zet, zal je bede om genade nog eerder verhoren dan een vrouw die haar liefde, haar hartsgeheim wil verbergen.'

'Waarom zegt u mij dat allemaal? Dat heeft absoluut geen betrekking op mij. En ik heb u nog wel gevraagd om niet meer te spreken over liefde, over hartstochten...'

'Dat weet ik, nicht, en ik weet ook waarom u dat deed: omdat ik dan uw zwakke plek beroer. Maar was deze vriendschappelijke aanraking werkelijk zo grof...? Verdien ik werkelijk geen vertrouwen...?'

'Wat voor vertrouwen? Wat voor geheimen? Om Gods wil, *cousin*...' zei ze, onrustig om zich heen kijkend, alsof ze weg wilde gaan, haar oren wilde dichtstoppen, niets meer horen en weten.

'Laat ik belachelijk zijn met mijn hoop op de generaalsrang,' vervolgde hij zonder naar haar te luisteren, vol warmte en tederheid, 'maar enige waardering hebt u toch wel voor me, waar of niet? Ik wil me nog sterker uitdrukken: misschien heeft niemand u in uw hele leven nog zo na gestaan als ik. U hebt daarnet zelf hetzelfde gezegd, hoewel niet met zoveel woorden. Nog nooit heeft een waarachtig, levend mens, die weet wat zich in een mensenhart kan afspelen, zo met u gesproken, u zo duidelijk uw eigen ik getoond. U leest in mij uw eigen gedachten, ziet uw eigen gevoelens in mij terug. Ik ben niet uw tante, of uw *papa*, geen voorvader en niet uw echtgenoot: niet een van hen kende het leven, ze liepen als op stelten, sloten zich op in de enge kring van hun verouderde, povere opvattingen, van hun conventionele opvoeding, van de zogenaamde "goede toon" en behielpen zich daarmee op armzalige wijze. Ik ben een levend, fris persoon, ik leer u opvattingen en gevoelens kennen die u tot nu toe onbekend waren: ik was een nieuwe verschijning voor u en ik leek u een heel interessant iemand toe, nietwaar, nicht?'

Ze zweeg.

'Nu is het natuurlijk een andere zaak: nu bent u blij dat ik vertrek,' vervolgde hij. 'Alle anderen kunnen blijven, maar ik moet weg...'

'Waarom?'

'Omdat alleen ik te veel ben op dit moment, omdat alleen ik uw geheim, dat nog aan het ontkiemen was, geraden heb. Maar... als u het mij toevertrouwt, dan zal ik u... na hém natuurlijk... dierbaarder zijn dan alle anderen...'

Ze maakte een gebaar, stond op, liep door de kamer, bekeek de portretten aan de wand, wierp een blik in de open kamers en suite, en ging toen, alsof ze geen uitweg uit de situatie zag, met zichtbaar ongeduld weer in haar stoel zitten.

'Maar...' begon hij opnieuw op warme, vriendschappelijke toon, 'ik houd van u, nicht' – ze richtte zich op bij deze woorden – 'ik houd van u op alle mogelijke manieren, maar het meest vanwege uw betoverende schoonheid. Of u het wilt of niet, u hebt me in uw macht, u kunt alles met mij doen, en u weet dat...'

'Luister, *cousin*... U wilt mij ervan overtuigen dat u zoiets als... een hartstocht voelt,' zei ze om hem enigszins tegemoet te komen en tegelijk de aandacht af te leiden van zijn opdringerige analyse. 'Vergist u zich daar niet in... misschien onbewust?' voegde ze eraan toe toen ze zag dat hij haar het liefst weer met een hele monoloog had geantwoord. 'Een maand of twee geleden was daar nog geen sprake van, hoogstens had u een bevlieging en nu opeens... u moet toch inzien dat dat onnatuurlijk is, zowel uw verrukkingen als uw kwellingen: neem me niet kwalijk, *cousin*, ik geloof er niet in en daarom heb ik ook niet het mededogen voor u waar u aanspraak op maakt. Of u het wilt of niet, ik zal u moeten beroven van uw positie als neef: u bent een bijzonder rusteloze *cousin* en vriend...'

'Voor een hartstocht zijn geen jaren nodig, nicht, hij kan in een ogenblik ontkiemen. Ik probeer u niet te overtuigen van mijn hartstocht,' voegde hij er mismoedig aan toe, 'maar dat ik nu opgewonden ben, dat lieg ik niet. Ik wil niet zeggen dat ik zal sterven van wanhoop, dat het een kwestie van leven of dood is, nee, u hebt me niets gegeven en u kunt me niets afnemen behalve de hoop die ik in mezelf heb opgewekt... Dat gevoel zal natuurlijk snel overgaan, dat weet ik. Het zal zich niet verdiepen omdat het geen voedsel krijgt... en dat is maar goed ook!'

Hij slaakte een zucht.

'Wat wilt u dan?'

'Ik ben beledigd door uw ontzetting daarover dat ik een blik in uw hart heb geworpen.'

'Daar is niets te zien,' zei ze toonloos.

'Toch wel, en ik vind het onverdraaglijk dat u me niet eens dat vertrouwen schenkt. U bent bang dat ik niet zal weten om te gaan met uw geheim. Ik vind het pijnlijk dat mijn blik u angstig en beschaamd maakt... nicht, nicht! En toch is het mijn werk, mijn verdienste of mijn schuld, zo u wilt, dat u bevrijd bent van het waanidee dat deze Milari...'

Ze had tamelijk rustig geluisterd maar bij het laatste woord stond ze snel op.

'Indien mijn vriendschap u ook maar iets waard is,' zei ze met een wat veranderde, licht trillende stem, 'en als het voor u iets betekent om hier te zijn... en mij te zien... noem dan geen namen...'

Ja, het is waar, ik heb raak geschoten: ze houdt van hem! concludeerde Rajski in stilte en hij voelde zich al beter, de pijn verdween doordat de kwestie nu in ieder geval, zij het in voor hem ongunstige zin, was opgelost en het geheim uitgesproken. Hij kon nu naar Sofja, Milari en zelfs zichzelf kijken als een objectieve waarnemer, als het ware van ter zijde.

'Weest u niet bang, nicht, om Gods wil, weest u niet bang. Dat zou een mooie vriendschap zijn waarbij je bang moet zijn voor je vriend als voor een spion, je voor hem moet schamen...'

'Ik hoef voor niemand bang te zijn en me voor niemand te schamen!'

'Hoezo voor niemand... en de society dan, en zij daar?' Hij wees op de portretten van de voorvaderen. 'Kijk eens hoe ze hun ogen opengesperd hebben! Maar hoor ik dan bij hen? Hoor ik dan tot de society?'

'Ik zou inderdaad redenen hebben om de voorvaderen te vrezen,' merkte ze volkomen ongedwongen en rustig op, 'als ze u hier gezien en gehoord hadden. Wat hebben we niet allemaal gehad vandaag: verwijten, liefdesverklaringen, uitbarstingen van jaloezie... Ik dacht dat zulke dingen alleen op het toneel gebeurden... Ach, *cousin*...' zei ze op de toon van een speels verwijt en ze had zichzelf weer geheel onder controle.

Ze had inderdaad niets om bang voor te zijn of zich voor te schamen: graaf Milari was zes keer bij haar geweest, altijd in aanwezigheid van anderen, hij had gezongen, naar haar spel geluisterd en met haar geconverseerd, maar het gesprek was altijd binnen de perken van de gebruikelijke hoffelijkheid gebleven, met hoogstens een nauwelijks waarneembare ondertoon van subtiele vleierij.

Een ander zou zelf zonder schroom de naam van de mooie graaf Milari hebben uitgesproken, zou zich hebben laten voorstaan op zijn aandacht, zou een beetje met hem gekoketteerd hebben, maar Sofja verbood zelfs om zijn naam te noemen en wist niet hoe ze Rajski de mond moest snoeren toen hij op zo'n ongelegen moment haar 'geheim' had geraden.

Er was helemaal geen geheim en indien ze niet geheel onverschillig reageerde op zijn gissing, dan was dat waarschijnlijk om ook maar het geringste vermoeden in hem te elimineren.

Zij zou verliefd zijn... belachelijk gewoon! God behoede haar daarvoor. Geen mens zal het geloven. Zelfbewust hief ze, net als vroeger, het hoofd en keek hem rustig aan.

'Vaarwel, nicht,' zei hij toonloos.

'Blijft u dan vandaag niet bij ons?' antwoordde ze vriendelijk. 'Wanneer vertrekt u?'

Vleierij, een list, ze wil me troosten! dacht Rajski.

'Waar heeft u mij voor nodig?' antwoordde hij met een wedervraag.

'Ik zie dat u geen waarde hecht aan mijn vriendschap!' zei ze.

'Ach, dat is niet waar, nicht! Van wat voor vriendschap kan er sprake zijn wanneer u bang voor me bent!'

'Godzijdank hoef ik nog nergens bang voor te zijn.'

'Nóg niet? En als u wel ergens bang voor moet zijn, zult u mij dan uw vertrouwen waardig keuren?'

'Maar u zegt dat dat vertrouwen kwetsend is. Nu durf ik u dat niet meer te schenken...'

'Weest u niet bang! Ik heb u al gezegd dat mijn hoop alleen kan gedijen als er van wederkerigheid sprake is en die is er immers... niet?' zei hij schuchter en keek haar vorsend aan terwijl hij voelde dat, ondanks het uitzichtloze van de situatie, de hoop nog niet geheel in hem verdwenen was en hij zichzelf daarom in stilte een stommeling noemde.

Ze schudde langzaam en ontkennend het hoofd.

'En... kan er ook niet komen?' vroeg hij door.

Ze lachte.

'U bent onverbeterlijk, *cousin*,' zei ze. 'Ieder ander zou onwillekeurig met u gaan flirten. Maar dat wil ik niet en ik zeg u ronduit: nee!'

'Dan hoeft u ook niet bang te zijn om mij iets toe te vertrouwen!' zei hij mismoedig.

'*Parole d'honneur*, ik héb u niets toe te vertrouwen.'

'Toch wel, nicht!'

'Wat wilt u dan dat ik u toevertrouw, *dites positivement*.'

'Goed: vertelt u eens, hebt u het gevoel dat er iets in u veranderd is sinds die Milari...'

De vriendelijke uitdrukking van haar gezicht verdween en ze nam weer een gedwongen, koele pose aan.

'Nee, nee, *pardon*, ik zal hem niet noemen... sinds hij, wilde ik zeggen, uw huis is gaan bezoeken...'

'Luister, *cousin*...' begon ze en haperde een ogenblik, kennelijk niet wetend hoe ze verder moest gaan. 'Laten we aannemen dat... *enfin si c'était vrai*... maar dat is onmogelijk,' voegde ze er snel, als het ware tussen haakjes aan toe, 'wat... hebt u er dan mee te maken nadat u toch...'

'Wat ik ermee te maken heb?' onderbrak hij haar plotseling heftig en zette grote ogen op. 'Wat ik ermee te maken heb, nicht? U laat u in met een of andere parvenu, met een zekere Milari, een Italiaan. U, een Pachotin, de ster, de trots, de parel van onze kringen! U... u,' herhaalde hij verbaasd, ja, bijna ontzet.

Zij had verwonderd toegekeken hoe hij plotseling losbarstte en woedende blikken op haar wierp.

'Op de eerste plaats is hij een graaf... en geen parvenu,' zei ze.

'Die titel heeft hij gekocht of gestolen!' wierp hij verhit tegen. 'Het is een van die gladde jongens die, volgens Lermontov, hierheen komen "om geluk en eer in de wacht te slepen",* zich in te dringen in grote huizen, de protectie van vrouwen te verwerven, een lucratief baantje te bemachtigen en vervolgens de *grand seigneur* uit te hangen. Weest u op uw hoede, nicht, het is mijn plicht u te waarschuwen! Ik spreek nu als een familielid.'

Dat alles zei hij met het schuim bijna op de mond.

'Niemand is ooit iets dergelijks aan hem opgevallen!' zei ze met groeiende verbazing, 'en als *papa* en *mes tantes* hem ontvangen...'

'*Papa* en *mes tantes*!' herhaalde hij verachtelijk. 'Díé weten veel: luistert u naar hen!'

'Naar wie moet ik dan luisteren? Naar u?'

Ze glimlachte.

'Ja, nicht, en ik zeg u: wees op uw hoede! Dat zijn gevaarlijke indringers: onder die interessante bleekheid, onder die zachtaardige, verfijnde manieren gaat misschien schaamteloosheid schuil, hebzucht en God weet wat! Hij zal u compromitteren...'

'Maar hij wordt overal ontvangen, is zeer bescheiden, tactvol, welopgevoed...'

'Dat ziet u allemaal in uw verbeelding, nicht, gelooft u mij.'

'Maar u kent hem niet, *cousin*!' wierp ze glimlachend tegen. Zijn plotselinge korzeligheid begon haar te vermaken.

'Ik had aan een moment genoeg om te zien dat het een van die oplichters is die, door de honger gedreven, vanuit Italië hierheen komen om zich vol te vreten...'

'Hij is een kunstenaar,' verdedigde ze hem, 'en als hij niet op het toneel staat, dan is dat alleen omdat hij een graaf is en rijk... *c'est un homme distingué*.'

'Ah! U verdedigt hem... gefeliciteerd! Dus dat is de gelukkige op wie het licht vanaf de hoogte van de Olympus is gevallen! Ach, nicht, nicht, op wie heeft u uw blikken laten rusten? Kom tot bezinning, om Gods wil! Moet u met uw hoogstaande ideeën u verlagen tot een obscure immigrant die de titel van graaf misschien wel ten onrechte draagt...'

Ze had haar vrolijke stemming hervonden, en scheen alle vrees en voorzichtigheid overboord gezet te hebben.

'En Jelnin dan?' vroeg ze plotseling.

'Wat heeft Jelnin ermee te maken?' vroeg hij toen hij zo plotseling door haar werd onderbroken. 'Jelnin... Jelnin...' haperde hij even, 'dat was een kinderlijke dwaasheid, de dweepzucht van een kostschoolmeisje. Maar hier is hartstocht in het spel, brandende, gevaarlijke hartstocht!'

'En wat dan nog? U koesterde immers een hartstocht voor mij, waarom zou ik dan niet ook hartstochtelijk verliefd zijn?' zei ze lachend. 'Blijft het niet gelijk of ik met Jelnin daarheen ga' – ze wees op de straat – 'of met de graaf? Daar wacht me immers het geluk, het echte volle leven!'

Rajski verbeet zich, ging op een stoel zitten en zweeg kwaad. Hij las in haar ogen dat ze zich vrolijk maakte over hem.

'Pf,' zei hij, zijns ondanks geraakt, niet omdat men hem betrapt had op een contradictie, niet omdat de mooie Sofja hem voorgoed ontglipt scheen te zijn, maar louter door het vermoeden dat het geluk om bemind te worden een ander ten deel was gevallen. Was die ander er niet geweest, dan had hij zich rustig bij zijn lot neergelegd.

En nu keek ze hem triomfantelijk aan, helder en rustig. Zij stond in haar recht terwijl hij zich in de nesten had gewerkt.

'Wat moet ik nu doen, *cousin*: moet ik hun' – ze wees op de voorvaderen – 'geloven, of moet ik alles in de steek laten, naar niemand luisteren, me onder de mensenmassa begeven en een nieuw leven beginnen?'

'Ook hier bent u uzelf trouw gebleven!' wierp hij plotseling vol vreugde tegen, alsof hij een strohalm ontwaarde waar hij zich aan kon vastklampen. 'U gehoorzaamt het gebod der voorvaderen: uw keuze is in ieder geval op een graaf gevallen! Ha ha ha!' lachte hij krampachtig. 'Had u hem ook uw aandacht geschonken als hij geen graaf was geweest? Doet u wat u wilt!' vervolgde hij, geïrriteerd de schouders ophalend. U hebt immers gelijk: wat gaat het mij aan. Ik zie dat deze *homme distingué* met zijn elegante, originele, geestrijke, sprankelende conversatie al bezit heeft genomen van... van... uw hart... nietwaar?'

Hij lachte gedwongen.

'Goed, dat is prachtig! Italië, de eeuwig blauwe hemel, de zon van het zuiden en de liefde,' zei hij en wipte in zijn opwinding met de punt van zijn schoen.

'Dat stond toch ook in uw programma?' antwoordde ze. 'U wilde me ook naar vreemde streken sturen, zelfs naar het Finse platteland, om daar alleen te zijn met de natuur... Volgens u moet ik nu toch volkomen gelukkig zijn?' plaagde ze hem. 'Ach, *cousin*!' voegde ze eraan toe en ze begon te lachen, maar onderdrukte die lach even later plotseling.

Hij keek haar argwanend aan. Ze had weer haar gebruikelijke koele en gereserveerde gezichtsuitdrukking aangenomen; de voorzichtigheid had weer de overhand genomen.

'Wees maar gerust: er is geen sprake van dat alles,' zei ze vriendelijk. 'En het enige wat me nog te doen staat, is u te bedanken voor deze nieuwe les, voor uw waarschuwing. Maar ik weet nu niet goed meer welk advies ik moet opvolgen: toen wilde u me per se de straat op hebben en nu... maakt u zich zorgen om mij. Wat moet ik, arme vrouw, nu doen...?' vroeg ze met komische onderdanigheid.

Beiden zwegen.

'Ik neem het portret weer mee,' zei hij toen plotseling.

'Waarom? U zei toch dat u het mij wilde schenken?'

'Nee, ik wil er nog wat aan veranderen: ik maak er... een zondares... van...'

Ze lachte opnieuw.

'Doet u wat u wilt, *cousin*, God zij met u!'

'En ook met u...! Maar... nicht...'

Hij zweeg even en plotseling had hij het gevoel dat er een last van hem af viel. Hij lachte goedmoedig, deels om haar, deels om zichzelf.

'Maar... maar... moeten we werkelijk zo uit elkaar gaan: zo koel, zo geïrriteerd, niet als vrienden?' ontsnapte het hem plotseling en zijn ergernis scheen verdwenen te zijn. Hij stond op en strekte zijn hand naar haar uit. Zijn ogen rustten weer met verrukking op haar gestalte. Hij verlangde weer naar de oude vriendschap, naar de oude, onschuldige vertrouwelijkheid. De indruk die ze op hem had gemaakt, was nog steeds niet vervaagd en zolang hij haar voor zich zag, bleef hij in de ban van haar schoonheid. Hij sprak nog steeds met een lichtelijk bevend stemgeluid. Ook de hem aangeboren goedhartigheid, die kwade gevoelens nooit liet beklijven, speelde een rol.

'Als vrienden! Wat hebt u gedaan met mijn vriendschap?' vroeg ze op verwijtende toon.

'Geeft u mij haar terug, nicht,' smeekte hij, 'vergeeft u uw... een beetje op u verliefde neef, en vaarwel!'

Hij kuste haar de hand.

'Zal ik u dan echt niet meer zien?' vroeg ze, plotseling geïnteresseerd.

'Laat me om die vraag nog een keer uw hand kussen. Ik ben opnieuw de oude Rajski en ik zeg u opnieuw: bemin, nicht, geniet, denk aan datgene wat ik u hier gezegd heb... Maar waarom bent u verliefd geworden op deze... graaf?' voegde hij er zachtjes, met een glimlach aan toe.

'U begint alweer over verliefdheden...!'

'Houdt u toch op met veinzen! God zij met u, nicht... wat gaat het mij eigenlijk aan? Ik sluit mijn ogen en oren, ik ben blind, doof en stom,' zei hij. 'Maar als u werkelijk een keer,' voegde hij er plotseling aan toe en keek haar recht aan, 'aan den lijve zult ondervinden wat ik heb gezegd of voorspeld, en misschien ook in u heb wakker geroepen, zult u het mij dan zeggen...? Ik ben uw vertrouwen waard.'

'U wilt dus echt dat ik u beledig?'

'Desnoods! Ik wil een held zijn, een ridder van de vriendschap, een voorbeeldige neef! Nu ik erover nadenk, zie ik in dat de vriendschap tussen neef en nicht een bijzonder prettige vriendschap is, en ik aanvaard de uwe.'

'*A la bonne heure*,' zei ze, hem de hand reikend, 'en als ik iets aan den lijve ondervind van datgene wat u voorspeld hebt, dan zeg ik het u alleen of aan niemand. Maar dat zal nooit gebeuren en kan nooit gebeuren!' voegde ze er haastig aan toe. 'Genoeg, *cousin*, ik hoor een rijtuig, dat zijn de tantes.'

Ze stond op, keek in de spiegel of haar haar nog goed zat en ging de tantes tegemoet.

'Zult u mijn brieven beantwoorden?' vroeg hij, haar volgend.

'Met genoegen... als het maar niet over de liefde gaat.'

Ze is onverbeterlijk! dacht hij, maar we zullen zien wat ervan komt.

Langzaam, in gedachten verzonken en met een dolende blik liep hij voort. De pijn van de teleurstelling en gekwetste eigenliefde verdween geleidelijk. Zijn hartstocht vervluchtigde; Sofja zelf, die ijdele, koele vrouw scheen niet meer voor hem te bestaan, het bonte klatergoud waarmee zijn fantasie haar gestalte had opgesmukt, was verdwenen en ook de portretten van de voorouders, van de tantes en zelfs de hatelijke Milari waren opgegaan in het niets.

Voor hem rees als vanuit een nevel een vrouwelijke gestalte op: het was niet Sofja, maar een ideaalbeeld van strenge, zuivere, vrouwelijke schoonheid, klassiek en onvergankelijk. Hij verdiepte zich in dit droombeeld, dat uitgroeide tot een grandioos tafereel en zijn denken en voelen steeds meer in beslag nam.

Hij ging geheel op in dit artistieke visioen en durfde nauwelijks adem te halen, bang om hetgeen zich in hem voltrok te verstoren.

De vrouwenfiguur die hem voor de geest zweefde had het gezicht van Sofja, maar verscheen hem verder als een wit, koud standbeeld, ergens in de woestijn, onder een heldere, schijnbaar door de maan verlichte hemel, waaraan echter geen maan te zien was; in een licht dat niet van de zon kwam, tussen dorre, kale rotsen, dode bomen en stille wateren waar een vreemd zwijgen heerste. Ze had haar stenen gezicht naar de hemel gekeerd, haar handen rustten op haar knieën en ze had de mond half geopend, alsof ze verwachtte uit haar sluimer gewekt te worden.

En plotseling flikkerde vanachter de rotsen een fel licht op, begonnen de bladeren aan de bomen te trillen en de wateren zachtjes te ruisen. De takken werden door iemand opzij geduwd, iemand rende door het woud; ergens klonk iets als een zucht en de lucht begon te stromen, een lichtstraal gaf het witte voorhoofd van het standbeeld een gouden glans, de oogleden openden zich langzaam, er schoot een vonk over haar boezem, het koude lichaam trilde, de bleke wangen kregen kleur en er ging een schok door de schouders.

Het haar, dat in een knot was opgestoken, viel uiteen over de rug, het witte steen kleurde roze en een golf van leven schoot door de heupen, de knieën trilden, aan de borst ontsnapte een zucht – en het standbeeld kwam tot leven, wierp een vreugdevolle blik om zich heen...

En dieper en dieper drongen de golven van het leven de ontwaakte gestalte binnen...

Er kwam leven in de ledematen, ze werden van vlees en bloed; het standbeeld verroerde zich, liet de wijdgeopende, stralende ogen in de rondte gaan, scheen om iets te vragen, iets te verwachten, naar iets te verlangen. De lucht vulde zich met warmte; boven haar strekten zich takken uit; bij haar voeten schoten bloemen op...

Rajski liep nog steeds langzaam voort, geheel verdiept in het visioen. Hij zag het standbeeld en alles eromheen in een steeds feller licht... En toen hij bij zijn huis kwam, was de door hem gecreëerde vrouw geleidelijk weer veranderd in Sofja.

De woestijn was verdwenen. Hij zag Sofja weer in haar kabinet, met haar stijve jurk aan, een sonate van Beethoven spelend, en met kloppend hart luisterend naar het hartstochtelijke gefluister van de bleke Milari.

Maar hij voelde jaloezie noch pijn, keek alleen vol verrukking naar de schoonheid van deze als het ware herboren, voor hem nieuwe vrouw. Hij verlustigde zich al in hun liefde, verheugde zich over hun vreugde en stierf van verlangen om zowel het een als het ander om te zetten in klanken en beelden.

De minnaar in hem was gestorven en de altruïstische kunstenaar ontwaakt.

Nee, een kunstenaar mag geen wortel schieten, mag zich niet voorgoed binden, dacht hij als in een koortsdroom. Laat hem beminnen, lijden en alle tributen aan zijn menselijkheid betalen, maar laat hem nooit onder de last hiervan bezwijken; laat hem al die banden verbreken, om zich wakker, sterk en onbewogen te verheffen en te scheppen. De dode woestijn en het koude steen moet hij vullen met leven, hij moet de mensen tonen hoe ze leven, lijden, gelukkig zijn en sterven... Dat is de opgave waarvoor de kunstenaar in de wereld is geplaatst!

Rajski bracht ook dit visioen zorgvuldig onder in het schema van zijn te schrijven roman, zoals hij al eerder de gesprekken met Sofja en de episode met Natasja erin had ondergebracht en vele andere zaken die een behandeling moesten ondergaan in het laboratorium van zijn fantasie.

Maar waarin schuilt hier dan de roman? dacht hij mistroostig! Hij is er gewoon niet! Uit al dat materiaal kan hoogstens het voorspel tot een roman voortkomen; de roman zelf ligt nog in een ver verschiet, als hij er überhaupt al komt! Wat voor roman is daar in die uithoek, op het platteland te vinden? Misschien een idylle die zich afspeelt tussen kippen en hanen, maar geen roman met levende mensen, met gloed, beweging en hartstochten!

Toch deed hij eerst al zijn literaire materiaal in zijn koffer, pakte daarna zijn potlood- en penseelschetsen, portretten en dergelijke in een afzonderlijke kist, en nam ook zijn verf, penselen en palet mee om op het landgoed een klein atelier te kunnen inrichten, voor het geval het werk aan de roman niet zou vlotten.

Vervolgens deed hij er nog een voorraad linnengoed, kleren en een paar geschenken voor baboesjka bij, evenals het suède vest en de broek die hij in opdracht van Tatjana Markovna voor Tit Nikonytsj had gekocht.

'Goed, en nu: *dahin*! Laten we zien wat ervan terechtkomt!' zei hij bedachtzaam toen hij uit Petersburg vertrok.

Deel twee

I

In een gezapige, slaperige draf naderde Rajski via zijwegen in een met zeildoek overdekte postkoets met drie magere paarden ervoor zijn landgoed.

Hij ontwaarde niet zonder ontroering het rookwolkje dat uit de schoorsteen van zijn ouderlijk huis opkringelde, het prille groen van berken en linden die dat vertrouwde onderkomen overschaduwden, het pannendak van het oude huis en de nu eens tussen de bomen glinsterende en dan weer achter hen schuilgaande zilveren streep van de Wolga. Een frisse, gezonde lucht zoals hij die in lang niet had ingeademd, woei hem vandaar, vanaf de oever tegemoet.

Hij kwam dichter- en dichterbij: nu zag hij de bonte bloemenperken in het tuintje al, en verderop de met linden en acacia's omzoomde lanen, de oude olm en meer naar links de appel-, kersen- en perenbomen.

Honden stoeiden in een hoek van het erf en jonge katjes lagen er in de zon; nestkastjes wiebelden op lange palen, duiven verdrongen zich op het dak van het nieuwe huis en daaroverheen scheerden zwaluwen.

Achter de huizen, aan de kant van het dorp, lag op een weiland linnengoed te bleken.

Daar rolde een boerenvrouw een tonnetje over het erf, hakte een koetsier hout en ging een andere net op een wagen zitten en maakte aanstalten het erf af te rijden: het waren allemaal mensen die hij niet kende. Maar nee, daar keek Jakov slaperig vanaf het bordes om zich heen. Die kende hij nog van vroeger, maar wat was hij oud geworden!

Daar probeerde een andere bekende, Jegor, die altijd met alles de spot dreef, tevergeefs voor de derde keer op een paard te springen, het wilde niet stil blijven staan en de kamermeisjes lachten hem op hun beurt uit.

Hij herkende Jegor nauwelijks: toen hij hem het laatst zag was hij een jongen van achttien geweest, nu was hij een man geworden met een snor tot aan zijn schouders. Alleen de kuif op zijn voorhoofd, de brutale blik en de eeuwige grijns rond zijn mond waren dezelfde gebleven.

Daar dacht hij nog een bekend gezicht te zien: ene Marina of Fedosja, die hij zich vaag herinnerde als een meisje van een jaar of vijftien en die daar nu over het erf liep.

Rajski probeerde alles met zijn spiedende blik te omvatten terwijl hij te voet naast het rijtuig voort sjokte langs het traliehek dat het huis, het erf, de bloementuin en het park scheidde van de rijweg.

Hij bleef zich verlustigen in alle details van dat vertrouwde tafereel, ging met zijn ogen van het ene voorwerp naar het andere en liet zijn blik plotseling rusten op een onverwacht toneeltje.

Op de veranda die vol stond met grote kuipen met citroen- en sinaasappelbomen, cactussen, aloë's en verschillende soorten bloemen, en van het erf werd gescheiden door een groot traliehek, stond een jonge vrouw van een jaar of twintig die van twee borden die een blootsvoets meisje van een jaar of twaalf in een katoenen jurk haar voorhield handenvol graan nam en naar de vogels gooide. Aan haar voeten verdrongen zich kippen, kalkoenen, eenden, duiven en ook mussen en kraaien.

'Poele, poele, poele, tie, tie, tie! Kom, kom, kom,' nodigde het meisje de vogels met vriendelijke stem aan het ontbijt.

De kippen, hanen en duiven pikten haastig wat korrels op, weken terug, alsof ze constant verraad vreesden, en drongen zich opnieuw naar voren. Maar wanneer er een kraai opdook en, van opzij naderbij huppend, probeerde als een dief wat graan op te pikken, stampvoette het meisje. 'Weg, weg, wat doe je hier?' riep ze, dreigend uithalend met haar hand, en de hele gevederde meute vloog alle kanten op om een ogenblik later opnieuw de kopjes naar voren te steken en gulzig en haastig, alsof ze het moesten stelen, het graan op te pikken.

'Ach, jij, gulzigaard!' riep het meisje, een grote haan wegjagend, 'jij gunt niemand wat. Naar wie ik het ook gooi, overal pikt hij het weg!'

De ochtendzon wierp een helder schijnsel op de drukke groep vogels en het meisje. Rajski had haar al in ogenschouw kunnen nemen: ze had grote donkergrijze ogen, frisse, ronde wangen, witte, dicht op elkaar staande tanden, twee donkerblonde rond het hoofd gewonden vlechten en een volledig ontwikkelde boezem die rees en daalde onder haar dunne witte blouse.

Om haar hals had ze doek noch kraag, niets bedekte haar blanke, licht gebruinde hals. Toen het meisje uithaalde naar de vraatzuchtige haan, was een van haar vlechten omlaag gegleden en hij hing nu over haar hals en rug, maar ze ging zonder daar aandacht aan te schenken door met het strooien van graan.

Ze lachte, fronste haar wenkbrauwen, lachte weer en keek zo fris en monter de wereld in als die lentemorgen zelf. Ze lette goed op dat allen hun deel kregen en dat de kraaien en mussen niet te veel wegpikten.

'Heb je het gansje niet gezien?' vroeg ze met een klankrijke borststem aan het kleine meisje.

'Nog niet, juffrouw,' zei die, 'we zouden hem aan de katten moeten geven. Afimja zegt dat hij toch crepeert.'

'Nee, nee, ik ga zelf kijken,' onderbrak de ander haar. 'Afimja kent geen medelijden: ze is in staat om hem levend voor de katten te gooien.'

Rajski keek door niemand opgemerkt, zonder zich te verroeren, naar dit hele tafereel, naar de jonge vrouw, naar de vogels en naar het meisje.

Het is inderdaad een idylle! Ik wist het wel! Dat is waarschijnlijk mijn achternicht, dacht hij, wat een lief kind! Wat een natuurlijkheid, wat een charme! Maar wie van de twee is het: Verotsjka of Marfenka?

Hij wachtte niet tot het rijtuig de poort inreed, maar stortte zich naar voren, rende langs de rest van het traliehek en bevond zich plotseling voor de jonge vrouw.

'Nichtje!' riep hij, zijn armen uitstrekkend.

In een ogenblik was als bij toverslag alles verdwenen. Hij had niet kunnen zien hoe en waarheen de jonge vrouw en het meisje verdwenen waren. De mussen vlogen voor zijn neus haastig en eendrachtig het dak op, de duiven fladderden als blinden boven zijn hoofd en de kippen doken met een vertwijfeld gekakel weg in de hoeken en probeerden van schrik tegen de muur op te springen. De kalkoense haan hief zijn poot en begon om zich heen kijkend op zijn manier als een razende te vloeken, als een boze commandant die niet tevreden is met de prestaties van zijn eenheid.

De mensen op het erf keken op van hun werk en staarden Rajski met open mond aan. Hij schrok bijna zelf en keek naar de lege plek, waarop alleen nog verstrooide graankorrels lagen.

Maar binnen in het huis waren al rumoer, druk gepraat, beweging, sleutelgerinkel en de stem van baboesjka te horen: 'Waar is-ie? Waar?'

Ze kwam haastig aanlopen; haar gezicht straalde en haar armen openden zich. Ze drukte hem tegen zich aan en haar glimlach vormde een stralenkrans rond haar mond.

Ze was wel oud geworden, maar op een evenwichtige, gezonde manier: ze had geen ziekelijke vlekken, geen diepe, over ogen en mond hangende vouwen, geen doffe, treurige blik!

Het was haar aan te zien dat ze nog vast in het leven geworteld was, dat als ze al in een strijd verwikkeld was met het leven, ze zich niet klein liet krijgen, maar zelf het leven bedwong en zuinig omsprong met haar krachten in dit gevecht.

Haar stem was niet zo sonoor meer als vroeger, en ze liep nu met een stok, maar haar rug was niet gebogen en ze klaagde niet over kwalen. Ze was nog steeds kortgeknipt, droeg geen muts; en diezelfde van gezondheid en goedhartigheid stralende blik adelde haar gezicht, en zelfs haar hele gestalte.

'Borjoesjka! Beste vriend!'

Ze omhelsde hem drie keer. Zowel in zijn als in haar ogen welden tranen op. Hoeveel tederheid, hoeveel liefde, hoeveel warmte school er niet in die omhelzingen, in haar stem, in de vreugde die haar plotseling overspoelde – alsof ze werd overgoten door zonneschijn.

Hij voelde zich bijna een misdadiger omdat hij als een thuisloze vrijgezel door de wereld zwervend gezocht had naar genegenheid, de stem van het hart negerend en zijn beste gevoelens verkwistend in de jacht op verboden vruchten, terwijl hier de natuur zelf een warm nestje, sympathie en geluk voor hem in petto had.

Hij had wel ter plekke verliefd kunnen worden op baboesjka. Hij kon haar gewoon niet loslaten, kuste haar lippen, haar schouders en haar grijze haren, haar hand. Ze maakte nu een heel andere indruk op hem dan vijftien, zestien jaar geleden. Haar gezicht had toen nog niet zoveel uitdrukking als nu, niet zoveel geest, dat was nieuw.

Dat hij zich verbaasde, kwam omdat hij op dat moment niet besefte dat hij toen zelf geestelijk nog niet ver genoeg was geweest om gezichten te kunnen lezen, er geest of karakter in te onderscheiden.

'Waar heb je gezeten? Ik wacht al de hele week op je: vraag het maar aan Marfenka, we hebben tot middernacht niet geslapen, alsmaar uit het raam gekeken. Marfenka is geschrokken toen ze je zag en ze heeft mij ook aan het schrikken gemaakt: ze kwam aanhollen als een waanzinnige. Marfenka! Waar ben je? Kom hier.'

'Dat is mijn schuld. Ik heb haar de stuipen op het lijf gejaagd,' zei Rajski.

'En zij ging ervandoor... dat was niet erg slim van haar. En dat terwijl ze toch de hele week met mij op je gewacht heeft, niet naar bed is gegaan, je tegemoet is gegaan, heeft gebakken en gebraden. We maken immers iedere dag je lievelingsgerechten klaar. Ik, Vasilisa en Jakov komen iedere ochtend bij elkaar om te beraadslagen en ons je gewoonten te herinneren. De anderen zijn bijna allemaal nieuw hier, maar wij drieën, en Prochor en Marisjka, en misschien ook nog Oelita en Terentij, herinneren zich jou. We denken er voortdurend over na hoe we je hier moeten onderbrengen, wat je moet eten, waar je moet slapen, in welk rijtuig je moet rijden. Jegorka is er het beste in, hij herinnert zich het meest van jou, daarom heb ik hem tot jouw kamerdienaar benoemd... Maar wat sta ik te praten: praatjes vullen geen gaatjes. Vasilisa! Vasilisa! Wat zitten we hier? Laat zo snel mogelijk de tafel dekken, het duurt nog lang tot het middageten, hij moet eerst ontbijten. Breng thee, koffie, alles wat we hebben!' – En ze begon zelf te lachen. 'Laat me je eens bekijken.'

Baboesjka keek hem strak aan en bracht hem naar het licht.

'Wat ben je lelijk geworden...' zei ze terwijl ze hem monsterde. 'Nee, het valt wel mee, je ziet er goed uit! Je bent alleen bruin geworden. Die snor staat je goed. Waarom laat je een baard staan! Scheer hem af, Borjoesjka, ik kan er niet tegen... Nou, nou! Je hebt al grijze haartjes hier en daar; wat heeft dat te betekenen, vadertje, begin je al vroeg oud te worden?'

'Dat is niet van de ouderdom, baboesjka!'

'Waarvan dan? Ben je gezond?'

'Dat gaat best. Laten we over iets anders praten. U bent, godzijdank, nog dezelfde...'

'Hoezo dezelfde?'

'U wordt niet oud: nog steeds even mooi! Weet u, ik heb nog nooit zo'n oudevrouwenschoonheid gezien...'

'Bedankt voor het compliment, kleinzoon, dat heb ik lang niet gehoord. Maar van wat voor schoonheid kan er bij mij nog sprake zijn? Bewonder liever je nichtjes! Ik zal je iets in je oor fluisteren,' voegde ze er fluisterend aan toe, 'zulke meisjes vind je in de stad, noch hier in de omgeving. Vooral de andere, Vera... alleen Nastenka Mamykina kan zich met hen meten, de dochter van de brandewijnpachter, weet je nog, ik heb je over haar geschreven.'

Ze gaf hem een schalkse knipoog.

'Nee, eigenlijk niet, baboesjka...'

'Goed, daarover later, maar nu moet je zo snel mogelijk ontbijten en uitrusten van de reis...'

'Waar is mijn andere nicht?' vroeg Rajski om zich heen kijkend.

'Ze logeert bij de vrouw van de pope aan de overkant van de Wolga,' zei baboesjka. 'Die is ziek geworden en heeft haar laten halen. Dat moest natuurlijk juist nu gebeuren! Ik stuur vandaag nog een paard om haar op te halen...'

'Nee, nee,' hield Rajski haar tegen, 'waarom, u hoeft haar om mij toch niet lastig te vallen? Ik zie haar wel wanneer ze terugkomt.'

'Wat ben je stiekem hierheen gekomen. We hebben de wacht gehouden, en toch hebben we je gemist!' zei Tatjana Markovna. 's Nachts hebben de mannen hier de wacht gehouden. Zojuist wilde ik Jegorka weer te paard naar de grote weg te sturen, om te kijken of je eraan kwam. En Saveli wilde ik naar de stad sturen... om te informeren. Maar jij bent weer op dezelfde manier gekomen als toen! Dien het ontbijt toch op! Waar wachten jullie nog op? De landheer is op zijn landgoed gearriveerd, maar er is niets klaar: precies als op een paardenwisselplaats! Dien op wat klaar is.'

'Ik heb geen honger, baboesjka. Ik zit helemaal vol. Op de ene wisselplaats heb ik thee gedronken, op een andere melk en op de derde kwam ik in een boerenbruiloft terecht, daar onthaalden ze me op wijn, at ik honing, kruidkoeken...'

'Schaam je je niet? Je komt naar huis, naar baboesjka, en onderweg stop je je vol met allerlei troep. 's Morgens vroeg al kruidkoeken. Daar had Marfenka bij moeten zijn: die houdt van bruiloften en van kruidkoeken. Kom binnen, verstop je niet!' zei ze in de richting van de deur! 'Ze schaamt zich dat je haar hebt aangetroffen in haar ochtendnegligé. Kom binnen, het is geen vreemde, maar je neef.'

Men bracht thee, koffie, en ten slotte het ontbijt. Hoe Rajski zich ook verontschuldigde, hij moest alles proeven. Dat was het enige middel om baboesjka gerust te stellen en haar ochtend niet te bederven.

'Ik hoef echt niets!' verontschuldigde hij zich voortdurend.

'Wat, na een reis niet eten? Dat is bij ons niet de gewoonte!' hield ze voet bij stuk. 'Hier heb je bouillon en een kippetje... Er is nog pastei...'

'Ik hoef niets, baboesjka,' zei hij, maar ze legde het zonder naar hem te luisteren op zijn bord en hij verorberde zowel de bouillon als de kip.

'Nu de kalkoen,' vervolgde ze, 'breng de ingemaakte berberissen, Vasilisa.'

'Een kalkoen wordt mij te veel!' zei hij terwijl hij ook aan de kalkoen begon.

'Heb je genoeg, vriend?' vroeg ze ten slotte. 'Ben je verzadigd?'

'Natuurlijk! Wat is er nog meer? Een pasteitje misschien... Er is een pasteitje, hebt u gezegd...'

'Ja, we zijn het pasteitje vergeten!'

Hij at ook het pasteitje op – alles, zoals het nu eenmaal de gewoonte is wanneer een reiziger thuiskomt.

'Waar zit je, Marfenka, nu moet jij hem verder onthalen, je neef is gekomen! Kom binnen.' Even later ging de deur zachtjes open en kwam Marfenka langzaam de kamer binnen, bedeesd, blozend en met neergeslagen ogen. Achter haar aan bracht Vasilisa een heel dienblad binnen met allerlei zoetigheid: jam, koeken, enzovoort.

Marfenka stond daar verlegen, met een half glimlachje, maar bekeek hem wel met schalkse nieuwsgierigheid. Om haar hals en armen droeg ze nu kanten kraagjes, haar vlechten lagen in een dichte krans om haar hoofd; ze had een barège jurk aan en een blauw lint om haar middel.

Rajski stond op, gooide zijn servet weg, ging voor haar staan en keek haar verrukt aan.

'Wat een charme!' zei hij vol bewondering, 'en dat is mijn nicht Marfa Vasiljevna? Aangenaam! Hoe is het met de gans? Leeft-ie nog?'

Marfenka raakte in verwarring, beantwoordde Rajski's buiging met een revérence en ging schuchter in een hoek zitten.

'Jullie zijn allebei gek geworden,' zei baboesjka, 'dat is toch geen manier om elkaar te begroeten?'

Rajski wou Marfenka de hand kussen.

'Marfa Vasiljevna...' zei hij.

'Wat nou "Vasiljevna"? Houd je dan niet meer van haar? Marfenka... en niet Marfa Vasiljevna! Dadelijk ga je mij ook nog Tatjana Markovna noemen! Geef elkaar een zoen: jullie zijn neef en nicht.'

'Dat wil ik niet, baboesjka: hij plaagt me met de gans... Je mag iemand niet bespieden...!' zei ze streng.

Iedereen lachte. Rajski zoende haar op beide wangen en sloeg zijn arm om haar middel, waarop zij haar verlegenheid overwon en zijn zoen plotseling resoluut beantwoordde. Alle schuchterheid verdween als bij toverslag van haar gezicht.

Toen er nóg een ogenblik was verstreken, een woord meer was gezegd, maakte de verlegen glimlach plaats voor vrolijk gepraat en gelach. Ze had zich sowieso met moeite ingehouden en zich er ongemakkelijk bij gevoeld.

'Marfenka! Herinnert u zich, herinner je je nog... dat wij hier samen rondliepen en tekenden... en dat jij altijd huilde...?'

'Nee... Ach, ik herinner me het... als in een droom. Baboesjka, herinner ik me dat of niet?'

'Hoe zou ze zich dat herinneren: ze was nog geen vijf jaar...'

'Ik herinner me het, baboesjka, bij God, ik herinner het me, als in een droom...'

'Waarom moet je God er nu weer bij halen? Dat heb je van Nikolaj Andrejitsj overgenomen...!'

Nauwelijks had Rajski de oude herinneringen aangeroerd of Marfenka verdween en kwam al snel terug met schriften, tekeningen en allerlei speelgoed. Ze liep vol vertrouwen naar hem toe en toonde hem de spullen. Daarna ging ze zo dicht tegen hem aan zitten dat hun knieën elkaar bijna beroerden, zonder dat ze daar in haar onschuld iets van merkte.

'Ziet u, neef,' zei ze levendig terwijl ze snel met háár ogen zíjn ogen, snor, handen, kostuum, en zelfs zijn laarzen aftastte, 'ziet u, wat baboesjka voor iemand is, ze zegt dat ik me het niet herinner... maar ik herinner het me, ik herinner me precies hoe u hier tekende: ik zat toen op uw schoot... Baboesjka heeft al uw tekeningen, portretten, schriften, al uw spullen opgeborgen... en ze bewaart ze daar, in die donkere kamer, waar ze ook het zilver, de briljanten en de kant bewaart... Ze heeft ze pas tevoorschijn gehaald zodra u schreef dat u kwam en ze aan mij gegeven. Hier is mijn portret... wat was ik toen grappig! ...En hier is Verotsjka. Hier is het portret van baboesjka, en hier dat van Vasilisa. Hier is een tekening van Verotsjka. Herinnert u zich hoe u mij op uw arm door het water droeg en Verotsjka op uw schouder had gezet?'

'Weet jij dat ook nog?' vroeg baboesjka, die aandachtig had geluisterd. 'Wat een opschepster... schaam je je niet! Dat heeft Verotsjka onlangs verteld, en jij doet net of het van jezelf is! Vera herinnert zich nog wat, maar niet veel...'

'Kijk eens hoe ik nu teken!' zei Marfenka, een tekening van een boeket bloemen tonend.

'Dat is erg goed, bravo, nichtje! Heb je dat naar de natuur getekend?'

'Ja. Ik kan ook bloemen van was boetseren.'

'En doe je aan muziek?'

'Ja, ik speel piano.'

'En Verotsjka: tekent die, speelt ze piano?'

Marfenka schudde ontkennend het hoofd.

'Nee, dat doet ze niet graag,' zei ze.

'Wat doet ze dan, doet ze aan handwerken?'

Marfenka schudde opnieuw het hoofd.

'Leest ze graag?' wilde Rajski weten.

'Ja, ze leest, alleen zegt ze nooit wat en ze laat de boeken niet zien, ze zegt niet eens waar ze ze vandaan heeft.'

'Ja, het is gewoon een wilde... een vreemd meisje. God mag weten waar ze dat vandaan heeft!' merkte Tatjana Markovna op ernstige toon op en slaakte een zucht. 'Verveel je neef niet met onbenulligheden,' wendde ze zich tot Marfenka, 'hij is moe van de reis, en jij komt met domheden. Laten we liever over iets belangrijks praten, over het landgoed.'

Terwijl Boris met Marfenka babbelde, had baboesjka hem aandachtig opgenomen. Ze zag weer trekken van zijn moeder in hem terug, maar merkte ook veranderingen op: de verdwijnende jeugd, tekenen van rijpheid, vroege rimpels en de vreemde, voor haar onbegrijpelijke uitdrukking in zijn ogen. Vroeger was zijn gezicht een open boek voor haar geweest, maar nu stond daar veel op te lezen waar ze niet wijs uit kon.

Hij voelde zich licht en warm vanbinnen en raakte vervuld van een stil gepeins dat werd opgeroepen door de taferelen van daarnet en de ontmoeting met baboesjka en Marfenka.

Bleef het altijd maar zo: zo helder en zo simpel! wenste hij in stilte. Ik zal proberen geestelijk blind te worden, al is het maar voor deze vakantie, en gelukkig te zijn! Ik wil dit leven alleen doorvoelen, er niet binnenin kijken, of alleen kijken om de personages te schetsen, zonder die te onderwerpen aan een azijnzure analyse... Dat verpest alles! We zullen zien wat voor personages de hemel op mijn weg heeft gebracht: Marfenka, baboesjka, Verotsjka... waar deugen ze voor? Voor een roman, een drama, of alleen voor een idylle?

2

Hij geeuwde met wijdgeopende mond en ontwaakte uit zijn gepeins: voor hem stond baboesjka met een telraam, met het schrift waarin ze haar inkomsten en uitgaven noteerde, en met een zakelijke uitdrukking op haar gezicht.

'Ben je niet moe van de reis? Je geeuwt, wil je misschien een dutje doen?' vroeg ze, 'we kunnen het uitstellen tot morgen.'

'Nee, baboesjka, ik heb onderweg alleen maar geslapen! Dat was een nerveuze geeuw. Maar u maakt zich voor niks zorgen: ik ga geen rekeningen bekijken...'

'Hoezo niet? Waarom ben je dan gekomen als het niet is om het landgoed over te nemen, rekenschap te eisen.'

'Welk landgoed?' vroeg Rajski achteloos.

'Welk landgoed? Kijk hier eens hoeveel grond! Het is vier jaar geleden gekocht, kijk 124 desjatinen.* Daarvan wordt als weidegrond gebruikt...'

'Hebt u grond bijgekocht?' vroeg Rajski werktuiglijk.

'Ik niet... jij! Je hebt me toch een machtiging gestuurd voor de aankoop?'

'Nee, baboesjka, ik niet. Ik herinner me dat u me wat papieren gestuurd hebt, ik heb ze aan mijn vriend Ajanov gegeven en die...'

'Jij hebt ze toch ondertekend: kijk maar, hier zijn de kopieën!' zei ze en liet hem wat papieren zien.

'Misschien heb ik ze wel ondertekend,' zei hij, zonder te kijken, 'maar ik herinner me niet wat.'

'Wat herinner je je niet? Je hebt de rekeningen en staten toch gelezen die ik je gestuurd heb?'

'Nee, baboesjka, die heb ik niet gelezen.'

'Maar daarin was alles aangegeven, je kon precies zien waar je inkom-

sten heen gegaan zijn, heb je dat gezien?'
'Nee, dat heb ik niet gezien.'
'Dus je weet niet waar ik jouw geld aan heb uitgegeven?'
'Ik weet het niet, baboesjka, en ik wil het ook niet weten!' antwoordde hij, keek uit het raam en liet zijn blik gaan over de hem bekende verte, de blauwe hemel en de krijtbergen aan de overkant van de Wolga.
'Stel je voor, Marfenka: ik herinner me nog de gedichten van Dmitrijev die ik als kind geleerd heb:

O, Wolga, zo weelderig en majestueus,
Vergeef me, maar laat me eerst
Mijn aandacht richten op de lier
Van een zanger, onbekend in de wereld,
Maar door jou bezongen...'*

'Vergeef mij, Borjoesjka, maar ik geloof dat je ze niet alle vijf bij elkaar hebt!' zei baboesjka.
'Misschien niet, baboesjka,' ging hij onverschillig akkoord.
'Waar heb je de staten gelaten over het landgoed die ik je gestuurd heb? Heb je ze bij je?'
Hij schudde ontkennend het hoofd.
'Waar zijn ze dan?'
'Wat voor staten, baboesjka? Ik weet het bij God niet.'
'Staten van de boeren, van de pacht die ze betalen, van de verkoop van graan, van de opbrengst van de moestuinen... Weet je nog hoe groot de inkomsten de laatste jaren waren? Gemiddeld 1425 roebel... kijk maar... Ze wilde het aangeven op het telraam. 'Je hebt toch geld ontvangen? De laatste keer heb ik je 550 roebel in assignaties gestuurd; je schreef toen dat ik geen geld moest sturen. Ik heb het toen vastgezet: je hebt nu...'
'Wat gaat mij dat aan, baboesjka?' vroeg hij ongeduldig.
'Wat jou dat aangaat?' vroeg ze verbaasd. 'Je denkt toch niet dat ik jouw geld heb uitgegeven? Kijk, hier staat elke kopeke aangegeven... Kijk...' Ze hield hem een groot met een snoer bijeengehouden schrift voor.
'Baboesjka! Ik heb alle rekeningen verscheurd en deze zal ik, bij God, ook verscheuren als je mij ermee blijft lastigvallen.'
Hij wilde de rekeningen pakken, maar zij rukte ze snel uit zijn handen.
'Verscheuren? Hoe durf je?' vroeg ze kwaad. 'Hij wil de rekeningen verscheuren!'
Hij begon te lachen, omhelsde haar en kuste haar op de mond, zoals

hij dat als kind placht te doen. Ze rukte zich van hem los en veegde haar mond af.

'Ik sloof me hier uit, zit soms nog tot na middernacht te werken, ik schrijf, tel iedere kopeke: maar hij wil ze verscheuren. Zeg je me dan helemaal niets over het geld, geef je me geen enkel bevel of opdracht? Wat vind je eigenlijk van het landgoed?'

'Niets, baboesjka. Ik was zelfs vergeten dat het bestond. En als ik eraan terugdacht, dan alleen aan deze zelfde kamers, omdat daarin de enige vrouw ter wereld woont die van mij houdt en van wie ik houd... Alleen van haar, en verder van niemand... Maar nu zal ik ook van mijn nichten houden,' wendde hij zich vrolijk lachend tot Marfenka, pakte haar hand en kuste die. 'Ik zal van iedereen hier houden... tot het kleinste katje toe!'

'Zo iemand heb ik van mijn leven nog niet meegemaakt!' zei baboesjka terwijl ze haar bril afdeed en hem aankeek. 'Bij ons is alleen Markoesjka zo'n dakloze...'

'Wat voor Markoesjka? Leonti heeft me iets geschreven... Hoe gaat het met Leonti, baboesjka? Ik ga naar hem toe...'

'Hoe het met hem gaat? Hij zit boven zijn boeken, vergaapt zich eraan en is er niet bij weg te krijgen. Zijn vrouw vergaapt zich ergens anders aan... hij heeft geen idee wat er achter zijn rug gebeurt. Hij heeft nu vriendschap gesloten met Markoesjka... daar heeft-ie veel aan! Hij is al een keer hier geweest om te klagen dat Markoesjka boeken steelt, waarschijnlijk die van jou...'

'*Bu-ona sera! Bu-ona sera!*' neuriede Rajski uit *De barbier van Sevilla*.

'Wat ben jij een vreemde, zonderlinge man!' zei baboesjka geërgerd. 'Waarom ben je hierheen gekomen: praat nu eens verstandig!'

'Om u te zien, wat uit te rusten, een blik op de Wolga te werpen en een beetje te schrijven en te tekenen...'

'En het landgoed dan? Daar heb je werk... en stof om over te schrijven. Als je niet te moe bent, laten we dan naar de akkers gaan om het winterkoren in ogenschouw te nemen.'

'Later, baboesjka, later. Tie, tie, tie, ta, ta, ta, la, la, la...' neuriede hij opnieuw een motief uit *De barbier van Sevilla*.

'Hou nu eens op met je tie, tie, tie, la, la, la!' bauwde ze hem na. 'Wil je het landgoed inspecteren en overnemen?'

'Nee, baboesjka, dat wil ik niet!'

'Wie zal er dan het oog op houden? Ik ben oud, ik kan niet meer alles zien, niet alles controleren. Stel dat ik er opeens de brui aan geef, wat ga je dan doen?'

'Niets ga ik dan doen. Ik laat het zoals het is en vertrek...'
'Wil je het niet door iemand anders laten beheren?'
'Nee, als u er nog zin in hebt, blijft u dan hier en hou er het oog op...'
'En als ik doodga?'
'Dan... laten we het zoals het is.'
'En de boeren laten we doen wat ze willen?'
Hij knikte.
'Ik dacht dat ze nu ook al doen wat ze willen. Ze moeten vrijgelaten worden...' zei hij.
'Vrijlaten! Ongeveer vijftig zielen vrijlaten!' herhaalde ze. 'En voor niets, zonder dat ze er iets voor hoeven te betalen?'
'Zeker!'
'Waar ga je dan van leven?'
'Ze zullen land van me pachten, zullen me iets betalen.'
'Iets: uit medelijden, wat ze maar willen! Ach, Borjoesjka!'
Ze richtte haar blik op het portret van Rajski's moeder. Lang keek ze naar haar smachtende ogen, naar haar peinzende glimlach.
'Ja ja,' zei ze vervolgens halfluid, 'niets dan goeds van de doden, maar het is haar schuld. Zij heeft je altijd bij zich gehouden, fluisterde tegen je, speelde steeds op het klavecimbel en vergoot tranen over boeken. Nu zie je wat daarvan komt: zingen en tekenen!'
'Wat moet er met het huis gedaan worden? Waar moet ik het zilver, het linnengoed, de briljanten, het vaatwerk laten?' vroeg ze na een korte stilte. 'Moet ik het aan de boeren geven?'
'Heb ik werkelijk briljanten en zilver?' vroeg hij.
'Hoeveel jaar heb ik je dat nu al niet gezegd en nog eens gezegd! Je hebt het geërfd van je moeder: wat moet ermee gebeuren? Wacht ik zal je de inventarislijsten laten zien...'
'Nee, doe dat niet, om Gods wil: het is van mij, ik geloof het. Dus ik heb het recht erover te beschikken zoals me goeddunkt?'
'Jij bent de eigenaar, natuurlijk heb je dat recht. Je kunt ons het huis uit jagen: wij zijn bij jou te gast... alleen jouw brood eten we niet, neem me niet kwalijk... Kijk hier, mijn inkomsten, en hier de uitgaven...'
Ze hield hem andere grote, met snoeren bijeengehouden schriften voor, maar hij duwde ze weg.
'Ik geloof het, ik geloof het, baboesjka! Weet u wat: laat een ambtenaar van de rekenkamer komen en laat hem een stuk opstellen: het huis, mijn onroerend goed, de grond, alles sta ik af aan mijn lieve nichten, Verotsjka en Marfenka, als bruidsschat...'
Baboesjka fronste haar wenkbrauwen en wachtte ongeduldig tot hij

uitgesproken was, om los te kunnen barsten.

'Maar zolang u in leven bent,' vervolgde hij, 'blijft alles in uw bezit en onder uw beheer. Alleen moeten de boeren vrijgelaten worden...'

'Geen sprake van!' riep Berezjkova vurig uit. 'Je nichten zijn geen bedelaressen, ze hebben allebei vijftigduizend roebel. En na mijn dood krijgen ze nog drie keer zoveel, en misschien nog wel meer: dat is allemaal voor hen! Geen sprake van, geen sprake van! En je baboesjka is godzijdank geen bedelares. Ze heeft een eigen plek, een lapje grond en een huis, waar ze zich kan terugtrekken! Wat een rijkaard, wat een trotse man, hij schenkt ons alles! Daar bedanken we voor! Marfenka! Waar ben je! Kom hier!'

'Hier, hier, ik kom zo!' reageerde de heldere stem van Marfenka uit de aangrenzende kamer. Vrolijk, levendig, monter, met een glimlach op de lippen, huppelde ze naar binnen en bleef plotseling staan. Ze keek verbaasd nu eens naar baboesjka, dan weer naar Rajski. Baboesjka begon uit te varen.

'Moet je horen: het belieft je neef om jou het huis en het zilver en de kant ten geschenke te geven. Je bent toch een meisje zonder bruidsschat, een bedelares! Bedank je weldoener, maak een diepe revérence, kus hem de hand. Waar wacht je op?'

Marfenka vlijde zich tegen de kachel aan en keek beiden aan, niet wetend wat ze moest zeggen.

Baboesjka schoof alle boeken en het telraam van zich af, kruiste trots haar armen op de borst en keek uit het raam. Rajski ging naast Marfenka zitten en pakte haar hand.

'Zeg eens, Marfenka, zou je vanhier willen verhuizen naar een ander huis?' vroeg hij, 'misschien naar een andere stad?'

'Ach, God verhoede het! Dat kan toch niet! Wie heeft er zoiets onzinnigs bedacht...!'

'Wie? Baboesjka!' zei Rajski lachend.

Marfenka raakte in verwarring, maar baboesjka had gelukkig niet geluisterd. Ze keek kwaad uit het raam.

'Ik heb hier alles: een park en bloemperken, bloemen... En de vogels? Wie zal er voor hen zorgen? Dat kan toch niet... voor geen goud...'

'Baboesjka wil hier weg en jullie allebei meenemen.'

'Waarheen, waarvoor, baboesjka, lieverd, wat bent u van plan?' Ze stortte zich op baboesjka om die aan te halen.

'Blijf van me af!' Baboesjka duwde haar kwaad weg.

'Je zou dit nestje toch niet willen verlaten, Marfenka?'

'Nee, voor geen goud!' zei ze resoluut en hoofdschuddend. 'De bloementuin in de steek laten, mijn kamertjes... dat kan toch niet!'

'En Verotsjka zou ook niet weg willen?'

'Zij nog minder dan ik: ze zal voor geen goud afscheid willen nemen van het oude huis...'

'Is dat haar zo lief?'

'Ze woont er, alleen daar voelt ze zich goed. Ze overleeft het niet als ze daar weg wordt gehaald... we overleven het geen van beiden.'

'Nou, dan gaan jullie hier gewoon nooit weg,' voegde Rajski eraan toe, 'jullie trouwen allebei hier, jij, Marfenka gaat in dit huis wonen en Verotsjka in het oude.'

'Godzijdank: waarom jaagt u me dan zo'n schrik aan? En waar gaat u zelf wonen?'

'Ik ga hier niet wonen en wanneer ik kom logeren, zoals nu, geven jullie me een kamer in de entresol... en dan we gaan samen wandelen, zingen, bloemen tekenen, de vogels eten geven: tie, tie, tie, poele, poele, poele!' bauwde hij haar na.

'Ach, wat bent u gemeen!' zei ze. 'Ik dacht dat u me nauwelijks gezien had, maar u hebt alles afgeluisterd!'

'Dus de zaak is voor elkaar: Verotsjka en jij nemen dit alles als een geschenk van mij aan, ja?'

'Ja... neef...' zei ze vrolijk en wilde hem omhelzen.

'Waag het niet!' hield baboesjka, die tot dan toe kwaad gezwegen had, haar tegen. Marfenka ging weer zitten.

'Schaamteloze!' sprak ze Marfenka verwijtend toe. 'Van wie heb je geleerd om geschenken van vreemden aan te nemen? Dat kan ik je toch niet geleerd hebben: ik heb van mijn leven nog niet van het geld van anderen geleefd... Maar jij hebt nog geen twee woorden met hem gewisseld, of je neemt al geschenken aan. Schaam je! Verotsjka zou ze voor geen goud aannemen: die is trots!'

Marfenka zette een verongelijkt gezicht.

'U hebt zelf net gezegd,' sprak ze kwaad, 'dat hij geen vreemde is, maar een neef, en bevolen hem te kussen. Van een neef kun je toch alles aannemen?'

'Dat is volkomen juist! Daar valt niets tegen in te brengen,' zei Rajski goedkeurend. 'Dus het is geregeld: het is allemaal van jullie, ik ben bij jullie te gast...'

'Neem het niet aan!' zei baboesjka gebiedend. 'Zeg: ik wil het niet, laat maar, wij zijn geen bedelaars, we hebben een eigen landgoed.'

'Ik wil het niet, neef, laat maar...' begon ze op spottende toon de woorden van baboesjka te herhalen. 'Laat maar, ik hoef het niet,' zei ze met een zucht, hem onderwijl schalks aankijkend.

'Maar jullie zullen daar, op het landgoed van baboesjka, niets van dit alles hebben,' vervolgde Rajski. 'Kijk eens wat een bloementapijt er rond het huis ligt! Wat voor leven zul je hebben zonder tuin?'

'Ik neem de bloementuin aan!' fluisterde ze. 'Zeg het alleen niet tegen ba-boesj-ka...' voegde ze er zacht, alleen haar lippen bewegend, aan toe.

'En de kant, het linnengoed, het zilver?' vroeg hij halfluid.

'Hou dat maar! Ik heb mijn eigen kant, en ook zilver! En ik eet trouwens het liefste met een houten lepel... We doen alles zoals op het platteland.'

'En die theekopjes van Saksisch porselein, die buikige theepotten? Zo worden ze tegenwoordig niet meer gemaakt. Neem je die echt niet aan?'

'De kopjes neem ik aan,' fluisterde ze, 'en de theepotten, en ook deze divan met de kleine stoeltjes daarbij, en het tafelkleed waar Diana met haar honden op geborduurd is. En mijn kamertje zou ik ook mee willen nemen...' voegde ze er met een zucht aan toe.

'Neem het hele huis, alsjeblieft, Marfenka, lieve nicht...'

Marfenka wierp een blik op baboesjka en gaf hem vervolgens tersluiks een instemmend knikje.

'Mag je me? Ja?'

'Ja, erg graag! Sinds u geschreven hebt dat u komt, droom ik elke nacht van u, alleen bent u in mijn dromen anders...'

'Hoe dan...?'

'Met rode wangen, niet zo ernstig, maar vrolijk: u rent vrolijk in de rondte en maakt voortdurend gekheid...'

'Zo kan ik soms zijn, ja.'

Ze wierp van ter zijde een ongelovige blik op hem en schudde het hoofd.

'Dus je neemt dit huisje hier aan?' vroeg hij.

'Ik neem het aan, op voorwaarde dat Verotsjka het oude huis aanneemt. In mijn eentje schaam ik me, dan gaat baboesjka me uitschelden.'

'Goed, dan is het dus beslist!' zei hij luid en vrolijk. 'Lieve nicht! Jij bent niet trots, je aardt niet naar baboesjka!'

Hij kuste haar op het voorhoofd.

'Wat is beslist?' vroeg baboesjka plotseling. 'Heb je het aangenomen? Wie heeft je dat toegestaan? Als je zelf geen schaamtegevoel hebt, dan staat baboesjka je niet toe om op andermans kosten te leven. Weest u zo goed, Boris Pavlovitsj, de boeken, de rekeningen, de inventarislijsten en alle eigendomsakten van het landgoed in ontvangst te nemen. Ik ben uw rentmeester niet.'

Ze stalde de boeken en papieren voor hem uit.

'Hier is 463 roebel... dat is uw geld, de boeren hebben het in maart betaald voor het graan. Aan de hand van de rekeningen kunt u zien hoeveel contant geld er is, hoeveel de verbouwingen en reparaties gekost hebben, het nieuwe hek, en het salaris voor Saveli... het is er allemaal.'

'Baboesjka!'

'Hier is geen baboesjka, alleen Tatjana Markovna Berezjkova is er. Roep Saveli!' zei ze, na de deur naar de bediendekamer geopend te hebben.

Een kwartier later kwam een boer van een jaar of vijfenveertig zijdelings de kamer binnen. Hij was zo breed en gedrongen dat hij wel dik leek, hoewel hij geen grammetje vet had. Hij had een somber gezicht met overhangende wenkbrauwen en brede oogleden die hij traag opsloeg, alsof hij geen blik wilde verspillen. Ook met woorden was hij zuinig en hij maakte zelfs bijna geen bewegingen; het gesprek met hem verliep dan ook moeizaam. De molen van zijn gedachten maalde traag: wanneer de woorden hem in de steek lieten, gebruikte hij zijn wenkbrauwen, voorhoofdsrimpels en soms ook zijn wijsvinger om zijn gedachten tot uitdrukking te brengen. Hij had een bloempotkapsel, schoor zich zelden, en zijn lippen en kin waren bijna altijd bedekt met stoppels.

'De landheer is gearriveerd!' zei baboesjka, wijzend op Rajski, die had toegekeken hoe Saveli binnenkwam, hoe hij langzaam boog, langzaam zijn ogen opsloeg naar baboesjka en zich vervolgens, toen ze op Rajski wees, langzaam naar hem omdraaide en bedachtzaam een buiging maakte.

'Je moet voortaan aan hem verslag uitbrengen,' zei baboesjka, 'hij gaat het landgoed zelf beheren.'

Saveli wendde zich weer half tot Rajski en keek hem met gefronste wenkbrauwen, maar wat levendiger aan.

'Tot uw orders!' zei hij traag articulerend en zijn wenkbrauwen gingen langzaam omhoog.

'Baboesjka!' hield Rajski haar half voor de grap, half in ernst tegen.

'Heer kleinzoon!' reageerde ze koel.

Rajski slaakte een zucht.

'Wat belieft u te bevelen?' vroeg Saveli zacht zonder zijn ogen op te slaan. Rajski zweeg en vroeg zich af wat hij hem kon bevelen.

'Prima, weet je wat,' zei hij plotseling. 'Ken je niet een of andere ambtenaar op de rekenkamer die een stuk op zou kunnen stellen over de overdracht van het landgoed?'

'Gavrili Ivanovitsj Mesjetsjnikov stelt alle stukken voor ons op,' zei Saveli, niet meteen maar na even nagedacht te hebben.

'Nou, vraag hem dan hier te komen!'

'Tot uw orders!' antwoordde Saveli met neergeslagen ogen en na zich langzaam, bedachtzaam omgedraaid te hebben, verliet hij het vertrek.

'Wat is die Saveli bedachtzaam!' zei Rajski, hem nakijkend.

'Met zo'n echtgenote als Marina Antipovna word je vanzelf bedachtzaam! Herinner je je Antip? Nou, diens dochter dus! Maar het is een man van onschatbare waarde, deze Saveli, hij doet belangrijke zaken voor me: hij verkoopt het graan en neemt het geld in ontvangst, is eerlijk, bekwaam; maar het lot ligt altijd ergens op de loer! Ieder moet zijn eigen kruis dragen! Maar wat ben je van plan... of ben je inderdaad gek geworden?' vroeg baboesjka na een korte stilte.

'Dit is toch van mij?' zei hij, met zijn uitgestrekte arm een boog om zich heen beschrijvend. 'U wilt niets aannemen en verhindert de zusjes...'

'Laat het ook van jou blijven!' wierp ze tegen. 'Waarom moet je de boeren vrijlaten, het landgoed weggeven?'

'Er moet toch iets gedaan worden! Ik ga hier weer weg, u wilt het niet beheren: we moeten iets regelen...'

'Waarom wil je weer weg? Ik dacht dat je gekomen was om voorgoed te blijven. Heb je nog niet genoeg gezworven? Trouw en blijf hier wonen. Dat noem ik geen goede regeling: voor dertigduizend roebel of meer aan bezit weggeven!'

Ze verzonk in een onrustig gepeins en worstelde kennelijk met zichzelf. Het was nooit bij haar opgekomen om het beheer van het landgoed op te geven en dat wilde ze ook niet. Ze zou niet weten wat ze anders moest doen. Ze had Rajski alleen bang willen maken – en nu had hij het serieus genomen.

Wat zal er van hem worden als men hem aan zichzelf overlaat, deze zonderling, dacht ze vol angst.

'Goed dan, we laten het bij het oude,' zei ze, 'ik zal het landgoed beheren, zolang mijn krachten het toelaten. Je oom laat het waarschijnlijk zover komen met het andere landgoed dat je onder curatele komt te staan! En waar moet je dan van leven? Jij vreemde man!'

'Ze sturen me geld van dat landgoed: tweeduizend in zilverroebels... en dat is genoeg. En ik ga werken,' voegde hij eraan toe. 'Tekenen, schrijven... Ik ben van plan naar het buitenland te gaan: daarvoor beleen of verkoop ik het andere landgoed...'

'God zij met je, Borjoesjka. Maar wat doe je toch? Zo duurt het niet lang meer of je raakt aan de bedelstaf! Tekenen, schrijven, een landgoed verkopen! Straks ga je nog lessen geven, schooljongens onderwijzen!

Mijn God, je bent officier geweest, maar nu loop je rond in een jas met een kort achterpand! In plaats van voor te rijden in een dormeuse met een vierspan, ben je aan komen zetten in een postkoets, alleen, zonder lakei, op het laatst bijna te voet! En je bent nog wel een Rajski! Ga in het oude huis kijken, waar je voorouders aan de wanden hangen, en schaam je voor hen! Schande, Borjoesjka! Het zou wat anders zijn als je met zulke epauletten aan was komen zetten als indertijd je oom Sergej Ivanovitsj: dan zou je een bruidsschat van drieduizend zielen kunnen krijgen...'

Rajski begon te lachen.

'Wat lach je? Ik meen het serieus. Dan zou je baboesjka blij maken! Dan zou je geen kant of zilver weggeven: je zou het zelf nodig hebben...'

'Goed, maar aangezien ik niet ga trouwen en geen kant nodig heb, mag ik het toch allemaal aan Verotsjka en Marfenka geven... Waar of niet?'

'Begin je daar alweer over?' vroeg Baboesjka.

'Zeker,' vervolgde Rajski, 'en als u er niet mee instemt, geef ik het allemaal aan vreemden. Dat is definitief, ik geef u mijn woord...'

'Moet je dat horen: hij geeft z'n woord ook nog!' zei baboesjka onrustig, er nog steeds niet zeker van wat ze zou doen. 'Hij geeft het landgoed weg! Wat een vreemde, zonderlinge man!' herhaalde ze, 'je bent een hopeloos geval! Hoe heb je geleefd, wat heb je gedaan in al die jaren, vertel me dat eens! Wat ben je eigenlijk voor iemand? Iedereen wordt iets in dit leven. Maar wat ben jij? Je hebt nog een baard laten groeien ook... scheer hem af, scheer hem af, hij staat me tegen!'

'Wat ik ben, baboesjka?' herhaalde hij hardop. 'De ongelukkigste van de stervelingen.'

Hij verzonk in gepeins en ging met zijn hoofd tegen het divankussen aan liggen.

'Zeg dat nooit!' onderbrak baboesjka hem angstig. 'Het lot luistert je af, en het straft je: je wordt inderdaad ongelukkig! Wees altijd tevreden of doe alsof je tevreden bent.'

Ze keek zelfs angstig achterom, alsof het lot achter hen stond.

'Ongelukkig! En waarom, als ik vragen mag?' zei ze. 'Je bent gezond, intelligent, je hebt godzijdank een landgoed en wat voor een!' Ze wees met haar hoofd naar het raam. 'Wat wil je nog meer? Heb je een klap-met-de-balk nodig?'

Marfenka begon te lachen en Rajski lachte met haar mee.

'Wat is dat: een klap-met-de-balk?'

'Dat een mens niet weet dat hij gelukkig is zolang hij die balk niet voelt,' zei ze, hem over haar bril heen aankijkend. 'Hij moet een klap met een balk op zijn kop hebben, dan pas komt hij erachter dat hij gelukkig is;

en hoe armzalig dat geluk ook is, het is beter dan een klap-met-de-balk.'

Dat is nu praktische wijsheid! dacht hij.

'Baboesjka, u hebt gelijk, zo gaat het in het leven! U bent een filosoof.'

'Jij bent intelligent en geleerd, maar dát wist je niet!'

'Zullen we vrede sluiten?' zei hij en stond op van de divan. 'Stemt u ermee in om deze lap grond weer...'

'Een landgoed en geen lap grond!' onderbrak ze hem.

'Stemt u ermee in om alle vodden en rommel aan die lieve meisjes te geven... Ik ben een vrijgezel, ik heb het niet nodig, en zij zullen huisvrouw worden. Als u dat niet wilt, laten we het dan weggeven aan scholen...'

'Aan schooljongens! Geen sprake van! Zodat die kwajongens het krijgen? Hoeveel appels ze alleen al niet uit de tuin stelen!'

'Neem het snel aan, baboesjka! U gaat dit nest op uw oude dag toch niet verlaten...?'

'Vodden, rommel! Alleen al voor tienduizend roebel aan zilver, linnengoed, kristal... en dat noemt hij rommel!' mopperde baboesjka.

'Baboesjka,' zei Marfenka, 'ik wil graag de bloementuin en mijn groene kamertje en die kopjes van Saksisch porselein daar met het herdertje en het tafelkleed met Diana...'

'Wil jij je mond houden, schaamteloze! Ze zullen zeggen dat wij schooiers zijn, dat we een arme wees bestolen hebben!'

'Wie zal dat zeggen?' vroeg Rajski.

'Iedereen! Als eerste zal Nil Andrejitsj zijn stem verheffen.'

'Welke Nil Andrejitsj?'

'Weet je dat niet meer? De voorzitter van de rekenkamer. We zijn samen bij hem langs geweest toen jij na het gymnasium hier was... en troffen hem niet thuis. Daarna is hij naar zijn dorp vertrokken: je hebt hem nooit gezien. Je moet bij hem op bezoek gaan: iedereen respecteert hem en is bang voor hem, ondanks het feit dat hij gepensioneerd is...'

'Naar de duivel met hem! Wat heb ik met hem te maken?' zei Rajski.

'Ach, Boris, Boris, hoe kun je dat nou zeggen!' zei baboesjka bijna devoot. 'Het is een algemeen geacht man...'

'Waarom wordt hij geacht?'

'Het is een oude, serieuze man en hij heeft een ster!'

Rajski lachte.

'Waarom lach je?'

'Wat bedoelt u met "serieus"?' vroeg hij.

'Hij praat verstandig, leert je hoe te leven, neuriet niet tie, tie, tie, en ta, ta, ta. En hij is streng: onrecht veroordeelt hij! Dát bedoel ik met serieus.'

'Al die serieuze mensen zijn ofwel grote ezels, ofwel huichelaars!'

merkte Rajski op. ' "Hij leert je hoe te leven", maar weet hij zelf wel hoe hij moet leven?'

'Natuurlijk weet hij dat: hij heeft rijkdom vergaard, is iets geworden, een mens...'

'Sommigen hier denken dat ze mensen zijn geworden, maar in werkelijkheid zijn ze varkens geworden...'

Marfenka begon te lachen.

'Het bevalt me niet, het bevalt me niet wanneer je zulke brutale dingen zegt!' wierp baboesjka kwaad tegen. 'Wat ben je zelf eigenlijk geworden, waarde heer: je bent vlees noch vis! En Nil Andrejitsj is toch een geacht man, wat je ook zegt. Als hij te weten komt dat jij zo lichtzinnig met het landgoed omspringt zal hij dat veroordelen! En mij zal hij ook veroordelen als ik het aanneem: je bent een wees...'

'U hebt me een keer verteld dat hij zijn nicht heeft opgelicht, de staatskas heeft bestolen... en híj zal mij veroordelen...'

'Zwijg, zwijg daarover,' reageerde baboesjka haastig. 'Denk aan de regel: mijn tong is mijn vijand, ze was er al vóór mijn verstand!'

'Ik ben toch geen kind meer, dat ik niet het recht zou hebben mijn bezit weg te geven aan wie ik wil, vooral als dat ook nog bloedverwanten zijn? Ik heb het zelf niet nodig, dus is het zowel redelijk als rechtvaardig om het aan hen te geven.'

'En als je gaat trouwen?'

'Ik ga niet trouwen.'

'Hoe weet je dat? Misschien ontmoet je de ware... er is hier een rijke bruid... Ik heb je over haar geschreven...'

'Ik heb geen behoefte aan rijkdom!'

'Geen behoefte aan rijkdom: wat is dat nu weer voor onzin! Je hebt toch wel een vrouw nodig?'

'Aan een vrouw heb ik ook geen behoefte.'

'Hoezo niet? Hoe moet je dan leven?' vroeg ze ongelovig.

Hij lachte en zei niets.

'Het is er de tijd voor, Boris Pavlovitsj,' zei ze, 'je wordt al grijs aan de slapen. Als je wilt, bezorg ik je een bruid. Het is een schoonheid, en erg goed opgevoed!'

'Nee, baboesjka, dat wil ik niet!'

'Ík maak geen grapje,' merkte ze op, 'ik heb er lang over nagedacht.'

'Ik maak ook geen grapje, het is nooit bij me opgekomen om te trouwen.'

'Maak dan in ieder geval kennis!'

'Zelfs dat doe ik niet.'

'Trouw toch, neef,' bemoeide Marfenka zich ermee, 'dan ga ik op jullie kinderen passen... ik speel zo graag met kinderen.'
'En denk jij erover om te gaan trouwen, Marfenka?'
Ze bloosde.
'Fluister me de waarheid in mijn oor,' zei hij.
'Ja... soms denk ik erover.'
'Soms? Wanneer dan?'
'Wanneer ik kinderen zie: ik hou van ze...'
Rajski begon te lachen, pakte haar beide handen en keek haar recht in de ogen. Ze bloosde, keek nu eens de ene, dan weer de andere kant op om zijn blik te ontwijken.
'Ja, luister maar naar haar: ze zal je een hoop verklappen!' zei baboesjka, die naar hen beiden geluisterd had terwijl ze de rekeningen opborg. 'Het is net een klein kind: wat ze denkt, dat zegt ze ook!'
'Ik houd erg veel van kinderen,' rechtvaardigde ze zich verlegen. 'Ik benijd Nadjezjda Nikititsjna: zij heeft er zeven... Waar je ook gaat, overal zijn kinderen. Wat is dat leuk! Ik zou zoveel mogelijk van die kleine broertjes en zusjes om me heen willen hebben of desnoods kinderen van anderen. Ik zou de vogels in de steek laten en de bloemen, de muziek, ik zou alleen nog voor hen zorgen. De een is ondeugend en die moet je in de hoek zetten, een ander wil zijn brij, een derde schreeuwt, een vierde is aan het vechten. Vandaag moet er één een pokkenprik hebben, morgen moeten bij zijn broertje de oren doorgestoken worden en dan is er nog een heel kleintje, dat nog moet leren lopen. Wat ter wereld kan leuker zijn! Kinderen zijn zo lief, zo van nature bevallig, zo grappig, zo mooi...!'
'Er zijn ook lelijke kinderen,' zei Rajski. 'Zou je daar ook van houden...?'
'Er zijn zieke kinderen,' merkte Marfenka streng op, 'maar er zijn geen lelijke! Een kind kan niet lelijk zijn, het is nog nergens door bedorven.'
Ze zei dat alles met zoveel vuur, bijna hartstochtelijk, dat haar welgevormde boezem op en neer ging onder het mousseline alsof hij naar buiten wilde.
'Je bent een ideale vrouw en moeder! Marfenka, lieve nicht! Wat zal jouw man gelukkig worden!'
Ze ging beschaamd in een hoek zitten.
'Ze is altijd met kinderen bezig: je krijgt haar gewoon niet weg wanneer ze hier zijn,' merkte baboesjka op. 'En een kabaal dat ze maken, je houdt het binnen gewoon niet uit!'
'Maar heb je iemand op het oog,' vervolgde Rajski, 'iemand om mee te trouwen...?'

'Wat zeg je nu, vadertje, denk toch na! Hoe kan ze nu zonder toestemming van baboesjka over een huwelijk dromen?'
'Wat? Mag ze niet eens dromen zonder toestemming?'
'Natuurlijk mag ze dat niet.'
'Dat is toch haar zaak?'
'Nee, dat is niet haar zaak, maar voorlopig die van baboesjka,' merkte Tatjana Markovna op. 'Zolang ik leef, heeft ze mijn toestemming nodig.'
'Waar is dat goed voor, baboesjka?'
'Wat?'
'Een dergelijke afhankelijkheid: dat Marfenka niet eens van iemand mag houden zonder uw toestemming?'
'Als ze trouwt, mag ze van haar man houden...'
'Hoezo "trouwen en dan van iemand houden"? U bedoelt het omgekeerde waarschijnlijk: van iemand houden en dan trouwen!'
'Goed, goed, dat is bij jullie zo,' zei baboesjka met een geringschattend gebaar, 'maar wij hier zoeken eerst terdege uit wat voor vlees we in de kuip hebben... dan pas geven we haar aan hem ten huwelijk.'
'Dus hier kiezen de meisjes nog steeds hun partner niet zelf, maar worden ze uitgehuwelijkt. Baboesjka, wat heeft dat voor zin...?'
'Breng jij ze alsjeblieft niet het hoofd op hol met je ideeën, Borjoesjka...! Wijlen je moeder was net zo iemand... en die is ook vóór haar tijd gestorven!'
Ze slaakte een zucht en verzonk in gepeins.
Nee, dat moet allemaal anders worden! dacht Rajski. Ze laten je niet eens vrij om van iemand te houden. Wat een achterlijkheid! En toch zijn het goede, liefdevolle mensen! Wat een mist en wat een duisternis heerst er nog in die hoofden. 'Marfenka! Ik zal je van alles op de hoogte stellen!' wendde hij zich tot haar. 'Ziet u, baboesjka, dit huisje, met alles wat erbij hoort, is als het ware gebouwd voor Marfenka,' zei Rajski, 'alleen voor de kinderen moeten er nog ruimten bijgebouwd worden. Bemin, Marfenka, wees niet bang voor baboesjka. En u, baboesjka, wilt haar nog wel beletten om dit hier als geschenk aan te nemen!'
'Nou goed, we zullen zien, we zullen zien,' zei ze. 'Als je zelf niet trouwt, doe dan wat je wilt, geef hun voor mijn part vóór hun huwelijk de kant. Alleen mag niemand het weten, vooral Nil Andrejitsj niet... we moeten het stilhouden...'
'Kom nou! Moeten we een vrijwillige, verstandige en rechtvaardige daad stilhouden? Hoe lang zullen we nog leven als uilen, bang zijn voor het daglicht en luisteren naar de uilenwijsheid van de Nil Andrejitsjen...!'

'Sst! Sst!' siste baboesjka. 'Pas op dat hij het niet hoort! Het is een oude, verdienstelijke en vooral serieuze man! Ik kan met jou geen zaken doen, praat liever met Tit Nikonytsj. Hij komt eten.'

Wat een vreemde, zonderlinge man! dacht ze. Hij hecht nergens waarde aan, geeft nergens een cent voor! Zijn landgoed geeft hij weg, serieuze mensen noemt hij domkoppen en zichzelf ongelukkig! Ik ben benieuwd hoe dat afloopt!

3

Rajski pakte zijn pet en maakte aanstalten om de tuin in te gaan. Marfenka bood aan om hem het hele landgoed te laten zien: haar tuintje, het park, de moestuin en de prieeltjes.

'Ik ben alleen bang om het bos in te gaan; ik daal niet af in het ravijn, daar beneden is het zo angstaanjagend, zo uitgestorven!' zei ze. 'Als Verotsjka komt, neemt ze u mee daarheen.'

Ze deed een hoofddoek om, pakte een parasol en zweefde over de bloembedden als een sylfide, een luchtgeest. Vrolijkheid en gezondheid straalden uit haar grijsblauwe ogen. Ze leek zelf wel een soort regenboog in haar zomerdracht van doorzichtige stoffen, te midden van de bloemen, de zonnestralen en de bonte lentepracht.

Rajski zag dat alles en hij had al een beeld van haar geschapen in zijn geest. Ook zichzelf zag hij daar: peinzend, zwaar op de hand. Het scheen hem toe dat hij het tafereel bedierf: hij had ook jong, monter en levendig moeten zijn, met net zulke van levensvocht glanzende ogen, met diezelfde dartele bewegingen.

Hij had zin om haar op een onzelfzuchtige manier uit te beelden, als een kunstenaar, zonder zichzelf erin te betrekken, zoals hij bijvoorbeeld baboesjka zou uitbeelden. Zijn fantasie tekende baboesjka bereidwillig in heel haar oudevrouwenschoonheid: er kwam een levende figuur tevoorschijn die hij rustig en objectief observeerde.

Maar met Marfenka wilde dat niet lukken. Ook de tuin was, naar het hem toescheen, alleen mooi doordat zij er was. Marfenka fladderde om hem heen, inspecteerde de bloembedden en hief hier en daar bloemkopjes op.

'Die roos was gisteren nog een knopje, maar kijk nu eens hoe hij opengegaan is,' zei ze, hem triomfantelijk op een bloem wijzend.

'Net als jijzelf!' zei hij.

'Kom, ik ben toch geen roos!'

'Jij bent mooier!'

'Ruik eens hoe ze geurt!'

Hij rook aan de bloem en liep achter haar aan.

'Die madeliefjes daar moeten water hebben en de pioenen ook!' zei ze weer en was al in de andere hoek van de tuin, waar ze water uit een ton schepte. Vol gratie droeg ze de gieter naderbij, begoot de struiken en inspecteerde nauwgezet of ze niet nog andere moest begieten.

'In Petersburg staan de seringen nog niet in bloei,' zei hij.

'Werkelijk? Bij ons zijn ze al uitgebloeid, de acacia's beginnen nu te bloeien. Voor mij is het een feestdag wanneer de linden gaan bloeien... wat een geur!'

'Wat zijn hier veel zangvogels!' zei hij, luisterend naar het vrolijke getjilp in de bomen.

'We hebben ook nachtegalen. Daarginds in de bosjes! Ook mijn vogeltjes zijn allemaal hier gevangen,' zei ze. 'En hier in de moestuin zijn mijn perkjes: ik spit ze zelf om. Verderop staan meloenen, hier bloemkool, artisjokken...'

'Laten we naar het ravijn gaan, Marfenka, om naar de Wolga te kijken.'

'Laten we gaan, alleen kom ik er niet te dichtbij, dat durf ik niet. Ik ga ervan duizelen. Ik houd niet van die plek! Overigens blijf ik niet lang meer bij u! Baboesjka heeft me gezegd dat ik voor het middageten moet zorgen. Ik ben hier immers de huisvrouw! Ik heb de sleutels van het zilver, en van de provisiekamer. Ik laat kersenjam voor u uit de kelder halen: dat is uw lievelingsjam, heeft Vasilisa gezegd.'

Hij bedankte haar met een glimlach.

'En wat wilt u voor het middageten?' vroeg ze. 'Baboesjka is van plan u uitgebreid te onthalen.'

'Maar het middageten heb ik al gehad. Bedoel je het avondeten?'

'Vóór het avondeten hebben we nog het vieruurtje. Dan is er thee en yoghurt. Wat hebt u liever: wrongel met room... of...'

'Ja, ik houd van wrongel...' antwoordde Rajski verstrooid.

'Of yoghurt...?'

'Ja, goed, yoghurt...'

'Wat hebt u nu liever?' vroeg ze, en toen ze geen antwoord kreeg, draaide ze zich om, om te kijken wat zijn aandacht in beslag nam.

Hij keek gespannen toe hoe zij, over een greppel stappend, haar jurk en geborduurde onderrok lichtjes optilde en hoe van onder haar jurk een stevige, ronde kuit in een witte kous en een in een elegante, met rood marokijnleer afgezette lakschoen gestoken sierlijke voet tevoorschijn kwamen.

'Goh, lakschoenen', zei hij. 'Houd je van mooie kleren, Marfenka?'

Hij dacht dat ze, op heterdaad betrapt, in verwarring zou raken en verheugde zich er al op om toe te kijken hoe ze verward en beschaamd haar rok en jurk weer zou laten vallen.

'Die hebben baboesjka en ik op de jaarmarkt gekocht,' zei ze, haar rok nog wat hoger optillend zodat hij de schoen beter kon bekijken. 'Verotsjka heeft ze in het lila,' voegde ze eraan toe. 'Dat is haar lievelingskleur. Maar wat wilt u voor het middageten? Dat hebt u nog steeds niet gezegd.'

Maar hij luisterde niet naar haar... Jij hoeft niet te doen of je je schaamt, lief kind, dacht hij en voegde er hardop aan toe: 'Ik wil niet eten, Marfenka. Geef me je arm, dan gaan we naar de Wolga.'

Hij drukte haar hand tegen zijn borst en voelde hoe zijn hart begon te bonzen, de nabijheid bespeurend... van wat? Van een naïef, lief kind, een aardige nicht of... van een jonge, bloeiende schoonheid? Hij vroeg zich angstig af of hij in staat zou zijn haar te observeren met de ogen van een kunstenaar en zich niet, zoals gewoonlijk, over te geven aan een oppervlakkige indruk.

Hij zag het ideaal van een simpele, zuivere natuur voor zich, en in zijn geest ontstond het beeld van een rustige familieroman, terwijl hij tegelijk voelde dat die roman zich ook meester maakte van zijn eigen ik, dat hij zich prettig en warm voelde, dat het omringende leven hem als het ware naar binnen trok...

'Zing je, Marfenka?' vroeg hij.

'Ja... een beetje,' antwoordde ze verlegen.

'Wat dan?'

'Russische romances. Ik ben begonnen met Italiaanse muziek, maar mijn leraar is vertrokken. Ik zing bijvoorbeeld *Una voce poco fa*, maar dat is erg moeilijk voor mij. En u, zingt u ook?'

'Ja, ik zing graag, maar wel met een ongeschoolde stem.'

'Wat dan?'

'Alles.' Hij zong een aria uit *I Lombardi*, daarna een mars uit *Semiramis*, en zweeg toen plotseling.

Hij keek haar van dichtbij in de ogen, pakte haar hand en ging met haar in de pas lopen.

Verder heb je niets nodig om gelukkig te zijn, dacht hij. Profiteren van het moment en niet te lang in de verte kijken... zo zou een ander in mijn plaats handelen. Alles is hier voorhanden voor een stil geluk, maar... dat is niet mijn geluk. Hij slaakte een zucht. De ogen wennen eraan... de fantasie raakt vermoeid, de indruk verbleekt en de illusie spat uit elkaar als een zeepbel, nog voor ze de zenuwen goed en wel geprikkeld heeft...!

Hij liet haar hand los en verzonk in gepeins.

'Wat zwijgt u?' vroeg ze. Hij zegt niets, voegde ze er in gedachten aan toe.

'Hou je van lezen... lees je, Marfenka?' vroeg hij, uit zijn gepeins ontwakend.

'Ja, wanneer ik me verveel, lees ik.'

'Wat dan?'

'Wat me in handen komt: Tit Nikonytsj brengt kranten mee, ik lees verhalen. Soms leen ik een Frans boek van Verotsjka. Onlangs heb ik *Helena* gelezen van miss Edgeworth,* en ook nog *Jane Eyre*... Dat is erg mooi... Ik heb twee nachten niet geslapen, de hele tijd doorgelezen, ik kon me er niet van losrukken.'

'Wat bevalt je het meest? Wat voor soort boeken?'

Ze dacht even na om de boeken die ze gelezen had in haar geest te ordenen.

'U zult lachen, net zoals daarnet om de gans...' zei ze aarzelend.

'Nee, nee, Marfenka: hoe zou ik durven lachen om zo'n lieve, mooie nicht! Je bent immers zo mooi!'

'Wat is er dan mooi aan mij?' zei ze op geringschattende toon. 'Ik ben dik, wit! Verotsjka, die is mooi. Een schoonheid!'

'Wat lees je graag? Gedichten?'

'Ja, Zjoekovski, en van Poesjkin heb ik pas *Mazepa* gelezen.'*

'En? Beviel het?'

Ze schudde ontkennend het hoofd.

'Waarom niet?'

'Ik had medelijden met Maria. Ik heb *De reizen van Gulliver* onlangs in onze bibliotheek gevonden en het meegenomen. Ik heb het zeven keer gelezen. Iedere keer als ik het een beetje vergeten ben, lees ik het opnieuw. En ook nog *De kater Murr*, *De Serapionsbroeders* en *De man van zand*,* die zijn me goed bevallen.'

'Van wat voor boeken hou je nog meer? Heb je ook serieuze boeken gelezen?'

'Serieuze boeken?' herhaalde ze, en er verschenen plotseling ernstige rimpeltjes in haar gezicht. 'Ik heb in mijn kamer nog een paar van uw boeken, maar ik kan er niet doorheen komen...'

'Welke dan?'

'Bijvoorbeeld van Chateaubriand *Les Martyrs*... dat is wat al te hoogdravend voor mij!'

'Goed, en geschiedenis?'

'Leonti Ivanovitsj heeft me van Michelet *Precis de l'histoire moderne* gegeven, en daarna *De geschiedenis van Rome*, van Zjibon, geloof ik.'

'Bedoel je misschien Gibbon?'

'Ik heb het niet uitgelezen... te gezwollen. Dat hoeven alleen leraren te lezen die in dat vak onderwijzen...'

'En lees je romans?'

'Ja... maar alleen als ze eindigen met een bruiloft.'

Hij lachte en zij lachte met hem mee.

'Is dat dom?' vroeg ze.

'Nee, eerder lief. Er kan niets doms aan jou zijn.'

'Ik lees altijd eerst het einde,' vervolgde ze wat zelfverzekerder, 'en als het treurig is, lees ik het boek niet. Ik ben begonnen in *De heiden*,* maar Verotsjka zei dat de bruidegom terecht wordt gesteld, en toen ben ik ermee opgehouden.'

'Dus je houdt ook niet van *Lijden door verstand*? Dat eindigt niet met een bruiloft.'

Ze schudde het hoofd.

'Sofja Pavlovna is een nare vrouw,' merkte ze op. 'En ik heb medelijden met Tsjatski: hij lijdt omdat hij intelligenter is dan de anderen!'

Hij luisterde glimlachend naar haar gebabbel over literatuur en keek haar met een steeds groter genot in de ogen of, wanneer ze lachte, naar haar hagelwitte dicht op elkaar staande tanden.

'We gaan samen lezen,' zei hij. 'Je hebt onsamenhangende opvattingen en je smaak is nog onontwikkeld. Wil je dat? Je zult geleidelijk leren een boek te begrijpen, in staat zijn tot een juiste en kritische beoordeling.'

'Goed, maar kies alleen boeken uit met een vrolijk einde, met een bruiloft...'

'En kinderen moeten er natuurlijk ook in voorkomen?' vroeg hij schalks. 'En de een zal om zijn pap vragen en de ander moet ingeënt worden tegen de pokken, nietwaar?'

'Wat bent u gemeen! Ik vertel u niets meer... U hoort alles, onthoudt alles...'

'Dus je trouwt niet zonder toestemming van baboesjka?'

'Nee!' zei ze vastberaden, zelfs enigszins ermee pronkend dat ze niet in staat was tot zo'n slechte daad.

'Waarom niet?'

'Als het nu eens een gokker is of een dronkelap, of als hij nooit thuis is, of het is een godloochenaar, zoals Mark Ivanytsj... hoe weet ik dat? Baboesjka komt overal achter...'

'Is Mark Ivanytsj dan een godloochenaar?'

'Hij gaat nooit naar de kerk.'

'En als die godloochenaar of die gokker nu bij je in de smaak valt?'

'Dan trouw ik toch niet met hem!'

'En als je verliefd wordt?'

'Op een gokker of iemand die de spot drijft met de godsdienst, zoals Mark Ivanytsj: dat kan toch niet? Ik praat niet eens met zo iemand; hoe kan ik dan verliefd worden?'

'Dus wat baboesjka zegt, dat gebeurt ook?'

'Ja, zij weet alles beter dan ik.'

'En wanneer jij zelf het leven zult kennen?'

'Wanneer ik... op rijpere leeftijd zal zijn, in mijn eigen huis zal wonen, ik eigen...'

'...kinderen zal hebben?' zei Rajski haar voor.

'Mijn eigen koeien, paarden, kippen zal hebben, veel personeel in huis... Ja, en kinderen...' voegde ze er blozend aan toe.

'Maar tot die tijd beslist Baboesjka alles?'

'Ja. Ze is verstandig en goed, ze weet alles. Ze is beter dan iedereen hier en in de hele wereld!' zei ze vol geestdrift.

Hij zweeg, dacht aan Sofja Bjelovodova en de gesprekken die hij met haar gevoerd had, aan de overeenkomst tussen haar en Marfenka, en probeerde te doorgronden waarop die overeenkomst en anderzijds het verschil tussen hen beiden berustte.

Beide figuren verschenen voor zijn geest – beide waren mooi, elk met haar eigen soort schoonheid, beide schenen hun eigen licht uit te stralen.

Wat ervan zou komen – hij wist het niet en hij besloot voorlopig om met olieverf het portret van Marfenka te schilderen.

Ze waren bij het ravijn gekomen. Marfenka keek angstig naar beneden en week geschrokken terug.

Rajski wierp een blik op de Wolga, vergat alles om zich heen en bleef roerloos staan, geheel verdiept in haar bedachtzame stroom, die breed over het grasland uiteenvloeide.

Het hoogwater was nog niet verlopen en de rivier had zich meester gemaakt van het vlakke oevergebied, terwijl ze luidruchtig en schuimend tegen de andere, steile oever sloeg en zijn hoogten omspoelde. Hier en daar zag je op de watervlakte boten die zich niet schenen te verroeren. Hoog aan de hemel trokken wolken in rijen over het landschap.

Marfenka liep op Rajski toe en keek onverschillig naar het hele tafereel, de aanblik waarvan ze sinds lang gewend was.

'Die boten vervoeren vaatwerk,' zei ze, 'en die platbodems komen uit Astrachan. En ziet u daar die huisjes waar het water omheen stroomt, daar wonen scheepsjagers. En daar achter die twee heuvels leidt de weg naar het dorp waar de vrouw van de pope woont. Daar is Verotsjka nu. Wat is het daar mooi, op de oever! In juli gaan we met de boot naar het eiland om thee te drinken. Daar wemelt het van de bloemen.'

Rajski zweeg.

'Er zijn ook veel hazen, alleen zijn ze nu waarschijnlijk verdronken, de stakkers! Ik heb konijnen, ik zal ze u laten zien.'

Hij bleef zwijgen.

'Aan het einde van de zomer komen er boten met watermeloenen,' vervolgde ze, 'hele bergen komen er op de oever te liggen! Wij kopen ze alleen om ze in te maken, voor het dessert hebben we onze eigen watermeloenen, heel grote, soms wegen ze wel een poed.* Vorig jaar was er een zwaarder dan een poed, baboesjka heeft hem als geschenk naar de bisschop gestuurd.'

Rajski staarde nog steeds naar de Wolga.

'Hij zwijgt maar!' fluisterde Marfenka tegen zichzelf.

'Laten we daarheen gaan!' zei hij plotseling terwijl hij op het ravijn wees en haar bij haar arm pakte.

'O, nee, nee, dat durf ik niet!' zei ze en week angstig terug.

'Durf je het samen met mij ook niet?'

'Nee!'

'Ik houd je vast, zodat je niet valt. Geloof je niet dat ik op je zal passen?'

'Ik geloof het, maar toch ben ik bang. Verotsjka, die is niet bang: die gaat vaak hierheen, zelfs in het donker! Daar is een moordenaar begraven... maar haar kan het niets schelen!'

'En als ik je nu zou zeggen: doe je ogen dicht, geef me je hand, en ga waarheen ik je leid, zou je dat doen? Zou je je hand geven en je ogen sluiten?'

'Ja... ik zou mijn hand geven en mijn ogen sluiten, alleen zou ik... met één oog stiekem kijken...'

'Probeer het dan nu... doe je ogen dicht en geef je hand. Je zult zien hoe voorzichtig ik je leid: je zult geen angst voelen. Geef je hand dan, vertrouw je aan mij toe, doe je ogen dicht.'

Ze deed haar ogen dicht, maar zo dat ze nog kon zien, en zodra hij haar hand had gepakt en een stap gezet, en ze plotseling zag dat hij een stap omlaag had gedaan en ze op de rand van het ravijn stond, huiverde ze en rukte haar hand los.

'Ik ga voor geen goud naar beneden, voor geen goud!' zei ze lachend en gillend. 'Laten we gaan, het is tijd om naar huis te gaan. Baboesjka wacht al! Wat wilt u als middageten?' vroeg ze. 'Houdt u van macaroni, van verse paddestoelen?'

Hij antwoordde niet en verlustigde zich in haar aanblik.

'Wat ben je toch een prachtig meisje! Je bent een gave, zuivere natuur! En wat ben je die natuur trouw,' zei hij, 'je bent werkelijk een vondst voor een kunstenaar. De natuurlijkheid zelve.'

Hij kuste haar de hand.

'Wat u allemaal niet over me zegt! Maar waar gaat u heen?'

Er kwam geen antwoord. Ze deed twee stappen in de richting van het ravijn, wierp er een schuchtere blik in en zag hoe de struiken zwiepend uiteen weken en hoe Rajski over de uitsteeksels en diepten van de steile helling sprong als over de grote treden van een trap.

'Hoe hij daar plezier in kan hebben!' zei ze bevend en draaide zich om om naar huis te gaan.

4

Rajski liep om de hele stad heen en klom aan het tegenovergelegen einde van het ravijn, ver van de twee huizen, weer naar boven. Vanaf de hoogte daalde hij weer af naar de voorstad. Onderwijl had hij een prachtig uitzicht over de hele stad.

Hij werd bestormd door oude, bijna kinderlijke herinneringen terwijl hij keek naar die bonte hoop huizen, huisjes, stulpjes, in een hoop bij elkaar staand of verspreid over hoogten en diepten, kruipend over de randen van het ravijn of aflopend naar de bodem hiervan, huisjes met balkons, met markiezen, met belvedères, met bijgebouwen, met Palladiaanse vensters of nauwelijks zichtbare spleten in plaats van vensters, met duiventillen, nestkastjes, met verlaten, met gras overwoekerde binnenplaatsen. Hij keek naar de bochtige, eindeloze, tussen gevlochten omheiningen lopende steegjes, naar de verlaten straten zonder huizen met gewichtige namen als Moskouse straat, Astrachanstraat, Saratovstraat, met markten waar hopen bast, gezouten en gedroogde vis opgestapeld lagen, waar tonnen teer en tafels met krakelingen stonden; naar de gapende poorten van de herbergen, waaruit een penetrante mestlucht kwam, en naar de over de straten rammelende rijtuigen.

Het was al lang na het middaguur. Boven de stad hing een lome rust, een windstilte zoals die op zee voorkomt, de stilte van het trage, brede, vegeterende leven van deze Russische steppenesten, die meer op een kerkhof lijken dan op een door levende mensen bewoonde stad.

De stad scheen gestorven te zijn, of te slapen of te dromen. De openstaande ramen gaapten als wijdgeopende, maar zwijgende monden; er was geen adem, geen polsslag te bespeuren. Waar was het leven heen gevlucht? Waar waren de ogen en de tong van dit roerloos liggende lichaam? Alles was bont, groen, en alles zweeg.

Rajski liep door de stegen en straten: er stond geen zuchtje wind. Het stof lag al voor de derde dag onaangeroerd op straat, men zag er duidelijk de wielsporen van gepasseerde wagens in. In de schaduw van een omheining rustte hier en daar een geit, kippen hadden kuiltjes gegraven en waren hierin gaan zitten terwijl de onvermoeibare haan, handig nu eens met de ene, dan weer met de andere poot de dikke laag stof omwoelend, naar leeftocht zocht.

Op iedere binnenplaats lagen drie of vier honden opgerold in een veelkleurige hoop bij elkaar en stortten zich af en toe uit verveling blaffend op een schaarse voorbijganger met wie ze niets te maken hadden.

Alles leek zo weids en verlaten als in een woestijn. Ergens stak iemand een kop met een grijze baard uit een raam, een rood hemd werd zichtbaar, de kop keek geeuwend naar links en naar rechts, spuwde en verdween weer.

Door een ander raam zag je vanaf de straat een snurkende man in een ochtendjas op een leren divan liggen; op een tafeltje naast hem lagen een krant en een bril, er stond een karaf kwas.*

Iemand anders zat hele uren in een poort, een pet op het hoofd, en staarde in vredig nietsdoen naar een met brandnetels begroeide greppel en een omheining aan de overkant van de straat. Hij verfrommelde al lang een zakdoek in zijn handen en kwam er uit louter luiheid maar niet toe om zijn neus te snuiten.

Daar zat iemand bij een raam niets te doen, een meerschuimen pijp in de mond, en wanneer je ook voorbijkwam, altijd zat hij daar – met een tevreden, naar niets verlangende blik, zonder een spoor van verveling.

Op een andere plek zag Rajski precies zo'n bij het raam zittende oudere vrouw; haar hele leven had ze doorgebracht in haar steegje, zonder drukte, zonder hartstocht of opwinding, zonder dagelijkse ontmoetingen met de eindeloos gevarieerde stoet van haar gelijken te zoeken en zonder de verveling te kennen die de mensen in de grote steden, de centra van het zakenleven en het vermaak, zo uitentreuren leren kennen

Hier en daar zag Rajski, terwijl hij van het ene steegje naar het andere ging, een gezin aan de dis, maar soms stond ook de samowar al klaar.

In een eenzame straat was al op een werst afstand hoorbaar hoe twee, drie mensen met elkaar praatten. Sonoor weergalmde het geluid van stemmen, en dat van stappen over het houten trottoir, door de straat.

Ergens in een schuur hakte een koetsier hout en knorde een biggetje in de mesthoop; in een laag venster, ter hoogte van de grond, waaide een katoenen gordijn heen en weer, langs de reseda, de goudsbloemen en de balsemienen strijkend die in potten op de vensterbank stonden.

Daar zat een meisje met een mooi fris gezichtje over haar naaiwerk gebogen en was, ondanks de hitte en de slaperigheid die iedereen in haar greep hield, ijverig aan het werk. Zij scheen de enige in het huis te zijn die wakker was, en wachtte er misschien op dat buiten op straat vertrouwde voetstappen weerklonken.

Uit de geopende ramen van een huis stroomden hem honderden stemmen tegemoet die het abc opzegden, waardoor je ook zonder het opschrift op de deur wist dat je met een school te maken had.

Verder stuitte hij op een huis in aanbouw: overal lagen hopen spaanders, krullen en planken en een groep timmerlieden had zich rond een enorme houten kom geïnstalleerd. Een groot rond brood, een in kwas versnipperde ui en een stuk roodachtige zoutevis – dat was hun hele middagmaal.

De mannen zaten daar rustig en zwijgend, doopten om beurten hun lepel in de kwas, stopten die in hun mond en kauwden zonder zich te haasten; ze lachten en praatten niet, maar verrichtten ijverig, haast devoot het moeilijke werk van het verorberen van hun maaltijd.

Rajski had de groep graag willen schilderen: de vermoeide, geelbruine mannen, die aan Polynesiërs deden denken, de eeltige, gebruinde handen met de stijve vingers, de sterk ingegroeide, schijnbaar ijzeren nagels, de zich breed en gelijkmatig openende monden en traag malende kaken, en de honger die gestild werd met brood en brij.

Ja, het was honger en geen eetlust: plattelanders hebben geen eetlust. Eetlust ontstaat door het goede leven, door ledigheid en lichaamsbeweging, honger door de tijd en zwaar werk.

Wat een weids schouwspel van stilte en slaap! dacht hij, terwijl hij zijn blik in de rondte liet gaan. Het lijkt wel een graf! Een weids kader voor een roman... maar waar vul ik dat kader mee?

Hij maakte in gedachten een tekening van de huizen, prentte zich de fysionomieën van de voorbijgangers in en gaf baboesjka en haar personeel een plaats binnen het kader dat hem voor ogen stond.

Dit alles concentreerde zich voorlopig rond Marfenka. Zij was het middelpunt van het tafereel. De gestalte van Bjelovodova week terug naar de achtergrond en stond daar in haar eentje.

Langzaam en werktuiglijk liep hij door de straten en werkte in gedachten zijn nieuwe materiaal uit. Alle figuren stonden hem duidelijk voor de geest, hij zag ze daar zoals ze leefden.

Als die slapeloze, roerloze achtergrond nu eens het toneel zou worden van een hartstocht, droomde hij. Hoe zou dat kader dan niet vollopen met leven, met kleuren... Maar waar haal je zulke kleuren en... zulke hartstochten vandaan...?

Hartstocht! herhaalde hij in grote opwinding. Ach, als zijn verzengende gloed zich eens over mij zou uitstorten, de kunstenaar in mij zou verteren, verslinden, zodat ik blind in hem zou opgaan en die parallelle blik, dat kwellende tweede gezicht, in mezelf kon verdelgen.

Ik wil niet in het huis van een ander, niet als toeschouwer van andermans leven, maar met mijn eigen ik, met mijn eigen zenuwen, merg en been het vuur van de hartstocht ondergaan en het daarna met gal, bloed en zweet beschrijven, dat Gehenna van het menselijk leven. De hartstocht van Sofja... Nee, nee, dacht hij koel. Zij staat 'boven de wereld en haar hartstochten'. De hartstocht van Marfenka dan... hij moest onwillekeurig lachen.

Beide beelden verbleekten; hij neeg droevig het hoofd en keek onverschillig om zich heen.

Ja, uit beiden kan een roman voortkomen, dacht hij, een waarschijnlijk waarheidsgetrouwe, maar futloze, onbeduidende roman... bij de een met aristocratische en bij de ander met kleinburgerlijke bijzonderheden. Daar een weids tafereel van koele sluimer in marmeren sarcofagen, met gouden, op fluweel geborduurde wapens op de doodkisten; hier het tafereel van een warme zomerslaap, wel tussen het groen en de bloemen en onder een heldere hemel, maar niettemin van slaap, een slaap waaruit geen ontwaken mogelijk is.

Hij liep sneller, zich herinnerend dat zijn wandeling een doel had, en keek om zich heen wie hij zou kunnen vragen waar de leraar Leonti Kozlov woonde. Maar er was niemand op straat: geen enkel teken van leven. Ten slotte besloot hij een van de houten huisjes binnen te gaan.

Op het bordes kwam hem zo'n sterke geur tegemoet dat hij niet wist welke van de drie deuren die daarop uitkwamen hij het snelst moest openen. Achter een ervan was beweging hoorbaar en hij betrad een halletje.

'Wie is daar?' vroeg verschrikt een bejaarde vrouw die een samowar in haar armen hield en op het punt stond die ergens heen te dragen, kennelijk om thee te zetten.

'Kunt u me misschien zeggen waar hier de leraar Leonti Kozlov woont?' vroeg Rajski.

Ze bleef hem angstig en met grote ogen aankijken.

'Wie is daar?' klonk een stem uit een andere kamer en tegelijkertijd werd het sloffen van pantoffels hoorbaar en vertoonde zich een man van een jaar of vijftig, in een bonte ochtendjas, met een blauwe doek in zijn handen.

'Hij vraagt naar een of andere leraar!' zei de geschrokken vrouw.

De heer in de ochtendjas staarde Rajski eveneens verbaasd aan.

'Wat voor leraar? Hier woont geen leraar...' zei hij, de bezoeker nog steeds verbaasd aankijkend.

'Neem me niet kwalijk, ik ben niet van hier, ik ben vanochtend pas aangekomen en ken niemand: ik liep toevallig deze straat in en wilde vragen...'

'Wilt u misschien verder komen?' nodigde de heer des huizes hem vriendelijk uit.

Rajski volgde hem een kleine huiskamer in waar eenvoudige, met leer beklede stoelen stonden, een eveneens leren canapé en een speeltafeltje onder een spiegel.

'Gaat u zitten?' zei hij. 'Naar welke leraar beliefde het u te vragen?' vervolgde hij toen ze waren gaan zitten.

'Naar Leonti Kozlov.'

'Er is een koopman Kozlov die een kraam heeft op de markt,' zei de man bedachtzaam.

'Nee, Kozlov is leraar klassieke talen,' herhaalde Rajski.

'Klassieke talen? Nee, die ken ik niet. U kunt het beter in het gymnasium gaan vragen... dat is daar op de heuvel.'

Dat wist ik al, dacht Rajski.

'Neem me niet kwalijk,' zei hij, 'ik dacht dat iedereen hem kende, omdat hij al zo lang in de stad woont.'

'Ja, ja, is hij niet huisleraar bij de voorzitter van de rekenkamer? Dan woont hij daar ook; zo'n stoere kerel?'

'Nee, nee, deze Kozlov is niet stoer!' zei Rajski glimlachend toen hij wegging.

Toen hij weer op straat stond, stuitte hij op een voorbijganger en vroeg hem of hij niet wist waar de leraar Leonti Kozlov woonde.

De voorbijganger dacht even na, nam Rajski van hoofd tot voeten op, wendde zich vervolgens af om met zijn vingers zijn neus te snuiten en zei naar de andere kant wijzend: 'Dat is waarschijnlijk daar, aan het einde van de stad, over de brug: daar woont een leraar.'

Gelukkig voor Rajski had een passerende kantoorklerk naar het gesprek geluisterd.

'Hoe kom je erbij? Dat is een tuinman.'

'Ik weet dat het een tuinman is, maar hij is ook leraar,' wierp de eerste tegen. 'De heren doen hun kinderen bij hem in de leer.'

'Maar hem zoekt hij niet,' wierp de klerk tegen, Rajski aankijkend. 'Volgt u mij maar!' voegde hij eraan toe en ging hem met snelle schreden voor.

Rajski volgde hem de ene straat in en de andere uit en ten slotte bracht zijn gids hem naar het huis waaruit helder en eendrachtig het abc opklonk.

'Hier is de school, daar zit de leraar!' zei hij, en wees op het raam waarachter de leraar zichtbaar was.

'Dat is helemaal niet degene die ik zoek,' reageerde Rajski misnoegd. Hij was razend op zichzelf omdat hij thuis vergeten had naar het adres van Kozlov te vragen.

'Op de heuvel is ook nog een gymnasium,' zei de kantoorklerk.

'Goed, bedankt, ik vind het zelf wel!' zei Rajski en ging de school binnen, in de veronderstelling dat de onderwijzer wel zou weten waar Leonti woonde.

Hij vergiste zich niet: de onderwijzer drukte zijn vinger op de plek in het boek waar hij was en ging, het boek in de hand, met Rajski naar buiten. Hij wees hem hoe hij een straat door moest lopen, daarna rechts afslaan en vervolgens links.

'Daar loopt u tegen een tuintje aan,' voegde hij eraan toe, 'daar woont Kozlov.'

De vooruitgang laat hier nog op zich wachten! dacht Rajski, luisterend naar de achter hem opklinkende kinderstemmen en voor de vijfde keer door dezelfde straten lopend, opnieuw zonder een levende ziel tegen te komen. Wat een mensen, wat een zeden, wat een toneeltjes! Allemaal komen ze van pas in een roman: al die lijnen en schaduwen, de details, het milieu zijn louter paarlen voor wie ze ziet en kan beschrijven! Wat zou er van Leonti zijn geworden: zou hij veranderd zijn of is hij nog steeds hetzelfde geleerde, maar naïeve kind? Hij is ook een dankbaar onderwerp voor een kunstenaar!

En hij ging het huis binnen.

5

Leonti behoorde tot het soort in boeken verdiepte en daarbuiten niets behalve hen kennende geleerden die leven in een voorbij of ideaal leven, een leven van cijfers, hypothesen, theorieën en systemen, en het werkelijke, rondom stromende leven niet opmerken.

Die interessante mensensoort sterft nu uit op Gods aardbodem, is misschien al uitgestorven. Isis heeft haar sluier afgelegd en haar priesters schamen zich nu voor hun pruiken, wijde mantels en halflange jassen, hebben die verwisseld voor pandjesjassen en overjassen en begeven zich onder de menigte.

Tegenwoordig ontmoet je nog maar zelden ongeschoren, ongekamde geleerden met een roerloze en eeuwig peinzende blik, met een geheel om de wetenschap draaiende conversatie, met een eenzijdig diep in haar geheimen doorgedrongen intellect. Ze zijn zeldzaam geworden, deze onhandige, verlegen, voor vrouwen vluchtende, wijze mannen met hun komische verstrooidheid en aandoenlijke kinderlijke eenvoud – die martelaren, ridders en slachtoffers van de wetenschap. De kamergeleerde is nu een anachronisme geworden omdat hij met zijn kennis niemand meer verbaast.

Leonti behoorde nog tot dat soort, hoewel de tijd waarin hij leefde de scherpe kantjes eraf had gesleten. Hij was in dezelfde stad geboren als Rajski, had zijn opleiding genoten aan dezelfde universiteit.

Wie hem vanaf zijn kindertijd had gevolgd, zou beslist zeggen dat ook geleerden, althans die welke tot genoemde soort behoren, net zoals dichters *nascuntur*. Hij had altijd verwarde haren en een afwezige blik, was eeuwig in boeken of schriften verdiept, alsof hij geen kindertijd had gekend, geen enkele aanvechting had om kattenkwaad uit te halen of te ravotten.

Ook zijn leeftijdgenoten amuseerden zich met hem. Nu en dan smeerde een of andere onverlaat roet op zijn gezicht. Leonti merkte het niet en liep de hele dag met een vlek rond, tot vermaak van de toeschouwers; bovendien kreeg hij nog een uitbrander van de surveillant omdat hij zich had bevuild.

Als iemand hem kneep of hem aan zijn haren trok, fronste hij zijn wenkbrauwen en in plaats van op te springen en achter de onverlaat aan te rennen, draaide hij zich langzaam om en keek verstrooid alle kanten op, terwijl de ander al in geen velden of wegen meer te bekennen was. Hij krabde de pijnlijke plek en verzonk weer in gedachten totdat een nieuwe aanslag of de bel voor het middageten hem wakker schudde uit zijn overpeinzingen.

Als men zijn ontbijt of middageten onder zijn handen vandaan haalde en opat, probeerde hij dit niet te achterhalen, maar pakte een zo moeilijk mogelijk boek om zijn eetlust te verdoven of hij ging, hongerig als hij was, naar bed en sliep in.

Tot het bemachtigen van een maaltijd door hem te stelen of er gewoon om te vragen, was hij nog minder in staat dan tot het achtervolgen van de dieven. Als hij daarentegen per abuis, toevallig, zelf op iets eetbaars stuitte, dan vroeg hij zich niet af of het van een ander was, maar at het op.

Maar hoezeer zijn kameraden ook de spot dreven met zijn gepeins en verstrooidheid, zijn grote hart, zijn zachtmoedigheid, zijn goedhartigheid en zijn zelfs hen, schooljongens, treffende eenvoud, zijn hoogstaande en integere karakter, toch bezorgde dat alles hem de onvoorwaardelijke sympathie van het jonge volkje. Hij had redenen te over om velen vijandig gezind te zijn, maar niemand had ooit redenen om dit jegens hem te zijn.

Toen ze hun vlegeljaren achter de rug hadden, leerden zijn kameraden hem waarderen en omgaven hem met achting en begrip, omdat hij behalve een karakter ook een autoriteit op het gebied van de wetenschap was. Hij had veel van een Duitse *Gelehrte*, kende oude en nieuwe talen, hoewel hij er geen enkele sprak, kende alle literaturen en was een hartstochtelijk bibliofiel.

Zijn feitenkennis was enorm en was geen stilstaand moeras, geen doods kerkhof, zoals de kennis van menige seminarist met zitvlees die in zijn geheugen de ene datum aan de andere rijgt, zoals men het ene grafmonument na het andere bouwt, zonder samenhang en alleen verbonden door het gras dat eroverheen groeit en de stilte.

In de kennis van Leonti daarentegen klopte een eigen leven, ook al behoorde dat leven tot het verleden. Hij had een open oog voor het verleden en verstond de kunst om tussen de regels door te lezen. Bij een oude bokaal fantaseerde hij een feestmaal waarop men daaruit dronk, bij een muntstuk een broekzak waarin het bewaard werd.

Vaak gingen hij en Rajski op in dat leven. Rajski als dilettant, voor de bevrediging van een kortstondige opflakkering van zijn verbeelding, Kozlov met zijn hele wezen. En Rajski zag bij hem op die ogenblikken eenzelfde gezicht als bij Vasjoekov achter zijn viool: hij hoorde een levendig, geïnspireerd verhaal over het leven in de Oudheid of sleepte hem integendeel zelf mee met zijn fantasie; en zij waardeerden in elkaar die levende zenuw waarmee ieder op zijn eigen wijze verbonden was met kennis.

Leonti had een hartstochtelijke liefde opgevat voor Grieks en Latijn en deed soms kortaf, leek pedant, en dat niet uit opschepperij, maar omdat de droge grammatica voor hem de sleutel vormde tot het door hem bestudeerde en zich gewillig aan hem openbarende oude leven dat de grondslag gelegd had voor het tegenwoordige en toekomstige leven.

Hij beminde haar, die bron van onze kennis, onze ontwikkeling, maar hij beminde haar al te vurig, gaf zich helemaal aan haar over en verloor het begrip voor het eigentijdse leven. Hij was als het ware een vreemde in dat leven, was er niet in thuis — een komische, onbeholpen figuur.

Leonti was een classicus met een onvoorwaardelijke eerbied voor alles wat voortvloeide uit de klassieke modellen of wat daarmee in overeenstemming was. Hij waardeerde Corneille, had zelfs een zwak voor Racine, hoewel hij ook wel met een glimlach zei dat zij de toga's en tunica's slechts geleend hadden voor hun markiezen, als op een gemaskerd bal. Maar toch weerklonken in hen de aloude namen van de hem dierbare helden en oorden.

In de nieuwe literaturen, daar waar geen oude vormen waren, erkende hij alleen de verheven poëzie en had een afkeer van het triviale, het alledaagse; hij hield van Dante, van Milton, deed een poging om Klopstock te lezen — maar was er niet toe in staat. Hij bewonderde Shakespeare, maar hield niet van hem; wel hield hij van Goethe, niet van de romanticus Goethe maar van de classicist; hij genoot meer van de Romeinse elegieën en de reizen door Italië dan van *Faust*, *Wilhelm Meister* kon hij niet waarderen, maar *Prometheus* en *Tasso** kende hij bijna uit zijn hoofd.

Hij vereerde Rafaël maar had weinig waardering voor de Vlaamse school, hoewel hij onwillekeurig glimlachte wanneer hij een schilderij van Teniers zag.

Hij was zo arm als het maar kon. Als student woonde hij in een bergruimte, tussen het kacheltje en het brandhout, en werkte bij het licht van een olielamp, en als zijn vrienden hem niet hadden geholpen, had hij niet geweten hoe hij aan boeken moest komen of soms ook aan ondergoed en kleren.

Geschenken aanvaardde hij niet omdat hij niets kon teruggeven. Men vond lessen voor hem, bestelde dissertaties en gaf daarvoor ondergoed, kleding en af en toe geld, maar het vaakst boeken — waarvan hij op den duur een grotere voorraad had dan van brandhout.

Al zijn leeftijdgenoten bruisten van het leven en hadden grote plannen voor de toekomst. Alleen hij droomde er niet van nog eens veldheer of schrijver te worden, zei alleen: 'Ik word leraar in de provincie,' en beschouwde die bescheiden bestemming als zijn roeping.

Zijn kameraden, onder wie Rajski, probeerden zijn eerzucht te prikkelen, spraken over creatieve, vruchtbare werkzaamheid en over een professoraat. Dat was natuurlijk de maarschalksstaf die hij in zijn ransel droeg en die al zijn verlangens zou vervullen. Maar hij slaakte een diepe zucht als antwoord op die dromen.

'Ja, prachtig,' zei hij, zich inlevend in het beroep van professor, 'reeksen generaties beïnvloeden met het levende woord, alles doorgeven aan een leergierige jeugd wat je zelf weet en waar je van houdt. Hoeveel bezigheden heb je zelf niet, hoeveel hulpbronnen en materiaal: een bibliotheek, geanimeerde gesprekken met je collega's, daarna kun je naar het buitenland, naar Duitsland, naar Cambridge... naar Edinburgh,' sprak hij met steeds meer geestdrift, 'kennismaken, daarna corresponderen... Ach, nee, dat is niets voor mij!' voegde hij er ontnuchterend aan toe, 'een professor heeft nog andere verplichtingen: hij zit in adviesraden, moet examineren, een diesrede houden. Ik zou verloren gaan, nee, dat is niets voor mij! Nee, ik word leraar in de provincie!' besloot hij op besliste toon en stopte zijn neus in zijn boeken of schriften.

Allemaal kwamen ze meer of minder bedrogen uit. Degene die oorlog wilde voeren en het mensengeslacht uitroeien, werd door het lot teruggebracht naar zijn voorvaderlijk erfgoed en vergenoegde zich ermee zich voort te planten, te eten, te kaarten en af te geven op de hoogte van de belastingen.

Een ander droomde van het bereiken van een hoge positie als ambtenaar, welke hem de gelegenheid zou bieden om een veelzijdige en zegenrijke activiteit te ontplooien, en bemachtigde ten slotte het lidmaatschap van een sociëteit, waaraan hij al zijn vrije tijd opofferde.

Ook Rajski droomde ervan kunstenaar te worden en droeg nog steeds het heilig vuur in zijn borst, produceerde voortdurend opzetjes, fragmenten, motieven, schetsen en grootse plannen, maar zijn naam was nog steeds onbekend en zijn werken verblijdden de wereld niet.

Alleen Leonti had het doel bereikt dat hij zich gesteld had, en was leraar in de provincie geworden.

Toen de tijd om afscheid te nemen was aangebroken en zijn kameraden de een na de ander vertrokken, keek Leonti bezorgd in het rond, merkte op hoe leeg het om hem heen was geworden en treurde, daar hij door zijn gebrek aan praktische kennis niet wist wat hij met zichzelf aan moest, waar hij moest blijven.

'Jij ook al!' zei hij mismoedig wanneer iemand afscheid kwam nemen.

Er waren er maar weinig die niet in huilen uitbarstten wanneer ze afscheid van hem namen en zelf stikte hij ook in de tranen, dacht niet aan de stompen, de schoppen of de spotternijen die hij had moeten verdragen, noch aan de maaltijden die hij door hun toedoen had gemist.

Ten slotte moest ook hij zorgen dat hij ergens onder dak kwam. Maar waar moest hij heen? Rajski bracht iedereen op de been, ook de professoren spanden zich voor hem in, schreven naar Petersburg en bezorgden hem de gewenste baan in zijn geboortestad.

Daar, in zijn geboortestreek, installeerde Rajski hem met behulp van baboesjka en een paar kennissen in een woning en zodra al die uiterlijke omstandigheden waren geregeld, ging Leonti aan het werk, met de ijver en het geduld van os en ezel tezamen, en hij ging opnieuw op in zijn, of liever gezegd andermans, voorbije leven.

Tatjana Markovna had niet veel aandacht voor de rijke bibliotheek die Rajski ten deel was gevallen, de boeken lagen te vergaan in het stof van het oude huis. Marfenka haalde er nu en dan wat boeken uit, zonder enige selectie: vandaag *De reizen van Gulliver*, morgen *Paul et Virginie** of ze pakte Chateaubriand, daarna Racine, vervolgens een roman van madame Genlis.* En de boeken verzorgde ze zo niet beter dan toch even goed als haar bloemen en vogels.

De overige boeken in het oude huis werden gedurende enige tijd beheerd door Vera: ze nam wat haar beviel, las het of las het niet en zette het weer terug op zijn plek. Desalniettemin werden de boeken beroerd door een levende hand en bleven ze op een of andere manier heel, hoewel sommige, degene die het oudst en het vettigst waren, werden aangevreten door de muizen. Vera had baboesjka verzocht daarover aan Rajski te schrijven en hij had opdracht gegeven de boeken aan Leonti toe te vertrouwen.

Leonti was dolblij toen hij de circa drieduizend banden zag, en de oude, verstofte en verschimmelde boeken werden weer gelezen en gebruikt, totdat, zoals bleek uit de brief van Kozlov, een zekere Mark het werk van de muizen voortzette.

6

Leonti was getrouwd.

De bedrijfsleider van een staatsonderneming in Moskou exploiteerde onder andere een kantine voor studenten, waarbij hij voor een roebel en een kwart aan kopergeld drie, en voor vijftig kopeken méér vier gerechten opdiende. De studenten kwamen en masse. Ze werden niet alleen aangetrokken door de koolsoep, de noedelsoep, de macaroni, de pannenkoeken enzovoort, die de bedrijfsleider vanwege de lage prijs liet bereiden uit de kool-, grutten- en meelvoorraden die hij voor de staat moest beheren, maar ook door diens dochter, die zowel haar vader als de studenten om haar vinger wond.

Zij was erg jong in de tijd waarin Rajski en Kozlov studeerden maar ondanks haar zestien of zeventien jaren een bijzonder bijdehand, altijd rondfladderend, fris meisje.

Ze had een welgevormde neus, een bevallige mond en een mooie kin. Vooral haar profiel was regelmatig, streng en mooi van lijn. Haar haren waren rossig, wat donkerder in de nek, maar meer naar boven toe lichter, en de bovenste helft van haar vlecht, die op haar kruin lag, was van een roodachtig gouden kleur, daardoor speelde over haar haar, voorhoofd en ten dele ook over haar eveneens enigszins rossige wenkbrauwen als het ware voortdurend een zonnestraal.

Rond haar neus en wangen wemelde het van de zomersproeten, die ook in de winter niet helemaal verdwenen. Daardoorheen werd de felrode vlam van een blos zichtbaar. Maar de sproeten verzachtten het vuur en wierpen een schaduw over het gezicht, zonder welke het wat al te felverlicht en open had geleken.

Dat gezicht had nog een bijzondere eigenschap: de lach die voortdurend in haar trekken lag, ook wanneer er niets te lachen viel en ze niet in de stemming was om te lachen. Die lach was als het ware in haar gezicht gestold en stond haar beter dan tranen, die overigens vrijwel niemand ooit bij haar gezien had.

De studenten werden allemaal verliefd op haar, om beurten of met een paar tegelijk. Ze nam ze allemaal bij de neus, vertelde de een over de liefde van de ander en lachte met hem om de eerste, daarna met de eerste om de tweede. Sommigen kregen vanwege haar ruzie.

Wanneer iemand zo slim was om haar Parijse laarsjes en oorbellen te geven, werd ze meteen de vriendelijkheid zelve tegen hem, fluisterde met hem, vluchtte de tuin in en nodigde hem uit om 's avonds thee met haar te komen drinken.

Toen de anderen dat merkten volgden ze het voorbeeld: de een schonk haar stof voor een jurk onder het voorwendsel van dankbaarheid voor het goede eten, een ander bezorgde haar een logeplaats, men bracht haar snoep, en Oelenka werd bijna tegen iedereen even vriendelijk.

De kunst om iedereen te vriend te houden ontwikkelde ze in hoge mate. Als iemand om haar jaloers was op een van de anderen, dan lachte ze met hem om die ander, die volgens haar geen schijn van kans bij haar maakte. Bovendien wist ze een strenge indruk te wekken door te foeteren op rokkenjagers die onervaren vrouwen in hun netten verstrikten en ze daarna in de steek lieten.

Ze gispte en bespotte vriendinnen en kennissen wanneer die verliefd werden, vertelde met zichtbaar plezier aan iedereen die het horen wilde dat men Liza bij het aanbreken van de dag had aangetroffen terwijl ze over de heg in de tuin heen met een assistent aan het praten was, of dat bij die en die dame (ze noemde naam en toenaam) voortdurend een heer in een rijtuig op bezoek kwam en om twee uur 's nachts pas weer vertrok.

Haar minnaars prentte ze precies in wat ze moesten zeggen wanneer iemand vroeg waar ze de avond tevoren samen geweest waren, waar ze over gesproken hadden, waarom ze in een donkere laan of een tuinhuisje geweest waren, enzovoort, waarom 's avonds deze of gene was gekomen – alles.

Bij Leonti kwam het uiteraard niet eens op om naar haar toe te gaan: hij woonde op kamers, at de eentonige kost die zijn hospita hem voorzette – koolsoep en brij – en een luxe als dineren voor een en een kwart roebel, het eten van macaroni of karbonades kon hij zich niet veroorloven. Bovendien had hij niets om aan te trekken: een uniformjas en twee broeken, waarvan er een van nanking was, voor de zomer, dat was zijn hele garderobe.

Maar Rajski nam hem wel eens mee. Leonti besteedde dan geen enkele aandacht aan Oeljana Andrejevna en at gulzig, waarbij hij luid smakte en aan heel andere dingen dacht dan aan de dochter van de waard. Daarna ging hij stilletjes naar huis, zonder met iemand anders dan Rajski ook maar een woord gewisseld te hebben.

Uiterlijk was hij niet bepaald aantrekkelijk: hij was mager, had een duistere blik en onregelmatige trekken; de ene helft van zijn gezicht leek altijd te contrasteren met de andere. Dat gezicht was min of meer kleurloos, zonder blos of frisse teint.

Alleen wanneer hij opging in lange gesprekken met Rajski of naar een college over het leven van de Grieken en Romeinen luisterde, wanneer hij een klassieke schrijver las, alleen dan verscheen er plotseling leven in zijn ogen en maakten ze een intelligente, levendige indruk.

Maar hoe had Oelenka die schoonheid kunnen opmerken? Zij zag alleen dat er nu eens een knoop aan zijn uniformjas ontbrak en dat dan weer zijn broek was gescheurd of er gaten in zijn laarzen zaten. Het leek haar ook vreemd dat hij haar niet een keer strak aankeek, maar naar haar keek als naar een muur of een tafellaken.

Dat was haar nog nooit overkomen met iemand die bij haar kwam eten. Zelfs jongelui die niet erg gevoelig waren voor indrukken, lieten hun blik altijd eerst op haar rusten.

Maar deze keek naar haar, noch naar de keukenmeid Oestinja, wanneer die de gasten bediende.

En Oestinja was op haar manier ook opmerkelijk. Ze was het voortdurende mikpunt van de aandacht en het vermaak van de gasten. Het was een plompe boerenvrouw met een gezicht dat zich schijnbaar ooit sterk over iets had verbaasd en die uitdrukking van verbazing haar hele leven had behouden. Maar Leonti merkte ook haar niet op.

Oelenka had al meer dan eens gegrinnikt om zijn figuur en verstrooidheid, maar zijn kameraden, vooral Rajski, vertelden haar zoveel goeds over hem dat ze zich ertoe beperkte om hem met een spottend gezicht te observeren. Wanneer ze het niet meer uithield, ging ze naar een andere kamer om het daar uit te proesten.

'Wat is die Kozlov van jullie lachwekkend!' zei ze een keer.

'Het is een aardige vent!' prees iemand hem.

'Hij is erg knap, wat hij allemaal niet weet: alleen de professor en de bisschop in de kathedraal kennen beter Grieks dan hij. Men zal hem assistent-professor maken.'

'Hij heeft een hoogstaand karakter!' voegde een derde er enthousiast aan toe.

Een keer – het was de vijfde of zesde keer dat hij samen met Rajski kwam eten – bleef hij door zijn verstrooidheid langer aan tafel zitten dan alle anderen. Iedereen was al weg, en hij bleef alleen achter, verorberde peinzend de resten van een rijstgerecht.

Hij merkte niet dat Oeljana Andrejevna een ander vol bord met diezelfde rijst voor hem neerzette, bleef werktuiglijk met zijn lepel rijst opscheppen en in zijn mond steken.

Ze zette stilletjes nog een derde bord neer, weer met rijst, keek zelf vanuit de deur toe hoe hij at en stopte een doek in haar mond om niet hardop in lachen uit te barsten. Hij at nog steeds.

Het is een aardige vent! dacht ze, hij doet geen vlieg kwaad! Maar wat heb je aan die aardigheid als hij me niets ten geschenke kan geven? Hij is intelligent! – bleef ze hem bestuderen – maar hij eet zijn derde bord met rijst en merkt het niet op! Hij merkt niet dat iedereen om hem heen hem bespot! Dat noemen ze een 'hoogstaand karakter'...!

Ze dacht lang na over die kwalificatie, krabde zich achter het oor, inspecteerde verstrooid haar nagels en geeuwde.

Hij schijnt niet eens een hemd aan te hebben, het is althans niet te zien! Wat heb je dan aan dat hoogstaande karakter? vroeg ze zich af.

Leonti at nog steeds.

Ach, hij eet maar en kijkt niet op! dacht ze en hield het niet uit, begon te schateren.

Hij hoorde het gelach, schrok wakker, raakte in verwarring en begon zijn pet te zoeken.

'Haast u niet, eet rustig af,' zei ze, 'wilt u nog meer?'

'Nee... nee... ik moet naar huis...' zei hij beschaamd, zonder haar aan te kijken en liep van de ene hoek naar de andere om zijn pet te zoeken.

Maar Oelenka had hem allang uit de vensterbank gepakt en op haar hoofd gezet.

'Waar is-ie dan? Een van je kameraden heeft hem zeker meegenomen,' zei ze.

'Dat geloof ik niet...' zei Leonti, naar alle kanten verstrooide blikken werpend, 'dan had-ie zijn eigen pet wel achtergelaten, maar ik zie geen andere...'

Hij kijkt overal, alleen niet naar mij, de ongelikte beer! dacht ze.

'Hebt u soms een pet?' vroeg hij. 'Ik hoef niet ver te zijn, ik ben er zo.'

'Waar wilt u heen? Het is nog te vroeg, laten we de tuin in gaan! Misschien vinden we uw pet. Misschien heeft iemand hem daar naartoe meegenomen, naar het tuinhuisje?'

Hij liep werktuiglijk achter haar aan en toen ze een pas of tien over het tuinpaadje gelopen hadden, wierp hij een toevallige blik op haar en... ontwaarde zijn pet. Behalve die pet merkte hij opnieuw niets op...

'Ah!' verheugde hij zich, 'ú hebt hem...'

Pas toen wierp hij een blik op haar, vervolgens op zijn pet en toen weer op haar, en plotseling bleef hij staan met een verbaasd gezicht, zoals bij Oestinja, hij opende zelfs zijn mond een beetje en hield zijn verbaasde ogen strak op haar gericht, alsof hij haar voor het eerst zag. Ze begon te lachen.

Eindelijk heeft-ie me gezien! dacht ze en zette de pet lachend op zijn hoofd.

'Wat blijft u staan? Kom met mij mee,' zei ze.

'Ik moet weg!' antwoordde hij zonder zich te verroeren.

'Waarheen? U hebt nog tijd genoeg. Ik laat u niet gaan.'

Ze pakte snel opnieuw zijn pet van zijn hoofd. Hij greep onwillekeurig met beide handen naar zijn hoofd, alsof hij zich ervan wilde vergewissen dat zijn pet opnieuw weg was en liep langzaam achter haar aan, haar af en toe schuchter en verbaasd aankijkend.

'Waarom komt u niet vaker bij ons eten? Kom morgen!' zei ze.

'Het is te duur!' antwoordde hij.

'Te duur? Bent u dan echt zo arm?' vroeg ze nieuwsgierig.

'Ja, heel erg...' antwoordde hij, zijn ogen neerslaand.

Hij had zich bijna geschaamd voor zijn armoede, maar vond dat even later kleinzielig en zei openlijk: 'Ik ben erg arm, heeft Rajski niet verteld dat ik soms de huur van mijn woning niet kan betalen? Ziet u dit?'

Hij toonde haar de verschoten en deels vettig geworden mouw van zijn uniformjas.

Ze wierp er een onverschillige blik op, alsof het haar niet aanging, monsterde vervolgens zijn hele, tamelijk magere gestalte, zijn magere handen, bolle voorhoofd en kleurloze wangen. Nu pas ontdekte Leonti de diep in de trekken van haar gezicht verborgen lach.

'Lacht u me uit?' vroeg hij verbaasd. Zo onnatuurlijk scheen het hem toe om te lachen om armoede.

'Geen sprake van,' zei ze onverschillig, 'wat is er zo bijzonder aan een afgedragen uniformjas? Die zie ik zo vaak!' Hij keek haar argwanend aan: ze lachte inderdaad niet en wilde ook helemaal niet lachen, alleen haar gezicht lachte.

'U mist een knoop. Blijf staan, ga niet weg, wacht hier op me!' zei ze, rende vlug naar huis en kwam even later terug met naald en draad, een vingerhoed en een knoop.

'Sta stil en beweeg niet!' zei ze, pakte de zoom van zijn jas in haar ene hand, drukte de knoop op zijn plaats en begon met haar andere hand, die de naald vasthield, op en neer te bewegen voor Leonti's gezicht.

Haar wang was vlak bij de zijne en hij moest zijn adem inhouden om haar niet in het gezicht te ademen. Hij raakte vermoeid door die gedwongen houding en zelfs enigszins bezweet. Hij liet zijn ogen niet van haar af.

Ze heeft een zuiver Romeins profiel! dacht hij verwonderd.

In twee minuten was ze klaar, drukte zich vervolgens stevig met haar wang tegen zijn borst, vlak bij het hart, en beet de draad door. Leonti verstijfde en stond daar bedremmeld, haar met verbaasde ogen aankijkend.

De katachtige behendigheid van haar bewegingen, de hand die bijna zijn gezicht raakte en ten slotte haar tegen zijn borst gedrukte wang deden hem duizelen.

Hij raakte als het ware in een roes. De warme en tedere geur van een bepaald soort bloemen woei hem van haar aan.

Wat betekent dit, wat is het? Ze is geloof ik wel aardig, besloot hij: als ze alleen de spot met me had gedreven, had ze die knoop niet aangenaaid. En waar heeft ze die vandaan? Een van de onzen moet hem verloren hebben!

'Wat staat u daar nu? Zeg *merci* en kus me de hand! Wat bent u toch onbeholpen!' zei ze gebiedend en drukte haar hand stevig tegen zijn lippen, met nog steeds diezelfde behendigheid als waarmee ze de knoop had aangenaaid, zodat zijn kus, nadat ze haar hand had weggehaald, in de lucht terechtkwam.

Leonti keek haar nog een keer aan en vergat haar daarna nooit meer. Een sterke, gelijkmatige en diepe hartstocht was in hem ontwaakt.

'Kom morgen eten,' zei ze.

'Dat is me te duur,' antwoordde hij naïef. Maar hij leende niettemin wat geld van Rajski en ging toch. Daarna kwam hij wéér.

Zijn kameraden merkten dat op en Rajski begon hem vaker uit te nodigen. Leonti begreep dat men grapjes over hem maakte en wilde daar meteen een einde aan maken door niet meer te gaan. Hij hield aanvankelijk voet bij stuk.

'Laten we gaan,' nodigde Rajski hem uit.

'Nee, Boris, ik ga niet,' verontschuldigde hij zich. 'Wat moet ik daar doen: jullie zijn allemaal aantrekkelijk, minzaam, vlotte praters. En ik, wat beteken ik voor haar? Ze lacht me gewoon uit!'

'Misschien houdt ze op met lachen,' zei Rajski aarzelend, 'wanneer ze je beter leert kennen?'

'Hoe zou ze me niet uitlachen!' zei Leonti met een droeve glimlach en liet zijn blik over zijn eigen onooglijke gestalte glijden.

Ten slotte ging hij er toch heen en ging vaak. Ze wandelde niet met hem door donkere laantjes, verborg zich niet in een tuinhuisje, en hij was weinig spraakzaam, gaf haar geen cadeaus maar was ook niet jaloers, maakte geen scènes, deed niets wat anderen deden, en wel om de meest simpele reden: hij zag niets, merkte niets en vermoedde niets van wat zij deed, van wat anderen deden en van wat er allemaal om hem heen gebeurde.

Hij zag alleen haar Romeinse profiel wanneer ze voor hem stond of zat, voelde de warmte en de geur van bepaalde bloemen die hem van haar aanwoei en betastte vaak de door haar aangenaaide knoop.

Hij luisterde naar wat ze tegen hem zei, hoorde niet wat ze tegen anderen zei en geloofde alleen datgene wat hij zag en wat hij van haar hoorde.

Ze hoefde tegenover hem niet te veinzen of te liegen, geen onschuld voor te wenden. Ze gedroeg zich tegenover hem spontaan en eenvoudig, zoals ze was wanneer er niemand bij haar was.

Hij nam al haar blikken, al haar woorden voor zoete koek aan, zei niets, at veel, luisterde en staarde haar slechts af en toe aan met vreemde, schijnbaar verschrikte ogen en observeerde zwijgend haar handige bewegingen, haar vrolijke geprat en luide lach, verdiepte zich in haar raadselachtige, eeuwig spottende gezicht, zoals in een nieuw boek dat hij nog niet kende.

'Wat zie je in haar?' vroegen zijn kameraden hem.

Hij raakte in verwarring, ging weg en begreep zelf niet wat er met hem aan de hand was. Voor het vertrek bleek iedereen iets van haar gekregen te hebben: de een had een ringetje gekregen, de ander een geborduurde tabakszak, om nog maar niet te spreken over de blijken van tederheid die geen spoor achterlaten. Sommigen waren verrast, wie wat gevoeliger was tot tranen toe geroerd, maar de meesten lachten om zichzelf en om elkaar.

Alleen Leonti bleef haar met een ernstige en bedachtzame blik aankijken en verkondigde plotseling dat hij, als ze daarmee instemde, met haar zou trouwen zodra hij een baan en een huis had. De kameraden lachten daar hard om en zij ook.

Ze noemde hem haar bruidegom en beloofde lachend hem te schrijven zodra het tijd was om te trouwen. Hij vatte dat in ernst op. En zo namen ze afscheid van elkaar.

Wat er vervolgens met haar gebeurde, dat weet niemand. Het enige wat bekend werd, is dat haar vader stierf, dat zij uit Moskou vertrok en ziek en sterk vermagerd terugkeerde, dat ze bij een arme tante woonde. Toen ze weer beter was, schreef ze aan Leonti om te vragen of hij zich haar en zijn oude plannen herinnerde.

Hij antwoordde bevestigend en een jaar of vijf na zijn afstuderen reisde hij naar Moskou en kwam vandaar, getrouwd met haar, weer terug.

Hij hield van zijn vrouw zoals men van de lucht of van de warmte houdt. En niet alleen dat; hij, die geheel opging in de beschouwing van het leven in de Oudheid, in haar ideeënwereld en haar kunst, zag kans om in Oelenka de belichaming van het wezen der klassieken te zien, de klassieke vorm.

Wanneer ze soms plotseling voor hem langs liep en met haar naaiwerk tegenover hem ging zitten, werd hij getroffen door een lichtstraal die over haar profiel speelde, over haar rossige slapen of haar blanke voorhoofd.

De lijn van haar nek en hals trof hem vaak. Haar hoofd leek hem gelijkenis te vertonen met de hoofden van de Romeinse vrouwen op klassieke bas-reliëfs en cameeën: hetzelfde strenge, voorname profiel, dezelfde compacte haardos, vaste blik en in de gelaatstrekken gestolde, ingehouden lach.

7

Leonti herkende Rajski niet toen die zich plotseling in zijn werkkamer vertoonde.

'Met wie heb ik het genoegen...' wilde hij beginnen.

Maar zodra Boris Pavlovitsj begon te spreken, viel hij hem in de armen.

'Vrouw! Oelenka! Kom, kijk eens wie er gekomen is!' riep hij naar zijn vrouw in het tuintje.

Ze kwam aanhollen en zoende Rajski.

'Wat bent u mannelijk en knap geworden!' zei ze en haar ogen begonnen te glanzen van blijdschap.

Ze wierp een vluchtige blik op het gezicht en het pak van Rajski en keek hem toen schalks en stoutmoedig recht in de ogen.

'U zult hier iedereen het hoofd op hol brengen, mij als eerste... Weet u nog?' begon ze en vulde met haar ogen de herinnering aan.

Rajski raakte enigszins in verwarring en keek naar Leonti om te zien wat die ervan vond, maar die zei niets. Daarna keek hij haar zonder zijn verbazing te verbergen aan en zijn verbazing groeide nog toen hij zag in hoe geringe mate de jaren haar schoonheid hadden aangetast: hoewel ze al voor in de dertig was, leek ze zo al niet het vroegere meisje, dan toch in ieder geval een opgebloeide, tot volle wasdom gekomen vrouw te zijn met een prachtig figuur.

Er school iets dartels in haar houding, haar ogen, haar hele figuur. Haar ogen schoten net als vroeger vonken, ze had nog steeds diezelfde hoogrode blos, zomersproeten, diezelfde vrolijke, onbezorgde blik en, naar het scheen, diezelfde meisjesachtige uitgelatenheid!

'Wat bent u goed geconserveerd,' zei hij, 'nog steeds dezelfde...'

'Mijn goudgelokte Cleopatra!' merkte Leonti op. 'Wat kan haar gebeuren: we hebben geen kinderen, weinig zorgen...'

'Bent u me niet vergeten, herinnert u zich mij nog?' vroeg ze.

'Hoe zou hij zich jou niet herinneren!' antwoordde Leonti voor hem. 'Als hij jou was vergeten, dan had hij zich de rijstebrij wel herinnerd. Oelenka heeft gelijk: je bent erg mannelijk geworden, je bent onherkenbaar, hebt een snor en een baard. Wat zei baboesjka? Ik denk dat ze erg blij was. Niet blijer overigens dan ik. Verheug je toch, Oelja! Wat sta je hem aan te staren zonder iets te zeggen?'

'Wat moet ik dan zeggen?'

'Zeg: "*Salve, amico...*"'

'Daar heb je hém weer! Ik weet zonder jou ook wel hoe ik iemand moet verwelkomen!'

'Ze weet niet wat ze tegen de beste vriend van haar man moet zeggen! Herinner je je dat hij ons met elkaar in contact heeft gebracht; met hem ben ik hele nachten opgebleven, we lazen...'

'Als jij er niet geweest was,' onderbrak Rajski hem, 'zouden de Romeinse dichters en historici voor mij hetzelfde zijn als Chinese. Van onze Ivan Ivanovitsj hebben we niet veel geleerd...'

'En op school,' vervolgde Kozlov zonder naar hem te luisteren, 'verdedigde hij me als de anderen me wilden slaan en zelf heeft hij me in die hele tijd... niet meer dan twee keer aan de haren getrokken...'

'Kwam dat voor?' vroeg zijn vrouw. 'Hebben jullie hem echt geslagen?'

'Waarschijnlijk voor de grap...'

'O, nee, Boris, het deed pijn!' zei Leonti. 'Anders zou ik het niet hebben onthouden, maar ik weet ook nog waarvoor het was. Een keer had ik per abuis op de achterkant van een tekening van jou een uittreksel van een boek gemaakt... voor jou nog wel, maar je was razend! En de andere keer had ik per ongeluk iets van je opgegeten...'

'Was het geen rijstebrij?' vroeg zijn vrouw.

'Ze blijft me maar aan mijn kop zeuren over die rijstebrij,' merkte Leonti op, 'ze probeert me wijs te maken dat ik zonder het te merken drie borden heb opgegeten en dat ik tijdens de rijstebrij en vanwege de rijstebrij verliefd op haar ben geworden. Ik ben toch geen monster!'

'Nee, je bent intelligent, aardig en je hebt een hoogstaand karakter,' zei ze met haar gestolde lach in het gezicht en aaide haar man over zijn voorhoofd. Vervolgens trok ze zijn das recht, verschikte de kraag van zijn overhemd en wierp weer een schalkse blik op Rajski.

Die zag aan de blikken die ze op hem wierp dat oude herinneringen in haar tot leven kwamen en dat zij ze niet alleen in haar geheugen bewaarde, maar ze met haar ogen ook aan hem doorgaf. Maar hij deed net of hij niet merkte wat er in haar omging.

Hij observeerde haar zwijgend en in zijn hoofd ontstond een beeld van twee nieuwe persoonlijkheden: zij en Leonti.

Ze is nog steeds dezelfde, is trouw aan zichzelf, is niet veranderd, dacht hij. En Leonti, weet die het, merkt hij het op? Nee, hij schijnt net zoals vroeger het leven van de Grieken en Romeinen te kennen als zijn broekzak, maar zijn eigen leven is hem vreemd. Hoe houden ze het met elkaar uit... Enfin, we zullen zien...

'Over brij gesproken: blijf je eten?' vroeg Leonti.

'Hoe kan dat nou?' bracht zijn vrouw in het midden. 'Iemand uitnodigen onze maaltijd te delen! Hij is geen student meer: Boris Pavlovitsj is in Petersburg verwend geraakt, denk ik...'

'Wat eet je graag?' vroeg Leonti.

'Alles,' antwoordde Rajski.

'Als je alles eet, dan krijg je genoeg. Ach, wat ben ik blij. Ach, Boris... ik kan er gewoon geen woorden voor vinden!'

Hij begon zijn papieren en boeken van de tafel te ruimen.

'Als baboesjka maar niet op me wacht...' aarzelde Rajski.

'Ach, die baboesjka van jullie!' merkte Oeljana Andrejevna misnoegd op.

'Hoezo?'

'Ik mag haar niet!'

'Waarom dan niet?'

'Ze speelt erg graag de baas... en veroordeelt graag...'

'Ja, dat is waar, ze is een despoot... Dat komt door de omgang met lijfeigen boeren. Oude zeden!'

'Als we naar haar zouden luisteren,' vervolgde Oeljana Andrejevna, 'dan zou iedereen op zijn plaats blijven zitten zonder zijn hoofd te draaien of naar rechts of naar links te kijken, zonder een woord te durven zeggen: anderen veroordelen, dáár is ze goed in! En zelf is ze onafscheidelijk van Tit Nikonytsj, die is daar kind aan huis...'

Rajski begon te lachen.

'Wat zeg je nou allemaal, ze is gewoon een heilige!' zei hij.

'Mooie heilige: dit is niet goed, dat is niet goed. Alleen haar kleindochters bestaan voor haar! Wie weet wat er van hen terecht zal komen. Marfenka is altijd in de weer met kanariepietjes en met bloemen en de andere zit als een huisgeest in een hoek en zegt geen woord. We zullen zien wat daarvan terechtkomt.'

'Heb je het over Verotsjka? Ik heb haar nog niet gezien. Ze logeert aan de overkant van de Wolga.'

'God mag weten wat ze daar uitvoert, aan de overkant van de Wolga.'

'Nee, ik houd van baboesjka als van een moeder,' zei Rajski, 'ik heb me van veel losgemaakt in mijn leven, maar zij is nog steeds een autoriteit voor mij. Ze is verstandig, eerlijk, rechtvaardig, ze beschikt over een bepaalde kracht. Ze is geen doorsneevrouw. Ik zie iets in haar...'

'Daarom gelooft u haar, als zij...'

Oeljana Andrejevna nam Rajski mee naar het raam terwijl haar man de over de tafel verspreide papieren verzamelde en opborg in kisten en de boeken op de planken zette.

'Daarom gelooft u haar als zij u zegt...'

'Ik geloof alles wat ze zegt,' zei Rajski.

'Geloof haar niet, het is niet waar,' zei ze, 'ik weet het, ze zal u onzin influisteren... over *monsieur Charles*...'

'Wie is dat, *monsieur Charles*?'

'Dat is een Fransman, een leraar, een collega van mijn man: zij zitten daar, lezen samen tot diep in de nacht... Wat kan ik daaraan doen? En in de stad zeggen ze God weet wat... alsof ik... alsof wij...'

Rajski zweeg.

'Geloof het niet, dat zijn dwaasheden, er is niets...' Ze keek Rajski aan met een waternimfachtige, valse blik terwijl ze dat zei.

'Wat heb ik daarmee te maken?' vroeg Rajski, plotseling van haar terugwijkend. 'Ik wil het niet eens horen...'

'Wanneer komt u weer?' vroeg ze.

'Ik weet het niet, wanneer het zo uitkomt...'

'Komt u vaker... u hield vroeger van...'

'U denkt nog steeds aan onze dwaasheden van vroeger!' zei Rajski, opnieuw terugwijkend. 'We waren toch nog bijna kinderen...'

'Kom nou, kinderen! Ik ben nog niet vergeten hoe u toen mijn arm hebt opengekrabd.'

'Wat zegt u nu?' vroeg Rajski, zich nog een stap van haar verwijderend.

'Ja, ja. Wie hield er tot diep in de nacht de wacht bij het tuinhek?'

'Wat een idioot was ik, als dat waar is! Nee, nee, het bestaat niet!'

'Ja, u bent nu verstandig geworden en hebt denk ik "een hoogstaand zedelijk besef" ...rakker!' zei ze op zangerige, tedere toon.

'Genoeg, genoeg!' probeerde hij haar te kalmeren. Hij voelde zich niet op zijn gemak.

'Ja, mijn tijd gaat voorbij...' zei ze met een zucht en de lach verdween voor een ogenblik van haar gezicht. 'Ik heb niet veel meer te verwachten... Wat zijn mannen toch gelukkig: zij kunnen lang beminnen...'

'Beminnen,' herhaalde Rajski op zachte, spottende toon.

'U wordt nu zeker niet meer verliefd op me?' vroeg ze.

'Hou toch op: op u noch op een ander!' zei hij. 'Mijn tijd is ook voorbij: ik krijg al grijze haren! En wat moet u met liefde: u hebt een man, ik heb mijn werk. Dat is alles wat me is overgebleven: de kunst en het werk. Aan hen moet ik de rest van mijn leven wijden...'

Hij verzonk in gepeins en de zuivere, smetteloze gedaante van Marfenka met de frisse adem van de jeugd doemde voor hem op. Hij verlangde naar huis, naar haar en naar baboesjka, maar de blijdschap om het weerzien met een oude vriend weerhield hem.

'Weet u niets beters? Het werk!' reageerde Oeljana Andrejevna geïrriteerd. 'U hebt geld genoeg, u bent een knappe man, maar nee: het werk! Wat is dat toch? U bent toch geen Leonti, die stopt zijn neus in de boeken en wil verder niets weten. Laat hem! Maar waarom wilt u diezelfde kant op? Laten we naar de tuin gaan... Herinnert u zich onze tuin...?'

'Ja, ja, laten we gaan!' drong Leonti aan. 'Daar gaan we eten. Oelenka, laat opdienen wat er is... en zo snel mogelijk. Laten we gaan, Boris, laten we praten... Ja...' – er schoot hem plotseling iets te binnen – 'Hoe wil je me straffen... vanwege de bibliotheek?'

'Vanwege welke bibliotheek? Wat heb je me daarover geschreven? Ik begreep er niets van! Een of andere Mark verscheurt de boeken...'

'Ach, Boris Pavlovitsj, je kunt je niet voorstellen wat een ellende hij me heeft bezorgd, die Mark, kijk hier!'

Hij pakte een stuk of drie boeken en toonde Rajski delen met uitgescheurde bladzijden.

'Kijk eens wat hij met Voltaire heeft gedaan: hoe dun de delen van het *Dictionnaire philosophique* zijn geworden... En hier heb je Diderot, hier de vertaling van Bacon, hier Machiavelli...'

'Wat kan mij dat schelen?' zei Rajski ongeduldig en schoof de boeken van zich af... 'Je bent net baboesjka: de een valt me lastig met rekeningen, de ander met boeken! Ik ben toch niet gekomen om me over zulke zaken aan de kop te laten zeuren?'

'Wat zeg je nu, Boris: ik weet niet met wat voor rekeningen zij je heeft lastiggevallen, maar dit is je mooiste bezit, dat zijn boeken, boeken... Kijk toch!'

Hij toonde hem trots de rijen boekenplanken tot aan het plafond rond het hele kabinet; de boeken waren voorbeeldig geordend.

'Alleen op die plank is bijna alles verpest: die vervloekte Mark! Maar de overige zijn allemaal heel. Kijk, ik heb een catalogus gemaakt, daar ben ik een half jaar mee bezig geweest. Zie je wel!'

Hij toonde hem met een voldaan gezicht een dik, volgeschreven schrift.

'Dat heb ik allemaal eigenhandig opgeschreven!' voegde hij eraan toe, het schrift voor Rajski's neus houdend.

'Laat me met rust, zeg ik je!' reageerde Rajski ongeduldig.

'Ga in een stoel zitten en lees ze in volgorde op, dan klim ik op een trap en toon je de boeken. Ze zijn allemaal genummerd,' zei Leonti.

'Wat jij allemaal niet verzint! Laat me met rust, ik wil eten.'

'Goed, na het eten dan. We komen er nu inderdaad niet mee klaar.'

'Luister: zou jij zo'n bibliotheek willen hebben?'

'Ik? Zó'n bibliotheek?'

Leonti had plotseling het gevoel dat de zon hem recht in het gezicht scheen, hij begon te stralen en lachte over de hele breedte van zijn gezicht, zelfs zijn haar, dat rechtovereind was gaan staan, scheen mee te lachen.

'Zo'n bibliotheek,' bracht hij uit. 'Het zijn drieduizend boeken: bijna alles! Hoeveel memoires zitten er alleen al niet bij! Of ik die zou willen hebben?' Hij schudde met het hoofd. 'Ik zou gek worden!'

'Zeg me eens: mag je me nog even graag als vroeger?'

'Uiteraard! Je hebt me uit de nood gered, me niet meer dan twee keer aan mijn haren getrokken...'

'Goed, neem die boeken dan aan tot je eeuwig en erfelijk bezit, maar op één voorwaarde...'

'Ik, die boeken aannemen?' Leonti keek nu eens naar de boeken, dan weer naar Rajski, maakte vervolgens een wegwuivend gebaar en zuchtte.

'Maak geen grapjes, Boris: het duizelt me... Nee, *vade retro*... verleid me niet...'

'Ik maak geen grapjes.'

'Neem aan wat ze je geven!' voegde zijn vrouw, die de laatste woorden had opgevangen, er snel aan toe.

'Dat doet ze nou altijd!' klaagde Leonti. 'Bij kooplieden komen de ouders op feestdagen en op het examen met cadeaus. Ik jaag ze weg, maar zij neemt ze daarvandaan aan, vanaf het erf. Het corrupte wezen! Om te zien is ze precies Tarquinia Lucretia, maar zij houdt van snoepen, daarin verschilt ze van haar...!'

Rajski glimlachte, zij werd kwaad.

'Schiet toch op met je Lucretia!' zei ze onverschillig. 'Met wie hij me allemaal niet vergelijkt? Nu eens ben ik Cleopatra, dan weer een of andere Postumia of Lavinia, Cornelia* en nog een matrone... Neem liever die boeken aan wanneer je ze cadeau krijgt! Boris Pavlovitsj zal ze mij schenken...'

'Waag het niet erom te vragen!' riep Leonti gebiedend. 'Wat geven wij hem cadeau? Moet ik jou soms weggeven?' voegde hij eraan toe, liefdevol een arm om haar heen slaand.

'Geef me maar weg, ik ga meteen. Neem mij!' zei ze, Rajski plotseling met fonkelende ogen aankijkend.

'Goed, als je ze niet aanneemt, dan geef ik de boeken aan het gymnasium. Geef de catalogus eens! Ik stuur hem vandaag nog naar de directeur,' zei Rajski en wilde Leonti de catalogus afnemen.

'Kom nou, dat betekent dat het gymnasium geen boek te zien krijgt... Ken je de directeur niet?' verzette Leonti zich met vuur en omklemde de catalogus stevig met zijn handen. 'Hij is even geïnteresseerd in boeken als ik in parfum en pommade... Ze zullen ze stelen, verscheuren... nog erger dan Mark!'

'Nou, neem jij ze dan!'

'Hoe kun je nu opeens zo'n schat cadeau geven! Je moet hem verkopen aan een goed, betrouwbaar iemand... Ach, mijn God! Ik heb nooit verlangd naar rijkdom, maar nu zou ik vijfduizend roebel geven... Ik kan het echt niet aannemen: je bent een verkwister, een verloren zoon, of nee, nee, je bent een blinde zuigeling, een ongelikte beer...'

'Bedankt voor het compliment.'

'Nee, nee, dat bedoel ik niet,' zei Leonti, in verwarring gebracht. 'Je bent een artiest, je houdt van schilderijen, beelden, muziek. Wat betekenen boeken voor jou? Je weet niet wat voor een schat je hier hebt liggen! Ik zal het je na het eten laten zien...'

'Wat? Je wilt me na het eten in plaats van met koffie nog lastigvallen met boeken? Naar het gymnasium ermee!'

'Wacht eens, op welke voorwaarde wilde je me de bibliotheek schenken? Wil je geen percentage van mijn salaris hebben, ik verkoop alles, verpand mezelf en mijn vrouw...'

'Laat mij er alsjeblieft buiten,' kwam zij voor zichzelf op, 'ik kan mezelf ook verpanden of verkopen als ik dat wil!'

Rajski keek Leonti aan, Leonti Rajski.

'Ze heeft altijd een antwoord klaar!' zei Kozlov. 'Op welke voorwaarde dan? Zeg op!' wendde hij zich tot Rajski.

'Dat je me nooit meer aan mijn kop zeurt over die boeken, hoeveel Mark er ook verscheurt...'

'Denk je dat ik Mark nu nog in de buurt van die boekenplanken laat komen?'

'Hij vraagt je niet om toestemming, hij pakt ze gewoon zelf,' zei zijn vrouw, 'hij is nergens bang voor, dat monster!'

'Ja, dat is waar: we moeten er sterke sloten op maken,' zei Leonti. 'Je hebt ook altijd gelijk.' En zich tot Rajski wendend, voegde hij eraan toe: 'Ze houdt van mij zoveel als God geve dat iedere vrouw van haar man houdt...'

Hij omhelsde haar. Ze sloeg haar ogen neer en Rajski deed hetzelfde. De lach was uit haar gezicht verdwenen.

'Als zij er niet was, zou je niet één knoop aan mijn kleren zien,' vervolgde Leonti. 'Ik eet, slaap rustig, het huishouden is wel klein maar het loopt goed en hoe gering mijn middelen ook zijn, het is genoeg voor alles!'

Ze sloeg langzaam haar ogen op en keek beiden nu recht aan, omdat het laatste waar was.

'Het enige wat er aan haar mankeert,' vervolgde Leonti, 'is dat ze niet om boeken geeft. Ze spreekt vloeiend Frans, maar als je haar een boek geeft, begrijpt ze de helft niet en ze maakt nog steeds spelfouten in het Russisch. Als ze Griekse letters ziet, zegt ze dat het een aardig patroon voor bontgoed is en zet de boeken ondersteboven, en in het Latijn kan ze niet wijs uit de titels. *Opera Horatii* vertaalt ze als *De opera's van Horatius*.

'Goed. Zeur me niet langer aan mijn kop over boeken. Alleen op die voorwaarde gaan ze niet naar het gymnasium. En geef me nu wat te eten, of ik ga naar baboesjka. Ik heb honger.'

8

'Zeg eens, denk je zo altijd te blijven leven?' vroeg Rajski toen ze na het eten alleen achter waren gebleven in het prieeltje.

'Waarom niet? Wat heb ik nog meer nodig?' vroeg Leonti verwonderd.

'Heb je dan geen wensen, wil je niet ergens anders heen? Verlang je niet naar vrijheid, naar ruimte? Voel je je hier niet opgesloten? Je ziet immers steeds dezelfde omheining vlak voor je neus, en in de verte dezelfde kerkkoepel en dezelfde huizen...'

'En dat dan?' Leonti wees op de kamer waar de boeken stonden. 'Die boeken en mijn leerlingen en daarbij nog mijn vrouw,' zei hij lachend. 'Is dat niet genoeg? En de geestelijke wereld natuurlijk. Wat heb ik nog meer nodig?'

'Boeken... dat is toch niet het leven? Die oude boeken hebben hun tijd gehad; de mensen stormen vooruit, proberen zich te vervolmaken, hun opvattingen te verhelderen en de mist te verdrijven, sociale problemen op te lossen en betere afspraken te maken over rechten en zeden, en ten slotte om ook de maatschappelijke orde te moderniseren. Maar jij richt je blik op boeken in plaats van op het leven!'

'Ja, maar wat niet bestaat in deze boeken, dat bestaat ook in het leven niet of het is overbodig!' wierp Leonti op triomfantelijke toon tegen. 'Het hele schema, zowel van het maatschappelijke als van het individuele leven, is ons met alle denkbare voorbeelden en modellen al gegeven. Het komt er alleen op aan de juiste keus te maken en je streng aan het model te houden. Wijk daar niet van af en je zult weten wat je te doen staat. Alle vormen van politieke en sociale ordening zijn daarin uitgestippeld. En dat geldt ook voor het privé-leven, wie of wat je ook bent: een veldheer, een schrijver, een senator of een consul, een slaaf, een schoolmeester of een priester. Voor alles vind je levensechte voorbeelden in deze boeken. Bestudeer hun leven, vermijd hun fouten en imiteer hun deugden. Maar het is moeilijk! Hun gezichten zijn streng, hun gelaatstrekken krachtig, hun karakters uit een stuk en niet versnipperd! Het is moeilijk jezelf te voegen naar deze verheven figuren, zoals het moeilijk is hun harnas aan te doen, hun zwaarden en strijdbijlen te hanteren! En omdat hun heldendaden voor ons te hoog gegrepen zijn, hebben we zelf een eigen nieuw leven bedacht. Daarom voel ik me zo thuis in dit hoekje en wil ik nergens anders heen: ik geloof niet in de grote mannen van tegenwoordig.'

Hij sprak met hartstocht en zijn eigen gelaatstrekken werden als die van de helden waarover hij sprak.

'Dus volgens jou is het leven daar geëindigd en is dit alles geen leven? Je gelooft niet in ontwikkeling, in vooruitgang?'

'Waarom niet? Daar geloof ik zeker in! Al de troep en de onbenulligheden waar de moderne mens in opgaat, zullen verdwijnen: dat zijn allemaal voorbereidende werkzaamheden geweest, een verzameling materiaal die nog niet doordacht en bezield is. Die historische kruimels zullen door de hand van het lot verzameld worden en weer worden gekneed tot één massa en uit die massa zullen mettertijd weer kolossale gestalten opdoemen en een nieuw stabiel, consistent leven, dat vervolgens op latere geslachten de indruk zal maken van een klassiek tijdperk. Waarom zou je niet geloven in de vooruitgang! Wij zijn de weg kwijtgeraakt, zijn achtergebleven bij de grote voorbeelden, hebben vele geheimen van hun bestaan verloren. Het is nu voor ons zaak om geleidelijk weer terug te komen op de weg die we kwijtgeraakt zijn en... diezelfde hoogte te bereiken, diezelfde perfectie in gedachten, in de wetenschap, in rechten, zeden en jouw maatschappelijke orde... consistentie in deugden, en misschien ook wel in ondeugden! Laaghartigheid, onbenulligheid en vuiligheid, alles zal verbleken: de mens zal zich oprichten en opnieuw op ijzeren voeten gaan staan... Dat is vooruitgang.'

'Je bent nog steeds dezelfde student, Leonti! Je bent nog steeds uitsluitend bezig met het voorbije leven en denkt er niet over na wat je zelf voor iemand bent.'

'Wat ik voor iemand ben?' herhaalde Kozlov. 'Leraar Latijn en Grieks. Ik ben even intensief bezig met mensen die volgens jou hun tijd gehad hebben als jij met idealen en beelden die nooit zijn verwezenlijkt. En wat ben jij voor iemand? Je bent immers een kunstschilder, een artiest? Waarom verbaas je je er dan over dat ik me aangetrokken voel door bepaalde voorbeelden? Het is nog maar sinds kort dat de kunstenaars niet meer putten uit de bron van de Oudheid...'

'Ja, ik ben een kunstenaar,' zei Rajski met een zucht. 'Maar mijn kunstenaarschap bevindt zich nog steeds hier' – hij wees op zijn hoofd en borst – 'hier bevinden zich de beelden, de klanken, de vormen en ook het vuur, de scheppingsdrift... En toch heb ik nog steeds niets behoorlijks tot stand gebracht...'

'Wat houdt je tegen? Je hebt toch aan een groot schilderij gewerkt: je schreef dat je het in gereedheid bracht voor een tentoonstelling...'

'Naar de duivel ermee, met grote schilderijen!' zei Rajski geïrriteerd. 'Ik heb de schilderkunst vrijwel opgegeven... In zo'n groot schilderij moet je het hele leven vastleggen, maar je kunt er nog geen honderdste deel van al het leven dat voorbij stroomt en in het niets verdwijnt in tot uitdrukking brengen. Ik schilder soms portretten...'

'Wat doe je dan nu?'

'Er is maar één kunst die de moderne kunstenaar kan bevredigen: de kunst van het woord, de dichtkunst. Die kent geen beperkingen. Ze is zowel schilderkunst als muziek, en ze heeft nog iets anders dat geen van deze beide bezit...'

'Dus je schrijft gedichten?'

'Nee...' zei Rajski geïrriteerd, 'gedichten zijn niet meer dan het gebrabbel van zuigelingen. Daarin kun je de liefde, een feestmaal, bloemen, een nachtegaal bezingen... verdriet en vreugde in ritmische taal tot uitdrukking brengen... maar verder niets...'

'En de satire dan?' bracht Leonti hiertegen in. 'Laten we ons de oude Romeinen herinneren, wacht...'

Hij wilde naar een kast lopen maar Rajski hield hem tegen.

'Blijf rustig zitten,' zei hij. 'Ja, soms kun je met een gedicht effectvol een zieke plek geselen. De satire is een zweep die soms goede diensten bewijst, maar ze levert geen roerende beelden op, dringt niet door in de diepte van het leven, onthult zijn geheime drijfveren niet, is geen spiegel van de waarheid... Nee, alleen de roman kan het leven omvatten en de mens weerspiegelen!'

'Dus je schrijft een roman... waarover dan?'

Rajski maakte een wegwuivend gebaar.

'Dat weet ik zelf nog niet!' zei hij.

'Schrijf alsjeblieft niet alleen over de onbenulligheden en troep die zich ook zonder roman bij iedere stap die je zet aan je opdringt. Iedere worm, iedere boer of boerin wordt tegenwoordig in een roman ondergebracht... Neem liever een onderwerp uit de geschiedenis, je hebt fantasie en een vlotte pen. Weet je nog wat je over het oude Rusland hebt geschreven...? Tegenwoordig schrijft iedereen over het eigentijdse leven... Die mierenhoop, die drukte om niets: is dat een zaak voor de kunst...? Dat is iets voor kranten!'

'Ach, jij, aartsconservatief! Wat ben je ver achteropgeraakt! Praat wat voorzichtiger over kranten: zij vormen de hefboom van Archimedes, die de wereld opheft...'

'Ik bedank voor deze wereld! Voor jullie Napoleons en Palmerstons...'

'Dat zijn de moderne titanen, de Caesars en de Antoniussen,' zei Rajski.

'Laat maar, laat maar!' onderbrak Leonti hem met een spottende glimlach, 'het zijn hoogstens titaniden, de gedegenereerde nakomelingen van de grote mannen uit de Oudheid. *Monsieur Charles* heeft een boekje van Hugo, *Napoléon le petit*, lees dat liever... Hugo toont ons de eigentijdse Caesar in zijn ware gedaante: een Regulus* in frak die zwoer om het vaderland te redden, en vervolgens...'

'En jouw titaan, de echte Caesar, wilde die niet hetzelfde doen?'

'Zeker, maar er was een andere titaan die hem dat belette!'

'Nu zijn we weer in onze oude, oeverloze discussie terechtgekomen; wanneer je eenmaal je stokpaardje berijdt, kan niemand je meer inhalen. Laten we het daar voorlopig bij laten. Ik kom terug op mijn vraag: wil je echt niet ergens anders heen, weg van dit leven en je lessen?'

Kozlov schudde ontkennend het hoofd.

'Bedenk toch, Leonti: je doet niets voor je eigen tijd, je beweegt je achterwaarts als een kreeft. Laten we de Grieken en Romeinen erbuiten houden... zij hebben het hunne gedaan. Laten wij nu ook het onze doen om dit alles' – hij wees om zich heen op de sluimerende straten, tuinen en huizen – 'wakker te schudden. Laten we deze uitgestrekte kerkhoven tot leven wekken en de geesten wakker schudden uit hun winterslaap!'

'Hoe moeten we dat doen?'

'Ik zal dit leven schilderen, het weergeven als in een spiegel, en jij...'

'Ik zal ook mijn steentje bijdragen: ik heb al enkele jaargangen studenten voorbereid op de universiteit...' zei Kozlov schuchter en haperde, eraan twijfelend of dit wel een verdienste was. 'Denk je,' vervolgde hij, 'dat ik lesgeef, naar huis ga en het weer vergeten ben? Als ik aan de wodka ben, daarna 's avonds zit te kaarten of op een avondje bij de gouverneur ben, vergeet ik de school geen moment! Hier' – hij wees op het prieeltje waarin ze zaten – 'is mijn academie, het bordes is mijn zuilengang en wanneer het regent zitten we in mijn kabinet; de jeugd verzamelt zich bij mij, laat me geen rust. Ik bekijk met hen tekeningen van oude gebouwen, huizen, gereedschap, maak zelf schetsen, leg hun de dingen uit zoals ik dat jou placht te doen, maak hen deelgenoot van alles wat ik zelf weet. Met degenen die wat ouder zijn, ga ik al wat verder, met hen lees ik Sophocles en Aristophanes. Niet alles, natuurlijk, want niet alles is geschikt voor de jeugd, de gewaagde passages sla ik over... Ik interpreteer voor hen dit voorbeeldige leven, zoals men de meesterwerken van onze eigen dichters interpreteert. Heeft daar dan tegenwoordig niemand meer behoefte aan?' vroeg hij, Rajski vragend aankijkend.

'Dat is allemaal erg mooi, maar het heeft niets te maken met het werkelijke leven,' zei Rajski, 'zo kun je tegenwoordig niet meer leven. Veel van datgene wat er ooit was, is voorgoed verdwenen en er zijn veel nieuwe dingen gekomen waar jouw Grieken en Romeinen geen idee van hadden. We hebben voorbeelden nodig die dichter bij het moderne leven staan. We moeten proberen onszelf en onze omgeving te vermenselijken. Dat is de opgave waar ieder van ons zich aan dient te wijden...'

'Daar waag ik me niet aan: het is voor mij genoeg als ik uit boeken voorbeelden van het leven in de Oudheid kan geven. Verder leef ik alleen voor mezelf, naar mijn eigen maatstaven: rustig en bescheiden. Ik eet, zoals je ziet, noedelsoep en bekommer me verder nergens om. Wat moet ik anders?' vroeg hij peinzend.

'Een leven alleen voor jezelf, naar je eigen maatstaven, is geen leven, maar een passief vegeteren: je moet strijden met het woord en de daad. Maar jij wilt leven als een schaap in de wei en je alleen bekommeren om je eigen voedsel.'

'Ik heb je al gezegd dat ik doe wat ik doen moet en verder nergens van wil weten. Ik laat iedereen met rust en hoop dat iedereen mij met rust laat.'

'Je doet me denken aan mijn nicht Sofja: die wil ook het leven niet kennen en is dan ook niets meer dan een mooie pop! Het leven dringt overal in door, het zal ook tot jou doordringen! Wat zul je dan doen, onvoorbereid als je bent?'

'Hoe zou het tot mij doordringen? Ik ben een zo onbelangrijk iemand dat het mij niet zal opmerken. Ik heb boeken, al zijn ze niet van mij' – hij wierp een onzekere blik op Rajski – 'maar jij hebt ze mij volledig ter beschikking gesteld. Mijn behoeften zijn niet groot, verveling ken ik niet, ik heb een vrouw die van me houdt...'

Rajski wendde zijn blik af.

'...zoals ik van haar...' voegde Leonti er zacht aan toe. 'Kijk, kijk,' zei hij en wees naar Oelenka, die met haar zij naar hen toe op het bordes stond en aandachtig naar de straat keek, 'dat profiel, dat profiel! Zie je hoe die lok zich van achteren heeft losgemaakt, zie je die vaste blik? Zie je de lijn van de nek, de welving van het voorhoofd, de in de hals vallende vlecht! Is dat soms geen Romeins hoofd?'

Hij liet zijn blik met een stille vertedering op zijn vrouw rusten en er verscheen zelfs een blos op zijn wangen.

Het was hem aan te zien dat naast zijn gedachteleven, dat gevoed werd door boeken, ook zijn hart een onderkomen had gevonden en dat hij zelf niet wist waardoor hij zo hecht met het leven en de boeken was verbonden; hij vermoedde niet dat indien men hem zijn boeken afnam, het leven gewoon door zou gaan, maar dat indien men hem dit levende 'Romeinse hoofd' afnam, zijn hele leven stil zou komen te liggen.

Een gelukkig kind! dacht Rajski. Hij slaapt rustig en heeft er in zijn geleerde droom geen benul van dat het geliefde Romeinse hoofd naast hem vol duisternis en ijdelheid is en dat er misschien geen tweede hoofd is dat zo weinig genegen is zich naar de voorbeelden van klassieke deugden te richten.

9

Pas bij zonsondergang ging Rajski naar huis. Marfenka kwam hem op het bordes tegemoet. 'Waar hebt u gezeten, neef? Baboesjka is erg kwaad op u!' zei ze, 'ze wil niemand zien.'

'Ik ben bij Leonti geweest,' antwoordde hij onverschillig.

'Dat dacht ik al: ik heb geprobeerd baboesjka gerust te stellen, maar ze wilde niet naar me luisteren, ze praat niet eens met Tit Nikonytsj. Hij is nu bij ons en Polina Karpovna ook. Nil Andrejitsj, de vorstin en Vasili Andrejitsj laten u feliciteren met uw komst...'

'Wat hebben zij daarmee te maken?'

'Zij hebben iedere dag laten informeren of u al aangekomen was.'

'Daar zat ik nou net om verlegen.'

'Ga naar binnen, naar baboesjka: ze zal u ervan langs geven!' joeg Marfenka hem schrik aan. 'Bent u erg bang? Bonst uw hart?'

Rajski grinnikte.

'Ze is erg kwaad. We hebben zoveel gerechten bereid!'

'Die gaan we dan vanavond opeten.'

'Wilt u dat echt? Baboesjka, baboesjka!' riep ze blij en liep de kamer binnen, 'onze neef is gekomen. Hij wil eten.'

Maar baboesjka zat er bij met een boos gezicht en keek niet op toen Rajski binnenkwam, toen hij Tit Nikonytsj omarmde en toen Polina Karpovna een aanstellerige buiging voor hem maakte. Polina Karpovna was een vijfenveertigjarige, opgedirkte vrouw in een diep uitgesneden mousselinen jurk met op haar borst slecht vastgemaakte haakjes, met een fijne, kanten zakdoek en met een waaier waar ze mee speelde: nu eens vouwde ze hem op, dan weer wuifde ze zich er koket koelte mee toe, hoewel het niet warm meer was.

'Goh, wat ziet u er indrukwekkend uit! Wat bent u een kerel geworden! Ik had u niet herkend!' zei Tit Nikonytsj, stralend van goedmoedigheid en vreugde.

'U bent erg, erg knap geworden!' zei Polina Karpovna Kritskaja lijzig, bijna alsof ze voor zichzelf sprak. Bij zijn vorige bezoek had ze de jonge student tot ergernis van baboesjka begroet met een zoen.

'U bent niet veranderd, Tit Nikonytsj!' zei Rajski, hem opnemend. 'U bent bijna niet ouder geworden, u bent nog even monter en fris als altijd en nog even goedmoedig en vriendelijk!'

Tit Nikonytsj bedankte voor het compliment met een strijkage.

'Godzijdank, ik heb alleen reumatiek en mijn maag is niet helemaal in orde... dat is de oude dag...!'

Hij wierp een blik op de dames en raakte in verwarring, viel stil.

'Nou, godzijdank, u bent onze gast, u bent behouden aangekomen...' vervolgde hij. 'Tatjana Markovna maakte zich zorgen om u vanwege de ravijnen en de struikrovers... Bent u voor lang gekomen?'

'In ieder geval toch voor de hele zomer,' zei Kritskaja, 'hier hebt u de natuur, de zuivere lucht! Hier zijn zoveel mensen in u geïnteresseerd...'

Hij keek haar van ter zijde aan en zei niets.

'Wat zal bij de adelsmaarschalk iedereen blij zijn! Wat wil de vice-gouverneur u graag zien...! De landheren uit de omgeving komen met opzet naar de stad...' bleef ze doorgaan.

'Ze kennen me niet, wat kan het hun schelen?'

'Ze hebben zoveel interessante dingen over u gehoord,' zei ze hem doordringend aanstarend. 'Kent u mij nog?'

Baboesjka wendde zich af toen ze zag hoe Polina Karpovna met haar ogen werkte.

'Nee... eerlijk gezegd... ben ik u vergeten...'

'Ja, in de hoofdstad vervluchtigen alle indrukken snel!' zei ze smachtend. 'Wat hebt u een mooi reiskostuum aan!' voegde ze eraan toe, hem van alle kanten opnemend.

'Ik heb inderdaad mijn reisjas nog aan,' zei Rajski. 'Misschien kan Jegor mijn koffer uitpakken.'

Jegor kwam en Rajski gaf hem de sleutel van zijn koffer.

'Haal alles eruit en leg het in mijn kamer,' zei hij, 'en breng de koffer naar de zolder. Voor u, baboesjka, en voor jullie, lieve nichten, heb ik wat kleinigheden uit Sint-Petersburg meegebracht... Misschien kunnen die hierheen gebracht worden.'

Marfenka bloosde helemaal van genoegen.

'Baboesjka, welke kamer geeft u mij?' vroeg hij.

'Het huis is van jou, neem welke je wilt,' zei ze koel.

'Wees niet boos, baboesjka, het zal niet meer gebeuren...' zei hij lachend.

'Lach maar, lach maar, Boris Pavlovitsj, maar ik zeg je, waar de gasten bij zijn, dat je je niet netjes hebt gedragen: je had nauwelijks je neus laten zien of je was al uit het huis verdwenen. Dat is gebrek aan respect voor baboesjka.'

'Gebrek aan respect? Hoezo? Ik kom toch bij u logeren, iedere dag zullen we samen zijn. Ik ben bij een oude vriend langs geweest en we zijn aan de praat geraakt...'

'Natuurlijk heeft neef het niet met opzet gedaan, baboesjka, Leonti Ivanovitsj is zo'n goedzak...'

'Hou jij je mond, jongedame, wanneer je niets gevraagd wordt. Je bent nog te jong om baboesjka tegen te spreken! Ze weet wat ze zegt!'

Marfenka bloosde en ging glimlachend in een hoek zitten.

'Oeljana Andrejevna wist je vast beter te onthalen dan ik: hoe moet ik weten hoe je een dandy uit de hoofdstad ontvangt?' hield baboesjka voet bij stuk. 'Wat heeft ze je opgediend, fricassee?' vroeg ze niet zonder nieuwsgierigheid.

'Er was noedelsoep,' herinnerde Rajski zich, 'pastei met kool en eieren... en ook nog gebraden rundvlees met aardappelen.'

Berezjkova lachte neerbuigend. 'Noedelsoep en rundvlees!'

'Ja, en nog brij uit de pan, heel lekker,' vulde Rajski aan.

'Zulke zeldzame gerechten heb je, denk ik, lang niet gegeten in Petersburg.'

'Hoezo niet? Ik dineer erg vaak met kunstenaars.'

'Het zijn smakelijke gerechten,' merkte Tit Nikonytsj welwillend op, 'maar ze liggen wel zwaar op de maag.'

'Dus u staat ook al aan zijn kant! Nou goed,' zei baboesjka, die plotseling vrolijk werd, 'morgen laten we ingewanden voor hem klaarmaken, zure zult, pasteitjes met wortels, misschien wil je nog gans...'

'*Fi donc*,' zei Polina Karpovna, 'zal de genadige heer zulke grove gerechten voor lief nemen?'

'Zeker,' zei Rajski, 'vooral als de gans wordt gevuld met brij...'

'Dat is een moeilijk verteerbaar gerecht!' zei Tit Nikonytsj. 'Het beste is een lichte soep van grutten, een kotelet, kip en gelei... dat is een echte maaltijd...'

'Nee, ik hou van brij, vooral die van gerst of spelt!' zei Rajski. 'Ik hou ook van de zure zult van het platteland. Laat die klaarmaken, ik heb hem lang niet gegeten...'

'Houdt u van paddestoelen, neef?' vroeg Marfenka. 'Daar hebben we er erg veel van.'

'Hoe zou ik daar niet van houden? Kan ik die niet bij het avondmaal krijgen?'

'Marfenka, zeg tegen Pjotr...' begon baboesjka.

'Doe dat niet, moedertje, doe dat niet!' zei Tit Nikonytsj fronsend, 'het is een zwaar gerecht...'

'Ga je zonder gekheid hier het avondmaal gebruiken?' vroeg Tatjana Markovna ontdooiend.

'Zonder enige gekheid,' zei Rajski. 'En als zich in de kelders van mijn landgoed champagne bevindt, laat dan een fles bij het avondeten serveren. Tit Nikonytsj en ik zullen op uw gezondheid drinken. Waar of niet, Tit Nikonytsj?'

'Ja, en we feliciteren u met uw komst, hoewel paddestoelen en champagne voor de nacht... dat is moeilijk verteerbaar...'

'Daar heb je hem weer! Marfenka, laat champagne op ijs zetten...' zei baboesjka.

'Zoals u wilt, *ce que femme veut...*' besloot Vatoetin minzaam, klikte met zijn hakken en verborg deze weer onder zijn stoel.

'Het avondmaal is wat anders, maar dat je het middageten niet thuis hebt genoten, daar heb je me verdriet mee gedaan. Op de eerste dag van je verblijf hier heb je je gezin al verlaten.'

'Ach, Tatjana Markovna,' nam Kritskaja het voor hem op, 'dat is onder ons burgermensen de gewoonte, maar in de hoofdstad...'

De ogen van baboesjka schoten vuur.

'Wij zijn geen burgermensen, Polina Karpovna!' zei Tatjana Markovna sterk geïrriteerd en wees op de portretten van de ouders van Rajski en ook die van Vera en Marfenka die aan de wanden hingen. 'En geen ambtenaren van de rekenkamer,' voegde ze eraan toe, doelend op de overleden echtgenoot van Kritskaja.

'Boris Pavlovitsj wilde wat beweging voor het middageten, raakte waarschijnlijk wat te ver van huis en maakte het zichzelf daardoor onmogelijk om op tijd te komen...' begon Tit Nikonytsj hem te rechtvaardigen.

'Loop toch heen met u beweging!' voer Tatjana Pavlovna goedmoedig tegen hem uit. 'Ik heb twee weken op hem gewacht, was niet weg te slaan bij het raam... hoeveel maaltijden zijn er niet verloren gegaan! Vandaag hebben we gekookt, hij arriveerde plotseling en was meteen weer verdwenen! Dat lijkt toch nergens op! En wat zullen de mensen zeggen? Hij heeft bij vreemden gegeten... noedelsoep en brij... alsof baboesjka niets heeft om hem te eten te geven.'

Tit Nikonytsj glimlachte ontwijkend, met enigszins gebogen hoofd en zweeg.

'Baboesjka! Laten we een verdrag sluiten,' zei Rajski. 'We laten elkaar volledig vrij en stellen elkaar geen eisen! U doet wat u wilt, en ik zal ook doen wat in me opkomt. Ik eet uw diner vandaag bij het avondmaal, drink wijn en blijf de hele nacht tot de ochtend hier, in ieder geval vandaag. En waar ik morgen heen ga, waar ik zal eten en waar overnachten, dat weet ik nog niet!'

'Bravo, bravo!' riep Kritskaja met kinderlijke uitgelatenheid uit.

'Wat betekent dat? Je bent toch geen zigeuner?' vroeg baboesjka verbaasd.

'*Monsieur* Rajski is een dichter en dichters zijn zo vrij als de wind!' merkte Polina Karpovna op, terwijl ze opnieuw werkte met haar ogen, de punt van haar schoen bewoog en op allerlei manieren probeerde Rajski's aandacht te trekken.

Maar hoe meer moeite ze deed, hoe koeler hij werd. Haar aanwezigheid hinderde hem reeds lang. Alleen Marfenka lachte, haar aankijkend, besmuikt. Baboesjka besteedde geen enkele aandacht aan haar opmerking.

'Hij heeft twee huizen, land, boeren, een hoop zilver en kristal, maar toch zwalkt hij van het ene huis naar het andere, als een verdoemde, als de dakloze Markoesjka!'

'Weer die Markoesjka! Ik wil hem ontmoeten en met hem kennismaken!'

'Nee, doe baboesjka geen verdriet, doe dat niet!' zei baboesjka gebiedend. 'Ga hem uit de weg als je hem ziet!'

'Waarom dan?'

'Hij zal je van het rechte pad afbrengen!'

'Dat lijkt me niet; ik ben alleen nieuwsgierig: het is waarschijnlijk een interessante figuur. Nietwaar, Tit Nikonytsj?'

Vatoetin glimlachte.

'Hij is om zo te zeggen een raadsel voor iedereen,' antwoordde hij. 'Hij is waarschijnlijk al in zijn vroege jeugd van het rechte pad afgeraakt. Maar hij schijnt grote gaven te hebben en veel te weten: hij zou zich nuttig kunnen maken.'

'Hij is lomp, een ongelikte beer!' zei Kritskaja waardig, een blik op Rajski werpend. Ze lispelde een beetje.

'Grote gaven, ja: driehonderd roebel hebt u betaald voor zijn gaven!

Heeft hij ze al teruggegeven?' vroeg Tatjana Markovna.

'Ik heb hem er niet om gevraagd!' zei Tit Nikonytsj. 'Overigens is hij tegen mij... bijna beleefd.'

'Heeft hij u nog niet geslagen of op u geschoten? Hij heeft Nil Andrejitsj bijna neergeschoten,' zei ze tegen Rajski.

'Zijn honden hebben mijn sleep aan stukken gescheurd,' klaagde Kritskaja.

'Heeft hij zichzelf niet nog een keer uitgenodigd om bij u te komen eten?' vroeg baboesjka weer aan Vatoetin.

'Nee, u wilde niet hebben dat ik hem ontving, daarom heb ik ervan afgezien,' zei Vatoetin. 'Hij is een keer 's nachts, direct van de jacht, bij me gekomen en vroeg iets te eten: hij had al vierentwintig uur geen voedsel meer tot zich genomen,' zei Tit Nikonytsj zich tot Rajski wendend. 'Ik heb hem te eten gegeven en wij hebben de tijd aangenaam doorgebracht...'

'Wat je aangenaam noemt!' protesteerde baboesjka. 'Dat ik zoiets moet aanhoren! Als hij op die tijd bij mij zou komen, zou ik hem een maal voorzetten dat hem heugen zou! Nee, Boris Pavlovitsj: leef zoals fatsoenlijke mensen leven, blijf bij ons, eet thuis, ga met ons wandelen, kijk hoe ik het landgoed beheer en scheld me uit als ik iets verkeerd doe... maar laat je niet in met louche figuren.'

'Dat is allemaal vervelend, baboesjka, laat iedereen toch leven zoals hij wil.'

'Eten waar het uitkomt? Noedelsoep, brij? En niet naar huis komen... dat wordt een mooie boel! En als ik nu eens naar Novoselovo vertrek, mijn eigen dorpje, of ik ga logeren bij Anna Ivanovna aan de overkant van de Wolga die me allang heeft uitgenodigd; ik neem alle sleutels mee en laat niet koken, en dan kom jij plotseling thuis en wilt eten: wat zou je dan zeggen?'

'Ik zou niets zeggen.'

'Zou het je niet verbazen en teleurstellen?'

'Helemaal niet.'

'Waar zou je dan heen gaan?'

'Naar een taveerne.'

'Naar een taveerne!' zei baboesjka vol ontzetting. Ook Tit Nikonytsj maakte een afwerend gebaar.

'We laten u niet naar een taveerne gaan!' protesteerde hij. 'Mijn huis, mijn keuken, mijn personeel en ikzelf, staan tot uw beschikking en ik reken het me tot een eer om...'

'Kom je werkelijk in taveernen?' vroeg baboesjka streng.

'Ik dineer altijd in taveernen.'

'Biljart of rook je soms ook?'

'Ik biljart graag en ik rook. Laat Jegor mijn sigaren halen. Een uitstekend sigaartje: Tit Nikonytsj, u moet ze eens proberen.'

'Nee, dank u, ik rook niet. Nicotine is zeer schadelijk voor de longen en voor de maag: het slaat daarin neer en versnelt kunstmatig de spijsvertering. Bovendien... vinden de dames het niet prettig.'

'Wat een vreemde, ongewone man!' zei baboesjka.

'Nee, baboesjka, u bent een ongewone vrouw.'

'Hoezo ben ik ongewoon?'

'Hoezo? U wilt dat ik thuis eet, nergens heen ga, slaap wanneer ik er geen zin in heb. Waarom zou ik mezelf geweld aandoen?'

'Om baboesjka ter wille te zijn.'

'O, wat bent u een despoot, baboesjka, een egoïste! U ter wille zijn, betekent jezelf niet ter wille zijn, jezelf ter wille zijn betekent u niet ter wille zijn. Is er echt geen uitweg uit dit dilemma? Waarom wilt u uw kleinzoon niet ter wille zijn?'

'Moet je dat horen: baboesjka moet haar kleinzoon ter wille zijn! Ik heb jou nog als baby in mijn armen gehouden!'

'Als u erg oud wordt, zal ik u in mijn armen dragen!'

'Ben ik je dan echt niet ter wille? Op wie heb ik een week gewacht, bijna zonder te slapen? Iedere dag heb ik de gerechten laten bereiden waar je van houdt, ben in de weer geweest, heb de kamers laten verven, ze ingericht, zijden gordijnen gekocht, nieuwe ramen laten inzetten...'

'Dat deed u om uzelf ter wille te zijn, niet mij!'

'Mezelf?' herhaalde ze verbaasd.

'Ja, u hebt plezier in die karweitjes, ze houden u bezig: geef toe dat u zonder hen niets te doen had. De gerechten hebt u alleen laten bereiden om te laten zien wat een goede, gastvrije huisvrouw u bent. Als Markoesjka hier kwam, zou u voor hem ook van alles koken...'

'Dat is absoluut waar, neef, ze zou zeker koken,' zei Marfenka, 'baboesjka is een schat, ze doet alleen maar alsof...'

'Hou jij je mond, jou wordt niets gevraagd!' snoerde Tatjana Markovna haar opnieuw de mond. 'Ze wil het voortdurend beter weten dan baboesjka! Sinds jij hier bent is ze zo geworden; vroeger hield ze haar mond, maar nu! Wat ze niet bedenkt: Markoesjka onthalen!'

'Ziet u nu wel. U doet altijd waar u zin in hebt. Maar als ik hetzelfde wil doen, scheldt u me uit omdat dat uw bevelen verstoort, in strijd is met uw despotisme. Is het niet zo baboesjka? Goed, geef me een zoen en laten we elkaar voortaan de vrije hand laten...'

'Wat een vreemde man! Moet u horen, Tit Nikonytsj, wat hij zegt!'

wendde baboesjka zich tot Vatoetin, Rajski van zich afduwend.

'Het was een genot om dat alles aan te horen: werkelijk erg intelligent allemaal; uw woorden zijn aan mij welbesteed!' zei Kritskaja, die voortdurend vergeefs probeerde om de blik van Rajski te vangen.

Tit Nikonytsj keek even bedachtzaam voor zich uit en glimlachte daarna vriendelijk naar Rajski.

'En wat ik zei, was dus dom?' reageerde baboesjka geërgerd op de opmerking van Kritskaja.

'Het is te horen dat Boris Pavlovitsj veel nieuwe en goede boeken heeft gelezen...' zei Vatoetin ontwijkend. 'Hij praat zo mooi! Maar men brengt de samowar hierheen, moedertje, ik ben bang voor... kolendamp...'

'Laten we naar het bordes gaan, naar de tuin, en de thee daar drinken!' zei Tatjana Markovna.

'Is het daar niet te vochtig?' vroeg Vatoetin.

Diezelfde avond nog sloten baboesjka en Rajski zo al niet vrede, dan toch een wapenstilstand.

Baboesjka raakte ervan overtuigd dat haar kleinzoon van haar hield en haar respecteerde. En hoe weinig was ervoor nodig geweest om haar daarvan te overtuigen!

Rajski pakte zijn koffer uit en haalde de geschenken tevoorschijn: voor baboesjka had hij een paar pond uitstekende thee meegebracht waar ze een groot liefhebster van was en ook nog een pas uitgevonden koffiezetapparaat en een donkerbruine, zijden jurk; voor zijn nichten een armband met een gegraveerd monogram; en voor Tit Nikonytsj een suède vest en broek, zoals baboesjka had gevraagd.

Baboesjka was tot tranen toe geroerd.

'Hij heeft aan mij, oude vrouw, gedacht!' zei ze, ging naast hem zitten en gaf hem een klopje op de schouder.

'Aan wie had ik anders moeten denken: u bent voor mij het liefste wezen ter wereld.'

'Hoe kan dat nou?' zei ze. 'Je hebt de rekeningen verscheurd, niet geantwoord op mijn brieven, het landgoed geef je weg, maar dat ik graag 's morgens vroeg in mijn eentje koffie drink, daar heb je wel aan gedacht, je hebt een koffiezetapparaat meegebracht, je hebt niet vergeten dat ik van thee houd en thee meegebracht en ook nog een jurk! Je verwent me gewoon, verkwister! Ach, Borjoesjka, Borjoesjka, wat ben je toch een vreemde man!'

Marfenka bloosde zo van genoegen dat haar wangen de hele tijd dat ze de cadeaus bekeken en erover spraken, rood bleven.

Van louter vreugde en opwinding vergat ze, zoals kinderen dat wel hebben, om de gulle gever te bedanken.

'Je bedankt hem niet eens. Jij bent ook een mooie! Ze is zo blij dat ze het vergeet!' zei Tatjana Markovna.

Marfenka raakte in verwarring en maakte een revérence. Rajski begon te lachen.

'Ik lijk wel gek, ik maak een revérence!' zei ze.

Ze liep op hem toe en omhelsde hem.

Tit Nikonytsj raakte ook in verwarring en verloor zich in strijkages en dankbetuigingen.

Toen Rajski op zijn kamer kwam en zag hoe baboesjka controleerde of zijn bed wel zacht genoeg was en de kussens verschikte, hoe ze de gordijnen neerliet, opdat de zon hem 's ochtends niet zou storen, raakte hij ervan overtuigd dat baboesjka bij alles wat ze deed niet alleen zichzelf ter wille was. Bovendien vroeg ze bezorgd op welk uur hij gewekt wilde worden, wat hij voor ontbijt wilde: thee of koffie, boter of eieren, room of jam; ze liet een karaf met water op het tafeltje zetten en stak vervolgens nog drie keer haar hoofd om de deur om te kijken of hij al sliep, of niets hem stoorde, of hij nog iets nodig had.

Tit Nikonytsj en Kritskaja vertrokken. De laatste vroeg zich bezorgd af hoe ze alleen naar huis moest gaan. Ze zei dat ze zich niet had laten afhalen omdat ze hoopte dat iemand haar naar huis zou brengen. Daarbij wierp ze een blik op Rajski. Tit Nikonytsj bood zichzelf, tot groot ongenoegen van baboesjka, meteen aan.

'Jegorka had haar naar huis kunnen brengen!' fluisterde ze. 'Ze had thuis moeten blijven... wie heeft haar uitgenodigd?'

'Ik dank u, ik dank u...' zei Polina Karpovna in het voorbijgaan tegen Rajski.

'Waarvoor?' vroeg hij verbaasd.

'Voor het aangename, intelligente gesprek... hoewel het niet met mij was... maar ik heb er veel van opgestoken...'

'Het was meer een praktisch gesprek,' zei hij, 'over brij, over een gans, daarna hebben baboesjka en ik ruziegemaakt...'

'Zegt u dat niet, dat weet ik wel...' zei ze op tedere toon, 'maar ik heb twee blikken opgemerkt, twee maar... ze waren voor mij bedoeld, ja, geeft u het toe? O, ik hoop en verwacht iets...'

Hierna vertrok ze. Rajski wendde zich met een vragende blik tot Marfenka.

'Welke twee blikken?' vroeg hij.

Marfenka begon te lachen.

'Zo doet ze altijd!' zei ze.

'Wat heeft ze je ingefluisterd? Luister niet naar haar!' zei baboesjka, 'ze droomt nog steeds van overwinningen.'

Rajski gooide de berg zachte kussens die men op zijn bed had gelegd eraf en nam in plaats daarvan een hard kussen van de divan, vervolgens verjoeg hij Jegor, die door baboesjka gestuurd was om hem uit te kleden. Maar baboesjka deed het weer op haar manier over: ze liet de kussens terugleggen en stuurde Jegor terug naar Rajski's slaapkamer.

'Die rust niet voor ze haar zin krijgt!' zei Rajski, terwijl hij geduldig verdroeg hoe Jegorka zijn laarzen uittrok, zijn jas losknoopte en zelfs zijn kousen wilde uittrekken. Rajski verdronk in de zachte kussens.

Een half uur later stak baboesjka haar hoofd om de deur van zijn kamer.

'Wat is er?' vroeg hij.

'Ik kom kijken of de kaars nog bij je brandt. Waarom doof je hem niet?' vroeg ze.

Hij begon te lachen.

'Ik heb zin om te roken, maar ik heb de sigaren bij u op tafel laten liggen,' zei hij.

Ze bracht de sigaren.

'Goed, rook, maar schiet op, want anders kan ik niet naar bed, ik ben bang,' zei ze.

'Goed, dan rook ik niet.'

'Rook, zeg ik je!' beval ze.

Maar hij doofde de kaars.

Wat een eigenaardig iemand: hij luistert niet eens naar baboesjka! Een zonderling! dacht Tatjana Markovna toen ze naar bed ging.

Rajski had die dag geleefd zoals hij in lang niet had geleefd, en hij sliep zo rustig en gezond als hij, naar het hem toescheen, niet geslapen had sinds hij dit huis had verlaten.

10

Rajski had al een paar van zulke dagen en nachten doorgebracht en hij zou er nog meer van doorbrengen onder dit dak, tussen de moestuin, de bloementuin, het oude verwaarloosde park en het bosje daarachter, in het nieuwe, drukke, gezellige huis en het oude, vaal geworden en deels afgebladderde huis – in de velden, op de oever, op de rivier, in het gezelschap van baboesjka en de twee meisjes, van Leonti en Tit Nikonytsj.

Onwillekeurig raakte hij doordrenkt van de atmosfeer die hem omgaf.

Hij kon zich niet onttrekken aan de indrukken die de hem omringende natuur, de mensen, hun gesprekken en hele manier van leven, hem opdrongen.

Bij iedere stap raakte hij met hen in onmin. Voorlopig leed hij echter nog niet onder die onmin, maar glimlachte welwillend, gaf zich over aan de zachtmoedigheid, de eenvoud van dit leven, zoals hij zich bij het slapengaan overgaf aan het despotisme van baboesjka en verdronk in de zachte kussens.

Als hij al geeuwde, dan was dat voorlopig niet uit verveling, maar omdat hij zijn eten verteerde of door gezonde vermoeidheid.

Hij vond het leven draaglijk: hier had niemand de pretentie om anders, beter, voornamer, intelligenter of deugdzamer te lijken dan hij was, terwijl dit leven in werkelijkheid toch hoger stond, deugdzamer was, en misschien ook meer intelligentie vereiste dan het op het eerste gezicht leek. Ginds, in de kringen van ontwikkelde lieden, sloofde men zich uit om eenvoudig en gewoon te zijn en kon men dat niet; hier was iedereen, zonder daarbij stil te staan, eenvoudig en gewoon, niemand hoefde zich daarvoor in te spannen.

Baboesjka was druk als altijd; ze mocht graag bevelen uitdelen, leidinggeven, handelend optreden, kortom ze had behoefte aan een rol. Ze had haar hele leven gewerkt en als ze niets te doen had dan bedacht ze wel wat.

Net als vroeger had ze geen enkele aandrang om zich te verdiepen in het leven voorbij de muren, de tuinen en het park van het landgoed of voorbij de naburige stad. Dat waren de grenzen van haar wereld.

De overlevering sprak via haar mond, ze strooide met spreekwoorden, met de kant-en-klare zinspreuken van oude wijsheid, en ze verdedigde haar meningen vol vuur tegen Rajski. Heel de uiterlijke gang van het leven voltrok zich bij haar volgens vaststaande regels. Maar toen Rajski beter keek, zag hij dat wanneer kant-en-klare regels geen soelaas boden, bij baboesjka plotseling eigen krachten naar boven kwamen en ze op haar eigen wijze handelde. Door de verouderde en onbruikbare oude wijsheid brak zich dan een levende stroom van gezond verstand, van eigen ideeën, zienswijzen en opvattingen. Wanneer ze eigen krachten aansprak, scheen ze er alleen zelf een beetje van te schrikken en probeerde ze dit te onderbouwen met een of ander voorbeeld uit het verleden.

Rajski beviel die eenvoudige levensvorm, dat duidelijke, strakke kader, waarin een mens zijn plaats vindt en vijftig à zestig jaar leeft in louter herhalingen zonder die op te merken, steeds verwachtend dat er morgen, overmorgen, het volgend jaar, iets anders gebeurt, iets nieuws, iets interessants en vreugdevols.

Hoe leven ze eigenlijk? dacht hij wanneer hij zag dat baboesjka noch Marfenka noch Leonti naar iets anders verlangde, dat ze niet de behoefte hadden om op de bodem van het leven te kijken wat daar lag, zich niet door de stroming van deze rivier lieten meevoeren naar de monding, om daar om zich heen te kijken en zich af te vragen wat dat eigenlijk voor oceaan was waar de stroom hen heen had gevoerd. Nee: 'God heeft het zo beschikt!' placht baboesjka te zeggen en daarmee was de zaak afgedaan.

Ze beoordeelde de mensen die ze kende heel trefzeker, had een juiste kijk op wat gisteren gebeurd was en wat er morgen zou gebeuren, daar zou ze zich nooit in vergissen; haar horizon werd aan de ene kant begrensd door de velden van het landgoed, aan de andere kant door de Wolga en haar heuvels, aan de derde kant door de stad en aan de vierde door de weg naar die wereld waar ze niets mee te maken had.

Aan het einde van de winter verlangde ze ernaar dat de lente spoedig aanbrak, dat de ijsgang op de rivier op die en die dag zou beginnen, dat de zomer warm en vruchtbaar zou zijn, dat de graanprijs hoog zou zijn en de suiker goedkoop, dat de kooplieden die zo mogelijk voor niets zouden geven, evenals de wijn, de koffie, enzovoort.

Ze wilde graag dat de gouverneur af en toe bij haar op bezoek kwam, dat een uit Petersburg gearriveerd belangrijk of opmerkelijk persoon haar opzocht en dat de vrouw van de vice-gouverneur na de mis in de kerk naar haar toe kwam om haar te groeten, en niet omgekeerd; dat wanneer ze door de stad reed, niemand haar, te voet of in een rijtuig, passeerde zonder haar te groeten, dat de kooplieden zich op haar stortten en hun overige klanten in de steek lieten zodra zij de winkel betrad, dat niemand ooit een kwaad woord over haar zei, dat thuis iedereen haar gehoorzaamde, zo goed gehoorzaamde dat geen van de koetsiers het waagde om 's nachts een pijp te roken, vooral niet op de hooizolder, en dat Taraska zich niet bedronk, kortom, dat al haar bevelen opgevolgd werden zonder dat zij erop hoefde te letten.

Ze wilde graag dat er iedere dag iemand bij haar langskwam en dat op haar naamdag iedereen, van de bisschop en de gouverneur tot de laagste bureauchef op de rekenkamer, haar kwam feliciteren. De hele stad moest nog drie dagen napraten over het copieuze feestmaal dat ze gegeven had, ook al mochten de gouverneur noch de bureauchefs zich verheugen in haar oprechte sympathie. Als *monsieur Charles*, die ze niet kon uitstaan, of Polina Karpovna op die dag niet kwamen, was ze oprecht beledigd.

Op die dag verlangde ze, naar alle waarschijnlijkheid, stilletjes dat zelfs Markoesjka een pasteitje kwam eten.

Tot de komst van Rajski rustte haar leven op die simpele en stevige pijlers en kwam het niet bij haar op dat er iets mis mee was, dat ze haar hele leven verwikkeld geweest was in een 'strijd met contradicties', zoals Rajski het uitdrukte.

Indien er zich ooit een contradictie voordeed, een of andere disharmonie, dan zocht ze de schuld in geen geval bij zichzelf, maar bij iemand anders met wie ze te maken had, en als niemand hiervoor in aanmerking kwam bij het lot. En toen Rajski op het toneel verscheen en zowel die ander als het lot in zijn persoon verenigde, verbaasde ze zich en schreef het toe aan de ongehoorzaamheid en de eigenaardigheden van haar kleinzoon.

Ze verdedigde zich hartstochtelijk, eerst met overleveringen, zinspreuken en spreekwoorden; maar toen die dode kracht bij de eerste aanraking met de levende kracht van de analyse in rook opging, klampte ze zich onmiddellijk vast aan haar eigen natuurlijke logica.

Daar had Rajski op gewacht: hij wist dat ze meteen tussen twee vuren terecht zou komen: tussen het oude en het nieuwe, tussen de overlevering en het gezond verstand, en hij twijfelde er niet aan dat het laatste de overhand zou krijgen.

Maar baboesjka gunde hem die triomf nooit, ze gaf zich niet graag gewonnen en placht een einde te maken aan de discussie door zich op despotische wijze te beroepen op de autoriteit, niet eens van inzicht en wijsheid maar van hun familierelatie en haar rijpe leeftijd.

Rajski, die niet voor haar onderdeed op het terrein van de logica, streek dan de vlag voor de sympathie die ze wist in te boezemen, knielde lachend voor haar en kuste haar de hand.

Hij verwonderde zich erover hoe dat alles in haar kon samengaan en hoe baboesjka, zonder de eeuwige tegenstelling tussen oude en nieuwe opvattingen op te merken, het leven aankon en alles verwerkte en hoe ze daarbij vief en fris bleef, geen verveling kende, hield van het leven, vol geloof was, niets met onverschilligheid bezag en iedere dag begroette als een nieuwe frisse bloem waarvan ze morgen al de vruchten verwachtte.

Baboesjka, Marfenka, zelfs Leonti, die toch een denker, een geleerde en een belezen man was, allen hadden hun steunpunt gevonden in dit leven, hielden daaraan vast en waren gelukkig.

Baboesjka had hier haar levenswijsheid als het ware pondsgewijs verworven, alsof ze die bij het gewicht kocht; daar deed ze het mee, ze wilde niets weten van wat ze niet kende, wat ze niet met haar eigen ogen had gezien, en bekommerde zich er niet om of er nog iets was wat daarvan afweek. Daardoor zette ze soms grote ogen op bij Rajski's raadselachtige, haar soms waanzinnig lijkende meningen, zijn 'zigeunerachtige' gedrag, zijn twistgesprekken.

Wat een vreemde, zonderlinge man, dacht ze en bleef zich erover verbazen dat hij haar niet gehoorzaamde en niet deed wat zij hem voorhield. Je kon toch niet anders leven? Tit Nikonytsj was verrukt van haar, zelfs Nil Andrejitsj liet zich goedkeurend over haar uit, de hele stad respecteerde haar, alleen Markoesjka grijnsde wanneer hij haar zag – maar die was dan ook niet te redden.

Maar nu komt daar haar eigen kleinzoon, die hier thuis is, die ze als klein kind heeft opgevoed, en die waagt het haar te trotseren, rechtvaardigt zich, verdedigt zich, redetwist met haar, werpt haar voor de voeten dat ze op de verkeerde manier leeft, niet doet wat ze moet doen.

Maar zij, zou je toch zeggen, kent het hele leven op haar duimpje: de kooplieden noch het personeel zullen haar bedriegen, in de stad kent en doorziet ze iedereen en in haar eigen leven en in dat van de aan haar zorgen toevertrouwde meisjes en haar boeren, in de kring van haar bekenden, maakt ze nooit fouten, weet ze hoe ze moet optreden, wat ze moet zeggen, hoe ze haar eigen en andermans bezit moet beheren! Kortom, alles loopt op rolletjes bij haar!

En hij? Hij gehoorzaamt niet en veroordeelt haar ook nog!

Ze had uit haar observaties en ervaringen de wijze conclusie getrokken dat voor iedereen een bepaalde weg in het leven is uitgestippeld – volg je die, dan kun je een bepaalde positie verwerven, je doelen bereiken. Iedereen werd volgens haar de mogelijkheid geboden om (betrekkelijk) belangrijk of rijk te worden en wie de tijd en het gunstige moment voorbij liet gaan, de door het lot geboden gelegenheid versmaadde, die had dat uitsluitend aan zichzelf te wijten!

Ieder krijgt van het lot een of andere gave, zei ze, de een kreeg bijvoorbeeld veel verstand, een of andere kunde of 'geestesscherpte' (daaronder verstond ze: talent, bekwaamheden), daarentegen viel hem geen rijkdom ten deel. En ze droeg meteen een voorbeeld aan, noemde een architect of een arts uit haar kennissenkring of Stjopka, de boer. Deze Stjopka was oliedom, kon niet tot drie tellen, geen kruisteken slaan, nauwelijks rechts van links onderscheiden, was achter de ploeg noch in het park van enig nut, maar op de draaibank vervaardigde hij vaatwerk, kopjes, lepels of ook wel kruisjes, bootjes en ander kinderspeelgoed – alles als uit brons gegoten. En hoeveel verkocht hij er niet op de jaarmarkt! Een ander was mooi, een plaatje gewoon, maar wel een volslagen idioot! Balakin bijvoorbeeld: niet één meisje dat bij haar verstand was trouwde met hem, maar hij was een lust voor het oog! Als hij zijn kans niet voorbij laat gaan, zal ook hij gelukkig worden. 'God voedt ook de dwaas en de luilak!' haalde ze een spreekwoord aan om haar betoog te onderbouwen: hij zal wel een rijke domme gans vinden! Anderen hebben van het lot 'geestesscherpte' noch rijkdom gekregen maar wel werklust en daarmee redden ze het! En wie lui is geweest of niet goed heeft opgelet, wie de gave van het lot heeft verspild, die moet de schuld bij zichzelf zoeken! Daarom zijn er zoveel hopeloze gevallen op de wereld: leeglopers, dronkaards, die met gaten in de ellebogen rondlopen, één voet in een schoen, de andere in een laars, met een rode neus, gebarsten lippen, een drankadem.

Rajski barstte in lachen uit toen hij eens zo'n betoog hoorde, vooral om de karakteristieke schets van de dronkaard, het meest weerzinwekkende en hopeloze wezen in de ogen van baboesjka. Ze had zo'n afkeer van drankzucht dat ze, hoewel ze niet de minste neiging daartoe bij Rajski bemerkte, toch iedere keer onrustig werd wanneer hij een groot glas wijn of wodka wilde drinken in plaats van een borrelglas.

'Is dat wel goed voor je, is het niet te veel?' vroeg ze dan fronsend en hoofdschuddend.

Van dronkaards en dronkenschap had ze een fysieke afkeer.

'Ja, ja, lach maar!' zei ze, 'het is de waarheid!'

'Je kunt toch ook door toedoen van een ander verloren gaan, baboesjka,' wierp Rajski tegen, die wilde weten hoe groot haar inzicht in de praktijk van het leven was. 'Er bestaat vijandschap tussen mensen, hartstochten. Wat kan iemand eraan doen wanneer men hem beentje licht, wanneer hij in een intrige verwikkeld raakt, bestolen of gedood wordt? Wat kan er allemaal niet gebeuren in het leven!'

'Daar kan hij alles aan doen!' besliste ze, zonder naar tegenargumenten te luisteren. 'Als iemand ongelukkig is, als het hem slecht gaat, hij van het rechte pad is afgeraakt, tot armoede is vervallen, op een of andere manier is beledigd of belasterd en zich niet kan herstellen, dan is dat zijn eigen schuld. Hij heeft een zonde begaan of begaat die nog steeds: hij heeft zich overgegeven aan een ondeugd of zich schromelijk vergist! Vijandschap, hartstochten...! De mens blijft zelf zijn ergste vijand...! God straft soms, maar hij vergeeft ook wanneer iemand tot inkeer komt en weer terugkeert naar het rechte pad. En als iemand voortdurend struikelt, valt en in de modder ligt, betekent dat dat zijn zonden niet vergeven zijn, en ze zijn niet vergeven omdat hij zich niet beheerst, verslaafd is aan wijn, aan kaarten, of iets gestolen heeft en het gestolene niet teruggeeft, of dat hij trots is, anderen beledigt of bovenmatig kwaadaardig is, een woesteling, bedrieger of verrader is... Er is zoveel kwaad: iets moet hij op zijn geweten hebben! Maar als hij wil, dan kan hij weer op het rechte pad komen.

Als hij gewoon zwak is, geen kracht heeft, dan betekent dat dat hij geen geloof heeft: wanneer iemand gelooft, dan heeft hij ook kracht. Ja, ja, zo is het, spreek me niet tegen, spreek me niet tegen; lach voor mijn part, maar zwijg!' voegde ze eraan toe toen ze zag dat hij een tegenwerping wilde maken. 'Je mag nooit anderen de schuld geven van je ongeluk. Let goed op, pas op jezelf. Als je gevallen bent, ga dan weer op je benen staan en kijk goed of je het niet aan jezelf te wijten hebt. Is dat niet zo, bid dan en het zal je weer goed gaan. Neem nu Alexej Petrovitsj. Drie gouverneurs hebben hem uit de dienst verjaagd, zijn landgoed stond onder curatele, niemand wilde hem meer iets lenen, hij moest gewoon gaan bedelen. En nu heeft hij zich een tijdje op de vlakte gehouden, alles aanvaard, berouw getoond voor eventuele zonden en wordt hij weer door iedereen gerespecteerd...'

'Nou, goed dan, baboesjka: maar weet u nog dat er een of andere ruziemaker was, een politiecommissaris of zoiets: hij heeft uw dak laten slopen, tegen de regels mensen bij u ingekwartierd, de omheining afgebroken en God mag weten wat hij allemaal niet gedaan heeft.'

'Ja, dat is waar: het was een boosaardige, slechte man, hij was mijn vijand, ik had een hekel aan hem! En hoe is het met hem afgelopen? Er kwam een nieuwe gouverneur die achter al zijn boevenstreken is gekomen en hem heeft ontslagen! Hij is naar elders vertrokken en is aan de drank geraakt; zijn eigen lijfeigen meisje ging de baas over hem spelen... en hij durfde geen kik te geven. Hij is gestorven, en niemand die medelijden met hem had!'

'Nu ziet u het zelf! Maar wat had u gedaan, dat hij u zo dwars moest zitten?'

'Ik?' vroeg baboesjka. 'Ik ben niet voor niets gestraft. Het lot straft niet voor niets.'

'Werkelijk niet? Wat had u dan gedaan?'

'Wat ik gedaan had?' herhaalde ze. 'Je bent nog te jong om de misstappen van baboesjka te kennen. Maar goed, als het dan moet, zal ik het zeggen: het was de tijd dat de alcoholproductie door de staat verpacht werd, niet iedereen mocht meer brouwen of stoken; maar ik trok me daar niets van aan en liet bier brouwen voor het personeel; er werd hier in huis ook wodka gestookt, niet veel, voor de gasten en de bedienden, maar toch... En ik heb de bruggen niet laten repareren... Toen er bij mij niets te halen was, werd meneer kwaad! Wanneer iemand ongelukkig is, dan betekent dat dat daar een reden voor is. Vraag zo snel mogelijk vergeving, anders ga je verloren, gaat het steeds slechter... en dan...'

'En dan "een rode neus, gebarsten lippen, één voet in een schoen, de andere in een laars!"' vulde Rajski lachend aan. 'Ach, baboesjka, u hebt een merkwaardige opvatting van het lot. Wie of wat zal me dwingen te doen wat ik niet wil? Stel dat ik tegen mezelf zeg dat ik beslist zo zal handelen, me met mijn hele wil wapen...'

'Zeg nooit "beslist",' onderbrak Tatjana Markovna hem fel, 'God beware!'

'Waarom niet? Weer iets nieuws!' zei Rajski. 'Marfenka! Ik zal beslist jouw portret schilderen, beslist een roman schrijven, beslist kennismaken met Markoesjka, beslist de zomer met jullie doorbrengen en jullie alle drie... baboesjka, jou en... Verotsjka... beslist van jullie vooroordelen afhelpen.'

Marfenka begon te lachen maar Tatjana Markovna keek hem over haar bril heen aan.

'Je bent gewoon gek geworden: leer liever van baboesjka hoe je moet leven. Je bent veel te zelfverzekerd. Het lot zal je dat beslist nog een keer betaald zetten! Zeg dat niet! Voeg er altijd aan toe "Ik zou willen", "God geve", "bij leven en welzijn". Anders straft het lot je voor je arrogantie... het zal nooit gaan zoals jij het wilt...'

'U hebt dezelfde voorstelling van het lot, baboesjka, als de oude Grieken van het fatum: als een persoon, een wezen dat ons hier ergens in een hoekje staat af te luisteren...'

'Ja, ja,' zei baboesjka, en maakte onwillekeurig een beweging alsof ze om wilde kijken, 'er staat zeker iemand te luisteren! Als je even niet oplet, vergeet dat je kunt vallen, dan val je al. Als je ergens al te vast op vertrouwt, dan bedriegt het lot je, rukt datgene uit je handen wat je net hebt gegrepen! Waar je het het minst van al verwacht, daar krijg je klappen...'

'Maar wanneer komt het geluk dan? Je krijgt toch niet alleen maar klappen in het leven?'

'Nee, niet alleen: wanneer je geduldig afwacht, twijfelt, niet vergeet wie of wat je bent, dan komt het geluk heus wel. Gooi vooral je hoofd niet in de nek en steek je neus niet in de wind, hou je gedeisd, dan komt het wel. Het lot wil dat de mens voorzichtig is, daarom zegt men ook: God behoedt de behoedzame. Maar je moet het niet overdrijven: het lot is iemand die al te angstvallig terugdeinst evenmin goed gezind, die laat het in een hinderlaag lopen. Wie bang is voor water, zijn hele leven uit de buurt blijft van rivieren, nooit gaat varen, die wacht het lot op: één keer laat hij zich verleiden tot een tochtje per gondel en dan valt hij met een plons in het water.'

Rajski begon te lachen.

'O, het lot is een kwajongen!' vervolgde ze. 'Wanneer je in je beurs een tienkopekemunt zoekt, kom je alleen twintigkopekemunten tegen en de tienkopekemunt komt het laatst; als je op iemand wacht, komen er mensen, maar niet die waar je op wacht, en de deur blijft, als om de draak met je te steken, open- en dichtgaan terwijl je bloed kookt van ergernis en woede. Als je iets kwijt bent, haal je het hele huis overhoop, maar het ligt voor je neus. Zo gaat het!'

'Wat een slavernij!' zei Rajski, 'om zo je hele leven door te brengen, je te verliezen in kleinigheden! Waarom dan, met welk doel haalt iemand die grappen uit, baboesjka? Gebeurt dat met opzet volgens u? Nee, ik geloof niet dat ik u van uw vooroordelen af kan helpen... U bent bedorven!'

'Met welk doel?' herhaalde ze, 'met het doel dat de mens niet inslaapt en zichzelf niet vergeet, maar eraan denkt dat er iemand boven hem staat; opdat hij zich verroert, zijn ogen openhoudt, nadenkt en zich zorgen maakt. Het lot brengt hem geduld bij, staalt zijn karakter, zodat hij geen tijd verloren laat gaan, op alles een waakzaam oog houdt, niet luiert en doet wat de Heer iedereen heeft opgedragen...'

'Dus u denkt dat ieder mens een onzichtbare politieagent is toegewezen om hem wakker te houden?'

'Scherts maar, maar al schertsend heb je de waarheid gezegd,' merkte baboesjka op.

'Wat is het leven toch rekbaar!' sprak Rajski peinzend.

'Wat?'

'Ik denk,' zei hij half tegen Marfenka, half tegen zichzelf, 'dat je kunt geloven waarin je wilt, in een godheid, in de wiskunde of in de filosofie, het leven past zich overal bij aan. Waar heb jij op school gezeten, Marfenka?'

'In het pension van *madame* Meyer.'

'Ik heb twaalfhonderd roebel betaald voor elk van beiden,' zei baboesjka, 'beiden zijn daar vijf jaar geweest.'

'Herinner je je het wereldstelsel van Ptolemaeus?'

'Ptolemaeus, dat was toch een tsaar...' zei Marfenka, enigszins blozend omdat ze zich totaal geen wereldstelsels herinnerde.

'Ja, een tsaar en geleerde. Weet je dat men vroeger dacht dat de aarde het middelpunt van het heelal was en dat alles om haar draaide, daarna hebben Galilei en Copernicus uitgevonden dat alles om de zon draait, en nu hebben ze ontdekt dat ook de zon weer om een ander middelpunt draait. De eeuwen gingen voorbij... en de verschijnselen van de fysieke wereld lieten zich verklaren door elk van die theorieën. Zo is het ook met het leven: men nam eerst het fatum aan als verklarend principe, daarna de rede, het toeval... het laat zich met iedere maatstok meten. Baboesjka heeft er een huisgeest voor...'

'Geen huisgeest, maar God en het lot,' zei ze.

'Er zijn dus twee krachten die de wereld besturen. En zestig jaar lang heeft ze haar hele aardse bestaan met al zijn onbeduidende details in die theorie kunnen onderbrengen. En daarbij voelde ze zich als een vis in het water, terwijl wij ons het hoofd breken, tobben... Waarom, vraag je je af.'

In gedachten vergeleek hij zichzelf met baboesjka.

Ik sloof me uit, bedacht hij, om een humaan en goed mens te zijn... baboesjka heeft daar nooit over nagedacht, maar ze is humaan en goed. Ik ben wantrouwend en koel tegenover mensen en koester alleen warmte voor de scheppingen van mijn fantasie... baboesjka is vol warmte tegenover haar naaste en gelooft in alles. Ik zie waar het bedrog schuilt, weet dat alles een illusie is en kan me nergens aan hechten, berust nergens in... baboesjka vermoedt bedrog in niets en niemand, behalve in kooplieden, en haar liefde, mildheid, goedheid berusten op het warme geloof in het goede en de mensen. Als ik mild ben, dan is dat uit koele berekening... bij baboesjka komt dat geheel voort uit haar gevoel, haar warme hart, haar natuur! Ik doe niets terwijl zij haar hele leven werkt...

II

Hij verzonk in gepeins, richtte zijn blik van baboesjka op Marfenka en liet hem liefdevol op haar rusten.

Waarom, zo dacht hij, zou ik ook niet geloven in het lot van baboesjka. Hier geloof je aan alles, waarom zou ik me er niet bij neerleggen, zou ik niet onder het juk van dat zachtaardige bestaan doorgaan, de held van een idyllische roman worden. Misschien heeft het lot ook voor mij hier succes en geluk in petto. Misschien moet ik echt gaan trouwen...?

Hij rekte zich uit en geeuwde, keek naar Marfenka en bezag met welgevallen haar mooie, blanke voorhoofd, haar gezonde, frisse wangen en fijne, zachte handen.

Maar hoe goed hij haar ook bekeek, hoe hij haar ook op de proef stelde, van welke kant hij haar ook benaderde, hij zag voorlopig alleen dat Marfenka een levendig en vrolijk, gezond en fris, blond meisje was met volle, ronde vormen.

Ze was ijverig, borduurde graag en tekende. Als ze ging zitten borduren, dan verdiepte ze zich daar serieus en zwijgend in en kon uren zo blijven zitten, en als ze aan de piano ging zitten, dan speelde ze beslist alles tot het einde wat ze zich had voorgenomen te spelen; boeken las ze altijd helemaal uit en ze vertelde, als het haar beviel, lang en graag over wat ze had gelezen. Ze zong, zorgde voor de bloemen en de vogels, hield van huishoudelijke karweitjes en was een zoetekauw.

Ze had een kastje waarin ze altijd een voorraadje rozijnen, gedroogde pruimen en snoep bewaarde. Ze schonk de thee in en zag ook verder toe op het huishouden.

Ze hield van de frisse lucht en het kon haar niet schelen als ze bruin werd. Ze hield van de hitte, net als een hagedis.

Haar verlangens beperkten zich tot de kringloop van haar bestaan: ze had graag dat het met Pasen helder en droog weer was en dat het in de kersttijd streng vroor, zodat de slee kraakte en de kou in je neus beet. Ze hield hartstochtelijk veel van schaatsen en dansen, van de bonte volksmenigte en van feestdagen en verheugde zich als er gasten kwamen of als ze zelf een bezoek kon afleggen. Ze was een liefhebster van mooie kleren en opschik en had graag dat er snuisterijen op de tafel en de etagères lagen.

Maar hoewel ze graag naar bals ging, wachtte ze vol ongeduld op de zomer, de tijd van de vruchten, verheugde zich als de kersen goed gedijden, de watermeloenen groter dan ooit waren en er nergens zoveel appels aan de bomen hingen als in hun tuin.

Marfenka was altijd hoorbaar en zichtbaar in het huis. Nu eens hoorde je haar lachen, dan weer luid spreken. Ze had een prettige, sonore, diepe stem. In de tuin was nu eens te horen hoe ze boven een liedje zong – en een ogenblik later hoorde je haar stem al van het andere einde van het erf of weerklonk haar gelach door de hele tuin.

Als ze in haar kindertijd hoorde dat bij een boer een paard of een koe was gestorven, dan ging ze bij baboesjka op schoot zitten en smeekte haar net zo lang het verlies te vergoeden tot ze beloofde dat te zullen doen. Als een boerenhuis bouwvallig was of er ergens op een erf wat gebouwd moest worden, dan vroeg ze baboesjka om hout.

Als de zoon van een boerenvrouw gestorven was en de moeder diepbedroefd, niet in staat om ook maar iets te doen in een hoekje zat, dan ging Marfenka iedere dag naar haar toe en bleef een uur of twee bij haar, keek haar aan en probeerde haar te troosten. Als ze dan weer naar huis ging, waren haar ogen opgezwollen van de tranen.

Wanneer een boer ernstig ziek werd, dan rustte ze niet voor Ivan Bogdanovitsj, de arts, beloofde hem te bezoeken, ging zelf in een droschke naar hem toe en bracht hem naar het dorp.

Voortdurend vroeg ze baboesjka om iets: linnen, calicot, suiker, thee, zeep. Aan de meisjes van Malinovka gaf ze haar oude kleren en ze verlangde van hen dat ze zichzelf schoonhielden. Een blinde oude man bracht ze iets zoets te eten of ze gaf hem wat geld. Ze kende alle boerenvrouwen en zelfs hun kinderen bij naam, kocht schoenen voor hen, naaide hemden en doopte bijna alle borelingen.

Als er een bruiloft was, dan kende Marfenka's gulheid geen grenzen; baboesjka remde haar dan met moeite af. Ze gaf ondergoed, schoeisel, ontwierp een rijkversierde overgooier, gaf al haar zakgeld uit en moest daarna nog lang zuinig aan doen.

Alleen van dronkelappen hield ze evenmin als baboesjka en een keer haalde ze zelfs met haar paraplu uit naar een boer toen die, dronken als hij was, in haar bijzijn zijn vrouw wilde slaan.

Wanneer ze door het dorp liep, raakten de kinderen door het dolle heen: ze renden zodra ze haar zagen en masse op haar toe. Zij deelde dan speculaas en noten uit, nam soms iemand mee naar huis, waste die en speelde met hem.

Alle honden in het dorp kenden haar en hielden van haar; en ook onder de koeien en schapen had ze haar lievelingen.

Haar aandacht verslapte nooit, alles bekeek ze met een monter, waakzaam oog.

Wanneer er niemand in de kamer was, verveelde ze zich en ging ze naar een plek waar mensen waren. Als een gesprek een ogenblik stokte, voelde ze zich al niet op haar gemak, geeuwde en ging weg of zei zelf iets.

Door de week liep ze rond in een eenvoudige wollen of linnen jurk met een eenvoudige kraag, maar op zondag kleedde ze zich steevast mooi aan, 's winters in een wollen of zijden en 's zomers in een mousselinen jurk. Ze gedroeg zich dan wat ernstiger, vooral tot aan de mis, ging niet zomaar ergens zitten, begon niet aan een huishoudelijk karweitje of een tekening en speelde hoogstens na de mis wat op de piano.

Gelukkig kind! dacht Rajski en bekeek haar met welgevallen, zul je ooit ontwaken of zul je je hele leven zo spelend en zingend doorbrengen onder bescherming van baboesjka's 'lot'? Wat zal er gebeuren wanneer iemand probeert je uit die sluimer te wekken?

'Kom Marfenka,' zei hij een keer kort na zijn aankomst, 'laten we wat gaan wandelen, laat me jouw kamer zien en de kamer van Verotsjka, daarna het huishouden, stel me voor aan het personeel. Ik ken hier de weg nog niet.'

Hij had haar nergens een groter plezier mee kunnen doen. Vrolijk liep ze voor hem uit, opende deuren voor hem en bracht iedere kleinigheid onder zijn aandacht, kletste, huppelde en zong.

In haar kamer was het een en al gezelligheid, verfijndheid en vrolijkheid. Bloemen in de vensters, vogelkooitjes, een klein iconenkastje boven het bed en een hele hoop verschillende doosjes waar allerlei spullen in opgeborgen waren: lappen, draden, zijde, borduursel: ze kon prachtig borduren met zijde en wol. In kistjes lagen dubbele, aan elkaar gegroeide noten, kaarsstompjes, in mappen lag een massa bloemen te drogen, op de vensterbanken lagen in het zand langs de Wolga gevonden kleurige steentjes en schelpen.

Een wand werd in beslag genomen door een grote klerenkast – alles schoon opgeruimd, neergelegd, opgehangen. Het bed was klein maar lag vol met kussens, met daaroverheen een gewatteerde, met zijde overtrokken deken, voorzien van een patroontje en omzoomd door een mousselinen franje.

Aan de muren hingen Engelse en Franse gravures die uit het oude huis kwamen en gezinstafereeltjes voorstelden: een oude man die was ingeslapen bij de open haard, een oude vrouw die de bijbel las, een moeder te midden van haar kinderen rond een tafel, een paar kopieën van schilderijen van Teniers, ten slotte een hondenkop en veel uit boeken gescheurde platen met dieren, zelfs enkele modeplaten.

Ze opende een kast waaruit een geur van zoetigheid kwam.

'Wilt u geen amandelen?' vroeg ze.

'Nee, dank je.'

'Rozijnen dan, ze hebben geen pitten en smaken erg zoet.'

Ze kraakte een noot met haar tanden en stopte twee rozijnen in haar mond.

'Ik wil Vera's kamer zien, laten we erheen gaan!' zei Rajski.

'Dan moeten we de sleutel van het oude huis halen.'

Rajski wachtte op het erf tot Jakov de sleutel had gebracht.

Marfenka beklom met haar neef de buitentrap. Ze liepen door een grote hal, een gang, en bleven staan voor de deur van Vera's kamer.

Rajski had zich deze kamer in gedachten al voorgesteld: hij zag de meubels, de decoraties, gravures en snuisterijen – dat alles stelde hij zich heel anders voor dan het bij Marfenka geweest was.

Nieuwsgierig overschreed hij de drempel, nam de kamer in ogenschouw en... kwam bedrogen uit: niets van al datgene wat hij zich had voorgesteld was er te zien.

Baboesjka zou zeggen, bedacht hij, dat het lot me voor de gek heeft gehouden: je verwacht het een, kijkt niet om je heen, twijfelt niet en treft voor je het weet iets heel anders aan.

Een eenvoudig bed met een groot gordijn, een dunne, katoenen deken en maar één kussen. Vervolgens een divan, een tapijt op de vloer, een ronde tafel vóór de divan, een andere, kleine, met wasdoek overdekte schrijftafel bij het raam, die maar weinig gebruikt scheen te worden, een kleine antieke spiegel en een eenvoudige klerenkast – dat was alles. Geen gravures, geen boeken, geen enkele snuisterij aan de hand waarvan het mogelijk was geweest achter de smaak en de voorkeuren van de eigenares te komen.

'Waar heeft ze de rest van haar bezittingen?' vroeg Rajski.

'Verder heeft ze niets.'

'Hoezo niets? Waar is de inktpot, het papier...?'

'Dat ligt allemaal in de tafellade... de sleutel neemt ze altijd mee.'

Rajski liep eerst naar het ene, daarna naar het andere raam. Aan de ene kant had je uitzicht op de velden en het dorp en aan de andere kant op het park, het ravijn en het nieuwe huis.

'Laten we hier weggaan, neef, het ruikt hier naar verlatenheid,' zei Marfenka. 'Dat Vera niet doodsbang is in haar eentje, ik zou sterven van angst. Ze vindt het niet eens prettig als je haar hier opzoekt. Ze kent gewoon geen angst! Soms gaat ze 's nachts in haar eentje naar het kerkhof, daarginds, ziet u het?'

Ze wees hem vanuit het venster op een hoop kruisen die dicht opeengedrongen op een heuvel stonden, op enige afstand van de boerenerven.

'En jij gaat daar niet heen?' vroeg hij.

'Overdag ga ik er wel eens heen, maar ik neem altijd Agafja of een van de kinderen uit het dorp mee. En ook als er een boer begraven wordt ga ik mee. Bij ons sterven ze godzijdank zelden.'

Rajski wierp nog een blik op de lege kamer, probeerde zich de trekken van de kleine Vera te binnen te brengen en herinnerde zich alleen een slank, donker meisje met donkerbruine ogen, met witte tandjes en vaak met vuile handjes.

Hoe zou ze er nu uitzien? Knap, zegt Marfenka, en baboesjka ook. We zullen zien! dacht hij terwijl hij achter Marfenka aan liep.

12

Ze kwamen op een ander erf, waar verschillende diensten waren gehuisvest: magazijnen, bediendeverblijven, kelders en paardenstallen.

Op dit erf was het een en al drukte: in de keuken knetterde vuur, in het bediendeverblijf waren de bedienden aan het eten, Taras was in de schuur in de weer met de rijtuigen terwijl Prochor de paarden drenkte.

De gesprekken aan de bediendetafel waren buiten te horen. Tot Rajski en Marfenka drongen ruw gelach en een geroezemoes van stemmen door, die plotseling verstomden toen de bedienden door de ramen de heer en dame opmerkten.

Slechts een brokstuk van een vriendschappelijk gesprek drong tot hen door.

'Hoezo, Motka, je gaat binnenkort toch dood!' zei hetzij Jegorka, hetzij Vasjka.

'Hoe kun je hem dat nou zeggen, dat is een zonde!' zei de bedachtzame en vrome Jakov op verwijtende toon.

'Nee, serieus, jongens, let op mijn woorden,' vervolgde de eerste stem, 'bij wie de borst is ingevallen, bij wie de haren van rookkleurig rood zijn geworden, de ogen in hun kassen zijn verdwenen, die zal beslist sterven... Vaarwel, Motka, we timmeren een doodskist voor je en leggen een blok hout onder je hoofd...'

'Nee, wacht, eerst geef ik je nog een pak rammel...' reageerde een derde stem, waarschijnlijk die van Motka.

'Je bent al op sterven na dood en toch wil je nog vechten! Kus hem, Matrjona Faddejevna, kijk eens wat een mooie man het is: een mooiere dode vind je nergens...! Hij heeft zelfs vale vlekken op zijn wangen. Vaarwel, Motka...'

'Je mag Gods toorn niet afroepen!' bracht Jakov hem streng tot bedaren.

De meisjes namen het ook op voor de zieke en scholden de brutale spotter uit.

Plotseling werd het gesprek afgebroken door een luid geschreeuw van de andere kant. Uit de deur van het andere bediendeverblijf stormde Marina naar buiten en rende zo snel als haar benen haar dragen konden over het erf. Er vloog een houtblok achter haar aan dat kennelijk voor haar bedoeld was maar dat dankzij haar behendigheid zijn doel miste. Haar haren waren echter helemaal verward, ze hield een kam in haar hand en huilde luid.

'Wat is er aan de hand?' Rajski had het nog niet gevraagd, of Marina stond al voor hem.

'O God, genadige heer!' kreet ze met een huilend, verwrongen gezicht en wees op de deur waar ze net uit gekomen was. 'O God, wat heeft hij me toegetakeld, juffrouw!' wendde ze zich, zodra ze Marfenka zag, tot haar, 'ik heb gewoon geen leven!'

Op dat moment zag ze de gezichten van het huispersoneel, dat uit de keuken naar haar keek, lachte plotseling door haar tranen heen en toonde een rij blinkend witte tanden, waarna de lach weer zeer snel plaatsmaakte voor tranen.

'Ik ga naar de meesteres, hij slaat me nog dood!' zei ze en liep snel naar het nieuwe huis.

'Wat is er aan de hand?' vroeg Rajski aan de bedienden.

Jegorka grijnsde, sommige vrouwen hadden ook een lach op het gezicht, anderen keken naar de grond en zwegen.

'Wat is er aan de hand?' vroeg Rajski opnieuw, zich tot Marfenka wendend.

Uit het huis was het geklaag van Marina hoorbaar, onderbroken door de verwijten van Tatjana Markovna.

Rajski ging naar binnen.

'Kijk eens hoe haar man haar heeft toegetakeld!' wendde baboesjka zich tot Rajski. 'En terecht, sloerie, het is je verdiende loon!'

'Nee, meesteres, helemaal niet. God mag weten wat hij in zijn hoofd heeft gehaald, verdween-ie maar, de ellendeling. Ik liep de struiken in om wat takken af te breken en daar zag ik toevallig de tuinman van de graaf. Laat ik je helpen, zei-ie, en hij sleepte de takken voor me tot aan het hek, maar Saveli dacht...'

'Je liegt, je liegt, sloerie!' zei baboesjka streng, 'het was niet voor niets!'

'Mag ik door de grond zakken! God geve dat ik de ochtend niet beleef...'

'Hou op met zweren! Deze week heb je vrij gevraagd om de metten bij te wonen, maar ze hebben je in de voorstad gezien met de hulparts...'

'Dat was ik niet, meesteres, God geve dat ik ter plekke crepeer...'

'Hoe kan Jakov je dan gezien hebben? Die liegt niet!'

'Ik was het niet, meesteres, waarschijnlijk was het de duivel in mijn gedaante...'

'Weg, uit mijn ogen! Roep Saveli!' besloot baboesjka. 'Boris Pavlovitsj, jij bent de landheer, los de zaak op!'

'Ik begrijp er niets van!' zei hij.

Saveli kwam Marina op het erf tegen. Tot de oren van Rajski drong het geluid door van een doffe klap, alsof Saveli haar met de vuist op de rug of op de nek sloeg, daarna weer gekrijs en gehuil.

Marina rukte zich los, rende snel over het erf en verdween in het bediendeverblijf, waar ze werd ontvangen met een luid gelach, hetgeen ze, terwijl ze met haar schort haar tranen afveegde en de kam door haar verwarde haren haalde, beantwoordde met eenzelfde luide lach. Daarna kregen verdriet en woede weer de overhand.

'De duivel, de bosgeest, laat hem verrekken!' zei ze, nu eens huilend, dan weer het boosaardige gelach met gelach beantwoordend.

Saveli stapte met neergeslagen ogen, lomp en zwaar over de drempel van de kamer en ging in een hoek staan.

'Waarom beheers je je niet, Saveli?' begon baboesjka hem de mantel uit te vegen. 'Wie weet wat ons nog te wachten staat? Je slaat haar nog een keer zo hard dat ze de geest geeft, en wat kopen we daarvoor?'

'Een hond moet sterven als een hond!' sprak Saveli somber en keek naar de grond.

Op zijn voorhoofd hadden zich diepe rimpels gevormd en hij was erg bleek.

'Goed, zoals je wilt... maar ik kan je dan niet langer gebruiken hier, ik wil geen rechtszaak in het huis. Dit is geen lolletje meer, je slaat haar maar zonder na te denken met wat voor het grijpen ligt! Ik heb het je toch gezegd: trouw niet met haar. Maar jij moest je eigen zin doen, je luisterde niet naar mij, en kijk nu eens!'

'Zo is het...' sprak hij zacht en met gebogen hoofd.

'Laat het niet weer gebeuren!' zei baboesjka. 'Als het nog een keer gebeurt, stuur ik haar naar Novoselovo.'

'Wat moet ik dan met haar doen?' vroeg Saveli zacht.

'Wat denk je te bereiken door haar te slaan? Komt ze daardoor tot inkeer?'

'Het schrikt haar toch af...' zei Saveli zonder op te kijken.

'Ga maar, maar laat het niet nog eens gebeuren, begrepen?'

Hij keek langzaam op en wierp eerst op baboesjka en daarna op Rajski een onzekere, duistere blik. Vervolgens draaide hij zich langzaam om en liep bedachtzaam over het erf, opende een deur en stapte met zijn schouder naar voren over de drempel van zijn kamer. Jegorka wees Saveli terwijl die over het erf liep grijnzend met de vinger na en duwde Marina naar het raam opdat ze een blik wierp op haar echtgenoot.

'Laat me met rust, duivel dat je bent!'

En ze haalde geïrriteerd naar hem uit. Daarna glimlachte ze weer over haar hele gezicht en toonde haar tanden.

'Wat heeft dat te betekenen, baboesjka?' vroeg Rajski.

Baboesjka verklaarde hem het voorval. Marina was als meisje van zestien uit het dorp gehaald en ingedeeld bij het huispersoneel. Qua handigheid en capaciteiten overtrof ze alle andere meisjes, ze overtrof zelfs de verwachtingen van baboesjka.

Er was geen karwei dat ze niet aankon; waar een ander een uur nodig had, was zij in nog geen vijf minuten klaar.

Terwijl een ander nog nadacht over een bevel, zich op het hoofd en op de rug krabde, was zij al aan het andere einde van het erf, klaarde het karwei, en altijd op onberispelijke wijze, en was alweer terug.

Of ze nu de jongedames aan moest kleden, iets strijken, een boodschap doen, iets opruimen, iets inkopen of in de keuken helpen, ze kweet zich altijd tot volle tevredenheid van haar taak. Al haar bewegingen waren bliksemsnel, haar handen grijpgraag en haar oog scherp. Ze merkte alles op, ried alles, doorzag iets en voerde het op hetzelfde moment uit.

Ze was altijd in beweging, deed altijd iets en wanneer ze even uitrustte, dan kon je aan haar handen zien dat ze net iets had gedaan of op het punt stond iets te gaan doen.

En ze was goudeerlijk: ze stal niets, eigende zich niets toe, verdonkeremaande niets, was niet hebzuchtig en niet gulzig en at niets stiekem op. Ze at zelfs weinig en altijd tussen de bedrijven door; als ze de vaat waste, at ze iets van de borden die terugkwamen van de herentafel: een paar lepels koolsoep, een augurk, of een stukje brood; en terwijl ze daar nog op kauwde was ze alweer aan het werk.

Tatjana Markovna had een hoge dunk van haar. Ze gebruikte haar eerst om de kamers op te ruimen en benoemde haar vervolgens op verzoek van Verotsjka tot haar kamermeisje. In die functie had Marina weinig te doen, en ze bleef alles doen voor iedereen in het huis. Verotsjka raakte verknocht aan haar en zij aan Verotsjka; ze kon de geringste van haar wensen van haar gezicht aflezen.

Maar... ondanks dat alles degradeerde baboesjka haar van kamermeisje tot dienstmeid en veroordeelde haar vervolgens tot het vuile werk: het doen van de vaat, het wassen van ondergoed, het schrobben van de vloeren, enzovoort.

Ze dankte het uitsluitend aan haar handigheid en kundigheden dat ze betrokken bleef bij het oude huis en nog steeds het vertrouwen genoot van Vera, die haar gebruikte voor bijzondere opdrachten.

Marina raakte uit de gunst bij baboesjka omdat ze 'de lusten en lasten van de liefde' in al te ruime mate had leren kennen, eerst in de persoon van Nikita, daarna van Pjotr, vervolgens van Terenti enzovoort, enzovoort.

Er was geen lakei onder het huispersoneel, geen knappe jongen in het dorp waarop ze haar blik niet met welgevallen liet rusten.

Haar liefdesrelaties waren talloos en zonder einde.

Had ze in Moskou, Sint-Petersburg of een andere grote stad gewoond, in een andere situatie verkeerd, dan zouden de angst om het dagelijks brood en de vrees haar baan te verliezen haar ongeremde behoefte aan liefde wel hebben beteugeld. Maar hier, als een lijfeigen dienstmeid die verzekerd was van het dagelijks bestaan, kon ze zich geheel overgeven aan haar teugelloze hartstocht.

Ze wist dat ze haar niet zouden verjagen of van haar dagelijks brood beroven, en aan schande kon je wennen zodra alles eens en voor altijd bekend was geraakt onder de enge kring van je verwanten en dierbaren.

Marina was geen echte schoonheid, maar ze had iets wat boeide en prikkelde, ofschoon het onmogelijk was precies te zeggen wat de talrijke aanbidders in haar aantrok. Misschien was het de snel over alles heen glijdende, nergens bij stilstaande blik van haar gelig grijze, schalkse en schaamteloze ogen, misschien een zekere nerveuze trilling van de schouders en de heupen of het beweeglijke spel van haar wangen, haar lippen, haar handen, haar hele gestalte; de lichte, schijnbaar zwevende tred, de brede glimlach die plotseling haar hele gezicht en een rij witte tanden deed oplichten alsof er opeens in het duister een lantaarn bij werd gehouden, maar die even plotseling kon verdwijnen om plaats te maken voor een luid gehuil of, zo nodig, gegil – God mag weten wat het was.

Wie met haar praatte, een blik met haar uitwisselde of haar alleen tegenkwam, die draaide zich om en ging achter haar aan.

Ze bekommerde zich niet eens al te zeer om haar uiterlijk, vooral niet sinds men haar vuil werk liet opknappen: ze had een grove jurk aan met altijd opgestroopte mouwen, haar hals en armen waren tot aan de ellebogen gebruind door de zon en het werk; maar waar het bruin ophield, begon meteen de blanke, zachte huid.

Ze had een prachtig figuur: haar slanke, niet door korset of crinoline ingesnoerde taille verhief zich gracieus welvend boven haar vuile rok wanneer ze over het erf zweefde.

Met Saveli was het precies zo gegaan als met de anderen: hij had een paar keer een schuinse blik op haar geworpen en hij werd, hoewel hij lelijk was, haar welwillende aandacht waardig gekeurd, niet meer en niet minder dan de anderen. Vervolgens was hij naar baboesjka gegaan om toestemming te vragen voor een huwelijk met Marina.

'Ben je gek geworden?' vroeg Tatjana Markovna verbaasd.

'Ik betaal een afkoopsom voor haar,' zei Saveli ten antwoord.

'Ik hoef geen afkoopsom; je kent haar toch: hoe ga je met haar samenleven?'

'Dat is mijn zaak,' zei hij.

Mevrouw Berezjkov gaf hem twee weken de tijd om na te denken, en precies twee weken later kwam hij de kamer binnen en ging in een hoek staan.

'Wat wil je?'

'Staat u me toe te trouwen,' was het antwoord.

'Maar ze weet immers van geen ophouden!'

'Toch wel, ze doet het niet meer.'

'Goed, dan moet je het zelf maar weten! Ik zal aan Boris Pavlovitsj schrijven, Marina is niet van mij, maar van hem. Hij moet beslissen.'

Baboesjka schreef een brief, Rajski antwoordde niet en Saveli trouwde.

Marina dacht er niet over om te veranderen en had maar een vage voorstelling van de echtelijke staat. Er gingen geen twee weken voorbij of Saveli trof een onderofficier van het garnizoen als gast in zijn huis aan die, zodra hij binnenkwam, snel de deur uit glipte en over de schutting klom.

Saveli verbleekte en wierp een vragende blik op zijn vrouw – die zwoer dure eden, maar niets hielp.

Hij dacht met neergeslagen ogen even na en diepe rimpels vormden zich op zijn voorhoofd, vervolgens deed hij de deur op slot, stroopte langzaam zijn mouwen op, pakte een oud stel teugels dat aan een spijker aan de wand hing, en begon haar daarmee traag maar hard te slaan, waar hij haar maar kon raken.

Marina probeerde met al de haar door de natuur geschonken behendigheid de slagen te ontwijken, kronkelde als een slang, schoot van de ene hoek naar de andere, sprong op banken en tafels, op de vensterbank, op de kachel, probeerde zelfs in de kachel te kruipen, maar de teugels volgden haar overal en raakten haar overal tot ze ten slotte door een gelukkig toeval de deurklink in handen kreeg, de grendel terugschoof en bont en blauw geslagen, met verwarde haren, huilend en krijsend het erf op rende.

Het huispersoneel liep te hoop en keek met ontzetting naar de mishandelde vrouw, wier kreten ten slotte ook het gehoor van baboesjka bereikten. Ze kwam verontrust het balkon op, en daar verscheen het slachtoffer van de echtelijke toorn voor haar, dezelfde kreten, klachten en vloeken uitstotend als waarvan Rajski getuige was geweest.

Maar die les leidde tot niets. Marina bleef dezelfde, ze kreeg het ene pak slaag na het andere en rende naar haar meesteres om zich te beklagen of verborg zich een dag of drie voor haar man op zolders en in schuren, tot de eerste woede voorbij was.

Ze had als een kat negen levens en herstelde zich snel van de afranselingen, lachte zelf schaamteloos en eendrachtig mee met het huispersoneel om de jaloezie van haar man, om zijn pogingen haar te corrigeren en zelfs om de afranselingen.

Maar Saveli veranderde, begon te vermageren, vertoonde zich minder vaak in het bediendeverblijf en begon te piekeren.

Hij keek zijn vrouw ook vroeger al met een duistere blik aan, daarna keek hij haar bijna helemaal niet meer aan, maar hij wist wel altijd waar ze was en wat ze deed.

Daar bleef ze zich over verbazen: hoe handig ze ook was, hoe goed ze er ook in was om onmerkbaar, als een schaduw, van de ene deur naar de andere te glippen, uit een steeg naar de voorstad, van het park naar het bos, hij kwam er, als geleid door een instinct, altijd achter en dook voor ze het wist voor haar op, bijna altijd met de teugels in zijn handen! Voor het huispersoneel vormde dit een onuitputtelijke bron van vermaak, een blijvend schouwspel.

Saveli verloor de moed, hij bad tot God, zat, zwijgend als een iezegrim, in zijn hok en kuchte zwaar.

Een andere keer viel hij weer geheel uit zijn rol: op de jaarmarkt gaf hij al zijn geld uit voor zijn vrouw, kocht een jurk voor haar, doeken, schoenen en oorbellen.

In de paasweek bracht hij haar op de kermis zwijgend naar de schommel, kocht allerlei lekkernijen voor haar en stopte haar die opnieuw zwijgend toe: noten, kruidkoeken, geweekte peren, zoveel dat ze het hele huispersoneel kon trakteren.

'Nou, wat vind je ervan?' vroeg Tatjana Markovna nadat ze de hele geschiedenis aan haar kleinzoon had verteld.

'Prachtig!' zei hij. 'Het is een heel drama!'

En terstond kwam er een schets voor een volksdrama bij hem op. Hoe had de sombere, gesloten Saveli zich kunnen ontwikkelen tot zo'n gave, oorspronkelijke en sterke figuur? Hoe had de hartstocht te midden van deze poel van verderf standgehouden?

Hij bleef zich verbazen en besloot dieper door te dringen in het wezen van dat karakter. Ook Marina had voor hem artistieke contouren. Hij zag in haar niet louter een liederlijke dienstmeid, de tegenhanger van de onverbeterlijke dronkelap bij de mannen, maar een onbaatzuchtige priesteres van de zinnelijke liefde, de 'Moeder der Lusten'...

'Wat moet ik met hen aan?' vroeg baboesjka. 'Heb je daarover nagedacht? Moet ik ze niet verbannen...?'

'Welnee, laat ze met rust, hinder ze niet!' nam hij het geschrokken voor hen op. 'Dadelijk gaat u dat spontane, natuurlijke drama nog verstoren...'

'Nou vraag ik je: ze met rust laten! Hij vermoordt haar nog.'

'En wat dan nog? Ons land kent geen echt leven, geen echte drama's: alleen dronkelappen slaan elkaar dood in vechtpartijen, zoals de wilden! En hier heeft zich dan eindelijk eens een echte menselijke conflictsituatie ontwikkeld, uitlopend op een tragedie, en u wilt dat verhinderen...! Laat ze met rust, in godsnaam! We zullen zien hoe het opgelost wordt... met bloed, of...'

'Weet je wat ik doe?' zei Tatjana Markovna. 'Ik vraag de priester om met Saveli te praten; en het zou goed zijn als hij jou ook eens de les las: je bent blij dat ons een ongeluk boven het hoofd hangt!'

'Zegt u me eens, baboesjka: is Marina hier de enige die zo is, of...'

Baboesjka maakte kwaad een wegwerpgebaar in de richting van het huispersoneel.

'Ze hokken allemaal bij elkaar!' zei ze met weerzin. 'Matrjosjka is onafscheidelijk van Jegorka, Masjka... weet je nog dat ze als meisje voor de kinderen zorgde? ... is altijd in de schuur bij Prochor. Akoelina is met Nikitka, Tatjana met Vasjka... Vasilisa en Jakov zijn de enige fatsoenlijken! De anderen verbergen het tenminste nog, hebben nog schaamte, maar Marina...!'

Ze spuugde, en Rajski moest lachen.

'Ik ga nu meteen, ik zet het beslist op papier...' zei hij. 'God zij dank, eindelijk hartstocht! Die Saveli!'

'Weer dat "beslist"!' merkte baboesjka op.

Hij stond snel op en wilde net naar zijn kamer gaan toen hij door het raam Polina Karpovna Kritskaja in het oog kreeg, die het bordes op kwam en de deur al opende. Ze had hem ook al gezien zodat er geen ontkomen meer aan was.

'Dat krijg je nu met je "beslist"!' fluisterde Tatjana Markovna hem toe, 'zie je wel! Daar zijn we voorlopig nog niet vanaf! Wat moet ze hier in godsnaam? Die is net zo erg als Marina! Wat is zij volgens jou: ook de heldin van een tragedie?'

'Nee, eerder van een komedie!' zei Rajski en onwillekeurig zag hij de bezoekster voor zijn geestesoog als hoofdpersoon van een klucht.

'*Bonzjoer, bonzjoer!*' zei Polina Karpovna op haar tedere fluistertoon, 'wat ben ik blij dat u thuis bent. U wilt mij niet opzoeken, daarom ben ik zelf opnieuw gekomen. Goedendag Tatjana Markovna!'

'Goedendag, Polina Karpovna!' antwoordde baboesjka, plotseling overgaand op een geanimeerde gastvrije toon, 'welkom, ga hier zitten, op de divan! Vasilisa, zorg voor koffie en een ontbijt!'

'Nee, *merci*, ik heb al koffie gedronken.'

'Eén kopje toch wel? Het is nog vroeg: het duurt nog lang tot het middageten.'

'Nee, ik hoef niets, dank u.'

'Dat kan zo niet: u bent van ver gekomen...'

En baboesjka stond erop dat er koffie werd geserveerd. Rajski monsterde de bezoekster nieuwsgierig: ze was gepoederd, had krullen in het haar, roze linten op haar hoedje en haar voor een flink deel ontblote boezem; en haar voeten staken in laarsjes voor een kind van vijf jaar zodat het bloed haar voortdurend naar het hoofd steeg. Ze droeg nieuwe, gele glacéhandschoentjes die gebarsten waren aan de naden, omdat ze te klein waren voor haar handen.

Achter haar aan liep een net afgestudeerde adelborst met een vlasbaard. Hij droeg de sjaal van Polina Karpovna, haar paraplu en haar waaier. Kaarsrecht stond hij achter haar en durfde nauwelijks adem te halen.

'Sta me toe u voor te stellen: *Michel* Ramin, momenteel hier op vakantie...Tatjana Markovna kent hem al.'

De jongen sloeg in plaats van een buiging te maken met zijn hele figuur dubbel, werd vuurrood en stond weer stijf en onbeweeglijk op zijn plaats.

'*Dites quelque chose, Michel!*' zei Kritskaja halfluid.

Maar *Michel* werd nog roder en bleef op zijn plaats.

'*Asseyez-vous donc,*' zei ze en ging zelf zitten.

'Het is zo heet vandaag,' lispelde ze, '*très cheux!* Waar is mijn waaier? Geef hem eens, *Michel!*'

Ze begon zich koelte toe te wuiven en keek Rajski daarbij aan.

'Ik heb vergeefs op uw bezoek gewacht!' herhaalde ze.

'Ik ben nog nergens geweest,' zei Rajski.

'Zeg dat niet, verontschuldigt u zich niet, ik ken de reden: u was bang...'

'Waarvoor?'

'Ah, *le monde est si méchant!*'

Waar heeft ze het in godsnaam over! dacht Rajski terwijl hij haar met grote ogen aanstaarde.

'Ja? Heb ik het goed geraden?' zei ze. 'Ik merkte de eerste keer al *que nous nous entendons!* Die twee blikken, weet u nog? *Voilà, voilà, tenez...* die blik bedoel ik! O, ik weet wat u ermee wilt zeggen...'

Hij barstte in lachen uit.

'Ja, ja, is het waar? O, *nous nous convenons!* Wat mij betreft, ik weet de wereld en haar meningen te verachten. Ze verdient niet anders, nietwaar? Daar waar oprechtheid is, sympathie, waar mensen elkaar begrijpen, soms zonder woorden, via een zo'n blik...'

'Koffie, Polina Karpovna?' onderbrak Tatjana Markovna haar, en schoof haar een kopje toe. 'Luister niet naar haar!' fluisterde ze, een schuinse blik werpend op de half ontblote boezem van Kritskaja, 'ze liegt alles, de schaamteloze! Drinkt u uw koffie alstublieft,' voegde ze eraan toe, zich tot de jongeman wendend, 'hier zijn de broodjes!'

'*Débarassez vous de tout cela*,' zei Kritskaja tegen *Michel* en nam de paraplu van hem over.

'Ik heb, eerlijk gezegd, al koffie gedronken...' mompelde de adelborst, maar nam toch het kopje, koos het grootste broodje uit en beet er in een keer de helft vanaf, waarbij hij opnieuw vuurrood werd.

Polina Karpovna placht sinds ze weduwe was geworden bij voorkeur te spreken over haar 'ongelukkige echtverbintenis', hoewel iedereen zei dat haar echtgenoot een goedhartige, rustige man was geweest die zich nooit met haar zaken bemoeide. Maar zij noemde hem een tiran, beweerde dat ze niets aan haar jeugd had gehad, dat ze geen liefde en geluk had gekend en dat ze ervan overtuigd was dat 'haar uur nog komen zou', dat ze nog zou beminnen en een ideale liefdespartner vinden.

Tatjana Markovna had niet helemaal gelijk toen ze haar met Marina vergeleek. Polina Karpovna had een rustig temperament: ze was er niet op uit om te 'vallen' en er drukte geen verraad aan haar echtelijke verplichtingen op haar geweten.

Ze was ook niet sentimenteel en als ze een zucht slaakte, de ogen ten hemel sloeg, zich te buiten ging aan tedere woordjes, dan was dat allemaal niet meer dan aanstellerij en koketterie.

Ze wilde verschrikkelijk graag dat er altijd iemand op haar verliefd was, dat iedereen het wist en erover praatte in de stad. Overal in de huizen, op straat, in de kerk, moesten de mensen elkaar vertellen dat die en die om haar 'leed' weende, niet sliep en niet at, ook al was dat niet zo.

In de stad kende men haar al en ze probeerde nu nieuwkomers, studenten die in de stad op bezoek waren, vaandrigs en jonge ambtenaren naar zich toe te lokken.

Ze liefkoosde hen, voedde ze, gaf ze snoep en prikkelde hun eigenliefde. Ze aten, dronken en rookten naar hartelust bij haar en vertrokken dan weer. Zij verbreidde intussen het gerucht dat deze of gene om haar 'leed'.

'*Pauvre garcon!*' zei ze dan meewarig.

Nu protegeerde ze *Michel* Ramin, een jongeman die recht van de schoolbanken voor vakantie naar de stad was gekomen. Kaarsrecht liep hij overal achter haar aan, het onberispelijke uniform tot boven toe dichtgeknoopt, en antwoordde hevig blozend met een hese, schuchtere basstem op de aan hem gerichte vragen.

Hij had zulke grote handen, met zulke lange en rode vingers, dat ze alleen in suède handschoenen pasten. Hij had de onverwoestbare eetlust van een adelborst en was in staat om in één keer drie pond snoep te verorberen. Zijn meesteres vergezelde hij overal en droeg, als haar trouwe page, haar sjaal, haar mantilla en haar waaier.

'*Je veux former le jeune homme, ce pauvre enfant!*' Zo placht ze haar betrekkingen met hem officieel te omschrijven.

'Wat bent u van plan vandaag te gaan doen? Ik blijf bij u eten. *Ce projet vous sourit-il?*' wendde ze zich tot Rajski.

Baboesjka huiverde innerlijk maar ze liet niets merken, uitte zelfs haar blijdschap.

'Welkom. Marfenka, Marfenka!'

Marfenka kwam binnen. Kritskaja begroette haar vrolijk en de jongeman werd vuurrood. Marfenka wilde, na een blik geworpen te hebben op het toilet van Polina Karpovna, in lachen uitbarsten, maar ze wist zich in te houden. Toen ze de metgezel van de weduwe ontwaarde, werd haar gezicht nog lacheriger.

'Marfa Vasiljevna!' zei de jongen plotseling met zijn basstem, 'ik heb een geit in uw moestuin gezien! Als hij maar niet het park in gaat!'

'Dank u, ik laat hem meteen wegjagen. Dat is Masjka,' zei Marfenka, 'ze zoekt mij. Ik zal haar wat brood geven.'

Baboesjka fluisterde haar in het oor wat er voor de onverwachte gasten gekookt moest worden en Marfenka ging weer de kamer uit.

'In de stad spreekt iedereen over u en iedereen klaagt erover dat u tot nu toe nog nergens geweest bent, bij de gouverneur noch bij de bisschop, noch bij de adelsmaarschalk,' wendde Kritskaja zich tot Rajski.

'Dat heb ik hem ook al gezegd!' merkte Tatjana Markovna op, 'maar tegenwoordig luistert men niet meer naar baboesjka's. Dat is niet goed, Boris Pavlovitsj, je zou in ieder geval een bezoek af moeten leggen aan Nil Andrejitsj, de oude man verdient het en anders vergeeft hij het je nooit. Ik zal de calèche schoon laten maken...'

'Ik ga niemand bezoeken, baboesjka,' zei Rajski geeuwend.

'En mij dan?' vroeg Kritskaja.

Hij keek haar aan en deed er beleefd het zwijgen toe.

'Doet u zichzelf geen geweld aan. *De grâce, faites ce qu'il vous plaira.* Nu ik uw manier van denken ken, ben ik ervan overtuigd' – ze legde sterk de nadruk op die woorden – 'dat u wel wilt, maar dat u bang bent voor de society... voor boze tongen...'

Hij lachte.

'Ja, ja. Ik zie het, ik heb het geraden! O, we zullen gelukkig zijn! *Enfin...*'

fluisterde ze schijnbaar tegen zichzelf, maar wel zo dat hij het hoorde.

Zal ze me werkelijk nog vaak lastig komen vallen? vroeg Rajski zich af, haar met ontzetting aankijkend. Hoe moet ik haar ontlopen?

En voor de roman kan ik haar niet gebruiken: ze is al te karikaturaal, dat gelooft geen mens...

13

Traag verstreken de dagen, traag kwam de hete zon op en beschreef zijn boog aan de blauwe hemel die zich uitstrekte boven de Wolga en haar oeverkant. Langzaam kropen de witte wolkenbergen rond het middaguur nader, pakten zich soms samen, verduisterden het azuurblauw van de hemel en stortten zich in een vrolijke regen uit over velden en tuinen, verkoelden de lucht en trokken verder terwijl er een zachte, lauwe wind over de aarde streek.

Als er daarentegen boven de stad en Malinovka (zo noemde men het dorpje van Rajski) plotseling een zwarte wolk stilhield en zich ontlaadde in een langdurig bijna tropisch onweer, dan werd iedereen angstig en verward, nam het hele huis, als bij het naderen van een vijand, een verdedigende houding aan. Tatjana Markovna leek dan op de kapitein van een schip in een storm.

'Vuren doven, ramen en deuren sluiten, schoorstenen afdekken!' klonken haar bevelen. 'Vasilisa, ga kijken of ze niet pijproken en of er ergens tocht is. Ga weg bij het raam, Marfenka!'

Zolang de wind de bomen heen en weer schudde en tegen de grond drukte, zolang hij stof opjoeg en over de velden veegde, zolang bliksemflitsen de lucht schroeiden en de donder zwaar, als een bulderende lach, over de hemel trok, deed baboesjka geen oog dicht, ging de ene kamer in, de andere uit, keek wat Marfenka en Verotsjka deden, bekruiste hen en zichzelf en kwam pas tot rust wanneer de wolk, na al zijn vlammende kracht opgebruikt te hebben, verbleekte en verder trok.

's Ochtends kwam opnieuw de vreugdevolle zon op en spiegelde zich in iedere druppel die aan de bladeren hing, in iedere plas, keek door ieder raam naar binnen en zond zijn stralen door iedere kier, iedere opening van het behaaglijke onderkomen.

Eentonig regen dagen en weken zich aaneen in Malinovka. Rajski had nauwelijks het gevoel dat hij leefde.

Hij maakte het portret van Marfenka af en verbeterde de literaire schets *Natasja*, hopend hem later in de roman te kunnen inpassen, zodra die in zijn hoofd vaste vorm had aangenomen en verder was gerijpt. Nog steeds was alles *in statu nascendi*, de afzonderlijke personen moesten nog vlees en bloed krijgen, in consequente, logische betrekkingen tot elkaar treden en het koloriet van het leven aannemen, zodat iedereen na de roman gelezen te hebben, zou zeggen dat hij voorzag in een behoefte, dat hij nog ontbrak aan onze literatuur.

Hij besloot de roman in episoden te schrijven, een vluchtige schets te maken van de figuren en scènes die hem bijzonder interesseerden en dan zichzelf in het spel te brengen, daar waar de gewaarwordingen en indrukken, eventueel het gevoel en de hartstocht – vooral de hartstocht – hem heen trokken.

Ach, God geve hartstocht! bad hij soms wanneer hij gekweld werd door verveling.

Hij verveelde zich al bijna in zijn Malinovka, wilde al bijna weer vertrekken om op een andere plaats 'het leven' te zoeken, het in de roes van de hartstocht vol vreugde in zich op te zuigen of, zoals het meestal ging, moedeloos te worden door de discrepantie tussen zijn idealen en de werkelijkheid, de onvolkomenheden van al het bestaande opnieuw te ervaren en te vervallen tot een dodelijke onverschilligheid voor alles ter wereld.

Dat was allemaal al vaak gebeurd, het zou ook nu kunnen gebeuren: hij verwachtte en vreesde het. Maar hij had nog niet alle indrukken in zich opgenomen die het naïeve milieu waarin hij terecht was gekomen hem te bieden had. Voorlopig genoot hij nog van de kostelijke zonneschijn, de goedhartige blik van baboesjka, de gastvrije gedienstigheid van het personeel en de tedere sympathie van Marfenka – vooral van het laatste.

Met een stil genoegen zag hij haar 's morgens de ontbijtkamer binnenkomen, in een gestreepte, katoenen bloes, zonder kraagjes en manchetten, met nog licht versluierde ogen: ze ging dan op haar tenen staan, legde haar hand op zijn schouder om de ochtendkus uit te wisselen, schonk thee voor hem in en keek hem aan om elk van zijn wensen te raden en onmiddellijk te vervullen. Daarna zette ze een strooien hoed met brede randen op, liep naast hem of met hem gearmd over de velden, of door het park – en zijn bloed stroomde weer sneller, nee, voorlopig verveelde hij zich nog niet.

Ook in de omgang met baboesjka had hij voorlopig nog plezier: hij liet zich haar moederlijke zorgen welgevallen en hoorde glimlachend aan hoe ze hem de les las, waarschuwde voor de verlokkingen van de ondeugd, hem probeerde af te brengen van zijn 'zigeunerachtige' levensopvatting en hem haar solide levenswijsheid trachtte bij te brengen.

Ook Tit Nikonytsj beviel hem nog steeds, deze laatste getuige van een voorbije tijd, die geheel opging in zijn eeuwige hoffelijkheid, goede toon en voorkomende manieren, die iedereen alles vergaf, niemand iets kwalijk nam en altijd aan zijn kostbare gezondheid dacht, die iedereen liefhad en door allen geliefd werd.

Soms, wanneer hij in een goede stemming was, vermaakte hij zich zelfs met de excentrieke dame Polina Karpovna. Ze wist hem te verlokken om bij haar te komen eten en probeerde hem ervan te overtuigen dat hij ofwel niet onverschillig voor haar was, maar dit verborg, ofwel, *sur le point de l'être*, dat hij zich verzette en een beetje op z'n hoede was, *mais que tôt ou tard cela finira par là et comme elle sera contente, heureuse! Et cetera.*

Hij liet zich in slaap wiegen door dit rustige leven en maakte slechts af en toe een notitie voor zijn roman: een karaktertrek, een scène of een gezicht; hij beschreef in het kort baboesjka, Marfenka, Leonti met zijn vrouw, Saveli en Marina. Daarna keek hij weer naar de Wolga, naar haar stroming, luisterde naar de slaperige stilte van het landschap, van de over de oeverkant verspreide dorpen en gehuchten, probeerde in die oceaan van zwijgen bepaalde alleen voor hem hoorbare geluiden op te vangen en ging aan de piano zitten om ze na te spelen en na te zingen, verlustigde zich daarin, noteerde ze, en borg die notities op in zijn portefeuille om ze mettertijd te bewerken – hij had immers veel tijd voor zich en weinig te doen.

Hij keek ook naar het tafereel dat hij Bjelovodova zo levensecht had geschilderd dat zij volgens haar zeggen 'een nacht slecht had geslapen'; hij bestudeerde de doffe bedachtzaamheid van een boer, de grove, trage en zware arbeid die hij verrichtte wanneer hij langs de oever aan de sleeplijn een aak stroomopwaarts trok of in de voren van een akker langzaam voorwaarts schreed achter de ploeg en baadde in het zweet, alsof hij zowel de ploeg als het paard moest dragen – of hij keek toe hoe een zwangere vrouw in de brandende hitte met een sikkel de rogge sneed.

Hij schetste die gebruinde gezichten, hun huizen en huisraad, probeerde de atmosfeer in zijn vluchtige studies vast te houden en borg ze op in zijn portefeuille, opnieuw voor later.

Wat heb ik ermee bereikt als ik deze natuur, deze mensen uitbeeld? Wat is de zin van deze creatie, waar ligt de sleutel ertoe?

In de creatie zelf! zei zijn artistieke instinct. En hij liet zijn pen in de steek en ging naar de Wolga om te overdenken wat het wezen van een creatie was, waarom ze op zichzelf zin had als ze inderdaad een creatie was, en wanneer ze dat precies was.

Daarna rezen de problemen voor hem op: de geleidelijkheid van de ontwikkeling, de voltooiing en afronding van de karakters, hun samenhang; en vervolgens baande dwars door de artistieke vorm de analyse zich een weg en ontnuchterde hem.

'*Une mer à boire*,' zei hij zuchtend, borg de bladen op in zijn portefeuille en nodigde Marfenka uit voor een wandeling door het park.

Hij had zichzelf plechtig beloofd om bij de eerste de beste geschikte gelegenheid te doorgronden – niet wat Marfenka voor iemand was, want dat was evident, maar wat er van haar zou worden. Daarna pas, zodra hij dat had opgehelderd, wilde hij beslissen wat zijn relatie tot haar zou zijn. Zou ze in staat zijn tot een verdere ontwikkeling of had ze haar zuilen van Hercules al bereikt?

En indien hij tegen de verwachting in plotseling op een goudader stuitte in haar wezen – en zulke verrassingen zijn niet zeldzaam in vrouwen – dan zou hij natuurlijk hier zijn huiselijke offeraltaar plaatsen en zich geheel wijden aan de ontwikkeling van dit lieve wezen: zij en de kunst zouden dan zijn idolen zijn. Dan zouden ook deze episodes, schetsen en scènes van nut blijken te zijn. Hij zou zich niet meer hoeven te versnipperen, zijn leven zou vaste vorm krijgen en tot een geheel worden.

Maar zijn experimenten met Marfenka vorderden voorlopig nog niet en als ze niet zo mooi was geweest, zou hij de ondankbare arbeid aan haar ontwikkeling allang hebben opgegeven.

Hoe hij haar intelligentie, eigenliefde, deze of gene kant van haar hart ook prikkelde – hij kon haar absoluut niet onttrekken aan het geheel van opvattingen dat ze zich sinds haar vroege kinderjaren eigen had gemaakt, haar warme gevoelens ten aanzien van haar omgeving en de traditionele, haar door baboesjka ingeprente denkwijze.

Ze was nog steeds een meisje, niet een keer zag hij de jonge vrouw in haar naar boven komen. Gezien haar gezonde natuur en de eenvoudige, op de huiselijke deugden gerichte opvoeding die ze genoten had, was het niet waarschijnlijk dat ze ongetrouwd zou blijven.

Toch was ze nu een vrouw in wording: hoe zou ze zich ontwikkelen, wat voor iemand moest ze worden?

Onwillekeurig plaatste hij zichzelf in gedachten naast haar. Hij analyseerde zijn eigen ik (zoals iedereen dat doet, dacht hij, alleen waren die anderen zich die ieder mens aangeboren neiging niet bewust: sommigen wilden alleen goed lijken, anderen wilden het niet alleen lijken, maar ook zijn en in steeds hogere mate worden – de eersten waren oppervlakkige naturen, die alleen op het uiterlijk letten, de laatsten serieuze, oprechte naturen die ook op hun innerlijk letten, wat in wezen wilde zeggen: aan jezelf werken, jezelf verbeteren) en piekerde over de vraag welke rol hij moest spelen tegenover dit opbloeiende jonge wezen: die van een neef, een liefdevolle beschermer en leidsman van haar jeugd – of misschien die van haar toekomstige echtgenoot?

Zodra hij stilstond bij die laatste mogelijkheid, slaakte hij een diepe zucht: hij zag aankomen dat ofwel hij ofwel zij zich niet tot aan de bruiloft zou handhaven op de hoogte van het ideaal, dat de poëzie zou vervliegen of vervluchtigen tot de motregen van een burgerlijke komedie. En hij verkilde, geeuwde, voelde de symptomen van de verveling al.

Zich zo zonder doel op te winden en ook haar te verontrusten leek hem immoreel. Wat moest hij doen? Hoe moest hij zich tegenover haar gedragen?

Gewoon een neef zijn was onmogelijk, hij moest vluchten: ze was te lief, te warm, te teder, haar aanraking verwarmde, schroeide hem, prikkelde de zintuigen. Hij was slechts een neef in de derde graad van haar, dat wil zeggen géén neef, en de nabijheid van zo'n nicht was te gevaarlijk...

Intussen liet hij zich haar tedere liefkozingen welgevallen en de liefkozingen waarmee hij die beantwoordde waren niet die van een neef: in de kus sloop een hartstochtelijke slang binnen...

Nog één experiment, dacht hij, één gesprek, en ik zal haar man zijn of... Diogenes* zocht met een lantaarn naar een mens, ik zoek een vrouw: ziedaar de sleutel tot mijn zoektochten! En als ik die niet in haar vind, en ik ben bang dat ik die niet vind, dan zal ik de lantaarn natuurlijk niet doven, ik zal verder zoeken... Maar mijn God, waar zal die zwerftocht eindigen?

Hij geeuwde.

Ik ga hier weg en schrijf een roman: een schildering van dit landerige leven, deze landerige slaap.

Hij geeuwde nog eens.

'Zeg eens, Marfenka,' begon hij een keer toen hij in de schemering met haar onder de acacia's op de zodenbank zat, 'verveel jij je niet hier? Krijg je niet genoeg van baboesjka, van Tit Nikonytsj, het park, de bloemen, de liedjes, de boeken met een happy end?'

'Nee,' zei ze, zich verbazend over deze vragen, 'wat heb ik nog meer nodig?'

'Lijkt het je soms niet... al te eentonig, al te banaal en vervelend?'

'Banaal, vervelend!' herhaalde ze peinzend, 'nee, het is hier toch niet vervelend?'

'Dat is allemaal voor kinderen, Marfenka: bloemen, liedjes, maar jij bent al een volwassen meisje' – hij wierp een vluchtige blik op haar schouders en haar boezem – 'komt er dan nooit iets anders, iets serieus bij je op? Interesseert je dan verder niets?'

Ze dacht met neergeslagen ogen na. Ze schaamde zich een beetje, vond het pijnlijk dat men haar als een kind beschouwde.

Ik ben allang geen kind meer, ik heb veertien el stof nodig voor een jurk, net zoveel als baboesjka, nee, meer: baboesjka draagt geen wijde rokken... was alles wat ze op dat moment wist te bedenken. Maar, mijn God, wat is dat voor onzin in mijn hoofd? Wat moet ik hem zeggen? Laat Verotsjka gauw terugkomen, die kan me helpen...

Ze wist niet wat ze moest doen om geen kind te lijken, om door de anderen als een volwassene beschouwd te worden en als zodanig behandeld te worden. Ze keek onrustig om zich heen, plukte aan de rand van haar schort en keek naar de grond.

Er ging veel door haar heen, de gedachten verdrongen zich, er kwamen vragen op, maar zo vaag, zo flets dat ze nog niet waren opgekomen of ze waren alweer verdwenen, nog voordat ze er woorden voor had gevonden.

'Luister, neef,' antwoordde ze, 'u moet niet denken dat ik een kind ben, omdat ik van vogels en bloemen houd: ik doe ook mijn werk. Baboesjka laat me vaak de inkomsten en uitgaven opschrijven. Ik weet hoeveel rogge er gezaaid wordt, hoeveel haver, wanneer wat rijp is, waarheen en wanneer ze het graan vervoeren. Ik weet hoeveel hout een boer nodig heeft om een huis te bouwen.' Ze keek hem uitdagend aan. 'Ik zou ook op het werk in het veld kunnen toezien, maar dat vindt baboesjka niet goed. Ja, en nog veel meer,' voegde ze eraan toe, hem met grote ogen aankijkend en zich afvragend of ze in zijn ogen een beetje gegroeid was.

'Ja, dat is natuurlijk allemaal mooi en mettertijd kan er uit jou net zo'n baboesjka groeien. Zou je zo iemand willen zijn?'

'God geve het, wat moet ik anders?'

'Zou je niet anders willen zijn?'

'Waarom? Als ik anders zou zijn, zou ik hier niet op mijn plaats zijn...'

'Dat zijn verstandige woorden, Marfenka: maar waarom dan hier? Heb je niet gehoord over Moskou, over Petersburg, Parijs, Londen: zou je daar niet heen willen?'

'Waarvoor?'

'Waarvoor?' herhaalde hij. 'Je leest boeken, daar wordt in verteld hoe andere vrouwen leven, neem bijvoorbeeld die Helena bij miss Edgeworth. Lokt dat je dan niet aan, zou je dat andere leven niet willen ervaren?'

Ze schudde langzaam en bedachtzaam het hoofd.

'Nee,' zei ze, 'wat je niet kent, dat wil je ook niet hebben. Verotsjka, die vindt alles vervelend, zij is vaak bedroefd, zit er als versteend bij, alles hier is haar als het ware vreemd! Zij zou ergens anders heen moeten gaan, ze is niet van hier. Maar ik... ach, wat vind ik het hier fijn: in het veld, bij mijn bloemen en vogels, wat adem je daar licht! Wat is het plezierig wanneer er kennissen op bezoek komen...! Nee, nee, ik ben van hier, ik ben helemaal uit dit zand, uit dit gras geschapen! Ik wil nergens heen. Wat zou ik daar alleen in Petersburg of in het buitenland moeten doen? Ik zou sterven van verdriet...'

'Je zou niet alleen zijn.'

'Met wie dan? Baboesjka zal het dorp nooit verlaten.'

'Wat heb je aan baboesjka? Met mij... als je man. Zou je met mij gaan?'

Ze schudde ontkennend het hoofd.

'Waarom niet?'

'Ik zou bang zijn dat u zich met mij verveelt...'

'Je zou aan me wennen.'

'Nee, ik zou niet aan u wennen... U bent nu al bijna twee weken hier... en ik ben nog steeds bang voor u...'

'Waarom dan? Het lijkt me dat ik toch heel gewoon doe: we zitten samen te praten, gaan samen wandelen, tekenen samen...'

'Nee, u bent niet gewoon. Soms staat er zoiets in uw ogen te lezen... Nee, ik zou niet aan u wennen...'

'Maar dat is toch vervelend: je hele leven samen met baboesjka te zijn en geen stap zonder haar te zetten...'

'Ik wil niets anders: wat zou ik zonder haar moeten doen?' Ze keek onrustig om zich heen en schaamde zich opnieuw dat ze verder niets wist te zeggen.

Ach, mijn God! Hij zal denken dat ik een zottin ben... Wat moet ik hem nog voor verstandigs zeggen? Heer, help me! bad ze in stilte.

Maar er kwam niets 'verstandigs' in haar op en ze begon weer met haar schortpunt te spelen.

'Word je innerlijk door niets gekweld? Gaat er niets in je om?' drong hij aan.

Ze slaakte een diepe zucht.

Baboesjka heeft gezegd dat ik voor het avondeten moet zorgen... dat gaat er in me om: hoe moet ik hem dat zeggen? vroeg ze zich af en na een korte stilte zei ze met droeve ernst: 'Hoezo zou er niets in me omgaan? Ik ben volwassen, geen meisje!'

'Ah! Je hebt zonden begaan: goed, godzijdank! Ik wanhoopte al aan je! Wat dan, vertel eens!'

Hij schoof dichter naar haar toe en pakte haar hand.

'Wat?' herhaalde ze peinzend zonder haar hand weg te halen, 'en het geweten dan?'

'Het geweten! Oho! Dat riekt naar grote zonden!'

Hij wilde in lachen uitbarsten, maar vroeg zich toen plotseling af of er achter die naïviteit niet echt een of andere grote zonde schuilging, of haar uiterlijke rust niet geveinsd was.

'Wat kan je op je geweten hebben? Vertrouw het mij toe en we zoeken het samen uit: misschien kan ik je van nut zijn?'

'Waar ik aan denk, dat heeft iedereen...'

'Bijvoorbeeld?'

'Luistert u naar de preek van vader Vasili over hoe je moet leven, wat je moet doen. Want hoe leven we: doen we ook maar de helft van datgene wat hij wil dat we doen?' vroeg ze vol ernst. 'Kon je maar een dag zo leven... zelfs dat lukt niet! Jezelf verloochenen, de dienaar van iedereen zijn, alles aan de armen geven, van iedereen meer houden dan van jezelf, zelfs van degenen die je beledigen, niet boos worden, werken, niet te veel denken aan opschik en kleinigheden, geen onzin praten... O God, wat is dat moeilijk! Je herinnert je alles niet! Als ik na ga denken, raak ik gewoon in verwarring, voel ik me angstig. Het leven is gewoon niet lang genoeg om al je zonden weer goed te maken! Baboesjka bijvoorbeeld: is er iemand verstandiger en goedhartiger dan zij op de wereld! Maar ook zij... zondigt,' sprak Marfenka plotseling fluisterend, 'ze wordt zonder reden boos, ze kan Anna Petrovna Tokejeva niet uitstaan, heeft haar zelfs de vredeskus geweigerd! Ze mag Polina Karpovna niet. Ze is vaak boos op mensen; vergeeft ze niet alles; noemt de boerenvrouwen huichelaarsters wanneer ze hun nood komen klagen... ze geeft niet graag geld uit...' fluisterde Marfenka nog zachter. 'En wanneer ze zich in iets vergist, geeft ze dat nooit toe: baboesjka is trots! En toch is ze beter dan iedereen hier: wat zijn Verotsjka en ik in vergelijking met haar! O, wist ik maar hoe ik zijn moet om...'

'Zoals je bent,' zei Rajski.

'Nee...' Ze schudde peinzend het hoofd. 'Ik begrijp veel niet en daardoor weet ik soms niet hoe ik me moet gedragen. Verotsjka weet het wel en als ze het soms niet doet, is het omdat ze het niet wil, maar ik kan het niet...'

'En tob je daar vaak over?'

'Nee, soms, als men daarover praat, en baboesjka me uitscheldt... dan huil ik en het gaat over en ik word weer vrolijk, alsof het mij niet aangaat wat vader Vasili zegt! Dat is het erge!'

'En heb je verder geen zorgen, jij gelukkig kind?'
'Alsof dat weinig is! Denkt u daar dan nooit aan?' vroeg ze verbaasd.
'Nee, liefje, ik heb vader Vasili immers nooit gehoord.'
'Hoe leeft u dan: er gaat in u toch ook iets om?'
'Op het ogenblik houd ik me met jou bezig!'
'Met mij? Zolang ze leeft, zal baboesjka voor mij zorgen...'
'En als ze sterft?'
'Baboesjka? God verhoede het!' voegde ze er haastig aan toe en bekruiste zich.
'Een keer moet het toch gebeuren...'
'O God... wat voor gedachten heeft u, wat voor gesprek voert u...!'
Ze probeerde niet naar hem te luisteren.
'Denk je werkelijk dat ze eeuwig zal leven...?'
'Hou op, om Gods wil: ik wil het niet horen!'
'Goed, maar als?'
'Dan zullen Verotsjka en ik ook sterven, want zonder baboesjka...'
Ze slaakte een diepe zucht.
'Je moet er ook rekening mee houden dat vogeltjes, bloemen en al die leuke kleine dingetjes niet genoeg zijn om er een heel leven mee te vullen. Daar heb je andere interesses voor nodig, andere banden, sympathieen...'
'Wat moet ik dan doen?' vroeg ze bijna wanhopig.
'Je moet iemand beminnen, een man...' zei hij na een korte stilte en beroerde haar voorhoofd met zijn lippen.
'U bedoelt dat ik moet trouwen? Ja, u hebt me dat al eerder gezegd en baboesjka zinspeelt er vaak op, maar...'
'Maar... wat?'
'Waar haal ik een man vandaan?' zei ze verlegen.
'Bevalt niemand je dan? Heb je niemand opgemerkt onder de jonge mensen...'
'Wat heb je hier nu voor jonge mensen? Botjskov heeft drie zoons: ze komen iedere avond samen met hun vrienden en drinken dan en spelen kaart. En 's morgens hebben ze allemaal rode ogen. De jonge Tsjetsjenin kwam hier pasgeleden zijn vakantie doorbrengen en kondigde vanaf het eerste begin aan dat hij een bruidsschat ter waarde van honderdduizend roebel wil hebben terwijl het een mannetje van niks is, nog erger dan Motka: hij is klein, heeft kromme benen en rookt de hele tijd! Nee, nee... Maar Nikolaj Andrejitsj, die is knap, vrolijk en aardig, ja...'
'Wat mankeert er dan aan hem?'
'Hij is te jong: drieëntwintig jaar!'

'Wie is dat, Nikolaj Andrejitsj?'

'De jonge Vikentjev: hun landgoed ligt aan de overkant van de Wolga, niet ver hiervandaan. Koltsjino heet het, er wonen maar honderd zielen. In Kazan hebben ze nóg driehonderd zielen. Zijn moeder heeft Verotsjka en mij uitgenodigd om te komen logeren, maar baboesjka laat ons niet alleen gaan. We zijn één keer voor een dag gegaan... Nikolaj Andrejitsj is haar enige zoon, meer kinderen heeft ze niet. Hij heeft in Kazan gestudeerd en heeft hier een betrekking bij de gouverneur als ambtenaar voor bijzondere opdrachten.'

Ze vertelde dat levendig en vlug, met een stralend gezicht.

'Dus die bevalt je: Vikentjev!' zei hij terwijl hij haar hand tegen zijn linkerzij drukte. Roerloos zat hij daar en genoot ervan hoe zorgeloos Marfenka zijn liefkozingen in ontvangst nam en retourneerde. Ze scheen ze niet op te merken en niets te voelen.

Misschien, zo dacht hij, zal een enkele vonk, een warme handdruk haar plotseling opwekken uit die kinderlijke droomtoestand, haar de ogen openen, en zal ze opeens een andere levensfase ingaan...

Zorgeloos als een vogeltje kwetterde ze verder.

'Hoe komt u erbij: Vikentjev!' zei ze peinzend, alsof ze bij zichzelf naging of hij haar wel beviel.

'Het is nu donker, anders had ik je waarschijnlijk zien blozen!' plaagde Rajski haar terwijl hij haar aankeek en haar hand drukte.

'Helemaal niet! Waarom zou ik blozen? Hij is hier twee weken niet geweest en ik mis hem niet...'

'Vertel, bevalt hij je?'

Ze zweeg.

'Dus ik heb het goed geraden.'

'Hoe komt u erbij! Ik zeg alleen dat hij beter is dan de anderen: dat zegt iedereen... De gouverneur mag hem erg graag en belast hem nooit met gerechtelijk onderzoek. "Waarom," zegt hij, "zou hij zich daarmee moeten bevuilen, moorden en diefstallen moeten oplossen... dat bederft de zeden! Laat hij", zegt hij, "onder mijn ogen blijven!" Hij doet nu dienst bij hem en wanneer hij niet bij ons is, eet hij daar en danst en speelt...'

'Kortom, hij vervult een betrekking!' zei Rajski.

'Hij heeft ook al een orde, zo'n klein kruisje!' voegde Marfenka er met genoegen aan toe.

'Komt hij hier wel?'

'Heel vaak; maar nu is hij een tijd weggebleven. Misschien is hij naar Koltsjino vertrokken, naar *maman*. Wanneer hij weer komt zal ik hem een standje geven omdat hij zonder iets te zeggen vertrokken is. Of baboesjka doet dat... hij heeft veel respect voor haar... Hij zit geen ogenblik stil wanneer hij hier is: hij rent in het rond en zingt! Ach, wat een kwajongen is het! En wat eet hij veel! Pasgeleden heeft hij een heel grote koekenpan vol met paddestoelen in zijn eentje opgegeten! Hoeveel broodjes eet hij niet bij de thee! Wat je hem ook geeft, hij eet alles op. Baboesjka mag hem daarom erg graag en ik ook...'

'Houd je van hem?' vroeg Rajski.

'Nee, nee!' Ze schudde het hoofd. 'Nee, ik houd niet van hem, hij is alleen... erg aardig. Hij is beter dan iedereen hier, gedraagt zich goed, gaat niet naar kroegen, speelt geen biljart, drinkt geen wijn...'

'Aardig!' herhaalde Rajski terwijl hij haar haren bij de slapen streelde, 'jij bent ook aardig. Wat jammer dat ik oud ben, Marfenka, wat zou ik van je houden!' voegde hij er zacht aan toe, haar een beetje tegen zich aan trekkend.

'U bent nog helemaal niet oud!' merkte ze vriendelijk op, toegevend aan zijn liefkozing. U hebt nog maar een paar grijze haren in uw baard, verder bent u soms nog heel knap... wanneer u lacht of iets levendig vertelt. Maar wanneer u de wenkbrauwen fronst of op een merkwaardige manier kijkt... dan lijkt u wel tachtig...'

'Vind je me echt niet oud en lelijk?'

'Helemaal niet.'

'En vind je het prettig... om me te kussen?'

'Bijzonder.'

'Goed, kus me dan.'

Ze verhief zich lichtjes, steunde met haar knie op zijn been, gaf hem een klapzoen en wilde weer gaan zitten, maar hij hield haar tegen.

Ze probeerde zich te bevrijden, voelde zich ongemakkelijk in die positie; ten slotte ging ze, vuurrood geworden door de inspanning, zitten en stak haar vlecht, die was los gegaan, weer op.

Hij daarentegen zat daar geheel bleek, het hoofd tegen de boom gesteund, met gesloten ogen, en hield schijnbaar onbewust haar hand stevig vast.

Ze wilde even opstaan om makkelijker te gaan zitten, maar hij hield haar stevig vast, zodat ze met haar hand op zijn schouder moest steunen.

'Laat me los, het is te zwaar voor u,' zei ze, 'ik ben immers dik... kijk eens wat een arm. Pak hem eens.'

'Nee, het is niet te zwaar...' antwoordde hij zacht, drukte haar hoofd opnieuw tegen zijn gezicht en bleef roerloos zo zitten.

'Vind je het prettig zo?'

'Prettig, maar wel warm, mijn wangen en oren branden, kijk, ik denk dat ze rood zijn! Ik heb te veel bloed: als u met uw vinger mijn arm aanraakt, verschijnt er meteen een witte vlek en die verdwijnt dan langzaam weer.'

Hij zweeg en zat nog steeds met gesloten ogen terwijl zij bleef praten over alles wat in haar opkwam, om zich heen keek, en met haar schoenpunt figuren in het zand trok.

'Scheert u uw baard af!' zei ze, 'dan zult u nog knapper zijn. Wie heeft die onzinnige mode bedacht om baarden te dragen? Dat hebben ze van de boeren overgenomen! Dragen alle mannen tegenwoordig een baard in Petersburg?'

Hij knikte werktuiglijk.

'U gaat u scheren, toch? Als Nil Andrejitsj u zo ziet, maakt hij zich kwaad. Hij vindt baarden verschrikkelijk, zegt dat alleen revolutionairen die dragen.'

'Ik doe alles wat je wilt,' zei hij teder. 'Maar waarom houd je van Vikentjev?'

'Begint u daar nu alweer over? U bent er zelf over begonnen en nu hebt u bedacht dat ik van hem houd. Laat me niet lachen! Daar durft hij niet van te dromen! Hoe is het mogelijk om van hem te houden? Wat zal baboesjka daarvan zeggen?' zei ze, verstrooid met Rajski's baard spelend en niet vermoedend dat haar vingers als slangen over zijn zenuwen kropen, onrust in hem opwekten, zijn bloed aan het koken brachten en zijn verstand verduisterden. Zijn roes werd bij iedere beweging van haar vingers sterker.

'Houd van mij, Marfenka, vriendin, nicht...' fluisterde hij, terwijl hij zijn arm om haar middel sloeg en haar tegen zich aandrukte.

'U doet me pijn, neef, laat me los, om Gods wil, ik krijg geen adem...' zei ze, onwillekeurig tegen zijn borst aan vallend.

Hij drukte opnieuw zijn wang tegen de hare en fluisterde nóg een keer: 'Vind je het prettig?'

'Ik zit zo ongemakkelijk.'

Hij liet haar los, ze richtte zich op en ging weer naast hem zitten.

'Waarom houd je van bloemen, jonge katjes en vogels?'

'Waarvan moet ik anders houden?'

'Van mij, van mij!'

'Maar dat doe ik toch!'

'Niet zo, anders!' zei hij en legde zijn hand op haar schouder.

'Kijk, daar is een ster, daar nog een, en daar een derde: wat veel!' zei Marfenka, naar de hemel kijkend. 'Is het echt waar dat daar, op de sterren, ook mensen wonen? Misschien niet zulke als wij... Ah, een bliksem! Nee, het is alleen een weerlicht aan de andere kant van de Wolga. Ik ben zo bang voor het onweer... Verotsjka doet het raam open en gaat naar het onweer zitten kijken, maar ik verstop me altijd in mijn bed, doe de gordijnen dicht, en als de bliksem erg tekeergaat, leg ik een groot kussen op mijn hoofd en stop mijn oren dicht, zodat ik niets kan zien of horen... Daar is een ster gevallen! Dadelijk is het tijd voor het avondeten!' voegde ze er na een korte stilte aan toe. 'Als u er niet geweest was, zouden we vroeg gegeten hebben en om elf uur zijn gaan slapen: als er geen gasten zijn, gaan we vroeg slapen.'

Hij zweeg en legde zijn wang op haar schouder.

'Slaapt u?' vroeg ze.

Hij schudde ontkennend het hoofd.

'Dan zat u te soezen: uw ogen waren gesloten. Ik val ook meteen in slaap als ik in bed lig, soms zelfs nog voor ik mijn kousen heb kunnen uitdoen, ik val gewoon om. Verotsjka gaat pas laat naar bed. Baboesjka wil dat niet hebben, noemt haar een nachtbraakster. Gaan ze in Petersburg vroeg slapen?'

Hij zweeg.

'Neef!'

Hij zweeg nog steeds.

'Waarom zegt u niets?'

Hij wilde zich verroeren maar verstarde opnieuw. Hij hield het geluk in zijn handen en vroeg zich af of het een blijvend geluk voor hem kon worden. Hij klampte zich daaraan vast en wilde het niet loslaten.

Ze gaapte zo dat ze er tranen van in haar ogen kreeg.

'Wat is het warm!' zei ze. 'Ik vraag baboesjka soms of ik in het prieeltje mag slapen... maar ze vindt het niet goed. Zelfs in mijn kamer laat ze het raam dichtdoen.'

Hij zei geen woord.

Hij zwijgt maar. Hoe kun je aan hem wennen? vroeg ze zich af. Ze neeg zorgeloos opnieuw haar hoofd tegen het zijne en liet verstrooid haar vermoeide blik over de hemel gaan, over de tussen de takken door schijnende sterren, keek naar de donkere massa van het bos, luisterde naar het ruisen van de bladeren en merkte terwijl ze daar zo stil zat te peinzen, hoe het vlak onder haar hand in de linkerzij van Rajski klopte en bonsde.

Wat vreemd, dacht ze, waarom klopt het bij hem zo? En bij mij? Ze legde haar hand op haar zij. Nee, bij mij klopt het niet!

Daarna wilde ze opstaan, maar ze voelde dat hij haar stevig vasthield.

Ze begon zich ongemakkelijk te voelen.

'Laat me los, neef!' zei ze fluisterend, als het ware beschaamd. 'Ik moet naar huis!'

Hij wilde haar nog steeds niet loslaten, had het gevoel dat hij haar dan voor altijd zou verliezen.

'Het doet pijn, laat me los...' zei Marfenka met groeiende onrust, terwijl ze tevergeefs probeerde zich los te rukken. 'Ach, wat ongemakkelijk!'

Ten slotte lukte het haar zich uit zijn armen te bevrijden.

Hij slaakte een diepe zucht.

'Wat is er met u?' klonk haar kinderlijke, kalme stem boven hem.

Hij keek haar aan, keek om zich heen en zuchtte opnieuw, alsof hij net wakker was geworden.

'Wat is er met u?' herhaalde ze. 'Wat doet u vreemd!'

Hij kwam plotseling tot zichzelf, keek naar Marfenka alsof hij zich verbaasde dat ze er was, keek om zich heen en stond snel op van de bank. Een vertwijfeld 'ach' ontsnapte aan zijn lippen.

Ze legde even haar hand op zijn schouder, streek met de andere hand zijn in de war geraakte haren goed en wilde weer naast hem gaan zitten.

'Nee, laten we hier weggaan, Marfenka!' zei hij opgewonden en duwde haar weg.

'Wat doet u vreemd: ik herken u niet! Voelt u zich onwel?'

Ze beroerde met haar hand zijn voorhoofd.

'Kom niet te dicht bij me, liefkoos me niet! Lieve nicht!' zei hij en kuste haar de hand.

'Hoe zou ik u niet liefkozen wanneer u zelf zo lief tegen me bent! U bent zo goedhartig, houd zoveel van ons... U hebt ons het huis en de tuin geschonken. Moet ik er dan als een koud standbeeld bij staan?'

'Ja, wees een standbeeld! Beantwoord mijn liefkozingen nooit meer zoals vandaag...'

'Waarom niet?'

'Daarom. Ik heb soms van die aanvallen. Blijf dan bij me uit de buurt.'

'Wilt u er niets tegen innemen? Baboesjka heeft Hofmanndruppels. Ik kan ze gaan halen als u wilt.'

'Nee, dat hoeft niet. Maar om Gods wil, als ik ooit te aanhalig ben, of als iemand anders dan ik, die Vikentjev bijvoorbeeld...'

'Dat moest-ie durven!' zei Marfenka verbaasd. 'Als we tikkertje spelen, durft hij me niet bij mijn arm te pakken, maar probeert steeds mijn mouw te grijpen! Hoe komt u erop: Vikentjev! Dat zou ik hem nooit toestaan!'

'Hem noch mij, niemand op de wereld moet je dat toestaan... Denk eraan, Marfenka: als iemand je bevalt, bemin hem dan, maar verberg dat diep in je hart, laat jezelf niet gaan, en laat hem ook niet begaan... voordat baboesjka en vader Vasili het toestaan. Denk aan zijn preek...'

Ze luisterde zwijgend en liep in gedachten naast hem voort, zich verwonderend over zijn aanval. Ze herinnerde zich dat hij een uur tevoren iets anders had gezegd en wist niet wat ze moest denken.

'Maar net zei u... dat...' begon ze.

'Ik heb me vergist: wat ik net zei ging niet over jou. Ja, Marfenka, je hebt gelijk: het is een zonde om datgene te willen wat je niet gegeven is, te willen leven zoals die dames leven waarover in boeken geschreven wordt. God verhoede dat je verandert, een ander wordt! Houd van de bloemen, de vogels, werk in het huishouden, lees alleen boeken die goed aflopen en streef daar ook in je eigen leven naar...'

'Is het niet dom en kinderlijk om... van vogels te houden? Meent u dat echt of drijft u de spot met me?' vroeg ze schuchter.

'Nee, nee, je bent een parel, een engel van reinheid... je bent zo helder, zo zuiver, zo doorzichtig...'

'Doorzichtig?' vroeg ze lachend. 'Kun je dwars door me heen kijken?'

'Jij... jij...'

Hij wist in zijn geestdrift niet hoe hij haar moest noemen.

'Je bent gewoon een zonnestraal!' zei hij. 'En laat degene die een kiem van onreinheid in jouw ziel wil planten vervloekt zijn! Vaarwel! Kom nooit te dicht bij me en als ik te dicht bij jou kom... ga dan weg!'

Hij liep in de richting van het ravijn.

'Waar gaat u naartoe? Laten we gaan eten! Het is al bijna bedtijd...'

'Ik wil niet eten en ook niet slapen.'

'U gaat weer weg voor het avondeten, pas op, baboesjka...'

Ze had haar zin nog niet afgemaakt toen Rajski zich langs de helling van het ravijn omlaag stortte en in de struiken verdween.

Mijn God! dacht hij, innerlijk huiverend, een half uur geleden was ik zo fatsoenlijk, zo rein en trots; een half uur zou genoeg geweest zijn om dit heilige, edele wezen, dit kind, te veranderen in een beklagenswaardig schepsel en 'de fatsoenlijke en trotse man' in een uitgesproken schoft! De trotse geest zou geweken zijn voor het almachtige vlees: het bloed en de zenuwen zouden de spot gedreven hebben met alle filosofie, alle moraal en ontwikkeling! De geest heeft zich echter gehandhaafd, het bloed en de zenuwen hebben niet overwonnen: de eer, het fatsoen zijn gered...

Gered, maar waardoor? vroeg hij zich af terwijl hij bleef staan bij een kuil in de helling. Vooral... door de kracht van mijn wil, door het besef van de schande... zei hij bij zichzelf, terwijl hij zich vermande. Maar al het volgende ogenblik moest hij bekennen: nee, nee, dat kwam het laatst, maar wat was daarvoor? Heeft haar engelbewaarder onzichtbaar achter haar gestaan? Heeft baboesjka's lot haar behoed? Of... wat was het anders? Wat het ook geweest was, hij had het aan dat raadselachtige 'of' te danken dat hij een fatsoenlijk man was gebleven. Of dat 'of' nu besloten lag in haar beschaamde, kuise onwetendheid, in gehoorzaamheid aan de preek van vader Vasili of, ten slotte, in haar lymfatische temperament... in ieder geval had het aan haar en niet aan hem gelegen.

'O, wat afschuwelijk! Wat afschuwelijk!' riep hij uit, nadat hij over de kuil heen was gesprongen, en zich tussen de struiken door een weg baande naar de zanderige oever van de Wolga.

Marfenka keek hem lang na en ging toen rustig en peinzend naar huis. Werktuiglijk plukte ze af en toe een blad van een struik en beroerde daarmee haar wangen en oren.

'Wat ben ik verhit, ik denk dat ik helemaal rood ben!' fluisterde ze. 'Waarom zei hij dat ik niet te dicht bij hem mocht komen, hij is toch geen vreemde? En zelf is hij zo lief voor me... O, wat branden mijn wangen...!'

Ze legde haar hand nu eens op de ene, dan weer op de andere wang.

Baboesjka mopperde op Rajski omdat hij niet bij de maaltijd was. Zwijgend aten ze met zijn drieën, met Tit Nikonytsj, en gingen daarna uiteen.

Marfenka, die gewoonlijk alles aan baboesjka vertelde, aarzelde of ze haar zou meedelen dat haar neef voor altijd had afgezien van haar liefkozingen en ging ten slotte slapen zonder het haar verteld te hebben. Ze stond meer dan eens op het punt om het te zeggen, maar ze wist niet waar ze moest beginnen. Ze zei ook niets over de 'aanval' van haar neef. Ze ging vroeg naar bed, maar kon eerst niet inslapen: haar wangen en oren brandden nog steeds.

Ten slotte, nadat ze een uur zo had gelegen, stond ze op, wreef haar gezicht in met pekel, wat ze gewoonlijk deed tegen zonnebrand, sloeg daarna een kruisteken en sliep in.

14

Rajski liep een poos langs de laaggelegen oever, klom toen naar boven en bereikte het huisje van Kozlov. Hij zag licht achter het raam en wilde al naar het tuinhek lopen toen hij plotseling merkte dat iemand vanuit het zijstraatje over de schutting de tuin in klom.

Rajski wachtte in de schaduw van de schutting tot de ander er helemaal overheen geklommen was. Hij aarzelde wat hij moest doen, omdat hij niet wist of het een dief was of een aanbidder van Oeljana Andrejevna, een of andere *monsieur Charles*. Hij durfde niet goed alarm te slaan, maar vond het wel nodig de onbekende te volgen; daarom volgde hij diens voorbeeld en klom ook over de schutting. De ander sloop naar het venster, Rajski volgde hem en bleef op enkele passen afstand stilstaan. De onbekende richtte zich op en trommelde plotseling uit alle macht op het raam.

Dat is geen dief... Dat kan alleen Mark Volochov zijn, dacht Rajski, en hij vergiste zich niet.

'Hé, filosoof, doe open! Hoor je me, Plato?' zei de stem. 'Doe toch open!'

'Loop om naar het bordes!' reageerde de gedempte stem van Kozlov vanachter het raam.

'Waarom moet ik nog naar het bordes, de honden wakker maken? Doe open!'

'Goed, wacht even. Je bent me er een!' zei Leonti terwijl hij het raam opende.

Mark klom de kamer binnen.

'Wie komt er nog achter je aan? Wie heb je meegebracht?' vroeg Kozlov verschrikt, terugwijkend van het raam.

'Ik heb niemand meegebracht. Wat haal je je in je hoofd...? Ah, inderdaad, er komt nog iemand...'

Op dat moment sprong Rajski de kamer binnen.

'Boris, jij ook?' vroeg Leonti verbaasd. 'Hoe hebben jullie elkaar gevonden?'

Mark wierp een vluchtige blik op Rajski en wendde zich tot Leonti.

'Geef me vlug een andere broek en een slok wijn,' zei hij.

'Wat is dat, waar kom je vandaan?' zei Leonti verbaasd, nu pas opmerkend dat Mark bijna tot zijn middel onder de modder zat. Zijn laarzen en broek waren doornat.

'Geef vlug een andere broek, wat praat je nog?' reageerde Mark ongeduldig.

'Er is geen wijn; *Charles* heeft bij ons gegeten, we hebben alles opgedronken, wodka is er geloof ik wel...'

'Ook goed, en waar liggen je kleren?'

'Mijn vrouw slaapt en ik weet niet waar ze zijn: dat moet ik aan Avdotja vragen...'

'Uilskuiken! Laat maar, ik vind ze zelf wel.'

Hij pakte een kaars en verdween in de aangrenzende kamer.

'Nu zie je wat voor iemand het is!' zei Leonti tegen Rajski. Tien minuten later kwam Mark terug met een broek in zijn handen.

'Waar ben je zo nat geworden?' vroeg Leonti.

'Ik ben in een vissersboot de Wolga overgevaren, maar bij het eiland is die sukkel van een visser in de modder blijven steken. We moesten het water in om de boot los te trekken.'

Hij verwisselde zonder enige aandacht aan Rajski te schenken zijn broek en ging met opgetrokken benen in een grote fauteuil zitten, waarbij hij zijn knieën optrok tot aan zijn gezicht, zodat zijn kin erop kon rusten.

Rajski bekeek hem zwijgend. Mark was een jaar of zevenentwintig, stevig gebouwd, als het ware uit metaal gegoten, en goed geproportioneerd. Zijn gezicht was bleek en de lichtblonde haren, die dicht en vol over zijn oren en nek hingen, lieten een groot, bol voorhoofd vrij. Zijn snor en baard waren dun, en van een lichtere kleur dan zijn hoofdhaar.

De onderkaak van zijn open, bijna brutale gezicht stak ver naar voren. De krachtige gelaatstrekken waren niet helemaal regelmatig, zijn gezicht was eerder mager dan gevuld. De glimlach die nu en dan over zijn gezicht gleed, drukte nu eens ergernis, dan weer spot uit, maar geen plezier.

Hij had lange armen met grote, regelmatig gevormde en lenige handen. De blik van de grijze ogen was ofwel vermetel en uitdagend ofwel koel en onverschillig voor alles.

Hij zat daar in elkaar gedoken en roerloos: zijn armen en benen bewogen niet, alsof ze levenloos waren, zijn ogen bekeken alles rustig en koel.

Maar onder die onbeweeglijkheid ging een sensitieve, waakzame onrust schuil, zoals die soms waarneembaar is in een schijnbaar rustig en zorgeloos op de grond liggende hond. De voorpoten liggen gestrekt naast elkaar en op die poten rust de kop met de gesloten ogen, de romp vertoont een zware, lome welving; hij schijnt te slapen, slechts het ene ooglid trilt zachtjes, en het zwarte oog schemert er nauw merkbaar doorheen. Maar als iemand in de buurt zich verroert, als er een windje opsteekt, als er een deur slaat, als er zich een vreemde vertoont, dan ballen die schijnbaar rustende ledematen zich ogenblikkelijk samen, de hele gestalte van het dier staat opeens in vuur en vlam, het blaft, rent...

Nadat Mark zo enige tijd met gesloten ogen had gezeten, opende hij ze plotseling en wendde zich tot Rajski.

'U hebt waarschijnlijk goede sigaren meegebracht uit Petersburg: geef me er een,' zei hij zonder plichtplegingen.

Rajski gaf hem zijn sigarenkoker.

'Je hebt ons niet eens aan elkaar voorgesteld, Leonti!' zei hij met een licht verwijt tegen Kozlov.

'Wat valt er voor te stellen: jullie zijn beiden langs dezelfde weg hier gekomen en weten beiden wie de ander is!' antwoordde Leonti.

'Wat praat je verstandig, dat had ik van een geleerde als jij helemaal niet verwacht!' zei Mark.

'Het is diezelfde... Mark... die over wie ik je geschreven heb, weet je nog...' begon Kozlov.

'Wacht! Ik stel me zelf voor!' zei Mark, stond op, nam een vormelijke pose aan en maakte een strijkage voor Rajski. 'Mag ik mij voorstellen: Mark Volochov, ambtenaar van de vijftiende rang, onder toezicht van de politie staand, onvrijwillig burger van deze stad.'

Hij beet het puntje van de sigaar af, stak hem op, rolde zich op en ging weer in dezelfde houding in de fauteuil zitten.

'Wat doet u hier?' vroeg Rajski.

'Hetzelfde als u, denk ik...'

'Houd u dan van... kunst, bent u misschien een artiest?'

'En u... bent u een artiest?'

'Dat is-ie zeker!' mengde Leonti zich in het gesprek. 'Ik heb je verteld dat hij een schilder is, een musicus... Momenteel schrijft hij een roman: pas maar op, vriend, dadelijk portretteert hij jou er ook in. Hoe ver ben je al?' wendde hij zich tot Rajski.

Rajski beduidde hem met een handgebaar om te zwijgen.

'Ja, ik ben een artiest,' beantwoordde Mark de vraag van Rajski. 'Alleen op een andere manier. Uw baboesjka heeft u waarschijnlijk al veel verteld over mijn werken!'

'Ze wordt al kwaad als ze uw naam hoort.'

'Ziet u nou wel! En daarbij heb ik tot nu toe hoogstens een paar dozijn appels uit haar tuin gejat.'

'Die appels zijn van mij, u mag er van mij plukken zoveel u wilt...'

'Dank u, doet u geen moeite. Ik ben gewend om alles in mijn leven zonder toestemming te doen, daarom zal ik ook die appels zonder te vragen plukken... dan zijn ze lekkerder!'

'Ik wilde u erg graag zien: mij is van alle kanten zoveel verteld...' zei Rajski.

'Wat hebben ze u dan verteld?'

'Weinig goeds...'

'Waarschijnlijk hebben ze u gezegd dat ik een bandiet ben, een onmens, de schrik van de hele omgeving...!'

'Zoiets ja...'

'Waarom wilde u me dan zo graag zien na die aanbevelingen? U zou moeten huilen met de wolven in het bos: ik heb boeken van u verscheurd. Hij heeft het u waarschijnlijk verteld...'

'Ja, ja: dat is hij in eigen persoon; ik ben blij dat hij er zelf over begonnen is!' bemoeide Leonti zich er weer mee. 'Zo had ik je meteen al moeten introduceren...'

'Doe met die boeken wat u wilt, ik sta het toe!' zei Rajski.

'Alweer? Wie vraagt u om toestemming? Nu zal ik ze niet meer meenemen en verscheuren. Je kunt rustig slapen, Leonti.'

'En toch is het in wezen een doodgoeie kerel!' merkte Leonti met een hoofdbeweging naar Mark op. 'Wanneer je ziek bent, verzorgt-ie je als een kindermeisje, gaat naar de apotheek om medicijnen te halen... En wat hij allemaal niet weet! Ongelofelijk veel! Hij doet alleen niets, en hij laat niemand met rust: het is een onverbeterlijke kwajongen...'

'Hou op met je gezwets, Kozlov!' onderbrak Mark hem.

'Overigens scheldt niet iedereen u uit,' mengde Rajski zich weer in het gesprek. 'Tit Nikonytsj Vatoetin laat zich gunstig over u uit, dat probeert-ie althans...'

'Werkelijk? Die suikerzoete markies! Ik heb, geloof ik, wel een paar souvenirs bij hem achtergelaten: ik heb hem meer dan eens 's nachts gewekt en de ramen in zijn slaapkamer geopend, want hij heeft frisse lucht nodig. Hij klaagt voortdurend over zijn gezondheid, maar in de veertig jaar dat hij hier woont, heeft nog niemand hem ziek gezien. Het geld dat ik van hem geleend heb, krijgt-ie nooit meer terug. Wat wil hij nog meer? En toch prijst-ie me!'

'Zo'n soort kunstenaar bent u dus!' merkte Rajski vrolijk op.

'En wat voor soort kunstenaar bent u? Vertel dat eens!' zei Mark.

'Ik ben inderdaad... een soort kunstenaar... een slechte natuurlijk: ik houd van schoonheid en vereer haar; ik houd van kunst, teken en musiceer... Nu wil ik iets groters schrijven... een roman...'

'Ja, ja, ik zie het al: u bent net zo'n kunstenaar als iedereen hier...'

'Iedereen?'

'Het zijn immers allemaal artiesten hier, sommigen boetseren, tekenen, spelen piano, schrijven... zoals u en uw gelijken. Anderen gaan 's morgens naar de rekenkamer of commissievergaderingen, weer anderen zitten bij hun winkeltjes en dammen, en nog weer anderen wonen op landgoederen en doen daar wat ze niet laten kunnen... overal bloeit de kunst.'

'Hebt u geen zin om u bij een van die categorieën aan te sluiten?' vroeg Rajski glimlachend.

'Ik heb het geprobeerd maar het is me niet gelukt. Waarom bent u eigenlijk hierheen gekomen?' vroeg hij op zijn beurt.

'Dat weet ik zelf niet,' zei Rajski. 'Het blijft mij gelijk waar ik heen ga... Een brief van baboesjka riep me hierheen en ik ben gekomen.'

Mark verzonk in gedachten en bekommerde zich verder niet om Rajski, terwijl deze hem des te opmerkzamer opnam, zijn gezichtsuitdrukking en bewegingen bestudeerde in een poging zijn fantasie, die zoals gewoonlijk het ene na het andere portret schilderde van deze nieuwe persoonlijkheid, een handje te helpen.

God zij dank! dacht hij, ik schijn niet de enige mens te zijn die zijn tijd verdoet, zijn positie in het leven nog niet bepaald heeft, nergens voor gekozen heeft. We hebben iets gemeenschappelijks: een rusteloos iemand die zich niet met het lot kan verzoenen en daarom niets doet (ik schilder tenminste nog en wil een roman schrijven); aan zijn gezicht is te zien dat hij met niets en niemand tevreden is... Wat is hij voor iemand? Is hij net zo'n slachtoffer van innerlijke tweespalt als ik? Altijd en eeuwig in gevecht, altijd en eeuwig tussen twee vuren? Aan de ene kant verleidt de fantasie je ertoe om alles te idealiseren: de mensen, de natuur, het hele leven, alle verschijnselen; aan de andere kant maakt de koele analyse alles kapot en staat je niet toe om onbevangen te leven, straft je met eeuwige ontevredenheid, kilte... Is hij zo iemand, of iets anders...?'

Hij bestudeerde de wegdommelende Mark aandachtig; ook Leonti kon zijn ogen nauwelijks van hem afhouden.

'Ik moet naar huis,' zei Rajski. 'Tot ziens Leonti!'

'Waar laat ik hém?' vroeg Kozlov, op Mark wijzend.

'Laat hem hier.'

'Dat is de kat op het spek binden! En de boeken dan? Als we hem nu eens met stoel en al hierheen konden verplaatsen, naar de alkoof, en hem opsluiten!' sprak Kozlov zacht voor zich uit, maar hij zag meteen weer af van die gedachte. 'Daarna ben je nog niet van hem af!' zei hij. 'Misschien wordt-ie 's nachts wel wakker en sloopt het dak van het huis.'

Mark, die de laatste woorden had gehoord, begon te lachen en sprong snel op.

'Ik ga met u mee,' zei hij tegen Rajski, hij zette zijn pet op en sprong in een ommezien uit het raam, maar niet dan na Leonti's kaars gedoofd te hebben.

'Je moet naar bed!' riep hij tegen hem. 'Blijf 's nachts niet te lang op. Pas op, je hebt weer een vale kop en wallen onder je ogen.'

Rajski volgde, zij het niet even behendig, zijn voorbeeld. Beiden verwijderden zich door de tuin, klommen over de schutting en liepen naast elkaar over de straat verder.

'Luister' zei Mark, 'ik heb honger: bij Leonti is niets te halen. Wilt u me niet helpen een taveerne te bestormen?'

'Zonder bestorming geven ze je toch ook wel te eten...'

'Nee, nu is het te laat, alles is gesloten en wanneer ze horen dat ik erbij ben, doen ze helemaal niet open. We moeten stormenderhand zo'n taveerne nemen: we schreeuwen "Brand!", dan doen ze open en gaan wij naar binnen.'

'Daarna zetten ze ons er weer uit.'

'Nee, dat lukt ze niet. Ze kunnen me de toegang weigeren, maar als ik eenmaal binnen ben, krijg je me er niet zo gauw weer uit!'

'Dat wordt toch een kabaal van jewelste, een nachtelijke ordeverstoring,' zei Rajski.

'Ach, ze zijn bang voor de politie: wat zal de gouverneur doen, wat zal Nil Andrejitsj zeggen, hoe zullen de notabelen, de dames het opnemen?' lachte Mark. 'Goed, tot ziens, ik heb honger en ga alleen een aanval wagen...'

'Wacht, ik heb een ander idee, dat misschien beter is dan dat van u. Mijn baboesjka, ik heb u dat verteld, kan u niet luchten of zien en beweerde nog onlangs dat ze u nooit of te nimmer te eten zou geven...'

'Goed, en wat dan nog?'

'Laten we bij haar gaan eten, dan kunt u meteen blijven slapen! Ik weet niet wat ze zal zeggen of doen, maar ik weet wel dat we ons zullen vermaken.'

'Geen slecht idee... laten we gaan. Maar weet u zeker dat ze wat te eten heeft? Ik heb erg veel honger.'

'Of Tatjana Markovna wat te eten heeft? Die kan op ieder moment van de dag een hele compagnie soldaten voeden.'

Ze liepen zwijgend over de weg. Mark rookte de sigaar op en liep in gedachten verzonken voort, naar de grond kijkend en af en toe spugend.

Ze bereikten Malinovka en liepen zwijgend langs het traliehek. In het donker gingen ze bijna op de tast door de poort en liepen naar de gevlochten omheining waar ze overheen moesten klimmen om in de moestuin te komen.

'Daar verderop is een betere plek: vanuit de boomgaard of vanuit het ravijn,' zei Mark. 'Daar zijn bomen, zodat je niet te zien bent, en hier maak je de honden misschien wakker en het is van hieruit ook verder naar het huis! Ik ga altijd daar...'

'U komt... hierheen, naar de boomgaard? Waarvoor?'

'Voor de appels! Ik heb ze vorig jaar daar geplukt, vanuit het veld, bij het oude huis. En dit jaar in augustus hoop ik weer, als u... me toestaat...'

'Met genoegen: als Tatjana Markovna u maar niet betrapt!'

'Nee, die betrapt me niet. Maar betrappen wíj niet iemand? Kijk, iemand klimt over de omheining. Net zoals wij! Hé, hé, halt! verstop je niet. Wie is daar? Halt! Rajski, kom vlug hierheen, help me!'

Hij rende een pas of tien naar voren en kreeg iemand te pakken.

'Wat hebt u voor kattenogen; ik zie niets!' zei Rajski en haastte zich in de richting van de stem.

Mark had de onbekende al vast. Die probeerde zich tevergeefs los te rukken uit zijn armen en viel ten slotte op de grond.

'Daar probeert nog iemand over de omheining in de moestuin te komen! Grijp hem!' riep Mark weer.

Rajski zag nog een gestalte die op de omheining zat en op het punt stond om in de moestuin te springen. Hij pakte hem stevig bij zijn arm.

'Wie ben je? Wat wil je hier? Zeg op!' zei hij.

'Heer! Laat me gaan, richt me niet te gronde!' fluisterde een vrouwenstem klaaglijk.

'Ben jij dat, Marina?' vroeg Rajski, die haar aan haar stem herkende. 'Waarom ben je hier?'

'Niet zo luid, heer, noem mijn naam niet: als Saveli het hoort, slaat-ie me bont en blauw!'

'Goed, ga maar, vlug... Nee, wacht! Je komt van pas: kun je niet iets te eten brengen op mijn kamer?'

'Dat kan ik, heer; maar richt me niet te gronde, in Christus' naam!'

'Wees maar niet bang, dat doe ik niet! Is er nog iets in de keuken?'

'Alles is er nog: hoe zou dat er niet zijn! Er is niet veel gegeten omdat u er niet was. Er is sterlet in gelei, kalkoen, ik heb alles naar de koelkelder gebracht...'

'Goed, breng maar. Is er nog wijn?'

'Er is nog een fles in het buffet en vruchtenlikeur in de kamer van Marfa Vasiljevna...'

'Hoe komen we daaraan? Ze zal wakker worden.'

'Nee, Marfa Vasiljevna wordt niet zo gauw wakker, die slaapt te vast! Laat me gaan, heer, mijn man hoort me...'

'Ga dan, Zemfira, en zorg dat hij je niet in zijn knuisten krijgt!'

'Nee, nu doet-ie niets: als ik hem tegenkom, haal ik u erbij, zeg dat u bevolen hebt...'

Er ging een brede glimlach over haar gezicht, haar ogen lichtten op als bij een kat, en ze sprong met een krachtige sprong van de omheining waarbij haar jurk bleef hangen achter een twijgje. Ze rukte hem los, lachte opnieuw, en rende, katachtig voorovergebogen, tussen twee rijen kool door.

Mark probeerde er ondertussen achter te komen wie er onder zijn vuisten op de grond lag. Hij trok de onbekende, die onder de omheining probeerde door te kruipen, omhoog en bekeek hem aandachtig, terwijl de ander alle mogelijke moeite deed om zijn gezicht te verbergen.

'Saveli Iljitsj!' zei hij op onderdanige toon. 'Er is niets gebeurd... slaat u niet, anders sla ik terug...'

'Je gezicht komt me bekend voor!' zei Mark. 'Was het maar niet zo donker hier!'

'Ah, u bent Saveli Iljitsj niet, godzijdank,' zei de onbekende blij en sloeg het stof van zich af. 'Ik ben de tuinman, heer. Daarvandaan...'

Hij wees op een tuin in de verte.

'Wat doe je hier?'

'Ik ben alleen hierheen gekomen om de klok van de kathedraal te horen slaan en niet om me met flauwekul bezig te houden... Onze klok is stil blijven staan...'

'Loop naar de duivel jij!' zei Mark en duwde hem van zich af.

De man sprong over een greppel en verdween in de duisternis.

Rajski was ondertussen teruggekeerd naar de hoofdpoort en probeerde het hekje te openen; hij wilde niet kloppen om baboesjka niet wakker te maken.

Hij hoorde iemands stappen over het erf en dacht dat het Marina was die hem het eten kwam brengen.

'Marina, Marina!' riep hij, 'doe open!'

Aan de andere kant werd de grendel verschoven. Rajski stiet met zijn voet tegen het hekje en het ging open. Saveli stond voor hem. Hij stortte zich op Rajski en pakte hem bij zijn borst...

'Wacht, beste man, nu heb ik je,' zei hij kwaad. 'Nu krijg jíj een pak rammel in plaats van Marina. Ik sta daar bij de omheining de wacht te houden en hij komt door het hek!'

Hij ging met zijn rug tegen het hekje staan, zodat de bezoeker niet kon ontsnappen.

'Ík ben het, Saveli!' zei Rajski. 'Laat me los.'

'Wie is dat? De heer toch niet!' zei Saveli verbaasd en bleef als aan de grond genageld staan.

'Waarom hebt u Marina geroepen?' zei hij langzaam, na een korte stilte. 'Hebt u haar dan gezien?'

'Ja, ik heb haar vanavond gevraagd om wat eten voor me over te laten,' loog Rajski ter wille van de overspelige vrouw, 'en het hek open te doen.

Ze had al gehoord dat ik kwam... Er komt nog een gast achter me aan, laat hem door, doe het hek dicht en ga slapen.'

'Tot uw orders!' zei hij langzaam. Daarna bleef hij lang staan, Rajski en Mark nakijkend. 'Zo gaat dat dus!' zei hij lijzig, en liep toen langzaam naar huis.

Onderweg kwam hij Marina tegen.

'Wat is er met je, bosgeest, kun je niet slapen?' vroeg ze en glipte door een heup te buigen handig langs hem. 'Dat zwerft 's nachts rond! Ga liever vlechten in de manen van de paarden maken, bij gebrek aan een huisgeest. Dat maakt me te schande voor de heren...!' mopperde ze, terwijl ze als een sylfide langs hem heen schoot. Ze droeg het dienblad met borden, gerechten, en servetten boven haar hoofd, maar zo behendig dat niet één bord rinkelde, geen lepel en geen glas bewoog.

Saveli keek haar niet aan en antwoordde ook niet op haar uitdaging, maar bedreigde haar slechts zwijgend met de teugels.

15

Mark was inderdaad hongerig: in vijf, zes bewegingen met mes en vork maakte hij een sterlet soldaat. Rajski bleef niet bij hem achter en toen Marina kwam om af te ruimen, vond ze alleen nog de botten van de kalkoen.

'Nu nog iets zoets,' zei Rajski.

'Er zijn geen vruchtenpasteitjes meer,' antwoordde Marina. 'Er zijn wel ingemaakte vruchten, maar Vasilisa heeft de sleutels van de kelder.'

'Ach wat, vruchtenpasteitjes,' reageerde Mark. 'Kunnen we geen punch maken? Is er rum?'

Rajski keek Marina vragend aan.

'Ik geloof van wel, de meesteres heeft de kok wat gegeven voor een pudding, voor morgen. Ik ga in het buffet kijken...'

'Is er suiker?'

'In de kamer van de meesteres, ik ga het halen,' zei Marina en verdween.

'En een citroen!' riep Mark haar na.

Marina bracht een fles rum, citroen en suiker, en Mark ging de punch bereiden. Ze doofden de kaarsen en een blauwe vlam verlichtte de kamer met zijn sinistere schijnsel. Mark roerde af en toe met een lepel in de rum; de op twee vorken vastgehouden suiker smolt in de vlam en de druppels vielen sissend in de schaal. Mark proefde van tijd tot tijd of het brouwsel al klaar was en roerde daarna opnieuw.

'Dus...' zei Rajski na een poosje en haperde.

'Hoezo... dus?' vroeg Mark en keek hem vragend aan.

'Bent u al lang hier in de stad?'

'Een jaar of twee...'

'U verveelt zich waarschijnlijk.'

'Ik probeer me te vermaken...'

'Neem me niet kwalijk... ik...'

'Alstublieft, zonder verontschuldigingen! Vraagt u wat u wilt. Waarom verontschuldigt u zich?'

'Omdat ik u niet geloof...'

'Wat gelooft u niet?'

'Dat u zich vermaakt... de rol die u speelt of liever die men... of neem me niet kwalijk...'

'Weer verontschuldigingen?'

'...die men u toeschrijft.'

'Ik speel hier geen enkele rol; daarom schrijven ze mij er een toe.'

Hij schonk zich een glas punch in en nam een slok.

'Drink, het is klaar!' zei hij, schonk een tweede glas vol en schoof het Rajski toe. Die dronk het langzaam leeg, zonder ervan te genieten, alleen om geen spelbreker te zijn.

'Men schrijft u hem toe,' zei Rajski. 'Dus het is niet uw werkelijke rol?'

'U bent een rare! Ik zeg u toch dat ik geen rol speel. Je kunt toch ook zonder rol leven?'

'Maar we hebben immers allemaal de behoefte om iets te doen, en u schijnt niets...'

'Wat doet ú dan?'

'Ik... zei u dat ik een kunstenaar ben...'

'Laat me dan de producten van uw kunst eens zien...'

'Ik heb hier momenteel niets, behalve dan een niemendalletje, het is nog niet helemaal af...'

Hij stond op van de divan, haalde de hoes van Marfenka's portret en stak een kaars aan.

'Ja, het lijkt!' zei Mark. 'Heel goed...!' Hij heeft talent, ging het door hem heen. 'Het kan erg goed worden... ja... alleen is het hoofd wat te groot en zijn de schouders een beetje te breed...'

Hij heeft er verstand van, dacht Rajski.

'Het beste is die lichte kleur in de lucht en de achtergrond. Daardoor is de hele figuur licht en etherisch, als het ware doorzichtig: u hebt het geheim van Marfenka's gestalte doorgrond. Dat lichte koloriet past goed bij de kleur van haar gezicht en haren...'

Hij heeft zowel smaak als inzicht! dacht Rajski weer. Is hij stiekem misschien zelf ook een kunstenaar?

'Kent u Marfenka?' vroeg hij.

'Ja.'

'En Vera?'

'Vera ken ik ook.'

'Waar hebt u ze dan gezien? U komt niet bij hen thuis.'

'In de kerk.'

'In de kerk? En ze zeggen dat u nooit in de kerk komt!'

'Ik weet niet precies meer waar ik ze gezien heb. Misschien in het dorp of in het veld...'

Hij dronk nog een glas punch.

'Wilt u nog wat?' vroeg hij, ook voor Rajski een tweede glas inschenkend.

'Nee, ik drink bijna niet, alleen soms voor de gezelligheid. Het stijgt me nu al naar het hoofd.'

'Mij ook, maar dat geeft niet: drink. Als het je niet naar het hoofd steeg, zou je niet drinken.'

'Waarom zou ik drinken als ik er geen zin in heb?'

'Daar hebt u gelijk in; goed dan drink ik voor u!'

Hij dronk ook Rajski's glas leeg.

Is het geen dronkelap? vroeg Rajski zich af, angstig toekijkend met hoeveel genoegen Mark nog een glas leegdronk.

'U vindt het vreemd dat ik zoveel drink?' vroeg Mark, die zijn gedachten raadde. 'Dat komt door de verveling en de ledigheid... Er is niets te doen hier!'

Hij schonk opnieuw in, zette het glas naast zich neer en vroeg om een sigaar. Rajski schoof hem zijn koker toe.

Hij heeft rode ogen gekregen, dacht hij, ik had hem niet mee moeten nemen. Baboesjka schijnt gelijk te hebben: als hij maar niet iets...

'Ledigheid! dat is toch...'

'...des duivels oorkussen, wilt u zeggen,' onderbrak Mark hem. 'Noteer dat in uw roman en verkoop het als de nieuwste wijsheid...'

'Ik wil maar zeggen,' vervolgde Rajski, 'dat het van onszelf afhangt of we iets doen of niet...'

'Toen u daarnet over de schutting klom bij Leonti,' onderbrak Mark hem opnieuw, 'dacht ik dat u een fatsoenlijk man was, maar u schijnt ook in het regiment van Nil Andrejitsj te dienen: u leest me de les...'

'Ziet u nu wel dat ik gelijk had toen ik me verontschuldigde: je moet op je woorden passen bij u...' merkte Rajski op.

'Waarom? Dat hoeft helemaal niet. Zeg rustig wat u denkt, en verhinder mij niet om te antwoorden wat ik denk. Ik heb u toch niet om toestemming gevraagd om u bij het regiment van Nil Andrejitsj in te lijven... en een grotere belediging is nauwelijks denkbaar.'

'Is het waar dat u op hem hebt geschoten?' vroeg Rajski nieuwsgierig.

'Onzin! Ik schoot buiten de stad op duiven om mijn geweer te ontladen: ik kwam net terug van de jacht. Hij was daar aan het wandelen en toen hij zag dat ik schoot, begon hij te schreeuwen dat het een zonde was, dat ik moest ophouden en meer van dat soort stommiteiten. Als het daarbij gebleven was, had ik hem een idioot genoemd en was doorgelopen, maar hij stampvoette, dreigde me met zijn stok en riep: "Ik zorg ervoor, ventje, dat je in het gevang komt, dat je naar het andere eind van de wereld gebracht wordt, ik maak gehakt van je, laat niets van je over, binnen vierentwintig uur laat ik je naar Siberië deporteren." Ik liet hem zijn hele vocabulaire aan heilwensen opdreunen, hoorde hem koelbloedig aan en richtte toen mijn geweer op hem.'

'En wat deed hij?'

'Hij zakte door zijn knieën, verloor zijn stok én zijn overschoenen, ging op de grond zitten en vroeg ten slotte om genade. Ik schoot in de lucht en liet mijn geweer zakken... dat was alles.'

'En dat... amuseert u?' vroeg Rajski met enige ironie.

'Nee,' antwoordde Mark met een ernstig gezicht, 'dat was een serieuze zaak, een welverdiende les, die ik die kindse oude heb gegeven.'

'En wat gebeurde er daarna?'

'Niets. Hij ging naar de gouverneur om zich te beklagen en loog dat ik op hem had geschoten maar gemist had. Als ik een regulier burger van deze stad was geweest, hadden ze me meteen gearresteerd, maar aangezien ik buiten de wet sta, een geval apart ben, liet de gouverneur de zaak in alle stilte uitzoeken en ried Nil Andrejitsj aan te zwijgen, opdat "Petersburg geen verhalen zouden bereiken". Daar is-ie als de dood voor.'

Hij schijnt op te scheppen over zijn heldendaden! dacht Rajski terwijl hij hem aandachtig opnam. Is het geen provinciale snoever van het laagste allooi?

'Ik wilde u niet de les lezen,' zei hij hardop, 'toen ik het daarnet over ledigheid had; ik verbaas me er alleen over dat iemand met uw intelligentie, uw ontwikkeling en uw capaciteiten...'

'Wat weet u van mijn intelligentie, ontwikkeling en capaciteiten?'

'Ik zie toch...'

'Wát ziet u? Dat ik over omheiningen klim, op oude gekken schiet, veel eet en drink... dát ziet u, en verder niets!'

Hij dronk nog een glas punch. Rajski keek bezorgd toe hoe hij zich te goed deed aan de sterkedrank en vroeg zich af hoe dit zou aflopen. Hij had al spijt van zijn plannetje om baboesjka te plagen.

'U fronst uw wenkbrauwen,' zei Mark. 'Wees maar niet bang, ik zal uw huis niet in brand steken en niemand de keel afsnijden. Vandaag drink ik meer dan anders omdat ik moe en verkleumd ben. Ik ben geen dronkelap.'

Hij goot de rest van de rum uit de fles in de kom en stak de rum opnieuw aan. Vervolgens zette hij zijn ellebogen op tafel en keek Rajski onverschillig aan. Bij zijn toch al ongegeneerde manieren kwam nu nog de gewoonlijk uit drank voortvloeiende vrijpostigheid die een nuchtere gesprekspartner zich altijd ongemakkelijk doet voelen.

Het gesprek kreeg nu een familiaire toon. Ondanks de verzekering van zijn gesprekspartner bleef Rajski zich zorgen maken dat hij de perken te buiten zou gaan.

'U bent zelf misschien ook intelligent...' zei Mark, Rajski nu eens serieus, dan weer spottend aankijkend. 'Ik weet het nog niet, misschien ook niet, maar dat u capaciteiten hebt, zelfs talenten, dat zie ik, dus heb ik meer recht dan u om te vragen waarom u niets doet.'

'Maar ik heb toch...'

'U hebt dat portret daar geschilderd,' onderbrak Mark hem. 'Bent u dan portretschilder?'

'Ja, af en toe heb ik wel portretten geschilderd...'

'Ah, "af en toe" ...dat zegt me niets. Ik heb af en toe ook een en ander gedaan.'

Hij bereidde een nieuwe kom punch en dronk hem leeg. Rajski wilde het gesprek graag voortzetten, maar durfde niet goed, omdat hij bang was voor de uitwerking van de punch.

'U zegt,' begon hij echter, 'dat ik talent heb; anderen zeggen dat ook, ze beweren zelfs dat ik meerdere talenten heb. En misschien ben ik in mijn binnenste ook wel een kunstenaar, een echt, authentiek kunstenaar, maar ik heb niet de vereiste opleiding genoten voor dit beroep...'

'Waarom niet?'

'Hoe moet ik het zeggen? Wij hebben geen echt podium voor kunstzinnige activiteiten, daarom is er ook geen opleiding voor...'

'Ziet u wel,' zei Mark. 'Maar u hebt toch enig onderricht ontvangen: je kunt niet zomaar achter de piano gaan zitten en iets spelen. Op Marfa's portret is de schouder scheef en het hoofd te groot, maar toch hebt u geleerd hoe je een penseel moet vasthouden.'

'Ja, zo u wilt, heb ik wel enig onderricht ontvangen... om in een gezelschap te schitteren met aangename talenten, zoals mijn voogd het uitdrukte, om iets in een album te tekenen, romances te zingen in een salon. Ik heb me die kunst zeer snel eigen gemaakt. Maar toen ik ouder werd en erachter kwam wat het beroep van kunstenaar in werkelijkheid inhield, toen ik slechts de kunst, en haar alleen, wilde dienen, liet men mij zien welk een laag aanzien ze genoot. Zangers en zangeressen op doorreis geven concerten, en men kijkt op hen neer. Een tekenleraar heeft geen droog brood om te eten. Baboesjka hief haar handen ten hemel toen ze hoorde wat voor een beroep ik had gekozen. Onder mijn voorvaderen zijn lieden met historische namen, in generaalsuniformen, met lintjes en sterren op de borst. Men wilde ook mij hofjonker laten worden, me verlokken met een huzarenuniform. Ik was nog een jongen, liet me inderdaad verlokken en werd huzaar.'

'Goed, en daarna? In Petersburg is toch een kunstacademie...'

'Daarna...'

'Hoezo daarna?' onderbrak Mark hem en begon te lachen.

'Daarna was het te laat: wat kan de academie je nog bijbrengen na de roes van het Petersburgse leven!' zei Rajski geërgerd en door de kamer ijsberend. 'Ik bezit, ziet u, een landgoed, heb voorname familie, beweeg me in de society... Ik had dat allemaal onder de armen moeten verdelen, mijn kruis moeten dragen en mijn ideaal moeten volgen... zoals een kunstenaar, een vriend van me, het uitdrukt. Men heeft mij van de kunst weggerukt als een kind van de borst...' Hij slaakte een zucht. 'Maar ik keer naar haar terug en zal mijn doel bereiken!' zei hij vastberaden. 'Mijn tijd is nog niet voorbij, ik ben nog niet te oud...'

Mark barstte weer in lachen uit.

'Nee,' zei hij, 'dat zult u niet, van zijn leven niet!'

'Waarom niet? Hoe weet u dat?' riep Rajski heftig uit terwijl hij op hem toetrad... 'U ziet toch dat ik wilskracht en geduld heb.'

'Dat zie ik, dat zie ik: uw gezicht gloeit en uw ogen branden, en dat allemaal door een glas punch! Wat zal dat worden als u nog meer drinkt! Dan schrijft of schildert u hier ter plekke iets. Drink nog iets, wilt u niet?'

'Hoe weet u dat? Gelooft u niet in de ernst van mijn voornemen?'

'Hoe zou ik daar niet in geloven: men zegt dat de weg naar de hel geplaveid is met goede voornemens. Nee, u zult niets voor elkaar krijgen, en er zal niets van u worden, behalve datgene wat u al geworden bent, en dat is erg weinig. Zulk soort kunstenaars zijn hier altijd geweest en ze zijn er ook nu nog: ze raken aan de drank of gaan op een andere manier te gronde. Het valt me nog mee dat u niet drinkt: onze kunstenaars eindigen daar gewoonlijk mee. Het zijn allemaal mislukkelingen!'

Hij schoof Rajski met een spottende glimlach een glas toe en dronk zelf.

Hij is kil, kwaadaardig en harteloos, concludeerde Rajski. Hij was getroffen door Marks laatste opmerking. 'Zulk soort kunstenaars zijn hier altijd geweest!' herhaalde hij voor zichzelf en verzonk in gepeins. Hoor ik daar werkelijk bij: ongelukkigen met het stempel van talent die verkommeren door hun gebrek aan ontwikkeling, die hun gave verdrinken in wijn... Eén voet in een schoen, de andere in een laars – de beeldende vergelijking van baboesjka schoot hem plotseling te binnen – Ben ik echt een mislukkeling? Maar die hardnekkigheid, dit vasthouden aan het ene eeuwige doel, wat betekent dat dan? Nee, het is niet waar wat hij zegt.

'U zult zien dat ze niet allemaal zo zijn...' wierp hij heftig tegen. 'U zult zien dat ik beslist...'

En hij haperde, zich baboesjka's wijze opmerking herinnerend over het hoogmoedige 'beslist'.

'U ziet toch zelf dat ik mijn gave niet verdrink in wijn,' voegde hij eraan toe.

'Ja, u drinkt niet, dat is waar: dat is een verbetering, vooruitgang! De beau monde, handschoenen, bals en parfums hebben u daarvan gered. Overigens zijn er verschillende manieren om in een roes te raken: bij de een stijgen er dampen naar het hoofd, bij de ander... Bent u soms snel verliefd?'

Rajski bloosde licht.

'Ik heb, geloof ik, goed geraden?'

'Hoe komt u daarop?'

'Dat hoort ook bij de aard van een kunstenaar. Niets menselijks is hem vreemd: *nihil humanum*... et cetera! De een houdt van wijn, de ander van vrouwen, weer een ander van kaarten... en de heren kunstenaars houden van alle drie.'

'Wijn, vrouwen, kaarten!' herhaalde Rajski kwaad. 'Wanneer houdt men eindelijk eens op de vrouw als een soort narcoticum te beschouwen en in één adem te noemen met wijn en kaarten! Hoe weet u dat ik snel verliefd ben?' voegde hij daar na een korte stilte aan toe.

'U hebt net zelf gezegd dat u van schoonheid houdt, haar aanbidt...'

'En wat dan nog? Zeker, ik aanbid de schoonheid...'

'U bent waarschijnlijk verliefd op Marfenka. U schildert haar portret niet zonder reden! Kunstenaars doen niet graag iets voor niets, evenmin als artsen en priesters. Waarschijnlijk ligt dat helemaal in uw lijn... een meisje verleiden, een of andere romance opvoeren, misschien zelfs een drama...'

Hij keek Rajski ongegeneerd aan en lachte boosaardig.

'Waarde heer!' zei Rajski geprikkeld, 'wie heeft u het recht gegeven om zo te denken en te spreken...'

Hij hield zich plotseling in, omdat hij zich de scène met Marfenka in het park herinnerde, en ging met zijn hand nerveus door zijn dichte haardos.

'Zachter, dadelijk hoort baboesjka het!' zei Mark onverschillig.

'Luister...!' begon Rajski weer, met gefronste wenkbrauwen.

'...als ik u tot nu toe niet het raam uit gegooid heb,' maakte Mark zijn zin af, 'dan dankt u dat aan de omstandigheid dat u zich onder mijn dak bevindt! Wilde u dat niet zeggen? Ha, ha, ha!'

Rajski maakte een paar passen door de kamer.

'Nee, dat dankt u aan de omstandigheid dat u dronken bent!' zei hij rustig, ging in een stoel zitten en verzonk in gedachten.

Zijn gast begon hem plotseling te vervelen, zoals een dronken iemand een nuchter persoon pleegt te vervelen.

'Waar denkt u aan?' vroeg Mark

'Raad het. U kunt toch zo goed raden?'

'U hebt er spijt van dat u mij hier hebt uitgenodigd.'

'Bijna...' antwoordde Rajski aarzelend. Een rest van hoffelijkheid verhinderde hem om helemaal eerlijk te zijn.

'Spreek vrijuit, zoals ik doe: zeg alles wat u over mij denkt. Net interesseerde u zich nog voor mij, en nu...'

'Nu, eerlijk gezegd, niet erg meer...'

'Verveel ik u?'

'Dat niet zozeer, maar u hebt me niets nieuws meer te bieden. Ik heb u helemaal door.'

'Zegt u dan wat ik voor iemand ben.'

'Wat u voor iemand bent?' herhaalde Rajski, terwijl hij voor Mark ging staan en hem even ongegeneerd en uitdagend aankeek als Mark hem. 'Zo'n raadsel bent u niet: "In zijn vroege jeugd ontspoord" zegt Tit Nikonytsj, en ik denk dat u gewoon helemaal geen opvoeding hebt gehad, anders was u niet ontspoord. Daarom doet u ook niets... Ik verontschuldig me niet voor mijn openhartigheid: u hoort dat immers niet graag; bovendien volg ik uw voorbeeld...'

'Alstublieft, alstublieft, gaat u door. U hoeft zich niet te rechtvaardigen!' zei Mark oplevend. 'U groeit in mijn achting: ik dacht dat u net zo'n halfzachte, suikerzoete, beleefde heer was als alle anderen hier... Maar u hebt pit... Heel goed, gaat u door!'

Rajski zweeg onverschillig.

'Wat is opvoeding?' nam Mark opnieuw het woord. 'Neem al uw verwanten en bekenden: goed opgevoede, gewassen en gekamde mensen die niet drinken, elegant gekleed gaan en goede manieren hebben... U zult moeten toegeven dat ze niet meer doen dan ik! En u bent zelf ook welopgevoed, bovendien drinkt u niet, en toch hebt u, afgezien van het portret van Marfenka en een roman die u wilt schrijven...'

Rajski maakte een ongeduldige beweging en Mark beëindigde zijn zin met een lach. Die lach prikkelde Rajski's zenuwen. Hij wilde de openhartigheid van Mark met gelijke munt betalen.

'Ja, u hebt gelijk: zij noch ik zijn er op voorbereid om te werken, onze toekomst was verzekerd,' zei hij.

'Hoezo heeft men u niet voorbereid? Men leerde u paardrijden, opdat u officier kon worden en bracht u een goed handschrift bij, wat u als ambtenaar van pas kon komen. En op de universiteit kreeg u college in het recht, in Griekse en Latijnse wijsbegeerte, staatswetenschap, en wat niet al. Maar het leidde allemaal tot niets. Goed, gaat u door, wat ben ik voor iemand?'

'U hebt daarnet opgemerkt,' zei Rajski, 'dat onze kunstenaars niet langer drinken, en u ziet daar terecht vooruitgang in, dat wil zeggen het resultaat van opvoeding. Artiesten van uw slag hebben echter nog geen vooruitgang geboekt... ze zijn, naar ik zie, nog steeds hetzelfde...'

'Over wat voor artiesten hebt u het... zegt u dat alstublieft zonder omwegen.'

'Ik heb het over die artiesten *sans façons*, die zich bij een eerste kennismaking meteen bedrinken, 's nachts ruiten inslaan, taveernes bestormen, honden ophitsen tegen dames, op mensen schieten, overal geld lenen...'

'...en het niet teruggeven!' voegde Mark eraan toe. 'Bravo! Een uitstekende karakteristiek: geeft u hem een plaats in uw roman...'

'Misschien doe ik dat wel.'

'Over geld gesproken: geeft u me om uw karakteristiek met feiten te staven honderd roebel te leen... ik geef ze u nooit meer terug, behalve als u in mijn situatie komt te verkeren en ik in de uwe...'

'Moet dat een grap voorstellen?'

'Helemaal niet! De tuinder bij wie ik inwoon valt me lastig. Hij geeft me ook te eten, maar hij heeft zelf niets meer. We zitten allebei in de problemen.'

Rajski haalde zijn schouders op, zocht vervolgens zijn zakken af, vond ten slotte zijn portefeuille, haalde er enkele bankbiljetten uit en legde die op tafel.

'Dit is maar tachtig roebel: u bedriegt me,' zei Mark, na het geld geteld te hebben.

'Meer heb ik niet. Baboesjka heeft mijn geld in bewaring, ik stuur morgen de rest.'

'Vergeet het niet. Voorlopig heb ik hier genoeg aan. Goed, wat verder: ze lenen geld en geven het niet terug...' zei Mark, terwijl hij het geld opborg.

'Leeghoofdige fuifnummers die iedere arbeid en orde vreemd is,' vervolgde Rajski, 'die een zwervend bestaan leiden, altijd van de hand in de tand leven en op andermans kosten... dat is alles wat hen overblijft, zodra ze eenmaal ontspoord zijn. Ze zijn vaak grof en smerig en er zijn dandy's onder hen, die nog trots zijn op hun cynisme en hun vodden ook.'

Mark lachte.

'U slaat de spijker op zijn kop: heel goed, heel goed!' zei hij.

'Als er al veel van zulke kunstenaars zijn als ik,' zei Rajski, 'dan zijn er van uw slag nog veel meer: hun naam is legio.'

'Gaat u zo door, nog even en we staan quitte,' antwoordde Mark.

Hij lachte opnieuw en ook Rajski moest lachen.

'Heb ik gelijk of niet?' voegde Rajski eraan toe. 'Zegt u nu eens eerlijk! Ik ben het met u eens dat ik behoor tot die kunstenaars, die u... hoe noemde?'

'Mislukkelingen.'

'Juist, heel goed, een treffende omschrijving.'

'Eigen fabrikaat, men doet wat men kan!' zei Mark met een buiging. 'Nu wilt u graag dat ik ook de juistheid van uw karakteristiek van mijn persoon onderschrijf. Dat moet ik wel doen, ook al zou ik net zo gevoelig en lichtgeraakt zijn als u en u liever tegenspreken. Daarom feliciteer ik u: uw schets komt dicht bij de waarheid...'

'U onderschrijft de juistheid ervan en blijft toch...'

'...en blijft toch dezelfde, wilt u zeggen? Verwondert u dat? Maar u hebt zichzelf toch ook herkend in de spiegel? U hebt er zelfs mee ingestemd dat u een mislukkeling werd genoemd... en toch doet u niets?'

'Maar ik wíl iets doen en dat zal ik ook!' zei Rajski vol vuur.

'Ik wil ook dolgraag iets doen, maar ik kom er waarschijnlijk niet toe.'

Rajski haalde zijn schouders op.

'Waarom niet?' vroeg hij.

'Er is geen werkterrein, geen "podium" voor mij... zoals u het uitdrukt...'

'Hebt u eigenlijk doelen?'

'Zegt u me eerst waarom ik zo ben als ik ben.' zei Mark. 'U hebt me zo goed geschetst: u hebt het slot voor u, kijk nu of de sleutel past. Dan zal ik u misschien ook zeggen waarom ik niets zal doen.'

Rajski begon door de kamer te ijsberen, studerend op die nieuwe vraag.

'Waarom bent u zo?' herhaalde hij peinzend en bleef voor Mark staan. 'Volgens mij hierom: van nature was u een onstuimige, levendige jongen...Thuis verwenden uw moeder en uw kindermeisje u.'

Mark grijnsde.

'Al die verwennerij maakte een despoot van u: en toen de tijd van de oompjes en kindermeisjes voorbij was en vreemden uw woeste wil aan banden gingen leggen, beviel dat u niet. U verrichte een excentrieke heldendaad en u werd van uw plek verjaagd. Toen begon u zich op de samenleving te wreken: weldenkendheid, stilte en andermans welzijn schenen u een zonde en een ondeugd toe, orde stond u tegen, de mensen vond u stompzinnig. En daarom ging u de rust van vreedzame mensen verstoren...!'

Mark schudde het hoofd.

'Sommige van dit soort artiesten gaan te gronde aan drank en kaarten,' vervolgde Rajski, 'anderen zoeken een rol. Er bevinden zich ook Don Quichots onder hen: zij klampen zich vast aan een of ander onmogelijk idee en jagen dat oprecht na; ze verbeelden zich dat ze profeten zijn en verrichten zendingsarbeid in kringen van warhoofden, in taveernes. Dat is makkelijker dan werken. Ze gooien er iets gewaagds uit over de overheid, worden ergens geïnterneerd en van de ene naar de andere plek gestuurd. Iedereen zijn ze tot last, iedereen hangen ze de keel uit. Ze komen op verschillende manieren aan hun einde, afhankelijk van hun karakter: sommigen komen, net als u, tot berusting...'

'Maar ik ben nog niet aan mijn einde gekomen: ik begin pas. Wat denkt u wel!' onderbrak Mark hem.

'Anderen sluiten ze op in een gekkenhuis vanwege hun ideeën...'

'Dat is nog geen bewijs van krankzinnigheid. Herinnert u zich dat ze ook degene die het eerst de stoomkracht productief wilde maken daarom naar het gekkenhuis hebben gestuurd?' zei Mark.

'Ah! Tot die categorie behoort u dus! U pretendeert de drager van een groot idee te zijn en dat te willen verwezenlijken.'

'Ja, zo is het precies!' beaamde Mark quasi-serieus.

'Wat voor idee dan?'

'U moet ook alles weten! Raad het!' zei Mark geeuwend. Hij legde zijn hoofd op het kussen en sloot de ogen. 'Ik heb slaap,' voegde hij eraan toe.

'Ga hier liggen, op mijn bed, dan ga ik op de divan slapen,' nodigde Rajski hem uit. 'U bent mijn gast...'

'Onuitgenodigd en daarom niet welkom...' mompelde Mark, half in slaap. 'Gaat u op het bed liggen, mij blijft het gelijk waar ik slaap...'

Wat is hij eigenlijk voor iemand? vroeg Rajski zich, eveneens geeuwend, af. Hij zwerft rond als een vogel of als een hond zonder baas die huis noch hof hoeft te bewaken en dus geen doel heeft! Is het een leegloper, een ontspoorde, een verdwaald schaap, of...'

'Goedenacht, mislukkeling!' zei Mark.

'Goedenacht, Russische... Karl Moor!'* antwoordde Rajski spottend en verzonk opnieuw in gepeins.

Toen hij uit zijn gepeins ontwaakte, was Mark al in de diepe, vaste slaap gedompeld die alleen iemand kent die sterk verkleumd en vermoeid is, nadat hij naar hartelust heeft gegeten en gedronken.

Rajski liep naar het raam, schoof het gordijn opzij en keek naar de donkere sterrennacht. Af en toe drong hamergeklop tot hem door en een lome, langgerekte roep van de andere oever, en vanuit de stad was gedempt hondengeblaf te horen. Maar verder heerste er stilte, duisternis en onverstoorbare rust.

Op de tafel, in de kom met punch, die Mark niet helemaal had leeggedronken, flakkerde een blauw vlammetje, dat af en toe voor een seconde de kamer verlichtte en dan weer zwakjes verder brandde, op het punt om uit te doven.

Iemand klopte zachtjes op de deur.

'Wie is daar?' vroeg Rajski zacht.

'Ik ben het, Borjoesjka, doe vlug open! Wat is er bij jou aan de hand?' klonk de angstige stem van Tatjana Markovna.

Rajski schoof de grendel terug, de deur ging open en baboesjka verscheen als een spook, helemaal in het wit, op de drempel.

'Lieve hemel! Wat is dat voor licht!' sprak ze verontrust, een blik op het flakkerende blauwe vlammetje werpend.

Rajski antwoordde met een lach.

'Wat gebeurt er bij jou? Ik zag licht door het raam en schrok omdat ik dacht dat je al sliep. Wat brandt daar in die kom?'

'Rum.'

'Drink je 's nachts punch?' fluisterde ze ontzet, en keek verbaasd nu eens naar hem en dan weer naar de kom.

'Neem me niet kwalijk, baboesjka, af en toe drink ik graag een slokje...'

'Wie slaapt daar?' vroeg ze met nieuwe verbazing toen ze plotseling de slapende Mark ontdekte.

'Zachter, baboesjka, het is Mark... maak hem niet wakker!'

'Mark? Moet ik de politie niet laten halen? Hoe komt hij hier? Waarom heb je je met hem ingelaten?' fluisterde ze verbaasd. 'Hij drinkt midden in de nacht punch met Mark! Wat is er met je aan de hand, Boris Pavlovitsj?'

'Ik heb hem bij Leonti ontmoet,' zei hij, genietend van haar ontzetting. 'We hadden allebei honger. Hij nodigde me eerst uit om naar een taveerne te gaan...'

'Naar een taveerne! Dat ontbrak er nog maar aan!'

'In plaats daarvan heb ik hem mee naar huis genomen... en we hebben gegeten...'

'Waarom heb je me niet gewekt! Wie heeft jullie bediend? Wat hebben ze jullie opgediend?'

'Sterlet en kalkoen. Marina heeft alles gevonden!'

'Allemaal koude gerechten! Waarom heb je me niet gewekt! We hebben vlees en kippetjes... Ach, Borjoesjka, je maakt me te schande!'

'We hebben genoeg gehad.'

'En de pasteitjes?' bedacht ze plotseling. 'Die waren er niet meer! Wat hebben jullie als toetje gegeten?'

'Niets: Mark heeft punch gemaakt. We hebben genoeg gehad.'

'Genoeg? Jullie hebben niets warms gegeten! Geen taartjes gehad! Ik stuur meteen ingemaakte vruchten...'

'Nee, nee, dat hoeft niet! Als u wilt, wek ik Mark en vraag hem...'

'Nee, nee, alsjeblieft niet, ik ben in mijn onderrok!' excuseerde Tatjana Markovna zich angstig en trok zich terug in de gang. 'God zij met hem, laat hem slapen! Maar kijk eens hoe hij erbij ligt: helemaal opgerold als een hondje!' zei ze met een schuinse blik op Mark. 'Schande, Boris Pavlovitsj, schande: er zijn toch veren matrassen in huis? Ach jij, mijn God! Doof die ellendige vlam toch! Avondeten zonder pasteitjes!'

Rajski blies de blauwe vlam uit en omhelsde baboesjka. Ze bekruiste hem, wierp nog een schuinse blik op Mark en trok zich toen op de tenen lopend terug.

Hij wilde net in bed gaan liggen toen er weer op de deur werd geklopt.

'Wie is dat nu nog?' vroeg Rajski en schoof de grendel terug.

Marina zette eerst een pot met ingemaakte vruchten op de tafel en sleepte daarna een donzen matras en twee kussens naar binnen.

'De meesteres heeft me gestuurd. Wilt u geen ingemaakte vruchten?' vroeg ze. 'En hier is een veren matras. Als Mark Ivanytsj wakker wordt, wil hij daar misschien liever op slapen.'

Rajski barstte nog een keer in een hartelijk gelach uit en was tegelijkertijd bijna tot tranen toe geroerd door de goedhartigheid van baboesjka, door de tederheid van dat vrouwenhart, haar trouw aan de regels van de gastvrijheid en aan simpele, door het hart ingegeven deugden.

16

In alle vroegte werd Rajski gewekt door een zachte tik tegen het venster. Het was Mark die uit het raam sprong.

Hij houdt niet van de rechte weg! dacht Rajski toen hij zag hoe Mark door de bloementuin en het park sloop om te verdwijnen in de bosjes aan de rand van het ravijn.

Boris had er geen behoefte meer aan om nog te slapen en hij ging in een lichte ochtendjas de tuin in, wilde Mark inhalen, maar zag hem al ver beneden zich over de oever van de Wolga lopen.

Rajski bleef aan de rand van het ravijn staan. Het was nog vroeg, de zon was nog niet achter de heuvels vandaan gekomen, maar zijn stralen overgoten de kruinen van de bomen al met een gouden glans, in de verte blonken bedauwde velden en een ochtendbriesje bracht een aangename verkoeling. De lucht warmde snel op en beloofde een warme dag.

Rajski maakte een wandeling door het park. Daar was het leven al begonnen: vogels zongen eendrachtig en vlogen, op zoek naar hun ontbijt, druk heen en weer; bijen en hommels zoemden rond de bloemen.

Uit de verte, van het veld, drong koeiengeloei door en er steeg een door een kudde schapen opgejaagde stofwolk op. In het dorp kraakte een poort en was het geluid van boerenwagens te horen. In de rogge sloegen de kwartels.

Ook op het erf begon men aan de dagelijkse arbeid. Prochor drenkte en roskamde in de stal de paarden, iemand, Koezma of Stepan, hakte hout, Matrjona liep met een bak meel naar de keuken en Marina schoot drie of vier keer over het erf met de vers gestreken onderrokken van een van de jongedames, die ze ver voor zich uit hield.

In een hoek van het erf, bij de waterput, maakte Jegorka zijn toilet; hij spetterde, snoot zijn neus, spuugde, en grijnsde tegen Marina toen die langs hem liep. Jakov knielde op het bordes en zei zijn ochtendgebed in de richting van het kruis van de stadskerk, dat zich achter de huizen van de voorstad verhief.

Op het erf verdrongen de kippen en eenden zich tussen de benen van de mensen rond een trog met een of andere brij, terwijl de honden overal brutaal tussendoor renden, op hun lege maag zonder enige zin blaffend tegen iedere voorbijganger, soms zelfs tegen eigen mensen en ten slotte tegen elkaar.

'Gisteren, vandaag, morgen... alle dagen zijn hetzelfde!' fluisterde Rajski voor zich uit.

Hij bleef op het midden van het erf staan, keek traag om zich heen, krabde zich, gaapte en voelde plotseling alle symptomen van de ziekte waar hij in Petersburg al last van had gehad.

Hij bespeurde verveling. Voor hem lag een lange dag met dezelfde indrukken en gewaarwordingen als gisteren en eergisteren. Rondom dezelfde naïef glimlachende natuur, hetzelfde bos, dezelfde eeuwig melancholieke Wolga. Dezelfde lucht woei om hem heen.

Zodra hij wakker werd, rezen dezelfde beelden als roerloze coulissen voor hem op; dezelfde personen, allerlei schepsels, bewogen zich.

Dezelfde kracht die hem naar hen toetrok, stootte hem ook af. Hij ging graag naar Leonti, die hij waardeerde en graag mocht, maar zodra hij bij hem was, werd hij alweer naar buiten gedreven.

Leonti maakte op hem de indruk van een beeldhouwwerk dat voor altijd een bepaalde vorm heeft aangenomen; hij had zijn levensopdracht gevonden en was voor altijd versteend. Zelf zocht hij naar iets anders, dat hem zou behoeden voor deze passieve, onbewuste verstening.

Hij ging naar baboesjka en vond in haar kamer, op de leren canapé achter het tralievenster, nog iets dat op pulserend leven leek; daar had hij nog een klus: de oude tijd afbreken.

Tatjana Markovna maakte het hem niet makkelijk om zijn standpunt uiteen te zetten, daarvoor was van zijn kant een constant vertoon van dialectische scherpte en temperament vereist. Als resultaat van het gevecht kon hij dan een originele observatie over de zeden van dit bestaan optekenen, of een pareltje van praktische levenswijsheid, kon hij navoelen hoe dit leven onder de invloed van een naïef geloof, of liever een grof bijgeloof, was geraakt.

Toch was er altijd iets dat hem in beweging bracht: ergernis, een lach, en soms een vlaag van vertedering. Maar zodra de twist beëindigd was, verdween ook zijn interesse en zag hij slechts de simpele vormen van een en hetzelfde doel- en richtingloze leven.

Marfenka was sinds de vorige avond definitief zijn niet geworden; iets anders zou ze nooit kunnen zijn, en daarbij een niet waarvoor hij niet de tederheid van een neef voelde.

Hij had er al geen behoefte meer aan haar te veranderen: een andere opvoeding, een andere levensopvatting, zelfs een verdere ontwikkeling zouden de strenge afgerondheid van deze natuur verstoren, zouden een einde maken aan het naïeve, kinderlijke, vlinderachtige in haar. En wat zou daarvoor in de plaats komen? Een sterke hartstocht, een gewaagde gedachtevlucht, een krachtig streven naar een ver doel lagen niet in haar aard. Er zou slechts chaos en een zee van twijfel in haar ziel ontstaan. Het zou al een prestatie zijn als ze besloot een uitstapje naar Moskou te maken, daar een bal van de hofadel meemaakte, en een elegante jurk van de Koeznetski Most* mee naar huis bracht. Daar zou ze dan tot op hoge leeftijd de vrouwen van de kleine ambtenaren van het gouvernement de ogen mee kunnen uitsteken.

Hij wende aan Tit Nikonytsj en de paar anderen die hij af en toe sprak, zoals hij wende aan de oude leren canapés, de kasten, de Saksische kopjes en het Boheemse kristal.

Alleen Mark, en misschien ook Vera, bleven over als vage onbestemde gestalten.

Mark had hij nu leren kennen, en hoe deze ook probeerde zich te verbergen in zijn ton van Diogenes, Rajski was erin geslaagd de voornaamste trekken van zijn fysionomie thuis te brengen.

Hij voelde niet de behoefte hem indringender te bestuderen, zijn wezen definitief te duiden. Dan zou hij zich met hem moeten bedrinken, hem geld te leen moeten geven en daarna oninteressante verhalen moeten aanhoren over hoe hij de commandant van zijn regiment had geschoffeerd of een jood had afgerammeld, in de taveerne zijn rekening niet had betaald, rebellie had gepredikt tegen de districtspolitie of de landelijke politie, en hoe men hem daarvoor uit het regiment had verwijderd of onder toezicht naar deze of gene stad had gestuurd.

Rajski liep in gedachten verzonken over het erf zonder de begroetingen van het personeel op te merken, zonder het vriendelijke gekwispel van de honden te beantwoorden. Hij kwam in een stoet jonge eenden terecht en vertrapte er bijna een paar.

Wat is dit eigenlijk voor bestaan? vroeg hij zich af. Je blik laten rusten op de verschijnselen, de beelden in je opnemen, een ogenblik opvlammen en meteen daarna verkoelen en je vervelen, om daarna op gewelddadige of kunstmatige wijze de periodieke levenslust, als de dagelijkse eetlust, in jezelf te vernieuwen! Het geheim van de levenskunst komt er uitsluitend op neer dat je die lustperioden zo lang mogelijk maakt... wat in feite helemaal geen geheim is maar een onbewuste, natuurlijke gave. Je moet leven met gesloten ogen en oren... dan leef je lang en met plezier. Ook zij hebben gelijk die de angel van het denken in hun hersens missen, die bijziend zijn, die moeite hebben met ruiken, die rondwaren als in een mist, zonder hun illusies te verliezen! Maar hoe moet je het aanleggen om alles altijd als bont en bekoorlijk te zien, de ogen voor de nuchtere werkelijkheid te sluiten en niet te zien dat het lover niet groen is, de hemel niet blauw, dat Mark geen verleidelijke held is maar een onbeduidende liberaal, Marfenka een suikerpopje en Vera...

Ja, wat is Vera eigenlijk voor iemand? vroeg hij zich af en geeuwde.

Hij trok zijn schouders op alsof er een koude rilling over zijn rug liep, fronste zijn voorhoofd en liep met de handen in de zakken door de moestuin en de bloementuin, zonder de bonte kleurenpracht van de ochtend op te merken of de warme lucht die zijn zenuwen zo aangenaam streelde, zonder zelfs de Wolga een blik te schenken. Het enige wat hij voelde was een doffe verveling en hij zag met ontzetting een reeks lange, doelloze dagen voor zich.

Zijn idee van vroeger om 'Het boek van de verveling' te schrijven kwam weer bij hem boven. Het leven is immers veelzijdig en veelvormig, en als – zo dacht hij – ook de verveling, uitgestrekt en kaal als de steppe, deel uitmaakt van het leven zelf, zoals eindeloze zandvlakten, de naaktheid en schraalheid van de woestijnen deel uitmaken van de natuur, dan kan en moet ook de verveling, als een van de aspecten van het leven, het voorwerp zijn van denken, van analyse, van schildering door pen of penseel. Welnu, dacht hij, ik zal in mijn roman ook een episode inlassen, weids en nevelig, over de verveling... en de kilte, de afkeer en de woede die zich van mij meester hebben gemaakt, zullen die episode kleur en cachet verlenen... Het zal een levensecht tafereel worden...

Rajski wilde al achter zijn schriften gaan zitten om zijn eerste aantekeningen over de verveling op papier te zetten toen hij zag dat de deur van het oude huis niet was gesloten. Hij had slechts één keer vluchtig een kijkje in het gebouw genomen toen hij vlak na zijn aankomst samen met Marfenka de kamer van Vera bezichtigde. Nu kreeg hij het idee om deze nauwkeuriger te bekijken; hij betrad de hal en liep de trap op.

Hij liep niet, zoals de eerste keer, met een beklemd gemoed, maar lusteloos door de sombere zaal met de zuilengalerij en de salons met de beelden, bronzen klokken en rococokastjes. Zonder een van deze voorwerpen een blik waardig te keuren begaf hij zich naar de kamers op de bovenverdieping. Hij herinnerde zich dat zich daar de kinderkamer en zijn eigen kleine slaapkamertje, waar zijn moeder altijd zo graag zat, hadden bevonden.

Traag trokken de verbleekte beelden van het verleden aan zijn geest voorbij: hij herinnerde zich hoe zijn moeder hem liefkoosde, hoe ze hem tedere woordjes in het oor fluisterde, hoe ze zijn kindervingers op de toetsen legde en probeerde hem een liedje te laten spelen, hoe ze hem daarna vergat en een hele poos zelf speelde, terwijl hij luisterde, tot rust kwam op haar knieën; en hoe ze hem daarna naar de hoekkamer had gebracht om naar de Wolga en het laagland aan de overkant te kijken.

Na een blik geworpen te hebben in zijn vroegere slaapkamer en in twee, drie andere kamers ging hij de hoekkamer binnen om naar de Wolga te kijken. In gedachten verzonken stiet hij zachtjes met zijn voet de deur open, keek naar binnen en... verstijfde.

In de kamer bevond zich een levend wezen.

Met gespannen nieuwsgierigheid in de verte turend, naar de oever van de Wolga, stond daar met haar arm op de vensterbank steunend en met haar zij naar hem toe gekeerd, een jonge vrouw van een jaar of tweeëntwintig, misschien drieëntwintig. Het bleke, bijna witte gezicht, de donkere haren, de donkerbruine fluwelen ogen en de lange wimpers hielden zijn blik gevangen en verblindden hem.

De jonge vrouw stond daar roerloos en keek gespannen in de verte alsof ze iemand met haar ogen begeleidde. Daarna nam haar gezicht een onverschillige uitdrukking aan; ze liet haar blik vluchtig over de omgeving gaan, vervolgens over het erf, draaide zich om en schrok hevig toen ze Rajski zag.

Haar gezicht drukte verrassing uit – die vervolgens week voor een door een zweem van ongenoegen genuanceerde verbazing, en dat alles mondde uit in strenge afwachting.

'Nicht Vera,' sprak Rajski.

Haar gezicht klaarde op en haar blik bleef op hem rusten met een uitdrukking van ingehouden nieuwsgierigheid en schroom.

Hij liep op haar toe, pakte haar bij de hand en wilde haar kussen. Ze week iets terug en wendde haar gezicht lichtjes af, zodat zijn lippen haar wang beroerden en niet haar mond.

Ze gingen bij het venster tegenover elkaar zitten.

'Wat heb ik op u gewacht! U hebt uw bezoek aan de overkant van de Wolga wel lang gerekt!' zei hij en wachtte vol ongeduld op het antwoord om haar stem te horen.

De stem, de stem! riep zijn fantasie, die een aanvulling van dit verblindende beeld verlangde.

'Ik hoorde pas gisteren van Marina dat u hier bent,' antwoordde ze.

Haar stem was niet zo klankrijk als die van Marfenka: hij was fris en jong, maar zacht, vermengd met een diepe fluistertoon, ook wanneer ze hardop sprak.

'Baboesjka wilde u laten halen, maar ik heb haar verzocht te zwijgen over mijn komst. Wanneer bent u teruggekomen? Niemand heeft me iets verteld.'

'Ik ben gisteren na het avondeten gekomen. Baboesjka en mijn zus weten het nog niet. Alleen Marina heeft me gezien.'

Ze zat daar met haar rug tegen de stoelleuning, met een elleboog op de vensterbank steunend, en keek Rajski niet recht aan, maar schijnbaar toevallig, wanneer het moment daar was om, onder andere, ook een blik op hem te werpen.

Hij daarentegen keek haar aan met heel de kracht van zijn lang ingehouden nieuwsgierigheid. Niet één van haar bewegingen ontsnapte aan zijn gretige blik.

Haar eigenaardige, voor hem geheel nieuw soort schoonheid, die in niets leek op de schoonheid van Bjelovodova of Marfenka, maakte diepe indruk op hem.

Ze bezat niet de strenge regelmaat van de gelaatstrekken, het blanke voorhoofd, de flonkering van kleuren en de openheid van uitdrukking die Sofja ondanks haar koele uitstraling zo aantrekkelijk maakte. Ze had ook niet de kinderlijke, cherubijnachtige adem van frisheid van Marfenka. Wel school er in haar hele verschijning iets betoverends en geheimzinnigs, een verborgen bekoring die in haar stralende blik, de plotselinge wending van haar hoofd en de ingehouden gratie van haar bewegingen tot uitdrukking kwam en onweerstaanbaar de ziel binnendrong.

Haar donkere ogen hadden iets fluweelachtigs, haar blik was bodemloos. De teint van haar gezicht was blank met een matte glans en met zachte schaduwen rond de ogen en in de hals. Haar donkere, naar kastanjebruin zwemende haren lagen in een dichte massa over haar voorhoofd en haar slapen, waarvan het verblindende wit door fijne blauwe adertjes werd doorsneden.

Eerder geërgerd dan beschaamd pakte ze de hoop onderrokken op die gisteren door Marina gebracht was en gooide ze de andere kamer in; daarna ruimde ze handig een bundeltje op dat ze waarschijnlijk de avond tevoren op een stoel had gegooid en schoof een klein tafeltje naar het raam. Dat alles in twee, drie minuten – daarna ging ze weer voor hem op haar stoel zitten, vrij en ongedwongen, alsof hij er niet was.

'Ik heb koffie laten zetten, wilt u een kopje met mij drinken?' vroeg ze. 'In het andere huis wordt hij nog lang niet opgediend: Marfenka staat laat op.'

'Ja, ja, met genoegen,' zei Rajski, die nog steeds haar gezicht, haar bewegingen, elk van haar blikken en haar glimlach bestudeerde.

Haar blik lokte nu eens aan, trok je naar binnen, de diepte in en was dan weer waakzaam en doordringend. Hij merkte ook nog de snelle afwisseling van gelaatsuitdrukking op, het trillen van haar kin wanneer ze lachte, vervolgens de niet al te smalle maar wel slanke, bij het lopen licht wiegende taille, en ten slotte de zachte, onhoorbare, bijna katachtige loop.

Wat is dat voor een teder, ongrijpbaar wezen! vroeg Rajski zich af. ...En wat een tegenstelling met haar zuster: die is louter zonneschijn, licht en warmte; deze een en al fonkeling, geheimzinnig als de nacht, vol nevel en vonken, vol bekoringen en wonderen...!

Met de liefdevolle ontvankelijkheid van een kunstenaar gaf hij zich geheel over aan deze nieuwe, onverwachte indruk. Zowel Sofja als Marfenka verdween als bij toverslag naar de achtergrond, en van verveling was geen sprake meer: opnieuw woei de wind warmte aan, opnieuw werd de natuur een feest en kwam alles om hem heen tot leven.

Haastig stak hij zijn Diogeneslantaarn aan en bescheen daarmee deze nieuwe, plotseling voor hem opgedoken gestalte.

'U bent me waarschijnlijk helemaal vergeten, Vera?' vroeg hij.

Hij hoorde dat zijn stem zonder opzet teder was, zijn blik kon zich niet van haar losrukken.

'Nee', zei ze, koffie inschenkend, 'ik herinner me alles nog.'

'Alles, maar mij niet?'

'U ook.'

'Wat weet u nog van mij?'

'Alles.'

'Ik herinner me u beiden, eerlijk gezegd, nog maar vaag: ik weet alleen nog dat Marfenka steeds huilde en u niet. U was ondeugend, haalde stiekem kattenkwaad uit, at stilletjes aalbessen, liep alleen de tuin in en hierheen, naar het oude huis.'

Ze antwoordde met een glimlach.

'Drinkt u uw koffie zoet?' vroeg ze, op het punt om suiker in zijn koffie te doen.

Wat is ze koel en... ongedwongen, helemaal niet verlegen! dacht hij.

'Ja, zoet... Zeg eens Vera, hebt u wel eens aan mij gedacht?' vroeg hij.

'Heel vaak: baboesjka heeft ons voortdurend over u aan de kop gezeurd.'

'Baboesjka! En u zelf?'

'En hebt ú aan óns gedacht?' vroeg ze, terwijl ze aandachtig toekeek hoe de koffie uit de kan in het kopje stroomde en hem slechts vluchtig aankeek.

Hij zweeg. Ze gaf hem het kopje en schoof brood naar hem toe. Zelf begon ze met haar lepeltje koffie te drinken, waarbij ze af en toe kleine stukjes brood op het lepeltje legde.

Hij had haar willen overstelpen met vragen, maar deze woelden zo ordeloos door zijn hoofd dat hij niet wist waarmee te beginnen.

'Ik ben al eens in uw kamer geweest... Vergeeft u me de onbescheidenheid...' zei hij.

'Hier is niets te zien,' antwoordde ze, terwijl ze aandachtig om zich heen keek om te zien of ze niet iets had laten liggen.

'Nee, niets... Wat is dat voor een boek?' vroeg hij en wilde een boek dat naast haar lag, pakken.

Ze legde het boek snel op een etagère achter haar. Hij moest lachen.

'U hebt het net zo verborgen als vroeger een aalbes in uw mond! Laat zien!' Ze schudde afwijzend het hoofd.

'Zozo, dus u leest boeken die je niet kunt laten zien!' schertste hij.

Ze borg het boek weg in een kast, ging, de armen gekruist over de borst, tegenover hem zitten en keek verstrooid om zich heen. Af en toe wierp ze een blik uit het raam en scheen vergeten te zijn dat hij er was. Pas toen hij haar een vraag stelde, richtte ze haar blik weer op hem.

'Wilt u nog koffie?' vroeg ze.

'Ja, graag. Luister Vera, ik zou u zoveel willen zeggen...'

Hij stond op en liep door de kamer, zoekend naar een onderwerp dat hem de mogelijkheid zou bieden om een samenhangend gesprek met Vera te voeren.

Hij herinnerde zich dat ook het gesprek met Marfenka aanvankelijk niet wilde vlotten. Maar dat kwam door haar kinderlijke verlegenheid en bij Vera was daar geen sprake van. Nee, Vera was niet verlegen, dat zag je meteen, maar ze had wel iets koels, alsof ze zich helemaal niet voor hem interesseerde.

Wat heeft dat te betekenen: is haar gebrek aan angst en verlegenheid een gevolg van haar aangeboren onwetendheid of is hier sprake van list en veinzerij? vroeg hij zich af in een poging haar te doorgronden. Ik ben per slot van rekening een nieuwe verschijning voor haar. Of houdt ze het voor onverstandig en ongepast om mij met open mond aan te staren en te laten blijken welke indruk ik op haar maak? Nee, dat kan het niet zijn, dat zou al te verfijnd, al te deftig zijn voor een meisje van het platteland! Maar wat voor iemand ze ook was... ze was in ieder geval geen Marfenka. Mijn God, wat was ze mooi! Hij had nooit gedacht in deze uithoek zo'n schoonheid aan te treffen.

Hij wilde haar zo snel mogelijk uit haar tent lokken, een gevoelige snaar beroeren, haar laten zeggen wat ze dacht. Maar hoe meer moeite hij deed, des te koeler ze werd. In zijn onzekerheid vuurde hij de ene na de andere vraag op haar af.

'Hebt u in mijn afwezigheid voor mijn bibliotheek gezorgd?' vroeg hij.

'Ja, daarna heeft Leonti Ivanovitsj haar meegenomen. Ik was blij dat ik van die zorg verlost was.'

'Hopelijk heeft hij niet alle boeken meegenomen? U hebt er toch wel een paar voor uzelf gehouden?'

'Nee, hij heeft alles meegenomen... alleen Marfenka heeft er misschien een paar gehouden.'

'En u? Wilde u er geen houden?'

'Nee, ik heb gelezen wat me beviel en heb het weer teruggezet.'

'En wat beviel u?'

Ze zweeg.

'Nou?'

'Heel veel. Ik ben al vergeten wat precies,' zei ze, een blik uit het raam werpend.

'Er zitten een paar historische werken bij en poëzie... hebt u die gelezen?'

'Sommige, ja.'

'Welke dan?'

'Ik weet het echt niet meer!' antwoordde ze met tegenzin, alsof ze vermoeid raakte door al die vragen.

'Houdt u van muziek?' vroeg hij.

Ze keek hem onderzoekend aan bij deze nieuw vraag.

'Wat bedoelt u met "houden van"? Of ik zelf iets speel of dat ik er graag naar luister?'

'Zowel het een als het ander.'

'Nee, ik speel zelf niet en wat luisteren betreft... Waar krijg je hier nu goede muziek te horen?'

'Waar houdt u dan wel van?'

Ze keek hem opnieuw onderzoekend aan.

'Werkt u graag in het huishouden? Doet u aan handwerk, borduurt u?'

'Nee. Maar Marfenka, die doet het graag en kan het ook.'

Rajski keek haar aan, deed een paar passen door de kamer en bleef voor haar staan.

'Zegt u eens, Vera, bent u... bang voor mij?' vroeg hij.

Ze begreep zijn vraag niet en staarde hem aan met een uitdrukking van naïeve verbazing die helemaal niet paste bij haar intelligente en doordringende blik.

'Waarom spreekt u niet vrijuit?' begon hij. 'U denkt misschien dat ik in staat ben om... de spot met u te drijven of onverschillig met u om te springen... Kortom, u vindt mijn vragen pijnlijk, ze brengen u in verwarring, maken u bang...'

Ze keek hem aan met een blik waarin zowel verbazing als spot lag, zodat hij onmiddellijk begreep dat ze niet in verwarring, niet verlegen en niet bang was.

Het was een domme vraag geweest. Hij raakte nog sterker geïrriteerd.

'Marfenka, die is wel bang voor me,' zei hij, in de hoop zich te revancheren. 'En ze weet zelf niet waarom...'

'Ik weet niet waarvoor ik bang zou moeten zijn en ben daarom misschien ook niet bang,' antwoordde ze glimlachend.

'Maar waar houdt u dan van?' kwam hij plotseling terug op zijn oorspronkelijke vraag. 'Boeken interesseren u niet; u zegt dat u niet in het huishouden werkt... Er moet toch iets zijn! Houdt u misschien van bloemen?'

'Bloemen? Ja, ik houd van ze als ze in de tuin staan, maar niet als ze in een kamer staan waar je ze moet verzorgen.'

'Maar houdt u wel van de natuur?'

'Ja, dit hoekje, de Wolga, het ravijn, dat bos daar en het park, daar houd ik erg veel van!' zei ze en haar blik rustte met een duidelijk plezier op het landschap voor haar raam.

'Wat trekt u zo aan in dit hoekje?'

Ze zweeg en liet haar liefdevolle blik nog steeds vol welbehagen rusten op iedere boom, op iedere heuvel, en ten slotte op de Wolga.

'Alles,' zei ze onverschillig.

'Zeker, het is prachtig, maar het is niet genoeg: dit uitzicht, deze oever, deze bergen, dit bos... het moet u op den duur toch gaan vervelen als niet een levend, gelijkgestemd wezen uw gevoelens deelt en voortdurend nieuw leven inblaast.'

'Ja, dat is waar, op den duur zou het gaan vervelen!' beaamde ze.

'Dus u hebt iemand hier met wie u uw gevoelens deelt, van gedachten wisselt?'

Ze zweeg en deed alsof ze hem niet gehoord had.

'Vera!'

'Wat bedoelt u? U weet toch dat ik hier niet alleen woon!' zei ze. 'Ik heb baboesjka, Marfenka...'

'Alsof u met hen uw gevoelens deelt en van gedachten wisselt!'

Ze keek hem met enige verbazing aan. Waarom niet? stond in haar ogen te lezen.

'Nee,' begon hij, 'is er iemand met wie u daar aan de rand van de afgrond zou kunnen staan of midden in dat dichte struikgewas zou kunnen gaan zitten... daar is een bank... en de ochtend of de avond, of de hele nacht zou kunnen blijven zitten zonder aan de tijd te denken, onophoudelijk pratend of een halve dag zwijgend, geheel opgaand in een gevoel van geluk en wederzijds begrip... op zo'n manier dat u niet alleen weet wat de ander denkt wanneer hij spreekt, maar ook wanneer hij zwijgt... dat hij in die bodemloze blik van u het geheim van uw ziel kan lezen, het fluisteren van uw hart... daar heb ik het over!'

Ze zat daar met neergeslagen oogleden, schijnbaar verzonken in een diep gepeins.

'Hebt u zo'n dubbelganger,' vervolgde hij, haar onderzoekend aankijkend, 'die, hoewel hij zelf ver weg is, hier onzichtbaar om u heen loopt, zodat u zijn nabijheid voelt, voelt dat hij een deel van uw bestaan in zich draagt, zoals u een deel van zijn hart, zijn gedachten, zijn lot in u draagt... zodat u niet alleen met uw eigen ogen naar die bergen en dat bos kijkt, niet alleen met uw eigen oren dat geruis hoort en gulzig de lucht van de warme en donkere nacht opzuigt, maar samen...'

Ze maakte een snelle beweging en wierp hem een blik toe die hem als een plotselinge lichtstraal trof. Rajski zweeg even, maar de lichtstraal doofde en ze zat er weer roerloos bij.

'Alleen dan,' vervolgde hij, terwijl hij probeerde haar gelaatstrekken te lezen, 'heeft dit alles een zin, alleen dan betekent het zowel vreugde als geluk. Mijn God, en wat een geluk! Hebt u hier zo'n dubbelganger, zo'n tweede hart, tweede verstand, tweede ziel die u in innige uitwisseling deel laat hebben aan uw eigen gedachteleven, uw eigen ziel? Hebt u zo iemand?'

'Die heb ik!' sprak ze en de diepe fluistertoon klonk mee in haar stem.

'Die hebt u! En wie is dan dat gelukkige wezen?' vroeg hij.

Ze zweeg even.

'Het is... de vrouw van de pope bij wie ik gelogeerd heb. Men heeft u waarschijnlijk over haar verteld!' antwoordde Vera, stond van haar stoel op en schudde wat broodkruimels van haar schort.

'De vrouw van de pope!' herhaalde Rajski ongelovig.

'Ja, zij is mijn dubbelgangster: wanneer zij bij mij logeert kijken we vaak en lang naar de Wolga en praten naar hartelust, we zitten op de bank daar zoals u geraden hebt... Wilt u geen koffie meer? Ik zal hem weg laten halen...'

'De vrouw van de pope!' herhaalde hij peinzend, zonder te horen wat ze zei en zonder op te merken dat ze glimlachte en dat haar kin daarbij trilde.

Over zijn gezicht hing een wolk van onbegrip, van ongeloof, van redeloze en doelloze droefheid. Hij begon zichzelf te analyseren en moest toegeven dat hij Vera niet uit belangstelling had gevraagd of ze een dubbelganger had, maar deels om haar uit te horen, deels om op te scheppen, haar een blik te gunnen in de rijke wereld van zijn gedachten en gevoelens...

Hij moest zichzelf bekennen dat hij stiekem had gehoopt in haar datzelfde frisse, jonge, onaangeroerde leven te vinden als in Marfenka en dat hij zichzelf in stilte de rol had toebedeeld van iemand die dit leven tot ontwikkeling bracht, het landschap buiten voor haar bezielde en haar dubbelganger was.

Kortom, dezelfde verlangens en strevingen die bij de ontmoeting met Bjelovodova en met Marfenka in hem opgekomen waren, traden ook nu aan de dag, alleen heviger, onbewingbaarder, omdat Vera's schoonheid iets mysterieus had en de bekoring van haar wezen zich niet meteen openbaarde, zoals in die twee en in vele anderen die hij gekend had, maar zich verborgen hield en zelfs al bij de eerste ontmoeting zijn fantasie danig prikkelde.

Wat zou de toekomst hem nog over haar onthullen? Wat was ze voor iemand? Een sluwe flirt, een geraffineerde actrice of een diep voelend en delicaat vrouwelijk wezen? Een van hen die naar believen spelen met het leven van een mens, het met voeten treden, hem dwingen tot het leiden van een vreugdeloos bestaan... of hem een geluk geven, groter, warmer en werkelijker dan dat wat een sterveling beschoren is.

'Wilt u nog koffie?' vroeg ze voor de tweede keer.

'Nee, dank u. En baboesjka, Marfenka, houdt u van hen?' vroeg hij, om een ander onderwerp aan te snijden.

'Van wie zou ik anders moeten houden dan van hen?'

'En van mij?' vroeg hij plotseling, overgaand op een schertsende toon.

'Van u zal ik ook houden,' zei ze, hem met een olijke blik aankijkend, 'als u... dat verdient.'

'Kijk eens aan! Maar ik ben toch uw neef: u bent mij zonder meer al liefde schuldig.'

'Ik ben niemand iets schuldig.'

'Opschepster! "Ik ben niemand iets schuldig, buig voor niemand, vrees niemand: ik ben trots...!" Bent u zo iemand?'

'Nee, dat ben ik niet!'

Ze is nog niet ontgroeid aan die gemeenplaatsen. Het is hier de provincie! bedacht Rajski, driftig door de kamer ijsberend.

'Maar hoe kan ik dat geluk verdienen als ik vragen mag?' vroeg hij ironisch.

'Welk geluk?'
'Het geluk om uw liefde te winnen.'
'Liefde, zegt men, wordt zonder enige verdienste gegeven, zomaar. Ze is immers blind...! Ik weet overigens niet...'
'Maar soms komt ze ook welbewust,' merkte Rajski op, 'langs de weg van het vertrouwen, het respect en de vriendschap. Ik zou daarmee willen beginnen, om met de liefde te eindigen. Dus wat moet ik doen om uw aandacht te verdienen, lieve nicht?'
Vera dacht even na en zei toen: 'Geen aandacht aan mij besteden.'
'Wat? U niet opmerken, niet...'
'Me niet zo aanstaren als nu!' souffleerde ze hem. 'Niet in mijn kamer komen als ik er niet ben, me niet uithoren over waar ik wel en niet van houd...'
'Wat een trots! Zeg eens, nicht... neem me mijn openhartigheid niet kwalijk: is die trots niet een beetje overdreven?'
Ze zweeg.
'Wilt u niet opscheppen met uw onafhankelijke karakter? U streeft misschien naar *selfgovernment* en wilt ermee pronken dat u zich hebt losgemaakt van de plaatselijke autoriteiten, van baboesjka, Nil Andrejitsj?'
'U begint er, geloof ik, meteen werk van te maken om mijn vertrouwen en vriendschap te verdienen!' merkte ze lachend op, zette vervolgens weer een serieus gezicht en leek vermoeid of verveeld. 'Ik begrijp niet precies wat u bedoelt,' voegde ze eraan toe.
'Ik zeg dat,' rechtvaardigde hij zich, 'omdat baboesjka me meer dan eens verteld heeft dat u trots bent.'
'Baboesjka? Wat heeft die er nu weer mee te maken? Ze vragen haar altijd alles! Ik ben helemaal niet trots. En naar aanleiding waarvan heeft ze u dat gezegd?'
'Omdat ik u en Marfenka dit alles heb geschonken, de beide huizen, de tuinen, het park. Ze zei dat u het niet zult aannemen. Is dat zo?'
'Het kan me niet schelen of het van u is of van mij, als ik hier maar mag blijven.'
'Maar zíj wilde hier zelf niet blijven: ze wilde naar Novoselovo vertrekken...'
'En?' vroeg ze abrupt en er klonk angst in haar stem door.
'Ik heb het weer bijgelegd: waarheen zou ze moeten verhuizen? Marfenka heeft het geschenk aanvaard maar op voorwaarde dat u het ook aanvaardt. Baboesjka aarzelt ook, wacht kennelijk met haar beslissing tot u zich hebt uitgesproken. En wat zegt u? Accepteert u het? Als een nicht van een neef?'

'Ja, ik accepteer het,' zei ze haastig. 'Of nee, waarom zou u het mij moeten schenken: ik koop het. Verkoopt u het mij: ik heb geld, ik betaal u vijftigduizend roebel.'

'Nee, dat wil ik niet.'

Ze dacht even na en wierp een blik op de Wolga, op het ravijn en het park.

'Goed, zoals u wilt, ik ga overal mee akkoord, als wij hier maar mogen blijven.'

'Zal ik dan de schenkingsakte laten opmaken?'

'Ja... dank u,' zei ze, op hem toelopend en haar beide handen naar hem uitstrekkend. Hij nam ze aan, drukte ze en kuste haar op de wang. Ze beantwoordde hem met een stevige handdruk en een zoen in de lucht.

'U schijnt erg veel van dit hoekje en het oude huis te houden?'

'Ja, zeker...'

'Luister, Vera. Geef mij een kamer hier in huis: we zullen samen lezen en studeren...'

'Wat studeren?' vroeg ze verbaasd.

'Weet u, ik wil met Marfenka in het kort de geschiedenis van literatuur en kunst doornemen. Wees maar niet bang,' haastte hij zich eraan toe te voegen toen hij merkte dat er een schaduw over haar gezicht trok, 'de hele cursus zal bestaan uit lectuur en gesprekken... We zullen alles lezen, het oude en het nieuwe, het eigene en het vreemde, we zullen elkaar deelgenoot maken van onze indrukken en over het gelezene discussiëren... Dat zal een aangename tijdspassering voor mij zijn en voor u misschien ook. Houdt u van kunst?'

Ze geeuwde stilletjes achter haar hand, wat hem niet ontging.

Je schijnt haar niets te kunnen leren. Of ze weet alles al of ze wil het niet weten! concludeerde hij.

'Blijft u... hier lang?' vroeg ze zonder zijn vraag te beantwoorden.

'Dat weet ik nog niet, dat hangt af van de omstandigheden en van u.'

'Van mij?' vroeg ze, keek opzij, en verzonk in gepeins.

'Laten we naar de overkant gaan, naar het andere huis,' stelde hij voor. 'Ik zal u mijn schetsboeken en tekeningen laten zien... we zullen praten...'

'Goed, gaat u maar vast, ik kom wel. Ik moet hier mijn spullen nog uitpakken; de kamer is nog niet ingericht.'

Hij aarzelde. Zij wachtte met haar hand op de deurknop tot hij wegging.

Wat is ze mooi! Mijn God! En wat een schrijnende schoonheid! dacht hij terwijl hij naar zijn kamer ging en omkeek naar haar ramen.

'Vera Vasiljevna is gearriveerd!' zei hij op levendige toon in de hal tegen Jakov.

'Baboesjka, Vera is gearriveerd!' riep hij, terwijl hij het kabinet van baboesjka passeerde en op de deur klopte.

'Marfenka!' riep hij bij de trap die naar Marfenka's kamer leidde. 'Verotsjka is gearriveerd!'

Geren, lawaai en uitroepen, vermengd met het gerinkel van sleutels en het gesis van een samowar, vormden het antwoord op het door hem gebrachte nieuws.

Hij doorzocht haastig zijn mappen en papieren, bracht wat hij had uitgekozen in de salon, spreidde het uit op een tafel en wachtte ongeduldig tot Vera na de omhelzingen, liefkozingen en vragen van baboesjka en Marfenka doorstaan te hebben bij hem zou komen om het gesprek dat ze begonnen waren, en dat hij voorlopig nog niet wilde beëindigen, voort te zetten. Hij verbaasde zich zelf over zijn energie en schaamde zich voor zijn haast, die de indruk wekte dat hij inderdaad 'haar aandacht, vertrouwen en vriendschap wilde verdienen'.

Wacht maar, dacht hij, ik zal je bewijzen dat je voor mij niet meer dan een klein meisje bent!

Hij wachtte ongeduldig. Maar Vera kwam niet. Hij was van plan haar mee te slepen in een eindeloos gesprek over kunst, vanwaar hij zou overgaan op schoonheid, gevoelens, enzovoort.

De popevrouw heeft haar vast niet alles onthuld! dacht hij. Alle gebieden van het geestes- en gevoelsleven zijn vast nog niet voor haar ontsloten, daar heeft ze nog geen tijd voor gehad. We zullen zien of je ook zo zeker van jezelf bent, als...

Maar ze kwam maar steeds niet. Hij werd kwaad, pakte zijn tekeningen bij elkaar en wilde ze net weer naar zijn kamer boven brengen, toen de deur opening en... Polina Karpovna voor hem stond, gehuld als in wolken in een mousselinen blouse, met blauwe linten om haar hals, op haar boezem, op haar buik en haar schouders en een doorzichtig hoedje met aren en vergeet-mij-nietjes op het hoofd. Achter haar aan kwam diezelfde cadet, met een waaier en een klapstoel.

'Mijn God!' sprak Rajski gekweld.

'*Bonzjoer!*' zei ze. 'U had me niet verwacht. Ik zie het, ik zie het! *Du courage!* Ik begrijp alles. *Michel* en ik waren in de bosjes aan het wandelen en kregen opeens het idee om bij u langs te gaan. *Michel! Saluez donc monsieur et mettez tout cela de coté!* Wat hebt u daar? Ach, schetsboeken, tekeningen, de vruchten van uw muze! Ik ben er bij voorbaat al verrukt van. Laat zien, laat zien om Gods wil! Kom hier zitten, dichterbij, dichterbij...'

Ze drapeerde haar rok over de divan en een paar stoelen. Rajski had haar het liefst de mappen en tekeningen in het gezicht gesmeten. Hij stond daar en wist niet of hij de kamer uit zou gaan en haar hier zou achterlaten of dat hij zich zou onderwerpen aan het lot en haar de tekeningen zou laten zien.

'Raak niet in verwarring, wees moediger,' zei ze. '*Michel, allez vous promener un peu au le jardin*! Kom hier zitten, dichterbij!' vervolgde ze toen de cadet was verdwenen.

Rajski barstte plotseling uit in een nerveus gelach en ging naast haar zitten.

'Zo ja! Ik zie dat u mij begrijpt...' voegde ze er op fluistertoon aan toe.

Rajski kreeg zijn goede stemming weer terug. Die speelt haar naïeve komedie tenminste openlijk, zonder zich te verstoppen of in nevelen te hullen, zoals die andere... dacht hij.

'Ach, wat is dat lieflijk! *Charmant, ce paysage!*' zei Kritskaja terwijl ze de tekeningen bekeek. '*Qu'est-ce que c'est que cette belle figure?*' vroeg ze, het aquarelportret van Bjelovodova aan een nadere beschouwing onderwerpend. '*Ah, que c'est beau!* Adoreert u haar? Ja? Geeft u het maar toe.'

'Ja.'

'Ik wist het... *Oh, vous êtes terrible, allez!*' voegde ze eraan toe terwijl ze hem lichtjes met haar waaier op zijn schouder sloeg.

Hij lachte.

'*N'est-ce pas?* Er zijn er zeker heel wat die naar u smachten. Geeft u het maar toe. Dat zal nog wat worden hier!'

Ze wierp hem een lange, vorsende blik toe.

'*Monstre!*' zei ze toen quasi-verwijtend.

Mijn God! Wat is ze weerzinwekkend. Je zou haar zo een pak rammel geven! dacht hij, weer terugvallend in zijn slechte stemming, en knarsetandde.

'Ik heb een verzoek aan u, *monsieur* Boris... ik hoop dat ik u al zo mag noemen... *Faites mon portret.*'

Hij zweeg.

'*Ma figure y prête, j'espère?*'

Hij zweeg.

'U zwijgt, dus u stemt toe. Wanneer kan ik komen? Hoe moet ik me kleden? Zegt u het maar, ik geef me helemaal aan u over... ik ben geheel uw onderdanige slavin...' zei ze op een flemende slistoon, terwijl ze hem liefdevol aankeek en schijnbaar op het punt stond haar hoofd op zijn schouder te vlijen.

'Laat me met rust, in Gods naam, ik wil de frisse lucht in!' zei hij op gekwelde toon, terwijl hij opstond en zijn benen uit haar rokken probeerde te bevrijden.

'Ah, u bent opgewonden. Dat is heel natuurlijk. Ja, ja, ik wilde dat en ik heb het bereikt!' zei ze triomferend, en wuifde zich koelte toe met de waaier. 'En wanneer komt het portret?'

Hij trachtte zwijgend zijn benen uit haar rokken te bevrijden.

'U bent gevangen, u komt er niet uit,' plaagde ze hem kwajongensachtig en probeerde hem in haar omstrengeling te houden.

'Laat me gaan, anders ga ik schreeuwen.'

Op dat moment ging de deur zachtjes open en verscheen Vera op de drempel. Ze stond daar al een paar minuten voordat ze haar opmerkten. Ten slotte zag Kritskaja haar als eerste.

'Vera Vasiljevna, u bent teruggekomen. Wat een geluk! We hebben u gemist! Kijk, uw neef is gevangen, waar of niet, als een leeuw in een net. Bent u gezond, mijn lieve? Wat bent u opgeknapt, aangekomen...'

Kritskaja stond op om Vera met een kus te begroeten.

Vera had zwijgend naar het toneeltje gekeken, alleen rond haar kin trilde een lachje.

'Ik heb lang op u gewacht!' merkte Rajski koeltjes op.

'Ik heb er goed aan gedaan niet eerder te komen,' zei Vera met hoffelijke ironie, na Kritskaja begroet te hebben. 'Polina Karpovna is op tijd gekomen...'

'*N'est-ce pas?*'

'Zij zal u waarschijnlijk beter begrijpen dan ik: ik ben erg traag van begrip en heb geen smaak,' vervolgde Vera, pakte twee of drie tekeningen op, bekeek ze vluchtig, legde ze daarna weer neer, liep naar de spiegel en bekeek zichzelf aandachtig.

'Wat zie ik vandaag bleek! Ik heb wat hoofdpijn; vannacht heb ik slecht geslapen. Ik ga wat uitrusten. Tot ziens, *cousin*! Neemt u me niet kwalijk, Polina Karpovna!' voegde ze eraan toe en glipte de deur uit.

Haar voetstappen waren niet hoorbaar, alleen het gekraak van de traptreden maakte duidelijk dat ze de trap naar de kamer van Marfenka op ging.

'Nu zijn we weer alleen!' zei Polina Karpovna terwijl ze haar rok over de divan en de helft van de ronde tafel drapeerde. 'Laat me kijken! Kom hier zitten, dichterbij...!'

Rajski harkte met één handbeweging zwijgend alle tekeningen en schriften op een hoop, stopte ze in de grootste map, sloeg die met een klap dicht en beende zonder om te kijken met nijdige passen de kamer uit.

Rajski wilde Vera straffen met onverschilligheid, door haar te negeren. Maar in plaats daarvan liep hij drie dagen mokkend rond. Als hij haar tegenkwam wisselde hij hoogstens twee à drie woorden met haar en in die woorden klonk irritatie door.

Hij sloot zich op in zijn kamer, stelde het schema voor zijn roman op en noteerde een paar opmerkingen over 'het venijn van de verveling' die al voor die roman bestemd waren. Hij onderwierp deze kwaal waar hij de laatste tijd weer last van had aan een psychologische analyse, waarbij hij het materiaal ontleende aan zichzelf.

Hij wilde ergens heen gaan waar het nog stiller en eenzamer was, bijvoorbeeld naar Novoselovo, het landgoed van baboesjka, om daar in volledige afzondering aan de constructie van zijn roman te werken, het net van vervlechtingen in het leven van de personen vast te leggen, een centraal gezichtspunt te geven aan het geheel, het te duiden en te verheffen tot een artistieke creatie.

Hier hinderde alles hem. Marfenka had in de tuin een liedje ingezet. 'Mijn teerbeminde, wat houd ik van jou!' zong ze met haar heldere, sonore stem, maar er was geen spoor van liefde hoorbaar in die stem, die door de stilte van tuin en moestuin schalde; daarna was te horen hoe ze het zingen luchthartig onderbrak en op dezelfde toon als waarop ze gezongen had Matrjona vanuit het raam toeriep om sla van de bedden te halen; en weer een ogenblik later klonk haar klankvolle lach op te midden van een groep boerenkinderen.

Een paar met haver of meel beladen boerenkarren reden het erf op. Het kraken van de wielen, het drukke gepraat van het personeel, het slaan met de deuren, alles hinderde hem.

Vanuit het raam zag hij de goudkleurige rogge en de witte boekweit en iets verder weg de bloeiende papaverbedden en klavervelden die de akkers met hun rode en roze vlekken zo'n bont aanzien gaven en de ogen en gedachten afleidden van de schriften.

Rajski vocht lang om zichzelf ervan te weerhouden naar Vera's raam te kijken, ten slotte hield hij het niet meer uit en wierp er een steelse blik op. Het was stil daar, ze was zelf niet te zien, alleen het lila gordijn bewoog lichtjes in de wind.

Gisteren had ze tot 's avonds laat in het kabinet van Tatjana Markovna gezeten; iedereen was er, ook Marfenka en Tit Nikonytsj. Marfenka hield zich onledig met een handwerkje, schonk thee in en speelde daarna op de piano. Vera zweeg. Als men haar iets vroeg, dan antwoordde ze, maar zelf begon ze geen gesprek.

Ze dronk geen thee. Bij het avondeten prikte ze met haar vork in twee of drie gerechten, nam iets in haar mond, at daarna een lepel ingemaakte vruchten en vertrok meteen na de maaltijd om naar bed te gaan.

Hoe minder aandacht Rajski aan haar besteedde, hoe vriendelijker ze tegen hem deed. Toch zoende ze hem, ondanks het verzoek daartoe van baboesjka, niet, noemde hem niet neef maar *cousin* en tutoyeerde hem nog steeds niet, terwijl hij dat al wel deed, en baboesjka haar had bevolen om het ook te doen. Maar zodra hij haar aanstaarde, haar begon uit te vragen, werd ze wantrouwig en voorzichtig en sloot zich als het ware voor hem af.

Rajski ergerde zich aan zichzelf, aan zijn gemok. Vera merkte zijn aanwezigheid nauwelijks op, maar hij was degene die zich allang had willen hullen in een mantel van ontoegankelijkheid, achteloosheid en onverschilligheid, had willen vergeten dat zij met hem onder een dak woonde. En dat niet voor de schijn, om zich tegenover haar uit te sloven, maar met de oprechte bedoeling om zijn relatie met haar tot het strikt formele te beperken.

Hoe meer moeite hij hiervoor deed, des te meer bespeurde hij tot zijn ergernis bij zichzelf de drang om elk van haar stappen, elke beweging, elk woord op een pietluttige en nadrukkelijke manier te observeren. Soms lukte het hem zich een paar minuten te beheersen, maar even later stak de nieuwsgierigheid weer de kop op, moest hij een snelle schuinse blik op haar werpen, en was alles weer verloren. Daarna kon hij zijn ogen al helemaal niet meer van haar afhouden.

Alles leek hem veranderd te zijn zodra zij een kamer betrad, alsof er een ander licht op de voorwerpen viel: een eenvoudige ruimte veranderde in een tempel – en hoe Vera zich ook in een hoekje probeerde te verbergen, ze stond altijd op de voorgrond, alsof ze op een voetstuk was geplaatst en beschenen werd door een laaiend vuur of door het zilveren licht van de maan.

Als ze over het tuinpad aan kwam lopen terwijl hij op zijn kamer met gesloten gordijn zat te schrijven, dan was het zaak om zonder op te kijken te blijven zitten schrijven. In plaats daarvan tilde hij in het krampachtige streven niet te verraden dat hij haar opgemerkt had, stiekem, als een kwajongen, een hoekje van het gordijn op, observeerde hoe ze liep, hoe haar gezicht stond, waar ze naar keek, en probeerde haar gedachten te raden. En zij merkte natuurlijk op dat het hoekje van het gordijn werd opgetild en ried ook waarom dat gebeurde.

Liep hij zelf over het erf of door het park, dan begon hij, in plaats van tot het einde door te lopen zonder omhoog te kijken, op een potsierlijke manier te manoeuvreren, keek de andere kant op, draaide zich dan schijnbaar onopzettelijk om en ontmoette haar blik, die soms gepaard ging met een heimelijke glimlach om zijn manoeuvre. Of hij hoorde Marina over haar uit – waar ze was, wat ze deed –, en als hij haar uit het oog had verloren, dan rende hij achter haar aan, zocht zich een ongeluk om, zodra hij haar zag, weer onverschilligheid te veinzen.

Soms sprak hij een dag of twee niet met Vera, zag haar nauwelijks, maar wist toch ieder moment waar ze was en wat ze deed. Hij bezat vanouds een zeer scherpe opmerkingsgave, die, wanneer ze gericht was op iets wat hem interesseerde, uitgroeide tot een onwaarschijnlijke gevoeligheid, en nu bij deze zwijgende observatie van Vera grensde ze aan helderziendheid.

Hij hoorde haar stem als het ware door de muren heen en voorvoelde instinctief haar woorden en daden. Hij leerde in een paar dagen haar gewoonten, voorkeuren en enkele geneigdheden kennen, maar dat alles had voorlopig alleen betrekking op haar uiterlijke en huiselijke leven.

Hij stelde vast wat haar betrekkingen tot baboesjka waren, tot Marfenka, wat haar positie in dit hoekje was en alles wat betrekking had op haar manier van leven.

Maar het zedelijke ik van Vera bleef voor hem nog steeds in duisternis gehuld.

In het gesprek liet ze zich niet meeslepen door zijn vurige fantasie. Ze beantwoordde zijn grapjes met een lichte glimlach, en als het hem lukte om haar definitief aan het lachen te maken, dan trilde haar kin. Maar van het lachen ging ze over op een onverschillig zwijgen of verzonk gewoon, vergetend dat hij er was, in gedachten, en schrok vervolgens, bijna huiverend, op uit die gedachten als hij haar wekte met een beweging of een vraag.

Ze had niet graag dat men haar in het oude huis opzocht. Zelfs baboesjka viel haar daar niet lastig en Marfenka, die er toch al nauwelijks durfde te komen, stuurde ze zonder plichtplegingen weg.

Als Rajski haar daar aantrof, wachtte ze duidelijk af of hij weg zou gaan en als hij zich naast haar installeerde, bleef ze uit beleefdheid een minuut of tien zitten en liet hem dan alleen.

Iedere persoonlijke affectie scheen haar, hoe onnatuurlijk dat in een meisje ook was, vreemd te zijn. Die indruk wekte haar gedrag althans, en ze gunde niemand een blik in haar binnenste. Over baboesjka en Marfenka sprak ze op een kalme, bijna onverschillige toon.

Vaste bezigheden had ze niet. Wanneer ze las of borduurde, dan deed ze dat heel terloops, en over het gelezene sprak ze weinig. Ze speelde geen piano, maar sloeg soms losse, onsamenhangende akkoorden aan en luisterde daar lang naar. Wanneer Marfenka nieuwe muziekbladen kreeg, pakte ze nu eens de ene, dan weer de andere. 'Speel die eens,' zei ze, en dan: 'Nu die, daarna die.' Ze luisterde, keek strak uit het raam en bracht de gespeelde muziek verder niet ter sprake.

Het viel Rajski op dat baboesjka, die Marfenka bij iedere stap rijkelijk voorzag van opmerkingen en waarschuwingen, tegenover Vera veel terughoudender was, enerzijds uit een zekere consideratie, anderzijds omdat ze weinig hoop had dat het uitgestrooide zaad niet verloren zou gaan.

Maar het kwam voor dat Vera plotseling werd aangegrepen door een koortsachtige bedrijvigheid. Dan vatte ze met een verbazingwekkende snelheid alles aan en gaf blijk van een massa fijne kundigheden die je nooit in haar had vermoed. Het ging daarbij om huishoudelijke of andere karweitjes die te onbelangrijk waren om Rajski, althans in het begin, bijzonder op te vallen. Zo maakte ze een keer van een stuk mousseline in nauwelijks anderhalf uur twee mutsjes, een voor baboesjka en een voor Kritskaja, waarbij ze een bijzonder verfijnde smaak en een onvoorstelbare handigheid aan den dag legde. Maar vijf minuten later was ze het weer vergeten en zat er weer werkeloos bij.

Soms dacht ze een verwijt in de ogen van baboesjka te lezen en vooral dan gaf ze zich over aan een wilde, stormachtige dadendrang. Ze ging Marfenka dan helpen in het huishouden en werkte in vijf, tien minuten, steeds bij vlagen, een stapel zaken weg. Ze nam iets in handen, maakte het snel in orde, wendde zich af en vergat het, begon aan iets anders, bracht dat ook in orde en hield even plotseling met dat alles op als ze ermee begonnen was.

Soms klaagde baboesjka dat ze de gasten niet aankon en mopperde op Vera omdat ze zich afzijdig hield, haar niet wilde helpen.

Vera zette een somber gezicht, leed er kennelijk onder dat ze zichzelf niet in de hand had, en verscheen ten slotte onverwachts tussen de gasten —en met zo'n vrolijk gezicht, met zoveel warmte en hartelijkheid in haar ogen, ze bracht zoveel fijnzinnig intellect en gratie mee dat baboesjka gewoon niet wist wat ze ervan moest denken. Dat duurde een hele avond, soms een hele dag, maar de volgende dag was het weer afgelopen: ze had zich weer teruggetrokken in zichzelf, en niemand wist wat zich afspeelde in haar hoofd of hart.

Dat was alles wat Rajski voorlopig te zien kreeg: het was niet meer dan wat ook de anderen zagen en wisten.

Maar over hoe minder materiaal hij beschikte, des te beter werkte zijn fantasie samen met zijn analytisch vermogen om de sleutel te vinden die paste op deze gesloten deur.

Sinds het moment dat Rajski zich aan de bestudering van Vera had gewijd, twistte hij minder vaak en minder heftig met baboesjka en hield hij zich bijna niet meer bezig met Marfenka, te meer niet na de avond in de tuin toen ze hem geen enkele hoop had gegeven dat ze binnenkort van een naïef, enigszins beperkt kind, zou veranderen in een vrouw.

Overigens waren die drie – Rajski, baboesjka en Marfenka – vrijwel onafscheidelijk. Na de thee zat Rajski ongeveer een uur in het kabinet van Tatjana Markovna, na het middageten eveneens, en bij slecht weer zat hij de hele avond bij haar.

Vera kwam altijd maar even, om baboesjka en haar zus te begroeten, en ging dan weer terug naar het oude huis. Wat ze daar deed, daar kwam niemand achter. Soms kwam ze helemaal niet, maar stuurde Marina om koffie te halen.

Baboesjka fronste dan even haar wenkbrauwen, fluisterde: 'Wat heb je weer een kuren!' – maar liet haar begaan.

Voor alles ter wereld was Rajski volstrekt onverschillig, behalve schoonheid; maar hiervoor koesterde hij dan ook een slaafse verering; hij was koel ten aanzien van alles wat geen schoonheid ademde en verachtte, ja, verafschuwde iedere vorm van lelijkheid.

Niet alleen van de uiterlijke wereld, die van de vormen, eiste hij nadrukkelijk schoonheid, ook de zedelijke wereld zag hij niet zoals ze is, met haar schijnbaar woeste, ruwe dissonanten, niet als een bij de geboorte van de wereld aangevangen en nog lang niet voltooid werk, maar als een harmonisch geheel, als een kant-en-klaar systeem van verheven idealen dat hij zelf gecreëerd had en dat vanuit zijn innerlijk levenskracht en kleur, vuur en warmte ontving.

Hij had het geduld niet om zich onder te dompelen in de rompslomp, de drukte, in het vuile werk, om geduldig en moeizaam zijn krachten te verzamelen in afwachting van het feestelijke moment waarop de mensheid zou voelen dat ze gereed was, dat ze dat hoogtepunt in haar ontwikkeling had bereikt waarop een feilloze, voor eens en altijd gefixeerde levensstroom zich als een rivier een weg zou banen naar de eeuwigheid.

Hij werd voortdurend gekwetst door de altijd en overal aanwezige disharmonie van de werkelijkheid en de schoonheid van zijn idealen, en leed daaronder – voor zichzelf en voor de hele wereld.

Zijn geloof in de ideële vooruitgang, in de vervolmaking van de vorm zowel als de geest, was sterker dan dat van de materialisten in de utilitaire vooruitgang; maar hij leed onder de slakkengang van deze vooruitgang, viel daardoor soms ten prooi aan een diepe neerslachtigheid en verdroeg zelfs de onbetekenende schrammen niet die zijn lelijke omgeving hem toebracht.

Dan leken alle mensen voor hem op de gepleisterde graven van het evangelie, vol stof en beenderen. De oudevrouwenschoonheid van baboesjka, deze schoonheid van karakter, van mentaliteit, van oude, doeltreffende zeden, goedhartigheid en wat dies meer zij, verbleekte in zijn ogen. De ene keer stuitte haar onredelijke koppigheid hem tegen de borst, de andere keer haar egoïsme; haar feodale manier van doen scheen hem dan een ware tirannie toe, en op neerslachtige momenten wilde hij noch haar leeftijd, noch haar opvoeding tot haar verontschuldiging aanvoeren.

Tit Nikonytsj was een afgeleefde oude heer, die geen enkel nut meer had, Leonti was een schoolfrik, zijn vrouw een verdorven zottin, het hele huispersoneel van Malinovka een vraatzuchtige horde van alle menselijke trekken verstoken wilden.

Heel dat hoekje, het landgoed met de boerenhuizen, de boeren, het vee en de huisdieren, verloor het koloriet van een vrolijk en gelukkig nest en had veel van een zwijnenstal die hij allang de rug toegekeerd zou hebben als...Vera er niet was geweest!

Op zo'n zwaarmoedig moment lag hij met een sigaar in zijn mond op de divan in de kamer van Tatjana Markovna. Baboesjka, die altijd iets om handen moest hebben, controleerde met een potlood wat rekeningen die Saveli haar gebracht had. Hoopjes haver en rogge lagen voor haar op papiertjes. Marfenka was in een fijn kantwerkje verdiept, met zoveel concentratie dat ze haar lippen samenperste en zich rond haar neus en voorhoofd rimpeltjes vormden. Vera was zoals gewoonlijk afwezig.

Rajski wierp een toevallige blik op Marfenka en moest lachen. Ze bloosde en keek hem vragend aan.

'Wat trek je een grappig gezicht,' zei hij.

'God zij dank, de zon breekt weer door de wolken!' merkte Tatjana Markovna op. 'Ik kon het gewoon niet meer aanzien.'

Hij slaakte een zucht.

'Wat zucht je: is het leven zo moeilijk?'

'Zeker heb ik het moeilijk, baboesjka. Hebt u het dan zo makkelijk?'

'Je moet God niet verzoeken! Je bent, geloof ik, op zoek naar een klap-met-de-balk.'

'Voor mijn part een klap-met-de-balk, als er maar iets gebeurt, nu is het gewoon de dood in de pot hier!'

'Vergeef hem, Heer, hij weet niet wat hij zegt! Ach, Borjoesjka, roep het ongeluk niet over jezelf af! Als de balk je op het hoofd treft, zal je wel anders piepen. Ja, ja,' voegde ze er na een korte stilte met een stille zucht aan toe, 'dat is het menselijk lot nu eenmaal eigen: hoogmoed komt voor de val. Dat zal ook jij ervaren, kennelijk heb je een lesje nodig. Het lot zal je wel tot rede brengen. Je zult nog aan me denken.'

'Waarmee dan, baboesjka, met een klap-met-de-balk? Ik ben niet bang. Ik heb niemand en niets in de wereld: wat kan het lot me doen?'

'Dat zul je wel merken. Het lot weet waar het je moet treffen! Menigeen vergeet het lesje dat hij van het lot gekregen heeft zijn hele leven niet meer en draagt voortaan zijn kruis. Kiril Kirilytsj bijvoorbeeld...' Baboesjka had naar haar gewoonte meteen een voorbeeld bij de hand. 'Hij was rijk, gezond en kende zijn hele leven niets dan hi-hi-hi en ha-ha-ha, maar zijn vrouw verliet hem plotseling en sindsdien laat hij het hoofd hangen. Hij loopt al zes jaar rond als een schaduw... En bij Jegor Iljitsj...'

'Ik heb geen vrouw, dus ik loop ook dat gevaar niet...'

'Trouw dan...!'

'Waarom dan? Opdat mijn vrouw me verlaat?'

'Niet alle vrouwen verlaten hun man. Als je wilt, huwelijk ik je uit.'

'Nee, dank u, bedenk maar een andere klap-met-de-balk voor me.'

'Dat laat ik aan het lot over! God beware je, jij hebt al genoeg onheil over jezelf afgeroepen! Weet je wat? Laten we samen naar de stad gaan en bezoeken afleggen. Ze verwijten me steeds dat ik jou hier opgesloten houd. De vrouw van de vice-gouverneur, Nil Andrejitsj, de vorstin: ze willen je allemaal zien! Maar we moeten ook bij die schaamteloze langs, bij Polina Karpovna, opdat ze geen kwaad over ons spreekt! En daarna naar de brandewijnpachter...'

'Wat moeten we daar doen?'

'Dat vertel ik je later wel.'

'Waarom wil baboesjka me meenemen naar de brandewijnpachter, Marfenka? Weet jij dat soms?'

'Hij heeft een huwbare dochter, herinnert u zich niet dat baboesjka dat een keer gezegd heeft? Waarschijnlijk wil ze u aan haar koppelen.'

'Zij heeft het weer meteen door! Wie heeft jou gevraagd om inlichtingen te verschaffen?' zei baboesjka. 'Alsof ik het zelf niet kan zeggen! Je hebt wel een scherpe tong gekregen.'

'Ach, is dat het. Goed...' zei Rajski gapend. 'Ik ga met u bezoeken afleggen, maar op voorwaarde dat u met mij naar Mark gaat. We moeten hem een tegenbezoek brengen.'

Tatjana Markovna zweeg.

'Wat zwijgt u, baboesjka? Gaan we bij hem op bezoek?'
'Praat geen onzin! Je had je nooit met hem in moeten laten, daar komt niets goeds van; hij zal je van het rechte pad afbrengen! Waar heeft hij met je over gesproken?'
'Hij heeft bijna niet gesproken. We hebben gegeten en zijn naar bed gegaan.'
'Heeft hij je nog geen geld te leen gevraagd?'
'Dat heeft hij zeker.'
'Dat dacht ik al. Geef het vooral niet!'
'Ik heb het al gegeven.'
'Al gegeven!' riep baboesjka op smartelijke toon uit.
'Nu u het toch over geld hebt: hij heeft me honderd roebel gevraagd, maar ik had er maar tachtig. Waar is mijn geld? Geeft u me alstublieft iets. ik moet hem de rest sturen...'
'Heb ik je niet gezegd dat hij van iedereen geld leent? Mijn God! Wanneer geeft hij het terug?'
'Hij zei dat hij het niet teruggeeft.'
Baboesjka bewoog onrustig zodat de stoel onder haar begon te kraken.
'Wat is dat toch? Of je het hem nu zegt of niet, hij doet toch zijn eigen zin!' zei ze. 'Het is godgeklaagd!'
'Geef dan geld.'
'Ben je hem pacht verschuldigd of zo?'
'Hij heeft niets te eten!'
'Moet jij voor zijn kostje zorgen? Hij heeft niets te eten! Zigeuners en zwervers eten altijd op andermans kosten. Je bent toch niet verplicht iedereen te eten te geven! Tachtig roebel!'
Tatjana Markovna fronste haar wenkbrauwen.
'Ik heb geen geld,' zei ze kortaf. 'Ik geef het niet. Als je baboesjka niet goedschiks gehoorzaamt, dan maar kwaadschiks!'
'U bent een echte despoot!' zei Rajski.
'Zal ik de calèche voor laten rijden?' vroeg baboesjka wat later.
'Waarvoor?'
'We zouden toch bezoeken gaan afleggen?'
'Als u mijn zin niet doet, dan doe ik uw zin ook niet.'
'Je vergelijkt jezelf met mij! Sinds wanneer vertellen de eieren de kip wat hij moet doen? Je moest je schamen, waarde heer. Wat een vreemde, ongewone man ben je toch: je doet altijd je eigen zin!'
'Ik ben geen ongewone man, u bent een ongewone vrouw!'
'Wat is er dan ongewoon aan mij, zeg me dat alsjeblieft!'

'Dat u dat nog vraagt! U wilt me verbieden kennis te maken met wie ik wil, u verhindert me om over mijn geld te beschikken zoals ik wil. U wilt me bezoeken laten afleggen bij mensen die ik helemaal niet wil zien, en waar ik wel heen wil, daar gaat u zelf niet heen. Goed, u wilt niet naar Mark, dan dwing ik u niet. Dwingt u mij dan ook niet.'

'Ik wil dat je in goed gezelschap komt te verkeren.'

'Volgens mij is het helemaal geen goed gezelschap.'

'En Markoesjka? Is dat wel goed gezelschap?'

'Ja, hij bevalt me. Hij heeft een levendige, vrije geest, een onafhankelijke wil, humor...'

'Hij kan me wat!' zei baboesjka geërgerd. 'Ga je met me mee naar Mamykin?'

'Wie is dat nu weer?'

'De brandewijnpachter die een huwbare dochter heeft,' mengde Marfenka zich in het gesprek. 'Ga erheen, neef. Deze week houden ze een groot feest, ze zullen ons uitnodigen,' voegde ze er zachter aan toe. 'Baboesjka gaat niet en we kunnen er niet alleen heen, maar met u laat ze ons gaan...'

'Doe baboesjka een genoegen, ga erheen!' voegde Tatjana Markovna eraan toe.

'Doet u mij een genoegen en praat over iets anders.'

'Wat ben je toch een vreemde, ongewone man. Ik moet hém een genoegen doen... en hij míj niet.'

'Achter uw voorstel gaat de bedoeling schuil om me uit te huwelijken, waar of niet?'

'En wat dan nog? Ik wil alleen je geluk!'

'Hoe weet u dat mijn geluk ligt in het trouwen met de dochter van ene Mamykin?'

'Het is een schoonheid, opgevoed in het duurste pension van Moskou. Alleen al aan briljanten bezit ze tegen de tachtigduizend roebel... Je zou er goed aan doen om te trouwen... Je krijgt een rijke bruidsschat, gaat een grote staat voeren, de hele stad komt bij je op bezoek, iedereen zal je naar de mond praten, je zet je geslacht voort en knoopt connecties aan... Zelfs in Petersburg zul je je eer hooghouden...' zei baboesjka, als het ware voor zich uit dromend.

'Ik wil helemaal niet naar de mond gepraat worden, dat vind ik weerzinwekkend! Baboesjka! Ik dacht dat u van me hield, dat u iets beters, iets verstandigers voor me wilde...'

'Wat wil je dan? Wil je echt een klap-met-de-balk? Ik wil het goede voor jou, maar jij...'

'Wat u goed noemt! Zomaar ineens andermans geld en briljanten aannemen en op de koop toe nog een of andere Golendoecha Paramonovna.'

'Nee, niet Golendoecha, maar een knappe en rijke bruid! Daar gaat het om, jij ongewone man!'

'Iemand ertoe aanzetten om te trouwen met iemand die hij niet kent en die hij niet wil! Ú bent ongewoon!'

'Nou, nou, Borjoesjka, ik had nooit gedacht dat er zo'n eigenwijs stuk vreten uit jou zou groeien!'

'Ík ben niet het eigenwijs stuk vreten, baboesjka, maar ú...'

'Ach!' riep Marfenka, bijna in ontzetting, 'hoe durft u zoiets tegen baboesjka te zeggen!'

'Zij noemde mij toch ook zo.'

'Zij is ouder dan u, zij is uw... baboesjka.'

'Stel nu eens, baboesjka,' wendde hij zich plotseling tot Tatjana Markovna, 'dat ík ú ging overreden om te trouwen?'

'Marfenka, bekruis hem. Jij zit dichter bij hem,' riep baboesjka kwaad uit.

Marfenka begon te lachen.

'Nee, serieus...' schertste Rajski.

'Jij haalt een grapje met mij uit, maar ik sprak in ernst, wilde het goede voor je.'

'En ik wil het goede voor u. U hebt momenten dat u treurt en moppert, soms heb ik zelfs tranen in uw ogen gezien. "Ik ben mijn hele leven alleen, heb niemand om mee te praten," klaagt u dan. "Als mijn kleinkinderen het huis uit zijn, blijf ik moederziel alleen achter. Nam God mij maar tot zich! Als de meisjes getrouwd zijn, bekommert niemand zich meer om me." Er zou hier een achtenswaardig man naast u moeten zitten die u de handen zou kussen, in plaats van u de ronde zou maken over de akkers, gearmd met u door de tuin zou lopen, piket met u zou spelen... Echt, baboesjka, wat zou u dat niet...'

'Hou op met die onzin, Boris Pavlovitsj,' zei baboesjka zuchtend. 'Toen je jonger was, verkocht je niet van die onzin, toen was je verstandiger.'

Ze keek hem over haar bril heen aan.

'Tit Nikonytsj hangt toch al voortdurend om u heen, hij aanbidt u gewoon, ligt altijd aan u voeten. U hoeft maar een teken te geven en hij zal de gelukkigste der stervelingen zijn!'

Marfenka kwam niet meer bij van het lachen. Baboesjka bloosde lichtjes.

'Kijk eens aan, hij heeft een vrijer voor me gevonden!' zei ze schertsend.

'Waarom niet?' voerde Rajski de grap verder. 'U woont in een aardig huisje, u hebt wat geld, en hij is onbehuisd... het komt allemaal mooi uit...'

'Dus omdat ik wat geld heb en een huis, moet ik trouwen. We zijn toch geen liefdadigheidsinstelling? Overigens is het huis niet van mij, maar van jou, en bovendien is hij zelf niet arm...'

'Waarom wilt u mij dan wel laten trouwen vanwege het geld?'

'Je valt misschien in de smaak bij het meisje en zij bij jou: ze is knap...'

'Tit Nikonytsj en u vallen ook bij elkaar in de smaak, u bent ook knap...'

'Schiet toch op met je Tit Nikonytsj!' onderbrak Tatjana Markovna hem geprikkeld. 'Ik wilde het goede voor je...'

'En ik ook voor u!'

'Hou toch eens op met je geleuter. Ik krijg er genoeg van! Als je mijn raad niet wilt opvolgen, doe dan wat je zelf wilt!'

'En waarom wilt ú míjn raad niet opvolgen? Ik heb Mamykins dochter nog nooit gezien en weet niet hoe ze eruitziet, terwijl Tit Nikonytsj u bevalt en u zelfs met een liefdevolle blik naar hem kijkt...'

'Ja, ja, neef,' onderbrak Marfenka hem, 'en ik zal u nog iets zeggen: wanneer Tit Nikonytsj ziek is, zorgt baboesjka voor hem...'

'Wat krijgen we nu, jongedame?' riep baboesjka kwaad. 'Je bent te jong om de spot te drijven met baboesjka! Ik zal je bij je oor pakken en eens flink door elkaar schudden, zo oud en groot als je bent! Híj is losgeslagen en doet wat-ie zelf wil: híj heeft zich met Markoesjka ingelaten, het ergste wat je kunt bedenken! Hem heb ik opgegeven, maar jou zal ik tot rede brengen, wacht maar! En jij, Boris Pavlovitsj, of je nu wel of niet trouwt, dat blijft me gelijk, maar laat me met rust en hou op met je gezwets. In ieder geval zal ik Tit Nikonytsj niet meer ontvangen...'

'Arme Tit Nikonytsj!' zei Rajski met een komische zucht, en hij wierp Marfenka een blik van verstandhouding toe.

'Goed, baboesjka, eindelijk hebt u de juiste woorden gevonden: "Trouw of trouw niet, doe wat je wilt!" We zullen zowel uw als mijn huwelijk voor onbepaalde tijd uitstellen.'

'De juiste woorden!' bromde baboesjka. 'We zullen zien hoe jij het leven doorkomt!'

'Op mijn eigen manier, baboesjka.'

'En is dat de goede manier?'

'Hoe moet ik anders leven? Op de manier van een ander?'

'Je moet leven zoals andere mensen...'

'Wat voor mensen? Zijn er hier dan mensen?'

Op dat moment kwam Vasilisa binnen en kondigde bezoek aan: 'De jonge heer van Koltjsino...'

'Ah, Nikolaj Andrejitsj Vikentjev. Laat hem binnen! "Zijn er hier dan mensen"! Daar heb je je mens! Lieve God, het is hier het einde van de wereld niet!' zei Berezjkova.

Marfenka bloosde lichtjes, verschikte haar jurk en haar hoofddoek, en wierp een vluchtige blik in de spiegel. Rajski dreigde haar stilletjes met zijn vinger en ze bloosde nog heviger.

'Wat is er, neef...? Begint... u alweer...' begon ze, maar ze maakte haar zin niet af.

Vasilisa ging weg en kwam even later haastig weer terug.

'Er is nog iemand gekomen... degene die hier overnacht heeft,' zei ze tegen Rajski. 'Hij vraagt naar u!'

'Toch niet weer Markoesjka?' vroeg baboesjka ontzet.

'Ja, die is het,' beaamde Vasilisa.

'Dat is tenminste een mens!' zei Rajski en haastte zich naar zijn kamer.

'Wat is-ie blij, wat haast-ie zich! Hij heeft een mens gevonden! Vergeet niet het geld terug te vragen! Misschien heeft-ie honger? Ik kan hem iets te eten sturen...' riep baboesjka hem na.

18

Een jongeman van een jaar of drieëntwintig kwam – of liever sprong – de kamer binnen. Hij was van een gemiddeld postuur, gezond, fris en goed geproportioneerd, had donkerblonde, bijna kastanjebruine haren, roze wangen, blauwgrijze, levendige ogen en een glimlach die twee rijen stevige, blinkend witte tanden liet zien. In zijn handen droeg hij een bos korenbloemen en nog iets wat zorgvuldig in een zakdoek gewikkeld was. Dat alles legde hij samen met zijn hoed op een stoel.

'Goedendag, Tatjana Markovna, goedendag Marfa Vasiljevna!' riep hij, kuste de hand van de oude vrouw, en wilde ook die van Marfenka kussen, maar ze haalde hem weg, zodat hij zich tevreden moest stellen met een kus in de lucht. 'Het mag alweer niet... wat bent u toch...' zei hij. 'Kijk eens wat ik voor u heb meegebracht...'

'Waar hebt u zo lang gezeten? We hebben u een tijd niet gezien!' zei Berezjkova op verbaasde, bijna strenge toon. 'U bent bijna drie weken weggebleven, dat is niet niks!'

'Ik kon absoluut niet, de gouverneur liet me niet gaan. Het hele aktenbestand van de kanselarij moest gereviseerd worden...' zei Vikentjev, zó haastig dat hij af en toe een lettergreep inslikte.

'Flauwekul, flauwekul! Luister niet naar hem, baboesjka, hij heeft niets te doen... dat heeft-ie me zelf verteld!' bemoeide Marfenka zich ermee.

'Bij God, wat bent u toch... Ik zat tot over mijn oren in het werk! We hebben een nieuwe kanselarijchef gekregen... we moesten de inventaris opnemen en alle akten controleren... Ik moest vijfhonderd akten pagina voor pagina vergelijken. We zaten er zelfs 's nachts... bij God...'

'Laat God erbuiten! Wat is dat voor rare gewoonte om bij iedere futiliteit God aan te roepen? Dat is een zonde!' wees Berezjkova hem streng terecht.

'Hoezo futiliteiten? Marfa Vasiljevna wil me niet geloven! Terwijl ik, bij God...'

'Alweer!'

'Is het waar, Tatjana Markovna, is het waar, Marfa Vasiljevna, dat jullie een gast hebben? Is Boris Pavlovitsj aangekomen? Was hij niet degene die ik net in de gang tegenkwam? Ik ben speciaal gekomen...'

'Ziet u wel, baboesjka?' onderbrak Marfenka hem. 'Hij is gekomen om onze neef te zien. Anders was hij nog lang weggebleven! Waar of niet?'

'Ach, Marfa Vasiljevna, wat bent u toch...! Zodra ik een vrij moment had, ben ik meteen gekomen! Ik heb herhaaldelijk toestemming gevraagd aan de gouverneur, maar hij liet me niet gaan. "Ik laat je niet gaan," zei hij, "voor het werk af is!" Ik ben nog niet eens bij mama geweest. Ik wilde naar Koltsjino gaan om bij haar te eten, maar hij heeft me pas gisteren laten gaan, bij God...'

'Is mama gezond? Is haar huiduitslag verdwenen?'

'Bijna, dank u. Mama laat u groeten en vraagt u om haar naamdag niet te vergeten...'

'Dank u voor de uitnodiging. Ik weet nog niet of ik wel ga, ik ben al oud en durf de Wolga niet meer over te steken. Maar mijn meisjes...'

'Wij gaan niet zonder u, baboesjka,' zei Marfenka. 'Ik durf de Wolga ook niet over te steken.'

'Schaamt u zich niet voor uw lafheid?' vroeg Vikentjev. 'Waar zijn jullie bang voor? Ik kom jullie zelf halen met onze grote boot... Mijn roeiers zingen allemaal prachtige liederen...'

'Met u ga ik voor geen goud mee. U zult geen seconde rustig zitten in de boot... Wat beweegt daar in dat papier?' vroeg ze plotseling. 'Kijk eens, baboesjka... ach, is dat geen slang?'

'Dat is een levende karper die ik voor u heb meegebracht, Tatjana Markovna. Ik heb hem net zelf gevangen. Ik was op weg naar u toen ik in een beekje Ivan Matvejitsj midden tussen de zegge in een bootje zag zitten. Ik vroeg hem of hij me in de boot wilde laten, hij voer naar de kant en nam me aan boord. Ik had nog geen kwartier zitten vissen of ik had deze knaap al gevangen. En deze korenbloemen heb ik hier voor u tussen het graan geplukt, Marfa Vasiljevna...'

'Dat had u niet moeten doen! U hebt beloofd ze alleen samen met mij te plukken, maar nu bent u ruim twee weken niet geweest, de korenbloemen zijn allemaal uitgedroogd. Moet je zien hoe ze erbij hangen!'

'Laten we meteen verse gaan plukken...'

'Rustig aan!' hield Tatjana Markovna hem tegen. 'Waarom kunt u niet stil blijven zitten? U hebt uw gezicht nog niet laten zien, uw jas nog niet uitgedaan of u krijgt al weer de kriebels. Wat wilt u voor ontbijt: koffie, gehakt? En jij, Marfenka, ga eens vragen of die... die Markoesjka niets wil. Maar laat jezelf niet zien, stuur Jegorka...'

'Nee, nee, ik hoef niets,' kwam Vikentjev ertussen. 'Ik heb een hele pastei gegeten voor ik hierheen kwam...'

'Ziet u wat hij voor iemand is, baboesjka!' zei Marfenka. 'Hij eet een hele pastei voor hij hierheen komt!'

Ze ging de kamer uit om de opdracht van baboesjka uit te voeren en kwam even later terug met de mededeling dat Mark niets nodig had en spoedig weer zou vertrekken.

'Dacht u dat we u hier niets te eten zouden geven?' berispte Tatjana Markovna Vikentjev. 'Waarom hebt u ontbeten voor u hierheen kwam?'

Vikentjev deed een stap in de richting van Marfenka om hulp bij haar te zoeken. 'Neem het voor me op!' zei hij.

'Nee, kom niet in mijn buurt, blijf van me af!' zei Marfenka kwaad.

Hij kon niet op één plaats blijven zitten of staan, nu eens stortte hij zich op baboesjka, dan weer op Marfenka, en praatte sussend op beide in. Het ene moment stond zijn gezicht volkomen ernstig en het volgende moment barstte hij in een luid gelach uit en toonde zijn grote witte tanden, waarop door zijn snelle spreektempo of van het lachen af en toe een bel opkwam en weer verdween.

'Ik heb die pastei alleen maar gegeten omdat hij voor mijn neus gehouden werd. Koezma opende het buffet terwijl ik voorbijliep. Ik zag de pastei, er was er maar één...'

'U kreeg medelijden met de wees en hebt hem opgegeten?' vulde baboesjka zijn woorden aan. Ze moesten alle drie lachen.

'Hebt u geen ingemaakte vruchten, Marfa Vasiljevna? Die zou ik wel eten...'

'Die hebben we zeker. Laat ze brengen, Marfenka! En wilt u geen gehakt? Er is nog stoofpot van gisteren, kippetjes...'

'Een kippetje zou ik wel lusten...'

'Geef het hem niet, baboesjka. Wat zouden we hem verwennen? Hij verdient het niet...' Maar toch was ze al opgestaan om naar de keuken te gaan.

'Nee, nee, Marfa Vasiljevna, u hoeft niet naar de keuken te gaan. Ik blijf liever voor het middageten. Kan ik hier het middagmaal gebruiken, Tatjana Markovna?'

'Nee, dat kunt u niet,' zei Marfenka.

'Daar moet je geen grapjes over maken,' wees baboesjka haar terecht, 'anders gaat hij misschien nog weg ook.' En zich tot Vikentjev wendend voegde ze eraan toe: 'Het is te merken dat u lang niet bij ons geweest bent, u vraagt toestemming om het middagmaal te gebruiken.'

'Dus ik mag blijven! Dank u... Marfa Vasiljevna! Waar gaat u heen? Wacht, wacht, ik ga met u mee...'

'Nee, laat maar, dat wil ik niet,' zei ze. 'Ik laat uw karper voor u braden en verder krijgt u niets voor het middageten.'

Ze pakte met twee vingers de vis bij zijn kop en toen die met zijn staart begon te zwiepen, riep ze 'Oh, oh!', liet het dier op de grond vallen en rende de gang op.

Vikentjev ging achter haar aan en een ogenblik later hoorde Tatjana Markovna al de klanken van een vrolijke wals en het geluid van dansende voeten boven haar hoofd. Vervolgens scheen er iemand de trap af te rollen en even later schoten Marfenka en de achter haar aan rennende Vikentjev al over het erf en door het park, en daar weerklonk luid hun gepraat, gezang en gelach.

Baboesjka keek uit het raam en schudde haar hoofd. De kippen, hanen en eenden op het erf stoven alle kanten op, honden achtervolgden blaffend het rennende paar, uit de personeelsverblijven keken de hoofden van lakeien, dienstmeisjes en koetsiers naar buiten, in de tuin bewogen bloemen en struiken als levende wezens, en op meer dan één bloemperk bleef het spoor achter van een erin gedrukte hak of van een vrouwenvoetje; een paar bloempotten vielen om, de toppen van ranke boompjes die werden vastgegrepen door een hand, wiegden heen en weer en de vogels vlogen van schrik allemaal de bosjes in. Een kwartier later zaten beiden weer rustig, alsof er niets gebeurd was, bij baboesjka en keken elkaar vrolijk lachend aan. Hij wiste het zweet van zijn gezicht en zij wuifde met haar zakdoek haar voorhoofd en wangen koelte toe.

'Jullie zijn me een stel, dat lijkt toch nergens op!' berispte baboesjka hen.

'Het kwam allemaal door hem,' beklaagde Marfenka zich. 'Hij zat achter me aan! Zegt u hem dat hij stil moet zitten.'

'Nee, ik kon er niets aan doen, Tatjana Markovna. We wilden de tuin in gaan en omdat zij voor me uit rende, moest ik haar inhalen.'

'Hij is een man, hij kan doen wat hij wil, maar jij moest je schamen, je bent geen kind meer!' mopperde baboesjka.

'Nu zie je maar eens wat ik door jou heb uit te staan!' zei Marfenka tegen Vikentjev.

'Dat is niks, Marfa Vasiljevna, baboesjka's mopperen altijd wel een beetje, dat is hun heilige plicht...'

Tatjana Markovna had het gehoord.

'Wat is dat, waarde heer?' zei ze, half in ernst, half schertsend. 'Komt u eens hier, ik zal u, in plaats van uw moeder, die er niet is, eens aan uw oren trekken voor die opmerking!'

'Alstublieft, alstublieft, Tatjana Markovna, ach, trekt u eraan, alstublieft. U dreigt altijd alleen maar, maar u doet het nooit...'

Hij liep op de oude vrouw toe en hield haar zijn hoofd voor.

'Trek eraan, baboesjka, zo hard mogelijk, zodat ze de hele week rood blijven!' spoorde Marfenka haar aan.

'Doet ú het dan!' zei hij tegen Marfenka en hield háár zijn hoofd voor.

'Zodra u zich tegenover mij misdraagt, zal ik het doen.'

'Wacht maar, ik zal Nil Andrejitsj eens vertellen wat u net zei...' zei Tatjana Markovna. 'U bent nog wel zijn lieveling.'

Vikentjev zette een gewichtig gezicht, ging midden in de kamer staan, drukte zijn kin tegen zijn borst, fronste zijn voorhoofd, stak zijn wijsvinger omhoog en sprak met een hese, trillende stem: 'Jongeman! Jouw woorden ondermijnen het gezag van de ouderen...!'

De gelijkenis met Nil Andrejitsj was waarschijnlijk treffend want Marfenka schaterde van het lachen en baboesjka wilde eerst afkeurend haar wenkbrauwen optrekken, maar begon toen plotseling ook goedmoedig te lachen en sloeg Vikentjev op zijn schouders.

'Van wie heb je dat toch, m'n beste? Je bent zo'n spring-in-'t-veld, en je kunt alles,' zei ze vriendelijk, 'terwijl je vader, God hebbe zijn ziel, zo'n ernstige man was; hij zei geen woord te veel en heeft je moeder het lachen afgeleerd.'

'Ah, Marfa Vasiljevna,' begon Vikentjev, 'ik heb een nieuwe roman voor u op de kop getikt en nog muziekbladen... dat was ik helemaal vergeten...'

'Waar zijn ze dan?'

'Ik heb ze in de boot van Ivan Matvejitsj laten liggen; allemaal vanwege die karper! Hij spartelde zo in mijn handen dat ik het boek en de muziekbladen helemaal vergeten ben... Ik ga meteen naar hem toe, misschien zit-ie nog in de kreek...'

Hij liep de kamer uit, maar kwam meteen weer terug.

'Ik heb een dameszadel voor u op de kop getikt, Marfa Vasiljevna. U moet leren paardrijden. De pikeur van de graaf wil het u in een maand leren. Als u wilt, breng ik het volgende keer mee...'

'Ach, wat bent u toch lief, wat bent u aardig!' zei Marfenka buiten zichzelf van vreugde. 'Wat verheug ik me daarop... ach, baboesjka!'

'Dacht je dat je toestemming kreeg voor die flauwekul?' vroeg baboesjka streng. 'En bent ú wel goed bij uw hoofd? Het past een meisje niet om paard te rijden!'

'En Marja Vasiljevna dan, en Anna Nikolajevna... die rijden toch ook paard...?'

'Goed, geeft u uw zadel dan aan hen! Maar breng dat spul niet hierheen. Zolang ik leef komt daar niets van in. Wie weet wat ons zo nog te wachten staat. Dadelijk gaat ze nog roken.'

Marfenka zette een verongelijkt gezicht en Viktenjev stond daar even zonder te weten wat hij moest doen. Krabde zich nu eens op het achterhoofd, dan weer op het voorhoofd; vervolgens streek hij niet door zijn haren zoals anderen dat doen, maar bracht die juist in de war, maakte een knoop van zijn vest los en weer vast, gooide zijn muts een eind de hoogte in en holde, na haar weer opgevangen te hebben, de kamer uit, terwijl hij zei: 'Ik ga de muziekbladen en het boek halen. Ik ben zo weer terug...', en weg was hij.

Marfenka wilde met hem meegaan maar baboesjka hield haar tegen.

'Kom hier, liefje, en luister naar wat ik je te zeggen heb,' zei ze minzaam, en ze aarzelde even, alsof ze niet wist hoe te beginnen.

Marfenka kwam naar haar toe, baboesjka streek haar haren recht die door het rennen in de tuin wat in de war waren geraakt, en keek haar met moederlijke tederheid aan.

'Wat is er, baboesjka?' vroeg Marfenka plotseling, verbaasd opkijkend naar de oude vrouw en zich afvragend wat die ongewone inleiding te betekenen had.

'Je bent mijn brave meisje, je respecteert ieder woord van baboesjka... heel anders dan Verotsjka...'

'Verotsjka respecteert u ook. U oordeelt te streng over haar...'

'Goed, je verdedigt haar natuurlijk! Ze respecteert me, dat is waar, maar ze denkt er het hare van: baboesjka is oud en dom, en wij zijn jong, wij begrijpen alles beter, hebben veel geleerd, we weten alles, lezen alles.

Als ze zich maar niet vergist... Niet alles staat in boeken!'

Berezjkova zuchtte bedachtzaam.

'Wat wilde u me zeggen?' vroeg Marfenka nieuwsgierig.

'Dit: je bent een volwassen vrouw, al lang huwbaar. Daarom moet je jezelf wat meer in acht nemen...'

'Hoe moet ik mezelf in acht nemen, baboesjka?'

'Wacht even, onderbreek me niet. Je stoeit en rent als een kind, bent met kleine kinderen in de weer...'

'Ik rén toch niet alleen? Ik werk, ik naai, ik borduur, schenk thee in, houd me met het huishouden bezig...'

'Je onderbreekt me weer! Ik weet dat je een brave meid bent, je bent een gouden kracht, moge God je gezondheid geven... en je luistert naar baboesjka,' herhaalde de oude vrouw haar geliefde refrein.

'Waarom geeft u me dan een standje?'

'Wacht, laat me uitpraten! Hoezo geef ik je een standje? Ik zeg alleen dat je serieuzer moet zijn...'

'Wat? Mag ik ook al niet meer rondrennen? Is dat dan een zonde? En mijn neef zegt...'

'Wat zegt hij?'

'Dat ik al te... gehoorzaam ben, geen stap zet zonder baboesjka...'

'Je moet niet naar hem luisteren. Hij heeft daar te veel naar Engelse en Poolse vrouwen gekeken! Die gaan al als meisje alleen over straat, corresponderen met mannen en rijden paard. Is dat wat je neef wil? Wacht maar, ik zal eens met hem praten...'

'Nee, baboesjka, zeg hem niets, anders wordt hij kwaad omdat ik zijn woorden aan u heb overgebracht...'

'En daar heb je goed aan gedaan, doe dat voortaan altijd! Hij kan zoveel zeggen, die neef van jou! Laat hem geen kleine meisjes het hoofd op hol brengen!'

'Ik ben toch geen klein meisje?' antwoordde Marfenka gekwetst. 'Ik heb veertien el stof voor een jurk nodig... U zei net zelf dat ik huwbaar ben!'

'Je bent volwassen, dat is waar, maar je hebt nog het hart van een kind, en moge God geven dat dat nog lang zo blijft! Maar het zou goed zijn als je wat verstandiger werd.'

'Waarom dan, baboesjka? Ik ben toch geen zottin? Mijn neef zegt dat ik eenvoudig ben, lief... dat ik goed en verstandig ben zoals ik ben, dat ik...'

Ze stokte.

'Nou, wat nog meer?'

'Dat ik zo natuurlijk ben...'

Tatjana Markovna zweeg even, kennelijk om de betekenis van dit woord te doorgronden. Maar het beviel haar om een of andere reden niet.

'Je neef vertelt onzin,' zei ze.

'Hij is heel erg intelligent, baboesjka.'

'Nou, goed, hij is intelligenter dan wie ook in de stad. En baboesjka vindt hij dom: hij wil me opvoeden! Nee, je moet proberen zonder hem wijs te worden, leef naar je eigen verstand.'

'Mijn God! Ben ik dan zo'n zottin?'

'Nee, nee, je bent misschien intelligenter dan vele anderen' – baboesjka wierp een blik in de richting van het oude huis waar Vera zich bevond – 'maar je verstand zit om zo te zeggen nog in de schil waaruit het bevrijd moet worden...'

'Waarom dan, baboesjka?'

'Al is het maar, kleindochtertje, om te begrijpen wat je neef zegt en er naar behoren op te reageren. Hij wenst je natuurlijk niets slechts toe. Hij is van jongs af aan een brave man geweest, houdt van jullie beiden en schenkt jullie het landgoed, maar hij slaat veel onzin uit...'

'Hij praat niet alleen maar onzin. Soms zegt hij zulke verstandige en goede dingen...'

'Polina Karpovna is ook geen zottin en zegt soms ook goede dingen. Ik wil Borjoesjka niet met die geit vergelijken, ik wil alleen zeggen dat geestigheid en verstand twee verschillende dingen zijn! Ik zou willen dat je zo intelligent werd dat je kunt onderscheiden wanneer je neef geestig wil zijn en wanneer hij verstandige dingen zegt. Lach om geestigheden, beantwoord ze met een geestigheid, maar neem verstandige woorden ter harte. Grappen en geestigheden zijn valse waar, opgetuigd met mooie woorden en berekend op de lach. Ze kruipen als een slang in je oren, proberen je verstand binnen te dringen en het te verduisteren. En wanneer het verstand verduisterd is, lijdt ook het hart schade. De ogen kijken maar zien niet, of ze zien niet wat ze moeten zien...'

'Maar waarom maakt u me al die verwijten, baboesjka?' vroeg Marfenka ongeduldig.

Er welden zelfs tranen op in haar ogen.

'U zegt dat het niet goed is om te rennen, met kinderen in de weer te zijn, te zingen... nou, dan doe ik dat niet meer...'

'God behoede je! Rondrennen en van de frisse lucht genieten, dat is gezond. Je bent vrolijk als een vogeltje, en God geve dat je altijd zo blijft. Houd van kinderen, zing, speel...'

'Waarom dan al die verwijten?'

'Ik verwijt je niets, ik zeg alleen dat alles zijn tijd heeft en dat je maat moet weten te houden. Je hebt daarnet bijvoorbeeld rondgehold met Nikolaj Andrejits...'

Marfenka bloosde plotseling, liep weg en ging in een hoek zitten. Baboesjka keek haar strak aan en begon opnieuw, deze keer op gedempte toon en langzamer sprekend.

'Dat is niet erg: Nikolaj Andrejitsj is een sympathieke, flinke jongeman, net zo'n spring-in-'t-veld als jijzelf, ik wil alleen zeggen dat je jezelf noch hem teveel moet toestaan. Waar jullie met z'n tweeën ook heen rennen, wat jullie ook ondernemen, ik weet dat hij jou nooit iets onwelvoeglijks zal zeggen en dat jij niet naar hem zult luisteren als hij dat wel doet...'

'Verbied hem dan te komen!' riep Marfenka kwaad uit. 'Ik zal voortaan geen woord meer tegen hem zeggen...'

'Dat is nog erger! Wat zal hij, wat zullen de mensen daarvan denken? Je moet alleen voorzichtiger zijn. Hol niet over het erf en door de tuin, opdat de mensen jullie niet veroordelen. "Kijk," zullen ze zeggen, "het meisje is al huwbaar, maar ze stoeit als een jongen en nog wel met een vreemde..."

Marfenka kreeg een rood hoofd.

'Je hoeft niet te blozen, daar is geen enkele reden voor! Ik zeg je dat je niets slechts doet, dat je alleen meer moet denken aan wat de mensen zullen zeggen! Ach, wat pruil je nou, kom hier, dan geef ik je een zoen!'

Berezjkova kuste Marfenka, streek haar haren opnieuw glad en pakte haar, terwijl ze haar liefdevol in het gezicht keek, schertsend bij een oor.

'Nikolaj Andrejitsj komt zo meteen,' zei Marfenka. 'En ik weet niet hoe ik me nu tegen hem moet gedragen. Als hij me vraagt om mee naar het park of het veld te gaan, dan ga ik niet en ik ga ook niet met hem hollen. Dat is niet zo moeilijk. Maar als hij me aan het lachen probeert te maken, dan houd ik het niet uit, baboesjka, dan ga ik lachen, wat u ook zegt! En wat moet ik zeggen als hij gaat zingen en me vraagt hem te begeleiden?'

Baboesjka wilde net antwoorden toen Vikentjev de kamer binnenstormde, helemaal bezweet en bestoft, met een boek en muziekbladen in zijn handen. Hij legde beide voor Marfenka op tafel.

Hij wilde Marfenka's hand pakken maar ze verborg die voor hem, stond toen van haar stoel op, maakte een revérence, en sprak op ernstige, waardige toon: *'Je vous remercie, monsieur Vikentjev, vous êtes bien aimable.'*

Hij keek eerst haar en vervolgens Baboesjka met grote ogen aan, ging weer met zijn handen door zijn haar, wierp een vluchtige blik uit het raam, ging plotseling zitten en sprong het volgende moment weer op.

'Marfa Vasiljevna,' begon hij, 'laten we naar de salon gaan, naar het ter-

ras. Dadelijk komt er een bruiloftsstoet langs, die moeten we zien...'
'Nee,' zei ze ernstig, '*merci*, ik ga niet. Voor een meisje is het niet gepast om op het balkon te gaan staan en zich aan de mensen te vergapen...'
'Goed, laten we dan samen een nieuwe romance doornemen...'
'Nee, dank u: ik probeer het liever alleen of met baboesjka...'
'Laten we dan in het park gaan zitten; ik lees u het nieuwe boek voor.' Hij pakte het boek van de tafel.
'Dat gaat niet!' zei Marfenka streng, en ze wierp een blik op baboesjka. 'Ik ben toch geen kind meer?'
'Wat heeft dit te betekenen, Tatjana Markovna?' vroeg de in verwarring gebrachte Vikentjev. 'Waarom kwelt Marfa Vasiljevna me?'
Vikentjev keek hen beiden strak aan, ging vervolgens in het midden van de kamer staan, zette een zoetsappig gezicht, boog zijn romp enigszins naar voren, vouwde zijn handen en deed zijn hoed onder zijn oksel.
'*Mille pardons, mademoiselle, de vous avoir dérangée*,' zei hij en spande zich in om zijn handschoenen aan te doen, maar zijn grote handen, die vochtig waren van het zweet, pasten er niet in... *Sacrebleu! Ça n'entre pas... Oh, mille pardons, mademoiselle...*'
'Zo is het wel genoeg, kwajongen,' zei baboesjka lachend. 'Breng hem ingemaakte vruchten, Marfenka!'
'*Oh! Madame, je suis bien reconnaissant, mademoiselle, je vous prie, restez, de grâce!*' zei hij, zijn armen eerbiedig uitstrekkend om Marfenka, die naar de deur wilde gaan, de weg te versperren. '*Vraiment, je ne puis pas: j'ai des visites à faire... Ah, diable, ça n'entre pas...*'
Marfenka probeerde zich te beheersen en beet op haar lippen, maar de lach brak toch door.
'Kijk eens, baboesjka, wat voor een gezichten hij trekt,' zei ze, zich als het ware verontschuldigend. 'Nu imiteert hij *monsieur Charles*. Ik houd het echt niet meer!'
'En? Lijkt het?' vroeg Vikentjev.
'Zo is het wel genoeg, lieve kinderen!' zei Tatjana Markovna terwijl een glimlach haar gezicht deed opklaren en de rimpels daarop veranderden in lichtende stralen. 'Ga, God zij met jullie, doe wat jullie willen!'

19

Het was alsof Marfenka en Vikentjev met levenswater besprenkeld waren. Zij pakte de muziekbladen, het boek, en hij zijn hoed, en ze wilden net de deur uit gaan toen plotseling van buiten, van de kant van de rijweg, iemands galmende stem weerklonk en door het hele huis schalde.

'Tatjana Markovna! Verheven en waardige heerseres dezer oorden! Vergeef de stoutmoedige die het waagt voor uw aangezicht te treden en het stof van uw voeten te kussen! Neem onder uw gastvrij dak de zwerver op die van ver is gekomen om van uw dis te proeven en beschutting te vinden tegen de hitte van de middag! Is de door God behoede eigenares van dit huis thuis...? Ach, er is niemand!'

Buiten, voor het raam van de eetkamer, verscheen een hoofd. Alle drie, Tatjana Markovna, Marfenka en Vikentjev, werden plotseling muisstil en verroerden geen vin.

'Mijn god, Openkin!' riep baboesjka bijna ontzet uit. 'Ik ben niet thuis, ik ben niet thuis! Ik ben voor de hele dag naar de overkant van de Wolga!' souffleerde ze Vikentjev.

'Ze is niet thuis, ze is voor de hele dag naar de overkant van de Wolga!' herhaalde Vikentjev, die naar het raam van de eetkamer was gelopen, op luide toon.

'Aha! Mijn nederige groet aan de hoogedele en talentvolle Nikolaj Andrejitsj, de heer van Koltsjino en vele andere landgoederen!' sprak de stem. 'Moge je tong vastkleven aan je verhemelte voor ze een leugen uitbraakt! Zowel de koetsier als de staatsiekaros is thuis, dus bevindt ook de vrouw des huizes zich in dit oord of in de omgeving. Laten we rondkijken en zoeken, of liever, laten we afwachten tot ze vanuit haar akkers en weidegronden, of vanuit haar wijngaarden, weer terugkeert in haar woonstede.'

'Wat nu, Tatjana Markovna?' vroeg Vikentjev haastig en fluisterend. 'Openkin heeft het bordes betreden, hij komt hierheen.'

'Er is niets aan te doen,' zei baboesjka berustend. 'Waarschijnlijk heeft hij honger, de arme stakker! Waar moet hij in zo'n hitte blijven? Als ik hem nu ontvang ben ik meteen voor een hele maand van hem af! Vóór de avond krijg je hem nu toch niet weg!'

'Laat hem maar, Tatjana Markovna, hij bedrinkt zich en gaat in de hooiberg slapen. Daarna laat u hem door Koezma op een kar naar huis brengen...'

'Moedertje, moedertje!' riep Openkin, het kabinet al betredend, met een liefdevolle doch schorre stem. 'Waarom heeft deze woelwater mijn hart nodeloos vervuld van droefheid en vrees! Laat me uw handen kussen, Marfa Vasiljevna. Schone Rachel, uw handje, uw handje...'

'Genoeg, Akim Akimytsj, laat haar met rust! Ga zitten, ga zitten, ja, het is al goed! Ben je vermoeid? Wil je geen koffie?'

'Ik heb je zo lang niet gezien, jij heerlijk zonnetje van me, ik werd er gewoon verdrietig van!' zei Openkin, zijn voorhoofd afwisselend met een geruite katoenen zakdoek. 'Ik liep en liep maar, de zon brandde en ik bezweek bijna van honger en dorst, en toen hoorde ik plotseling: "Ze is naar de andere kant van de Wolga vertrokken!" Ik schrok ervan, moedertje, bij God, ik schrok ervan. Wat ben jij er voor een?' stortte hij zich op Vikentjev. 'Moge je een pokdalige bruid krijgen! U bent een schoonheid, een tuinvogeltje, een gekleurde vlinder!' wendde hij zich weer tot Marfenka. 'Verjaagt u hem, zodat uw heldere ogen hem niet meer hoeven te zien, de meedogenloze booswicht... ach, ach, mijn God, mijn God! Waarom koffie, moedertje, daar heb ik niets aan! Maar als deze hemelse engel zich zou verwaardigen om met haar suikeren handje iets anders aan te bieden...'

'Wodka?' onderbrak Vikentjev hem.

'Wodka!' bauwde Openkin hem na. 'Ik heb al een maand geen wodka gezien, ik ben vergeten hoe het ruikt, bij God, moedertje!' wendde hij zich tot baboesjka. 'Gisteren, bij Gorosjkin, moest ik het met alle geweld drinken, maar ik ben ervandoor gegaan, vergat zelfs mijn pet!'

'Wat wil je dan, Akim Akimytsj?'

'Als ik uit uw engelachtige handen een of twee glaasjes madera...'

'Marfenka, laat opdienen. Gisteren zijn ze net begonnen aan een fles van de Italiaan...'

'Nee, nee, wacht, engel, vlieg niet weg!' hield hij Marfenka tegen toen die naar de deur wilde gaan. 'Ik heb niets nodig van de Italiaan. Dat is niet aan mij besteed! Dat dringt niet tot me door, ik voel het niet. Madera van de Italiaan of water, dat is hetzelfde! Hij kost tien roebel, dat is veel te veel! Geef me die van Vatroechin, moedertje, van Vatroechin, daar kost ze maar een roebel!'

'Dat is helemaal geen madera,' merkte Vikentjev op, 'hij maakt hem zelf.'

'Dat geeft niets, dat geeft niets. Hij heeft zijn madera aangepast aan de behoeften van het land en de smaak van zijn medeburgers, en hij brengt de stad tot rust. We zitten nu bijvoorbeeld midden in een oorlog: alle toegangen tot het vaderland zijn gesloten. Er komt geen mens doorheen, geen vogel, geen ambergeur, geen Parijse pandjesjas, geen margaux of bourgogne. Het hele land kan omkomen van de honger. Alleen in deze door God gezegende stad blijft de maderabron vloeien bij Vatroechin! Lang leve Vatroechin! Laat me uw hand kussen, Tatjana Markovna.'

Hij pakte de hand van de oude vrouw, waaruit een zilveren roebel gleed en over de vloer rolde. Baboesjka had die gereedgehouden om er iemand mee naar Vatroechin te sturen voor madera.

'Blijf toch zitten, waarom ben je zo onrustig?' zei baboesjka geïrriteerd. 'Marfenka, stuur iemand naar Vatroechin. Wacht, hier is nog wat geld. Laat twee flessen halen want één zal waarschijnlijk te weinig zijn...'

'O, welk een wijsheid komt er over jouw lippen! Laat me je handje kussen...' zei Openkin.

'Waar ben je al die tijd geweest, Akim Akimytsj, wat heb je gedaan, arme stakker?'

'Ja, waar ben ik geweest?' herhaalde Openkin zuchtend. 'Overal en nergens. Ik zwerf rond als de vogelen des hemels! Ik ben drie dagen bij de Gorosjkins geweest, daarvoor bij de Pestovs en dáárvoor weet ik het niet eens meer!'

Hij slaakte opnieuw een zucht en maakte een wegwuivend gebaar.

'Waarom zit je niet thuis?'

'Ach, moedertje, dat zou ik graag doen, maar je weet immers zelf: zelfs aan engelengeduld heb je niet genoeg.'

'Dat weet ik, maar het komt toch niet allemaal door je vrouw! Is het voor een deel ook niet jouw schuld?'

'Goed, soms is het ook mijn schuld, dat is absoluut waar! Als ik mijn mond zou houden, zou de storm misschien overwaaien, maar ik word kwaad en laat me gaan en dan begint de ellende weer! Oordeel zelf: als ik zwijgend in een hoekje zit, dan heet het: "Waarom zit je daar als een zoutzak, zonder iets te doen?" Als ik iets aanpak, dan roept ze: "Blijf daarvan af, bemoei je niet met zaken die je niet aangaan." Als ik ga liggen, zegt ze: "Wat lig je daar maar?" Als ik een stuk brood in mijn mond stop: "Je vreet alleen maar!" Als ik wat zeg: "Zwijg liever!" Als ik wil lezen, rukt ze het boek uit mijn handen en smijt het op de vloer! Zo is mijn leven, Onze-Lieve-Heer is mijn getuige! Alleen op de rekenkamer kan ik een beetje op verhaal komen of wanneer ik bij goede mensen te gast ben.'

Men bracht de wijn. Marfenka schonk een glas vol en gaf het aan Openkin.

Hij pakte het gulzig, met trillende hand aan, drukte het voorzichtig tegen zijn onderlip, hield zijn andere hand er als een soort dienblad onder om geen druppel te verspillen en dronk het glas in een teug leeg. Daarna droogde hij zijn lippen af en wilde Marfenka's hand pakken, maar zij liep weg en ging in haar hoek zitten.

Openkin had in een paar woorden zelf de geschiedenis van zijn leven verteld. Niemand had ooit de moeite genomen om uit te zoeken wie schuldig was aan de huiselijke onvrede: hij of zijn vrouw. En wie zou dat ook interesseren?

Had hij door zijn dronkenschap zijn vrouw haar geduld doen verliezen of had zij hem door haar eeuwige gekijf tot dronkenschap gebracht? Hoe het ook zij, hij was een vreemde in zijn eigen huis geworden en kwam er alleen om te overnachten, maar soms verdween hij ook voor een paar dagen.

Hij liet het aan zijn vrouw over om zijn salaris op de rekenkamer in ontvangst te nemen en zichzelf en hun twee kinderen zo goed als ze kon te onderhouden. Zelf ging hij vanuit de rekenkamer direct naar een kennis om er te eten. Hij bleef dan tot aan de avond, en soms ook 's nachts, om de volgende dag, alsof er niets aan de hand was, weer naar de rekenkamer te gaan en daar, zodra hij weer nuchter was, tot drie uur met zijn krassende pen over het papier te gaan. Zo had hij de laatste jaren doorgebracht.

Iedereen in de stad was aan hem gewend en overal, behalve in de al te deftige huizen, werd hij dankzij zijn onschuldige inborst, zijn huiselijke twisten en de provinciale gastvrijheid ontvangen. Baboesjka ontving hem alleen niet wanneer ze voorname gasten verwachtte, dat wil zeggen mensen die in de stad van belang waren. Zijn drankzucht zou voldoende reden voor haar geweest zijn om hem niet toe te laten, want ze kon niet tegen dronkaards, maar hij was een ongelukkige en bovendien hoefde men geen omslag voor hem te maken: wanneer hij lastig werd, voerde men hem gewoon af naar de hooiberg of bracht hem naar huis.

De provinciale zeden stonden niet toe om de deur helemaal voor hem te sluiten en dat lag ook niet in de aard van Tatjana Markovna, hoe zwaar de aanwezigheid van de dronkelap met zijn klachten en zuchten haar ook viel.

Rajski herinnerde zich dat Openkin naar het huis van zijn vader placht te komen met akten uit de rekenkamer.

Toen was hij nog niet kaal en had ook geen paarse neus. Het was een rustige, bescheiden man, een gewezen seminarist die de geestelijke stand had verlaten uit liefde voor de dochter van een assessor, die de vrouw van een diaken noch die van een pope wilde zijn.

Rajski achtte het niet nodig hun oude relatie in herinnering te brengen omdat hij, net als baboesjka, niet van dronkelappen hield. Hij observeerde Openkin echter van ter zijde en tekende ter plekke met potlood zijn karikatuur. Openkin ging onder het eten door, zolang hij nog niet dronken was, baboesjka te eren met lofprijzingen en Verotsjka en Marfenka hemelse torteldruifjes te noemen. Nadat hij dronken was geworden, zuchtte en snoof hij voortdurend, en na het eten ging hij in de hooiberg slapen.

Thee dronk hij met rum, bij het avondeten dronk hij opnieuw madera, en toen alle gasten naar huis waren gegaan en Vera en Marfenka naar hun kamer, vermoeide Openkin Berezjkova nog steeds met verhalen over het vroegere leven in de stad, over vele oude lieden die iedereen behalve hij vergeten was, over allerlei gebeurtenissen uit de goede oude tijd en ten slotte over zijn huiselijke perikelen, waarbij hij regelmatig een slok koude thee met rum nam of vroeg om een glaasje madera.

De toegeeflijke oude vrouw durfde hem niet goed op het late uur te wijzen en wachtte tot hij er zelf aan zou denken. Maar hij dacht er niet aan.

Ze ging een paar keer de kamer uit, verdween ten slotte helemaal en stuurde nu eens Marina dan weer Jakov om alle kaarsen op een na te doven en de luiken dicht te doen, maar niets hielp.

Hij begon zowel met Jakov als met Marina een gesprek.

'Hoe staat het, Marinoesjka? Nodig je me binnenkort uit om peter te worden? Ik verheug me er al op om op de gezondheid van de jonge moeder te drinken...'

'Hebt u nog niet genoeg? Uw ogen zijn zo ook al bloeddoorlopen! De meesteres wil naar bed, ze zegt dat het tijd is dat u naar huis gaat...' bromde Marina terwijl ze het serviesgoed afruimde.

'Gebruik geen scheldwoorden, zondares. Tatjana Markovna jaagt haar gasten niet weg: een gast is een heilig persoon... Tatjana Markovna!' riep hij luidkeels, 'laat mij, onwaardige, uw hand kussen...'

'Schaamt u zich niet om zo te schreeuwen? U wekt de jongedames nog!' zei Vasilisa, die door haar meesteres gestuurd was om hem tot bedaren te brengen.

'De hemelse tortelduifjes,' begon Openkin met zoete stem, 'hebben nu hun kopjes onder hun vleugeltjes gestoken en slapen! Marinoesjka! Kom hier, laat me je omhelzen...'

'Ik denk er niet over! Ga heen, wordt u gezegd, uw vrouw geeft u ervan langs als u thuiskomt...'

'Ze zal me slaan, Marinoesjka, ze zal me slaan als een klein kind!'

Hij begon te huilen en te snikken.

'Geef me madera! Uit jouw gouden handjes zal hij me nog beter smaken!' zei hij wenend.

'Hij is op, kijk maar, de fles is leeg! U hebt alles opgezopen!'

'Goed, breng me dan rum, jongedame, dat heb je nog niet één keer gedaan...'

'Ook dat nog! De rum staat in het buffet en de meesteres heeft de sleutels...'

'Haal rum voor me, loeder!' riep Openkin weer luidkeels.

Even later kwam Tatjana Markovna met een nachtmuts op en nachtjapon aan uit haar slaapkamer.

'Wat betekent dit? Heb je je verstand verloren, Akim Akimytsj?' vroeg ze streng.

'Moedertje, moedertje!' kreet Openkin terwijl hij voor haar knielde en haar voeten pakte, 'laat me je voetje kussen, weldoenster, vergeef me...'

'Ga toch naar huis, het is hier geen kroeg! Je moest je schamen! Voortaan ontvang ik je niet meer...'

'Een kroeg, ach, moedertje! Wie zegt dat het hier een kroeg is? Een tempel van wijsheid en deugd is het hier. Ben ik een fatsoenlijk man, moedertje, ja of nee? Zeg me alsjeblieft: ben ik fatsoenlijk of niet? Heb ik ooit iemand bedrogen, gekwetst, belogen of belasterd? Heb ik God gelasterd of me bezondigd aan snode daden? Nooit!' zei hij trots, terwijl hij zich trachtte op te richten. 'Heb ik mijn eed van trouw aan de tsaar en het vaderland geschonden? Heb ik steekpenningen aangenomen, het recht verkracht, de belangen van de schatkist geschaad? Nooit! Ik heb geen vlieg kwaad gedaan, moedertje, ik ben onschuldig als een worm die rondkruipt in het stof...'

'Goed, sta op, sta op, en ga naar huis! Ik ben moe en wil slapen...'

'Moge Gods zegen op u rusten, rechtschapene!'

'Jakov, zeg tegen Koezma dat hij Akim Akimytsj naar huis brengt!' beval Baboesjka. 'Ga zelf ook mee opdat hem onderweg niets overkomt! Nou vaarwel, God zij met je, en schreeuw niet, anders maak je de meisjes wakker!'

'Moedertje, je handje, je handje! Die lieve, hemelse tortelduifjes...'

Berezjkova verliet de kamer, geenszins van haar stuk gebracht door de scènes met Openkin, die zich elke maand herhaalden en steeds op dezelfde manier verliepen. Jakov trachtte met behulp van Marina Openkin, die nog steeds in geknielde houding op de grond zat, op te richten.

'Ah! Godvrezende Jakob!' vervolgde Openkin. 'Til je onwaardige Joachim op je schoot en reik hem met je godvruchtige handen een glaasje Jamaicaanse rum aan.'

'Laten we gaan en maak geen lawaai, anders maakt u de meesteres opnieuw wakker, het is tijd om naar huis te gaan.'

'Goed... goed... goed...' bromde Openkin terwijl hij met moeite opstond. 'Laten we gaan, laten we gaan. Maar waarom naar huis, waar die wrede slang me tot de ochtendstond zal pijnigen? Nee, laten we naar jouw kamer gaan, beste man. Ik zal je vertellen hoe Jakob worstelde met God...'

Jakov liet zich graag iets uit de Heilige Schrift vertellen en hield ook wel van een glaasje. Daarom aarzelde hij.

'Nou, goed dan, laten we naar mijn plek gaan, hier kunt u niet meer blijven,' zei hij.

Openkin zat een uur of twee bij Jakov in de vestibule. Jakov luisterde in gedachten verzonken naar de bijbelse verhalen. Hij haalde zelfs een fles bier uit het bediendeverblijf om de tong van zijn gesprekspartner losser te maken. Nadat hij het bier had opgedronken, verloor Openkin voortdurend de draad van zijn verhaal en beweerde zelfs dat Samson de walvis had verzwolgen en hem drie dagen in zijn buik had rondgedragen.

'Hoe ging het nou?' onderbrak Jakov hem peinzend. 'Wie had wie verzwolgen?'

'Dat zeg ik je toch, man, Samson! Of nee... Jonas!'

'Maar een walvis is toch een enorm grote vis, men zegt dat hij niet eens in de Wolga past...'

'Daarom is het ook een wonder.'

'Had hij niet een andere vis verzwolgen?' uitte Jakov zijn twijfel.

Maar Openkin begon al te snurken.

'Hij heeft hem verzwolgen, bij God, hij heeft hem verzwolgen!' mompelde hij onsamenhangend en slaapdronken.

'Ja maar, mijn God, zegt u me alstublieft: wie heeft wie verzwolgen?' herhaalde Jakov zijn vraag.

'Reik mij uit je godvruchtige handen...' zei Openkin nauwelijks verstaanbaar, al inslapend.

'Tja, nu krijg ik geen verstandig woord meer uit je! Laten we gaan.'

Hij probeerde zijn gast wakker te schudden maar die bleef snurken. Jakov ging Koezma halen en met z'n tweeën hadden ze vier uur nodig om Openkin naar zijn huis aan de andere kant van de stad te brengen. Na hem daar overgedragen te hebben aan de kokkin, keerden ze zelf pas de volgende dag tegen het middageten naar huis terug. Ze hadden de hele ochtend in de voorstad onder het gastvrije dak van een kroeg doorgebracht. Toen ze de kroeg verlieten, nam Koezma een bijzonder zakelijke gezichtsuitdrukking aan en hoe dichter hij bij het huis kwam, hoe strenger en aandachtiger hij om zich heen keek of hij geen wanorde zag, of er geen rotzooi bij het huis rondslingerde; ten slotte inspecteerde hij het slot van de poort om te zien of het intact was. Jakov keek nu eens naar links, dan weer naar rechts om te zien of zich geen kerkkruis in de verte vertoonde, zodat hij in die richting kon bidden.

Rajski's geduld werd zwaar op de proef gesteld door Vera's onverschilligheid. Hij verviel in een troosteloze stemming, een toestand van doffe, onvruchtbare verveling. Uit verveling maakte hij een reeks potloodschetsen van scènes uit het dorpsleven, nam bijna alle Wolga-landschappen die hij vanaf het huis en vanuit het ravijn kon zien op in zijn schetsboek, maakte notities in zijn schriften en beschreef zelfs Openkin. Toen hij de pen neerlegde vroeg hij zich echter onwillekeurig af: waarom heb ik dat eigenlijk opgeschreven? In mijn roman hoort die dronkelap immers niet thuis, daar speelt hij geen rol in. Openkin is een oud, uitstervend, provinciaal type, de gast waarvan men niet weet hoe men hem weer het huis uit moet krijgen. Wat is daar voor interessants aan? En wat wordt het eigenlijk voor roman? Hoe werken andere romanschrijvers? Hoe komt het dat bij hen alles uit elkaar voortvloeit en met elkaar verbonden is, zodat je niets kunt verschuiven of beroeren? Terwijl ik schijnbaar alleen mezelf in de spiegel zie! Wat is dat toch dom! Ik kan het niet! Ik ben een mislukkeling!

Hij dacht terug aan zijn lessen op de kunstacademie, waar men naar borstbeelden tekende. Ten slotte bleef hij bijna koppig stilstaan bij de herinnering aan Bjelovodova, haalde haar waterverfportret tevoorschijn, trachtte het laatste gesprek met haar in zijn geheugen op te roepen en eindigde ermee dat hij Ajanov een hele reeks brieven stuurde – literaire creaties in hun soort – waarin hij hem de meest gedetailleerde inlichtingen vroeg over alles wat Sofja betrof: wat ze deed, waar ze was, op de datsja of op het platteland. Of hij nog bij haar thuis kwam en of ze nog wel eens aan hem dacht. Was graaf Milari er wel eens enzovoort, enzovoort – alles, alles wilde hij weten.

Dat alles moest er slechts toe dienen om hem te bevrijden van de obsederende gedachte aan Vera.

Na vijf of zes brieven verstuurd te hebben verviel hij weer in zijn oude kwaal, de verveling. Het was niet de verveling van iemand die bezig is met een karwei dat hem tegenstaat, maar waartoe hij verplicht is en waarvan het einde in zicht is. Het was ook niet de verveling die door een toevallige situatie – een ziekte, een vermoeiende reis, of een quarantaine – wordt opgeroepen; ook daar is in de verte het einde in zicht. De verveling die Rajski ervoer was van andere aard.

Hij zou de verveling kunnen verdrijven door te werken. Wie werkt kent immers geen verveling.

Maar wij Russen kennen geen echt werk, bedacht Rajski, we kennen alleen de illusie van werk. Wij kennen het alleen in de levenssfeer van de gewone man, in de toepassing van grove kracht of grove bedrevenheid, dus het werk van de handen, schouders en rug. En ook daar vlot het werk niet, vordert het nauwelijks omdat het werkvolk, net als het werkvee, alles doet vanwege de stok en alleen probeert zich er zo makkelijk mogelijk vanaf te maken, zo snel mogelijk de dierlijke rust te hervinden. Niemand voelt zich een mens tijdens dat werk en niemand stopt er menselijke, bewuste kunde in. Iedereen trekt zijn kar als een paard en probeert met zijn staart de knoet af te weren. Suist de knoet niet meer door de lucht, dan is ook de kracht om te bewegen er niet meer en komt tot stilstand waar de knoet tot stilstand is gekomen. Het hele huis om hem heen, de hele stad, en alle steden in het uitgestrekte rijk bewegen zich dankzij deze negatieve beweging. Maar waar vind je bij ons in Rusland buiten de sfeer van de lichamelijke arbeid, hogerop, werk dat iedereen verricht om zo te zeggen zijn vingers aflikkend van plezier, alsof hij een geliefd gerecht eet? Terwijl toch alleen zulk werk ons vrijwaart van verveling! En omdat dat bij ons niet te vinden is, zoekt iedereen bij ons zijn plezier buiten het werk.

We kennen geen werk, alleen de illusie van werk! herhaalde hij kwaad, overmand door een neerslachtigheid die hem soms tot een razernij bracht, welke zijn zachtmoedige aard vreemd was...

Waar men hemzelf op had voorbereid, dat wist niemand. Het hele vrouwelijke deel van zijn familie had hem voorbestemd voor de militaire dienst, het mannelijke deel voor de overheidsdienst, terwijl zijn geboorte op zichzelf nog een derde bestemming openliet – die van landheer. Bij ons jaag je al snel achter alle drie de hazen aan om uit te komen bij drie... illusies.

En alleen hij bleek een uitzondering in de familie te zijn en had zich niet tot deze drie mogelijkheden beperkt, maar zijn eigen illusie uitgevonden: de kunst.

Hoeveel spottende opmerkingen, hoeveel opgehaalde schouders, hoeveel kille en strenge blikken had hij niet verdragen op weg naar zijn ideaal! Ja, als hij overwonnen had, als hij zich tegen zijn taak opgewassen had betoond en 'serieuze lieden' had aangetoond dat zij een illusie nastreefden terwijl hij echte arbeid verrichtte – dan, ja dan had hij gelijk gehad.

Maar ook hij verrichtte geen echte arbeid en zijn werk was vergeleken met dat van hen de meest ijdele van alle illusies. Mark, de cynische wijze die alle illusies zo dapper verachtte, had met betrekking tot hem zeker gelijk, alleen was hijzelf weer op zoek naar... de nieuwste illusie!

Nee, ik heb geen werk, geen levenstaak, zoals kunstenaars die daar geheel in opgaan er hun leven voor opofferen, concludeerde hij vertwijfeld. En wat voor schatten heb ik niet voor ogen: genretafereeltjes à la Teniers en Van Ostade zou ik met het penseel kunnen schilderen, zeden en gebruiken met de pen, al die Openkins en hoe ze verder ook mogen heten...

Hij keek naar het erf waar iedereen met zijn dagelijkse arbeid bezig was. Hij zag hoe Oelita de kelders in bedrijf hield en begon haar te observeren.

Oelita was een soort gnoom: ze had zich voor eeuwig genesteld in het onderaardse kelderrijk en was helemaal doordrenkt geraakt met vochtige kelderdamp.

Haar jurk was vochtig, haar neus en wangen voortdurend bevroren, het haar zat in de war en was bedekt met een verkreukelde katoenen doek. Ze had een vuil schort aan en haar mouwen waren opgestroopt.

Je zag haar voortdurend met kannen, potten, troggen of met een half dozijn flessen tussen de vingers van beide handen uit een van de kelders als uit een graf opduiken; of ze daalde er net in af om er wijn, vruchten, groente of andere provisie in op te bergen.

Je zag haar bijna nooit bij daglicht, ze verborg zich steeds in het duister van haar koude, donkere ruimten. Achter in de kelder was alleen haar gezicht te zien met de blauwrode blos, de hele rest van haar lichaam vloeide samen met de donkere kelderachtergrond.

Ze bevroedde niet dat Rajski zich meer dan wie ook in het huis met haar bezighield, meer zelfs dan haar verwanten, die in het dorp woonden en haar soms maandenlang niet zagen.

Hij tekende haar en liet het resultaat aan Marfenka en Vera zien. De eerste sloeg de handen in elkaar van vreugde, terwijl Vera goedkeurend knikte.

De eigenlijke held in de kringen van het huispersoneel was echter Jegorka. Hij was er het kloppende hart van. Zijn eigen werk, dat eigenlijk helemaal geen werk was – zoals bij ons allemaal, voegde Rajski er in gedachten koppig aan toe – deed hij niet, maar hij bemoeide zich wel ieder ogenblik met het werk van anderen. Het was een potige, gespierde kerel met lange armen, als een orang-oetang, maar verder goed geproportioneerd. Hij pakte hier en daar wat aan: nu eens duwde hij een wagen voort, dan weer hielp hij bij het maken van een hooiberg. Nauwelijks had hij er drie vorken vol opgegooid of hij hield er alweer mee op en begon te kletsen en de anderen te hinderen.

Zijn meest geliefde tijdverdrijf was het echter om de dienstmeisjes te plagen, hun haar in de war te brengen en hun allerlei poetsen te bakken. Hij lachte ze uit, floot ze na, greep hen vanachter een hoek met zijn lange arm bij de schouder of bij de hals, zodat de arme meisjes niet wisten wat hun overkwam, hun haarkammetjes lossprongen en het haar los op hun rug viel.

'Duivel, vlegel!' schreeuwde de deerne, terwijl tegelijk ergens de kijvende stem van een of andere oude boerenvrouw te horen was.

Maar hij kon het niet laten. Hij gaf de koetsier of Jakov, of wie er maar in de buurt was een knipoog en knikte in de richting van een passerende deerne en begon opnieuw te fluiten, te grinniken of trok zulke gezichten dat de deerne op de vlucht sloeg terwijl hij haar grijnzend nakeek en steeds weer zijn fluittoon liet horen.

Wat een haat, zou je denken, zal zo'n kwajongen als deze Jegorka in de hele vrouwelijke helft van het huispersoneel opwekken. Maar daar was nu juist geen sprake van. Hij riep alleen tijdelijke woede-uitbarstingen op in deze meisjes – zodra hij weer vriendelijk met hen sprak en ze bij hun voor- en vadersnaam Maria Petrovna of Pelageja Sergejevna noemde, waren ze weer met hem verzoend. Ze verdrongen zich om hem wanneer hij op zondag met zijn gitaar bij de poort zat en op zijn minzame, altijd enigszins spottende manier grapjes met hen maakte. En pas wanneer hij een al te onbetamelijk liedje zong of met onfatsoenlijke gebaren hun schaamtegevoel opriep, stoven ze uiteen. Als ze alleen met hem in een hoekje stonden, dan hadden ze er niets op tegen dat hij vriendschappelijk zijn arm om hen heen sloeg; en wie, vooral in de winter, zijn kleine kamertje naast de vertrekken van de voerlieden in de gaten hield, kon vaak zien hoe een vrouwelijke schim over het erf schoot en in de deur van dat kamertje verdween.

Ook Jegorka en zijn mooie meiden bevroedden niet dat Rajski, beter dan wie ook in het huis, al hun kleine intriges en het hele spel van huiselijke hartstochten doorzag.

Wanneer Rajski zijn blik van het erf naar het huis wendde, zag hij in het kleine kamertje naast het kabinet van baboesjka voor de honderdste keer hetzelfde onveranderlijke tafereel: aan het venster zat de zwijgende, altijd voor zich uit fluisterende Vasilisa, met de diepliggende ogen, steeds op dezelfde plek, op dezelfde stoel met hoge rug en diep ingedeukte leren zitting, kijkend naar de houtstapel en de tussen het vuil scharrelende kippen.

Ze werd nooit moe van dit eeuwige zitten, van dat altijd hetzelfde blijvende uitzicht uit het raam. Ze stond zelfs niet graag op van haar stoel en, nadat ze haar meesteres koffie had ingeschonken en haar kleren had opgeborgen in de kast, haastte ze zich weer naar haar stoel, naar haar breikous, om peinzend en zacht voor zich uit fluisterend naar de houtstapel en naar de kippen buiten te kijken.

Voor haar was het een straf om het huis te verlaten; ze deed het alleen om naar de kerk te gaan en ook dan ging ze schuchter, enigszins beschaamd over straat, alsof ze de blikken van de mensen vreesde. Wanneer men haar vroeg waarom ze niet naar buiten ging, antwoordde ze dat ze liever op het huis paste.

Ze leek gezet omdat ze was opgezwollen door het zitten en het thuisblijven, en ze klaagde soms over ademnood. Net als Jakov was ze erg vroom en hield ze zich streng aan de vasten.

Wanneer er een vreemde op bezoek kwam en Jegorka noch Jakov in de hal was, wat bijna voortdurend het geval was, zodat Vasilisa de deur open moest doen, kon ze daarna nooit zeggen wie er geweest was. Ze kon de voor- noch de achternaam van de bezoeker ooit noemen, hoewel ze oud en grijs geworden was in de stad en alle inwoners tot het kleinste kind van gezicht kende.

Kwam de dokter of de priester, dan zei ze dat 'de dokter' of 'de priester' geweest was, maar herinnerde zich de naam niet.

'Die ene was er...' begon ze

'Wie dan?' vroeg Tatjana Markovna.

'Degene die Marfa Vasiljevna bijna gedood heeft.' Het was vijftien jaar geleden dat een gast de kleine Marfenka uit zijn handen had laten vallen.

'Wie is dat dan?'

'Die na het eten geen koffie maar thee wil.' Of: 'Die toen met zijn pijp het gat in de divan heeft gebrand...' Of: 'Die zich in de goede week niet aan de vasten houdt en vlees eet.'

Ze paste, onhoorbaar als een schaduw, in haar hoekje op het huis, tikkend met haar breinaalden. Voor haar zat, van haar gescheiden door een geverfde dennenhouten tafel, op een hoge houten kruk een meisje van acht tot tien jaar dat ook kousen breide, die ze zo hoog hield dat de breinaalden ieder ogenblik boven haar hoofd uitkwamen.

Aan dat soort meisjes kwam nooit een eind bij Berezjkova. Als het meisje groot was geworden gebruikte men haar voor ander, serieus werk en nam in haar plaats een ander meisje uit het dorp, om te breien en kleine opdrachten uit te voeren.

De taak van zo'n meisje was het om, wanneer Tatjana Markovna in de kamer zat, dicht tegen de muur aangedrukt in het hoekje bij de deur te staan en met een knot wol onder haar oksel heel stil, zonder zich te verroeren, nauwelijks ademend, een kous te breien en zo mogelijk de meesteres geen ogenblik uit het oog te verliezen, om zich meteen naar voren te storten als die haar met haar vinger een aanwijzing gaf, om een doek aan te geven, de deur te openen of te sluiten, of, als dat haar bevolen werd, iemand te roepen.

'Veeg je neus af!' kon je Tatjana Markovna af en toe horen zeggen, en het meisje veegde dan met haar schort of haar vinger haar neus af en ging door met breien.

Wanneer Berezjkova het huis verliet, ging het meisje naar Vasilisa, kroop op de hoge kruk en ging zwijgend, zonder Vasilisa uit het oog te verliezen, door met breien, met moeite met haar vingers de lange stalen breinaalden de baas blijvend. De knot viel vaak uit haar oksel en rolde dan door de kamer.

'Wat zit je te slapen, raap hem op!' klonk dan Vasilisa's fluisterstem.

Soms kwam de kat Serko in de vensterbank zitten, om zich tussen de twee flessen vruchtenlikeur te koesteren in de zon. Ging Vasilisa dan de kamer uit, dan kon het meisje zich het genoegen niet ontzeggen om met hem te spelen en ontstond er een stoeipartij, waarbij de knot en de kat vrolijk over de vloer rolden en de kruk met het lachende meisje soms volgde.

Het meisje dat Rajski in Vasilisa's kamer aantrof, heette Pasjoetka. Ze had kortgeknipt haar en een jurk aan die gemaakt was van een oude rok, maar op zo'n manier dat niet viel uit te maken wat nu de voor- en wat de achterkant was. Haar voeten staken in een paar veel te grote schoenen.

Aan haar kleine, grappige wipneusje hing vaak een glinsterende druppel. Men had geprobeerd haar het gebruik van zakdoeken aan te leren, maar zij maakte hiervan steeds een soort poppen waarop ze met houtskool ogen en een neus tekende. Men nam haar de zakdoeken weer af en de druppel bleef aan haar neus hangen, uit de verte glinsterend als een vonk.

Als Pasjoetka Rajski van achter haar kous in het oog kreeg, wilde ze glimlachen, omdat hij haar vaak liefdevol streelde of een lepel ingemaakte vruchten of een appel gaf, maar onder de strenge blik van Vasilisa sloeg ze haar ogen snel neer. Vasilisa zelf hield, wanneer ze hem zag, meteen op met fluisteren en verdiepte zich in haar kous.

Rajski ging naar het kabinet van Baboesjka, maar ze was er niet, en hij pakte zijn muts en verliet het huis. Hij liep door de voorstad en had voor hij het wist de stad bereikt. Nieuwsgierig nam hij iedere voorbijganger op, bestudeerde de huizen en de straten... Er liepen hier en daar wat mensen. Een koopman, of liever iets dat uit hoed, baard, dikke buik en laarzen bestond, keek toe hoe arbeiders zuchtend zakken met graan naar de korenschuur droegen. Hier liepen duistere individuen te hoop bij een kroeg, en daar passeerde een lange, hoge boerenwagen, dicht bezet met forse, gezonde mannen met verschoten kleploze petten, vaak verstelde blauwe hemden en grijsbruine lange kaftans, zowel met bastschoenen als met hoge kaplaarzen aan, met rossige, grijze en anders gekleurde baarden, nu eens wigvormig, dan weer in de vorm van een schop, in tweeën gedeeld, of lijkend op een geitensik.

Ratelend en bolderend reed de wagen voort, en de mannen bolderden mee; de een zat rechtop en hield zich met beide handen aan de wagenrand vast, een ander lag met zijn hoofd op de derde, en een derde lag op zijn ellebogen steunend diep in de wagen terwijl zijn benen over de rand bungelden.

Een grote boer in een grijsbruine tot de grond reikende kaftan mende staande het paard. Hij droeg een hoed zonder rand. Traag en bedachtzaam hanteerde hij de teugels. Zijn gezicht was helemaal zwart van het stof en de zonnebrand, zijn ogen waren onder de diep over het voorhoofd getrokken hoed nauwelijks zichtbaar; alleen zijn snor en baard, die aan goudwitte, grove schapenwol deden denken, staken scherp af tegen de donkere kaftan.

Het grote, sterke paard, waarvan de flanken behangen waren met leren kwastjes, was aan het einde van zijn krachten en bewoog zich voort met sprongetjes. Het haalde met moeite de dichtstbijzijnde kroeg, waar de boeren van de wagen afsprongen, het stof van zich afsloegen en naar binnen gingen, terwijl het paard uit zichzelf naar een ruif liep waarin een bos hooi stak, en snuivend en briesend begon te eten.

Rajski kwam verder in de stad personen tegen die kennelijk ofwel werkeloos waren ofwel in beslag genomen werden door een 'illusie van werk'; kooplieden stonden zonder bezigheid voor hun kramen, een raadsheer passeerde in een droschke, een geestelijke met een lange wandelstok liep, gewichtig schrijdend, voorbij.

En daar, in het midden van de lege straat, liep, met zijn dronken benen wolken stof opjagend, een aangeschoten kerel, in een rood hemd, met zijn pet scheef op zijn hoofd, en hij zong, brullend en zwaaiend met zijn armen, in zijn eentje een lied, bedreigde de schaarse voorbijgangers met zijn vuist.

Rajski bereikte het huis van Kozlov en vroeg, toen hij te horen kreeg dat die op school was, naar diens vrouw. De boerenvrouw die het hek voor hem had opengedaan keek hem van ter zijde aan, snoot daarna haar neus in haar schort, veegde haar neus af met een vinger en ging zonder iets te zeggen naar binnen. Ze kwam niet terug.

Rajski klopte opnieuw. Honden begonnen te blaffen, er kwam een meisje naar buiten dat hem met open mond aankeek en ook weer naar binnen ging. Hij liep om het huis heen en hoorde achter de omheining stemmen in het tuintje van Kozlov: een vrouw en een man spraken met elkaar, de laatste sprak Frans met een Parijs accent. Ze lachten en schenen elkaar te kussen...

Arme Leonti! dacht Rajski. Of liever: blinde, argeloze Leonti.

Besluiteloos stond hij daar: zou hij naar binnen gaan of niet?

Ik ben Leonti's vriend, een oude schoolkameraad, moet ik dan dulden hoe die eerlijke, liefhebbende ziel stank voor dank krijgt? Moet ik daar onverschillig onder blijven...? Maar wat moet ik doen: hem de ogen openen, hem wekken uit zijn zorgeloze onwetendheid, terwijl hij zo vast gelooft aan de trouw van dat... 'Romeinse profiel', haar vereert en zo zoet sluimert in de schoot van zijn huiselijk geluk? Dan zou ik hem een slechte dienst bewijzen. Wat moet ik dan doen? Een duivels dilemma! dacht hij, heen en weer lopend door de steeg. Er zit niets anders op dan naar binnen te stormen, alarm te slaan en dat misdadige *tête-à-tête* te verstoren...

Hij wilde al naar de deur lopen, toen hij zich plotseling bedacht en omkeerde.

Dat wordt een affaire, een schandaal, dacht hij, de schande van een vriend openbaar maken, nee, dat nooit! Dat is uitgesloten! Wacht, een gelukkige gedachte: ik zal Oeljana Andrejevna onder vier ogen een lesje geven, een donderpreek houden en de louterende regen van zuivere, haar onbekende, zedelijke begrippen op haar laten neerdalen. Ze bedriegt een goede, liefhebbende echtgenoot en kent geen angst. Ik zal ervoor zorgen dat ze de schaamte leert kennen. Ja, schaamte opwekken in dat afgestompte hart, dat is mijn heilige plicht, tegenover haar, maar nog meer tegenover Leonti!

Die gedachte bracht hem weer tot leven.

Dat is geen illusie meer, maar een waarachtige, eerzame, zelfs heilige opgave! ging het door hem heen.

Vervolgens verdiepte hij zich in de details van deze nieuwe opgave. Hij dacht diep en serieus na over de vervulling van de plicht die hij op zich had genomen: hoe moest hij in alle stilte, zonder trammelant, zonder heftige scènes, deze vrouw op een zachtaardige en redelijke manier overreden om haar man te ontzien, om een andere, eerzame weg te betreden en haar schuld goed te maken...

Hij liep wel een half uur door de steeg, wachtend tot *monsieur Charles* weg zou gaan – om haar dan op heterdaad te betrappen en ofwel een donderpreek te houden ofwel haar via de heilzame werking van een oude vriendschap tot inkeer te brengen... Dat zie ik dan wel, dacht hij.

Ten slotte gaf hij het wachten op en stelde de uitvoering van zijn plan uit tot zich een geschikte gelegenheid zou voordoen. Geheel in beslag genomen door deze nieuwe opgave versnelde hij onwillekeurig zijn pas. Hij wilde Mark opzoeken om een tegenbezoek af te leggen, hoewel dit niet geheel ongevaarlijk leek en Mark er waarschijnlijk geen behoefte aan had. Hij wilde zijn bezoek ook niet bestempelen als een officiële visite. Hij zocht gewoon wat verstrooiing teneinde de doffe verveling niet te voelen en om even niet aan Vera te denken.

Hij concludeerde terecht dat de enge kring waar het lot hem in geplaatst had hem, of hij dat nu wilde of niet, lang deed verwijlen bij een en dezelfde indruk. En omdat Vera vanwege haar gebrekkige ontwikkeling, omdat ze niet gewend was aan mensen of om een andere hem onbekende reden, niet alleen geen toenadering tot hem zocht, maar zich zelfs steeds verder van hem verwijderde, besloot ook hij om zijn nieuwsgierigheid noch zijn fantasie de vrije loop te laten en haar duidelijk te maken dat ze een flets, onbeduidend dorpsmeisje was en verder niets. Daarom greep hij iedere gelegenheid aan om andere indrukken op te doen.

Nadat hij een hele rij scheefgezakte huisjes had gepasseerd, verliet hij de stad. De weg liep tussen gevlochten omheiningen door, waarachter zich aan beide kanten moestuinen uitstrekten. Hier en daar stonden de takkenhutten van de tuinders. Oude kaftans vol gaten en versleten mutsen waren op stokken gestoken om de mussen te verjagen.

'Waar woont hier de tuinder Jefrem?' vroeg hij over de omheining heen aan een boerenvrouw die tussen twee groenteperken aan het spitten was.

Ze wees zonder haar werk te onderbreken met haar elleboog in de verte, naar een eenzaam in het veld staand huisje. Toen Rajski zich al een pas of veertig van haar had verwijderd, riep ze hem, haar ogen met haar vlakke hand tegen de zon bedekkend, luid achterna: 'Wil je geen augurken kopen? Kijk eens wat een grote en groene we hebben!'

'Nee,' antwoordde Rajski, 'ik koop niets.'

'Wat moet je dan van Jefrem?'

'Een kennis van me woont bij hem, Mark, ken je hem niet?'

'Alleen van gezicht. Het is een of andere popezoon of klerk uit de stad, God mag het weten!'

Rajski liep naar het huisje dat de vrouw hem had gewezen. Hij moest over de omheining klimmen en was nauwelijks aan de andere kant of twee bastaardhonden stortten zich met een woedend geblaf op hem. In de deur van het huisje verscheen een gezonde jonge vrouw met gebruinde blote armen en blote voeten, een kind op de arm.

'Koest, koest, stil toch, vervloekte honden!' riep ze. 'Wie moet u hebben?' vroeg ze aan Rajski, die naar alle kanten om zich heen keek, zich verbaasd afvragend waar hier behalve de boer met zijn gezin nog iemand anders zou kunnen wonen.

Het huisje had geen erf of bijgebouwen. Twee ramen keken uit op de moestuinen en twee op het veld. Het stond bijna helemaal vol met schoppen, houwelen, harken en hopen manden, in een hoek lagen dakplankjes, emmers en allerlei rommel.

Onder een afdak stonden twee paarden, daar knorde ook een varken met een biggetje en scharrelde een kloek met kuikens. Wat verderop stonden een grote kar en een paar kruiwagens.

'Waar woont hier Mark Volochov?' vroeg Rajski.

De vrouw wees zwijgend op de kar. Rajski wierp er een blik op, maar kon behalve een grote bastmat niets in de kar onderscheiden.

'Hij woont toch niet in die kar?' vroeg hij.

'Daar is zijn kamer,' zei de vrouw, wijzend op een van de ramen die uitkeken op het veld. 'En hier slaapt hij.'

'Slaapt hij om deze tijd?'

'Ja, hij is pas tegen de ochtend thuis gekomen, waarschijnlijk dronken, daarom slaapt hij nu.'

Rajski liep op de kar af.

'Wat wilt u van hem?' vroeg de vrouw.

'Niets bijzonders. Ik wil hem spreken!'

'Wekt u hem liever niet!'

'Waarom niet?'

'Het is zo'n rare, laat hem liever slapen! Mijn man is niet thuis en ik vind het eng om met hem alleen te zijn. Laat hem liever slapen.'

'Heeft hij je iets gedaan?'

'Nee, waarom zou hij me iets doen? Hij is alleen zo vreemd: ik ben een beetje bang voor hem!'

De vrouw begon haar kind op de arm te wiegen terwijl Rajski een nieuwsgierige blik onder de bastmat wierp.

'De domme gans! Ze weet niet eens hoe je gasten moet ontvangen!' liet zich plotseling een stem van onder de bastmat horen. Die werd vervolgens opgetild en eronder vertoonde zich het hoofd met de verwarde haren van Mark.

De vrouw verdween meteen.

'Goedendag,' zei Mark. 'Hoe bent u hier verzeild geraakt?'

Hij klom uit de wagen en begon zich uit te rekken.

'U wilde me waarschijnlijk een bezoek brengen?' vervolgde hij.

'Nee, dat is het niet. Ik ging wat wandelen om de verveling te verdrijven...'

'Verveling? Hoe dat zo? U woont in een huis met twee leuke jonge vrouwen en u vlucht voor de verveling? En u bent nog wel een kunstenaar! Of verloopt de hofmakerij niet naar wens?'

Hij gaf Rajski een spottende knipoog.

'En wat voor leuke vrouwen! Vooral die Vera is een schoonheid!'

'Hoe kent u haar en wat hebt u met hen te maken?' vroeg Rajski koeltjes.

'Niets, dat is waar,' antwoordde Mark. 'Nou, wordt niet boos. Laten we in mijn salon gaan zitten.'

'Zegt u liever waarom u in een kar slaapt. Speelt u soms voor Diogenes?'

'Ja, noodgedwongen,' zei Mark.

Ze liepen door het voorhuis en het woonhuis van de eigenaars en gingen het achterkamertje binnen waarin het bed van Mark stond. Er lag een schamele oude stromatras op, een dunne gewatteerde deken en een klein kussentje. Op een plank en op een tafel lagen ongeveer twee dozijn boeken; aan de wand hingen twee geweren en op de enige stoel slingerden wat ondergoed en kleren.

'Dit is mijn salon. Ga op het bed zitten, dan ga ik op de stoel zitten,' nodigde Mark hem uit. 'Laten we onze jassen uitdoen, het is hier vreselijk benauwd. Geneer u niet, er zijn geen dames hier, doe hem uit. Zo ja. Wilt u niets eten of drinken? Ik heb overigens niets in huis behalve wat melk en een paar eieren. Als u geen sigaar wilt opsteken, geeft u mij er dan een.'

'Nee, dank u, ik heb ontbeten en binnenkort beginnen we al aan het middagmaal.'

'Dat is waar, u logeert immers bij baboesjka. Hoe is het met haar, heeft ze u niet het huis uitgezet omdat u me daar hebt laten overnachten?'

'Nee, ze verweet me dat ik u zonder pasteitje naar bed had laten gaan en niet om een donskussen had gevraagd.'

'En tegelijk schold ze op mij?'

'Zoals gewoonlijk, maar...'

'Dat weet ik, laten we het daar niet over hebben. Het komt niet uit een kwaad hart, ze doet het uit gewoonte. Ze mag er wezen, ze is de beste van de oude vrouwen hier in de omgeving, ze heeft temperament en karakter en had ooit ook gezond verstand. Maar nu zijn haar hersens wat verweekt, denk ik!'

'Aha, dus er is toch iemand voor wie u sympathie koestert!' zei Rajski.

'Ja, vooral in één opzicht: we kunnen allebei de gouverneur niet uitstaan.'

'Waarom niet?'

'Waarom baboesjka hem niet mag weet ik niet, maar ik mag hem niet omdat hij gouverneur is. En de politie haten we ook allebei, die maakt ons het leven zuur. Haar dwingen ze om bruggen te repareren en om mij maken ze zich veel te veel zorgen: ze informeren voortdurend waar ik woon, hoe ver ik me van de stad verwijder, wie ik opzoek.'

Beiden zwegen.

'Verder hebben we niets om over te praten!' zei Mark. 'Waarom bent u eigenlijk gekomen?'

'Ik verveelde me.'

'Wordt u dan verliefd.'

Rajski zweeg.

'Op Vera bijvoorbeeld,' vervolgde Mark, 'een prachtig meisje. U bent een achterneef van haar, het moet voor u niet moeilijk zijn om een verhouding met haar te beginnen...'

Rajski maakte een geërgerde beweging.

'Waagt ze het weerstand te bieden aan een hoofdstedelijke Don Juan?' vervolgde Mark met een koel lachje. 'Hoe durft ze, het juffertje uit de provincie! Probeert u dan het oude recept op haar uit: uiterlijke koelte en innerlijk vuur, een geringschattende behandeling, een trots schouderophalen en een verachtelijk glimlachje... dat werkt! Slooft u zich voor haar uit, dat kunt u wel...'

'Waarom denkt u dat?'

'Dat zie ik.'

'Uitsloverij is u anders ook niet vreemd: u speelt de excentriekeling, de losbol.'

'Misschien,' merkte Mark onverschillig op. 'Als dat zou werken, zou ik geen ogenblik aarzelen...'

'Dat denk ik ook,' zei Rajski. 'U zou geen ogenblik aarzelen.'

'Precies,' zei Mark, 'ik zou recht op mijn doel afgaan en me niet laten ophouden door bijzaken. Maar u zult hetzelfde doen en uzelf en haar ervan overtuigen dat u op een verheven hoogte bent geklommen en haar ook omhoog hebt getrokken, zo'n idealist bent u wel! Probeert u het op mijn manier, misschien lukt het. Wat heb je eraan om te versmachten, niet te slapen, te wachten totdat het blanke handje het lila gordijntje omhoog trekt... wekenlang op een vriendelijke blik van haar te wachten...'

Rajski keek hem plotseling doordringend aan.

'Nou, zo te zien heb ik gelijk.'

Mark had inderdaad de spijker op zijn kop geslagen. Maar Rajski kon niet eens zijn ergernis laten blijken, dat zou betekenen: toegeven dat het waar was.

'Ik zou graag verliefd worden, maar ik kan het niet, daar ben ik al te oud voor,' zei Rajski en dwong zichzelf tot een geeuw. 'En daardoor genees ik mezelf ook niet van de verveling.'

'Probeert u het,' plaagde Mark hem. 'Ik wil wedden dat u over een week tot over uw oren verliefd bent en over twee weken, op zijn hoogst over een maand, zult u zoveel stommiteiten begaan hebben dat u niet weet hoe u zich eruit moet redden.'

'En als ik de weddenschap aanneem en hem win, waarmee zult u me dan betalen?' antwoordde Rajski bijna verachtelijk.

'Dan geef ik u een broek of mijn geweer. Ik heb maar twee broeken. Ik had er nog een, maar de kleermaker heeft hem gehouden wegens een schuld... Wacht eens, ik pas uw jas. Kijk, hij past precies!' zei hij, nadat hij de halflange geklede jas van Rajski had aangetrokken en daarin op het bed was gaan zitten.

'Probeert u de mijne eens!'

'Waarom?'

'Zomaar, ik wil zien of hij u past. Trekt u hem alstublieft aan, dat is toch een kleine moeite?'

Rajski was welwillend genoeg om de afgedragen en vlekkerige geklede jas van Mark aan te trekken.

'Nou, past-ie?'

'Ja, het gaat net.'

'Goed, houd hem dan aan. U had hem toch niet lang meer gedragen en ik doe er nog een jaar of twee mee. Overigens, of u er nu blij mee bent of niet, ik trek hem nu niet meer uit, u zult hem me met geweld van het lijf moeten rukken.'

Rajski haalde zijn schouders op.

'Nou, wedden we?' vroeg Mark.

'Waarom komt u steeds weer terug op dat... neem me niet kwalijk... domme idee?'

'Dat doet er niet toe, verontschuldigt u zich niet. Wedden we?'

'Het is geen eerlijke weddenschap. U hebt niets.'

'Maakt u zich daar maar geen zorgen over: ik hoef niet te betalen.'

'U bent wel zeker van uw zaak!'

'Bij God, u zult het zien. Goed, dus als mijn voorspelling uitkomt, betaalt u me driehonderd roebel... Die kan ik net erg goed gebruiken.'

'Wat een flauwekul!' zei Rajski halfluid terwijl hij zijn hoed en wandelstok pakte om te gaan.

'Dus ik herhaal: van vandaag af gerekend over twee weken zult u verliefd zijn, binnen een maand zult u kreunen, rondwaren als een schaduw, een drama opvoeren, en als de angst voor de gouverneur en Nil Andrejitsj u daar niet van afhoudt misschien wel een tragedie, en u zult de hele zaak beëindigen met een gemene streek...'

'Hoe komt u daarbij?'

'Met een gemene streek ja, zoals alle lieden van uw slag. Ik ken jullie.'

'Goed, maar als nu niet ik, maar zijzelf verliefd wordt?'

'Vera? Op u?'

'Ja, Vera. Op mij!'

'Dan zal ik u het dubbele betalen van wat u mij in het andere geval verschuldigd bent.'

'U bent krankzinnig!' zei Rajski, en verliet zonder Mark nog een blik waardig te keuren het vertrek.

'Over een maand heb ik driehonderd roebel op zak!' riep Mark hem na.

21

Rajski liep in een geprikkelde stemming naar huis. Waar is ze nu, die schoonheid? vroeg hij zich geërgerd af, waarschijnlijk zit ze te geeuwen op haar lievelingsbank; ik ga kijken of ik haar kan vinden!

Daar hij haar gewoonten bestudeerd had kon hij bijna met zekerheid zeggen waar ze zich op welk tijdstip dan ook bevond. Nadat hij vanuit het ravijn naar de tuin geklommen was, zag hij haar inderdaad met een boek op haar bank zitten. Ze las niet, maar keek nu eens naar de Wolga, dan weer naar de struiken. Toen ze Rajski zag, veranderde ze van houding, pakte het boek op, stond kalm op en sloeg het paadje naar het oude huis in. Hij gaf haar een teken om op hem te wachten, maar ze merkte dit niet op, of deed alsof ze het niet zag. Over het erf lopend scheen ze haar pas zelfs te versnellen, en ze verdween ten slotte in het oude huis.

Rajski werd kwaad. Die domkop denkt dat ik verliefd op haar ben. Ze kent de simpelste fatsoensregels niet eens. Je ziet meteen dat ze in de dienstbodekamer is opgegroeid, onder dit soort volk; het is een onontwikkelde plattelandsschoonheid! Ze zal de liefde van haar leven hier ergens in de rekenkamer vinden...

Nors en zwijgend zat hij bij het middageten, iedereen vanonder zijn wenkbrauwen aankijkend, en wierp niet één blik op Vera, antwoordde zelfs niet op haar opmerking dat het vandaag erg warm was.

Het scheen hem toe dat hij haar al haatte of zelfs verachtte – hij wist het zelf nog niet precies, besefte alleen dat er een vijandig gevoel tegen haar in hem aan het gisten was.

Dat was al twee dagen daarvoor begonnen, toen hij haar in het oude huis had opgezocht met Goethe, Byron, Heine en een Engelse roman onder zijn arm en bij het raam naast haar was gaan zitten.

Ze keek verbaasd toe hoe hij zijn boeken op tafel uitstalde en het zich gemakkelijk maakte.

'Wat wilt u doen?' vroeg ze nieuwsgierig.

'Ik wil op de vleugels van de poëzie met jou ergens heen vliegen,' antwoordde hij op de boeken wijzend. 'We zullen lezen, dromen, ons laten meevoeren door de gedachtevlucht van de dichters...'

Ze begon vrolijk te lachen.

'Er komt zo meteen een meisje, we gaan stof voor vesten knippen. We spreiden het linnen hier op de tafel en de stoelen uit en "laten ons meevoeren" door berekeningen met ellen en duimen...'

'Kom, Vera, laat dat toch zitten, dat kunnen ze in de dienstbodekamer ook wel zonder jou...'

'Nee, nee. Baboesjka vindt sowieso al dat ik lui ben. Wanneer ze moppert, verdraag ik het nog, maar wanneer ze zwijgt, me met een scheef gezicht aankijkt, en diepe zuchten slaakt... dat gaat mijn krachten te boven... Daar is Natasja al. Tot ziens, *cousin*. Breng maar hier, Natasja, en leg het op tafel. Heb je alles?'

Ze legde de boeken handig op een stoel, schoof de tafel naar het midden van de kamer, haalde een el uit de ladekast en verdiepte zich geheel in het opmeten van het linnen en het berekenen van de banen. Ze deed dit met de nerveuze behendigheid die haar eigen was wanneer ze zin had om te werken of de noodzaak ervan inzag. Rajski keurde ze geen blik meer waardig en ze sprak geen woord meer met hem, alsof hij er helemaal niet was.

Bijna tandenknarsend verliet hij haar, zonder de boeken mee te nemen. Maar toen hij om het huis heen was gelopen en weer op zijn kamer kwam, vond hij de boeken al op tafel.

'Dat is wel erg snel... ze vraagt me dus om haar voortaan niet meer op te zoeken!' fluisterde hij kwaad. 'Maar wat betekent dit? Wat is het voor een vrouw? Het wordt nu echt interessant. Speelt ze met me, haalt ze grappen met me uit?'

Marks voorstel om te wedden had zijn ergernis nog vergroot en hij keek bijna niet naar Vera wanneer hij tijdens het middageten tegenover haar zat. Maar één keer keek hij haar als bij toeval vol aan, en werd meteen weer verblind door haar 'schrijnende' schoonheid.

Ze keek hem een of twee keer met een simpele, vriendelijke, bijna vriendschappelijke blik aan. Maar toen ze zijn grimmige blikken opmerkte begreep ze dat hij geïrriteerd was en dat zij het voorwerp van die irritatie was.

Ze boog zich over het lege bord en liet haar blik er peinzend op rusten. Vervolgens hief ze het hoofd op en keek hem aan: haar blik was koel en verdrietig.

'Ik wil vandaag met Marfenka naar het hooien gaan,' zei baboesjka tegen Rajski. 'Heeft de landheer misschien zin om zijn weiden in ogenschouw te nemen?'

Rajski wierp een blik uit het raam en schudde ontkennend het hoofd.

'De kooplieden zijn er, ze bieden zevenhonderd roebel in papiergeld en ik vraag duizend.'

Daar zei niemand iets op.

'Wat zwijg je, waarde heer? Jakov,' wendde ze zich tot de achter haar stoel staande Jakov, 'morgen willen de kooplieden komen. Breng ze meteen bij Boris Pavlovitsj als ze er zijn...'

'Tot uw orders.'

'Jaag ze weg!' reageerde Rajski onverschillig.

'Tot uw orders,' herhaalde Jakov.

'Wat betekent dat? Je kunt de kooplieden toch niet wegjagen? Stel je voor dat alle landheren dat deden!'

Hij zweeg en tuurde uit het raam.

'Wat zwijg je, Boris Pavlovitsj? Steek toch eens een vinger uit! Eet tenminste wat! Dien hem het gebraden vlees op, Jakov, en paddestoelen. Kijk eens wat een mooie paddestoelen!'

'Die hoef ik niet!' zei Rajski ongeduldig en hij maakte een afwerend gebaar naar Jakov.

Opnieuw zwegen allen.

'Saveli heeft Marina weer afgeranseld,' zei baboesjka.

Rajski haalde nauwelijks merkbaar zijn schouders op.

'Jij zou ze eens tot bedaren moeten brengen, Boris Pavlovitsj!'

'Ik ben toch geen commissaris van politie?' zei hij stuurs. 'Laten ze elkaar voor mijn part de keel afsnijden!'

'God behoede en beware ons! Ben je nog steeds op een drama uit?'

'Wat gaat mij het aan!' bromde hij onverschillig. 'Alsof ik nog niet genoeg heb aan mijn eigen drama's...'

'Ja, je hebt het verschrikkelijk moeilijk, dat is zo!' vervolgde baboesjka spottend. 'Het valt niet mee om je zoveel maal per dag van de ene op de andere zij te moeten wentelen!'

Hij wierp een blik op Vera. Ze goot wat rode wijn in haar waterglas, dronk het op, stond op en verliet na baboesjka de hand gekust te hebben de kamer. Ook Rajski stond op en begaf zich naar zijn kamer.

Even later vertrok baboesjka samen met Marfenka en Vikentjev, die intussen gearriveerd was, naar de weiden. De hele rest van het huis verzonk in zijn middagslaap. Sommigen zochten een plekje op de hooiberg, anderen maakten het zich gemakkelijk in de hal of in de schuur; nog weer anderen profiteerden van de afwezigheid van baboesjka om naar de voorstad te gaan – en in het huis trad een doodse stilte in. De deuren en ramen stonden wijdopen, in de tuin roerde zich geen blad.

Rajski dacht onafgebroken aan Vera. Waar is ze nu, wat doet ze? Waarom is ze niet met baboesjka meegegaan en waarom heeft baboesjka haar dat niet eens gevraagd? Dat waren de vragen die hij zich stelde.

Hoewel hij zichzelf beloofd had zich niet meer met haar bezig te houden, geen aandacht aan haar te besteden en haar te behandelen als een 'onbeduidend grietje', kon hij de gedachte aan haar niet uit zijn hoofd bannen.

Hij verplaatste zich in gedachten met opzet naar Petersburg: zijn connecties, zijn vrienden, de kunstenaars, de academie, Bjelovodova; maar nauwelijks had hij twee of drie gebeurtenissen, twee of drie personen, de revue laten passeren of Vera dook als vierde op. Hij nam een blad papier en een potlood, zette een paar strepen, en zag dat het haar voorhoofd, haar neus, haar lippen waren die hij getekend had. Hij wilde een blik uit het raam werpen, op de tuin of het veld, maar hij keek naar haar raam, om te zien of 'het blanke handje misschien het lila gordijntje optilde', zoals Mark het had uitgedrukt. En hoe wist Mark dat eigenlijk? Het leek wel of iemand het gezien had en aan hem had overgebracht!

Woede begon te razen in het binnenste van Rajski, hij wilde een vervloeking uitspreken over het beeld van Vera, dat hem geen moment met rust liet, maar zijn lippen gehoorzaamden niet, zijn tong fluisterde hartstochtelijk haar naam, zijn knieën knikten, en hij sloot de ogen en fluisterde: 'Vera, Vera, nog nooit heeft de schoonheid van een vrouw me zo in vuur en vlam gezet, ik ben je meelijwekkende slaaf...'

'Wat een sentimentele onzin! Belachelijk gewoon!' zei hij toen hij weer tot zichzelf was gekomen. 'Ik ga naar haar toe, we moeten het uitpraten. Waar is ze? Het is nieuwsgierigheid, verder niets, met liefde heeft het niets te maken!'

Hij pakte zijn pet en begon het hele huis te doorzoeken, sloeg met de deuren en keek in alle hoeken en gaten. Vera was onvindbaar, noch in haar kamer, noch in de rest van het oude huis, noch in het veld of de moestuinen trof hij haar aan. Hij zocht haar zelfs op het achtererf, maar daar was alleen Oelita te zien, die een kuip schoonmaakte, en Prochor, die in de schuur onder zijn pelsjas lag te slapen met een kinderlijke uitdrukking op zijn gezicht en een wijdopen mond.

In de veronderstelling dat het geen zin had Vera daar te zoeken waar anderen gewoonlijk vertoefden, overschreed hij de grenzen van het park en zocht langs de randen van het ravijn en onderaan de helling, waar ze graag wandelde. Maar ze was nergens te vinden, en hij wilde al weer naar huis gaan om bij iemand naar haar te informeren toen hij haar plotseling op een meter of twintig van het huis in de tuin zag zitten.

'Ah!' zei hij, 'je bent hier, en ik zoek je overal...'

'En ik wacht hier op u...' antwoordde ze.

Het was of hem plotseling midden in de winter een warme zuidenwind in het gezicht woei...

'Je wacht op mij!' antwoordde hij met brekende stem, haar verbaasd en met van hartstocht gloeiende ogen aankijkend. 'Werkelijk waar?'

'Waarom niet? U zocht mij toch ook...'

'Ja, ik wilde iets met je uitpraten.'

'En ik met u...'

'Wat wilde je mij zeggen?'

'Wat wilde ú míj zeggen?'

'Zeg jij het eerst, en dan ik...'

'Nee, zegt ú het eerst, en dan ik...'

'Goed,' zei hij, na even nagedacht te hebben en ging naast haar zitten, 'ik wilde je vragen waarom je me ontloopt.'

'En ik wilde vragen waarom u me achtervolgt.'

Rajski belandde met een klap terug op de aarde.

'Is dat alles?' vroeg hij.

'Voorlopig ja, het hangt ervan af wat u antwoordt.'

'Maar ik achtervolg je niet, ik ga je eerder uit de weg, praat zelfs weinig met je...'

'Er zijn verschillende manieren om iemand te achtervolgen, *cousin*, u hebt de voor mij meest hinderlijke manier gekozen...'

'Kom nou, ik praat bijna niet met je...'

'Dat is waar, u praat maar zelden met me, kijkt me niet recht aan, maar werpt schuinse en kwade blikken op me... dat is ook een soort achtervolging. En als dat nu nog het enige was...'

'Wat is er dan nog meer?'

'Wat er nog meer is? U bespiedt me heimelijk: u staat vóór iedereen op en wacht tot ik wakker word, tot ik het gordijn opentrek en het raam open. En zodra ik oversteek naar het nieuwe huis, kiest u een ander observatiepunt en kijkt waar ik heen ga, welk paadje ik insla, waar ik ga zitten, welk boek ik lees. U hoort elk woord dat ik tegen wie dan ook zeg... Daarna ontmoet u mij...'

'Heel zelden,' zei hij.

'Dat is waar, twee of drie keer per week. Dat is niet vaak, en ik zou er niets op tegen hebben, integendeel, als het zonder opzet, als vanzelf gebeurde. Maar het gebeurt steeds met een bepaalde bedoeling: in elk van uw blikken en stappen zie ik slechts de niet-aflatende wens om me geen rust te gunnen, om elk van mijn blikken, mijn woorden, zelfs mijn gedachten op te vangen... Met welk recht doet u dat als ik vragen mag?'

Hij stond verbaasd over haar durf, over de onafhankelijkheid die in de door haar geuite gedachten en verlangens tot uitdrukking kwam, en over haar vrije manier van praten. Voor hem stond geen meisje dat, zoals hij tot nu toe had aangenomen, zich voor hem verborg omdat ze timide was, hem uit de weg ging uit angst om bij de ontmoeting met iemand die qua kennis en intellectuele ontwikkeling haar meerdere was, vernederd te worden. Nee, dit was een nieuwe persoonlijkheid, een nieuwe Vera.

'En als je dat nu alleen maar zo toeschijnt...' begon hij aarzelend, nog niet bijgekomen van de schok van zijn verbazing.

'Doe niet of u van niets weet!' viel ze hem in de rede. 'Als u erin slaagt om elk van mijn stappen en bewegingen op te merken, staat u mij dan ook toe om de pijnlijkheid van een dergelijke observatie te voelen. Ik zal het u eerlijk zeggen: deze bewaking benauwt me. Het lijkt wel of ik in een gevangenis zit... Ik ben toch godzijdank geen gevangene van een Turkse pasja...'

'Wat wil je dan? Wat moet ik doen?'

'Daar wilde ik juist met u over praten. Zegt u eerst wat u van mij wilt.'

'Nee, zeg jíj het eerst,' drong hij aan, nog steeds verbluft en overdonderd door deze nieuwe en onvermoede kanten van haar geest en karakter, die een haast beangstigende glans verleenden aan haar toch al stralende schoonheid.

Hij voorvoelde al dat het genot dat de aanblik van deze schoonheid hem bood zou overgaan in een kwelling.

'Wat ik wil?' herhaalde ze. 'Ik wil vrijheid!'

Hij keek haar met hernieuwde verbazing aan.

'Vrijheid!' herhaalde hij. 'Ik ben de grootste voorvechter en ridder van de vrijheid, en daarom...'

'En daarom beneemt u een arm meisje die vrijheid...'

'Ach, Vera, waarom denk je zo slecht over me? Er is een misverstand tussen ons ontstaan. We hebben elkaar niet begrepen! Laten we het uitpraten, dan zullen we misschien vrienden zijn.'

Ze keek hem plotseling met een vorsende blik aan.

'Zou dat kunnen?' vroeg ze. 'Ik zou blij zijn als zou blijken dat ik me vergist heb.'

'Hier is mijn hand. Ik zal je vriend zijn, je broer, wat je maar wilt, je kunt ieder offer van me vragen.'

'Aan offers heb ik geen behoefte,' zei ze. 'U hebt niet geantwoord op mijn vraag: wat wilt u van me?'

'Wat ik van je wil? Ik begrijp niet wat je daarmee bedoelt.'

'Waarom achtervolgt u me, waarom kijkt u me met zulke vreemde ogen aan? Waar bent u op uit?'

'Ik ben nergens op uit. Maar je moet zelf toch beseffen dat een man alleen met begerige en verliefde ogen naar jouw verbluffende schoonheid kan kijken...'

Ze liet hem niet uitspreken, werd rood van verontwaardiging en stond op...

'Hoe durft u dat te zeggen?' zei ze, hem van hoofd tot voeten opnemend, terwijl hij haar aankeek met grote verbaasde ogen.

'Wat is er met je Vera? Mijn God, wat heb ik gezegd?'

'U, een trotse, ontwikkelde geest, een ridder van de vrijheid, schaamt zich niet om toe te geven...'

'...dat schoonheid verering oproept en dat ik jouw schoonheid vereer. Dat is toch geen misdaad?'

'Ik zie dat u niet eens begrijpt hoe beledigend dat is! Zou u het wagen naar me te kijken met die begerige ogen als ik een waakzame man naast me had, een bezorgde vader, of een strenge broer? Nee, u zou me niet achtervolgen, zou niet zonder reden hele dagen tegen me mokken, zou me niet bespioneren, en zou geen inbreuk maken op mijn rust en vrijheid! Zegt u eens, wat voor aanleiding heb ik u gegeven om anders naar me te kijken dan u zou kijken naar iedere andere, goed beschermde vrouw?'

'Schoonheid wekt bewondering op, dat is haar recht...'

'Schoonheid,' onderbrak ze hem, 'heeft ook recht op respect en vrijheid...'

'Weer die vrijheid!'

'Ja, zeker weer. "Schoonheid, schoonheid!" Dat is het enige wat u weet te zeggen! Nou, goed dan, schoonheid. En wat dan nog? Het zijn toch geen appels die over de schutting hangen en die iedere voorbijganger mag plukken?'

'Wat wil je dan van me?' vroeg Rajski stomverbaasd, geheel van zijn stuk gebracht.

'Niets, ik leefde hier rustig voordat u er was. Als u weggaat, zal ik weer even rustig verder leven...'

'Je beveelt me om te vertrekken. Goed, ik ben bereid...'

'Ik weet uw rechten te respecteren. U bent hier thuis, zoiets kan ik niet vragen...'

'Ik doe alles wat je wilt. Zeg het, wees niet zo kwaad!' zei hij en pakte haar bij beide handen. 'Ik ben schuldig tegenover jou: ik ben een kunstenaar, heb een ontvankelijke natuur, en heb me misschien wat al te zeer laten meeslepen door de indruk van het moment... natuurlijk ook omdat je niet helemaal een vreemde voor me bent. Als je verder van me afstond, dan had ik me natuurlijk ingehouden. Ik heb me blindelings in het vuur gestort, en ik heb mijn vingers gebrand... Nou, dat is geen ramp! Je hebt me een goede les gegeven. Laten we vrede sluiten: zeg me wat je wensen zijn, ze zullen me heilig zijn... En laten we vrienden zijn! Ik verdien al die verwijten echt niet, die hele donderpreek... Misschien heb je me niet goed begrepen...'

Ze gaf hem haar hand.

'Ik heb me ook voor niets opgewonden. Ik zie dat u niet alleen intelligent bent,' zei ze, 'maar ook, zoals uw bekentenis van daarnet bewijst, goed en eerlijk... We zullen zien of u ook grootmoedig tegenover mij zult zijn...'

'Zeker, zeker, je kunt nu alles met me doen wat je wilt...' zei hij met nieuwe geestdrift.

Ze haalde rustig haar hand weg, die ze even op de zijne had gelegd.

'Nee,' zei ze half voor de grap, 'uw enthousiaste toon maakt duidelijk dat we nog ver van vriendschap verwijderd zijn...'

'Ach, die vrouwen met hun vriendschap! Alsof ze iemand op hun naamdag op krentenbrood trakteren!'

'Ook die ergernis belooft niets goeds!'

Ze wilde opstaan.

'Nee, nee, ga niet weg. Ik voel me zo goed bij jou!' zei hij, terwijl hij haar tegenhield. 'We hebben nog niet alles uitgepraat. Zeg wat je wel en wat je niet bevalt, ik zal alles doen om je vriendschap te verdienen...'

'Ik heb u meteen in het begin gezegd hoe u die kunt verdienen, weet u dat niet meer? U moet me niet observeren, me met rust laten, me zelfs niet opmerken... dan kom ik zelf naar uw kamer en maken we een afspraak voor de uren die we samen zullen doorbrengen, zullen lezen, wandelen... Maar u hebt niet naar me geluisterd...'

'Eis je, Vera, dat ik net doe of ik je helemaal niet zie...?'

'Ja...'

'Dat ik je schoonheid niet opmerk, op dezelfde manier naar jou kijk als naar baboesjka...'

'Ja.'

'Met welk recht eis je dat?'

'Met het recht van de vrijheid!'

'En als ik je nu zwijgend, uit de verte aanbid, dan zou je dat niet opmerken en het niet weten... dat kun je niet verbieden.'

'Schaamt u zich, *cousin*? De tijden van Werther en Charlotte zijn voorbij. Dat gaat toch niet. Bovendien zou ik uw hartstochtelijke blikken opmerken, uw amoureuze spionage... dat zou me vervelen, tegenstaan...'

'Je flirt nooit, maar toch zou je me ten minste wat hoop kunnen geven, kunnen zeggen dat onverzettelijke hartstocht het ijs kan doen smelten, en dat mettertijd gelijke gevoelens het hart kunnen binnensluipen...'

Hij sprak die woorden langzaam uit, afwachtend of haar een teken zou ontsnappen dat hij al was het maar een sprankje hoop kon koesteren, dat ze het nog niet wist, iets...

'Dat is waar,' zei ze, 'ik haat geflirt en ik begrijp niet dat het een vrouw niet tegenstaat zich te laten aanbidden door iemand wiens gevoelens ze niet wil en kan beantwoorden.'

'Kun je dat niet?'

'Nee.'

'Waarom niet? Er kan toch een tijd komen...'

'Wacht daar niet op, *cousin*, die komt niet.'

Ze zegt precies hetzelfde als Bjelovodova... alsof ze het met elkaar afgesproken hebben, dacht hij.

'Ben je niet vrij, bemin je iemand?' vroeg hij angstig.

Haar gezicht betrok en ze richtte haar blik star op de Wolga.

'Stel dat ik van iemand houd, wat dan? Is dat verboden, een schande, mag dat niet... Staat u dat niet toe, neef?' vroeg ze spottend.

'Ik?'

'Ja, u, de ridder van de vrijheid!' herhaalde ze met nog meer spot in haar stem.

'Lach niet, Vera, ik meen het serieus met de verdediging van de vrijheid! Ík zou niet toestaan om te beminnen? Ik verkondig juist de vrijheid van het hart! Bemin openlijk, ten overstaan van iedereen, verberg je niet!

Wees niet bang voor baboesjka, voor niemand! De oude wereld verkeert in een toestand van verval, er zijn nieuwe levensvormen ontstaan... Het leven roept, ontvangt iedereen met open armen. Je bent jong, hebt nog niets van de wereld gezien, maar toch heeft de geest van vrijheid je al beroerd, je bent tot het besef gekomen dat je rechten hebt, hebt gezonde ideeën. Als voor iedereen de dageraad van de vrijheid gloort, zou dan alleen de vrouw een slavin blijven? Je bemint? Spreek vrijuit... Hartstocht is geluk. Laat me je tenminste benijden!'

'Waarom zou ik u vertellen of ik van iemand houd of niet? Dat gaat niemand iets aan. Ik weet dat ik vrij ben en niemand heeft het recht rekenschap van me te eisen...'

'En baboesjka? Ben je niet bang voor haar? Marfenka bijvoorbeeld...'

'Ik ben voor niemand bang,' zei ze rustig. 'En baboesjka weet dat en respecteert mijn vrijheid. Volgt u haar voorbeeld... Dat is mijn wens! Dat is alles wat ik wilde zeggen.'

Ze stond op van de bank.

'Ja, Vera, ik begrijp je nu een beetje en ik beloof je... hier is mijn hand... dat je me van nu af aan niet meer zult horen en zien in het huis. Ik zal me netjes gedragen, zal eerlijk zijn, zal je vrijheid respecteren, en ik zal zo grootmoedig zijn als het een ridder betaamt, kortom, in ieder opzicht *grand coeur*!'

Beiden begonnen te lachen.

'Nou, godzijdank,' zei ze en gaf hem haar hand, die hij gretig tegen zijn lippen drukte.

'We zullen zien,' voegde ze eraan toe. 'Overigens, zo niet... Nou ja, goed, we zullen zien...'

'Nee, maak je zin af, anders breek ik me daar het hoofd weer over!'

'Als ik me hier niet vrij zou voelen, dan zou ik, hoe ik ook van dit hoekje houd,' – ze keek met een liefdevolle blik om zich heen – 'hier weggaan!' zei ze op besliste toon.

'Waarheen?' vroeg hij geschrokken.

'De wereld is groot. Tot ziens, *cousin*.'

Ze liep weg. Hij keek haar na. Ze zweefde met onhoorbare stappen over het gras, bijna zonder het te beroeren, alleen de lijn van haar schouders en taille maakte bij iedere stap een golvende beweging; de ellebogen hield ze dicht tegen het lichaam aangedrukt, het hoofd verdween en verscheen afwisselend tussen de bloemen en struiken; nog één keer dook haar hele gestalte op achter het traliehek van het park om ten slotte in de deur van het oude huis te verdwijnen.

'Alsjeblieft!' zei Rajski verbaasd tegen zichzelf, terwijl hij haar met zijn ogen volgde. 'En ik was nog wel van plan om haar op te voeden, haar hoofd en hart in beroering te brengen met nieuwe ideeën over onafhankelijkheid, over liefde, over een ander, haar onbekend leven... Maar ze is al geëmancipeerd! Wat is het eigenlijk voor iemand...? Ze heeft me voor schut gezet! Ik ga het aan baboesjka vertellen!' riep hij, en dreigde haar met zijn vinger. Vervolgens begon hij te lachen en ging naar zijn kamer.

22

De volgende dag voelde Rajski zich vrolijk en bevrijd van iedere wrok, van iedere aanspraak op beantwoording van zijn gevoelens door Vera, hij ontdekte in zichzelf zelfs geen spoor meer van een ontluikende liefde.

Het was maar een oppervlakkige indruk, zoals altijd bij mij, het is alweer over! dacht hij.

Hij lachte om zijn eigen verliefdheid, die uit had kunnen lopen op een serieuze hartstocht, verweet zichzelf dat hij Vera zo hardnekkig had achtervolgd en schaamde zich dat zelfs een buitenstaander als Mark de wolk van ontevredenheid die over zijn gezicht hing had opgemerkt, evenals de nerveuze geprikkeldheid in zijn woorden en gebaren, die er zo dik bovenop lag dat hij hem een hartstocht had kunnen voorspellen.

Hij zou teleurgesteld zijn, als hij me nu zag, dacht hij. Het zou mooi zijn als hij bij voorbaat rekent op de driehonderd roebel van die stomme weddenschap en zich in de schulden steekt!

Hij wilde Vera verschrikkelijk graag weer onder vier ogen spreken, alleen om haar grootmoedig te bekennen hoe dwaas hij was geweest, hoe ontrouw aan zijn eigen principes. Zo hoopte hij de eerste ongunstige indruk uit te wissen en de rechten van een vriend te verwerven, haar trotse geest te onderwerpen en haar vertrouwen te winnen.

Daarbij voelde hij plotseling de behoefte om haar een of ander zwaar offer te brengen, onmisbaar voor haar te worden, de biechtvader te worden aan wie ze al haar gedachten, verlangens, en gewetensvragen toevertrouwde, haar al de kracht van zijn geest en ziel te openbaren.

Hij vergat alleen dat ze hem juist verzocht had om niets van dat alles te doen en haar geen diensten te bewijzen, dat ze daar geen enkele behoefte aan had. Het scheen hem toe dat, als ze hem beter leerde kennen, ze hem zelf zou vragen haar leidsman te worden, niet alleen van haar geest en geweten maar ook van haar hart.

De tweede en de derde dag na hun gesprek gaf hij zich geheel over aan de, niet zoals nog onlangs opwindende, maar hem toch geheel in beslag nemende gevoelens die in hem waren opgewekt door de nieuwe, verrassende, verbluffende Vera, zijn verre nicht en toekomstige kameraad.

Hij onderging het nieuwe, frisse, naar het hem toescheen, nog nooit eerder ervaren gevoel van vriendschap met een vrouw, en was vastbesloten dit 'naamdagkrentenbrood' zoals hij het had uitgedrukt, te verorberen, in weerwil van haar schoonheid, in weerwil van alle zinnelijke gevoelens en alle amoureuze sentimentaliteit die deze schoonheid in hem opriep.

Het was een opgeruimd, nuchter en verstandig gevoel. Bij een dergelijke wederzijdse toenadering zou hij noch zij iets verliezen, ze konden elkaar bestuderen en aanvullen en uit een dergelijke door wederzijds respect en vertrouwen gedragen genegenheid duizend kostelijke vreugden putten.

Wat heeft ze dat goed gedaan, dacht hij, ze is in staat geweest om mijn indruk een vaste basis te geven. Alleen om haar dat alles te zeggen, haar gerust te stellen, alleen al daarom zou ik haar nu willen zien!

Maar hij durfde geen stap te doen om zo'n ontmoeting te arrangeren. Hij keek niet meer omhoog naar haar venster en week terug van zijn raam wanneer ze daar voorbijkwam, drukte haar, net als Marfenka, zwijgend en met een vriendschappelijke glimlach de hand wanneer ze kwam theedrinken, verroerde zelfs geen vin wanneer Vera meteen na de thee haar parasol pakte en in het park verdween; en de hele dag wist hij niet waar ze was en wat ze deed.

Toch had hij nog niet de rust veroverd die Vera hem had opgelegd: om dat te bereiken en haar te vergeten zou hij een hele dag ergens op bezoek moeten gaan, een week aan de overkant van de Wolga moeten logeren of op jacht gaan. Maar hij wilde nergens heen. Hij zat de hele dag thuis om haar niet te ontmoeten, maar vond het prettig te weten dat zij ook in het huis was. Hij moest het zover zien te brengen dat het hem onverschillig liet waar ze was.

Maar het was ook al vooruitgang, en een kleine overwinning, dat hij zich rustiger voelde. Hoewel de nieuwe Vera constant in zijn gedachten was, was hij al op weg naar een nieuw gevoel, een gevoel dat hem op zachte en tedere wijze opwond, hem vertroetelde zonder hem als de hartstocht te kwellen met kwalijke gedachten en gevoelens.

Wanneer zij hem een eenvoudige vraag stelde, antwoordde hij haar op een vriendschappelijke toon, keek haar nauwelijks aan en vervolgde meteen weer zijn gesprek met Marfenka of baboesjka; ofwel hij zweeg, tekende of maakte notities voor zijn roman.

Dit is veel beter dan welke hartstocht ook! ging het door hem heen, dit vertrouwen, deze stille betrekkingen, deze inkijk... niet in de ogen van een schoonheid, maar in de diepte van haar intelligente, kuise meisjesziel!

Hij verwachtte maar een ding van haar: dat ze haar reserve aflegde, en zich vol vertrouwen aan hem openbaarde zoals ze was, en hij vergat dat hij haar kort tevoren nog gehinderd had om te leven zoals ze wilde, haar een doorn in het oog was geweest.

Drie dagen lang was Rajski vervuld van dit nieuwe gevoel en baboesjka kon haar geluk niet op als ze hem aankeek.

'De zon is eindelijk doorgebroken,' zei ze. 'Nu kunnen we bezoeken gaan afleggen in de stad.'

'God zij met u, baboesjka, maar ik heb nu iets anders aan mijn hoofd,' zei hij vriendelijk.

'Laten we dan gaan kijken hoe het zomergraan erbij staat.'

'Nee, nee,' zei hij en kuste haar zelfs de hand.

'Wat ben je aanhalig. Je hebt het zeker op mijn geld voorzien, om dat dan weer aan Markoesjka te geven. Maar je krijgt het niet.'

Hij lachte slechts en ging weg – om aan Vera te kunnen denken. Hij had nog steeds geen gelegenheid gevonden om met haar te spreken over het nieuwe gevoel, en over het geluk en de vreugde dat dit hem bereidde.

Hij had haar al meerdere keren onder vier ogen kunnen spreken, maar hij durfde geen vin te verroeren en ademde nauwelijks wanneer hij haar zag, teneinde het ontkiemende vertrouwen in de oprechtheid van zijn metamorfose niet te ondergraven en dit nieuwe paradijs niet te verstoren.

Op de vierde of vijfde dag na hun gesprek stond hij om een uur of vijf 's ochtends op. De zon stond nog ver aan de horizon, het park ademde frisheid en gezondheid, de bloemen verspreidden een sterke geur en dauwdruppels blonken op het gras.

Hij kleedde zich snel aan en ging het park in, doorliep twee of drie paden en stuitte toen plotseling op Vera. Hij schrok en huiverde – zo onverwacht was de ontmoeting.

'Dit doe ik niet expres, bij God!' riep hij angstig, en beiden lachten.

Ze plukte een bloemetje en wierp hem dat toe, vervolgens gaf ze hem vriendelijk haar hand, die hij kuste, waarop ze hem op het hoofd zoende.

'Ik doe dit niet expres, Vera,' verzekerde hij haar nogmaals. 'Geloof je me?'

'Ja,' antwoordde ze en ze lachte opnieuw toen ze zich zijn angst herinnerde. 'U bent zo lief en goed...'

'Zo grootmoedig...' souffleerde hij haar.

'Aan grootmoedigheid bent u nog niet toe, maar we zullen zien,' zei ze en ze pakte hem bij de arm. 'Laten we gaan wandelen. Wat een heerlijke ochtend. Het wordt vandaag erg warm.'

Hij was in de zevende hemel.

'Ja, ja, een prachtige ochtend!' beaamde hij. Hij vroeg zich af wat hij nog meer zou kunnen zeggen zonder onverhoeds over haarzelf en haar schoonheid te spreken te komen, terwijl hij brandde van verlangen om zijn stokpaardje weer te berijden.

'Ik heb gisteren een brief uit Sint-Petersburg gekregen,' zei hij omdat hij niets anders wist te zeggen.

'Van wie?' vroeg ze werktuigelijk.

'Van mijn vrienden, de kunstenaars; maar Ajanov laat niets van zich horen. Ik weet niet hoe het met nicht Bjelovodova gaat, waar ze de zomer doorbrengt, hoe ze...'

'Is ze... erg mooi?' vroeg Vera.

'Ja... ze heeft regelmatige gelaatstrekken, frisheid, een schitterende verschijning...' zei hij toonloos, keek Vera van ter zijde aan en huiverde. De schoonheid van Bjelovodova verbleekte in zijn herinnering naast die van haar.

'Hebt u niet nog iets anders gekregen? Ik geloof dat Saveli een pakje van de post heeft meegebracht,' zei ze.

'Ja, ik heb nieuwe boeken gekregen uit Sint-Petersburg... Macaulay en een deel *Memoires* van Guizot...'

Ze luisterde zwijgend.

'Wil je het lezen?'

'Stuurt u me bij gelegenheid Macaulay.'

Stuurt u me, dacht hij. Waarom niet: brengt u me?

Ze liepen zwijgend voort.

'En Guizot?' vroeg hij.

'Guizot hoef ik niet, die is vervelend.'

'Hoe weet je dat?'

'Ik heb zijn *Geschiedenis van de beschaving* gelezen.'

'En die vond je vervelend! Waar had je hem gevonden?'

Ze antwoordde niet.

'Wiens jas hebt u aan, die is toch niet van u?' vroeg ze plotseling verbaasd.

'O, die is van Mark...'

'Waarom hebt u hem dan aan, is hij hier in huis?' vroeg ze verontrust.

'Nee, nee,' antwoordde hij lachend. 'Waarom schrik je zo? Iedereen is hier als de dood voor Mark.'

Hij vertelde haar hoe hij aan de jas gekomen was. Ze luisterde oppervlakkig. Daarna liepen ze zwijgend verder over de paden van het park. Zij keek naar de grond en hij om zich heen. Tegen zijn wil echter legde hij een zeker ongeduld aan de dag. Hij had er behoefte aan om zich uit te spreken.

'Ik heb de indruk dat u iets op uw lever hebt, maar het niet wilt zeggen,' zei ze.

'Ik wil het best zeggen, maar ik ben bang dat ik weer een donderpreek over me heen krijg.'

'Gaat het weer over schoonheid of zo?'

'Nee, nee, integendeel... ik wilde je juist zeggen hoezeer ik deze neiging ervaar om altijd iemand te vereren als pijnlijk ervaar. Ik zou me moeten schamen, ik ben al grijs.'

'Wat zou ik blij zijn als dat waar was.'

'Twijfel je daar nog aan? Het was maar een opwelling, een voorbijgaande indruk: jij hebt me tot bezinning gebracht. Je bent echt... Maar daarover later. Deze keer wil ik je slechts zeggen wat ik voor je voel, en ik denk dat ik me deze keer niet zal vergissen. Jij hebt een heel bijzondere deur naar je hart voor mij geopend... en ik zie in jouw vriendschap een rijke bron van geluk. Ze kan mijn kleurloze leven opfleuren met zachtmoedige en tedere tinten... Ik begin zelfs te geloven in iets wat niet bestaat en waarin niemand meer gelooft: in de vriendschap tussen man en vrouw. Geloof jij dat zo'n vriendschap kan bestaan, Vera?'

'Waarom niet? Als twee van die vrienden maar kunnen besluiten eerlijk tegenover elkaar te zijn...'

'Hoe bedoel je dat?'

'Als ze elkaars vrijheid respecteren, elkaar niet hinderen. Maar ik denk wel dat het maar zelden voorkomt. Van de ene of de andere kant zal zelfzuchtigheid in het spel gebracht worden... een van beiden toont zijn klauwen... Maar bent u zelf in staat tot zo'n vriendschap?'

'Probeer het maar: beveel en je zult zien wat een trouwe slaaf je als vriend zult hebben...'

'Vriendschap kent geen slaven of meesters. Vriendschap kan alleen op voet van gelijkheid bestaan.'

'Bravo, Vera! Waar heb je die wijsheid vandaan?'

'Wijsheid... wat een dwaas woord!'

'Tact dan.'

'De geest Gods waait niet alleen over de Finse moerassen, ook hier in dit afgelegen hoekje hebben we zijn adem gevoeld.'

'Dus nu sta ik voor de opgave om je schoonheid niet langer op te merken, maar te proberen je vriendschap te verwerven,' zei hij lachend. 'Het zij zo, ik zal mijn best doen...'

'Wat een geluk zou dat zijn,' zei ze op flemende toon, 'leven zonder de wil van de ander te onderdrukken, de ander niet bespioneren, niet proberen erachter te komen wat zich in zijn ziel afspeelt, waarom hij vrolijk is, waarom hij bedroefd of melancholiek is. Altijd hetzelfde tegenover hem te zijn, zijn rust niet te verstoren, zelfs zijn geheimen te respecteren.'

Nu dicteert ze me het programma van mijn toekomstige gedrag tegenover haar, dacht hij.

'Niets van elkaar horen of zien, elkaar niet kennen,' zei hij, 'dat is een nieuwe, nog ongekende soort vriendschap. 'Die bestaat niet, Vera, die heb jij bedacht!'

Hij keek haar aan en ze beantwoordde zijn blik met een vreemde uitdrukking van haar ogen. Een waternimfenblik, dacht hij in stilte. Er scheen een glazig, uitdrukkingsloos waas over haar ogen te liggen. Er flitste een vluchtig lichtje in op, dat meteen weer verdwenen was.

Hoe vreemd, dacht Rajski, ik ken die lege, uitdrukkingsloze blik: zo kijken alle vrouwen wanneer ze je bedriegen! Ze wil me in slaap sussen... Wat zou dat betekenen? Zou ze inderdaad iemand beminnen? Ze heeft het voortdurend over haar vrijheid... dat ik haar wil niet mag onderdrukken. Nee, het bestaat niet... wie zou het kunnen zijn hier...?

'Waar denk je aan?' vroeg ze.

'Nergens aan, ga verder.'

'Dat was alles.'

'Goed, Vera, ik zal aan mezelf werken, en als het me niet lukt om je niet op te merken, te vergeten dat jij in hetzelfde huis woont, dan zal ik doen alsof...'

'Waarom zou je doen alsof? U moet alleen oprecht zijn en niet alleen wanneer u met mij spreekt, maar ook in uw ziel afstand van mij doen.

'Je bent genadeloos!'

'U mag nooit vergeten dat mijn rust, mijn vrije tijd, mijn kamer, mijn... schoonheid en liefde... voorzover daar sprake van is of zal zijn... dat dat allemaal van mij is en dat wie daar inbreuk op maakt inbreuk maakt op...'

Ze zweeg even.

'Nou...?'

'Het eigendom van een ander, op diens persoonlijkheid...'

'Aha, met andere woorden: een diefstal, een aanranding. Heel goed gezegd, Vera. Hoe kom je aan die juridische begrippen? Maar voor de vriendschap leg je toch niet zo'n hoge maatstaf aan? Die zou ik als mijn eigendom kunnen beschouwen. Ik zal mijn best doen. Geef me een termijn van twee weken als proeftijd: als ik die overleef, dan kom ik bij je als een broer, een vriend, en zullen we onze betrekkingen volgens jouw programma organiseren. In het andere geval... als er werkelijk liefde in het spel is, dan vertrek ik.'

Er lichtte opnieuw iets op in haar ogen. Hij keek haar aan, maar het was al te laat: ze had haar ogen neergeslagen en toen ze opkeek waren ze weer uitdrukkingsloos.

Als een bliksem in de nacht! dacht hij.

'Dat is dan afgesproken,' zei ze en reikte hem haar hand. 'Laten we naar baboesjka gaan om thee te drinken. Ze heeft het raam opengedaan en zal ons zo meteen roepen...'

'Nog één ding, Vera. Vertel me hoe je zo geworden bent.'

'Hoe bedoelt u?'

'Nou, zo wijs, zo zeker van jezelf, zo resoluut...'

'Meer! Weet u niet meer?' zei ze met een van het lachen trillende kin. 'Wat verstaat u onder wijsheid?'

'Wijsheid, dat is het geheel van waarheden die we door het intellect, observatie en ervaring verworven hebben en toepassen op het leven,' definieerde Rajski. 'Het is de harmonie tussen ideeën en het leven!'

'Ik heb bijna geen ervaring,' zei ze peinzend. 'Ik zou niet weten waar ik die ideeën en waarheden vandaan had moeten halen...'

'Nou, dan heb je van nature een scherpe blik en een helder denkend verstand...'

'En is het een meisje toegestaan zulke eigenschappen te hebben, of past haar dat misschien niet...?'

'Hoe kom je aan die gezonde, rijpe ideeën, aan die kant-en-klare taal?' vroeg Rajski, terwijl hij haar opnieuw vol verbazing aankeek.

'U verbaast zich erover dat uw arme nicht gezegend is met een druppeltje wijsheid? Dat irriteert u? U zou liever een dom gansje in mijn plaats zien?'

'Ach, nee, ik ben weg van mijn "arme nicht". Je wordt kwaad als ik de schoonheid ter sprake breng, verbied me dat zelfs... Maar wil je weten wat ik onder schoonheid versta en waarom ik haar zo hoog schat? Schoonheid is zowel het doel als de motor van de kunst, en ik ben een kunstenaar. Laat me het je voor eens en altijd uitleggen...'

'Zegt u het maar,' zei ze.

'In de vrouwelijke, verheven, zuivere schoonheid,' begon hij vol hartstocht en blij dat ze hem eindelijk vrijuit liet spreken, 'in jouw schoonheid bijvoorbeeld, ligt beslist ook geest. Schoonheid, die gepaard gaat met domheid, is geen schoonheid. Als je een geestloze schone nader beschouwt, je verdiept in iedere trek van haar gezicht, in haar glimlach, in haar blik, dan zul je zien dat haar schoonheid geleidelijk verandert in pure lelijkheid. De verbeeldingskracht kan er een ogenblik door meegesleept worden, maar verstand en gevoel nemen geen genoegen met een dergelijke schoonheid: haar plaats is in een harem. Van geest vervulde schoonheid is een zeer bijzondere kracht, een macht die de wereld beweegt, geschiedenis maakt, vorm geeft aan menselijke lotsbestemmingen, openlijk of heimelijk in iedere historische gebeurtenis aanwezig is. Schoonheid en gratie... dat is een soort belichaming van de geest. Daardoor kan een domme gans nooit een schoonheid zijn, terwijl een lelijke vrouw die geest bezit vaak schoonheid uitstraalt. De schoonheid waar ik het over heb is geen materie, ze laat niet alleen de gloed van hartstochtelijke verlangens in de mens ontbranden, ze maakt vooral ook het menselijke in de mens wakker, stimuleert het denken, verheft de geest, bevrucht de scheppende kracht van het genie, althans als ze zich op de hoogte van haar waardigheid staande weet te houden, haar stralende licht niet verspilt aan futiliteiten, haar zuiverheid niet zelf bezoedelt...'

Hij dacht een ogenblik na.

'Dat is allemaal niet nieuw natuurlijk, maar de waarheid kan niet vaak genoeg herhaald worden. Ja, schoonheid... dat is een gemeengoed, geluk voor iedereen!' zei hij zacht, als in een koortsdroom. 'Schoonheid is wijsheid, maar geen door de mens geschapen wijsheid. De mensen kunnen alleen haar weerkaatsingen opvangen en proberen haar beeld in de kunst vast te leggen, allemaal streven ze, nu eens bewust dan weer instinctief, naar schoonheid, schoonheid... schoonheid! Ze is zowel hier als daar!' sprak hij met een blik op de hemel. 'En zoals een man de geest, het verstand kan verlagen en verminken, kan vervallen tot grofheid, leugen en verderf, zo kan ook een vrouw de schoonheid geweld aandoen en haar als een modieus lor voor opschik gebruiken, haar door het slijk halen... Maar als ze daarentegen een wijs gebruik maakt van haar schoonheid kan ze het stralende middelpunt worden van de kring waarin het lot haar geplaatst heeft en een hoop goede dingen tot stand brengen. Dat is de wijsheid van de vrouw! Je begrijpt waarschijnlijk, Vera, wat ik wil zeggen, je bent immers zelf een vrouw...! En zal jouw hand zich werkelijk verheffen om een mens en een kunstenaar te straffen omdat hij de schoonheid van de vrouw aanbidt...?'

'Uw loflied op de schoonheid is zeer welsprekend, *cousin*,' zei Vera, die met een glimlach op de lippen naar hem geluisterd had. 'Schrijf hem op en stuur hem aan Bjelovodova. U zegt dat haar schoonheid iets onaards heeft. Misschien gaat er in haar schoonheid wijsheid schuil. Bij de mijne is dat niet het geval. Indien schoonheid, zoals u zegt, eruit bestaat om aan de hand van die regels en waarheden door het leven te gaan, dan ben ik...'

'Wat?'

'Dan ben ik geen wijze maagd! Nee, met die olie ben ik niet gezalfd!' zei ze.

Iets dat op verdriet leek lichtte op in haar ogen, die ze een ogenblik opsloeg naar de hemel en toen weer snel neersloeg. Ze huiverde en liep snel weg in de richting van het oude huis.

Als ze niet wijs is, dan in ieder geval raadselachtig! Ze is kennelijk beroerd door een vreemde geest, die niet uit deze streken stamt. Maar waarvandaan dan wel? Zal ik dat raadsel ooit oplossen? Ze is zo ondoordringbaar als de nacht! Zou haar jonge leven al door duistere schaduwen vertroebeld zijn...? dacht Rajski vol angst, terwijl hij haar met zijn ogen volgde.

Deel drie

I

Rajski hield zichzelf niet voor een aanhanger van de allermodernste ideeën, maar evenmin voor een reactionair, en verklaarde openlijk dat hij geloofde in de vooruitgang en dat hij zich zelfs ergerde aan de slakkengang waarmee die zich voltrok en zich niet haastte om zich te voegen naar een decennium dat zich nog nauwelijks had afgetekend, en luchthartig af te zien van alle overtuigingen, observaties en ervaringen die door de geschiedenis overgeleverd, door de wetenschap veroverd en via de praktijk van het eigen leven verworven waren, om in plaats hiervan het nog maar net schemerende morgenrood te omhelzen van de schijnbaar nieuwe ideeën en de meer of minder briljante of scherpzinnige hypothesen waarop de jeugd zich vol ongeduld stortte.

Hij placht naar zijn leeftijd te verwijzen en zei dat voor hem de tijd van het voorzichtig afwachten was aangebroken: daar waar hij niet werd meegesleept door zijn fantasie, sukkelde hij geduldig achter zijn tijd aan.

Hij interesseerde zich voor de algemene vooruitgang en de ontwikkeling van de ideeën, maar wachtte de resultaten af, zette geen reuzenschreden en haastte zich niet het nieuwe geloof, dat de geesten met allerlei gewaagde speculaties trachtte aan te lokken, over te nemen.

Hij verwelkomde iedere gedurfde stap op het gebied van de kunst, juichte alle nieuwe onthullingen en ontdekkingen toe die het leven modificeerden maar niet drastisch veranderden en verheugde zich over het natuurlijke, niet geforceerde opkomen van nieuwe behoeften, zoals hij zich verheugde over het jonge lentegroen, en hij koesterde geen vruchteloze en ondankbare vijandschap jegens de verdwijnende orde en de overleefde beginselen, maar geloofde aan hun historische onvermijdelijkheid en hun onbetwistbare continuïteit met 'het jonge lentegroen', hoe pril en fris dit ook was.

Ook al wierp hij in de hitte van de strijd een bom in het kamp van de ontoeschietelijke oude tijd, het eigengereide despotisme en de hebzucht van de grootgrondbezitters, toch bleef hij, de menselijkheid belijdend en verkondigend, goedhartig en toegeeflijk in zijn strijd met baboesjka, daar hij zag dat onder de oude, aangeleerde regels gezond verstand en levenswijsheid schuilgingen, dat in hen de kiemen van dezelfde beginselen besloten lagen die de nieuwe tijd zich zo onverbiddelijk had eigen gemaakt en dat die kiemen daar slechts overwoekerd werden door het onkruid van vooroordelen.

De ontdekking in Vera van intellectuele moed, vrijheid van geest en dorst naar het nieuwe verraste hem aanvankelijk, verblindde hem daarna door de dubbele kracht van uiterlijke en innerlijke schoonheid en joeg hem ten slotte, nadat ze gezegd had geen wijsheid te bezitten, zelfs angst aan.

'Ik ben geen wijze maagd,' had ze gezegd, en er was een rilling door haar heen gegaan.

Maar raadselachtig ben je wel, had hij gedacht en was in gepeins verzonken.

Nee, dit was geen onschuldig kind, zoals Marfenka, en ze was ook geen typische 'dochter van de landheer'. Ze voelde zich benauwd en ongemakkelijk in dit verouderde, kunstmatige patroon waar de geest, de zeden, en de hele opvoeding van een meisje tot aan haar huwelijk zo lang naar gemodelleerd waren.

Ze was zich bewust van de onwaarachtigheid van dit patroon en probeerde zich er in haar worsteling om de waarheid van los te maken. Rajski vond in Vera veel van wat hij tevergeefs gezocht had in Natasja en Bjelovodova: geest, onafhankelijkheid, een eigen manier van denken en karakter, kortom, al die krachten waaruit het type is opgebouwd van de nieuwe, waarachtige, zelfbewuste vrouw, die haar eigen leven en dat van vele anderen richting geeft, en de hele kring waarin het lot haar heeft geplaatst, licht en warmte brengt...

Vera was nog een kind, maar een kind met titanische krachten. Het kwam er nu op aan dat die krachten op een juiste manier ontwikkeld werden en dat er op verstandige wijze richting aan werd gegeven.

Hij had graag al zijn krachten aangesproken om haar te helpen haar doel te bereiken, had graag het zaad van zijn kennis, ervaring en observaties op zo'n vruchtbare en dankbare bodem gestrooid: dat zou geen illusie geweest zijn, maar een triomf van de menselijke geest, de vervulling van een plicht waartoe wij allen geroepen zijn en waarzonder geen vooruitgang denkbaar is.

Maar wat een kolossale hindernissen moest hij daarbij overwinnen. Ze stootte hem van zich af, verborg zich, beriep zich op haar rechten, verschanste zich achter de muur van haar meisjeskamer; dus... ze wilde niet. Maar toch was ze ontevreden met haar situatie, probeerde eraan te ontsnappen, dus had ze behoefte aan andere lucht, ander voedsel, andere mensen. Maar wie zou haar nieuw voedsel en lucht verschaffen? Waar waren die mensen?

Hij was een familielid van haar, haar natuurlijke beschermer, daardoor had hij het recht en de plicht om tegenover haar die autoritaire rol te spelen. Ook baboesjka had geschreven dat ze hem die rol toebedeelde.

Vera was intelligent, maar hij had meer ervaring dan zij en kende het leven. Hij kon haar behoeden voor grove fouten, haar leren om waarheid van leugen te onderscheiden, zou als denker en kunstenaar zijn bijdrage leveren; hij zou haar vrijheidsdrang voedsel kunnen verschaffen via de ideeën van het goede en het ware, kon als kunstenaar de innerlijke schoonheid van haar wezen aan het licht brengen. Hij zou haar lot, haar levensopgave doorgronden en... en... zou samen met haar aan hun vervulling werken.

Dat was het wat hij wilde: 'met haar samenwerken'! Van dat verlangen kon hij zich niet losmaken, zijn bedoeling was dus niet onzelfzuchtig en dat was een tweede hindernis.

En er was nog een derde hindernis, waar hij nog maar een vaag idee van had, maar die toch wel degelijk leek te bestaan en de situatie aanzienlijk compliceerde: iemand scheen hem al voor geweest te zijn, ze scheen het al aan iemand anders toevertrouwd te hebben om haar lotsbestemming te doorgronden en samen met haar aan de vervulling van haar levensopgave te werken.

Dat is het ergste wat er kon gebeuren, zei hij tegen zichzelf en besloot dat het het beste voor hem zou zijn om, zonder lange verklaringen of een bevestiging van zijn vermoeden over die derde hindernis, af te wachten, af te zien van haar vriendschap en zich uit de voeten te maken.

Als een of andere onschuldige jongen zoals Vikentjev zich wat liet wijsmaken dan was dat vergeeflijk maar hij, de door de wol geverfde man van de wereld, diende te weten dat al die verliefde dromen, tranen en tedere gevoelens slechts de bloemen zijn waaronder zich sater en nimf verborgen houden...

De gevolgen van dit alles zijn bekend: dit alles verdwijnt zonder sporen achter te laten als nimf en sater niet veranderen in mensen, in man en vrouw, of in vrienden voor het leven.

Mijn nimf wil me nu eenmaal niet kiezen tot haar sater, concludeerde hij met een zucht, dus is er geen hoop op de metamorfose tot man en vrouw, op geluk, op een lange gemeenschappelijke levensweg! En wat haar schoonheid betreft: die kan ik aan, die laat me onverschillig...

's Morgens voelde hij zich altijd frisser en strijdvaardiger: de ochtend verleent kracht, brengt een massa hoopvolle verwachtingen, ideeën en plannen voor de hele dag. 's Morgens werk je met meer volharding, draag je de last van het leven met meer moed.

Ook Rajski vond 's morgens afleiding en dacht minder vaak aan Vera. De nieuwe dag bracht nieuwe gedachten, bracht ontmoetingen met huisgenoten, met nieuwe mensen, bracht een verfrissende wandeling door de velden, een nieuw boek, of het werken aan een nieuw hoofdstuk van zijn roman. 's Avonds komen pas alle draden van wat je overdag beleefd hebt samen en trekt iedereen meer of minder bewust zijn conclusies uit die gebeurtenissen.

Wanneer Rajski 's avonds de balans van de dag opmaakte, moest hij vaststellen dat alle gedachten, verlangens, gewaarwordingen, ontmoetingen en gesprekken vervluchtigd waren en alleen Vera hem was bijgebleven. Geërgerd wentelde hij zich in zijn bed van de ene zij op de andere en sliep ten slotte in met altijd dezelfde gedachte – om met dezelfde gedachte weer wakker te worden.

Ik heb behoefte aan activiteit, besloot hij en stortte zich, daar hij geen echt werk had, op allerlei 'illusies van werk'. Hij ging met baboesjka naar het hooien, nam de havervelden in ogenschouw, maakte lange wandelingen, bezocht samen met Marfenka het dorp, verdiepte zich in de toestand van de boeren en probeerde zich te ontspannen: hij maakte tochtjes over de Wolga of legde een bezoek af aan Koltsjino, aan de moeder van Vikentjev, ging met Mark jagen en vissen en maakte ruzie met hem, kortom, hij ontspande zich inderdaad.

Ik moet aan mezelf werken en de belofte die ik Vera heb gegeven, houden, dacht hij, en zag haar soms wel drie dagen niet.

Zij liet de koffie op haar kamer brengen; hij was soms niet thuis voor het middageten, en alles verliep naar wens.

Hij merkte zelfs ergens in de voorstad een knap vrouwenhoofdje op en maakte een keer tijdens het voorbijrijden glimlachend een buiging voor haar. Zij had ook gelachen en was toen verdwenen. Hij kwam erachter dat ze de dochter was van een of andere opzichter, wat voor opzichter dat kon hij niet achterhalen – bij ons in Rusland heb je zoveel opzichters. Hij constateerde alleen dat deze opzichter niet erg goed op zijn dochter lette, want ze schonk haar lieflijke glimlach nog aan vele anderen die haar huis passeerden. Hij wierp haar een kushandje toe en ze dankte hem met een buiging. Een paar keer stopte hij wanneer hij te paard voorbijreed bij haar venster en knoopte een gesprek met haar aan, waarbij hij haar verzekerde dat ze erg mooi was en dat hij tot over zijn oren verliefd op haar was.

'Allemaal gelogen!' zei ze. 'Ik geloof er niks van. Jullie mannen zijn allemaal schurken!'

'Allemaal?'

'Zeker! Leer mij ze kennen, de mannen! Ik heb er al zoveel gehad! Mij houd je niet voor de gek. Maak dat je wegkomt!'

Deze door ervaring verkregen wijsheid van de brave burgervrouw vermaakte hem nog lang.

Met al zijn krachten werkte hij zo aan de zelfoverwinning, zonder zich af te vragen wat eigenlijk de drijvende kracht achter zijn ijver was: de oprechte bedoeling om Vera met rust te laten en te vertrekken, of het streven haar een offer te brengen, grootmoedig tegenover haar te zijn. Om zijn inspanningen te bekronen beloofde hij baboesjka om samen met haar bezoeken in de stad te gaan afleggen en stemde er zelfs in toe om onder de gasten te verschijnen die haar die zondag zouden opzoeken 'om een pasteitje te eten'.

2

Die zondag trof Rajski veel volk aan in de beste salon van Tatjana Markovna. Alles glom en glansde. De hoezen waren van de met karmijnrode damast beklede meubels afgehaald, de vloeren waren in de was gezet en Jakov had met een natte doek de ogen van de familieportretten schoongewreven, zodat ze nog veel ernstiger en strenger keken dan anders.

Jakov had een zwarte pandjesjas aan en een witte stropdas om, terwijl Jegorka, Petroesjka en de net vanuit het dorp onder de lakeien opgenomen Stjopka, die nog niet hadden geleerd om rechtop te staan, gekleed waren in oude ofwel te grote ofwel te kleine livreien, die een muffe magazijnlucht verspreidden. Precies om twaalf uur werden in de zaal en de salon de reukkaarsen aangestoken, waarvan de geur deed denken aan een of andere zoete saus.

Berezjkova zelf zat in een zijden jurk, een muts in haar nek en een sjaal om de schouders op de divan. Rondom haar hadden de gasten in een halve cirkel naar rangorde in fauteuils plaatsgenomen.

Op de eerste plaats zat Nil Andrejitsj Tytsjkov, in een pandjesjas en met een ordester op, een gewichtige oude man met aaneen gegroeide wenkbrauwen, met een groot uitgezakt gezicht en een onderkin die diep in zijn halsdoek verdween. Hij had een neerbuigende manier van spreken en elk van zijn bewegingen verried dat hij een hoge dunk van zichzelf had...

Hierop volgden de onveranderlijk bescheiden en hoffelijke Tit Nikonytsj, ook in een pandjesjas, met een glimlach voor iedereen en een blik vol adoratie voor baboesjka; een priester in een zijden toog en een brede, geborduurde gordel, raadsheren van de rekenkamer, de kolonel van het garnizoen, een dikke, gedrongen man met een rood gezicht en bloeddoorlopen ogen die deden vermoeden dat hij ieder ogenblik door een beroerte getroffen kon worden, twee à drie dames uit de stad, een paar jonge ambtenaren die in een hoek stonden te fluisteren en een paar bakvissen, kennissen van Marfenka, die uit verlegenheid elkaars handen voortdurend stevig vasthielden en onophoudelijk bloosden.

Ten slotte was er nog een in de buurt van de stad wonende landeigenaar met zijn drie tienerzoons, die naar de stad was gekomen om bezoeken af te leggen. De zoons—de trots en het geluk van hun vader—deden denken aan jonge rashonden, waarbij de poten en het hoofd al volgroeid zijn terwijl de rest van het lichaam nog in ontwikkeling is: de oren bungelen op het voorhoofd en het staartje reikt nog niet tot aan de grond. Ze rennen doelloos alle kanten op en weten zelf niet wat ze met hun lange, vormeloze poten aan moeten; bekenden onderscheiden ze niet van vreemden, ze blaffen tegen hun eigen vader en zijn in staat om een toegeworpen spons op te vreten of het oor van hun eigen broer af te bijten als dat hen tussen de tanden komt.

De vader stelde zijn beloftevolle spruiten, waarvan de oudste veertien jaar was, voor aan alle aanwezigen tezamen en aan ieder afzonderlijk, gaf vol enthousiasme uiting aan zijn hoop voor de toekomst, vermeldde details van hun geboorte en opvoeding, besprak hun kwaliteiten, hun geestigheden en kwajongensstreken, en verzocht iedereen hen op de proef te stellen en Frans met hen te spreken.

Daar ze nog niet volwassen waren, liet men ze in een bescheiden hoekje plaatsnemen. Daar zaten ze nu met hun jeugdige en domme gezichten en gaapten iedereen met half geopende mond aan, als jonge raven die, de gele snavels wijd geopend, in hun nest zitten en voortdurend gevoederd willen worden.

Hun benen pasten niet onder de stoel, maar reikten naar het midden van de kamer, waar ze zich met elkaar verstrengelden en de andere gasten hinderden bij het lopen. Hun werd bevolen zich achteraf te houden en zachtjes te praten, maar uit de buik van het veertienjarige hondenjong kwam in plaats van gefluister een donderende bas; hun vader beval hun netjes te zitten en hun handjes langs hun lijf te houden, maar dat nam niet weg dat die 'handjes', die al tot grote knoestige vuisten waren uitgegroeid, niet wisten waar ze moesten blijven.

De arme stakkers wisten niet waar ze met zichzelf heen moesten, hoe ze zich klein moesten maken. Ze bloosden, hijgden, en zweetten totdat Tatjana Markovna hen, deels uit medelijden, deels omdat ze in de kamer te veel plaats innamen en 'naar stokvis roken', zoals ze zachtjes tegen Marfenka zei, in de tuin liet waar ze, zodra ze zich in vrijheid waanden, in afwachting van het ontbijt wild in het rond begonnen te rennen, zodat de takken van de struiken af vlogen.

Rajski betrad na alle anderen de salon toen de pasteitjes al op waren en men begon aan een saus. Hij had het gevoel dat een acteur uit de stad heeft wanneer hij, voorafgegaan door geruchten en praatjes, voor het eerst een provinciale bühne betreedt. Allen zwegen plotseling, hielden op met kauwen en richtten hun aandacht op hem.

'Mijn kleinzoon, de zoon van mijn nicht, wijlen Sonjetsjka,' stelde Tatjana Markovna hem voor, hoewel iedereen al heel goed wist wie hij was.

Enkele gasten stonden op en maakten een buiging. Nil Andrejitsj keek hem slechts neerbuigend aan in afwachting van het moment dat hij naar hem toe zou komen. De dames begonnen aanstellerig hun gezichten te vertrekken en tersluikse blikken in de spiegel te werpen.

De jonge ambtenaren in de hoek, die het ontbijt staand met het bord in de hand verorberden, gingen van het ene been op het andere staan; de bakvissen bloosden hevig en omklemden, alsof ze in groot gevaar verkeerden, elkaars handen; de tieners die in afwachting van hun voer enigszins tot rust waren gekomen, strekten plotseling hun vroegrijpe benen uit van de muren tot de ramen, trokken ze snel en met veel gerucht weer terug en lieten daarbij hun mutsen uit hun handen vallen.

Rajski maakte voor het hele gezelschap een halve buiging en ging toen naast baboesjka op de divan zitten. Iedereen kwam in beweging.

'Hij ploft maar ergens neer!' fluisterde de ene jonge ambtenaar tegen de andere. 'Terwijl zijne excellentie hem aankijkt...'

'Dit is Nil Andrejitsj,' zei baboesjka. 'Hij wilde je al een hele tijd ontmoeten... Hij is "zijne excellentie", vergeet dat niet,' fluisterde ze.

'Wie is die jongedame daar?' vroeg Rajski zachtjes aan baboesjka. 'Wat heeft ze een prachtige tanden en wat een weelderige boezem.'

'Schaam je, Boris Pavlovitsj, je brengt me in verlegenheid!' fluisterde ze. 'Kijk, Nil Andrejitsj, dit is mijn kleinzoon,' zei ze. 'Borjoesjka wilde zich al lang aan u voorstellen.'

Rajski wilde zijn mond opendoen om haar tegen te spreken, maar Tatjana Markovna ging op zijn voet staan.

'Waarom hebt u deze oude man geen bezoek waardig gekeurd?' sprak Nil Andrejitsj goedmoedig. 'Ik ben altijd blij wanneer goede mensen me opzoeken. U verveelt zich waarschijnlijk met ons, het jonge volk van tegenwoordig houdt niet van ons, nietwaar? U hoort toch bij de nieuwe mensen? Zegt u me de waarheid.'

'Ik verdeel de mensen niet in oude of nieuwe,' zei Rajski, terwijl hij een stuk pastei op zijn bord legde.

'Wacht nog met eten, praat eerst met hem,' fluisterde baboesjka hem toe.

'Ik zal tegelijk eten en praten,' antwoordde Rajski hardop. Baboesjka raakte in verwarring en wendde zich kwaad van hem af.

'Stoor hem niet, moedertje,' zei Nil Andrejitsj. 'Laat de jeugd haar gang gaan. Hoe beoordeelt u de mensen, waarde vriend? Daar ben ik nieuwsgierig naar.'

'Ik beoordeel ze al naar gelang de indruk die ze op me maken.'

'Dat valt te prijzen. Deze oprechtheid bevalt me. Goed, hoe beoordeelt u mij bijvoorbeeld?'

'Ik ben bang van u.'

Nil Andrejitsj lachte tevreden.

'Waarom, als ik vragen mag? Zegt u rustig wat u denkt.'

'Waarom ik bang van u ben? Ziet u...'

'Zeg toch "uwe excellentie",' souffleerde baboesjka hem, maar Rajski hoorde haar niet.

'Men zegt dat u graag iedereen de les leest,' antwoordde hij. 'U hebt iemand de oren gewassen omdat hij niet bij de zondagsmis was, heeft baboesjka me verteld...'

Tatjana Markovna wist niet meer hoe ze het had. Ze deed zelfs haar muts af en legde hem naast zich neer, zo warm had ze het.

'Wat zeg je nu, Boris Pavlovitsj? Waarom haal je mij erbij?' probeerde ze hem af te remmen.

'Laat hem, moedertje, laat hem uitspreken! God zij dank dat u dat over mij hebt gezegd. Ik wil graag dat men de waarheid spreekt over mij,' merkte Nil Andrejitsj op.

Maar baboesjka was zichzelf al niet meer: ze betreurde het al dat ze gasten had uitgenodigd.

'Het klopt dat ik de mensen graag de les lees, dat weten jullie heel goed,' zei Nil Andrejitsj, zich tot de ambtenaren wendend, die zich bij de deur verdrongen.

'Zeker, uwe excellentie!' antwoordde een van hen snel, terwijl hij zijn ene been naar voren zette en zijn handen op de rug legde. 'Dat hebt u bij mij ook een keer gedaan.'

'Hm, en waarvoor?'

'Ik ging te bont gekleed.'

'Precies, op een zondag kwam hij na de mis bij me op bezoek, wat ik zeer op prijs stelde. Maar in plaats van een pandjesjas had hij een oud halflang jasje aan...'

'Misschien zo een als ik aan heb?' vroeg Rajski.

'Ja, bijna, en daarbij een geruite pantalon, een gestreept vest, gewoon een hansworst.'

'En jij, heb ik jou ook de les gelezen?' wendde hij zich tot een tweede jongeman.

'Jazeker, uwe excellentie,' zei die terwijl hij een schuchtere buiging maakte en met zijn hand door zijn haar ging.

'Waarom dan?'

'Vanwege mijn goede vader...'

'Ja, hij had het in zijn hoofd gehaald om zijn vader verwijten te maken. De oude man had een zwakheid: hij dronk. En hij heeft hem daarvoor de mantel uitgeveegd, zijn vader, en hem zijn geld afgenomen. Daarom heb ik hem de les gelezen! En vraagt u de jongeheren maar eens of ze me dankbaar zijn!'

De ambtenaren gingen bij die loftuiting van plezier van de ene voet op de andere staan en likten zich de lippen af.

'Ik vraag jullie: heeft dat jullie goed gedaan of niet! Soms hoor je dingen als: al het oude is slecht, en oude mensen zijn dom, het is tijd dat ze het veld ruimen!' vervolgde Tytsjkov. 'Als je die heren hun gang liet gaan, zouden ze in staat zijn om ons allemaal levend te begraven en zelf op onze plaatsen te gaan zitten... uit die hoek waait de wind. Hoe is dat Franse spreekwoord ook weer, Natalja Ivanovna?' wendde hij zich tot een van de dames.

'*Ote-toi de là pour que je m'y mette...*' zei ze.

'Ja, dat is precies wat ze zouden willen, die bollebozen in hun korte jasjes! Hoe heten die jasjes ook alweer in het Frans, Natalja Ivanovna?' vroeg hij, zich opnieuw tot de dame wendend en de halflange jas van Rajski monsterend.

'Dat weet ik niet!' zei ze met geveinsde bescheidenheid.

'Dat weet je wel, moedertje!' antwoordde Nil Andrejitsj en dreigde haar schalks met zijn vinger. 'Alleen schaam je je om het te zeggen waar iedereen bij is. Daarvoor prijs ik je.' En zich tot Rajski wendend, vervolgde hij: 'Het zit dus zo: wanneer ik in een jongmens iets van dien aard bemerk, als ik dingen hoor als: "Ik ben zelf slim genoeg, ik hoef niemand om advies te vragen", dan lees ik hem de les, dan veeg ik hem de mantel uit, of het hem bevalt of niet.'

'Al dat nieuwe leidt absoluut niet tot iets goeds,' zei de landeigenaar. 'Neem bijvoorbeeld de Hongaren en de Polen, die komen in opstand. En waarom? Vanwege de nieuwe principes!'

'Denkt u dat?' vroeg Rajski.

'Met uw welnemen, dat is míjn mening... maar ik zou graag úw mening horen,' zei de landeigenaar terwijl hij dichter bij Rajski ging zitten. 'We wonen heel ons leven op het platteland en weten niet wat er in de wereld gebeurt, daarom doet het me genoegen om eens naar een ontwikkeld man te luisteren...'

Rajski maakte een lichte, ironische buiging.

'Je leest dingen in de krant, gisteren bijvoorbeeld dat de koning van Zweden de stad Christiania* bezocht heeft, en je weet niet wat de reden daarvan is.'

'Zou u dat graag willen weten?'

'Waarom zouden ze het in de krant zetten als de koning geen bijzondere reden had om Christiania te bezoeken?'

'Is daar geen grote brand geweest? Schrijven ze daar niets over?' vroeg Rajski.

De landheer, Ivan Petrovitsj, zette grote ogen op.

'Nee, over een brand schrijven ze niets, alleen dat zijne majesteit een volksvergadering heeft bezocht.'

Tit Nikonytsj en de raadsheer van de rekenkamer keken elkaar glimlachend aan, maar ze zeiden niets.

'Wat ik ook nog wilde vragen,' begon dezelfde gast. 'In Frankrijk heeft weer een Napoleon* de macht gegrepen.'

'Ja, en wat dan nog?'

'Hij heeft zich toch met geweld van de keizerlijke troon meester gemaakt...?'

'Hoezo met geweld? Men heeft hem gekozen...'

'Wat waren dat nou voor verkiezingen? Men zegt dat er soldaten gestuurd zijn om de mensen te dwingen, dat men stemmen gekocht heeft... Neem me niet kwalijk, dat kun je toch geen verkiezingen noemen, het was gewoon een aanfluiting.'

'En zelfs als er wat geweld bij te pas kwam... wat had men anders met hem moeten doen?' vroeg Rajski, die zich voor deze plattelandspoliticus begon te interesseren, nieuwsgierig.

'Hoe komt het dat iedereen dat toelaat, dat ze niet gewapenderhand tegen hem optreden?'

'Probeer het maar eens!' onderbrak Nil Andrejitsj hem. 'Hoe zou je dat moeten doen?'

'Alle staten zouden samen een leger moeten vormen en tegen hem ten strijde trekken, zoals tegen wijlen Napoleon... Toen hadden we de Heilige Alliantie...'

'U zou een plan de campagne moeten opstellen,' merkte Rajski op. 'Misschien nemen ze het aan...'

'God bewaar me!' wierp de gast bescheiden tegen. 'Ik begon er zomaar over, uit weetgierigheid... Ik wilde u nog iets vragen,' vervolgde hij, zich tot Rajski wendend.

'Waarom aan mij?'

'U bent een inwoner van de hoofdstad, daar zat u om zo te zeggen vlak bij de bron... dat is iets anders dan wij hier op het platteland. Ik wilde vragen: de Turken hebben toch van oudsher de christenen onderdrukt, hen te vuur en te zwaard uitgeroeid, hebben hun vrouwen...'

'Zeg, Ivan Petrovitsj, let op je woorden, dadelijk zeg je nog iets onbetamelijks... Kijk eens hoe Natasja Petrovna bloost...' bemoeide Nil Andrejitsj zich ermee.

'Wat zegt u nu, uwe excellentie... waarom zou ik blozen? Ik heb niet eens gehoord waar ze het over hadden...' zei een van de dames bijdehand, en ze verschikte koket haar sjaal.

'Ondeugd!' zei Nil Andrejitsj, dreigde haar met zijn vinger en wendde zich tot de geestelijke: 'Heeft ze niet in de biecht geklaagd dat haar man...'

'Wat zegt u nu weer, uwe excellentie?' onderbrak de dame hem haastig.

'Goed, laat maar! Nou, Ivan Petrovitsj: wat hebben de Turken de christenvrouwen aangedaan? Wat heb je daarover gelezen? Nastasja Petrovna wil het graag lezen. Maar pas op, Nastasja Petrovna, dadelijk ruk je zelf nog op naar Turkije!'

Ivan Petrovitsj had ongeduldig gewacht tot Nil Andrejitsj was uitgesproken en wendde zich nu opnieuw tot Rajski, die hij zijn vraag als een pistool op de borst zette.

'Ik wilde u vragen waarom men eigenlijk de Turken niet tot bedaren brengt.'

'Omdat de vrouwen aan de kant van de Turken staan!' ging Nil Andrejitsj door met schertsen. 'Die daar is de eerste...' Hij wees op dezelfde dame.

'Ach, Tatjana Markovna, waarom heeft zijne excellentie het vandaag op mij voorzien...?'

Baboesjka deed alsof deze vraag haar in verlegenheid bracht.

'Ik wilde u vragen waarom alle landen niet samen tegen de Turken optrekken,' drong Ivan Petrovitsj bij Rajski aan. 'Waarom ze bijvoorbeeld het graf van de verlosser niet ontzetten?'

'Eerlijk gezegd heb ik daar niet zo over nagedacht,' zei Rajski. 'Maar ik zal er nu mijn bijzondere aandacht aan schenken en als u mij nader wilt informeren, ben ik er niet afkerig van mee te werken aan de oplossing van de Oosterse kwestie...'

'Ja, nu we het er toch over hebben,' viel de gast hem levendig in de rede, 'u had het net over "de Oosterse kwestie"; in de kranten schrijven ze ook om de haverklap over "de Oosterse kwestie". Wat bedoelt men daar eigenlijk mee?'

'Hetzelfde als wat u net zei over de Turken, verder niets.'

'Zozo,' zei de landheer peinzend. 'Maar er is toch eigenlijk helemaal geen kwestie?'

'Er zijn tegenwoordig alle mogelijke kwesties!' mengde de bloeddoorlopen kolonel zich met hese stem in het gesprek. 'Ik heb onlangs een brief uit Petersburg gekregen van onze regimentsadjudant en die schrijft dat momenteel iedereen zich bezighoudt met de kwestie in verband met de verandering van legeruniformen...'

Niemand deed zijn mond open.

'Of neem nu Ierland!' begon Ivan Petrovitsj na een korte stilte met nieuwe bezieling. 'Men schrijft dat het een arm land is: er is niets te eten, er groeien alleen maar aardappelen en die zijn nog vaak niet geschikt om te eten...'

'Ja, en wat dan nog?'

'Ierland hoort bij Engeland en Engeland is een rijk land: zulke grootgrondbezitters als daar heb je verder nergens. Waarom neemt men bijvoorbeeld niet de helft van al het graan en het vee om dat aan Ierland te geven?'

'Wat hoor ik nu, vriend? Predik je de opstand?' vroeg Nil Andrejitsj plotseling.

'Wat voor een opstand, uwe excellentie...? Ik zeg het alleen uit weetgierigheid.'

'Stel dat er in Vjatka of in Perm hongersnood heerst en ze nemen jou zonder te betalen de helft van je graan af? Wil je dat?'

'Dat is uitgesloten! Bij ons liggen de zaken heel anders...'

'Als je boeren je eens hoorden? Wat zouden ze dan zeggen?' drong Nil Andrejitsj aan.

'God verhoede dat!' zei de landeigenaar.

'God bewaar ons!' zei ook Tatjana Markovna.

'Ze spitsen nu al hun oren hoewel ze nog van niks weten!' vervolgde Nil Andrejitsj.

'Hoezo? Wat is er gebeurd?' vroeg Berezjkova angstig.

'Ze praten over opheffing van de lijfeigenschap. Men heeft de gouverneur gemeld dat het op het landgoed van Mamysjev onrustig is...'

'God bewaar me!' zeiden zowel de landeigenaar als Tatjana Markovna opnieuw.

'Zijne excellentie heeft volkomen gelijk!' merkte de landeigenaar op. 'Zodra je ze de vrijheid geeft, gaan ze naar de kroeg om op de balalaika te spelen. Ze zuipen zich vol en lopen je voorbij zonder hun pet af te nemen!'

'Het gaat overigens niet van de boeren uit,' zei Nil Andrejitsj, een schuinse blik op Rajski werpend. 'Het kwaad grijpt als een epidemie om zich heen. Eerst gaat zo'n jongen niet meer naar de nachtmis, "dat is vervelend" zegt-ie, vervolgens vindt hij het overbodig om op feestdagen zijn opwachting te maken bij zijn superieuren, "hij is toch geen bediende" zegt-ie, daarna gaat hij in onfatsoenlijke kleding naar een kerkdienst en laat zijn baard staan' – hij wierp weer een schuinse blik op Rajski – 'enzovoort, enzovoort, en als je hem zijn gang laat gaat, beweert-ie even later dat er geen God in de hemel is en dat het geen zin heeft om te bidden!'

In de salon ontstond algemene beroering.

'Ja, ja, zo is het: mijn buurman had een huisleraar die regelrecht van het seminarie kwam!' zei de landeigenaar, zich tot de priester wendend. 'In het begin verliep alles in alle rust en vrede: hij fluisterde en fluisterde, God mag weten wat, tegen de oudste kinderen... tot op een keer een van de meisjes tegen de moeder zei: "God bestaat niet, dat heeft Nikita Sergejitsj van iemand gehoord." Men nam hem meteen onder handen: hoezo bestaat God niet, hoe kom je daarbij? De vader van de kinderen ging naar de bisschop. Men heeft het hele seminarie ondersteboven gehaald...'

'Ja, dat herinner ik me,' zei de priester. 'Men heeft verboden boeken gevonden.'

'Nou, ziet u wel!'

'Vertelt u me eens, alstublieft,' wendde Ivan Petrovitsj zich opnieuw tot Rajski. 'Waarom komen de volkeren voortdurend in opstand?'

'Neem bijvoorbeeld de indianen: dat is allemaal tuig. Geen christenen, schorem dat naakt rondloopt en aan een stuk door zuipt; het land is naar men zegt erg rijk, er groeien net zoveel ananassen als hier augurken... Wat willen ze nog meer?'

Rajski zweeg. Hij begon zich al te vervelen.

Wat een ellende, die veelgeroemde Slavische deugd van de gastvrijheid! dacht hij. Wat een gedrochten kom je bij baboesjka tegen.

Ook de anderen zwegen, het copieuze ontbijt remde hun woordenvloed. Ivan Petrovitsj zette de conversatie in zijn eentje voort: 'Ze hebben de Chinezen nu de Amoer afgenomen. We gaan nu onze eigen thee kweken, die hoeven we niet meer in het buitenland te kopen, dat is voordelig en plezierig...'

'Jij houdt je ook met van alles en nog wat bezig,' merkte Tytsjkov met een licht verwijt in zijn stem op.

'Ik wilde alleen uit nieuwsgierigheid met hem praten, hij woont in de hoofdstad. Men schrijft nu dat de paus van Rome...'

Op dat moment betrad Polina Karpovna met veel gerucht de salon. Ze droeg een mousselinen jurk met wijde mouwen zodat haar volle, blanke armen bijna tot aan de schouders zichtbaar waren. De cadet kwam achter haar aan.

'Wat een hitte! *Bonzjoer, bonzjoer*,' zei ze, alle kanten op buigend, en ging naast Rajski op de divan zitten.

'Er is niet genoeg plaats hier!' zei Rajski en ging op een stoel ernaast zitten.

'*Non, non, non, ne vous derangez pas*,' probeerde ze hem tevergeefs vast te houden. 'Wat vervelend!' fluisterde ze hem nog toe, 'het huis is vol gasten en ik wilde u alleen spreken...'

'Waarom?' vroeg hij hardop. 'Is er iets?'

'Jazeker!' antwoordde ze, nog steeds fluisterend en met een geheimzinnig lachje op haar gezicht.

'Wat dan?'

'Het portret!'

'Het portret? Wat voor portret?'

'Mijn portret! U hebt beloofd het te schilderen, weet u dat niet meer... *ingrat*!'

'Ah! Danila Karpovna!' riep Nil Andrejitsj lijzig. 'Welkom! Hoe gaat het met u?'

'Goed, dank u,' antwoordde ze zonder hem aan te kijken.

'Waarom schenkt u mij uw betoverende glimlach niet? Draait u zich naar me om, laat me uw slanke, blanke hals bewonderen...'

Uit de menigte bij de deur klonk gelach op, de dames glimlachten ook.

'Wat een botterik, dadelijk komt-ie natuurlijk met een of andere stomme opmerking!' fluisterde ze tegen Rajski.

'Waarom kijkt u neer op een oude man, dadelijk doe ik u nog een huwelijksaanzoek. Of bevalt hij u niet, is-ie niet jong genoeg meer? Hij kan een generaalsvrouw van u maken...'

'Die eer kan me gestolen worden...' zei ze zonder hem aan te kijken. '*Bonzjoer*, Natalja Ivanovna, waar hebt u dat leuke hoedje gekocht, bij *madame Pichet*?'

'Dat heeft mijn man in Moskou besteld,' zei Natalja Ivanovna met een schuchtere blik op Rajski, 'bij wijze van verrassing.'

'Beeldig gewoon!'

'Kijkt u me toch eindelijk eens aan: ik ding echt naar uw hand,' drong Nil Andrejitsj aan. 'Ik heb een huishoudster nodig, een bescheiden vrouwtje, dat niet flirt, zich weet te gedragen en zich niet voortdurend wil opdirken... dat geen man aankijkt behalve mij... Precies zo iemand als u dus...'

Polina Karpovna deed of ze hem niet hoorde, ze wuifde zich koelte toe met haar waaier en probeerde een gesprek aan te knopen met Rajski.

'U bent,' vervolgde de onvermurwbare Nil Andrejitsj, 'een voorbeeld voor onze moeders en dochters: u staat kaarsrecht in de kerk, laat geen oog af van de iconen, kijkt niet om u heen, merkt de jonge mannen niet op...'

Het gelach bij de deur zwol aan en de dames trokken rare grimassen om hun glimlach te verbergen.

Tatjana Markovna deed een poging de aanval van Nil Andrejitsj op haar gast te sussen.

'Eet u toch van de pastei, Polina Karpovna, ik zal u wat opscheppen,' zei ze.

'*Merci, merci*, ik heb net ontbeten!'

Maar dat hielp niet. Nil Andrejitsj hernieuwde zijn aanval.

'U kleedt zich als een non: u bedekt uw armen en schouders netjes... U gedraagt zich geheel zoals dat iemand van uw eerbiedwaardige leeftijd past,' zei hij

'Wat moet u van me?' vroeg Polina Karpovna. '*Est-il bête, grossier?*' wendde ze zich tot Rajski.

'Ja, ja, *parlee voe fransè?*' onderbrak Tytsjkov haar. 'Ik wil met u trouwen, mevrouw, dat moet ik van u: we passen uitstekend bij elkaar.'

'Ik bedank voor de eer om bij u te passen!' reageerde Polina Karpovna zonder hem aan te kijken.

'Hoezo passen we niet bij elkaar? Neem me niet kwalijk! Ik was nog college-assessor* toen u met wijlen Ivan Jegorytsj trouwde. Dat is nu...'

'Wat een hitte... *on étouffe ici: allons au jardin! Michel*, geef me mijn mantel...!' wendde ze zich tot de cadet.

Op dat moment verscheen Vera.

Iedereen stond op en omringde haar, en het gesprek nam een andere wending. Rajski hingen al deze lieden, vooral na de laatste scène, de keel uit, en hij stond al op het punt om weg te gaan, maar bij de komst van Vera vlamde er zo'n sterk gevoel van vriendschap voor haar in hem op dat hij als vastgenageld op zijn stoel bleef zitten.

Vera liet een vluchtige blik over het gezelschap gaan, wisselde een paar woorden met deze en gene, drukte een paar meisjes, die haar jurk en haar pelerine monsterden, de hand, glimlachte onverschillig tegen de dames en ging op een stoel bij de kachel zitten.

De ambtenaren verschikten hun kleding, Nil Andrejitsj gaf haar met genoegen een smakkende handkus, de meisjes lieten geen oog van haar af.

Marfenka kon niet op haar plaats blijven zitten: nu eens schonk ze iemand wijn in, dan weer bood ze versnaperingen aan of probeerde haar vriendinnen bij een gesprek te betrekken.

'Vera Vasiljevna!' zei Nil Andrejitsj, 'neemt u het voor me op, mijn schoonheid!'

'Beledigt men u dan?'

'Dat doen ze zeker! Dalila... nee... Pelageja Karpovna.'

'*Impertinent*!' zei Kritskaja op luide fluistertoon, stond van haar plaats op en ging naar de deur.

'Waar gaat u heen, Polina Karpovna? Hoe moet het nu met de pastei? Marfenka, houd haar tegen! Polina Karpovna!' riep baboesjka.

'Nee, nee, Tatjana Markovna. Ik kom altijd graag bij u op bezoek,' zei Kritskaja al vanuit de zaal, 'maar ik wil niet in het gezelschap verkeren van die botterik, noch bij u, noch elders... Als wijlen mijn man nog in leven was geweest, had hij zoiets nooit gedurfd...'

'Word niet boos op de oude man, hij meent het goed; hij is zo eerbiedwaardig...'

'Nee, nee, alstublieft, laat me gaan, ik kom een andere keer wel, als hij er niet is...'

Ze vertrok in tranen, diep beledigd.

In de salon was iedereen in een uitstekende stemming en Nil Andrejitsj nam met een minzame glimlach het algemene, op bijval duidende, gelach in ontvangst. Alleen Rajski en Vera lachten niet. Hoe lachwekkend Polina Karpovna ook was, de grove zeden van deze menigte en de uitval van de oude man hadden zijn verontwaardiging gewekt. Somber zwijgend zat hij daar en bewoog nerveus zijn voet.

'Zo, was ze boos, is ze weggegaan?' vroeg Nil Andrejitsj toen Tatjana Markovna, duidelijk verontrust door deze scène, terugkwam en zwijgend weer op haar plaats ging zitten.

'Geeft niets, ze komt er wel overheen,' vervolgde de oude man. 'Dan moet ze zich maar niet naakt onder de mensen vertonen. Het is hier geen sauna.'

De dames sloegen hun ogen neer, de meisjes bloosden hevig en drukten elkaar verwoed de hand.

'Waarom moet ze in de kerk alle kanten opkijken en jonge jongens met zich meezeulen... Jij was vroeger trouwens ook niet bij haar weg te slaan, Ivan Ivanytsj. Hoe staat het nu: zoek je haar nog steeds op?' vroeg hij streng aan een van de jongelui.

'Ik kom er al lang niet meer, uwe excellentie. Ik had er genoeg van om complimenten te geven...'

'Goed zo! Wat een voorbeeld geeft zij aan onze jonge vrouwen en meisjes! Ze is de veertig al lang gepasseerd! Maar ze gaat nog steeds gekleed in roze, met bandjes en lintjes... Hoe zou je haar niet de les lezen? Ziet u wel,' wendde hij zich tot Rajski, 'dat ik alleen streng ben als het om de ondeugd gaat, en u bent bang van mij! Wie heeft u angst voor mij ingeboezemd?'

'Wie? Mark,' zei Rajski.

Er ontstond algemene beroering. Sommigen huiverden van angst.

'Welke Mark?' vroeg Tytsjkov met opgetrokken wenkbrauwen.

'Mark Volochov, die hier onder politietoezicht staat.'

'Die bandiet? Gaat u dan met hem om?'

'Wij zijn vrienden.'

'Vrienden?' sprak de oude man verbaasd en liet een fluittoon horen. 'Tatjana Markovna, wat hoor ik nu?'

'Geloof hem niet, Nil Andrejitsj. Hij weet zelf niet wat hij zegt...' begon baboesjka. 'Hoe kun je die man nu je vriend noemen?'

'Kom nou, baboesjka! Hij heeft toch bij mij gegeten en geslapen? U hebt toch bevolen een zacht bed voor hem gereed te maken...?'

'Boris Pavlovitsj! Heb erbarmen, zwijg!' fluisterde baboesjka wanhopig.

Maar het was al te laat. Tytsjkov keek Tatjana Markovna met een verontruste blik aan, de dames bekeken haar meewarig, de heren lieten hun monden openvallen van verbazing, de meisjes drukten zich tegen elkaar aan.

Om Vera's kin trilde een glimlach. Ze monsterde met zichtbaar genoegen het hele gezelschap en bedankte Rajski met een vriendschappelijke blik voor het onverwachte genot, terwijl Marfenka zich achter baboesjka verborg.

'Wat hoor ik nu!' sprak Nil Andrejitsj, 'hebt u die Barabbas toegelaten in uw huis?'

'Dat heb ik niet gedaan, Nil Andrejitsj. Borjoesjka heeft hem 's nachts meegebracht. Ik wist niet eens wie daar sliep!'

'Dus u gaat 's nachts met hem op stap!' wendde hij zich tot Rajski.

'Weet u dan niet dat het een verdacht sujet is, een vijand van de regering, een afvallige, die niets wil weten van de kerk of de maatschappij.'

'Wat een verschrikking!' zeiden de dames,

'En die heeft mij dus bij u aanbevolen?' vroeg Nil Andrejitsj.

'Ja.'

'Hij heeft me waarschijnlijk afgeschilderd als een wild dier dat mensen verslindt...?'

'U verslindt ze niet, maar u denkt om een of andere reden dat u het recht heeft om ze te beledigen.'

'En u gelooft dat?'

'Tot vandaag toe niet.'

'En nu?'

'Nu geloof ik het.'

Schrik en verbazing alom. Enkele ambtenaren gingen stiekem naar de zaal en luisterden van daaruit wat er verder zou gebeuren.

'Ah...!' zei Tytsjkov verbaasd en hooghartig tegelijk en fronste zijn wenkbrauwen. 'Waarom?'

'Omdat u daarnet een vrouw hebt beledigd.'

'Hoort u wat hij zegt, Tatjana Markovna!'

'Borjoesjka! Boris Pavlovitsj!' probeerde ze hem tot bedaren te brengen.

'Die... die oude modepop, die totebel, die troela...' zei Nil Andrejitsj.

'Wat hebt u met haar te maken? En wie heeft u het recht gegeven om over andermans ondeugden te oordelen?'

'En u, jongeman, met welk recht durft u mij verwijten te maken? Weet u dat ik al vijftig jaar ambtenaar ben en dat geen enkele minister ooit maar de geringste aanmerking op mij heeft gehad...?'

'Met welk recht? U hebt daarnet in mijn huis een vrouw beledigd en ik zou geen knip voor de neus waard zijn als ik dat zou toelaten. U schijnt dat niet te begrijpen, des te erger voor u...'

'Als u in uw huis een vrouw ontvangt van wie de hele stad weet dat ze lichtzinnig en frivool is, dat ze zich veel te jong kleedt voor haar leeftijd, dat ze haar verplichtingen ten aanzien van haar gezin niet nakomt...'

'Ja, wat dan...?'

'Dan verdient ú, zowel als Tatjana Markovna, dat ik u de les lees. Ja, ja, ik wilde u al lang iets zeggen... moedertje... u ontvangt haar in uw huis...'

'Goed, maar lichtzinnigheid, frivoliteit en koketterie, dat zijn nog geen halsmisdaden,' zei Rajski. 'Over u weet de hele stad ook dat u steekpenningen hebt aangenomen en zo aan een vermogen bent gekomen, dat u uw eigen nicht in een gekkenhuis hebt laten opsluiten. En toch hebben zowel baboesjka als ik u in ons huis toegelaten, terwijl dat toch veel erger is dan koketterie! Leest u ons liever daarover de les!'

Een onbeschrijflijke scène van ontzetting speelde zich nu af. De dames stonden op en begaven zich in een dichte drom zonder afscheid te nemen van de gastvrouw naar de zaal; achter hen aan kwamen en masse, als schapen, de meisjes. Iedereen vertrok. Baboesjka gaf Marfenka en Vera een wenk dat ze beter weg konden gaan.

Marfenka verdween maar Vera bleef.

Nil Andrejitsj verbleekte.

'Wie... wie heeft jou die geruchten overgebriefd? Zeg op! Die bandiet van een Mark? Ik ga meteen naar de gouverneur. Tatjana Markovna: ofwel het is uit met onze vriendschap ofwel u verbiedt die jongeman' – hij wees op Rajski – 'om ooit nog uw huis te betreden. Zo niet, dan zorg ik ervoor dat hij en het hele huis en uzelf binnen vierentwintig uur naar het andere eind van de wereld gedeporteerd worden...'

Tytsjkov stikte bijna van woede en wist zelf niet wat hij zei...

'Wie, wie heeft hem dat gezegd, ik wil het weten. Wíé... Zeg op...!' brieste hij.

Tatjana Markovna stond plotseling van haar stoel op. 'Praat geen onzin, Nil Andrejitsj! Moet je zien, je bent helemaal rood aangelopen; dadelijk barst je nog uit elkaar van woede. Drink liever wat water! Alsof het zo'n geheim was wat hij gezegd heeft. Ík heb het hem verteld. En het is de waarheid wat ik hem verteld heb!' voegde ze eraan toe. 'De hele stad weet het.'

'Tatjana Markovna, hoe durft u?' brieste Nil Andrejitsj.

'Ik heet al vijfenzestig jaar Tatjana Markovna. Hoezo "hoe durft u?" Je krijgt je verdiende loon! Waarom blaf je iedereen af? Je hebt inderdaad in het huis van een ander een vrouw aangevallen en je niet gedragen zoals een edelman betaamt. Wanneer de heer des huizes je dan de waarheid zegt, dan is daar niets op tegen.'

'Hoe durft u me dat te zeggen!' brieste Tytsjkov opnieuw.

Rajski wilde zich op hem storten, maar baboesjka hield hem met zo'n gebiedend gebaar tegen dat hij als versteend bleef staan en afwachtte wat er verder zou gebeuren.

Ze richtte zich plotseling op, zette haar muts op, sloeg haar sjaal om zich heen en trad op Nil Andrejitsj toe.

Rajski keek verbaasd naar baboesjka. Zij en niet Nil Andrejitsj hield zijn aandacht gevangen. Ze was plotseling uitgegroeid tot een figuur vol majesteit, zodat hij zich klein voelde tegenover haar.

'Wat ben je eigenlijk voor iemand?' zei ze. 'Een onbeduidende kantoorklerk, een parvenu! En je waagt het tegen een vrouw van oude adel te schreeuwen! Je hebt te veel praatjes gekregen, daarom heb je een lesje nodig! Ik zal het je eens en voor altijd geven, het zal je heugen. Je bent vergeten dat je in je jeugd, toen je papieren van de rekenkamer naar mijn vader bracht, in mijn tegenwoordigheid niet durfde te gaan zitten en op feestdagen meer dan eens uit mijn handen cadeautjes hebt gekregen. Als je eerlijk was gebleven, dan had niemand je dat aangerekend, maar je hebt je geld bij elkaar gestolen. Mijn kleinzoon heeft de waarheid gezegd, en hier hebben we je uit zwakheid geduld, je zou moeten zwijgen en nu, kort voor je einde, boete moeten doen voor je zondige leven. Maar jij weet van geen ophouden, je barst bijna uit elkaar van louter hoogmoed, en hoogmoed is een ondeugd die de mens dronken maakt en hem zichzelf doet vergeten. Kom tot jezelf, sta op en buig, voor je staat Tatjana Markovna Berezjkova! En hier staat mijn kleinzoon Boris Pavlovitsj Rajski. Als ik hem niet tegenhield, zou hij je van de bordestrap gesmeten hebben, maar ik wil niet dat hij zijn handen aan jou vuilmaakt, de lakeien zijn goed genoeg voor jou! Ik heb een beschermer, zoek jij er ook een voor jezelf! Hé, mensen!' riep ze luid, na in haar handen geklapt te hebben. Ze richtte zich in haar volle lengte op en keek met vonkende ogen om zich heen.

Ze leek nu op het portret van een van de voorname vrouwen uit haar geslacht dat daar tussen de andere aan de muur hing.

Tytsjkov stond daar en keek met verdwaasde ogen in het rond.

'Ik ga naar Petersburg schrijven... de stad is in gevaar,' zei hij haastig. Vervolgens ging hij, begeleid door baboesjka's vonkende blik met gebogen rug de deur uit zonder nog achterom te durven kijken.

Hij had het huis verlaten, maar Tatjana Markovna stond daar nog steeds in dezelfde houding met van toorn vonkende ogen, en ze trok van opwinding aan haar sjaal. Rajski ontwaakte uit zijn verbazing en liep schuchter op haar toe alsof hij haar niet herkende, alsof hij in haar niet baboesjka zag, maar een andere, hem tot nu toe onbekende vrouw.

'Hoe kon u van die lomperd verwachten dat hij uw grootheid zou erkennen en voor u zou buigen?' zei hij. 'Neemt u in plaats daarvan mijn hulde in ontvangst, niet als een grootmoeder van een kleinzoon, maar als een vrouw van een man. Ik spreek mijn bewondering uit voor Tatjana Markovna, de beste van de vrouwen, en ik buig me voor haar vrouwelijke waardigheid!'

Hij kuste haar de hand.

'Ik aanvaard jouw hulde, Boris Pavlovitsj, en ik beschouw haar als een grote eer. Deze hulde valt me niet voor niets ten deel: ik heb haar verdiend. Voor jouw dappere optreden bedank ik je met deze kus, die ik je niet geef als je grootmoeder maar als een vrouw...'

Ze kuste hem op de wang.

Op datzelfde moment kuste iemand hem op de andere wang.

'En dit is de dank van een andere vrouw!' zei Vera, die hem ook gekust had en nu snel de deur uitglipte.

'Ach!' riep Rajski hartstochtelijk terwijl hij zijn hand naar haar uitstrekte.

'Wij hebben geen afspraak met elkaar gemaakt maar we hebben je allebei begrepen. We spreken weinig met elkaar maar we lijken op elkaar!' zei Tatjana Markovna.

'Baboesjka! U bent een buitengewone vrouw!' zei Rajski en keek haar vol verrukking aan, alsof hij haar voor het eerst zag.

'En jij bent een monster, maar wel een aardig monster!' antwoordde ze en klopte hem op de schouder. Je moet meteen naar de gouverneur gaan en hem haarfijn vertellen hoe het gegaan is, voordat die ander hem wat voorliegt, dan ga ik naar Polina Karpovna om haar vergeving te vragen.

3

Nil Andrejitsj moest bijna uit zijn droschke getild worden toen hij thuiskwam. Zijn huishoudster wreef zijn slapen in met azijn, legde mosterdpleisters op zijn buik en schold op Tatjana Markovna.

Maar huismiddeltjes waren te zwak om de oude man zijn rust terug te geven. Hij verwachtte dat de gouverneur de volgende dag bij hem langs zou komen om te informeren wat er gebeurd was en zijn deelneming uit te spreken – dan zou hij hem voorstellen om Rajski als onruststoker de stad uit te sturen en Berezjkova een verklaring te laten tekenen dat ze Volochov niet meer in haar huis zou ontvangen.

Maar er gingen drie dagen voorbij en de gouverneur noch de vice-gouverneur, noch een van de raadsheren kwam bij hem langs. En om zelf met een klacht te komen en allerlei oude geschiedenissen op te rakelen, dat achtte hij om een of andere reden niet raadzaam.

De vorige gouverneur, de oude Pafnoetjev, bij wie zelfs de dames niet durfden te gaan zitten voordat hij zelf ging zitten, had de schuldigen alleen al wegens gebrek aan respect voor iemand met een hoge rang ter verantwoording geroepen, maar de huidige gouverneur was daar onverschillig voor. Hij merkte niet eens op hoe zijn ambtenaren zich kleedden, liep rond in een oude, halflange jas en bekommerde zich er alleen om dat vanuit zijn district geen slechte berichten Petersburg bereikten.

Nil Andrejitsj Tytsjkov verwachtte dat iemand van zijn voormalige ondergeschikten langs zou komen, zodat hij die zou kunnen uithoren over de stand van zaken in het vijandige kamp. Maar er kwam niemand.

Hij verwaardigde zich er zelfs toe om onder het wandelen bij twee of drie hem bekende huizen langs te gaan, maar hij werd er niet ontvangen en de lakeien monsterden hem met nieuwsgierige blikken.

De zaken staan slecht, dacht hij, en bleef thuis.

De volgende zondag liet hij zijn huisarts komen, die ook de gouverneur en baboesjka onder zijn patiënten telde.

De dokter probeerde Nil Andrejitsj niet aan te kijken en als hij dat wel deed, dan was het, net als bij de lakeien, met een nieuwsgierige blik; en toen Tytsjkov hem voorstelde om te blijven ontbijten, zei hij dat hij al was uitgenodigd door Berezjkova, bij wie ook zijne excellentie en alle anderen verwacht werden, en dat hij had gezien dat de bisschop rechtstreeks vanuit de kathedraal naar haar toe was gegaan, en dat hij daarom haast had. En hij vertrok na Nil Andrejitsj rust en een dieet voorgeschreven te hebben.

'Slechter kan het niet gaan!' zei hij, en slaakte een zucht die diep uit zijn binnenste kwam.

Hij begreep dat zijn gezag voor altijd verloren was gegaan en dat hij 'de laatste der mohikanen' was, de laatste generaal Tytsjkov.

En zijn andere voormalige ondergeschikten, die zich pas geleden nog de lippen afgelikt hadden als ze door Tytsjkov geprezen werden, hadden plotseling het licht gezien, erkenden de 'waarheid' die in de dappere daad van Rajski besloten lag en schaamden zich dat ze zo lang voor een valse god op de knieën hadden gelegen. Ze legden allemaal een bezoek af bij Rajski.

Rajski wijdde ook aan Tytsjkov een korte schets, die hij in het schema voor zijn roman onderbracht zonder zelf te weten waarom, want Nil Andrejitsj paste er niet in.

'Hij is toevallig onder mijn pen terechtgekomen, net als Openkin!' zei hij, toen hij de laatste zin van zijn schets had opgeschreven.

Rajski was nog een dag of drie onder de indruk van de gebeurtenissen van zondag. De plotselinge metamorfose van Tatjana Markovna – van baboesjka en gastvrije huisvrouw tot een leeuwin – had diepe indruk op hem gemaakt.

Haar vonkende ogen, trotse houding, eerlijkheid, spontaniteit en gezond verstand, die plotseling een doorbraak hadden geforceerd door de vooroordelen en de gemakzuchtige gewoonten, bleven hem bezighouden.

Hij spande een doek op en maakte een vluchtige, maar geslaagde schets van haar gestalte met de bedoeling om haar houding, haar toorn, haar grandeur op het doek vast te leggen en zijn schilderij een plaats te geven onder de familieportretten.

De sympathie die hij voor haar voelde, was zo mogelijk nog gegroeid. Zij keek hem ook met vriendelijker ogen aan dan daarvoor, hoewel haar aan te zien was dat haar 'uitval', zoals zij het noemde, haar nog behoorlijk verontrustte; zwijgend trachtte ze de 'innerlijke contradictie', zoals Rajski het uitdrukte, te verwerken.

Ze had veertig jaar een man gerespecteerd, had hem 'serieus' en 'achtenswaardig' genoemd, had zijn oordeel gevreesd en anderen daarmee angst ingeboezemd – en nu had ze plotseling deze zelfde man haar huis uitgejaagd! Ze had geen spijt van haar daad en vond hem terecht, maar ze piekerde erover dat ze veertig jaar lang vrijwillig de leugen had geduld en dat haar kleinzoon... gelijk had gehad.

Ze zou hem dat voor geen goud gezegd hebben: hij was nog te jong en zou misschien een te hoge dunk van zichzelf krijgen. Ze zou hem haar erkentelijkheid op zo'n manier tonen dat ze niet in een pijnlijke positie ten opzichte van haar kleinzoon terechtkwam en hij niet te veel waarde zou hechten aan zijn triomf.

Dat was de reden waarom ze nu met vriendelijker ogen naar Rajski keek en hem meer waardeerde dan vroeger.

Maar toch voelde ze zich onbehaaglijk – niet alleen door de 'innerlijke contradictie', maar gewoon omdat zich in haar huis een schandaal had afgespeeld en omdat ze een achtenswaardige... of nee: een 'serieuze' oude man met een ster, de deur had gewezen.

Ze leed onder wat er gebeurd was, wilde het echter niet ongedaan maken – maar wilde wel dat het door een wonder tien jaar terug in de tijd geplaatst werd, zou veranderen in iets wat zich lang geleden had afgespeeld en door iedereen was vergeten.

De plotselinge kus van Vera had Rajski het meest opgewonden. Hij was tot tranen toe geroerd en had op deze kus nieuwe hoopvolle verwachtingen gebaseerd. Hij dacht dat dit simpele voorval, deze onvoorbereide scène, waarin hij zich zo dapper en eervol had gedragen, hem zou leiden tot het doel dat hij tot nu toe op zo'n moeizame wijze en met zo weinig succes had proberen te bereiken: een toenadering tot Vera.

Maar hij vergiste zich. De kus leidde absoluut niet tot een toenadering. Het was slechts een spontane opwelling van sympathie van Vera voor zijn daad geweest, net zo spontaan als de daad zelf. Er was een bliksemschicht door haar heen gegaan en die was weer gedoofd.

Wel had zijn moedige gedrag deze bliksemschicht opgeroepen, maar ze had ook nooit aan zijn karakter getwijfeld, wilde alleen geen nauwere band met hem zoals hij dat wilde, en wilde hem slechts in zeer beperkte mate recht op haar aandacht geven.

Hij hield zich angstvallig aan zijn woord: hij zocht haar niet op, zag haar alleen tijdens het eten, sprak dan weinig en achtervolgde haar niet.

Nog twee, drie gesprekken met haar en ze heeft afgedaan voor mij, net zoals Bjelovodova en Marfenka, ze zal haar bekoring voor mij verloren hebben... daarna vertrek ik! besloot hij.

'Jegor!' riep hij, 'haal mijn koffer en kijk of de riemen en het slot nog heel zijn: ik blijf hier niet lang meer.'

Het was stil in huis, er waren al veertien dagen voorbijgegaan sinds hij de weddenschap met Mark aangegaan was, en Rajski was niet verliefd, beging nog steeds geen dwaasheden en vergat het bestaan van Vera compleet, alleen 's avonds en 's morgens verscheen haar beeld, alsof hij het opriep, voor zijn geest.

Hij probeerde haar niet te laten merken dat hij nog steeds aan haar dacht en dat lukte hem ook. Hij wilde het liefst de herinnering aan zijn verliefdheid, waar hij op onvoorzichtige en belachelijke wijze uiting aan had gegeven, uit haar geheugen wissen...

Zover is het dus al met me gekomen: ik schaam me voor mijn verliefdheid... Dus de overwinning is nabij! verheugde hij zich in stilte, hoewel hij zich er regelmatig op betrapte dat hem wat haar betrof niet het geringste detail ontging, dat hij zonder te kijken als het ware voelde wanneer ze binnenkwam, wist wat ze zei, waarom ze zweeg.

Dit is allemaal maar schijn, zei hij, zijn gemoedsbewegingen analyserend, er is helemaal geen sprake van een echt gevoel.

Hij schilderde het portret van Tatjana Markovna en stelde een schema op voor zijn roman, die een flinke omvang kreeg. Hij schetste zijn eerste ontmoeting met Vera en de indruk die ze op hem had gemaakt, en voegde er als couleur locale karakteristieken van de haar omringende personen aan toe, een schildering van het Wolga-landschap en een beschrijving van zijn landgoed – en kwam zo onder het werken weer tot leven. Zijn 'illusie' kreeg geleidelijk handen en voeten. Hij begon het geheim van de geestelijke creatie te doorgronden.

Hij werd vrolijk en vrijmoedig, maakte twee keer een wandeling met Vera als met de eerste de beste interessante gespreksgenote en strooide zonder de opzet om een bijzondere indruk op haar te maken zijn hele voorraad gedachten, wetenswaardigheden en anekdoten over haar uit. Hij speelde een onstuimig spel met zijn fantasie, ging zich te buiten aan grapjes of ontvouwde in diepzinnige uiteenzettingen zijn wereldbeschouwing – kortom, hij leidde een rustig, maar prettig leven, zonder iets van haar te verlangen of aan haar op te dringen.

Hij stelde met genoegen vast dat ze niet meer bang voor hem was, hem vertrouwde, haar kamer niet meer voor hem op slot deed en niet meer probeerde een ontmoeting met hem in het park te ontlopen – daar ze wist dat hij na een korte begroeting weer verder liep. Ze vroeg hem zonder schroom boeken te leen en kwam ze zelfs bij hem halen, terwijl hij ze haar gaf zonder haar op te houden of zich aan haar op te dringen als 'geestelijk mentor'. Hij vroeg haar niet uit over het gelezene, maar soms maakte ze hem zelf deelgenoot van de indruk die een boek op haar had gemaakt.

Na de middagmaaltijd zaten ze regelmatig uren met zijn tweeën bij baboesjka – en Vera verveelde zich niet als ze naar hem luisterde, lachte soms zelfs om zijn grapjes. Toch gebeurde het soms dat ze midden in een gesprek of voor ze bij het lezen het einde van een bladzijde bereikt hadden, een excuus mompelde en wegging. Niemand wist dan waar ze heen ging. Na een of twee uur kwam ze terug of ze bleef helemaal weg, maar wat ze ook deed, Rajski vroeg er niet naar.

Behalve in zijn werk vond hij ook afleiding bij een paar mensen in de stad, met wie hij had kennisgemaakt. Soms gebruikte hij de lunch bij de gouverneur, zelfs was hij samen met Marfenka en Vera op een zomerpartijtje buiten de stad van de brandewijnpachter geweest; maar tot teleurstelling van Tatjana Markovna raakte hij niet onder de indruk van diens dochter en antwoordde koel op haar vragen over deze dochter dat het een 'doorsneejuffertje' was.

Vera spreidde een onverstoorbare gelijkmoedigheid tegenover hem tentoon. Dat was iets waarvan hij doordrongen raakte en waar hij zich noodgedwongen in schikte. Hoewel hij vorderingen maakte in haar vertrouwen en in haar vriendschap, bleef die vriendschap om zo te zeggen negatief en bestond haar vertrouwen er uitsluitend uit dat ze geen onbetamelijke spionage van zijn kant meer vreesde.

Haar kin begon hevig trillen wanneer hij zichzelf heel geestig vergeleek met een net uit het gesticht ontslagen krankzinnige die men alleen durft te laten, in wiens kamer men de ramen weer open laat, die men bij het eten zelfs een vork en een mes geeft, en die men zelfs toestaat om zichzelf te scheren – maar de aanvallen van razernij van kortgeleden liggen bij iedereen in huis nog vers in het geheugen en daarom zal niemand garanderen dat hij niet op een goede morgen het raam uitspringt of zich de keel doorsnijdt.

Haar vriendschap ging nog niet zo ver dat ze hem als oudere en meer ervarene om raad vroeg of hem vertelde waar ze zich mee bezighield of wie bij haar in de smaak viel en wie niet, laat staan dat ze hem haar geheimen toevertrouwde.

Het enige verlangen waar ze tegenover hem onbevreesd uitdrukking aan gaf, was dat ze vrij wilde zijn, dat wil zeggen dat men haar aan haarzelf overliet, niet op haar lette, haar bestaan vergat.

Goed, die voorwaarden zijn nu vervuld, wat verder, dacht hij. Is dit dan alles? Ik moet eens voorzichtig informeren...

Ze wilde geen gehoor geven aan zijn verzoek om hem te tutoyeren, omdat ze vond dat dat op zichzelf aanleiding gaf tot allerlei vertrouwelijkheden die voor de ene of de andere partij ongewenst zouden kunnen zijn en de schijn van een vriendschap oproepen die vaak niet aan beiden kanten aanwezig was.

'Nou, ben je tevreden over me?' zei hij een keer na de thee toen ze alleen gebleven waren.

'In welk opzicht?' vroeg ze hem nieuwsgierig.

'Hoe kun je dat nou vragen, in welk opzicht?' herhaalde hij verbaasd. 'Met de verandering die zich in mij voltrokken heeft natuurlijk.'

'Welke verandering?'

'Neem me niet kwalijk! Ik heb aan mezelf gewerkt, heb al mijn opvattingen en verlangens aan jou aangepast, heb gezwegen, je niet opgemerkt... wat een moeite heeft me dat niet gekost. Maar zíj heeft het niet eens gemerkt! Ik leg mezelf beproevingen op, maar zíj... dat is dus mijn beloning!'

'Ik dacht dat u het vergeten was.'

'Ben jij het dan al vergeten?'

'Ja, en dat is uw beloning.'

Hij keek haar verbaasd aan.

'Een mooie beloning: ze is het vergeten.'

'Ja, ik ben vergeten dat u me verveelde en zie u nu zoals u meteen na uw aankomst had moeten zijn.'

'En dat is alles?'

'Wat wilt u dan nog meer?'

'En onze vriendschap?'

'Die vriendschap bestaat. Ik ben zeer bevriend met u.'

Nee, dat heb ik helemaal verkeerd aangepakt, wond hij zich innerlijk op, en hij betrapte zichzelf erop dat hij Vera als het ware een fooi vroeg voor zijn goede gedrag.

'Mooie vriendschap: ik weet niets van je, jij vertrouwt me niets toe, er is geen enkele gemeenzaamheid, je bent als een vreemde voor me...'

'Ik vertel niemand iets, noch baboesjka, noch Marfenka...'

'Dat is waar: baboesjka en Marfenka zijn lieve, goedhartige wezens, maar tussen hen en jou ligt een hele afgrond... jij en ik daarentegen hebben veel gemeenschappelijks...'

'Ja, ik was helemaal vergeten dat ik volgens u "wijs" ben,' zei ze met lichte spot.

'Je bent ontwikkeld, je geest zwijgt nooit en al heeft je hart nog geen taal gevonden, het klopt vol verwachting... Ik zie dat...'

'Wat ziet u...?'

'Dat je je verstopt en iets verbergt... God mag weten wat!'

'Laat die dan alleen weten wat mijn geheim is.'

'Je hebt karakter, Vera!'

'Is dat dan een ondeugd?'

'Integendeel, het is een zeldzame kwaliteit, aangenomen dat het karakter echt is en niet geveinsd.'

Ze haalde lichtjes de schouders op alsof ze het niet nodig vond om te antwoorden.

'Voel je niet de behoefte je tegenover iemand uit te spreken, om wat duister en raadselachtig in je leven is op te helderen met behulp van het intellect en de ervaring van een ander? Er is zo veel dat nieuw voor je is...'

'Nee, neef, die behoefte voel ik totnogtoe niet, maar als ik hem wel voel, dan wend ik me misschien tot u...'

'Vergeet niet, Vera, dat je een neef hebt, een vriend, die bereid is alles voor je te doen, zelfs offers te brengen...'

'Waarom wilt u offers brengen?'

Omdat je zo mooi bent, wilde hij zeggen, maar ze keek hem streng aan. 'Omdat je zo intelligent en origineel bent... en omdat ik het graag wil,' besloot hij zijn zin.

'En als ik het nu niet wil?'

'Dan kan er geen sprake zijn van vriendschap tussen ons.'

'Is vriendschap dan zo'n zelfzuchtig gevoel en wordt een vriend alleen gewaardeerd omdat hij dit of dat voor je gedaan heeft? Is het dan onmogelijk dat twee mensen elkaar graag mogen vanwege hun karakter, hun geest? Als ik iemand liefhad, zou ik het zelfs tot iedere prijs vermijden hem aan mij of mij aan hem te verplichten...'

'Waarom?'

'Ik heb al een keer gezegd waarom: om de vriendschap niet te bederven. Er zal in dat geval geen sprake zijn van gelijkberechtiging, de vrienden zullen niet meer door een gevoel maar door bewezen diensten met elkaar verbonden zijn en dat zal hun relatie vertroebelen: de een zal hoger, de ander lager staan... en waar blijft dan de vrijheid?'

'Wat ben je grappig, Vera, met je gedweep met de vrijheid! Wie heeft je dat in het oor gefluisterd? Dat is kennelijk een of andere dilettant op het gebied van de vrijheid geweest! Op die manier kun je elkaar niet eens om een sigaar vragen, of ik zou de zakdoek niet voor je op kunnen rapen die je hebt laten vallen zonder een lijfeigene te worden. Pas op: van de vrijheid tot de slavernij is het maar één stap, net zoals van het verhevene naar het belachelijke! Wie heeft je die ideeën bijgebracht?'

'Niemand,' zei ze, en ze stond met een geeuw op van haar stoel.

'Verveel ik je niet, Vera?' vroeg hij haastig. 'Denk niet dat ik je wil uithoren; je moet niet op alle slakken zout leggen. Ik wilde zomaar wat met je babbelen...'

'Ik ben "wijs" genoeg, neef, om zwart van wit te kunnen onderscheiden en ik praat met genoegen met u. Als u het niet vervelend vindt, kom dan vanavond weer bij me of in de tuin, dan praten we verder...'

Hij maakte bijna een luchtsprong van vreugde.

'Mijn lieve Vera!' zei hij.

'Ik ben alleen bang dat ik u niet kan bezighouden: ik ben zo zwijgzaam, u zult alleen moeten praten...'

'Nee, nee, blijf zoals je bent, wees zoals je wilt zijn...'

'Staat u me dat toe, neef?'

'Lach me niet uit, Vera, ik maak geen grapjes, bij God...'

'U haalt God er bij, net zoals Vikentjev... Nu moet ik u wel geloven. Tot vanavond!'

4

Ook die avond bereikte Rajski niets. Hij sprak, dweepte, raakte het ene moment in vuur en vlam door haar fluwelen, donkerbruine ogen en bekoelde het volgende moment weer door hun onverschillige blik.

Hij zag een heerlijk schepsel voor zich dat alles in zich scheen te verenigen wat nodig is voor een hevig, smartelijk, waanzinnig geluk; maar dat geluk was hem niet beschoren: hij had niet alleen het recht niet om zijn verlangens te uiten, maar zelfs niet om anders naar haar te kijken dan naar een zuster of een vreemde, onbekende vrouw.

Zo moest het dus zijn; hij had er al mee ingestemd. Als die vervreemding hem was opgelegd door de reinheid van een meisjesachtige naïviteit, door een onschuld die zich van geen kwaad bewust is, zoals dat bij Marfenka het geval was, dan had hij zich daar makkelijker mee verzoend, had hij de heiligheid van de onwetendheid vast en zeker gerespecteerd.

Maar bij Vera was geen sprake van dat alles: uit haar gedrag sprak zo al geen ervaring (dat hield hij voor uitgesloten) en zo al geen kennis, dan toch een duidelijke voorbode van ervaring en kennis. Het was niet haar onwetendheid, maar haar trots die zijn onbescheiden blik en zijn verlangen om haar te behagen afweerde. Dus wist ze al wat een hartstochtelijke blik, dit huldebetoon aan de schoonheid, te betekenen had en waar het toe kon leiden, en wanneer de hofmakerij van een man voor een meisje beledigend is en waarom ze dat is.

Op een of andere manier voorvoelde ze de draagwijdte van gevoelens en hartstochten en de strijd die ze met zich meebrengen. Ze voorzag het verloop van deze hartstocht en het drama waar ze op uit kon draaien, en ze besefte hoe diep zulke drama's in het leven van een vrouw in kunnen grijpen.

Zo'n vroegtijdig optredende waakzaamheid hoeft niet per se de vrucht van ervaring te zijn. Een vooruitziende blik, een voorgevoel van wat komen gaat in het leven is scherpzinnige en opmerkzame geesten wel vaker gegeven, vooral vrouwen, vaak zonder dat ze enige ervaring hebben; als een voorbode hiervan fungeert bij fijnzinnige naturen het instinct. Het bereidt hen voor op de ervaring via bepaalde wenken, die onbegrijpelijk zijn voor naïeve naturen, maar duidelijk voor scherpe, wijdgeopende ogen, in staat om bij het licht van een door de wolken flitsende bliksem de hele omgeving in zich op te nemen en in het geheugen te prenten.

Vera had zulke ogen: ze hoefde in de kerk of op straat maar een blik op de menigte te werpen en ze zag meteen degene die ze zocht, zoals ze ook met één blik op de Wolga zowel het schip in de verte zag als de boot aan de andere kant, de grazende paarden op het eiland, de slepers op het jaagpad, de meeuwen in de lucht en de rookpluim die in het verre dorp uit een schoorsteen kwam. En zo snel en zeker als haar ogen scheen ook haar verstand alles te vatten.

Vera doorgrondde natuurlijk niet alles wat betrekking had op het spel of de strijd der hartstochten, maar aan alles was te merken dat ze begreep dat er een hele wereld van vreugde en smart in besloten lag, dat het verstand, het zelfrespect, het schaamtegevoel en de wellust een belangrijke rol spelen in deze wervelstorm, en de mens op zijn grondvesten doen schudden. Haar instinct ging de ervaring ver vooruit.

Over deze onderwerpen had Rajski graag met Vera willen spreken, hij wilde erachter komen waarom deze wereld van gemoedsaandoeningen haar bekend scheen te zijn, waarom ze zijn verering zo welbewust, trots en hardnekkig afwees.

Maar ze liet absoluut niet blijken dat ze zijn verlangen om haar geheimen te ontraadselen, opmerkte. Als hij zich een toespeling liet ontvallen, zweeg ze en wanneer ze bij hun gezamenlijke lectuur op een passage stuitten die over deze onderwerpen handelde, luisterde ze onverschillig, hoe nadrukkelijk Rajski er met zijn stem ook de aandacht op probeerde te vestigen.

Zijn hardnekkige pogingen om Vera's geheim te doorgronden en haar te bekeren tot 'het leven' (maar zeker niet om haar 'de liefde af te leren', meende hij) brachten hem in een toestand van voortdurende opwinding; zijn zenuwen raakten geïrriteerd, hij werd prikkelbaar en lichtgeraakt. Dan verdween zijn vrolijke stemming weer, ging het werk hem tegenstaan en was geen enkele verstrooiing in staat hem op te beuren.

Dit is geen ervaring, maar een marteling! dacht hij op zulke sombere dagen en vroeg zich angstig af waar die hele tactiek toe zou leiden en hoe hij er eigenlijk op gekomen was haar aan te wenden.

Soms, wanneer hij met een nuchtere blik om zich heen keek, vroeg hij zich beschaamd af hoe hij terechtgekomen was in zo'n ondergeschikte rol tegenover een meisje dat hem betuttelde alsof hij een schooljongen was, hem uitlachte en zijn oprechte vriendschap betaalde met uitzichtloze onverschilligheid.

Hij betrapte zich opnieuw op achterdochtige blikken in Vera's richting, een of twee keer vroeg hij aan Marina of ze thuis was en toen hij haar een keer niet thuis trof, zat hij een halve dag bij het ravijn op haar te wachten. Toen ze niet verscheen, ging hij naar haar toe en vroeg haar waar ze geweest was, waarbij hij probeerde een achteloze toon aan te slaan.

'Ik ben beneden geweest, bij de oever, langs de Wolga,' zei ze nog achtelozer.

Hij wilde al zeggen dat het niet waar was, dat hij weer een keer de wacht had gehouden, maar hij hield zich in en keek haar slechts aan met een verbaasde blik, die haar niet ontging. Maar ze nam niet eens de moeite uit te leggen langs welke weg ze van de oever teruggekeerd was en hoe de schijnbare tegenstrijdigheid te verklaren was.

Ze scheen inderdaad daar of ergens ver weg geweest te zijn, want ze was tamelijk vermoeid en had bij haar thuiskomst pantoffels in plaats van laarsjes aangedaan en een peignoir in plaats van een jurk, en haar handen gloeiden een beetje.

Hij ging echter door met aan zichzelf te werken, om definitief tot rust te komen, ging weer vaker naar de stad, knoopte opnieuw gesprekken aan met de dochter van de opzichter en lachte zich dood om haar antwoorden. Hij probeerde soms zelfs opnieuw om poëtische stemmingen in Marfenka op te wekken, of ook melancholie of hartstochtelijke opwinding, niet om daar zelf van te profiteren, nee, uitsluitend om een nieuwe frisse wind in haar zielenleven te laten waaien. Maar al zijn pogingen ketsten af op haar klare, reine en zachtmoedige natuur.

Soms had hij de indruk dat hij haar gemoed enigszins in beweging bracht: ze stemde in met wat hij zei en luisterde aandachtig wanneer hij haar iets geestigs of diepzinnigs vertelde, maar vijf minuten later hoorde hij haar alweer boven in haar kamertje zingen: 'Mijn teerbeminde, wat houd ik van jou.' Of ze tekende een boeket bloemen, een duivenfamilie, een portret van haar kat of, als ze niet ergens in een hoekje een boek met een gelukkige afloop las, praatte en twistte ze aan een stuk door met Vikentjev.

Er ging nog een week voorbij en spoedig zou de maand voorbij zijn die Mark bij zijn dwaze weddenschap als termijn had gesteld. Rajski voelde zich nog steeds 'vrij van liefde'. Hij geloofde niet dat hij verliefd was en schreef alles toe aan een prikkeling van zijn fantasie en zijn nieuwsgierigheid.

Het gebeurde ook wel dat die prikkeling een paar dagen afwezig was en dat hij Vera met dezelfde onverschillige blik bezag als Marfenka: beide zusters leken hem dan een paar bekoorlijke kostschoolkinderen op vakantie die hun typische kostschoolgeheimen en kostschoolidealen hadden, hun naïeve bij elkaar gelezen theorieën en opvattingen – die de werkelijkheid en de ervaring spoedig op hun kop zouden zetten.

Vera kwam en ging en hij merkte dat hij haar nu kon gadeslaan zonder te beven van opwinding, zonder een blik of een woord van haar te willen opvangen, en toen hij een keer 's morgens opstond voelde hij zich volkomen zeker van zichzelf, dat wil zeggen onverschillig en innerlijk vrij, niet alleen van het verlangen om een of andere gunst van Vera te verkrijgen, maar ook van het verlangen haar vriendschap te verwerven.

Ik ben nu volkomen koel en rustig en kan haar eindelijk volgens afspraak aankondigen dat ik klaar ben, het experiment is beëindigd: ik ben haar vriend, zo een als iedereen er een massa van heeft. En binnenkort vertrek ik. Ik moet alleen die Barabbas nog een keer treffen en zijn laatste broek van zijn lijf rukken... dan moet hij maar geen weddenschappen afsluiten.

Hij zei Jegorka terloops dat hij zijn koffer van de zolder moest halen en gereedmaken voor het vertrek.

Hij ging naar Leonti om te informeren waar Mark op dat moment uithing en trof hen beiden aan het ontbijt.

'Weet u wat?' zei Mark, hem aankijkend, 'u hebt alles om een fatsoenlijk man te worden, u hebt alleen wat meer moed nodig!'

'Meer moed? Misschien om iemand in zijn been te schieten of om 's nachts in een taveerne in te breken?'

'Onzin, waarom zou u naar taveernes moeten gaan? U hebt thuis bij baboesjka de beste taveerne. Nee, ik wil u alleen bedanken omdat u dat oude varken het huis uit gejaagd hebt. Men zegt dat u het samen met baboesjka hebt gedaan: bravo!'

'Hoe weet u dat?'

'De hele stad heeft het er over! Ik wilde u al opzoeken om u persoonlijk mijn erkentelijkheid te betuigen, maar toen hoorde ik dat u zich met de gouverneur hebt ingelaten, dat u hem zelfs hebt uitgenodigd en u samen met diezelfde baboesjka voor hem hebt uitgesloofd. Dat is niet zo mooi. En ik dacht nog wel dat u hem had uitgenodigd om hem van het bordes te smijten.'

'Zou dat naar uw mening een bewijs geweest zijn van wat men *Zivilcourage* noemt?' vroeg Rajski.

Ik weet niet wat het geweest zou zijn, maar ik wil u met een voorbeeld duidelijk maken wat ik onder moed versta. Een politiecommissaris van hier rijdt wat al te vaak langs onze moestuinen. Zijne excellentie schijnt het te interesseren hoe het met me gaat en waarmee ik de tijd verdrijf... Nou, vooruit dan! Ik heb een paar buldogs aangeschaft, die ik africht; ik heb ze nog geen week en er is al geen kat in de moestuinen meer over... Ik heb ze opgesloten op een zolder en wanneer de politiecommissaris of iemand uit zijn gevolg zich hier weer vertoont, dan breken mijn lievelingen onverwachts los...'

'Goed, ik kom afscheid nemen,' onderbrak Rajski hem. 'Binnenkort vertrek ik!'

'U vertrekt?' vroeg Mark verbaasd.

'Ja. Waarom verbaast u dat?'

'Ik heb u nog iets te zeggen...' voegde hij er op rustige en serieuze toon aan toe.

Nu keek Rajski Mark op zijn beurt verbaasd aan. 'Waarmee kan ik u van dienst zijn?' vroeg hij. 'Hebt u weer geld nodig?'

'Geld kan ik altijd gebruiken, maar het gaat nu om iets anders. Ik kan het nu niet zeggen, ik kom bij u langs.'

Hij knikte in de richting van Kozlovs vrouw die ook in de kamer zat, en gaf zo te kennen dat hij in haar aanwezigheid niet kon praten.

Leonti sloeg de handen in elkaar toen hij hoorde dat Rajski wilde vertrekken en zijn vrouw trok een verongelijkt gezicht.

'Gelooft u echt dat men u laat gaan?' fluisterde ze. 'U bent me een mooie! Denkt u zo over uw Oelenka? U bent niet één keer in afwezigheid van mijn man bij me geweest...'

Ze pakte zijn hand en hield die lang vast, hem met een verdrietige glimlach aankijkend.

'Hebt u het geld meegebracht?' vroeg Mark plotseling, 'de driehonderd roebel van de weddenschap?'

Rajski keek hem spottend aan.

'Hebt u die broek?' vroeg hij

'Ik maak geen grapjes, geeft u me de driehonderd roebel.'

'Waarom? Ik ben niet verliefd, zoals u kunt zien.'

'Integendeel, ik zie dat u tot over uw oren verliefd bent.'

'Hoe ziet u dat dan?'

'Ik zie het aan uw gezicht.'

'Denk erom: er is een maand voorbij, de weddenschap is afgelopen. Ik hoef uw broek niet te hebben... ik schenk hem u, als toegift bij de jas.'

'Hoe kun je nu... vertrekken...?' vroeg Kozlov mistroostig. 'Hoe moet het dan met de boeken?'

'Welke boeken?'

'Die van jou, hier zijn ze, allemaal intact, in de volgorde van de catalogus...'

'Ik heb ze je toch geschonken.'

'Nee, zonder gekheid, zeg waar ik ze moet laten...'

'Tot ziens, ik heb geen tijd. Val me niet lastig met die boeken, ik verbrand ze,' zei Rajski. 'Nou, bolleboos, die de verliefden herkent aan hun gezicht: tot ziens! Ik weet niet of we elkaar ooit nog tegenkomen.'

'Geef me het geld, het is niet eerlijk om het niet te geven,' zei Mark. 'Ik zie liefde, ze is, net als de mazelen, nu nog niet zichtbaar, maar ze zal spoedig uitbreken... Uw gezicht is al rood! Wat een ellende dat ik een termijn heb genoemd. Door mijn eigen stommiteit heb ik driehonderd roebel verloren!'

'Tot ziens!'

'U vertrekt niet,' zei Mark.

'Ik kom nog bij je langs, Kozlov... ik vertrek deze week,' wendde Rajski zich tot Leonti.

'Hoe moet het dan met je roman?' vroeg Leonti. 'Je wilde hem toch hier afmaken?'

'Ik heb hem al bijna af. Ik moet hem alleen nog wat bijschaven, dat ga ik in Petersburg doen.'

'Het wordt niets met die roman van u, niet met die in het leven en niet met die op papier.'

Rajski draaide zich met een ruk naar hem om, wilde iets zeggen, maar wendde zich geërgerd weer af en vertrok.

'Waarom denkt u dat hij zijn roman niet afkrijgt?' vroeg Leonti aan Mark.

'Daar is hij niet toe in staat!' antwoordde Mark met een giftig lachje. 'Het is een mislukkeling.'

5

Rajski ging naar huis om het zo snel mogelijk uit te praten met Vera, maar niet in de zin waarin ze dat afgesproken hadden. De overwinning die hij op zichzelf had behaald was zo onbetwijfelbaar dat hij zich schaamde voor zijn zwakheid uit het verleden en zich zelfs enigszins op haar wilde revancheren – daarvoor dat zij hem in een dergelijke situatie had gebracht.

Onderweg verzon hij wel tien verschillende versies van zijn komende gesprek met haar. Zijn fantasie schilderde hem hoe hij in een nieuwe, verrassende gedaante voor haar zou verschijnen: onbeschroomd, vol superieure ironie, vrij van hoopvolle verwachtingen en ongevoelig voor haar schoonheid... O, wat zou ze zich verbazen! Misschien zou ze wel spijt krijgen!

Ten slotte koos hij voor een versie van het gesprek die weliswaar vriendschappelijk was, maar ook hoffelijk-neerbuigend, en daardoor uiteindelijk halfhartig.

Hij kwam zelfs op het idee om haar, natuurlijk in een fatsoenlijke en aan haar begrip aangepaste vorm, al zijn verliefdheden op te biechten, daarbij Bjelovodova tot een eenzame hoogte te verheffen en deze een aureool van schoonheid en gratie te verlenen, zodat de arme Vera zich in vergelijking met haar een assepoester zou voelen – om haar vervolgens te vertellen dat ook die schoonheid zijn hart maar voor een week had veroverd.

Hij wilde Marfenka overladen met uitbundige lofprijzingen en tot slot ook Vera terloops vermelden en zich welwillend uitlaten over haar schoonheid en zijn kortstondige verliefdheid op haar; terwijl alle anderen op de felverlichte voorgrond traden, moest Vera in de schaduw blijven, ergens op de achtergrond.

Hij beefde van vreugde terwijl hij dat alles in zijn fantasie schetste: hoe ze voor hem zou staan en hoe haar gelaatstrekken verwarring en spijt zouden uitdrukken, gevoelens die hij in haar had opgeroepen en waarvan ze zich nu nog niet bewust was, maar die in zijn afwezigheid bij haar boven zouden komen.

Hij wilde deze hele scène, precies zoals hij zich haar in zijn fantasie had voorgesteld, als slothoofdstuk aan zijn roman toevoegen en zijn betrekkingen met Vera hullen in een geheimzinnig waas dat de zaken half in het duister liet; hij zou onbegrepen en niet door haar op zijn waarde geschat, afreizen, vol afschuw voor alles wat liefde heet en wat de mensen van deze simpele en natuurlijke zaak hebben gemaakt, terwijl zij zou achterblijven met een gevoel van spijt, niet met liefde, maar wel met een voorgevoel van toekomstige liefde, treurend om het verlies, met een duistere onrust in haar hart, in tranen, en vervolgens met een blijvend, stil verdriet tot aan haar huwelijk – met een raadsheer van de rekenkamer. Wellicht zou het zich niet precies zo afspelen maar een roman is niet hetzelfde als de werkelijkheid, de dichterlijke vrijheid staat kleine afwijkingen toe.

Zijn adem stokte van verrukking bij de gedachte hoe effectvol dit alles zou zijn, zowel in werkelijkheid als in de roman.

Hij trok een grimas toen hij baboesjka tegenkwam, die van Jegorka al had gehoord dat de landheer had bevolen zijn koffer te inspecteren en dat hij zijn kleren en linnengoed voor de volgende week in gereedheid gebracht wilde hebben.

Het nieuws verspreidde zich vliegensvlug door het hele huis. Iedereen zag hoe Jegorka de koffer naar de schuur droeg om die te ontdoen van stof en spinnenwebben, maar onderweg nog kans zag om hem op het hoofd van de passerende Anjoetka te leggen – die van schrik een pannetje met room liet vallen, waarop Jegorka zich grinnikend uit de voeten maakte.

Rajski trok een tamelijk zuur gezicht toen baboesjka, die diep getroffen was door het onverwachte bericht, hem bestookte met vragen.

'Wat ben je nu weer van plan, Borjoesjka?' vroeg ze en wilde hem overladen met vragen en verwijten, maar hij maakte zich ervan af met een smoesje en ging naar Vera.

Stilletjes beklom hij de trap naar het oude huis, brandend van verlangen om in zijn nieuwe gedaante voor haar te verschijnen. Onopgemerkt bereikte hij haar kamer en liep over het zachte tapijt onhoorbaar op haar toe.

Op haar ellebogen steunend zat ze aan tafel, verdiept in de lectuur van een brief. Het was een brief op goedkoop blauw papier, zoals hij vluchtig opmerkte, in tamelijk onregelmatige regels geschreven en verzegeld met roodbruine lak.

'Vera,' zei hij zacht.

Er ging een huivering van schrik door haar heen die hem zelf ook deed beven. Op datzelfde moment stopte ze de brief snel in de zak van haar rok.

Ze keken elkaar roerloos aan.

'Pardon. Ben je bezig?' zei hij en week van haar terug, maar verliet het vertrek niet.

Ze zweeg en bekwam geleidelijk van de schrik, maar ze bleef hem aankijken. Ze stond daar nog steeds zoals ze van haar stoel was opgestaan en zonder de hand uit haar zak te halen.

'Een brief?' vroeg hij met een blik op haar hand in de zak.

Ze stopte de hand nog dieper in haar zak. Er kwam een plotselinge verdenking tegen haar in hem op en hij herinnerde zich hoe ze hem onlangs had bedrogen toen ze zei dat ze aan de Wolga was geweest, terwijl ze daar duidelijk niet was geweest.

Wat heeft dat te betekenen? vroeg hij zich angstig af.

'Het is waarschijnlijk een interessante brief en een groot geheim!' zei hij met een gedwongen glimlach. 'Je hebt hem zo vlug weggestopt.'

Ze ging op de divan zitten en bleef hem aankijken, maar nu met haar gebruikelijke onverschilligheid.

Nee, dacht hij, nu bedrieg je me niet meer met die onverschilligheid.

'Laat de brief zien...' zei hij schertsend, maar met een van opwinding onvaste stem.

Ze keek hem verbaasd aan en stopte haar hand met de brief nog verder weg.

'Wil je hem niet laten zien?'

Ze schudde het hoofd.

'Waarom wilt u hem zien?' vroeg ze toen.

'Ik hoef hem helemaal niet te zien, wat kan mij de brief van een ander schelen. Maar je kunt me nu bewijzen dat je me vertrouwt en dat we inderdaad vrienden zijn. Je ziet dat ik volkomen onverschillig tegenover je sta. Ik ben gekomen om je gerust te stellen, om te lachen om je behoedzaamheid en om mijn verliefdheid. Kijk me aan: ben ik veranderd of niet?' Intussen dacht hij: ach, verdomme, ik kan die brief niet uit mijn hoofd krijgen!

Ze keek hem onderzoekend aan om te zien of hij inderdaad onverschillig was. Zijn gezicht stond inderdaad onverschillig, maar met zijn stem bedelde hij als het ware om een aalmoes.

'Wil je me de brief niet laten zien? Nou goed, zoals je wilt!' zei hij berustend. 'Ik ga al.'

Hij draaide zich om naar de deur.

'Wacht,' zei ze.

Vervolgens voelde ze even met haar hand in haar zak, haalde er een brief uit en gaf hem die.

Hij bekeek hem aan beide kanten en zijn oog viel op de ondertekening: *Pauline Kritzki*.

'Dat is niet dezelfde brief,' zei hij en gaf hem terug.

'Hebt u dan een andere brief gezien?' vroeg ze koel.

Hij durfde niet toe te geven dat hij die gezien had, omdat ze hem dan weer van spionage zou kunnen beschuldigen.

'Nee,' zei hij.

'Goed, lees hem dan.'

'*Ma belle, charmante, divine* Vera Vasiljevna,' begon de brief, 'ik ben verrukt en kniel voor uw lieve, nobele, prachtige neef. Hij heeft me gewroken, ik triomfeer en huil van blijdschap. Hij was grandioos! Zegt u hem dat hij voor altijd mijn ridder zal zijn, dat ik zijn eeuwige, gehoorzame slavin zal zijn! Ach, wat acht ik hem hoog... Je zou hem moeten zeggen dat... het woord brandt op mijn tong... Maar ik durf het niet... Ach, waarom ook niet? Ja, ik houd van hem, nee, ik adoreer hem! Alle mannen zouden voor hem moeten knielen!'

Rajski wilde de brief teruggeven.

'Nee, lees door,' zei Vera. 'Hij bevat een verzoek aan u.'

Rajski sloeg een paar regels over en las verder.

'Verzoek, smeek uw neef... hij aanbidt u, o ontken het niet, ik heb zijn hartstochtelijke blikken opgemerkt. God, waarom sta ik niet in uw schoenen. Verzoek hem, mijn hartje, Vera Vasiljevna, om mijn portret te schilderen... hij heeft het beloofd. Het gaat me niet om het portret, ik wil alleen samen zijn met een kunstenaar, hem zien, me in hem verlustigen, met hem spreken, dezelfde lucht inademen als hij. Ik voel, ik voel... *Ma pauvre tête, je deviens folle! Je compte sur vous, ma belle et bonne amie, et j'attends la réponse...*'

'Wat moet ik haar antwoorden?' vroeg Vera, toen Rajski de brief op tafel had gelegd.

Hij zweeg. Hij had de vraag niet gehoord en vroeg zich nog steeds af van wie de andere brief was en waarom ze hem verborg.

'Moet ik schrijven dat u akkoord gaat?'

'God beware me, voor geen goud,' riep Rajski, die wakker geschrokken was, geërgerd uit.

'Wat doen we dan? Ze wil dezelfde lucht inademen als u...'

Haar kin trilde.

'Laat de duivel haar halen, ik zou stikken in die lucht.'

'En als ík het u vraag?' zei ze met haar diepe, zachte fluisterstem en keek hem koket aan.

Nieuwe hoop ontwaakte in hem.

'Jij? Waarom zou je dat doen?'

'Zomaar, om haar een plezier te doen,' zei ze, maar ze verzweeg wijselijk dat het haar er vooral om te doen was Rajski's aandacht, al was het maar een beetje, af te leiden van haar eigen persoon.

Ze wist dat Polina Karpovna zich in hem vast zou bijten en niet zo snel weer los zou laten.

'Zou je het opvatten als een bewijs van mijn vriendschap als ik aan je verzoek voldoe?'

Ze knikte.

'Maar het zou een offer zijn dat ik je breng.'

'U hebt zich bereid verklaard om offers te brengen, dus...'

'Eis je het?' vroeg hij, op haar toetredend.

'Nee, nee, ik eis niets!' zei ze haastig, bijna angstig, en week terug.

'Kijk, bij het eerste offer dat ik je wil brengen, schrik je al. Weet je wat: breng jij mij ook twee kleine offers, om niet bij mij in de schuld te staan. Je vindt immers dat ware vriendschap geen verplichtingen kent. Ik omhels jouw theorie! Doe wat ik je vraag en we zullen quitte staan.'

Ze keek hem vragend aan.

'Ten eerste: wees jij ook bij de sessies aanwezig; anders loop ik de eerste keer al weg. Akkoord?'

Ze knikte met tegenzin. Toen ze zag dat haar list mislukt was en dat ze op deze manier niet van hem afkwam, wilde ze al niet meer dat hij iets voor haar deed.

'En ten tweede...' zei hij, en haperde terwijl zij vol spanning wachtte. 'Laat me de andere brief zien.'

'Welke brief?'

'Die je zo vlug in je zak hebt gestopt.'

'Ik heb geen andere brief.'

'Toch wel, ik zie hoe je zak uitpuilt!'

Ze ging opnieuw met haar hand in haar zak.

'U zei dat u geen andere brief hebt gezien. Ik heb u er een laten zien. Wat wilt u nog meer?'

'Deze brief zou je niet zo angstig verborgen hebben. Laat je hem zien?'

'U draaft wel door,' zei ze verwijtend en zocht in haar zak, waarin inderdaad het geritsel van papier te horen was.

'Goed, laat maar, ik maakte een grapje. Maar vat het om Gods wil niet op als despotisme of spionage, maar gewoon als nieuwsgierigheid. Houd je geheimen rustig voor je,' zei hij en stond op om weg te gaan.

'Ik heb helemaal geen geheimen,' antwoordde ze koel.

'Weet je dat ik spoedig vertrek?' zei hij plotseling.

'Ja, dat heb ik gehoord. Is het waar?'

'Waarom? Twijfel je eraan?'

Ze zweeg en sloeg haar ogen neer.

'Ben je tevreden?'

'Ja...' antwoordde ze zacht.

'Waarom dan?' vroeg hij.

'Waarom?' vroeg hij nog een keer.

Ze dacht even na, voelde toen weer in haar zak en haalde er een andere brief uit. Ze ging snel met haar ogen over de regels, pakte een pen, maakte zorgvuldig een paar woorden en regels onleesbaar en gaf hem aan Rajski.

'Ik heb u al verteld waarom, maar leest u dit maar,' zei ze en stopte opnieuw haar hand in haar zak.

Hij verdiepte zich in de brief terwijl zij uit het raam keek.

De brief was geschreven in een fijn, vrouwelijk handschrift.

Rajski las: 'Het spijt me erg, lieve Natasja...'

'Wie is die Natasja?'

'De vrouw van de priester, mijn kostschoolvriendin.'

'Ach, de popevrouw? Dus die brief heb je zelf geschreven? Ach wat interessant,' zei Rajski en wreef zelfs zijn knieën tegen elkaar bij het vooruitzicht van het genoegen dat hem wachtte. Hij begon opnieuw vol spanning te lezen.

'Het spijt me erg, lieve Natasja, dat ik je sinds mijn thuiskomst nog niet heb geschreven. Zoals gewoonlijk was ik er weer te lui voor, maar er zijn ook andere redenen, die ik je zo meteen zal vertellen. De voornaamste ken je, dat is... (hier waren een paar woorden onleesbaar gemaakt) en dat verontrust me soms behoorlijk. Maar daar zullen we het uitvoerig over hebben, als we elkaar weer zien.

Een andere reden is de komst van ons familielid Boris Pavlovitsj Rajski. Hij woont nu bij ons en verlaat, jammer genoeg voor mij, bijna nooit het huis, zodat ik twee weken lang niets anders gedaan heb dan me voor hem verstoppen. Hoeveel intellect en kennis, hoeveel geest en talent, en daarnaast spektakel oftewel leven, zoals hij het noemt, heeft hij meegebracht en daarmee het hele huis in rep en roer gebracht, te beginnen met ons (baboesjka, Marfenka en mij) en tot aan de vogels van Marfenka toe. Vroeger had ik me misschien ook door deze wervelwind laten meevoeren, maar nu vind ik het, zoals je je kunt indenken, pijnlijk en onverdraaglijk.

Nadat hij op zijn landgoed was gearriveerd, verbeeldde hij zich dat niet alleen het landgoed, maar ook allen die erop wonen, zijn eigendom waren. Op grond van een of andere familiebetrekking die die naam nauwelijks verdient en ook nog omdat hij Marfenka en mij als kleine kinderen gekend heeft, behandelt hij ons als kinderen of als kostschoolmeisjes. Ik verberg me, verberg me, en heb er met moeite voor kunnen zorgen dat hij niet ziet hoe ik slaap, waar ik van droom, en wat ik hoop en verwacht.

Ik ben bijna ziek geworden door die hardnekkige achtervolging, heb niemand gezien, aan niemand geschreven, zelfs niet aan jou, en had het gevoel dat ik een gevangene was. Het is net alsof hij met me speelt, misschien zelfs zonder het te willen. De ene dag is hij koel en onverschillig en de volgende dag glanzen zijn ogen weer; en ik ben bang voor hem, zoals je bang bent voor een krankzinnige. Het ergste van alles is dat hij zichzelf niet kent en dat je je daarom niet kunt verlaten op zijn plannen en beloften: vandaag besluit hij tot het ene en morgen doet hij het andere.

Hij is "nerveus, ontvankelijk en hartstochtelijk", zo praat hij over zichzelf, en naar het schijnt terecht. Het is geen komediant, hij doet niet alsof: daar is hij te intelligent en ontwikkeld voor en bovendien te eerlijk. "Dat is nu eenmaal mijn aard," zegt hij ter rechtvaardiging.

Hij is een soort kunstenaar: hij tekent en schrijft voortdurend, improviseert heel aardig op de piano, dweept met kunst, maar schijnt verder niet veel meer te doen dan wij gewone stervelingen en brengt bijna zijn hele leven, naar hij zegt, door in dienst van de schoonheid; het is gewoon een erotomaan, net zoiets als Dasjenka Semjetsjkina op kostschool, weet je nog, die een keer verliefd was op een Spaanse prins wiens portret ze in een Duitse kalender had gezien en voor wier liefde niemand, zelfs niet de pianostemmer Kis, veilig was. Maar ondanks dat alles is hij een goedhartig en edelmoedig man, met een groot rechtvaardigheidsgevoel; alleen uit zich dat alles in vlagen en daardoor weet je nooit waar je met hem aan toe bent.

Nu probeert hij mijn vriendschap te verwerven, maar ik ben ook bang voor zijn vriendschap, ik ben bang voor alles wat van hem uitgaat, ben bang dat... (hier waren drie hele regels onleesbaar gemaakt). Ach, ging hij maar weg! Het is verschrikkelijk om te bedenken dat hij ooit... (hier waren opnieuw enkele woorden onleesbaar gemaakt).

Ik heb maar één ding nodig: rust en nog eens rust! De dokter zegt ook dat ik overspannen ben, dat ik ontzien moet worden, niet geprikkeld mag worden en godzijdank heeft hij dat ook aan baboesjka duidelijk kunnen maken, zodat men mij met rust laat. Ik zou niet graag de cirkel verlaten die ik om me heen heb getrokken: ik heb me zo gepositioneerd dat niemand die lijn zal overschrijden en daarop berust nu mijn rust en al mijn geluk.

Als Rajski die lijn overschrijdt, blijft me maar één ding over: hier weggaan! Dat is makkelijker gezegd dan gedaan: waar moet ik heen? Tegelijk schaam ik me ook: hij is zo lief en aardig tegen mij, zijn nicht. Hij overlaadt ons met betuigingen van vriendschap en liefde, wil ons zelfs dit landgoed schenken... dit paradijs, waar ik me er bewust van geworden ben dat ik leef en niet vegeteer... Het maakt me beschaamd dat hij ons zoveel onverdiende goedheid deelachtig laat worden, dat hij zoveel aandacht aan me besteedt en probeert tedere gevoelens in me op te wekken, hoewel ik hem toch van iedere hoop daarop beroofd heb. Ach, als hij eens wist hoe vergeefs dat allemaal is.

Nu zal ik je nog een en ander vertellen over...'

Op die plaats hield de brief op. Rajski had hem uitgelezen – en keek nog steeds naar de laatste regels alsof hij nog iets verwachtte, alsof hij tussen de regels door wilde lezen. Over Vera zelf stond bijna niets in de brief: zij was in de schaduw gebleven en hij alleen stond in het licht, en ach, wat een genadeloos licht was dat!

Hij dacht nog steeds na over de brief en bekeek hem van alle kanten. Toen kwam hij plotseling tot zichzelf.

'Dat is weer niet de goede brief, die was op blauw papier geschreven!' zei hij abrupt en draaide zich om naar Vera. 'En dit papier is wit...'

Maar Vera was al niet meer in de kamer.

6

Toen Rajski tot zichzelf was gekomen, schreef hij om te beginnen Vera's brief woord voor woord over en bracht hem als onderdeel van haar karakterisering onder in zijn romanschema. Vervolgens verzonk hij in een diep gepeins, niet over wat ze over hemzelf had geschreven: hij was niet gekwetst door haar strenge oordeel en ook niet door de vergelijking van zijn persoon met ene erotomane Dasjenka. Wat begrijpt zij van de ziel van een kunstenaar, dacht hij bij zichzelf.

Wat hem voornamelijk interesseerde, was dat deze brief Vera's antwoord was op zijn vraag of ze blij was met zijn vertrek. Daarover kon hij zich nu geen illusies meer maken. Het kon hem al niet meer schelen of zijn vertrek Vera plezier zou doen of niet en hij had al geen zin meer om haar dit offer te brengen.

Zodra de worm van de twijfel zich in zijn ziel had genesteld, maakte een grof egoïsme zich van hem meester: zijn ego kwam naar boven en eiste offers.

Van wie was de andere brief geweest – die vraag hield hem onophoudelijk bezig. In gepeins verzonken liep hij de hele dag rond, at werktuiglijk, sprak niet met baboesjka en Marfenka, negeerde de gasten, beval Jegorka zijn koffer weer naar de zolder te brengen en deed niets. Door de gedachte aan de brief kreeg Vera weer nieuwe glans en in zijn verbeelding nam ze de gestalte aan van een geheimzinnig, machtig, in schoonheid gehuld kwaad; daardoor leek haar schoonheid nog krachtiger en schrijnender. Hij kreeg aanvallen van jaloezie, nam in gedachten alle gasten van het huis onder de loep en informeerde voorzichtig bij Marfenka en baboesjka met wie ze een briefwisseling onderhielden.

'Ja, wie schrijft ons?' zei baboesjka. 'Aan mij niemand en Marfenka heeft alleen een brief van een koopman gekregen...'

'Dat was geen brief, baboesjka, maar een rekening voor de wol en de borduurpatronen die ik onlangs bij hem heb gekocht.'

'En heeft Verotsjka ook een brief van die koopman gekregen?' vroeg Rajski.

'Zeker, ze heeft spullen bij hem gekocht voor de vrouw van de pope.'

'Gebruikt hij soms blauw briefpapier?'

'Ja, hij gebruikt altijd blauw briefpapier. Hoe weet u dat?' Hij gaf geen antwoord, maar had wel het gevoel alsof er een zware last van hem af was gevallen.

Maar waarom heeft ze hem dan verborgen? ging het plotseling weer door hem heen en de rest van de dag knaagde de twijfel opnieuw aan hem.

Wat kan het mij eigenlijk schelen, ik ben toch verdomme niet verliefd op dat standbeeld! dacht hij plotseling, bleef staan op een paadje en keek met verdwaasde ogen om zich heen.

Daar nestelt die slang! dacht hij en wierp een kwade blik op haar raam waar de wind het gordijn heen en weer bewoog.

'Laat ik maar doorlopen, anders denkt ze nog dat ik me voor haar interesseer, dat stuk ellende!' mompelde hij halfluid terwijl zijn benen hem al naar de buitentrap van het oude huis droegen. Maar hij had niet de moed om de deur van haar kamer te openen en ging haastig naar zijn eigen kamer, steunde met zijn ellebogen op de tafel en bleef zo tot de avond zitten.

Wat doe ik nu met mijn roman? vroeg hij zich af, ik wilde hem al afronden, maar nu is alles weer anders gelopen, er is geen einde in zicht.

Hij smeet zijn schriften in een hoek.

Al het overige was al weer uit zijn hoofd verdwenen: de gasten van baboesjka, Mark, Leonti, de landelijke idylle die hem omgaf, dat alles bestond niet voor hem. Alleen Vera stond op een voetstuk, verlicht door felle zonneschijn, stralend met haar marmeren onverschilligheid en met een gebiedend gebaar zijn toenadering afwerend. En hij sloot zijn ogen voor haar, boog het hoofd en sprak in gedachten: Vera, Vera, spaar me, zie toch hoe jouw giftige schoonheid me te gronde richt. Nog nooit heeft een vrouw me zulke diepe wonden toegebracht.

Soms verscheen ze hem in het halfduister, als De Nacht in eigen persoon, verlicht door sterrenglans en met een boosaardige glimlach; ze fluisterde geheimzinnig en teder met iemand en bedreigde hemzelf spottend, lichtte op en verdween als een dwaallicht, nu eens bevend en schuchter, dan weer stoutmoedig en boosaardig.

's Nachts kon hij niet slapen en overdag sprak hij met niemand, hij at weinig en vermagerde zelfs enigszins – en dat alles om dergelijke flauwekul, alles vanwege die ene futiele vraag: van wie kwam de brief?

Als ze hem zou zeggen: hij was van hem of van haar, dan was de zaak opgelost, dan zou hij zijn rust hervinden. Het enige wat hem nu nog kwelde was een rusteloze, korzelige nieuwsgierigheid. Bevredigde ze die nieuwsgierigheid, dan zou ook zijn onrust verdwijnen. Dat was het hele geheim.

Ik moet er koste wat kost achter zien te komen van wie die brief was, besloot hij, anders blijf ik rillen van de koorts. Zodra ik het weet, kom ik tot rust en vertrek ik!

Onmiddellijk na de thee ging hij naar haar toe. Ze was er niet. Marina zei dat Vera haar hoed had opgezet, haar mantel had aangetrokken, haar parasol had gepakt en was vertrokken.

'Waarheen?'

'God mag het weten,' antwoordde Marina. 'Ze is ergens aan het wandelen; mij vertelt ze nooit waar ze heen gaat.'

'Nooit?'

'Nooit... en ik mag het ook niet vragen, dan wordt ze boos.'

Ook bij het middageten verscheen ze niet. Hij schrok opnieuw.

'Waar is Vera?' vroeg Rajski aan baboesjka.

Baboesjka fronste haar wenkbrauwen, maar zei niets. Hij vroeg hetzelfde aan Marfenka.

'Ik weet niet waar ze is, neef. Ik zag net uit het raam hoe ze het dorp in ging.'

'Waar eet ze dan?'

'Ze vraagt om melk bij de boeren, of ze eet wanneer ze terugkomt. Marina brengt haar dan wat.'

'Ze doet niet zoals een ander!' bromde baboesjka. 'Ze is net zo eigengereid als haar moeder! Het komt allemaal door de zenuwen! Ook de dokter heeft het steeds over haar zenuwen: laat haar met rust, spreek haar niet tegen, ontzie haar! Ze maakt je gek met haar zenuwen.'

'Waarom vraagt u niet waar ze zo alleen heen gaat?' vroeg Rajski.

'Hoe kan ik dat nu vragen? Dan wordt *madame* boos,' merkte Tatjana Markovna ironisch op. 'Soms sluit ze zich drie dagen op in haar kamer en baboesjka mag er geen woord van zeggen!'

'Waar gaat ze dan in haar eentje naartoe?' vroeg Rajski zacht.

'Dat zegt ze niet. Ze gaat altijd al alleen op pad,' antwoordde Marfenka.

'En jij?'

'Ik zou voor geen prijs alleen op pad gaan. Ik zou bang zijn.'

'Waarvoor?'

'Voor van alles. Voor slangen, kikkers, honden, grote varkens, rovers, spoken... En ik ben ook bang voor Arina.'

'Welke Arina?'

'Een krankzinige bij ons in het dorp.'

'En Vera?'

'Die is nergens bang voor. Als je haar 's nachts opsluit in de kerk is ze nog niet bang.'

'Wil je haar morgen vragen waar ze geweest is, Marfenka?'

'Dan wordt ze boos!'

'Iedereen is bang voor haar... ongelofelijk!'

De volgende dag ging ze opnieuw 's morgens weg en kwam pas 's avonds terug. Rajski wist niet wat hij moest doen van verveling en onzekerheid. Hij wachtte op haar in het park en in het veld, liep door het dorp en vroeg zelfs aan de boeren of ze haar niet gezien hadden. Hij keek in hun huizen en vergat zijn belofte om haar niet te bespieden.

Het werd al donker toen hij, tussen het dichte geboomte van het park dwalend, haar plotseling ontdekte: ze baande zich een weg door de bosjes die op de helling groeiden. Hij begon helemaal te beven en stortte zich zo haastig op haar dat zij ook huiverde en bleef staan.

'Wie is daar?' vroeg zij.

'Ben jij dat... Vera?'

'Ja, ik ben het... hoezo?'

'Ze hebben je overal gezocht, niemand wist waar je heen was.'

'Wie heeft me gezocht?' vroeg ze met gefronste wenkbrauwen.

'Baboesjka en Marfenka waren erg ongerust.'

'Waarom? Ze hebben zich nooit ongerust gemaakt over mij, en nu opeens wel. U had hun moeten zeggen dat daar geen reden toe was, dat niemand zich ongerust hoeft te maken over mij.'

'Ikzelf... trouwens ook...'

'U? Waarom, als ik vragen mag?'

'Er kan je makkelijk iets overkomen...'

'Wat dan bijvoorbeeld?'

'Nou... een of ander ongeluk, er gebeurt zoveel. Er zwerven dronkelappen rond... slangen, dieven, honden, grote varkens, spoken...' zei Rajski, voor de grap alles waar Marfenka bang voor was, opsommend. 'Ze kunnen je schrik aanjagen...'

'Ik ben alleen nu van u geschrokken. Daar' – ze wees op het ravijn – 'zijn dieven noch spoken.'

'Een ongeluk zit in een klein hoekje. Een mens gaat zo makkelijk verloren...' merkte hij op.

'Als ik verloren ga, zal ik daarvoor van tevoren aan u of aan baboesjka toestemming vragen!' zei ze en liep door.

'Wat een hooghartig schepsel!' fluisterde hij zacht. Vervolgens voegde hij er hardop aan toe: 'Neem me niet kwalijk, ik heb je de brief aan de popevrouw niet teruggegeven. Hier is hij. Ik wilde hem zelf brengen, maar je was er niet.'

Ze pakte de brief aan en stopte hem in haar zak.

'En die andere, die je daar nog hebt?' vroeg hij, zich naar haar toebuigend, op vriendelijke toon, maar met sidderende stem.

'Welke andere brief... en waar moet ik die hebben?'

'Die op blauw papier, die je in je zak hebt.'

Met bonzend hart wachtte hij op haar antwoord.

Ze keerde haar zak binnenstebuiten.

'Ah, je hebt hem al niet meer,' zei Rajski. 'Van wie was hij eigenlijk?'

'Die brief?' Ze zweeg even en zei toen: 'Die was van de popevrouw, aan mij. Ze heeft me geschreven en mijn brief was daar het antwoord op.'

'Van de popevrouw!' riep hij zo luid dat het door het hele park schalde.

'Ja, natuurlijk!' beaamde ze op onverschillige toon en liep door.

Van de popevrouw, herhaalde hij in stilte en hij had het gevoel alsof er een zware last van hem afviel. Ik heb getobd en me het hoofd gebroken... en de oplossing blijkt zo simpel als wat te zijn. Van de popevrouw! De zaak is duidelijk: de brief en het antwoord zaten in dezelfde zak! Zo klaar als een klontje! En dat ze me die brief niet wilde laten zien, was volkomen begrijpelijk: wie laat nu de brief van een ander zien, met de geheimen van die ander...? Het spreekt allemaal vanzelf! Maar waarom heeft ze het niet meteen gezegd? Waarom moest ze me eerst zo lang kwellen? Merkwaardig overigens, deze plotselinge overgang van doffe zwaarmoedigheid, van irritatie naar innerlijke vrede. Nu heerst er weer rust en harmonie in het organisme. Mijn God, wat een wonderbaarlijke avond! Deze glanzende hemel, die lauwe lucht, wat heerlijk! Wat ben ik gezond en rustig. Nu weet ik alles wat ik weten wilde, verder heb ik hier niets te doen. Over twee dagen vertrek ik!

'Jegor!' riep hij toen hij op het erf kwam.

'Wat is er van uw dienst?' vroeg een stem vanuit het bediendeverblijf.

'Haal morgen zo vroeg mogelijk mijn koffer van de zolder.'

'Tot uw dienst.'

In een oogwenk was hij weer gezond en vrolijk, ging haastig het huis binnen, vroeg iets te eten, praatte honderduit met baboesjka, maakte Marfenka vijf keer aan het lachen en deed baboesjka een plezier door genoeg te eten voor drie dagen.

'God zij dank!' zei ze. 'Drie dagen heb je met je ziel onder je arm gelopen, maar nu ben je weer de oude...! Hoe is het met Vera, heb je haar gezien?'

'De brief was van de popevrouw!' flapte hij er plotseling uit.

'Welke brief?' vroegen zowel Marfenka als baboesjka.

'Die op het blauwe papier, waar ik het laatst over had...'

Hij sliep die nacht zo goed dat hij de doorwaakte uren van de drie vorige nachten weer inhaalde en verbaasde zich erover hoe eenvoudig de oplossing van het raadsel was geweest, terwijl hij zich daar drie dagen het hoofd over had gebroken.

De eenvoudigste oplossingen vind je vaak slechts met de grootste moeite, dacht hij. Het ei van Columbus in een nieuwe vorm...

Deze vergelijking gaf hem veel te denken.

De volgende morgen stond hij fris en monter op, vervuld van nieuwe kracht en nieuwe hoop. En waarom? Omdat de blauwe brief afkomstig was van de popevrouw.

Hij ging fluks aan zijn schrijftafel zitten, pakte zijn schriften en zette al zijn kwellingen en twijfels op papier; ook de manier waarop hij ervan verlost was. Geestige opmerkingen, scherpzinnige invallen, allerlei schetsen en scènes vloeiden moeiteloos uit zijn pen. Hij wilde nog een keer lezen wat Vera over hem aan de popevrouw geschreven had en pakte de kopie die hij ervan had gemaakt.

Hij vloog gretig met zijn ogen over de regels, las met een glimlach het weinig vleiende portret dat Vera van hem had geschetst, slaakte een zucht bij de passage waarin ze zei dat er voor hem geen hoop was op tedere gevoelens van haar kant, las vol droefheid haar klacht over zijn ongewenste toenaderingspogingen, maar bleef onder dat alles heel rustig, terwijl gisteren – hij dacht er met ontzetting aan terug – een woeste storm in zijn binnenste had gewoed.

Goed, ik vertrek, zei hij bij zichzelf, ik geef haar rust en vrijheid. Wat een trots, onverzettelijk hart! Ik heb hier niets meer te zoeken... we hebben elkaar niets meer te zeggen!

Hij vloog nog een keer vluchtig met zijn ogen over de regels – en plotseling sperden zijn ogen zich wijd open; hij verbleekte en las: 'Ik heb *niemand* gezien en *niemand* geschreven, zelfs jou niet...' Het woord niemand is onderstreept! fluisterde hij met trillende lippen, terwijl zijn ogen wild begonnen te rollen. Hier is iemand in het spel, iemand die ze ontmoet, aan wie ze schrijft! Mijn God, de brief op het blauwe papier was dus toch niet van de popevrouw, dacht hij ontzet.

Er ging een huivering door hem heen, hij ging op de divan liggen en greep naar zijn hoofd.

7

De volgende dag tegen tien uur 's ochtends klopte er iemand op zijn deur. Bleek en somber deed hij open en verstijfde.

Voor hem stonden Vera en Polina Karpovna, de laatste in een strokleurige gazen jurk, als het ware in een nevel, met een diep decolleté, met korte mouwen, geheel overdekt met bloemen, linten en krullen. Ze leek op die witte poedeltjes die mooi glad worden geschoren en van lintjes en halsbanden en andere opschik voorzien in het circus optreden.

Rajski keek haar ontzet aan, wierp toen een sombere blik op Vera en vervolgens weer op Polina Karpovna. Ze had haar lippen vertrokken tot een zoete glimlach en keek hem zwijgend aan met een blik die zich diep in hem wilde boren. In haar extatische toestand, die door de hitte nog verergerd was, leek ze op een zachte, half gesmolten bonbon.

Allen zwegen.

'Ik lig aan uw voeten!' begon Kritskaja ten slotte met een ingehouden fluisterstem.

'Wat wilt u?' vroeg hij grimmig.

'Aan uw voeten...' herhaalde ze. 'Uw ridderlijke optreden... ik kan er geen woorden voor vinden, ik ben helemaal van de kaart...'

Ze bracht haar zakdoek naar haar ogen.

'Vera, wat heeft dit te betekenen?' vroeg hij ongeduldig.

Vera zei geen woord, alleen haar kin begon te trillen.

'Niets, niets... neem me niet kwalijk...' begon Polina Karpovna haastig, *vos moments sont précieux*. Ik ben gereed.'

'Ik heb aan Polina Karpovna geschreven dat u bereid bent om haar portret te schilderen,' zei Vera ten slotte.

'Lieve hemel,' liet Rajski zich ontvallen.

Hij wreef zich krachtig over het voorhoofd. 'Ook dat nog,' mompelde hij tandenknarsend.

'Laten we gaan, ik begin meteen!' zei hij vervolgens op vastberaden toon. 'Wacht daar in de zaal op me.'

'Goed, goed, u beveelt, en wij... *Allons, chère* Vera Vasiljevna!' zei Kritskaja haastig en trok Vera met zich mee.

Hij had zich zonder plichtplegingen van Polina Karpovna ontdaan als Vera niet had beloofd bij de zittingen aanwezig te zijn. Daarvan gaf hij zich zodra de twee vrouwen verdwenen waren, onmiddellijk rekenschap.

Vera's aan vijandschap grenzende wantrouwen jegens hem en vooral de raadselachtige brief hadden hem zo getergd dat hij haar bijna haatte — en toch waren iedere vijf minuten dat hij met haar kon samenzijn hem dierbaar. Nog steeds werd hij verteerd van verlangen om erachter te komen van wie de brief was.

Hij pakte uit een hoek het op een raam gespannen doek dat eigenlijk voor een portret van Vera bestemd was, en nam een palet en verf mee. Zwijgend betrad hij de zaal, beval Vasilisa op norse toon gordijnen te halen om het licht te temperen en verduisterde hiermee op een na alle ramen. Kritskaja monsterde hij een paar keer met een vluchtige, schuinse blik, zette een stoel voor haar neer en ging zelf voor het doek zitten.

'Zegt u me hoe ik moet gaan zitten. Zet u me goed neer!' zei ze op een toon waarin zowel tederheid als deemoed doorklonk.

'Gaat u zitten zoals u wilt, maar zit u wel stil en praat u niet, want dat stoort me!' zei hij kortaf.

'Ik geef geen kik!' zei ze fluisterend, neeg haar hoofd lieftallig zijwaarts, kneep haar ogen halfdicht en glimlachte zoetelijk.

Wat een weerzinwekkend smoel! ging het door Rajski heen. Wacht maar, ik zal eens een mooi portret van je maken!

Zonder plichtplegingen stuurde hij baboesjka en Marfenka, die gekomen waren om te kijken, weg. Jegorka die gezien had dat de landheer was begonnen met het schilderen van een 'potret', kwam vragen of hij de koffer niet weer naar de zolder moest brengen. Rajski draaide zich zwijgend om en toonde hem zijn vuist.

Boris begon met krijt de contouren van het hoofd te schetsen, waarbij hij steeds kwader naar het 'weerzinwekkende smoel' keek en zo hard op het krijt drukte dat de stukken hiervan alle kanten op vlogen.

Vera zat bij de deur, naaide iets op een lapje kant en geeuwde vaak, alleen wanneer ze een blik op het gezicht van Polina Karpovna wierp, trilde haar kin en trokken haar lippen alsof ze een glimlach moest onderdrukken.

'*Suis-je bien comme-ça?*' vroeg Kritskaja fluisterend aan Vera.

'*O, oui, tout-à-fait bien!*' antwoordde Vera.

Rajski maakte een geïrriteerd gebaar.

'Ik geef geen kik!' stamelde Polina Karpovna geschrokken en verstarde in haar pose.

Rajski was klaar met zijn krijtschets van het hoofd, pakte het palet en begon, vijandige blikken op Kritskaja werpend, de ogen en de neus aan te zetten...

Iedereen is je schoonheid vergeten, vies oud mens, behalve jij, dacht hij, en daar zit je mee!

Iedere keer dat hun blikken elkaar kruisten, probeerde ze nog zoetelijker te glimlachen.

Na twintig minuten was ze, doordat ze het stilzitten zonder een kik te geven bijna letterlijk opvatte, zo uitgeput dat er op haar voorhoofd grote zweetdruppels, die aan witte aalbessen deden denken, ontstonden, en dat de lokken aan haar slapen nat waren geworden.

'Wat is het warm,' fluisterde ze.

Maar Rajski keek haar streng aan en schilderde onverbiddelijk verder. Er ging nog een kwartier voorbij.

'*Un verre d'eau*,' fluisterde Kritskaja nauwelijks hoorbaar.

'Dat gaat nu niet, wacht u nog,' zei Rajski streng. 'Ik ben bijna klaar met uw lippen.'

Polina Karpovna vermande zich toen ze hoorde dat hij aan haar glimlach werkte.

Ze ademde hortend en zwaar, zodat ook haar boezem nat werd, maar toch durfde ze zich niet te verroeren. Rajski ging intussen gewoon door met schilderen en deed alsof hij niets merkte.

'Polina Karpovna is moe!' merkte Vera op.

Rajski zweeg. De onderlip van Polina Karpovna hing enigszins omlaag, hoe ze ook haar best deed om hem op zijn plaats te houden. Uit haar borst steeg een zacht gefluit op.

Rajski ging echter onverdroten door met schilderen. Polina Karpovna had al een paar keer haar lippen bewogen alsof ze iets wilde zeggen en er waren al twee of drie zweetdruppels van haar voorhoofd op haar armen gevallen.

'Wacht u nog even,' zei Rajski.

'Ik krijg geen adem!' De woorden kwamen bijna fluitend uit haar mond.

Rajski was zelf moe, maar zijn woede was zo groot dat hij geen vermoeidheid voelde, evenmin als medelijden met zijn slachtoffer.

'*Och, och, je n'en puis plus, och, och!*' riep Kritskaja en viel van haar stoel.

Rajski en Vera stortten zich op haar en legden haar op een divan. Ze haalden water, eau de cologne en haar waaier – en Vera hielp haar om weer tot zichzelf te komen. Kritskaja liep de tuin in en Rajski bleef alleen achter met Vera. Hij wierp een snelle en boze blik op haar.

'De brief was niet van de vrouw van de pope!' siste hij.

Vera beantwoordde hem met een even bliksemsnelle blik, vervolgens liet ze haar ogen op hem rusten en haar blik veranderde: hij werd doorzichtig, als van glas, een echte waternimfenblik.

'Vera, Vera!' zei hij zacht, met droge lippen, en pakte haar handen. 'Je hebt geen enkel vertrouwen in me.'

'Ach, laat me met rust!' zei ze ongeduldig en haalde haar handen weg. 'Over wat voor vertrouwen hebt u het en wat moet u ermee?'

Ze liep naar Polina Karpovna in de tuin.

Ja, dacht hij, ze heeft gelijk: waarom zou ze mij haar vertrouwen schenken? Maar, mijn God, wat zit ik daar om verlegen! Om mijn opwinding tot bedaren te brengen, achter haar geheim te komen... want er is een geheim! ...en te vertrekken! Nee, ik kan niet vertrekken zonder te weten wie en wat ze is!

'Jegor!' zei hij, de vestibule in lopend, 'breng mijn koffer weer terug naar de zolder.'

Hij werkte nog een half uur aan het portret van Kritskaja, maakte toen een afspraak met haar voor de volgende dag en wijdde vervolgens weer al zijn aandacht aan de prangende vraag van wie de blauwe brief kon zijn. Achter het antwoord op die vraag komen, en vertrekken, dat was alles wat hij wilde. Het ergste van alles was dat ze het geheimhield. Dat deed hem pijn!

Hij wierp argwanende blikken op baboesjka, op Marfenka, op Tit Nikonytsj en op Marina, vooral op Marina die immers de hofdame en vertrouwelinge van Vera was.

Maar Marina schoot als een hagedis voortdurend heupwiegend over het erf, nu eens met een strijkijzer en vers gestreken onderrokken, dan weer op de vlucht voor de slagen van Saveli – luid huilend dan wel met een brede glimlach over haar hele gezicht – en zoals ze anders de baksteen of het blok hout dat haar man haar nawierp ontweek, zo ontweek ze nu Rajski's vragen. Ze wendde, zodra ze hem zag, haar gezicht af, sloeg haar gele, onbeschaamde ogen neer en probeerde in een zo groot mogelijke boog om hem heen te lopen.

Dat schaamteloze wezen weet waarschijnlijk alles! dacht hij, maar hij durfde haar toch niet goed uit te vragen. Het stond hem tegen en bovendien wilde hij niet weer het verwijt te horen krijgen dat hij spioneerde.

Hij had zo plechtig beloofd aan zichzelf te werken en een vriend in de ware zin des woords te zijn! Daarvoor had hij zichzelf een termijn van twee weken gesteld. Mijn God, wat moest hij doen, wat voor stompzinnige kwelling had hij zichzelf opgelegd, zonder liefde, zonder hartstocht: hij had zich geheel vrijwillig onderworpen aan een foltering die door geen enkel genot gecompenseerd werd. Nu leek het er toch op dat hij, die zo nonchalant, zo onafhankelijk en trots was – althans, hij dacht zelf dat hij trots was – van haar hield, dat je dat zelfs 'aan zijn gezicht kon zien' zoals de scherpzinnige cynicus Mark het had uitgedrukt.

En tegelijkertijd, midden in dit gevecht, was zijn hart vervuld van het voorgevoel van een grote hartstocht: hij huiverde innerlijk wanneer hij dacht aan de weelde aan gevoelens die hem te wachten stond, luisterde vol welbehagen naar het verre gerommel van de donder en overdacht hoe heerlijk het zou zijn om zijn ziel te baden in hartstocht en wellust, zijn leven te louteren met het vuur van de liefde en een weldadige regen op de dorre vlakte van zijn bestaan te laten neerdalen.

Wat was de kunst, wat was zelfs de roem in vergelijking met deze zoete stormen van het hart! Wat betekenden in vergelijking hiermee al die broeierige, verstikkende gassen van de politieke en sociale stormen waarin louter ideeën om de voorrang streden die het enthousiasme waarmee de jeugd ze aanhing niet waard waren. Deze 'hartstochten van het hoofd' zijn niets anders dan een spel van kille zelfzucht, ideeën zonder schoonheid, vaak bij elkaar gelezen en nagepraat van anderen, gespeend van verzengende lust en kwellingen...

Nee, ik wil niets anders dan de doodnormale, levensechte, dierlijke hartstocht met al haar donder en bliksem. Ja, de hartstocht, de hartstocht! had hij het liefst uitgeroepen, terwijl hij zo door het park liep en met volle teugen de frisse lucht inademde.

Maar Vera gaf hem die niet. Het streelde niet eens haar eigenliefde dat ze die bij hem opwekte.

De hoop op een toenadering tot Vera werd bij hem niet louter en alleen gevoed door eigenliefde. Hij had niet, zoals veel knappe mannen, sterke stompzinnige kerels, de brutale pretentie om met geweld haar hart binnen te dringen, om ten koste van alles succes te boeken. Zijn hoop was van de schuchtere, stille soort; misschien, zo fluisterde ze hem toe, zou hij haar toch nog een keer kunnen imponeren, maar ook die hoop was nu vervlogen.

Toen hij de brief van Vera aan haar vriendin nog eens overlas, werd die hoop, zonder dat hij het zelf merkte, opnieuw gevoed. Ze had in die brief toegegeven dat hij iets had, geest en veel talenten, esprit en zwier, hetgeen haar op een andere tijd misschíén geïnteresseerd had, maar nu niet...

Dat 'misschien' nu, dat ons nooit, ook niet in de meest wanhopige situatie, in de steek laat, zoog nu ook Rajski, zo al niet de wolk zelf van de hartstocht, dan toch wel haar hete atmosfeer binnen – waaruit alleen sterke en werkelijk trotse karakters zich weten te redden.

Ja, hij koesterde hoop, hoop op wederkerigheid, op toenadering, op iets waarvan hij zichzelf nog niet bewust was; maar hij voelde al wel dat het iedere dag moeilijker werd om zich uit deze hete en betoverende atmosfeer los te rukken.

Hij had niet een week, maar al een maand geleden – ofwel voor de komst van Vera, ofwel na de eerste ontmoeting met haar – moeten vluchten, moeten vertrekken; nu zou Jegorka niet snel meer de koffer van de zolder hoeven te halen.

Geef me ofwel deze hartstocht kreet hij, terwijl hij gedurende doorwaakte hete zomernachten op baboesjka's zachte kussens woelde, geef me de volle hartstocht die me te gronde richt... daar ben ik toe bereid... maar die me ook met volle teugen, tot aan de verzadiging toe, laat drinken uit haar beker; of zeg me kort en bondig van wie de brief is en wie je bemint, of je hem al lang bemint, en of je hem voorgoed bemint. Dan kan ik tot rust komen en genezen, want hopeloosheid maakt de mens gezond.

Maar zolang de blinde, dwaze hoop hem steeds opnieuw zoete woorden in het oor fluisterde: 'Wanhoop niet, wees niet bang voor haar strengheid: ze is jong; als iemand je voor is geweest, dan moet dat kort geleden gebeurd zijn, het gevoel kan nog niet bestendig geworden zijn in dit huis waar dozijnen ogenparen haar gadeslaan, waar vooroordelen, angsten, en de ouderwetse moraal van baboesjka al haar bewegingen belemmeren. Wacht maar af, je zult de indruk doen vervagen... en dan...' enzovoort – zolang zou genezing uitblijven.

'Ik ga naar haar toe, ik houd het niet meer uit!' besloot hij op een dag in de schemering. 'Ik zal haar alles, alles zeggen... en haar antwoord zal over mijn lot beslissen! Of ik genees, of... ik ga te gronde!'

8

Deze keer klopte hij.
 'Wie is daar?' vroeg ze.
 'Ik,' zei hij, terwijl hij zijn hoofd schuchter om de deur stak. 'Mag ik binnenkomen?'
 Ze zat bij het raam met een boek, maar dat boeide haar kennelijk niet erg: ze was verstrooid of in gepeins verzonken. In plaats van een antwoord te geven schoof ze Rajski een stoel toe.
 'Vandaag is het gelukkig niet zo heet, dat is prettig,' zei hij.
 'Ja, ik ben naar de Wolga geweest, daar is het zelfs fris,' merkte ze op. 'Het weer schijnt te veranderen.'
 Ze zwegen beiden even.
 'Waarom werden de klokken vandaag zo lang geluid in de kerk?' vroeg hij. 'Is het morgen een feestdag?'
 'Dat weet ik niet, hoezo?'
 'Ik kon niet slapen door dat gebeier en ook niet door de vliegen. Wat zijn er toch veel vliegen in huis! Hoe zou dat komen?'
 'Ik denk dat het komt doordat ze vruchten aan het inmaken zijn.'
 'Ja, inderdaad! Daarom loopt Pasjoetka natuurlijk voortdurend heen en weer en likt zich de lippen af... En de meisjes in het bediendeverblijf en ook Marfenka... die hebben allemaal een zwarte mond... Houd jij niet van jam, Vera?'
 Ze schudde het hoofd.
 'Jegor heeft gisteren uw koffer weer naar de zolder gebracht, ik zag het toevallig...' zei ze na een korte stilte.
 'Ja. Waarom zeg je dat?'
 'Zomaar...'
 'Je wilt vragen of ik vertrek, en wanneer...?'
 'Nee, ik wilde alleen...'
 'Ontken het maar niet, Vera! Ik zou het heel natuurlijk vinden dat je daarnaar vraagt. Op die vraag antwoord ik je dat het van jou afhangt.'
 'Alweer van mij?'
 'Ja, van jou, en dat weet je.'
 ' Ze keek onverschillig uit het raam.
 'U schrijft mij een veel te belangrijke rol toe,' zei ze.

'Maar als het zo is, wat zou je dan doen?'

'Als het om mij ging, zou ik niets doen, en voorzover het u betrof, zou ik datgene doen wat het beste is voor uw geluk, uw welbehagen, uw rust en uw goede humeur.'

'Wacht eens, je haalt de begrippen door elkaar... je moet ze onderscheiden naar soorten en categorieën: rust en welbehagen staan aan de ene kant en geluk en een goed humeur aan de andere... Beslis nu maar!'

'U moet beslissen waar u de meeste zin in hebt.'

'Ik heb gemerkt dat je vaak een antwoord ontwijkt; een gedachte of een wens spreek je nooit meteen uit, maar je draait er eerst omheen. Ik ben niet vrij in mijn keuze, Vera: beslis jij voor mij en wat jij me geeft, dat aanvaard ik. Houd geen rekening met mij, denk alleen aan jezelf en aan wat voor jou het beste is.'

'U doet toch niet wat ik zeg, daarom zeg ik liever niets.'

'Waarom denk je dat?'

'Hoe vaak heeft Jegorka nu al uw koffer niet van de zolder gehaald en weer teruggebracht?' vroeg ze in plaats van te antwoorden.

'Dus je wilt in alle ernst dat ik vertrek?'

Ze zweeg.

'Zeg ja, en ik vertrek morgen.'

Ze keek hem aan en wendde haar blik vervolgens naar het venster.

'Ik geloof u niet,' zei ze.

'Probeer het, spreek het beslissende woord, misschien zul je me dan toch geloven.'

'Goed dan: vertrekt u!' zei ze plotseling.

'Neem me niet kwalijk...' zei hij, een zucht onderdrukkend. 'Het valt mij zwaar, is me bijna onmogelijk om te vertrekken, maar als jij het niet prettig vindt dat ik hier ben' – misschien zegt ze nee, ik vind het juist prettig, dacht hij en aarzelde – 'dan...'

'Vertrekt u dan!' zei ze, terwijl ze opstond en naar het raam liep.

'Ik vertrek, je hoeft me niet weg te jagen,' zei hij met een gedwongen lachje. 'Maar je kunt de last voor me verlichten en zelfs mijn vertrek bespoedigen...'

'Hoe dan?'

'Ik herhaal: het hangt uitsluitend van jou af.'

'Zegt u me wat ik moet doen. "Een offer" brengen? Ik ben zelfs bereid uw koffer van de zolder te halen.'

Hij antwoordde niet op haar spotternij.

'Wat dan?'

'Zeg me op de eerste plaats of je van iemand houdt.'

Ze draaide zich met een ruk om en keek hem verbaasd aan.

'En zeg me op de tweede plaats van wie de brief op het blauwe papier was, want die was niet van de vrouw van de pope!' voegde hij er haastig aan toe.

'Moet u dat werkelijk weten om te kunnen vertrekken?' vroeg ze, grote ogen opzettend.

'Ik zal het je uitleggen, Vera, maar om mijn uitleg te begrijpen, moet je me niet zo verbaasd aankijken, maar geduldig luisteren en dan met je volle verstand een beslissing nemen...'

'Is het zo moeilijk te begrijpen dan?'

'Daarvoor is een goed hart nodig, betrokkenheid en de vriendschap die je me eens waardig hebt gekeurd, maar die je me om een of andere reden weer hebt ontnomen...'

'Ik betaal met vriendschap waar ik vriendschap ontmoet,' zei ze op een wat mildere toon.

'Vind je dan bij mij geen vriendschap?'

Ze schudde ontkennend het hoofd.

'Wat is het dan wat ik voor je voel? Je ziet toch dat ik geen vreemde voor je ben, geheel afgezien van onze verwantschap...'

'Dat is geen vriendschap.'

'Liefde dan?'

'Ik heb geen behoefte aan uw liefde, ik deel haar niet...'

'Dat weet ik, en ik wil je uitleggen hoe alleen jij ervoor kunt zorgen dat dit gevoel verdwijnt!'

'Volgens mij heb ik al gedaan wat ik kon om daarvoor te zorgen.'

'Integendeel: je hebt alles gedaan om mijn liefde voor jou aan te wakkeren. Je hebt me trots afgewezen en daarmee mijn eigenliefde gewond, vervolgens heb je je omringd met geheimen en daardoor mijn nieuwsgierigheid geprikkeld. Je schoonheid, geest en karakter hebben de rest gedaan... en nu staat er iemand voor je die krankzinnig verliefd op je is. Ik zou me met vreugde in de draaikolk van de hartstocht storten en me overgeven aan die stroom. Ik heb dat gezocht, heb gedroomd van de hartstocht, en zou er graag de rest van mijn leven aan opofferen, maar jij hebt dat niet gewild en je wilt het ook nu niet... nietwaar?'

Hij keek haar van ter zijde aan.

'Nee...' zei ze rustig en vastberaden.

'Goed, ik heb met alle kracht die in me was gestreden, zoals je zelf hebt gezien, heb geen middel onbeproefd gelaten om deze liefde om te vormen tot vriendschap, maar het werd me steeds duidelijker dat het onmogelijk is om vriendschap te koesteren voor een mooie jonge vrouw en ik zie nu maar twee uitwegen uit deze situatie...'

Hij aarzelde een ogenblik.

'Eén daarvan heb je voor me afgesloten: ik doel op de beantwoording van mijn liefde. Je wordt van de hartstocht verlost via wederzijdse concessies, door de vervulling van het verlangen naar geluk, en dan verandert hij, al naar gelang de omstandigheden, in wat je maar wilt: in vriendschap, misschien wel in een diepe, heilige, onwankelbare liefde, waaraan ik overigens niet geloof; maar waar hij ook in verandert, in ieder geval mondt hij dan uit in bevrediging en rust. Je ontneemt me iedere hoop op dat geluk... nietwaar?'

Hij bracht zijn gezicht opnieuw dicht bij het hare en keek haar onderzoekend aan. Ze knikte bevestigend.

'Ja, iedere,' herhaalde ze.

'Goed...' zei hij. 'Om een einde te maken aan de pijn van de hopeloosheid of iedere hoop voor altijd te doden, moet je...'

'Wat doen?'

'Wat ik je net al gezegd heb: toegeven dat je iemand bemint en me zeggen van wie de brief op het blauwe papier was! Dat is de tweede mogelijkheid.'

'En als ik het een noch het ander doe?' vroeg ze trots, zich van het venster afwendend en hem aankijkend.

'Spreek vooral niet op die trotse, geringschattende toon,' reageerde hij fel. 'Dat kan mijn hartstocht alleen maar prikkelen, terwijl ik bij je gekomen ben in de hoop dat als je mijn krankzinnige droom niet kunt vervullen, je me tenminste geen simpel, vriendschappelijk medeleven zult onthouden, me zelfs zult helpen. Maar ik zie met ontzetting dat je kwaadaardig bent...'

'En u bent een egoïst, Boris Pavlovitsj. Er is een of andere fantasie in uw hoofd opgekomen... en ik moet die delen, uw pijn genezen en verlichten. Wat heb ik eigenlijk met u te maken en u met mij? Ik vraag u maar om één ding: rust. Daar heb ik recht op, ik ben zo vrij als de wind, behoor niemand toe, vrees niemand...'

'En ik was twee weken geleden nog vrij en trots, en nu ben ik trots noch vrij en vrees ik... jou!'

Ze wierp een geringschattende blik op hem en haalde lichtjes haar schouders op.

'Bespaar me die blikken. Ik zou niet willen dat jou hetzelfde overkwam!' zei hij zacht, bijna in zichzelf.

'Daar ben ik niet bang voor, het zal mij niet overkomen.'

'Kinderen zijn ook nergens bang voor en wanneer de kindermeid hen met de wolf dreigt, stamelen ze dapper: 'Ik maak hem dood!' Jij bent zo dapper als een kind en je zult ook zo hulpeloos zijn als een kind wanneer jou iets dergelijks overkomt...'

'Ik vrees niemand,' herhaalde ze. 'Ook niet uw wolf, de hartstocht! U kunt me niet bang maken. U hebt zich dit air aangematigd, maar ik heb niet eens medelijden met u.'

'Je bent kwaadaardig! En als ik nu eens ziek werd en koorts had? Baboesjka en Marfenka zouden dan bij me komen, me verzorgen, proberen mijn lijden te verlichten. Zou jij dan onverschillig blijven en niet bij me langskomen, niet naar me informeren...'

'Als u ziek werd? Dat is iets anders...'

'Ben ik nu dan gezond? Ben ik dan niet ziek en bovendien ziek van jou?'

'Is dat mijn schuld dan?'

'Het zou jouw schuld ook niet zijn als ik tijdens een boottochtje over de Wolga kou zou vatten en het bed zou moeten houden!'

'Daar zijn middelen voor, medicijnen...'

'Die zijn er voor deze ziekte ook, ik zal je er een noemen waarvan de werking zeker is. Ik maak geen grapjes: alleen de totale hopeloosheid kan de hartstocht in de kiem smoren.'

'Heb ik u dan niet iedere hoop ontnomen? Ik zal nooit van u houden, dat heb ik u gezegd!'

'Misschien... maar helaas kan ik je woorden niet geloven, en als ik ze al geloof, dan is het voor een dag en daarna ontstaat er weer nieuwe hoop. De hartstocht sterft wanneer het voorwerp van die hartstocht sterft, dat wil zeggen hem niet langer prikkelt...'

'Sterven? Nee, neef, dat offer kan ik u niet brengen.'

'Dat hoeft ook niet! Zeg me of je van iemand houdt en van wie de brief was. Dat zal voor mij hetzelfde zijn als wanneer je zou sterven...'

Hij had gesproken op ernstige en hartstochtelijke toon. Ze verzonk in gepeins en wendde zich, kennelijk verwikkeld in een innerlijke strijd, naar het venster en meteen daarop weer naar hem.

'Goed...' zei ze, haar stem dempend en aarzelend, 'ik houd van... een ander...'

'Van wie?' riep hij plotseling uit en sprong op van zijn stoel.

'Waarom schrikt u zo? U wilde het toch zo graag weten. Bedaar en vertrek van hier: u weet het nu.'

'Van wie?' herhaalde hij zonder naar haar te luisteren.

'Wat heeft de naam er nu mee te maken?'

'De naam, de naam! Wie heeft die brief geschreven?' zei hij met trillende stem.

'Niemand! Ik heb het verzonnen, ik houd van niemand, de brief was van mijn vriendin,' zei ze op onverschillige toon en keek Rajski aan, die zijn gloeiende ogen vol opwinding op haar gericht hield. Haar ogen verloren geleidelijk hun donkere fluwelen glans, ze werden lichter en leken ten slotte geheel doorzichtig. Het denken was eruit verdwenen, niets van wat zich in haar ziel afspeelde, stond erin te lezen.

'Zeg het om Gods wil, laat me niet in die afgrond vallen, de waarheid, alleen de waarheid en ik krabbel omhoog, de geringste leugen en ik stort ter aarde.'

'Luister eens, neef: speelt u niet een geraffineerd spelletje met mij?'

'Dat weet ik bij God niet: als het een spel is, dan lijkt het op dat spel waarbij iemand zijn laatste geld op een kaart zet en met de andere hand naar het pistool in zijn zak grijpt. Geef me je hand, beroer mijn hart, voel mijn pols en zeg me hoe dat spel heet. O, maak toch een einde aan deze foltering, zeg de hele waarheid... en de hartstocht is verdwenen en ik word rustig, lach met jou om mezelf en vertrek morgen. Ik ben gekomen om je dat te zeggen...'

'U bent niet alleen een egoïst, neef, maar ook een despoot: ik heb nog niet mijn mond opengedaan om te zeggen dat ik van iemand houd, om u op de proef te stellen, en kijk nu eens wat er met u gebeurt: u fronst dreigend uw wenkbrauwen en onderwerpt mij aan een verhoor. U, een ontwikkeld man, *homme blasé*, *grand coeur*, een ridder van de vrijheid... schaamt u zich! Ik zie nu in dat u zelfs geen geschikte vriend bent! Goed, stel dat ik van iemand houd,' zei ze met zachte, doch besliste stem en sloot het venster, 'wat dan?'

'Niets!' zei hij op rustige toon.

Ze keek hem verbaasd aan: was dat nu serieus gemeend of niet?

'Je ziet wat vertrouwen doet,' vervolgde hij. 'Ik ben rustig, alles zwijgt in mij, al mijn hoop is vervlogen.'

'Goed, laten we aannemen... dat ik... van iemand houd,' begon ze met nog zachtere stem.

'Neem dat "laten we aannemen" terug, dat duidt op twijfel, en twijfel wekt weer hoop.'

'Goed dan: ik houd van iemand...'

'Van wie?' vroeg hij met een luide fluisterstem.

'U vraagt weer naar de naam.'

'Ja, ik heb een naam nodig, dan kom ik pas tot rust en kan ik vertrekken. Anders geloof ik het niet... ik geloof het net zolang niet als jij de naam geheimhoudt.'

'Marfenka heeft me alles verteld: hoe u haar de vrije liefde hebt verkondigd, haar hebt aangeraden om niet naar baboesjka te luisteren, en nu bent u zelf erger geworden dan baboesjka. U eist dat ik mijn geheimen prijsgeef...'

'Ik eis niets, Vera, ik vraag je alleen om me rustig te laten vertrekken, dat is alles! Vervloekt zij degene die inbreuk maakt op jouw vrijheid...'

'U vervloekt uzelf. Waarom wilt u de naam weten? Als baboesjka zich daar nu nog ongerust over maakte, dan was dat nog te begrijpen: zij zou bang zijn dat ik mijn hart aan iemand had verpand die in haar ogen onwaardig zou zijn. Maar u, de grote voorvechter van de vrijheid...'

'Ik zou je toch niet verbieden om van wie dan ook te houden? Zelfs als je bijvoorbeeld... Nil Andrejitsj zou kiezen, zou dat me niets kunnen schelen! Ik heb een naam nodig om me ervan te vergewissen dat het waar is en dan te bekoelen. Ik weet dat ik me dan meteen ga vervelen, en dan vertrek ik.'

Ze verzonk in een diep gepeins.

'Rechtvaardigt de hartstocht dan iedere keuze?' vroeg ze zacht.

'Zeker, Vera. En ik zeg ook jou wat ik al tegen Marfenka gezegd heb: bemin zonder aan iemand te vragen of hij die je bemint, het waard is, ga je eigen weg...'

'En laatst hebt u me in het park nog gewaarschuwd voor het gevaar!'

'Ik heb je gewaarschuwd voor dieven en honden, maar niet voor de hartstocht...!'

'Dus ik mag houden van wie ik wil?' vroeg ze op spottende toon. 'Zonder iemand om toestemming te vragen...'

'Baboesjka noch de openbare mening...'

'Noch u...?'

'Mij het minst van allen, integendeel: ik ben bereid je te helpen, je hartstocht nog aan te wakkeren... Je twijfelde aan mijn grootmoedigheid: hier is ze. Kies mij als je vertrouweling en ik zal je zelf dit vuur in duwen...'

Ze wierp een tersluikse blik op hem.

'Zeg me de naam, Vera, van die gelukkige...'

'Goed, goed, later een keer, wanneer u...'

'Wanneer ik vertrek? Ach, als míj toch eens zo'n geluk beschoren zou zijn!' zei hij, Vera met brandende ogen aankijkend en haar hand pakkend. Het suisde weer in zijn hoofd alsof hij dronken was. 'Luister Vera, er is nog een uitweg uit mijn situatie,' sprak hij vurig. 'Ik durfde er nooit over te beginnen, je bent zo streng. Geef me de hartstocht! Dat kun je doen... Vergeet je liefde... als het nog een nieuwe, prille liefde is... en... Nee, nee, schud je hoofd niet, het is onzin, dat weet ik. Ik bedoel: jaag me niet weg, laat me af en toe bij je zijn, naar je luisteren, laat me genieten en lijden, als ik maar niet hoef te vegeteren en kan leven. Nu heb ik het gevoel dat ik van hout ben! Overal vind je slaap en doffe verveling, nergens een doel, ook niet in de kunst... waarin niets me lukt en waar ik niets voor doe. Iedere zogenaamde serieuze arbeid schijnt me banaal en futiel toe. Ik zou graag de rest van mijn leven wijden aan een ongewoon en kolossaal karwei, maar ik ben daar niet toe in staat, ben er niet op voorbereid. Wij kennen geen echt werk. Of ik zou willen dat de rest van mijn leven uiteenspat in een enorm vuurwerk, één grote hartstocht. Jij hebt alles in je om die storm aan te wakkeren, dat heb je al gedaan, nog wat koketterie en bedrog en... ik begin te leven...'

'En wat moet ik dan doen?' vroeg ze. 'Moet ik me in die koortsgloed verlustigen zonder haar te delen? U raaskalt, Boris Pavlovitsj!'

'Wat gaat het jou aan, Vera? Je hoeft mijn gevoelens niet te beantwoorden, maar stoot me ook niet van je af; laat me begaan. Ik voel dat niet alleen bij jouw aanblik, maar ook wanneer iemand toevallig jouw naam noemt, de rillingen me over de rug lopen.'

'Hoe zal dat aflopen?' vroeg ze niet zonder nieuwsgierigheid.

'Dat weet ik niet. Misschien word ik gek, werp ik me in de Wolga of sterf... Maar nee, ik ben taai, er zal me niets overkomen, er zal misschien een half jaar of een jaar voorbijgaan en ik zal weer leven zoals tevoren... Geef me de hartstocht, Vera, gun me dat geluk...!'

Zijn lippen en tong leken wel uitgedroogd.

'Een vreemd verzoek, neef: iemand aan een koortsgloed helpen! Ik geloof niet aan de hartstocht. Wat is hartstocht eigenlijk? Het geluk, zegt men, berust op een diepe, krachtige liefde...'

'Leugens, leugens!' onderbak hij haar.

'Is de liefde een leugen?'

'Ja, die heilige, diepe, verheven liefde is een leugen! Dat is een gecreëerd, bedacht spook dat verrijst op het graf van de hartstocht. De mensen hebben haar uitgevonden, zoals ze de rekenkamer, de mode, het brandewijnmonopolie, het kaartspel en bals hebben uitgevonden! De verheven liefde, dat is een keurslijf waarin men de hartstocht wil stoppen, maar ze barst er aan alle kanten uit. De natuur heeft in de levende organismen alleen de hartstocht gelegd, niets anders. Liefde bestaat alleen in de door de hartstocht bepaalde vorm, verder is er geen liefde. Neem het meest lusteloze schepsel, een of andere koopmansvrouw uit de voorstad, de meest goed bedoelende en fatsoenlijke ambtenaar, kortom, wie je maar wilt: allen hebben beslist eenmaal in hun leven of, al naar gelang hun temperament, meerdere malen, de een op subtiele wijze, de ander op grove, dierlijke wijze, al naar gelang hun opvoeding, de prikkel van de hartstocht in hun leven ervaren, haar kramp, haar kwellingen en smarten, deze zelfvergetelheid, dit andere leven midden in het leven, dit dronken spel van krachten... die gelukzaligheid...!'

Hij zweeg even.

'En?' vroeg ze ongeduldig.

'En,' vervolgde hij onstuimig, struikelend over zijn woorden, 'op het afgekoelde spoor van deze vuurzuil, deze bliksem die door het leven flitst, daalt vervolgens de vrede neer, de glimlach van ontspanning na de zoete storm, de hooggestemde herinnering aan het verleden, de stilte. En die stilte, dat spoor, zijn de mensen heilige, verheven liefde gaan noemen... nadat de hartstocht is opgebrand en uitgedoofd... Zie je, Vera, de hartstocht is zo mooi dat zelfs alleen haar spoor al een onmiskenbaar stempel nalaat op het hele leven en de mensen zijn te laf om de waarheid te erkennen, durven niet toe te geven dat de liefde is verdwenen, dat ze beneveld waren door een roes, dat ze in hun dronkenschap de liefde niet hebben opgemerkt, haar gemist hebben, maar dat die roes genoeg was om hun hele leven daarná te kleuren met de schittering waarmee de hartstocht brandde. Die kleur is de liefde en vriendschap, de hechte band die de mensen soms hun hele leven bijeenhoudt... Nee, niets in het leven geeft zo'n gelukzaligheid, niet de roem, niet de prikkeling van de eigenliefde, niet de sprookjesrijkdom van een Sheherazade, zelfs niet de scheppende kracht, niets... behalve de hartstocht! Zou je zo'n hartstocht willen leren kennen, Vera?'

Ze luisterde peinzend.

'Ja, als ze zo is, zoals u haar beschrijft, als ze zoveel geluk kan geven...'

Ze huiverde en opende snel het raam.

De hartstocht, dat is de permanente roes zonder de grove last van de dronkenschap, ze is als een wandeling over een bed van bloemen. Je ziet voortdurend je idool voor je, dat je permanent zou willen aanbidden, waarvoor je zelfs zou willen sterven. Er dalen stenen op je hoofd neer en in je hartstocht denk je dat het rozen zijn, tandengeknars zul je voor muziek houden, slagen van de geliefde hand lijken je vervuld van meer tederheid dan de liefkozingen van je moeder. Zorgen, gekibbel, alles zal verdwijnen... je raakt vervuld van een eindeloze triomf... Het geluk alleen al om zo... naar jou... te kijken' – hij liep op haar toe – 'je hand te pakken' – hij pakte haar hand – 'en het vuur en de kracht van je ziel, de trilling van je organisme te voelen...'

Ze huiverde opnieuw – en hij ook.

'Vera, ik ben niet ver meer van die toestand af: nog één tedere blik, nog één handdruk van je en ik leef, ben een en al verrukking... Zeg me wat ik moet doen!'

Ze zweeg.

'Vera!'

Ze ontwaakte geleidelijk uit het gepeins waarmee ze naar hem had geluisterd, draaide zich naar hem om, pakte vriendelijk, bijna teder zijn hand en zei smekend met haar diepe fluisterstem: 'Vertrekt u!'

Hij stond op als iemand die diep gewond was.

'Je bent harteloos, Vera. Goed dan: zeg me de naam!'

'De naam? Welke naam?' vroeg ze verbaasd, weer helemaal tot zichzelf gekomen.

'Van wie was de brief op het blauwe papier?' vroeg hij opnieuw.

Ze monsterde hem spottend van hoofd tot voeten.

'Ik houd van niemand,' zei ze luid. 'Ik heb het verzonnen, zomaar, uit verveling...'

'En de brief?'

'...is van de vrouw van de pope,' maakte ze zijn zin op spottende toon af.

'En verder heb je niets te zeggen?'

'Ik zal steeds hetzelfde zeggen.'

'Wat dan?'

'Vertrekt u!'

'Dan blijf ik!' zei hij koel.

Ze keek hem een hele poos aan.

'Zoals u wilt: u bent hier thuis!' antwoordde ze en boog met deemoedige ironie het hoofd. 'En nu moet u me verontschuldigen, ik moet morgen vroeg op!' voegde ze er vriendelijk, bijna met een glimlach aan toe.

Ze jaagt me weg, dacht hij bitter en wist niet wat hij moest zeggen, toen plotseling iemand buiten op de gang op de deurklink drukte.

9

'Wie is daar?' vroegen beiden.

De deur ging open en het droefgeestige gezicht van Vasilisa verscheen.

'Ik ben het,' zei ze zacht, 'u bent hier, Boris Pavlovitsj. Er wordt naar u gevraagd. Komt u alstublieft zo snel mogelijk, er is niemand van het personeel in de hal. Jakov is naar de vigilie gegaan en Jegorka is naar de Wolga gestuurd om vis te halen. Ik ben daar alleen met Pasjoetka.'

'Wie vraagt er naar mij?'

'De gouverneur heeft een gendarme gestuurd: hij laat u vragen om zo mogelijk meteen naar hem toe te komen, en als dat niet gaat, morgen zo vroeg mogelijk. Het is zeer dringend,' zegt hij.

'Wat is er aan de hand?' vroeg Rajski verbaasd. 'Nou goed, zeg maar dat ik meteen kom...'

'Komt u alstublieft zo snel mogelijk,' drong Vasilisa aan.

'Er is nog een gast...'

'Wie dan?'

'Die met het grote voorhoofd...'

'Met het grote voorhoofd? Wie is dat?'

'Die binnenkort met de bullepees krijgt, zoals de mensen zeggen... Hij is in de zaal gaan zitten en wacht op u. En de meesteres en Marfa Vasiljevna zijn nog niet terug uit de stad...'

'Heb je hem dan niet naar zijn naam gevraagd, Vasilisa...?'

'Dat heb ik wel, en hij heeft hem ook genoemd, maar ik ben hem weer vergeten.'

Rajski en Vera keken elkaar verbaasd aan.

'God mag weten wie het is! Een of andere kennis uit de stad, daar zaten we net om verlegen.'

'Nee, het is degene die laatst dronken in uw kamer geslapen heeft...'

'Mark Volochov?'

Vera maakte een beweging.

'Ga er vlug heen, en vraag wat hij komt doen...' zei ze.

'Waarom ben je zo geschrokken? Het is toch geen hond, geen spook, geen dief, alleen een losbandige zwerver...'

'Ga, ga,' zette Vera Rajski, zonder naar hem te luisteren, tot spoed aan. 'Ik wil het weten...'

'Komt u vlug, Boris Pavlovitsj!' zei ook Vasilisa, 'Pasjoetka en ik hebben hem opgesloten.'

'Waarom?'

'We zijn bang voor hem.'

'Hoezo?'

'Zomaar, we zijn gewoon bang. Ik ben uit het raam naar het kleine erf geklommen om hierheen te komen. Ik hoop maar dat hij daar niets steelt.'

Rajski lachte en ging met haar mee.

Hij stuurde de gendarme weg met de mededeling dat hij over een uur zou komen, ging daarna naar Mark en nam hem mee naar zijn kamer.

'Kom je weer overnachten?' vroeg hij Volochov.

Hij kon alleen nog op ironische toon met hem praten. Maar deze keer was het Mark die een bezorgde uitdrukking op zijn gezicht had. Toen men echter kaarsen had gebracht en hij het opgewonden gezicht van Rajski zag, gleed er een kil, boosaardig lachje over zijn gezicht.

'En ik dacht nog wel dat u al vertrokken was,' zei hij spottend.

'Dat komt nog wel,' antwoordde Rajski achteloos.

'Nee, nu is het te laat: kijk eens wat voor ogen u hebt!'

'Wat is er met mijn ogen? Niets,' zei Rajski, in de spiegel kijkend.

'En u bent mager geworden. De mazelen zijn al te zien.'

'Praat geen onzin,' zei Rajski, zijn blik ontwijkend. 'Zegt u liever waarom u weer midden in de nacht hierheen bent gekomen.'

'Ik ben immers een nachtvogel. Overdag letten ze te veel op me. Zo is het ook minder pijnlijk voor baboesjka. Wat een geweldige oude vrouw is dat: ze heeft Tytsjkov het huis uit gezet.'

Hij werd plotseling weer serieus.

'Ik heb iets met u te bespreken.'

'O ja?' antwoordde Rajski. 'Dat is interessant.'

'Zeker. Moet u horen: ik was zonet bij de politie, dat wil zeggen, ik ben er niet uit mezelf heen gegaan, maar de inspecteur heeft me uitgenodigd, en me zelfs met een paar schimmels laten ophalen.'

'Waarom? Is er iets gebeurd?'

'Niets van belang: ik had hier en daar wat boeken uitgedeeld.'

'Wat voor boeken? Uit mijn bibliotheek, die bij Leonti is?'

'Die, en ook nog andere, kijk ik heb de titels opgeschreven.'

Hij gaf Rajski een lijstje.

'Aan wie hebt u die boeken gegeven?'

'Aan allerlei mensen, aan seminaristen en gymnasiasten, en ook nog aan een leraar.'

'Hebben die dan niets te lezen?'

'Wat moeten de mensen hier lezen? Kozlov bijvoorbeeld leest met zijn leerlingen al vijf jaar Sallustius, Xenofon, Homerus en Horatius: het ene jaar van het begin tot het einde, en het andere van het einde naar het begin... het jonge volk verzuurt hier, op het gymnasium groeit schimmel.'

'Hebben ze dan geen nieuwe boeken?'

'Er is een of andere ezel, een leraar Russische taal- en letterkunde, die ze nu eens op Poesjkin, dan weer op Karamzin vergast. Maar hij doet dat op zo'n zouteloze manier...'

'En u wilde er wat zout aan toevoegen. We zullen zien.'

'O, wat klonk dat gewichtig, "we zullen zien", net Nil Andrejitsj.'

Rajski las vluchtig het papiertje door dat Mark hem had overhandigd en keek zijn gast verbaasd aan.

'Waarom kijkt u me zo aan?'

'Hebt ú hun die boeken gegeven?'

'Ja, hoezo?'

Rajski keek Mark nog steeds verbaasd aan.

'Dat zijn toch geen boeken voor jonge mensen,' fluisterde hij.

'U schijnt nog steeds in God te geloven?'

Rajski bleef hem aankijken.

'Hebt u vandaag de vigilie niet bijgewoond?' vroeg Mark nog steeds op dezelfde koele toon.

'En wat dan nog?'

'Dan verbaast het me niet meer dat u verliefd kunt worden en wenen... Waarom hebt u Tytsjkov het huis uit gejaagd, dat is toch ook een gelovige?'

'Ik zal u maar niet vragen of u gelooft: als u in het regiment niet geloofde in de commandant, en op de universiteit niet in de rector, en nu het gezag van de gouverneur en de politie in twijfel trekt, hoe zou u dan nog in God geloven!' zei Rajski. 'Laten we het liever over de aanleiding voor uw bezoek hebben: wat wilde u met me bespreken?'

'Weet u, een jongen, de zoon van een advocaat, begreep een zin niet in een van de Franse boeken en liet hem aan zijn moeder zien, die ging er mee naar zijn vader, en de vader naar de officier van justitie. Zodra deze de naam van de schrijver hoorde, maakte hij stennis en meldde de zaak aan de gouverneur. De jongen wilde eerst niets zeggen, maar toen hij werd afgeranseld zei hij dat hij de boeken van mij had gekregen. Nou, en vandaag hebben ze mij een verhoor afgenomen.'

'En wat hebt u gezegd?'

'Wat ik gezegd heb?' zei hij en keek Rajski glimlachend aan. 'Toen ze me vroegen van wie de boeken waren en waar ik ze vandaan had...'

'Toen...?'

'Toen heb ik gezegd dat ik ze van... u had, dat u er een paar hebt meegebracht en dat ik de andere in uw bibliotheek heb gevonden, Voltaire bijvoorbeeld...'

'Hartelijk bedankt. Waarom hebt u me die eer bewezen?'

'Omdat ik, sinds u Tytsjkov het huis uit hebt gezet, van mening ben dat u niet reddeloos verloren bent...'

'U had me eerst moeten vragen of ik het goedvind of niet, bovendien weet ik niet of het wel in overeenstemming is met de wetten van het fatsoen.'

'Of u het goedvindt of niet, dat laat me koud. En of het fatsoenlijk is of niet... daar hebben we het later wel eens over. Wat verstaat u eigenlijk onder fatsoen?' vroeg hij met gefronste wenkbrauwen.

'Daar hebben we het ook later wel eens over.'

'Het is fatsoenlijk noch onfatsoenlijk, maar het komt mij van pas.'

'Terwijl het mij grote schade toebrengt, wat een logica.'

'Op de logica baseer ik me ook, ik ben alleen bang dat wij er twee verschillende soorten logica op na houden.'

'En misschien ook twee soorten fatsoen,' zei Rajski.

'U zullen ze niets doen: u bent bij zijne excellentie in de gratie. Bovendien bent u niet hierheen verbannen. Maar mij zullen ze hiervoor naar een derde plek sturen terwijl ik er al op twee geweest ben. Op een ander tijdstip zou het me niet kunnen schelen, maar nu zou ik liever voor onbepaalde tijd hier willen blijven.'

'Goed, is dat alles?' vroeg Rajski koel.

'Dat is alles. Ik wilde u alleen vertellen wat ik gedaan heb en vragen of u die zaak op u wilt nemen of niet.'

'En als ik het niet wil? En ik wíl het niet.'

'Dan is er niets aan te doen, dan geef ik de schuld aan Kozlov. Die heeft wat afwisseling nodig, hij is helemaal beschimmeld! Laat hem een tijdje in het arrestantenlokaal zitten. Daarna kan hij zich weer met zijn Grieken bezighouden.'

'Daar kan hij zich dan niet meer mee bezighouden, want dit akkefietje zal hem zijn baan en zijn dagelijks brood kosten.'

'Dat is heel goed mogelijk... en dat is weer niet logisch. Daarom is het ook beter dat u de schuld op u neemt.'

'Wat geeft u het recht om zo'n dienst van mij te vragen?'

'Dezelfde omstandigheid als die welke me het recht gaf om geld van u te leen te vragen: ik heb het nodig en u hebt het. Dat gaat hier ook op: als u de schuld op u neemt, zullen ze u niets doen, terwijl ze mij zullen deporteren. Dat lijkt me toch logisch.'

'En als dat voor mij onaangename gevolgen heeft?'

'Wat voor onaangename gevolgen? Nil Andrejitsj zal u een bandiet noemen, de gouverneur zal het geval aan Petersburg melden... Laten we niet langer voor hen kruipen: zolang we bang voor hen zijn, zullen we de gouverneurs niet tot rede brengen...'

'Maar zelf durft u de schuld niet op u te nemen?'

'Ik durf het best, ik heb nu alleen geen zin om hier te vertrekken.'

'Waarom niet?'

'Zomaar... ik heb er geen zin in. Later ga ik er zelf heen en zeg dat de boeken van mij zijn... Als u ooit een misdrijf begaat, geeft u mij dan de schuld. Ik ben graag bereid die op me te nemen.'

'Hoe kan ik dat nu op me nemen: u vraagt een vreemde dienst van me,' zei Rajski peinzend.

'Weet u wat: probeert u het. Als de zaak een al te serieuze wending neemt, wat, dat moet u toegeven, zeer onwaarschijnlijk is, dan blijft er niets anders over dan mij de schuld te geven. Wat een ellende!' bromde Mark. 'Die jongen heeft alles bedorven. Terwijl de zaken net de goede kant op gingen hier...'

'Ik ga nu naar de gouverneur,' zei Rajski. 'Hij heeft iemand gestuurd om me op te halen. Tot ziens.'

'Ah! Hij heeft iemand gestuurd!'

'Wat moet ik doen? Wat moet ik zeggen?'

'De gouverneur zal de zaak in de doofpot stoppen als u zegt dat de boeken van u zijn: hij meldt niet graag iets aan Petersburg. En bij mij kan hij daar niet onderuit: ik sta onder toezicht en hij is verplicht iedere maand door te geven of ik gezond ben en hoe ik het maak. Hij zou zich het liefst van mij ontdoen en zou graag hebben dat ze me toestemming gaven om van hier te vertrekken, ik ben hem een doorn in het oog. Hij heeft onlangs al bericht dat ik berouw toon: als die geschiedenis met de boeken mij niet blijkt te raken, zal hij berichten dat ik zo'n loyale en eerbare burger geworden ben als Rome noch Sparta ooit voortgebracht heeft, en men zal mij ontslaan van politietoezicht. Dus als u die geschiedenis op u neemt, bewijst u ook hem een dienst... Doet u overigens wat u goeddunkt!' besloot Mark onverschillig. 'Laten we gaan, ik moet ook weg!'

'Waar gaat u heen, daar is de deur...'

'Nee, ik ga liever door uw park, het ravijn in... dat is korter voor me... Ik zal bij de visser op het eiland afwachten hoe de zaak afloopt.'

Bij het ravijn verdween Mark in de struiken, terwijl Rajski naar de gouverneur ging en tegen twee uur 's nachts weer terugkeerde. Hoewel hij laat naar bed ging, stond hij toch vroeg weer op om Vera te vertellen wat er gebeurd was. De gordijnen voor haar ramen waren neergelaten.

Ze slaapt, dacht hij, en liep het park in.

Hij liep wel een uur heen en weer over het paadje, ieder ogenblik verwachtend dat het lila gordijntje opgehaald zou worden. Maar er ging een half uur voorbij en een uur, en niets bewoog zich achter het raam. Hij lette op of Marina niet over het erf liep, maar ook Marina was nergens te bekennen.

Korte tijd later ging het rolluik in de kamer van baboesjka omhoog, in de hal begon de samowar te pruttelen en de duiven en mussen begonnen zich te verzamelen op de plek waar ze gewend waren voer van Marfenka te krijgen. Deuren gingen open en werden weer dichtgeslagen, er vertoonden zich koetsiers en lakeien op het erf – maar het gordijntje kwam nog steeds niet in beweging.

Ten slotte dook ook Oelita op in de buurt van de kelders, vrouwen en meisjes liepen over het erf, alleen Marina bleef onzichtbaar. Een bleke en sombere Saveli verscheen op de drempel van zijn kamertje en wierp een doffe blik op het erf.

'Saveli!' riep Rajski.

Saveli liep met lange passen op hem af.

'Zeg tegen Marina dat ze het me meteen laat weten als Vera Vasiljevna opstaat en zich aankleedt...'

'Marina is er niet!' zei Saveli op wat levendiger toon dan gewoonlijk.

'Hoezo niet? Waar is ze dan?'

'Ze is in alle vroegte vertrokken om de jongedame te vergezellen naar de vrouw van de pope.'

'Welke jongedame? Vera Vasiljevna?'

'Ja.'

Rajski verstijfde en keek Saveli bijna geschrokken aan.

'Wie heeft ze erheen gebracht?' vroeg hij na een poosje.

'Prochor brengt ze altijd... op de brik met de izabel.'

Rajski zweeg.

'Tegen de avond komen ze terug,' zei Saveli.

'Denk je dat ze vandaag nog terugkomen?' vroeg Rajski geïnteresseerd.

'Zeker, in ieder geval Prochor met het paard en Marina ook. Ze brengen de jongedame en komen dan dezelfde dag terug.'

Rajski staarde met wijd opengesperde ogen naar Saveli zonder hem te zien. Ze stonden nog lang tegenover elkaar.

'Is er nog iets van uw dienst?' vroeg Saveli traag.

'Wat? Wat?' schrok Rajski op. 'Wacht... jij ook... op Marina?'

'Ze kan verrekken, het ellendige wezen,' zei Saveli somber.

'Waarom sla je haar? Ik wil je al een tijd aanraden om daarmee op te houden.'

'Ik sla haar nu niet meer.'

'Sinds wanneer niet?'

'Sinds een week... Sinds ze zich beter gedraagt.'

Er verschenen diepe rimpels op zijn voorhoofd, die hem hielpen bij het nadenken.

'Ga maar, ik heb je verder niet nodig. Sla alleen asjeblieft Marina niet meer, laat haar de volle vrijheid: dat zal zowel voor jou als voor haar beter zijn...' zei Rajski.

Hij liep met gebogen hoofd naar zijn kamer en wierp slechts een korte, moedeloze bik op de ramen van Vera. Saveli bleef nog een poos met zijn muts in de hand op dezelfde plek staan en verbaasde zich over de laatste woorden van Rajski.

Nog een slachtoffer van de hartstocht! dacht Rajski. Arme Saveli, we kunnen elkaar een hand geven.

10

Nu Vera vertrokken was raakte Rajski bevangen door angst voor de eenzaamheid. Hij had het gevoel dat hij een wees was, dat de hele wereld ontvolkt was en hij zich in een dorre woestijn bevond; hij merkte niet op dat deze woestijn vol stond met groen en bloemen, voelde niet dat de volop in bloei staande natuur ook hem verwarmde en koesterde.

Hij had geen oog voor het huishoudelijk bezig zijn van Tatjana Markovna en het gefladder van Marfenka, haar gezang, haar levendige gebabbel met de vrolijke, montere spring-in-'t-veld Vikentjev, noch voor de gasten die soms kwamen – de karikaturale Polina Karpovna en de luidruchtige Kopenkin, of voor de bezoeken van de goed geklede en gekapte dames en de jonge dandy's, niets interesseerde hem nog. Hij werd warm noch koud van al die personen en verschijningen.

Hij zag maar een ding: dat het lila gordijntje niet bewoog, dat de gordijnen voor Vera's ramen waren neergelaten en dat haar geliefde bank in het park leeg bleef, kortom, dat Vera er niet was, wat voor hem zoveel betekende als dat er niets en niemand was, dat het hele huis en de hele omgeving uitgestorven waren.

Hij wilde niet van Vera houden en al had hij het wel gewild, dan was het onmogelijk geweest: alle rechten en iedere hoop waren hem immers ontzegd. Haar enige, diep gemeende verzoek aan hem was geweest om zo snel mogelijk te vertrekken, terwijl hij geheel van haar, alleen van haar vervuld was en van niets anders.

Zelfs haar schoonheid scheen zijn macht over hem verloren te hebben, het was een andere kracht die hem nu tot haar aantrok. Hij had het gevoel dat hij niet met haar verbonden was door warme en veelbelovende verwachtingen, niet door trillende zenuwen, maar door een vijandige, de hersens schroeiende pijn, door banden die vreemd waren aan en zelfs in strijd met de liefde.

Hij brak zich nu het hoofd over de vraag hoe het mogelijk was dat ze zo plotseling voor ieders ogen uit het huis en uit het park kon verdwijnen om dan ineens weer tevoorschijn te komen, als van de bodem van de Wolga, opduikend als een waternimf, met lichte, doorzichtige ogen, met het stempel van ondoorgrondelijkheid en bedrog op haar gezicht, de leugen op haar tong – alleen de krans van waterlelies op haar hoofd ontbrak, anders was ze een echte waternimf geweest.

En met welk een gevaarlijke, vreugdeloze schoonheid scheen dit geheimzinnige, stralende nachtwezen hem dan in de ogen.

En als dat nu nog het enige was: maar ze had hem half en half bekend dat ze van iemand hield, dat er iemand in haar buurt was die haar leven inhoud gaf, die dit hoekje dierbaar voor haar maakte, die deze bomen, deze hemel, deze Wolga hun bekoring verleende.

Maar na de verborgen deur een ogenblik geopend te hebben, had ze hem plotseling uit een gril weer dichtgeslagen en was verdwenen met medeneming van de sleutels van al haar geheimen: van haar karakter en van haar liefde, van de hele wereld van haar opvattingen en gevoelens, van het hele leven dat ze leefde, alles had ze meegenomen. Hij stond opnieuw voor een gesloten deur.

'Ze heeft alle sleutels meegenomen!' zei hij geërgerd bij zichzelf tijdens een gesprek met baboesjka.

Maar Tatjana Markovna had het gehoord en was geschrokken.

'Welke sleutels heeft ze meegenomen?' vroeg ze verontrust.

Hij zweeg.

'Zeg op,' drong ze aan en begon in haar zakken en vervolgens in een kistje te zoeken. 'Wat voor sleutels? Volgens mij heb ik alles! Marfenka, kom eens hier: welke sleutels heeft Vera Vasiljevna meegenomen?'

'Dat weet ik niet, baboesjka, behalve die van haar schrijftafel, neemt ze nooit sleutels mee.'

'Borjoesjka hier zegt dat zij ze heeft meegenomen. Kijk eens op je kamer en vraag aan Vasilisa of alle sleutels er zijn, of niet misschien die flirt van een Marina die van de voorraadkamer heeft meegenomen. Ga snel kijken. Waarom doe je zo geheimzinnig, Boris Pavlovitsj? Zeg welke sleutels ze heeft meegenomen. Heb je ze gezien?'

'Ja,' zei hij kwaadaardig, 'ik heb ze gezien! Ze liet ze zien en verborg ze toen weer...'

'Maar wat voor sleutels waren het: met een baard of zulke als deze?'

Ze toonde hem een sleutel.

'De sleutels van haar geest, van haar hart, haar karakter, haar gedachten en geheimen... die sleutels!'

Dat was baboesjka een pak van haar hart.

'O, die sleutels bedoel je!' zei ze, dacht even na en zuchtte toen. 'Ja, er schuilt waarheid in je allegorie. Die sleutels laat ze bij niemand achter. En toch zou het beter zijn als ze aan de gordel van baboesjka hingen!'

'Waarom?'

'Zomaar.'

'Vertelt u me eens, baboesjka, wat is Vera voor iemand?' vroeg Rajski plotseling, terwijl hij naast Tatjana Markovna ging zitten.

'Je ziet het zelf: wat moet ik je nog zeggen? Zoals je haar ziet, zo is ze ook.'

'Maar ik zie niets.'

'Niemand ziet iets: haar eigen verstand en haar eigen wil gaan haar boven alles. En baboesjka mag nergens naar vragen. "Nee, ik weet nergens van, er is niets, helemaal niets." Ze is in mijn armen geboren, heeft haar hele leven met mij onder een dak gewoond, maar ik weet niet wat er in haar omgaat, waar ze van houdt en wat ze haat. Zelfs als ze ziek is, zegt ze niets, klaagt niet, vraagt niet om medicijnen, ze zwijgt alleen nog hardnekkiger. Je kunt haar niet lui noemen, maar toch doet ze niets: ze naait niet, borduurt niet, doet niet aan muziek, legt geen bezoeken af... zo is ze al vanaf haar geboorte! Ik heb nooit gezien dat ze van ganser harte lachte of het op een huilen zette. Als ze ooit al lacht, dan verbergt ze haar lach alsof het iets zondigs is. En als haar iets onaangenaams overkomt of als ze van streek is, dan trekt ze zich meteen terug in haar ivoren toren en beleeft daar in haar eentje haar verdriet en ook haar vreugde. Zo is ze nu eenmaal.'

'Maar dat is toch juist goed? Ze heeft karakter, heeft haar eigen wil, dat is zelfstandigheid. God geve dat ze zo blijft.'

'Moet je dat horen: God geve een meisje zelfstandigheid! Stimuleer dat niet in haar, Boris Pavlovitsj, dat is een serieus verzoek! Je bent verstandig en goedhartig en eerlijk, je wilt natuurlijk het goede voor de meisjes, maar toch flap je er soms God weet wat uit!'

'Wat heb ik er dan uitgeflapt, baboesjka, en tegen wie?'

'Tegen wie? Je hebt Marfenka aangeraden om iemand te beminnen zonder toestemming aan baboesjka te vragen. Oordeel zelf of dat goed is of niet? Dat had ik niet van je verwacht. Omdat je jezelf aan mijn gezag hebt onttrokken, hoef je toch nog niet een arm meisje het hoofd op hol te brengen?'

'Ach, baboesjka, wat bent u toch een autoritaire vrouw: u wilt altijd gelijk hebben! We hebben het er toch al vaak genoeg over gehad dat je niet iemand op bevel kunt beminnen!'

'Kijk, Borjoejska, daarop had Nil Andrejitsj je het juiste antwoord kunnen geven, maar die hebben we het huis uit gejaagd. Ik kan dat niet.

Ik weet alleen dat je onzin uitkraamt, ja, neem me niet kwalijk! Zijn dat soms de nieuwe regels?'

'Ja, baboesjka, dat zijn ze. De oude tijd is voorbij, ze kan niet weer van voren af aan beginnen. Het nieuwe moet ook aan de beurt komen.'

'Maar is alles wel zo goed in die nieuwe tijd van jou?'

'Oordeelt u zelf, baboesjka: één keer in het leven van een meisje is het lente, en die lente dat is de liefde. En nu wordt zo'n pril wezen niet de mogelijkheid gegeven om vrijelijk op te bloeien, men verstikt het, sluit het af van de frisse lucht, rukt de bloemen af... Met welk recht wilt u bijvoorbeeld Marfenka dwingen om gelukkig te worden volgens uw recept en niet door haar eigen neigingen en aandriften te volgen?'

'Vraag Marfenka maar eens of ze een geluk wil waar baboesjka haar zegen niet aan geeft.'

'Dat heb ik al gevraagd.'

'En wat zei ze?'

'Zonder u, zei ze, zal ze geen stap verzetten.'

'Zie je wel!'

'Maar dat is toch niet goed: waar blijven haar vrijheid en haar rechten dan? Ze is toch een denkend wezen, een mens, hoe kan men haar dan de wil van een ander, een geluk dat haar vreemd is, opdringen?'

'Wie dringt haar iets op? Vraag het haar zelf. Alsof ik ze hier allebei achter slot en grendel houd, alsof ze niet leven als de vogels in de lucht en kunnen doen wat ze willen...'

'Ja, dat is waar, baboesjka,' moest Rajski toegeven. 'Daar hebt u gelijk in. Uw verhouding tot hen wordt niet gekenmerkt door angst of autoriteit, maar door de warme tederheid van een duivennest... En ze zijn dol op u, dat is zo... Maar toch is er iets mis met uw opvoedingssysteem. Waarom wilt u hen verouderde opvattingen opdringen, ze opvoeden als vogels in een kooi? Laat ze zelf wat ervaring opdoen in het leven... Een vogel die altijd in een kooi opgesloten heeft gezeten raakt de vrijheid ontwend en vliegt als je het deurtje openzet niet weg! Ik heb dat ook tegen onze nicht Bjelovodova gezegd: daar heerst de ene vorm van onvrijheid, hier de andere...'

'Ik heb Marfenka noch Verotsjka ooit wat opgedrongen; van de liefde is nog nooit sprake geweest, daar durf ik nauwelijks over te beginnen, maar ik weet wel dat Marfenka zonder mijn goede raad en zegen nooit haar liefde aan iemand zal schenken.'

'Dat is misschien wel zo,' zei Rajski peinzend.

'En wanneer jij of iemand anders erin zou slagen om haar te bekeren tot die vrije opvattingen en ze zou zich daarnaar richten, dan...'

'Dan zou ze het ongelukkigste schepsel ter wereld worden, dat geloof ik, baboesjka, en als Marfenka u haar gesprek met mij heeft overgebracht, dan had ze u ook moeten zeggen dat ik haar standpunt begreep en dat mijn laatste advies aan haar was om altijd naar u en vader Vasili te luisteren...'

'Ook dat is me bekend: ik heb haar alles laten vertellen en het is me duidelijk dat jij het goede voor haar wilt. Laat haar daarom met rust, praat haar niets aan, anders zal nog blijken dat niet ik maar jij haar een geluk wil opdringen dat ze zelf niet wil, dus dat je jezelf schuldig maakt aan hetgeen je mij verwijt: aan despotisme. Je denkt toch niet,' vervolgde ze na een korte stilte, 'dat wanneer een rijk man van goede komaf, van rang en stand, naar Marfenka's hand zou dingen, en hij beviel haar niet, dat ik dan zou proberen haar te overreden?'

'Goed, baboesjka, ik laat Marfenka aan u, maar laat Vera met rust. Marfenka en Vera zijn twee totaal verschillende typen. Als u bij Vera hetzelfde systeem hanteert, maakt u haar ongelukkig.'

'Wie, ik?' vroeg baboesjka. 'Laat ze haar trots afleggen en meer vertrouwen schenken aan baboesjka: misschien heb ik verstand genoeg om een ander systeem toe te passen.'

'Maar geeft u haar wel de ruimte, laat haar haar gang gaan, sommige vogels zijn geboren voor de kooi en andere voor de vrijheid. Zij is in staat om haar eigen lot te bestieren...'

'Geef ik haar dan niet de ruimte? Leg ik haar iets in de weg? Ze schenkt me haar vertrouwen niet, verstopt zich, zwijgt, leeft zoals het haar goeddunkt. Ik durf haar niet eens naar de "sleutels" te vragen, maar jij schijnt je daar wel zorgen over te maken.'

Ze keek hem onderzoekend aan.

Rajski bloosde toen baboesjka hem plotseling zo duidelijk en simpel aantoonde dat heel haar 'despotisme' berustte op moederlijke tederheid en onuitputtelijke bekommernis om het geluk van haar geliefde wezen.

'Ik let er, als een politie-inspecteur, alleen op dat buiten op straat alles in orde is, de huizen ga ik niet binnen voordat ik geroepen word,' zei Tatjana Markovna.

'Prachtig: dat is ideaal, het toppunt van vrijheid! Baboesjka! Tatjana Markovna! U staat op de toppen van de geestelijke, zedelijke en sociale ontwikkeling! U bent in ieder opzicht een afgerond, voltooid mens. En hoe moeiteloos hebt u dit doel bereikt, terwijl iemand als ik zich daarvoor uitslooft en uitslooft. Ik heb me al een keer voor u gebogen als vrouw, ik doe dat weer en verklaar met trots: u bent geweldig.'

Beiden zwegen.

'Vertelt u eens, baboesjka, wat is die popevrouw voor iemand en wat is haar band met Vera?' vroeg Rajski.

'Je doelt op Natalja Ivanovna, de vrouw van de priester. Ze hebben samen op kostschool gezeten en zijn daar bevriend geraakt. Ze komt hier vaak op bezoek. Het is een goedhartige, brave vrouw...'

'Waarom mag Vera haar zo graag? Het moet wel een intelligente, interessante en karaktervolle vrouw zijn.'

'Nee, karaktervol kun je haar niet noemen! Ze is niet dom, heeft ijverig gestudeerd, leest veel boeken en dost zich graag mooi uit. Haar man, de priester, is niet arm en heeft een eigen stuk grond. Michajlo Ivanytsj, de landheer, mag hem graag... en dat legt hem geen windeieren! Het ontbreekt hem aan niets, niet aan graan of wat dan ook. De landheer heeft hem paarden en een koets geschonken, hij stuurt hem zelfs bomen uit zijn oranjerie om zijn kamers mee op te sieren. De pope is intelligent, nog een jonge man... hij gedraagt zich alleen wat al te werelds, is gewend geraakt aan de omgang met landeigenaren. Hij leest zelfs Franse boeken en rookt, wat iemand in toga eigenlijk niet past...'

'En hoe is zijn vrouw? Vertel me waarom Vera haar zo graag mag als ze, zoals u zegt, niet eens karakter heeft.'

'Daarom mag ze haar juist: omdat ze geen karakter heeft.'

'Hoezo mag ze haar daarom? Kan dat dan?'

'Zeker. Je wilde mij nog wel de les lezen, terwijl je niet eens hebt gemerkt dat dat nooit anders gaat...'

'Hoe bedoelt u dat?'

'Nou, een sterke persoonlijkheid houdt nooit van een andere sterke persoonlijkheid; zodra twee van dezulken elkaar treffen, beginnen ze elkaar, als bokken, meteen met de hoorns te stoten. Maar een sterke en een zwakke persoonlijkheid kunnen het vaak goed met elkaar vinden. De een waardeert de ander om zijn kracht, en de ander...'

'...waardeert de een om zijn zwakte?'

'Ja, vanwege zijn buigzaamheid, zijn inschikkelijkheid, omdat hij zich steeds aan hem ondergeschikt maakt.'

'Dat is zo, baboesjka, u bent werkelijk een wijze vrouw. Ik ontdek nu dat ik hier in een reservaat van de wijsheid terecht ben gekomen! Baboesjka, ik zie ervan af om u te heropvoeden, ik zal van nu af aan uw gehoorzame leerling zijn, maar ik heb een verzoek aan u: huwelijkt u mij niet uit. In al het overige zal ik u gehoorzamen. Maar goed, wat is de vrouw van de pope voor iemand?'

'De popevrouw is een goedhartige, rustige kip, een kletskous. Ze zingt, fluistert graag, vooral met Vera, en altijd in het oor. En zij luistert alleen maar en zwijgt, knikt hoogstens af en toe of zegt een paar woorden. Een blik van Verotsjka, zelfs een gril, is haar heilig. Alles wat Vera zegt is verstandig, is goed. En dat is juist wat Vera nodig heeft: ze wil geen vriendin hebben maar een gehoorzame slavin. En dat is ze, daarom mag ze haar zo graag. Zodra Vera iets mishaagt, kruipt Natalja Ivanovna in haar schulp: "Vergeef me mijn hartje, mijn liefje", en ze kust haar op de ogen en in de hals... en Vera doet of het zo hoort.'

Zo zit het dus, dacht Rajski, dit trotse en onafhankelijke karakter wil slaven om zich heen zien! Maar ze heeft wel de mond vol over vrijheid en gelijkheid en wil niets weten van mijn gevoelens voor haar. Wacht jij maar!

'Maar Vera houdt toch ook van u?' vroeg Rajski, die wilde weten of ze nog voor iemand anders dan Natalja Ivanovna tedere gevoelens koesterde.

'Zeker houdt ze van mij!' antwoordde baboesjka vol overtuiging, 'maar op haar manier. Ze zal er nooit iets van laten merken. En toch houdt ze van me en is bereid om voor me door het vuur te gaan.'

Misschien houdt ze ook wel van mij, maar laat ze het alleen niet merken! Met die gedachte probeerde Rajski zichzelf te troosten; maar hij gaf deze mogelijkheid als volledig uitgesloten, meteen weer op.

'Hoe weet u het dan, als ze het niet laat merken?'

'Dat begrijp ik zelf ook niet, maar ik ben er zeker van dat ze van me houdt.'

'En houdt u ook van haar?'

'Zeker!' zei baboesjka halfluid. 'Ach, en hoe houd ik van haar!' voegde ze er met een zucht aan toe, en de tranen stonden haar bijna in de ogen. 'Ze weet niet eens hoeveel, maar wellicht komt ze er ooit achter...'

'Hebt u gemerkt dat Vera sinds enige tijd merkwaardig melancholiek is geworden?' vroeg Rajski aarzelend, in de hoop dat baboesjka hem misschien het antwoord op de hem kwellende vraag over de blauwe brief kon geven.

'Is jou dat opgevallen?'

'Nee... ik zeg maar wat... ze is wat... ik weet immers niet hoe ze anders is, alleen had ik de indruk...'

'Wat zou mijn liefde waard zijn als ik dat niet had opgemerkt! Ik heb al vaak 's nachts niet geslapen en gepiekerd over de vraag waarom ze sinds de lente zo vreemd is geworden. Nu eens is ze vrolijk, dan weer verzinkt ze in gepeins; vaak is ze grillig, soms zelfs opvliegend. Het is tijd dat ze trouwt,' zei Tatjana Markovna, bijna voor zich uit. 'Ik heb het aan de dokter gevraagd, die gaf de zenuwen overal de schuld van. Dat is alles wat ze tegenwoordig weten te zeggen: zenuwen. Wat zijn zenuwen eigenlijk? Vroeger wisten dokters helemaal niets van zenuwen. Ze zeiden dat iemand pijn had in de lendenen of op de borst, en daar genas men iemand van. Maar nu zijn de zenuwen in de mode. Als er vroeger iemand gek werd, zei men: hij heeft zijn verstand verloren van louter verdriet, ofwel omdat hij te veel dronk, ofwel om een andere reden, maar nu zeggen ze: zijn hersens zijn verweekt...'

'Is ze misschien verliefd?' vroeg Rajski zich halfluid af, maar had er meteen spijt van dat hij dat woord had uitgesproken: Hij had het het liefst terug willen nemen, maar het was al te laat.

'God verhoede dat!' zei baboesjka en bekruiste zich alsof er een bliksemflits voor haar oplichtte. 'Die ellende ontbrak er nog aan.'

'Wat u ellende noemt! Wat haar geluk uitmaakt, dat is voor u ellende.'

'Maak daar geen grapjes over, Borjoesjka, je hebt net zelf gezegd dat Vera geen Marfenka is. Zolang Vera zich zonder reden grillig gedraagt, zwijgt en droomt, loopt het allemaal nog wel los. Maar zodra de slang van de liefde zich in haar hart heeft genesteld, is er niets meer met haar te beginnen. Deze klap-met-de-balk wens ik jou niet toe en mijn meisjes nog veel minder. Hoe kom je daarop? Heb je er met haar over gesproken, heb je iets opgemerkt? Vertel me alles, alles, mijn beste!' zei ze op smekende toon en legde haar hand op zijn schouder.

'Er is niets aan de hand, baboesjka, maak u niet ongerust, om Gods wil, ik flapte er zomaar wat uit, zoals u dat noemt, en u raakte meteen in paniek, zoals toen ik het daarnet over de sleutels had...'

'Ja, die sleutels,' klampte baboesjka zich plotseling vast aan een woord. 'Die allegorie, wat betekent die? Je had het over de sleutel van haar hart. Wat bedoelde je daarmee, Boris Pavlovitsj? Verstoor mijn rust niet, spreek in alle openheid als je iets weet.'

Rajski ergerde zich aan zijn eigen loslippigheid en probeerde baboesjka uit alle macht gerust te stellen, wat hem gedeeltelijk ook lukte.

'Ik heb hetzelfde opgemerkt als u,' zei hij, 'verder niets. Ze zal mij heus niets vertellen dat ze voor jullie allemaal verborgen houdt. Ik wist niet eens waar ze altijd heen ging en wie die popevrouw was. Ik heb het gevraagd en gevraagd, maar ze liet niets los! U hebt het mij verteld.'

'Ja, ja, ze vertelt niets, dat klopt, je krijgt niets van haar te horen!' zei een gerustgestelde baboesjka. 'Die fluisteraarster, de popevrouw, weet alles wat er in haar omgaat, maar ze sterft liever dan dat ze Vera's geheimen prijsgeeft. Over zichzelf praat ze honderduit, maar van wat Vera haar toevertrouwt komt haar geen woord over de lippen.'

Beiden zwegen.

'Op wie zou ze hier verliefd moeten worden?' vervolgde baboesjka peinzend. 'Er is niemand die haar zou kunnen interesseren.'

'Niemand?' vroeg Rajski geïnteresseerd. 'Niemand in de hele omgeving?'

Tatjana Markovna schudde het hoofd.

'Hoogstens de houtvester...' zei ze peinzend. 'Dat is een uitstekende man! Ik geloof dat hij er wel voor voelt... Het zou een uitstekende partij voor Vera zijn... ja...'

'Maar zij is zo gecompliceerd. God weet hoe je haar moet benaderen, hoe je haar een aanzoek moet doen! Het is een prima kerel, degelijk en rijk: hij heeft alleen al duizend hectaren bos...'

'De houtvester!' herhaalde Rajski. 'Welke houtvester? Wat is het verder voor iemand: is hij jong, ontwikkeld, aantrekkelijk?'

Vasilisa betrad de kamer, meldde dat Polina Karpovna gearriveerd was en liet vragen of Boris Pavlovitsj zin had om haar portret te tekenen.

'Ze laat je niet eens rustig uitpraten, die komt ook altijd ongelegen!' bromde baboesjka. 'Vraag haar om binnen te komen en zorg dat het ontbijt zo meteen gereed is.'

'Laat haar toch zeggen dat we haar vandaag niet kunnen ontvangen, baboesjka. Probeer haar duidelijk te maken, Vasilisa, dat ik tot de terugkomst van Vera Vasiljevna niet aan haar portret zal werken.'

Vasilisa verliet de kamer maar kwam meteen weer terug.

'Ze vraagt u om bij haar te komen,' zei ze tegen Rajski. 'Ze wil niet uit haar calèche komen.'

II

Niemand weet wat Polina Karpovna tegen Rajski gezegd heeft, maar vijf minuten later had hij zijn hoed en wandelstok gepakt en reed Kritskaja, triomfantelijke blikken om zich heen werpend en trots op haar overwinning, met hem door de voornaamste straten van de stad waarna ze hem als krijgsbuit meenam naar huis.

Nieuwsgierig liep Rajski achter Polina Karpovna aan door haar kamers en antwoordde minzaam op haar tedere gefluister en hartstochtelijke blikken. Ze verzocht hem eindelijk toe te geven dat hij niet onverschillig tegenover haar stond. Hij deed dit onmiddellijk en wachtte nieuwsgierig af wat er verder zou gebeuren.

'O, ik wist het, ik wist het... ziet u wel. Heb ik het niet voorspeld?' riep ze jubelend.

Het eerste wat ze deed was de gordijnen neerlaten, waardoor de kamer half verduisterd werd; vervolgens nam ze in half zittende of half liggende houding plaats op een divan met haar rug naar het licht.

'Ja, ik wist het. O, vanaf het eerste moment wist ik *que nous nous convenons, cher monsieur Boris...* is het niet zo?'

Ze raakte in extase en wist niet waar ze hem moest laten plaatsnemen. Ze liet een copieus ontbijt met gekoelde champagne opdienen, toostte met hem, nipte zelf druppel voor druppel aan de wijn, slaakte zuchten, ademde zwaar en wuifde zich koelte toe met haar waaier. Vervolgens riep ze haar kamermeisje en zei snoeverig dat ze niemand ontving. Hetzelfde zei ze tegen een bediende die binnenkwam en die ze beval de gordijnen zelfs in de zaal neer te laten.

In een bevallige houding zat ze tegenover de grote spiegel en zwijmelend van genoegen lachte ze haar gast toe. Ze schoof niet op in Rajski's richting, pakte hem niet bij de hand en vroeg hem niet om dichterbij te komen zitten, maar vergenoegde zich ermee zichzelf in de volle, stralende glans van haar interessante persoonlijkheid te tonen, liet slechts af en toe quasi-onopzettelijk haar voetjes zien en sloeg glimlachend de uitwerking van deze manoeuvres op hem gade. Toen hij ten slotte uit eigen beweging dichter bij haar kwam zitten, schoof ze op en maakte plaats voor hem naast zich.

Hij keek haar nieuwsgierig aan en wilde definitief vaststellen wat ze eigenlijk voor iemand was. Toen ze meteen bij zijn binnenkomst al die bedenkelijke voorbereidingen had getroffen was hij een beetje geschrokken, maar bij elk van haar bewegingen slonk zijn angst. Kennelijk hoefde hij niet voor een aanslag op zijn deugdzaamheid te vrezen.

Wat wil ze eigenlijk van me? vroeg hij zich af, terwijl hij haar nieuwsgierig aankeek.

'Vertel me iets over Petersburg, over uw overwinningen. O, ze zijn waarschijnlijk niet te tellen! Vertel eens, zijn de vrouwen daar mooier dan hier?' — ze wierp een blik op zichzelf in de spiegel. 'Kleden ze zich met meer smaak?' En ze trok haar jurk recht en liet de kanten mantilla van haar schouder glijden.

Haar schouders waren blank en rond en Rajski vond dat ze vereeuwiging door het penseel niet geheel onwaardig waren.

'Waarom zwijgt u? Zegt u toch alstublieft iets,' vervolgde ze, stak koket haar voetje uit en verborg het weer onder haar jurk.

Vervolgens keek ze hem schalks aan, om na te gaan of het werkte.

Wat wil ze eigenlijk? vroeg hij zich af. Wacht, zo meteen moet het blijken.

'Ik heb alles al gezegd!' sprak hij met komische extase. 'Het enige wat me nog te doen staat is... u te kussen!'

Hij stond op en trad vastberaden op haar toe.

'*Monsieur Boris! De grâce... o! o!*' riep ze met gespeelde verwarring. '*Que voulez vous*, nee, om Gods wil, nee, spaar me, spaar me!'

Hij boog zich naar haar over en stond kennelijk op het punt zijn voornemen ten uitvoer te brengen. Ze hield hem in ongeveinsde angst met haar armen tegen, stond op van de divan, trok het gordijn omhoog, fatsoeneerde haar kleren en ging rechtop zitten, maar met een in triomf stralend gezicht. Ze liet het hoofd quasi-vermoeid op haar schouder vallen en fluisterde zoetelijk: '*Pitié, pitié!*'

'*Grâ-ce, grâ-ce!*' smeekte Rajski die zijn lachen nauwelijks kon houden. 'Ik maakte een grapje: weest u maar niet bang, Polina Karpovna, u hebt niets te vrezen, ik zweer het u...'

'O, zweert u niet,' zei ze met pathetische stem en half toegeknepen ogen en stond plotseling op. 'Er zijn verschrikkelijke momenten in het leven van een vrouw... Maar u bent grootmoedig...!' voegde ze eraan toe en liet opnieuw quasi-vermoeid haar hoofd op haar schouder vallen. 'U zult me niet te gronde richten...'

'Nee, nee,' zei hij, genietend van de scène, 'je kunt de moeder van een gezin toch niet te gronde richten...! U hebt immers kinderen. Waar zijn uw kinderen eigenlijk?' vroeg hij en keek om zich heen. 'Waarom laat u ze me niet zien?'

Ze was meteen ontnuchterd.

'Ze zijn er niet... ze...' begon ze.

'Laat u me met hen kennismaken: ik houd zoveel van kinderen.'

'Nee, *pardon monsieur Boris*, ze zijn niet in de stad...'

'Waar zijn ze dan?'

'Ze zijn op het platteland, bij kennissen.'

De zaak was dat haar ene kind al zestien was en het andere veertien, en dat Kritskaja hen ter opvoeding naar een oom had gestuurd, zo ver mogelijk bij haar vandaan, zodat ze haar door hun leeftijd niet konden verraden hoe oud zij zelf al was.

Rajski begon zich te vervelen en wilde opstappen. Polina Karpovna hield hem niet alleen niet tegen, maar was kennelijk tevreden dat hij wegging. Ze liet haar calèche voorrijden en wilde hem beslist vergezellen.

'Uitstekend,' zei Rajski. 'U kunt me dan meteen ergens heen brengen.'

Polina Karpovna stemde met vreugde toe en ze reden weer samen door de straten.

Tegen de avond wist de hele stad dat Rajski de ochtend als enige gast bij Polina Karpovna had doorgebracht, dat niet alleen de gordijnen neergelaten waren, maar dat ook de vensterluiken gesloten waren, dat hij haar zijn liefde had verklaard, om een kus had gesmeekt, had geweend en nu gebukt ging onder de kwellingen van de liefde.

Rajski en Polina Karpovna reden lang door de stad. Ze probeerde hem langs al haar kennissen te leiden, ten slotte wees hij op een zijstraat en liet halt houden bij het huis van Kozlov. Kritskaja zag hoe de vrouw van Leonti al bij het raam gebaren maakte naar Rajski, en ze werd aangegrepen door ontzetting.

'Gaat u naar deze vrouw toe? Ik ben gecompromitteerd!' zei ze. 'Wat zullen de mensen zeggen als ze horen dat ik u hierheen heb gebracht? *Allons, de grâce, montez vite et partons! Cette femme: quelle horreur!*'

Maar Rajski maakte een wegwuivend gebaar en ging het huis binnen.

Ze heeft een splinter gezien in het oog van een ander! dacht hij.

12

Tijdens zijn bezoek aan Kritskaja had Rajski zich herinnerd dat hij nog steeds de vriendenplicht ten aanzien van Leonti had te vervullen waar hij zich zo plechtig op had voorbereid en waar de ontmoeting met Vera hem van had afgeleid. Zijn hart begon zelfs sneller te kloppen toen hij weer dacht aan zijn plannen om het huiselijk geluk van zijn vriend veilig te stellen.

Leonti was niet thuis, maar Oeljana Andrejevna ontving Rajski met open armen. Hij wees haar al te tedere begroeting echter koel af. Ze noemde hem een oude vriend en haar kleine rakker, trok hem lichtjes aan zijn oor, liet hem op de divan plaatsnemen, ging naast hem zitten en pakte zijn hand.

Rajski doorstond die al te directe aanval met moeite en raakte aanvankelijk in verwarring door Oeljana's onstuimigheid die hem plotseling terugvoerde naar de tijd van zijn oude relatie met haar en zijn studentikoze dwaasheden – maar dat was al zo lang geleden.

'Wat doet u nu, Oeljana Andrejevna, kom tot uzelf, ik ben geen student en u bent geen meisje meer!' berispte hij haar.

'Voor mij bent u nog steeds diezelfde lieve student, dezelfde kleine rakker, en ik ben voor u nog steeds datzelfde gehoorzame meisje...'

Ze stond op, pakte hem bij zijn handen en walste drie keer met hem door de kamer.

'Wie heeft mijn jurk kapot getrokken, weet u nog...?'

Hij keek haar aan en probeerde het zich te herinneren.

'U bent vergeten hoe u mijn middel probeerde te pakken toen ik weg wilde gaan...? Wie knielde er voor mij? Wie kuste mijn handen? Hier, kust u ze, ondankbare! Ik ben nog steeds diezelfde Oelenka voor u!'

'Bent u die dwaasheden van vroeger nog steeds niet vergeten?' vroeg hij met een zucht.

'Nee, nee, o, ik herinner me alles, ik herinner me alles.'

En ze walste opnieuw met hem door de kamer.

Het was hem lichter gevallen om het stupide, vruchteloze en karikaturale gekoketteer van de grijzende nog steeds naar haar Odysseus uitkijkende Calypso te verdragen dan het brutale liefdesspel van deze nimf die haar sater zocht.

Terwijl de vuurrode blos van haar wangen door haar sproeten heen scheen en haar rossige kruin en wenkbrauwen een gouden glans uitstraalden, keek ze hem met vlammende, stralende ogen recht in het gezicht, met een luchthartige blijdschap, een vermetele vastberadenheid en een verborgen lach.

Hij wendde zich van haar af, probeerde het gesprek op Leonti en diens bezigheden te brengen, ijsbeerde door de kamer en liep wel tien keer in de richting van de deur om weg te gaan, maar hij kreeg het gevoel dat dit niet zo makkelijk was.

Het was alsof hij terecht was gekomen in de kooi van een tijgerin die, in de hoek zittend, iedere beweging van haar slachtoffer volgde: zodra hij de deurklink pakte stond ze al voor hem, met haar rug tegen het slot gedrukt en hem aankijkend met haar strakke blik waarachter een lach leek schuil te gaan zonder dat ze in werkelijkheid lachte.

Waar hij zich ook heen wendde, hij bleef het gevoel houden dat hij zich niet kon onttrekken aan die blik, die hem, zoals de blik van de portretten, overal volgde.

Hij ging zitten en dacht erover na hoe hij zich het best kon kwijten van zijn vriendenplicht tegenover Leonti. Hij vond het niet makkelijk om te beginnen, zag dat hier geen plaats meer was voor mildheid: hij moest een donderpreek houden tegen deze met de schande spelende vrouw, moest de dingen bij de naam noemen en haar de schande voorhouden die ze zo rijkelijk over het hoofd van zijn vriend uitstortte.

Hij nam haar zwijgend en koel van hoofd tot voeten op en veroorloofde zich zelfs een verachtelijk glimlachje.

Zij ontweek deze weinig vriendelijke blik, liep om zijn stoel heen en boog zich van achteren plotseling over hem heen, legde haar hand op zijn schouder en keek hem van dichtbij in de ogen. Vervolgens kneep ze hem teder in zijn oor, bleef plotseling als versteend staan, blikte in diep gepeins verzonken opzij of naar de grond, alsof ze in een strijd met zichzelf gewikkeld was of zich misschien de betere dagen herinnerde toen Rajski nog een jongeman was, daarna slaakte ze een zucht, kwam tot zichzelf en hervatte haar spel met hem...

Hij sloeg haar met argusogen gade.

'Waarom kijkt u zo naar me, oude vriend, heel anders dan vroeger?' zei ze zacht, bijna zingend. 'Is er echt geen plaats meer voor mij in uw hart? Herinnert u zich de tijd dat de linden bloeiden?'

'Ik herinner me niets,' zei hij. 'Ik ben alles vergeten.'

'Ondankbare!' fluisterde ze en legde haar hand op zijn hart, vervolgens kneep ze hem weer in zijn oor of in zijn wang en liep snel naar de andere kant.

'Hebt u dan alles aan Vera gegeven?' fluisterde ze.

'Aan Vera?' vroeg hij plotseling en duwde haar weg.

'Ssst! Ik weet alles, zwijgt u maar. Vergeet u voor een ogenblik uw schatje...'

Nee, dacht hij, een andere keer, wanneer Leonti thuis is, geef ik haar ergens in een hoekje van de tuin een lesje en zal ik haar recht in haar gezicht zeggen wat ik van haar en haar gedrag vind, maar nu...

Hij stond op.

'Laat me gaan, Oeljana Andrejevna: ik kom een andere keer wel weer, wanneer Leonti thuis is,' zei hij kortaf en probeerde haar bij de deur weg te duwen.

'Dat wil ik nu juist niet,' antwoordde ze. 'Wat heb ik eraan dat u komt als hij er is, ik wil u alleen zien, weest u voor een uur de mijne... geheel de mijne... dat niemand verder ook maar iets van u krijgt! En ik wil geheel de uwe zijn... geheel,' fluisterde ze hartstochtelijk, haar hoofd op zijn borst leggend. 'Ik heb hier op gewacht, ik heb u in mijn dromen gezien en wist niet hoe ik u hierheen moest lokken. Het toeval heeft me geholpen... u bent van mij, van mij, van mij!' zei ze, sloeg haar armen om zijn hals en tuitte haar mond voor een kus.

Dat is iets anders dan Polina Karpovna, hier zijn harde maatregelen vereist, dacht Rajski, pakte haar vastberaden bij haar middel, trok haar opzij en opende de deur.

'Vaarwel,' zei hij, met zijn hoed wuivend. 'Tot ziens! Misschien kom ik morgen...'

Zijn hoed bleek zich in haar hand te bevinden — en met gebogen hoofd stak ze de hoed omhoog en zwaaide er spottend boven haar hoofd mee heen en weer.

Hij wilde de hoed pakken, maar Oeljana Andrejevna was al in de andere kamer en hield hem, om hem achter zich aan te lokken, de hoed voor.

'Pak hem dan!' zei ze uitdagend.

Hij observeerde haar zwijgend.

'Geef mij die hoed!' zei hij na een korte stilte.

'Pak hem dan.'

'Geeft u hem.'

'Hier is-ie.'

'Legt u hem op de grond.'

Ze legde hem op de grond en liep naar het raam. Hij ging de andere kamer binnen en pakte vlug de hoed, terwijl zij snel naar de deur liep, die op slot deed en de sleutel in haar zak stak.

Ze keken elkaar aan: Rajski haar met koele nieuwsgierigheid, zij hem met een brutale uitdrukking van triomf in haar lachende ogen. Zwijgend bewonderde hij de schoonheid van haar Romeinse profiel.

'Ja, Leonti heeft gelijk, het is een camee dit profiel, die strenge, zuivere lijn van de hals en nek! En haar haren zijn nog even dicht als vroeger...'

Hij herinnerde zich plotseling waarom hij gekomen was en zette een streng gezicht.

'Begrijpt u zelf wel wat voor scène u opvoert?' vroeg hij met koele ernst.

'Lieve Boris!' zei ze teder, haar handen uitstekend en hem naar zich toe lokkend. 'Herinnert u zich de tuin en het prieeltje? Is dit spel dan iets nieuws voor u? Kom toch hier,' voegde ze er snel op fluistertoon aan toe, terwijl ze op de divan plaatsnam en hem een plaats naast zich aanwees.

'En uw man dan?' vroeg hij plotseling.

'Mijn man? Dat is nog steeds dezelfde sukkel als vroeger.'

'Een sukkel!' herhaalde hij verwijtend, met stemverheffing. 'Beloont u hem zo voor zijn goedheid, zijn vertrouwen?'

'Van hem kun je toch niet houden?'

'Waarom niet?'

'Van zo iemand houd je niet... Kom hier!' fluisterde ze opnieuw.

'Maar u hebt ooit toch wel van hem gehouden?'

Ze schudde ontkennend het hoofd.

'Waarom bent u dan met hem getrouwd?'

'Dat is iets heel anders: hij wilde me hebben en ik heb ja gezegd. Waar had ik anders heen gemoeten?'

'En u bedriegt hem dus uw hele leven lang, verzekert hem iedere dag van uw liefde...'

'Dat heb ik nog nooit gedaan en hij vraagt ook niet of ik van hem houd. Dus u ziet dat ik hem niet bedrieg.'

'Maar neem me niet kwalijk, wat doet u dan wel?' zei hij en probeerde zijn stem een uitdrukking van ontzetting te geven.

Ze keek hem aan met een onverschrokken blik waarachter weer een lach verborgen ging, en haar ogen vonkten.

'Wat ik dan wel doe!' bauwde ze hem na, zijn ontzetting imiterend. 'Ik houd nog steeds van u, ondankbare, ik ben nog steeds trouw aan de lieve student Rajski... Kom hier!'

'Hij moest eens weten!' zei Rajski, ging angstig met zijn ogen in het rond en liet ze ten slotte rusten op haar profiel.

'Hij komt het niet te weten en zelfs al komt hij het wel te weten, dan is er nog niets aan de hand. Het is een sukkel.'

'Nee, geen sukkel, maar een zwakkeling die van u houdt en u blind vertrouwt. En dit is nu zijn gezinsgeluk!'

'Wat heeft hij dan te klagen?' vroeg Oeljana Andrejevna verontwaardigd. 'Vind maar eens een andere vrouw voor hem zoals ik. Als ik niet op hem let, steekt hij de lepel langs zijn mond. Hij heeft kleren, schoenen, eet goed, slaapt rustig, houdt zich met Latijn bezig, wat wil hij nog meer? Dat is genoeg voor hem. De liefde is er niet voor types als hij.'

'Voor wie dan?'

'Voor iemand als u... kom hier!'

'Hij vertrouwt u, aanbidt u...'

'Ik leg hem niets in de weg: hij is mijn man, wat wil hij nog meer?'

'Uw liefkozingen, uw zorgen, dat alles moet hem toebehoren!'

'Dat behoort hem ook toe. Ben ik soms niet lief genoeg tegen hem, die lelijkerd! U zou eens moeten proberen...'

'Waarom dan die losbandigheid, deze *Charles*...!'

Ze stoof opnieuw op.

'Wat een onzin... *Charles*! Wie heeft u dat wijs gemaakt? Die afschuwelijke baboesjka van u zeker. Onzin, onzin!'

'Ik heb het zelf gehoord...'

'Wat hebt u gehoord?'

'Hoe u met elkaar fluisterde in de tuin, hoe...'

'Dat is allemaal geklets, dat leek u maar zo. *Monsieur Charles* komt wel vaker, hij drinkt dan een glas rode wijn, eet er een biscuittje bij, en als hij dat opheeft, gaat hij weer.'

Ze liep weer naar het raam en begon geïrriteerd de bladeren en bloemen van de kamerplanten die daar stonden, af te rukken. Haar gezicht nam de starre uitdrukking van een masker aan en haar ogen vonkten niet meer, maar werden doorzichtig en kleurloos. Net zoals bij Vera toen, dacht hij. Ja, ja, ja, daar is-ie weer, alle vrouwen hebben diezelfde blik wanneer ze liegen, bedriegen, iets verbergen... de waternimfenblik!

'Uw hart, Oeljana Andrejevna, uw gevoel...' zei hij.

'Wat betekent dat nu weer?'

'Ik bedoel: hebt u geen last van uw geweten, fluistert het u niet in hoe diep u mijn arme vriend kwetst...?'

'Wat praat u een onzin, niet om aan te horen!' zei ze terwijl ze zich plotseling naar hem omdraaide en zijn hand pakte.

'Wie doet hem kwaad? Waarom leest u me de les? Leonti beklaagt zich niet, hij zegt nooit iets... Ik heb me voor hem opgeofferd, mijn leven aan hem gewijd: hij is zo rustig, zo tevreden, verder heeft hij niets nodig, maar wat heb ik voor leven zonder liefde! Welke andere vrouw zou zich met hem inlaten?'

'Hij houdt zoveel van u!'

'Kom nou! Wat weet hij van liefde? Hij weet geen woord over de liefde te zeggen: hij staart me met grote ogen aan, dat is zijn hele liefde. Net een blok hout! Hij leeft alleen voor zijn boeken, stopt daar zijn neus in en bekommert zich om niets anders. Laat die boeken dan ook maar van hem houden! Ik zal zijn huisvrouw zijn, maar zijn minnares... nooit!'

'Dat is een heel nieuwe soort filosofie,' merkte Rajski vrolijk op. 'U ziet liefde en huwelijk als twee verschillende dingen, de echtgenoot...'

'...de echtgenoot krijgt zijn koolsoep, een schoon overhemd, een zacht kussen en rust...'

'En de liefde?'

'De liefde... is voor deze hier!' zei ze, sloeg haar armen plotseling om Rajski's hals en snoerde hem de mond met een lange, hartstochtelijke kus.

Hij verstijfde en wankelde zelfs. Maar zij liet hem niet los uit haar omarming, keek hem met vlammende ogen aan en bezag met welgevallen de uitwerking van haar kus.

'Hou op... hou op,' zei hij geschokt. 'U vergeet dat ik een vriend van Leonti ben, het is mijn plicht...'

Ze snoerde zijn mond met haar kleine hand en hij... kuste die hand.

Nee, dit kan niet! dacht hij en probeerde haar Romeinse profiel en haar vonkende, wijdgeopende ogen niet te zien. Het ogenblik is daar, ik ga nu een steen tegen dit kille, harteloze standbeeld aan gooien...

Hij bevrijdde zich uit haar omhelzingen, fatsoeneerde zijn verwarde haren, deed een pas achteruit en richtte zich op.

'En uw schaamtegevoel, Oeljana Andrejevna, waar hebt u dat gelaten?' vroeg hij bruusk.

'Schaamtegevoel... schaamtegevoel...' fluisterde ze rood aanlopend en legde haar hoofd tegen zijn borst. 'Mijn schaamtegevoel verdrink ik in kussen.'

'Kom tot uzelf en laat me met rust!' zei hij streng. 'Als zich in het huis van mijn vriend een demon heeft genesteld, dan zal ik als een engelbewaarder waken over zijn rust...'

'Ach, zeg me die verschrikkelijke woorden niet...' steunde ze bijna. 'Hoe komt u erbij mij schaamtegevoel aan te praten? Ieder ander... ja. Maar u! Bent u dan alles vergeten? Ik voel me vreselijk, wat een pijn... Ik zal ziek worden, sterven... Ik wil niet meer leven, die verschrikkelijke verveling hier...'

'Sta op, kom tot uzelf, vergeet niet dat u een vrouw bent...' zei hij.

Ze drukte zich nog krachtiger tegen hem aan en legde haar hoofd op zijn borst.

'Ach,' zei ze, 'waarom, waarom... zegt u dat? Boris, lieve Boris... bent ú dat?'

'Laat me los! Ik stik in uw omhelzingen!' zei hij. 'Ik verraad het heiligste gevoel, het vertrouwen van een vriend... Moge er schande neerdalen op uw hoofd!'

Ze huiverde, vervolgens haalde ze de sleutel waarmee ze de deur had gesloten uit haar zak en gooide hem deze voor de voeten. Ze liet haar armen slap langs haar lichaam vallen, wierp een troebele blik op Rajski, duwde hem met kracht van zich af, keek om zich heen, greep met beide handen naar haar hoofd en stootte zo'n woeste kreet uit dat Rajski schrok en spijt kreeg van zijn voornemen om het sluimerende schaamtegevoel in haar tot leven te wekken.

'Oeljana Andrejevna, kom tot uzelf,' zei hij, en trachtte haar beide armen vast te houden. 'Ik maakte maar een grapje, neem me niet kwalijk!'

Maar ze luisterde niet, schudde wanhopig haar hoofd, trok aan haar haren, kneep haar handen dicht, waarbij ze met haar nagels haar handpalmen probeerde open te krabben, en snikte zonder tranen.

'Wat ben ik? Waar ben ik?' zei ze, met een blik vol ontzetting om zich heen kijkend. 'Schaamte... schaamte...' schreeuwde ze hortend. 'Mijn God, de schaamte... ja, ze brandt... hier!'

Ze rukte zich het frontje van de borst.

Hij knoopte, of liever scheurde, haar jurk open en legde haar op de divan. Ze woelde als bij een hevige koortsaanval en stootte kreten uit die op straat te horen waren.

'Oeljana Andrejevna, kom tot uzelf!' zei hij, knielde voor haar en kuste haar handen, haar voorhoofd en haar ogen.

Ze wierp een toevallige blik op hem en zette grote ogen op, alsof ze zich verbaasde dat hij hier was, vervolgens drukte ze hem krampachtig tegen haar borst, duwde hem weer van zich af, en riep opnieuw: 'Schaamte, schaamte! Ze brandt... hier... ik heb het benauwd...'

Hij begreep op dat moment dat, als hij haar sinds lang ingeslapen schaamtegevoel tot leven had willen wekken, hij dit geleidelijk en met veel consideratie had moeten doen, als dat gevoel tenminste nog in haar leefde en niet was afgestorven. Precies zo, dacht hij, als bij een dronkelap... die kun je ook niet in een keer van de drank afhelpen, dan krijgt hij een koortsaanval.

Hij wist niet wat te doen, opende de deur, liep de eetkamer binnen, kwam toen, in zijn vertwijfeling heen en weer rennend, in een donker hoekje terecht, en belandde ten slotte in de tuin. Hij ging de keuken binnen om de keukenmeid te roepen, maar trof nergens een levende ziel, pakte een kan water en rende met de deuren slaand weer terug.

Hij vroeg zich een ogenblik af of hij zich niet uit de voeten moest maken, maar het leek hem al te wreed om haar in deze toestand achter te laten.

Ze lag nog steeds te woelen en te steunen, het dichte, loshangende haar viel over haar schouders en boezem. Hij knielde, snoerde haar de mond met zijn lippen om haar gesteun niet langer te hoeven horen en kuste haar handen en haar ogen.

Geleidelijk aan kwam ze weer tot rust. Een minuut of vijf verkeerde ze in een soort schemertoestand, ten slotte kwam ze tot zichzelf, liet een smachtende blik op hem rusten en sloeg haar armen in wilde razernij om zijn hals, drukte hem tegen zijn borst en fluisterde: 'U bent van mij... van mij...! Zeg niet van die verschrikkelijke woorden tegen me. "Hou op met die bedreigingen, maak je Tamara geen verwijten",' citeerde ze met een smachtende glimlach de versregel van Lermontov.*

Mijn God, wat moet ik doen? ging het door hem heen.

'Zult u dat niet meer doen?' fluisterde ze terwijl ze zijn hoofd stevig omklemd hield. 'Bent u de mijne?'

Rajski kon zijn hoofd in haar handen niet draaien, terwijl hij zelf haar nek en hals in zijn handen hield: de Romeinse camee lag als het ware op zijn vlakke hand in de hele pracht van haar smekende ogen en half geopende gloeiende lippen...

Hij kon zijn blik niet losrukken van haar profiel, zijn hoofd duizelde... Haar rode en hete wangen gingen nog feller gloeien en schroeiden zijn gezicht. Ze gaf hem een kus en hij beantwoordde die. Ze drukte hem nog dichter tegen zich aan en fluisterde nauwelijks hoorbaar: 'U bent nu de

mijne, u zult niemand anders toebehoren...!'
Hij schold haar niet meer uit, zei verder geen enkel 'verschrikkelijk woord'... De donder was verstomd...

13

Na zijn vriendenplicht op die manier vervuld te hebben, liep Rajski, langzaam omhoogklimmend, door de steeg en keek met onverschillige blik naar de in de greppel woekerende brandnetels, naar de boven op de helling grazende koe, naar het bij het hek in de grond wroetende varken en naar de eentonige, lange omheining. Toen hij zich omdraaide naar het huisje van Kozlov, zag hij dat Oeljana Andrejevna nog bij het raam stond en met haar zakdoek naar hem wuifde.

'Ik heb alles gedaan wat ik kon, alles!' zei hij, zich met een huivering van het raam afwendend en zijn pas versnellend.

Toen hij boven op de heuvel was gekomen, bleef hij staan en riep met ongeveinsde ontzetting: 'Mijn God, o mijn God!'

Hamlet en Ophelia! ging het plotseling door hem heen en hij kreeg zo'n lachstuip dat hij zich zelfs moest vasthouden aan het traliehek van het kerkhof waar hij net voorbijkwam. Oeljana Andrejevna... en Ophelia! Om de vergelijking van zichzelf met Hamlet lachte hij niet: iedere man, zo hield hij zichzelf voor, is af en toe een Hamlet. De zogenaamde vrije wil drijft met iedereen de spot! De mens heeft geen vrije wil, zei hij bij zichzelf, wel bestaat er een verlamming van de wil waar hij zonodig gebruik van kan maken! En wat de vrije wil betreft: deze vermeende geestkracht staat de heer der schepping in het geheel niet ter beschikking, maar is onderhevig aan bepaalde van hem onafhankelijke wetten en functioneert in overeenstemming daarmee zonder dat hem om toestemming wordt gevraagd. Ze herinnert, zoals het geweten, alleen aan zichzelf wanneer een mens iets verkeerds heeft gedaan en als hij al wilskrachtig is, dan is dat toevallig of in zaken die er niet toe doen.

'Leonti!' riep hij plotseling uit en greep zich bij het hoofd, 'in welke handen rust zijn geluk! Met wat voor gezicht zal ik hem de volgende keer tegemoet treden! En toch: hoe sterk was mijn goede wil!'

Hoe oprecht had hij zich voorbereid op zijn nobele rol, hoe had het idee om een plicht te vervullen hem toegelachen, welk een genoegdoening zou het hem gegeven hebben, als...

Wat had ik dan moeten doen? vroeg hij zich ten slotte af en hief geleidelijk het hoofd weer. Hij rechtte zijn rug, de rimpels verdwenen en zijn gezicht kwam tot rust.

'Ik heb alles gedaan wat ik kon, alles wat ik kon!' sprak hij zichzelf bezwerend toe. 'Maar helaas heeft het niets opgeleverd...' fluisterde hij met een zucht.

Met dit 'helaas' en met deze zucht kwam hij, in eigen ogen gerechtvaardigd, thuis en gebruikte tot groot genoegen van baboesjka in vrolijke stemming en met veel eetlust het diner samen met haar en Marfenka.

Dit hoofdstuk moet ik maar weglaten in mijn roman, dacht hij aanvankelijk, toen hij zich 's avonds over zijn schriften boog om de schets van Oeljana Andrejevna af te ronden. Overigens: waarom zou ik liegen, veinzen, op mijn tenen lopen? Dat wil ik niet, ik laat het zoals het is, alleen deze ontmoeting zal ik wat afzwakken... ik zal de nimf en de sater bedekken met een guirlande...

Rajski werkte ijverig aan zijn roman. Zijn eigen leven trok als het ware in flarden aan hem voorbij.

Een naïeve lezer zal wellicht aannemen dat ik zelf zo ben, en alleen zo, zei hij bij zichzelf, terwijl hij zijn schriften doorbladerde, hij zal zich niet voor kunnen stellen dat het niet om mij gaat, niet om Karp of Sidor, maar om een algemeen type, dat in het organisme van een kunstenaar vele tijdperken, vele verschillende persoonlijkheden samengaan... Wat zal ik met hen doen? Waar zal ik deze tien, twintig verschillende typen onderbrengen in het geheel...?

Je moet ook die tien, twintig typen van jezelf afscheiden en een zelfstandige gestalte geven, fluisterde een stem in zijn binnenste, dat is nu juist de opgave van de kunstenaar, dat is 'echt werk' en geen 'illusie van werk'.

Hoe zou ik, de mislukkeling, zoiets kunnen? vroeg hij zich mismoedig af.

Er waren een paar dagen voorbij gegaan na de ontmoeting met Oeljana Andrejevna. Op een dag pakte zich tegen de avond een onweer samen. Aan de overkant van de Wolga raakte de hemel overdekt met donkere wolken, het was drukkend warm buiten; een wervelstorm joeg stof op over het veld en over de weg.

Er heerste een onheilspellende stilte. Tatjana Markovna bracht het hele huis op de been. Overal werden schoorstenen, ramen en deuren afgesloten. Ze was niet alleen zelf bang voor het onweer, maar had ook geen begrip voor degenen die er niet bang voor waren, omdat ze dit beschouwde als vrijdenkerij. Iedereen in huis sloeg vroom een kruisteken als het bliksemde en wie geen kruisteken sloeg, die noemde ze een lomperik. Jegorka verdreef ze uit de hal naar het bediendeverblijf, omdat hij ook tijdens het onweer nog met de kamermeisjes ginnegapte.

Het onweer naderde in majestueuze pracht; uit de verte klonk het doffe rommelen van de donder, het stof vloog in wolken op. Plotseling bliksemde het en weerklonk er een harde donderslag boven het dorp.

Rajski pakte zijn muts en een paraplu en ging snel het park in om het schouwspel van dichterbij te observeren en vervolgens een schildering hiervan samen met zijn eigen indrukken in zijn roman op te nemen.

Tatjana Markovna zag hem vanuit het venster en klopte tegen het raam.

'Waar ga je heen, Boris Pavlovitsj?' vroeg ze,
'Naar de Wolga, baboesjka, naar het onweer kijken.'
'Ben je wel goed bij je hoofd? Kom terug!'
'Nee, ik ga erheen...'
'Blijf hier, zeg ik je,' riep ze op gebiedende toon.

Opnieuw weerlichtte het en weerklonk het langdurige gerommel van de donder. Baboesjka verborg zich angstig terwijl Rajski in het ravijn afdaalde en via een nauwelijks waarneembaar, kronkelig paadje tussen de struiken doorliep.

Het regende pijpenstelen, het weerlichtte onophoudelijk en de donder rolde. De schemering en de wolken dompelden alles in een diepe duisternis.

Rajski had al snel spijt van zijn artistieke plan om het onweer te bestuderen: de paraplu was niet opgewassen tegen de plensbui en liet water door, zodat hij doornat werd. Zijn voeten bleven vastzitten in de natte klei, hij raakte de weg kwijt in het dichte struikgewas, stuitte op heuveltjes en boomstronken of kwam in diepe kuilen terecht.

Hij moest ieder moment blijven staan en deed alleen bij het licht van de bliksem een paar stappen naar voren. Hij wist dat hier ergens op de bodem van het ravijn een tuinhuisje stond dat nog stamde uit de tijd dat de struiken en bomen die op de helling groeiden, deel uitmaakten van het park.

Toen hij zich onlangs een weg had gebaand naar de oever van de Wolga, had hij het in het voorbijgaan tussen het struikgewas gezien, nu wilde hij erheen om er te schuilen voor de regen en misschien van daaruit het onweer gade te slaan, maar hij wist niet in welke richting hij het moest zoeken.

Hij had geen zin om weer terug te gaan door het dichte struweel, om via hobbels en kuilen omhoog te klimmen, en besloot daarom zich nog een paar tientallen meters voort te slepen tot hij bij een heuvel kwam waarover een smalle weg liep, daar over de omheining te klimmen en over de weg naar het dorp te gaan.

Zijn laarzen waren doornat geworden en hij kwam nauwelijks vooruit in de modder, tussen de hoog opgeschoten varens en brandnetels. Bovendien liet de ondraaglijk felle bliksem en het rollen van de donder boven zijn hoofd hem niet geheel onberoerd.

Ik had beter vanuit mijn kamer van het onweer kunnen genieten, moest hij toegeven.

Ten slotte stuitte hij op de omheining, betastte deze, wilde zijn voet in het gras zetten – en gleed uit, viel in een greppel. Hij klom er met veel moeite uit, werkte zich over de omheining en kwam op de weg. Deze was steil en gevaarlijk en werd uitsluitend benut door de boeren wanneer ze met lege wagens reden en hun geduldige, afgejakkerde kleine paardjes geen grote omweg wilden laten maken.

Rajski was doornat en had de overbodig geworden paraplu onder zijn arm gestoken. Zijn ogen half dichtknijpend tegen de verblindende bliksem, ging hij langzaam en moeizaam bergop door de glibberige modder, waarbij hij voortdurend moest blijven staan. Plotseling hoorde hij het geratel van wagenwielen.

Hij spitste zijn oren: ja, nu hoorde hij het geluid heel dichtbij. Hij bleef staan, het geratel kwam steeds dichterbij; hij hoorde het haastige en ingehouden getrappel van paardenhoeven op de heuvel, het snuiven van de paarden en het geroep van degene die hen voortdreef. Het bliksemde nu met grotere tussenpozen en daardoor kon Rajski de wagen nog niet onderscheiden.

Hij ging opzij en klampte zich vast aan de omheining om het voertuig, zodra het hem had ingehaald, op de smalle weg te laten passeren.

Ten slotte bliksemde het opnieuw en bij het licht hiervan kon hij het rijtuig onderscheiden: het was een overdekte brik of janplezier met aan weerszijden banken waarop verschillende personen zaten, bespannen met een paar weldoorvoede, en schijnbaar uitstekende paarden.

Het bliksemde opnieuw en Rajski verstijfde van verbazing toen hij onder de inzittenden Vera ontdekte.

'Vera!' riep hij luidkeels.

Het rijtuig stopte.

'Wie is daar?' vroeg Vera's stem.

'Ik.'

'Neef! Wat doet u hier?' vroeg ze verbaasd.

'En wat doe jij hier?'

'Ik ben op weg naar huis.'

'Ik ook.'

'Waar komt u vandaan?'

'Ik zwierf wat door het ravijn en ben de weg kwijtgeraakt tussen de struiken. Nu ga ik over de heuvel naar huis. Maar waarom heb jij je op zo'n steile weg gewaagd? Met wie ben je? Van wie zijn die paarden? Kun je mij niet meenemen?'

'Met alle plezier, we hebben plaats genoeg. Geef me uw hand, dan help ik u instappen,' zei een mannenstem.

Rajski stak zijn hand uit en iemand trok hem met een krachtige greep onder de overkapping van de brik. Daar trof hij behalve Vera ook nog Marina aan. Ze zaten als een paar natte kippen tegen elkaar aan gedrukt en probeerden zich met het leren dekkleed zo goed mogelijk tegen de van opzij binnenplenzende regen te beschermen.

'Met wie ben je? Van wie zijn die paarden en wie ment ze?' vroeg Rajski zacht aan Vera.

'Van Ivan Ivanytsj.'

'Welke Ivan Ivanytsj?'

'De houtvester!' antwoordde ze fluisterend.

'De houtvester?' begon Rajski, maar Vera gaf hem zachtjes een por in de zij ten teken dat hij zijn mond moest houden, want de houtvester zat vlak voor hen en kon horen wat ze zeiden.

'Later!' fluisterde ze.

De houtvester! dacht Rajski en herinnerde zich het gesprek met baboesjka, die de man vóór hem zo had geprezen en hem een uitstekende partij had genoemd.

Dus dat is de hoofdpersoon van de roman: de houtvester... de houtvester! herhaalde Rajski in grote opwinding voor zichzelf.

Hij probeerde Ivan Ivanytsj wat beter te bekijken, maar alles wat hij zag was een grote, lage hoed met grote ronde randen, die op en neer ging boven de met een regenjas overdekte brede schouders van een forse man. Van het gezicht zag hij – en profil – alleen iets van de neus en, naar het hem toescheen, een baard.

De houtvester mende de paarden, die tegen de steile heuvel opklommen, vakkundig, beroerde nu eens de ene, dan weer de andere met de zweep, floot af en toe om ze aan te sporen en trok de teugels strakker aan wanneer ze, geschrokken door een bliksemflits, huiverden.

'Hoe gaat het, Vera Vasiljevna,' vroeg Ivan Ivanytsj bezorgd, zich tot de inzittenden van de wagen wendend, 'hebt u het koud? Bent u niet nat geworden?'

'Nee, nee, ik voel me goed, Ivan Ivanytsj, ik heb geen last van de regen.'

'Neemt u mijn regenjas maar...' stelde Ivan Ivanytsj voor, 'God verhoede dat u verkouden wordt: ik zou mezelf nooit vergeven dat ik u heb meegenomen op deze rit...'

'Ach, u bent veel te bezorgd!' zei Vera quasi-geïrriteerd. 'Let op de weg en men de paarden!'

'Zoals u wilt!' zei Ivan Ivanytsj gedwee en richtte zijn blik weer op de paarden.

Hij spoorde ze telkens opnieuw aan door te fluiten en te roepen, maar kon zich er niet van weerhouden om zich af en toe, als het ware heimelijk, naar Vera om te draaien en te kijken hoe ze het maakte. Ze reden om Malinovka heen en arriveerden bij de poort van het huis van Tatjana Markovna.

De houtvester sprong van de bok en begon met het handvat van zijn zweep op de poort te bonzen. Toen hij tot voor het bordes was gereden, vertrouwde hij de paarden toe aan Prochor, Taraska en Jegorka, die aan waren komen lopen, en bemoeide zich verder alleen met Vera: hij ging op de treeplank staan, nam Vera in zijn armen en droeg haar als een kostbare last zorgzaam en eerbiedig de bordestrap op. Langs de lakeien en kamermeisjes, die met een kaars in de hand naar buiten waren gekomen en met uitpuilende ogen naar hen keken, bracht hij haar naar de divan in de salon en legde haar zachtjes neer.

Rajski volgde hem, nat en modderig als hij was, op de voet en niet één beweging van de houtvester, niet één blik van Vera ontsnapte hem.

Vervolgens keerde de houtvester terug naar de hal, deed zijn natte bovenkleding en zijn lange jagerslaarzen uit en fatsoeneerde zijn kleding. Daarna ging hij met gespreide vingers als met een kam door zijn dichte haar en vroeg de bedienden om een borstel.

Baboesjka had Vera intussen begroet en haar meteen flink de oren gewassen omdat ze zulke 'dolle streken' uithaalde in zo'n nacht, bij zo'n noodweer, op zo'n steile weg, omdat ze niet goed voor zichzelf zorgde en geen mededogen had met baboesjka, haar altijd ongerust maakte en nog eens haar dood zou worden.

Hierop volgde uiteraard het bevel om zo snel mogelijk schone kleren en schoon ondergoed aan te doen en zich te drogen en te warmen. Ze liet de samowar brengen en het avondeten klaarmaken.

'Ach, baboesjka, wat heb ik een honger en dorst!' zei Vera, zich als een kat tegen baboesjka aan vlijend. 'Ik wil thee en soep, en gebraden vlees, en wijn. En Ivan Ivanytsj wil ook eten. Vlug, lieve baboesjka.'

Ze wist hoe ze baboesjka tot bedaren moest brengen.

'Dadelijk, dadelijk... uitstekend: alles, alles krijgen jullie.'

'Waar is Ivan Ivanytsj eigenlijk? Ivan Ivanytsj!' wendde baboesjka zich tot de houtvester, 'komt u hierheen, wat doet u daar? Marfenka, waar is Marfenka? Waarom verstopt ze zich op haar kamer?'

'Ik knap me even wat op, Tatjana Markovna,' zei een stem uit de hal. Jegor, Jakov en Stepan borstelden, wreven en krabden de houtvester in de hal als een mak paard.

Hij ging de kamer binnen en kuste eerbiedig de handen van baboesjka en Marfenka, die nu pas onder de kussens vandaan had durven kruipen.

'Marfenka, kom vlug,' zei baboesjka, 'je hoeft je niet te verbergen voor het onweer, je moet alleen bidden, dan treft de bliksem je niet.'

'Daar ben ik niet bang voor,' zei Marfenka, 'de bliksem treft meestal de boeren, maar toch is het angstaanjagend!'

Rajski, die nog steeds doornat bij het raam stond, monsterde ondertussen de gast.

Ivan Ivanovitsj Toesjin was een knappe verschijning. Een lange, breedgeschouderde man van een jaar of achtendertig met dichte donkere haren, een sterk gezicht, een dichte donkere baard en grote grijze ogen, die eenvoudig en bescheiden, zelfs een beetje verlegen de wereld in keken. Zijn handen waren in overeenstemming met zijn gestalte: groot, gebruind en met brede nagels.

Hij droeg een grijze jas met een hooggesloten vest en een hemd van huislinnen, van waaronder een brede, liggende boord over zijn halsdoek heen viel. Zijn handen staken in suède handschoenen en hielden een lange zweep met een zilveren greep vast.

Een knappe verschijning, een mooie man, maar hoe eenvoudig... om het zacht uit te drukken... in zijn blik en manieren! Is hij werkelijk Vera's held? vroeg Rajski zich af terwijl hij naar hem keek en nieuwsgierig afwachtte wat verdere observatie aan het licht zou brengen.

En waarom ook niet? bedacht hij met enige jaloezie, vrouwen houden van die forse gestalten, die open gezichten, die grote gezonde handen, dit gespierde, voor het werk geschapen type... Maar zou Vera hem werkelijk...?

'Wat is er met jou, vadertje?' zei baboesjka, die Rajski nu pas opmerkte, en ze sloeg haar handen in elkaar. 'Wat zie je eruit! Hé, mensen, Jegorka! Hoe hebben jullie elkaar ontmoet in die pikdonkere nacht? Kijk eens hoe je druipt, er ligt een plas op de vloer. Borjoesjka, waarom doe je jezelf dat aan? De anderen waren op weg naar huis, maar wie heeft jou het huis uit gestuurd? Vrijheid is soms erger dan dwang. Ga je omkleden en neem een slok rum in je thee. Ivan Ivanytsj, u moet ook thee met rum drinken. Maar kennen jullie elkaar eigenlijk? Dit is mijn kleinzoon, Boris Pavlovitsj Rajski... Ivan Ivanytsj Toesjin.'

'Wij hebben al kennisgemaakt,' zei Toesjin en maakte een buiging. 'We hebben uw kleinzoon onderweg opgepikt en hierheen gebracht. Ik dank u beleefd, ik heb niets nodig. Maar u zou u moeten omkleden, Boris Pavlovitsj, uw schoenen zijn doornat.'

'Jullie moeten het mij, een oude vrouw, niet kwalijk nemen, maar jullie lijken allemaal wel gek,' begon baboesjka. 'Bij zo'n noodweer komt zelfs een beer zijn hol niet uit. Lieve hemel, kijk eens hoe het nog steeds bliksemt. Jakov, sluit de luiken nog wat vaster. En jullie gaan op zo'n avond de Wolga over!'

'Ik heb mijn eigen veerboot,' zei Toesjin, 'die is stevig en betrouwbaar en hij heeft een overkapping. Vera Vasiljevna zat daar als het ware in haar eigen kamer, er is geen druppel regen op haar gevallen.'

'Maar het is werkelijk een verschrikkelijk noodweer!'

'Zo'n noodweer jaagt alleen oude wijven schrik aan.'

'O, bedankt, bedoelt u mij daarmee?' antwoordde baboesjka onmiddellijk.

Toesjin raakte in verwarring.

'Neem me niet kwalijk, zo bedoelde ik het niet, het ontsnapte me! Ik had het over boerenvrouwen...'

'God zal het u vergeven!' zei baboesjka lachend. 'U doet het allemaal niets, dat weet ik. God heeft u zó geschapen dat u niet bang bent. Maar dat Vera geen angst heeft! Sinds wanneer ben jij zo'n heldin geworden?'

'Als ik met Ivan Ivanovitsj ben, ben ik nergens bang voor, baboesjka.'

'Als Ivan Ivanovitsj op de berenjacht gaat, ga jij dan ook mee?'

'Ja, baboesjka, om te kijken. Neem me een keer mee, Ivan Ivanovitsj... Dat interesseert me erg...'

'Met het grootste genoegen, Vera Vasiljevna. Als ik er van de winter op uit ga, laat ik het u zeggen...'

'Zien jullie hoe ze is?' zei Tatjana Markovna. 'Wat baboesjka vindt, kan haar niet schelen.'

'Ik maakte maar een grapje, baboesjka.'

'Je bent ertoe in staat, dat weet ik! En waarom schaam je je niet om Ivan Ivanovitsj zoveel last te bezorgen? Om je over zo'n afstand te laten brengen.'

'Dat komt niet door haar maar door mij,' zei Toesjin, 'zodra ik van Natalja Ivanovna hoorde dat Vera Vasiljevna naar huis wilde, heb ik haar meteen gevraagd mij de eer te verschaffen haar te mogen brengen...'

Hij wierp een schuchtere, bijna eerbiedige blik op Vera.

'Wat u een eer noemt... bij zo'n noodweer...'

'Dat geeft niet, we hadden in ieder geval licht genoeg... En Vera Vasiljevna was niet bang.'

'En hoe is het met Anna Ivanovna? Is ze gezond?'

'Godzijdank wel, ze laat u groeten... ze heeft u wat van haar vruchten gestuurd: perziken uit de kas, bessen, paddestoelen... ze liggen nog in de wagen...'

'Dat had ze niet hoeven doen! We hebben zelf zoveel! Maar reuze bedankt voor de perziken, die hebben we niet,' zei baboesjka. 'Ik heb wat thee voor haar klaargemaakt. Borjoesjka heeft die meegebracht, en ik heb ook aan haar gedacht.'

'Dank u wel.'

'Dat u in deze duisternis met uw paarden de heuvel opgeklommen bent. God heeft u behoed,' begon Tatjana Markovna opnieuw. 'U had het noodweer moeten vrezen, de paarden hadden wel op hol kunnen slaan!'

'Mijn paarden gehoorzamen me als honden. Dacht u dat ik Vera Vasiljevna naar huis zou brengen als ik gevaar voorzag?'

'U bent een betrouwbare vriend,' zei Vera, 'ik verlaat me volkomen op u en zelfs op uw paarden...!'

Op dat moment kwam Rajski binnen, hij droeg een elegante kamerjas en was volkomen hersteld van het avontuur. Hij hoorde Vera's laatste woorden en zag de blik die ze daarbij op Toesjin wierp.

Ik verlaat me op u en op uw paarden, herhaalde hij voor zichzelf: ze noemt hem en zijn paarden in één adem.

'Dank u wel, Vera Vasiljevna,' antwoordde Toesjin. 'Vergeet niet wat u net gezegd hebt. Als u me ooit weer nodig hebt, dan...'

'Als het weer zo gaat donderen...' zei baboesjka.

'Bij wat voor noodweer dan ook!' zei Toesjin.

'Ja, je hebt allerlei soorten noodweer in het leven!' merkte Tatjana Markovna met een ouwelijke zucht op.

'Wat het ook zijn mag, wanneer het onweer losbreekt, Vera Vasiljevna, steek dan de Wolga over en kom naar het bos: daar woont een beer die u ter beschikking staat... zoals men het in de sprookjes zegt.'

'Goed, ik zal eraan denken!' antwoordde Vera lachend. 'En wanneer er, zoals in het sprookje, een tovenaar komt om me te ontvoeren, dan vlucht ik meteen naar u in het bos!'

14

Rajski zag de blik vol diepe ontroering en eerbiedige ingetogenheid die Toesjin steeds weer op Vera richtte, hij hoorde de vriendelijke woorden die hij tot haar sprak, vol van een onwillekeurig opwellende tederheid.

Zelfs een neutrale getuige, laat staan een afgunstige rivaal als Rajski of een bezorgde stiefmoeder als baboesjka, moest het wel opvallen dat het gezicht, de gestalte en de bewegingen van de houtvester vervuld waren van diepe sympathie voor Vera, een sympathie die aan banden gelegd werd door een bepaald soort roerend respect.

Deze sterke man met zijn atletische gestalte die kennelijk geen enkel gevaar duchtte, was timide tegenover het mooie, zwakke meisje, kromp ineen onder haar blikken, woog zijn woorden zorgvuldig, om niet iets onbetamelijks te zeggen, om de plank niet mis te slaan, geen boerenpummel te lijken, en probeerde ieder verlangen van haar gezicht af te lezen.

Hij is waarschijnlijk ook een slaaf, dacht Rajski, terwijl hij observeerde hoe Vera zich tegenover hem gedroeg.

Hij verwachtte dat ook zij verlegenheid zou tonen en haar sympathie voor deze held ten overstaan van zoveel ogen niet zou kunnen verbergen. Het stond voor hem al vast dat de houtvester de held was van haar romance en van het geheim dat Vera voor hem verborgen hield.

Wie anders dan hij zou zijn brieven op blauw papier schrijven! dacht hij.

Hij was nieuwsgierig hoe haar gevoel zich zou uiten: door een trilling, een flikkering van de blik of door een star zwijgen?

Maar daarvan was geen sprake. Vera toonde zich hier nog eens in een geheel nieuw licht. In iedere blik, in ieder woord dat ze tot Toesjin richtte, ontdekte Rajski vooral een natuurlijkheid, een vertrouwen, een beminnelijkheid en een warmte die hij van haar tot nu toe nog niet kende, zelfs niet in de omgang met baboesjka en Marfenka.

Voor baboesjka was ze schijnbaar op haar hoede, Marfenka behandelde ze met enige geringschatting, maar wanneer ze naar Toesjin keek, met hem praatte, hem haar hand reikte, zag je meteen dat ze vrienden waren.

Ja, dat was ze, de onzelfzuchtige vriendschap waarop ze ook tegenover hem had gezinspeeld en die hij tot nu toe tevergeefs had proberen te verwerven.

Hoe was ze aan die houtvester gekomen? Wat verbond hen met elkaar? Hoe hadden ze elkaar ontmoet? Hadden ze bewust in elkaar een aantal sympathieke eigenschappen opgespoord en lief gekregen of hadden ze gewoon elkaars karakter aangevoeld en waren ze als vanzelf, zonder enige analyse, aan elkaar gehecht geraakt?

Drie dagen bleef de houtvester voor zaken in de stad en was hij de gast van Tatjana Markovna en drie dagen zocht Rajski ijverig naar de sleutel tot dit nieuwe karakter, tot zijn positie in het leven en de rol die hij in Vera's liefdeleven vervulde.

Ivan Ivanovitsj noemde men 'de houtvester' omdat hij midden in het bos woonde, op een eigen hoeve, en vol liefde de bosbouw beoefende, het bos aan de ene kant aanplantte, verzorgde, en instandhield, en het aan de andere kant velde, verkocht en afvlotte over de Wolga. Het bos strekte zich uit over enkele duizenden hectaren en hij exploiteerde dit bezit op een zeer rationele wijze, was de enige in deze contreien die over een stoomzaagmolen beschikte en gaf persoonlijk leiding aan het hele bedrijf.

Tussen de bedrijven door ging hij op jacht, viste, bezocht zijn ongetrouwde buren, ontving ook gasten bij zich thuis en organiseerde af en toe uitstapjes. Hij liet dan een paar trojka's inspannen, grotendeels met vurige paarden, en joeg met een meute vrienden naar een veertig werst verderop wonende buurman om daar drie dagen feest te vieren, ging vervolgens met hen terug naar zijn huis of reed naar de stad en verstoorde haar slaperige rust met zo'n woest drinkgelag dat alles op zijn kop stond. Daarna verdween hij een maand of drie van het toneel en bleef thuis, niemand zag of hoorde dan iets van hem.

Dan velde en vlotte hij de boomstammen weer of zaagde ze in de zaagmolen met twee kameraden aan stukken, of hij reed de nieuwe trojka's in die hij op de jaarmarkt kocht, ging in de winter op wolvenjacht of besloop beren in de wildernis.

Niet zelden liep Toesjin na zulke driestheden een week of drie rond met zijn arm in het verband of met een als gevolg van de dolle trojkaritten ontwrichte schouder, en soms ook met een door een berenklauw opengekrabd voorhoofd.

Dat leven beviel hem en hij had het niet voor een ander willen ruilen. Thuis las hij boeken over de landbouw of over bedrijfskunde. Hij had een Duitse bosbouwspecialist in dienst, wiens adviezen hij inwon zonder de teugels van zijn bedrijf uit handen te geven. Met behulp van twee boekhouders en een collectief van deels lijfeigenen, deels gehuurde arbeiders hield hij zijn bedrijf draaiende. In zijn vrije tijd las hij graag Franse romans; dat was de enige vorm van decadentie die hij zichzelf toestond bij zijn strenge, overigens door vele bewoners van de uithoeken van ons land gedeelde leefwijze.

Rajski kwam erachter dat Toesjin Vera ontmoet had bij de pope en dat Toesjin daar zelfs iedere keer dat hij hoorde dat Vera er logeerde met opzet heen ging. Dat vertelde Vera hem zelf. Vera en de popevrouw kwamen ook wel op Toesjins hoeve, die De Rookpluim werd genoemd, omdat ze uit de verte alleen door de uit de schoorsteen opstijgende rook blijk gaf van haar aanwezigheid.

Toesjin woonde er met Anna Ivanovna, zijn ongetrouwde oudere zuster. Ook baboesjka hield van deze Anna Ivanovna, en wanneer ze naar de stad kwam, was baboesjka in haar sas. Met niemand dronk ze zo graag koffie, met niemand besprak ze zo graag haar geheimen. De gemeenschappelijke belangstelling voor huishoudelijke aangelegenheden schiep een band tussen hen, maar nog meer het grote respect dat Anna Ivanovna koesterde voor de persoon van baboesjka, voor haar geslacht en familietradities.

Over Toesjin valt in eerste instantie weinig meer te zeggen. Het was een simpele man, een man uit één stuk die zichzelf altijd trouw bleef, zowel wat zijn uiterlijk als wat zijn karakter betrof eenvoudig in elkaar zat en gevoelsmatig noch verstandelijk een gecompliceerde natuur was.

Hij was het toonbeeld van openheid, alles aan hem was doorzichtig en helder, hij had niets geheimzinnigs, niets romantisch, niets wat tot de verbeelding sprak. Hij was geen intelligente man in de gebruikelijke betekenis van dat woord, beschikte over scherpzinnigheid noch inventiviteit. Wel bezat hij een bepaald soort natuurlijke intelligentie die hij, zonder zich enige geestelijke luxe te veroorloven, regelrecht in dienst stelde van zijn alledaagse behoeften. Men vindt deze soort intelligentie zowel bij boeren als bij intellectuelen en ze is meer waard dan het zogenaamde gezonde verstand dat de lieden die erover beschikken, hoe gezond ze ook denken, er niet van weerhoudt om ongezonde levenspaden te bewandelen.

Dit soort intelligentie huist niet alleen in het hoofd maar ook in het hart en de wil. Zulke mensen zijn niet zichtbaar in de menigte, ze treden zelden op de voorgrond. Scherpzinnige en verfijnde geesten met een rappe tong stellen persoonlijkheden als Toesjin vaak in de schaduw, maar deze persoonlijkheden zijn toch vaak de onzichtbare leiders of drijvende krachten van menselijke bedrijvigheid, van het leven van het hele milieu waarin het lot hen heeft ondergebracht.

In Toesjins omgang met Vera viel Rajski de constante, eentonige verering op die tot uitdrukking kwam in zijn blikken en woorden en soms aan schuchterheid grensde, terwijl zij tegenover hem een evenzeer eentonig lijkend, met openheid en warmte gepaard gaand vertrouwen aan de dag legde.

En dat was alles. Hoe hij ook probeerde een of ander teken, een toespeling, een veelbetekenende blik of woord op te vangen – het lukte hem niet! Van haar kant zag hij steeds diezelfde eenvoud, vrijheid en hetzelfde vertrouwen, van zijn kant hetzelfde van tederheid vervulde respect en de bereidheid haar te dienen 'als een beer', en verder niets!

Ook Toesjin was het dus niet! Van wie was de brief op het blauwe papier dan?

'Wat is dat voor een houtvester?' vroeg Rajski de volgende dag, nadat hij al vroeg Vera's kamer had betreden, 'en wat betekent hij voor jou?'

'Hij is een vriend,' antwoordde Vera.

'Dat is een te vaag begrip. In welke zin is hij een vriend?'

'In de beste en intiemste zin.'

'Aha! Dus hij is de gelukkige op wie je zinspeelde en van wie je me de naam beloofd hebt.'

'Wanneer?'

'Nog voor je vertrek!'

'Dat herinner ik me niet. Wat voor gelukkige, wat voor naam, wat heb ik beloofd?'

'Wat heb je toch een slecht geheugen! Ben je ook de brief op het blauwe papier al vergeten?'

'Ach ja, ik herinner me het. Nee, neef, ik heb helemaal geen slecht geheugen, ik herinner me elk detail als het mij aangaat of me interesseert. Maar ik moet toegeven dat ik deze keer alles vergeten was: ons gesprek noch de brief op het blauwe papier herinnerde ik me...'

'En ik was zelf misschien ook al uit je herinnering verdwenen?'

Ze glimlachte en knikte instemmend.

'Je hebt je daar waarschijnlijk goed vermaakt...?'

'Ja, ik had het daar naar mijn zin,' zei ze, verstrooid haar blik afwendend, 'niemand probeerde me uit te horen of verdacht me ergens van, het was er zo stil en rustig...'

'En bovendien was je vriend bij je?'

Ze knikte opnieuw bevestigend.

'Ik bedoel hem, de houtvester,' voegde Rajski er snel aan toe en keek Vera vragend aan.

Ze luisterde niet naar hem.

Achter haar gewone alledaagse gezichtsuitdrukking ging een andere schuil. Het maakte de indruk alsof ze – overigens zonder succes – probeerde om een innerlijke jubelstemming te verbergen; in haar ogen schemerden een glimlach en een innerlijke voldoening door die ze kennelijk voor zichzelf wilde houden en met niemand wilde delen.

De trilling in haar blik verscheen minder vaak, de argwanende, ontevreden uitdrukking van haar ogen was verdwenen, en haar gezicht, ja, haar hele gestalte vertoonde het stempel van onverstoorbare rust, in haar ogen verscheen af en toe een extatische glans alsof ze uit de beker van het geluk dronk. Rajski merkte dat op.

Wat is dat voor geluk en wie heeft het haar geschonken? De vriend uit het bos misschien? ging het door zijn piekerende hoofd. Maar ze verheimelijkte niets wat op zijn persoon betrekking had, hing hun vriendschap aan de grote klok: hoe kon hier sprake zijn van een geheim?

'Je schijnt gelukkig te zijn, Vera,' zei hij.

'Hoezo?' vroeg ze.

'Ik weet het niet, je probeert je geluk te verbergen, maar het straalt uit je ogen.'

'Is dat zo?' vroeg ze glimlachend, keek Rajski aan en zweeg nog steeds peinzend.

Ze had geen zin om te praten. Hij pakte haar hand, drukte die en ze beantwoordde de druk. Hij kuste haar op haar wang, waarop ze zich naar hem toe boog; hun lippen ontmoetten elkaar en ze kuste hem – alles zonder uit haar gepeins te ontwaken. Maar deze zo langverwachte kus maakte hem niet blij. Ze had hem werktuiglijk gegeven.

'Vera! Je bent helemaal in de ban van een geluksgevoel, je bent in extase...!' zei hij.

'Hoezo?' vroeg ze, plotseling ontwakend uit haar verstrooidheid.

'Zomaar... het lijkt of je een hindernis hebt overwonnen, en je schijnt gelukkig in het besef van deze overwinning. Ik weet niet wat de reden is, maar je triomfeert! Je schijnt je geluk niet op te kunnen...'

Ach, nee, dat is nog ver weg! fluisterde ze voor zich uit. 'Nee, er is niets bijzonders gebeurd!' voegde ze er hardop aan toe, verstrooid, trachtend een zorgeloze indruk te maken, en keek hem minzaam, vriendschappelijk aan.

'Je mag hem dus erg graag, deze...'

'...houtvester? Ja, zeker,' zei ze, 'mannen van dat kaliber zijn zeldzaam; hij is een van de voortreffelijkste mensen die ik hier ken, misschien zelfs wel de voortreffelijkste.'

Rajski kreeg opnieuw een steek van jaloezie.

'De voortreffelijkste mens, nou ja, wat het uiterlijk betreft dan: hij is fors, gezond, een storm doet hem niets, hij doodt beren, ment paarden als Phoebus zelf... en het is een knappe man!'

'Foei, Boris Pavlovitsj!'

'Het ergert je dat men een beminde persoon van zijn voetstuk stoot?'

'Welke beminde persoon?'

'Hij is immers de held van je geheim en de schrijver van de blauwe brief! Vertel het toch eindelijk... je hebt het me beloofd...'

'Heb ik dat beloofd? Ach ja, u kunt alleen daaraan denken... Ja, hij is het... wat dan nog?'

'Dan niets!' zei Rajski, hevig blozend. Hij had zo'n snelle oplossing van het raadsel niet verwacht. 'Deze lichaamskracht, deze spieren, deze gestalte...' zei hij.

'U zei toch dat hartstocht iedere keuze rechtvaardigt?'

'Ik zeg ook niets!' antwoordde hij schouderophalend. 'Je ziet dat ik volkomen rustig ben! Ga je met hem trouwen?'

'Misschien.'

'Men zegt dat hij een paar duizend hectare bos bezit...'

'Foei, Boris Pavlovitsj!'

'Goed, nu kan ik vertrekken.'

Hij leunde uit het raam en riep een passerende dienstmeid toe dat ze Jegorka moest roepen.

'Breng de koffer van de zolder naar mijn kamer: ik vertrek morgen!' zei hij zonder Vera's glimlach op te merken.

'Nou, ik ben erg blij!' zei hij op boosaardige toon, pogend haar blik te ontwijken. 'Nu heb je tenminste een beschermer, een echte held van top tot teen...!'

'Een echt mens van top tot teen,' verbeterde Vera hem, 'en geen romanheld!'

'Maar gaan er wel menselijke ideeën in zijn hoofd om? Nimrod, dat prototype van alle sportlieden, en Humboldt* zijn beiden mensen... maar er bestaat een groot verschil tussen hen...'

'Ik weet niet wat dat voor mensen waren. Maar ik weet wel dat Ivan Ivanovitsj een mens is die alle anderen zich tot voorbeeld kunnen nemen. Wat hij zegt, wat hij denkt, dat voert hij ook uit. Zijn gedachten zijn adequaat, zijn hart is standvastig... en hij heeft karakter. Ik vertrouw hem in alles, en ben nergens bang voor, zelfs niet voor het leven zelf, als hij bij me is.'

'Aha! Vooral tijdens een noodweer, als hij de paarden ment!' voegde Rajski er spottend aan toe. 'En vermaak je je ook met hem?'

'Ja, ik vermaak me ook: hij heeft veel natuurlijke slimheid en humor... alleen pronkt hij daar niet overal mee, valt er niet iedereen mee lastig...'

'Kortom, een man uit duizenden. Nou, goed, ik feliciteer je, Vera, en vaarwel!'

'Waar gaat u heen?'

'Ik vertrek morgen vroeg en kom geen afscheid van je nemen.'

'Waarom niet?'

'Je weet waarom: jouw aanblik laat me niet onberoerd, ik ben geen stuk hout...'

Ze legde haar hand op zijn arm en keek hem schalks als een aanhalig katje, met een van het lachen trillende kin, in de ogen.

'En als ik niet wil dat u vertrekt?'

'Jij?'

'Ja, ik.'

'Waarom niet?"

Met gretige blik wachtte hij op haar uitleg.

'Raad het!'

'Misschien wil je dat ik op je bruiloft kom.'

Ze keek hem nog steeds glimlachend aan en liet haar hand op zijn arm rusten.

'Ja,' zei ze.

'En wanneer zal die plaatsvinden?' vroeg hij koel.

Ze zweeg.

'Vera?'

Plotseling barstte ze in lachen uit. Hij keek haar aan: tegen haar gewoonte schaterde ze bijna van het lachen.

Hij is het niet, hij is het niet, de houtvester is haar held niet! Het geheim van de blauwe brief is onopgelost, concludeerde hij.

Hij voelde zich opgelucht, werd vrolijk, begon te zingen, te kletsen, te schertsen en te lachen.

'Laat Jegor de koffer weer terugbrengen,' zei ze.

'Waarom houd je me tegen, Vera?' vroeg hij. 'Zeg de waarheid. Je weet dat ik me aan alles wat je zegt onderwerp...'

'Aan alles?'

'Ja, absoluut. Wat je ook met me doet, welke rol je me ook toebedeelt, ik accepteer alles, als je me maar niet wegjaagt...'

'Alles?'

'Ja, alles!' verzekerde hij in blinde passie.

'Kijk eens aan, neef, nu bent u ook in extase! Als u er maar geen spijt van krijgt als ik uw voorstel aanneem...'

'Ik zweer je, Vera,' begon hij, en stond op, 'er is geen verlangen, geen gril van jou die ik niet zou vervullen, geen beker der vernedering die ik niet tot op de bodem zou ledigen als ik daarmee ook maar een ogenblik...'

'Genoeg, ik neem uw voorstel aan en u bent nu...'

'Jouw slaaf? O, zeg het, zeg het...'

'Goed,' zei ze, een waternimfenblik op hem werpend.

'Dus ik kan blijven... Wat een verandering!' zei hij, innerlijk juichend. 'Waarom ben je zo plotseling van mening veranderd?'

'Waarom...?'

Ze keek hem aan en hij bedronk zich aan die fluwelen, rustig op zijn ogen gerichte blik, vol van een voor hem onbegrijpelijke betekenis.

'Opdat u zich morgen niet hoeft te schamen om uw koffer opnieuw naar de zolder te laten brengen. U was immers toch niet vertrokken.'

'Nee, ik wás vertrokken.'

Ze schudde het hoofd.

'Ik geef je mijn woord...'

'U was niet vertrokken.'

'Waarom niet?'

'Omdat ik het niet wil.'

'Jij, jij, jij... Vera! Hoor ik dat goed, vergis ik me niet?'

'Nee.'

'Zeg het nog een keer.'

'Ik wil niet dat u vertrekt en u zult blijven...'

'Waarom niet?' vroeg hij hartstochtelijk fluisterend.

'Omdat ik het niet wil!' zei ze, eveneens fluisterend, maar op gebiedende toon.

'Vera, zwijg, geen woord meer! Als je me nu zegt dat je van me houdt, dat ik je idool ben, je god, dat je gek wordt van verlangen naar mij, dan geloof ik alles, alles... en dan...'

'Wat dan?'

'Dan zal er geen grotere gek in de wereld bestaan dan ik... Ik zal je veel last bezorgen.'

'Daar ben ik niet bang voor...'

'Je... je staat me zelf toe om van je te houden, te zwelgen in geluk, buiten mezelf te raken, te leven... Vera, Vera...!'

Hij kuste haar de hand.

'U wilde dat, u smeekte erom, en ik kreeg medelijden met u.'

'Er is iets met je gebeurd, je bent gelukkig en wilde wat van dat geluk delen met een ander. Wat er ook achter zit, ik aanvaard alles, verdraag alles... sta me alleen toe bij je te zijn, jaag me niet weg, laat me blijven...'

'Blijf, ik beveel het!' zei ze met goedmoedige spot.

Het geluk scheen hem eindelijk ten deel gevallen te zijn.

Baboesjka zegt de waarheid, verheugde hij zich in stilte: het geluk wordt je gegeven wanneer je het het minst van alles verwacht. Als beloning voor je deemoed, zegt ze. En ik had me er al bij neergelegd dat het mij niet beschoren was... en nu! O, weldadig lot!

Als in een roes verliet hij Vera's kamer, en kwam in de hal Jegor tegen met zijn koffer.

'Terug, breng hem terug,' zei hij, haastte zich naar zijn kamer, ging op bed liggen en verdronk zijn heftige gemoedsuitbarsting in nerveuze tranen.

'Dat is hem... de hartstocht, de hartstocht!' fluisterde hij snikkend.

De houtvester vertrok en alles ging weer zijn oude gangetje. Rajski werd diep gelukkig; zijn hartstocht voor Vera was overgegaan in net zo'n stille en eerbiedige verering als bij de houtvester.

Hij trachtte net zo angstvallig Vera's blik op te vangen, luisterde angstig naar de klank van haar stem, trok zijn kleren recht als hij haar stappen hoorde, wisselde wanneer hij met haar sprak twee of drie keer van houding en woog zijn woorden zorgvuldig om maar niets te zeggen wat haar zou kunnen mishagen.

Ook zij was in een feestelijke stemming, de stille rust van het geluk of van innerlijke bevrediging vervulde haar hele wezen, ze genoot zwijgend ergens van, was goedhartig en vriendelijk tegen baboesjka en Marfenka en werd slechts sporadisch door onrust bevangen. Ze bleef dan op haar kamer of ging het park in, of het struikgewas van het ravijn, en fronste alleen haar wenkbrauwen wanneer Rajski of Marfenka haar afzondering in het oude huis verstoorden of voorstelden haar op haar wandelingen te vergezellen. Daarna nam ze weer een gelijkmatige en rustige houding aan en was bij de lunch en 's avonds mededeelzaam, interesseerde zich zelfs voor het huishouden, hielp Marfenka bij het uitzoeken van borduurpatronen, controleerde enkele rekeningen van baboesjka en legde ten slotte bezoeken af bij enkele dames in de stad. Met Rajski sprak ze over literatuur; hij concludeerde uit zijn gesprekken met haar dat ze veel gelezen moest hebben en ze lazen, hoewel niet regelmatig, verschillende boeken samen.

Ze liet zich daarbij vaak afleiden, nu eens in de ene, dan weer in de andere richting. Af en toe raakte ze daarbij niet alleen in extase, maar ook in een soort roes van voortdurende vrolijkheid. Toen ze op een avond in zo'n stemming uit de kamer verdween, richtten Tatjana Markovna en Rajski een lange, vragende blik op elkaar.

'Wat is er met Vera aan de hand?' vroeg baboesjka. 'Ze schijnt weer beter te zijn.'

'Ik ben bang, baboesjka, dat ze er nog slechter aan toe is dan tevoren...'

'Kom nou, Borjoesjka, je ziet hoe vrolijk ze is, ze is helemaal anders geworden, veel levendiger, spraakzamer en vriendelijker dan vroeger...'

'Is ze nu dan zoals ze vroeger was, zoals ze altijd geweest is? Ik ben bang dat het geen vrolijkheid is, maar opwinding, een roes...'

'Ze is inderdaad nog nooit zo geweest. Wat kan het dan zijn?'

'Ze is in extase, ziet u dat dan niet?'

'In extase!' herhaalde Tatjana Markovna. 'Waarom vertel je me dat nu, vlak voordat ik naar bed ga? Zo kan ik niet slapen. Extase in een meisje, dat is een ramp! Heb jij haar soms het hoofd op hol gebracht? Waarvan zou ze in extase kunnen raken? Wat moeten we doen?'

'Laten we afwachten wat er verder gebeurt.'

Baboesjka keek Rajski met angstige ogen aan terwijl hij begon te lachen.

'Jij moet overal om lachen!' zei ze. 'Luister,' voegde ze er toen streng aan toe, 'met Saveli en Marina, met Polina Karpovna of met Oeljana Andrejevna, kun je alle komedies opvoeren die je wilt... maar laat haar erbuiten! Voor jou zal het een komedie zijn maar voor mij een tragedie!'

15

Niet alleen Rajski, maar ook baboesjka gaf haar passieve houding op en ging nu heimelijk Vera's gangen na. Ze nam de zaak zeer ernstig op, verwaarloosde zelfs het beheer van het landgoed; ze liet allerlei sleutels op tafels liggen, probeerde Saveli niet tot rede te brengen, controleerde de rekeningen niet en reed niet meer de velden in. Pasjoetka verloor haar, zoals ze gewoon was, geen moment uit het oog en antwoordde op de vraag van Vasilisa wat de meesteres deed: 'Ze fluistert.'

Tatjana Markovna liet bedroefd het hoofd hangen en wist niet hoe ze Vera ertoe moest brengen om een openhartig gesprek met haar te voeren. Beseffend dat dit vrijwel onmogelijk was, brak ze zich het hoofd over de vraag of ze er niet langs een omweg achter zou kunnen komen wat er aan de hand was, zodat ze het onheil af zou kunnen wenden.

Ze is verliefd! In extase! Het leek haar verschrikkelijker dan de pokken, de mazelen, koorts of welke ziekte dan ook. En op wie was ze dan wel verliefd? God geve dat het op Ivan Ivanovitsj was. Als Vera met hem zou trouwen, kon ze rustig sterven.

Maar baboesjka doorgrondde met vrouwelijke intuïtie het geheim van hun betrekkingen en concludeerde met een zucht dat, indien hier al sprake was van tedere gevoelens, die maar van één kant kwamen, van Toesjin, en dat Vera alleen gevoelens van vriendschap of, eerder nog, van dankbaarheid jegens hem koesterde, omdat hij haar zo verwende.

Hij aanbidt haar, zei ze, en dat valt altijd in de smaak bij een jonge vrouw. Wie kon het dan zijn, wie? Van de landheren uit de omgeving kwam behalve Toesjin niemand in aanmerking – ze zag niemand, sprak met niemand. De jonge mannen uit de stad zag ze alleen op het bal bij de brandewijnpachter, of de vice-gouverneur, twee keer per winter; ze kwamen zelden bij hen thuis. De officieren en de ambtenaren hadden allang de hoop opgegeven om bij haar in de smaak te vallen – ze sprak bijna nooit met hen.

Ze zal toch niet op de pope verliefd zijn! Ach, mijn God, wat zou dat een ramp zijn, dacht baboesjka.

Zo wond ze zich voortdurend op, keek strak en argwanend naar Vera wanneer die kwam eten of theedrinken en probeerde haar in het park in het oog te houden, maar Vera versnelde, wanneer ze baboesjka uit de verte opmerkte, haar pas en verdween uit het zicht.

'Ze verdween voor mijn ogen, als een geest,' vertelde ze Rajski. 'Ik wilde haar inhalen maar mijn oude benen werkten niet mee! Ze schoot als een vogel de bosjes in en viel als het ware van de helling in de struiken.

Rajski ging na dit verhaal het ravijn in, doorkruiste de bosjes en klom er aan de kant van het dorp weer uit. Toen hij Jakov tegenkwam, vroeg hij of hij de jongedame had gezien.

'Ja, ik heb haar net gezien, daar bij de kapel,' zei Jakov.

'Wat doet ze daar?'

'Ik denk dat ze bidt.'

Rajski ging naar de kapel.

Dus ze bidt ook al, fluisterde hij peinzend.

Tussen de bosjes en de rijweg stond, ter zijde op een weide, een eenzame houten kapel, verkleurd en vervallen, met een icoon van de Heiland in Byzantijnse stijl in een bronzen lijst. De icoon was in de loop der tijd zwart geworden, de verf was er hier en daar afgebladderd en de gelaatstrekken van Christus waren nog maar nauwelijks te onderscheiden; maar de ogen keken tussen de half geopende oogleden nog steeds peinzend naar de biddende en ook de zegenende handen waren nog te zien.

Rajski liep over het gras naar de kapel. Vera hoorde hem niet aankomen. Ze stond met haar rug naar hem toe en was geheel verdiept in de aanblik van de icoon. Haar strooien hoed en haar parasol lagen naast de kapel in het gras. Ze bekruiste zich niet, en haar lippen fluisterden geen gebed, maar haar hele gestalte, haar ingekeerde houding, ingehouden adem en strak op de icoon gerichte blik – dat alles drukte een gebed uit.

Rajski durfde nauwelijks te ademen.

Waar bidt ze om? dacht hij bevreesd. Bidt ze om vreugde of werpt ze haar leed van zich af aan de voet van het kruis, of wil ze in een plotselinge opwelling van onbaatzuchtigheid haar ziel uitstorten voor de Verlosser? Maar wat voor een opwelling is het: wil ze haar kracht beproeven met het oog op de strijd of dankt ze wenend voor een ogenblik van geluk?

Vera ontwaakte plotseling als het ware uit haar gebed. Ze keek om en schrok toen ze Rajski zag.

'Wat doet u hier?' vroeg ze streng.

'Niets. Ik kwam Jakov tegen, hij zei dat je hier was en daarom ben ik gekomen... Baboesjka...'

'Nu we het toch over baboesjka hebben,' onderbrak ze hem, 'ik heb gemerkt dat ze me sinds enige tijd bespioneert. Weet u misschien waarom ze dat doet?'

Ze keek hem onderzoekend aan. Hij bloosde. Ze liepen ondertussen over de weide in de richting van de bosjes.

'Ik dacht dat ze dat altijd...' begon hij.

'Nee, niet altijd... Normaal gesproken zou het nooit bij haar opkomen om me te bespioneren. Luister, slaaf van me,' vervolgde ze op enigszins spottende toon, 'vertel me zonder omwegen: hebt u haar deelgenoot gemaakt van uw vermoedens over mij ten aanzien van de blauwe brief, de liefde enzovoort?'

'Nee, ik geloof niet dat ik iets heb gezgd over de blauwe brief...'

'Dus alleen over de liefde. Wat hebt u haar daarover gezegd?'

Hij zweeg en keek van haar weg naar het bos.

'Ik moet dat weten,' drong ze aan, 'daarom moet u het vertellen. U hebt immers beloofd zelfs mijn grillen te vervullen en dit is geen gril. U hebt het haar verteld, nietwaar? Natuurlijk zult u geen nee zeggen wanneer het zo is...'

'Waarom zoveel woorden? Je hoeft maar te bevelen, en ik onthul je alle geheimen. Ja, we hebben een gesprek over jou gehad. Baboesjka vroeg zich af waarom je vroeger zo stil was en nu opeens zo vrolijk...'

'En?'

'Ik zei alleen: "Misschien is ze wel verliefd." Maar dat is al een tijd geleden.'

'En wat zei baboesjka toen?'

'Ze schrok.'

'Waarvan?'

'Het meest van het woord extase.'

'Hebt u dat woord dan gebruikt?'

'Ze had zelf gemerkt dat je zo vrolijk geworden was en verheugde zich daar aanvankelijk zelfs over...'

'En u hebt haar aan het schrikken gemaakt?'

'Nee, ik heb jouw toestand alleen benoemd en zij schrok van het woord extase.'

'Luister eens,' zei ze ernstig, 'de rust van baboesjka gaat me aan het hart, meer dan ze misschien zelf wel denkt...'

'Nee, nee,' onderbrak Rajski haar levendig, 'baboesjka gelooft in jouw grenzeloze liefde voor haar, ze weet alleen zelf niet waarom. Dat heeft ze me zelf gezegd.'

'Godzijdank! Ik dank u ervoor dat u me dit verteld hebt! Luistert u nu wat ik u ga zeggen en voer het blindelings uit. Gaat u naar haar toe en maak een einde aan al haar angsten en vermoedens over de liefde, over extase, alles, alles. Het zal u niet moeilijk vallen om dit te doen en u zult het doen als u van me houdt.'

'Wat zou ik niet doen om dat te bewijzen! Vanavond nog zal ik...'

'Nee, nu meteen. Als ik kom eten, moeten haar ogen weer naar me kijken zoals vroeger... Hoort u dat?'

'Goed, ik ga al...' zei Rajski zonder zich te verroeren.

'Ren, nu meteen!'

'En jij... gaat naar huis?'

Met een haast gebiedend gebaar beduidde ze hem dat hij naar het huis moest gaan.

'Nog één ding,' hield ze hem tegen, 'praat nooit met baboesjka over mij, hoort u dat?'

'Ik hoor het, nichtje,' zei hij lachend.

'Erewoord?'

Hij aarzelde.

'En als zij begint?' wilde hij tegenwerpen.

'Dan doet u er het zwijgen toe... Erewoord?'

'Erewoord!'

'*Merci*, en haast u zich nu naar haar toe.'

'Goed, goed, ik ren al...' zei hij en liep traag en naar haar omkijkend weg.

Ze gebaarde dat hij sneller moest lopen en bleef staan om te kijken of hij zijn weg vervolgde. Maar toen hij een laan insloeg en daarna snel terugkeerde om haar nog wat te zeggen, was ze er al niet meer.

Op dat moment klonk er beneden op de bodem van het ravijn een schot. Wie is zich daar aan het vermaken? vroeg Rajski zich af terwijl hij naar huis liep. Vera verscheen op tijd voor het middageten en hoe Rajski's vorsende blikken zich ook in haar boorden, hij kon geen spoor van extase of melancholie in haar ontdekken. Ze was weer net zoals vroeger.

Baboesjka wierp een paar keer een schuinse blik op haar, maar scheen tot rust te komen toen ze niets bijzonders aan haar ontdekte. Rajski had Vera's opdracht uitgevoerd en haar angsten verjaagd – maar hij kon geen einde maken aan haar verdenking. En alle drie verzonken ze, na wat over koetjes en kalfjes gepraat te hebben, in gepeins.

Vera pakte zelfs een handwerkje, waar ze haar aandacht op richtte, maar baboesjka merkte op dat ze de stopzijde alleen naar achteren en naar voren bewoog, terwijl het voor Rajski niet verborgen bleef dat ze af en toe huiverde of angstig om zich heen keek, op haar beurt iedereen argwanend aankijkend.

Maar de volgende dag, en de dag daarna, was ook dat voorbij, en wanneer Vera haar opwachting maakte bij baboesjka, was ze volkomen rustig, ja, zelfs vrolijk. Alleen sloot ze zich meer dan voorheen in haar kamer op en 's nachts brandde haar lamp langer dan gewoonlijk.

Wat is ze aan het doen? vroeg baboesjka zich voortdurend af. Lezen doet ze niet – ze heeft immers geen boeken daar voorzover ik weet... Misschien schrijft ze wel: papier en inkt heeft ze.

Het minst van al kon baboesjka de geheimzinnigheid velen waarmee dit alles gepaard ging, ze ervoer die als kwetsend. Een meisje dat voor haar in het verborgene met iemand correspondeerde, misschien vanuit haar raam blikken wisselde met een of ander leeghoofd. En wie was dit meisje wel niet? Haar kleindochter, haar dochter, haar lieve kind, dat door de stervende moeder aan haar was toevertrouwd – wat een horreur! 'Er gaat gewoon een koude rilling door je heen,' fluisterde ze, zonder te vermoeden dat die rilling afkomstig was van die zenuwen aan wier bestaan ze niet geloofde.

Ze wachtte af of het toeval niet iets zou onthullen, of Marina zich niet zou verspreken, Rajski zijn mond niet voorbij zou praten. Maar niets van dat alles gebeurde. Hoe ze 's nachts ook spiedend rondging, hoe argwanend ze Marina ook volgde en uithoorde, hoe vaak ze Marfenka er ook op uitstuurde om te informeren wat Vera deed – het leverde allemaal niets op.

Plotseling kwam de gelukkige gedachte bij haar op om zichzelf een geruststellende zekerheid te verschaffen, te proberen op het gemoed van Vera te werken langs een omweg, via een voorbeeld, of, zoals Rajski het uitdrukte, via een allegorie.

Ze herinnerde zich dat ze ergens een stichtelijke roman had die ze zelf in haar jeugd met grote belangstelling had gelezen en waarover ze zelfs tranen had vergoten.

De roman ging over de noodlottige gevolgen van de hartstocht als kinderen zich daaraan zonder toestemming van hun ouders overgeven.

De jongeman en het meisje hielden van elkaar, maar werden door hun ouders van elkaar gescheiden en zagen elkaar voortaan alleen nog vanuit de verte, vanaf hun balkon, communiceerden via tekens en schreven elkaar heimelijk.

Die contacten werden door de buren opgemerkt, het meisje verloor haar reputatie en moest in het klooster treden terwijl de jongeman door zijn vader naar Amerika werd verbannen.

Tatjana Markovna geloofde zoals vele anderen in de macht van het gedrukte woord wanneer dat woord stichtelijk was, en in dit geval, dat haar zo na aan het hart lag, stelde ze een zeker bijgelovig vertrouwen in het boek als in een bezweringsformule of de lijnen van de hand.

Ze haalde het boek vanonder een hoop rommel uit een koffer en legde het op tafel naast haar handwerkdoosje. Tijdens het middageten sprak ze tegenover beide zusters de wens uit dat ze haar, 's avonds, vooral bij slecht weer, zouden voorlezen, aangezien haar ogen niet goed meer waren en ze het zelf niet kon lezen.

Het kwam wel voor dat Marfenka haar iets voorlas, maar baboesjka stond onverschillig ten aanzien van de literatuur, ze luisterde alleen graag wanneer Tit Nikonytsj haar berichten uit de krant voorlas over bloedige moorden of grote branden, of ook wel over nieuwe voorschriften op het gebied van de bedrijfsvoering of de hygiëne.

Vera antwoordde niets op het voorstel van baboesjka, maar Marfenka vroeg: 'Loopt het goed af, baboesjka?'

'Dat merk je wel wanneer je het uit hebt,' antwoordde ze.

'Wat is dat voor boek?' vroeg Rajski 's avonds. Hij pakte het, keek het in en begon te lachen.

'U kunt beter een droomboek kopen en dat laten voorlezen. Wat een oud vod hebt u opgedolven. Dat hebt u, baboesjka, waarschijnlijk gelezen toen u verliefd was op Tit Nikonytsj...'

Baboesjka moest blozen en werd kwaad.

'Laat die domme grappen achterwege, Boris Pavlovitsj,' zei ze. 'Ik vraag je niet om voor te lezen, maar je moet hen er ook niet bij storen!'

'Het is een boek uit het jaar nul...'

'Goed, jij bent na het jaar nul geboren en kunt op je eigen manier romans en toneelstukken schrijven, maar verhinder ons niet om dit boek te lezen. Begin jij, Marfenka, en jij, Vera. Luister goed! Zodra Marfenka moe wordt, neem jij het over. Het is een mooi en leerzaam boek!'

Vera schikte zich onverschillig naar de wens van baboesjka, maar Marfenka probeerde snel een blik op de laatste bladzijde te werpen om te zien of er sprake was van een bruiloft. Baboesjka stond dat echter niet toe.

'Begin bij het begin,' zei ze, 'dan ben je nog vroeg genoeg bij het einde. Je bent veel te ongeduldig.'

Rajski ging weg en in de kamer van baboesjka nam het voorlezen een aanvang. Vera verveelde zich dood, maar ze protesteerde nooit wanneer baboesjka ergens op stond.

De roman begon met een uitvoerige beschrijving van de ouders van de jongeman en het meisje, daarna werd verteld hoe de twee families, zoals de Montecchi's en de Capuletti's, ruzie hadden gekregen, waarna een gedetailleerde schildering volgde van het uiterlijk en de eigenschappen van de beide jonge mensen, die lang samen opgegroeid en opgevoed waren, maar uiteindelijk van elkaar gescheiden.

Na drie of vier avonden van geduldig lezen kwam men ten slotte bij de wederzijdse gevoelens van de jonge mensen, bij hun liefdesverklaringen en hun eerste geheime rendez-vous. De hele geschiedenis was in zedelijk opzicht onberispelijk, deugdzaam en ondraaglijk vervelend.

Vera zat er meestal in gepeins verzonken bij. Baboesjka wierp bij ieder woord over liefde een heimelijke blik op haar... wat deed ze: bloosde ze, werd ze bleek, of toonde ze andere tekenen van opwinding? Nee: ze geeuwde. Vervolgens sloeg ze een opdringerige vlieg van zich af en keek waar die heen vloog. Daarna geeuwde ze opnieuw.

Op de derde dag kwam Vera helemaal niet opdagen voor de thee, maar vroeg om die op haar kamer te laten brengen. Toen baboesjka haar wilde laten roepen om bij het voorlezen te komen, bleek Vera niet thuis te zijn: ze was gaan wandelen.

Vera dacht dat ze van het voorlezen verlost was, maar de onverbiddelijke baboesjka liet in haar afwezigheid niet verder lezen en zei dat de lectuur de volgende avond hervat zou worden. Vera wierp een droevige blik op Rajski. Hij begreep deze blik en stelde voor om te gaan wandelen.

'Goed, maar daarna gaan we lezen,' zei Tatjana Markovna en keek Vera, wier droevige blik ze had opgevangen, argwanend aan.

Er was niets aan te doen: Vera moest capituleren. Ze gaf hierna geen enkele blijk meer van vermoeidheid of verveling, maar beheerste zich en luisterde geconcentreerd naar het zich traag voortslepende verhaal. Rajski luisterde een poos en ging toen weg.

'Het is net of de schrijver in zijn slaap op een spons kauwt,' zei hij bij het weggaan. Marfenka moest nog lang om die uitdrukking lachen.

Vera geeuwde niet meer en ze volgde ook niet meer de door de vliegen beschreven banen, maar zat met op elkaar geperste lippen op haar stoel en was het haar beurt om voor te lezen dan las ze goed gearticuleerd. Baboesjka verheugde zich over haar aandacht.

Godzijdank, ze luistert, het interesseert haar, ze neemt het zich ter harte, misschien komt alles goed... dacht ze.

Zeer uitvoerig werd in de roman beschreven hoe de gevoelens van de jonge mensen steeds warmer en vuriger werden en hoe de ouders het toezicht over hen verscherpten en allerlei geestelijke beproevingen bedachten om hen van elkaar te scheiden. Bij Marfenka welden tranen op, maar Vera glimlachte af en toe en verzonk soms ook in gepeins of fronste haar wenkbrauwen

Het raakt haar diep, dacht Tatjana Markovna. Nou, godzijdank.

Aan alles komt een eind. Er waren nog maar een paar hoofdstukken over en de laatste avond brak aan. En Rajski ging niet naar zijn kamer toen men de thee afruimde en rond de tafel ging zitten om het lezen af te ronden.

Ook Vikentjev was er. Hij kon niet stil blijven zitten, sprong voortdurend op, liep naar Marfenka, en vroeg om hem ook een stuk voor te laten lezen, en wanneer men hem dit liet doen, laste hij hele zelfverzonnen tirades in of las met verschillende stemmen: sprak de vervolgde heldin, dan las hij met een fijn, klaaglijk stemmetje, terwijl hij de held zijn eigen stem leende en diens woorden steeds tot Marfenka richtte, waardoor zij voortdurend bloosde en een kwaad gezicht tegen hem trok.

De dreigende vader probeerde Vikentjev te belichamen door hem de stem en de manieren van Nil Andrejitsj te geven. Men nam hem het boek af en beval hem stil te zitten. Toen begeleidde hij het voorlezen achter de rug van baboesjka om met allerlei grimassen die alleen Marfenka kon zien.

Marfenka verried hem echter en maakte baboesjka op hem opmerkzaam. Tatjana Markovna stuurde hem de tuin in om daar tot het avondeten te gaan wandelen – en het lezen werd voortgezet. Marfenka was teleurgesteld doordat ze al bijna bij het eind van het boek waren en er nog steeds louter treurige dingen gebeurden, terwijl een bruiloft niet in het verschiet lag.

'Wat kan jou dat nou schelen,' vroeg Rajski, 'of het gelukkig of ongelukkig afloopt...?'

'O nee, ik wil niet dat het droevig afloopt: dan moet ik huilen, zal ik niet kunnen slapen!' zei ze.

Het drama van de vervolgingen was in volle gang en er daalden ellenlange en ondraaglijk vervelende ouderlijke donderpreken neer op de hoofden van de geliefden.

'Kijk eens hoe Vera luistert,' fluisterde baboesjka tegen Rajski. 'De geschiedenis heeft haar diep aangegrepen. Kijk eens hoe ze haar voorhoofd fronst en haar lippen tuit!'

Het kwam tot een catastrofe: men trof de geliefden aan in de tuin. De held had van handdoeken en zakdoeken een ladder geknoopt waarlangs de heldin naar hem was afgedaald. Ze lagen wenend in elkaars armen, toen plotseling de fakkels van de achtervolgers hen beschenen, en kreten van ontzetting en verontwaardiging opstegen en vervloekingen van de vader te horen waren. De heldin viel flauw en de held viel op zijn knieën voor de onbarmhartige vader. Het meisje werd opgesloten. Men liet de geliefden niet eens afscheid van elkaar nemen of zelfs maar één blik op elkaar werpen. Een maand later kondigde droevig klokgelui háár intrede in een klooster aan terwijl op dezelfde dag uit de haven van Hamburg een schip vertrok dat hém naar Amerika moest brengen. De ouders bleven alleen achter en boetten nog hun hele leven in troosteloze eenzaamheid voor hun hardvochtigheid. Het laatste woord werd voorgelezen, het boek gesloten, en onder de aanwezigen ontstond een diep stilzwijgen.

'Wat een flauwekul,' zei Rajski na een poosje.

Marfenka droogde haar tranen.

'Wat zeg jij ervan, Verotsjka?' vroeg baboesjka.

Vera zweeg.

'Wat een vreselijk boek, baboesjka,' zei Marfenka, 'wat hebben ze niet allemaal door moeten maken, de arme stakkers...!'

'Dat is zeker zo,' antwoordde baboesjka, een zijdelingse blik op Vera werpend, 'als Kunigunda ervaren lieden die de macht van de hartstocht kennen om raad had gevraagd, dan had ze dat niet allemaal hoeven doormaken.'

Rajski knikte haar spottend en goedkeurend toe.

'Zo moest het wel slecht aflopen,' vervolgde baboesjka. 'Als ze haar vader of haar moeder om raad had gevraagd, dan was het zover niet gekomen. Wat zeg jij ervan, Verotsjka?'

Vera was al weggelopen, maar ze bleef op de drempel staan.

'Baboesjka! Waarom hebt u me een hele week lang gekweld met dat domme boek?' vroeg ze met de deurklink in haar hand, en zonder antwoord af te wachten glipte ze als een kat de kamer uit.

Baboesjka liep achter haar aan en haalde haar terug.

'Waarom ik dat gedaan heb?' vroeg ze. 'Ik wilde je een genoegen doen...'

'Nee, u wilde me ergens voor straffen. Als u weer vindt dat ik straf verdien, zet u me dan liever een week op water en brood.'

Ze steunde met een knie op het bankje bij de voeten van baboesjka.

'Goedenacht, baboesjka, welterusten!' zei ze.

Tatjana Markovna boog zich voorover om haar te kussen en fluisterde haar in het oor: 'Ik wilde je niet straffen maar waarschuwen, zodat je nooit straf zult verdienen...'

'En als ik straf zou verdienen...' fluisterde Vera ten antwoord, 'zou u me dan in een klooster opsluiten, zoals ze met Kunigunda hebben gedaan?'

'Ik ben toch geen bruut,' antwoordde Tatjana Markovna lichtgeraakt, 'ík ben toch niet zo iemand als die boosaardige ouders, die monsters...? Het is zondig, Vera, om zoiets van baboesjka te denken...'

'Dat weet ik, baboesjka, dat het zondig is, en ik denk het ook niet. Waarom wilde u me dan met zo'n dom boek waarschuwen?'

'Hoe moet ik je dan waarschuwen, behoeden, beschutten, mijn kind? Zeg het en breng me tot rust...!'

Vera wilde iets antwoorden maar haar stem stokte en zij wendde het gezicht even af.

'Bekruist u me!' zei ze toen, en toen baboesjka haar had bekruist, kuste ze haar de hand en ging weg.

Rajski pakte het boek van de tafel.

'Een boek vol wijsheid! Wat denkt u van het optreden van de mooie Kunigunda?' vroeg hij glimlachend.

Baboesjka slaakte ten antwoord een smartelijke zucht. Ze was niet in de stemming voor grapjes. Ze pakte het boek en beval Pasjoetka om het naar de bediendekamer te brengen.

'Goh, baboesjka,' merkte Rajski op, 'Vera hebt u al op het rechte pad geholpen. Als Jegorka en Marina die allegorie nu ook nog lezen, zul je nergens meer aan de deugd kunnen ontsnappen in dit huis.'

16

Vikentjev had Marfenka naar de tuin geroepen. Rajski was naar zijn kamer gegaan terwijl baboesjka nog lang zwijgend en in gedachten verzonken op de divan bleef zitten. Het boek hield haar niet meer bezig, haar vertrouwen in de gedrukte moraal was aan het wankelen gebracht en ze schaamde zich zelfs een beetje dat ze haar toevlucht had genomen tot zo'n banaal middel. Haar ogen kregen een heldere en doelbewuste uitdrukking: ze scheen iets te overdenken of zich te verdiepen in oude, sluimerende herinneringen. Op haar gezicht stond een diep inzicht te lezen naast vertedering, vrees en medelijden. Intussen kwamen Marina, Jakov en Vasilisa haar om de beurt waarschuwen dat het avondmaal gereed was.

'Ik hoef niets,' antwoordde ze peinzend.

Marina ging de jongedames roepen voor het avondeten.

'Ik hoef niets,' zei ook Vera.

'Ik hoef niets!' zei tot haar verbazing ook Marfenka, die nooit zonder gegeten te hebben naar bed ging.

'Zal ik het u op bed brengen?' vroeg Marina.

'Nee, dank je. Ik hoef niets,' luidde het antwoord.

'Hoe bestaat het? Dat heb ik nog nooit meegemaakt. Dat moet ik aan de meesteres melden,' zei Marina.

Maar tot haar verwondering was Tatjana Markovna geenszins verbaasd en antwoordde ze alleen: 'Jullie kunnen afruimen.'

Marina vertrok en Vasilisa maakte zwijgend het bed van haar meesteres op.

Terwijl Marina rondging om te vragen wat ze met het avondmaal moest doen, tilde Jegorka, die gehoord had dat niemand wilde eten, het deksel van de braadschotel op, rook eraan en viste er met zijn vingers 'een stuk' uit 'om het te proeven', zoals hij aan Jakov, die hem hierbij betrapte, verklaarde. Hij nodigde Jakov uit zijn voorbeeld te volgen. Die schudde eerst het hoofd, bekruiste zich toen echter naar goede gewoonte, viste er ook met zijn vingers 'een stuk' uit en begon langzaam, proevend, te kauwen.

'Er zit waarschijnlijk laurierblad in de saus,' merkte hij op.

'Probeer dit ook eens, Jakov Petrovitsj,' zei Jegorka terwijl hij zijn vingers uitstak naar een sterlet in gelei.

'Als de meesteres er morgen maar niet naar vraagt!' zei Jakov, terwijl hij er een andere sterlet uit viste, en toen Marina binnenkwam hadden ze al een gebraden kippetje soldaat gemaakt.

'Ze hebben alles opgevreten!' riep ze verbluft uit en sloeg zich daarbij op de dijen. Jakov en Jegorka maakten zich snel uit de voeten, naar haar omkijkend als opgeschrikte wolven. 'Wat moet ik morgen nu als ontbijt opdienen!' riep Marina vertwijfeld uit.

Alles was stil geworden in het huis. Het bed van de meesteres was opgemaakt. Tatjana Markovna ontwaakte ten slotte uit haar overpeinzingen, wierp een blik op de icoon aan de wand, knielde er echter niet voor om te bidden zoals anders, maar bekruiste zich slechts. Ze was te onrustig om te bidden. Ze ging op haar bed zitten en verzonk opnieuw in gepeins.

Hoe moet ik je behoeden voor het kwaad? 'Bekruis me,' zei ze, en ze herinnerde zich vol schrik haar gefluister met Vera. Hoe moet ik erachter komen wat er in haar omgaat? Laat ik er eerst maar eens een nachtje over slapen, dacht ze toen.

Ze zou die nacht echter niet zo snel inslapen. Ze wilde net in bed gaan liggen toen ze een gekrabbel aan haar deur hoorde.

'Wie is daar?' vroeg ze verschrikt.

'Ik, baboesjka, doe open!' klonk de stem van Marfenka. Tatjana

Markovna deed de deur open.

'Wat is er met je, mijn kind?' vroeg ze. 'Kom je me goedenacht wensen? God zegene je! Waarom heb je niets gegeten? Waar is Nikolaj Andrejevitsj? Wat is er met je, mijn kind?' Maar toen ze Marfenka aankeek, schrok ze...

'Wat is er Marfenka? Wat is er gebeurd? Je ziet bleek en je trilt helemaal. Ben je ziek? Ben je ergens van geschrokken?'

'Nee, nee, baboesjka, er is niets, niets... ik kom alleen... Ik moet u iets zeggen,' zei ze, zich angstig tegen baboesjka aan vlijend.

'Ga zitten, ga zitten... in de leunstoel.'

'Nee, baboesjka, gaat u in bed liggen, dan kom ik bij u zitten. Ik zal alles vertellen, maar dooft u de kaars alstublieft.'

'Wat is er gebeurd? Je maakt me aan het schrikken.'

'Niets, baboesjka, gaat u maar liggen, ik zal u alles in het oor fluisteren...'

Baboesjka haastte zich om aan haar verlangen te voldoen en Marfenka vertelde haar wat er na het lezen met haar was gebeurd in de tuin.

Toen Vikentjev haar na het lezen vroeg om naar het park te komen, had zich tussen hen de volgende scène afgespeeld. Hij vroeg haar om met hem in de bosjes naar het zingen van de nachtegaal te luisteren.

'Terwijl jullie aan het lezen waren, heb ik constant naar de nachtegaal geluisterd: ach, wat zingt hij mooi, laten we erheen gaan,' zei hij.

'Het is nu donker, Nikolaj Andrejevitsj,' antwoordde ze.

'Bent u dan bang?'

'Alleen ben ik bang, maar samen met u niet.'

'Laten we dan gaan. Wat zingt hij mooi... hoort u dat, hoort u dat? Het is van hieraf te horen! Er zit daar een oehoe in een holle boomstam, die schreeuwde het eerst, maar toen hij de nachtegaal hoorde, hield hij op. Laten we erheen gaan.'

Ze daalde de bordestrap af en ging aarzelend de tuin in. Hij reikte haar zijn arm. Langzaam, schijnbaar tegen haar wil, liep ze met hem door de tuin.

'Wat is het hier donker: verder ga ik niet, laat mijn arm los,' zei ze bijna kwaad, maar liep onwillekeurig toch verder. Het was alsof iets haar met geweld verder trok, hoewel Vikentjev haar arm los had gelaten.

'Kom hierheen, dichterbij,' fluisterde hij.

Ze deed, bijna op de tast, nog twee stappen en bleef toen staan.

'Nog dichterbij, nog dichterbij, wees niet bang.'

Ze deed nog een stap; haar hart bonkte, ze was bang in het donker.

'Het is donker, ik ben bang,' zei ze.

'Waarvoor dan? Er is hier niemand. Kom hierheen. Kijk, hier is een greppel. Steun op mij, zo ja.'

'Wat doet u? Laat me los! Ik kom er zelf wel!' zei ze angstig, maar ze had haar zin nog niet afgemaakt of hij pakte haar bij haar middel en droeg haar over de greppel.

Ze gingen de bosjes in.

'Ik ga geen stap verder...'

Maar toch ging ze nog iets verder, voortdurend schrikkend van het gekraak van takken onder haar voeten.

De nachtegaal kweelde. Marfenka voelde de bekoring van de warme nacht; de nevel, het zachte ruisen van de bladeren en het slaan van de nachtegaal deden haar huiveren. Ze verstijfde en zweeg, en tastte af en toe van schrik naar de hand van Vikentjev. Maar toen hij zelf haar hand wilde pakken, trok ze die terug.

'Wat is het mooi, Marfa Vasiljevna, wat een nacht!' zei hij.

Ze beduidde hem met haar hand dat hij haar niet moest hinderen om te luisteren. De sprookjesachtige atmosfeer van de nacht had haar in zijn ban gekregen.

'Marfa Vasiljevna,' fluisterde hij nauwelijks hoorbaar, 'er gebeurt iets met me, zo heerlijk, zo aangenaam als ik nog nooit meegemaakt heb... alles in me is in beweging...'

Ze zweeg.

'Ik zou nu op een paard kunnen springen en zo hard weg kunnen galopperen dat mijn adem stokte... Of ik zou in de Wolga kunnen springen en naar de andere kant zwemmen... En u, voelt u niets?'

Ze huiverde.

'Wat is er, bent u geschrokken?'

'Laten we gaan. We hebben lang genoeg geluisterd... anders wordt baboesjka kwaad...'

'Ach nee, nog een ogenblik, om Gods wil,' smeekte hij.

Ze bleef als aan de grond genageld staan. De nachtegaal was nog steeds aan het kwelen.

'Waar zingt hij over?' vroeg hij.

'Dat weet ik niet!'

'Maar hij vertelt iets: hij fluit niet zomaar! Hij zingt toch voor iemand...'

'Hij zingt voor ons...' fluisterde Marfenka en luisterde toen zwijgend.

'Mijn God, wat is dat mooi...! Marfa Vasiljevna...' fluisterde Vikentjev en verzonk in gepeins.

'Waar bent u, Nikolaj Andrejevitsj?' vroeg ze. 'Wat zwijgt u? Het is net alsof u er niet bent: bent u hier?'

'Ik denk dat de nachtegaal hetzelfde zingt als wat ik nu zou willen, maar niet kan zeggen...'

'Zeg het dan in de nachtegalentaal...' zei ze lachend. 'Hoe weet u wat hij zingt?'

'Omdat ik het weet.'

'Zeg het dan.'

'Hij zingt over de liefde.'

'Over welke liefde? Wie kan hij beminnen?'

'Hij zingt over mijn liefde... voor u.'

Hij was zelf geschrokken van zijn woorden – maar plotseling drukte hij haar hand tegen zijn lippen en bedolf die onder kussen. Bliksemsnel rukte ze haar hand los, en rende halsoverkop terug, sprong over de greppel heen, doorliep een laan van het park, rende de bordestrap op en bleef een ogenblik staan om op adem te komen.

'Geen stap verder, waag het niet!' zei ze hijgend en de deurklink vasthoudend. 'Gaat u naar huis.'

'Marfa Vasiljevna! Mijn engel, mijn hartsvriendin...'

'Hoe durft u me zo te noemen: ben ik soms uw zus of uw nicht?'

'Engel, heerlijke vrouw... u bent alles voor me, bij God...'

'Ik ga gillen, Nikolaj Andrejevitsj... Gaat u naar huis!' zei ze op gebiedende toon, voortdurend bevend.

'Luister eens, zeg me waarom u zo veranderd bent... sinds enige tijd ontloopt u me, wilt u niet meer met me alleen zijn...?'

'We zijn geen kinderen meer, het is tijd om op te houden met ravotten,' zei ze, 'baboesjka zei...'

'Wat zei baboesjka?'

'Niets. Hebt u gehoord wat we net gelezen hebben in het boek over Richard en Kunigunda, hoe duur het hun daar kwam te staan? Hoe kunt u zich dan veroorloven om...?'

'Dat idiote boek kan niemand anders geschreven hebben dan Nil Andrejevitsj.'

'Gaat u naar huis. God weet wat de mensen over ons zullen zeggen.'

'Houdt u niet meer van me, Marfa Vasiljevna?' vroeg hij mismoedig en maakte zelfs, volstrekt tegen zijn gewoonte in, zijn haren niet in de war.

'Heb ik dan van u gehouden?' vroeg ze met onbewuste koketterie. 'Wie heeft u dat wijsgemaakt? Hoe komt u erop? Ik zal het baboesjka vertellen.'

'Wat wilt u haar zeggen? Ik zal het haar zelf zeggen.'

'Wat gaat u haar zeggen? U kunt niets over mij zeggen!' zei ze vinnig, maar niet zonder innerlijke onrust. 'Wat is er vandaag met u! U doet zo anders...'

'Ja, zeker. Luister naar me, mijn engel, Marfa Vasiljevna... Ik vraag u op mijn knieën...'

Hij knielde.

'Ik ga weg... u wilt weer iets raars zeggen. Laat me me wat fatsoeneren, anders jaag ik iedereen de stuipen op het lijf; ik beef helemaal... Ik ga meteen naar baboesjka!' Hij stond op, liep vastberaden op haar toe, pakte haar bij de handen en trok haar bijna met geweld een laan van het park in.

'Ik wil niet, ik ga niet... U bent brutaal! U vergeet uzelf...' zei ze terwijl ze probeerde haar hand los te rukken maar hem half tegen haar wil toch volgde. 'Wat doet u, hoe durft u! Laat me, ik ga gillen...! Ik wil uw nachtegaal niet horen!'

'Luister niet naar de nachtegaal maar naar mij!' zei hij teder maar vastberaden. 'Ik ben nu geen jongen meer, ik ben ook volwassen, luister naar me, Marfa Vasiljevna!'

Ze probeerde plotseling niet meer om haar hand los te rukken en liet hem die vasthouden. Met kloppend hart en met gespannen aandacht bleef ze gedwee stilstaan.

'U of baboesjka heeft de waarheid gezegd: we zijn niet langer kinderen en het enige wat mij te verwijten is, is dat dat ik dat niet heb willen opmerken, hoewel mijn hart al langgeleden heeft opgemerkt dat u geen kind meer bent...'

Ze wilde haar hand weer losrukken maar hij hield die met zachte dwang vast.

'U bent volwassen en daarom moet u niet bang zijn om me aan te horen: ik spreek niet tegen een kind. U was zo jong, zo vrolijk, zo lief, dat ik met u mijn leeftijd vergat en dacht dat het nog te vroeg voor me was... en misschien ben ik ook inderdaad nog te jong om te zeggen dat ik...'

'Ik ga weg, u wilt weer iets verschrikkelijks tegen me zeggen, zoals in de bosjes... Laat me gaan!' zei Marfenka fluisterend, en hij voelde hoe haar hand beefde. 'Ik ga weg, ik luister niet langer naar u, ik vertel baboesjka alles...'

'Dat moet u beslist doen, Marfa Vasiljevna, vanavond nog. Maar eerst moet u luisteren naar wat ik u te zeggen heb. We zijn zo bevriend met elkaar geraakt, zo geestelijk naar elkaar toe gegroeid dat indien men ons plotseling van elkaar zou scheiden... Zeg me of u dat wilt.'

Ze zweeg.

'Wilt u dat werkelijk. Marfa Vasiljevna?'

Ze zweeg, maakte alleen een gebaar in het duister...

'Als u het wilt, dan gaan we nu uit elkaar...' zei hij somber, 'nu meteen, ter plekke. Ik weet wat mijn lot dan zal zijn: ik ga dan solliciteren naar een andere baan, ik ga naar Sint-Petersburg, naar het einde van de wereld... Dus zegt u het, beslist u over mijn lot! Alleen als u het zegt, ga ik. Naar Tatjana Markovna of mijn moeder zal ik niet luisteren, ook al willen ze onze scheiding nog zo graag. Dus als u het zegt, ga ik hier meteen vandaan en kom nooit meer terug. Ik weet dat ik nooit meer van iemand zal houden... van mijn leven niet meer, bij God, Marfa Vasiljevna!'

Ze zweeg.

'Spreekt u slechts één woord: mag ik van u houden? Zo niet dan vertrek ik en ik kom nooit meer terug...'

Plotseling begon ze te huilen en pakte hem stevig bij de hand toen hij een stap bij haar vandaan deed...

'Ziet u wel, ziet u wel! Bent u geen engel? Had ik geen gelijk toen ik zei dat u van me hield. Ja, u houdt van me, houdt van me, houdt van me!' riep hij juichend. 'Alleen niet zo als ik van u houd.'

'Hoe durft u me dat te zeggen?' vroeg ze terwijl de tranen haar over de wangen rolden. 'Het betekent niets, dat ik huil. Ik huil ook om een kat of om een vogeltje. Nu huil ik om de nachtegaal: hij heeft me zo geroerd en bovendien is het donker... Bij een kaars of overdag, zou ik liever sterven dan te huilen... Ik heb misschien van u gehouden, maar wist dat niet...'

'Ik wist ook nauwelijks dat ik van u hield... De nachtegaal heeft alles aan het licht gebracht... We zullen hem ook de schuld geven, Marfa Vasiljevna. Ook ik had u dit overdag voor geen prijs gezegd... bij God, ik had het niet gezegd...'

'Nu haat ik u, veracht ik u,' zei ze. 'U bent weerzinwekkend, hebt me aan het huilen gebracht en nu bent u blij dat ik huil... ja, u maakt plezier...'

'Ik heb plezier en u hebt ook plezier, bij God, u doet maar alsof... God zegene de nachtegaal.'

'U bent weerzinwekkend en onfatsoenlijk!'

'Nee, nee,' onderbrak hij haar en maakte haastig zijn haar in de war, 'dat moet u niet zeggen. Noemt u me liever een idioot, maar ik ben fatsoenlijk, fatsoenlijk, fatsoenlijk! En ik sta niemand toe daaraan te twijfelen... Niemand moet het wagen...'

'En ik waag het toch!' zei Marfenka opvliegend. 'Was het soms fatsoenlijk om een arm meisje te dwingen iets uit te spreken wat ze tegenover niemand, zelfs niet tegenover God of tegenover vader Vasili zou uitspreken... En nu, o mijn God, wat een schande.' Ze was vast overtuigd van haar schuld en tranen van berouw stroomden over haar wangen.

'Het is niet fatsoenlijk, niet fatsoenlijk!' herhaalde ze op droevige toon, 'ik houd nu al niet meer van u. Wat zullen ze over mij zeggen, wat zullen ze over me denken? Ik ben verloren...'

'Mijn hartsvriendin, mijn engel!'

'Begint u alweer?'

'Denk eraan dat u geen kind meer bent!' probeerde Vikentjev haar te overreden.

'Wat zegt u een vreselijke dingen!' onderbrak ze hem plotseling en hield op met huilen. 'U was nooit zo, ik heb u zo nog nooit meegemaakt! Toen u buitelingen maakte in de rogge en het geluid van een kwartel imiteerde of gisteren toen u op het dak geklommen bent om mijn kat eraf te halen... toen was u toch niet zo? En weet u nog dat u zich in de molen helemaal ingesmeerd hebt met meel om mij aan het lachen te maken? Waarom bent u plotseling zo anders geworden?'

'Hoe ben ik geworden, Marfa Vasiljevna?'

'Zo... brutaal! U waagt het me zulke dingen in mijn gezicht te zeggen.'

'Bent u dan zelf nog degene die u pasgeleden was, vanavond nog? Was het vroeger soms bij u opgekomen om u voor mij te schamen of bang voor me te zijn? Had u vroeger zo met mij gesproken zoals nu? U bent ook veranderd!'

'Hoe is dat plotseling zo gekomen?'

'De nachtegaal heeft het ons gezegd: we zijn nu beiden groot en volwassen geworden, daar in de bosjes... We zijn geen kinderen meer...'

'Daarom was het ook niet fatsoenlijk om mij te zeggen wat u gezegd heeft. U hebt u lichtzinnig gedragen, het is niet fatsoenlijk een meisje te plagen, haar haar geheim te ontfutselen...'

'Het kan toch niet altijd een geheim blijven: u zou het ooit aan iemand hebben toevertrouwd.'

Ze dacht na.

'Ja, ik had het baboesjka in het oor gefluisterd, en daarna had ik mijn hoofd onder het kussen verborgen en me de hele dag geschaamd. Maar hier... zijn we alleen... mijn God!' zei ze, een blik van ontzetting op de hemel werpend. 'Ik ben nu bang om naar binnen te gaan, baboesjka zal alles van mijn gezicht aflezen.'

'Mijn engel! Mijn schat!' zei hij, zich vooroverbuigend naar haar hand, 'gezegend zijn het duister, de bosjes en de nachtegaal!'

'Ga weg, ga weg!' riep ze, opnieuw naar de bordestrap lopend, 'u begint weer met uw brutaliteiten! En ik dacht dat er niemand fatsoenlijker en bescheidener was dan u, en baboesjka dacht dat ook. Maar u...'

'Wat had ik dan moeten doen om fatsoenlijk te blijven? Wie had ik mijn geheim moeten toevertrouwen?'

'U had het in het andere oor van baboesjka moeten fluisteren en aan haar moeten vragen of ik van u houd.'

'Zegt u haar dan nu alles zelf.'

'Nu is alles bedorven. Ik heb al tegenover haar gezondigd door naar u te luisteren en in tranen uit te barsten. Ze zal kwaad op me zijn, zal me nooit vergeven... en het komt allemaal door u...'

'Ze zal u vergeven, Marfa Vasiljevna, ze zal ons beiden vergeven. Ze houdt van mij...'

'U denkt dat iedereen van u houdt... u moet wel iets geweldigs zijn!'

'Ze zegt zelfs dat ze van me houdt als van een zoon...'

'Dat zei ze omdat u veel eet, ze houdt van iedereen die dat doet, zelfs van Openkin.'

'Nee, ik weet dat ze van me houdt... en als ze me niet te jong vindt, dan zal ze ons zeker toestaan te trouwen.'

'Het is verschrikkelijk wat u allemaal zegt...' Ze wilde weggaan.

'Blijft u nog, Marfa Vasiljevna, wees niet bang voor me, ik zal als een standbeeld zijn...'

Ze aarzelde, daalde toen plotseling de bordestrap af naar hem toe, pakte hem bij de hand en keek hem ernstig en plechtig aan.

'Weet uw *maman* wat u me nu gezegd hebt?' vroeg ze. 'Nou? Weet ze het? Zeg ja of nee!'

'Nog niet...' zei hij zacht.

'Nog niet!' herhaalde ze verschrikt.

Ze zwegen een paar minuten.

'Hoe durfde u het mij dan te zeggen?' vroeg ze vervolgens. 'U hebt het al over een huwelijk en uw *maman* weet nog van niets. Is dat nu eerlijk, zeg nu zelf!'

'Ze hoort het morgen.'

'En als ze ons de zegen weigert?'

'Dan gehoorzaam ik niet!'

'Maar ik gehoorzaam wél... zonder haar toestemming verzet ik geen stap, en ook niet zonder die van baboesjka. En als die toestemming er niet komt, zet u geen stap meer in dit huis, denkt u daaraan, *monsieur* Vikentjev!' Ze wendde zich snel van hem af en liep weg.

'Ik ben er zeker van dat mijn moeder haar toestemming geeft.'

'U had mij ná haar toestemming aan het huilen moeten maken.'

'Gaat u echt zo weg, zonder me te vergeven dat ik me heb laten gaan?'

'We zijn geen kinderen meer die zich laten gaan en dan om vergeving vragen. De zonde is begaan.'

'We zijn allemaal zondaars. Vannacht ben ik in Koltsjino en morgen kom ik voor het middageten weer hierheen en breng de toestemming van mijn moeder mee. Goedenacht... geef me uw hand.'

'Dan... zal ik... misschien,' zei ze en gaf hem, na even nagedacht te hebben, haar hand.

Nauwelijks had hij die vastgepakt of ze trok hem geschrokken weer terug.

'Mijn God! Wat zal baboesjka zeggen? Ga weg, nu meteen, en denk eraan dat als uw *maman* u uitscheldt en baboesjka mij niet vergeeft, dat u zich dan hier niet meer kunt vertonen. Ik zal sterven van schaamte, en u zult uw hele leven een oneerlijk mens blijven.' Ze verwijderde zich, en hij liep snel het park uit.

Mijn hemel, mijn hemel, wat zal baboesjka zeggen, dacht Marfenka, nadat ze zich in haar kamer had opgesloten en trilde alsof ze een koortsaanval had.

Wat hebben we aangericht? ging het door haar heen... hoe moet ik het haar vertellen... en hoe zal ze het opnemen... Zal ik het niet eerst aan Verotsjka zeggen... Nee, nee, aan baboesjka. Wie is er nu bij haar...? Ze was hevig opgewonden en bekruiste zich, naar de icoon in de hoek kijkend, voortdurend, totdat Jakov haar kwam roepen voor het avondeten.

'Ik heb geen honger!' riep ze hem door de gesloten deur heen toe.

Vervolgens kwam Marina.

'Ik heb geen honger,' herhaalde ze verdrietig. 'Wat is baboesjka aan het doen?'

'Baboesjka is naar bed gegaan, ze heeft ook niets gegeten,' zei Marina. Marfenka kon nauwelijks wachten tot alles in huis stil was geworden, glipte toen haar kamer uit en sloop als een muis naar baboesjka.

Ze fluisterden lang, baboesjka bekruiste en kuste Marfenka vele malen totdat die ten slotte op haar schouder insliep. Baboesjka legde haar hoofd voorzichtig op het kussen, daarna stond ze op en bad de hemel in tranen om de zegen voor het nieuwe geluk en het nieuwe leven van haar kleindochter. Maar ze bad met nog meer gloed voor Vera. Aan haar denkend boog ze lang het grijze hoofd voor het kruisbeeld en fluisterde een innig gebed.

Terwijl ze voorzichtig naast de slapende Marfenka ging liggen, bekruiste ze zich opnieuw en dacht bij zichzelf: ze heeft hem in de tuin gevonden. Precies zoals Kunigunda. Het had me niet verbaasd als het Vera overkomen was... maar Marfenka! Het is gewoon een komedie: het lot vermaakt zich met ons, arme mensenkinderen...!

17

Vikentjev hield woord. De volgende dag nam hij zijn moeder mee naar Tatjana Markovna; hij liet haar de deur binnen en maakte zich uit de voeten. Niet wetend hoe het uit zou pakken, zat hij als op hete kolen in de kanselarij.

Zijn moeder, een nog jeugdig ogende vrouw van even in de veertig, was net zo levendig en vrolijk als hij, maar beschikte ook over veel praktische zin. Tussen haar en haar zoon heerste een voortdurende komische woordenstrijd.

Ze twistten bij ieder stap, om alle mogelijke kleinigheden en alleen om kleinigheden. Maar wanneer het om een ernstige zaak ging, veranderde ze onmiddellijk haar toon en haar blik en deed haar gezag gelden. En hoewel hij altijd eerst protesteerde, haalde hij uiteindelijk, als hij inzag dat zij gelijk had, steevast bakzeil.

Ogenschijnlijk eeuwig in onmin levend konden ze in werkelijkheid utstekend met elkaar overweg.

'Doe dit aan,' zei Marja Jegorovna bijvoorbeeld.
'Nee, ik neem liever dit,' sprak hij haar dan tegen.
'Ga toch eens op bezoek bij Michaïl Andrejitsj.'
'Alsjeblieft, *maman*, je verveelt je te pletter daar,' antwoordde hij dan.
'Onzin, je gaat erheen.'
'Nee, *maman*, voor geen goud, al sla je me dood!'
'Gehoorzaam je me of niet?'
'Altijd, *maman*, alleen nu niet.'

Maar als ze echt voet bij stuk hield, dan ging hij toch, zij het met allerlei verwijten, klachten en protesten die haar nog in de oren klonken wanneer hij allang uit het zicht verdwenen was.

Van de vroege ochtend tot de late avond ging deze eeuwige woordenstrijd tussen hen door, slechts afgewisseld door luide lachsalvo's. Waren ze erg dikke vrienden, dan zeiden ze geen woord, tot de een of de ander het zwijgen verbrak met een opmerking die beslist op tegenspraak van de andere partij kon rekenen. Dan begon het weer van voren af aan.

Vikentjevs liefde voor zijn moeder uitte zich op dezelfde stormachtige, bijna extatische manier. In een opwelling van tederheid kon hij zich op haar storten, zijn beide handen om haar hals slaan en hete kussen op haar wangen drukken: dan vond er een hevig gevecht tussen hen plaats. Ze pakte hem bij de oren en trok daar krachtig aan, kneep hem in zijn wangen, duwde hem van zich af en riep dan de huishoudster Mavra, die over brede heupen en een paar sterke vuisten beschikte om haar van 'wolfje' te bevrijden.

Na het gesprek met Marfenka stak Vikentjev nog in dezelfde nacht de Wolga over, stormde de kamer van zijn moeder binnen en omhelsde en kuste haar op zijn eigen manier. Toen ze hem, met inspanning van al haar krachten van zich af had geduwd, knielde hij voor haar en sprak op plechtige toon: 'Sla me, moeder, maar hoor me aan, het beslissende ogenblik van mijn leven is aangebroken! Ik...'

'...ben gek geworden!' maakte ze zijn zin af. 'Waar kom je vandaan, zo door het dolle heen? Hoe durf je hier zo binnen te stormen? Je hebt mij aan het schrikken gemaakt, het hele huis in opschudding gebracht: wat is er met je aan de hand?' vroeg ze terwijl ze hem verbaasd van hoofd tot voeten opnam en haar verwarde haren fatsoeneerde.

'Kun je het niet raden, moeder?' vroeg hij, niet zonder in stilte te vrezen dat zijn wensen op hem nog onbekende barrières en bezwaren zouden stuiten.

'Je hebt weer een of andere domme streek uitgehaald en ze willen je arresteren,' zei ze, hem argwanend aankijkend.

Hij schudde ontkennend het hoofd.

'Je zit er helemaal naast.'

'Nou, zeg het dan!'

'Ik zal het zeggen, maar je mag geen tegenwerpingen maken.'

Ze keek hem verbaasd en niet zonder angst aan en probeerde te raden wat hij op zijn lever had.

'Heb je schulden gemaakt?'

Hij schudde het hoofd.

'Wil je weer bij de huzaren gaan?'

'Nee, nee.'

'Hoe moet ik weten wat voor bevlieging je nu weer hebt? Van jou kun je alles verwachten! Zeg wat het is!'

'Zul je geen ruzie maken?'

'Dat zal ik zeker wel, want je hebt vast weer een stommiteit begaan. Zeg nu meteen wat het is.'

'Ik wil trouwen,' zei hij nauwelijks hoorbaar.

'Wat wil je?' vroeg ze, alsof ze hem niet goed had verstaan.

'Ik wil trouwen!'

Ze wierp hem een snelle blik toe.

'Mavra, Anton, Ivan, Koezma!' riep ze, 'kom allemaal zo snel mogelijk hierheen.'

Mavra was de enige die kwam.

'Roep al het personeel bij elkaar: Nikolaj Andrejitsj is gek geworden.'

'God zij met hem! Waarom jaagt u me zo'n doodsschrik op het lijf, moedertje?' zei Mavra, haar handen ten hemel heffend.

Vikentjev gebaarde naar Mavra dat ze weer kon gaan.

'Ik meen het serieus, moeder,' zei hij en pakte haar hand vast toen ze opstond.

'Ga weg, blijf van me af!' onderbrak ze hem kwaad en begon in haar opwinding door de kamer te ijsberen.

'Ik meen het serieus,' herhaalde hij op vastberaden toon. 'Morgen moet ik beslissen, moet ik het beslissende woord spreken. Wat zeg je ervan?'

'Ik laat je opsluiten... je weet wel waarin,' fluisterde ze, zichtbaar bezorgd.

Hij sprong op en er ontstond een bijzonder stormachtig gesprek tussen hen.

Tot laat in de nacht hoorde het personeel hen hevig redetwisten, roepen, soms bijna krijsen, daartussendoor gelach en zijn geren, daarna kussen, het boze geschreeuw van de moeder en zijn vrolijke antwoorden – en ten slotte trad een doodse stilte in, een teken dat de harmonie volkomen hersteld was.

Vikentjev had kennelijk de overwinning behaald, een overwinning die overigens allang was voorbereid. Marfenka en Vikentjev waren nog lang niet zeker van hun gevoelens. Maar baboesjka en Marja Jegorovna hadden allang begrepen waar het op uit zou draaien, ook al lieten ze elkaar en hen beiden hier niets van merken. Ieder voor zich had allang alles overdacht en nauwkeurig afgewogen – om tot de conclusie te komen dat deze verbintenis helemaal geen slechte zaak was.

Maar gezien de aard van de betrekkingen van Marja Jegorovna tot haar zoon was te verwachten dat hij haar toestemming niet zonder een hardnekkige, hartstochtelijke strijd zou verwerven.

'Het gaat erom wat Tatjana Markovna ervan zegt!' meende Marja Jegorovna, nog steeds geïrriteerd en schijnbaar met tegenzin toegevend toen de paarden al waren ingespannen om naar de stad te rijden. 'Als ze niet akkoord gaat, zal ik je de schande nooit vergeven! Hoor je dat?'

'Maak je maar niet ongerust, ze houdt meer van me dan mijn eigen moeder!'

'Ik houd helemaal niet van je, laat me met rust, wildebras,' riep ze en keek hem van ter zijde kwaad aan.

Hij strekte zijn hand naar haar uit om haar te omhelzen, maar ze haalde dreigend naar hem uit met een paraplu.

'Waag het niet! Als je mijn hoed platdrukt, ga ik niet,' riep ze uit.

Die bedreiging bracht hem tot rust.

'Kom in de wagen, je bent nu een huwelijkskandidaat!' opperde ze.

Hij gehoorzaamde haar niet maar klom vanuit de wagen op de bok, nam de koetsier de teugels uit handen en legde de zweep over de paarden.

18

Marja Jegorovna had zich uitgedost in een zijden jurk en een kanten mantilla, ze had gele handschoentjes aangedaan en een waaier bij zich gestoken. Ze zag er zo koket en leuk uit alsof ze zelf de bruid was.

Zodra men Tatjana Markovna de komst van Vikentjeva had gemeld, nam de oude dame, die haar altijd op eenvoudige en gastvrije wijze had ontvangen, een andere toon en andere manieren aan: na Marfenka's bekentenis begreep ze natuurlijk onmiddellijk wat het doel van dit bezoek was.

Ze liet haar vragen om in de salon te wachten en ging zich meteen omkleden. Vasilisa moest door het sleutelgat loeren en haar vertellen hoe de bezoekster gekleed was. Tatjana Markovna deed een ruisende zijden jurk aan met een zilveren glans en de Turkse sjaal; ze probeerde ook een paar massieve briljanten oorhangers in te doen, maar gaf dit geërgerd weer op.

'Het lukt niet meer, mijn oren zijn dichtgegroeid!' zei ze.

Ze liet Marfenka en Verotsjka zeggen dat ze zich om moesten kleden en beval Vasilisa in het voorbijgaan om het beste tafellinnen en het oude zilver en kristal tevoorschijn te halen voor het ontbijt en de lunch. De kok kreeg opdracht om behalve een massa gerechten ook nog chocola te bereiden. Bovendien liet ze zoetigheid en champagne halen.

Nadat ze nog een aantal kostbare oude ringen aan haar vingers had geschoven, begaf ze zich met plechtige tred naar de salon. Bij de aanblik van het dierbare gezicht van de bezoekster verheugde ze zich zo dat haar plechtige houding bijna in het ongerede was geraakt, maar ze herstelde zich onmiddellijk en werd weer serieus. Marja Jegorovna verheugde zich eveneens en stond van haar stoel op om haar tegemoet te gaan.

'Die wildebras van mij héeft toch iets uitgedacht!' begon ze, maar stokte toen ze het plechtige gezicht van Berezjkova zag, werd verlegen en wist niet meer wat te doen.

Beiden maakten een vormelijke buiging. Tatjana Markovna verzocht haar gast op de divan plaats te nemen en ging naast haar zitten.

'Hoe is het weer vandaag?' vroeg Tatjana Markovna, haar lippen tuitend, 'staat er veel wind op de Wolga?'

'Nee, helemaal niet, het was erg rustig.'

'Bent u met het veer gekomen?'

'Nee, in een boot met roeiers. Alleen het rijtuig is met het veer overgebracht.'

'Ach, à propos! Jakov, Jegorka, Petroesjka, waar zijn jullie? Waarom komen jullie niet als je wordt geroepen?' vroeg Berezjkova toen de drie bedienden waren gekomen. 'Span de paarden voor het rijtuig van Marja Jegorovna uit, geef ze haver en laat de koetsier te eten geven.'

Allen haastten zich om het bevel uit te voeren, hoewel de paarden, terwijl Tatjana Markovna zich opmaakte, allang uitgespannen waren, het rijtuig in de schuur was gebracht en de koetsier onder het genot van een fles bier grappen zat te vertellen in het bediendeverblijf.

'Nee, nee, Tatjana Markovna,' zei de bezoekster, 'ik blijf maar een half uurtje. Houdt u me om Gods wil niet op: ik wil alleen een bepaalde zaak bespreken.'

'We laten u niet gaan!' zei Tatjana Markovna op een toon die geen tegenspraak duldde. 'Als u hier in de buurt woonde, dan was het een andere zaak, maar u komt van de andere kant van de Wolga. We kennen elkaar toch al langer? Of wilt u me kwetsen?'

'Ach, Tatjana Markovna, ik ben u zo dankbaar, zo dankbaar! U bent beter dan een familielid – en u hebt mijn Nikolaj zo verwend dat dat jongetje me vandaag onderweg plotseling een bittere pil te slikken gaf: Tatjana Markovna, zegt-ie, houdt meer van me dan mijn eigen moeder. Ik wilde hem aan zijn oren trekken, maar hij klom op de bok en joeg de paarden zo op dat ik de hele weg rilde van angst.'

Alle ernst verdween opnieuw van het gezicht van Tatjana Markovna.

'Terwijl-ie toch bijna de waarheid heeft gezegd,' begon ze, 'hij is hier kind aan huis! God heeft u een prachtige zoon geschonken.'

'Spaart u me alstublieft, hij maakt me het leven zuur: altijd en eeuwig moet hij ruzie maken...'

'Als je van elkaar houdt, dan vecht je voor je plezier met elkaar...'

'U hebt hem verwend, Tatjana Markovna, hij heeft zich in het hoofd gehaald dat...'

Marja Jegorovna haperde, begon verlegen met haar schoen te schuifelen en aan haar mantilla te trekken. Tatjana Markovna richtte zich plotseling op en nam weer een gewichtig air aan.

'Wat wil hij?' informeerde ze met geveinsde onverschilligheid.

'Trouwen wil hij... denkt u zich eens in. Hij heeft me er bijna om gewurgd gisteren. Hij rolde over het tapijt, pakte mijn benen vast... Ik heb hem flink de waarheid gezegd, maar hij stortte zich op me en snoerde me de mond met kussen, lachte en huilde...'

'Waar gaat het om?' vroeg Berezjkova vormelijk, zonder zich om de details te bekommeren.

'Hij vraagt, smeekt me om naar u toe te gaan en om de hand van Marfa Vasiljevna te vragen...' maakte Marja Jegorovna verward haar zin af.

Tatjana Markovna maakte met een gemanierdheid die haar slecht stond een lichte buiging.

'Wat moet ik hem nu zeggen?' vroeg Vikentjevna.

'Dat is zo'n belangrijke zaak, Marja Jegorovna,' zei Tatjana Markovna na even nagedacht te hebben, op waardige toon, haar ogen op de grond gericht, 'dat ik daar niet op stel en sprong over kan beslissen. Ik moet erover nadenken en ook met Marfenka praten. Mijn meisjes zijn weliswaar gewend om me te gehoorzamen, maar ik wil ze toch niet dwingen...'

'Marfa Vasiljevna gaat akkoord: ze houdt van Nikolaj...'

Marja Jegorovna had met deze woorden de zaak van haar zoon bijna verpest.

'Hoe weet hij dat?' vroeg Tatjana Markovna plotseling uitvarend, 'wie heeft hem dat verteld?'

'Hij schijnt zich tegenover Marfa Vasiljevna uitgesproken te hebben...' mompelde mevrouw Vikentjev verward.

'En omdat Marfenka antwoord gegeven heeft op zijn verklaring, zit ze nu opgesloten op haar kamer, alleen in haar rok, zonder schoenen!' loog baboesjka om de zaak een gewichtig tintje te geven. 'En opdat uw zoon een arm meisje niet het hoofd op hol brengt, heb ik verboden hem binnen te laten,' loog ze opnieuw om de zaak op de spits te drijven, leunde toen achterover op de divan en wierp een strenge blik op de bezoekster.

Die voer ook uit.

'Als ik had voorzien,' zei ze op diep beledigde toon, 'dat hij me bij zo'n onverkwikkelijke zaak zou betrekken, had ik hem anders geantwoord. Maar hij had zulke sterke argumenten, en ik was zelf tot op dit moment overtuigd van uw gunstige gezindheid jegens hem en jegens mij... Neemt u me niet kwalijk, Tatjana Markovna, en bevrijdt u Marfa Vasiljevna zo snel mogelijk uit haar opsluiting. Mijn zoon is de schuld van alles en hij moet gestraft worden... En nu vaarwel en verontschuldigt u mij alstublieft... Weest u zo goed te bevelen dat men mijn wagen voorrijdt...'

Ze wilde zelfs het belkoord pakken maar Tatjana Markovna hield haar tegen.

'Uw paarden zijn uitgespannen en ik denk dat mijn bedienden de koetsier al dronken gevoerd hebben, en u, lieve Marja Jegorovna, blijft vandaag en morgen en nog de hele week bij me...'

'Neem me niet kwalijk, maar dat kan toch niet, na wat u zo-even gezegd hebt en nadat u zich kwaad hebt gemaakt op Marfa Vasiljevna en mijn Kolja? Hij verdient inderdaad straf... Ik begrijp dat...'

Alle ernst en plechtigheid weken plotseling uit het gezicht van Tatjana Markovna. Haar rimpels effenden zich, en vreugde straalde uit haar ogen. Ze gooide haar sjaal en mutsje op de divan.

'Ik houd het niet meer uit... het is te heet! Neemt u me niet kwalijk, mijn hartje, doet u uw mantilla af... zo ja, en uw hoedje ook. Pf, wat een hitte! Goed... we zullen ze samen straffen, Marja Jegorovna: we huwelijken ze uit, en ik zal nog een kleinzoon hebben en u een dochter. Omhels me, mijn hartje! Ik wilde immers alleen de oude gewoonte instandhouden. Maar ze komen kennelijk niet altijd van pas, die oude gewoonten! Ik wilde hen behoeden via een wijze les... en ik heb zelfs een stichtelijk boek te hulp geroepen, we hebben een hele week gelezen en gelezen, en ze hadden het nog niet uit of ze hebben bijna alles wat in het boek staat zelf in het park in praktijk gebracht... Dat was dus het resultaat van de wijze les! Wat hebben ze aan al die koppelarij en plichtplegingen! We wisten allebei waar het op uit zou draaien en als we dat niet wilden, hadden we hen niet moeten toestaan om naar de nachtegaal te luisteren.'

'Ach, wat hebt u me aan het schrikken gemaakt, Tatjana Markovna, schaamt u zich niet?' zei de bezoekster, de oude dame omhelzend.

'Ik had ú niet aan het schrikken moeten maken, maar hém,' merkte Tatjana Markovna op. 'U moet niet boos zijn, maar ik zal Nikolaj Andrejitsj een uitbrander geven. Luistert u en zwijgt u: ik zal hem de stuipen op het lijf jagen. Wat een intrigant!'

'Daar zal ik u dankbaar voor zijn. Ik was voor geen goud zo snel naar u toe gekomen als hij me gisteren niet bang had gemaakt door te zeggen dat hij al met Marfa Vasiljevna had gesproken. Ik weet hoe ze van u houdt en u gehoorzaamt en bovendien is ze nog een kind. Ik rook onraad. Wat heeft hij haar wijsgemaakt? dacht ik de hele nacht en ik kon van angst niet inslapen. Ik wist niet hoe ik u onder ogen moest komen. Van hem werd ik niets wijzer. Hij springt en rent alleen door de kamer als kwikzilver. Ik stemde er eerlijk gezegd alleen mee in opdat hij me met rust liet en me niet langer lastigviel, later geef ik hem wel een uitbrander, dacht ik, en neem mijn woord weer terug. Ik wilde u zelfs vragen om hem te weigeren, zodat het zou lijken of niet ik, maar u ertegen bent. U gelooft nooit wat hij met me heeft uitgehaald: hij heeft me helemaal toegetakeld en verfomfaaid! Een kabaal dat hij getrapt heeft... Lieve Heer in de hemel, wat een straf is die jongen!'

'Ik heb ook niet geslapen. Mijn stille muisje kwam 's nachts helemaal bevend mijn kamer binnengeslopen en stamelde: "Wat heb ik gedaan, baboesjka, vergeef me, vergeef me, er is een ramp gebeurd." Ik schrok, wist niet wat ik ervan moest denken... Ze kon nauwelijks vertellen wat er gebeurd was: vijf maal moest ze opnieuw beginnen voor het eruit was.'

'Wat is er tussen hen gebeurd? Wat heeft die van mij haar gezegd?'

Tatjana Markovna maakte glimlachend een wegwuivend gebaar.

'Ach, de een is niet beter dan de ander. Ze zijn als duifjes.'

Tatjana Markovna gaf het tafereel dat haar door Marfenka geschilderd was met grote nauwgezetheid weer. En beiden lachten door hun tranen heen.

'Ik dacht allang dat die twee een goed paar zullen vormen, Marja Jegorovna,' zei Berezjkova, 'ik was alleen bang dat ze allebei nog veel te jong zijn. Maar als ik goed naar hen kijk en erover nadenk, dan kom ik tot de conclusie dat ze nooit anders zullen zijn.'

'Met de jaren komt het verstand, als ze zorgen krijgen worden ze wel volwassen,' merkte Marja Jegorovna op. 'Ze zijn allebei voor onze ogen opgegroeid: waar hadden ze wijsheid moeten opdoen? Ze hebben nog bijna niet geleefd.'

Vikentjev had het intussen nog steeds niet gewaagd om de kamer te betreden; hij bleef in de tuin en wachtte daar af of zijn moeder niet uit het raam keek. Zelf loerde hij vanuit de struiken naar hen. Maar in het huis heerste rust.

Zijn moeder en baboesjka hielden zich intussen al met de verre toekomst bezig. Ze bespraken eerst tamelijk oppervlakkig de kwestie van de bruidsschat, vervolgens kwamen ze over de toekomst van de beide jonge mensen te spreken, waar en hoe ze moesten wonen; of de jongeman in overheidsdienst moest blijven en of ze in de winter in de stad en in de zomer op het platteland moesten wonen – zo wilde Tatjana Markovna het althans en ze wilde voor geen goud ingaan op het voorstel van Marja Jegorovna, die ze naar Moskou, Sint-Petersburg en zelfs naar het buitenland wilde laten reizen.

'U wilt hen bederven,' zei ze. 'Waarom moeten ze daar hun ogen uitkijken op allerlei moderne bandeloosheid, nee, laat me eerst rustig sterven. Ik laat Marfenka niet gaan voordat ze een goede huisvrouw en moeder is geworden!'

Al pratend waren ze zo al bijna bij het derde kind van het paar gekomen toen Marja Jegorovna plotseling in de gaten kreeg dat iemands hoofd nu eens uit de struiken kwam en er dan weer achter verdween. Ze herkende haar zoon en maakte Tatjana Markovna op hem attent.

Beiden riepen hem naar binnen en hij besloot hier gevolg aan te geven, maar was eerst nog in de vestibule in de weer, schijnbaar om zichzelf schoon te maken en te fatsoeneren...

'Welkom, Nikolaj Andrejitsj!' begroette Tatjana Markovna hem venijnig terwijl zijn moeder hem spottend aankeek. Hij wierp een snelle blik, eerst op de ene en toen op de andere van de beide dames, en maakte zijn haar in de war.

'Goedendag, Tatjana Markovna,' zei hij en trad nader om haar de hand te kussen, 'ik heb concerten voor een kaartje voor u meegebracht...' begon hij in zijn gebruikelijke snelle spreektempo.

'Wat sla je voor onzin uit, denk toch na wat je zegt,' onderbrak zijn moeder hem.

'Ach, kaartjes voor een concert bedoel ik, een liefdadigheidsconcert, ik heb er voor u ook een meegenomen, mamenka, en voor Vera Vasiljevna, voor Marfa Vasiljevna, en voor Boris Pavlovitsj. Een uitstekend concert: de beste zangeres van Moskou treedt op.'

'Waarom moeten we naar een concert?' vroeg baboesjka, hem schuins aankijkend, 'de nachtegalen zingen hier goed in de bosjes, laten we liever naar hen gaan luisteren, dat is nog gratis ook.'

Marja Jegorovna beet zich op de lippen om haar lachen te verbijten. Vikentjev raakte in verwarring, begon daarna te lachen en sprong vervolgens op.

'Ik ga nu naar de kanselarij,' zei hij, maar Tatjana Markovna hield hem tegen.

'Ga zitten, Nikolaj Andrejitsj, en luister naar wat ik u ga zeggen,' begon ze op ernstige toon.

Hij zag dat er een onweer op komst was en begon onrustig heen en weer te lopen zonder te weten hoe hij het moest afwenden. Hij ging zitten, trok zijn benen onder zich en legde vormelijk zijn hoed op zijn knieen of sprong plotseling op, liep naar het venster en leunde bijna tot aan zijn onderbenen naar buiten.

'Zit stil als Tatjana Markovna met je wil praten,' zei zijn moeder.

'Zegt u eens: knaagt uw geweten niet?' begon Berezjkova hem door te zagen. 'U hebt mijn vertrouwen wel beschaamd! En dan zegt u nog wel dat u van me houdt en dat ik van u houd als van een zoon! Brave kinderen gedragen zich toch niet zo? Ik dacht dat u bescheiden en gehoorzaam was, dat u mijn arme meisje niet in verwarring zou brengen, haar geen flauwekul zou influisteren...'

Ze onderbrak haar donderpreek. Hij wierp een sombere blik op zijn moeder.

'Zo is het!' zei die, 'je hebt het dubbel en dwars verdiend!'

'Tatjana Markovna, ik heb geen tijd gehad om te ontbijten, is er niet wat over?' vroeg hij plotseling, 'ik heb honger...'

'Ziet u wat een slimme vos het is!' zei Berezjkova, zich tot zijn moeder wendend. 'Hij kent mijn zwakke plek precies! En we dachten nog wel dat het een kind was! Maar deze keer zal het hem niet lukken, ook al dingt hij naar de hand van mijn kleindochter.'

Vikentjev draaide zijn hoed met de bovenkant naar boven en begon er met zijn vingers op te trommelen.

'Laat uw hoed met rust, die kan er niets aan doen, vertelt u liever hoe u op het idee gekomen bent dat men u Marfenka tot vrouw zou geven.'

De kleur week plotseling uit zijn gezicht en hij keek met droeve verbazing eerst Tatjana Markovna en toen zijn moeder aan.

'Luister, houdt u me niet voor de gek,' zei hij ongerust, 'als dit een grap is, dan is het een wrede grap. Houd u me voor de gek, Tatjana Markovna, of niet?'

'Wat denkt u zelf?'

'Ik denk dat u me voor de gek houdt: u hebt een goed hart, niet zoals...'

Hij keek zijn moeder aan.

'Moet u dat jongetje eens horen, Tatjana Markovna!'

'Nee, vadertje, het was geen grap dat ik zei dat u er geen goed aan gedaan hebt om met Marfenka te praten en niet met mij. Het is nog een kind, ze zou u zonder mijn toestemming niets zeggen. En als ik mijn toestemming nu eens niet had gegeven?'

'Dus u hebt uw toestemming gegeven!' zei hij en sprong plotseling op.

'Wacht, wacht... blijf zitten, blijf zitten!' schreeuwden beiden tegen hem.

'Met iemand anders had je het misschien zo moeten doen, maar niet met haar,' vervolgde Tatjana Markovna. 'Je had eerst stilletjes bij mij aan moeten kloppen, waarde heer, dan had ik beter dan jij van haar aan de weet kunnen komen of ze van je houdt of niet. Maar jij valt met de deur in huis...'

'Bij God, het kwam zo plotseling... Tatjana Markovna...'

'Laat God erbuiten, dat kan ik niet aanhoren...'

'Dat heeft die vermaledijde nachtegaal allemaal aangericht...'
'Nu is hij vermaledijd, maar gisteren kon je hem niet genoeg prijzen.'
'Ik had ook nooit gedacht, het is nooit bij me opgekomen... bij God... Maar laat u me ook iets tot mijn rechtvaardiging zeggen,' zei Vikentjev haastig, maakte zijn haar in de war en keek de beide vrouwen dapper in de ogen. 'U wilt dat ik me had gedragen als een gehoorzame, welopgevoede jongeman, dat ik eerst naar jou toe was gegaan, mamenka, en je om je zegen had gevraagd, en me vervolgens tot u had gewend, Tatjana Markovna, en u had gevraagd om de vertolkster van mijn gevoelens te zijn, dat ik dan via uw bemiddeling het jawoord had gekregen en in aanwezigheid van getuigen de liefdesverklaring van mijn uitverkorene aangehoord had, haar met een dom gezicht de hand had gekust en dat beiden zonder elkaar aan te durven kijken met toestemming van de volwassenen een komedie hadden opgevoerd... Dat is toch geen geluk?'
'Volgens jou is het dus beter om een meisje midden in de nacht in de tuin allerlei dingen in het oor te fluisteren.'
'Dat is zeker beter, *maman*, denk toch aan je eigen jeugd...'
'Moet je dat horen!' schreeuwden beide vrouwen tegen hem, 'waar heeft hij dát vandaan? Heeft de nachtegaal je dat verteld?'
'Ja, de nachtegaal, hij zong en wij groeiden. Hij heeft ons alles verteld en zolang Marfa Vasiljevna en ik leven zullen we deze avond, het gefluister in de tuin en haar tranen nooit vergeten. Dat is het ware geluk, het was de eerste en mooiste stap, en ik dank God daarvoor en dank u beiden, jou, moeder, en u, baboesjka, dat u ons beiden gezegend hebt... U denkt dat zelf ook maar wilt het alleen zomaar, uit koppigheid, niet toegeven: dat is niet eerlijk...'
Er welden zelfs tranen bij hem op.
'Als ik het opnieuw zou moeten doen, dan zou ik Marfenka opnieuw naar de tuin roepen...' zei hij nog.
Tatjana Markovna omhelsde hem geroerd.
'God zal je vergeven, goede, lieve kleinzoon! Zeker, zeker, je hebt gelijk, Marfenka had alleen met jou en niet met een ander naar de nachtegaal kunnen luisteren...'
Vikentjev knielde voor hen.
'Baboesjka, lieve baboesjka!' zei hij.
'Moet je dat horen, nu noemt hij me al baboesjka... is dat niet wat te vroeg? En is het al je tijd om te trouwen? Wacht nog een jaar of twee, drie tot je gerijpt bent.'
'Word wat wijzer!' vermaande zijn moeder hem, 'hou op met je kwajongensstreken.'

'Als u beiden uw toestemming niet geeft,' zei hij, 'dan...'

'Wat dan?'

'Dan vertrek ik vandaag nog, neem dienst bij de huzaren, maak een hoop schulden, en ga volkomen te gronde!'

'Hij dreigt ook nog!' zei Tatjana Markovna. 'Zulke brutaliteiten sta ik u niet toe, waarde heer!'

'Geef me alleen Marfa Vasiljevna en ik zal zo mak zijn als een lammetje, zal gehoorzamen... zal geen hap eten zonder uw toestemming...'

'Echt waar?'

'Ja, ja, bij God...'

'Laat God erbuiten, anders...'

Hij pakte de hand van Berezjkova en begon die hartstochtelijk te kussen.

'Heb je nog steeds honger?' vroeg Tatjana Markovna.

'Nee, nu hoef ik niet meer te eten.'

'Nou, moeten we Marfenka niet aan hem ten huwelijk geven, Marja Jegorovna?'

'Hij verdient het niet, Tatjana Markovna, en het is ook nog te vroeg. Laat hij nog een jaar of twee...'

Hij vloog zijn moeder aan en snoerde haar de mond met een kus.

'Ziet u wat een wildebras u in huis haalt!' zei zijn moeder en duwde hem van zich af.

'Bij mij durft hij dat niet, ik breng hem wel tot bedaren... kom maar eens hier...'

Hij trad op Tatajna Markovna toe: ze bekruiste hem en kuste hem op zijn voorhoofd.

'Oef,' zei hij en liet zich op een stoel vallen, 'wat zijn jullie een plaaggeesten, jullie hebben me het leven zo zuur gemaakt... ik ben totaal uitgeput!'

'Wees dan voortaan verstandiger!'

'Waar is Marfa Vasiljevna? Ik wil haar gaan halen.'

'Wacht, nog even geduld... mijn meisjes zijn van die spring-in-'t-velds.'

'Altijd maar weer geduld!'

'Ja, nú moet je juist geduld hebben: nu is het afgelopen met het rennen en springen, jij bent geen jongen meer en zij is geen kind meer. Je zegt immers zelf dat de nachtegaal jullie beiden duidelijk heeft gemaakt dat jullie volwassen zijn geworden... nou, wees dan ook wat rustiger!'

Hij raakte enigszins in verwarring door die terechte opmerking en bleef bescheiden afwachten in de salon, terwijl men Marfenka haalde.

'Ik ga voor geen goud! God beware!' antwoordde ze zowel aan Marina als aan Vasilisa.

Ten slotte vonden baboesjka en Marja Jegorovna haar achter de gordijnen van het bed in een hoek, onder de iconen, en brachten haar vandaar naar buiten: blozend, half aangekleed en pogend haar gezicht achter haar handen te verbergen.

Beiden begonnen haar te kussen en te kalmeren. Maar ze weigerde pertinent om te gaan ontbijten of dineren voordat iedereen in haar kamer geweest was om haar te feliciteren.

Evenzo ontweek ze iedere gast die haar kwam feliciteren nadat het gerucht zich eenmaal door de stad had verspreid.

Vera hoorde het met rustige vreugde aan toen baboesjka haar het blijde nieuws vertelde.

'Ik had het allang verwacht,' zei ze.

'Moge God geven dat ook jij binnenkort een veilige haven vindt,' begon Tatjana Markovna met een zucht, maar Vera onderbrak haar.

'Baboesjka!' zei ze haastig en met bevende stem, 'om Gods wil, als u van mij houdt zoals ik van u houd, richt dan al uw goede zorgen op Marfenka. En bekommert u zich niet om mij.'

'Maar ik houd toch niet minder van jou dan van haar. Misschien hangt mijn hart wel meer aan jou...'

'Dat weet ik, en juist dat doet me pijn, baboesjka!' zei Vera bijna wanhopig, 'u doodt me als u pijn lijdt om mij...'

'Wat zeg je nu, Verotsjka? Kom tot jezelf...!'

'Ik meen het serieus, baboesjka, het zal mijn dood worden.'

'Maar hoe dan? Wat is er dan? Wat verberg je in je hart?' vroeg baboesjka eveneens bijna wanhopig. 'Schiet mijn begripsvermogen tekort of ben ik zo harteloos dat je denkt dat ik jouw geluk of ongeluk niet kan begrijpen?'

'Baboesjka! Mijn geluk en mijn ongeluk zijn niet van dezelfde soort als dat van Marfenka. U bent niet harteloos, maar goed en wijs, laat u mij mijn vrijheid...'

'Stel me dan in ieder geval gerust: zeg wat er met je is...'

'Niets, baboesjka, helemaal niets, probeer me alleen niet aan de man te brengen...'

'Je bent trots, Vera!' zei de oude vrouw bitter.

'Ja, baboesjka, misschien, maar wat doe je daaraan?'

'Het is niet God geweest die die trots in je heeft gelegd.'

Vera antwoordde niet, maar leed er zichtbaar onder dat ze baboesjka niet kon inwijden in datgene wat haar hart bewoog. Een kwellende onrust nam bezit van haar wezen.

'Lucht je hart tegen mij, ik zal je begrijpen en kan je verdriet misschien verlichten, als je dat hebt...'

'Wanneer dat me treft, en ik kan het niet alleen aan, dan wend ik me tot u en tot niemand anders, behalve dan tot God! Kwelt u me nu niet en kwelt u uzelf ook niet... Ga mijn gangen niet na, kijk niet naar me om...'

'Zal het niet te laat zijn wanneer het verdriet je treft?' fluisterde baboesjka. 'Enfin,' voegde ze er hardop aan toe, 'kom tot rust, mijn kind! Ik weet dat jij Marfenka niet bent en zal je niet lastigvallen.'

Ze kuste haar zuchtend en verwijderde zich met snelle passen, het hoofd gebogen.

Dat was het enige donkere wolkje dat haar vreugde overschaduwde, en ze bad vurig dat het over zou drijven en zich niet in een onweer zou ontladen.

Vera liep lange tijd opgewonden door het park en kwam geleidelijk aan weer tot rust. In het prieeltje zag ze Marfenka en Vikentjev en liep snel naar hen toe. Ze had nog geen woord met Marfenka gesproken nadat ze die morgen het nieuws had gehoord.

Ze liep op haar toe, keek haar diep en liefdevol in de ogen en kuste vervolgens lang haar ogen, lippen en wangen. Ze liet Marfenka's hoofd alsof het een baby was op haar arm rusten, verlustigde zich in haar reine, frisse schoonheid en drukte haar stevig tegen zich aan.

'Je verdient het om gelukkig te zijn!' zei ze, en heel even blonken er tranen in haar ogen.

'En dat wordt ze ook!' antwoordde Vikentjev voor haar.

'Jij, Verotsjka, wordt nog gelukkiger dan ik!' antwoordde Marfenka blozend. 'Wat ben je toch mooi en wat ben je intelligent, het is net of we geen zusters zijn! Hier is helemaal geen geschikte bruidegom voor jou te vinden. Nietwaar, Nikolaj Andrejevitsj?'

Vera drukte haar zwijgend de hand.

'Nikolaj Andrejevitsj, weet u wat dat voor iemand is?' vroeg Vera, op Marfenka wijzend.

'Een engel!' antwoordde hij zonder haperen als een soldaat op het appèl.

'Een engel!' bauwde Marfenka hem glimlachend na.

'Ik dacht aan iets anders!' zei Vera, en wees op een vlinder die cirkels om een bloem beschreef. 'Zien jullie die vlinder? Als je hem onvoorzichtig aanpakt, verdwijnt de kleur uit zijn vleugels en ruk je zijn vleugel misschien wel af. Pas goed op haar! Verwen haar, houd van haar, maar

God verhoede dat je haar verdriet doet! Als je zin krijgt om haar vleugels af te rukken, kom dan bij me: dan zal ik je leren!' besloot ze en dreigde hem schalks met haar vinger.

19

Een week na de blijde gebeurtenis ging alles in huis weer zijn oude gangetje. Vikentjevs moeder was naar huis gegaan en Vikentjev zelf was een dagelijkse gast geworden, bijna een lid van het gezin. Hij noch Marfenka rende nog rond. Beiden gedroegen zich nu meer ingehouden en twistten alleen af en toe op levendige toon, of ze zongen of lazen samen.

Maar tussen hen vond geen dromerige, poëtische uitwisseling van gevoelens plaats, geen verkeer van fijnzinnige, delicate gedachten, met hun eindeloze nuances, hun bonte spel van de fantasie – deze elegante en onuitputtelijke bron van genot voor ontwikkelde geesten.

Ook hielden ze er niet van hun gewaarwordingen te analyseren. Als voedsel voor hun gedachtewisselingen dienden verhalen die ze samen gelezen hadden, nieuwtjes uit de hoofdstad die tot hen doorgedrongen waren en de oppervlakkige indrukken die ze ontleenden aan de hen omringende natuur en het dagelijks bestaan.

Een zuivere, frisse, natuurlijke poëzie die voor iedereen helder en doorzichtig was, klopte als een levende bron in de jeugdige onbedorvenheid van hun jonge, reine harten. Klaar en simpel lag het gemeenschappelijke perspectief voor hen.

Geen verte lokte hen aan; duisternis of raadsels bestonden niet voor hen. Het bereik van hun waarnemingen en gevoelens was beperkt.

Marfenka stopte haar oren dicht of ging de kamer uit zodra Vikentjev in zijn gevoelsuitingen de grenzen van de gebruikelijke uitdrukkingswijzen overschreed en over liefde sprak in de taal van romans of verhalen.

Hun omgang was spontaan en ongedwongen, zoals de door de zedelijkheid en moraal van baboesjka aan banden gelegde natuur het voorschreef. Marfenka gaf hem tot aan de bruiloft niet één zoen, was niet tederder voor hem dan vroeger en beschouwde een door hem gestolen kus nog steeds als een brutaliteit, die ze beantwoordde met het dreigement om weg te gaan of zich te beklagen bij baboesjka.

Maar ze gaf hem zonder bedenkingen haar arm wanneer hij die gewoon, zonder amoureuze toespelingen, pakte, leunde vol vertrouwen op zijn schouder, liet zich door hem over plassen dragen en maakte zelfs al dollend zijn haar in de war of nam integendeel kam en borstel, trad zo dicht op hem toe dat hun hoofden elkaar raakten, kamde zijn haar, bracht een scheiding aan en smeerde zijn haar bij gelegenheid ook nog in met pommade.

Maar als hij haar ondertussen bij haar middel pakte of kuste, bloosde ze, gooide de kam tegen hem aan en liep weg.

De bruiloft werd vanwege bepaalde huishoudelijke overwegingen van Tatjana Markovna uitgesteld tot de herfst – en in het huis werd geleidelijk aan de uitzet bijeengebracht. Uit de magazijnen werd de oude kant tevoorschijn gehaald, het oude familiezilver en -goud werd uitgezocht; het serviesgoed, het linnengoed, het bont, de parels, de briljanten en nog verschillende andere zaken werden in twee gelijke delen verdeeld.

Met de precisie van een jood stelde Tatjana Markovna het goudgehalte vast en woog ze parels af; ze ontbood juweliers, goudsmeden en andere vaklieden ter specificatie.

'Kijk eens, Verotsjka, dat is van jou en dat van Marfenka. Niet één snoer paarlen, niet één grammetje goud zal de een meer krijgen dan de ander. Kijk allebei goed.'

Maar Vera keek niet. Ze duwde de voor haar bestemde berg parels en briljanten van zich af, vermengde ze met die van Marfenka en verklaarde dat zij er maar heel weinig van hoefde te hebben. Baboesjka werd kwaad en begon alles opnieuw uit te zoeken en in tweeën te verdelen.

Rajski had zich door zijn voogd de van zijn moeder geërfde briljanten en het familiezilver laten sturen en die aan de beide zusters geschonken. Maar baboesjka had ze voorlopig opgeborgen in de diepte van haar koffers: 'Die zul je zelf nog een keer nodig hebben!' zei ze, 'zodra je trouwplannen krijgt.'

Hij liet ook het huis met de grond en het dorp bij akte overdragen aan de beide zusters, waarvoor ze hem beiden opnieuw op hun eigen wijze bedankten. Baboesjka fronste haar wenkbrauwen, zette een ontevreden gezicht, mopperde, maar hield het toen niet meer uit en omhelsde hem.

'Je bent een echte zonderling, Borjoesjka,' zei ze, 'een soort goedhartig monster! God mag weten wat je voor iemand bent!'

In het hele huis – in de dienstbodekamer, in baboesjka's kabinet, zelfs in de salon en in nog twee kamers – werden tafels opgesteld waarop linnengoed genaaid werd. Men bracht een praalbed in gereedheid, kanten kussens... 's Ochtends liepen er kleermaaksters en naaisters rond.

Vikentjev nam vakantie op om naar Moskou te gaan en daar een garderobe en rijtuigen te bestellen. En toen pas ontlaadde zich Marfenka's gevoel: een vloedgolf van tranen ontsprong aan haar ogen, zodat haar neus en ogen opzwollen en helemaal rood werden.

Toen Vikentjev haar zo zag, begon hij ook te huilen, niet van verdriet maar omdat hij, zoals hij duidelijk maakte, altijd moest huilen als hij anderen zag huilen, en ook moest lachen wanneer er om hem heen werd gelachen. Marfenka keek hem door haar tranen heen aan en hield plotseling op met huilen.

'Ik trouw niet met hem, baboesjka: kijk eens, hij kan niet eens behoorlijk huilen! Bij iedereen stromen de tranen over de wangen, maar bij hem over zijn neus, moet je zien wat een traan er aan het puntje van zijn neus hangt, zo groot als een erwt...'

Hij veegde haastig de traan af.

'Ja, ziet u, ik heb een soort goot die recht naar mijn neus loopt,' zei hij en boog zich voorover om zijn bruid de hand te kussen, maar ze stond het niet toe.

Een uur na zijn vertrek zong ze alweer als voorheen: 'Jij mijn teerbeminde, wat houd ik van jou!'

Men bracht de paarden die Vikentjev ergens op een stoeterij was gaan kopen het erf op. Kortom, er heerste een vrolijke activiteit in het hele huis en alleen Rajski en Vera merkten daar niets van.

Rajski had overigens behalve voor Vera nergens oog voor. Hij probeerde zich te verstrooien, reed te paard over de velden en legde zelfs visites af.

Bij de gouverneur ontmoette hij een paar raadsheren, een grootgrondbezitter en een uit Petersburg hierheen gestuurde adjudant. De gesprekken gingen over de vraag wat zich in de Petersburgse wereld afspeelde, of over de economie van het platteland, over pachten. Maar dat interesseerde hem allemaal niet bijzonder.

Hij voldeed met een zekere tegenzin aan het verzoek van Mark en vertelde de gouverneur dat hij de boeken hierheen had meegenomen en ze aan een paar kennissen had gegeven die ze weer aan de gymnasiasten hadden doorgegeven.

De boeken werden geconfisqueerd en verbrand. De gouverneur adviseerde Rajski om voorzichtiger te zijn, maar hij gaf het niet door aan Petersburg, opdat men er daar 'geen grote zaak van zou maken'.

Mark verschafte zich op zijn manier, opnieuw 's nachts via het park, toegang tot Rajski om te horen hoe het was afgelopen. Het kwam niet bij hem op om Rajski voor de bewezen dienst te bedanken, hij zei alleen dat het zo hoorde en dat hij hem, Rajski, alleen al een grote eer had bewezen door zoiets eenvoudigs en vanzelfsprekends van hem te vragen – alleen een verklikker of een spion zou in staat geweest zijn om anders te handelen.

Leonti zag Rajski slechts zelden en hij vermeed het om hem thuis op te zoeken. Deed hij dat wel, dan ontving de innerlijk triomferende Oeljana Andrejevna hem met hartstochtelijke blikken en een ingehouden lach in haar onbeweeglijke trekken. De herinnering aan de manier waarop hij grootmoedig zijn vriendenplicht had vervuld, knaagde aan hem. Onwillekeurig verduisterden zijn trekken zich dan en hij verliet het huis weer zo snel als hij kon.

Ze nam haar toevlucht tot een andere list: ze zei tegen haar man dat zijn vriend haar niet wilde kennen, haar niet opmerkte, alsof ze bij het meubilair hoorde, en haar veronachtzaamde, dat haar dat erg tegenstond en dat het allemaal kwam door haar man, die niet wist hoe hij behoorlijke mensen in huis moest halen en ze te dwingen om zijn vrouw te respecteren

'Praat jij dan met me,' klaagde ze, 'leg je boeken opzij en houd je met mij bezig.'

Kozlov voerde die avond de opdracht van zijn vrouw uit en sprak Rajski toen die zijn raam passeerde aan: 'Kom binnen, Boris Pavlovitsj, je bent me helemaal vergeten,' zei hij. 'Mijn vrouw beklaagt zich ook al...'

'Waar beklaagt ze zich over?' vroeg Rajski, de kamer betredend.

'Ze denkt dat jij haar minacht. Ik zeg haar dat het onzin is, dat je niet trots bent... je bent immers niet trots, nietwaar? Hij is, zeg ik, een dichter, hij heeft zijn idealen, jij hebt rood haar en daarom beval je hem niet? Je zou een beetje aardig tegen haar moeten zijn, haar een keer moeten opzoeken wanneer ik op het gymnasium ben.'

Rajski wendde zijn blik van hem af en keek uit het raam.

'Of nog beter, kom op donderdag- en zaterdagavond: op die dagen geef ik in drie huizen lessen en kom pas tegen middernacht thuis. Offer toch een keer een avond op, maak haar het hof, flirt met haar! Je praat toch graag met vrouwen! En zij heeft de mond vol van jou...'

Rajski keek uit het andere raam.

'Zelf kan ik dat niet,' vervolgde Leonti, 'ik ben immers haar man: zij bemint, ik bemin, wij beminnen... Dat voortdurende verbuigen staat me op het gymnasium ook al tegen. Al haar liefde, al haar zorgen, haar leven... alles hoort mij toe...'

Rajski hoestte. Hoe kan ik hem een hint geven, vroeg hij zich af.

'Is dat echt zo, Leonti?' vroeg hij.

'Wat bedoel je?'

'Al haar liefde, zeg je?'

'Ja, natuurlijk. Ze is zelfs jaloers op mijn Grieken en Romeinen. Ze kan ze niet uitstaan, ze houdt alleen van levende mensen!' zei Kozlov met een goedmoedige glimlach. 'De vrouwen zijn gewoon in alle tijden hetzelfde,' vervolgde hij, 'de Romeinse matrones, zelfs de vrouwen van de keizers, de consuls en patriciërs, hadden altijd een hele stoet minnaars. Ik kan me helaas niet geheel aan haar wijden, ik heb mijn eigen bezigheden. Ze zorgt voor me en is me trouw, terwijl ik haar,' voegde hij er fluisterend aan toe, 'af en toe bedrieg en vergeet of ze al of niet thuis is...'

'Ten onrechte!' zei Rajski.

'Ik heb gewoon geen tijd: de vorige maand vielen me twee Duitse werken in handen: commentaren op Thucydides en Tacitus. Die Duitsers hebben zowel de een als de ander bijna binnenstebuiten gekeerd. Ik popelde om al de details te controleren, heb me ingegraven in mijn boeken, maar zij zegt dat ze er misselijk van wordt om naar me te kijken. Kom haar toch af en toe opzoeken. Gelukkig vergeet *Charles*, de Fransman, haar niet... Dat is een vrolijke prater, met hem verveelt ze zich niet!'

'Neem me niet kwalijk, Leonti,' zei Rajski, 'maar je moet die *Charles* niet te vaak in je huis toelaten!'

'Waarom niet? Als hij er niet was, zou ze me helemaal geen rust gunnen. Waarom zou ik hem niet toelaten?'

'Opdat ze geen stoet van minnaars krijgt, zoals de Romeinse matrones!'

'Mijn Oelenka staat net als de vrouw van de keizer boven iedere verdenking!' merkte Kozlov niet zonder humor op. 'Kom, ik zal het haar zeggen...'

'Nee, zeg haar niets en laat die *Charles* niet in je huis toe!' zei Rajski en stapte weer op.

Rajski vertoonde zich niet meer bij Polina Karpovna, maar zij vertoonde zich wel vaak bij hem, waarbij ze nu eens hem verveelde met haar ranzige tederheden, en dan weer baboesjka met haar ongevraagde adviezen betreffende de huwelijksvoorbereidingen en vooral met haar opinie dat 'het huwelijk het graf van de liefde betekent' en dat, zoals ze er met een tedere blik op Rajski aan toevoegde, uitverkoren harten elkaar ondanks alle hindernissen ook buiten het huwelijk weten te vinden.

Hij werkte nog twee keer aan haar portret, maar maakte het niet af en zei dat hij nog niet bedacht had in wat voor kleren hij haar moest schilderen en wat voor bloem hij in haar decolleté zou steken.

'Een gele dahlia zou me goed staan, ik ben een brunette!' adviseerde ze.

'Goed, dat komt later wel,' zei hij om zich van haar af te maken.

Tit Nikonytsj kwam nog steeds, hoffelijk en minzaam als altijd, hij kuste baboesjka de hand en bracht een bloem of een zeldzame vrucht voor haar mee. Openkin, die altijd spraakzaam en druk was en uiteindelijk dronken, de jonge dames en heren, die nu in het huis van de bruid verschenen om een dansje te maken – dat alles verveelde Rajski en Vera, beiden zochten naar een ander soort bevrediging: hij zocht haar en zij zocht de eenzaamheid. Hij was alleen gelukkig wanneer hij met haar samen was en zij wanneer niemand haar zag of opmerkte, wanneer ze kon verdwijnen in het dorp, in het struikgewas van het ravijn of aan de overkant van de Wolga, bij haar popevrouw.

20

Ik wilde hartstocht, overwoog Rajski, ik heb erom gevraagd en nu weet ik niet of het wel hartstocht is. Ik betast mezelf om erachter te komen of ik echt door de hartstocht beheerst word, alsof ik wil weten of mijn ribben heel zijn, of ik geen ledemaat verrekt hebt. En mijn hart... het klopt zo rustig! Kennelijk ben ik helemaal niet in staat om hartstocht te ervaren!

Intussen verdween Vera geen moment uit zijn gedachten.

Als ze niet van me houdt, zoals ze zegt en zoals aan alles te zien is, waarom heeft ze me dan tegengehouden? Waarom heeft ze me toegestaan haar te beminnen? Is dat koketterie, een gril of... Daar moet ik achter zien te komen... fluisterde hij bij zichzelf.

Hij zocht haar met zijn ogen in het park en zag haar bij het raam van haar kamer.

Hij liep naar het raam.

'Vera, mag ik je opzoeken?' vroeg hij.

'Dat mag, maar niet te lang.'

Niet te lang! dacht hij, terwijl hij naar haar kamer ging. Waarom zegt ze dat eigenlijk? Ze kan me gewoon wegsturen wanneer ze me zat is.

Hij betrad haar kamer en ging tegenover haar zitten. 'Waarom niet te lang?'

'Omdat ik zo meteen naar het eiland vertrek. Daar komen ook Natalja en Ivan Ivanovitsj en Nikolaj Ivanovitsj...'

'Is dat de priester?'

'Ja, hij is van plan om te gaan vissen en Ivan Ivanovitsj om hazen te gaan schieten.'

'Daar zou ik ook wel heen willen.'

Ze zweeg.

'Of gaat dat niet?'

'Liever niet, anders verstoort u ons samenzijn. De priester gaat dan verstandige dingen zeggen, Natalja zal verlegen zijn en Ivan Ivanovitsj zal de hele tijd zwijgen.'

'Goed, dan kom ik niet!' zei hij, legde zijn kin op zijn handen en begon naar haar te kijken. Ze bleef een poos werkeloos zitten, haalde vervolgens een map uit de tafellade, haalde een klein sleuteltje tevoorschijn dat ze om haar hals droeg, opende de map en begon te schrijven...

'Je gaat brieven schrijven.'

'Ja, twee kattebelletjes, ik moet de uitnodiging van Natalja Ivanovna beantwoorden. De koetsier wacht.'

Ze schreef een paar woorden en verzegelde de brief.

'Luister, neef, roept u iemand naar het raam.' Hij gaf gehoor aan haar verzoek.

Marina kwam en kreeg bevel om het briefje aan de koetsier Vasili te overhandigen. Vervolgens legde Vera de handen in de schoot.

'En het tweede briefje?' vroeg Rajski.

'Dat komt nog wel.'

'Ah, dus het is een geheim.'

'Misschien!'

'Zul je nog lang geheimen voor me hebben, Vera?'

'Als ik die al heb, dan zal ik ze altijd hebben.'

'Als je me beter kende, zou je ze me allemaal toevertrouwen, hoeveel je er ook hebt.'

'Waarom?'

'Ik heb er behoefte aan je te kennen. Ik houd van je.'

'Maar ik heb niet de behoefte het u te vertellen.'

'Maar dat is de enige mogelijkheid om je van mij te ontdoen als je mij niet kunt verdragen.'

'Nee, sinds u een beetje veranderd bent, wil ik me niet meer van u ontdoen.'

'En heb je me zelfs toegestaan om van je te houden...'

'Ik heb geprobeerd om het te verbieden. En wat was het resultaat?'

'En daarom heb je besloten het maar zo te laten.'

'Ja, ik wilde u laten begaan, ik dacht dat het dan sneller over zou gaan dan wanneer ik u daarbij hinderde. En dat schijnt ook uitgekomen te zijn... U hebt me immers zelf geleerd dat verzet de hartstocht alleen maar prikkelt...'

'Wat ben je toch sluw!' zei hij, haar schalks aankijkend. 'En waarom heb je me tegengehouden toen ik wilde vertrekken?'

'U was toch niet vertrokken. De geschiedenis met de koffer heeft me alles duidelijk gemaakt.'

'Dus je denkt dat de hartstocht voorbij is.'

'Er was geen sprake van hartstocht, alleen van eigenliefde en verbeelding. U bent een kunstenaar, op iedere schoonheid meteen verliefd.'

'Maar jij bent de schoonheid der schoonheden, je bent de belichaamde schoonheid. Je bent de afgrond waar ik tegen wil en dank naartoe getrokken word, mijn hoofd duizelt, mijn hart staat stil... ik dorst naar het geluk, en misschien ook wel naar de ondergang. Ook de ondergang heeft zijn charme.'

'Dat hebt u allemaal al eens gezegd... en het klopt niet...'

'Waarom niet?'

'Omdat het niet klopt.'

'Maar waarom niet?'

'Omdat het... overdreven is... en dus een leugen.'

'En als het nu eens de waarheid is, als ik oprecht ben?'

'Des te erger.'

'Waarom?'

'Omdat het dan onzedelijk is.'

'Wat krijgen we nou, Vera? Je lijkt baboesjka wel!'

'Ja, deze keer sta ik aan haar kant.'

'Onzedelijk!'

'Ja, onzedelijk: u volgt de voetsporen van Don Juan en die was immers weerzinwekkend.'

'Zeg me dat ik weerzinwekkend ben wanneer ik dat verdien, Vera, en werp geen steen naar datgene wat je niet begrijpt. De ware Don Juan is nobel en rein; hij is een humane, fijnzinnige artiest, het type van een *chef-d'oeuvre* van het mensengeslacht. Daarvan zijn er natuurlijk niet veel. Ik ben er zeker van dat ook aan Byrons Don Juan een kunstenaar verloren is gegaan. Die hang naar iedere zichtbare schoonheid, vooral naar de schoonheid van de vrouw als het mooiste schepsel in de natuur, getuigt van de hoogste menselijk instincten, van het streven naar een andere, niet-zichtbare schoonheid, naar de idealen van het goede als schoonheid van de ziel, naar de schoonheid van het leven! En uiteindelijk gaat onder die tedere instincten bij fijnzinnige naturen de behoefte aan een alomvattende liefde schuil! In de menigte, het vuil en het gedrang stompen deze fijnzinnige instincten van de natuur af... Ik heb wat van dat pure vuur en als het niet tot het einde puur is gebleven, dan zijn daar vele oorzaken voor... niet in de laatste plaats de vrouwen zelf...'

'Misschien begrijp ik Don Juan niet, neef, en toch ben ik bereid u te geloven. Maar waarom geeft u uitdrukking aan uw hartstocht voor mij terwijl u weet dat ik die niet deel?'

'Nee, dat weet ik niet.'

'Ach, u koestert nog steeds hoop!' zei ze verwonderd.

'Ik heb je gezegd dat de hoop niet in mij kan doven voordat ik weet dat je niet vrij bent, dat je van iemand houdt...'

'Goed, neef, laten we aannemen dat ik uw hartstocht kon delen... wat dan?'

'Wat dan? Dan was het geluk voor ons beiden verzekerd.'

'Bent u er zeker van dat u me dat zou kunnen geven?'

'Ik... o, God, God!' begon hij met brandende ogen, 'ik zou mijn hele leven geven... je zou mijn vrouw zijn...'

Ze keek hem enige tijd aan.

'Hoe vaak hebt u vrouwen een dergelijk geluk al aangeboden?'

'Ik heb natuurlijk al meer vrouwen ontmoet, maar nog nooit heeft iemand zo'n sterke indruk op me gemaakt.'

'Zeg me, hoe vaak hebt u diezelfde woorden al gesproken: niet tegen iedere vrouw bij iedere ontmoeting?'

'Wat bedoel je met die vragen, Vera? Misschien heb ik het al tegen velen gezegd, maar ik heb het nog nooit zo gemeend...'

Zij keek hem aan en hij haar.

'Wie heeft jou die wijsheid bijgebracht, Vera?' vroeg hij.

'Genoeg,' onderbrak ze hem. 'U hebt zich in deze paar zinnen geheel blootgegeven. U zou me geluk schenken voor een half jaar, voor een jaar, misschien zelfs voor langer... tot een nieuwe ontmoeting met een nieuwere en sterkere schoonheid van uw ziel bezit zou nemen. Mij zou u dan aan mijn lot overlaten. Geeft u maar toe dat het zo is.'

'Hoe weet je dat? Waarom oordeel je zo makkelijk over me? Hoe kom je aan die gedachten, hoe ken je het verloop van een hartstocht?'

'Ik ken het verloop van een hartstocht niet, maar ik heb u een beetje leren kennen, dat is alles.'

'Wat weet je dan van mij en van wie weet je het?'

'Van uzelf.'

'Van mij? Wanneer dan?'

'Wat hebt u een slecht geheugen! U hebt me toch zelf verteld hoe de schoonheid van Bjelovodova u beroerde en hoe u zich vergeefs uitsloofde om... een vleug... of een kiem... van iets in haar te wekken... ik weet niet meer hoe u zich precies uitdrukte, maar het was zeer poëtisch.'

'Bjelovodova! Dat is een standbeeld, mooi, maar koel, zonder ziel. Alleen een Pygmalion* zou verliefd op haar kunnen worden.'

'En Natasja?'

'Natasja! Heb ik u dan ook over Natasja verteld?'

'U bent het vergeten?'

'Natasja was een lieve, kleurloze, maar schuchtere natuur. Ze leefde zolang de zonnestralen haar verwarmden, zolang de liefde haar met warmte omgaf, maar bij de eerste tegenslag brak ze en kwijnde weg. Ze werd geboren om zo snel mogelijk te sterven.'

'En wat hebt u over Marfenka gezegd? U was bijna verliefd op haar.'

'Dat waren allemaal maar oppervlakkige indrukken, die een of twee dagen duurden... Zoals wanneer je je verlustigt in een schilderij... Het is toch geen misdaad om te genieten van de bekoring van schoonheid zoals je geniet van de warmte van de zon? Je voor een of twee weken over te geven aan een indruk zonder daaraan serieuze consequenties te verbinden.'

'En de sterkste indruk duurt een half jaar? Is het niet zo?'

'Nee, dat is niet zo. Als jij bijvoorbeeld mijn hartstocht zou delen, zou mijn indruk een blijvende worden, we zouden trouwen... het zou een band voor het leven worden. Het ideaal van het volkomen geluk is bij mij onafscheidelijk van het ideaal van een gezinsleven...'

'Luister eens, neef. Denkt u eens terug aan de meest hevige van uw vroegere hartstochten en stelt u zich voor dat de vrouw die die in u heeft opgewekt, nu uw echtgenote zou zijn...'

'Wie is je leermeester geweest, vertel dat nu eens. Je ontwijkt het antwoord steeds.'

'Uzelf. Ik ontleen alles aan mijn gesprekken met u.'

'Je bent een heerlijk schepsel, Vera, een genot om mee te maken. In je geest gaat evenveel schoonheid schuil als in je ogen! Je bent een en al poëzie, gratie, je bent het meest fijnzinnige product van de natuur. Je bent het belichaamde idee van de schoonheid en de schoonheid zelf... hoe zou je niet sterven van liefde voor jou? Ik ben toch geen boom! Zelfs Toesjin is helemaal wég...'

Ze maakte een afwerend gebaar.

'Laten we het daar niet over hebben. Je houdt niet van mij, over een poosje zal de indruk die ik op je gemaakt heb verbleken, ik zal vertrekken en je zult nooit meer iets van me horen. Geef me je hand en vertel me als aan een vriend wie je leermeester is, Vera. Wie is die brenger van beschaving? Is het niet degene die brieven op blauw papier schrijft...?'

'Misschien. Neem me niet kwalijk, neef, u herinnert me eraan dat ik nog een brief moet schrijven.'

'Daar is het nu, het geluk: het is zo dichtbij en toch laat het zich niet grijpen!' zei hij.

'U kunt op uw manier ook zonder mij gelukkig zijn, met een andere vrouw...'

'Met wie, vertel op! Waar zijn ze, die vrouwen...?'

'U moet u richten op vrouwen die hun hart voor een maand, een half jaar of een jaar verhuren, maar niet op mij.'

'Je gelooft me niet en je begrijpt me niet! Wie zal me dan geloven en begrijpen?'

Hij verzonk in gepeins, terwijl zij een vel papier pakte, er opnieuw met potlood een paar woorden op schreef en het opvouwde.

'Zal ik Marina roepen?' vroeg hij.

'Nee, laat maar.'

Ze verborg het briefje op haar boezem, pakte haar parasol, knikte hem toe en vertrok.

Rajski ging na het eten zonder iemand in huis ook maar een woord te zeggen naar de Wolga. Hij wilde ongemerkt op het eiland zien te komen en zocht naar een plaats waar hij zich gemakkelijk over deze zijarm van de Wolga kon laten zetten. Er was geen veer hier en hij keek om zich heen of hij geen visser zag.

Hij liep een halve werst langs de oever en stuitte ten slotte op een paar jongens die in een halfvergane en voor de helft met water gevulde boot met hengels aan het vissen waren. Ze wilden hem voor tien kopeken met plezier overzetten en haastten zich naar de hut van hun vader om roeispanen te halen.

'Waar moeten we u heen brengen?' vroegen ze.

'Dat maakt me niet uit, leg maar aan waar jullie willen.'

'Daar kun je aan wal gaan,' wees de ene.

'Ja, daar gaat het goed, daar zijn onlangs ook de heer en de dame uitgestapt.'

'Welke heer?'

'Weet ik veel! Ze kwamen vanboven, uit de stad!'

Rajski verliet de boot en begon om zich heen te kijken.

Misschien was het Vera wel, dacht hij.

Als zij het was geweest, zou hij nu achter haar geheim komen. Zijn hart begon te bonken. Hij liep stil en voorzichtig door de zegge, durfde niet eens te hoesten.

Plotseling hoorde hij een geplas in het water, schoof stilletjes de zegge opzij en ontwaarde... Oeljana Andrejevna.

Geheel verborgen door de struiken zat ze op de oever. Haar blote benen stonden in het water en ze waste haar loshangende waternimfenhaar voorovergebogen in de stroom. Rajski ging verder, liep om een rots heen en zag... *monsieur Charles*, die, tot aan zijn nek in het water staand, een bad nam.

Onopgemerkt verwijderde Rajski zich en baande zich tussen de rozenbottelstruiken door een weg naar de kleine meertjes in de veronderstelling dat het gezelschap waarvan Vera had gesproken zich daar neergevlijd had. Spoedig hoorde hij dicht bij hem in de buurt stappen en hij verborg zich. Mark passeerde hem.

Rajski riep hem.

'Ah, hallo,' zei Volochov, 'voor wie verbergt u zich hier?'

'Ik verberg me niet, in dat geval had ik u niet geroepen.'

'U verbergt zich niet voor mij maar voor iemand anders. Geeft u maar rustig toe dat u op zoek bent naar uw schoonheid van een nicht. Het is niet fair, niet eerlijk: u hebt de weddenschap verloren en u betaalt niet...'

'Hoe weet u dat ze hier is?'

'Ik heb net op eenden gejaagd op het meer en daar zag ik ze allemaal bij elkaar. De pope is er en Toesjin, de popevrouw en... uw Vera,' zei hij spottend. 'Ga erheen. Ga erheen.'

'Dat wil ik niet, daar was ik niet naar op weg.'

'U hoeft zich voor mij niet te generen, ik begrijp alles. U wilde uit de verte een schuchtere blik op haar werpen, nietwaar? U verveelt zich te pletter in het huis wanneer zij er niet is...'

'Wat een onzin! Ik was gewoon aan het wandelen.'

'Geeft u me de driehonderd roebel!'

Rajski ging terug naar waar hij de jongen had achtergelaten. Mark liep achter hem aan. Ze passeerden de plek waar *Charles* zich had gebaad. Rajski wilde hem passeren, maar uit de struiken tegenover hem kwam de Fransman tevoorschijn en van de andere kant naderde Oeljana Andrejevna over het paadje, met loshangende, natte haren.

Beiden wilden zich verbergen, maar Mark riep: '*Charmé de vous voir tous les deux!* Mag ik u iemand voorstellen?'

Monsieur Charles kwam uit de struiken.

'*Monsieur* Rajski! *Monsieur Charles!*' stelde Mark hen spottend aan elkaar voor.

'Oeljana Andrejevna! Komt u alstublieft hierheen, verbergt u zich niet. We hebben u toch al gezien: het zijn allemaal bekenden hier, u hoeft niet bang te zijn!'

'Wie is er bang?' vroeg ze, terwijl ze met tegenzin tevoorschijn kwam en trachtte Rajski's blik te ontwijken.

'Wat zijn ze allebei nat!' merkte Volochov op.

'De ellendigste man op de wereld!' fluisterde Oeljana Andrejevna sterk geïrriteerd over Mark tegen Rajski.

'Nou, het ga u goed, ik moet gaan,' zei Mark. 'Wat doet Kozlov nu? Waarom hebt u hem niet meegenomen om een frisse neus te halen? U kunt u immers ook baden waar hij bij is, hij ziet toch niets. Hij had hier onder een boom uit Homerus kunnen voordragen,' besloot hij zijn uitval, wierp Oeljana Andrejevna en *monsieur Charles* een onbeschaamde blik toe en ging ervandoor.

'*Il faut que je donne une bonne leçon à ce mauvais drôle!*' zei *monsieur Charles* snoeverig toen Mark uit het zicht was verdwenen.

Daarna ging iedereen naar huis.

'Ik ben je erg dankbaar,' zei Kozlov, 'dat je uit wandelen gegaan bent met mijn vrouw.'

'Deze keer moet je *monsieur Charles* bedanken,' zei Rajski.

'*Merci, merci, monsieur Charles!*'

'*Bien, très bien, cher collègue!*' antwoordde *Charles*, hem op zijn schouder slaand.

21

Rajski kwam in een geprikkelde stemming thuis. Hij at niet, maakte geen grapjes met Marfenka, plaagde baboesjka niet en trok zich terug op zijn kamer. De volgende dag kwam hij even somber en ontevreden beneden.

Het weer was nog somberder geworden. Het motregende onophoudelijk. De hemel was niet bedekt met wolken maar met een soort nevel. Over de hele omgeving hing een mist.

Vera was evenmin vrolijk. Ze was gehuld in een grote doek en op de vraag van baboesjka wat haar scheelde, antwoordde ze dat ze die nacht koude rillingen had gehad.

Er volgde nu een stortvloed van vragen en verwijten (waarom ze niemand gewekt had), en van adviezen: ze moest een kop lindethee drinken en mosterdpleisters aanbrengen. Vera weigerde resoluut en zei dat ze zich weer volkomen gezond voelde.

Alle drie zaten ze daar zwijgend, geeuwden, en wisselden slechts af en toe opmerkingen uit.

'Bent u ook op het eiland geweest?' vroeg Vera aan Rajski.

'Ja, hoe weet je dat?'

'Ik hoorde dat Jegor zich op het erf tegen iemand erover beklaagde dat uw kleren helemaal onder de modder en het slijk zaten, hij kon ze met moeite schoon krijgen. "Hij is waarschijnlijk op het eiland geweest," zei hij.'

'Jij hoort ook alles!' antwoordde hij. 'Ik was er niet alleen. Mark was er ook en de vrouw van Kozlov.'

'Een fraai gezelschap heb je uitgezocht!' zei baboesjka, 'anders wordt ze altijd gechaperonneerd door *monsieur Charles*.'

'Die was er óók.'

Ze vervielen opnieuw tot zwijgen en stonden al op het punt uiteen te gaan toen Marfenka plotseling verscheen.

'Ach, baboesjka, wat ben ik geschrokken! Ik heb een vreselijke droom gehad!' zei ze, nog voor ze hen begroet had. 'Als ik hem maar niet vergeet.'

'Wat voor droom, vertel. Wat ben je bleek vandaag.'

'Ja, vertel op!' zei Rajski. 'Laten we elkaar vandaag onze dromen vertellen. Ik heb ook iets heel vreemds gedroomd. Begin, Marfenka! Wat moeten we anders doen bij dit afschuwelijke weer. Laten we elkaar tenminste sprookjes vertellen.'

'Zo meteen, zo meteen, over vijf minuten komt Nikolaj Andrejitsj, dan zal ik het vertellen.'

'Al over vijf minuten!' zei baboesjka. 'Hoe weet je dat? Misschien slaapt hij nog!'

'Nee, hij komt, dat heb ik hem bevolen!' wierp Marfenka koket tegen. 'Er wordt vandaag een meisje gedoopt in het dorp, bij Foma. Ik heb beloofd erheen te gaan en hij zal me begeleiden...'

'Dus voor een doop in het dorp heb je je nieuwe barège jurk aangetrokken, en nog wel in die regen. Zo laten we je niet gaan. Doe hem uit, jongedame!'

'Ik doe hem meteen weer uit. Ik heb hem alleen aangedaan om hem te passen.'

'Je hebt hem toch al gepast!'

'Laat haar, baboesjka, ze wil zich aan haar bruidegom tonen in haar nieuwe jurk.'

Marfenka bloosde.

'Jullie zijn verschrikkelijk. Daar heb ik helemaal niet aan gedacht!' zei ze, geërgerd omdat men haar bedoeling had geraden, 'ik ga hem meteen uitdoen.'

Rajski hield haar hand vast. Ze rukte zich los en had de deur nog niet opengedaan, of Vikentjev kwam haar tegemoet en opende zijn armen om haar op te vangen.

'Kom snel, waarom bent u zo laat?' vroeg ze blozend van vreugde en weerde hem af toen hij haar beslist de hand wilde kussen.

'Wat is dat voor afschuwelijke gewoonte van u, om iemand de handpalm te kussen?' merkte ze op terwijl ze haar hand terugtrok, 'u verrekt mijn hele arm!'

'Uw hand is zo warm, zo geurig, laat me toch...'

'Maak dat u wegkomt. U hebt baboesjka nog niet begroet!'

Hij kuste baboesjka de hand en maakte vervolgens een komische buiging voor Rajski en Vera.

'Vertelt u wat u in uw droom hebt gezien,' zei Rajski tegen hem. 'Snel, snel.'

'Nee, ík zal het eerst vertellen!' onderbrak Marfenka hen.

'Ach, nee, ik had zo'n prachtige droom,' zei Vikentjev snel, 'ik droomde dat ik...'

'Nee, laat mij vertellen...' zei Marfenka.

'Alstublieft, Marfa Vasiljevna, anders vergeet ik hem,' probeerde hij haar te overreden.

Ze hield haar hand voor zijn mond.

'Na elkaar, na elkaar!' commandeerde Rajski, 'Marfenka heeft het woord. Marfa Vasiljevna, ga je gang.'

'Ik droomde, baboesjka... Luister, Verotsjka, wat ik gedroomd heb! Luister, zeg ik u, Nikolaj Andrejitsj, waarom zit u niet stil...? Buiten was het een heldere maannacht, het rook naar bloemen, de vogels zongen...'

'En dat was 's nachts?' vroeg Vikentjev.

'Nachtegalen zingen altijd 's nachts!' merkte baboesjka op, een blik op hen beiden werpend.

Marfenka bloosde.

'U heeft me van mijn apropos gebracht... Nu vertel ik niet verder!'

'Nee, nee, vertel, vertel!' zei iedereen behalve Vera.

'De vogels waren dus...'

'Vogels zingen 's nachts niet...'

'Begint u weer, Nikolaj Andrejitsj! Als het zo moet, vertel ik niet verder! Wist u, baboesjka, dat hij snurkt in zijn slaap...'

'Hoe weet je dat?'

'Marina heeft het verteld en die heeft het van Semjon gehoord...'

'Dat komt van die klierziekte, hij moet valeriaanthee drinken,' merkte Tatjana Markovna op.

'Ik ben bang voor mensen die snurken. Als ik dat eerder had geweten, dan...'

Ze viel plotseling stil.

'Waarom maak je je zin niet af?' vroeg Rajski, 'we kunnen de bruiloft afgelasten. Als hij je 's nachts belet om te slapen...'

Marfenka werd zo rood als een kers en rende de kamer uit.

'Nu ga je te ver, Borjoesjka! Je ziet toch dat ze zich schaamt dat ze iets doms heeft gezegd?'

Vikentjev rende achter Marfenka aan en bracht haar terug.

'Ik zal 's nachts mijn neus dichtstoppen met watten, Marfa Vasiljevna,' zei hij.

Men stelde Marfenka gerust en liet haar haar droom vertellen.

'Ik droomde dat ik stilletje het huis van de graaf was binnengeslopen,' begon ze, 'de galerij in, daar waar de standbeelden staan. Ik ging naar binnen, verborg me en zag hoe de maan ze allemaal verlichtte, terwijl ik in het donker in een hoek stond. Mij konden ze niet zien maar ik zag ze allemaal. Ik bekeek ze allemaal: Hercules met zijn knots en Diana en daarna Venus en ook nog die met haar uil, Minerva. En dan die oude man die gewurgd wordt door slangen... hoe heet hij ook weer... Maar opeens...!' – Marfenka zette een verschrikt gezicht en keek om zich heen – 'Ik ben zelfs nu nog bang, zo echt leek het...'*

'Nou, wat gebeurde er opeens?' vroeg baboesjka.

'Het was verschrikkelijk, baboesjka. Het leek plotseling of de standbeelden begonnen te bewegen. Eerst draaide er een heel, heel langzaam zijn hoofd om en keek naar een andere, en ook die kwam langzaam tot leven en reikte haar zonder zich te haasten de hand: dat waren Diana en Minerva. Daarna verhief Venus zich langzaam en bewoog zich zonder te lopen... wat een verschrikking... zwevend als een lijk naar die met zijn helm, naar Mars... Daarna slingerden de slangen zich alsof ze leefden rond het lichaam van de oude man, en hij boog zijn hoofd terug, en over zijn gezicht gingen kramptrekkingen alsof hij leefde, en ik dacht dat hij meteen zou gaan schreeuwen! En de anderen begonnen ook naar elkaar toe te zweven, sommigen liepen naar het raam en keken naar de maan... Ze hadden stenen ogen, zonder pupillen... Och!'

Ze huiverde.

'Dat is een poëtische droom, die ga ik noteren,' zei Rajski.

'Kinderen bewogen alle kanten op en steeds geluidloos, zonder te lopen... De standbeelden overlegden als het ware met elkaar, bogen hun hoofden, fluisterden... De nimfen pakten elkaar bij de arm, keken naar de maan en begonnen een rondedans... Ik beefde helemaal van angst. De uil sloeg met haar vleugels en kamde met haar snavel haar borstveren... Mars omhelsde Venus, ze legde hem het hoofd op de schouder, zij stonden stil en alle anderen liepen rond of zaten in groepjes bij elkaar. Alleen Hercules bewoog zich niet. Plotseling hief ook hij het hoofd, richtte zich langzaam op en zweefde weg van zijn plek. Hij was verschrikkelijk groot, reikte tot aan het plafond. Hij omvatte iedereen met zijn blik en keek toen naar de hoek waar ik stond... en plotseling begon hij te trillen, richtte zich helemaal op en hief zijn hand op. Allen keken opeens in mijn richting, verstijfden een ogenblik en stortten zich vervolgens in een dichte drom op mij...'

'En wat deed u, Marfa Vasiljevna?' vroeg Vikentjev.

'Ik stootte een kreet uit.'

'En toen?'

'Toen werd ik wakker, en ik lag nog wel een half uur te bibberen, ik wilde Fedosja roepen, maar ik durfde me niet te bewegen en ik heb tot de ochtend niet meer geslapen. Het sloeg al zeven uur toen ik insliep.'

'Wat een prachtige droom, Marfenka!' zei Rajski. 'Zo poëtisch, zo vol gratie. Heb je niets verzonnen?'

'Ach, neef, hoe zou ik dat allemaal kunnen verzinnen? Ik zie nu nog alles zo duidelijk voor me dat ik het zou kunnen tekenen.'

'Je moet wortelsap drinken,' merkte baboesjka op, 'dat zuivert het bloed.'

'Nu is het mijn beurt,' begon Vikentjev haastig. 'Ik droomde dat ik tegen de berg op liep, in de richting van de kathedraal, en plotseling kwam Nil Andrejitsj me tegemoet, op handen en voeten, spiernaakt...'

'Dat gaat te ver. Dat kan toch niet! In aanwezigheid van je bruid nog wel!' onderbrak Tatjana Markovna hem.

'Bij god, het is waar...'

'Het is niet betamelijk...'

'Vertel, vertel!' moedigde Rajski hem aan.

'En op zijn rug zat Polina Karpovna, ook...'

'Hou je op met die onzin!' zei Tatjana Markovna, die haar lachen nauwelijks kon houden.

'Ik ben zo klaar. Achteraan liep Mark Volochov met een knuppel in zijn hand en dreef ze op, en ervoor liep Openkin met een kaars en er was muziek.'

Iedereen begon te lachen.

'Hij heeft het allemaal verzonnen, baboesjka, hij heeft het nu net verzonnen. Gelooft u hem niet!' zei Marfenka.

'Bij God, het is waar! En allemaal stortten ze zich toen ze me zagen net als uw standbeelden op me, en ik ging ervandoor en schreeuwde en schreeuwde. Semjon kwam me zelfs wekken... bij God het is waar, vraag het maar aan Semjon...!'

'Ik geef je voor de nacht rabarber, vadertje, of vastenboter met zwavel. Je hebt waarschijnlijk darmwormen. En vanavond hoef je ook niet te eten...'

'Heel terecht, ik zal baboesjka eraan herinneren!' zei Marfenka tegen Vikentjev.

'Nou, Vera, vertel jij je droom, het is jouw beurt!' wendde Rajski zich tot Vera.

'Wat heb ik eigenlijk gedroomd?' zei ze, zich bezinnend. 'Het donderde en bliksemde... en het scheen steeds op dezelfde plek in te slaan...'

'Wat een verschrikking!' zei Marfenka. 'Ik zou geschreeuwd hebben...'

'Ik was ergens op de kust,' vervolgde Vera, 'bij de zee, voor mij liep een brug de zee in. Ik rende over de brug, rende tot de helft en plotseling zag ik dat de andere helft er niet was, de storm had haar weggevaagd...'

'Is dat alles?' vroeg Rajski.

'Ja.'

'Dat is ook een mooie droom, er schuilt ook poëzie in.'

'Meestal droom ik niet of ik vergeet ze,' zei ze, 'maar vandaag had ik koorts: vandaar uw poëzie.'

'Daar mag je niet de spot mee drijven,' zei baboesjka, 'hopelijk komt de koorts niet terug...'

'En nu moet ú vertellen wat u gedroomd hebt, neef!' zei Marfenka tegen Rajski.

'Moet u zich voorstellen, ik heb de hele nacht gevlogen.'

'Hoe hebt u gevlogen?'

'Zo: ik scheen vleugels gekregen te hebben.'

'Dat droom je altijd als je groeit,' zei baboesjka, 'daar zou je al overheen moeten zijn.'

'Ik probeerde eerst door de kamer te vliegen,' vervolgde hij, 'dat ging uitstekend! Jullie zaten allemaal in de zaal, op een stoel, en ik vloog als een vlieg langs het plafond. Jullie schreeuwden tegen me, baboesjka het hardst van allemaal. Ze beval Jakov zelfs om me met een bezemsteel naar beneden te halen, maar ik stootte met mijn kop door het raam, vloog naar buiten en verhief me boven de bosjes... Wat was dat heerlijk, wat een nieuwe, wonderbaarlijke gewaarwording. Mijn hart klopte in mijn borst, mijn bloed scheen in mijn aderen te stollen, mijn ogen zagen ver. Ik ging nu eens omhoog, dan weer omlaag en toen ik een keer heel hoog was gekomen, zag ik hoe Mark vanachter een struik zijn geweer op me richtte...'

'Iedereéén droomt van die man, het is gewoon een boeman,' zei Tatjana Markovna.

'Ik heb hem gisteren op het eiland gezien met zijn geweer en nu droomde ik dus van hem. Ik begon uit alle macht tegen hem te schreeuwen in mijn droom,' vervolgde Rajski, 'maar hij scheen het niet te horen, ging maar door met mikken... en ten slotte...'

'Ach, wat interessant, neef, en toen...'

'...toen werd ik wakker!'

'Is dat alles? Ach, wat jammer!' zei Marfenka.

'Had je dan gewild dat hij me had doodgeschoten?'

'Praat niet zo, hij is in staat het in werkelijkheid te doen,' bromde baboesjka. 'Heeft hij die tachtig roebel al teruggegeven?'

'Nee, baboesjka, ik heb hem er niet om gevraagd.'

'Jullie bidden allemaal te weinig voor het slapengaan,' zei ze, 'daarom dromen jullie zulke idiote dingen. Ik zal jullie allemaal glauberzout geven, zodat die onzin jullie hoofden niet inkomt.'

'En u, baboesjka, hebt u gedroomd? Vertelt u. Nu is het uw beurt!' wendde Rajski zich tot haar.

'Ik ga geen flauwekul vertellen.'

'Vertelt u, baboesjka!' drong ook Marfenka aan.

'Baboesjka, als u wilt vertel ik voor u wat u gezien hebt,' bood Vikentjev aan.

'Hoe ken jij de dromen van baboesjka dan?'

'Ik raad ze.'

'Raad ze dan maar.'

'U hebt gedroomd,' begon hij, 'dat de boeren het graan naar de markt brachten, het verkochten en het geld verzopen. Dat, ten eerste...'

Iedereen begon te lachen.

'Je kunt goed raden,' zei baboesjka.

'Daarna hebt u gedroomd dat Jakov, Jegor, Prochor en Motka op de hooiberg klommen, een pijp opstaken en per ongeluk de boel in de fik staken...'

'Hou je mond maar! Je bent een echte praatjesmaker! Kom eens hier, dan zal ik je eens aan je oren trekken!'

'Ten derde hebt u gedroomd dat de dienstmeiden op een avond alle jam en appels opgegeten hadden en alle koffie- en suikervoorraden weggesleept hadden...'

Opnieuw moest iedereen lachen.

'Dat Saveli Marina half dood had geslagen...'

'Genoeg, zeg ik je!' vermaande Tatjana Markovna Vikentjev boos.

'En ten slotte,' voegde hij er zo haastig aan toe dat het schuim hem op de mond stond, 'dat de districtspolitie in het dorp een rijweg en trottoirs liet aanleggen en een compagnie soldaten in uw huis inkwartierde...'

'Wacht, ik zal je, ik zal je,' zei baboesjka, stond op en pakte Vikentjev bij zijn oor. 'Om er zulke onzin uit te slaan! En je bent nog wel de bruidegom.'

'Hij heeft u heel handig en kundig geportretteerd!' zei Rajski goedkeurend. Marfenka lachte tot tranen toe en zelfs Vera glimlachte. Baboesjka ging weer zitten.

'Hoe jullie op die onzin komen!' zei ze.

'Hebt u eigenlijk wel eens dromen, baboesjka?' vroeg Rajski.

'Zeker, maar niet zulke afschuwelijke en verschrikkelijke dromen als jullie allemaal.'

'Wat hebt u vannacht bijvoorbeeld gedroomd?'

Baboesjka dacht na.

'Ik heb iets gedroomd, wacht... Ja, ik droomde van een veld waar... sneeuw op lag.'

'En verder?' vroeg Rajski.

'En op de sneeuw lag een takje.'

'Is dat alles?'

'Wat wil je nog meer? Iemand hoeft toch niet altijd te schreeuwen of te vliegen!'

22

Ze zaten de hele dag als natte kippen bij elkaar, gingen vroeger dan anders uiteen en legden zich te slapen. Om tien uur 's avonds was alles stil in het huis. Ondertussen was het opgehouden met regenen. Rajski deed zijn jas aan en ging naar buiten om een kleine ronde om het huis te maken. De poort was gesloten en de straat was onbegaanbaar door de modder, daarom ging hij het park in.

Het was stil, de bomen en struiken ruisten heel zachtjes, het water druppelde van de takken. Rajski doorliep een keer of drie het park en de moestuin om te zien wat er op de velden en op de Wolga gebeurde.

Het was donker. De wegtrekkende wolken hadden zich aan de horizon verzameld en alleen hoog aan de hemel flonkerden hier en daar flauwtjes de sterren. Hij luisterde naar de stilte en tuurde het donker in zonder iets te horen of te zien.

Rechts deinde de mist, links lag als een zwarte vlek het dorp, verderop strekten zich als een gelijkvormige massa de velden uit. Hij ademde de vochtige lucht een paar keer diep in en niesde.

Plotseling hoorde hij hoe in het oude huis een raam werd geopend. Hij keek omhoog, maar het raam dat geopend werd keek niet op het park uit maar op de velden, en hij haastte zich naar het acaciaprieeltje, sprong daar over de omheining en kwam terecht in een plas, waarin hij, zonder zich te verroeren, bleef staan.

'Bent u dat?' vroeg iemand fluisterend vanuit het raam van de benedenetage. Het kon alleen Vera zijn, omdat er behalve haar niemand in het oude huis was.

Rajski's knieën knikten, maar hij antwoordde op nauwelijks verstaanbare fluistertoon: 'Ja.'

'Ik kon vandaag niet komen... het regende de hele dag: kom morgen om tien uur naar dezelfde plek... Ga weg, snel, er komt iemand aan!'

Het raam ging zachtjes dicht. Rajski verroerde zich nog steeds niet.

Welke zelfde plek? vroeg hij zich gekweld af, en hij vervloekte de naderende stappen die hem verhinderd hadden het gesprek voort te zetten. Mijn God! Dus het is waar, er is een geheim (en hij had er nooit in geloofd), de brief op het blauwe papier was geen droom geweest! Ze geeft hem een rendez-vous! Dat is ze, de geheimzinnige nacht! En mij moet ze de les lezen over zedelijkheid!

Hij ging de stappen tegemoet.

'Wie is daar?' klonk een luide stem terwijl degene die naderde tegelijk uit alle macht op een plank sloeg.

'Loop naar de duivel, jij!' zei Rajski geërgerd terwijl hij Saveli – want dat was degene die op hem afkwam – geërgerd van zich afduwde. 'Sinds wanneer bewaak jij het huis?'

'Dat heeft de meesteres me bevolen,' antwoordde Saveli. 'Er lopen allerlei spitsboeven rond in deze contreien... ontvluchte gevangenen... de scheepsjagers komen hier de beest uithangen...'

'Je liegt dat je barst!' antwoordde Rajski geërgerd, 'je bent Marina aan het bespieden... dat is gemeen,' wilde hij zeggen, maar hij maakte zijn zin niet af en liep door.

'Mag ik iets over Marina zeggen?' riep Saveli hem achterna.

'Wat dan?'

'Kan ze niet naar de politie gebracht worden?'

'Je bent gek geworden,' zei Rajski en liep door. Saveli ging achter hem aan.

'Verleen mij in godsnaam die gunst: stuur haar weg, desnoods naar Siberië.'

Rajski was geheel verdiept in het nieuwe probleem dat het gesprek van zonet met Vera had gecreëerd en liep door.

'Of voor mijn part naar een werkhuis... voor haar hele leven...' zei Saveli, die met hem meeliep.

'Waarvoor?' vroeg Rajski plotseling en bleef staan.

'Weer om hetzelfde... ze heeft het met de postbode aangelegd... kunt u haar niet laten afranselen...'

'Jou zal ik laten afranselen,' zei Rajski, 'zodat je haar niet langer slaat.'
'Zoals u wilt.'
'En zodat je ophoudt haar te bespioneren! Dat is kwalijk...' siste hij tussen zijn tanden en wierp een blik op het raam van Vera.
Hij verwijderde zich terwijl Saveli als een razende op een plank sloeg.
Rajski sliep die nacht nauwelijks en verscheen de volgende dag met rode, brandende ogen in het kabinet van baboesjka. Het was een wolkeloze dag. Allen hadden zich verzameld voor de thee. Vera begroette hem vriendelijk. Hij drukte haar koortsachtig de hand en keek haar vorsend aan. Ze was rustig en vrolijk, alsof er niets was gebeurd.
'Wat ben je vandaag koket gekleed!' zei hij.
'Vindt u deze eenvoudige gele bloes koket?'
'En dat hoogrode haarlint, en je kapsel met de lange, achteloos over de schouder geworpen haarstreng, en die gordel met de elegante band, die met rode zijde doorstikte laarsjes! Je hebt een uitgelezen smaak. Vera, ik ben verrukt!'
'Ik ben erg blij dat ik bij u in de smaak val. Alleen geeft u wel op een vreemde wijze uitdrukking aan uw enthousiasme. Zegt u me waarom.'
'Goed, ik zal het zeggen, laten we gaan wandelen.'
'Wanneer?'
'Om tien uur.'
Ze wierp een snelle, argwanende blik op hem. Hij merkte die blik op.
Had ik maar niet op zo'n besliste manier 'om tien uur' gezegd, dacht hij, ik had moeten zeggen 'om een uur of tien'... Nu heeft ze het geraden...
'Goed, laten we gaan wandelen!' ging ze na even nagedacht te hebben akkoord, 'maar het is nu nog vroeg, het is nog geen tien uur.'
Ze ging zwijgend in een hoek zitten, vermeed zijn blikken en antwoordde niet op zijn vragen. Tegen tienen pakte ze haar werkmandje en parasol en gaf hem een teken dat hij haar moest volgen.
Ze liepen zwijgend door de laan die van het huis af liep, sloegen toen een tweede laan in, doorkruisten het park en bleven ten slotte bij het ravijn staan. Hier stond een bankje. Ze gingen zitten.
'Vera!' begon hij, zijn opwinding met moeite bedwingend, 'ik heb, geloof ik, zonder het te willen een deel van je geheim ontdekt...'
'Ja, dat geloof ik ook!' zei ze koel, 'u hebt me gisteren afgeluisterd...'
'Ik deed het zonder opzet, dat zweer ik je...'
'Ik geloof u...' onderbrak ze hem en wierp hem een vluchtige blik toe, 'en wat dan nog?'
'Niets... dus... je houdt van iemand! Mijn twijfels zijn verdwenen... Maar wie is het?'

'Dat zeg ik niet, vraagt u het niet!' antwoordde ze kortaf.

Hij slaakte een zucht.

'Ik weet zelf heel goed dat het dom is om het te vragen, maar toch wil ik het weten. Ach, Vera, Vera, wie kan je meer geluk geven dan ik? Waarom vertrouw je hém wel en mij niet? Je hebt mij zo koel beoordeeld, zo streng, maar wie heeft je gezegd dat degene die je bemint je langer dan een half jaar geluk zal geven? Waarom vertrouw je hem wél?'

'Omdat ik van hem houd.'

'Je houdt van hem!' zei hij op smartelijke toon, 'mijn God, wat een bofkont! En waarmee zal hij je betalen voor het geweldige geluk dat je hem geeft? Je houdt van hem, mijn vriendin, wees op je hoede en ga na of je hem ook werkelijk kunt vertrouwen.'

'Voorlopig vertrouw ik alleen mezelf...'

'Wie is degene van wie je houdt?'

'Van wie?' herhaalde ze en keek hem strak aan met een kleurloze, raadselachtige waternimfenblik. 'Van u...'

Zijn adem stokte.

Beneden in de bosjes weerklonk op dat moment een schot.

Ze stond snel op van de bank.

'Wat is dat, is... hij dat?' vroeg Rajski, van kleur verschietend.

'Ik moet gaan, het is tien uur!' zei ze zichtbaar opgewonden en trachtend Rajski's blik te ontwijken.

Ze liep naar het ravijn, en hij stond op om haar te volgen. Ze gebaarde hem met haar hand dat hij moest blijven waar hij was.

'Wat betekent dat schot?' vroeg hij angstig.

'Hij roept me...'

'Wie?'

'De schrijver van de blauwe brief... Geen stap verder!' fluisterde ze op nadrukkelijke toon, 'als u niet wilt dat ik...'

'Vera!'

'Geen stap... nimmer!' herhaalde ze, in het ravijn afdalend, 'of ik verlaat het huis voorgoed!' Ze verdween in de struiken.

'Vera, Vera! Wees op je hoede!' riep hij haar vertwijfeld achterna en hij luisterde of hij wat hoorde. Hij hoorde alleen hoe een keer of twee dorre takjes kraakten onder haar haastige stappen, daarna werd het stil.

'Mijn God!' riep hij vol jaloezie en wanhoop. 'Wie is hij, wie is die gelukkige?' "Ik houd van u!" zegt ze. Van mij! Als het nu eens waar was... Maar het schot?' fluisterde hij ontzet, 'en de schrijver van de blauwe brief? Wat een geheim! Wie is het?'

23

Het was niemand anders dan Mark Volochov, de paria, de cynicus, die het leven van een zwerver, een zigeuner leidde, die van iedereen geld leende en op levende mensen schoot, die de maatschappij, als een tweede Karl Moor, in de woorden van Rajski, de oorlog had verklaard, kortom de verstoten Barabbas die als staatsvijand onder politietoezicht stond.

En deze man gaf Vera – dit in een behaaglijk nestje onder de vleugels van baboesjka opgegroeide elegante wezen, de mooiste vrouw in de wijde omtrek, naar wie de beste huwelijkskandidaten van de omgeving slechts schuchter hun ogen op durfden te slaan, op wie de brutaalste mannen geen onbescheiden blik durfden te werpen, die ze niet met een vleierij of een compliment durfden te benaderen, diezelfde Vera die zelfs de autoritaire baboesjka had onderworpen – een geheim rendez-vous. Waar had ze hem ontmoet? Waar had ze kennisgemaakt met hem die tot geen enkel huis toegang had?

Het was louter toeval geweest. Op het einde van de vorige zomer, toen de appels rijp waren en de tijd gekomen was om ze te plukken, zat Vera op een avond in het prieeltje van acacia's dat in de buurt van het oude huis dicht bij de omheining stond en keek onverschillig eerst naar de velden en vervolgens naar de Wolga en de heuvels. Plotseling merkte ze op dat op een paar passen afstand van haar, in de boomgaard, de takken van een appelboom zich over de omheining bogen.

Ze boog zich voorover en zag een man rustig op de omheining zitten die een paar appels in zijn hand hield en net weer naar beneden wilde springen. Naar zijn kleren en zijn gezicht te oordelen, was hij niet iemand uit het gewone volk, noch een lakei, en hij was te oud om een schooljongen te zijn.

'Wat doet u daar?' vroeg ze plotseling.

Hij keek haar een ogenblik aan.

'Dat ziet u, ik doe me te goed,' antwoordde hij en beet in een appel.

'Wilt u er ook een?' vroeg hij, schoof over de omheining een stuk in haar richting en bood haar een andere appel aan.

Ze deed een stap terug van de omheining en keek hem nieuwsgierig, maar zonder angst aan.

'Wie bent u?' vroeg ze streng, 'en waarom klimt u op andermans omheiningen?'

'Wie ik ben, dat gaat u niets aan. En waarom ik op omheiningen klim, heb ik u al gezegd: om appels te plukken.'

'Schaamt u zich niet? U bent toch geen kleine jongen meer?'

'Waarom zou ik me moeten schamen?'

Hij lachte.

'Omdat u stiekem andermans appels plukt!' zei ze berispend.

'Ze zijn van mij en niet van een ander: u steelt ze van mij!'

Ze zweeg maar bleef hem nieuwsgierig aankijken.

'U hebt waarschijnlijk Proudhon niet gelezen,' zei hij en keek haar strak aan. 'Maar wat bent u een schoonheid!' voegde hij er plotseling als het ware tussen haakjes aan toe. 'Weet u niet wat Proudhon zegt?'

'*La propriété c'est le vol*,' zei ze.

'U hebt hem gelezen!' riep hij verbaasd uit en keek haar met grote, verbaasde ogen aan.

Ze schudde ontkennend het hoofd.

'Maar u hebt ervan gehoord: deze goddelijke wijsheid gaat nu de hele wereld over. Als u wilt, breng ik u Proudhon. Ik heb hem thuis.'

'U bent geen kleine jongen meer,' herhaalde ze, 'en toch steelt u appels en gelooft dat dat geen diefstal is omdat de heer Proudhon dat gezegd heeft...'

Hij wierp een snelle blik op haar.

'Gelooft u dat wat ze u in het pensionaat of op kostschool verteld hebben... of... Maar zeg me wie u bent! Dit is het park van Berezjkova... bent u niet haar kleindochter? Men heeft me verteld dat ze twee kleindochters heeft, schoonheden...'

'Wat gaat het u aan wie ik ben? Waarom wilt u dat weten?'

'Ik wilde maar zeggen dat u gelooft in de waarheden die baboesjka u heeft bijgebracht...'

'Ik geloof in datgene wat me overtuigt.'

Hij deed zijn muts af en maakte een buiging.

'Dat doe ik ook. Dus u ziet het als een misdaad dat ik deze appels pluk...'

'Ik zie het als onfatsoenlijk.'

'Daar bent u zeker van?'

'Ja.'

'Ik ben er niet zeker van, maar ik doe u een concessie: neemt u de vier appels die ik nog heb terug,' zei hij en reikte ze haar aan.

'Ik schenk ze u,' zei ze.

Hij deed opnieuw zijn muts af, maakte een spottende buiging en beet in een tweede appel.

'U bent een schoonheid,' herhaalde hij, 'en zelfs een schoonheid in tweeërlei opzicht: u bent mooi èn intelligent. Het zou jammer zijn als u het bestaan van een of andere idioot met uzelf zou opfleuren. Men zal u weggeven, uithuwelijken, arme stakker...'

'Geen medelijden, alstublieft! Men zal mij niet weggeven, ik ben geen appel...'

'Nu u het toch over appels hebt: uit dankbaarheid voor uw geschenk zal ik boeken voor u meebrengen. Houdt u van lezen?'

'Proudhon?'

'Ja, en de rest. Ik krijg altijd het allernieuwste. Maar u moet ze niet laten zien aan baboesjka of aan uw stompzinnige gasten. Ik ken u weliswaar niet, maar ik geloof niet dat u van hetzelfde soort bent...'

'Hoe weet u dat? U kent me pas vijf minuten...'

'Een vrije geest kun je niet verbergen en die hebt u, dus u behoort tot de levenden, niet tot de doden, dat is nu de hoofdzaak. De rest komt vanzelf, er is alleen een aanleiding nodig. Wilt u dat ik...?'

'Ik wil niets. U zegt dat ik een vrije geest heb en u wilt hem nu al aan u onderwerpen. Wie bent u en hoe komt u erbij dat u mij iets kunt leren?'

Hij keek haar verbaasd aan.

'U moet geen boeken meebrengen en ook zelf niet meer hierheen komen,' zei ze, verder van de omheining terugwijkend. 'Er loopt hier een wachter rond. Als die u te pakken krijgt, bent u nog niet jarig!'

'Nu rieken uw woorden weer naar baboesjka, naar de stad en naar vastenboter. En ik dacht nog wel dat u van het wijde veld en van de vrijheid hield. Bent u niet bang voor mij? Wie denkt u dat ik ben?'

'Dat weet ik niet, waarschijnlijk een seminarist.'

Hij begon te lachen.

'Waarom denkt u dat?'

'Die zien er onverzorgd uit, zijn armoedig gekleed en hebben altijd honger. Gaat u naar de keuken, ik zal u te eten laten geven.'

'Nee, dank u. Hebt u verder niets opgemerkt aan de seminaristen?'

'Ik ken er niet een en heb er weinig meegemaakt. Ze zijn zo onbehouwen, praten zo belachelijk.'

'Dat zijn onze ware missionarissen, ook al praten ze belachelijk. Het zijn deze hongerigen en uitgemergelden die voor ons allen op moeten komen. Zij gaan blind het vuur in, marcheren er enthousiast op los...'

'Waarheen dan?'

'Naar het licht, naar de nieuwe wetenschap, naar het nieuwe leven... Weet u dan van niets, hebt u nergens van gehoord? Wat bent u toch naïef...'

'Wat is er dan met de seminaristen aan de hand?'

'Men houdt hen in het duister, voedt hun geesten met kadavers en ranselt ze bovendien onbarmhartig af. Degenen die het meest enthousiast zijn krijgen niet eens kadavers te eten, die krijgen alleen slaag. Geen wonder dat ze uit hun duisternis naar het licht willen, dat ze belust zijn op alles wat nieuw is. Het is jong, gezond en fris volk dat snakt naar lucht en geestelijk voedsel, dat soort hebben we nodig...'

'Wie zijn wíj...?'

'Wie? Moet ik dat zeggen? Daarmee bedoel ik de nieuwe, komende macht...'

'De nieuwe, komende macht... dat bent u dus?' vroeg ze en keek hem nieuwsgierig en spottend aan. 'Wie bent u eigenlijk? Of is uw naam een geheim?'

'Mijn naam? Zult u niet schrikken?'

'Dat weet ik niet, misschien, zegt u het.'

'Ik ben Mark Volochov. Dat staat hier in deze duffe uithoek vrijwel gelijk met Poegatsjov of Stenka Razin.'

Ze keek hem opnieuw nieuwsgierig aan.

'Dus dat bent ú!' zei ze. 'U schijnt er trots op te zijn dat u berucht bent... Ik heb al van u gehoord. U hebt op Nil Andrejitsj geschoten en uw hond op een dame afgestuurd... Is dat "de nieuwe macht"? Gaat u, en komt u hier niet meer terug.'

'Vertelt u het anders aan baboesjka?'

'Beslist. Vaarwel!'

Ze verwijderde zich terwijl hij haar met begerige ogen volgde.

'Als ik díe appel eens kon plukken,' zei hij en sprong op de grond.

Vera vertelde baboesjka echter niets over het gebeurde. Ze vertelde het alleen aan haar vriendin Natalja Ivanovna, na haar op het hart gedrukt te hebben om het niet verder te vertellen.

Deel vier

I

Nadat Vera afscheid had genomen van Rajski wachtte ze nog even om te horen of hij haar niet volgde, stortte zich toen plotseling, de takken uiteen duwend met haar parasol, in de struiken en gleed als een schaduw over het haar vertrouwde smalle voetpad.

Ze baande zich een weg naar het vervallen en half verrotte tuinhuisje in het bos, dat ooit deel had uitgemaakt van het park. Het trappetje was losgeraakt van het huisje, de treden waren gebarsten door uitdroging, de vloer was verzakt, enkele planken waren vervallen en andere bewogen onder je voeten. Alleen de kromgetrokken tafel en de beide ooit groene banken waren nog over onder het met mos begroeide dak.

Mark zat in het tuinhuisje. Op de tafel lagen zijn geweer en een leren tas.

Hij reikte Vera de hand en trok haar bijna over de gebroken treden het huisje in.

'Waarom zo laat?'

'Mijn neef heeft me opgehouden,' zei ze, een blik op haar horloge werpend. 'Overigens ben ik maar een kwartier te laat. Nou, hoe is het met u? Is er nog iets nieuws gebeurd?'

'Wat had er moeten gebeuren?' vroeg hij, 'had u iets verwacht?'

'Heeft men u niet weer in het arrestantenlokaal opgesloten of op het politiebureau? Dat verwacht ik iedere dag.'

'Nee, ik ben nu voorzichtiger geworden, nadat die uitslover van een Rajski in een grootmoedige bui de affaire met de boeken op zich heeft genomen.'

'Dat mag ik nou niet in u, Mark...'

'Wat bedoelt u?'

'Die afstandelijkheid, zelfs boosaardigheid ten aanzien van alles behalve uw eigen persoon. Mijn neef heeft zich helemaal niet uitgesloofd, hij heeft het niet eens aan mij verteld. U weet de dienst die hij u bewezen heeft niet te waarderen.'

'Ik waardeer die op mijn manier.'

'Zoals de wolf de dienst van de kraanvogel waardeerde. Waarom kun je hem niet zonder omwegen bedanken, zoals hij zonder omwegen gedaan heeft wat je van hem vroeg. Je bent een echte wolf!' zei ze terwijl ze voor de grap met de parasol naar hem uithaalde. 'Alles ontkennen, alles veroordelen, iedereen scheef aankijken. Is dat trots, of...'

'Of wat?'

'Ook uitsloverij, een pose, de nieuwe opvoedingsmethode van de "komende macht"...'

'Alweer spotternijen!' zei hij en ging naast haar zitten. 'U bent nog jong, hebt nog niet geleefd, hebt nog geen tijd gehad om uw ziel te infecteren met alle bekoringen van de goede oude tijd. Wanneer zal het me eindelijk lukken om u de waarde van de echte menselijke waarheid bij te brengen?'

'En wanneer zal het mij lukken om u te overtuigen van de waardeloosheid van de echte wolvenleugen?'

'Je bent niet op je mondje gevallen, slimmerik! Met jou verveel je je nooit. Als ik nu ook nog eens...'

Hij krabde zich achter het oor.

'...op het politiebureau werd opgesloten,' maakte ze zijn zin af. 'Dat schijnt het enige te zijn wat nog aan uw geluk ontbreekt.'

'Als u er niet geweest was, zou ik allang ergens achter slot en grendel zitten. U verhindert dat...'

'Het rustige leven verveelt u, u wilt een storm! En u hebt me nog wel een ander leven beloofd, wat u me al niet hebt beloofd! Ik was zo gelukkig dat ze thuis zelfs mijn extase hebben opgemerkt. Maar u zingt weer het oude liedje!'

Hij pakte haar hand.

'Een mooi handje,' zei hij, kuste het een paar keer en richtte zich op om haar op de wang te kussen, maar ze schoof bij hem vandaan.

'Alweer niet! Wanneer komt er eens een einde aan deze onthouding. U houdt zich waarschijnlijk aan de Maria-Hemelvaartvasten? Of spaart u uw tederheden op voor...'

'Ik wil niet hebben dat u daar grappen over maakt!' zei ze, en trok haar hand terug. 'Dat weet u.'

'Mijn toon bevalt u niet?'

'Nee, die is onaangenaam... Die moet u op de eerste plaats afleren en ook al die andere wolvenmanieren, dat zou een eerste stap zijn naar de menselijke waarheid!'

'Ach, moet je de jongedame, het kleine meisje horen. U kunt nog nauwelijks spellen, maar u hebt het al over manieren en over de goede toon! Wat ontwikkelt u zich toch langzaam tot vrouw. De vrijheid, het leven, de liefde en het geluk liggen binnen handbereik, maar u hebt het over de toon, over goede manieren! Waar blijft dan de mens, de vrouw in u...? Wat heeft dat met waarheid te maken!'

'Nu praat u net als Rajski.'

'Ah, Rajski... Hoe is het met hem? Heeft de hartstocht hem nog steeds in zijn greep?'

'Erger dan ooit... Ik weet gewoon niet wat ik met hem aan moet.'

'Wat u met hem aan moet? Hem voor de gek houden, aan het lijntje houden.'

'Dat is weerzinwekkend, pijnlijk en beschamend,' zei ze hoofdschuddend. 'Dat kan ik niet, het ligt me niet!'

'Voor wie moet u zich schamen? Denkt u dat hij u niet voor de gek houdt?'

Ze schudde twijfelend het hoofd. 'Nee, hij schijnt echt verliefd te zijn.'

'Des te erger. Hij zit achter u aan alsof u zijn lijfeigene bent. De gedichten die u me hebt laten zien, dat zijn fragmenten van zijn gesprekken met u... het is volkomen duidelijk dat hij slechts een tijdverdrijf zoekt. Hij heeft een lesje nodig...'

'Het is het beter om hem alles te vertellen... dan vertrekt hij. Hij zegt dat het geheim hem geen rust laat en dat hij als hij alles weet, zal kalmeren en vertrekken.'

'Dat liegt-ie, geloof hem niet, hij draait eromheen. Zodra hij erachter komt, zal hij u haten of u de les lezen of, nog erger, het aan baboesjka vertellen...'

'God bewaar me!' onderbrak Vera hem geschrokken, 'wij moeten het haar zelf vertellen! Ach, konden we dat maar gauw doen. Misschien moet ik een poosje weggaan...'

'Waar wilt u heen? Voor lange tijd kunt u nergens heen en als u voor korte tijd gaat, zult u hem alleen maar prikkelen. U bent al een poosje weggegaan, en het heeft niets geholpen. Nee, er is maar één methode, en dat is hem niet de waarheid vertellen en hem op een afstand houden... Laat hem zijn geduld verliezen, gedichten voordragen, naar de maan kijken... Hij is immers een ongeneeslijke romanticus... Uiteindelijk zal hij ontnuchterd raken en vertrekken...'

Vera slaakte een zucht.

'Hij is geen romanticus, maar een dichter, een kunstenaar,' zei ze. 'Ik begin in hem te geloven. Hij heeft veel gevoel, er schuilt veel waarheid in hem. Ik zou niets voor hem verbergen als hij niet zelf datgene wat hij... hartstocht noemt voor mij koesterde. Alleen om hem enigszins te doen afkoelen speel ik deze dwaze dubbelrol... Als zijn roes voorbij is zal ik niet aarzelen om hem alles te vertellen... en we zullen vrienden zijn.'

'Hij kan me wat!' zei Mark, en pakte opnieuw haar hand vast. 'We zijn niet bij elkaar gekomen om ons met hem bezig te houden.'

Hij kuste zwijgend haar hand. Ze liet hem met een melancholieke uitdrukking op haar gezicht begaan.

'Nou, wat valt er verder te vertellen?' vroeg ze, haar bedachtzaamheid van zich afschuddend.

'Hoe bedoelt u?'

'Wat hebt u in deze dagen gedaan, wie hebt u gesproken? Hebt u misschien weer uw mond voorbijgepraat over de komende macht, over de dageraad van de toekomst, over "de hoop van de jeugd"? Ik verwacht het iedere dag; soms weet ik me geen raad van angst en droefheid.'

'Nee, nee,' zei Mark lachend, 'wees maar niet bang, ik heb die idioten laten barsten. Het is niet de moeite om je met ze in te laten.'

'God geve dat het zo is, dan hebt u verstandig gehandeld. 'U bent op uw manier erger dan Rajski, u verdient eerder een lesje dan hij. Hij is een kunstenaar, hij tekent en schrijft verhalen. Over hém maak ik me geen zorgen, maar wat ú betreft zit ik constant in angst. Onlangs heeft zich bij de Lozgins weer een affaire afgespeeld: de jongste, Volodja, die nu veertien jaar is, verkondigde plotseling tegen zijn moeder dat hij niet meer naar de mis ging.'

'En toen?'

'Ze hebben hem een pak rammel gegeven en hem toen gevraagd waar hij dergelijke ideeën vandaan had. Hij zei dat hij het van zijn oudere broer had... Deze had op zijn beurt in de bediendekamer de dienstmeiden een hele avond de revolutie gepreekt: het is dom om te vasten, God bestaat niet en het is onzin om te trouwen...'

'Ach!' zei Mark geschrokken. 'Is dat echt waar? In de bediendekamer! En ik hield hem voor een verstandig man, heb een hele avond met hem gesproken en hem boeken gegeven...'

'Hij ging ermee naar de boekhandel en zei volgens de verkopers: kijk eens hier, zulke boeken zouden jullie moeten verkopen. Als hij zijn mond maar niet voorbijpraat over u, Mark,' zei Vera met een diep gemeend en teder verwijt. 'Hebt u niet iedere keer dat we afscheid namen en u om een nieuwe afspraak vroeg, beloofd dat niet meer te doen?'

'Dat is allemaal al lang geleden, nu laat ik me ook niet meer met hen in sinds ik het beloofd heb. Foeter me niet uit, Vera!' zei Mark de wenkbrauwen fronsend. Hij verzonk in een diep gepeins.

'Als u er niet was,' zei hij, haar hand opnieuw vastpakkend, 'zou ik hier morgen vertrekken.'

'Waarheen dan? Het is overal hetzelfde. Overal zijn jonge jongens die niet kunnen wachten tot ze een snor hebben en overal zijn bediendekamers met dienstmeiden. De volwassenen luisteren immers niet naar u. Schaamt u zich niet voor uw rol?' vroeg ze na een korte stilte en haalde haar hand, terwijl hij zich vooroverboog, door zijn haar. 'Gelooft u in die rol? Houdt u haar werkelijk in alle ernst voor een roeping?'

Hij hief het hoofd.

'Een rol... wat voor rol? Doelt u op het verfrissen van de geesten met een straal levenswater?'

'Bent u er zeker van dat het levenswater is?'

'Luister, Vera, ik ben Rajski niet,' zei hij, van de bank opstaand. 'U bent een vrouw en tegelijk nog geen vrouw maar een bloemknop die nog moet opbloeien, die veranderd moet worden in een vrouw. Dan zult u achter veel geheimen komen, waarvan meisjeshoofden niet eens dromen en die je iemand niet kunt uitleggen; die alleen via ervaring begrepen kunnen worden. Ik toon u de weg van de ervaring, toon u waar het leven is en waar het uit bestaat, maar u blijft op de drempel staan en weigert om verder te gaan. U hebt zoveel beloofd, en u gaat toch zo traag voorwaarts. En dan wilt u mij nog iets leren. Maar wat het belangrijkste is: u gelooft niet in mij!'

'U moet niet boos worden,' zei ze met haar diepe stem, die uit haar hart kwam en oprecht was, 'ik ga met u mee in datgene wat mij juist en waar lijkt, en als ik volgens u niet vastberaden genoeg dat andere leven, die ervaringen, tegemoet ga, dan is dat omdat ik zelf wil weten en zien waar ik heen ga.'

'Met andere woorden: u wilt de voor- en nadelen tegen elkaar afwegen!'

'Ja, wilt u dan dat ik dat niet doe?'

'Wat ik wil?' herhaalde hij. 'Luister, Vera, op de eerste plaats houd ik van u en verlang een volledig en duidelijk antwoord. En op de tweede plaats vraag ik u in mij te geloven en naar mij te luisteren. Steekt er dan minder gloed en hartstocht in mij dan in uw Rajski met zijn poëzie? Ik kan er alleen niet op poëtische wijze over praten, maar dat hoeft ook niet. De hartstocht is niet spraakzaam... Maar u gelooft niet in mij en wilt niet naar me luisteren!'

'Denk toch eens na, Mark, over wat u van me wilt: u wilt dat ik me dommer gedraag dan ik ben. U hebt me zelf het hoofd op hol gebracht met uw vrijheid en nu wilt u mijn heer en meester zijn en stampvoet u omdat ik niet slaafs gehoorzaam.'

'Als u niet in me gelooft, als u aan me twijfelt, laten we dan uiteengaan,' zei hij, 'onze ontmoetingen hebben op deze wijze geen zin meer...'

'Ja laten we liever uiteengaan,' zei ook zij vastberaden, 'want blind in iemand of iets geloven, dat wil ik niet! U wilt u niet nader verklaren terwijl ik alleen maar wil dat er geen enkel misverstand tussen ons bestaat, dat we elkaar leren kennen en elkaar vertrouwen... Maar ik ken u niet... en kán u niet vertrouwen.'

'Ach, Vera,' zei hij geërgerd, 'u verbergt u nog steeds onder de rokken van baboesjka als een kuiken onder de veren van de kloek: u hebt dezelfde opvattingen over zedelijkheid als zij... U trekt de hartstocht een of ander fantastisch gewaad aan, zoals Rajski, in plaats van de waarheid simpelweg te zoeken bij de ervaring... en dan te geloven, te vertrouwen...' zei hij, het hoofd afwendend. 'Laten we alle andere kwesties nu buiten beschouwing laten, ik zal het daar niet over hebben. Tussen ons is alles simpel en duidelijk: wij houden van elkaar... Ja of nee?'

'Wat wilt u daarmee zeggen, Mark?'

'Als u me niet gelooft, kijkt u dan om u heen. U leeft van jongs af aan tussen de velden en de bossen en u hebt geen oog voor dit soort ervaringen... Kijkt u hierheen, daarheen...'

Hij wees op een stel duiven die om elkaar heen cirkelden, en vervolgens op een paar zwaluwen die elkaar achtervolgend in volle vlucht voorbijschoten. 'Gaat u bij hen in de leer, zij proberen niet verstandig te zijn!'

'Ja,' zei ze, 'maar leert ú ook van hen: zie hoe ze om hun nest heen cirkelen.'

Hij wendde zich af.

'Daar is er weer een weggevlogen, waarschijnlijk om voer te halen.'

'Tegen de winter vliegen ze allemaal uit,' zei hij achteloos en nog steeds met afgewend hoofd.

'Maar tegen de lente komen ze weer terug naar datzelfde nest,' merkte zij op.

'Ik luister naar u en geloof u wanneer u verstandige dingen zegt. Mijn ruwe manier van doen beviel u niet, daarom houd ik me nu in. Ik heb me verdiept in de oude manieren en zal binnenkort, zoals Tit Nikonytsj, terwijl ik me vooroverbuig, een strijkage maken en glimlachen. Ik zal niet meer schelden, geen ruzie maken, ik zal geen kik meer geven. Misschien ga ik binnenkort wel iedere dag naar de vigilie... Wat wilt u nog meer?'

'Dat zijn allemaal grapjes, dat wilde ik niet,' zei ze zuchtend.

'Wat wilt u dan?'

'Alles! En zo al niet alles, dan toch veel! Maar tot nu toe heb ik nog niet eens bereikt dat u zichzelf in acht neemt... al was het maar voor mij, dat u ophoudt met het opfrissen van de geesten, dat u zich gedraagt zoals andere mensen...'

'En als ik me uit overtuiging zo gedraag?'
'Wat wilt u, waar hoopt u op?'
'Ik onderricht de domkoppen!'
'Wat wilt u hun dan leren? Weet u dat zelf wel? Datgene waarover wij nu al een jaar redetwisten? Het is immers onmogelijk om op uw manier te leven. Dat is allemaal heel nieuw, gedurfd en interessant...'
'Ah, we zijn weer bij ons oude thema aangeland. Er komt weer muffe lucht van de berg naar beneden.'
'U hebt altijd hetzelfde antwoord, Mark!' zei ze op zachtmoedige toon. 'Alles moet weg, alles is leugen, maar waar waarheid te vinden is, weet u zelf niet.'
'De reflectie is bij u sterker dan de natuur of de hartstocht. U bent een jongedame die wil trouwen! Dat is geen liefde... Dat is verveling. Ik wil liefde, geluk...' zei hij met nadruk.
Vera stoof op.
'Als ik een jongedame was die alleen maar wilde trouwen, dan zou ik daar iemand anders voor uitkiezen, Mark,' zei ze, en stond op.
'Neem me niet kwalijk, ik was te ruw,' verontschuldigde hij zich, en kuste haar hand. 'Maar u onderdrukt uw gevoel, aarzelt, u zoekt en vraagt in plaats van te genieten...'
'Ik probeer erachter te komen wie en wat u bent, omdat ik niet scherts met mijn gevoel. Maar u ziet het allemaal als een verstrooiing, als een tijdverdrijf...'
'Nee, ik zie het als een wezenlijke behoefte, dus ik scherts ook niet... Hoe komt u erbij! Ik slaap 's nachts niet, net zoals Rajski. Het is een marteling! Ik had nooit gedacht dat het me zo zou kunnen opwinden!'
Er sprak toorn, bijna woede uit zijn woorden.
'U zegt dat u van me houdt, u ziet dat ik van u houd, ik roep u naar het geluk, maar u bent daar bang voor...'
'Nee, ik wil geen geluk dat maar een maand of een half jaar duurt...'
'U wilt het geluk voor het hele leven en zo mogelijk zelfs in het hiernamaals?' vroeg hij spottend.
'Ja, voor het hele leven! Ik wil het einde ervan niet in zicht hebben, maar u ziet dat nu al en voorspelt het zelfs: ik geloof niet in zo'n geluk en ik wil het ook niet: het is niet echt, niet betrouwbaar...'
'Wanneer heb ik u het einde voorspeld?'
'Al vaak, misschien niet bewust, maar het is me niet ontgaan. Wat is dat voor getuur in de verte, zei u, wat voor een bekrompenheid om het geluk af te wegen in kilo's en ponden? Je moet de beker van het geluk grijpen als hij voor je neus staat, er dan twee of drie slokken uit drinken,

vluchten en een nieuw geluk zoeken, een ander vinden, opdat het je niet tegen gaat staan! Laat de appel niet van de boom vallen, pluk hem snel en pluk morgen weer een andere. Blijf niet als een slak op één plek zitten, ga eropuit. Je blijft bij elkaar zolang het duurt, en daarna ga je weer uit elkaar... Dat zijn allemaal uitspraken die u gedaan hebt en die dus in overeenstemming zijn met uw overtuigingen...'

'Als ze dat zijn, wat dan nog? U ziet dat het geen huichelarij is, dat u me kunt geloven... waarom doet u het dan niet?'

'Omdat ik geloof in iets anders, dat beter is en betrouwbaarder, en omdat ik u... wil bekeren tot dat geloof? Ja,' zei ze, 'dat wil ik en dat is de enige voorwaarde voor mijn geluk; een ander geluk ken ik niet en wil ik niet...'

'Vaarwel, Vera, u houdt niet van mij, u achtervolgt me als een spion, probeert me op mijn woorden te vangen, trekt conclusies... Elke keer dat we samen zijn, maakt u ofwel ruzie, ofwel u onderwerpt me aan een pijnlijk verhoor... en wat het geluk betreft, staan we nog steeds op het punt waar we een tijd geleden al waren... Word verliefd op Rajski, van hem kunt u als van een pop maken wat u wilt, u kunt hem uitdossen in allerlei bonte lappen uit de naaikamer van baboesjka, of iedere dag een nieuwe romanheld van hem maken, tot in het oneindige. Maar ik heb daar geen tijd voor, ik heb belangrijker zaken aan mijn hoofd...'

'Ah, ziet u wel: zaken! En de liefde, het geluk... is dat maar een tijdverdrijf?'

'En u zou op de oude manier de liefde tot de enige inhoud van het leven willen maken, een nestje bouwen, zoals die zwaluwen daar, erin gaan zitten en er alleen uit vliegen als er voedsel gehaald moet worden? Stelt u zich het leven zo voor?'

'En u zou een ogenblik een vreemd nest binnen willen vliegen en dan weer wegvliegen en het vergeten?'

'Ja, als ik erin slaag om het te vergeten. En als ik daar niet in slaag, dan keer ik terug. Of wilt u dat ik mezelf geweld aandoe en ook terugkeer als ik daar geen zin in heb? Is dat vrijheid? Hoe denkt u daarover?'

'Ik begrijp dat niet... dat vogelleven,' zei ze. 'U sprak toch niet in ernst toen u om u heen wees, op de natuur, de dieren...?'

'Bent u dan geen dier? Bent u soms een geest, een engel, een onsterfelijk wezen? Vaarwel, Vera, we hebben ons in elkaar vergist: ik heb geen behoefte aan een leerlinge, maar aan een kameraad...'

'Ja, Mark, een kameraad,' wierp ze vurig tegen, 'een kameraad die even sterk is als u, die uw gelijke is, ik wil niet uw leerlinge zijn, maar uw kameraad voor het leven. Is dat niet wat u wilt?'

Hij antwoordde niet op haar vraag, scheen hem niet gehoord te hebben.

'Ik dacht,' vervolgde hij, 'dat wij het snel eens zouden worden en dan weer uit elkaar zouden gaan... dat hangt af van de organismen, de temperamenten, de omstandigheden... Vrijheid aan beide kanten, en daarna wat ieders deel wordt: vreugde, genot en geluk voor beiden, of vreugde en rust voor de een, en kwellingen en onrust voor de ander. Dat is onze zaak al niet meer, daar zou het leven zelf over beslissen en wij zouden ons blindelings naar zijn beslissing hebben te schikken, zouden aan zijn wetten gehoorzamen. Maar u slaat aan het piekeren over alle mogelijke gevolgen, gaat de ervaring uit de weg en oordeelt daarom als een oude vrijster, zonder vaste grond onder de voeten te hebben. U hebt u niet losgemaakt van baboesjka, van de provinciale dandy's, van de officieren en de stompzinnige landeigenaars. U hebt geen idee waar u de waarheid en het licht moet zoeken. Ik heb me in u vergist! Slaap, mijn kind! Vaarwel! Laten we proberen om elkaar uit de weg te gaan...'

'Ja, laten we dat proberen, Mark!' zei Vera mistroostig. 'We kunnen niet gelukkig zijn... We kunnen elkaar niet gelukkig maken... Ach, zouden we dat echt niet kunnen?' zei ze toen plotseling en sloeg de handen in elkaar. 'Wat staat ons eigenlijk in de weg? Luister...' zei ze, pakte hem bij de hand en hield hem tegen. 'Laten we het uitpraten... laten we kijken of we het niet toch eens kunnen worden...'

Ze zweeg en verzonk in een somber gepeins.

Hij antwoordde niets, gooide zijn geweer over de schouder, verliet het tuinhuisje en liep weg door de struiken. Vera bleef roerloos zitten, alsof ze verzonken was in een diepe slaap, vervolgens kwam ze plotseling bij haar positieven en keek Mark droevig en verbaasd na, alsof ze niet kon geloven dat hij was weggegaan.

Men zegt dat wie niet gelooft ook niet bemint, dacht ze, ik geloof niet in hem, dus bemin ik hem ook niet. Waarom verdraag ik het dan zo moeilijk dat hij weggaat? Ik zou het liefst ter plekke willen sterven.

'Mark,' zei ze zacht.

Hij keek niet om.

'Mark,' herhaalde ze iets luider.

Hij liep door.

'Mark!' riep ze en luisterde ademloos.

Mark liep snel tegen de heuvel op. Haar gezichtsuitdrukking veranderde en vijf minuten later bond ze werktuiglijk haar hoofddoek om, pakte haar parasol en klom langzaam en bedachtzaam het ravijn uit.

De waarheid en het licht, zei hij, dacht ze onder het lopen. Waar kan ik die vinden? Daar waar hij zegt dat ze zijn, waar... het hart me heen trekt? En is het wel mijn hart? Ben ik een zedenpreekster zoals hij zegt? Of is de waarheid hier? vroeg ze zich af, terwijl ze het veld op liep en de kapel naderde.

Zwijgend en met een diepe, peilende blik keek ze naar het peinzende gelaat op de icoon, dat haar scheen aan te staren.

'Zal hij het echt nooit begrijpen en niet terugkomen, noch hierheen... noch naar deze eeuwige waarheid, noch naar mij, naar de waarheid van mijn liefde?' fluisterden haar lippen. 'Nooit! Wat een verschrikkelijk woord.'

2

Ze dwaalde een dag of vier door de bosjes en wachtte in het tuinhuisje, maar Mark kwam niet meer.

'Laten we proberen elkaar uit de weg te gaan,' dat waren zijn laatste woorden geweest. 'Laten we kijken of we het niet toch eens kunnen worden,' had zij geantwoord en hij had niet gereageerd op die noodkreet, op die roep van het hart.

Ze verborg zich niet langer voor Rajski. Hij bespiedde haar tevergeefs, werd niets wijzer en werd mismoedig. Ze schreef noch ontving geheimzinnige brieven, gedroeg zich vriendelijk tegenover hem, maar was verder zwijgzaam, zelfs droefgeestig.

Hij trof haar vaker dan vroeger biddend aan in de kapel. Ze verborg zich niet en ging zelfs een keer in op zijn voorstel om haar te begeleiden naar de dorpskerk op de heuvel, waar ze altijd alleen heen ging en waar ze zowel tijdens als buiten de dienst lang in geknielde houding bad, roerloos, peinzend en met gebogen hoofd.

Hij stond zwijgend achter haar, durfde zich niet te verroeren uit angst dat hij haar bij haar gebed zou storen en observeerde haar in stilte vanachter een pilaar in een hoek. Daarna gaf hij haar zwijgend haar parasol of haar mantilla aan.

Ze gaf hem dan zonder hem aan te kijken een arm en liep zonder een woord te zeggen, soms leunend op zijn schouder, vermoeid naar huis. Daar drukte ze hem de hand en ging naar haar kamer.

Hij liep, gekweld door twijfels, aan haar zijde en leed zowel om zichzelf als om haar. Ze had geen idee van zijn stille kwellingen, had geen idee door welk een hartstochtelijke liefde voor haar, die van een man voor een vrouw en van een kunstenaar voor zijn ideaal, hij beheerst werd.

Ze wist ook niet dat hij naast de hartstocht die ze hem, op zijn aandringen, had toegestaan voor haar te koesteren – deels in de hoop om hem door concessies tot bedaren te brengen, deels op aanraden van Mark – om zijn ogen af te leiden van het ravijn en hem tegelijk een lesje te leren, en zich op een vriendschappelijke, goedmoedige manier, vrolijk over hem te maken, diep in zijn hart nog steeds de hoop koesterde dat zij zijn liefde zou beantwoorden of tenminste, als beloning voor zijn hartstocht, een gevoel van tedere vrouwelijke vriendschap voor hem zou opvatten. En hoewel hij zag dat ze haar eigen kwellende zorgen had, hoewel de geheimzinnige wandelingen diep in het ravijn hem te denken moesten geven, hield hij nog steeds vast aan zijn stille hoop. Onbewust was hij zelfs bang om de hoop op wederkerigheid definitief te verliezen. Zijn hele geluk lag besloten in de mogelijkheid om aan deze hoop vast te houden en hij koesterde haar op allerlei manieren. Haar raadselachtige wandelingen trachtte hij op zijn manier, in zijn eigen voordeel, te verklaren.

Die schoten, dacht hij, betekenen misschien iets anders: het is niet de liefde die hier in het geding is, maar een ander geheim. Misschien torst Vera de zware last van een noodlottige vergissing, heeft iemand van haar jeugd en onervarenheid geprofiteerd en houdt hij haar nu gevangen onder een zwaar, terneerdrukkend juk... niet het juk van de liefde, waarvan ze niets weet. Ze wil zich bevrijden van de knellende boeien die haar misschien al in de tijd van haar meisjesachtige onwetendheid zijn omgedaan, en al die wandelingen in het ravijn, die geheimen en blauwe brieven zijn niets anders dan vertwijfelde pogingen zich eraan te onttrekken, niet aan de hartstocht, maar aan een of ander duister noodlot, dat een faux pas over haar heeft afgeroepen en waaraan ze vergeefs probeert te ontsnappen... En ten slotte zou in haar toch nog de liefde... voor hem, voor Rajski... doorbreken, zou ze hem om de hals vallen en bij hem redding zoeken.

Het scheen hem soms toe dat er in haar blik een woordloze bede om hulp aan hem lag of dat ze hem onderzoekend aankeek om te zien of hij sterk en vrij genoeg was om haar weer op de been te helpen, de onzichtbare vijand te vernietigen en haar weer op het rechte pad te brengen.

Zo droomde hij, wond hij zich op en viel in de maalstroom van de hopeloosheid, tot een golf hem weer naar boven bracht – en dat alles doordat ze op zijn vraag 'van wie houdt u?' hem achteloos de woorden 'van u' had toegeworpen.

En ook al gingen deze woorden vergezeld van de waternimfenblik, ook al was ze na het uitspreken ervan verdwenen in het ravijn, toch hadden ze hem doen huiveren van geluk.

Als het niet waar was, waarom had ze het dan gezegd? Als het voor de grap was geweest, dan was het een wrede grap. Bovendien zal een vrouw nooit schertsen met de liefde voor haar, ook al is die liefde niet wederzijds. Dus ze gelooft me niet... gelooft niet in mijn gevoelens voor haar, in mijn verdriet.

Hij leed helse kwellingen in de knetterende vlammen van deze twijfel, van deze marteling die hij voor zichzelf had gecreëerd, en snikte het soms uit, sliep hele nachten niet, starend naar het zwakke lichtschijnsel in haar raam.

Ze beseft niet hoe wreed ze me behandelt, deze beul in rok, siste hij.

En plotseling kwam dan de ontnuchtering, bespeurde hij de leugen die in dat 'van u' besloten lag, de leugen van zijn dwaze hoop op wederzijdse gevoelens, de leugen van zijn hele, hopeloze situatie...

Op een keer trof hij haar in de schemering weer biddend aan in de kapel. Ze was rustig, en haar blik was helder, met een stille zekerheid, een deemoedige overgave aan het lot, alsof ze zich erbij had neergelegd dat er geen schoten meer vielen, dat ze niet langer in het ravijn hoefde af te dalen. Zo verklaarde hij althans die rust en hij was meteen weer bereid om te geloven in zijn droom van haar liefde voor hem...

Ze gaf hem vriendelijk een hand en zei dat ze blij was hem juist op dit moment te zien, nu haar hart rustiger was. Ze probeerde in de dagen na de ontmoeting met Mark überhaupt een rustige indruk te maken. Tijdens het middageten, waarvoor ze nu iedere dag verscheen, toonde ze een onwaarschijnlijke zelfbeheersing: ze praatte met iedereen, maakte soms zelfs grapjes en probeerde te eten.

Baboesjka merkte ogenschijnlijk niets, observeerde haar niet argwanend en wierp haar geen schuinse blikken toe.

'Vera, vergeef me als ik je stoor...' begon Rajski schuchter toen hij haar bij de kapel aantrof.

'Ik vergeef je alles, neef, zeg het maar!' antwoordde ze zachtmoedig.

'Je kunt je niet voorstellen hoe gelukkig ik ben dat je rustiger bent geworden. Kijk eens wat een vrede je gezicht uitstraalt: waar heb je die vrede vandaan? Van daar?'

Hij wees op de kapel.

'Van waar anders?'

'Je gaat geloof ik niet meer... daarheen?' zei hij, op het ravijn wijzend.

Ze schudde het hoofd.

'En dat zal ik ook niet meer,' zei ze zacht.

'Godzijdank... wat een geluk! Waar ga je nu heen, naar huis? Geef me je arm. Ik vergezel je.'

Hij stak zijn arm door de hare en ze liepen rustig over de weide.

'Je bent in een strijd verwikkeld, Vera, een wanhopige strijd, dat kun je niet verbergen...' fluisterde hij.

Ze liep met gebogen hoofd voort. Haar zwijgen gaf hem hoop dat ze zich eindelijk zou uitspreken.

'Wanneer je die kwellende en gevaarlijke hartstocht overwonnen zult hebben...' vervolgde hij en haperde toen, afwachtend of ze op zijn toespelingen zou reageren met een openlijke bekentenis.

'Wat dan, neef?' vroeg ze bedrukt.

'Dan zul je een kolossale ervaring rijker zijn, gehard zijn tegen allerlei andere stormen.'

'En verder?'

'Dan zal een beter lot je deel worden...'

'Wat voor beter lot?'

Hij zweeg bij de herinnering aan de felle kleuren waarmee hij haar bij hun eerste ontmoetingen de hartstocht had geschilderd, aan de ijver waarmee hij haar onder deze donderwolk had geduwd. En nu wist hij zelf niet hoe hij haar eronder vandaan moest halen.

'Het lot van een simpel, diep, zinnig en bestendig geluk dat een leven lang duurt...'

'Dat is precies wat ik onder geluk versta...' zei ze peinzend en liet terwijl ze bleef staan haar voorhoofd op zijn schouder rusten alsof ze moe was.

Hij keek haar aan: er stonden tranen in haar ogen. Hij vermoedde niet dat hij zijn vinger op de wond had gelegd; immers juist hierom, vanwege dit blijvende geluk, had ze ruzie met Mark gekregen.

'Je huilt... Vera, vriendin van me!' zei hij meelevend.

Op dat moment klonk beneden in het ravijn een schot en de sissende echo hiervan weergalmde over de heuvel. Vera en Rajski huiverden beiden.

Ze scheen geschrokken te zijn, hief het hoofd en verstijfde een ogenblik al luisterend. Haar ogen waren wijd opengesperd en staarden roerloos in de verte. Er stonden nog steeds tranen in. Vervolgens ontrukte ze hem met geweld haar arm en rende naar het ravijn.

Hij ging achter haar aan. Halverwege bleef ze staan, legde haar hand op haar hart en luisterde opnieuw.

'Vijf minuten geleden was je nog vastbesloten, Vera...' zei hij, bleek en niet minder geschokt door het schot dan zij.

Ze keek hem werktuiglijk, zonder te luisteren naar wat hij zei, aan en deed een stap in de richting van het ravijn, maar keerde terug en liep langzaam naar de kapel.

'Nee, nee,' fluisterde ze, ik ga niet. 'Waarom roept hij me? Is hij werkelijk van gedachten veranderd in deze dagen? Nee, nee, het is onmogelijk dat hij...'

Ze knielde op de drempel van de kapel, sloeg haar handen voor haar gezicht en verroerde zich verder niet. Rajski liep van achteren zachtjes op haar toe.

'Ga niet, Vera,' fluisterde hij.

Ze huiverde, maar bleef strak naar de icoon kijken: de ogen van de Verlosser keken peinzend en onaangedaan. Geen sprankje hoop lichtte erin op, geen spoor van ondersteuning of bemoediging. Met een uitdrukking van ontzetting op haar gezicht richtte ze zich langzaam op. Rajski's aanwezigheid scheen haar te ontgaan.

Er weerklonk weer een schot. Ze haastte zich over de weide naar het ravijn.

Wat, als hij op zijn schreden terugkeert...? Als mijn waarheid de overhand heeft gekregen? Waarom roept hij me anders? O, God! dacht ze terwijl ze in de richting van het schot holde.

'Vera, Vera!' zei Rajski ontzet, en hij stak zijn hand uit om haar tegen te houden.

Zonder hem aan te kijken duwde ze met haar hand de zijne weg, rende, het gras nauwelijks met haar voeten beroerend, over de weide en verdween zonder om te kijken tussen de bomen van het park in de laan die naar het ravijn leidde.

Rajski bleef als aan de grond genageld staan.

Wat is dat? Een noodlottig geheim of een hartstocht? vroeg hij zich af. Of zowel het een als het ander?

3

Vera kwam somber gestemd naar het avondeten, vroeg om een glas melk, dronk dat gulzig op en sprak met niemand een woord.

'Waarom ben je zo terneergeslagen, Verotsjka, voel je je niet goed?' vroeg baboesjka meelevend.

'Ja, ik wilde u daar ook al iets over vragen, maar durfde het eerst niet,' mengde Tit Nikonytsj zich hoffelijk in het gesprek, 'sinds enige tijd bent u veranderd, Vera Vasiljevna' – Vera maakte bij die woorden een beweging met haar schouders – '...u lijkt magerder... en ook een beetje bleek. Dat staat u heel goed,' voegde hij er minzaam aan toe, 'maar men mag niet uit het oog verliezen dat het tekenen van een ziekte kunnen zijn.'

'Ja, ik heb een beetje kiespijn,' antwoordde Vera met tegenzin. 'Het gaat zo weer over...'

Baboesjka wendde het hoofd af en zweeg somber. Rajski hield een vork tussen middel- en ringvinger en tikte hiermee peinzend op het bord. Hij at ook niets en zei geen woord. Alleen Marfenka en Vikentjev aten alles wat werd opgediend en babbelden zonder ophouden.

'Ik zou u toch willen aanraden, Vera Vasiljevna,' zei Tit Nikonytsj, in antwoord op de tegenwerping van Vera, 'uw gezondheid niet te verwaarlozen. Het is al augustus, de avonden worden koeler en vochtiger. U maakt lange wandelingen, dat is prima, niets is zo goed voor de gezondheid als frisse lucht en beweging. Maar men kan zichzelf absoluut niet veroorloven om 's avonds blootshoofds uit te gaan of met laarsjes zonder dubbele zolen. Vooral dames, met hun tere gestel, moeten zich in acht nemen. Het beste is om een warme omslagdoek mee te nemen. Ik heb gezien dat men onlangs zeer modieuze doeken van geitenhaar heeft geïmporteerd... Ik heb er al drie gekocht... voor u, voor Tatjana Markovna en voor Marfa Vasiljevna... Maar ik wilde ze zonder uw toestemming niet meebrengen.'

Baboesjka knikte hem vriendelijk toe, Vera probeerde te glimlachen en Marfenka zei zonder plichtplegingen: 'Ach wat bent u toch aardig, Tit Nikonytsj! Na het eten geef ik u een zoen. Vindt u dat goed?'

'Maar ik vind het niet goed, ik ben jaloers!' zei Vikentjev.

'U wordt niets gevraagd,' antwoordde Marfenka.

Tit Nikonytsj begon verlegen te lachen.

'Tot uw dienst, Marfa Vasiljevna, ik zou erg gelukkig zijn...' zei hij. 'Wat een bekoorlijk wezen,' voegde hij er, zich tot Rajski wendend, halfluid aan toe, 'ze is als een ontluikende roos, om zo te zeggen, die zelfs de adem van de bries niet durft te beroeren.'

En hij smakte vertederd met zijn lippen.

Ja, het is waar, ze is een roos in volle pracht, dacht Rajski met een zucht, en die andere is als een lelie, die niet alleen door een bries beroerd schijnt te zijn, maar zelfs door een fikse storm. Hij wierp een blik op Vera. Ze stond op, kuste baboesjka de hand, nam van de anderen afscheid met een blik in plaats van een buiging en ging de kamer uit.

Ook de anderen stonden van tafel op. Marfenka liep naar Tit Nikonytsj en voerde haar voornemen uit.

'Kunt u die doek morgen niet sturen?' fluisterde ze hem in het oor. 'Ik ga morgen vroeg met Nikolaj Andrejitsj een tochtje over de Wolga maken. Hij kan van pas komen...'

'Met het grootste genoegen,' zei Tit Nikonytsj en maakte een strijkage. 'Ik breng hem zelf.'

Ze kuste hem nog op het voorhoofd en haastte zich toen naar baboesjka.

'Niets, niets,' zei ze, trachtend baboesjka's vraag te ontwijken wat ze Tit Nikonytsj had ingefluisterd. Maar ze slaagde daar niet in. Tit Nikonytsj was niet in staat om tegen baboesjka te liegen en Marfa's verzoek op alle mogelijke manieren verzachtend en verontschuldigend, vertelde hij dit toch aan Tatjana Markovna.

'Bedelares die je bent!' zei Tatjana Markovna berispend. 'Ga slapen, het is al laat! En voor u, Nikolaj Andrejitsj, is het tijd om naar huis te gaan... God zij met u, welterusten.'

'Ik breng u naar huis. Ik ben zoals gewoonlijk met de droschke,' zei Tit Nikonytsj minzaam.

Vera was nauwelijks de kamer uit gegaan of Rajski volgde haar en liep stilletjes achter haar aan. Ze ging naar de bosjes en stond een poosje aan de rand van het ravijn in de duistere diepte aan haar voeten te staren, sloeg haar mantilla toen om zich heen en ging op een bank zitten.

Rajski liet uit de verte door te hoesten weten dat hij er was en liep op haar toe.

'Ik kom naast je zitten, Vera,' zei hij, 'mag dat?'

Zonder iets te zeggen schoof ze op om plaats voor hem te maken.

'Je bent erg verdrietig, lijd je?'

'Ik heb kiespijn,' zei ze.

'Nee, het zijn niet je kiezen, het is je hele wezen. Vertel me wat je hebt! Deel je verdriet met mij.'

'Waarom? Ik kan het best alleen dragen. Ik klaag toch niet?'

Hij slaakte een zucht.

'Je koestert een ongelukkige liefde voor iemand... maar voor wie?' fluisterde hij.

'Voor wie? Alweer dezelfde vraag. Dat heb ik u toch al gezegd, mijn God! Voor u!' zei ze en schoof ongeduldig op de bank heen en weer.

'Waarom die boosaardige spot en waarvoor? Waar heb ik dat aan verdiend? Daaraan dat ik je hartstochtelijk liefheb, blindelings in je geloof en bereid ben voor je te sterven?'

'Wat voor spot? Ik ben helemaal niet in de stemming om te spotten,' zei ze bijna wanhopig, stond op van de bank en begon heen en weer te lopen door de laan.

Rajski bleef op de bank zitten.

En ik bleef maar hopen... en ik hoop nog steeds... idioot die ik ben. Mijn God! zei ze handenwringend in zichzelf. Ik ga proberen om me voor een of twee weken te bevrijden van deze koorts. Ik wil herademen, al is het maar tijdelijk! Ik ben op!'

Ze bleef voor Rajski staan.

'Neef!' zei ze, 'ik steek morgen de Wolga over en zal er misschien langer blijven dan gewoonlijk...'

'Dat ontbrak er nog aan!' liet Rajski zich op bittere toon ontvallen.

'Ik heb geen afscheid genomen van baboesjka,' vervolgde ze, zonder aandacht te schenken aan zijn uitval, 'ze weet van niets, vertelt u het haar morgen vroeg.'

Hij zweeg, totaal terneergeslagen.

'Dan vertrek ik ook!' dacht hij hardop.

'Nee, wacht u nog,' zei ze en haar woorden klonken bijna oprecht. 'Als ik een beetje tot rust ben gekomen...'

Ze zweeg even.

'Ik kan u misschien alles uitleggen... En dan nemen we anders afscheid, beter, als neef en nicht, maar nu... kan ik dat niet... Overigens, nee!' besloot ze haastig en maakte een wegwuivend gebaar, 'vertrek! En wees zo vriendelijk om naar de bediendekamer te gaan en aan Prochor te zeggen dat de brik om vijf uur klaar moet staan. En stuur Marina naar me toe. Voor het geval dat u vertrekt terwijl ik er niet ben,' voegde ze er peinzend, haast bedroefd aan toe, 'nemen we nu afscheid! Vergeeft u me mijn grillen!' – ze zuchtte – 'en aanvaard een kus van uw nicht.'

Ze omvatte met twee handen zijn hoofd, kuste hem op het voorhoofd en liep snel weg.

'Ik dank u voor alles,' riep ze, zich plotseling omdraaiend, uit de verte. 'Ik heb nu de kracht niet om u te tonen hoe dankbaar ik u ben voor uw vriendschap... en vooral voor dit hoekje hier. Vaarwel, en vergeef me.'

Ze liep weg. Hij bleef als versteend achter. Voor hem was de hele wereld een woestijn, behalve dit hoekje hier, en zij stuurde hem weg, die eindeloze woestijn in. Ze kon toch niet verlangen dat hij levend in zijn graf ging liggen?

'Vera!' riep hij en haalde haar haastig in.

Ze bleef staan.

'Sta me toe om te blijven terwijl jij daar bent. We zullen elkaar niet zien, ik zal je niet lastigvallen! Maar ik zal weten waar je bent, zal wachten tot je tot rust gekomen bent, en... zoals je hebt beloofd... alles uitlegt... Je hebt het net zelf gezegd... het is niet ver van hier, we kunnen elkaar schrijven.'

Hij ging met zijn tong over zijn hete lippen en gooide de zinnen er haastig, hortend uit, alsof hij bang was dat ze het volgende moment weg zou gaan en voor altijd zou verdwijnen.

Er lag iets smekends in zijn blik en hij strekte zijn hand naar haar uit. Ze zweeg, aarzelde, en liep langzaam op hem toe.

'Geef de bedelaar tenminste deze duit... om Christus' wil!' fluisterde hij hartstochtelijk, haar nog steeds zijn hand voorhoudend. 'Geef hem nog wat van die hemel en die hel! Laat me nog leven, begraaf me niet levend in de aarde!' fluisterde hij nauwelijks hoorbaar en keek haar vertwijfeld aan.

Ze keek hem recht in het gezicht en maakte een beweging met haar schouders alsof ze een koude rilling voelde.

'U weet zelf niet wat u vraagt...' zei ze zachtjes.

'Om Christus' wil,' herhaalde hij, zonder naar haar te luisteren en hield haar nog steeds zijn hand voor.

Ze verzonk in gepeins en wierp hem af en toe een blik toe waarin nu eens mededogen en dan weer wantrouwen lag.

'Goed, blijf!' zei ze toen vastberaden. 'Schrijf me, maar vervloek me niet als uw hartstocht...' — ze legde met achteloze ironie de nadruk op dat woord — 'ook daardoor niet overgaat.' Misschien gaat-ie ook wel over... dacht ze, hem aankijkend, het is toch allemaal maar fantasie!

'Ik verdraag alles... alle kwellingen...! Het geluk zou ik nog eerder niet verdragen... Geef ze me, die kwellingen, dat is ook het leven. Maar jaag me niet weg, verwijder me niet: daar is het te laat voor!'

Hij leefde op, zijn zenuwen waren als verjongd.

En zij dacht bedroefd: waarom zegt híj dat niet?

'Goed,' zei ze, 'dan vertrek ik niet morgen, maar overmorgen.'

En zelf scheen ze ook op te leven, en ook in haar eigen ziel ontkiemde iets, half hoop, half plan. Beiden waren plotseling tevreden, met elkaar en met zichzelf.

'Stuur nu alleen Marina naar me toe... en welterusten!'

Hij drukte een hartstochtelijke kus op haar hand en ze gingen uiteen.

4

De volgende dag liet Vera Marina 's morgens vroeg een briefje bezorgen waarop ze het antwoord mee terug moest brengen. Nadat ze het antwoord had ontvangen, raakte Vera in een vrolijker stemming, maakte een wandeling langs de Wolga-oever en vroeg baboesjka toestemming om de rivier over te steken en naar Natalja Ivanovna te gaan. Ze nam van iedereen afscheid, glimlachte naar Rajski toen ze vertrok en zei hem dat ze hem niet zou vergeten.

Twee dagen later bracht een Wolgavisser 's morgens een briefje van Vera met een paar vriendelijke woorden. Ze gebruikte daarin de aanhef 'Lieve neef', sprak van hoop op een betere toekomst en van tedere gevoelens die in haar ontkiemd waren. Deze uitdrukkingen maakten Rajski dolgelukkig. Hij raakte zelfs in een roes door de brief en leerde haar vanbuiten. Zijn zelfvertrouwen en zijn geloof in Vera keerden terug. Ze verscheen hem nu in het licht van zuiverheid en waarheid, gratie en tederheid.

Hij vergat zijn twijfels en zorgen, de blauwe brieven en het ravijn, ging haastig aan zijn schrijftafel zitten en schreef een kort, teder antwoord dat hij naar Vera stuurde terwijl hij zich overgaf aan de chaotische gevoelens van zijn hartstocht. Nu hij Vera niet regelmatig meer zag, werd de gespannen observatie van haar doen en laten afgewisseld door een stil gemijmer over alle trekken van haar wezen, over datgene wat hij al had gezien en geobserveerd. En vanuit dit gemijmer ging hij over op een ijverig zoeken naar de sleutels van haar geheimen.

Hij keek en zocht, probeerde datgene wat nog duister was in zijn ideaal in een feller licht te plaatsen, legde zijn eigen brein, zijn geweten en zijn hart op de pijnbank om erachter te komen wat hij van Vera verlangde en verwachtte, en wat er nog aan haar ontbrak om een volmaakt beeld van harmonische schoonheid te vormen. Hij liet zijn eigen leven de revue passeren en herinnerde zich alles wat hem had tegengestaan in zijn vroegere idealen, wat daaraan had ontbroken.

Alles wat hij aan vrouwelijke grofheid en gemeenheid had leren kennen, wat opsmuk noch schmink, goud noch briljanten hadden kunnen verhullen, trok aan zijn geest voorbij. Hij herinnerde zich al het lijden en de bittere beledigingen die hem in de strijd om het bestaan toegevoegd waren, zag hoe zijn idealen van hun voetstuk gevallen waren en hoe hijzelf met hen gevallen was en weer was opgestaan, hoe hij zonder te wanhopen van de vrouwen steeds weer menselijkheid had verlangd en harmonie van uiterlijke en innerlijke schoonheid.

Een voorgevoel zei hem dat dit zijn laatste experiment was, dat hij ofwel in Vera de ideale vrouw zou vinden ofwel dit ideaal voor altijd zou verliezen en zijn Diogeneslantaarn voor altijd zou moeten doven.

Het deed hem pijn dat hij in haar tussen alle lichtstralen een donkere vlek zag – de leugen. Vanwaar die raadselachtigheid: het verdwijnen gedurende hele dagen, die geheimzinnige brieven, het verstoppertje spelen en het verzwijgen, waarachter zich misschien een grove intrige, een noodlottige hartstocht, een ongrijpbaar geheim of iets anders raadselachtigs verborg? Ze heeft haar eigen wil, is trots, zegt baboesjka. Ik wil vrij en onafhankelijk zijn, verzekert ze zelf, maar ondertussen verstopt ze zich en verzint listen. Een werkelijk trotse en onafhankelijke geest vreest niemand en schrijdt openlijk over de eenmaal gekozen weg, veracht leugens en kleinzielig gedoe en draagt manmoedig alle gevolgen van zijn stoutmoedige, eigengereide daden. 'Beken ze, verberg je niet, dan zal ik me buigen voor je eerlijkheid!' zei hij. Een vrouw die haar eigen zin wil doordrijven, mag haar eigen opvattingen hebben van liefde, deugd en vrouwelijke eer, maar ze moet ook de moed bezitten om alle ellende die daaruit voortkomt te dragen. Vera proclameert weliswaar de onafhankelijkheid van haar denken maar ze handelt niet in overeenstemming met deze eis, verbergt zich, bedriegt hem, baboesjka, het hele huis, de hele stad, de hele wereld.

Nee, ze was niet zijn ideale vrouw! Het zou voor de vrouw en voor de mensheid noodlottig zijn als vrouwelijke waarachtigheid en oprechtheid van het toeval afhingen, als ze alleen waarachtig en eerlijk was wanneer ze beminde en tegenover degene die ze beminde – of alleen dan wanneer de natuur haar elke schoonheid had onthouden en er dus geen sprake meer was van hartstochten, van verleiding en strijd, en het niemand interesseerde of ze de waarheid sprak of niet.

De leugen, zo zei hij bij zichzelf, is een van de vervloekingen die Satan de wereld in geslingerd heeft. Maar nee, zij kan niet liegen, troostte hij zichzelf dan weer, verzonk in gepeins en raakte weer vertederd bij de gedachte aan de fijne, intelligente schoonheid van haar gezicht, die een weerspiegeling was van haar ziel. Welk een waarheid lag er in dit gezicht. Schoonheid is op zichzelf een kracht: waar had ze die andere, zwakke kracht, die de leugen was, dan nog voor nodig? En toch, dacht hij vervolgens mismoedig, en raakte op zijn zoektocht naar de waarheid aan vertwijfeling ten prooi: waarom dook nu vlak voor zijn neus weer dat 'en toch' op? En hij gaf zichzelf antwoord op deze vraag: dat rees op uit zijn totale levenservaring, uit de omgang met alle vrouwen die hij had leren kennen, bijna uit al zijn liefdesverhoudingen... liefdesverhoudingen!

Hij kreeg een rood hoofd van schaamte en bedekte zijn gezicht met zijn handen.

Liefdesverhoudingen! ...wat zijn dat anders dan ontmoetingen zonder liefde? kwelde hij zich innerlijk. ...Welk een vloek rust er toch op de menselijke zeden en opvattingen! Wij, het sterke geslacht, vaders, echtgenoten, broers en kinderen van deze vrouwen, veroordelen hen vol gewichtigheid omdat ze zichzelf vergooien, zich wentelen in het vuil, als katten over de daken lopen. We vervloeken hen... en verleiden hen tegelijkertijd. We zien de balk in het eigen oog niet en vergeven onszelf vol toegeeflijkheid onze... hondenliefdes. We lopen te koop met onze schande en onze dronkenschap, die we in de vrouw vol verontwaardiging veroordelen! Dat is het gebied waarop mannen en vrouwen door zedelijke opvoeding nader tot elkaar zouden moeten komen, zodat ze als gelijken naast elkaar kunnen lopen, zonder dat de mannen op honden lijken, de vrouwen op katten en beiden samen op apen. In dat geval zou er een einde komen aan de zedelijke disharmonie tussen de geslachten, aan die begripsverwarring, aan die hel van bedrog, verwijten en verraad! Dan zou er een einde komen aan de dubbele moraal die de mannen uitgedacht hebben: de ene voor eigen gebruik en de andere voor de vrouwen!

Hij liet zich meeslepen door zijn herinneringen aan zijn vroege jeugdjaren en ging op de divan liggen, lag daar lang met zijn gezicht achter zijn handen verborgen en stond bleek en verscheurd door innerlijke strijd weer op. Welk een perspectief van grofheid en leugen, wat een vergiftiging van het leven, zag hij voor zijn geestesoog. Hele eeuwen gaan voorbij, hele generaties sterven uit, gaan ten onder in de maalstroom van zedelijk en fysiek bederf en niemand en niets brengt deze troebele stroom van blinde liederlijkheid tot stilstand! De ontucht heeft haar eigen gewoonten, ja bijna principes, gevormd en heerst in de menselijke samenleving te midden van de chaos van opvattingen en hartstochten, te midden van de zedelijke anarchie...

Vervolgens richtte hij zijn aandacht weer op Vera en zocht in haar naar het stralende licht van reinheid en waarheid, van een simpele en gezonde manier van denken, van onbedorven gevoelens, van geestelijke en lichamelijke schoonheid die pas in hun vereniging de ware schoonheid voortbrengen.

Hij analyseerde, als een inspecteur van politie, elk van haar stappen, beefde nu eens van vreugde, werd dan weer moedeloos en kwam uit de maalstroom van deze analyse noch hopelozer, noch zelfverzekerder dan tevoren weer boven. Hij leed nog steeds onder diezelfde kwellende onzekerheid, als een zwemmer die denkt onder water een hele afstand afgelegd te hebben maar toch op dezelfde plek weer bovenkomt.

Hij trachtte de raadselachtigheid van haar gedrag tegenover hem te verklaren en herinnerde zich zijn opdringerigheid: hoe hij zich plotseling als het ware een recht op haar schoonheid had aangematigd, hoe hij zijn verrukking en verering ten aanzien van deze schoonheid tot uiting had gebracht; hij herinnerde zich weer hoe ze zich eerst achteloos en daarna steeds energieker tegen zijn avances had verweerd, hoe ze zijn hartstocht had bespot, er niet in had geloofd en er nog steeds niet in geloofde, hoe ze geprobeerd had hem te verwijderen van zichzelf en van deze oorden, had geprobeerd hem ertoe te overreden om te vertrekken, terwijl hij haar gesmeekt had om te mogen blijven.

Ja, ze heeft gelijk, het is mijn schuld, dacht hij, en overlaadde zichzelf met bitter zelfverwijt.

Vervolgens herinnerde hij zich hoe hij zijn hartstocht geleidelijk tot bedaren had willen brengen, door aan hem toe te geven en hem als een valse hond te strelen om hem vriendelijker te stemmen en dan terugwijkend heelhuids te ontsnappen. Waarom had ze hem toen de naam van haar idool niet onthuld, terwijl ze er toch zeker van kon zijn dat het hem van al zijn hoop zou beroven en zijn hartstocht in een oogwenk zou doen verkoelen?

Wat had haar dat gekost? Niets! Ze wist dat hij haar geheim zou bewaren maar toch zweeg ze toen... alsof ze zijn hartstocht nog wilde aanwakkeren. Waarom had ze het toen niet gezegd? Waarom had ze hem niet laten vertrekken, maar hem gevraagd te blijven, terwijl hij Jegorka zijn koffer al van zolder had laten halen? Ze koketteerde tegenover hem, dus ze bedroog hem. Ze had hem laten beloven om niets aan baboesjka te vertellen... dus ze bedroog ook haar zoals ze iedereen bedroog!

Het was haar eigen schuld!

Hij ging weer een dagboek bijhouden. Golven van poëzie en van improvisatie begonnen te stromen, nu eens vol tedere ontroering en verering, dan weer vol levende, afgunstige hartstocht met al zijn onstuimige, gloedvolle weeklachten, zijn liederen, kwellingen en gelukzaligheden.

De liefde zelf tooide hij met de mooiste versierselen die de menselijke fantasie maar kan bedenken, hij bezielde haar met zedelijk gevoel en zag in dat gevoel misschien nog wel meer dan in het verstand, schreef hij, de onoverbrugbare kloof die de mens scheidt van alle overige organismen. De grote liefde is onafscheidelijk van het diepe verstand: onbekrompenheid van verstand staat gelijk aan diepte van hart, daarom bereiken alleen mensen met een groot hart de hoogste toppen van de menselijkheid en zijn zij tegelijk de grootste geesten, verkondigde hij. Voortdurend wisselden de kleuren van deze caleidoscoop van de liefde die hij als kunstenaar en als tedere aanbidder ontworpen had, en ook zijn eigen stemming wisselde voortdurend: nu eens viel hij in het stof voor de voeten van zijn idool en dan stond hij weer op en ridiculiseerde onder daverende lachsalvo's zijn eigen kwellingen en gelukzaligheden. Wat alleen niet veranderde, was zijn liefde voor het goede, zijn gezonde kijk op de zedelijkheid. '"Geloof in God, weet dat twee keer twee vier is, en wees een fatsoenlijk mens," zegt Voltaire ergens,' schreef hij, 'en ik zeg: een vrouw mag beminnen wie ze wil, mag op aardse wijze beminnen als ze maar niet alleen op de kattenmanier bemint en niet uit berekening, en de liefde niet misbruikt voor bedrog.

Een eerbare vrouw!' schreef hij, 'wie dat verlangt, verlangt alles! Ja, dat is inderdaad alles. Maar dat niet verlangen, betekent helemaal niets verlangen, betekent de vrouw beledigen, haar menselijke natuur beledigen, haar minachten als schepsel Gods, betekent haar zonder meer en op rücksichtsloze wijze gelijkberechtiging met de man ontzeggen... iets waarover de vrouwen terecht klagen. De vrouw is de kroon der schepping, maar niet louter als Venus.

Voor een kater is de poes ook de kroon der schepping, de Venus van het kattengeslacht. De vrouw mag een Venus zijn, maar een met rede begaafde, bezielde Venus waarin uiterlijke schoonheid vergezeld gaat van geestelijke schoonheid; een liefhebbende en eerbare Venus, dat wil zeggen het ideaal van vrouwelijke grandeur en harmonische schoonheid.'

Al deze diepzinnigheden gaf Rajski een plaats in zijn dagboek in de hoop ze aan Vera voor te lezen zodra ze weer terug was. Ondertussen bleef hij korte, vriendschappelijke briefjes met haar uitwisselen.

Af en toe legde hij de pen neer en stortte zich op de muziek. Hij ging dan helemaal op in het rijk der klanken en luisterde vol verrukking hoe ze hem het lied van zijn hartstocht, de hymne der schoonheid, toezongen. Hij zou die klanken willen vasthouden, ze willen vastleggen in een weldoordachte harmonische schepping.

Uit die vloed van klanken ontstond in zijn fantasie een soort muzikaal gedicht. Hij probeerde het geheim van de muzikale creatie te doorgronden, was drie ochtenden ingespannen bezig en schreef een dik notenschrift vol. Toen hij de vierde ochtend dat wat hij had opgeschreven op de piano speelde, bleek het een onbeduidende polka te zijn, maar zo'n sombere en droevige polka dat hij onder het spelen in tranen uitbarstte.

Het verbaasde hem dat zijn uitbundige improvisaties, op papier gezet, zo'n karig resultaat opleverden en hij moest met een zucht toegeven dat met louter fantasie een gebrek aan muzikale techniek niet valt te compenseren.

Stel dat het met mijn roman net zo gaat, wat dan? peinsde hij. Maar nu staat mijn hoofd nog niet naar de roman, dat komt later wel; nu is mijn brein nog vol van Vera, nu heerst daar de hartstocht, het leven... niet het kunstmatige, maar het echte leven.

Hij wandelde, zodra hij een aanval kreeg van dit geluksgevoel, door het huis, het park, het dorp en de velden als een ware sprookjesheld en voelde zoveel kracht in zijn hoofd en hart, in zijn hele zenuwstelsel, dat alles in hem jubelde en bloeide.

Zijn gedachten waren vruchtbaar, zijn fantasie productief, zijn ziel stond open voor het goede, voor activiteit en liefde – niet alleen voor

Vera, maar voor alle levende schepselen. Op alles vielen de stralen van zijn zachtmoedigheid en vriendelijkheid, van zijn zorgzaamheid en aandacht.

Hij had in deze stemming een fijn gevoel voor de noden van de ander, van zijn naaste, van een ongelukkige, en haastte zich hem de helpende hand toe te steken of hem te troosten, hij verplaatste zich zelfs in de situatie van een kevertje dat over de weg kroop en pakte het voorzichtig op om het op een struik te zetten en zo te voorkomen dat het werd vertrapt door een voorbijganger.

Hij zou op die momenten van geluk de Madonna van Rafaël hebben kunnen schilderen, als ze niet al geschilderd was, hij had de Venus van Milo, de Apollo van de Belvedère kunnen creëren, de Sint-Pieter opnieuw kunnen bouwen.

Als hij daarentegen ergens onder gebukt ging leek hij mager, bleek en ziekelijk, at niet en dwaalde zonder iets te zien door de velden, raakte de weg kwijt en moest aan de boeren die hij tegenkwam vragen of Malinovka aan de linker- of de rechterkant lag.

Dan was hij kortaf tegen baboesjka en Marfenka, grof tegen het personeel en lag hij wakker tot aan het ochtendgloren. Als hij al insliep dan was zijn slaap onrustig en vond de overdag ondergane kwelling haar voortzetting in de slaap.

Af en toe keek hij om zich heen alsof hij met zijn ogen aan iedereen wilde vragen: waar ben ik en wat zijn jullie voor mensen?

Marfenka werd een beetje bang voor hem. Hij sloot zich meestal op in zijn kamer boven en werkte daar aan zijn dagboek, liep in zichzelf pratend door de kamer of ging aan de piano zitten teneinde, zoals hij het schilderachtig uitdrukte, 'het schuim van de hartstocht eruit te gooien'.

Jegorka had een gat geboord in de houten met papier beplakte wand die Rajski's kabinet scheidde van de gang en observeerde hem daar.

'Nou, meiden, ik zal jullie eens wat moois laten zien!' zei hij, op de grond spugend, 'kom maar eens mee, Pelageja Petrovna, naar onze landheer, naar Boris Pavlovitsj, daar kunnen jullie door het gaatje kijken; dan hoeven jullie niet meer naar het theater, hij voert daar een waar toneelstuk op.'

'Daar heb ik geen tijd voor, ik moet strijken,' zei Pelageja, die de strijkbout aan het verwarmen was.

'En u, Matrjona Semjonovna?'

'En wie ruimt dan de kamer van Marfa Vasiljevna op? Jij soms?'

'Wat is dat nu... ik krijg niemand mee!' zei Jegorka geërgerd en spuugde opnieuw op de grond, 'en ik ben zo lang bezig geweest om dat gat te boren!'

'Laat mij maar eens zien wat daar aan de hand is!' zei de nieuwsgierige Natalja, een van de kantklossers van Tatjana Markovna.

'U bent een prachtige deerne, Natalja Faddejevna,' zei Jegorka teder, 'net een dame! Ik zou u niet alleen door een gaatje laten kijken, maar u ook mijn hand en mijn hart aanbieden, als u maar... een ander gezicht had!'

De andere meiden lachten, maar Natalja was beledigd.

'Brutale hond!' zei ze, de kamer verlatend, 'je bent echt een brutale hond!'

'U begint al aardig op uw vadertje, op Faddej Iljitsj, te lijken wat uw smoel betreft,' riep Jegorka haar nog grinnikend na.

Hij slaagde er echter in de beide anderen ertoe te overreden om met hem mee te gaan. Ze keken alle drie om de beurt door het gat.

'Kijk toch, kijk toch hoe hij huilt, hij zwemt gewoon in zijn tranen!' zei Jegorka, nu eens de een, dan weer de ander naar het gaatje duwend.

'Hij huilt echt, ja, de arme stakker!' zei Matrjona meewarig.

'Maar lacht hij nu niet? Ja, hij lacht! Kijk toch, kijk!'

Ze gingen alle drie op hun hurken zitten en giechelden alle drie.

'Hij heeft het flink te pakken!' zei Jegorka, 'hij is waarschijnlijk smoorverliefd op Vera Vasiljevna...'

Pelageja gaf hem een por in de zij.

'Wat ben je nu aan het zwetsen, smeerlap!' merkte ze angstig op. 'Zwets zoveel je wilt, maar laat de jongedames erbuiten! Dadelijk hoort de meesteres het nog...'

Rajski huilde en lachte bijna tegelijkertijd, en speelde inderdaad toneel want het was meer de door zijn zenuwen gekwelde kunstenaar dan de mens die daar lachte en huilde.

Hij probeerde wanneer hij aantekeningen maakte Vera's beeld in zo zuiver mogelijke vormen vast te houden en onbewust en ongeveinsd schetste hij daarmee tegelijk een beeld van zijn hartstocht. Hij gaf daarin, soms op naïeve en komische wijze, de edele kanten van zijn eigen ziel weer en de eisen die deze ziel stelde aan zijn medemensen, de vrouw in het bijzonder.

'Wat ben je daar eigenlijk aan het schrijven?' vroeg Tatjana Markovna, 'een toneelstuk of nog steeds een roman?'

'Ik weet het niet, ik probeer het leven te beschrijven... of het een roman wordt of iets anders, kan ik nog niet zeggen.'

'Een kinderhand is gauw gevuld,' merkte ze op en had met die uitdrukking de waarde van het geschrijf van Rajski tamelijk precies vastgesteld. De tijd ging voorbij, de kracht van zijn fantasie vond op natuurlijke wijze een uitweg en hij merkte het leven niet op, kende geen verveling, wilde nergens heen en verlangde nergens naar.

'Waarom schrijf je eigenlijk altijd 's nachts?' vroeg Tatjana Markovna. 'Ik sta doodsangsten uit... Stel dat je een keer boven je toneelstuk inslaapt en de kaars valt om? Wie heeft ooit zoiets meegemaakt: schrijven tot aan de dageraad. En je ruïneert je gezondheid er mee. Je ziet soms zo geel als en overrijpe augurk, kijk maar in de spiegel.'

Hij keek in de spiegel en schrok inderdaad van de verandering die hij ondergaan had. Aan zijn slapen en rond zijn neus waren vale vlekken verschenen en in zijn dichte zwarte haar schemerde al behoorlijk veel grijs.

Waarom heb ik donker en geen blond haar? morde hij. Zo word ik tien jaar eerder oud.

'Dat geeft niet, baboesjka, let maar niet op mij,' antwoordde hij, 'laat me die vrijheid. Ik kan niet slapen: ik zou soms graag slapen, maar het gaat gewoon niet.'

'Hij heeft het ook al over de vrijheid, net als Vera!'

Ze slaakte een zucht.

'Het enige waar ze over praten is vrijheid... net of baboesjka jullie in de boeien slaat! Schrijf zoveel je wilt, maar niet 's nachts, anders slaap ik niet rustig. Hoe vaak ik ook naar buiten kijk, ik zie altijd licht in jouw raam...'

'Ik garandeer u, baboesjka, dat ik geen brand zal stichten, ook al word ik zelf door vuur verteerd...'

'Ach, hou toch op!' onderbrak ze hem geërgerd. Ze was net iets voor Marfenka's uitzet aan het naaien, hoewel daar al een dozijn naaisters aan werkten. Maar ze kon anderen niet zien werken zonder zelf ook de handen uit de mouwen te steken, zoals Vikentjev moest lachen of huilen zodra hij anderen zag lachen of huilen.

'Tart het lot niet, roep het ongeluk niet over je af!' waarschuwde baboesjka. 'Bedenk dat de ergste vijand van de mens zijn tong is!'

Rajski stond plotseling van de divan op en haastte zich naar het raam, daarna liep hij de kamer uit naar het erf.

'Er komt iemand aan met een brief van Vera!' zei hij terwijl hij de kamer verliet.

'Moet je hem zien, hij is zo blij alsof zijn eigen vader op bezoek komt. En hoeveel kaarsen spendeert hij niet aan die romans en toneelstukken: vier stuks per nacht!' mompelde de zuinige baboesjka.

Rajski nam het briefje van Vera in ontvangst. Zij beklaagde zich dat ze zich daar verveelde. En inderdaad viel uit een paar zinnen op te maken dat de afzondering haar zwaar viel.

Ze schreef dat ze hem wilde zien, dat ze hem nodig had en hem in de toekomst nog meer nodig zou hebben, dat ze 'zonder hem niet kon leven'. Hij wist niet goed hoe hij deze woorden moest duiden en meende af en toe tussen de regels door weer het spottende waternimfenlachje te horen dat hem altijd zoveel pijn had gedaan.

Maar ondanks dit lachje lokte de mysterieuze gestalte van Vera hem nog steeds de diepte in, naar een fantastische verte. Vera zweefde als het ware voor hem uit in een nevelsluier; hij achtervolgde haar en wilde haar sluier vastpakken in een poging haar geheimen te onthullen en erachter te komen wat voor Isis zich daarachter verborg.

Zodra hij de sluier beroerde, ontglipte ze hem meteen weer en vluchtte. Zo zweefde hij als mens en als kunstenaar voortdurend tussen vreugde en ellende en wist zelf niet waar in hem het ene begon en het andere ophield of waar ze in elkaar overliepen.

Wanneer hij af en toe haar briefjes ontving, waarin de vriendschappelijke toon zich mengde met een venijnige lach om zijn hartstocht, om zijn streven naar het ideaal, om het spel van zijn fantasie waarmee hij vaak schitterde in zijn gesprekken met haar, moest hij zelf vaak hartelijk lachen om hun inhoud, om vervolgens bijna te huilen van droefheid, van onmacht om de sleutel te vinden tot zijn eigen wezen.

Ze begrijpt niet, de arme stakker, morde hij, dat iemand straffen vanwege zijn fantasie hetzelfde is als iemand straffen vanwege zijn grote schaduw, die een heel veld bedekt, boven de gebouwen uit komt. En ze gelooft niet in de hartstocht. Ze zou eens moeten zien hoe die reuzenslang, schitterend met haar smaragden en haar goud, voor mij kronkelt wanneer de zon haar verwarmt en bestraalt en hoe ze verbleekt, sist en dreigt met haar scherpe tanden wanneer ze door het donker moet kruipen! Laten de kenners en exegeten van de zogenaamde hartsgeheimen en van de hartstochten hierheen komen en hun aan de toneelstukken in het Michajlovskitheater* ontleende wijsheid hier tentoonspreiden. 'Je kunt niet van iemand houden wanneer je gevoel van eigenwaarde gekwetst is', 'liefde, dat is *égoïsme à deux*', 'liefde gaat over wanneer ze niet gedeeld wordt' ...dat soort wijsheden strooien ze over ons uit.

Hier is hij dan die hartstocht, zei hij, ...ik mag hem uitproberen. Ik word verstoten, uitgelachen, en toch bemin ik, en ach, hoe bemin ik. Niet zoals de 'veertigduizend broeders' ...Shakespeare heeft het aantal veel te laag geschat... maar zoals alle mensen tezamen. Alle soorten liefde zijn in de mijne verenigd. Ik bemin zoals Leonti zijn vrouw bemint, met een argeloze, zuivere, bijna herderlijke liefde, ik bemin met een samengebalde hartstocht zoals de ernstige Saveli, ik bemin zoals Vikentjev met al zijn vrolijkheid en levensvreugde, ik bemin zoals vermoedelijk Toesjin bemint, met heimelijke bewondering en verering, ik bemin zoals baboesjka haar Vera bemint en ten slotte, zoals nog nooit iemand bemind heeft, bemin ik met de liefde die ons gegeven is door de Schepper en die als een oceaan het heelal omspoelt.

Als ik dat alles in een zin moest samenvatten, besloot hij, plotseling voor een ogenblik ontnuchterd, dan zou die luiden: ik bemin als een kunstenaar, dat wil zeggen met alle kracht van een ongebreidelde, tomeloze fantasie.

Hij stortte zich weer op het schrijven, het onbewuste scheppingsproces waarin zijn eigen gedachten, gevoelens en beelden in een bont patroon aan hem voorbijtrokken. Het schrijven hinderde hem echter in zijn oprechte streven om Vera te vergeten en verschafte zijn hartstocht – oftewel zijn fantasie – weer nieuw voedsel.

Zij zal het niet begrijpen, dacht hij verdrietig, en zal die door haar geïnspireerde en aan haar gewijde producten van de fantasie bestempelen als verliefd gebazel! Zou ze me werkelijk niet begrijpen met haar vrouwenverstand? En ze heeft toch zulke intelligente, kleine oren...

Maar is ze wel intelligent? Wij verstaan immers, vooral bij vrouwen, onder intelligentie vooral een tot het uiterste verfijnde lagere variant hiervan, namelijk de sluwheid. Vrouwen pronken er zelfs mee dat ze over dat subtiele wapen beschikken, die intelligentie van de kat, de vos, en zelfs van sommige insecten. Dat is de passieve intelligentie, het vermogen zich te verstoppen, gevaar te vermijden, zich te onttrekken aan geweld en onderdrukking.

Dat soort intelligentie heeft zich ontwikkeld in het onder invloed van eeuwenlange onderdrukking verzwakte en over de hele wereld verstrooide joodse volk, dat zich als het ware heimelijk een weg baande door de mensenmassa en met sluwheid zijn leven, zijn bezittingen en zijn recht van bestaan verdedigde.

Dat soort intelligentie bewijst in het alledaagse leven goede diensten als het erom gaat kleine zaakjes te regelen, kleine zonden te verbergen, enzovoort. Maar zodra men de vrouwen hun rechten teruggeeft, zal dit raffinement, dat nuttig is bij kleine problemen en bijna altijd schadelijk bij grote, belangrijke zaken, wijken voor een elementaire menselijke kracht: de intelligentie.

Wanneer hij zich losrukte van zijn dagboek en een of twee dagen zonder roes leefde, stond Vera hem weer feilloos voor de geest. Twijfels, verdenkingen en beledigingen waren op zichzelf vreemd aan zijn natuur, zoals ook aan die van de goedhartige, eerlijke Othello. Wanneer hij zich desondanks liet meeslepen door twijfels en verdenkingen, dan waren dat spontane producten van zijn hartstocht en onzekerheid die hem alles in bedrieglijke, duistere kleuren deden zien.

Een keer stond in een brief van haar, die doorspekt was met vriendschappelijke, beminnelijke spot, na de woorden 'Uw Vera' het volgende naschrift: 'Mijn vriend en neef! U hebt me geleerd te beminnen en te lijden. U hebt mij deelachtig gemaakt aan de krachten van uw ziel, u hebt, naar het schijnt, uw eigen gevoelige, liefhebbende ziel naar mij overgebracht. En het is uw goedgeefsheid die mij de moed geeft u deelgenoot te maken van een goede zaak. Er bevindt zich hier een uit zijn geboortestreek verdreven, ongelukkige balling. De verdenking van de regering drukt zwaar op hem. Hij heeft geen dak boven zijn hoofd, allen hebben de handen van hem afgetrokken, sommigen uit onverschilligheid, anderen uit angst. U houdt van uw naaste en kent onverschilligheid noch angst als het om een goede, zuivere, heilige zaak gaat. Hij heeft geen cent, geen kleren om aan te trekken terwijl het buiten al herfst is.

Ik voeg hier niets aan toe, het is allemaal waar: uw Vera bedriegt u niet. Als uw hart u zegt dat u iets moet doen, stuurt u uw hulp dan aan het adres van de kostersvrouw Sekleteja Boerdalachova, dan komt het goed terecht, daar zal ik zelf op toezien. Maar doe het op zo'n manier dat baboesjka noch iemand anders in huis er iets van merkt.

U zult zich natuurlijk afvragen hoe groot de som is waar de betreffende persoon behoefte aan heeft. Driehonderd roebel, of misschien al tweehonderd twintig, zal genoeg zijn om hem een heel jaar in leven te houden. Als u ook een jas en een wollen vest stuurt, dan beschermt u de arme kerel ook tegen de kou. (U ziet hoezeer ik op uw barmhartigheid in het algemeen en uw liefde voor mij in het bijzonder reken; ik voeg hier zelfs de maat bij die een dorpskleermaker hem genomen heeft.) Hierna waag ik het niet eens meer u om een warme deken te vragen, dan zou ik uw goedhartigheid en uw zwak voor mij misbruiken. Tegen de winter vertrekt de arme balling waarschijnlijk, hij zal u dan zegenen en iets van die zegen zal dan ook mij ten deel vallen. Ik zou u anders niet lastigvallen, maar u weet dat baboesjka al mijn geld beheert, en haar kan ik niets over deze zaak vertellen.'

'Wat is dit? Wat is dit!' schreeuwde Rajski bijna van verbazing nadat hij het PS had gelezen, terwijl hij zijn rollende ogen liet ronddwalen en in gedachten zocht naar de sleutel van dit nieuwe raadsel.

'Dat is zij niet, dat is zij niet!' dacht hij hardop en ging plotseling op de divan liggen waar hij een hysterische lachbui kreeg.

Dit speelde zich af in Tatjana Markovna's kabinet. Vikentjev en Marfenka waren er ook. De beide laatsten barstten ook in lachen uit en begeleidden hem eendrachtig, maar even later hielden ze zich plotseling in omdat zijn lachsalvo's hen aan het schrikken maakten. Vooral Tatjana Markovna schrok. Zij haalde zelfs een bepaald soort druppels en goot die op een theelepeltje. Rajski was nauwelijks tot bedaren te brengen.

'Hier, neem die druppels, Borjoesjka.'

'Nee, baboesjka, ik heb geen druppels nodig, maar geld, geef me driehonderd roebel...'

En hij barstte opnieuw in lachen uit. Baboesjka weigerde natuurlijk eerst.

'Zeg dan waarvoor, voor wie? Toch niet voor Markoesjka? Zie eerst maar dat je die tachtig roebel van hem terugkrijgt.'

Op een ander moment had hij genoten van dit zuinige trekje in baboesjka en niet verzuimd om haar goedmoedig te plagen. Maar nu brandde het vuur van zijn ongeduld, aangewakkerd door zijn groeiende belangstelling voor deze komedie, nog te heftig.

Hij raakte bijna met haar in gevecht en wist pas na een vertwijfelde schermutseling, die een uur duurde, tweehonderd twintig roebel van haar los te krijgen. Om ervan af te zijn had hij zijn aanvankelijke claim van driehonderd roebel laten vallen.

Hij verzegelde het geld en stuurde het de volgende dag op. Vervolgens bezocht hij een kleermaker en gaf hem opdracht om zo snel als hij kon een warme jas en een vest te maken. En hij kocht een deken. Dat alles werd op de vijfde dag na ontvangst van de brief opgestuurd.

'Niet alleen met de pen, maar met tranen en een diep geroerd hart dank ik u, lieve, lieve neef,' luidde het antwoord van de andere kant van de rivier. 'Het is niet aan mij u hiervoor te belonen: de hemel zal het in mijn plaats doen. Mijn dank zal bestaan uit een warme handdruk en een diepe, diepe blik van erkentelijkheid. Wat was de arme balling blij met uw geschenken! Hij lacht voortdurend van vreugde en heeft zich in de nieuwe spullen gestoken. Van het geld heeft hij zijn hospita meteen drie maanden achterstallige huur en voor een maand vooruit betaald, en hij heeft maar voor drie roebel sigaren gekocht, die hij al lang heeft moeten missen terwijl dat toch... zijn hartstocht is.'

Ik stuur hem morgen een doos sigaren, dacht Rajski en die stuurde hij ook. Rijk schijnt hij niet te zijn, zei hij bij zichzelf, anders zou hij er niet om vragen.

Hij kreeg plotseling het idee om de handige Jegorka erop uit te sturen om na te gaan wie de brieven van de visser aannam en erachter te komen wie Sekleteja Boerdalachova was. Hij had al om Jegorka gebeld maar toe die verscheen, zweeg hij, wierp, blozend om zijn plannetje, een verlegen blik op Jegorka en beduidde hem met een handgebaar dat hij weer kon gaan.

Ik kan het niet, ik kan het niet! fluisterde hij met een onbestemd gevoel van afkeer. Ik vraag het aan haarzelf en wacht af wat ze antwoordt. En als ze liegt... dan zeg ik Vera vaarwel, en met haar alle geloof aan de vrouw.

Hij volgde het verloop van zijn hartstocht zoals een arts het ziekteverloop van een patiënt en nam er als het ware in al zijn afzonderlijke stadia een foto van. Af en toe zei het gezond verstand hem dat die hartstocht een leugen, een luchtspiegeling was, dat hij hem moest verjagen, verdrijven. Maar hoe? Wat moet ik nu doen, vroeg hij zich af, terwijl hij zijn blik nu eens op de bewolkte hemel richtte en daarna weer op de grond. Wat eist de zedelijke plicht? Antwoord dan, ingeslapen rede, verlicht me de weg, laat me over dat laaiende vuur heen springen.

Laat alles in de steek en vlucht! reageerde de rede rustig.

Ja, ja, ik laat alles in de steek en vlucht, ik wacht niet tot ze terugkomt! besloot hij en zag op dat moment pas het stukje papier dat ook in de envelop zat en waarop Vera geschreven had: 'Schrijf niet meer, ik kom donderdag naar huis: de houtvester brengt me.'

Hij verheugde zich.

Ah, dat wordt dus de toetssteen. Het lot zelf waar baboesjka het altijd over heeft, heeft zich in de zaak gemengd en eist een offer, een heldendaad, en die zal ik verrichten. Haar over drie dagen weer hier te zien... o, wat een weldaad. Wat zal de zon branden boven Malinovka! Nee, ik vlucht! Niemand zal weten wat me dat kost. Zal ik er dan echt geen beloning voor krijgen, mijn gemoedsrust niet hervinden? Ik moet zo snel mogelijk maken dat ik hier wegkom, zei hij vastberaden, riep Jegorka en beval hem zijn koffer te halen.

Hij had meteen moeten vluchten en Vera vergeten. En ten dele voerde hij dit plan ook uit. Hij ging naar de stad om een en ander aan te schaffen voor de reis. Op straat kwam hij de gouverneur tegen. Die berispte hem omdat hij zich zo lang niet had laten zien. Rajski verontschuldigde zich met een beroep op zijn gezondheidstoestand en zei dat hij binnenkort zou vertrekken.

'Waarheen?' vroeg de ander.

'Dat maakt me niet uit,' antwoordde Rajski somber, 'hier ben ik het beu, ik zoek verstrooiing. Ik ga eerst naar Sint-Petersburg en vandaar naar mijn landgoed in het gouvernement R. en misschien ook wel naar het buitenland.'

'Het verbaast me niet dat u zich verveelt,' zei de gouverneur, 'u zit de hele tijd maar op één plek, houdt u ver van ieder gezelschap. U hebt afleiding nodig. Wilt u geen tochtje met mij maken? Overmorgen vertrek ik voor een inspectiereis door het gouvernement.'

Overmorgen is het woensdag, ging het door Rajski heen, en zij komt op donderdag terug... Ja, ja, het lot sleurt me hier vandaan... Maar is het niet beter om meteen helemaal van hier te vertrekken, om alles van me af te schudden en een complete overwinning op mezelf te behalen?

'Neem een kijkje in de omgeving,' vervolgde de gouverneur. 'Er zijn mooie plekken: u bent een dichter, zult nieuwe indrukken opdoen... We varen ook honderd vijftig kilometer over de Wolga... Neem uw schetsboek mee, u zult het landschap schetsen...'

Zal ik het doen of niet? vroeg Rajski zich af, en naast zijn voornemen om de hartstocht te bestrijden, ontkiemde alweer het verlangen om niet helemaal afscheid te nemen van de plaatsen waar zíj vertoefde, zijn onvergelijkelijke schoonheid die hem zo kwelde.

'Akkoord, ik ga mee,' besloot hij toen definitief.

De gouverneur bezegelde de overeenkomst met een vriendschappelijke handdruk, nam hem toen mee naar zijn huis, toonde hem het geriefelijke rijtuig en vertelde dat er ook een keukenwagen mee zou gaan. Hij zou ook speelkaarten meenemen. 'We zullen onze krachten meten in het piket,' voegde hij eraan toe, 'voor mij zal het in ieder geval prettiger zijn dan wanneer ik ben aangewezen op het gezelschap van mijn secretaris... die bovendien veel te doen heeft.'

Alleen al door het vooruitzicht om van omgeving te veranderen voelde Rajski zich beter. Iets anders, dat niets met Vera te maken had, kwam nu als een wolk tussen hen in te staan. Dat had veel eerder moeten gebeuren... dan was er al een eind gekomen aan deze idiote toestand.

'Nu zijn de demonen waar ik mee vocht, opeens allemaal verdwenen!' zei hij terwijl hij naar huis terugkeerde.

Hij beval Jegorka om zijn kleren en ondergoed in gereedheid te brengen en vertelde hem dat hij met de gouverneur op stap zou gaan.

Zijn voornemen om de hartstocht te overwinnen was oprecht en hij dacht er al over om helemaal niet terug te komen, maar tegen het einde van zijn tocht met de gouverneur zijn spullen te laten komen en te vertrekken zonder Vera nog gezien te hebben.

Aan dit voornemen had hij zich moeten houden – een scheiding van Malinovka, hetzij voor altijd, hetzij voor langere tijd, in ieder geval een volledige scheiding, had alles wat nu in zijn ziel leefde onder de invloed van de verwijdering doen verbleken. Daarvoor was helemaal niet zo'n grote afstand nodig als Rajski zich voorstelde: twee- of driehonderd werst en in de tijd vijf of zes weken was genoeg geweest om al dit gedoe tot een vage herinnering te maken, niet meer dan een nachtmerrie.

Rajski wist dit alles door zijn vroegere ervaringen, hoewel die niet zo hevig waren geweest als de laatste. Maar de jongste ervaring lijkt altijd anders dan de vroegere, de verse wond brandt altijd feller in de nog laaiende vlam van de hartstocht en de tijd geneest slechts zeer langzaam.

Rajski wist dat en hij hield zichzelf niet voor de gek. Hij wilde alleen de ondraaglijke pijn ergens mee verlichten, wilde zich niet plotseling uit de voeten maken en een onoverbrugbare afstand tussen haar en zichzelf scheppen, niet opeens de zenuw doorsnijden die hem verbond met de lieftallige, bekoorlijke en gracieuze gestalte van Vera en met het in haar belichaamde en als het ware levend geworden ideaal van zijn kunstenaarsziel. Hij kon en wilde dat niet, ook al kwam haar doen en laten hem nog zo geheimzinnig voor, ook al verdacht hij haar ervan dat ze een hartstochtelijke liefde voor iemand had opgevat, dat ze zich zelfs met... Toesjin, in wie hij het meest van al haar held vermoedde, had laten gaan.

Maar misschien is er nog een ander, of zelfs anderen... dacht hij vol argwaan.

Hij bracht zijn artistieke eisen over op het leven, vermengde ze met algemeen menselijke, en volgde door ze op zichzelf toe te passen onbewust en onwillekeurig de wijze regel van de oude Grieken: ken uzelf. Met ontzetting observeerde en beluisterde hij de wilde aandriften van zijn blinde, animale natuur, veroordeelde die ter dood, ontwierp nieuwe wetten voor zijn innerlijk leven, vernietigde de oude mens en schiep een nieuwe. Hij keek vol ontzetting in de genadeloze spiegel die hij zichzelf voorhield en herkende daarin al het duistere en boosaardige, maar was ook mateloos gelukkig bij de ontdekking dat het werken aan jezelf dat hij als mens en als kunstenaar van Vera verlangde bij hemzelf niet pas sinds zijn kennismaking met Vera begonnen was, maar al lang daarvoor, op momenten waarop zijn natuur evenzeer was opgesplitst in realiteit en verbeelding.

Met kloppend hart en vol ontroering luisterde hij te midden van het helse kabaal der hartstochten naar de onderaardse stille arbeid die diep in zijn wezen werd verricht door een geheimzinnige geest die af en toe te midden van het geknetter en de rook van een onrein vuur verstomde, maar er nooit helemaal het zwijgen toe deed, altijd weer in hem ontwaakte en hem dan, eerst zacht en daarna steeds luider en luider, naar de zware en eindeloze arbeid aan zichzelf riep, de arbeid aan zijn eigen standbeeld, aan het ideaal van de mens.

Er ging een rilling van vreugde door hem heen toen hij zich realiseerde dat niet de verlokkingen van het leven, noch kleinzielige angsten hem naar deze arbeid riepen, maar het onbaatzuchtige streven om schoonheid in zichzelf te zoeken en te creëren. Die geest was het die hem als mens en als kunstenaar achter zich aan lokte naar de geheimzinnige, lichtende verte, naar het ideaal van zuiver menselijke schoonheid.

Met een heimelijk, adembenemend, ja bijna beangstigend geluksgevoel zag hij dat het werk van het scheppende genie door de brand van de hartstocht niet werd vernietigd maar alleen vertraagd en dat het, wanneer die brand gedoofd was, zijn opmars hernam, langzaam en moeizaam, maar gestaag; dat in de ziel van een mens, onafhankelijk van de artistieke scheppingsdrift, nog een andere scheppingsdrift schuilgaat, dat er naast de lichamelijke nog een andere begeerte bestaat, een andere kracht dan die van de spieren.

Hij liet in gedachten zijn hele leven de revue passeren en herinnerde zich wat voor onmenselijke kwellingen hij had doorstaan als hij ten val kwam, hoe hij dan langzaam weer was opgestaan, hoe die zuivere geest hem zachtjes maande, hem terugriep naar het onvoltooide werk, hem hielp om op te staan, hem opmonterde, troostte en hem het geloof in de schoonheid van het ware en het goede teruggaf, de kracht om zich op te richten en verder en hoger te gaan...

Hij huiverde vol ontzag toen hij merkte hoe zijn krachten weer in evenwicht kwamen en hoe zijn beste gedachten en wilsuitingen ingepast werden in het werk van de innerlijke opbouw, hoe hij zich lichter en vrijer voelde wanneer hij het geruis van die stille arbeid hoorde of zelf een inspanning kon doen, stenen, vuur of water kon aanreiken.

Terwijl de scheppende arbeid in zijn innerlijk zich voltrok, verdween de hartstochtelijke, spotzieke Vera uit zijn herinnering, en wanneer ze toch voor hem opdook, aarzelde hij niet haar op te roepen om ook aan het werk van de geheimzinnige geest deel te nemen, om haar op het heilig vuur in haar innerlijk te wijzen en het in haar aan te wakkeren, haar te smeken het in zichzelf te behoeden, te koesteren en te voeden.

Dan scheen het hem toe dat hij Vera beminde met een liefde waarmee niemand anders haar beminde en vroeg hij van haar onverschrokken net zo'n liefde voor zichzelf – een liefde die ze haar idool, hoe hartstochtelijk ze ook van hem hield, niet kon geven wanneer dat idool niet dezelfde kracht, hetzelfde vuur en dus dezelfde liefde in zich droeg als die welke in zijn borst woonde en hem met al haar vezels naar haar toe trok.

Tegen die andere, brandende en verwoestende hartstocht bleef hij oprecht en eerlijk strijd leveren, daar hij voelde dat hij niet werd gedeeld door Vera en daarom niet, zoals dat bij de wederzijdse liefde van twee oprechte mensenkinderen natuurlijk is, kon uitmonden in een stille en rustige stroom, kortom, in geluk; die toestand van geluk waarbij de hartstocht, bevrijd van dierlijke razernij, overgaat in echt menselijke liefde, scheen voor hem onbereikbaar.

Hij wakkerde de hartstocht nu niet langer in zichzelf aan, zoals vroeger, maar vervloekte zijn innerlijke toestand, zijn pijnlijke gevecht met zichzelf en schreef Vera dat hij had besloten haar te ontlopen. Maar nu hij had besloten zich van haar te verwijderen, scheen zij onder haar sluier van geheimzinnigheid achter hem aan te komen, kietelde en plaagde ze hem, verstoorde zijn slaap, liet hem niet rustig eten en rukte het boek dat hij aan het lezen was uit zijn handen.

Drie dagen later ontving hij een kort briefje waarin ze vroeg waar hij was, waarom hij niet naar huis kwam en waarom hij niet meer schreef. Alsof de redenen die hem hadden doen besluiten om te vertrekken haar niets aangingen of alsof ze zijn brieven niet had gekregen.

Ze riep hem naar huis, zei dat ze terug was, dat ze zich zonder hem verveelde, dat Malinovka een verlaten indruk maakte, iedereen het hoofd liet hangen en Marfenka meteen na haar verjaardag, die ze de volgende week zou vieren, de moeder van haar bruidegom op de andere Wolga-oever wilde gaan bezoeken, zodat baboesjka alleen achter zou blijven en zou sterven van verdriet als hij voor baboesjka en ook voor haarzelf dit offer niet wilde brengen.

Ik ken die offers, dacht hij kwaad en argwanend: zonder mij en zonder Marfenka zullen jouw afdalingen in het ravijn meer opvallen, wilde geit! Je moet langer bij baboesjka zitten, moet samen met de anderen eten in plaats van in je eigen kamer... ik begrijp het! Maar er komt niets van in! Ik laat je niet triomferen, ik heb er genoeg van! Ik schud die domme hartstocht af en je zult nooit weten dat je hebt getriomfeerd.

Hij schreef haar een antwoord waarin hij zijn voornemen om te vertrekken zonder haar nog gezien te hebben bevestigde. Hij was van mening, zo schreef hij, dat dat de enige manier was om te voldoen aan haar onlangs geuite verlangen om met rust gelaten te worden en tegelijk een einde te maken aan zijn eigen kwelling. Vervolgens verscheurde hij zijn dagboek en gooide, diep teleurgesteld door de producten van zijn fantasie, de snippers het raam uit. Het was in een districtsstad, in de woning die de gouverneur daar samen met hem betrokken had, dat dit gebeurde. Kippen kwamen van alle kanten aanrennen, daar ze de stukjes papier die op het erf neerdaalden voor een soort kippenmanna hielden, en gingen vervolgens, eveneens teleurgesteld, weer uiteen, een vragende blik op het venster werpend.

De volgende dag ontving hij tegen de avond een kort antwoord van Vera waarin ze hem geruststelde, zijn voornemen om zonder haar gezien te hebben te vertrekken, billijkte en zich bereid verklaarde hem te helpen zijn hartstocht (dit woord was onderstreept) te overwinnen. Met het oog hierop zou ze onmiddellijk na de verzending van haar brief, nog op diezelfde dag – dat wil zeggen op vrijdag – weer vertrekken naar de andere kant van de Wolga. Ze ried hem wel aan nog een keer terug te komen om afscheid te nemen van Tatjana Markovna en van het hele huis, omdat zijn plotselinge vertrek anders in de stad opzien zou baren en baboesjka verdriet zou doen.

Deze brief bracht Rajski bijna weer in een vrolijke stemming. Hij voelde zich opgelucht en de volgende dag, dat wil zeggen op vrijdag na het middageten, sprong hij licht en vrolijk uit het rijtuig van de gouverneur toen ze Malinovka bereikt hadden en bedankte zijne excellentie voor de prettige reis. Met zijn reistas in de hand liep hij snel de poort door en betrad het huis.

6

Marfenka zag hem het eerst, daarna volgde Vikentjev, en samen met hen kwamen de honden aanrennen om hem te begroeten, en allen, Pasjoetka inbegrepen, waren tot tranen toe geroerd van vreugde door zijn komst, zodat ook hij, ondanks de roes van de hartstocht, bijna was gaan huilen om de warmte van deze ontvangst.

Ach, waarom heb ik te weinig aan dit geluk, waarom ben ik geen baboesjka, geen Marfenka, waarom ben ik een soort Vera? dacht hij en zocht Vera schuchter met zijn ogen.

'Vera is gisteren vertrokken!' zei Marfenka met een bijzondere levendigheid toen ze zag dat hij verlangend om zich heen keek.

'Ja, Vera Vasiljevna is vertrokken,' herhaalde Vikentjev.

'De jongedame is er niet!' zeiden ook de bedienden, hoewel hij hun niets had gevraagd.

Hij had blij moeten zijn, maar in plaats daarvan voelde hij zich dieptreurig.

Hun kan het niets schelen dat ze is vertrokken, ze lachen erom, dacht hij terwijl hij doorliep naar het kabinet van Tatjana Markovna.

'Wat heb ik op je gewacht, ik wilde al een bode achter je aan sturen,' zei ze met een bezorgd gezicht, nadat ze Pasjoetka de kamer uit gestuurd had en de deur had dichtgedaan.

Hij schrok, dacht dat er een ernstig bericht over Vera zou volgen.

'Wat is er gebeurd!'

'Je vriend, Leonti Ivanovitsj...'

'Ja?'

'Hij is ziek...'

'De arme kerel! Wat is er met hem? Ik ga meteen naar hem toe... Is het erg?'

'Wacht, ik laat een rijtuig inspannen en intussen vertel ik je wat er aan de hand is, in de stad weet iedereen het al. Ik houd het alleen voor Marfenka geheim. Vera heeft het al van iemand gehoord...'

'Wat is er met hem gebeurd?'

'Zijn vrouw is weg,' zei Tatjana Markovna fluisterend en met gefronste wenkbrauwen, 'en dat heeft hem ziek gemaakt. Zijn kokkin is gisteren en vandaag twee keer hier geweest om jou te vragen bij hem te komen.'

'Waar is zijn vrouw nu?'

'Ze is ervandoor met die Fransman, met *Charles*! Die werd om een of andere reden plotseling naar Petersburg ontboden en zij is met hem meegegaan. Ze heeft een list gebruikt. "Ik wil," zei ze, "mijn familie in Moskou opzoeken, *monsieur Charles* kan me mooi meenemen." Op die manier heeft ze toestemming voor een verblijf van onbepaalde duur van haar man losgekregen.'

'Wat is daar zo erg aan?' vroeg Rajski. 'Haar betrekkingen met *Charles* zijn voor niemand behalve Leonti een geheim. Ze zullen er nog een keer om lachen, ze zal terugkomen en hij zal van niets weten.'

'Je hebt nog niet alles gehoord. Ze heeft onderweg een brief aan haar man gestuurd waarin ze hem vraagt haar te vergeten, zegt dat hij niet moet wachten, dat ze niet terugkomt, dat ze niet met hem kan leven en hier verkommert...'

Rajski haalde zijn schouders op.

'Ach, mijn God, wat een zottin,' zei hij oprecht bedroefd. 'Die arme Leonti! Ze was er niet tevreden mee om hem in het geheim te bedriegen, nee, ze wilde een publiek schandaal. Ik ga er meteen heen. Ach, wat heb ik met hem te doen!'

'Ik heb ook met hem te doen, Borjoesjka. Ik wilde zelf naar hem toe gaan, hij is zo onschuldig als een kind! God heeft hem geleerdheid gegeven, maar geen mensenkennis... hij heeft zich begraven in zijn boeken! Wie zal zich nu om hem bekommeren? Weet je wat: als er niemand is die voor hem zorgt, breng hem dan hierheen, het oude huis staat leeg, behalve de kamer van Vera... We brengen hem daar voorlopig onder... Ik heb voor alle zekerheid al twee kamers voor hem gereed laten maken.'

'U bent een geweldige vrouw, baboesjka. Ik kwam net op de gedachte, maar u hebt haar al uitgevoerd...'

Hij ging even naar zijn kamer. Daar vond hij brieven uit Petersburg, waaronder een van Ajanov, zijn vriend, en de kaartpartner van Nadjezjda Vasiljevna en Anna Vasiljevna Pachotin. Het was het antwoord op een paar brieven van hem waarin hij om nieuws vroeg over Sofja Bjelovodova, en die hij allang was vergeten.

Hij opende de brief en zag dat Ajanov onder andere over haar schreef.

Toen ik die brieven schreef, dacht hij, was de herinnering aan haar nog vers, maar nu ben ik haar gezicht al vergeten. Nu is zelfs ene Sekleteja Boerdalachova interessanter voor mij, louter omdat ze me aan Vera doet denken.

Hij liet de brief ongelezen, de tijdschriften ongeopend, en ging naar Kozlov. De luiken van het grijze huisje waren gesloten en Rajski moest lang kloppen voordat men hem opendeed. Hij doorliep de hal en de salon en bleef staan voor Leonti's werkkamer, niet wetend of hij moest kloppen of gewoon naar binnen gaan.

De deur ging plotseling zachtjes open en voor hem stond Mark Volochov in een vrouwenjas, zijn haar ongekamd, bleek en mager, en met een grimmige uitdrukking op zijn gezicht.

'Zo, bent u daar eindelijk!' zei hij op geïrriteerde toon, 'waar hebt u gezeten? Ik heb al twee nachten niet geslapen... Overdag hangen zijn leerlingen hier rond, maar 's nachts is hij alleen...'

'Wat heeft hij?'

'Wat hij heeft? Hebben ze dat niet verteld? Die geit is ervandoor! Ik was blij toen ik het hoorde en ging hem meteen feliciteren, maar hij zag zo wit als een doek! Zijn ogen waren troebel geworden en hij herkende niemand. En hij had koorts, maar dat is nu weer over, geloof ik. In plaats van te huilen van vreugde sterft hij van verdriet. Ik heb er een dokter bij gehaald, maar hij joeg hem weg, en daarbij gedraagt-ie zich als een krankzinnige... Nu slaapt-ie, stoor hem niet. Ik ga naar huis en u blijft hier, opdat hij zichzelf in een aanval van zwaarmoedigheid niet iets aandoet. Hij luistert naar niemand, ik wilde hem al een pak slaag geven...'

Hij spuwde op de grond van ergernis.

'Op de kokkin kun je niet vertrouwen, dat is een idioot. Gisteren had ze hem een kalmeringspoeder moeten geven, maar in plaats daarvan gaf ze hem tandpoeder. Morgenavond los ik u weer af...'

Rajski keek Mark verbaasd aan en wilde hem een hand geven.

'Waarom opeens zo vriendelijk?' vroeg Mark achterdochtig zonder zijn hand aan te nemen.

'Ik wil u ervoor bedanken dat u mijn arme vriend niet in de steek hebt gelaten.'

'Ah, zeer aangenaam,' zei Mark, klikte met zijn hakken en gaf Rajski een ferme handdruk, 'ik zocht allang naar een gelegenheid om u van dienst te zijn.'

'Waarom trekt u toch als een circusclown alles in het belachelijke, Volochov...?'

'En waarom trekt u alles in het pathetische?' antwoordde Volochov venijnig. 'Wat moet ik met uw dankbaarheid? Ik ben niet hierheen gekomen om u of wie dan ook een plezier te doen, dit doe ik uitsluitend voor Leonti.'

'Nou, goed, Mark Ivanovitsj, God zij met u. U hebt uw eigen manieren. Maar daar gaat het niet om, en ook niet om mijn pathos. U hebt in ieder geval een goede daad verricht...'

'Alweer die lof!'

'Ja, alweer! Dat is mijn manier om te zeggen wat me bevalt en wat niet! U denkt dat een mens eenvoudig en natuurlijk is wanneer hij zich grof gedraagt, maar ik ben van mening dat een mens meer mens is naarmate hij zachtmoediger is. Het spijt me zeer als mijn manier van doen u niet aanstaat, maar laat u me de vrijheid om me aan deze stelregel te houden.'

'Goed, vlei zoveel u wilt!' mompelde Mark.

'Ik neem Leonti mee naar huis, daar zal hij zich thuis voelen,' vervolgde Rajski. 'En als zijn verdriet niet overgaat blijft hij voorgoed in ons stille hoekje...'

'Geeft u me nu maar een hand,' zei Mark ernstig en pakte zijn hand, 'dat zijn daden en geen woorden! Kozlov gaat aan deze zaak te gronde en zal zijn betrekking niet meer kunnen vervullen. Hij zal geen dak meer boven zijn hoofd hebben en geen brood om te eten... U komt met een uitstekend idee op de proppen...'

'Niet ik, maar een vrouw is daarmee op de proppen gekomen en het komt recht uit haar hart,' zei Rajski, 'en daarom neem ík deze keer úw hand niet aan... Het idee is van baboesjka.'

'Het is een patente oude vrouw, die baboesjka van u,' merkte Mark op, 'ik ga nog eens pastei bij haar eten! Jammer dat haar hoofd vol zit met die ouderwetse flauwekul...! Goed, ik ga, en u past op Kozlov. Als uzelf niet hier kunt blijven, vraag dan een ander. Eergisteren hebben we zuurkool op zijn hoofd gelegd om zijn voorhoofd wat af te koelen. Ik was even ingeslapen en hij heeft zonder erover na te denken al die zuurkool in zijn mond gestopt en opgegeten. Vaarwel! Ik heb een tijd niet geslapen en gegeten. Avdotja heeft me vergast op een soort bocht waarvan zij beweerde dat het koffie was...'

'Wacht, kunt u niet nog even blijven, dan stuur ik mijn koetsier naar huis om warm eten te halen.'

'Nee, ik ga thuis eten.'

'Hebt u misschien... geld nodig?' vroeg Rajski schuchter en wilde zijn portefeuille tevoorschijn halen.

Mark liet plotseling zijn koele lachje horen.

'Nee, nee, ik heb nu geld,' zei hij, een raadselachtige blik op Rajski werpend.

'Ik ga voor het eten nog een sauna nemen. Ik ben twee dagen bijna niet uit de kleren geweest en voel me erg vies. Ik woon nu niet meer bij de tuinder, maar bij een geestelijke. Daar stoken ze vandaag de sauna warm; ik neem een sauna, eet daarna en ga meteen naar bed, om een keer goed uit te slapen.'

'U bent mager geworden en u ziet er slecht uit!' merkte Rajski op. 'Uw ogen...'

Mark fronste plotseling zijn wenkbrauwen en zijn gezicht werd nog boosaardiger dan het al was...

'U ziet er volgens mij nog slechter uit!' zei hij. 'Kijk eens in de spiegel: vale vlekken, ingevallen ogen...'

'Ik heb veel zorgen...'

'Die heb ik ook,' merkte Volochov koeltjes op. 'Vaarwel...'

Hij ging weg, terwijl Rajski zachtjes de deur van Leonti's kamer opende en op zijn tenen naar het bed liep.

'Wie is daar?' vroeg Kozlov zwakjes.

'Dag, Leonti, ik ben het,' zei Rajski, gaf hem een hand en ging naast het bed zitten.

Kozlov keek hem enige tijd aan, herkende toen Rajski, richtte zich snel op en vroeg: 'Is die ander weggegaan...? Ik heb me slapend gehouden... Ik heb je lang niet gezien...' zei hij met een zwakke, hortende stem.

'Ik verwachtte steeds dat je langs zou komen, maar je kwam maar niet. Het gezicht van mijn oude kameraad,' vervolgde hij, zijn hand op Rajski's schouder leggend en hem van dichtbij in de ogen kijkend, 'is het enige wat me op het ogenblik niet tegenstaat...'

'Ik ben de stad uit geweest,' antwoordde Rajski, 'ik ben net teruggekomen en hoorde dat je ziek bent...'

'Onzin, ik ben niet ziek. Ik deed maar alsof...' zei hij, liet zijn hoofd op zijn borst zakken en zweeg. Na een poosje keek hij Rajski verstrooid aan.

'Wat wilde ik je ook alweer zeggen...?'

Hij stond op en liep met ongelijkmatige passen door de kamer.

'Je kunt beter gaan liggen, Leonti,' zei Rajski, 'je bent ziek.'

'Ik ben niet ziek,' antwoordde Kozlov enigszins geïrriteerd. 'Jullie schijnen afgesproken te hebben mij wijs te maken dat ik ziek ben. Mark had zelfs een dokter meegebracht en zat hier alsof hij bang was dat ik uit het raam zou springen of me de keel zou doorsnijden.'

'Maar je bent zwak, kunt nauwelijks lopen... je kunt echt beter gaan liggen.'

'Ik ben zwak, dat is waar,' fluisterde Rajski terwijl hij zich over de rug van de stoel naar Rajski toe boog en zijn armen om diens hals sloeg. Hij legde zijn wang op Rajski's hoofd en deze voelde plotseling hete tranen op zijn voorhoofd en wangen. Leonti huilde.

'Dit is zwakheid, ja,' zei Leonti snikkend, 'maar ik ben niet ziek... ik heb geen koorts, dat zeggen ze maar... ze begrijpen me niet... en ik begrijp er zelf ook niets van... zodra ik jou zag... begonnen mijn tranen vanzelf te stromen... Scheld me niet uit, zoals Mark, en lach me niet uit, zoals ze me allemaal uitlachen... de leraren, mijn collega's... Ik zie een boosaardige lach op hun gezichten wanneer ze komen om me hun deelneming te betuigen...'

Rajski werd zelf verstikt door tranen, maar hij gaf ze, om het verdriet van Leonti niet nog te verergeren, niet de vrije loop.

'Ik begrijp en respecteer jouw tranen, Leonti!' zei hij, zichzelf met moeite in de hand houdend.

'Jij bent een goede, oude kameraad... je hebt me op school ook nooit uitgelachen... Weet je waarom ik huil? Weet je niet wat er met me gebeurd is?'

Rajski zweeg.

'Ik zal het je laten zien...' Hij liep naar zijn bureau, haalde een brief uit een la en gaf hem aan Rasjki. Die doorliep met zijn ogen de brief van Oeljana Andrejevna waarover baboesjka hem al verteld had.

'Verbrand die brief,' ried hij Leonti aan, 'voordat dat is gebeurd, zul je geen rust hebben.'

'Hoe kan ik dat nou doen!' zei Leonti verschrikt terwijl hij de brief uit Rajski's handen pakte en hem weer opborg in de bureaula. 'Dat zijn de enige regels van haar aan mij die ik bezit... het enige aandenken aan haar dat me is overgebleven,' voegde hij eraan toe, zijn tranen wegslikkend.

'Ja, zo'n liefde verdient een beter lot...' zei Rajski zacht. 'Maar, beste Leonti, vat het op als een ziekte, als een zeer groot verdriet... Maar geef er niet aan toe, het leven is nog lang, je bent nog niet oud...'

'Het leven is afgelopen...' onderbrak Leonti hem, 'als...'

'Als wat?'

'Als zij... niet terugkomt...' fluisterde hij.

'Wat, je zou willen... je zou haar in genade aannemen als ze nu terugkwam?'

'Ach, Boris, je begrijpt het niet,' bracht Kozlov bijna wanhopig uit, greep naar zijn hoofd en begon weer door de kamer te lopen. 'Mijn God! Ze beweren dat ik ziek ben, hebben medelijden met me, brengen dokters mee, zitten hele nachten bij mijn bed... en toch begrijpen ze niet wat voor ziekte ik heb en welk medicijn ik nodig heb. Er is maar één medicijn...'

Rajski zweeg.

Kozlov liep met grote stappen op hem toe, pakte hem bij de schouders en fluisterde wanhopig, hem hevig heen en weer schuddend: 'Ze is weg, dát is mijn ziekte! Ik ben niet ziek, ik ben gestorven: mijn ik, mijn bestaan, mijn heden en mijn toekomst zijn allemaal gestorven omdat zij weg is. En hij vraagt of ik haar in genade zou aannemen! Ga, breng haar terug, breng haar hierheen, en ik zal herrijzen...! Hoe kun je nu een roman schrijven als je zo'n simpele zaak niet eens begrijpt...?'

Rajski zag in dat Kozlov het leven om hem heen nu eindelijk met dezelfde doelbewuste en zekere blik bezag als waarmee hij naar het leven van de Ouden had gekeken en dat hij ontroostbaar was.

'Nu begrijp ik het,' zei hij, 'maar ik wist niet dat je zoveel van haar hield. Je maakte er soms zelfs grappen over: je zei dat je aan haar gewend was, dat je verraad aan haar pleegde wanneer je je Grieken en Romeinen las.'

Er verscheen een bittere glimlach op Kozlovs lippen.

'Ik loog en schepte op, Boris, ik begreep nergens iets van,' zei hij, 'en als dit niet gebeurd was, had ik het nooit begrepen. Ik dacht dat ik van de mensen en het leven uit de Oudheid hield, van hun leven, maar ik hield gewoon van... een levende vrouw; ik hield van boeken en van het gymnasium en van oude en nieuwe mensen en van mijn leerlingen... en van jou... en van deze stad, met die steeg daar, met de omheining en die lijsterbessen, enkel en alleen omdat ik... van haar hield! Maar nu staat me dat allemaal tegen en ik zou in staat zijn naar de noordpool te gaan...

Daar ben ik achter gekomen toen ik hier stuiptrekkend op de grond lag en haar brief las.'

Leonti slaakte een zucht.

'En jij vraagt of ik haar in genade zou aannemen! Mijn God! Ik zou haar ontvangen als een vorstin, en wat zou ik van haar houden... daar zou ze nu wel achter komen.'

Er stonden opnieuw tranen in zijn ogen.

'Weet je wat, Leonti, ik ben eigenlijk hier om je een verzoek van Tatjana Markovna over te brengen!' zei Rajski.

Leonti ijsbeerde wankelend door de kamer, met verwarde haren en sloffend met zijn pantoffels, hij luisterde niet naar hem.

'Baboesjka vraagt je om bij ons te komen wonen,' vervolgde Rajski. 'In je eentje zul je hier sterven van verdriet...'

'Daar ben ik haar dankbaar voor, zij is een heilige vrouw. Maar waarom moet een stuk verdriet als ik vreemde mensen lastigvallen met zijn ellende?'

'Ons huis is je toch niet vreemd, Leonti, en wij zijn zo goed als broers. Onze verwantschap is sterker dan die van het bloed...'

'Ja, ja, neem me niet kwalijk, het verdriet is me te veel geworden!' zei Kozlov, terwijl hij in bed ging liggen en Rajski's hand pakte. 'Vergeef me mijn egoïsme... later... later... kom ik zelf aanstrompelen en zal je smeken om voor je bibliotheek te mogen zorgen... wanneer er geen enkele hoop meer is.'

'Heb je dan nog hoop?'

'Waarom vraag je dat?' vroeg Kozlov, plotseling fluisterend terwijl hij zich oprichtte en zijn gezicht naar dat van Rajski toebracht, 'denk jij dan dat er geen hoop meer is?'

Rajski zweeg — hij wilde hem niet van die strohalm beroven, maar hem ook niet sterken in zijn hoop.

'Ik weet echt niet wat ik moet zeggen, Leonti. Ik heb je vrouw zo weinig geobserveerd, haar zo lang niet gezien... ik ken haar karakter niet goed.'

'Ja, jij wilde je niet met haar inlaten. Ik weet dat jij haar een goede les gegeven zou hebben. Misschien was dit dan niet gebeurd.'

Hij slaakte een diepe zucht.

'Nee, jij kent haar wel,' voegde hij eraan toe. 'Jij hebt toen een toespeling gemaakt op die Fransman, maar ik begreep het toen niet... het kwam niet bij me op...' Hij zweeg. 'En als hij haar in de steek laat?' zei hij na even gewacht te hebben bijna blij, en in zijn ogen lichtte een moment iets van vreugde op. 'Misschien herinnert ze zich mij dan... misschien...'

'Misschien...' zei Rajski aarzelend.

'Wacht eens... wat is dat? Er komt iemand hierheen...' zei Leonti, richtte zich op en keek uit het raam. Daarna zonk hij weer terug en liet het hoofd hangen.

Er reed een boerenkar langs het raam waarin een boer in een Tsjoevassisch hemd met rode zomen staande zijn paard mende.

'Ik wacht en wacht, en hoop dat ze tot bezinning komt!' droomde hij hardop. 'Vannacht wilde ik ook opstaan om naar buiten te kijken, maar die bandiet van een Mark hield me als met een ijzeren klauw vast, gooide me terug op bed en beval me om te blijven liggen. "Ze komt niet terug," zei hij, "blijf rustig liggen!" Ik ben bang voor die Mark.'

Hij keek Rajski vragend aan.

'Wat denk jij?' fluisterde hij. 'Jij kent de vrouwen beter. Wat is hij van plan? Is er hoop of...'

'Als die er al is, dan in ieder geval niet voor nu,' zei Rajski. 'Misschien later ooit eens...'

Kozlov slaakte een diepe zucht, ging langzaam weer liggen en legde zijn handen onder zijn hoofd.

'Morgen breng ik je over naar ons huis,' zei Rajski hem. 'En voor nu: vaarwel! Voor de nacht kom ik zelf of ik stuur iemand om je gezelschap te houden.'

Leonti zag niets en hoorde niet wat Rajski zei, hij merkte ook niet dat hij wegging.

Rajski ging terug naar huis en bracht baboesjka verslag uit van zijn gesprek met Leonti, zei dat er geen direct gevaar was, maar dat hij voor het moment ontroostbaar was. Ze besloten Jakov voor de nacht naar Kozlov te sturen, waarbij baboesjka hem een heel diner – thee, rum, wijn en wat al niet – meegaf.

'Waar is dat goed voor? Hij eet niets, baboesjka,' zei Rajski.

'En als die andere weer komt?'

'Welke andere?'

'Markoesjka, natuurlijk. Ik denk dat die wel honger zal hebben. Je zei toch dat je hem daar aangetroffen hebt...'

'Ach, baboesjka! Ik ga nu weg en vertel het aan Mark...'

'God bewaar me!' hield ze hem tegen, 'hij zal me belachelijk maken...'

'Integendeel, het zal zijn respect voor u nog vergroten. Het is geen Nil Andrejitsj, hij begrijpt u.'

'Ik heb geen behoefte aan zijn respect, maar laat hij zich in godsnaam zat eten! Het is een hopeloos geval! Heeft-ie nog iets gezegd over die tachtig roebel?'

Rajski maakte een wegwuivend gebaar, ging naar zijn kamer om de brieven, kranten en tijdschriften die hij uit Petersburg had gekregen, en vooral de brief van Ajanov, te lezen.

7

'Wat is er met je aan de hand, beste Boris Pavlovitsj?' schreef Ajanov. 'Naar welke landelijke uithoek ben jij vanuit ons weliswaar natte, maar ook eeuwig jonge Petersburg gevlucht? Ik heb al twee maanden geen regel van je ontvangen. Ben je daar soms getrouwd met een of andere boerentrien? Eerst heb je ons doodgegooid met je verhalen, dat wil zeggen brieven, en toen hield het plotseling helemaal op, zodat ik niet eens weet of je uit je negorij Malinovka naar de nog grotere negorij Smorodinovka verhuisd bent, en of je deze brief nog wel ontvangt.'*

'Ik heb je veel nieuws te vertellen, luister maar... Je kunt me feliciteren: mijn aambeien zijn eindelijk opengegaan! De dokter en ik waren zo blij dat we ons in elkaars armen stortten en bijna huilden van vreugde. Begrijp je wel hoe belangrijk deze afloop voor me is? Ik hoef nu niet naar een kuuroord. Mijn lendenpijn is nu veel minder en ik leg koude kompressen op mijn buik: je weet dat ik lijd aan Plethora abdominalis...'

En met dat soort nieuwtjes denkt hij me te amuseren! dacht Rajski en las verder.

'Mijn Olenka wordt iedere dag mooier, liever en deugdzamer, ze maakt goede vorderingen in de wetenschappen, gehoorzaamt de kostschooljuffen goed, bejegent haar vader met respect en vraagt iedere donderdag wanneer haar lieve vriend Rajski weer komt, die haar tekeningen verbetert, haar heimelijk snoep toestopt en haar ook op allerlei andere manieren verwent.'

'Hij heeft het alleen maar over zichzelf!' fluisterde Rajski, sloeg een paar regels over en las verder.

'Nikolaj Vasiljevitsj is ten slotte getrouwd met zijn Eudoxia, die hij bijna zeven jaar het hof heeft gemaakt, zoals Jakob Rachel, en hij is vertrokken naar zijn landgoed in de buurt van Tmoetarakan. Ze hebben de bultenaar met zijn oude heks naar het buitenland gestuurd en het is meteen veel gezelliger in het huis geworden. Ze hebben de ramen geopend, laten frisse lucht binnen en ook mensen, alleen het eten is nog steeds belabberd.'

'Wat heb ik daarmee te maken!' bromde Rajski ongeduldig, terwijl hij de rest van de brief vluchtig in zich opnam. Hij schrijft geen woord over mijn nicht en dat is nu net het enige wat me interesseert.

'...In zijn plaats,' las hij fluisterend verder, 'moet vorst I.V. minister worden terwijl I.B. tot zijn assistent benoemd moet worden... de vrouwen schreeuwden moord en brand... P.P. heeft bij het kaarten zeventigduizend roebel verloren... de familie Ch. is niet naar het buitenland vertrokken... Maar ik zie al dat ik je verveel, je vraagt hoe het met Sofja Nikolajevna is' – las Rajski en hij leefde op – '...zo meteen, zo meteen! Ik heb de berichten over haar als lekkernij voor het laatst bewaard...'

Eindelijk komt hij ter zake! dacht Rajski. Goed, hoe is het met haar?

'Ik heb mijn best gedaan ook in jouw afwezigheid je zaak trouw en eerlijk te dienen, dat wil zeggen dat ik twee keer per week met de lieve oude dametjes kaartspeel, zodat hun broer, Nikolaj Vasiljevitsj, mij al tot bruidegom van Anna Vasiljevna heeft gebombardeerd en zich zo uitleefde in een beschrijving van onze toekomstige bruiloft dat hij door de beide zusters met geweld de kamer werd uitgewerkt en geen cent kreeg van de toelage waar hij voor was gekomen. Daarentegen leende hij van mij driehonderd roebel, welke ik jou in rekening zal brengen, aangezien er geen enkele hoop is dat ik die ooit van mijn zogenaamde verloofde zal kunnen terugwinnen. Let nu goed op en verbleek en beef!

Ik zei al dat ik door met de tantes te kaarten jouw zaak diende. Daaronder versta ik de opwekking van hartstocht in jouw marmeren nicht, hetgeen in jouw afwezigheid veel voorspoediger verliep dan daarvoor. Graaf Milari namelijk, de Italiaan, beoefent dezelfde sport als jij – ik bedoel het opwekken van hartstocht in vrouwen – en met aanzienlijk meer succes dan jij. Hij nam de gewoonte aan om op dezelfde dagen en uren zijn bezoeken af te leggen als wij kaartspeelden, en Nikolaj Vasiljevitsj kon zijn geluk niet op toen hij zijn gezin zo zag opbloeien.

De jongelui lieten papa met rust; ze musiceerden, speelden en zongen en waren helemaal niet boos wanneer hij er niet bij was. Ook het plezierritje hoefde hij niet mee te maken, omdat (ik vertel je dit in vertrouwen, zoals heel Petersburg er slechts in vertrouwen over spreekt) wanneer het rijtuig van je nicht op de eilanden opdook, ook Milari daar ofwel te paard ofwel in een calèche opdook en naast het rijtuig voortreed. Sofja Nikolajevna was nog mooier geworden dan ze al was, daarna begon ze opeens te piekeren, verloor enigszins haar Olympische rust en vermagerde zelfs... Ze had (pak wat spiritus en ruik eraan) een faux pas begaan. Ik probeerde erachter te komen wat ze precies gedaan had, maar kreeg zelfs van haar nicht *Cathérine* alleen maar nietszeggende antwoorden: allemaal tweeën en zessen, niet één koning, geen dame, geen aas, niet eens een tien...

Ik begon toen zelf al een mooi verhaal te verzinnen. Ik dacht: misschien hebben ze hen betrapt terwijl ze met z'n tweetjes aan het wandelen waren of ze hebben een brief onderschept waarin stond: ik houd van jou; of het is misschien tussen de duetten van Bellini en Rossini door tot een verboden kus gekomen. Maar nee, ze speelden en zongen ononderbroken, en stoorden ons bij het kaartspel (dat, tussen twee haakjes, sowieso al niet erg vlotte; ik heb toch al iets tegen de zomer, omdat ik dan alleen maar slechte kaarten krijg), zodat Nadjezda Vasiljevna haar oren zelfs dichtstopte met watten... En in de stad was de bal aan het rollen gebracht! De Mezenski's, de Chatkovs en de Mysjinski's, ja iedereen, het meest van al *Cathérine*, fluisterde zachtjes, met ingehouden blijdschap: *Sophie a poussé la chose trop loin, sans se rendre compte des suites...* enzovoort. Ik vroeg nu eens hardop, dan weer zachtjes aan deze en gene wat voor *chose* dat eigenlijk was, en toen ik geen concreet antwoord kreeg, begon ik zelf te fluisteren als ze ter sprake kwam: *Oui*, zei ik, *elle a poussé la chose trop loin, sans se rendre compte... Elle a fait un faux pas...*

En ik haalde veelbetekenend mijn schouders op zodra men mij vroeg wat voor "pas" dat eigenlijk was geweest.

Op die manier verscheen er geleidelijk een wolkje aan de horizon, dat stilhield boven het hoofd van je nicht. Ik bleef, indachtig de vriendenplicht, jouw zaak dienen en bezocht de tantes trouw voor een spelletje kaart. Ik kwam zelfs in contact met Milari en sprak, precies zoals vroeger met jou, met hem af dat we, om ons meer op ons gemak te voelen, beiden op hetzelfde tijdstip zouden komen...'

'Wat een ezel!' zei Rajski geërgerd en gooide de brief op tafel, 'hoe kon hij nu denken dat hij mij daarmee een dienst bewees?'

'In ruil voor mijn goede diensten en mijn vriendschap,' las Rajski verder, 'moet jij me voor de winter een paar vaatjes van de beste verse kaviaar sturen en minstens een el lange sterlet, of ze zelf meebrengen. Ik zal ze delen met mijn doorluchtige weldoener en kaartpartner, de minister...'

Rajski sloeg een stuk over en las toen: 'Zo waren we met het hele gezin naar de datsja op Kamennyj Ostrov verhuisd, dat wil zeggen, zij huurden het hele huis V., terwijl ik twee kamers in de buurt betrok. Nikolaj Vasiljevitsj kreeg een apart paviljoen toegewezen...

Alles ging zijn gewone gangetje, tot op een keer voor het begin van ons avondpartijtje – Sofja Nikolajevna was net met haar vader ergens heen gereden, terwijl Nadjezda en Anna Vasiljevna zich gereedmaakten voor een wandeling – de komst van vorstin Olympiada Izmajlovna werd aangekondigd. De beide tantes waren zeer ontstemd over deze onverwachte verstoring van ons partijtje en stuurden me weg voor een wandeling van een uurtje, om eerst de vorstin te kunnen ontvangen.

Wij ongelukkigen: de tantes noch ik voorvoelden toen dat we nooit meer samen zouden kaarten. Ik kwam de vorstin op de trap tegen en haar gezicht had zo'n gewichtige en triomfantelijke uitdrukking dat ik het niet waagde naar de toestand van haar zenuwen te informeren.

Een uur later kwam ik zoals afgesproken terug, maar werd niet ontvangen. De volgende dag kwam ik weer, maar ook toen ontving men mij niet. Op de derde en de vierde dag gebeurde hetzelfde. Beide tantes waren ziek, de jongedame, dat wil zeggen Sofja Nikolajevna, voelde zich niet goed, ging niet uit en ontving niemand: dat soort antwoorden kreeg ik van het personeel.

Ik ging naar het paviljoen, in de hoop Nikolaj Vasiljevitsj te treffen, maar ook hij was niet thuis. Nergens liet hij zich zien: noch op de *Pointe*, noch bij Izler, waar hij, zoals hij het uitdrukt, incognito heen placht te gaan. Ik ging naar de stad, naar de club, naar Pjotr Ivanovitsj. Die keek me al uit de verte, opkijkend uit zijn krant, spottend aan en glimlachte. "Ik weet het, ik weet het," zei hij, "de deur is dichtgeslagen, je wordt kort gehouden."

Van hem kwam ik alleen te weten: ten eerste dat jouw nicht *a poussé la chose trop loin... qu' elle a fait un faux pas...* en daarna dat na het bezoek van vorstin Olympiada Izmajlovna, die vervolgster van ondeugden en voorvechtster van deugden, de tantes meteen naar bed waren gegaan en de gordijnen hadden dichtgedaan. Sofja Nikolajevna had zich in haar kamer opgesloten en iedereen at op zijn eigen kamer. Ze aten niet eens, maar lieten alleen de gerechten brengen en onaangeroerd weer terugbrengen, alleen Nikolaj Vasiljevitsj at er iets van, maar het was hem verboden het huis te verlaten, opdat hij zijn mond niet voorbij zou praten. Graaf Milari liet zich niet zien in het huis, maar dit werd wel bezocht door de oude dokter Petrov, die zijn praktijk allang heeft opgegeven en in zijn jeugd de twee juffers heeft behandeld (en volgens de woorden van een oude, vergeten kroniek, hun beider minnaar is geweest, voeg ik er tussen haakjes aan toe). Ten slotte zei Pjotr Ivanovitsj dat de hele familie, behalve Nikolaj Vasiljevitsj, zich in het geheim opmaakte om te vertrekken naar een kuuroord waar geen Rus ooit geweest was, en van plan was een jaar of drie in het buitenland te vertoeven.

Ten slotte kreeg ik Nikolaj Vasiljevitsj echter toch nog te zien: ik schreef hem een briefje en ontving de uitnodiging om die avond met hem te dineren. Hij vroeg me om er vooral geen ruchtbaarheid aan te geven. In het huis werd nu streng gevast: "*On est en pénitence...* voor iedereen worden bouillon en kuikens klaargemaakt, *et ma pauvre Sophie n'ose pas descendre me tenir compagnie,*" beklaagde hij zich op bittere toon en kauwde verontwaardigd op zijn lippen, "*et nous sommes enfermés tous les deux...* Ik heb speciaal voor u een maal laten bereiden, maar dat moet u niet verder vertellen!" voegde hij er angstig aan toe, de opgediende kwartels gulzig verstouwend, en hij huilde bijna over zijn arme Sofja.

Ten slotte kwam ik erachter dat zich bij het vroegere wolkje, de door mij gezochte onbekende X, die erop neerkwam dat *Sophie a poussé la chose trop loin*, nu een feit had gevoegd: zij, o *horreur*, had een faux pas begaan, ze had namelijk geantwoord op een briefje van Milari. Pachotin toonde me dat briefje en sloeg van woede met zijn vuist op tafel. "*Mais dites donc, dites, qu'est ce qu'il y a là? À propos du quoi...* al dat gesteun en gekreun, die reukflesjes, dat vertrek naar het buitenland en al die beroering? Dat kan je dus gebeuren als je met een paar oude vrijsters te maken hebt!"

Hij stampvoette, ijsbeerde door de kamer en probeerde zijn woede tot bedaren te brengen door in champagne gedoopte biscuitjes te verorberen en vervolgens een paar digestiepilletjes te slikken. "En wat het ergste van alles is," zei hij, "is dat die arme Sophie zit te kniezen: '*Oui, la faute est a moi,*' beweerde ze, '*je me suis compromise, une femme qui se regarde ne doit pas pousser la chose trop loin... se permettre.*' '*Mais qu'as tu donc fait, mon enfant?*' vraag ik. '*J'ai fait un faux pas...*' herhaalde ze, 'ik heb de tantes en u, papa, teleurgesteld!' '*Mais pas le moins du monde,*' zeg ik, maar het was allemaal tevergeefs! *Et elle pleure, elle pleure... cette pauvre enfant! Ce billet...* Hier, leest u dat eens!"

En in het briefje stond het volgende: "*Venez, comte, je vous attends entre huit et neuf heures, personne n'y sera et surtout, n'oubliez pas votre portefeuille artistique. Je suis etc. S. B.*" Nikolaj Vasiljevitsj was vooral geschoffeerd in zijn tedere gevoelens als vader. "*Le nuage a grossi grace à ce billet*, omdat... naar het schijnt (dit fluisterde Pachotin me in het oor) *Sophie n'était pas tout-à-fait insensible aux hommages du comte, mais c'est un gentilhomme et elle est trop bien élevée pour pousser les choses jusqu'à un faux pas...*"

Dat is alles wat ik je te berichten heb, Boris Pavlovitsj! Ik vind het jammer dat het alles is en dat ik je niets vrolijkers kan meedelen, bijvoorbeeld dat je nicht op een mooie dag een donkere mantilla omsloeg en heimelijk het huis verliet, dat er op de hoek een huurrijtuig op haar wachtte en haar ergens heen bracht en men haar vervolgens met Milari samen zag terugkeren: zij met een bleek gezicht en hij triomfantelijk, en dat ze ergens op een kruispunt uit elkaar gingen. Niets van dat alles is er gebeurd!

Maar hier klampt men zich vast aan een strohalm, probeert op allerlei manieren de vonk aan te wakkeren en van een mug – een briefje van vier regels – een olifant te maken, men voegt er andere zinnen aan toe, zelfs het tedere "jij", maar dat alles levert niets substantieels op en men houdt het ten slotte op de oorspronkelijke versie, "*que Sophie a poussé la chose trop loin, qu'elle a fait un faux pas...*" Ik probeer het vuurtje nog aan te wakkeren, zwijg sluw en verraad niet wat er in het briefje stond. Ze lopen achter me aan, omdat ze zien dat ik het een en ander weet. K. R. en zijn vrouw hebben me twee keer te eten gevraagd en M. voert me op de club dronken in de hoop dat ik mijn mond voorbijpraat. Ik vermaak me daarbij opperbest en ik zwijg.

Over twee weken vertrekken ze. Dat is de ontknoping van het liefdesavontuur van je nicht. Maar wacht, ik heb de hoofdzaak bijna vergeten. Nikolaj Vasiljevitsj kreeg van zijn zusjes de delicate opdracht om graaf Milari op te zoeken, het met hem uit te praten en hem het noodlottige briefje terug te vragen. Hij zegt dat hij nu jicht heeft, een tic, reumatiek, en last van zijn zenuwen, alles ten gevolge van zijn gesprek met de graaf. Die hoorde zijn verzoek met een sarcastische glimlach op zijn gezicht aan en zei dat hij de volgende dag aan zijn verzoek zou voldoen. En hij hield zijn woord, hij stuurde het briefje aan Bjelovodova terug met een hoffelijke en eerbiedige boodschap. "*Mais comme il riait sous cape ce comte (il est très fin) quand je lui débitais toutes les sottes réflexions de mes chères soeurs! Vieilles chiennes...*" voegde hij er met een afgewend gezicht aan toe en sloeg van woede een porseleinen beeld dat op de schoorsteen stond aan stukken...

Dat drama heeft zich afgespeeld, beste Boris Pavlovitsj: komt het misschien van pas in je roman? Schrijf je er nog aan? Als dat het geval is, volgt nu de sleutel tot het drama, ofwel *le mot de l'énigme*, zoals de Russen zeggen die veinzen dat ze geen Russisch kennen en zich verbeelden dat ze wél Frans spreken.

Je nicht was op haar manier, zonder de salon te verlaten, inderdaad verliefd geworden op de graaf, maar graaf Milari wilde dat aan de grote klok hangen en er moeten tussen hen, zoals haar papa naderhand heeft verteld, felle woordenwisselingen hebben plaatsgevonden, waarbij hij haar hand pakte en zij die niet weghaalde en haar ogen zelfs door tranen werden verduisterd toen hij, niet tevreden met de uitstapjes te paard en de ontvangst bij de tantes, een grotere vrijheid in de omgang met haar verlangde, haar uitnodigde om met z'n tweeën in het park te gaan wandelen, haar bezocht op andere uren, wanneer de tantes sliepen of in de kerk waren. En wanneer zij hier niet op inging liet hij zich wekenlang niet zien. Je nicht wond zich over dat alles op, *prenant les choses au sérieux* (ik vertaal die uitdrukking niet voor je, omdat het origineel altijd sprekender is dan een vertaling). Ondertussen gaf de graaf geen blijk van serieuze bedoelingen en ten slotte, ten slotte... kwamen ze er tot hun grote schrik achter dat hij tot de "nieuwe adel" behoorde en bij het *ancien régime* slecht stond aangeschreven, dat hij uit zijn vaderland geëmigreerd was naar Parijs, waar hij permanent verbleef, maar het belangrijkste komt nog: daar onder de blauwe hemel van Italië, in Florence of Milaan, had hij een officiële verloofde, ook een nicht... heel haar fortuin zou van haar geslacht op het zijne overgaan en alleen dankzij haar zou hij ook perspectieven op een carrière hebben. Dat alles was vorstin Olympiada Izmajlovna aan de weet gekomen van vorst B. P. En jouw Sofja lijdt nu dubbel: ten eerste is ze gekwetst in haar trots, de trots op haar schoonheid en op haar afstamming is een klap toegebracht, en ten tweede gaat ze eronder gebukt dat ze een faux pas begaan heeft, en misschien ook onder het gevoel dat jij met zoveel ijver in haar hebt opgewekt en dat ik uit vriendschap voor jou verder heb aangewakkerd.

Wat er verder met haar gaat gebeuren, weet ik niet, maar jij kunt er in je roman op je gemak een plausibel einde voor verzinnen. Je hebt immers tijd genoeg, terwijl ik me moet haasten: ik ben door V.N. uitgenodigd voor het diner. Daar wacht me een degelijk en serieus spelletje kaart met serieuze spelers.

Vaarwel, dit is mijn eerste en mijn laatste brief, die je, desgewenst, als apart hoofdstuk in je roman kunt opnemen. Als de rest even goed wordt, feliciteer ik je! Ik groet baboesjka en je nichten, ook al ken ik hen niet en zij mij niet, en zeg hun dat in die en die stad een vriend van je woont die jou en hun altijd ter beschikking zal staan.

N. Ajanov'

8

Rajski deed de brief in een la, zette zijn muts op en liep het park in, beseffend dat hij een blik wilde werpen op de plekken waar Vera gisteren had gelopen en gezeten voordat ze, als een slang, schitterend in haar schoonheid, de helling was afgegleden. Nog steeds was ze zowel zijn idool als zijn plaaggeest, tot wie hij als tot een ideaal koortsachtige gebeden richtte en tot wie hij, als naar een schoonheid van vlees en bloed, vervloekingen fluisterde, terwijl hij in gedachten stenen naar haar gooide.

Hij doorliep het hele park, wierp een blik op Vera's gesloten ramen, liep verder naar het ravijn en boorde zijn blik in de aan zijn voeten liggende afgrond van ruisende struiken en bomen.

De lanen leken donkere gangen, maar de open plekken, de verwelkte bloementuin, de moestuin en het hele park werden beschenen door de schuine stralen van de net aan de horizon verschenen maan. De sterren schitterden fel. Het was een heldere, frisse avond.

Rajski keek vanaf de rand van het ravijn naar de Wolga: ze fonkelde in de verte als staal. Rondom hem vielen de verdorde bladeren zacht ritselend van de bomen.

Daar is ze nu, dacht hij, naar de Wolga kijkend, en ze heeft geen woord voor me achtergelaten. Een hartelijk, met haar diepe fluisterstem uitgesproken vaarwel zou me verzoend hebben met alle boosaardigheid die ze zo gul over mijn hoofd heeft uitgestort. En nu is ze weg, zonder een spoor of een herinnering achter te laten, zei hij bitter bij zichzelf terwijl hij met gebogen hoofd door de donkere laan liep.

Plotseling pakten iemands fijne vingers hem als de klauwen van een roofvogel bij zijn schouders en in zijn oor weerklonk een ingehouden lach.

'Vera!' zei hij, bevend van vreugdevolle schrik en pakte haar hand.

Zijn haren gingen zelfs overeind staan.

'Je bent hier, niet aan de andere kant van de Wolga!'

'Ik ben hier, niet aan de andere kant van de Wolga!' herhaalde ze, terwijl ze doorging met lachen en haar arm door de zijne stak. 'Dacht u dat ik u zonder afscheid zou laten vertrekken? Ja, dacht u dat? Geef het maar toe.'

'Je bent een tovenares, Vera. Ja, ik verweet je zojuist dat je geen regel voor me hebt achtergelaten!' zei hij, in verwarring gebracht, deels door angst, deels door de onverwachte vreugde die hem plotseling vervulde. 'Hoe kom je zo opeens hier? Iedereen in huis zei dat je gisteren vertrokken was...'

Ze lachte spottend en probeerde hem daarbij in het gezicht te kijken.

'En u geloofde het! Ik wilde u verrassen en heb u daarom laten zeggen dat ik vertrokken was... Geef maar toe dat u het niet geloofde, dat u maar deed alsof.'

'Nee, bij God.'

'Haal God er liever niet bij!' zei ze triomfantelijk, genietend van zijn opwinding, en ze liet weer haar prikkelende lach horen. 'U hebt geen briefje van me gevonden, maar mijzélf. Wat is beter, zeg nou zelf!' voegde ze er, als het ware met hem spelend, aan toe.

Hij wist niet wat hij ervan moest denken. De levendige conversatie, snelle bewegingen, spottende koketterie – dat alles scheen hem onnatuurlijk toe in haar. Achter haar levendige toon en speelsheid dacht hij vermoeidheid te horen, ze scheen het verval van haar krachten voor hem te willen verbergen. Hij wilde haar in het gezicht zien en toen ze bij het einde van de laan gekomen waren, probeerde hij haar in het maanlicht te brengen.

'Laat me je eens bekijken, wat is er met je, Vera? Wat ben je uitgelaten en vrolijk!' merkte hij schuchter op.

'Er valt niets te bekijken!' onderbrak ze hem ongeduldig en ze probeerde hem mee te trekken naar het donker.

Ze schudde het hoofd en trok de mantilla die van haar schouders was gegleden achteloos weer recht.

'Ik ben vrolijk omdat u hier bent, zo vlakbij.' Ze vlijde zich met haar schouder tegen hem aan.

'Wat is er met je, Vera? Je bent zo veranderd!' fluisterde Rajski argwanend, zonder zich door haar onstuimige vrolijkheid te laten verleiden. En hij probeerde haar opnieuw naar het licht te trekken.

'Laten we gaan, laten we gaan, waarom moet u me bekijken? Daar houd ik niet van,' onderbrak ze hem levendig en ze kon nauwelijks stil blijven staan.

Hij voelde hoe haar handen trilden, hoe ze over haar hele lijf beefde en vervuld was van een voor hem onbegrijpelijke onrust.

'Zeg toch iets, vertel waar u geweest bent, wat u gezien hebt, of u aan mij hebt gedacht. Hoe staat het met de hartstocht? Kwelt hij u nog steeds? Ja? Wat is er met u... het lijkt wel of u uw tong hebt verloren.' Waar zijn die golven van poëzie, dat paradijs en die hel gebleven? Geef mij het paradijs. Ik wil het geluk, het leven.'

Ze praatte levendig en ongedwongen en klopte hem op zijn schouder. Ze kon niet stil blijven staan van ongeduld en versnelde haar pas.

'Waarom loopt u zo langzaam, net een schildpad! Laten we naar het ravijn gaan, we dalen af naar de Wolga, huren een boot en gaan varen,' vervolgde ze, hem meetrekkend, nu eens lachend, dan plotseling weer in gepeins verzinkend.

'Vera, je maakt me bang, je bent... ziek!' zei hij op bezorgde toon.

'Hoezo?' vroeg ze plotseling en bleef staan.

'Vanwaar plotseling die ongedwongenheid, die spraakzaamheid? Anders ben je zo ingehouden, zo gereserveerd.'

'Ik ben zo blij dat u weer terug bent, neef. Ik heb constant uit het raam gekeken en geluisterd of er een rijtuig aan kwam,' zei ze en liep met gebogen hoofd, in gedachten verzonken, wat rustiger naast hem voort, nog steeds met haar hand, waarvan de fijne vingers zich af en toe als een vogelklauw samentrokken, op zijn schouder.

Om een of andere reden was het hem zwaar te moede. Hij luisterde al niet meer naar haar kokette, uitdagende uitspraken, waaraan hij op een ander tijdstip misschien geloof had geschonken. Zijn eigen hartstocht was op dat moment verstomd. Hij voelde een groot mededogen met haar terwijl hij naar haar koortsachtige gestamel luisterde, de nerveuze levendigheid van haar bewegingen observeerde en probeerde te doorgronden wat de reden was van haar opwinding.

'Waarom kijkt u me zo vreemd aan? Ik ben niet gek!' zei ze en wendde zich van hem af.

Nu schrok hij helemaal.

Dat zeggen krankzinnigen altijd! dacht hij, ze verzekeren iedereen dat ze niet gek zijn.

Hij had zelf de roes van de hartstocht leren kennen en eronder geleden en hoewel hij sinds lang de hartstocht en zichzelf kende, kon hij de afloop toch niet altijd voorzien. Nu hij zag dat Vera aan deze kwaal leed, huiverde hij bij de gedachte aan wat haar te wachten stond.

Hij zag hoe haar kracht verdween, hoe ze alsmaar zwakker werd. Haar rust was weg, ze verzamelde haar laatste restje kracht om zich te vermommen, in zichzelf te verdwijnen, maar ook daar was het haar al te benauwd, de beker liep over en de opwinding zocht zich een weg naar buiten.

Mijn God, wat zal er van haar worden, dacht hij angstig. Mij vertrouwt ze niet, ze zal haar hart niet bij me uitstorten, wil de strijd alléén aangaan! Wie zal haar beschermen?

'Baboesjka,' fluisterde een stem hem in.

'Vera, je bent ziek, je moet met baboesjka praten,' zei hij op ernstige toon.

'Stil, zwijg, denk aan uw erewoord!' zei ze halfluid. 'Vaarwel voor nu. Morgen gaan we samen wandelen, daarna naar de stad om inkopen te doen, daarna daarheen, naar de overkant van de Wolga... overal heen! Ik kan zonder u niet leven!' voegde ze er bijna ruw aan toe, zijn schouder krachtig met haar vingers omklemmend.

Wat is er met haar aan de hand? vroeg hij zich af.

Haar laatste woorden, de grove, kokette uitdaging die direct aan hem was gericht, noopten hem om aan zijn eigen verdediging te denken, deden hem denken aan zijn eigen zielenstrijd en zijn voornemen om te vertrekken.

'Ik vertrek, Vera,' zei hij hardop. 'Ik ben aan het eind van mijn krachten, het wordt mijn dood als ik blijf... Vaarwel! Waarom heb je me bedrogen? Waarom heb je me hierheen geroepen? Waarom ben je hier? Om te genieten van mijn kwellingen? Ik vertrek, laat me gaan!'

'Ga!' zei ze en deed een pas bij hem vandaan. 'Jegorka heeft uw koffer nog niet teruggebracht naar de zolder!'

Hij verwijderde zich snel, verbitterd over deze opzettelijke marteling, deze bespotting van hemzelf en zijn hartstocht. Daarna keek hij om. Op tien passen van hem af stond ze roerloos in de maneschijn, als een wit standbeeld tussen het groen, en keek nieuwsgierig toe of hij weg zou gaan of niet.

Wat is dat? Wat heeft ze? vroeg hij zich met ontzetting af. Wat wil ze van me? Ze heeft een mes in mijn borst gestoken en kijkt nu hoe het bloed vloeit, hoe het slachtoffer stuiptrekt. Wat is het voor een vrouw?

Alle wrede vrouwengestalten uit de geschiedenis kwamen hem in gedachten, de priesteressen van bloedige erediensten, de vrouwen van de revoluties die zich baadden in bloed, evenals alle wreedheden die door vrouwenhanden waren begaan, van Judith tot en met Lady Macbeth. Hij liep verder en draaide zich opnieuw om. Ze stond nog steeds roerloos naar hem te kijken. Hij bleef staan.

Wat een schoonheid, wat een harmonie gaat er in haar gestalte schuil! En toch is ze verschrikkelijk, richt ze me te gronde, dacht hij, terwijl hij daar als aan de grond genageld stond en zijn blik niet kon losrukken van de slanke, roerloze, door maanlicht overgoten gestalte van Vera.

Hij onderging die schoonheid als het ware met zijn zenuwen, ze deed hem pijn. Tegen zijn wil zoog hij zich met zijn ogen aan haar vast.

Ze verroerde zich en beduidde hem met haar hoofd dat hij naderbij moest komen. Zijn zwakte verwensend liep hij langzaam, stap voor stap, op haar toe. Ze glipte toen hij bij haar gekomen was een donkere laan in en hij volgde haar.

'Wat wil je van me, Vera? Waarom laat je me niet met rust? Over een uur vertrek ik!' zei hij kortaf en bruusk terwijl hij achter haar aan liep.

'Waag het niet, dat wil ik niet!' zei ze en pakte zijn arm, 'u bent mijn slaaf, u moet mij dienen. U hebt mij ook niet met rust gelaten.'

Er voer plotseling een rilling van hartstocht door hem heen. Hij voelde dat zijn knieën het bijna begaven en een stem in zijn binnenste zong: 'Ja, ik ben een slaaf, je hoeft maar te bevelen!'

Hij wilde op de grond gaan liggen en aan haar voeten snikken van hartstocht.

'Ik heb u nodig,' fluisterde ze, 'u hebt om kwellingen en verschrikkingen gevraagd, ik zal ze u geven! Dat is het leven! hebt u gezegd. Hier is het: u zult lijden en ik zal ook lijden, we zullen samen lijden... "De hartstocht is prachtig; ze laat een spoor na in het hele leven, en dat spoor noemen de mensen geluk!" Wie heeft dat verkondigd? En nu wilt u vluchten? Nee! Blijf, we storten ons samen in de afgrond! "Dat, en dat alleen, is het leven!" hebt u gezegd. Welaan dan, zo zullen we ook leven. U hebt me geleerd lief te hebben, u hebt de hartstocht aangeprezen, hebt haar in mij ontwikkeld...'

'Je gaat te gronde, Vera,' zei hij, vol ontzetting terugdeinzend.

'Misschien,' zei ze, als het ware een roes van zich afschuddend en bij zinnen komend. 'En wat dan nog? Wat kan het u schelen? Dat wilt u toch! "Alleen in levende organismen legt de natuur de hartstocht," hebt u beweerd, en "Hartstocht is mooi!". Wel, hier is hij, verlustigt u zich erin!'

Ze ademde met krachtige teugen de frisse avondlucht in.

'Maar ik heb je toch ook gewaarschuwd, ik heb de hartstocht een verscheurende wolf genoemd,' verdedigde hij zich terwijl hij vol ontzetting haar openhartige, weerloze bekentenis aanhoorde.

'Nee, hij is erger dan een wolf, het is een tijger. Ik geloofde het eerst niet, maar nu geloof ik het. Kent u die gravure in het kabinet van Tatjana Markovna: een tijger ontbloot zijn tanden tegen een amor die op hem zit? Ik begreep nooit wat dat betekende, dacht dat het pure nonsens was, maar nu begrijp ik het. Ja, de hartstocht is als een tijger, eerst mag je op zijn rug gaan zitten, maar daarna brult hij en ontbloot zijn tanden.'

In Rajski's binnenste roerde zich de hoop dat hij nu achter de geheime naam, het 'wie' zou kunnen komen! Hij ging gretig in op haar vergelijking van de hartstocht met een tijger.

'Hier in het noorden zijn geen tijgers, Vera, en jouw vergelijking gaat mank. Die van mij is meer van toepassing: jouw idool is een wolf!'

'Bravo, ja, ja!' antwoordde ze nerveus lachend. 'Een echte wolf! Hoe je hem ook voedt, hij blijft naar het woud verlangen.'

En plotseling zweeg ze als in vertwijfeling.

'Jullie zijn allemaal wilde dieren,' zei ze even later met een zucht. 'Hij is een wolf.'

'Wie is het?' vroeg Rajski zachtjes.

'Toesjin is een beer,' vervolgde ze zonder hem te antwoorden, 'een echte Russische beer, zo eerlijk, zo slim...'

Aha, dus Toesjin is het niet, dacht Rajski.

'Ik kan mijn hand op zijn ruig behaarde hoofd leggen,' zei ze, 'en dan rustig slapen: hij zal me niet verraden, niet bedriegen... zal me zijn leven lang dienen.'

'En wat ben ik?' vroeg Rajski plotseling, enigszins opgemonterd.

Ze keek hem van dichtbij schalks in de ogen en aarzelde met antwoorden.

'Ik zie dat je wilt zeggen: een ezel. Zeg het, Vera, geneer je niet.'

'U? Een ezel?' vroeg ze smalend terwijl ze langzaam om hem heen draaide en hem van alle kanten bekeek.

'Wat zou ik anders moeten zijn?' vroeg Rajski naïef. 'Ik zie wat je me aandoet, ik duld het en sta te klapperen met mijn oren.'

'U bent helemaal geen ezel, maar een vos: zo lenig, zo sluw, u wilt me in de val lokken... heel zacht, heel slim en elegant... Dat bent u!'

Hij begreep niet wat ze bedoelde en zweeg.

'Zeg dan iets, wat zwijgt u!' zei ze en trok hem aan zijn mouw.

'Er bestaat een middel tegen die wolven...'

'Wat dan?'

'Dat ik vertrek en dat jij niet langer daarheen gaat.' Hij wees naar het ravijn.

'Geef me dan de kracht om niet meer daarheen te gaan!' schreeuwde ze het bijna uit. 'U ervaart nu toch hetzelfde als ik... nou dan, probeert u dan morgen in uw kamer te blijven zitten wanneer ik alleen in het park wandel... Nee, nee, u zult blijven zitten! U hebt uw hartstocht verzonnen, weet er slechts mooi over te praten. U verleidt de vrouwen alleen en speelt met hen. U bent een vos, een vos! Ik krijg u nog wel, wacht maar, u bent nog niet van me af!' zei ze schijnbaar schertsend maar tegelijk hartstochtelijk, terwijl ze met haar fijne vingers opnieuw zijn schouder omklemde.

Hij luisterde vol angst naar haar.

'Heb je daarom op me gewacht?' vroeg hij, 'om me dat te zeggen?'

'Ja, daarom! Opdat u niet meer schertst met de hartstocht, maar mij leert wat ik nu moet doen... u bent mijn leraar...! U hebt het huis in brand gestoken en nu wilt u weglopen! "De hartstocht is prachtig, bemin, Vera, schaam je niet!" Wie heeft dat gepredikt? Vader Vasili misschien?'

'Ik bedoelde de gedeelde hartstocht,' probeerde hij zich schuchter te rechtvaardigen. 'De hartstocht is mooi wanneer hij wederzijds is. Wanneer beide partijen het goed met elkaar menen, eerlijk zijn... dan is de hartstocht geen kwaad maar inderdaad het grootste geluk en toereikend voor een heel leven. Zo'n hartstocht heeft geen behoefte aan leugen en bedrog. Als een van beide partijen de hartstocht niet langer deelt, zal ze de andere niet nodeloos meeslepen, niet het donker in vluchten en door trouweloosheid het leven van de ander vergallen, maar zich moedig openbaren en in alle eerlijkheid en openheid, zoals het lot zelf, de onvermijdelijke klap toebrengen en de scheiding voltrekken. Dan zal er geen sprake zijn van stormen, maar alleen van een verkwikkend vuur...'

'Er bestaat geen hartstocht zonder stormen... of het is geen echte hartstocht!' zei Vera. En na een korte stilte vervolgde ze: 'Zijn er behalve fatsoen of onfatsoen dan geen andere gronden voor tweespalt, andere klippen waarop een verhouding stuk kan lopen? Ik bijvoorbeeld bemin iemand en ik word bemind. Maar toch verscheurt de hartstocht me. Vertel me wat ik nu moet doen!'

'Praat met baboesjka...' zei hij, bleek van angst, 'of laat mij het doen... geef me mijn erewoord terug.'

'God bewaar me! Zwijg en luister naar mij. U wilt het nu aan baboesjka vertellen... mij angst aanjagen, me beschaamd maken...! Wie heeft er gezegd dat ik niet naar haar moest luisteren, me niet moest schamen? Wie heeft de spot gedreven met haar moraal?'

'Vertel me wat er met je aan de hand is, Vera! Nu eens klap je uit de school, dan weer vlucht je in je geheim. Ik tast in het duister, weet niets... Anders zou ik misschien een middel vinden om je te helpen.'

'U weet niet wat er met me aan de hand is, u tast in het duister, kom dan mee!' zei ze. Ze leidde hem de laan uit en bleef staan. De maan scheen haar recht in het gezicht. 'Ziet u nu wat er met me aan de hand is?'

Het werd hem koud om het hart. Hij herkende de vroegere Vera niet. Haar gezicht was bleek en vermagerd, haar ogen dwaalden en hadden een boosaardige gloed, haar lippen waren op elkaar geperst. Van onder haar hoofddoek vielen, als bij een zigeunerin, twee of drie haarslierten op haar voorhoofd en slapen en bedekten bij snelle bewegingen haar ogen en mond. De satijnen, met witte dons gevoerde mantilla hing losjes, door het zijden snoer nauwelijks bijeengehouden, om haar schouders.

'Nou?' vroeg ze, het haar uit haar gezicht schuddend, 'herkent u uw Vera? Waar is de schoonheid gebleven waarvan u de lof hebt gezongen?'

Ze glimlachte meewarig, bedekte haar gezicht even met haar hand en schudde het hoofd.

'Wat kan ik doen, Vera?' vroeg hij zacht, haar vermagerde gezicht en de ziekelijke gloed van haar ogen in zich opnemend. 'Zeg het me, ik ben bereid om voor je te sterven...'

'Sterven, sterven! Wat heb ik daaraan? Helpt u me liever om te leven. Geeft u me die prachtige hartstocht waarvan de glans zich uitstrekt over het hele leven... Geef me dat leven, waar kan ik het vinden? Ik zie niets behalve een grommende tijger... Zeg me wat ik moet doen of geef me de kracht terug die ik eens bezat! Maar u wilt dat ik alles aan baboesjka vertel, wat haar dood en de mijne zou betekenen...! Is dat het middel om me te helpen? Of u zegt dat ik niet meer daarheen, niet meer naar het ravijn moet gaan... Daar is het nu te laat voor!'

'Zeg me wie je bemint, doe me alle omstandigheden uit de doeken, noem de naam!'

'Wie ik bemin? U!' zei ze boosaardig, opnieuw de haarslierten uit haar gezicht vegend, en ze trok de mantilla achteloos vaster om haar schouders.

Hij durfde geen woord te zeggen, durfde zich niet te verroeren. Met de handen op de rug stond hij daar tegen een boom geleund terwijl zij met haastige, ongelijkmatige schreden heen en weer liep. Vervolgens bleef ze staan om op adem te komen.

'Ja, ze is geestesziek,' fluisterde hij ontzet.

Ze ging op een bank zitten, werd stil en verzonk in gepeins.

'Wat is er met me aan de hand?' vroeg ze, schijnbaar enigszins tot zichzelf gekomen.

'Jij hebt zelf, Vera, gedweept met de vrijheid, je hebt je zowel voor mij als voor baboesjka schuilgehouden, je wilde onafhankelijkheid. Ik heb je gedachten altijd beaamd, want het zijn ook de mijne. Waarom gooi je nu die zware steen naar mijn hoofd?' rechtvaardigde hij zich op zachte toon. 'Niet alleen ik, maar ook baboesjka durfde je niet te benaderen...'

Ze slaakte een diepe zucht, liep toen op hem toe, drukte haar hoofd tegen zijn schouder en zei zacht: 'Ja... ja, luister maar niet naar me! Ik ben gewoon een beetje van streek. Over wat voor hartstocht hebben we het eigenlijk? Er is geen sprake van hartstocht. Ik heb de spot met u gedreven, zoals u met mij...'

'Denk je nog steeds dat ik het allemaal voor de grap zei?' vroeg hij zacht.

Ze probeerde te glimlachen en pakte zijn hand.

'Voelt u mijn voorhoofd eens...' zei ze lankmoedig, 'ziet u hoe heet het is? Wees niet boos op me, wees een beetje aardig tegen uw arme nicht. Het gaat allemaal over... De dokter zegt dat vrouwen vaak aanvallen hebben... Ik schaam me dat ik zo zwak ben, ik heb gewoon een weerzin tegen mezelf...'

'Wat is er met je aan de hand, arme Vera? Zeg het me...'

'Niets... Breng me alleen naar huis, help me de trap op. Ik... ben nergens bang voor... Ik ga naar bed... Vergeef me, ik heb u nodeloos lastiggevallen... u hierheen geroepen... Anders was u vertrokken en had u me vergeten. Ik heb gewoon koorts... Bent u niet boos?' vroeg ze teder.

Hij gaf haar haastig een arm, leidde haar zonder een woord te zeggen het park uit en bracht haar over het erf naar haar kamer. Daar stak hij een kaars aan.

'Roep Marina of Masja, er moet iemand met mij in deze kamer slapen... Maar geen woord tegen baboesjka. Het is gewoon een kwestie van overprikkeling. Ze zou zich doodschrikken... meteen hierheen komen...'

Hij luisterde angstig, in nadenken verzonken, naar haar.

'Waarom zwijgt u steeds, waarom kijkt u me zo vreemd aan!' zei ze, hem onrustig volgend met haar ogen. 'God weet wat ik er allemaal heb uitgeflapt in mijn ijlkoorts... dat was om u te plagen... me te wreken voor uw spotternijen,' zei ze, terwijl ze probeerde te glimlachen. 'Denk erom: geen woord tegen baboesjka! Zeg haar dat ik al naar bed ben gegaan om morgen zo vroeg mogelijk op te staan en vraag haar... me in mijn afwezigheid te zegenen. Hoort u dat?'

'Ja, ja, ik hoor het,' antwoordde hij verstrooid, drukte haar de hand en stuurde Masja naar haar toe.

9

De volgende morgen wachtte Rajski met spanning op het ontwaken van Vera. Hij was zijn eigen hartstocht vergeten, zijn fantasie deed er schuchter het zwijgen toe en al zijn geestkracht werd in beslag genomen door de observatie van Vera's hartstocht, die, naar hij meende, als een reuzenslang, blikkerend met zijn scherpe giftanden, uit haar naar buiten keek.

Hij was somber en in zichzelf gekeerd, ontweek de vragende blikken van baboesjka en vervloekte zijn aan Vera gegeven erewoord om niemand, en al helemaal niet baboesjka, iets te vertellen, waardoor hij nu in een penibele situatie terecht was gekomen.

Tatjana Markovna had al meer dan eens geprobeerd een gesprek met hem aan te knopen over Vera.

'Er is iets niet in de haak met Vera,' zei ze hoofdschuddend.

'Wat dan?' vroeg Rajski achteloos, waarbij hij probeerde een ongeïnteresseerde indruk te maken.

'Het bevalt me niet, ze is er nog erger aan toe dan pasgeleden. Ze loopt somber rond, soms lijkt het of er tranen in haar ogen staan. Ik heb met de dokter gesproken; die gooit alles weer op de zenuwen. Het moeten een soort zenuwtoevallen zijn of in ieder geval...'

Baboesjka maakte haar zin niet af en verzonk in een somber gepeins.

Rajski wachtte ongeduldig op Vera. Eindelijk verscheen ze...

Een meisje bracht haar warme mantel, een hoed en een paar schoenen met dikke zolen achter haar aan. Na baboesjka goedemorgen gewenst te hebben, vroeg ze om koffie, at met smaak een paar biscuittjes en herinnerde Rajski eraan dat ze samen inkopen zouden gaan doen in de stad om daarna te gaan wandelen door de velden en de bosjes.

Ze deed alsof er niets aan de hand was. Van haar gedrag van gisteren was alleen een zekere ongegeneerdheid in haar bewegingen en een ongewone haast bij het spreken overgebleven. Ze moest zichzelf duidelijk geweld aandoen om haar nerveuze opwinding te verbergen.

Ze begon zelfs met Polina Karpovna, die onverwacht in het kabinet van baboesjka verschenen was, over allerlei details van dameskleding te praten. Polina Karpovna had de door haar beloofde moderne knippatronen meegebracht, volgens welke voor Marfenka's uitzet kleren genaaid moesten worden; in werkelijkheid was ze alleen gekomen om te horen of Boris Pavlovitsj weer terug was.

Ze wilde hem tot elke prijs alleen spreken en wachtte op een geschikt moment om naast hem te gaan zitten. Eindelijk lukte het haar en ze vroeg hem of hij haar niet onder vier ogen iets te zeggen had. Ze keek hem met smachtende blik aan en begon een paar keer zachtjes: '*Je comprends, dites tout! Du courage!*'

Loop naar de duivel, jij! dacht hij, fronste zijn voorhoofd en schoof van haar af.

Ten slotte deed Vera haar jas aan, stak haar arm door de zijne en zei: 'Laten we gaan!'

Kritsjkaja stond op om met hen mee te gaan, maar Vera hield haar tegen en zei: 'Mijn neef en ik gaan een lange wandeling maken en u, lieve Polina Karpovna, hebt een lange sleep en bent überhaupt te elegant gekleed voor een wandeling... het is vochtig buiten.'

En zo vertrokken ze dus zonder Polina Karpovna.

Rajski zweeg en observeerde Vera, terwijl zij probeerde te doen alsof er niets aan de hand was en terloopse opmerkingen maakte over het weer, over bekenden die ze tegenkwamen en over een huis dat er een maand geleden nog grauw en verlaten bij had gestaan, maar dat er nu, opnieuw gepleisterd en geel geverfd, weer zo fris uitzag. Ze vertelde dat de zaal van de raad van edelen voor de winter opnieuw geverfd zou worden en dat de winkelgalerij een dak van ijzer zou krijgen, en bleef staan kijken hoe de weg ergens werd opgehoogd.

Ze scheen sowieso tevreden te zijn met deze wandeling door de stad, die des te noodzakelijker leek omdat men haar al lange tijd niet meer gezien had en de mensen God weet wat konden denken, misschien wel dat ze dood was.

Rajski antwoordde met geen woord op haar ogenschijnlijk ongedwongen opmerkingen, waarachter hij heel andere zaken vermoedde.

'Misschien doe ik er verkeerd aan om u te beroven van het gezelschap van Polina Karpovna,' merkte ze op in een vergeefse poging hem uit zijn tent te lokken.

Hij haalde ongeduldig zijn schouders op.

'Ik maak maar een grapje!' zei ze, een andere, oprechtere toon aanslaand. 'Ik wil dat u deze dag met mij doorbrengt of liever nog meerdere dagen, voor u vertrekt,' vervolgde ze bijna bedroefd. 'Laat me niet alleen, gun me uw gezelschap... U vertrekt spoedig... dan heb ik niemand meer...!'

'Ik ben bang, Vera, dat ik je niet van dienst kan zijn, omdat ik niets van je weet. Ik zie alleen dat je in een drama verwikkeld bent en dat er een catastrofe op komst is of je al bereikt heeft...'

Ze huiverde.

'Wat is er met je?' vroeg hij bezorgd.

'Het is zo fris buiten, ik heb het koud!' zei ze, haar schouders optrekkend. 'Wat voor een drama? Ik voel me niet goed en ben somber; het is herfst en in de herfst trekt de mens zich, zoals alle dieren, als het ware in zichzelf terug. De vogels vertrekken ook al, kijk hoe de kraanvogels vliegen!' zei ze, naar een kromme lijn van zwarte stippen wijzend die hoog boven de Wolga door de lucht trok. 'Wanneer alles om je heen, somber, bleek en treurig wordt, is ook de ziel treurig gestemd... Waar of niet?'

Ze wist zelf dat hij zich niet snel met dergelijke verklaringen liet afschepen en dat ze het alleen zei om de waarheid niet te hoeven zeggen.

Hij zweeg en probeerde steeds weer opnieuw om de sleutel van het raadsel in handen te krijgen.

'Vera, ik wil je iets vragen...' begon hij.

'Wat dan?' onderbrak ze hem onrustig en voegde er zonder op antwoord te wachten aan toe: 'Goed, vraagt u maar, maar niet vandaag, misschien over een paar dagen... Waar gaat het over?'

'Over de brieven die je me geschreven hebt...'

'Ja, wat is daarmee?'

'Herinner je je dat je me geschreven hebt dat je mijn kijk op de eerbaarheid deelt...'

Ze dacht na en scheen te proberen om het zich te herinneren.

'Ja... ja... Natuurlijk, zeker... dat heb ik geschreven... hoezo?'

Hij keek haar strak aan.

'Heb jij die brief geschreven?'

'Wie anders?' antwoordde ze plotseling fel. 'Natuurlijk heb ik die geschreven. Luister,' zei ze, 'laten we deze discussie, zoals ik al vroeg, uitstellen tot een andere keer... U hebt gezien wat voor een zenuwtoeval ik gisteren had. Ik kan me nu niet eens alles herinneren wat ik geschreven heb en haal alles door elkaar...'

'Goed, laten we het uitstellen tot een andere keer!' zei hij zuchtend. 'Zeg ten minste waar je me voor nodig hebt. Waarom houd je me hier? Waarom wil je dat ik nog blijf, dat ik deze dagen met je doorbreng?'

Ze leunde met haar arm sterk op de zijne en drukte zich tegen zijn schouder aan, hem met haar ogen smekend om niet verder te vragen.

'Je houdt immers niet echt van me. Je weet dat ik niet geloof in je gekoketteer en je hebt toch wel zoveel respect voor me dat je me niet serieus wilt overtuigen... Wanneer ik geen koorts heb, zie ik dat je de spot met me drijft: waarom doe je dat?'

Ze drukte hem stevig de hand en smeekte hem opnieuw met haar ogen om niet verder te gaan.

'Ik heb toch ten minste het recht om te vragen wat je van me wilt. Het kan je niet ontgaan zijn hoe dit alles me opwindt en kwelt, deze hartstocht, deze regen van slagen die je aan mijn hart en mijn eigenliefde toebrengt.'

'Ja, aan uw eigenliefde...' herhaalde ze verstrooid.

'Goed, laten we zeggen aan mijn eigenliefde, laten we er niet over twisten wat eigenliefde is en wat het zogenaamde "hart" is. Maar je moet zeggen wat je van me wilt? Het is mijn goed recht om dat te vragen en het is jouw plicht om een openhartig en eerlijk antwoord te geven als je niet wilt dat ik je als vals en boosaardig beschouw...'

Ze liep met gebogen hoofd voort terwijl hij op een antwoord wachtte.

'Laten we het daar nu niet over hebben...'

'Mogen we het daar ook al niet over hebben? Nee, daar doe ik niet aan mee!' zei hij in een opwelling van toorn en rukte zijn arm los. 'Je speelt met me als een kat met een muis! Dat verbied ik, ik heb er genoeg van! Je eigen geheimen kun je voor je houden zolang je wilt, je hoeft ze mij helemaal niet te vertellen, maar wat mezelf betreft verlang ik een onmiddellijk antwoord. Waar heb je me voor nodig? Welke rol heb je me toebedeeld en waarom?'

'U hebt die rol zelf gekozen, neef...' antwoordde ze zachtjes en keek naar de grond. 'U hebt me gevraagd u niet weg te sturen...'

In machteloze ergernis over haar terechte verwijt deed hij een paar passen opzij en liep met grote stappen door het straatvuil, terwijl zij over het houten trottoir liep.

'Wees niet boos, neef, kom hier! Ik heb u niet tegengehouden om u te beledigen, nee!' fluisterde ze, hem naderbij wenkend... 'Kom hier!'

Hij stak zijn arm opnieuw door de hare.

'Ik vraag u alleen daar nu niet over te spreken, zodat ik niet zo'n aanval krijg als gisteren...! U ziet dat ik me nauwelijks staande houd... Kijk me aan, neem mijn hand.'

Hij pakte haar hand – ze was bleek en koud, en blauwe adertjes waren er duidelijk op te zien. Ook haar hals en taille waren tengerder geworden, haar gezicht had zijn frisse kleuren verloren, het maakte een indruk van droefheid en zwakte. Hij vergat opnieuw zichzelf en had slechts medelijden met haar.

'Ik wil niet dat men het thuis merkt... Ik ben erg zwak... spaart u mij,' smeekte ze en haar ogen vulden zich zelfs met tranen. 'Bescherm mij tegen mezelf...! Kom tegen het vallen van de avond, om een uur of zes, na het eten, bij me, dan zal ik u zeggen waarom ik u hier heb gehouden.'

'Neem me niet kwalijk, Vera, ik heb mezelf ook niet in de hand!' zei hij, diep geroerd door haar verdriet. En hij drukte haar de hand. 'Ik zie dat je ergens aan lijdt... ik weet niet waaraan... Maar ik vraag niets, ik wil en moet je verdriet ontzien en ik kan het, omdat ik zelf lijd. Ik kom, je kunt op me rekenen.'

Ze beantwoordde zijn handdruk, en fluisterde: 'Ik zal alles zeggen als ik daartoe in staat zal zijn.'

Hij werd bekropen door droefheid en bange voorgevoelens.

Ze liepen langs de marktkramen. Vera deed inkopen voor zichzelf en voor Marfenka en sprak ongedwongen en uitvoerig met de kooplieden en de kennissen die ze tegenkwamen. Met enkelen van hen bleef ze zelfs op straat staan praten en roerde allerlei onbeduidende, alledaagse zaken aan. Daarna ging ze langs bij een petekind van haar, de dochter van een arme burgervrouw, aan wie ze de stof voor een jurk overhandigde die ze voor haar en voor de kleine meid had gekocht, en ook een deken. Vervolgens nam ze gretig Rajski's voorstel aan om Kozlov te bezoeken.

Toen ze door de poort liepen, kwam Mark Volochov plotseling uit het tuinhek. Hij knikte Rajski vluchtig toe, maar gaf geen antwoord op diens vraag hoe het met Leonti ging en verwijderde zich, Vera nauwelijks aankijkend, met snelle passen door de steeg.

Vera stond een ogenblik als aan de grond genageld, maar herstelde zich onmiddellijk en beklom, eveneens met snelle passen, vóór Rajski de buitentrap.

'Wat heeft hij?' vroeg Rajski, Mark nakijkend. 'Hij heeft met geen woord geantwoord, en wat had hij een haast! En jij bent ook geschrokken: is hij soms degene die ginds altijd schoten lost? Ik heb hem daar al eens met een geweer gezien...' voegde hij er schertsend aan toe.

'Natuurlijk... wie anders!' zei Vera onverschillig zonder zich naar hem om te draaien, terwijl ze de kamer van Kozlov betrad.

Nee, nee, dacht Rajski, deze haveloze, rondzwervende zigeuner zou haar idool zijn? Nee, duizendmaal nee! Overigens, waarom ook niet? De hartstocht is wreed, hij maakt de mensen blind. Hij vraagt niet naar de zeden en opvattingen van de mensen, maar onderwerpt ze aan zijn teugelloze grillen! Maar waar zou ze met hem in contact gekomen moeten zijn? Ze is net zo bang voor hem als iedereen hier.

Kozlov liep, net zoals gisteren, met de wankele gang van een beschonkene van de ene hoek naar de andere en deed er somber het zwijgen toe wanneer iemand hem bezocht. Hij was moedeloos en zwak, beklaagde zich zachtjes morrend, luisterde naar ieder buiten passerend rijtuig, liep dan opgewonden naar de deur en kwam wanhopig weer terug.

Toen Rajski en Vera hem uitnodigden om naar hen te verhuizen, gaf hij geen antwoord en luisterde nauwelijks, of hij zei: 'Ja, ja, maar later, over een week of twee... drie...'

'Misschien na de bruiloft van Marfenka?' zei Vera.

'Ja, na de bruiloft, na de bruiloft,' herhaalde Leonti werktuiglijk. 'Ja, dank u wel, maar voorlopig blijf ik nog hier... Hartelijk bedankt...'

Hij wierp plotseling een blik op Vera en scheen verbaasd te zijn haar te zien. 'Vera Vasiljevna!' zei hij, haar verlegen aankijkend. 'Boris Pavlovitsj', begon hij, Vera nog steeds aankijkend, 'weet je wie je boeken ook gelezen heeft en me geholpen heeft om ze te ordenen?'

'Wie dan?' vroeg Rajski.

Maar Kozlov was al naar de andere hoek van de kamer gelopen en luisterde naar de geluiden op straat. Vervolgens opende hij plotseling het ventilatieraampje en stak zijn hoofd naar buiten.

'Van wie was die stem...? Van een vrouw!' zei hij geschrokken, luisterde gespannen en sperde zijn ogen wijd open.

'Garen! Garen en band!' riep een doordringende vrouwenstem uit de verte en Kozlov sloeg het ventilatieraampje geërgerd weer dicht.

'Wie heeft die boeken gelezen?' vroeg Rajski nog eens.

Maar Kozlov hoorde de vraag weer niet, ging op bed zitten en liet het hoofd hangen.

Vera fluisterde Rajski toe dat het haar zwaar viel om Leonti Ivanovitsj in deze toestand te zien, en ze namen afscheid van hem.

'Ik wilde je iets zeggen, Boris Pavlovitsj,' zei Kozlov peinzend, 'maar ik ben vergeten wat...'

'Je zei dat nog iemand mijn boeken had gelezen...'

'Ja, zij,' zei Leonti en wees op Vera.

Rajski wierp een blik op Vera, maar ze keek peinzend uit het raam en trok hem aan zijn mouw.

'Laten we gaan, laten we gaan!' zei ze en haastte zich naar buiten.

Zo kwamen ze weer thuis. Vera overhandigde een deel van haar inkopen aan baboesjka, liet de andere naar haar kamer brengen en nodigde Rajski opnieuw uit om met haar een wandeling te maken door de bosjes en over de velden en af te dalen naar de oever van de Wolga.

'Laten we daarheen gaan!' zei ze, op een heuvel wijzend, en nauwelijks hadden ze hun doel bereikt of ze trok hem alweer mee naar een andere plek, vanwaar je een mooi uitzicht zou hebben op de kronkelende loop van de Wolga, ofwel ze liepen – om dichter bij het water te komen – door het oeverzand, waarin hun voeten tot de enkels wegzakten.

Ze keek in de verte, wees Rajski op een schip dat ergens het water doorkliefde en liep dan weer met ongelijke, onzekere passen verder of bleef staan om op adem te komen en de haarslierten uit haar gezicht te schudden.

'Waarom maak je je zo moe, Vera? Je bent nog zwak,' zei hij.

'Ik heb een vreemde dorst, ik zou de lucht willen drinken!' zei ze en wendde haar gezicht naar de kant vanwaar de wind waaide.

Ze forceert zichzelf, verzamelt haar laatste krachten! fluisterde hij in zichzelf.

Ten slotte bracht hij haar naar huis, waar men al op hen wachtte met het middageten.

Om zes uur dus, ging het door hem heen, en hij wachtte vol ongeduld op het vallen van de avond.

Na het eten viel hij in de salon van vermoeidheid in slaap en hij werd pas wakker toen het al zes uur sloeg en de schemering intrad.

Hij ging naar Vera, maar ze was niet thuis. Marina zei dat de jongedame naar de vigilie gegaan was, maar ze wist niet in welke kerk: die in de voorstad of de dorpskerk op de heuvel.

In de kerk in de voorstad monsterde Rajski alle aanwezigen en bestudeerde, op zoek naar Vera, nauwlettend de gezichten van alle oude vrouwen die in de kerk waren. Maar Vera was er niet en daarom ging hij naar het kerkje op de heuvel.

Daar zag hij eerst ook alleen wat oude mannen en vrouwen. Maar toen ontwaarde hij Vera in een donkere hoek achter een pilaar: in knielende houding, met gebogen hoofd en een voile voor het gezicht.

Hij ging achter haar staan, aan het oog onttrokken door een andere pilaar.

Terwijl Vera bad, stond hij daar en verdiepte zich in haar situatie. Sinds zijn terugkeer was zijn hart vervuld van een diep medelijden met haar, vooral nu haar onmacht in de zware strijd zo duidelijk aan het licht trad.

Terwijl hij keek naar het lijden van dit nog maar net opgebloeide leven en zag hoe het lot dit jonge schepsel, dat alleen schuld droeg aan het feit dat het gelukkig wilde zijn, maltraiteerde, morde hij in stilte tegen de strenge, niemand ontziende wetten van het bestaan, die deze zwakke, pas ontloken lelie hetzelfde zware kruis oplegden als een of andere verstokte booswicht.

Alleen al om haar schoonheid zou ze gespaard moeten blijven... Maar wie is het die haar moet sparen? En wat heeft ze verkeerd gedaan? dacht hij, en raakte onwillekeurig in de ban van het mystieke denkbeeld dat er in een mensenleven bepaalde door het lot voorbereide, geheimzinnige ogenblikken voorkomen waarop die mens door een onverwachte samenloop van omstandigheden of een ontmoeting een rampzalig idee, een ziekelijk gevoel of een misdadig verlangen wordt ingeboezemd... dit alles omwille van een doel dat nog onbekend is aan die mens zelf, van wie een onverzoenlijke strijd wordt verlangd.

Op andere momenten daarentegen, zo scheen het hem toe, vinden door een onzichtbare macht veroorzaakte toevallige gebeurtenissen plaats die een mens schijnbaar onopzettelijk behoeden voor het noodlot, zodat hij de diepe afgrond die hij onbewust passeert pas opmerkt wanneer hij die achter zich heeft.

Terwijl hij zich verdiepte in het weefsel van zijn eigen leven en dat van ieder ander en zijn blik op Vera's nog maar nauwelijks begonnen leven richtte, doorgrondde hij steeds beter het spel van kunstig vervlochten toevalligheden, deze dwaallichtendans van boos bedrog, verblindingen en valkuilen, met zijn misslagen en vergissingen — en daarnaast de schijnbaar even toevallige uitwegen uit de verwarde draden en knopen.

Wat te doen? Moet men uit alle macht proberen zich los te rukken uit deze strijd met al zijn gevaren en proberen een veilige, vredige en rustige haven binnen te lopen, zoals de simpele zielen hier dat doen? Hij liet zijn blik over de biddende oude mannen en vrouwen gaan. Of heeft het geen zin om te zwemmen in de troebele golven van dit doelloos voortstromende leven?

Waar ligt de sleutel tot begrip van dit alles, tot het vinden van een begaanbare weg?

Hij wierp een blik op Vera: ze was roerloos aan het bidden en hield haar ogen strak op het kruis gericht.

Arme Vera! dacht hij bedroefd, liep naar buiten en ging in afwachting van haar komst in het kerkportaal zitten.

Na een poosje kwam ze naar buiten. Ze reikte hem zwijgend de hand en ze liepen de heuvel af.

'Bent u in de kerk geweest?' vroeg ze.

'Ja,' antwoordde hij.

Ze liepen rustig de heuvel af door het dorp en over het grote weiland naar het park. Vera liep met gebogen hoofd terwijl hij onafgebroken dacht aan de verklaring die ze hem beloofd had te geven en daarop wachtte. Het verlangen om te ontsnappen aan de kwellende onzekerheid en een einde te maken aan zijn eigen lijden was nu op de achtergrond geraakt. Hij had het gevoel dat op hem alleen nu de plicht rustte om haar bij te staan, haar weg te verlichten, haar te helpen om een noodlottige knoop te ontwarren of een steile afgrond te passeren en haar zo nodig met al zijn ervaring, zijn intelligentie, zijn hart en al zijn kracht bij te staan.

Ze had hem zelf daartoe uitgenodigd, had die ochtend half-en-half een bekentenis afgelegd, en als die niet volledig was geweest, dan was dat alleen vanwege de haar eigen voorzichtigheid en omdat misschien een restant van haar trots haar verhinderde zich gewonnen te geven.

Hoe graag had hij haar geholpen. Maar hij wist niets en had niet eens het recht zijn angstige voorgevoelens met iemand te delen.

Maar zelfs indien ze hem onthief van zijn erewoord en hij baboesjka al zijn vermoedens en voorgevoelens met betrekking tot Vera zou toevertrouwen, dan was het nog de vraag of dat tot het gewenste resultaat zou leiden. Waarschijnlijk niet. Al de praktische maar verouderde wijsheid van baboesjka zou afketsen op de koppigheid van Vera, die een stoutmoedigere geest en sterkere wil bezat dan Tatjana Markovna en bovendien ontwikkeld was.

Ze was op de hoogte van de moderne opvattingen die min of meer tot het openbare bewustzijn waren doorgedrongen. Blijkbaar had ze deze nieuwe ideeën, zelfs kennis, ergens opgevangen en stond ze onvergelijkelijk veel hoger dan het milieu waarin ze verkeerde. Hoe ze ook probeerde om niets van haar geestelijke superioriteit te laten merken, af en toe verried ze zich toch door een woord dat haar toevallig ontviel of door het noemen van de naam van een autoriteit op een of ander gebied van de wetenschap.

Ook haar taal verried haar bij iedere stap die ze zette; haar vrije gedachtevlucht, die hem al bij de eerste ontmoeting met haar zo getroffen had, haar hele mentaliteit en karakter – dat alles gaf haar zo'n overwicht op baboesjka dat van de pogingen van Tatjana Markovna om haar uit de nood te redden niets terecht zou komen.

Baboesjka was in staat Vera te behoeden voor een of andere grove vergissing, haar te beschermen tegen ziekte of boerenbedrog, haar met gevaar voor eigen leven te redden uit het vuur. Maar wat zou ze kunnen doen om Vera van de hartstocht te redden als ze daar werkelijk aan ten prooi was gevallen?

Baboesjka was zonder twijfel een intelligente vrouw die de verschijnselen van het leven zoals die zich in grote trekken aan haar voordeden feilloos wist te duiden en te beoordelen, een bijdehante vrouw des huizes, die haar kleine koninkrijk uitstekend bestierde. Ze kende de menselijke zeden, deugden en ondeugden, zoals die omschreven worden op de tafelen der wet van Mozes en in het evangelie.

Maar ze kende nauwelijks het leven waarin het spel der hartstochten de menselijke verhoudingen transformeert tot een kleurig, uit de fijnste draden gesponnen weefsel. Geen mens in deze stille landelijke uithoek droomde ook maar van deze kant van het leven en het minst van allen Tatjana Markovna. Ze was immers nog maagd...

Als ze in haar leven liefde, hartstocht of iets dergelijks had gekend, dan was dat hartstocht zonder ervaring, een onbeantwoorde of met geweld onderdrukte neiging geweest, geen liefdesdrama, maar een lyrisch gevoel dat zich in haar alleen had afgespeeld, in haar was gedoofd en in haar ziel was begraven zonder ook maar een spoor of schram achter te laten in haar smetteloze leven.

Hoe zou zij iets van de verschrikkingen van die strijd kunnen bevroeden? Hoe kon zij iemand die op het punt stond te verdrinken de hand reiken of hem helpen de afgrond te vermijden? Ze zou ook helemaal niet in het bestaan van een hartstocht geloofd hebben maar naar feiten hebben gevraagd.

Dat er op de bodem van het ravijn geschoten werd en dat Vera daar soms heen ging, dat waren natuurlijk feiten en baboesjka kon haar maatregelen tegen die feiten nemen: ze zou haar huispolitie met knotsen bewapend als wachters kunnen opstellen, ze kon de minnaar laten opwachten – en Vera daarmee weer een nieuwe slag toebrengen.

Ze zou Vera thuis kunnen houden, haar kunnen opsluiten, maar ook dat zou een belediging en een vernedering zijn, een aanslag op haar vrijheid. Tatjana Markovna zou begrijpen dat dit zowel in moreel als fysiek opzicht onmogelijk was.

Vera zou een dergelijke gevangenschap nooit verdragen en zou vluchten voor baboesjka, zoals ze ook voor hem, Rajski, naar de overkant van de Wolga was gevlucht – kortom, baboesjka beschikte over geen enkel middel om in te grijpen. Vera was baboesjka's moraal en belevingswereld ontgroeid, dacht hij, baboesjka zou haar alleen maar irriteren met haar vermaningen of haar, als ze opnieuw ene Kunigunda ter sprake bracht, aan het lachen maken. Vera zou daardoor haar laatste restje vertrouwen in baboesjka verliezen.

Nee, deze autoriteit was verouderd, ze kon Marfenka misschien nog respect inboezemen, maar niet de onafhankelijke, intelligente en ontwikkelde Vera.

De sleutel tot het geheim van haar verdriet hield Vera zelf in de hand, maar ze vertrouwde hem aan niemand toe, liet zich hoogstens, nu haar krachten het begaven, af en toe een woord of een toespeling ontvallen, om vervolgens geschrokken alles weer terug te nemen en zich opnieuw te verbergen. Kennelijk was ze niet in staat de gordiaanse knoop door te hakken en verhinderde haar trots of haar gewoonte haar om naar eigen goeddunken te leven, ook al ging ze daaraan te gronde, haar om zich uit te spreken!

Dat alles ging Rajski door het hoofd terwijl hij zwijgend naast haar voortliep, niet wetend hoe hij haar ertoe moest brengen volledig opening van zaken te geven – deze keer niet meer in zijn belang, maar in haar eigen belang, om haar te kunnen redden. Ten slotte besloot hij het op een indirecte manier te proberen: misschien kon hij in haar antwoorden op zijn vragen een aanknopingspunt vinden, misschien zou ze een naam laten vallen, waarbij hij dan stil kon blijven staan om de bekentenis te vergemakkelijken die haar kennelijk zo zwaar viel dat ze haar ondanks haar belofte niet over de lippen kon krijgen. Hij moest haar behulpzaam zijn met een list. Ze was nu moe en van streek, misschien zou ze zich in een zwak moment iets laten ontvallen.

Hij herinnerde zich dat ze zijn vraag naar de bron van haar ontwikkeling steeds had ontweken, nooit iets had verteld over haar opvoeding of over degene die invloed op haar gehad kon hebben. Waar had ze die stoutmoedige en vrije manier van denken vandaan, die kennis, dat zelfvertrouwen en die zelfbeheersing? Toch niet van de Française in het pension? In de hele omgeving kon hij niemand bedenken die haar leidsman, haar gespreksgenoot had kunnen zijn.

Hij vroeg zich af hoe hij haar een bekentenis kon ontlokken.

'Zeg, Vera, ik wil je graag iets vragen,' begon hij schijnbaar terloops. 'Leonti vertelde me vandaag dat je de boeken in mijn bibliotheek gelezen hebt, maar je hebt daar tegen mij nooit iets over gezegd. Is het waar wat hij zei?'

'Ja, ik heb er een paar gelezen. Hoezo?'

'Met wie heb je ze gelezen? Met Kozlov?'

'Sommige... ja. Hij heeft me de inhoud van sommige boeken uitgelegd. Andere heb ik alleen gelezen of samen met de priester, de man van Natasja...'

'Welke boeken heb je dan met de priester gelezen?'

'Dat weet ik niet precies meer... De kerkvaders bijvoorbeeld. Hij heeft ze voor Natasja en mij verklaard, ik ben hem daar zeer dankbaar voor... Spinoza hebben we samen met hem gelezen... Voltaire...'

Rajski lachte.

'Waarom lacht u?' vroeg ze.

'Wat een overgang: van de kerkvaders naar Spinoza en Voltaire! Alle encyclopedisten zitten ook in de bibliotheek, heb je die gelezen?'

'Nee, dat gaat me te ver! Nikolaj Ivanovitsj heeft er wat van gelezen en Natasja en mij de inhoud verteld...'

'Jullie zullen ook wel niet toegekomen zijn aan Feuerbach en de zijnen: de socialisten en materialisten...!'

'Toch wel!' zei ze met een flauwe glimlach, 'dat wil zeggen: niet Natasja en ik, maar haar man. Hij heeft ons gevraagd om bepaalde passages die hij met een potlood had aangestreept over te schrijven...'

'Waarvoor?'

'Hij wilde ze geloof ik in een krantenartikel weerleggen, ik weet het niet meer...'

'In de bibliotheek van mijn vader zitten die nieuwe boeken niet, waar hadden jullie die vandaan?' vroeg Rajski geïnteresseerd en spitste zijn oren.

Ze zweeg.

'Toch niet van die balling, die onder politietoezicht staat en die je hebt geholpen? Weet je nog dat je over hem geschreven hebt?'

Ze luisterde niet naar hem, maar liep in gedachten verzonken voort.

'Vera, hoor je wat ik zeg?'

'Wat? Ja, ik hoor je heel goed,' zei ze, uit haar gepeins ontwakend. 'Waar ik die boeken vandaan had? Van deze en gene in de stad...'

'Volochov verspreidde die boeken hier...' merkte hij op.

'Dat is mogelijk... ik heb ze van de leraren gekregen...'

Misschien wel van zo'n leraar als *monsieur Charles*, ging het door hem heen.

'Wat zegt Nikolaj Ivanovitsj van Spinoza en dat soort auteurs?'

'Erg veel, ik kan het me niet allemaal herinneren...'

'Noem eens wat,' drong Rajski aan.

'Hij zegt dat dit pogingen zijn van trotse geesten om een pad in te slaan dat afwijkt van de waarheid, zoals deze paden hier afwijken van de hoofdweg en er later weer mee samenkomen...'

'En verder?'

'Verder? Dat weet ik niet meer. Hij zegt dat al die pogingen de zaak van de waarheid dienen, dat ze als het ware een louterend vuur zijn, zonder hetwelk de overwinning en de heerschappij van de waarheid niet bestendig zou zijn, van alles heeft hij gezegd...!'

'En de vraag van Pilatus, waar de waarheid ligt, heeft hij die beantwoord?'

'Ja, daar,' zei ze, op de kerk wijzend, 'daar waar we net geweest zijn... Maar dat wist ik al...'

'Denk je dat hij gelijk heeft?' vroeg hij, in een poging om een blik, al was het maar een vluchtige, in haar ziel te werpen.

'Dat denk ik niet, ik ben er vast van overtuigd. En u?' vroeg ze geïnteresseerd, en draaide zich naar hem om.

Hij knikte.

'Waarom vraagt u me dat?'

'Er zijn ongelovigen, ik wilde weten wat jouw standpunt is...'

'Ik heb dat toch niet voor u verborgen, u hebt me vaak in gebed gezien...'

'Ja, maar ik zou je gebed ook willen horen, waar bid je voor, Vera?'

'Voor de ongelovigen...' zei ze zachtjes.

'Zo... en ik dacht dat je bad om van je gekweldheid en je onrust verlost te worden...'

'Ja... daarin liggen mijn onrust en mijn gekweldheid!' fluisterde ze zo zacht dat hij haar niet verstond.

Toen ze de kapel passeerden, bleef ze daar een ogenblik voor staan. Het was donker binnen. Ze ging met een heimelijke zucht verder en liep naar gelang ze dichter bij het park kwamen steeds langzamer. Toen ze bij het oude huis gekomen waren, bleef ze staan en wenkte Rajski met een hoofdbeweging naderbij.

'Luister naar wat ik u ga zeggen...' begon ze zacht en aarzelend, alsof ze zichzelf moest vermannen.

'Spreek, Vera...'

'U zei...' begon ze nog zachter, 'dat het zekerste middel tegen... deze onrust... is om daar niet heen te gaan.'

Ze wees op het ravijn.

'Zeker, ik ken geen beter middel.'

'Ik wilde u vragen...'

Ze zweeg even en pakte hem bij de revers van zijn jas.

'Zeg het maar, Vera,' fluisterde hij met een lichte rilling van ongeduld en misschien ook onder invloed van een somber voorgevoel. 'Gisteren dacht ik er alleen aan hoe ik mijn eigen pijn zou kunnen verlichten, nu vraag ik me slechts af hoe ik jou zou kunnen helpen, hoe ik je last zou kunnen overnemen of een of andere moeilijke knoop voor je ontwarren, je zou kunnen redden...'

'Ja, helpt u mij...' zei ze, met een zakdoek de tranen die in haar ogen stonden afvegend, 'ik ben zo zwak... zo ziek... ik heb niet genoeg kracht...'

'Kan baboesjka je niet beter helpen dan ik? Stort je hart bij haar uit, Vera, zij is een vrouw en begrijpt jouw verdriet misschien beter...'

Vera wreef met de zakdoek in haar ogen en schudde ontkennend het hoofd.

'Nee, zij is niet zo... ze heeft nooit zoiets gekend...'

'Wat kan ik dan voor je doen...? vertel me alles...'

'Vraag me dat niet, neef. Ik kan niet alles vertellen. Ik zou graag alles willen vertellen, zowel aan baboesjka als aan u... en ik zal het eens doen... wanneer het voorbij is... maar nu kan ik dat nog niet...'

'Hoe kan ik je nou helpen wanneer ik niet weet waar je verdriet over hebt of in welk gevaar je verkeert? Stort je hart bij me uit, dan zal de nuchtere analyse van een vreemde je twijfels wegnemen, misschien ook je problemen oplossen en je weer op het rechte pad brengen... Soms is het genoeg om je situatie helder en nuchter onder ogen te zien, dat alleen al geeft verlichting. En als je jezelf niet sterk genoeg daarvoor voelt, laat mij er dan van ter zijde een blik op werpen. Twee weten meer dan één...'

'De kijk van een vreemde noch een analyse zal mij op het rechte pad brengen,' zei ze bijna wanhopig, 'dus het heeft ook geen zin om iets te vertellen...'

'Hoe kan ik je dan helpen?'

Ze keek hem van dichtbij aan met ogen die vol tranen stonden.

'Verlaat me niet, verlies me niet uit het oog,' fluisterde ze. 'Als er daar beneden (ze wees op het ravijn) weer een schot gelost wordt, sta me dan ter zijde... laat me niet gaan... sluit me zo nodig op, houd me met geweld tegen... Zo ver is het dus al met me gekomen!' fluisterde ze, alsof ze van zichzelf geschrokken was. Ze wierp het hoofd vertwijfeld achterover alsof ze een zucht wilde onderdrukken en richtte zich opeens weer op. 'En vooral...' vervolgde ze zachtjes, 'spreekt u er met niemand over, zelfs niet met mij! Dat is alles wat u voor me kunt doen. Daarvoor heb ik u hier gehouden! Ik ben een armzalige egoïste, ik heb u niet laten vertrekken! Ik voelde dat mijn krachten het begaven... Ik heb niemand, baboesjka zou het niet begrijpen... Alleen u... Vergeeft u me!'

'Daar heb je goed aan gedaan...' zei hij vol vuur. 'Om godswil, beschik over me. Ik heb nu alles begrepen en ben bereid hier voor altijd te blijven als dat jou helpt om je rust te hervinden.'

'Nee, over een week zal er voor altijd een eind komen aan de schoten...' zei ze, haar tranen drogend met haar zakdoek.

Ze pakte zijn beide handen, drukte ze en ging toen zonder om te kijken naar haar kamer. Traag en met ongelijke passen besteeg ze, zich aan de spijlen vasthoudend, de buitentrap.

Er gingen twee dagen voorbij. 's Ochtends was Rajski bijna nooit alleen met Vera. Ze kwam dineren, dronk 's avonds samen met iedereen thee, sprak over alledaagse onderwerpen en maakte alleen soms een uitgeputte indruk.

Rajski begon 's ochtends opnieuw aan zijn romanschema te werken – daarna bezocht hij Kozlov, ging even bij de gouverneur langs en nog bij twee of drie anderen in de stad met wie hij nader kennis had gemaakt. De avond bracht hij in het park door, waarbij hij probeerde Vera, zoals ze had gevraagd, niet uit het oog te verliezen en luisterde naar ieder geluid in de bosjes.

Hij zat op een bank bij het ravijn of liep door de lanen van het park, en pas tegen middernacht kwam er een eind aan het afmattende wachten op een schot. Hij verlangde er bijna naar, hopend dat hij Vera met zijn hulp voor altijd uit haar nood zou kunnen redden.

Maar de twee dagen gingen in alle rust voorbij; tot het einde van de door haarzelf genoemde termijn bleven er nog vijf dagen over. Rajski nam aan dat Vera het niet gepast zou vinden om op Marfa's verjaardag, overmorgen, de huiselijke kring te verlaten en daarna, wanneer Marfenka de volgende dag met haar bruidegom en diens moeder naar de overkant van de Wolga, naar Koltsjino, zou gaan, kon ze baboesjka opnieuw moeilijk alleen laten; er zou een week voorbijgaan en met die week zou de donkere wolk verdwijnen. Vera vroeg hem tijdens het middageten om die avond bij haar te komen, ze wilde hem, zei ze, een opdracht geven.

Toen hij bij haar kwam, wilde ze net naar buiten gaan om een wandeling te maken. Haar gezicht leek behuild, ze zat duidelijk in de zenuwen, haar bewegingen waren loom, haar gang was traag. Hij gaf haar een arm en omdat ze vanuit het park de weg naar het veld insloeg, dacht hij dat ze naar de kapel ging en leidde haar over het pad door de weide daarheen.

Ze volgde hem zwijgend, diep verzonken in een gepeins waaruit ze pas voor de kapel ontwaakte. Ze ging naar binnen en staarde naar het melancholieke gelaat van de Verlosser.

'Ik geloof, Vera, dat je een helper hebt die sterker is dan ik,' zei Rajski, die bij de ingang van de kapel was blijven staan, zachtjes. 'Je hebt ten onrechte je hoop op mij gevestigd, ook zonder mij zul je niet daarheen gaan.'

Ze knikte en scheen in de blik van Christus kracht en medeleven, steun en hulp te zoeken. Maar die blik was net zo bedachtzaam en rustig als altijd, alsof hij onaangedaan naar haar gevecht keek, zonder haar te helpen of tegen te houden... Ze slaakte een zucht.

'Ik ga niet,' zei ze zacht maar beslist en wendde haar ogen van de icoon af.

Rajski kon een gebed noch een verlangen van haar gelaat aflezen. Er lag een uitdrukking van vermoeidheid, onverschilligheid en misschien ook stille deemoed op haar gezicht.

'Laten we naar huis gaan, je bent te licht gekleed,' zei hij.

Ze stemde toe.

'En wat is nu de opdracht?' vroeg hij.

'O ja.' Ze wist ze het weer en haalde een portemonnee uit haar zak. 'Haalt u alstublieft bij de goudsmid Schmidt een bloemvaasje. Ik heb het vorige week uitgekozen als verjaardagsgeschenk voor Marfenka. Hij moest er alleen nog wat parels inzetten uit mijn eigen bijouteriekistje en haar naam erin graveren. Hier is het geld.'

Hij borg het geld op.

'Dat is niet alles. Op de verjaardag zelf, overmorgen dus, 's morgens vroeg... Kunt u dan om een uur of acht opstaan?'

'Uiteraard, als je wilt blijf ik de hele nacht op...'

'Kom dan hierheen, naar het park. Ik heb al met de tuinman gesproken. Zoek in de oranjerie de mooiste bloemen uit die hij maar heeft, voor een boeket, en laat dat bij mij brengen, nog voordat Marfenka is opgestaan... Ik verlaat me op uw smaak...'

'Kijk eens aan! Ik maak vorderingen in je vertrouwen, Vera!' zei Rajski lachend. 'Nu verlaat je je al op mijn smaak en eerlijkheid, je hebt me zelfs geld toevertrouwd...'

'Ik zou het allemaal zelf kunnen doen, maar ik ben er niet toe in staat... ik voel me zo zwak, zo moe!' zei ze, terwijl ze haar best deed te lachen om zijn grapje.

De volgende morgen haalde hij bij Schmidt het bloemvaasje af en vroeg zich af wat voor bloemen hij moest uitkiezen voor het boeket. Dat was niet eens zo eenvoudig: sommige bloemen waren al uitgebloeid en andere waren niet geschikt.

Vervolgens koos hij een dameshorloge met een emaillen dekseltje en een kettinkje uit dat hij zelf aan Marfenka wilde geven. Daarvoor ging hij bij Tit Nikonytsj langs en leende voor een dag tweehonderd roebel van hem, dit om het gevecht te vermijden dat het gekost zou hebben om het geld van baboesjka los te krijgen: ze zou hem hebben uitgemaakt voor verkwister en bovendien waarschijnlijk zijn geheim verraden aan Marfenka.

Bij Tit Nikonytsj zag hij een luxueuze toilettafel, afgezet met mousseline en kant, met een spiegel, omlijst door een guirlande van amors en bloemen van delicaat sèvres.

'Wat is dat? Waar hebt u zoiets kostbaars vandaan?' vroeg hij, een bewonderende blik werpend op de groepen amors, de bloemen en de kleuren. 'Wat een juweeltje!'

'Het is voor Marfa Vasiljevna!' zei Tit Nikonytsj met een minzame glimlach. 'Ik ben erg blij dat het u bevalt, u bent een kenner. Uw smaak is voor mij een garantie dat dit geschenk genade zal vinden in de ogen van de jarige! Kijk, van deze rozen kun je zeggen dat ze haar evenbeeld zijn. Ze zal haar betoverende gezichtje in de spiegel zien en de cupido's zullen haar toelachen...'

'Waar hebt u zo'n curiositeit vandaan?'

'Ik verzoek u het tot morgen voor zowel Tatjana Markovna als Marfa Vasiljevna geheim te houden,' zei Tit Nikonytsj.

'Zoiets kost minstens duizend roebel. En waar kun je hier zoiets krijgen?'

'Mijn grootvader heeft er vijfduizend roebel in assignaties voor betaald, hij hoorde bij de bruidsschat van mijn moeder. Tot nu toe stond hij op mijn landgoed in de slaapkamer van de overledene. Ik heb hem vorige maand in het geheim hiernaartoe laten transporteren; zes mannen hebben hem beurtelings op hun armen gedragen zodat hij niet beschadigd werd. Ik heb alleen nieuw mousseline laten maken, de kant is ook antiek... hij is helemaal vergeeld, kijkt u maar. Dat wordt zeer gewaardeerd door de dames, terwijl het in onze ogen geen enkele waarde heeft,' zei hij glimlachend.

'Wat zal baboesjka ervan zeggen?' merkte Rajski op.

'Zonder donderpreek zal het niet gaan, daar ben ik wel bang voor, maar misschien zal ze me het in haar goedheid vergeven. Ik veroorlof me u te onthullen dat ik van de beide jongedames houd alsof ze mijn eigen dochters waren,' zei hij vertederd. 'Ik heb ze allebei nog paardje laten rijden op mijn knie, ze samen met Tatjana Markovna lezen en schrijven geleerd; ik ben hier kind aan huis. U moet me niet verraden,' fluisterde hij. 'Ik kan u nog in vertrouwen zeggen dat ik voor Vera Vasiljevna, zodra ze gaat trouwen, een gelijkwaardig geschenk gereedhoudt, dat ze hopelijk niet zal versmaden...'

Hij liet Rajski een massief zilveren tafelservies voor twaalf personen zien dat even oud en stijlvol was als de toilettafel.

'Voor u, als haar neef en vriend, hoef ik niet geheim te houden dat ik, evenals Tatjana Markovna, Vera van harte een uitstekende en rijke partij toewens, die ze volledig verdient. We hebben opgemerkt,' fluisterde hij nog zachter, 'dat de in alle opzichten voortreffelijke cavalier Ivan Ivanovitsj Toesjin weg van haar is, zoals hij dat ook hoort te zijn...'

Rajski slaakte een zucht en ging terug naar huis. Daar vond hij Vikentjev met zijn moeder, die van de andere kant van de Wolga waren gekomen voor de verjaardag van Marfenka, verder Polina Karpovna, nog twee of drie gasten uit de stad, en Openkin.

De laatste stortte al golven van zijn seminaristenwelsprekendheid uit over de aanwezigen, waarbij hij af en toe verviel tot een huilerige toon en Marfenka voortdurend gelukwenste met haar aanstaande huwelijk.

Baboesjka durfde hem niet samen met de andere, fatsoenlijke gasten bij het diner te laten aanzitten en had Vikentjev opgedragen hem al onder het ontbijt dronken te voeren, een taak waarvan hij zich zo nauwgezet kweet dat Openkin tegen drie uur al helemaal in de olie was en in de lege salon van het oude huis als een blok lag te slapen.

De gasten vertrokken tegen zeven uur. Baboesjka en de moeder van de bruidegom trokken zich terug in het kabinet van Tatjana Markovna en voerden daar eindeloze gesprekken over de uitzet.

De bruidegom en de bruid vertrokken, nadat ze een keer of vijf door het park en de bosjes gerend waren, naar het dorp. Vikentjev droeg voor Marfenka een hele bundel met spullen die hij, terwijl ze door het veld liepen, voortdurend omhoog gooide en weer opving.

Marfa ging bij ieder boerenhuis langs, nam afscheid van de vrouwen, liefkoosde de kinderen, waste de gezichtjes van twee van hen en gaf enkele moeders sitsen stof om hemdjes voor de kinderen van te maken; twee wat oudere meisjes gaf ze stof voor een jurk en twee paar schoenen, zeggend dat ze niet blootsvoets door de plassen moesten lopen.

De halfgare Agasja gaf ze een afgedragen vest dat ze van Oelita had afgetroggeld met de belofte na haar terugkomst een nieuw vest voor haar te maken. Ze drukte Agasja op het hart om in de herfstkou niet met alleen haar jurk aan rond te lopen en beloofde haar een paar schoenen te sturen.

De beenloze oude Silytsj schonk ze kopergeld ter waarde van een roebel, dat hij begerig opraapte nadat Vikentjev proestend van het lachen zijn zakken had omgekeerd en het geld op de kachelbank had laten rollen. Met van begeerte trillende handen begon Silytsj de munten in allerlei lappen en vodden te wikkelen en in zijn zakken te stoppen, een vijfkopekenstuk stopte hij zelfs in zijn mond. Maar Marfenka dreigde hem dat ze het geld weer af zou nemen en nooit meer zou komen als hij het wegstopte in plaats van er eten voor te kopen of als hij weer in het kerkportaal ging bedelen.

'Schoonheid van ons, engel Gods, moge de Heer het je lonen!' zo klonken de wensen van de vrouwen op ieder erf als ze voor een week of twee afscheid van hen nam.

De mannen echter glimlachten minzaam en sluw, zeiden niets, maar schenen te denken: de jongedame vermaakt zich, is met de kinderen en de vrouwen in de weer! Wat een rommel brengt ze voor hen mee. Wat moeten onze vrouwen en kinderen daarmee?

En ze wierpen een geringschattende blik op de sitsen hemdjes, de kleine riempjes en schoentjes.

II

Die avond was het nieuwe huis felverlicht. Baboesjka wist niet hoe ze haar gast en toekomstige familielid het beste kon onthalen.

Ze liet in de salon een praalbed voor haar gereedmaken dat bijna tot aan het plafond reikte en veel weg had van een katafalk. Marfenka zong en speelde de hele avond met Vikentjev in haar twee kamers; ten slotte werd het stil en verdiepten ze zich in de lectuur van een nieuwe roman. Alleen Vikentjev verbrak het zwijgen voortdurend met zijn opmerkingen, grappen en grollen.

De ramen van Rajski waren als enige niet verlicht. Hij was onmiddellijk na het middageten vertrokken en niet teruggekomen voor de thee.

De maan bescheen het nieuwe huis, het oude lag in de schaduw. Op het erf, in de keuken en de bediendeverblijven bleef het personeel langer op dan gewoonlijk. Ook zij hadden gasten: de koetsier en de lakei van Koltsjino, die met Vikentjevs moeder waren meegekomen.

In de keuken brandden de vuren tot diep in de nacht: men bereidde het avondmaal en gedeeltelijk ook al het middageten voor de volgende dag.

Vera zat vanaf zeven uur 's avonds zonder iets te doen in haar kamer, eerst in de schemering en vervolgens bij het zwakke licht van een kaars. Met haar hoofd op haar ellebogen gesteund zat ze aan tafel en sloeg peinzend en zonder ernaar te kijken de bladzijden om van het boek dat voor haar lag.

Haar ogen waren op een punt in de verte gericht. Over haar schouders lag een grote wollen doek die haar beschermde tegen de frisse herfstlucht die via het open raam de kamer in kwam. Ze had de winterramen er nog niet in laten zetten en hield het venster tot laat in avond open.

Na een half uur stond ze langzaam op, legde het boek ter zijde, liep naar het raam en keek op haar ellebogen steunend naar de hemel en naar het nieuwe huis, waarvan alle vensters verlicht waren. Ze luisterde naar de voetstappen van de mensen die over het erf liepen, richtte zich toen op en huiverde van de kou.

Ze begon het raam te sluiten en had al één helft dichtgedaan toen de stilte plotseling verstoord werd door een schot uit het ravijn.

Ze huiverde, ging snel op een stoel zitten en liet het hoofd hangen. Daarna stond ze weer op, keek om zich heen, liep van kleur verschietend naar de tafel waarop de kaars stond en bleef daar staan.

Angst en onrust stonden in haar ogen. Ze beroerde een paar keer haar voorhoofd met haar hand, ging aan tafel zitten maar stond op hetzelfde moment weer op, deed snel de wollen doek af en gooide hem op haar bed in de hoek achter het gordijn, opende nog sneller de klerenkast, deed hem weer dicht, liet haar ogen over de stoel en de divan gaan en ging, toen ze niet vond wat ze zocht, schijnbaar uitgeput weer op de stoel zitten.

Ten slotte bleven haar ogen rusten op de over de stoelleuning hangende geitenharen hoofddoek die Tit Nikonytsj haar had geschonken. Ze pakte hem en deed hem haastig met een hand om haar hoofd terwijl ze met de andere hand op hetzelfde moment de kast opende en koortsachtig trillend nu eens de ene, dan weer de andere mantel van de klerenhangers nam.

Ze wierp een vluchtige blik op de mantel die toevallig in haar handen terecht was gekomen, gooide hem geïrriteerd op de grond en pakte een andere, gooide ook die op de grond, en daarna nog een en nog een; ze doorzocht de hele kast terwijl ze tegelijkertijd met haar andere hand de hoofddoek probeerde om te doen.

Ten slotte pakte ze de kaars en verlichtte daar de kast mee. Buiten zichzelf van ongeduld pakte ze een met witte dons gevoerde mantilla, daarna een andere van zwarte zijde, deed de eerste om, die van zijde eroverheen en gooide de geitenharen hoofddoek in een hoek.

Zonder de kast dicht te doen stapte ze over de hoop kleren heen, blies de kaars uit, glipte de deur uit en liep zonder die te sluiten als een muis, met onhoorbare stappen, de trap af. Ze sloop naar de in de schaduw liggende rand van het erf en sloeg een donkere laan in. Ze zweefde meer dan dat ze liep; als ze een verlichte plek moest oversteken, gleed haar donkere silhouet daar heel lichtjes overheen, zodat de maan nauwelijks tijd had om haar te beschijnen.

Toen ze de laan uit kwam, vertraagde ze haar schreden en bleef even staan bij de greppel die het park scheidde van de bosjes om op adem te komen. Vervolgens stapte ze over de greppel, ging, haar lievelingsbank passerend, het struikgewas in en kwam bij de rand van het ravijn. Ze tilde met beide handen haar jurk op om erin af te dalen.

Alsof hij uit de aarde verrees, stond Rajski plotseling voor haar, precies tussen haar en het ravijn. Ze verstijfde.

'Waar ga je heen, Vera?' vroeg hij.

Ze zweeg.

'Laten we teruggaan!'

Hij wilde haar hand pakken. Ze gaf hem niet en wilde hem passeren.

'Vera, waar ga je heen, waarvoor?'

'Daarheen... voor de laatste keer, ik moet hem zien... om afscheid te nemen,' fluisterde ze en er lag een beschaamde smeekbede in haar woorden vervat. 'Ik kom zo terug, wacht op me... even maar... Ga hier zitten, op de bank...'

Hij pakte zwijgend haar hand vast en liet hem niet los.

'Laat me los, u doet me pijn!' fluisterde ze terwijl ze probeerde haar hand los te rukken.

Hij liet haar niet gaan en er ontstond een gevecht.

'U kunt me niet dwingen!' zei ze op haar tanden bijtend, ontrukte hem met een kracht die hij niet achter haar had gezocht haar hand en wilde hem passeren.

Hij pakte haar bij haar middel, leidde haar naar de bank, zette haar erop en ging naast haar zitten.

'Wat bent u ruw en woest,' zei ze kwaad en verdrietig, en wendde zich bijna met afschuw van hem af.

'Ik had je liever met een andere kracht willen weerhouden, Vera!'

'Waarvan weerhouden?' vroeg ze enigszins grof.

'Misschien... van de ondergang...'

'Kan men mij dan te gronde richten als ik dat niet wil?'

'Ook al wil je het niet, toch ga je te gronde.'

'En als ik nu te gronde wíl gaan?'

Hij zweeg.

'Er is helemaal geen sprake van een ondergang, ik moet hem zien om afscheid te nemen...'

'Om afscheid te nemen, hoef je elkaar niet te zien...'

'Dat moet wél. En ik zal hem zien! Al is het een uur of een dag later, dat kan me niet schelen. Roep al het personeel, de hele stad bij elkaar, een compagnie soldaten, niemand houdt me tegen...'

Ze liet haar zwarte mantilla van haar hoofd op haar schouders zakken en begon er krampachtig aan te plukken.

Er klonk opnieuw een schot. Ze wilde opstaan, maar twee krachtige handen pakten haar schouders en drukten haar terug op de bank. Ze monsterde Rajski van hoofd tot voeten en schudde haar hoofd van woede.

'Wat voor beloning wilt u van mij voor die deugdzame daad?' siste ze.

Hij zweeg en volgde gespannen haar bewegingen. Ze lachte vol woede.

'Laat me gaan!' zei ze na een poosje, plotseling overgaand op een zachtere toon.

Hij schudde het hoofd.

'Neef!' zei ze even later nog zachter en legde haar hand op zijn schouder, 'als u ooit op gloeiende kolen hebt gezeten, honderd keer in een minuut bent gestorven van angst en ongeduld... wanneer het geluk voor het grijpen leek en toch dreigde te ontglippen... wanneer het hart met al zijn vezels naar het geluk streefde... als u ooit een ogenblik hebt gekend waarin u nog één laatste hoop had... een laatste vonk, denkt u daar dan aan terug... Dit is voor mij zo'n ogenblik! Het zal voorbijgaan en dan zal alles voorbij zijn...'

'God zij dank dat ik hier ben, Vera! Kom tot jezelf, kom tot bezinning, dan zul je niet gaan. Wanneer koortslijders om ijs vragen om hun dorst te lessen, geeft men hun dat niet. Toen je gisteren een helder moment had, voorzag je dat zelf en heb je me het meest simpele en efficiënte middel aan de hand gedaan: ik moest je niet laten gaan, zei je, en daarom laat ik je niet gaan...'

Ze ging naast hem op haar knieën zitten.

'Breng mij er niet toe om u mijn hele verdere leven te haten,' smeekte ze. 'Misschien wacht daar het lot zelf op me...'

'Je lot wacht daar op je waar je het gisteren zocht. Je gelooft in de voorzienigheid, een ander lot is er niet...'

Ze zweeg plotseling en boog het hoofd.

'Ja,' zei ze deemoedig, 'ja, u hebt gelijk, ik geloof... Maar ik vroeg daar om een vonk die mijn pad zou verlichten, en die heb ik niet gekregen. Wat moet ik doen? Ik weet het niet...'

Ze slaakte een zucht en stond langzaam weer op.

'Ga niet!' zei hij.

'In naam van dat lot waarin ik geloof, zocht ik het geluk. Misschien stuurt het me nu daarheen... misschien... ben ik daar nodig!' vervolgde ze, richtte zich op en deed een stap in de richting van het ravijn. 'Wat er ook gebeurt, hou me niet tegen, mijn besluit staat vast. Ik voel dat mijn zwakte voorbij is. Ik heb mezelf onder controle, ik ben weer sterk. Daar wordt niet alleen over mijn lot beslist maar ook over dat van een ander. Als u hem en mij nu door een onoverbrugbare kloof wilt scheiden, ligt de verantwoordelijkheid daarvoor bij u. Ik zal ontroostbaar zijn, zal u de schuld geven van mijn ongelukkige leven... en van het zijne! Als u mij nu tegenhoudt, zal ik denken dat een onbeduidende lage hartstocht, een ijdelheid die nergens recht op heeft, of jaloezie mij verhinderd heeft om gelukkig te zijn, en dat u gelogen hebt toen u de vrijheid predikte...'

Hij wankelde en deed een stap terug.

'Dat is de stem van de hartstocht met al zijn drogredenen en uitvluchten,' zei hij toen, plotseling tot zichzelf komend. 'Je redeneert nu als een jezuïet, Vera. Denk eraan hoe je me gisteren na je gebed bezworen hebt om je niet te laten gaan...! En als je me zult vervloeken omdat ik je heb laten gaan, wie zal er dan verantwoordelijk zijn?'

Ze verloor de moed weer en liet het hoofd mismoedig hangen.

'Zeg me wie het is,' fluisterde hij.

'Als ik het zeg, houdt u me dan niet meer tegen?' vroeg ze opeens, zich gretig vastgrijpend aan die plotseling opduikende strohalm—en haar ogen die hem van dichtbij recht in het gezicht keken, herhaalden de vraag.

'Ik weet het niet, misschien...'

'Nee, geef me uw woord dat u me laat gaan, dan zal ik zijn naam noemen.'

Hij aarzelde.

Op dat moment klonk er een derde schot. Ze wilde zich losrukken, maar hij slaagde erin haar bij haar arm vast te houden.

'Laten we naar huis gaan, Vera, naar baboesjka!' zei hij gedecideerd, bijna gebiedend. 'Vertel haar alles...'

Maar in plaats van antwoord te geven probeerde ze zich met geweld los te rukken, viel en stond weer op.

'Als u ooit een moment van geluk gekend hebt in uw leven, laat u me dan gaan. U hebt gezegd: "Bemin, hartstocht is mooi!" zei ze hijgend van opwinding en probeerde zich opnieuw los te rukken. 'Denkt u terug aan dat moment... en geeft u mij nog één zo'n moment, één avond. In Christus' naam!' fluisterde ze, haar arm uitstrekkend. 'U hebt me ook iets gevraagd in Christus' naam... of ik u niet wilde verjagen... En dat heb ik niet gedaan... Weet u dat nog? Geeft u ook mij nu die aalmoes...! Ik zal u nooit iets verwijten... nooit... U hebt gedaan wat u kon, een moeder zou niet meer kunnen doen, maar laat u me nu alleen, ik moet vrij zijn...! En laat degene tot wie wij gisteren gebeden hebben getuige zijn dat dit de laatste avond is... de laatste! Ik zal nooit meer het ravijn in gaan, gelooft u me, die eed zal ik niet breken! Wacht u hier op mij, ik kom meteen terug, zal hem alleen iets zeggen...'

Hij liet haar arm los.

'Wat zeg je allemaal, Vera!' fluisterde hij ontzet, 'je bent jezelf niet. Waar ga je heen?'

'Daarheen... om een blik te werpen op... de wolf... om afscheid te nemen... hem te horen... naar hem te luisteren... misschien geeft hij toe.'

Ze rende de helling af, maar in haar haast om weg te komen viel ze en was niet in staat om weer op te staan.

Ze strekte haar hand uit naar het ravijn en keek Rajski met een smekende blik aan.

Hij verzamelde al zijn krachten, smoorde de stem van zijn eigen leed en trok haar aan haar armen omhoog.

'Je zult er afvallen, het is daar steil...' fluisterde hij, 'ik zal je helpen...' Hij droeg haar over een steil stuk heen en zette haar neer op een glooiende plek, waar het voetpad begon.

Ze draaide zich naar hem om en keek hem recht aan met een blik waarin zowel verbazing als dankbaarheid lag, toen knielde ze plotseling, pakte zijn hand en drukte hem tegen haar lippen...

'Neef, u bent grootmoedig, Vera zal dat niet vergeten!' zei ze, en jubelend van vreugde als een uit zijn kooi bevrijde vogel stortte ze zich in de struiken.

Hij ging zitten op de plek waar ze had gestaan en luisterde met ontzetting naar het geritsel van de door haar opzij gebogen takken en het gekraak van het dorre kreupelhout onder haar voeten.

12

In het half ingestorte tuinhuisje wachtte Mark. Zijn geweer en muts lagen op de tafel. Zelf ijsbeerde hij over de paar planken in de vloer die nog heel waren. Wanneer hij op het ene uiteinde van een plank trapte ging het andere uiteinde omhoog en viel met veel gekraak weer terug.

'Wat een helse muziek!' zei hij geïrriteerd door het gekraak en ging op een van de banken zitten, steunde met zijn ellebogen op tafel en haalde zijn handen door zijn dichte haar.

Hij rookte de ene sigaret na de andere. Als hij een lucifer aanstak, verlichtte de vlam zijn gezicht. Hij was bleek en leek opgewonden of verbitterd.

Na ieder schot luisterde hij een paar minuten met gespitste oren, liep daarna over het pad en keek spiedend in de struiken. Kennelijk verwachtte hij Vera. En wanneer zijn verwachting niet in vervulling ging, keerde hij weer terug naar het tuinhuisje en begon op het ritme van de 'helse muziek' opnieuw over de krakende planken te ijsberen, ging met zijn handen door zijn haar strijkend opnieuw op een bank zitten, of ging erop liggen, waarbij hij als een Amerikaan zijn benen op tafel legde.

Na het derde schot luisterde hij een minuut of zeven en toen hij nog niets hoorde, kreeg zijn gezicht zo'n sombere uitdrukking dat hij een ogenblik heel oud leek. Vervolgens pakte hij zijn geweer en liep aarzelend over het pad omhoog, kennelijk met de bedoeling zich te verwijderen, maar even later vertraagde hij zijn pas weer alsof hij moeite had om in het donker de weg te vinden. Ten slotte zette hij er toch flink de pas in, en stuitte geheel onverwachts op Vera.

Zij bleef staan en legde buiten adem haar hand op haar hart.

Hij pakte haar hand en haar onrust was onmiddellijk verdwenen. Ze probeerde alleen op adem te komen na het rennen en het gevecht met Rajski, terwijl hij het gevoel van vreugde dat hem plotseling overspoelde nauwelijks scheen te kunnen bedwingen.

'Pasgeleden was u nog zo punctueel, Vera,' zei hij, 'toen hoefde ik mijn kruit niet te verspillen door drie schoten te lossen.'

'In plaats van blij te zijn, maakt u me verwijten!' antwoordde ze en rukte haar hand los.

'Dat zei ik zomaar, om een gesprek te beginnen, in werkelijkheid ben ik buiten mezelf van geluk, zoals Rajski...'

'Daar is geen reden voor, zolang we elkaar in het geheim moeten treffen... Mijn God!'

Ze haalde diep adem.

'Moeten we dan naast elkaar aan de theetafel van baboesjka gaan zitten wachten tot ze ons haar zegen geeft?'

'Ja, waarom niet?'

'Omdat het geen zin heeft te dromen van iets wat onmogelijk is: baboesjka zou u nooit aan mij ten huwelijk geven...'

'Dat zou ze wel. Ze doet wat ik wil. Is dat uw enige bezwaar?'

'Moeten we weer met die eindeloze woordenstrijd beginnen, Vera! We zien elkaar vandaag, zoals u zelf zei, voor het laatst. We moeten op een of andere manier een einde maken aan deze marteling, we kunnen niet eeuwig op de gloeiende kolen blijven zitten.'

'Ja, het is de laatste keer... Ik heb gezworen dat ik hier verder nooit meer kom!'

'Dus is onze tijd kostbaar. We gaan voor altijd uit elkaar als de... domheid, oftewel de vooroordelen van baboesjka, ons scheiden. Ik vertrek over een week, de toestemming is er, dat weet u... Of: we worden het eens en gaan nooit meer uit elkaar.'

'Nooit meer?' vroeg ze zacht.

Hij maakte een ongeduldig gebaar.

'Nooit!' herhaalde hij geërgerd, 'wat een leugen ligt er besloten in woorden als "nooit" of "altijd"...! Als ik "nooit meer" zeg, dan bedoel ik een jaar, misschien twee of drie. Dat is toch hetzelfde als "nooit meer"? U wilt een gevoel dat nooit eindigt. Maar bestaat dat dan? Kijk eens naar al die tortelduifjes in uw omgeving: er is toch niemand die zijn partner tot in de eeuwigheid bemint? Als u een blik in hun nestjes werpt, wat ziet u dan? Ze doen wat ze moeten doen, broeden hun jongen uit en richten dan hun snavels in verschillende richtingen. Alleen luiheid houdt hen dan nog bij elkaar.'

'Genoeg, Mark, ik ben uw theorie over liefde op termijn evenzeer beu als de vooroordelen van baboesjka!' onderbrak ze hem ongeduldig. 'Ik ben erg ongelukkig, de scheiding van u is niet de enige donkere wolk die boven me hangt! Ik speel nu al een jaar lang verstoppertje met baboesjka en dat vreet aan me. En nog meer aan haar, dat zie ik. Ik dacht dat die marteling binnenkort afgelopen zou zijn, dat we ons vandaag of morgen helemaal zouden uitspreken, dat we elkaar in alle oprechtheid onze gedachten, onze verwachtingen en onze doelen zouden openbaren... en... en...'

'En dan?' vroeg hij, aandachtig luisterend.

'Dan ga ik naar baboesjka en zeg haar: die en die heb ik uitgekozen... voor het hele leven. Maar dat lot schijnt ons niet beschoren te zijn. Onze ontmoeting vandaag is een afscheid voorgoed,' zei ze bedroefd fluisterend en liet het hoofd hangen.

'Ja, als we engelen waren, dan zou je gelijk hebben dat onze afspraak voor het hele leven moet gelden. Die grijze dromer, Rajski, denkt ook dat de vrouwen geschapen zijn voor een hoger doel...'

'Ze zijn op de eerste plaats geschapen voor het gezin. We zijn misschien geen engelen, maar ook geen beesten. Ik ben geen wolvin maar een vrouw!'

'Goed, laten ze voor het gezin geschapen zijn, wat dan nog? Waarom zou dat ons in de weg staan? De voeding en opvoeding van kinderen heeft niets met liefde te maken, dat is een aparte zorg, de taak van kindermeisjes en oude wijven. Wat u wilt, is een versluiering: al die gevoelens, sympathieën en dergelijke zijn slechts een versluiering, het vijgenblad waarmee, naar men zegt, de mensen zich al in het paradijs bedekten.'

'Inderdaad, de mensen!' zei ze.

Hij grijnsde en haalde zijn schouders op.

'Ook al zou het een versluiering zijn,' vervolgde Vera, 'toch is die ons volgens uw leer gegeven door de natuur. En u wilt haar weghalen. Als het is zoals u zegt, waarom bent u dan zo aan mij gehecht geraakt, waarom zegt u dan dat u van me houdt, bent u zelfs veranderd, magerder geworden...? Met uw opvattingen over de liefde zou u toch evengoed een vriendin kunnen vinden in de voorstad of in een dorp aan de andere kant van de Wolga? Wat bracht u ertoe om een heel jaar hierheen, naar het ravijn te komen?'

Zijn gezicht betrok.

'Dat is nu juist de vergissing die u maakt, Vera: "met uw opvattingen over de liefde" zegt u, maar waar het om gaat is dat de liefde geen opvatting is maar een drang, een behoefte, en daarom grotendeels blind. Maar ik ben niet blindelings aan u gehecht geraakt. Uw schoonheid, die, daar heeft Rajski gelijk in, tamelijk zeldzaam is, uw geest, uw vrije opvattingen, dat alles houdt me langer aan u gekluisterd dan aan wie dan ook.'

'Dat is erg vleiend!' zei ze zachtjes.

'Die opvattingen zijn uw ongeluk, Vera. Als die er niet waren, waren we het allang eens geworden en zouden we beiden gelukkig zijn...'

'Voor een poos, en daarna zou er weer een nieuwe liefde komen die haar rechten opeiste, enzovoort...'

Hij haalde zijn schouders op.

'Dat is niet onze schuld maar die van de natuur! En die heeft daar goed aan gedaan! Als dat niet zo was, als we bij alle verschijnselen van het leven lang stil zouden blijven staan, dan zouden we onszelf boeien aanleggen... zouden we leven volgens opvattingen... de natuur verander je niet!'

'Die opvattingen zijn principes,' betoogde ze. 'De natuur heeft haar wetten, dat hebt u me zelf geleerd, en de mens heeft principes.'

'Dat is precies wat er zo'n dooie boel van maakt, dat mensen hun natuurlijke driften regels opleggen, zichzelf aan handen en voeten binden. De liefde is een geluk dat de mens gegeven is door de natuur... Dat is mijn mening.'

'Dat geluk brengt een plicht met zich mee,' zei ze en stond op van de bank, 'dat is mijn mening...'

'Dat is een verzinsel, Vera, onzin, zie toch voor wat voor chaos die principes en opvattingen zorgen! Vergeet die plichten en wees het met me eens dat de liefde op de eerste plaats een drift is... een soms onweerstaanbare drift...'

Hij stond ook op en legde zijn arm om haar middel.

'Is het niet zo? Dat moet u toch inzien, al bent u nog zo'n stijfkop... zo'n mooi, intelligent kind...!' fluisterde hij teder.

Ze maakte zich langzaam los uit zijn armen.

'Weer wat nieuws... een plicht!' zei Mark laatdunkend.

'Ja, een plicht,' herhaalde ze op besliste toon, 'omdat de een de ander het geluk geschonken heeft en de beste jaren van zijn leven, daarom moeten ze elkaar de rest van hun leven trouw blijven...'

'En waar bestaat die trouw uit als ik vragen mag? Altijd soep koken, elkaar verzorgen, oog in oog zitten, veinzen, wegkwijnen vanwege de principes en de plichten aan de zijde van een ziekelijke, overgevoelige levensgezellin of een door een beroerte getroffen grijsaard terwijl in de eigen aderen nog kracht genoeg vloeit om de roep van het leven te volgen, daarheen te gaan waar het je heen lokt... Bedoel je dat?'

'Ja, jezelf beheersen, en niet daarheen kijken waarheen "het je lokt"! Dan hoef je ook niet te veinzen, maar je alleen te onthouden, "zoals van de wodka", zegt baboesjka, en daar heeft ze gelijk in. Zo zie ik het geluk, en zo wil ik het...'

'Tja, het staat er slecht voor met onze liefde als u nu al de wijsheden van baboesjka moet citeren. Zo toont u maar weer eens aan welk een onuitwisbare indruk haar principes op u gemaakt hebben...'

'Goed, ik ga vandaag naar haar toe en vertel haar alles.'

'Wat gaat u haar vertellen?'

'Alles wat hier heeft plaatsgevonden... en wat ze nog niet weet...'

Ze ging op de bank zitten, steunde op haar ellebogen, omvatte haar gezicht met haar handen en dacht na.

'Waarom?' vroeg hij.

'U zult niet begrijpen waarom ik dat wil doen, omdat u niet erkent dat er zoiets als plicht bestaat... Ik heb mijn plicht jegens haar al lang verzaakt.'

'Dat is allemaal dorre moraal die het leven vervelend maakt en overdekt met schimmel...! Ach, Vera, Vera, u weet niet wat liefde is, weet niet hoe te beminnen...'

Ze liep plotseling op hem toe en keek hem verwijtend aan.

'Zeg dat niet, Mark, als u me niet tot wanhoop wilt brengen, niet wilt dat ik geloof dat alles wat u zegt geveinsd is, dat u eropuit bent om mij te verleiden zonder liefde, me te bedriegen...'

Hij stond ook op van de bank.

'En ik vraag u om dát niet te zeggen, Vera. Als ik u had willen bedriegen, dan had ik dat allang kunnen doen. Dan stond ik nu niet hier om naar lessen over de liefde te luisteren en ze zelf te geven.'

'Mijn God! Waarom kwelt u zichzelf dan zo, Mark? Hoe kunt u zo uw eigen leven verpesten!' zei ze en sloeg de handen ineen.

'Luister, Vera, laten we geen ruzie maken. Uit jouw mond spreekt diezelfde baboesjka, zij het natuurlijk in een andere vorm, een andere taal. Dat kwam vroeger allemaal van pas, maar nu is er een ander leven aangebroken, de tijd van autoriteiten en aangeleerde opvattingen is voorbij, nu komt de waarheid naar boven...'

'De waarheid... waar is die? Zegt u me dat eindelijk. Ligt ze niet al achter ons? Wat zoekt u eigenlijk?'

'Het geluk! Ik houd van u! Waarom kwelt u mij, waarom vecht u met mij en met uzelf en wilt u twee mensen opofferen?'

Ze haalde haar schouders op.

'Wat een vreemde verwijten! Bekijk me eens goed, we hebben elkaar een paar dagen niet gezien: hoe zie ik eruit?' vroeg ze.

'Ik zie dat u lijdt, en des te dwazer is uw gedrag! Nu vraag ook ik: waarom bent u al die tijd hierheen gekomen en komt u nog steeds?'

Ze keek hem bijna vijandig aan.

'Waarom heb ik niet eerder beseft... dat mijn situatie uitzichtloos is... wilt u dat vragen? Ja, die vraag en dat verwijt hadden wij beiden allang tot elkaar moeten richten. Als we elkaar en onszelf dan een eerlijk antwoord hadden gegeven, waren we hier niet meer gekomen. Daar is het nu wat laat voor...' fluisterde ze peinzend. 'Maar beter laat dan nooit. We moeten elkaar vandaag antwoord geven op de vraag: wat wilden en verwachtten we van elkaar?'

'Sta me toe op die vraag een ondubbelzinnig antwoord te geven,' begon hij. 'Ik wil uw liefde en bied u de mijne aan. Dat is een van de regels van een liefdesrelatie, de regel van de vrije uitwisseling zoals die door de natuur wordt gedicteerd. Niet met geweld de liefde afdwingen, maar je vrijelijk overgeven aan je aandrift en genieten van het wederzijds geluk, dat is de plicht, dat zijn de regels die ik erken, en dat is ook mijn antwoord op de vraag waarom ik hier kom. U vindt dat er offers gebracht moeten worden? Welnu, ik breng offers, hoewel, voor mij zijn het geen offers, maar ik accepteer uw benaming. Ik blijf nog, ik weet niet voor hoe lang, in dit moeras en zal mijn krachten hier verbruiken, niet voor u, maar vooral voor mezelf, omdat dat op dit moment mijn leven geworden is... en ik zal blijven leven, zolang ik gelukkig ben, zolang mijn liefde standhoudt. En wanneer zij verkoelt, zal ik dat zeggen en vertrekken waarheen het leven mij voert zonder me te storen aan enige plicht, principe of verantwoordelijkheid. Ik zal alles hier achterlaten op de bodem van dit ravijn. U ziet dat ik u niet bedrieg, ik spreek me helemaal uit. Ik zal zeggen wat ik denk en vertrekken. En u hebt het recht om hetzelfde te doen. En die levende lijken daar bedriegen zichzelf en elkaar en noemen die leugen "principes". Maar in het geniep doen ze hetzelfde, en daarbij zijn ze nog zo slim geweest om dat recht voor zichzelf te reserveren en het aan de vrouwen te onthouden. Tussen ons moet gelijkberechtiging zijn. Zegt u nu zelf: is dat fair of niet?'

Ze schudde ontkennend het hoofd.

'Nee, dat zijn drogredenen! Fair is het om het leven van een ander te nemen en hem in ruil daarvoor het eigen leven te schenken: dat is mijn principe! En u kent ook mijn andere principes, Mark...'

'Daar gaan we weer. Het is dus uw principe dat de een de ander als een steen om de nek moet hangen.'

'Nee, niet als een steen!' wierp ze heftig tegen. 'De liefde legt een plicht op, beweer ik, zoals het leven ook andere plichten oplegt en er geen leven zonder plichten bestaat. Als u een afgeleefde, blinde moeder had, zou u haar dan niet verzorgen en voeden? Dat is geen lolletje, maar een fatsoenlijk mens beschouwt het als zijn plicht, die hij trouw en zelfs met liefde vervult.'

'U denkt te veel na, Vera, in plaats van te beminnen.'

'En u sluit de ogen voor de waarheid die in mijn woorden schuilt. Ik denk na omdat ik bemin, ik ben een vrouw en geen dier, geen machine!'

'U hebt het over een verzonnen, bedachte liefde, zoals die in romans voorkomt... over een liefde die oneindig wil zijn, zonder grenzen! Maar is het fair om dat van mij te verlangen, Vera? Laten we aannemen dat ik nooit van een "liefde op termijn" had gesproken, maar u huppelend en schertsend, zoals Vikentjev, de hand reikte voor een "eeuwige verbintenis", wat zou u dan nog meer willen? Dat God onze verbintenis zegent, zegt u, dat wil zeggen dat ik naar de kerk ga en daar tegen mijn overtuiging in een ritueel over me laat voltrekken. Ik geloof daar niet in en kan popes niet uitstaan; is het dan logisch en fair om het toch te doen?'

Ze stond op en sloeg haar zwarte mantilla om.

'We zijn hier gekomen om alles wat ons geluk in de weg staat op te ruimen, maar in plaats daarvan doen we er nog een schepje bovenop. U trekt u niets aan van datgene wat mij heilig is. Waarom hebt u me gevraagd hier te komen? Ik dacht dat u eindelijk geweken was voor een oude, beproefde waarheid en dat we elkaar de hand zouden reiken voor een eeuwige verbintenis. Iedere keer daal ik met die hoop in het ravijn af... en iedere keer word ik teleurgesteld! Ik herhaal wat ik al lang geleden heb gezegd: onze overtuigingen en onze gevoelens lopen te ver uiteen. Ik dacht, Mark,' zo besloot ze met zachte stem, 'dat uw intellect u wel zou zeggen... waar het ware leven ligt, en waar u het meest op uw plaats bent...'

'Waar is dat dan?'

'In het hart en aan de zijde van een eerzame vrouw, die van u zou houden en wier vriend u zou zijn.'

Ze maakte een mismoedig gebaar en er welden tranen in haar ogen op. 'Leeft u uw eigen leven, Mark, ik kan het niet delen, het heeft geen wortels...'

'De wortels van uw leven zijn allang verrot, Vera...'

'Dat mag zo zijn!' zei ze met een steeds zwakker wordende stem, en de tranen stonden haar nu in de ogen. 'Ik wil niet met u redetwisten, wil uw overtuigingen niet met mijn verstand en mijn eigen overtuigingen weerleggen. Daarvoor heb ik de geestkracht niet. Ik heb maar één wapen, dat wel zwak is maar het voordeel heeft dat het van mezelf is, dat ik niet uit boeken heb of van horen zeggen, maar heb ontleend aan mijn eigen rustige leventje...'

Hij maakte een gebaar alsof hij haar wilde onderbreken maar ze vervolgde haar betoog.

'Ik dacht u met dit wapen te overwinnen... Herinnert u zich hoe alles zo gekomen is?' zei ze peinzend en ging even op een bank zitten. 'In het begin had ik met u te doen. U was hier zo alleen, niemand begreep u, iedereen ontliep u. Mijn medeleven zorgde ervoor dat ik aan uw kant kwam te staan. Ik zag een vreemd ongebonden wezen in u. U hechtte nergens waarde aan, zelfs niet aan fatsoen, was respectloos in uw denken, onvoorzichtig in gesprekken, u speelde met het leven, gebruikte uw intellect voor minderwaardige zaken, respecteerde niemand en niets, geloofde nergens aan en leerde anderen hetzelfde te doen. U vroeg om moeilijkheden en pochte op uw vermetelheid. Ik volgde uit pure nieuwsgierigheid uw doen en laten, stond u toe om bij me te komen, leende boeken van u, ik zag uw geest, zag een zekere kracht... Maar dat alles leek me zo afgewend van het leven... Daarna... haalde ik me in mijn hoofd... en wat heb ik daar nu een spijt van! ...dat... Ik zei vaak tegen mezelf: ik zal zorgen dat hij waarde gaat hechten aan het leven, eerst om mijnentwille en dan omwille van het leven zelf, dat hij respect leert opbrengen, eerst voor mij en daarna ook voor andere dingen in het leven, dat u zou geloven... eerst aan mij, en daarna... Ik wilde dat u leefde, dat u beter zou zijn, hoger zou staan dan alle anderen... Ik maakte ruzie met u vanwege uw ordeloze leven...'

Ze slaakte een zucht, alsof ze in gedachten het hele afgelopen jaar de revue liet passeren. 'U verzette zich niet tegen mijn... invloed. En ik verzette me niet tegen die van u: uw geest, uw vermetelheid maakten indruk op me, ik maakte me een paar... drogredenen eigen...'

'En u krabbelde weer terug, werd bang voor wat baboesjka zou zeggen!

Waarom hebt u me niet in de steek gelaten toen u me op drogredenen betrapte?'

'Toen was het al te laat. Uw lot ging me al te zeer aan het hart... Ik leed niet alleen vanwege uw duistere manier van leven, maar ook vanwege uzelf, ik volgde u hardnekkig, dacht dat u om mijnentwille... het leven zou proberen te begrijpen, zou ophouden in uw eentje rond te zwerven, tot schade voor uzelf en zonder enig nut voor anderen... Ik dacht dat u een...'

'Goede vice-gouverneur of staatsraad zou worden...'

'Wat doen rang en stand ertoe? Ik dacht dat u een sterke man zou worden die de wereld van nut kon zijn...'

'Een loyale, gehoorzame onderdaan. En wat nog meer?'

'Nog meer? Een vriend voor het hele leven, dat was wat ik wilde! Ik liet me meeslepen door die hoop... en dit is waar ze me gebracht heeft...' voegde ze er zacht aan toe en keek huiverend om zich heen. 'En wat heb ik bereikt met die verschrikkelijke strijd? Dat u nu op de vlucht slaat voor de liefde, voor het geluk, voor het leven... voor uw Vera!' zei ze, terwijl ze zich naar hem toe bewoog en haar hand op zijn schouder legde. 'Vlucht niet, kijk me in de ogen, luister naar mijn stem, daar schuilt waarheid in! Vlucht niet, blijf hier, laten we samen daarheen gaan, de heuvel op, het park in... Dan zal er morgen niemand hier gelukkiger zijn dan wij...! U houdt van mij... Mark! Mark... hoort u me? Kijk me recht aan...'

Ze boog zich voorover naar zijn gezicht en keek hem van dichtbij in de ogen.

Hij stond snel van de bank op.

'Blijf uit mijn buurt, Vera!' zei hij, rukte zijn hand los en schudde het hoofd als een ruigharig wild dier.

Hij ging op drie passen afstand van haar staan.

'Aan het voornaamste zijn we nog niet toegekomen. Wanneer we dat afgehandeld hebben, zal ik uw liefkozingen niet ontwijken en deze oorden niet verlaten. Ik vlucht niet voor u, Vera, maar voor uw onredelijke eis dat ik mijn eigen overtuigingen moet opgeven en me tot andere moet bekeren. Als ik daartoe niet in staat ben, wat moet ik dan doen, Vera? Zegt u het, Vera, beslist u voor mij!'

'Ik heb ze nu eenmaal, die overtuigingen. Wat moet *ík* dan doen?' vroeg ook zij.

'Het is makkelijker om zulke aangeleerde overtuigingen op te geven dan ze iemand bij te brengen die zich ertegen verzet.'

'Maar die overtuigingen zijn het leven zelf... Ik heb u al een keer gezegd dat ik aan de hand van die overtuigingen leef en niet anders kan... dus...'

'Dus...' herhaalde hij, en beiden stonden op. Beiden viel het zwaar om zich volledig uit te spreken en dat hoefde ook niet.

Ze wilde de zijden mantilla weer omdoen maar ze was er niet toe in staat. De hand waarin ze de mantilla hield, viel steeds weer terug. Er bleef haar maar een ding over: weg te gaan zonder om te kijken. Ze maakte een beweging, deed een stap en zakte terug op de bank.

Waar moet ik de kracht vandaan halen voor dit gevecht? Ik ben niet in staat om weg te gaan... en ook niet om hem tegen te houden! Alles is afgelopen! dacht ze. En als ik hem tegen zou houden, wat zou daar dan uit voortkomen? We zouden niet samen één leven leiden maar twee levens, als twee gevangenen die voor altijd door tralies gescheiden zijn.'

'We zijn allebei sterk, Vera, daarom lijden we beiden,' zei hij somber, 'en daarom moeten we uit elkaar gaan...'

Ze schudde ontkennend het hoofd.

'Als ik sterk zou zijn, zou u hier niet zo weggaan, maar zou u met mij daarheen gaan, de heuvel op, niet heimelijk maar openlijk en steunend op mijn arm. Laten we gaan! Wilt u mijn geluk en mijn leven? Wilt u dat ik leef, dat ik gelukkig word?' vroeg ze plotseling oplevend, alsof ze verblind werd door nieuwe hoop, en trad op hem toe. 'Het bestaat niet dat u mij niet gelooft, het bestaat ook niet dat u geveinsd heeft en me bedrogen heeft, dat zou een misdaad zijn!' zei ze vertwijfeld. 'Mijn God, wat moet ik doen? Hij gelooft me niet, gaat niet met me mee! Hoe moet ik u tot rede brengen?'

'Daarvoor zou u sterker moeten zijn dan ik, maar we zijn allebei even sterk,' antwoordde hij bitter. 'Daarom worden wij het niet eens, maar moeten we vechten. We moeten uit elkaar gaan zonder de strijd te beslissen, of de een moet zich voor altijd aan de ander onderwerpen. Andere, onbeduidende vrouwen zou ik makkelijk naar mijn hand kunnen zetten: met hun aanstellerij, hun kleinzielige angst of stompzinnigheid zou ik korte metten maken. Maar bij u is er geen sprake van angst of aanstellerij, u confronteert me met kracht en vrouwelijke vastberadenheid. Er hangt nu geen mist meer tussen ons, we hebben ons allebei uitgesproken, en ik betuig u mijn respect. De natuur heeft u goed bewapend, Vera. Oude opvattingen, de moraal, de plicht, principes, het geloof... dat bestaat allemaal niet voor mij, maar in u is het sterk aanwezig. U bent niet makkelijk te overtuigen, u vecht tot het uiterste en geeft u slechts gewonnen onder voorwaarden die voor beide partijen dezelfde zijn. U bedriegen is hetzelfde als u bestelen. U geeft zich alleen aan degene die u alles geeft. En ik kan dat niet... maar ik respecteer u.'

Ze hief het hoofd en er gleed een ogenblik een glimp van trots, ja zelfs van geluk, over haar gezicht, maar op hetzelfde moment liet ze het hoofd weer hangen. Haar hart bonsde onrustig van verdriet en haar zenuwen speelden weer op bij de gedachte aan de scheiding die nu onvermijdelijk leek... Zijn woorden waren een prelude op die scheiding.

'We hebben ons allebei uitgesproken... ik laat de beslissing aan u!' zei Mark op vlakke toon, terwijl hij naar de andere kant van het tuinhuisje ging en haar vandaar opmerkzaam observeerde. 'Ik zal u ook nu, op dit beslissende moment, niet bedriegen, hoewel het hoofd me omloopt. Nee, daar ben ik niet toe in staat. Luister, Vera, een eindeloze liefde kan ik u niet beloven omdat ik er niet in geloof en haar ook niet van u verlang. Ik zal ook niet met u trouwen, maar ik bemin u meer dan alles ter wereld! En als u zich, na alles wat ik u heb gezegd, toch in mijn armen werpt, dan betekent dat dat u van me houdt en de mijne wilt zijn...'

Ze keek hem met grote ogen aan en beefde over haar hele lichaam.

Wat heeft dat te betekenen? dacht ze vertwijfeld. Is hij een huichelaar of was het inderdaad onverzettelijke eerlijkheid die in hem sprak en haar nu in een gevaarlijke situatie bracht?

'De uwe? Voor altijd?' vroeg ze zacht en schrok zelf van de donkere wolk die nu boven haar hoofd hing.

Als hij ja zei, zou ze de onoverbrugbare tegenstelling vergeten tussen hun overtuigingen, die van dat 'voor altijd' slechts een bruggetje maakten waarover ze de afgrond kon overschrijden, waarna het zelf in diezelfde afgrond zou storten. Ze huiverde toen ze hem aankeek.

Hij zweeg. Daarna stond hij van zijn plaats op

'Ik weet het niet,' zei hij op zowel verdrietige als geïrriteerde toon. 'Ik weet alleen wat ik nu ga doen en kan geen half jaar vooruitkijken. U weet trouwens zelf niet wat er met u zal gebeuren. Als u mijn liefde beantwoordt, blijf ik en zal zo mak zijn als een lammetje... zal alles doen wat u wilt... Wat wilt u nog meer? Of... vertrekken we samen?' vroeg hij plotseling en trad op haar toe.

Ze dacht dat er een bliksemflits voor haar insloeg, stortte zich op hem en legde haar hand op zijn schouder. De poorten van het paradijs hadden zich onverwachts voor haar geopend. De hele wereld lachte haar toe en lokte haar mee.

Samen met hem ergens ver weg... dacht ze. Gelukzalige hartstocht klopte aan de poorten van haar ziel.

Hij aarzelt, kan zich niet losrukken, maar dat is nu... wanneer ik met... hem alleen zal zijn, dan zal hij er misschien ook zelf van overtuigd raken dat hij alleen daar kan leven waar ik ben...

Dat alles werd haar toegezongen door een zachte stem.

'Zou u dat aandurven?' vroeg hij haar op ernstige toon.

Ze zweeg en boog het hoofd.

'Of zou u bang zijn voor baboesjka?'

Ze schrok op.

'Ja, dat is waar: als ik het niet aandurf, dan is dat alleen omdat ik bang ben voor haar,' fluisterde ze.

'Kom dan niet zo dicht bij me,' zei hij en deed een stap achteruit, 'het oude mens zal u nooit laten gaan...'

'Ach, nee, ze zou me laten gaan en ons haar zegen geven, maar zelf zou ze sterven van verdriet! Dat is het waar ik bang voor ben... Met u vertrekken!' herhaalde ze dromerig, hem lang en strak aankijkend. 'En dan?'

'En dan... Dat weet ik niet. Waarom wilt u dat weten?'

'Stel dat u plotseling de andere kant op gelokt wordt en u vertrekt, mij achterlatend als een ding...'

'Waarom als een ding? We kunnen als vrienden afscheid nemen...'

'Afscheid nemen! Liefde en scheiding liggen bij u in elkaars verlengde.' Ze zuchtte verdrietig. 'Terwijl ik vind dat dat uitersten zijn die elkaar uitsluiten... Alleen de dood mag twee geliefden scheiden... Vaarwel, Mark!' zei ze plotseling, bleek, bijna trots. 'Mijn besluit staat vast... U zult me nooit het geluk schenken waarnaar ik op zoek ben. Om gelukkig te zijn hoeven we hier niet weg te gaan, het geluk kunnen we ook hier vinden... Het is afgelopen!'

'Ja, laten we zo snel mogelijk hiervandaan gaan! Vaarwel, Vera...' zei hij met een vreemde stem.

En beiden stonden op. Ze waren bleek en probeerden elkaar niet aan te kijken. Vera zocht bij het licht van de maan, dat zwakjes door de takken scheen, naar haar mantilla. Haar handen trilden en grepen steeds het verkeerde. Ze pakte zelfs zijn geweer.

Hij stond met zijn rug tegen een van de pilaren van het tuinhuisje geleund en volgde met sombere blik haar bewegingen.

Ze vond ten slotte haar witte mantilla, maar het lukte haar niet om deze om beide schouders te slaan. Hij hielp haar werktuiglijk.

In het donker tastte ze met haar voet naar de traptreden. Hij sprong vanuit het tuinhuisje op de grond, gaf haar een hand en hielp haar het trappetje af.

Beiden liepen zwijgend en met aarzelende passen over het pad, alsof ze iets van elkaar verwachtten. Beiden probeerden wanhopig een voorwendsel te bedenken om nog te blijven.

Beiden begrepen dat de ander vanuit zijn standpunt gelijk had, maar toch koesterden ze beiden een heimelijke, dwaze hoop. Hij dat zij zou overlopen naar zijn kant, zij dat hij zou toegeven, hoewel ze tegelijk beseften dat die hoop ijdel was, dat geen van hen beiden, ondanks alle goede wil, plotseling kon veranderen en, alsof het niks was, van zijn overtuigingen en wereldbeschouwing afstand kon doen en die van de ander overnemen.

Beiden leden onder het besef dat dit hun laatste ontmoeting was, dat ze over vijf minuten voor altijd vreemden voor elkaar zouden zijn. Ze wilden deze vijf minuten zo lang mogelijk rekken, het verleden herbeleven en er, zo mogelijk, hoop voor de toekomst uit putten. Maar ze voelden ook dat er geen toekomst voor hen was, dat hun alleen de als de dood zo onvermijdelijke scheiding wachtte.

Ze deden er lang over om de plek te bereiken waar hij over een lage omheining moest klimmen om op de weg te komen en zij zich over een smal paadje tussen de struiken door een weg naar boven moest banen, naar het park.

Met gebogen hoofd, door verdriet overmand, stond ze aan de voet van de helling. Haar hele leven trok aan haar voorbij en er was geen enkel moment bij dat zo bitter was als dit. Haar ogen stonden vol tranen.

Ze had zich wel om willen draaien om nog een blik op hem te werpen en onder het lopen als het ware uit de verte de grootte te meten van het geluk dat ze verloor. Het deed haar pijn om dit geluk, dat nu voor altijd verdween, achter zich te laten, maar ze durfde zich niet om te draaien, dat zou hetzelfde zijn als ja zeggen op zijn noodlottige vraag. Nog steeds overmand door verdriet deed ze een paar passen tegen de steile helling op.

Hij naderde de omheining ook zonder zich om te draaien, grimmig, als een weerspannig dier dat zijn prooi moet opgeven. Hij had niet gelogen toen hij zei dat hij Vera respecteerde, maar hij respecteerde haar tegen wil en dank, zoals men in een veldslag een vijand respecteert die dapper vecht. Hij vervloekte deze dodenstad met haar verouderde opvattingen die deze levendige, vrije geest in de boeien geslagen hield.

Zijn verdriet ging niet gepaard met ontroering of medeleven, het was een kwaadaardig, ontoeschietelijk verdriet dat ertoe opriep om de tegenstander vanwege zijn weerspannigheid nieuwe slagen toe te brengen. Het was eerder een woeste wanhoop dan verdriet.

Hij had Vera kunnen breken, vernietigen, zoals men een kostbaarheid die een ander toebehoort vernietigt, alleen opdat ze dan niemand toebehoort. Hij had haar zelf bekend dat hij ieder ander behalve haar zo zou hebben behandeld. Maar zij zou niet in de val gelopen zijn, dus had hij zijn toevlucht moeten nemen tot geweld, om haar als een bandiet voor een moment te overheersen.

Bovendien had de louter lijfelijke overwinning van Vera hem geen volledige genoegdoening gegeven zoals dat bij iedere andere vrouw wel het geval zou zijn geweest. Terwijl hij zich nu verwijderde, was hij niet kwaad omdat de mooie Vera hem ontglipte, omdat hij vergeefs tijd en energie aan haar had besteed en aan zijn werk had onttrokken. Zijn kwaadheid kwam veeleer voort uit gekrenkte trots en het besef van zijn onmacht. Hij had zich meester gemaakt van haar fantasie en misschien ook wel van haar hart, maar niet van haar intellect en haar wil.

In dat opzicht had ze een onverzettelijkheid aan den dag gelegd die was opgewassen tegen zijn volharding. Zij bezat karakter en ze had, eigenzinnig als ze was, het oude, dode leven dat haar omgaf voor zichzelf weten om te vormen tot een sterk, pulserend nieuw leven. Zo werd ze voor hem, net zoals voor Rajski, tot een prachtig standbeeld dat onafhankelijk leven ademde en leefde volgens zijn eigen, aan niemand ontleende verstand, volgens zijn eigen trotse wil.

Ze stond in alle opzichten boven de andere vrouwen die hij kende. Hij onderkende dat en was trots op het succes dat hij bij haar had behaald, maar was nu des te ontevredener omdat hij besefte dat hoe hij ook had geprobeerd Vera ontwikkeling bij te brengen en haar geest met zijn eigen ideeën te verlichten, dit bij haar geen vrucht had gedragen. Er waren, zo meende hij, te veel remmende factoren geweest: haar geloof, zoals ze zelf zei, een of andere pope van de nieuwe richting, Rajski met zijn poëzie en baboesjka met haar moraal, maar vooral: haar eigen ogen en oren, haar fijne intuïtie, vrouwelijke instincten en sterke wil – dat alles had haar weerstandsvermogen gesterkt en haar een wapen verschaft tegen zijn waarheid, had het oude, alledaagse leven en de oude waarheid getooid met zulke gezonde kleuren dat in vergelijking hiermee zijn leven en zijn ogenschijnlijk aan nieuwe, frisse bronnen ontleende waarheid bleek en hol, onecht en kil leek.

Zijn nieuwe waarheid en nieuwe leven bezaten niet voldoende aantrekkingskracht om haar gezonde en sterke natuur te boeien. Haar zelfstandige geest ontzenuwde zijn beweringen genadeloos. Ze hadden haar slechts gesterkt in het vertrouwen in haar eigen waarheid.

En nu liep ze dus van hem weg zonder hem enig ander bewijs achter te laten van zijn overwinning dan de herinnering aan hun ontmoetingen, die zou verdwijnen als een spoor in het zand. Hij had de slag verloren, had háár verloren en begreep, terwijl hij zich verwijderde, dat hij nooit zo'n zelfde Vera zou vinden.

Hij vergeleek haar in gedachten met anderen, vooral de vrouwen van de nieuwe richting die hij ontmoet had: velen van hen hadden zich net zo gretig overgegeven aan het leven volgens de nieuwe leer als Marina aan haar liefdes. En hij kwam tot de conclusie dat deze vrouwen in werkelijkheid beklagenswaardiger, platvloerser en dieper gevallen waren dan alle andere gevallen vrouwen die het slachtoffer waren geworden van hun fantasie, hun temperament en zelfs het goud, terwijl de eersten ten prooi gevallen waren aan een principe dat ze vaak zelf niet begrepen, dat hun innerlijk vreemd was en hun dus slechts als een hypocriet voorwendsel diende voor iets anders, iets waar naïeve naturen als bijvoorbeeld Kozlovs vrouw zich op een veel simpeler en natuurlijker wijze aan overgaven.

Hij liep langzaam, in het besef dat hij iets voor altijd achter zich liet wat hij nooit meer op zijn weg zou vinden. Had hij haar moeten bedriegen, verleiden, haar een liefde zonder einde, of misschien zelfs een huwelijk moeten beloven?

Hij huiverde bij de gedachte dat hij haar op zo'n grove, schunnige manier zou bedriegen; ze zou er nu trouwens niet meer in lopen. Hij zette zich af, sprong op de omheining en slingerde zijn benen eroverheen.

Ik zou wel eens willen zien hoe ze zich nu gedraagt. Ze is weggegaan, het trotse schepsel. Ach wat, ze hield niet van me, anders was ze niet weggegaan... het is een praatjesmaakster...! dacht hij, op de omheining zittend.

Ook zij aarzelde. Ik zou nog een keer willen kijken hoe hij het draagt en me dan voor altijd afwenden, dacht ze, aan de voet van de helling staand.

Nog één sprongetje en de omheining en de greppel zouden hen voor altijd aan elkaars zicht onttrekken. Als ze fysiek van elkaar gescheiden waren, zouden het verstand en de wil meer gewicht in de schaal leggen en de uiteindelijke overwinning behalen. Hij draaide zich om.

Vera stond aan de voet van de helling alsof de weg naar boven te zwaar was, alsof ze niet omhoogkwam.

Ten slotte deed ze met zichtbare inspanning twee of drie stappen en bleef staan. Vervolgens draaide ze zich langzaam om en huiverde: Mark zat nog steeds op de omheining en keek naar haar...

'Mark, vaarwel!' riep ze, en schrok van haar eigen stem, zoveel verdriet en vertwijfeling klonk erin door.

Mark slingerde zijn benen snel weer naar de andere kant, sprong naar beneden en stond in een paar sprongen naast haar.

De overwinning! De overwinning! juichte het in hem. Ze komt terug, ze geeft toe!

'Vera!' riep ook hij bijna kreunend uit.

'Ben je teruggekomen... voor altijd...? Heb je het eindelijk begrepen... o, wat een geluk! God, vergeef me...'

Ze maakte haar zin niet af.

Ze lag in zijn armen en zijn kus snoerde haar de mond. Hij tilde haar hoog op en droeg haar, als een wild dier zijn prooi, terug naar het tuinhuisje.

God, vergeef haar dat ze zich heeft omgedraaid.

13

Rajski zat wel een uur lang verslagen aan de rand van het ravijn in het gras, met zijn kin steunend op zijn knieën en zijn handen om zijn hoofd. Alles kreunde in hem. Hij betaalde met bittere smart voor zijn opwelling van grootmoedigheid, leed om Vera als om zichzelf en vervloekte zichzelf vanwege zijn grootmoedigheid.

Onwetendheid, verterende jaloezie en de verdwenen hoop op geluk vraten aan zijn ziel. En ook in de toekomst zou de hartstocht hem blijven kwellen, hem dag en nacht van zijn rust beroven en hem geen adempauze gunnen. De slaap meed zijn bed en als hij wel kwam dan kwam hij niet als vriend, maar als een schildwacht die de kwellingen van het waken afwisselde met andere kwellingen.

Wanneer hij 's morgens zijn ogen opendeed, stond het spook van de hartstocht al voor hem in de vorm van de onverbiddelijke, boosaardige en ijzig koude Vera die hem uitlachte wanneer hij haar vroeg hem 'de naam' te onthullen, het enige wat zijn koorts kon verlichten, een heilzame ommekeer in zijn ziekte teweeg kon brengen en die genezen.

'Waar blijft ze nu?' zei hij plotseling, om zich heen kijkend.

Hij keek op zijn horloge. Ze was tegen negen uur weggegaan en nu was het al bijna elf uur! Ze had hem laten wachten en gezegd dat ze meteen weer terug zou komen. Wat duurde dat 'meteen' lang...! Wat deed ze? Waar was ze? dacht hij ongerust.

Hij klom naar de rand van het ravijn, ging op een bank zitten en begon te luisteren of ze niet kwam. Maar geen geluid, geen geritsel liet zich horen, alleen het geruis van neerdwarrelende dode bladeren.

Ze heeft me gezegd te wachten en is het toen weer vergeten. En ik maar wachten! zei hij bij zichzelf, stond op van de bank en daalde weer een pas of drie de helling af, voortdurend scherp luisterend.

Mijn God, zouden die ontmoetingen altijd zo lang duren, tot laat in de nacht? Ja, wat is ze eigenlijk voor iemand, dit standbeeld, die mooie, trotse Vera? Misschien zit ze daar samen met hem om mij te lachen... Wie is het? Ik wil het weten. 'Wie is het,' zei hij plotseling hardop in zijn woede. 'De naam, de naam! Ik ben voor haar slechts het werktuig, de dekmantel, de gehoorzame dienaar van haar hartstocht... en van wat voor hartstocht!'

Er maakte zich een vertwijfeling van hem meester die identiek was aan de vertwijfeling van Mark. Vijf maanden lang had ze verstoppertje met hem gespeeld, had hem nu eens toegestaan haar te beminnen en hem dan weer verstoten en in zijn gezicht uitgelachen...

Waarom word ik zo gestraft voor mijn verliefdheid? Wat doet ze met me? Heb ik het recht niet om na alle streken die ze me geleverd heeft, haar haar geheim te ontfutselen en de door haar verzwegen naam te vernemen?

Hij rende snel de steile helling af, bleef voor de struiken staan en spitste zijn oren. Er was niets te horen.

'Dit is gemeen,' zei hij, 'om haar haar geheim te ontfutselen...' Hij ging het dichte struikgewas in. 'Zo gemeen... dat...'

Hij deed drie stappen terug.

'Diefstal! Wat heet diefstal,' fluisterde hij, terwijl hij besluiteloos bleef staan en zich met zijn zakdoek het zweet van het gelaat wiste. En morgen begint dan weer het spelletje met de raadsels, krijgen we weer de boosaardige waternimfenblik en zal ze me met hoongelach in mijn gezicht zeggen: 'Ik houd van u.' Nee, ik maak een einde aan deze foltering, besloot hij en stortte zich in de struiken. Als een dief sloop hij in Vera's richting, het kreupelhout dat onder zijn voeten kraakte vervloekend en zonder de slagen van de takken in zijn gezicht te voelen. Op goed geluk kroop hij voorwaarts, zonder de plaats van het rendez-vous te kennen. Hij was zo opgewonden dat hij op de grond moest gaan zitten om op adem te komen.

Gewetenswroeging deed hem een ogenblik aarzelen, daarna kroop hij weer voorwaarts, de dode bladeren en de grond met zijn nagels omwoelend.

Hij passeerde de grafheuvel van de zelfmoordenaar en ging in de richting van het tuinhuisje, steeds spiedend of hij haar niet zag, luisterend of hij haar stem niet hoorde.

Intussen ging in het huis van Tatjana Markovna alles zijn gewone gangetje. Het avondeten was voorbij, de gasten zaten in de salon en geeuwden al af en toe. Vatoetin putte zich uit in hoffelijkheden jegens allen, zelfs jegens Polina Karpovna en Vikentjevs moeder, maakte strijkages en keek iedere vrouw aan alsof hij bereid was alles voor haar op te offeren. Hij zei dat men moest proberen de dames het leven zo aangenaam mogelijk te maken.

'Waar is *monsieur* Boris?' vroeg Polina Karpovna al voor de vijfde keer aan iedereen. Ten slotte wendde ze zich met die vraag tot baboesjka.

'God mag weten waar die rondzwerft... Waarschijnlijk is-ie naar de stad om iemand te bezoeken, hij zegt nooit waar-ie heen gaat, doet precies waar-ie zin in heeft, zodat ik niet weet waar ik het rijtuig heen moet sturen.'

Jakov wist te vertellen dat Boris Pavlovitsj tot laat in de avond in het park had gewandeld.

Over Vera heette het dat ze had laten zeggen dat ze niet zou komen voor de thee, maar dat men van het avondmaal iets voor haar moest bewaren, wat ze zou laten halen wanneer ze honger had. Niemand behalve Rajski had haar weg zien gaan.

'Zeg tegen Marina, Jakov, dat ze niet moet vergeten de stoofpot voor de jongedame op te warmen wanneer ze daarom vraagt, en het vruchtenijs moet in de koelkelder gezet worden, zodat het niet wegsmelt,' beval baboesjka. 'En jij, Jegorka, vergeet niet Boris Pavlovitsj, wanneer hij terugkomt, te zeggen dat er avondeten voor hem is klaargemaakt, zodat hij niet denkt dat we niets voor hem overgelaten hebben en hongerig naar bed gaat.'

'Tot uw dienst,' zeiden de twee bedienden.

Het zijn nachtbrakers, echte nachtbrakers, merkte Tatjana Markovna geërgerd en tegelijk bezorgd bij zichzelf op, om op dit uur nog rond te zwalken, bij zo'n kou...

'Ik ga naar het park,' zei Polina Karpovna, 'misschien is *monsieur* Boris ergens in de buurt. Hij zal erg blij zijn als hij me ziet... Ik heb gemerkt dat hij me iets wilde zeggen,' voegde ze er geheimzinnig aan toe. 'Hij wist waarschijnlijk niet dat ik hier was.'

'Hij wist het wel, daarom is-ie weggegaan,' fluisterde Marfenka tegen Vikentjev.

'Weet u wat ik doe, Marfa Vasiljevna, ik ga er vast heen, ga achter een struik zitten en verklaar haar met de stem van Boris Pavlovitsj mijn liefde,' stelde Vikentjev eveneens op fluistertoon aan Marfenka voor en hij wilde al naar buiten gaan om zijn voornemen uit te voeren.

'Nee, nee,' antwoordde Marfenka en hield hem aan zijn mouw tegen.

'Ik breng de vluchteling hierheen als u het goedvindt, ik ben zo terug,' zei Polina Karpovna.

'Ga, in Gods naam!' zei Tatjana Markovna. 'Maar het is pikdonker bui-

ten, neem Jegorka mee, hij zal u bijlichten met een lantaarn.'
'Nee, ik ga alleen, ze mogen ons niet storen.'
'Doe het liever niet!' merkte Tit Nikonytsj hoffelijk op. 'Op zulke vochtige avonden kun je na acht uur beter niet meer naar buiten gaan.'
'Ik ben niet bang,' zei Kritskaja en deed haar mantilla om.
'Ik zou u niet durven tegenhouden,' merkte Vatoetin op, 'maar een arts... hij woont in Düsseldorf aan de Rijn... zijn naam ben ik vergeten, ik lees nu een boek van hem en kan het u, als u wilt, lenen... Hij heeft uitstekende hygiënische maatregelen voorgesteld en adviseert om...'
Hij maakte zijn zin niet af omdat Polina Karpovna al de deur uit was. Inderhaast had ze hem nog gezegd dat hij op haar moest wachten en haar naar huis moest brengen.
'Met het grootste genoegen. Met het grootste genoegen!' zei hij, maakte een buiging tegen haar rug en sloot de deuren naar het erf en het park achter haar.

14

Een paar minuten na dit gesprek was aan de rand van het ravijn, in de diepe duisternis, het geluid van stappen tussen de struiken te horen. Takken kraakten en met kracht beroerde twijgen zwiepten terug, bladeren dwarrelden neer en het leek of een verwond of opgeschrikt dier met grote, haastige sprongen naar boven stormde.
Het geluid kwam steeds dichterbij en ten slotte sprong Rajski vanuit de struiken op de open plek voor het ravijn. Hij was nog bezetener en woester dan een gewond dier, stortte zich op de bank, richtte zich op en zat daar roerloos een minuut of twee; daarna sloeg hij de handen in elkaar en bedekte er zijn ogen mee.
'Droom ik of waak ik!' fluisterde hij verdwaasd. 'Nee, ik heb me vergist, dit kan niet! Het was maar schijn.'
Hij stond op, ging meteen weer zitten alsof hij naar iets luisterde, legde zijn handen op zijn knieën en barstte uit in een luid, nerveus lachen.
'Wat is er nog over van de twijfels, vragen, geheimen?' zei hij en begon opnieuw schuddebuikend te lachen. 'Een standbeeld! Een vrouw met een reine, nobele ziel! Vera een standbeeld...! En hij... De jas die ik aan "de balling" gestuurd heb, slingert rond bij het tuinhuisje! Hij heeft me het geld voor de weddenschap afgetroggeld: tweehonderd twintig roebel, dat is samen met de tachtig roebel die ik hem al eerder gegeven heb precies driehonderd roebel... Ja, ja...! Sekleteja Boerdalachova!'

Hij begon opnieuw te schateren van het lachen, maar het klonk nu meer als een gesteun. Vervolgens zweeg hij plotseling en greep naar zijn hart...

'O, wat doet het een pijn hier!' steunde hij. 'Vera, het poesje! Vera het doetje... het zwakke, overgevoelige wezen... blijkt nu een van die beklagenswaardige, gevallen vrouwen te zijn die zich laten leiden door ordinaire geilheid, gewoonlijk voor een of andere potige kinkel...! Het zij zo, ze is vrij en kan doen en laten wat ze wil, maar hoe durfde ze de spot te drijven met iemand die zo onvoorzichtig was een hartstocht voor haar op te vatten, met een neef, een vriend...' siste hij, kokend van woede. 'O, wraak, wraak!'

Hij sprong op en stond daar, verzonken in smartelijk gepeins.

Wat voor wraak? Naar baboesjka rennen, haar bij de hand nemen en hierheen brengen met een menigte mensen met lantaarns om de schande te belichten en te zeggen: 'Zie hier de slang die u drieëntwintig jaar aan uw borst hebt gekoesterd!'

Hij maakte een wegwuivend gebaar met zijn hand en legde die op zijn hete voorhoofd.

'Dat zou gemeen zijn, Boris,' sprak hij fluisterend tot zichzelf, 'dat krijg je niet voor elkaar, dat zou geen wraak zijn op haar, maar op baboesjka, die als een moeder voor je is.'

Hij liet het hoofd mismoedig hangen, hief het toen plotseling weer op en rende als een razende naar het ravijn.

'Daar wordt nu de triomf gevierd van die banale hartstocht... ja, ja, deze donkere nacht verbergt een liefdespoëem!' Hij lachte verachtelijk. 'Een liefdespoëem,' herhaalde hij. 'Mark! Dat dwaallicht, die praatjesmaker, die kroegliberaal! Ach! nichtje, nichtje! Je had je beter kunnen beperken tot een van je aanbidders, tot de rijzige mooie Toesjin! Die heeft tenminste bos en grond en water, en hij ment zijn paarden als een olympische wagenmenner. Maar dit heerschap...'

Hij haalde met moeite adem.

'Dat zijn dus onze mannen van de daad!' fluisterde hij. 'Ja, hij maakt achter diens rug een lange neus tegen de politiecommissaris, verkondigt aan kamermeisjes en kostersvrouwen de onzinnigheid van het huwelijk, weet met aan Feuerbach ontleende argumenten en met een geveinsde hartstocht voor de bestudering van de natuur het vertrouwen van vrouwen te winnen en verleidt dan zulke overgevoelige wijsneusjes...! Blijf jij maar op de bodem van het ravijn, jij zielig wijfjesdier, ga net zo te gronde als die arme zelfmoordenaar! Dat is míjn afscheidsgroet aan jou!'

Hij wilde in het ravijn spugen maar verstarde plotseling. Tegen zijn wil en ondanks zijn woede en verachting verhief zich in zijn fantasie de gedaante van Vera langzaam uit de afgrond en verrees in zo'n betoverende schoonheid voor hem als hij haar nog nooit had gezien!

Haar ogen fonkelden als twee sterren van hartstocht. Er school niets boosaardigs of kils in hen, geen onrust, geen droefheid, nee, louter geluk sprak uit hun felle glans. In haar boezem, haar armen, haar schouders, in heel haar gestalte stroomden en tintelden het volle, gezonde leven en kracht.

Ze keek met een verzoenende blik naar de hele wereld. Ze stond op haar voetstuk, echter niet als een witmarmeren standbeeld maar als een levende, onweerstaanbare vrouw, zoals het poëtische visioen dat hij een keer gezien had toen hij onder de bekoring van Sofja's schoonheid naar huis liep. Hij zag toen het standbeeld van een vrouw dat eerst kil en levenloos was, maar daarna een metamorfose onderging van standbeeld tot een levend wezen waaromheen het leven tintelde en stroomde, de bomen groen werden, de bloemen bloeiden en warmte zich verspreidde...

En daar was ze, die levende vrouw, ze stond vóór hem! Voor zijn ogen voltrok zich het ontwaken van Vera, zijn standbeeld, uit haar maagdelijke slaap. Hij had het gevoel dat zijn borst tegelijk verkild werd door ijs en geschroeid door hete vlammen, hij doorstond verschrikkelijke kwellingen, en toch kon hij zijn ogen niet losrukken van dit trotse beeld van schoonheid dat met liefde naar de hele wereld keek en met een kameraadschappelijke glimlach ook hem de hand reikte...

'Ik ben gelukkig!' hoorde hij haar fluisteren.

Aan haar voeten lag als een rustende leeuw de in stilte triomferende Mark. Haar voet rustte op zijn hoofd... Rajski huiverde en probeerde tot zichzelf te komen.

Zijn ontzetting over de val van zijn nicht, deze schoonheid, deze neergemaaide bloem dreef hem weg van het ravijn, maar zijn jaloezie, razernij en bovenal de onweerstaanbare schoonheid van de ontwaakte Vera trokken hem daar weer heen, naar de triomf van de liefde, naar dit feest dat de hele wereld, de hele natuur scheen mee te vieren.

Hij hoorde stemmen, het geklapwiek en de zang van vogels, liefdesgefluister en een enorme hartstochtelijke zucht die het hele park tot aan de oever van de Wolga scheen te vullen.

Vervuld van ontzetting stond hij daar als versteend aan de rand van het ravijn, verdiepte zich in gedachten in de nieuwe, ontwaakte Vera om het volgende ogenblik gekweld te worden door onmenselijke pijnen en verblekend te fluisteren: 'Wraak, wraak!'

Rondom hem en in de diepte was het stil en donker. Plotseling ontwaarde hij op tien passen afstand van zichzelf het silhouet van een menselijke gedaante, die vanuit het huis op hem toeliep.

Hij keek er verbaasd naar.

'Wie is daar?' vroeg hij grimmig.

'Ik ben het... ik...'

'Wie is ik?' vroeg hij nog grimmiger.

'*Monsieur* Boris, ik ben het... *Pauline.*'

'U! Wat doet u hier?'

'Ik kom... ik weet... ik zie... u wilt me allang iets zeggen,' fluisterde Polina Karpovna geheimzinnig, 'maar u durft niet... *du courage.* Hier hoort en ziet niemand u... *Espérez tout...*'

'Wat wil ik u zeggen? Vertel op...!'

'*Que vous m'aimez.* O, ik heb het allang gemerkt... *n'est-ce-pas? Vous m'avez fui, mais la passion vous ramène ici...*'

Hij pakte haar bij haar arm en trok haar naar het ravijn.

'*Ah! De grâce! Mais pas si brusquement... qu'est ce que vous faites... mais laissez donc...!*' riep ze angstig uit; ze was behoorlijk geschrokken.

Maar hij trok haar naar de helling en hield haar arm stevig omklemd.

'Ik dorst naar liefde!' zei hij buiten zinnen, 'hoort u dat, dit is de nacht van de liefde... Hoort u die zuchten... die kussen? Dat is de hartstocht die deze nacht triomfeert, ja, de hartstocht, de hartstocht!'

'Laat me los! Laat me los!' piepte ze, 'dadelijk val ik, ik voel me niet goed...'

Hij liet haar los, zijn armen vielen langs zijn lichaam en hij moest op adem komen. Daarna keek hij haar doordringend aan, alsof hij haar nu pas opmerkte.

'Weg hier!' schreeuwde hij, en als een wildeman rende hij, haar alleen achterlatend, weg van het ravijn, doorliep het hele park en de bloementuin en kwam ten slotte op het erf terecht. Hier bleef hij staan om op adem te komen en keek om zich heen. Hij hoorde dat iemand bij de waterput aan het spetteren was, waarschijnlijk Jegorka die voor de nacht zijn handen en gezicht waste.

'Haal mijn koffer,' riep hij, 'morgen vertrek ik naar Petersburg!'

En zelf goot hij uit de afvoergoot water op zijn handen, bevochtigde zijn ogen en zijn hoofd en liep met haastige schreden naar huis.

Hij rende het bordes op, liep met alleen zijn halflange jas aan op en neer over het erf, keek naar Vera's ramen en ging weer terug naar zijn kamer om daar haar terugkeer af te wachten. Maar in het donker kon je op meer dan tien passen afstand niets zien en hij koos het acaciaprieeltje uit als observatiepost. Hier werd hij echter opnieuw tot razernij gebracht omdat de bladeren grotendeels al afgevallen waren en hij zich er niet in kon verbergen.

Tot het ochtendgloren zat hij daar als op hete kolen – niet uit hartstocht, zijn hartstocht was als bij toverslag verdwenen. En welke hartstocht had ook standgehouden tegenover dergelijke barrières? Nee, hij brandde van verlangen om Vera, de nieuwe Vera, in het gezicht te zien en dat wijfjesdier ten minste met een verachtelijke blik te straffen voor haar schande, voor de belediging die hem, baboesjka, het hele huis, de hele samenleving, en uiteindelijk de hele mensheid, het hele vrouwelijke geslacht, was aangedaan.

Heb openlijk lief, beschaam niemands vertrouwen, geniet van het geluk en betaal ervoor met offers, speel niet met het respect van mensen, de liefde van een gezin, vertel geen beschamende leugens en verneder de vrouw in jezelf niet, oreerde hij in stilte. Ja, één blik wil ik haar nog toewerpen, in die blik moet ze haar veroordeling en haar straf lezen en daarna vertrek ik voorgoed.

Hij trilde van een koortsachtig ongeduld en wachtte tot ze terugkwam. Hij wilde als een panter uit zijn hinderlaag te voorschijn springen, haar de weg versperren en haar die blik toewerpen, haar één woord toeroepen... Wat was dat woord ook weer?

Hij zat in een hoek van het prieeltje, krabde zich op het hoofd, betastte zijn gezicht, kneep zijn handen dicht en opende ze weer, kromp ineen alsof hij aan hevige krampen leed. Plotseling sprong hij op en wierp de plaid af waarin hij zich had gewikkeld; zijn gezicht lichtte op door het boosaardige leedvermaak dat een bepaalde gedachte in hem opriep.

Dat heeft het lot zelf me ingefluisterd, ging het door hem heen en hij liep van het prieeltje naar de poort.

Hij was nog gesloten. Hij keek om zich heen en merkte in de kamer van Saveli het schijnsel van een lamp op.

Hij klopte op diens raam en toen Saveli dit opende beval hij hem de sleutel van het hekje te halen, hem eruit te laten en het hekje open te laten. Maar eerst ging hij nog even naar zijn kamer, pakte de door hem gekochte bloemvaas en rende naar de oranjerie, naar de tuinman. Hij moest lang kloppen voordat die opendeed, waarna beiden de kas binnengingen.

Het begon al te schemeren. Hij liet zijn blik over de bomen gaan en er gleed een boosaardige glimlach over zijn gezicht. Hij wees aan welke bloemen de tuinman moest uitzoeken voor het voor Marfenka bestemde boeket. Van alle bloemen die nog bloeiden werden er een of meerdere geplukt en de tuinman maakte er een prachtig boeket van.

'Ik heb nóg een boeket nodig,' zei Rajski met onvaste stem.

'Nog zo'n zelfde?'

'Nee... alleen van oranjebloesem...' fluisterde hij en voelde hoe hij verbleekte.

'Een prachtboeket dus! Zeker voor de jongedame die binnenkort gaat trouwen?' ried de tuinman.

'Heb je een glas water?' vroeg Rajski. 'Geef me wat te drinken!'

Hij dronk het glas gulzig leeg en zette de tuinman tot spoed aan bij het maken van het boeket. Eindelijk was het klaar. Rajski betaalde hem royaal en bracht beide boeketten, nadat hij ze in papier had laten wikkelen, haastig en voorzichtig naar huis.

Hij moest erachter zien te komen of Vera tijdens zijn afwezigheid was teruggekeerd. Daarom liet hij Marina wekken, liet haar op zijn kamer komen en stuurde haar erop uit om te kijken of de jongedame thuis was of dat ze al naar buiten was gegaan.

Marina liet weten dat de jongedame al naar buiten was gegaan, en hij beval haar het voor Marfenka bestemde boeket op Vera's tafel te zetten en een raam in haar kamer te openen, zeggend dat Vera hem de vorige avond zelf verzocht had dat te doen. Vervolgens stuurde hij haar weg, nam zijn positie in het prieeltje weer in en wachtte met een merkwaardig beklemmend gevoel, veroorzaakt door zijn wegebbende hartstocht, afgunst en nog iets, iets als... mededogen.

Maar voorlopig legden de hem aangedane belediging en de zo lang verdragen kwelling al het menselijke in hem het zwijgen op. Zijn woede bracht de stem van het mededogen in hem tot zwijgen. Ook de geest van het goede deed er in zijn ziel bedroefd het zwijgen toe. De stem van die geest was niet hoorbaar en zijn stille werkzaamheid was tot stilstand gekomen. Er waren boze geesten binnengedrongen die zijn binnenste aan stukken scheurden.

Met zijn kin op zijn handen gesteund, zat hij daar, keek om zich heen en zag niets anders dan het pad dat naar het oude huis leidde, voelde niets dan het bijtende gif van haar leugen, haar bedrog.

Ik moet die hond van een Mark overhoopschieten of mezelf een kogel door de kop jagen; ja, in ieder geval een van die twee, maar eerst zal ik dat derde doen, fluisterde hij bij zichzelf.

Hij hield het boeket oranjebloesem met beide handen vast alsof het een grote schat was en bekeek het vol verrukking, ondertussen steeds weer spiedende blikken over de bloementuin heen werpend, naar de donkere parklaan; ze was er nog steeds niet.

Het was nu helemaal licht geworden. Het motregende en het erf werd modderig.

Zal ik hun niet een paar paraplu's sturen? dacht hij met een vreugdeloze glimlach terwijl hij het boeket betastte en eraan rook.

Plotseling ontwaarde hij Vera in de verte. En hij raakte zozeer in verwarring, schrok en verslapte zozeer dat hij niet alleen niet als een panter uit zijn hinderlaag te voorschijn kon springen en haar de weg versperren, maar zich stevig aan de bank moest vasthouden om niet te vallen. Zijn hard bonsde en zijn knieën knikten; hij hield zijn blik strak gericht op Vera, die steeds dichterbij kwam, en kon hem niet van haar losrukken. Hij wilde opstaan en kon ook dat niet, zelfs het ademen deed hem pijn.

Ze liep voort met gebogen hoofd, geheel verborgen achter de zwarte mantilla. Alleen haar bleke handen, die de mantilla op haar boezem vasthielden, waren zichtbaar. Ze schreed voort zonder zich te haasten, zonder om zich heen te kijken, liep voorzichtig om de kleine plassen die zich hadden gevormd heen, beklom ten slotte met trage schreden de buitentrap en verdween in de hal.

Rajski had het gevoel dat hij van zware boeien bevrijd was. Hij kwam lijkbleek tevoorschijn uit zijn hinderlaag en verborg zich onder haar raam.

Schijnbaar slaapwandelend betrad ze haar kamer, merkte niet op dat de kleren die ze bij het weggaan op de grond had gegooid al waren opgeruimd en zag het boeket op de stoel, noch het geopende raam.

Ze gooide werktuiglijk haar beide mantilla's op de divan, deed haar vuile laarsjes uit, haalde met haar voet een paar satijnen pantoffels onder het bed vandaan en deed ze aan. Daarna liet ze zich, niet om zich heen maar ergens in de verte kijkend, op de divan vallen, steunde, uitgeput haar ogen sluitend, met haar rug en hoofd tegen het kussen van de divan en scheen weg te zinken in een diepe slaap.

Een minuut later werd ze gewekt door het doffe geluid van iets wat op de grond viel. Ze opende haar ogen, richtte zich vlug op en keek om zich heen.

Op de grond lag een groot boeket oranjebloesem dat van buiten door het raam was gegooid.

Ze wierp er een vluchtige blik op, werd doodsbleek en liep zonder de bloemen op te rapen naar het venster. Ze zag de weglopende Rajski en verstijfde een ogenblik van verbazing. Hij draaide zich om en hun blikken kruisten elkaar.

'Grootmoedige vriend... ridder,' fluisterde ze en ademde moeilijk alsof ze pijn had. Nu pas merkte ze het tweede boeket op dat op tafel lag, en dat ze zelf voor Marfenka bestemd had, pakte het op en bracht het onwillekeurig naar haar gezicht, maar het viel uit haar handen, en zelf viel ze bewusteloos op het tapijt.

Deel vijf

I

De volgende dag werd in de dorpskerk van Malinovka al vanaf tien uur 's ochtends de grote klok geluid voor de mis.

In het huis was het een drukte van belang. De calèche werd ingespannen en ook een ouderwetse galakoets. De koetsiers trokken nieuwe blauwe livreien aan, smeerden hun hoofden in met boter en zopen zich vanaf de vroege morgen een stuk in de kraag. De vrouwen en meisjes onder het huispersoneel droegen bonte sitsen jurken, hoofddoekjes en allerlei linten. De kamermeisjes roken op tien passen afstand al naar kruidnagelpommade.

Jegorka verscheen aanvankelijk in dandy-achtige kleren waarin men hem nog nooit eerder had gezien: hij droeg een hem door Rajski geschonken kort jasje, een geruite, groene, bijna nieuwe pantalon, een door hemzelf gekochte oranje das en een blauw vest. In deze uitmonstering kwam hij Tatjana Markovna toevallig onder ogen.

'Wat is dat?' riep ze streng. 'Je ziet eruit als een vogelverschrikker. Uit die spullen! Vasilisa, geef ze allemaal livreien: Serjozjka, Stjopka en deze clown hier,' zei ze, op Jegor wijzend. 'Laat Jakov een zwarte pandjesjas aandoen en een witte das. Ze moeten aan tafel bedienen en de livreien ook 's avonds dragen.'

Iedereen zag er op zijn paasbest uit, alleen Oelita, die die ochtend dieper dan anders moest afdalen in haar koelruimten en kelders, had niet de tijd gevonden om iets aan te trekken wat haar er anders had doen uitzien dan de Oelita van gisteren of morgen. De koks droegen vanaf de vroege morgen hun witte koksmutsen en waren zonder ophouden in de weer om het ontbijt, het diner en het souper te bereiden – zowel voor de dames en heren als voor het huispersoneel en de bedienden die van de andere kant van de Wolga waren gekomen.

Baboesjka had al vroeg in de morgen haar instructies voor de dag gegeven en maakte om acht uur haar toilet, waarna ze zich naar haar gasten en toekomstige schoonfamilie in de zaal begaf – in de volle schittering van haar oudevrouwenschoonheid, met de ingehouden waardigheid van een landeigenaresse en met de zachtmoedige glimlach van een gelukkige moeder en gastvrije vrouw des huizes.

Ze droeg een eenvoudig mutsje op haar grijze haren. De lichtbruine zijden jurk die Rajski voor haar uit Petersburg had meegebracht, stond haar goed. Ze had een bloesje aan van oude vergeelde kant met een wijde kraag. Op een fauteuil in haar kabinet lag de Turkse sjaal die ze om wilde doen zodra de gasten verschenen voor het ontbijt en het diner.

Ze maakte nu aanstalten om met al haar huisgenoten naar de mis te gaan en liep in afwachting van het ogenblik dat iedereen zich verzameld zou hebben met de handen gekruist voor de borst door de salon. Ze zag daarbij niets van het drukke gedoe om haar heen, merkte niet op hoe de bedienden kwamen en weer gingen, hoe ze het tapijt, de lampen en de spiegels schoonmaakten en de foedralen van de meubels haalden.

Ze liep nu eens naar het ene, dan weer naar het andere venster, keek peinzend naar de weg, daarna vanaf de andere kant naar het park en vanaf een derde kant naar de erven. In huis hadden Vasilisa en Jakov het bevel overgenomen; het huispersoneel moest hun gehoorzamen terwijl Saveli de leiding had over de overige bedienden.

Vikentjevs moeder droeg een parelgrijze jurk, afgezet met donkere kant. Vikentjev was al om acht uur verschenen, gekleed in een pandjesjas en met witte handschoenen. Men wachtte alleen nog op de komst van Marfenka.

Toen ze eindelijk verscheen, kenden baboesjka's vreugde en trots geen grenzen. Ze straalde van natuurlijke schoonheid en gezondheid en op die ochtend kwam daar nog de glans bij van vreugde over de aandacht die haar van alle kanten ten deel viel, niet alleen van baboesjka, haar bruidegom en diens moeder, maar ook van alle andere huisgenoten. In ieder gezicht, tot aan dat van de laagste keukenmeid toe, las ze ongeveinsde vriendschap, sympathie en blijdschap over de feestdag waarvan zij het middelpunt was.

Baboesjka was al in Marfa's kamer geweest toen ze nog maar net was opgestaan. Toen Marfa wakker werd en om zich heen keek, slaakte ze een kreet van blijde verrassing.

Tijdens haar slaap hadden onzichtbare handen alle wanden van haar twee kamertjes versierd met guirlandes van loof en bloemen. Ze zocht haar daagse bloes, maar vond in plaats daarvan op de stoel naast haar bed een ochtendnegligé van kant en mousseline met roze linten.

Ze was nog niet bekomen van deze verrassing toen ze op twee andere stoelen twee prachtige jurken zag liggen, een blauwe en een roze – ze kon kiezen welke van de twee ze zou aantrekken.

'Ach!' riep ze, sprong van haar bed op, deed nog voor ze haar kousen aan had getrokken – daar had ze geen tijd voor – het nieuwe negligé aan, liep naar de spiegel en stond perplex: haar hele toilettafel was bezaaid met cadeaus.

Ze wist niet wat ze het eerst moest bekijken, het eerst in handen nemen. Haar aandacht werd van de jurken weggezogen door een prachtig kistje van rozenhout. Ze opende het en trof een complete necessaire aan, met bijna alles wat een dame nodig heeft om toilet te maken: kristallen, in zilver gevatte flacons, kammetjes, borsteltjes en allerlei kleine benodigdheden.

Ze begon elk voorwerp apart te bekijken, maar haar handen trilden. Ze pakte een flacon, zag een tweede, legde ook die weer neer, pakte een derde, ontdekte een kammetje, in zilver gevatte borsteltjes, en dat alles voorzien van een monogram van de letter M. 'Van je toekomstige *maman*' stond erop.

'Ach,' riep ze, opnieuw geheel in vervoering, en klapte het kistje dicht.

Naast het kistje lagen nog een paar grotere en kleinere etuis. Ze wist niet welke ze het eerst moest oppakken, wat ze het eerst moest bekijken. Ze wierp een vluchtige blik in de spiegel, gooide de dichte vlecht die over haar ogen viel, en haar hinderde bij het bekijken van de geschenken, achteloos naar achteren, pakte ten slotte alle etuis op en ging ermee op bed zitten.

Ze durfde ze niet goed te openen, aarzelde lang en opende toen het allerkleinste.

Er lag een ring in met een enkele grote smaragd.

'Ach,' riep ze opnieuw, deed de ring om, strekte haar arm en verlustigde zich in het kleinood.

Ze opende een tweede, iets groter etui: er zat een paar oorhangers in. Ze deed ze in haar oren en rekte zich zittend op bed uit om zichzelf in de spiegel te kunnen zien. Vervolgens opende ze nog twee etuis en vond daarin een paar grote, massieve armbanden in de vorm van een slang met robijnen in plaats van ogen en met fonkelende diamanten die over het hele oppervlak verdeeld waren. Ook de armbanden deed ze meteen aan.

Ten slotte opende ze het grootste etui. 'Ach!' riep ze bijna geschrokken toen ze een hele stroom van briljanten zag: eenentwintig stuks, net zoveel als zij jaren telde.

Er zat een briefje bij. Ze las: 'Bij dit alles heb ik de eer nog het kostbaarste geschenk te voegen, mijn beste vriend, namelijk mijzelf. Pas goed op hem. Uw teerbeminde Vikentjev.'

Ze begon te lachen, keek om zich heen, kuste het briefje, sprong van het bed en verborg het briefje in het kastje waarin ze haar lekkernijen bewaarde. Opnieuw liep ze naar de toilettafel om te kijken of haar niets ontgaan was, en ze vond nog een klein etuitje.

Het was het geschenk van Rajski: een horloge met een emaillen dekseltje met haar monogram. Ze keek er met grote ogen naar, liet haar blik toen over de overige geschenken gaan, en keek naar de langs de wanden hangende guirlandes en bloemen. En plotseling liet ze zich, met haar handen voor haar ogen, op een stoel zakken en ontsprong er een stroom van hete tranen aan haar ogen.

'O, mijn God!' zei ze snikkend van geluk. 'Waarom houden ze allemaal zoveel van me? Ik heb nog nooit iets voor een van hen gedaan en zal dat ook nooit kunnen!'

Zo trof baboesjka haar aan, ongekleed, zonder schoenen of kousen, met ringen aan haar vingers, met armbanden, oorhangers — en in tranen. Ze schrok eerst toen ze Marfenka zo zag, maar toen ze hoorde waarom ze huilde, verheugde ze zich en overlaadde haar met kussen.

'Dat is omdat God van je houdt, mijn kind,' zei ze terwijl ze haar aanhaalde, 'omdat je zelf van iedereen houdt en omdat iedereen die naar je kijkt, zich goed voelt en blij is dat-ie bestaat.'

'Van Nikolaj Andrejitsj kan ik het begrijpen: hij is mijn bruidegom, en ook van zijn moeder,' antwoordde Marfenka, haar tranen drogend, 'maar neef Boris Pavlovitsj... wat ben ik voor hem?'

'Hetzelfde wat je voor iedereen bent! Het is een en al vreugde om naar je te kijken: je bent bescheiden, goudeerlijk en goedhartig, en je gehoorzaamt baboesjka...' In stilte dacht ze: de verkwister! Waar haalt-ie het geld vandaan voor zulke dure geschenken, ik zal hem eens onder handen nemen.

'Het is net of-ie het geraden heeft, baboesjka, ik wilde al lang zo'n horloge met blauw email hebben.'

'En waarom vraag je baboesjka niet waarom zij je geen cadeau heeft gegeven?'

Marfenka sloot haar de mond met een kus.

'Baboesjka, blijf altijd van me houden als u wilt dat ik gelukkig ben.'

'Mijn liefde heb je al, maar hier heb je ook nog een cadeau voor je hele leven!' zei ze haar bekruisend. 'En opdat je mijn zegen nooit vergeet, heb ik nog iets voor je.'

Ze voelde in haar zak.

'Baboesjka, u hebt me al twee jurken gegeven. En wie heeft die guirlandes en die bloemen zo mooi opgehangen?'

'Dat hebben je bruidegom en Polina Karpovna allemaal gestuurd... we hebben het verborgen gehouden voor jou... en vanmorgen vroeg hebben Vasilisa en Pasjoetka alles opgehangen... De jurken horen bij je uitzet, je zult er nog meer vinden. Hier heb je...'

Ze haalde een etuitje tevoorschijn, haalde er een gouden kruis met vier grote briljanten uit en hing het om haar hals, daarna gaf ze haar nog een eenvoudige egale armband met het opschrift 'Van baboesjka voor haar kleindochter' plus de datum.

Marfenka kuste baboesjka de hand en was bijna opnieuw in tranen uitgebarsten.

'Alles wat ik bezit, en ik ben niet arm, verdeel ik gelijkelijk tussen jou en Verotsjka. Maar kleed je nu vlug aan.'

'Wat ziet u er mooi uit, baboesjka! Neef Boris heeft gelijk, Tit Nikonytsj wordt vast verliefd op u...'

'Praat geen onzin!' zei baboesjka een beetje boos. 'Ga naar Verotsjka en kijk hoe het met haar is. Ze mag niet te laat komen voor de mis. Ik zou zelf wel naar haar toe willen gaan, maar die trap is te hoog voor mij...'

'Ik ga meteen...' zei Marfenka en haastte zich om zich aan te kleden.

2

Een half uur nadat ze in zwijm was gevallen, ontwaakte Vera en keek om zich heen. De koele luchtstroom die uit het geopende venster kwam, verfriste haar. Ze bleef nog even op het tapijt liggen, stond toen op, sloot het raam, liep wankelend naar haar bed en liet zich erop vallen. Roerloos bleef ze liggen, slechts bedekt met de grote doek die ze er 's avonds op gegooid had.

Ze was totaal verzwakt en viel in een zware slaap. Haar uitgeputte organisme liet het tijdelijk afweten, wil en bewustzijn waren uitgeschakeld. Haar losgeraakte haar waaierde uit over het kussen. Ze was doodsbleek en sliep als een blok.

Een uur of drie later deden herrie op het erf, menselijke stemmen, het geratel van wielen en klokgelui haar uit haar lethargie ontwaken. Ze opende haar ogen, keek om zich heen, hoorde het kabaal en kwam een ogenblik tot bewustzijn, daarna sloot ze haar ogen weer en gaf zich opnieuw over aan een toestand die het midden hield tussen slaap en een kwelling.

Op dat moment klopte er iemand zachtjes aan haar deur. Ze verroerde zich niet. Er werd nog eens geklopt, nu harder. Ze hoorde het, stond op, keek in de spiegel en schrok van zichzelf.

Ze bond snel haar haar om haar hand, maakte er een knot van, bevestigde die met enige moeite met een grote zwarte speld op haar hoofd en sloeg een doek om haar schouders. In het voorbijgaan pakte ze het voor Marfa bestemde boeket van de vloer en legde het op tafel.

Het kloppen herhaalde zich tegelijk met wat gekras op de deur.

'Ik kom!' zei ze en deed de deur open.

Marfenka stormde binnen, schitterend als een regenboog met haar schoonheid, opsmuk en vrolijkheid.

'Wat is er met je aan de hand, Verotsjka?' vroeg ze, 'voel je je niet goed...?'

De vrolijkheid verdween in een oogwenk van haar gezicht en maakte plaats voor schrik.

'Niet erg, nee...' antwoordde Vera zwakjes, 'maar ik feliciteer je...'

Ze kusten elkaar.

'Wat zie je er prachtig uit!' zei Vera, terwijl ze probeerde te glimlachen.

Maar dat lukte niet erg. Met haar lippen maakte ze wel de beweging, maar haar ogen deden niet mee. Haar roerloze blik, star als bij een dode wiens ogen men heeft vergeten te sluiten, weersprak de vriendelijke begroeting.

Vera, die voelde dat ze zichzelf niet onder controle had, haastte zich om het boeket te pakken en het aan Marfenka te geven.

'Wat een heerlijk boeket!' zei Marfenka geheel verrukt en rook aan de bloemen. 'En wat is dit?' voegde ze er plotseling aan toe toen ze onder het boeket iets hards in haar hand voelde. Het was het elegante, met diamanten bezette bloemvaasje dat haar monogram droeg. 'Ach, Verotsjka, jij ook al...! Hoe komt het toch dat jullie allemaal zoveel van me houden...!' zei ze, en de tranen stonden haar weer in de ogen. 'En ik houd van jullie allemaal, mijn God, wat houd ik van jullie...! Maar hoe moet ik jullie dat duidelijk te maken, ik weet gewoon niet wat ik moet zeggen...!'

Vera was geroerd, maar was niet in staat om te antwoorden, haalde alleen diep adem en legde haar hand op Marfa's schouder.

'Ik moet gaan zitten,' zei ze, 'ik heb vandaag slecht geslapen.'

'Baboesjka vraagt je om naar de mis te gaan...'

'Dat kan ik niet, liefje, zeg dat ik me niet goed voel en vandaag binnenblijf...'

'Kom je helemaal niet bij ons?' vroeg Marfenka angstig.

'Nee, ik blijf in bed, ik denk dat ik gisteren een verkoudheid heb opgelopen... Maar maak baboesjka niet ongerust...'

'Dan komen wij bij jou.'

'God bewaar me! Ik heb rust nodig, jullie zullen me storen...'

'Goed, dan laat ik alles hierheen brengen... Ik heb zoveel cadeaus gekregen... bloemen... snoep...! Ik zal het je laten zien...'

Marfenka vertelde wat ze allemaal gekregen had, en van wie.

'Ja, ja, dat is mooi... dat is erg lief! Laat het me zien... Ik kom later wel...' zei Vera verstrooid, nauwelijks naar haar luisterend.

'Wat is dat? Nog een boeket!' zei Marfenka plotseling toen ze een boeket op de vloer zag liggen. 'Waarom ligt dat op de vloer?'

Ze raapte het op en gaf Vera het boeket oranjebloesem.

'Voor wie is dat? Van wie komt dat? Wat een schoonheid!'

'Dat is... ook voor jou...' bracht Vera er met moeite uit.

Ze pakte het eerste het beste lintje uit de ladekast en een paar spelden en bevestigde de oranjebloesem met moeite, nauwelijks haar vingers bewegend, op Marfenka's boezem. Daarna kuste ze haar en ging uitgeput op de divan zitten.

'Je bent echt ziek, kijk eens in de spiegel hoe bleek je bent!' zei Marfenka op ernstige toon. 'Zal ik het niet aan baboesjka vertellen? Die zal een dokter laten komen... We moeten Ivan Bogdanovitsj laten komen, liefje... Wat is dat triest... net op mijn verjaardag! Nu is mijn hele dag bedorven!'

'Het is niks, het is niks, het gaat wel over! Vertel het niet aan baboesjka, maak haar niet aan het schrikken...! Ga nu, laat me alleen...' fluisterde Vera, 'ik moet uitrusten...'

Marfenka wilde haar kussen en zag plotseling dat Vera's ogen vol tranen stonden. Ze begon zelf ook te huilen...

'Wat heb je?' vroeg Vera zacht terwijl ze ongemerkt haar tranen probeerde te drogen.

'Hoe zou ik niet huilen wanneer jij huilt, Verotsjka! Wat is er met je? Vriendin, zuster! Je hebt verdriet, vertel me waarom...'

'Het is niets, let maar niet op me, het zijn de zenuwen... Maar vertel het voorzichtig aan baboesjka, anders maakt ze zich zo ongerust...'

'Ik zal zeggen dat je hoofdpijn hebt, maar over je tranen zal ik niets vertellen, anders zal ze inderdaad de hele dag van streek zijn.'

Marfenka verliet de kamer. Vera sloot de deur achter haar en ging op de divan liggen.

3

Allen waren te voet dan wel met een rijtuig naar de mis gegaan. Rajski, die rond de dageraad thuiskwam, herkende zichzelf niet in de spiegel en voelde koude rillingen. Hij vroeg Marina om een glas wijn, dronk dit op en liet zich op zijn bed vallen.

Hij voelde zich net zo slecht als Vera. Ook hij gaf zich, lichamelijk en geestelijk uitgeput, over aan de slaap als iemand die zich rillend van de koorts in de armen werpt van een gezonde vriend en zich verlaat op diens goede zorgen. En de slaap vervulde die plicht, hem ver weg voerend van Vera, van Malinovka, van het ravijn en van het drama dat zich gisteren voor zijn ogen had afgespeeld.

Hij droomde van heel andere zaken – waarin laaiende hartstocht en brooddronken poëzie geen enkele rol speelden. Hij bevond zich thuis in Petersburg in zijn verlaten atelier en bekeek met onverschillige blik zijn ooit begonnen, maar nooit voltooide werken.

Daarna droomde hij dat hij met vrienden bij Saint-George zat, gulzig at en dronk en luisterde naar de platvloerse verhalen die gewoonlijk op diners van vrijgezellen verteld worden, droomde dat het hem daardoor zwaar te moede werd en hij zich dermate verveelde dat hij zelfs in zijn slaap nog slaap kreeg.

Hij sliep een gezonde, prozaïsche slaap die hem zo in zijn greep kreeg dat hij, toen hij wakker werd van het klokgelui, de eerste twee à drie minuten nog steeds in de ban was van de dierlijke rust die hem als een muur scheidde van de dag van gisteren.

Hij was vergeten waar hij was en misschien zelfs wie hij was. De natuur had het hare gedaan en met die diepe slaap het evenwicht in zijn krachten hersteld. Hij voelde pijn noch gekweldheid meer – alles was spoorloos verdwenen.

Hij rekte zich uit, floot zelfs een vrolijk deuntje en merkte alleen dat hij zich om een of andere reden goed en rustig voelde, dat hij allang niet meer zo goed had geslapen en zo verkwikt wakker was geworden. Hij was nog steeds niet bij zijn volle bewustzijn. De nu volgende twee à drie minuten echter brachten de herinnering aan de dag van gisteren bij hem terug. Hij ging in bed zitten en had het gevoel dat hij zich niet zelf had opgericht maar dat een kracht van buiten dat had gedaan. Een paar minuten bleef hij roerloos en met wijd opengesperde ogen zitten, alsof hij iets zag waaraan hij niet kon geloven; maar zodra hij zag dat het echt zo was, sloeg hij zijn handen boven zijn hoofd in elkaar, viel terug op het kussen en sprong meteen daarop uit zijn bed met een gezicht zo vol van ontzetting als er gisteren zelfs op het verschrikkelijkste moment niet op te lezen was geweest.

Een nieuwe kwelling, niet die van gisteren, een nieuwe demon nam bezit van zijn ziel. Hij pakte, net zo haastig, nerveus en krampachtig als

Vera gisteren toen ze op het punt stond om naar het ravijn te gaan, het een na het ander van de op stoelen slingerende kledingstukken.

Hij belde om Jegorka en slaagde er ondanks diens hulp ternauwernood in om zijn kleren aan te trekken, deed eerst zijn jas aan en toen pas zijn vest en vergat zijn das om te doen. Jegorka vroeg hij wat er in het huis gebeurde en hij verstijfde en verschoot van kleur toen hij hoorde dat allen behalve Vera, die ziek was, naar de mis waren gegaan. Onmiddellijk haastte hij zich van zijn kamer naar het oude huis.

Hij klopte zachtjes op Vera's deur, maar er werd niet opengedaan. Na een paar minuten gewacht te hebben, drukte hij op de klink: ze was niet vanbinnen gesloten. Hij deed de deur voorzichtig open en betrad het vertrek met een uitdrukking van ontzetting op zijn gezicht, met zachte schreden, zoals iemand die van plan is een moord te plegen een vertrek betreedt. Hij liep op zijn tenen, rilde over zijn hele lichaam, was doodsbleek en vreesde ieder moment te bezwijken onder de hem verstikkende opwinding.

Vera lag op de divan, met haar gezicht naar de rugleuning gekeerd. Haar haar viel vanaf het kussen bijna tot op de grond, de rok van haar grijze jurk hing achteloos neer, haar in pantoffels gestoken voeten nauwelijks bedekkend.

Ze draaide zich niet om, maakte alleen een beweging alsof ze zich wilde omdraaien en wilde kijken wie er was, maar was daar kennelijk niet toe in staat.

Hij trad nader, knielde naast haar en beroerde met zijn lippen haar pantoffels. Ze draaide zich plotseling om, en er trok een uitdrukking van bittere verbazing over haar gezicht.

'Wat is dit, Boris Pavlovitsj... een komedie of een roman?' vroeg ze toonloos, wendde zich verontwaardigd af en verborg een in pantoffel gestoken voet onder haar jurk, die ze zonder te kijken haastig rechttrok.

'Nee, Vera, dit is een tragedie!' sprak hij nauwelijks hoorbaar met een uitgebluste stem en ging op de stoel naast de divan zitten.

Toen ze de vreemde klank van zijn stem hoorde, draaide ze zich om en keek hem strak aan; haar ogen gingen wijd open en waren vol verbazing. Ze zag zijn gezicht, bleker dan het ooit geweest was, en ze scheen de betekenis van dit nieuwe gezicht, van deze nieuwe Rajski te doorgronden.

Ze wierp haar doek af, stond op en liep, al haar eigen zorgen op dat moment vergetend, op hem toe. Op het gezicht van de ander zag ze dezelfde dodelijke gekweldheid als waaraan ze zelf leed.

'Neef, wat héb je? Je bent ongelúkkig!' zei ze en legde haar hand op zijn schouder, en in die paar woorden en in de stem waarmee ze sprak, scheen alle grandeur door te klinken waar een vrouwenhart toe in staat is: mededogen, zelfverloochening en liefde.

Diep geroerd door deze liefkozing en door dit onverwachte, warme 'je', keek hij haar aan met dezelfde extatische dankbaarheid als waarmee zij hem had aangekeken toen hij haar, zichzelf verloochenend, had geholpen om in het ravijn af te dalen.

Ze beloonde hem zonder dit te beseffen met grootmoedigheid voor zijn eigen grootmoedigheid, zoals gisteren ook bij hem een vonk van edele menselijkheid naar boven was gekomen.

In de wirwar van gevoelens die hem bestormden, traden de wanhoop en het berouw om de schande die hij haar had aangedaan duidelijk op de voorgrond en dit alles uitte zich bij hem in hete tranen.

Hij begroef zijn gezicht in haar handen en snikte als iemand die alles heeft verloren, wie niets, helemaal niets meer is overgebleven.

'Wat heb ik gedaan! Ik heb de vrouw in jou, mijn nicht, beledigd,' bracht hij er tussen de snikken door uit. 'Dat was ik niet, dat was niet de mens in mij, het was het dier dat deze misdaad beging. Wat heb ik gedaan!' riep hij vol ontzetting uit en keek om zich heen alsof hij nu pas tot zichzelf kwam.

'Kwel jezelf niet en kwel mij niet...' fluisterde ze zachtmoedig en vriendelijk. 'Spaar me, ik kan hier niet tegen. Je ziet in wat voor toestand ik ben...'

Hij probeerde haar blik te ontwijken. Ze ging weer op de divan liggen.

'Wat een dolksteek heb ik je toegebracht!' fluisterde hij ontzet. 'Ik vraag je niet eens om vergeving, zoiets is onvergeeflijk! Je ziet hoe ik mezelf kwel, Vera...'

'Jouw dolksteek heeft me maar een ogenblik pijn gedaan. Daarna begreep ik dat hij niet kon zijn toegebracht door een onverschillige hand, dat je van me houdt... Toen werd het me pas duidelijk wat jij al die weken hebt doorstaan, wat je gisteren hebt doorgemaakt... Maak je geen zorgen, je bent me niets schuldig, we staan quitte...'

'Probeer niet om een misdaad te rechtvaardigen, Vera: een dolk blijft een dolk. Ik heb je een dolkstoot toegebracht.'

'Je hebt me gewekt... Tot nu toe sliep ik: jullie allemaal, jou, baboesjka, mijn zus, het hele huis, zag ik als in een droom, ik was nijdig en kortaf, had de controle over mezelf verloren...!'

'Wat moet ik nu doen, Vera? Hoe kan ik in deze toestand vertrekken! Laat me mijn straf hier ondergaan, laat me tenminste enigszins in het reine komen met mezelf en met alles wat er gebeurd is...'

'Genoeg, je verbeelding geeft je in dat je een misdaad hebt begaan in plaats van een vergissing. Bedenk in wat voor toestand je die hebt begaan, in welke ijlkoorts!'

Ze zweeg.

'Ik voel alleen maar vriendschap voor je,' zei ze vervolgens en reikte hem de hand. 'Ik veroordeel je niet; ik weet nu hoe makkelijk je je kunt vergissen...'

Ze had moeite met spreken en deed zichzelf duidelijk geweld aan om hem enigszins tot bedaren te brengen...

Hij drukte haar hand en zuchtte troosteloos.

'Je bent zo goed als een vrouw maar zijn kan en je oordeelt niet over die vergissing met je verstand, maar met je hart...'

'Nee, je bent te streng voor jezelf. Ieder ander zou vinden dat hij in zijn recht stond na alle domme grappen die ik met je heb uitgehaald... Ik doel op die brieven, je kent ze... De bedoeling was misschien goed: je moest ontnuchterd worden, we wilden een grap met je uithalen als antwoord op jouw eigen grappen. Maar er was ook kwaadaardigheid in het spel, en hoon. Terwijl jij het allemaal ernstig bedoelde... Dus we waren nodeloos kwaadaardig tegen jou, alleen omdat we je niet begrepen... Het was dom, erg dom! Jij hebt meer pijn geleden dan ik gisteren...'

'Ach, nee! Ik moest soms zelf lachen om mezelf, en om jullie... Vooral toen je om een jas vroeg, een deken, en geld voor een balling...'

Ze zette grote ogen op en keek hem verbaasd aan.

'Welk geld, welke jas, wat voor balling? Ik begrijp er niets van...'

Zijn gezicht klaarde enigszins op.

'Ik vermoedde al eerder dat het niet jouw idee was, maar nu zie ik dat je het niet eens wist!'

Hij vatte voor haar in het kort de inhoud samen van de twee brieven met het verzoek om geld en kleren te sturen.

Zelfs haar lippen verbleekten.

'Natasja en ik schreven jou om de beurt, met hetzelfde handschrift, schertsende briefjes waarin we de toon van jouw briefjes probeerden te imiteren. Dat is alles, verder weet ik van niets...' zei ze zachtjes en wendde haar gezicht naar de muur...

Ze zwegen nu beiden. Hij ijsbeerde peinzend over het tapijt terwijl zij, vermoeid door het gesprek, scheen uit te rusten.

'Ik vraag je niet om vergeving voor deze geschiedenis. En jij moet je ook niet opwinden,' zei ze. 'We leggen het wel bij... Ik maak je maar één verwijt: je was te haastig met je boeket. Ik kwam daarvandaan... wilde je laten roepen om jou als eerste deze hele geschiedenis te vertellen... om alles wat je doorgemaakt hebt tenminste een beetje goed te maken... Maar jij was me voor!'

'Ach!' riep hij uit, 'dat is een dolkstoot voor mij!'

'Laten we het daar maar een andere keer over hebben... Maar nu vraag ik je als vriend en neef om hulp, om me een belangrijke dienst te bewijzen... Zul je niet weigeren...?'

'Vera!'

Hij zei verder niets, maar toen ze hem aankeek, zag ze dat ze alles van hem kon vragen.

'Zodra ik me sterk genoeg voel, zal ik je de hele geschiedenis van dit jaar vertellen...'

'Waarom? Dat wil ik niet, dat hoef ik niet te weten...'

'Onderbreek me niet! Ik kan nauwelijks ademhalen, en de tijd is kostbaar... Ik zal je alles vertellen en jij moet het weer doorvertellen aan baboesjka...'

Hij liet zijn verbaasde blik op haar rusten en er gleed een angstige uitdrukking over zijn gezicht.

'Zelf ben ik daar niet toe in staat. Mijn tong zou me niet gehoorzamen, ik zou sterven voor ik alles verteld had.'

'Aan baboesjka? Waarom?' bracht hij er met moeite uit. 'Bedenk wat voor gevolgen dat kan hebben... Wat, als haar iets overkomt? Kunnen we niet beter alles voor haar verbergen?'

'Ik heb al een tijd geleden besloten dat, wat de gevolgen ook mogen zijn, we niets moeten verbergen maar die gevolgen moeten dragen. Misschien zullen we allebei sterven of krankzinnig worden... maar ik wil haar niet bedriegen. Ze had het allang moeten weten, maar ik hoopte haar iets anders te kunnen vertellen... daarom zweeg ik... Wat een verschrikking!' zei ze zacht en liet haar hoofd op het kussen vallen.

'Moet ik haar alles vertellen? Ook wat er gisteravond gebeurd is?' vroeg hij zacht.

'Ja.'

'Ook zijn naam...?'

Ze knikte nauwelijks merkbaar en wendde zich af.

Ze liet hem naast haar op de divan plaatsnemen en vertelde hem fluisterend en haperend de geschiedenis van haar betrekkingen met Mark. Toen ze klaar was, hulde ze zich in haar sjaal en ging rillend van de koorts weer op de divan liggen.

Rajski stond met een bleek gezicht op. Beiden beleefden zwijgend een moment van ontzetting: zij denkend aan baboesjka, hij denkend aan hen beiden.

Het was nu zijn taak om – niet meer in de koorts van de hartstocht, niet in een aanval van wraakzucht, maar uit een onontkoombaar plichtsbesef – nog een dolkstoot toe te brengen aan een vrouw die hij innig liefhad...

Ja, het is een verschrikkelijke opdracht, inderdaad een belangrijke dienst, dacht hij.

'Wanneer moet ik het haar vertellen?' vroeg hij zacht.

'Zo spoedig mogelijk! Ik lijd verschrikkelijk zolang ze het niet weet en er staan me nog zoveel kwellingen te wachten...' En dit is niet eens de grootste, dacht ze bij zichzelf... 'Geef me het flesje met reukzout eens aan, het staat daar ergens,' zei ze, op haar toilettafel wijzend. 'En ga nu... laat me alleen... Ik ben moe...'

'Vandaag kan ik het baboesjka niet vertellen: ze heeft gasten! God weet hoe ze dat verdraagt! Ik doe het morgen.'

'Ach,' riep ze uit, 'ik weet niet of ik dan nog leef! Je moet baboesjka tot morgen op een of andere manier geruststellen, zeg haar iets... zodat ze niets vermoedt... niemand hierheen stuurt...'

Hij reikte haar het reukzout aan.

Ze schudde ongeduldig het hoofd, beduidde hem met haar blik dat hij moest gaan en sloot haar ogen om niets te hoeven zien. Ze had behoefte aan een ondoordringbare duisternis en een diepe stilte om zich heen, zodat de stralen van de dag haar ogen niet beroerden, zodat geen enkel geluid tot haar doordrong. Ze scheen te zoeken naar een nieuwe, ongekende toestand van volledige rust waarin alle krachten van geest en lichaam nog slechts een sluimerend bestaan leiden. Een steen of een plant wilde ze worden om niets meer te hoeven denken, niets meer te voelen of te beseffen.

Rajski echter verliet haar met het gevoel dat hij een nieuwe en nog verschrikkelijker last moest torsen dan die waarmee hij was gekomen. Ze had hem gedeeltelijk van zijn ene last bevrijd om hem er een andere, nog ondraaglijker last voor in de plaats te geven.

4

Vera stond op om de deur achter hem te sluiten en ging toen weer liggen. Er was een verstikkende wolk van verdriet en ontzetting over haar heen getrokken die zwaar op haar ziel drukte. Rajski's vriendschap, zijn medeleven, toewijding en hulp hadden haar de eerste momenten enige steun verschaft. Ze maakte er gretig gebruik van om een ogenblik te herademen, zoals een drenkeling die nog één kort moment boven water komt gulzig de lucht opzuigt. Maar hij was nog maar net de deur uit of ze verdween weer onder water.

'Het leven is voorbij,' fluisterde ze vertwijfeld en zag slechts een dorre, kale steppe voor zich, zonder liefdesbanden, zonder gezin, zonder alles wat het leven van een vrouw de moeite waard maakt.

Voor haar strekte zich een gapende afgrond uit, zo diep en donker als het graf. Ze zou nu oog in oog met baboesjka komen te staan en haar moeten zeggen: 'Zie hoe ik je beloon voor je liefde en je zorgen, hoe ik je vertrouwen beschaamd heb... wat ik heb bereikt door mijn eigen wil te volgen!'

In haar van wanhoop vervulde sluimer zag ze de blik voor zich die baboesjka haar toewierp nadat ze alles te weten was gekomen, hoorde ze haar stem... het was niet eens een stem, maar in plaats daarvan wat doffe geluiden die ontzetting en dodelijke schrik uitdrukten...

En daarna, daarna – ze wist niet wat er daarna zou gebeuren. Ze wilde deze verschrikkelijke droom niet verder dromen. En ze verborg haar gezicht nog dieper in haar kussen. Er kwamen tranen in haar ogen te staan en die stroomden weer terug naar haar gewonde hart.

Ging ik maar dood, ging het plotseling door haar heen en haar gezicht lichtte op bij deze gedachte; ze glimlachte even, genoot zelfs.

Maar plotseling hoorde ze buiten stappen en de stem van baboesjka! Haar armen en benen waren als verlamd. Bleek en zonder zich te verroeren luisterde ze naar het zachte, maar angstaanjagende kloppen op haar deur.

'Ik sta niet op, ik kan het niet,' fluisterde ze.

Er werd opnieuw geklopt. Plotseling, met een kracht die de mens op zulke ogenblikken uit een onbekende bron toevloeit, sprong ze op, fatsoeneerde haar kleren en trad baboesjka met een glimlach tegemoet.

Tatjana Markovna, die van Marfenka had gehoord dat Vera zich niet goed voelde en de hele dag binnen zou blijven, kwam zelf poolshoogte nemen. Na een vluchtige blik op Vera geworpen te hebben, ging ze op de divan zitten.

'Ach, wat ben ik moe geworden bij de mis! Ik kwam nauwelijks de trap op! Wat heb je, Verotsjka, ben je ziek?' vroeg ze en liet een onderzoekende blik op het gezicht van Vera rusten.

'Gefeliciteerd met de verjaardag van Marfenka!' begon Vera monter, met de stem van een klein meisje dat van het kindermeisje gehoord heeft wat ze op de ochtend van haar moeders naamdag tegen haar moet zeggen. En terwijl ze baboesjka de hand kuste, verbaasde ze zich erover dat haar geheugen haar influisterde wat ze moest zeggen en dat ze de woorden zo makkelijk over haar lippen kon krijgen. 'Het heeft niets te betekenen. Ik heb gisteren natte voeten gekregen en nu heb ik hoofdpijn,' probeerde ze met een glimlach te zeggen.

Maar haar lippen deden niet mee aan de glimlach, ofschoon twee of drie boventanden zichtbaar werden.

'Je had gisteren je slapen moeten inwrijven met spiritus, heb je dat niet hier?' vroeg baboesjka, Vera's blik ontwijkend, omdat ze haar geforceerde stem hoorde, een glimlach op haar lippen zag die niet de hare was en onraad rook.

'Kom je niet naar beneden?' vroeg ze.

Vera schrok van deze vraag, zich bij de anderen te voegen scheen haar een marteling te zijn die haar krachten te boven ging, en ze wist niet wat ze moest zeggen.

'Doe jezelf geen geweld aan!' zei baboesjka welwillend, 'anders word je nog zieker...'

Vera werd aangegrepen door een nieuwe ontzetting vanwege deze welwillendheid. Ze dacht, zoals altijd wanneer ze gewetenswroeging had, dat baboesjka alles al geraden had en dat haar biecht te laat kwam. Nog een minuut, nog een woord, en ze had zich aan haar boezem geworpen en alles verteld. Alleen schoten haar krachten daartoe tekort, en ook weerhield haar de gedachte dat het hele huis dan getuige zou zijn van het drama tussen haar en baboesjka.

'Staat u me toe, baboesjka, om niet bij het middageten te zijn,' zei ze, zich met moeite beheersend, 'na het eten kom ik misschien.'

'Zoals je wilt, dan laat ik je eten hier brengen.'

'Ja... ja, ik heb nu al honger,' zei Vera, die zelf niet wist wat ze zei.

Tatjana Markovna kuste haar, streek wat met haar hand door Vera's haar en verliet de kamer na alleen nog opgemerkt te hebben dat Vera de kamer moest laten opruimen door Marina, Masja of Natasja, want een van de vrouwelijke gasten zou misschien op ziekenbezoek kunnen komen.

Vera liet zich plotseling op de divan zakken, zat daar even, pakte toen een flesje eau de cologne en bevochtigde daarmee haar kruin en slapen.

'Ach, wat klopt het hier, wat doet het pijn!' fluisterde ze en legde haar hand op haar hoofd. 'Mijn God, wanneer zal die kwelling ophouden? Als ze het maar zo snel mogelijk te weten komt. Als zij het eenmaal weet mag de hele wereld het weten en denken wat ze wil...!'

Ze wierp een blik op de hemel, huiverde en liet zich vol wanhoop op de divan vallen.

Baboesjka kwam met een bekommerd gezicht terug in haar kabinet. Ze zag er terneergeslagen uit.

Ze ontving de gasten, onthaalde ze en mengde zich onder hen, maar Rajski zag dat ze na het bezoek aan Vera uit haar doen was. Ze had zichzelf nauwelijks nog onder controle, liet veel gerechten onaangeroerd, draaide zich niet om toen Petroesjka borden op de grond aan scherven liet vallen, viel af en toe tijdens het gesprek midden in een zin stil en verzonk in gepeins.

Toen de gasten na het eten, zich koesterend in de schaarse stralen van de septemberzon, het brede bordes op gingen dat ook dienstdeed als balkon, om koffie en likeur te drinken en te roken, bleef Tatjana Markovna zich onder hen mengen, soms zonder hen op te merken, alleen bleef ze de Turkse sjaal rechttrekken. Af en toe scheen ze tot zichzelf te komen en sprak op geforceerde toon een paar woorden met deze of gene.

Rajski observeerde baboesjka met een grimmige uitdrukking op zijn gezicht.

'Wat is er met Vera aan de hand?' fluisterde ze hem in het voorbijgaan toe. 'Heb je haar gezien? Ze schijnt ergens onder gebukt te gaan!'

Hij zei dat hij van niets wist. Baboesjka keek hem argwanend aan.

Polina Karpovna was er niet. Ze had laten weten dat ze ziek was en had Marfenka bloemen gestuurd. Rajski was 's ochtends bij haar langsgegaan, om zich op een of andere manier te verontschuldigen voor de scène van gisteren en erachter te komen of ze iets had gemerkt. Ze deed of ze beledigd was maar kon haar vreugde over het feit dat hij uit zichzelf bij haar kwam nauwelijks verbergen. Hij zei haar dat hij gisteren niet thuis maar bij kennissen had gedineerd, dat hij daar wat te diep in het glaasje had gekeken en dat alles daardoor was gekomen.

Hij vroeg haar om vergeving en ze gaf hem die met een glimlach.

Ze zou de verleidingsscène wat later in geuren en kleuren aan iedereen uit de doeken doen.

Ook Toesjin, die de avond tevoren in de stad gearriveerd was, was aanwezig bij het ontbijt. Hij schonk Marfenka een leuke pony om tochtjes mee te maken – 'als baboesjka het tenminste goedvindt,' voegde hij er schuchter aan toe.

'Daar heb ik niets meer over te zeggen, dat moet u aan hem daar vragen!' antwoordde baboesjka bedachtzaam en wees op Vikentjev, terwijl ze zelf aan heel andere dingen dacht.

Toesjin informeerde naar Vera en scheen ontdaan te zijn toen hij hoorde dat ze ziek was en niet zou komen eten. Toen ze inderdaad niet kwam was hij merkbaar opgewonden.

Tatjana Markovna begon ook op Toesjin argwanende blikken te werpen: ze vroeg zich af waarom hij zo geschokt was toen Vera zich niet liet zien. Het kwam wel vaker voor dat ze zich niet onder de gasten mengde. Hij had dat wel meer meegemaakt zonder zich erover te verbazen. Wat is er sinds gisteren met Vera gebeurd? vroeg ze zich voortdurend af.

Met Tit Nikonytsj raakte ze in een hevig twistgesprek verwikkeld vanwege de necessaire die hij Marfenka cadeau had gedaan, waarbij ze elkaar bijna te lijf gingen. Daarna sprak ze in haar kabinet een kwartier onder vier ogen met hem; hij sloeg daardoor enigszins aan het peinzen, maakte minder strijkages, sprak nog wel met de dames, maar wierp ondertussen nu eens op Rajski, dan weer op Toesjin zulke ernstige en vorsende blikken dat ze hem met grote ogen van verbazing vroegen wat hij van hen wilde. Hij kwam toen onmiddellijk weer tot zichzelf en begon de dames ijverig het hof te maken.

Tatjana Markovna was in een vrolijke, zorgeloze stemming aan de viering van Marfenka's verjaardag begonnen en had al bij zichzelf overlegd hoe ze over twee weken Vera's naamdag op een bijzondere manier konden vieren, zodat het niet zou lijken alsof ze haar ene kleindochter begunstigde boven de andere – ook al had Vera op besliste wijze aangekondigd dat ze op haar naamdag naar Anna Ivanovna Toesjin of naar Natalja Ivanovna zou gaan.

Maar na het middageten was Tatjana Markovna's stemming totaal omgeslagen; ze keek iedereen wantrouwend aan en luisterde naar alles wat er gezegd werd. Rajski vergeleek haar met een paard dat onbekommerd op zijn haver kauwt en zijn muil tot aan de oren in de ruif steekt, maar dat plotseling een geruis hoort of de reuk opsnuift van een onbekende en onzichtbare vijand. Het spitst de oren en heft het hoofd, wendt dat met een elegante draai en luistert roerloos, met wijd opengesperde ogen en krachtig ademende neusgaten: nee, het is niets. Daarna richt het zijn aandacht langzaam weer op de ruif, zwaait nog steeds luisterend een keer of drie zonder zich te haasten met zijn hoofd en stampt een keer of drie afgemeten met zijn hoef, deels om zichzelf gerust te stellen, deels om de vijand te laten weten dat hij op zijn hoede is – en hij steekt zijn muil opnieuw in de haver, maar kauwt voorzichtig, af en toe het hoofd heffend en omkijkend. Hij is gewaarschuwd en blijft op zijn hoede. Hij maalt met zijn kaken maar af en toe gaat er een rilling over zijn rug en spitst hij zijn oren, nu eens naar voren en dan weer naar achteren.

Zo bedacht ook baboesjka, terwijl ze met de gasten bezig was, af en toe dat er iets met Vera aan de hand was, dat ze niet zichzelf was, niet zoals anders, maar dat ze er slechter aan toe was dan ooit: zo had ze haar nog nooit gezien. En ze moest voortdurend aan haar denken. Toen Marfenka kwam zeggen dat Vera ziek was en niet naar de kerk zou gaan, werd Tatjana Markovna eerst boos: 'Ter wille van jou en ter wille van het familiefeest had ze haar nukken toch voor een keer kunnen onderdrukken en naar de mis kunnen komen,' zei ze.

Maar toen ze hoorde dat ze ook niet bij het diner zou zijn, maakte ze zich zorgen over Vera's gezondheid en ging zelf naar haar toe. Dat Vera een kou had gevat, geloofde ze niet erg. Aan haar gezicht zag ze meteen dat het niet zo was en toen ze Vera over haar haar streek en zonder dat ze het merkte haar voorhoofd beroerde, had ze zich ervan vergewist dat er geen sprake was van verkoudheid.

Maar Vera zag doodsbleek en haar trekken waren verwrongen. Ze lag in een achteloze houding op de divan en bovendien met haar kleren aan, alsof ze zich helemaal niet had uitgekleed. Maar het meest van al had de starre glimlach van Vera haar getroffen.

Ze herinnerde zich dat Vera en Rajski de avond tevoren lang weg waren geweest en dat beiden 's avonds niet bij de maaltijd waren geweest. Ze bleef Rajski argwanend aankijken en dat die probeerde haar blikken te ontwijken, gaf haar verdenkingen weer nieuw voedsel...

Rajski leed erger dan ooit tevoren. Zijn hart stond stil van ontzetting bij de gedachte aan baboesjka en bij de gedachte aan de arme, angstige, eenzame en voor troost ontoegankelijke Vera.

Ze had tegen hem geglimlacht, hem haar hand gereikt, hem de kostbare rechten toegekend die bij vriendschap hoorden – en was, onder de zware slag die haar zo plotseling en onverwachts, als een donderslag bij heldere hemel, had getroffen, voor zijn ogen aan wanhoop ten prooi gevallen.

Hij begreep dat zijn medeleven voor hemzelf nuttig en aangenaam was, maar Vera's toestand niet verlichtte, zoals de pijnen van een zwaar zieke niet verzacht worden door het medeleven van zijn naasten.

De ziekte, zo zei hij bij zichzelf, moest met wortel en al uitgeroeid worden. Die wortel school echter niet alleen in Vera, maar ook in baboesjka en in de hele samenhang van droeve omstandigheden: het geluk dat Vera ontglipt was, de scheiding, de verbleekte hoop op een goed leven, alles. Nee, het was moeilijk om Vera te troosten.

Ook met baboesjka had hij te doen. Wat een verschrikkelijk, onverwacht verdriet zou haar gemoedsrust verstoren! Stel dat ze plotseling instortte, ging het door hem heen. Ze was nu al uit haar doen, hoewel ze nog van niets wist! De tranen stonden hem in de ogen bij deze gedachte.

En op hem rustte nu ook nog de taak om de dolk nog dieper in het hart te drijven van deze vrouw die als een moeder voor hem was.

Stel dat ze allebei ziek werden! Moest hij Natalja Ivanovna niet laten halen? vroeg hij zich af. Maar dat moest hij eerst aan Vera vragen, terwijl die...

Na het eten verscheen Vera plotseling onder de gasten, in een feestelijke lichtgekleurde jurk, maar ze had een doek om haar hals gebonden en een warme mantilla om haar schouders geslagen.

Rajski stond paf: vandaag nog was ze ziek geweest, kon ze nauwelijks praten, en nu was ze uit zichzelf hierheen gekomen.

Waar halen vrouwen de kracht vandaan? dacht hij terwijl hij gadesloeg hoe ze zich excuseerde tegenover de gasten, met haar gebruikelijke glimlach luisterde naar hun uitingen van medeleven en de geschenken van Marfenka bekeek.

Snoep sloeg ze af, maar ze at met graagte een stuk gekoelde watermeloen, zeggend dat ze erg veel dorst had; en ze verontschuldigde zich ervoor dat ze de gasten spoedig weer moest verlaten...

Baboesjka was enigszins gerustgesteld door Vera's komst, maar merkte tegelijk op dat Rajski van kleur verschoot en probeerde Vera niet aan te kijken. Het was waarschijnlijk voor het eerst van haar leven dat ze haar gasten verwenste. Maar ze waren aan de kaarttafels gaan zitten, zouden theedrinken en souperen terwijl Vikentjev pas morgen zou vertrekken...

Rajski bevond zich als het ware tussen twee vuren.

'Wat is er met haar aan de hand?' fluisterde Tatjana Markovna hem van de ene kant toe. 'Jij weet het waarschijnlijk...'

'Ach, zeg het haar zo spoedig mogelijk!' las hij in de vertwijfelde blikken van Vera.

Rajski was het liefst door de grond gezakt.

Ook Toesjin keek met een bijzondere uitdrukking in zijn blik naar Vera. Zowel baboesjka als Rajski, en vooral Vera zelf, merkten dit op.

De blikken van Toesjin vervulden Vera met ontzetting. Misschien heeft-ie iets gehoord of gemerkt, fluisterde haar geweten haar in. Hij had zo'n hoge dunk van haar, dacht dat ze hoger stond dan wie ook ter wereld. Als ze nu zweeg, zou ze zijn achting verliezen... Nee, laat hij het ook weten! Laten er maar nieuwe kwellingen komen ter afwisseling van de verschrikkelijke kwelling om een bedriegster te lijken, fluisterde de wanhoop in haar.

Zacht, zonder hem aan te kijken, begroette ze Toesjin.

Hij keek haar medelevend aan en sloeg zijn ogen op een bijzonder schuchtere wijze neer.

Nee, dit verdraag ik niet! Ik moet weten wat hij van me denkt... Anders stort ik hier, waar iedereen bij is, in, als hij me nog een keer met die vreemde blik aankijkt...

En juist op dat moment keek hij haar weer met dezelfde blik aan!

5

Ze hield het niet uit, nam afscheid van de gasten en gaf Toesjin zonder dat iemand het merkte een teken dat hij haar moest volgen.

'Ik kan u niet op mijn kamer ontvangen,' zei ze. 'Laten we wat door deze laan wandelen.'

'Is het niet te nat? U bent ziek...'

'Dat geeft niet, laten we gaan.'

Hij keek op zijn horloge en zei dat hij over een uur moest vertrekken, liet zijn paarden uit de stal naar het erf brengen, pakte zijn zweep met het zilveren handvat, nam zijn regenjas over zijn arm en liep achter Vera de laan in.

'Ik val maar met de deur in huis, Ivan Ivanovitsj,' zei Vera, innerlijk bevend.

'Wat is er met u vandaag? U schijnt... u hebt iets op uw lever.'

Ze zweeg, hulde haar gezicht in haar mantilla en bewoog met haar schouders alsof ze het koud had.

Hij liep zwijgend, alsof hij ergens over nadacht, naast haar voort, terwijl zij haar ogen niet naar hem op durfde te slaan.

'U voelt u niet goed vandaag, Vera Vasiljevna,' zei hij peinzend. 'Ik stel het liever uit tot een andere keer. U vergist u niet, ik wilde met u praten...'

'Nee, Ivan Ivanytsj, vandaag!' onderbrak ze hem haastig, 'wat hebt u? Ik wil het weten... Ik wilde zelf met u praten... misschien ben ik al te laat... Ik kan niet staan, ik ga zitten,' voegde ze eraan toe en ging op een bank zitten.

Hij merkte haar ontzetting en verdriet niet op, hoorde niet dat ze zei dat ook zíj met hém had willen praten en werd geheel in beslag genomen door zijn eigen gedachten. Zij echter had het kwellende vermoeden dat hij alles wist en haar zo meteen, net als Rajski, een dolkstoot zou geven.

'Ach, het moet ook maar gebeuren, laten alle dolkstoten maar in één keer komen...!' fluisterde ze.

'Zegt u het maar!' zei ze toen, gekweld door de vraag hoe en waar hij het te weten had kunnen komen.

'Ik ben vandaag hierheen gekomen...'

'Zeg het dan!' schreeuwde ze bijna.
'Ik kan het niet, Vera Vasiljevna, echt niet...'
Hij verwijderde zich twee passen van haar.
'Kwel me niet!' fluisterde ze nauwelijks hoorbaar.
'Ik houd van u...' begon hij, zich plotseling tot haar wendend.
'Goed, dat weet ik. Ik mag u ook graag... Dat is niets nieuws! En verder...? Hebt u iets gehoord...?'
'Waar? Wat?' vroeg hij en keek om zich heen in de veronderstelling dat ze een of ander geluid gehoord had. 'Ik hoor niets.'
Haar opwinding ontging hem niet en plotseling stokte zijn adem van vreugde.
Ze is zo intelligent dat ze mijn geheim allang heeft geraden en ze deelt mijn gevoelens... ze is opgewonden, verlangt een openhartige en korte verklaring.
Dit alles ging in minder dan geen tijd door zijn hoofd.
'U bent zo nobel, zo mooi, Vera Vasiljevna... zo zuiver...'
'Ach!' riep ze vertwijfeld en wilde opstaan, maar was hier niet toe in staat, 'u drijft de spot met mij... goed, drijft u de spot met mij. Neem uw zweep, ik verdien het... Maar bent u dat werkelijk, Ivan Ivanovitsj?'
In smartelijke verbazing hief ze haar gevouwen handen smekend naar hem op.
Hij keek haar verschrikt aan.
Ze is ziek! dacht hij.
'U bent ziek, Vera Vasiljevna,' zei hij geschrokken en opgewonden, 'neem me niet kwalijk dat ik op zo'n ongelegen moment...'
'Blijft dat niet gelijk... een dag eerder of later... Maar zeg het me, vertel me alles, nu...! Dan zal ik zeggen waarom ik u gevraagd heb naar deze laan te komen...'
Zijn stemming sloeg weer om.
'Zou het echt waar zijn?' zei hij en kon zich nauwelijks beheersen van vreugde.
'Wat is waar?' vroeg ze toen ze die plotselinge, vreugdevolle toon hoorde. 'U wilt iets anders zeggen, niet dat wat ik dacht...' voegde ze er rustiger aan toe.
'Nee, datzelfde... neem ik aan...'
'Zeg het dan, kwel me niet langer!'
'Ik houd van u...'
'Wij zijn oude vrienden,' zei ze, 'en ik...'
'Nee, Vera Vasiljevna, ik houd van u... als vrouw...'
Ze richtte zich plotseling op en keek hem als versteend, nauwelijks ademend aan.

'Ik houd van u als van de mooiste, heerlijkste vrouw op de hele wereld! Als ik had kunnen dromen dat u dat gevoel, al is het maar gedeeltelijk, deelt... nee, dat zou te veel zijn, dat ben ik niet waard... als u dit goedvindt, zoals ik durfde te hopen... als u niet van een ander houdt... weest u dan mijn boskoningin, mijn vrouw! En er zal geen gelukkiger sterveling op aarde zijn dan ik...! Dat is het wat ik u zeggen wilde... en lang niet durfde te zeggen. Ik wilde het eerst uitstellen tot uw naamdag, maar ik hield het niet uit en ben gekomen om vandaag, op het familiefeest, op de verjaardag van uw zuster...'

Ze sloeg de handen boven haar hoofd in elkaar.

'Ivan Ivanovitsj!' kreunde ze meer dan ze het zei en zonk in zijn armen.

Nee, dit is geen vreugde, ging het door hem heen en hij voelde dat de haren op zijn hoofd rechtovereind gingen staan: zo uit men geen vreugde!

Hij hielp haar om op de bank te gaan zitten.

'Wat is er met u aan de hand, Vera Vasiljevna? U bent ofwel ziek of u hebt een groot verdriet,' zei hij, nadat hij zichzelf weer onder controle had gekregen, bijna rustig.

'Een groot verdriet, Ivan Ivanovitsj? Ik ga dood!'

'Wat is er met u, vertel het me om Gods wil, wat is er gebeurd? U zei dat u met me wilde praten; dus u hebt me nodig... Er is niets wat ik niet voor u zou doen! Vergeet u mijn dwaze woorden en beveelt u... Wat moet ik doen... wat?'

'U hoeft niets te doen,' fluisterde ze, 'ik wilde u alleen zeggen... Ach, ook u, arme Ivan Ivanytsj, ook u...! Waarom wilt u deze bittere beker leegdrinken? O, mijn God!' zei ze en keek met haar van koorts gloeiende ogen naar de hemel, 'ik kan bidden noch huilen! Niets brengt me verlichting, niets helpt me!'

'Wat zegt u nu, Vera Vasiljevna? Wat zijn dat voor woorden, mijn lieve vriendin, vanwaar die diepe vertwijfeling?'

'Waarom ook deze dolkstoot nog? Was het zo nog niet genoeg? Weet u van wíé u houdt?' vroeg ze, hem met schijnbaar slapende, levenloze ogen aankijkend, de woorden nauwelijks articulerend.

Hij zweeg en zocht tevergeefs naar een verklaring voor haar raadselachtige woorden. Hij legde zijn jas op de bank en wiste het zweet van zijn gezicht. Hij maakte uit haar woorden op dat hij zijn hoop als vervlogen kon beschouwen, dat Vera van een ander hield... Verder begreep hij niets. Hij zuchtte zwaar en zat daar roerloos, wachtte op een nadere verklaring.

'Mijn arme vriend!' zei ze en pakte zijn hand.

Zijn hart kromp ineen door die simpele woorden: hij had het gevoel dat hij inderdaad arm was. Hij had medelijden met zichzelf en nog meer medelijden met Vera.

'Dank u!' fluisterde hij. Hij wist nog niets, maar voorvoelde duidelijk dat ze hem niet kon toebehoren.

'Vergeef me,' vervolgde hij, 'ik wist van niets, Vera Vasiljevna. Uw aandacht voor mij heeft hoop in me gewekt. Ik ben een dwaas, en verder niets... Vergeet mijn aanzoek en laat me zoals vroeger slechts uw vriend zijn... als ik dat waard ben,' voegde hij eraan toe en liet bij die laatste woorden zijn stem dalen. 'Kan ik u niet helpen? U scheen een dienst van mij te verwachten.'

'Bent u het waard! Vraag u liever af of ík het waard ben!'

'U, Vera Vasiljevna, zult voor mij altijd heel hoog staan...'

'Ik ben van die hoogte afgevallen, arme Ivan Ivanytsj, en niemand zal me er weer op zetten. Wilt u weten hoe diep ik gevallen ben? Komt u mee, dadelijk zult u zich beter voelen...'

Ze leidde hem zachtjes, wankelend en steunend op zijn arm, naar het ravijn.

'Kent u die plek?'

'Ja, die ken ik, daar is de zelfmoordenaar begraven...'

'Daar is ook uw "zuivere" Vera begraven: ze bestaat niet meer... Ze rust op de bodem van dit ravijn...'

Ze was bleek en sprak met een soort vertwijfelde vastberadenheid.

'Wat zegt u toch? Ik begrijp er niets van... Verklaar u nader, Vera Vasiljevna,' fluisterde hij terwijl hij met een zakdoek over zijn gezicht ging.

Ze richtte zich op, steunde met haar hand op zijn schouder, bleef zo even staan om zich te vermannen, boog vervolgens haar hoofd, fluisterde hem een minuut of drie hortend en stotend een aantal zinnen toe en liet zich weer zakken op de bank. Terwijl ze sprak, verbleekte hij.

Hij wankelde, scheen zijn evenwicht te verliezen en ging op de bank zitten. Vera zag ondanks de schemering hoe bleek hij was.

'En ik dacht altijd...' zei hij met een vreemde glimlach, alsof hij zich schaamde voor zijn zwakte, en stond daarbij log en traag op van de bank, 'dat alleen een beer me kon vloeren!'

Hij liep op haar toe.

'Wie is het en waar kan ik hem vinden?' fluisterde hij.

Er ging een rilling door haar heen bij die vraag, zo verbazingwekkend, grof en onnatuurlijk klonk hij uit de mond van Toesjin. Ze begreep niet hoe hij zonder enig erbarmen voor het vrouwelijke, aan iedereen bekende gevoel van haar kon verlangen dat ze een geheim prijsgaf dat geen enkele vrouw aan iemand toevertrouwt. Waarom vraagt hij dat? verbaasde ze zich in stilte, hij moet daar een bepaalde reden voor hebben.

'Mark Volochov!' zei ze moedig, zichzelf overwinnend.

Hij verstijfde een ogenblik. Daarna pakte hij zijn zweep met beide handen bij het handvat, brak hem in een oogwenk op zijn knie in kleine stukken en gooide de houtsplinters en het gebroken zilverbeslag woedend op de grond.

'Zo zal het hem ook vergaan!' gromde hij terwijl hij zich vooroverboog naar haar gezicht, zijn haar rechtovereind, bevend en snuivend als een dier dat klaarstaat om de vijand te bespringen.

'Is hij nu daar?' vroeg hij op het ravijn wijzend.

Alleen zijn zware ademhaling was te horen. Ze keek hem onthutst aan en ging achter de bank staan.

'Ik ben bang, Ivan Ivanovitsj, spaart u mij, ga weg, alstublieft,' fluisterde ze ontzet en strekte haar beide armen uit alsof ze zich tegen hem wilde beschermen.

'Eerst vermoord ik hem, daarna... ga ik weg!' zei hij, zich nauwelijks beheersend.

'Doet u dat voor mij, om mijn leed te verlichten, of voor uzelf?'

Hij zweeg en keek naar de grond. Vervolgens begon hij met grote stappen heen en weer te lopen.

'Wat moet ik nu doen? Vertelt u me dat, Vera Vasiljevna!' vroeg hij, nog steeds buiten zichzelf van woede.

'Bedaar eerst en zegt u me waarom u hem wilt doden. U weet niet of ik dat wel wil.'

'Hij is uw vijand en dus ook... de mijne,' zei hij nauwelijks hoorbaar.

'Moet men zijn vijanden dan doden?'

Hij boog het hoofd en ontwaarde de verspreide brokstukken van de zweep bij zijn voeten. Hij raapte ze op en deed ze, alsof hij zich schaamde voor zijn woedeaanval, in zijn jaszak.

'Ik beklaag me niet over hem, denk daar wel om. Het is allemaal mijn schuld... hij heeft gelijk...' bracht ze er met moeite uit, met zo'n bitterheid en met zo'n innerlijk verdriet dat Toesjin onwillekeurig haar hand pakte.

'Vera Vasiljevna, u lijdt verschrikkelijk!'

Zij zweeg, terwijl hij haar vol medeleven en verbazing aankeek.

'Ik begrijp er niets van,' zei hij. 'U zegt dat hij gelijk heeft, dat u zich niet beklaagt... waar wilde u dan met me over praten? Waarom hebt u me dan gevraagd hierheen te komen?'

'Ik wilde dat u alles wist...'

Ze draaide zich om en keek zwijgend naar het ravijn. Hij wierp ook een blik op het ravijn, vervolgens op haar en bleef met een vraag in zijn ogen voor haar staan.

'Luister, Vera Vasiljevna, laat u me niet in het onzekere. Als u het nodig vond mij een geheim toe te vertrouwen...' – hij moest zich bij die woorden zichtbaar geweld aandoen – 'dat alleen u aangaat, vertelt u me dan de hele geschiedenis...'

'Ik wist niet hoe ik uw gedrag van vandaag moest duiden. Uw gezichtsuitdrukking en bepaalde blikken die u op me wierp, deden me denken dat u alles wist. Ik wilde u vragen wat u op uw lever had... Ik heb overhaast gehandeld... Maar dat doet er nu niet meer toe, vroeg of laat had ik het u toch verteld. Ga zitten, hoor me aan en verstoot me daarna!'

Hij steunde met zijn ellebogen op zijn knieën, verborg zijn gezicht in zijn handen en hoorde haar aan.

Ze vertelde hem in het kort de hele geschiedenis. Hij stond op, liep een minuut of drie heen en weer en bleef toen voor haar staan.

'Hebt u hem vergeven?' vroeg hij.

'Wat moet ik hem vergeven? U ziet toch dat het allemaal mijn schuld is...'

'En... hebt u afscheid van hem genomen, of... hoopt u dat hij zich bedenkt en terugkomt?'

Ze schudde het hoofd. 'Wij hebben niets gemeen... Innerlijk zijn we allang uit elkaar gegaan. Ik zal hem nooit meer terugzien.'

'Nu begin ik het pas een beetje te begrijpen, maar nog lang niet alles,' zei Toesjin na even nagedacht te hebben en hij slaakte een diepe zucht, als een os die men heeft uitgespannen. 'Ik dacht dat u op een schaamteloze wijze bedrogen was.'

'Nee, nee...'

'En u riep mijn hulp in. Ik dacht dat de tijd was gekomen voor de beer om u een dienst te bewijzen en bijna had ik u inderdaad een "berendienst" bewezen,' zei hij, haalde een stuk van de zweep uit zijn jaszak en toonde haar dat. 'Daarom was ik zo brutaal om naar zijn naam te vragen... Vergeeft u me om Gods wil en vertel me nog één ding: waarom hebt u me dit toevertrouwd?'

'Ik wilde niet dat u me voor beter hield dan ik ben... wilde geen respect genieten dat ik niet verdien...'

'Hoe wilt u dat doen? Ik zal nooit anders over u denken dan ik altijd gedaan heb en ben niet in staat u niet te respecteren...'

Er ging een lichtflits door haar ogen die meteen weer uitdoofde.

'U wilt uzelf dwingen mij te respecteren. U bent goedhartig en grootmoedig: u hebt te doen met een arm gevallen meisje... en u wilt haar verheffen... Ik begrijp uw grootmoedigheid, Ivan Ivanovitsj, maar ik heb er geen behoefte aan. Wat ik wil, is dat u alles weet en... uw hand niet terugtrekt wanneer ik u de mijne geef.'

Ze gaf hem haar hand en hij kuste die. Hij had haar woorden met ongeduld en droefheid aangehoord.

'Vera Vasiljevna!' zei hij op ingehouden, bijna beledigde toon, 'ik kan mezelf niet dwingen om iemand te respecteren. Een Toesjin liegt niet. Als ik iemand respecteer, dan toon ik dat ook, en als ik dat niet doe, dan laat ik die iemand ook weten hoe ik over hem denk. U respecteer ik nog steeds zoals ik u vroeger gerespecteerd heb, en ik houd van u, vergeef me dat ik dat woord weer gebruik, nog meer dan vroeger, omdat u... ongelukkig bent. U hebt een groot verdriet, net als ik. U hebt de hoop op geluk verloren... Maar u had me uw geheim niet hoeven te vertellen...' voegde hij er mismoedig, bijna wanhopig aan toe. 'Als ik het van iemand anders gehoord had, zou dat geen reden voor me zijn om u niet meer te respecteren. U bent niet verplicht dit geheim aan iemand toe te vertrouwen. Het behoort u alleen toe en niemand mag u daarom veroordelen.'

Hij had die woorden er met moeite uitgebracht en zuchtte diep, waarbij hij probeerde die zucht voor Vera verborgen te houden. Zijn stem trilde zijns ondanks. Het was duidelijk dat de last van het geheim die hij voor Vera had willen verlichten nu niet alleen op haar drukte, maar ook op hemzelf. Hij leed en wilde dat ten koste van alles voor haar verbergen...

'Ik had het u toch vandaag moeten vertellen toen u me een aanzoek deed... Ik zou u niet kunnen bedriegen.'

Hij schudde het hoofd.

'U had mijn aanzoek kunnen beantwoorden met een kort nee. Maar daar u mij een bijzondere vriendschap waardig keurt, had u mij, om dat nee minder hard te laten aankomen, alleen op uw beminnelijke, goedmoedige manier te verstaan hoeven geven dat u van een ander houdt. Dat was genoeg geweest. Ik zou niet eens gevraagd hebben van wie. U had het geheim voor uzelf moeten houden, dat zou helemaal geen bedrog geweest zijn. Als u, terwijl u van een ander hield, mijn aanzoek aanvaard had uit angst of om andere redenen... dan zou dat bedrog geweest zijn, een misstap of misschien wel een eerloze daad. Maar dat zou u nooit doen... En dat daar...' hij knikte met zijn hoofd in de richting van het ravijn en voegde er fluisterend, schijnbaar voor zichzelf, aan toe: 'Dat was een ongeluk, een vergissing...'

Hij sprak met moeite, had al zijn berenkracht nodig om zijn eigen verdriet de baas te blijven, om haar niet te laten merken wat zich in hem afspeelde.

'Een ongeluk!' fluisterde hij. 'Hij komt met opgeheven hoofd uit het ravijn en u draagt de schuld! Waar schuilt hier de waarheid dan?'

'Ik had het u toch gezegd, Ivan Ivanovitsj. U had er geen behoefte aan, maar ik wel... U weet hoe ik uw vriendschap altijd heb gewaardeerd: iets voor u verborgen houden, zou een kwellling voor mij zijn. Nu voel ik me beter. Ik kan u recht in de ogen kijken, ik heb u niet bedrogen...'

Tranen verstikten haar stem en ze verborg haar gezicht achter haar omslagdoek. Hij was bijna zelf gaan huilen, maar hij huiverde alleen, boog zich voorover en kuste haar opnieuw de hand.

'Dat is wat anders; dank u, Vera Vasiljevna!' zei hij haastig om zijn opwinding te verbergen. 'Uw woorden doen me goed, Vera Vasiljevna. Ik zie dat uw vriendschap voor mij niet geleden heeft onder dat andere gevoel, dat zo sterk is. Dat is een grote troost voor mij. Alleen dat al maakt me gelukkig... mettertijd, wanneer we allebei tot rust zijn gekomen...'

'Ach, Ivan Ivanovitsj, kon ik dit jaar van mijn leven maar ongedaan maken.'

'Vergeet u het zo spoedig mogelijk, dat is hetzelfde als het ongedaan maken...'

'Maar waar moet ik de kracht vandaan halen om het te verdragen en vergeten?'

'Bij uw vrienden,' fluisterde hij, 'bijvoorbeeld... bij mij...'

Ze scheen vrijer te ademen – alsof ze opnieuw frisse lucht binnen had gekregen. Ze had het gevoel dat naast haar in de persoon van deze man een kracht verrees, een grote, stevige berg die haar in zijn schaduw een toevlucht bood en die haar met zijn stenen flanken bescherming kon bieden – niet tegen het leed van de angst of fysieke gevaren, maar tegen de eerste hevige aanval van wanhoop, tegen de etterende zweer van de hartstocht en de bittere ontgoocheling.

'Ik geloof in uw vriendschap, Ivan Ivanovitsj. Ik dank u,' zei ze, haar tranen drogend. 'Ik voel me nu beter... en zou me nog beter voelen als... baboesjka er niet was...'

'Weet zij het nog niet?' vroeg hij plotseling en stokte omdat hij voelde dat er een verwijt school in zijn vraag.

Hij boog het hoofd en probeerde zich voor te stellen hoe Tatjana Markovna dit alles zou verdragen, maar hoedde zich ervoor tegenover Vera te uiting te geven aan zijn vrees.

'Vandaag gaat het niet vanwege de gasten, maar morgen krijgt ze alles te horen... Vaarwel, Ivan Ivanytsj, ik lijd verschrikkelijk... Ik moet nu gaan slapen.'

Hij keek Vera lang aan.

Mijn God, wat een blinde dwaas moet die Volochov zijn, of wat een... doortrapte ploert! dacht hij, en beefde van woede.

'Hebt u geen opdracht voor mij, hebt u niets nodig?' vroeg hij.

'Ja, vraag Natasja om morgen of overmorgen hierheen te komen.'

'En ik...? Kan ik volgende week hierheen komen?' vroeg hij schuchter.

'Ik zou graag willen weten of u al tot rust bent gekomen...'

'Komt u zelf tot rust, Ivan Ivanytsj, en voor nu: vaarwel. Ik kan nauwelijks op mijn benen staan...'

Hij nam afscheid van haar en joeg zijn paarden met zo'n vaart de steile weg af dat hij bijna in de afgrond stortte. Af en toe greep hij gewoontegetrouw naar zijn zweep, maar in plaats daarvan voelde hij in zijn zak alleen de brokstukken, die hij over de weg verstrooide. Hij kwam echter te laat om nog over de Wolga gezet te kunnen worden, overnachtte bij vrienden in de stad en reed de volgende morgen in alle vroegte naar huis.

6

De volgende dag brak aan. Luidruchtig en vrolijk kwam het huis tot leven. Lakeien, koks en koetsiers, allemaal waren ze in de weer. Sommigen maakten het ontbijt klaar, anderen spanden de paarden voor de wagens, en allemaal zetten ze het vanaf de vroege morgen weer op een zuipen.

Tegen haar gewoonte in was baboesjka zwijgzaam en zelfs enigszins terneergeslagen toen ze Marfenka toestemming gaf naar de overkant van de Wolga te gaan om haar toekomstige verwanten te bezoeken. Ze overlaadde haar niet met goede raad, waarschuwde haar niet voor van alles en nog wat en gaf zelfs op de vragen van Marfenka wat voor kleren en andere spullen ze mee moest nemen louter verstrooide antwoorden in de trant van: 'Neem maar mee wat je wilt.' En ze liet Vasilisa en het meisje Natalja, die ze beiden met haar meestuurde, alles inpakken wat nodig was.

Ze vertrouwde haar kind toe aan de zorgen van Marja Jegorovna, de moeder van de bruidegom, en drukte Vikentjev op het hart om zich daar, in het dorp, met respect te gedragen tegenover zijn bruid en zich, vooral in de aanwezigheid van vreemden, buren of wat dan ook, te onthouden van de vrijheid die hij zich onder de ogen van haarzelf en zijn moeder veroorloofde in de omgang met Marfenka, en die anderen waarschijnlijk op een heel andere manier zouden uitleggen, kortom, dat hij niet met haar door de bosjes en tuinen moest rennen zoals hier.

Toen ze zag dat Vikentjev een kleur kreeg bij die waarschuwing, alsof hij beledigd was dat men een gebrek aan tact bij hem veronderstelde, en dat ook zijn moeder op haar onderlip beet en met haar laarsje lichtjes de maat tikte, ging Tatjana Markovna over op een vriendschappelijke toon, sloeg de 'brave Nikolaj' op zijn schouder en zei dat ze zelf wel wist dat haar woorden overbodig waren, maar dat ze ze uitsprak omdat het nu eenmaal de gewoonte was van oude vrouwen om mensen de les te lezen. Hierna slaakte ze in stilte een zucht en zei niets meer tot het vertrek van de gasten.

Ook Vera verscheen voor het ontbijt, bleek en met ogen die verrieden dat ze maar weinig geslapen had. Ze zei dat ze zich beter voelde en alleen nog een beetje hoofdpijn had.

Tatjana Markovna deed vriendelijk tegen haar, maar Marja Jegorovna Vikentjeva wierp haar midden in het gesprek twee of drie raadselachtige blikken toe, alsof ze wilde vragen: wat is er met je aan de hand? Vanwaar die pijn zonder ziekte? Waarom heb je gisterenmiddag niet meegegeten, maar kwam je maar heel even en ben je daarna weer weggegaan? Waarom ging Toesjin achter je aan en hebben jullie een heel uur gewandeld in de schemering? Enzovoort.

De sluwe en intelligente dame liet deze vragen echter niet over haar lippen komen, ze stonden slechts een ogenblik in haar ogen te lezen. Vera las ze ook, hoewel Vikentjeva haar vorsende blik onmiddellijk verving door een blik van medeleven. Ook Tatjana Markovna had de vragen in de ogen van de ander opgemerkt.

Vera bleef er onverschillig onder, in tegenstelling tot Tatjana Markovna, die het hoofd boog en naar de grond keek.

Nu vragen vreemden er ook al naar en ik weet van niets, terwijl ze toch onder mijn ogen geboren is, mijn kind is, dacht ze verdrietig.

Vera zag bleek, haar gezicht was als van steen: er stond niets op te lezen. Alle leven erin was als het ware bevroren, hoewel ze met Marja Jegorovna en met Vikentjev over van alles en nog wat sprak. Ze vroeg bezorgd aan haar zuster of die zich van warme schoenen voorzien had, ried haar aan een wollen jurk aan te trekken, bood haar haar eigen plaid aan en adviseerde haar om bij de overtocht over de Wolga in het rijtuig te blijven zitten, zodat ze geen verkoudheid zou oplopen.

Rajski had een wandeling gemaakt en kwam naar het ontbijt met een vreemd, vastberaden gezicht als van iemand die aan de vooravond staat van een duel of een andere risicovolle gebeurtenis en zich daarop aan het voorbereiden is. Iets was er in hem tot klaarheid gekomen, had zich uitgekristalliseerd, en de donkere wolk die gisteren boven hem hing, was verdwenen. Hij keek even rustig naar Vera als naar de anderen en ontweek baboesjka's blikken niet langer, hetgeen bij haar weer nieuwe bevreemding opwekte.

Die voert iets nieuws in zijn schild, dacht ze, hij kijkt anders dan gisteren, zegt andere dingen dan gisteren, alsof hij zichzelf niet meer serieus neemt. Wat is hier in 's hemelsnaam allemaal aan de hand?

Rajski beloofde Vikentjev hem twee dagen te komen opzoeken en ging gretig in op het voorstel van de bruidegom om met hem te gaan jagen en vissen.

Ten slotte maakten de gasten aanstalten om te vertrekken. Tatjana Markovna en Rajski vergezelden hen tot de oever van de Wolga, terwijl Vera zich, na afscheid genomen te hebben van Marfenka, terugtrok op haar kamer.

De wereld waarin Vera's leven zich tot nu toe had afgespeeld was klein geweest en hij werd nu nog kleiner. Haar unieke en diepe natuur had zich tot nu toe tevredengesteld met de voorraad observaties en ervaringen die ze in haar onmiddellijke omgeving had opgedaan. Een paar mensen vervingen voor haar de grote wereld; dat wat een ander zich door vele ontmoetingen gedurende vele jaren op vele plaatsen eigen maakt, dat was haar ten deel gevallen in twee of drie hoekjes aan deze en gene zijde van de Wolga, in de omgang met vijf of zes personen, die voor haar de wereld van de mensen vertegenwoordigden, in de periode van enkele jaren sinds het ontwaken van haar zelfstandig denken.

Haar instinct en haar eigen wil hadden haar de wetten van haar tot nu toe maagdelijke leven gedicteerd en haar hart had met een fijn gevoel doorgrond aan wie ze zonder problemen haar sympathie kon schenken.

Ze was daar tot nu toe voorzichtig mee geweest, was er niet zo vrijgevig mee omgesprongen als Marfenka. Afgezien van haar huisgenoten onderhield ze alleen met de vrouw van de priester, die haar boezemvriendin was, en met Toesjin, die ze openlijk haar vriend noemde en als zodanig behandelde, nauwe betrekkingen. Verder kon niemand aanspraak maken op haar genegenheid.

Ze verloor de rode draad van het leven daarbij niet uit het oog: de onbeduidende verschijnselen om haar heen en de simpele, weinig gecompliceerde mensen waar ze mee omging boden haar gelegenheid om conclusies te trekken die opgingen voor de wereld in zijn geheel. Ze testte en oefende haar wilskracht aan de hand van de achterlijkheid, het despotisme en de grove zeden van haar omgeving.

Tegen deze eenvoudige achtergrond was ze in staat zich een beeld te vormen van een ander, onbekrompen en grootmoedig leven, van andere verlangens, van ideeën en gevoelens die ze niet kende, maar raadde door tussen de regels van het leven om haar heen de taal van een ander, hoger leven te lezen, waarnaar haar geest dorstte en die haar natuur vereiste.

Als ze om zich heen keek, zag ze niet wat er was, maar wat er moest zijn, dat waarvan ze graag wilde dat het er was. En omdat dat er niet was, ontleende ze aan het simpele leven om haar heen alleen het natuurlijke en echte, waarbij ze zich een beeld schiep van het leven dat, afgezien van enkele uitzonderingen, tegengesteld was aan dat wat haar omringde.

Het gebied van het denken en de kennis betrad ze even argwanend en voorzichtig als ze voorzichtig en zuinig geweest was met haar blijken van sympathie. Ze las boeken uit de bibliotheek van het oude huis, aanvankelijk uit verveling, waarbij ze zonder enige selectie of enig systeem van de planken pakte wat ze tegenkwam, vervolgens uit nieuwsgierigheid, en ten slotte had ze er enkele ademloos verslonden.

Al spoedig werd ze zich bewust van de doelloosheid en vruchteloosheid van deze zwerftocht zonder leidraad langs de geestesproducten van anderen. Op listige wijze wist ze Kozlov aan de praat te krijgen over de boeken die ze las, bijna zonder iets te vragen en zonder te tonen dat ze met bijzondere aandacht luisterde, zoals ze zich er überhaupt nooit op liet voorstaan dat ze dingen wist die de mensen uit haar omgeving onbekend waren. Nadat ze haar oordeel had getoetst aan dat van Kozlov, herlas ze de boeken met grotere belangstelling en met meer oog voor de betekenis. Op verzoek van de priester, Natasja's echtgenoot, bracht ze hem ook boeken en luisterde opnieuw, zonder meteen een seminarist te worden, meer of minder verstrooid toe wanneer hij uiting gaf aan de gedachten en indrukken die hij bij de lectuur had opgedaan.

Na hen kwam Mark, en hij bracht een nieuwe kijk met zich mee op alles wat ze gelezen en gehoord had en wat ze aan de weet was gekomen, een kijk die een volledige en drieste ontkenning behelsde van alles wat geweest was, van de hemelse en aardse autoriteiten van het oude leven, de oude wetenschap, de oude deugden en ondeugden. Met een voorbarige triomfantelijkheid, was hij, zich zeker wanend van de overwinning, bij haar aan komen zetten – en had de kous op de kop gekregen.

Ze ontwaarde met verbazing die nieuwe, plotseling losgekomen stroom van gewaagde ideeën, maar liet zich er niet blindelings, uit kleinzielige angst om voor achterlijk door te gaan, door meeslepen, nam even voorzichtig en onderzoekend kennis van de gepassioneerde verkondiging van deze nieuwe apostel als van al het andere.

Het eerste wat haar opviel was het onbestendige en eenzijdige van zijn opvattingen. Ze zag de lacunes, de schijnbaar opzettelijke leugenachtigheid van deze leer, waaraan zijn propagandisten zoveel vitale krachten, zoveel talenten en jeugdige voortvarendheid spendeerden, ze zag de grenzeloze ijdelheid en arrogantie die zich verheven achtten boven de simpele, evidente en reeds kant-en-klare levenswijsheden, alleen, zo scheen het haar toe, omdat die al kant-en-klaar waren.

Soms zag ze in dat onvoorwaardelijke streven naar een nieuwe waarheid slechts het onvermogen om zich te schikken in de oude waarheid. De nieuwe waarheid scheen in de voorstelling van haar hartstochtelijke voorvechters niet iets te zijn wat men via ervaring en de inspanning van alle geestelijke krachten veroverde, maar iets wat je veel makkelijker ten deel viel, zonder strijd en meteen, alleen op grond van een verachting zonder onderscheid van al het oude, iets wat klakkeloos werd aangenomen op gezag van God mag weten waar opgedoken autoriteiten, mensen zonder naam, zonder verleden, zonder geschiedenis en zonder rechten.

Ze zocht in de nieuwe leer die Mark zo hartstochtelijk verkondigde iets betrouwbaars en vitaals waar ze op zou kunnen bouwen, waar ze van zou kunnen houden, een degelijk en deugdelijk fundament zoals ze dat had gevonden in het oude leven, dat ze – vanwege zijn degelijkheid, zijn waarachtigheid en vitaliteit – zijn ridicule en schadelijke excessen en zijn achterhaalde onzin vergaf.

Ze ging gebukt onder deze evidente gebreken van de oude orde die haar verhinderden om te leven, voelde vaak genoeg haar ketenen en zou bereid geweest zijn omwille van de waarheid de hand te reiken aan een vurige kameraad die haar vriend, haar echtgenoot of wat dan ook geworden zou zijn. Ze zou met hem ten strijde getrokken zijn tegen de vijanden uit het oude kamp, had met hem de leugen bestreden, de rotzooi opgeruimd, moedig, zonder naar oude, gebroken stemmen te luisteren licht gebracht in donkere hoeken; ze zou onverschrokken niet alleen een Tytsjkov maar ook baboesjka zelf, voorzover die tegen beter weten in steun zocht bij het oude, gehoorzaamheid geweigerd hebben en haar zo mogelijk de weg naar het nieuwe hebben gewezen. Maar om dit te kunnen had ze eerst tot de vaste, onwankelbare overtuiging moeten komen dat de waarheid bij het nieuwe kamp lag.

Ze ging niet zelfverzekerd voorwaarts, integendeel, ze vroeg zich af of ze zich niet vergiste, of de apostel wel de waarheid in pacht had, of daar waarheen hij zo vastberaden op weg was, inderdaad iets te vinden was, zo zuiver, zo helder en zo zinnig dat het de mensen niet alleen zou kunnen verlossen van allerlei oude ketenen, maar ook een nieuw Amerika voor hen zou kunnen ontdekken, nieuwe, frisse lucht zou kunnen aanvoeren, hen boven zichzelf zou kunnen verheffen en hun meer zou kunnen geven dan ze bezaten.

Ze luisterde aandachtig naar zijn verhalen over het nieuwe heil, las de door hem meegebrachte boeken en vergeleek wat ze aan nieuwe ideeën daarin aantrof met datgene wat de oude gezagsdragers leerden. Maar ze kon er geen nieuw leven in vinden, geen nieuw geluk, geen nieuwe waarheid, kortom, niets van alles wat de dappere apostel beloofde.

Toch bleef ze hem volgen, meegesleept als ze werd door het verlangen om te weten wat er achter die vreemde, stoutmoedige figuur stak.

De zaak draaide voorlopig uit op een genadeloze veroordeling en ontkenning van alles wat de meerderheid der stervelingen geloofde, wat ze liefhad en waar ze op hoopte. Op dat alles drukte Mark het stempel van zijn vijandschap en verachting. Maar Vera beschouwde ook zelf veel in de oude wereld als verwerpelijk. Ze zag en kende ook zonder hem alle ziekten en gebreken, en ze wilde nu van hem weten waar Amerika lag. Maar haar Columbus toonde haar, in plaats van de levende idealen van het ware en goede, van de liefde, van de ontwikkeling en vervolmaking van de mens, alleen een rij graven die klaarstond om alles op te slokken waarvan de mensheid tot dan toe had geleefd. Wat ze zag waren de magere koeien van de farao die de vette koeien opvraten zonder daar vetter van te worden.

In naam van de waarheid degradeerde hij de mens tot een louter dierlijk organisme en beroofde hem van zijn andere, niet dierlijke kant. In de liefde zag hij slechts een reeks kortstondige ontmoetingen en grof zinnelijk genot en hij beroofde haar zelfs van allerlei illusies waar de mens zich wel bij voelt en die het dier ontzegd zijn.

Het levensproces beschouwde deze vernieuwer als een doel in zichzelf. Wanneer hij de materie tot in haar bestanddelen had ontbonden, dacht hij daarmee ook alles wat de materie uitdrukt doorgrond te hebben.

Toen hij de wetten die aan de verschijnselen ten grondslag liggen had doorgrond, dacht hij daarmee ook de onbekende macht die die wetten in het leven heeft geroepen overwonnen en vernietigd te hebben, alleen door haar botweg te negeren. Door alle religieuze en filosofische verwachtingen de toegang tot eeuwigheid en onsterfelijkheid te ontzeggen en door op grond van naïeve chemische en fysische experimenten zowel de eeuwigheid als de onsterfelijkheid te loochenen, in de veronderstelling dat hij met zijn kinderstokje, als met een hefboom, verre werelden kon bewegen en het hele heelal kon dwingen om ontkennend te antwoorden op de religieuze verwachtingen en strevingen van lieden die hun tijd gehad hadden. Door de ziel van de mens en zijn recht op onsterfelijkheid te ontkennen, verkondigde hij tegelijk een nieuwe waarheid, een nieuwe eerbaarheid, een nieuw streven naar een betere orde, naar nobele doelen, zonder op te merken dat dat alles overbodig werd in het aangezicht van het toeval, dat volgens zijn leer de wereld regeerde en dat de mensen deed lijken op een krioelende muggenzwerm, een warrige massa van individuen die doelloos heen en weer rennen, zich voeden en zich vermenigvuldigen, zich een poosje warmen in de zon en weer verdwijnen in het zinloze proces van het leven, om morgen plaats te maken voor zo'n zelfde nieuwe zwerm.

Ja, als dat zo is, dacht Vera, dan is het niet de moeite waard om tegen het einde van je leven beter, zuiverder, waarachtiger en nobeler te worden. Waarom zou je streven naar vervolmaking? Is het de moeite waard, voor de enkele decennia dat het leven van de mens duurt? Daarvoor is het alleen nodig om als een mier graankorrels op te slaan voor de winter, om te beschikken over praktische levenswijsheid en aanpassingsvermogen, zodat je het soms zeer korte leven op een aangename en behaaglijke manier kunt doorbrengen. Dan heb je alleen mierenidealen en mierendeugden nodig. Maar is dat wel zo? Waar zijn de bewijzen?

Hij eiste niet alleen eerlijkheid en waarheid, maar ook vertrouwen en geloof in zijn leer, zoals ook geëist wordt door een andere leer, die daarvoor het leven na de dood belooft en die als een onderpand voor die belofte ook in het heden haar gelovigen troostend toespreekt: bidt, dan worden uw wensen vervuld, klopt, en u wordt opengedaan, zoekt, en gij zult vinden.

De nieuwe leer gaf niets behalve datgene wat er al vóór haar was: hetzelfde leven, alleen met vernederingen en ontgoochelingen, en na dat leven dood en verrotting. Ze ontleende de parolen van haar deugden aan het boek van de oude leer, stelde zich tevreden met de letter der wet zonder door te dringen in de geest en betekenis ervan en verlangde gehoorzaamheid aan die letter met het ongeduld en het fanatisme waarvoor de oude leer juist gewaarschuwd had. De nieuwe leer stelde zich tevreden met het louter dierlijke leven en creëerde in plaats van het afgewezen oude ideaal geen nieuw en beter levensideaal.

Na zich verdiept te hebben in alles wat de jonge apostel aanprees als de nieuwe waarheid, het nieuwe heil, de nieuwe openbaring, ontdekte ze tot haar verbazing dat alles wat goed en waarachtig was in zijn verkondiging helemaal niet nieuw was, dat het ontleend was aan dezelfde bron waaruit ook de mensen van de oude school geput hadden, dat de kiemen van al die nieuwe ideeën, van de nieuwe beschaving die hij zo grootsprakerig en geheimzinnig propageerde, al in de oude leer besloten lagen.

Hierdoor werd haar geloof hierin nog vaster en raakte ze ervan overtuigd dat een mens, hoe ontwikkeld hij ook is, zich nooit van die oude leer kan losmaken zonder van de rechte weg af te raken en zijpaden in te slaan of zelfs op zijn schreden terug te keren. Ook haar tegenstanders schenen hun argumenten weer aan de oude leer te ontlenen, kortom ze bood het enige feilloze en volmaakte levensideaal, waarbuiten er alleen maar vergissingen bestonden.

Vera had haar wantrouwen ten aanzien van de persoon van de verkondiger aanvankelijk niet kunnen onderdrukken en ze ging hem uit de weg. Nadat ze een paar keer zijn drieste redevoeringen had aangehoord, maakte ze zelfs Tatjana Markovna op hem opmerkzaam en die had haar personeel opdracht gegeven erop toe te zien dat hij niet in het park kwam. Maar Volochov kwam binnen van de kant van het ravijn waarvan het personeel zich uit bijgelovige angst voor het graf van de zelfmoordenaar verre hield. Hij merkte het wantrouwen dat Vera ten aanzien van hem koesterde op, stelde zich tot taak om dat te overwinnen, en slaagde daar inderdaad in.

Vera ging uiteindelijk bijna zonder het zelf te merken geloven in de oprechtheid van zijn eenzijdige en oppervlakkige passies en het wantrouwen had plaatsgemaakt voor verbazing en medeleven. Ze had zelfs momenten, die overigens vrij zeldzaam waren, waarin ze ging twijfelen aan de juistheid van de door haarzelf verzamelde observaties ten aanzien van het leven en de mensen, en aan de principes waar de meerderheid van de mensen zich door liet leiden.

Ze sloeg aan het piekeren over alles waardoor ze zich in haar leven liet leiden. Een innerlijke onrust maakte zich van haar meester, er kwamen nieuwe vragen bij haar op en ze luisterde nog gretiger en geconcentreerder naar Mark, die ze aanvankelijk in het vrije veld of aan de overkant van de Wolga, waarheen hij haar placht te volgen, ontmoette, en de laatste tijd in het tuinhuisje op de bodem van het ravijn.

Wanneer ze op onmiskenbare leugens of drogredenen stuitte, trad ze tegen hem in het strijdperk en wist, gewapend met haar eigen observaties en steunend op haar heldere logica en vrijheid van denken, alle mist te verdrijven. Mark stampvoette dan van woede, bracht zwaar geschut in stelling, bestaande uit zijn eigen doctrines en uitspraken van gezaghebbenden, en stuitte ten slotte op een onneembare muur. Hij ging tekeer en liet als een wolf zijn tanden zien, maar een paar fluwelen ogen zoals hij die nog nooit had gezien functioneerden als de dragers van haar reprimandes en zijn voorhoofd werd beroerd door een vaste, maar tedere hand; daarom ging hij, binnensmonds grommend, aan haar voeten liggen, in de verwachting dat de overwinning en de buit in een – zij het nog verre – toekomst aan hem zouden zijn.

Wanneer hij zich op voor Vera onbekend terrein waagde, luisterde ze zwijgend en probeerde te doorgronden of de apostel zelf in zijn leer geloofde, of die in zijn innerlijke ervaring een onwankelbaar steunpunt had, of dat hij alleen werd meegesleept door een spitsvondige of briljante hypothese. Hij lokte haar voorwaarts met het beeld van een grandioze toekomst, van een ongekende vrijheid, van een definitieve verwijdering van alle sluiers van Isis, en hij dacht die toekomst algauw, misschien morgen al, te zien aanbreken. Hij nodigde haar uit om alvast al was het maar een deel van dit leven te proeven, het oude van zich af te werpen, en zo al niet aan hem dan toch aan de ervaring te geloven. 'We zullen zijn als goden!' had hij er spottend aan toegevoegd.

Vera volgde hem niet, ze ging het gevecht met hem aan en nam geleidelijk zonder het zelf te merken een meer actieve rol op zich. Ze probeerde hem te doen terugkeren naar de weg van het ware en goede die ze zelf al had beproefd, hem mee te voeren, eerst naar de waarheid van de liefde, van het menselijke en niet dierlijke geluk, en vandaar ook verder, naar de diepte van haar geloof en haar hoop!

Mark deed op een paar punten concessies en gaf toe aan enkele van haar verlangens: hij liet zijn dolle streken voortaan achterwege, treiterde de lokale autoriteiten niet langer, ging een ordelijker leven leiden en pronkte niet langer met zijn cynisme.

Ze was erg gelukkig met dit succes – vandaar haar door baboesjka en Rajski opgemerkte extase. Ze had het gevoel dat haar macht zich voorlopig alleen nog uitstrekte tot zijn uiterlijke leven, maar hoopte dat ze via niet-aflatende arbeid en het brengen van offers geleidelijk aan een wonder zou bewerkstelligen, en haar beloning zou dan de liefde zijn van een man die haar hart had ontdekt en veroverd.

Ze zou een nieuwe en sterke man in de samenleving introduceren. Hij was intelligent en standvastig en wanneer hij ook nog de eenvoud en arbeidsvreugde van een Toesjin zou verwerven, dan was haar doel bereikt, dan was haar leven niet voor niets geweest. Wat er verder zou gebeuren, wist ze niet, en daar bekommerde ze zich ook niet om.

Intussen had ze zich, gevolg gevend aan haar hartstochtelijke, nerveuze temperament, laten meeslepen door zijn persoonlijkheid en was verliefd op hem geworden, op zijn moed en zijn streven naar het nieuwe en betere; maar ze had haar liefde niet weten over te dragen op zijn leer, op zijn nieuwe waarheden en het nieuwe leven, en was trouw gebleven aan haar oude, degelijke opvattingen over leven en geluk. Hij riep op tot nieuwe daden, tot nieuwe arbeid, maar afgezien van het uitdelen van verboden boeken merkte ze weinig van die nieuwe arbeid.

Ze was het met hem eens dat een mens hoort te werken, verweet zichzelf dat ze weinig uitvoerde en hoopte in de niet al te verre toekomst eenvoudig maar zinvol werk te vinden; tegelijkertijd benijdde ze Marfenka omdat die een bestemming voor haar vrije tijd en haar handen had gevonden in het huishouden en gedeeltelijk ook in het dorp.

Voorlopig wilde ze een gedeelte van het werk van haar zuster overnemen, althans zodra ze op een of andere wijze de zware strijd met Mark had overleefd, die uiteindelijk niet de overwinning van de een of de ander had opgeleverd maar een nederlaag voor beiden en een scheiding voor altijd.

Dat alles ging door Vera heen terwijl Tatjana Markovna en Rajski de gasten begeleidden naar de Wolga.

Wat doet-ie nou, die wolf? vroeg ze zich soms af, viert-ie zijn overwinning?

Ze vond geen antwoord op deze vraag en huiverde onwillekeurig.

Ze opende een la en pakte daar de verzegelde brief op blauw papier uit die Mark haar 's morgens vroeg via de visser had gestuurd. Ze wierp er een blik op, dacht even na en gooide hem vervolgens vastberaden verzegeld en wel terug in de la.

Ze had alle andere ellende diep in haar binnenste weggestopt en slechts één gedachte hield haar nu in al zijn verschrikkelijkheid bezig: wat zou baboesjka zeggen? Rajski had haar weten toe te fluisteren dat hij die avond met Tatjana Markovna zou praten wanneer iedereen weg was, zodat niemand van het personeel getuige zou zijn van de indruk die zijn onthulling op haar zou maken.

Vera voelde een steek in haar hart toen Rajski haar vertelde over zijn voorzorgsmaatregelen. Ze mat daaraan de ellende af die er over het hoofd van de arme baboesjka uitgestort zou worden. Het liefst had ze nog voor het vallen van de avond willen sterven.

Ze was enigszins opgelucht geweest nadat ze alles aan Rajski en Toesjin had verteld en voelde zich nu rustiger. Ze had een deel van de last afgeworpen, zoals zeelieden in een storm een deel van de lading overboord werpen om het schip lichter te maken. Maar de zwaarste last lag op de bodem van haar ziel en haar boot lag diep in het water, maakte al water en zou bij een nieuwe en te verwachten rukwind kopje-onder kunnen gaan en nooit meer bovenkomen.

Ze wierp zich in gedachten nu eens aan de borst van Rajski, dan weer aan die van Toesjin, rustte hier even uit en liet dan opnieuw het hoofd hangen.

'Ik kan niet meer leven, ik kan het niet meer!' fluisterde ze. En ze liep naar de kapel, knielde en keek vol ontzetting naar de icoon.

Slechts haar pijnlijke zuchten verrieden dat het geen standbeeld was dat daar knielde, maar een levend wezen, een vrouw. De Verlosser keek haar met zijn halfgeopende ogen peinzend aan, maar scheen haar niet te zien, de vingers waren gevouwen tot een zegenend gebaar, maar zegenden haar niet.

Ze boorde haar blik gulzig in die ogen, wachtte op een of ander teken, maar er kwam niets. Verslagen, in diepe vertwijfeling verliet ze de kapel.

7

Toen baboesjka terugkwam, wilde ze de rekeningen controleren die de koopvrouwen en naaisters haar uit de stad gestuurd hadden, maar ze hield het al snel voor gezien en vroeg om Rajski. Men zei haar dat hij voor de hele dag naar Kozlov gegaan was. Daar was hij inderdaad heen gegaan om de middag niet in het gezelschap van Tatjana Markovna te hoeven doorbrengen.

Ze stuurde iemand naar Vera om te vragen of haar hoofdpijn al over was en of ze zou komen dineren. Vera liet antwoorden dat haar hoofdpijn minder was geworden, verzocht om de lunch op haar kamer te mogen gebruiken en wilde vroeg naar bed gaan.

Intussen had er op het erf een gebeurtenis plaatsgevonden die niet nieuw in haar soort was. Saveli had Marina met een blok hout bijna de rug gebroken. Hij had haar op de dag dat de gasten vertrokken 's morgens vroeg gemist, was haar gaan zoeken en zag hoe ze de kamer uitglipte waarin de lakei van Vikentjeva was ondergebracht. Ze had zich de hele morgen op vlieringen en in de moestuin verborgen en was ten slotte, in de veronderstelling dat Saveli alles was vergeten, weer tevoorschijn gekomen.

Hij ranselde haar af met de teugels. Ze rende van de ene hoek naar de andere, ontkende alles en zwoer dat hij het gedroomd had, dat het de duivel in haar gedaante was geweest enzovoort. Maar toen hij in plaats van de teugels een blok hout greep, ging ze huilen en steunen, viel na de eerste klap aan zijn voeten, bekende schuld en smeekte om genade.

Ze zwoer bij alles, onder andere bij 'haar schoot', dat ze het nooit meer zou doen en dat als ze het nog eens deed, God haar ter plekke moest doden en straffen met de eeuwige verdoemenis. Saveli hield op, legde het blok hout neer en wiste met zijn mouw het zweet van zijn voorhoofd.

'Goed,' zei hij, 'het zij zo, zoals je het net gezegd hebt. Wanneer je schuld bekent en God erbij haalt, trek ik mijn handen van je af.'

En hij liet haar gaan.

Dat alles werd aan Tatjana Markovna overgebracht, maar zij fronste alleen in afkeer haar voorhoofd en beduidde Vasilisa dat men haar daarmee niet moest lastigvallen.

Enkele dames kwamen een bezoek afleggen, er kwam een landheer van de andere kant van de Wolga en nog twee gasten uit de stad die bleven dineren.

Ze hadden allemaal gehoord dat Vera Vasiljevna ziek was, en kwamen informeren wat er aan de hand was. Tatjana Markovna liet weten dat Vera de avond tevoren een kou had gevat en twee dagen in haar kamer bleef. In haar hart leed ze onder die leugen, daar ze niet wist welke waarheid er onder de voorgewende ziekte schuilging en niet eens een dokter durfde te laten komen, omdat die meteen zou zien dat er geen sprake was van een ziekte, maar van een toestand van morele verslagenheid die zeker een diepere reden moest hebben.

Ze lunchte niet en Tit Nikonytsj zei uit louter hoffelijkheid dat hij geen honger had. Toen verscheen Rajski; hij was wat bleekjes en zag ook af van het diner. Zwijgend en met een afstandelijke uitdrukking op zijn gezicht zat hij aan tafel en scheen de vragende blikken die Tatjana Markovna hem af en toe toewierp niet op te merken.

Ten slotte maakte Tit Nikonytsj een strijkage, kuste haar de hand en vertrok. Baboesjka liet Vasilisa haar bed opmaken, wenste Rajski kortaf en zonder hem aan te kijken goedenacht en vertrok, diep gekrenkt zowel wat haar hart als wat haar eigenliefde betrof, naar haar kamer.

Ze voelde dat er in haar naaste omgeving, onder mensen die haar na stonden, iets geheimzinnigs plaatsvond dat van groot belang was, terwijl men haar in het ongewisse liet, alsof ze een vreemde was of een oude, afgeleefde, nergens meer voor deugende vrouw.

Ze bevroedde niet dat het zwijgen tegenover haar werd ingegeven door respect en de wens om haar te sparen.

Toen ze de kamer wilde verlaten fluisterde Rajski haar toe dat hij met haar wilde praten, dat ze het personeel ongemerkt moest wegsturen. Stijf van ontzetting en verblekend tot aan het topje van haar neus keek ze hem aan.

'Is er een ramp gebeurd?' vroeg ze met stokkende stem.

Hij wist niet wat hij moest zeggen.

'Nee...' antwoordde hij aarzelend, 'in mijn ogen is er geen ramp gebeurd.'

'En als het in mijn ogen wel zo is, dan betekent het dat het inderdaad een ramp is!' merkte ze zachtjes op. 'Je bent zo bleek, dus weet je zelf ook dat het een ramp is.'

Ze stuurde het personeel geleidelijk weg, zeggend dat ze nog niet naar bed ging, dat ze nog wat met Boris Pavlovitsj bleef zitten praten, en ging hem voor naar haar kabinet.

Hier zette ze de lamp helemaal op de zijkant van haar bureau, schermde hem af met een kap en ging in haar oude voltaire zitten.

Ze zaten in het halfduister. Ze keek hem niet aan en wachtte af, met gebogen hoofd. Rajski begon zijn verhaal en probeerde zo behoedzaam mogelijk naar 'de ramp' toe te werken.

Zijn lippen trilden en zijn tong weigerde meer dan eens dienst. Hij stopte dan, haalde diep adem, vermande zich en ging weer verder.

Baboesjka verroerde zich niet en onderbrak hem niet een keer. Tegen het einde fluisterde hij nauwelijks hoorbaar.

De ochtend begon al te gloren en hij zat nog steeds bij baboesjka. Toen hij klaar was, stond ze op, richtte zich langzaam, met moeite op en liet vervolgens even langzaam haar schouders en hoofd weer zakken, terwijl ze daar met haar arm op de tafel geleund stond. Aan haar borst ontsnapte iets wat het midden hield tussen een zucht en een kreun.

'Baboesjka!' zei Rajski, geschrokken van haar gezichtsuitdrukking en voor haar knielend, 'red Vera...'

'Ze heeft baboesjka te laat om hulp gevraagd,' fluisterde ze, 'moge God haar redden! Pas op haar en troost haar zo goed je kunt! Ze heeft geen baboesjka meer!'

Ze wilde weggaan maar hij versperde haar de weg.

'Baboesjka, wat hebt u?' vroeg hij angstig.

'Jullie hebben geen baboesjka meer...' herhaalde ze verstrooid, terwijl ze nog steeds daar stond waar ze was opgestaan en naar de grond keek. 'Ga, ga!' riep ze verstoord toen ze zag dat hij aarzelde, 'kom niet meer bij me... laat niemand bij me toe, regel alles... En zeg dat iedereen mij met rust laat...!'

Ze stond nog steeds als aan de grond genageld op dezelfde plaats, met een levenloze, als het ware slapende blik. Hij wilde haar iets zeggen, maar ze weerde hem met een ongeduldig handgebaar af.

'Ga naar haar toe, zorg voor haar! Baboesjka kan dat niet, ze heeft geen baboesjka meer.'

En ze beduidde hem met een gebiedend gebaar dat hij weg moest gaan.

Angstig en bleek verliet hij de kamer, gaf Jakov, Vasilisa en Saveli opdracht om overal voor te zorgen en probeerde onopgemerkt toe te kijken wat er met baboesjka gebeurde. Hij hield haar kabinet voortdurend in het oog.

Ze was werktuiglijk weer teruggezakt in de voltaire en vervallen tot een toestand van onbewuste, starre halfslaap; zo bleef ze roerloos zitten, tot het 's morgens helemaal licht was geworden.

's Morgens vroeg zagen Jakov, Vasilisa en Rajski, die niet naar bed was gegaan, hoe Tatjana Markovna in dezelfde kleren die ze de avond tevoren aan had gehad, blootshoofds en met de Turkse sjaal om haar schouders geslagen, haar kabinet verliet. Hoe ze, met haar voet de deuren openstotend, alle kamers en de gang doorliep, het park inging en als een bronzen monument dat van zijn voetstuk was opgestaan, zonder op iets of iemand acht te slaan, voortzweefde.

Ze liep de bloementuin en de lanen door en kwam bij het ravijn. Daar begon ze met gelijkmatige, trage en grote passen af te dalen, het hoofd rechtop, zonder zich om te draaien, de blik in de verte gericht, en ze verdween in het struikgewas.

Behoedzaam dekking zoekend achter de bomen was Rajski haar heimelijk gevolgd.

Ze kwam steeds lager en lager, bereikte het tuinhuisje en bleef hier met gebogen hoofd doodstil staan. Rajski sloop, zijn adem inhoudend, van achteren op haar toe.

'Mijn zonde!' zei ze bijna kreunend en ze legde haar handen op haar hoofd. Toen liep ze plotseling met versnelde pas verder, kwam bij de Wolga en bleef roerloos op de oever staan.

De wind deed de kleren om haar ledematen fladderen, verwarde haar haren en rukte de sjaal van haar schouders, maar ze merkte niets.

Het plotselinge vermoeden dat ze zich wilde verdrinken benam Rajski de adem.

Maar ze wendde zich langzaam af en liep met grote passen verder, een spoor in het vochtige zand achterlatend.

Rajski herademde, maar toen hij vanuit de struiken een blik op haar gezicht wierp, terwijl ze rustig en nog steeds met dezelfde grote passen voortschreed, verstijfde hij eens te meer van ontzetting.

Hij herkende baboesjka niet. Er was een wolk over haar gezicht getrokken en die wolk was het verdriet om 'de ramp' dat hij die nacht op haar schouders had gelegd. En hij zag geen behulpzame hand die haar van dit verdriet af zou kunnen helpen.

Ze had de waarheid gezegd: er was geen baboesjka meer. Het was niet baboesjka die daar liep, niet Tatjana Markovna, de liefhebbende en zorgzame moeder van een gezin, niet de meesteres van Malinovka, waar alles dankzij haar leefde en gelukkig was en waar ze zelf leefde en gelukkig was en met wijsheid haar kleine rijk bestierde. Dit was een andere vrouw.

Het was alsof ze niet zelf liep, maar door een vreemde kracht werd gedragen. Wat nam ze een grote passen, wat droeg ze haar hoofd en schouders, waarop de last van 'de ramp' drukte, hoog en recht. Ze scheen zonder dit te beseffen door het bos tegen de steile helling van het ravijn op te lopen; de sjaal hing af van haar schouders en sleepte door het stof en het vuil. Met een starre blik keek ze in de verte en een versteende uitdrukking van hulpeloze ontzetting lag in haar ogen.

Het besef van alles behalve 'de ramp' was uit haar gezicht geweken, ze schreed voort als een slaapwandelaarster of een dode.

Rajski, die achter haar aan sloop en haar niet uit het oog verloor, teneinde te voorkomen dat haar iets overkwam, kon haar tussen de struiken slechts met moeite volgen. Met een buitengewone krachtsinspanning liep ze tegen de steile helling op. Ze bleef maar een keer staan, steunde tegen een boom en legde weer de handen op het hoofd.

'Mijn zonde!' kwam het haar opnieuw, als uit het diepst van haar ziel, over de lippen. 'Wat is het zwaar, verlicht mijn last, ik kan hem niet dragen!' fluisterde ze toen. Ze richtte zich weer op, liep verder de helling op en overwon de steilte met onmenselijke kracht, zonder erop te letten dat de doornen stukken van haar kleren en haar sjaal afrukten.

Rajski keek vol verbazing en ontzetting naar deze hem vreemde, nieuwe vrouw. Alleen grote geesten zijn in staat zo'n zwaar verdriet met zo'n kracht te overwinnen, dacht hij. Ze zweven als adelaars onder de wolken en kijken omlaag, in de afgronden. Alleen een gelovige ziel draagt haar verdriet zoals deze vrouw het draagt, en alleen vrouwen kunnen het zo dragen. In de vrouwelijke helft van het mensengeslacht, dacht hij, liggen grote wereldschokkende krachten besloten. Alleen worden ze niet begrepen, niet erkend en niet gecultiveerd, niet door de vrouwen zelf en niet door de mannen: ze worden verstikt, vertrapt of geannexeerd door de mannelijke helft, die, door trots verblind, niet in staat is om deze grote krachtbron te beheersen of om haar voor nuttige doelen aan te wenden. En de vrouwen, die zich niet bewust zijn van hun natuurlijke en legitieme krachten, proberen in het gebied van de mannelijke kracht binnen te dringen; uit deze wederzijdse annexatiedrift komen alle misverstanden voort.

Dat is baboesjka niet! dacht hij terwijl hij met bonzend hart, diep getroffen, naar haar keek. Ze scheen hem een van die grote vrouwelijke persoonlijkheden te zijn die plotseling als een heldin oprijzen uit de schoot van het gezin op die noodlottige momenten tijdens welke rondom de zware slagen van het lot vallen en de mensen geen behoefte hebben aan grove spierkracht, niet aan de trots van grote breinen, maar aan de geestkracht die nodig is om een groot verdriet te dragen, om te lijden en te dulden en niet in te storten.

Hij liet in gedachten een reeks van historische vrouwenfiguren de revue passeren die hij op een lijn stelde met baboesjka. Hij zag in haar een jodin uit de Oudheid, de heerseres over Jeruzalem en grondlegster van het geslacht, die met een verachtelijke glimlach luisterde naar de sombere profetieën die de ronde deden onder het volk: 'Het volk dat zijn beproeving niet erkent wordt van zijn kroon beroofd', 'de Romeinen zullen komen en stad en land bezetten'. Ze geloofde het niet, omdat ze de kroon die door de hand van Jehova op het hoofd van Israël was gezet als onwankelbaar beschouwde. Maar toen het moment daar was, toen de Romeinen kwamen en stad en land bezetten, begreep ze waar die onafwendbare slag vandaan kwam, stond op, zette haar kroon af en liep zwijgend, zonder te morren, zonder de kleinzielige tranen die de mannen voor de Klaagmuur vergoten, met een starre uitdrukking in haar ogen, door het gevallen rijk. Ze sloeg geen acht op haar door de doornen uiteengereten kleren, maar ging daarheen waarheen Jehova's hand haar leidde en droeg net zoals deze baboesjka nu, het heiligdom van de smart op haar gezicht, alsof ze trots was op de kracht van de slag die haar had getroffen en haar kracht om die te dragen.

En Rajski dacht nog aan een tweede koningin van de smart, de grote Russische martelares Marfa van Novgorod, die werd geketend en gepijnigd door de Moskouse mannetjesputters, maar in de gevangenis haar grootheid en de majesteit van haar verdriet om de teloorgegane roem van Novgorod bewaarde. Lichamelijk vernederd, triomfeerde ze met haar geest en stierf als stadhoudersvrouw, als een tegenstandster van Moskou die nog in de dood over het lot van haar vrije stad beschikte.

Voor hem verdrongen zich, alsof ze nog leefden, de schaduwen van andere grote martelaressen: van Russische tsarina's die op bevel van hun man de sluier aannamen en ook in de kloostercel hun geestkracht behielden; en van andere tsarina's die op noodlottige momenten aan het hoofd van het rijk stonden en het redden...

Zo'n zelfde geestkracht toonden ook de vrouwen van onze eigen hemelbestormende titanen, bojarenvrouwen en vorstinnen, die, hun echtgenoot in de verbanning volgend, weliswaar hun rang en titel moesten afleggen maar de kracht van hun vrouwenhart en grote zielenschoonheid behielden. Ze waren zichzelf tot dan toe niet bewust geweest van deze schoonheid en ook anderen was ze ontgaan, nu echter werd ze, zoals goud in het vuur, gelouterd door een hard en arbeidzaam leven ten dienste van hun echtgenoten, vorsten wier ongeluk ze hielpen dragen zoals ze dat van henzelf droegen.

En hun mannen, die de knie bogen voor die voor hen nieuwe schoonheid, droegen hun straf met meer moed. Gehard door ontberingen, uitgeput door werk en verdriet, behielden ze toch hun geestelijke grandeur en schitterden te midden van de ellende, in onvergankelijke schoonheid, zoals de majestueuze standbeelden die na duizenden jaren in de aarde te gerust hebben, worden gevonden, zwaar aangetast door de tand des tijds, maar schitterend met de eeuwige schoonheid die een meesterhand hun heeft verleend.

En diezelfde zielengrootheid, die, terwijl alles rondom instort, standhoudt tegenover de slagen van het lot, bezit, zij het onbewust, ook de eenvoudige Russische volksvrouw; als het vuur haar huis, haar bezit en kinderen wegvaagt, vindt ze die plotseling als een grote schat in zichzelf.

Met dezelfde stomme, versteende uitdrukking van ontzetting op haar gezicht als baboesjka, als Marfa van Novgorod, als de verbannen tsarina's en vorstinnen, gaat ze heen, haar blik op de hemel gericht, en zonder om te kijken naar de vuurzuil en de rook schrijdt ze met grote, krachtige passen voort, haar uit de vlammenzee geredde zuigeling aan de borst, haar afgeleefde oude moeder aan de hand, en met haar blik en voet haar kleinmoedige man voortdrijvend wanneer die valt, zich in de aarde vastbijt en omkijkend het vuur vervloekt...

Stevig stappend met haar gebruinde benen gaat ze voort, niet wetend waar ze zal stoppen om uit te rusten en of ze niet totaal verzwakt zal instorten. Ze gelooft dat naast haar een andere kracht voortschrijdt en het ongeluk draagt dat ze alleen niet zou kunnen torsen.

In haar wijd opengesperde, niets ziende ogen ligt de kracht om te lijden en te dulden. Op haar gezicht liggen de schoonheid en de majesteit van het martelaarschap. Donder en bliksem ontladen zich boven haar, vuur verzengt haar, maar ze kunnen haar vrouwelijke kracht niet vernietigen.

Rajski trachtte met een plotselinge huivering deze, op deze bittere momenten onwelkome beelden van zijn onvermoeibaar doorwerkende fantasie van zich af te schudden om al zijn aandacht op de vlak voor hem lopende, lijdende vrouw te kunnen richten, haar niet uit het oog te verliezen en te doorgronden wat voor soort kwelling bezit had genomen van haar ziel.

Het rijk van Tatjana Markovna was uiteengevallen, haar huis verlaten, haar dierbare schat, haar trots, haar parel was geroofd. Zij dwaalde als het ware eenzaam rond door de ruïnes. Ook haar ziel scheen vertrokken te zijn. De geest van vrede, trots en welbehagen was uit het knusse hoekje verdwenen.

De gruwel van de verwoesting staarde haar uit alle hoeken aan – en de hele wereld stond haar tegen. Toen ze haar pas vertraagde om op krachten te komen, dieper adem te halen en haar droge, hete lippen te verfrissen, voelde ze haar knieën trillen; nog even en ze was ter aarde gestort, maar een innerlijke stem gaf haar kracht en fluisterde haar toe: ga, val niet, je komt er!

De bij een oude vrouw horende onmacht verdween en ze liep weer. Ze liep door tot het donker werd, zat de hele nacht gekweld door koortsdromen in haar fauteuil, werd daarna wakker en betreurde het dat ze wakker was geworden, stond bij de dageraad op en ging weer de helling af naar het tuinhuisje, zat daar lang op de half vervallen drempel, met haar hoofd op de kale vloerplanken, ging toen de velden in en verdwaalde tussen de struiken van de Wolga-oever.

Ze stuitte toevallig op de kapel in het veld, hief het hoofd, wierp een blik op de icoon, en een nieuwe ontzetting, groter dan de vorige, blikte uit haar wijd opengesperde ogen. Het was alsof iets haar opzij duwde.

Ze zakte als een gewond dier op een knie, stond met moeite weer op en liep gehaast, steeds weer vallend en opstaand, voorbij, verborg haar gezicht met de sjaal voor de icoon van de Verlosser en steunde: 'Mijn zonde.'

Het personeel was met stomheid geslagen. Vasilisa en Jakov verlieten de kerk nauwelijks en baden geknield. Vasilisa beloofde te voet een pelgrimage naar de wonderdoeners van Kiev te maken als de meesteres weer beter werd, en Jakov om een dikke vergulde kaars aan te steken voor de plaatselijke icoon.

De rest van het personeel verborg zich in alle hoeken en gaten en spiedde door de kieren hoe hun meesteres als een waanzinnige door veld en bos dwaalde. Zelfs Marina was zichzelf niet en liep rond met een verwilderde blik.

Alleen Jegorka probeerde met zijn grappen en plagerijen de kamermeisjes aan het lachen te krijgen, maar ze joegen hem weg en Vasilisa noemde hem een afvallige.

De volgende dag nam baboesjka helemaal geen voedsel tot zich. Rajski probeerde haar tegemoet te gaan, haar tot staan te brengen en met haar te praten, maar ze beduidde hem met een gebiedend gebaar dat hij weg moest gaan.

Ten slotte pakte hij een beker melk, trad vastberaden op haar toe en pakte haar bij haar arm. Ze keek hem aan alsof ze hem niet herkende, wierp een blik op de beker, pakte hem werktuiglijk met bevende hand aan en dronk de melk gulzig, met langzame, grote slokken, tot de laatste druppel op.

'Baboesjka, laten we naar huis gaan, kwel ons en uzelf niet langer!' smeekte hij. 'U richt uzelf te gronde.'

Ze maakte een afwerend gebaar.

'God kastijdt me, ik doe het niet uit vrije wil. Zijn kracht leidt me, ik moet het tot het einde dragen... Als ik instort, til me dan op. Mijn zonde!' fluisterde ze daarna en liep verder.

Na tien stappen gezet te hebben, draaide ze zich naar hem om. Hij liep op haar toe.

'Als ik het niet uithoud... als ik sterf...' zei ze, en gaf hem een teken dat hij zich over haar heen moest buigen.

Hij knielde voor haar.

Ze drukte zijn hoofd aan haar boezem, zoende het innig en legde haar hand erop.

'Aanvaard mijn zegen,' zei ze, 'geef hem door aan... Marfenka en... aan haar, mijn arme Vera... hoor je dat, ook aan haar...!'

'Baboesjka!' zei hij, in tranen uitbarstend en haar de hand kussend.

Ze ontrukte hem haar hand en ging verder, dwalend door de struiken, over de oever en door het veld.

Een gelovige ziel heeft haar eigen koninkrijk! dacht Rajski, terwijl hij haar nakeek en zijn tranen droogde, alleen die ziel is in staat om te lijden voor alles wat ze liefheeft, en zó lief te hebben en boete te doen voor eigen en andermans dwalingen.

De toestand van Vera ging er niet op vooruit gedurende deze dagen. Rajski haastte zich om haar het gesprek met baboesjka over te brengen, en toen ze hem de volgende morgen, bleek en vermoeid als ze was, liet komen en vroeg: 'Hoe is het met baboesjka?' wees hij haar bij wijze van antwoord op Tatjana Markovna, die net weer door het park in de richting van de velden liep.

Vera haastte zich naar het raam en keek naar baboesjka, die met de last van 'de ramp' op haar schouders door de velden dwaalde. Ze slaagde erin een blik op haar gezicht te werpen en viel zelf ontzet op de vloer. Vervolgens stond ze op, rende van het ene venster naar het andere, wrong haar handen en strekte ze smekend als in een gebed uit naar baboesjka.

Ze liep als een wilde door de grote, verwaarloosde kamers van het oude huis, opende de deuren en sloot ze weer, wierp zich op antieke canapés en struikelde over de meubels.

Ze wilde het liefst naar baboesjka toe gaan maar angst weerhield haar. Als ze haar nu onder ogen kwam, zou dat misschien haar dood betekenen.

Voor Vera begon nu een ware marteling. Ze voelde pas hoe diep ze de dolk zowel in haar eigen als in een ander, haar dierbaar leven had gestoken toen ze zag hoe de tragische oude vrouw om haar leed. Zij, die onlangs nog gelukkig was geweest en nu in verfomfaaide kleren, met een vaal gezicht, afgemat en zwaar boetend voor de misstap van een ander door de velden dwaalde.

Waarom zij? Ze is een heilige! Terwijl ik...! kwelde ze zichzelf.

Rajski bracht haar de zegen van Tatjana Markovna over. Vera vloog hem om de hals en snikte het uit.

Tegen de avond van de tweede dag vond men Vera op de grond zittend en half gekleed in een hoek van de grote zaal. Boris en de vrouw van de priester, die die dag gearriveerd was, verwijderden haar bijna met geweld en legden haar in bed.

Rajski liet een dokter komen en probeerde hem zo goed en zo kwaad als het ging duidelijk te maken waardoor ze zo van streek was. De dokter schreef haar een rustgevende drank voor. Ze dronk hem op, maar kwam niet tot rust, schrok steeds weer wakker uit haar slaap, vroeg dan: 'Hoe is het met baboesjka?' en zonk weer weg in een onrustige sluimer.

Ze luisterde niet naar wat haar in het oor werd gefluisterd door haar geliefde vriendin, die in staat was om alle geheimen van Vera voor zich te houden, zich aan haar als aan een sterkere, superieure natuur in alles ondergeschikt maakte, haar meningen zonder tegenspraak deelde en haar wensen ondersteunde, maar toen er een hevig onweer boven Vera's hoofd losbarstte te zwak bleek om haar te helpen dit te dragen en haar tot rust te brengen.

'Geef me wat te drinken!' fluisterde Vera, zonder naar haar gebrabbel te luisteren. 'Praat niet zoveel, blijf zo naast me zitten, laat niemand binnen... Ga vragen hoe het met baboesjka is.'

Zo ging het ook 's nachts. Als ze ontwaakte uit haar onrustige slaap, fluisterde ze voortdurend: 'Baboesjka komt niet! Baboesjka houdt niet van me! Baboesjka vergeeft me niet!'

De derde dag verliet baboesjka ongezien het huis. Rajski, die twee nachten niet geslapen had, ging naar bed om uit te rusten, na opdracht gegeven te hebben hem te wekken zodra ze het huis verliet.

Maar Jakov en Vasilisa waren naar de vroegmis gegaan, en Pasjoetka was, toen ze de meesteres weg zag gaan, van schrik in de bezemkast gekropen, en daar in slaap gevallen. De rest van het personeel had zich door het huis verspreid.

Saveli had gezien dat de meesteres in het ravijn afdaalde, dat haar gang onvast was, dat ze zich aan de bomen vasthield en daarna het veld in was gelopen.

Rajski haastte zich achter haar aan en zag, verborgen achter een hoek van het huis, hoe ze langzaam terugliep. Ze bleef af en toe staan en keek dan om, alsof ze afscheid nam van de boerenhuizen. Rajski liep op haar toe, maar durfde haar niet aan te spreken. Hij werd getroffen door de nieuwe uitdrukking van haar gezicht: de lijdzame ontzetting had plaatsgemaakt voor een troosteloos besef van wat er gebeurd was. Ze merkte hem niet op en keek voor zich alsof ze haar 'ramp' in de ogen keek.

Ze droomde met open ogen dat haar rijk was ingestort en dat in de nabije toekomst de totale verwoesting zijn plaats zou innemen. Later vertelde ze hem zelf over het verschrikkelijke droombeeld dat ze met open ogen gezien had.

Toen ze omkeek naar het dorp, zag ze geen ordelijke rijen van geriefelijke huizen, maar een van ieder toezicht en zorg verstoken rij halfvergane hutten – een schuilhoek van dronkelappen en bedelaars, landlopers en dieven. De akkers lagen er kaal bij, overwoekerd met alsem, varens en brandnetels.

Ze wendde zich vol ontzetting af van het dorp en betrad het park, bleef staan en keek, zonder de huizen van het erf te herkennen, om zich heen.

Het park, de bloementuin en de moestuinen waren nu een grote bende, een met gras overwoekerde wirwar. Mensen kwamen er niet meer, alleen wouwen brachten er hun nog levende prooi heen om hem daar te verscheuren.

Het nieuwe huis was scheefgezakt en gedeeltelijk in de grond verzonken; de personeelsverblijven waren ingestort; een verwilderde kat sloop over de puinhopen en miauwde klaaglijk, en een voortvluchtige gevangene met een blok aan zijn been verborg zich onder het verzakte dak.

De oude vrouw huiverde en keek om naar het oude huis. Het had alles overleefd: terwijl al het andere leven dodelijk verschrikt uit dit oord gevlucht was, stond het daar nog, even somber als altijd, met zijn afgebladderde, donkerbruine bakstenen muren.

Er zat geen glas meer in de vensters en door de vervallen kamers gierde de wind, de laatste sporen van leven vernietigend.

In de schoorsteen had een oehoe zijn nest gebouwd, er waren geen voetstappen van levende wezens te horen; alleen haar schaduw... de schaduw van haar Vera, die er al niet meer was, die gestorven was, gleed over de doffe, gebarsten parketvloeren, haar gesteun vermengend met het gehuil van de wind, rende door het park achter hem aan naar het ravijn, naar het tuinhuisje...

Rajski zag dat er langzaam een traan over baboesjka's gezicht gleed, en als gestold aan haar wang bleef hangen. De oude vrouw wankelde en greep in de lucht alsof ze een steunpunt zocht, viel bijna...

Hij haastte zich naar haar toe, bracht haar met behulp van Vasilisa het huis binnen, liet haar in een fauteuil plaatsnemen en ging snel een dokter halen. Baboesjka keek om zich heen zonder hen te herkennen. Vasilisa begon bitter te snikken en wierp zich aan haar voeten.

'Moedertje Tatjana Markovna!' kreet ze, 'kom tot uzelf, maak het kruisteken!'

De oude vrouw bekruiste zich, slaakte een zucht en gaf via een teken te kennen dat ze niet kon spreken, dat ze dorst had.

Ze ging bijna werktuiglijk, alsof ze niet wist wat ze deed, in bed liggen. Vasilisa kleedde haar uit, hulde haar in warme doeken, wreef haar armen en benen in met kamferspiritus en kreeg haar ten slotte zover dat ze een glas warme wijn opdronk. De dokter verordonneerde dat men haar met rust moest laten, dat men haar moest laten slapen en haar daarna het geneesmiddel moest geven dat hij voorschreef.

Iemand praatte tegen Vera zijn mond voorbij dat baboesjka ziek te bed lag! Ze wierp de deken van zich af, duwde Natalja Ivanovna weg en wilde naar haar toe gaan. Maar Rajski hield haar tegen door te zeggen dat Tatjana Markovna in een diepe slaap was gedompeld.

Tegen de avond werd Vera's toestand ook weer slechter. Ze had koorts en ijlde. Ze lag de hele nacht te woelen, riep in haar droom om baboesjka en huilde.

Rajski raakte helemaal van streek en besloot ten slotte om Pjotr Petrovitsj, de oude huisarts, te laten halen. Hij probeerde hem de toestand van Vera uiteen te zetten, natuurlijk zonder hem de werkelijke reden te vertellen. Vol ongeduld wachtte hij op de morgen en liep voortdurend heen en weer tussen Tatjana Markovna en Vera.

Baboesjka lag in bed met bedekt hoofd. Hij durfde niet te kijken of ze sliep, of dat ze nog steeds worstelde met haar verdriet. Vervolgens ging hij op zijn tenen Vera's kamer binnen en vroeg aan Natalja Ivanovna hoe het met haar was.

'Ze wordt voortdurend wakker en huilt en ijlt dan!' zei Natalja Ivanovna, die bij het hoofdeinde zat.

'Mijn God!' zei Rajski toen hij zowel lichamelijk als geestelijk afgemat op zijn kamer kwam en zich op het bed liet vallen, 'ik had nooit gedacht dat ik in deze negorij op zulke drama's, op zulke persoonlijkheden zou stuiten. Hoe overweldigend en verschrikkelijk is het gewone leven in zijn naakte waarheid en hoe zijn de mensen in staat om dergelijke catastrofes te overleven! En wij, die op een hoop in de grote stad leven, wij koken moeizaam ons watersoepje en noemen dat leven en hartstocht.'

8

Tegen de ochtend was de toestand van Vera nog hetzelfde. Ze sliep weliswaar, maar de koorts bleef aanhouden en ze ijlde af en toe.

Rajski ging naar Tatjana Markovna en betrad samen met Vasilisa haar slaapvertrek.

Ze lag nog in dezelfde houding als gisteren.

'Kijk eens hoe het met haar is, Vasilisa. Ik durf niet dichtbij te komen, ik wil haar niet aan het schrikken maken,' fluisterde Rajski.

'Moet ik de meesteres niet wekken?'

'Ja, dat zou het beste zijn. Vera is ziek... Ik weet niet of we Pjotr Petrovitsj niet moeten laten komen.'

Hij was nog niet uitgesproken of Tatjana Markovna richtte zich plotseling in haar bed op.

'Is Vera ziek?' vroeg ze.

Rajski herademde.

Het gezicht van baboesjka, dat gisteren nog versteend en doods had geleken, stroomde vol met leven, met zorgen en angst. Ze beduidde hem met een handgebaar dat hij de kamer moest verlaten en maakte in een half uur haar toilet.

Met grote, haastige stappen, een uitdrukking van bezorgdheid op haar gezicht, stak ze het erf over en beklom de trap naar Vera. Er was geen spoor van vermoeidheid meer in haar te bekennen. Het leven was in haar teruggekeerd en Rajski verheugde zich over de angst op haar gezicht als over een goede vriend.

Ze betrad behoedzaam de kamer van Vera, wierp een vorsende blik op het bleke gezicht van de slapende en fluisterde tegen Rajski dat hij de oude dokter moest laten komen. Nu pas merkte ze de aanwezigheid van de vrouw van de priester op, die er vermoeid en overspannen uitzag. Ze omhelsde haar en zei haar dat ze naar het nieuwe huis moest komen om een hele dag bij haar uit te rusten.

'Nu is hier niemand meer nodig: ik ben er!' zei ze en richtte een zitplaats in naast Vera's bed.

De dokter arriveerde en Tatjana Markovna legde hem zo goed en zo kwaad als het ging uit wat Vera mankeerde. Hij schreef iets voor tegen koorts en zei dat zodra die geweken was, er verder niets te vrezen was.

Vera nam dommelend het geneesmiddel in en zonk 's avonds weg in een diepe slaap.

Tatjana Markovna ging aan het hoofdeinde zitten en legde haar hoofd op Vera's kussen, maar dan aan de andere kant. Ze sliep niet, maar lette scherp op iedere beweging, iedere ademstoot van Vera.

Vera werd wakker, vroeg: 'Slaap je, Natasja?' en sloot toen ze geen antwoord kreeg de ogen om ze af en toe, zodra ze zich van haar situatie bewust werd, met een smartelijke zucht weer te openen. Daarna haastte ze zich om weer in haar sluimertoestand terug te keren; de nacht die haar omgaf scheen haar een verschrikkelijke, zwarte gevangenis toe.

Na enige tijd bewoog ze en vroeg iets te drinken. Een hand reikte haar over het kussen heen een verfrissende drank aan.

'Hoe is het met baboesjka?' vroeg ze, opende haar ogen en sloot ze weer. 'Natasja, waar ben je? Kom hierheen, waarom verstop je je de hele tijd?'

Er kwam geen antwoord.

Ze slaakte een diepe zucht en zakte weer weg.

'Baboesjka komt niet! Baboesjka houdt niet van me!' fluisterde ze bedroefd toen ze een ogenblik wakker werd. 'Baboesjka vergeeft me niet!'

'Baboesjka is hier! Baboesjka houdt van je! Baboesjka heeft je vergeven!' sprak een stem aan haar hoofdeinde.

Vera sprong uit bed en stortte zich op Tatjana Markovna.

'Baboesjka!' riep ze en verborg haar hoofd, een flauwte nabij, op baboesjka's boezem.

Tatjana Markovna legde haar weer in bed en ging met haar grijze hoofd naast het bleke, mooie, vermoeide gezicht van Vera liggen, dat half schuilging achter de dichte donkere haren.

Met haar gezicht gevlijd aan de boezem van deze oude vrouw die als een moeder voor haar was, liet Vera in een vloed van tranen, zonder woorden, in krampachtige snikken haar biecht en haar berouw, al haar plotseling naar buiten brekende verdriet en pijn de vrije loop.

Baboesjka luisterde zwijgend naar haar snikken en wiste met een doek haar tranen af; ze liet haar ongehinderd huilen, drukte alleen haar hoofd tegen haar boezem aan en bedolf het onder de kussen.

'Liefkoos me niet, baboesjka... verstoot me... ik ben het niet waard... bewaar uw liefde en uw liefkozingen voor mijn zus...'

Maar baboesjka drukte haar nog dichter tegen haar boezem aan.

'Je zus heeft geen behoefte meer aan mijn liefkozingen, maar ik heb behoefte aan jouw liefde: verlaat me niet, Vera, ontloop me niet langer, ik ben een wees!' zei ze en begon zelf te wenen.

Vera sloot haar met alle kracht waarover ze beschikte in de armen.

'Mijn moeder, vergeef me...' fluisterde ze.
Baboesjka snoerde haar de mond met een kus.
'Zwijg... geen woord daarover... nooit!'
'Ik heb niet naar u geluisterd... God heeft me gestraft vanwege u...'
'Wat zeg je nu, Vera?' onderbrak Tatjana Markovna haar verblekend van schrik en vertoonde weer gelijkenis met de troosteloze oude vrouw die als een geestelijk gestoorde door de bossen en ravijnen dwaalde.
'Ja, ik dacht dat alleen mijn eigen wil en verstand genoeg waren voor een heel leven, dat ik intelligenter was dan jullie allemaal bij elkaar...'
Tatjana Markovna herademde. Ze had Vera's woorden aanvankelijk kennelijk anders opgevat...
'Je bent intelligenter dan ik en je hebt meer geleerd,' zei ze, 'God heeft je een scherp verstand gegeven, maar je hebt niet zoveel ervaring als baboesjka.'
Nu... heb ik ook meer ervaring, dacht Vera en vlijde haar gezicht tegen baboesjka's schouder aan. 'Haal me hier vandaan, Vera is er niet meer. Ik zal uw Marfenka zijn...' fluisterde ze. 'Ik wil het oude huis uit en bij u komen wonen.'
Baboesjka liefkoosde haar zwijgend...
Beide hoofden lagen nu naast elkaar en Vera noch baboesjka zei verder een woord. Ze drukten zich dicht tegen elkaar aan en sliepen tegen de ochtend in elkaars armen in.

9

Vera stond 's morgens zonder koorts of rillingen op, ze was alleen bleek en uitgeput. Ze had haar ziekte er aan de boezem van baboesjka uit gehuild. De dokter zei dat ze verder nergens last van zou hebben, maar dat ze een paar dagen op haar kamer moest blijven.
Alles ging weer z'n oude gangetje. Vera's naamdag werd op haar verzoek niet gevierd. Noch Marfenka, noch de Vikentjevs staken de Wolga over: men had hen via een ijlbode laten weten dat Vera Vasiljevna zich niet goed voelde en haar kamer niet zou verlaten.
Toesjin stuurde een eerbiedig briefje met felicitaties en vroeg toestemming om haar op te zoeken.
Vera antwoordde hem: 'Wacht u nog, ik ben nog niet helemaal hersteld.'
Degenen die uit de stad kwamen om haar te feliciteren zei men dat Vera op bevel van de dokter het bed moest houden. Alleen de kamenier-

sters hadden zich ondanks alles uitgedost in bonte jurken en linten en hun hoofden ingesmeerd met kruidnagelpommade, terwijl de koetsiers en lakeien zich weer bedronken.

Vera en baboesjka stonden nu in een nieuwe verhouding tot elkaar. Baboesjka vermeed in haar omgang met Vera iedere vorm van neerbuigendheid, hoewel duidelijk was dat ze de zaak niet zo licht opnam als Rajski. Nog minder echter gaf ze blijk van de onverbiddelijke verachting waarmee de gangbare, strenge moraal deze vergissing, dit ongeluk, of, zo men wil, deze misstap, bestraft zonder zich verder in de redenen voor die misstap te verdiepen.

Ze keken elkaar aan met een ernstige blik, spraken weinig, het meest over kleinigheden, of alledaagse voorvallen, maar in de blikken die ze uitwisselden ging vaak een heel woordeloos gesprek schuil.

Ze schenen elkaar te observeren maar niet goed te durven praten. Tatjana Markovna sprak geen woord dat als verdediging of rechtvaardiging van de misstap beschouwd had kunnen worden, herinnerde er, kennelijk in het streven Vera te helpen om het gebeurde te vergeten, op geen enkele manier aan.

Ze deed alleen tweemaal zo teder, maar in die tederheid lag niets gemaakts of geveinsds, dat louter bedoeld was om haar oordeel of haar gevoelens te maskeren. Ze was inderdaad tederder, alsof Vera haar na haar bekentenis, en zelfs na de daad zelf, dierbaarder was geworden, nader tot haar stond.

Vera merkte deze oprechtheid en hartelijkheid in het gedrag van baboesjka op, maar voelde zich daardoor niet beter. Ze verwachtte een streng oordeel en een strenge straf en wilde die ook. Als baboesjka haar bijvoorbeeld een jaar of een half jaar om haar niet te hoeven zien naar haar eigen verre dorp had gestuurd en haar pas na op een of andere manier zelf in het reine te zijn gekomen met haar gekrenkte gevoelens van liefde en vertrouwen, had vergeven en had teruggeroepen, haar echter nog lang niet dezelfde liefde en tederheid had geschonken als vroeger, totdat Vera na enkele jaren met inspanning van alle krachten van hoofd en hart haar recht op de liefde van deze moeder had heroverd, dan was ze pas echt tot rust gekomen, dan pas had ze haar schuld geboet of had ze die althans kunnen vergeten, als het tenminste waar was dat, zoals Rajski beweerde, de tijd alle wonden heelt.

Werkelijk alle wonden? vroeg ze zich mistroostig af. Nee, de tijd was niet in staat om alle kwellingen die ze al ondergaan had en die haar nog te wachten stonden te doen verdwijnen.

Ze had al heel wat ellende doorstaan, nu maakte ze weer een van de verschrikkelijkste kwellingen door, nadat ze het hart van deze liefhebbende moeder had herwonnen. En toch scheen in haar binnenste de bitterste kwelling van alle nog op de loer te liggen, een kwelling die niemand kende en die de tijd waarschijnlijk niet zou doen verdwijnen...

Ze probeerde er niet aan te denken en dacht er het volgende moment toch weer aan hoe ze baboesjka moest verzoenen met het verdriet dat zij haar had aangedaan, hoe ze de slag die zij haar had toegebracht moest verlichten.

Ze probeerde het zwijgen van baboesjka, haar verdubbelde tederheid tegenover haar te doorgronden en constateerde daarbij dat baboesjka haar een soort steelse blikken toewierp die ze niet wist te duiden.

Dat baboesjka onuitsprekelijk leed, dat was duidelijk. Het verdriet had haar merkbaar veranderd: ze liep af en toe gebogen, had een vale gelaatskleur en meer rimpels gekregen. Maar tegelijkertijd richtte ze zich wanneer ze naar Vera keek of naar haar luisterde plotseling op en lichtte er een tedere gloed in haar blik op, alsof ze pas nu in Vera niet de vroegere Vera, haar kleindochter, had teruggevonden, maar haar eigen dochter, die haar nog dierbaarder was geworden.

En waarom dierbaarder? Misschien, dacht Vera, wilde baboesjka haar ontzien vanwege het uit haar diep voelende vrouwenhart opwellende mededogen. Het ging haar te ver om de arme, zieke boeteling te straffen, en ze had besloten haar zonde te bedekken met de mantel der christelijke barmhartigheid.

Ja, dat moet het zijn, dacht ze gelaten. Maar ach, mijn God, hoe pijnlijk om die barmhartigheid, die aalmoes te moeten accepteren. Gevallen te zijn zonder hoop om weer op te staan, niet alleen in de ogen van anderen, maar zelfs in de ogen van deze baboesjka, haar moeder.

Ze zou haar misschien wel meer koesteren en liefkozen dan vroeger, maar liefkozen zoals men een arme, gestoorde idioot liefkoost die de natuur of het lot heeft misdeeld, of nog erger: zoals men een ongelukkige, aan lagerwal geraakte broer aanhaalt wie men met een beetje hartelijkheid het leven draaglijk tracht te maken.

Haar trots, haar menselijke waardigheid, haar recht op respect, haar gevoel van eigenwaarde, alles was in gruzelementen gevallen. Ruk de bloemen af van de krans waarmee het hoofd van een mens is getooid en hij wordt gedegradeerd tot niet veel meer dan een ding. De menigte blikt medelijdend naar de gevallene en straft hem met haar zwijgen—zoals baboesjka haar. Iemand die ooit legitieme menselijke trots in zijn ziel heeft gekoesterd, die zich het recht op respect van de ander eenmaal bewust is geworden en heeft geleerd het hoofd rechtop te houden, die kan dan niet verder leven. Ze herinnerde zich enkele gevallen waarin de wereld meedogenloos had geoordeeld over gevallen zoals zij er nu een was en hoe de ongelukkigen de pijn hadden verdragen van de bijna en plein public toegebrachte slagen.

Ben ik dan beter zij? vroeg Vera zich af. Mark verzekerde me, net zoals Rajski, dat aan de andere kant van deze... Rubicon... een ander, nieuw en beter leven begint! Een nieuw leven, ja... maar in welk opzicht beter?

Baboesjka had medelijden met haar: alleen al daarom zou Vera willen sterven. Vroeger placht ze haar te respecteren, was ze trots op haar, erkende ze haar recht op vrijheid van denken en doen, had ze haar haar gang laten gaan, haar vertrouwd. En dat was nu allemaal voorbij! Ze had baboesjka's vertrouwen beschaamd en was ondanks al haar trots gestruikeld.

Ze was nu een bedelares in de kring van haars gelijken. Haar naasten waren getuigen geweest van haar val en kwamen nu met afgewend gezicht naar haar toe, om uit medelijden haar schande met de mantel der liefde te bedekken terwijl ze in stilte trots dachten: je zult nooit meer opstaan, arme stakker, nooit meer naast ons staan, aanvaard daarom om Christus' wil onze vergiffenis!

Goed dan, ik zal die vergiffenis om Christus' wil aanvaarden en me erbij neerleggen! Maar ik wil geen genade, ik wil woede en gedonder... Weer die trots! Waar blijft de deemoed dan? Deemoed betekent: de verwijtende blik verdragen van een deugdzame vrouw, gedurende lange jaren, het hele leven, verbleken onder die blik, zonder het ooit te wagen om te morren. En ik zal niet morren! Ik zal alles verdragen: de meewarige grootmoedigheid van Toesjin en Rajski en het medelijden van baboesjka waarachter misschien een onwillekeurige verachting schuilgaat... Baboesjka veracht me! dacht ze, helemaal trillend van verdriet en verborg zich voor haar blik, zat zwijgend en bedroefd in haar kamer, wendde zich af of sloeg haar ogen neer wanneer Tatjana Markovna haar met diepgevoelde tederheid aankeek... of naar het haar toescheen met medelijden.

En ze stelde zich voor hoe ze zelf voor de ontmoeting met Mark was geweest, voor die noodlottige avond die haar rust had verstoord: zo deugdzaam was ze geweest, zo vol natuurlijke bekoring, vol fris, tintelend leven... En ze huiverde.

Ze bleek ook haar onverschilligheid voor de mening van anderen kwijt te zijn. Ze vond het pijnlijk om ook in de ogen van het klootjesvolk, zoals Mark het uitdrukte, voor een gevallen vrouw door te gaan. Ze smachtte naar hun respect en naar de verering die ze nu verloren had.

Ach, had ik toen maar een voorbeeld genomen aan Kunigunda! dacht ze met galgenhumor.

Ze wilde bidden maar kon het niet. Waar zou ze voor bidden? Het enige wat haar overbleef was deemoedig het hoofd te buigen en de algemene verontwaardiging te dragen. Ze boog het hoofd en droeg de last van de verachting die haar, naar zij meende, terecht ten deel was gevallen.

Uiterlijk leek ze rustig, maar haar ogen waren ingevallen, de kleur was uit haar bleke gezicht geweken, haar gracieuze tred en haar ongedwongen manier van doen waren verdwenen. Ze vermagerde en het was haar aan te zien dat ze leed onder het leven.

Ze had voor niets en niemand belangstelling. Natalja Ivanovna had ze naar huis gestuurd. Ze zat nu meestal alleen op haar kamer en ging alleen om samen met baboesjka het middagmaal te gebruiken naar de overkant. Wanneer baboesjka een onderzoekende blik op haar wierp of op een liefdevolle en tedere toon het woord tot haar richtte, boog ze het hoofd en werd nog somberder. En zodra Tatjana Markovna ook maar met een woord of blik uitdrukking gaf aan een wens, haastte ze zich nog onderdaniger dan Pasjoetka om die te vervullen.

Men hoorde of zag nauwelijks nog iets van haar in het huis. Ze liep onhoorbaar als een schaduw en wanneer ze een verzoek tot iemand richtte deed ze dat fluisterend en zonder de betreffende persoon aan te kijken. Ze durfde geen bevelen te geven. Ze dacht dat Vasilisa en Jakov haar meewarig aankeken, in de ogen van Jegorka meende ze brutale hoon en in die van de kamermeisjes heimelijke spot te lezen.

Dat is dus het nieuwe leven, dacht ze, sloeg haar ogen neer als ze de blik van Vasilisa of Jakov ontmoette en liep snel de andere kant op wanneer ze Jegorka en de kamermeisjes tegenkwam. En toch wist niemand in huis iets, behalve Rajski en baboesjka. Maar zij dacht, zoals iedereen in haar situatie dat denkt, dat ze van ieders gezicht haar geheim kon aflezen.

Tatjana Markovna sloeg, als ze Vera zo zag, zelf aan het piekeren en werd als het ware aangestoken door haar verdriet. Ze sprak ook bijna met niemand, sliep weinig, bekommerde zich weinig om het huishouden, ontving de rentmeester noch de kooplieden die naar de prijs van het graan kwamen informeren en gaf niet zoals anders aan iedereen in huis bevelen. Ze zat, met de ellebogen op tafel gesteund, vaak lang alleen op haar kamer.

Zowel zij als Vera raakte gehecht aan Rajski. De eenvoud van zijn gemoed, de zachtmoedigheid en oprechtheid die uit elk van zijn woorden spraken, zijn bijna in babbelzucht ontaardende openhartigheid, de koene vlucht van zijn fantasie, dit alles bracht zowel de een als de ander enige afleiding en troost.

Hij ontlokte hun af en toe zelfs een glimlach. Maar hij trachtte vergeefs het verdriet dat als een donkere wolk boven hen beiden en boven het hele huis hing te verdrijven. Hij werd zelf ook verdrietig als hij zag hoe noch zijn respect, noch baboesjka's tederheid de arme Vera haar vroegere monterheid, trots en zelfverzekerdheid, haar scherpe verstand en sterke wil vermocht terug te geven.

'Baboesjka veracht me, houdt alleen nog uit medelijden van me! Ik kan zo niet leven, ik wil sterven!' fluisterde ze Rajski toe. Die haastte zich naar Tatjana Markovna om haar te vertellen waardoor Vera nu weer gekweld werd. Tot zijn ontzetting hoorde baboesjka hem zonder enige reactie aan en vond niet de kracht in zichzelf om Vera te troosten. Ze verbleekte alleen en ging bidden.

'Bid jij ook!' fluisterde ze Vera soms in het voorbijgaan toe.

'Bid u voor mij, ik kan het niet!' antwoordde Vera.

'Huil dan!' zei baboesjka.

'Ik heb geen tranen!' antwoordde Vera en zwijgend gingen ze weer uit elkaar, ieder naar zijn eigen hoekje.

Rajski raakte ook steeds meer aan beide vrouwen gehecht, werd hun vriend. Vera en baboesjka waren in zijn ogen op een voetstuk geplaatst, als heiligen, en hij probeerde gretig elk van hun blikken en woorden op te vangen, wist niet welk van beiden hem meer vertederde, dieper raakte.

Het standbeeld van harmonische schoonheid dat hij steeds in Vera had gezien, geraakte nu voor zijn ogen tot voltooiing. En naast haar verrees in baboesjka een ander standbeeld, dat van een sterke vrouw, een klassieke matrone. Bij de een was de loutering die ze door het vuur van de hartstocht en de beproeving had ondergaan uitgemond in zelfkennis en zelfbeheersing, en bij de ander...

Hoe kwam ze aan dat inzicht en die kracht... zij, die toch een maagd was! Hij kon haar wezen en haar gedrag niet verklaren, baboesjka was een raadsel voor hem en hij zocht vergeefs naar de oplossing van dat raadsel.

Beiden probeerden Rajski ertoe over te halen om voor altijd bij hen te blijven, te trouwen en een eigen huishouden op te zetten.

'Ik ben bang dat ik dat niet uithoud,' zei hij dan, 'mijn fantasie zal weer om idealen vragen, mijn zenuwen om nieuwe gewaarwordingen, en de verveling zal me levend verslinden! Een kunstenaar heeft nu eenmaal de eeuwige drang om te scheppen, dat is zijn lust en zijn leven! Vergeef me! Ik vertrek spoedig,' placht hij te antwoorden en maakte daarbij beiden nog verdrietiger dan ze al waren, terwijl hijzelf ook droefheid voelde en de achter die droefheid opkomende leegte en verveling.

Baboesjka verzonk in sombere gedachten terwijl Vera in stilte werd verteerd door verdriet. Zo gingen de dagen voorbij. Vera's hartzeer was permanent en zij was ontroostbaar, terwijl het verdriet van Tatjana Markovna groter werd naarmate ze scherper op Vera lette.

Zolang Vera ziek was, bracht baboesjka de nachten in het oude huis door. Liggend op de divan tegenover het bed van Vera waakte ze over haar slaap. Vaak gebeurde het echter dat beide vrouwen de slaap niet konden vatten en elk van beiden luisterde of de ander sliep.

'Slaap je niet, Verotsjka?' vroeg baboesjka.

'Ik slaap,' antwoordde Vera en sloot haar ogen om baboesjka te misleiden.

'Slaapt u niet, baboesjka?' vroeg Vera van haar kant als ze de ogen van baboesjka op haar gericht zag.

'Ik ben net wakker geworden,' antwoordde Tatjana Markovna en ging op haar andere zij liggen.

Zo kan ik niet leven! Ik vind geen rust en zal die ook nooit meer vinden! ging het door Vera's gekwelde brein.

Ik moet het doen. God wil dat ik mezelf op deze manier straf om haar tot rust te brengen... dacht baboesjka met een diepe zucht.

'Wanneer mag ik naar het nieuwe huis, baboesjka?'

'Na de bruiloft, als Marfenka ons verlaat...'

'Ik wil nu, ik ben hier ongelukkig, kan niet slapen...'

'Wacht nog even, zodra je je weer wat beter voelt, dan...'

Vera zweeg, waagde het niet om aan te dringen. Ze wil me niet bij zich hebben, dacht ze, ze veracht me...

10

Op een dag na zo'n slapeloze nacht stuurde Tatjana Markovna al vroeg iemand om Tit Nikonytsj te halen. Hij arriveerde aanvankelijk in een opgeruimde stemming, gaf uitdrukking aan zijn vreugde dat de genezing van Tatjana Markovna en de lieve Vera Vasiljevna voorspoedig verliep, overhandigde baboesjka een enorme watermeloen en een ananas, maakte een strijkage, deelde met een suikerzoete glimlach allerlei complimenten uit en pronkte met de plooien van zijn sneeuwwitte hemd, met zijn groene nanking broek en zijn blauwe pandjesjas met gouden knopen.

'Ik heb voor de herfst weer de trui tevoorschijn gehaald die de goede Boris Pavlovitsj me heeft geschonken,' zei hij.

Hij wierp een blik op Tatjana Markovna en verstijfde plotseling van schrik.

Met een bontkraag en een hoofddoek om stond ze daar, beduidde hem zwijgend dat hij haar moest volgen en ging hem voor naar het park. Daar sprak ze, zittend op Vera's lievelingsbank, twee uur met hem en ging vervolgens, de blik op de grond gericht, weer terug naar huis, terwijl hij, zonder nog naar binnen te gaan, terneergeslagen naar zijn eigen huis ging, zijn huisknecht beval om zijn koffer te pakken, postpaarden liet komen en naar zijn dorp vertrok, waar hij al enkele jaren niet was geweest.

Rajski ging bij hem langs en hoorde tot zijn verbazing dat Tit Nikonytsj vertrokken was. Hij vroeg baboesjka om opheldering en die zei hem dat de boeren in zijn dorp onrustig waren...

Vera was somberder dan ooit. Meestal lag ze in een achteloze houding op de divan en keek naar de vloer. Of ze ijsbeerde door de kamers van het oude huis, bleek en met wallen onder de ogen.

Op haar voorhoofd verscheen op zulke momenten een scherpe lijn, de voorbode van een rimpel. Ze glimlachte triest als ze naar zichzelf keek in de spiegel. Soms liep ze naar de tafel, in de la waarvan een nooit ontzegelde brief op blauw papier lag, greep naar de sleutel om de la te openen maar deed op hetzelfde moment, aangegrepen door ontzetting, een stap terug.

Waar moet ik heen? Waar kan ik me voor de wereld verbergen? vroeg ze zich af.

De dag van vandaag verliep even monotoon als die van gisteren en zoals die van morgen waarschijnlijk zou verlopen. De avond brak aan en daarna de nacht. Vera ging naar bed, doofde de kaars en staarde met geopende ogen in het duister. Ze wilde inslapen, wegzakken, maar de slaap kwam niet.

In het duister meende ze een merkwaardig soort vlekken te zien, nog zwarter dan de duisternis zelf. Geheimzinnige dansende schaduwen schenen langs de zwak schemerende ramen door de kamer te glijden. Maar Vera werd niet bang. Haar zenuwen waren zo afgestompt dat ze zelfs niet zou verstijven van ontzetting als er vanuit een hoek een spook voor haar was opgerezen of als er een dief of moordenaar de kamer was binnengeslopen. Ze zou zelfs onverschillig gebleven zijn wanneer men haar had gezegd dat ze nooit meer zou opstaan.

En ze bleef het duister in staren: naar de voorbijschietende dansende schaduwen, naar de zwarte vlekken die zich in het donker nog verdichtten, naar bepaalde als in een caleidoscoop rondwentelende kringen...

Plotseling scheen het haar toe dat de deur langzaam openging en kraakte...

Ze steunde op haar elleboog en richtte haar ogen op de deur. Er verscheen een kaars en een hand die de vlam afschermde. Vera keek niet langer, legde haar hoofd weer op het kussen en deed alsof ze sliep. Ze zag dat het Tatjana Markovna was die, met een lampje in de hand, voorzichtig binnenkwam. Ze liet haar pelerine van haar schouders op de stoel glijden en liep zachtjes naar het bed, gekleed in een witte ochtendjas zonder muts, als een spook.

Ze zette het lampje zonder enig gerucht neer op een tafeltje aan het hoofdeinde van Vera's bed en ging even onhoorbaar op de divan naast het bed zitten.

Ze wierp een vorsende blik op Vera, die met gesloten ogen op bed lag. Tatjana Markovna liet, met haar wang op haar hand steunend, geen oog van haar af en ademde af en toe zwaar, alsof ze haar borst zo onhoorbaar mogelijk wilde bevrijden van de opkomende zuchten.

Er ging meer dan een uur voorbij. Vera opende plotseling haar ogen en Tatjana Markovna keek haar strak aan.

'Slaap je niet, Verotsjka?'

'Nee.'

'Waarom niet?'

Stilte. Vera keek Tatjana Markovna in het gezicht en merkte op dat ze bleek was.

Ze kan de klap niet verdragen, dacht Vera, en veinzen kan ze ook niet, daardoor komt de waarheid naar buiten.

'Waarom straft u me ook 's nachts, baboesjka?' vroeg ze zacht.

Baboesjka keek haar zwijgend aan.

Vera antwoordde haar met net zo'n langdurige blik. Beide vrouwen spraken met hun ogen en schenen elkaar te begrijpen.

'Kijkt u me niet zo aan, uw medelijden wordt nog mijn dood. Jaagt u me liever het huis uit, in plaats van druppel voor druppel uw verachting over me uit te storten... Baboesjka! Ik verdraag het niet langer! Vergeeft u me, en als u dat niet kunt, begraaft u me dan ergens levend! Ik zou mezelf nog liever verdrinken...'

'Waarom zegt je tong niet wat je hoofd denkt, Vera?'

'Maar waarom zwijgt u? Wat gaat er in u om? Ik begrijp uw zwijgen niet en ik lijd eronder. U wilt iets zeggen en doet het niet...'

'Het is moeilijk, Vera, om iets te zeggen. Bid en probeer baboesjka zonder woorden te begrijpen... als je dat kunt.'

'Ik heb geprobeerd om te bidden maar ik kan het niet. Waar moet ik om bidden? Om zo snel mogelijk dood te gaan?'

'Waar treur je nog om nu alles vergeven en vergeten is?' antwoordde Tatjana Markovna in een poging Vera gerust te stellen en ging van de divan op het bed zitten.

'Nee, niets is vergeven en vergeten. Mijn schuld staat in uw ogen te lezen... Die zeggen alles...'

'Wat zeggen ze dan?'

'Dat ik niet verder kan leven, dat... alles verloren is.'

'Je bent niet in staat om in de ogen van baboesjka te lezen.'

'Ik ga sterven, dat weet ik! Ach, als het maar snel gebeurt, zo snel mogelijk!' zei Vera en draaide haar gezicht naar de muur.

Tatjana Markovna schudde zachtjes het hoofd.

'Ik kan niet meer leven,' herhaalde Vera met mismoedige zekerheid.

'Dat kun je wel!' zei Tatjana Markovna met een diepe zucht.

'Na wat er gebeurd is?' vroeg Vera en draaide zich weer naar haar om.

'Na wat er gebeurd is...'

Vera slaakte een vertwijfelde zucht.

'U weet dat niet, baboesjka... u bent niet zo!'

'Ik ben wel zo...' fluisterde Tatjana Markovna nauwelijks hoorbaar, zich over Vera heen buigend.

Vera wierp twee, drie nieuwsgierige blikken op haar en liet zich daarna weer bedroefd in de kussens zakken.

'U bent een heilige. U hebt nooit in mijn situatie verkeerd,' zei ze als het ware voor zichzelf. 'U bent een rechtschapene.'

'Nee, ik ben een zondares,' fluisterde Tatjana Markovna nauwelijks hoorbaar.

'We zijn allemaal zondaars, maar u bent het niet in dezelfde mate als ik...'

'Precies zo...'

'Wat?' vroeg Vera, na zich op haar ellebogen opgericht te hebben, met ontzetting in haar ogen en stem.

Ze greep met beide handen haar nachthemd vast en drukte haar gezicht tegen dat van baboesjka.

'Waarom belaster je jezelf?' vroeg zij met bevende stem, bijna sissend. 'Om de arme Vera gerust te stellen en te redden? Baboesjka, baboesjka, lieg niet.'

'Ik lieg nooit,' fluisterde de oude vrouw, zich met moeite vermannend, 'dat weet je. Zou ik dan nu liegen? Ik ben een zondares... een zondares...' zei ze, op haar knieën vallend voor Vera en haar grijze hoofd op haar borst leggend. 'Vergeef jij ook mij!'

Vera verstijfde van ontzetting.

'Baboesjka...' fluisterde ze en haar ogen gingen wijd open van verbazing, alsof ze net ontwaakt was, 'meent u dat echt?'

En plotseling drukte ze het hoofd van de oude vrouw met kracht tegen haar borst.

'Wat doe je? Waarom zeg je me dat...? Zwijg! Neem je woorden terug! Ik heb ze niet gehoord, zal ze vergeten, zal denken dat ik het gedroomd heb. Straf jezelf niet voor mij!'

'Laat me, het is Gods bevel!' zei de oude vrouw, die nog steeds geknield bij het bed zat en het hoofd liet hangen.

'Sta op, baboesjka...! Kom bij me...!'

Baboesjka huilde aan haar borst en Vera begon te snikken als een kind.

'Waarom heb je het gezegd...?'

'Het moest! Híj beveelt me om me te vernederen,' zei de oude vrouw, op de hemel wijzend, 'om vergiffenis aan mijn kleindochter te vragen. Vergeef jij mij eerst, dan kan ik jou ook vergeven. Ik wilde het geheim ten onrechte bewaren, het mee in mijn graf nemen... Ik heb jou te gronde gericht door mijn zonde...'

'Je redt me van de wanhoop, baboesjka...'

'Mezelf ook, Vera. God vergeeft ons, maar Hij eist een loutering. Ik dacht dat mijn zonde vergeten en vergeven was. Ik zweeg en maakte een rechtschapen indruk op de mensen, maar dat was ten onrechte. Ik was als een gepleisterd graf waarin deze onuitgewiste zonde schuilging. Maar nu is hij aan het licht gekomen in jouw zonde, die God toeliet om mij te straffen. Vergeef me vanuit je hart...'

'Baboesjka, kun je je eigen moeder dan iets vergeven? Je bent een heilige vrouw! Er bestaat geen tweede moeder als jij... Als ik je gekend had zoals ik je nu ken... had ik nooit iets tegen jouw wil gedaan...'

'Dat is mijn andere verschrikkelijke zonde!' onderbrak Tatjana Markovna haar. 'Ik heb gezwegen en hield je niet weg... van het ravijn! Je moeder kijkt me vanuit haar graf bestraffend aan: ik voel het, zie haar voortdurend in mijn dromen... Ze is nu hier, onder ons... Vergeef ook jij mij, dierbare dode,' zei de oude vrouw, schuwe blikken om zich heen werpend en haar arm uitstrekkend naar de hemel. Er ging een rilling door Vera heen.

'Vergeef ook jij mij, Vera, vergeven jullie me beiden...! We zullen bidden, bidden...!'

Vera probeerde haar overeind te helpen.

Tatjana Markovna stond moeizaam op en ging op de divan zitten. Vera gaf haar een eau-de-cologneflesje, bevochtigde haar slapen, liet haar rustgevende druppels innemen, ging naast haar op het tapijt zitten en bedolf haar handen onder kussen.

'Je weet dat er geen enkel geheim is dat niet aan het licht komt!' sprak Tatjana Markovna na zich enigszins hersteld te hebben. 'Vijfenveertig jaar lang hebben maar twee mensen het geweten: hij en Vasilisa, en ik dacht dat we alle drie zouden sterven met dat geheim. Maar nu is dus alles aan het licht gekomen. Mijn God!' zei Tatjana Markovna met een uitdrukking van ontzetting, bijna van waanzin op haar gezicht. Ze stond op en strekte haar gevouwen handen uit naar de icoon van de Verlosser. 'Als ik geweten had dat deze slag ooit een ander zou treffen... mijn kind nog wel, dan had ik toen op de markt of voor de kathedraal, te midden van de mensenmenigte, mijn zonde opgebiecht.'

Vera hoorde haar verbaasd aan, baboesjka met grote ogen aankijkend, durfde haar niet goed te geloven, bestudeerde elk van haar blikken en bewegingen om te zien of hier niet sprake was van een heldendaad, een grootmoedige poging om haar, de gevallene, te redden, weer op de been te helpen. Maar het gebed, de knieval en de tranen van de oude vrouw, de aanroeping van Vera's gestorven moeder... Nee, zelfs een geniale actrice had dat niet kunnen spelen, en baboesjka was in haar eerlijkheid en waarheidsdrang allesbehalve een actrice.

Een warm gevoel doorstroomde Vera's boezem, het werd haar lichter om het hart. Ze had het gevoel dat ze zich innerlijk weer oprichtte, ontwaakte uit een diepe slaap, dat het leven met golven in haar binnenstroomde, dat de vrede zachtjes, als een vriend, aan de poort van haar ziel klopte en dat deze ziel, die er als een donkere, verwaarloosde tempel bij lag, verlicht werd door vuren en vervuld raakte van hoopvolle gebeden. Het graf veranderde in een bloementuin.

Het bloed begon weer vrijelijk door haar aderen te stromen, alles hernam, als bij een kapot horloge dat door een vakman gerepareerd is, zijn vroegere loop. De mensen keken haar weer vriendelijk aan, de natuur hulde zich voor haar weer in schoonheid.

Morgen zou ze weer monter, vief en vol innerlijke rust opstaan, zou ze de geliefde gezichten om haar heen zien, zich ervan vergewissen dat Rajski niet overdreef toen hij zei dat zij zijn poëtische ideaal was geworden.

Toesjin zou als vanouds trots zijn op haar vriendschap, er gelukkig mee zijn, en hij zou nog veel, veel meer van haar houden dan tot nu toe, zoals hij zelf een keer had gezegd. Baboesjka en zij waren nu geen grootmoeder en kleinkind meer, maar twee intieme, gelijkwaardige en onafscheidelijke vriendinnen.

Ze was haar zelfs onwillekeurig net als Rajski gaan tutoyeren toen ze regelrecht uit haar hart sprak dat het koude 'u' was vergeten, en ze behield zich het recht hierop voor.

Ze begreep nu pas waarom baboesjka na de avond waarop Rajski haar alles had verteld dubbel zo teder en beminnelijk was gaan doen. Ja, baboesjka had de schier ondraaglijke last van Vera's verdriet op haar oude schouders genomen, had door de bekentenis van haar eigen schuld die van Vera uitgewist en haar eer, die zijzelf al verloren waande, gered. Eerverlies! Zou deze rechtschapen, wijze en liefdevolle vrouw, de beste van de wereld, die allen liefhad en al haar plichten gewetensvol vervulde, die nooit iemand tekortdeed of bedroog, die haar hele leven in dienst stelde van anderen – zou zij, deze door allen gerespecteerde vrouw, werkelijk een 'gevallene' zijn die haar eer had verloren?

Ze zag nu wat haar te doen stond, ze zou op haar beurt een baboesjka moeten worden, haar leven in dienst moeten stellen van anderen en via strenge plichtsvervulling, met eindeloze offers en arbeid een nieuw leven moeten beginnen, verschillend van het leven dat haar naar de bodem van het ravijn had getrokken... ze zou zich alleen nog moeten laten leiden door liefde voor de mens, door waarheid en goedheid.

Dat alles ging als een wervelwind door haar heen en scheen haar weg te voeren op de wolken. Ze voelde zich zo licht en vrij als een misdadiger die men heeft bevrijd van de ketenen aan zijn armen en benen.

Ze stond plotseling op.

'Baboesjka,' zei ze, 'je hebt me vergeven, je houdt meer van mij dan van wie ook, meer dan van Marfenka, dat zie ik! Maar zie je, weet je hoeveel ik van jou houd? Ik zou niet zo hevig lijden als ik niet zoveel van jou hield! Wat hebben we lang langs elkaar heen geleefd...!'

'Dadelijk zul je alles horen, luister naar mijn biecht en oordeel streng over mij of vergeef me, dan zal ook God ons beiden vergeven...'

'Nee, nee, dat wil ik niet, dat durf ik niet, dat hoeft niet! Waarvoor...?'

'Waarvoor? Opdat ook ik nu boet voor datgene waarvoor ik vijfenveertig jaar geleden had moeten boeten. Ik heb me onttrokken aan de straf voor mijn zonde. Jij weet het nu en ook Boris zal het weten. Laat mijn kleinzoon de spot drijven met de grijze haren van de oude Kunigunda.'

Baboesjka liep twee keer opgewonden door de kamer heen en weer en schudde met fanatieke vastberadenheid het hoofd.

Ze leek opnieuw op het oude vrouwenportret in de familiegalerij, met haar strenge waardigheid, met haar grandeur en zelfbewustheid, met een gezicht dat getuigde van de doorstane kwelling, en met de trots die deze kwelling had overwonnen. Vera voelde zichzelf een zielig klein meisje tegenover haar en keek haar schuchter in de ogen, in gedachten haar jeugdige, nu net tot een gevecht met het leven uitgedaagde kracht vergelijkend met deze oude, in de lange en harde strijd om het bestaan beproefde, maar nog steeds grote en kennelijk ongebroken kracht.

Ik heb haar nooit begrepen! Waar was mijn veelgeprezen wijsheid in het aangezicht van deze afgrond! dacht ze en ze haastte zich om baboesjka van haar biecht af te houden en haar getourmenteerde ziel deze overbodige en zware kwelling te besparen. Ze knielde voor haar en pakte haar beide handen.

'Je begrijpt zelf, baboesjka,' zei ze, 'wat je nu voor mij gedaan hebt. Mijn hele leven zal niet lang genoeg zijn om je dit te vergoeden. Ga niet verder, laat dit het einde van je straf zijn. Als je dat per se wilt, zal ik mijn neef een paar woorden in het oor fluisteren over je verleden... maar laat het daarna eens en voor altijd in vergetelheid geraken. Ik ben getuige geweest van jouw zielenstrijd. Waarom wil je jezelf nu ook nog kwellen met een biecht? Het is niet aan mij om die aan te horen en over jou te oordelen, laat me alleen je grijze haren vereren en mijn leven lang dit moment zegenen. Ik zal je niet aanhoren. Dat is mijn laatste woord!'

Tatjana Markovna slaakte een zucht en omhelsde haar.

'Het zij zo!' zei ze. 'Ik aanvaard je beslissing als een teken dat God me heeft vergeven, en ik dank je ervoor dat je mijn grijze haren spaart.'

'Laten we nu naar jouw huis gaan en allebei uitrusten,' zei Vera.

Tatjana Markovna droeg haar zo ongeveer in haar armen naar het oude huis, legde haar in haar eigen bed en ging naast haar liggen.

Toen Vera, zich koesterend in haar omhelzingen, rustig was ingeslapen, stond baboesjka voorzichtig op, pakte een olielamp, schermde met haar hand het licht af van Vera's ogen en verlichtte een paar minuten haar gezicht, met vertedering kijkend naar de bleke, pure schoonheid van haar voorhoofd en de gesloten ogen en naar alle als het ware met de hand van een groot meester uit blank marmer gehouwen zuivere en fijne trekken waarin diepe rust en vrede lagen.

Ze zette de lamp weer neer, bekruiste de slapende, beroerde met haar lippen haar voorhoofd en knielde naast het bed.

'God, ontferm U over haar!' bad ze bijna in extase. 'En als aan de maat van Uw toorn nog geen recht is gedaan, leid die dan van haar af en tref opnieuw mijn grijze hoofd...!'

Ze zat na dit gebed lang naast de slapende, ging daarna zachtjes naast haar liggen en legde haar handen om Vera's hoofd. Vera werd af en toe wakker, opende dan haar ogen in de richting van baboesjka en sloot ze weer, en in haar halfslaap drukte ze haar gezicht steeds vaster en vaster tegen baboesjka's boezem, alsof ze zich steeds dieper wilde begraven in haar omhelzingen.

II

De dagen verstreken en brachten weer rust in Malinovka. Het leven, dat was opgehouden door de catastrofe, als een rivier door zijn drempels, had de hindernis overwonnen en stroomde gelijkmatig verder.

Maar aan deze rust ontbrak de zorgeloosheid. Evenals in de natuur heerste er onder de mensen een herfststemming. Iedereen was in zichzelf gekeerd en zwijgzaam, iedereen straalde koelte uit, en zoals de bladeren van de bomen verdwenen waren, zo waren de lach en de vrolijkheid verdwenen van de gezichten van de mensen.

Tussen Vera en baboesjka was een hechte en intieme verbondenheid ontstaan. Sinds de avond van hun wederzijdse biecht heerste er rust en vrede tussen hen, maar toch maakten ze zich nog zorgen om elkaar en keken met een vragende, onzekere blik, alsof ze bang waren voor de toekomst, in de verte.

Zou baboesjka de plotselinge onrust die als een aardbeving haar innerlijke vrede had verstoord kunnen verwerken? Dat vroeg Vera zich af, en ze probeerde in de ogen van Tatjana Markovna te lezen of die kon wennen aan de andere, huidige Vera en aan het nieuwe, onbekende lot dat haar wachtte, en dat zo geheel anders was dan baboesjka haar had toegedacht. Beklaagde ze zich niet in stilte omdat ze op zo'n brute wijze was weggerukt uit haar gelukzalige oudevrouwensluimer? Zou de rustige klaarheid van haar ziel ooit terugkeren?

Intussen probeerde Tatjana Markovna van haar kant Vera's toekomst te doorgronden en vroeg zich bezorgd af of Vera sterk genoeg zou zijn om in deemoed het kruis te dragen dat het lot haar, naar zij meende, als straf voor haar zonde had opgelegd. Zouden haar gekwetste trots en haar aangetaste zelfrespect haar tere, jonge krachten niet ondergraven? Zou haar verdriet te genezen zijn en niet uitlopen op een chronische ziekte?

Baboesjka nam werktuiglijk de teugels van haar rijk weer in handen. Vera wijdde zich vol ijver aan het huishouden en hield zich vooral bezig met Marfenka's uitzet, die emplooi bood voor haar goede smaak en haar werklust.

Hoewel ze enerzijds van het leven een serieuze, op haar geestelijke krachten afgestemde bezigheid verwachtte, ging ze anderzijds geen enkel karwei dat zich in haar omgeving voordeed, hoe simpel en onbeduidend ook, uit de weg. Ze was van mening dat onder minachting van onbeduidende, alledaagse arbeid en de vergeefse afwachting van nieuwe, nog ongekende daden en taken meestal luiheid en onvermogen schuilgaan, oftewel de ziekelijke en belachelijke zucht om jezelf hoger te waarderen dan het eigen verstand en de eigen krachten rechtvaardigen.

Ze besloot dat een zinvolle bezigheid zich niet laat creëren, dat die zichzelf, door de macht der omstandigheden, op een gegeven moment aanbiedt en dat alleen een bezigheid die langs een dergelijke natuurlijke weg ontstaat waardevol en belangrijk is.

Dus moet je goed om je heen kijken of er niet ergens een karwei op je wacht dat nodig gedaan moet worden en waarachter weer een volgend karwei opdoemt, alles in de goede volgorde en zonder achter een of ander dwaallicht of een illusie, zoals Rajski het noemt, aan te lopen.

Vooral moest men niet de handen in de schoot leggen en zwelgen in een zalig nietsdoen, in een constante toestand van rust zonder enige arbeid.

Ze was nu bleker dan vroeger, haar ogen vertoonden minder glans en haar bewegingen waren niet meer zo levendig. Dat alles kon het gevolg zijn van haar ziekte, van de in de kiem gesmoorde koorts; dat nam tenminste iedereen in haar omgeving aan. Als er anderen bij waren, gedroeg ze zich zoals altijd: ze naaide, tornde, sprak met de naaisters, hield de boekhouding bij en voerde de opdrachten van baboesjka uit. En niemand merkte iets.

'De jongedame wordt weer beter,' zeiden de bedienden.

Rajski merkte de keer ten goede in haar ook op. Wanneer hij haar soms in gepeins verzonken zag of een even blinkende en dan weer verdwijnende traan in haar ogen opmerkte, begreep hij dat dit slechts de sporen waren van een vervlogen hartstocht, van een wegtrekkend onweer. Hij was tevreden met haar en zijn eigen opwinding kwam steeds meer tot rust naarmate alle belemmeringen die zijn hartstocht hadden geprikkeld uit zijn geheugen gewist werden: de twijfels, de rivaliteit en de jaloezie.

Op aandringen van baboesjka lichtte Vera (Tatjana Markovna had dat zelf niet gekund) hem in grote trekken in over baboesjka's liefde, waarvan Vatoetin het voorwerp was geweest. Maar over de zonde van baboesjka zweeg Vera en daardoor bleef het voor Rajski een onopgelost raadsel waaruit baboesjka, in zijn ogen een oude vrijster, de kracht had geput om met een allesbehalve maagdelijke, bijna mannelijke standvastigheid niet alleen zelf de zware beproeving van de laatste weken te verdragen, maar ook om Vera te troosten, haar te redden van de zedelijke ondergang, van haar wanhoop.

Maar toch had ze dat voor elkaar gekregen. Hoe was het haar gelukt Vera's vertrouwen te winnen, haar zo volgzaam te maken? Hij wist niet wat hij ervan moest denken en verbaasde zich steeds meer over baboesjka, een verbazing die hij onwillekeurig liet blijken.

Hij legde nu tegenover haar een diep en innig respect en een ingehouden deemoed aan den dag. De tegenwerpingen, de vroegere komische woordenstrijd met haar, hadden aan zijn kant plaatsgemaakt voor een bijzonder soort eerbied voor elk van haar woorden, haar wensen en bedoelingen. Zelfs in zijn bewegingen, die iets ingehoudens kregen, bijna schuchter werden, kwam deze eerbied tot uiting.

Hij waagde het niet meer om in haar aanwezigheid op de divan te gaan liggen, stond op als ze naar hem toe kwam, volgde haar gedwee wanneer ze naar het dorp of de velden ging en hem vroeg haar te vergezellen, en luisterde geduldig naar haar uiteenzettingen over het beheer van het landgoed. Al zijn betrekkingen tot baboesjka, zelfs de meest onbeduidende, werden nu beheerst door de bewondering die een vrouw met groot moreel gezag onwillekeurig oproept. En zijzelf veranderde, na haar heldendaad verricht te hebben, na in deze storm, die iedere oppervlakkige natuur omver had geblazen, overeind gebleven te zijn en niet alleen op een intelligente en waardige wijze haar eigen drukkende last maar ook die van een ander op zich genomen te hebben, voor zijn ogen weer in de eenvoudige vrouw die opging in het dagelijks leven, alsof ze haar krachten en haar grandeur bewaarde voor een nieuwe, geschikte gelegenheid, zonder zelf te vermoeden hoe ze plotseling gegroeid was en wat voor heldendaad ze had verricht.

Onder het personeel heersten, nadat het voor hen onverklaarbare onweer over was gedreven, onbegrip en verbazing. De bedienden liepen zwijgend rond. Je hoorde geen kabaal, gescheld of gelach, en als Jegorka grappen probeerde uit te halen met de meisjes joegen ze hem weg.

In een wel bijzonder penibele situatie bevond zich Vasilisa. Zij en Jakov hadden een gelofte gedaan voor het geval dat de meesteres tot zichzelf zou komen en zou genezen: hij zou een grote, vergulde kaars aansteken voor de icoon in de parochiekerk, terwijl zij te voet naar Kiev zou gaan.

Jakov verdween op een dag 's morgens vroeg van het erf met medeneming van een deel van het geld dat baboesjka hem regelmatig toevertrouwde om olie voor de iconenlampjes te kopen. Daarvan kocht hij de beloofde kaars en plaatste die tijdens de vroegmis voor de icoon.

Hij bleek nog geld over te hebben en liep van de kerk, zich voortdurend bekruisend, naar de voorstad, alwaar hij het overschot op gepaste wijze stuksloeg. In een vrolijke stemming en met een blos op zijn wangen kwam hij weer thuis en liep daar geheel toevallig Tatjana Markovna tegen het lijf, die al uit de verte rook dat hij wijn had gedronken.

'Wat is er met jou, Jakov?' vroeg ze verbaasd. 'Waarom heb je...?'

'Ik heb een gelofte vervuld, vrouwe!' antwoordde hij, het hoofd vroom buigend en zijn gevouwen handen op de borst leggend.

Hij vertelde ook aan Vasilisa dat hij zijn gelofte was nagekomen. Vasilisa keek hem ontzet aan. Zij had ook een gelofte gedaan, maar door de zorgen om de meesteres en de voorbereidingen voor de bruiloft van Marfenka was ze die weer vergeten.

En Jakov was haar nu al nagekomen, en nog wel in één ochtend, en hij liep vol gelukzaligheid rond, terwijl zij nog naar Kiev moest.

'Hoe kan ik nu helemaal naar Kiev lopen? Dat haal ik niet,' zei ze, zichzelf betastend. 'Ik heb bijna geen botten meer, het is een en al week vlees! Dat red ik niet. Heer, ontferm U!'

En ze had inderdaad alleen maar week vlees. In de dertig jaar dat ze op haar stoel aan het raam tussen de flessen met vruchtenlikeur had doorgebracht, slechts om haar meesteres heen scharrelend en zonder ooit in de buitenlucht te komen, was haar lichaam helemaal week geworden. Ze voedde zich zelfs buiten de vastentijd alleen met koffie en thee, met brood, aardappelen en augurken.

Ze ging naar vader Vasili om haar geweten te sussen. Ze had gehoord dat milde priesters een onvervulbare gelofte soms nietig verklaren of haar vervangen door een andere. Maar wat voor gelofte zal hij me in plaats van deze opleggen? vroeg ze zich af...

Ze vertelde naar aanleiding waarvan ze de gelofte had gedaan en vroeg: 'Moet ik gaan?'

'Als je een gelofte gedaan hebt, dan moet je gaan!' sprak vader Vasili. 'Dat spreekt vanzelf.'

'Ik heb de gelofte gedaan uit angst, ik dacht dat de meesteres zou sterven. Maar ze was na drie dagen weer op de been. Waarom zou ik dan zo ver weg gaan?'

'Ja, Kiev, dat is niet naast de deur! Maar je kunt niet iets beloven en er dan weer op terugkomen!' berispte hij haar. 'Dat is niet eerzaam. Als je geen zin hebt om te gaan, dan had je geen gelofte moeten doen.'

'Ik heb wel zin, vader, maar geen kracht, mijn ledematen zijn verweekt. Als ik hier naar de kerk ga, ben ik al buiten adem. Ik ben al tegen de zeventig. Het zou iets anders zijn als de meesteres een maand of drie ziek in bed had gelegen, men haar de laatste sacramenten had toegediend en God haar vanwege mijn zondige gebed weer op de been had gebracht, dan was ik desnoods op handen en voeten naar Kiev gegaan. Maar ze is niet eens een week ziek geweest.'

Vader Vasili glimlachte.

'Wat doen we dan nu?' vroeg hij.

'Ik zou wel iets anders willen beloven. Kan ik mijn gelofte niet veranderen?'

'Wat wil je dan beloven?'

Vasilisa dacht na.

'Ik zou mezelf een vasten kunnen opleggen. Bijvoorbeeld dat ik tot het einde van mijn leven geen vlees meer in de mond zal nemen.'

'Houd je van vlees?'

'Nee, ik kan het niet zien! Ik weet niet eens meer hoe het smaakt...'

Vader Vasili moest weer lachen.

'Dat gaat niet,' zei hij. 'Als je je gelofte wilt veranderen, moet je daarvoor iets in de plaats stellen wat even moeilijk is of nog moeilijker, maar jij hebt iets gekozen wat makkelijker is.'

Vasilisa zuchtte.

'Weet je niet iets wat je met grote tegenzin zou doen?'

Vasilisa dacht na en zei dat ze niets wist.

'Goed, dan moet je naar Kiev gaan!' besloot vader Vasili.

'Als ik dat weke vlees niet had, bij God, dan zou ik met plezier gaan!'

Vader Vasili sloeg aan het piekeren.

'Hoe moet ik je dan helpen?' vroeg hij zich hardop af. 'Wat eet of drink je erg graag?'

'Thee, koffie en soep met paddestoelen en aardappels.'

'Drink je graag koffie?'

'Ja, erg graag.'

'Nou, onthoud je dan van koffie. Drink het niet meer!'

Ze zuchtte.

Ja, dacht ze, dat is inderdaad zwaar, bijna even zwaar als naar Kiev lopen!

'Waar moet ik me dan mee voeden, vader?' vroeg ze.

'Met vlees.'

Ze keek hem aan om te zien of hij niet lachte. En hij keek haar inderdaad lachend aan.

'Je moet je afkeer van vlees overwinnen, dat zal je offer zijn.'

'Wat heb ik daaraan, vader: vlees is toch geen vastenspijs?'

'Je moet het alleen buiten de vastentijd eten! En je hebt er ook iets aan: je zult je weke vlees verliezen. Hou het een half jaar vol, dan zul je je gelofte vervuld hebben.'

Ze verliet de priester met een bezorgd gezicht, vervulde vanaf de volgende dag gehoorzaam haar nieuwe gelofte en wendde haar neus met een zucht af van de dampende koffiepot die ze 's morgens naar de meesteres bracht.

Met Marina was ook iets ergs gebeurd. Nog voor de ziekte van de meesteres liep ze al rond met een verwilderde blik, lag een week op de kachelbank en hield daarna het bed met de mededeling dat ze ziek was en niet op kon staan.

'Het is een straf van God!' zei Saveli zuchtend en wikkelde haar in een warme deken.

Vasilisa vertelde het de meesteres. En Tatjana Markovna liet Melancholicha halen, het kruidenvrouwtje naar wie men de bedienden en andere simpele lieden stuurde wanneer ze ziek waren.

Melancholicha verklaarde Vasilisa na een zorgvuldig onderzoek van de zieke fluisterend dat de ziekte van Marina haar kennis te boven ging. Men bracht haar daarom naar een kliniek in een stad die op tweehonderd werst afstand lag.

Saveli bracht haar zelf weg. Maar toen hij terugkwam en het huispersoneel hem met vragen bestookte, trok hij alleen de huid van zijn voorhoofd wat verder op, zodat er een rimpel van een vinger dikte ontstond, vervolgens spuugde hij op de grond, keerde de anderen de rug toe en verdween in zijn woning.

Anderhalve week later kwam Marfenka met haar bruidegom terug van de overkant van de Wolga, nog vrolijker, gelukkiger en gezonder dan ze vertrokken was. Beiden waren aangekomen. Ze brachten hun lach, hun vrolijke gebabbel en hun drukke gedoe mee.

Maar ze waren nog geen twee uur in huis of ze waren ook al schuchter en stil geworden, daar ze bij niemand enig gehoor vonden voor hun luidruchtige ontboezemingen. Hun gelach en vrolijke gepraat stierven weg als in een verlaten huis.

Over iedereen hing een soort mist. Zelfs de vogels kwamen niet meer naar het bordes waarop Marfenka voer voor hen placht uit te strooien.

De zwaluwen, de spreeuwen en alle andere zomergasten waren weggevlogen, en ook de kraanvogels lieten zich niet meer boven de Wolga zien. De katjes hadden zich verspreid.

De bloemen waren verwelkt, de tuinman had ze op de vuilnishoop geworpen, en voor het huis zag men nu in plaats van de bloementuin zwarte kringen van omgewoelde aarde met een rand van bleke zoden, en kale stroken waar de bloembedden geweest waren. De fruitbomen waren gedeeltelijk in bastmatten gewikkeld. De bosjes verloren steeds meer van hun bladertooi en de Wolga, die steeds donkerder leek, stond op het punt te bevriezen.

Maar dat kwam door de natuur, die de zwaarmoedigheid van de mensen weliswaar versterkt, maar die niet in haar eentje veroorzaakt.

Wat was er toch met de mensen gebeurd, met het hele huis? vroeg Marfenka zich af terwijl ze vol verbazing om zich heen keek.

Marfenka's nestje, haar kamertjes boven hadden hun vrolijke atmosfeer verloren. Een somber zwijgen had zich met Vera in hen genesteld.

Marfenka stonden de tranen in de ogen. Waarom was alles veranderd? Waarom was Verotsjka overgekomen uit het oude huis? Waar was Tit Nikonytsj? Waarom schold baboesjka haar, Marfenka, niet uit? Ze had er zelfs niets van gezegd dat ze in plaats van een week veertien dagen was weggebleven. Hield baboesjka niet meer van haar? Waarom ging Verotsjka niet meer zoals vroeger alleen door de velden en het bos wandelen? Waarom was iedereen zo stil: ze spraken niet met elkaar en plaagden haar niet met haar bruidegom, zoals ze dat voor haar vertrek hadden gedaan. Wat had het zwijgen van baboesjka en Vera te betekenen? Wat was er hier in huis gebeurd?

Toen Marfenka vragen begon te stellen, gaf men haar een halfslachtig antwoord, of helemaal geen.

Vera is verhuisd, zei men haar, omdat de kachel in het oude huis het niet meer deed.

Tit Nikonytsj was naar zijn landgoed vertrokken omdat de boeren daar onrustig waren.

Vera ging niet meer wandelen omdat ze de laatste keer een kou had gevat, drie dagen in bed had gelegen en bijna een koortsaanval had gekregen. Toen Marfenka het woord koortsaanval hoorde, schrok ze geweldig en begon te huilen.

Op de vraag waarom baboesjka en Vera zo zwijgzaam waren, waarom baboesjka haar niet meer uitschold, of ze dan niet meer van haar hield, gaf Tatjana Markovna geen antwoord, maar omvatte haar gezicht met beide handen en kuste haar peinzend, met een zucht, op het voorhoofd.

Dat maakte Marfenka alleen nog maar verdrietiger.

'We hebben veel paardgereden. Nikolaj Andrejitsj heeft een dameszadel laten brengen. Ik heb in mijn eentje geroeid, ben met boerenvrouwen het bos in gegaan,' vertelde Marfenka in de hoop dat baboesjka haar althans voor een van deze dolle streken zou berispen.

Tatjana Markovna schudde schijnbaar afkeurend het hoofd, maar Marfenka zag dat ze veinsde en ondertussen aan iets heel anders dacht. Soms zei ze ook helemaal niets, maar begaf zich eenvoudig naar Vera en ging naast haar zitten.

Marfenka had hier verdriet van en werd geplaagd door afgunst, maar durfde niets te zeggen en huilde in stilte. Het was waarschijnlijk het eerste ernstige verdriet in haar leven. Onwillekeurig nam ook zij de serieuze, versluierde stemming aan die over Malinovka en zijn bewoners lag.

Zwijgend zat ze naast Vikentjev; ze hadden niets om elkaar toe te fluisteren. Vroeger hadden ze altijd zo luid over hun geheimen gesproken dat iedereen het kon horen. Slechts heel zelden lukte het Rajski ongedwongen met haar te babbelen en maar af en toe wist Vikentjev haar zover te brengen dat ze in lachen uitbarstte; ze schrok daar dan zelf van, keek angstig om zich heen en stak dreigend haar vinger tegen hem op.

Dit zwijgen, deze ingehoudenheid en droeve toon waren niets voor Vikentjev. Hij probeerde zijn moeder ertoe te overreden om aan Tatjana Markovna toestemming te vragen om zijn bruid weer mee te nemen naar Koltsjino en daar te blijven tot de bruiloft, oftewel tot eind oktober. Deze toestemming werd tot zijn genoegen makkelijk en snel gegeven en de twee jonge mensen vlogen als een zwaluwenpaar onder een uitbundig gekwetter uit om het herfstige Malinovka te verwisselen voor hun toekomstige nest, waar warmte, licht en een vrolijk gelach heersten.

Marfenka's verdriet was baboesjka echter niet ontgaan en ze had haar, voorzover ze daartoe in staat was, allerlei vermoedens en veronderstellingen uit het hoofd gepraat. Ze stelde haar gerust en liet haar onder tedere liefkozingen in een vrolijke, zorgeloze stemming weer gaan, na beloofd te hebben om haar zelf te komen halen als ze zich daar verstandig gedroeg.

Rajski reisde naar het landgoed van Tit Nikonytsj en bracht hem meer dood dan levend weer mee terug: hij was mager geworden, had een vale gelaatskleur gekregen, kon zich nauwelijks bewegen en kwam pas tot zichzelf toen hij Tatjana Markovna zag en weer in haar rijk mocht vertoeven. Hier aan haar tafel, met het servet achter zijn kraag gestoken, of op de taboeret bij het raam, naast haar fauteuil, met een door haar ingeschonken glas thee in de hand, herstelde hij zich geleidelijk en werd zo blij en vrolijk als een kind dat men zijn speeltje heeft afgenomen en daarna plotseling weer teruggegeven.

Van louter vreugde begon hij soms plotseling te lachen en verborg zich achter zijn servet, wreef zijn handen enthousiast tegen elkaar, of stond op en boog zonder enige aanleiding voor alle aanwezigen en maakte doldriest een strijkage. En wanneer iedereen om hem lachte, lachte hij het hardst, nam zijn pruik af en wreef verwoed over zijn kale schedel of kneep Vasilisa, die hij voor Pasjoetka aanzag, in haar wang.

Kortom, hij was een beetje overstuur, kwam pas op de derde dag weer tot zichzelf, en werd toen even ernstig en nadenkend als de anderen.

De familiekring op Malinovka werd in deze tijd met een lid uitgebreid. Rajski kwam op een dag bij het middageten met Kozlov aanzetten. Hartelijker en gastvrijer dan deze door zijn Dido verlaten echtgenoot werd waarschijnlijk geen mens ooit ergens ontvangen.

Tatjana Markovna liet er met vrouwelijke fijngevoeligheid niets van merken dat ze op de hoogte was van het echtelijke drama. Gewoonlijk ontvangt men een gast in dergelijke gevallen met een gespannen stilzwijgen, maar zij sloeg meteen een schertsende, vrolijke toon aan en alle anderen volgden haar voorbeeld.

'Waarom ben je (ze tutoyeerde hem sinds lang) ons helemaal vergeten, Leonti Ivanovitsj? Borjoesjka zegt dat ik niet weet hoe ik je moet onthalen, dat mijn kookkunst je niet bevalt.'

'Hoezo bevalt die me niet? Wanneer heb ik je dat gezegd?' wendde hij zich streng tot Rajski.

Iedereen barstte in lachen uit.

'O, was het maar een grapje?' zei Leonti met een gedwongen lachje.

Hij had zijn verdriet in zoverre onder controle gekregen dat hij de noodzaak erkende om zich onder de mensen in te houden en zijn ongeluk met de sluier van het fatsoen te bedekken.

'Ja, ik ben lang niet bij jullie geweest, mijn vrouw is... naar Moskou vertrokken... om haar familie op te zoeken,' sprak hij zacht en met neergeslagen ogen, 'daarom kon ik niet...'

'Je zou bij ons moeten komen wonen,' merkte Tatjana Markovna op, 'in je eentje verveel je je maar.'

'Ik wacht op haar... ik wil niet dat ze thuiskomt terwijl ik er niet ben.'

'We laten het je meteen weten als ze komt. Ze moet ons huis immers passeren. Zodra we haar rijtuig zien, vangen we haar op. Uit de ramen van het oude huis kun je zien wie er over de weg rijdt.'

'Ja, inderdaad, je kunt de weg naar Moskou van hieruit zien,' zei Kozlov, terwijl hij Tatjana Markovna geïnteresseerd, bijna blij aankeek.

'Zie je wel, je moet hier komen wonen...'

'Misschien wel, ja...'

'Ik laat je gewoon niet gaan vandaag, Leonti,' zei Rajski, 'ik verveel me hier in mijn eentje; we verhuizen samen naar het oude huis. En daarna, na de bruiloft van Marfenka, vertrek ik en blijf jij bij baboesjka en Vera als eerste minister, huisvriend en lijfwacht.'

Leonti keek alle aanwezigen aan.

'Ik dank jullie hartelijk voor de uitnodiging... als ik maar niet tot last ben.'

'Je moest je schamen...' begon baboesjka.

'Neem me niet kwalijk, Tatjana Markovna.'

'Eet liever, in plaats van onzin te praten, je soep wordt koud...'

'Ja, ik heb eigenlijk wel trek!' zei hij plotseling, pakte de lepel en begon met smaak te eten. 'Ik heb allang niets behoorlijks meer gegeten...'

Hij richtte zijn peinzende blik in de verte, in de richting van de weg naar Moskou, at werktuiglijk zijn soep, daarna het pasteitje dat hem werd voorgezet, het gebraden vlees en het toetje.

'Het is hier zo rustig, zo aangenaam,' zei hij na het eten en keek uit het raam. 'En er is nog groen, en de lucht is zo zuiver... Luister, Boris Pavlovitsj, ik zou de bibliotheek weer hiernaartoe willen brengen.'

'Goed, breng haar morgen al voor mijn part, ze is van jou, je kunt ermee doen wat je wilt...'

'Nee, nee, wat moet ik ermee? Ik breng haar hierheen en zal erop letten dat die Mark niet weer...'

Rajski kuchte zo hard dat het in de hele kamer te horen was. Vera keek niet op van haar naaiwerk en Tatjana Markovna wierp een blik uit het raam.

Rajski nam Kozlov mee naar het oude huis, om de kamer te bekijken waar baboesjka een bed voor hem had laten neerzetten, de kachel op had laten stoken voor de nacht en de winterramen in de vensters had laten zetten.

Kozlov liep meteen naar de ramen om uit te vinden vanuit welk ervan men het beste uitzicht had op de weg naar Moskou.

12

Toen Vera op een mistige herfstdag na het ontbijt in haar kamer zat te naaien, reikte Jakov haar weer een brief op blauw papier aan. Hij was gebracht door een jongetje dat op antwoord moest wachten. Toen Vera de brief zag, verstijfde ze van schrik en wachtte wel een minuut voordat ze hem aannam uit de handen van Jakov. Toen pakte ze hem, legde hem op tafel en zei: 'Het is goed, je kunt gaan.'

Nadat Jakov het vertrek had verlaten, blies ze peinzend in haar vingerhoed en wilde doorgaan met haar werk, maar haar handen vielen plotseling tegelijk met het werk in haar schoot.

Ze steunde met haar ellebogen op de tafel en verborg haar gezicht achter haar handen.

'Wat een straf! Komt er ooit een einde aan die marteling?' fluisterde ze.

Vervolgens stond ze op, haalde uit de ladekast de eerdere, ongeopende brief van dezelfde kleur, legde hem naast de andere en ging weer in dezelfde houding zitten met de handen voor het gezicht.

Wat moet ik doen? Wat voor antwoord verwacht hij, nu we voorgoed uit elkaar zijn? Roept hij me weer naar het ravijn? Nee, dat zou hij niet durven... En als hij het toch doet?

Ze schouwde in haar ziel en luisterde of er vandaar soms een ingeving kwam wat voor antwoord ze hem, in het geval dat hij nog hoopte, moest geven, en ze huiverde opnieuw. Ik kan hem dat antwoord niet geven, dacht ze, zulke antwoorden worden niet onder woorden gebracht! Als hij het zelf niet geraden heeft, krijgt hij het van mij niet te horen!

Ze keek naar de twee brieven met het vertrouwde handschrift zonder zich te haasten om de zegels te verbreken, maar niet omdat ze spijt had van het gebeurde of bang was voor de tanden van de tijger. Ze observeerde als het ware van ter zijde hoe de reuzenslang die haar nog onlangs had gewurgd met zijn verschrikkelijke kronkels, nu op een afstand langs haar kroop; de glinstering van zijn schubben verblindde haar niet langer. Ze wendde zich af en huiverde met een gevoel dat niet meer op het vroegere leek.

Ze kreeg het benauwd van deze brief die haar plotseling weer naar de andere kant van de afgrond bracht, terwijl ze, verzwakt en vermoeid door de strijd al voorgoed had gebroken met alles wat haar daar geboeid had en de brug die naar de overkant van de afgrond voerde had verbrand. Ze begreep niet hoe hij haar nu nog kon schrijven. Waarom was hij er zelf niet allang vandoor gegaan?

Had hij geweten wat voor ommekeer zich had voltrokken aan deze kant van het ravijn, dan had hij haar natuurlijk nooit geschreven. Hij moest verwittigd worden, de bode wachtte... Moest ze de brief werkelijk lezen? Ja, dat moest ze...

Ze verbrak het zegel van beide brieven tegelijk en begon die welke het eerst gekomen was te lezen: 'Zullen we elkaar dan echt nooit meer zien, Vera? Dat lijkt me uitgesloten. Een paar dagen geleden had dat nog zin gehad, maar nu zou het een overbodig en voor beide partijen al te zwaar offer zijn. We hebben meer dan een jaar hardnekkig gevochten voor ons geluk, maar nu het ons ten deel is gevallen, ga jij er als eerste vandoor, en dat terwijl jij toch degene was die het steeds over liefde zonder einde had. Is dat logisch?'

'Is dat logisch?' herhaalde ze fluisterend en hield even op met lezen. Vervolgens scheen ze zich te vermannen en las verder.

'Men heeft mij toegestaan om te vertrekken, maar ik kan je nu niet verlaten, dat zou niet fair zijn... Je zou kunnen denken dat ik triomfeer en dat het me geen moeite meer kost om te vertrekken. Maar ik wil niet dat je dat denkt... Ik kan je niet verlaten omdat je van me houdt...'

De hand waarin ze de brief hield viel in haar schoot en een ogenblik later las ze langzaam verder.

'...en ook nog omdat ik zelf ben ontbrand in hartstocht. Laten we gelukkig zijn, Vera! Begrijp toch dat onze hele strijd en al onze eindeloze discussies slechts een masker van de hartstocht waren. Dat masker is gevallen, en we hebben niets meer om over te discussiëren. Het probleem is opgelost. We zijn het in wezen allang eens. Jij wilt een liefde zonder einde. Er zijn er veel die dat willen, maar het komt niet voor...'

Ze stopte weer even met lezen.

Hij heeft het over liefde, maar hij doelt op het vuur van de hartstocht, dacht ze en glimlachte meewarig. Daarna las ze verder.

'Ik heb de fout begaan om je die waarheid veel te vroeg te vertellen. Het leven had ons er vanzelf heen geleid. Ik zal je overtuigingen van nu af aan respecteren; ze zijn voor ons niet van belang, voor ons komt het aan op hartstocht. Die heeft zijn eigen wetten. Die lacht om jouw overtuigingen en zal mettertijd ook spotten met de eeuwige liefde die jij verlangt. De hartstocht is nu ook mij en mijn plannen de baas. Ik onderwerp me aan hem, onderwerp jij je ook. Misschien kunnen we met z'n tweeën, door gezamenlijk op te treden, goedkoop van hem afkomen, terwijl het ons duur kan komen te staan wanneer ieder in zijn eentje het gevecht aangaat.

We zijn niet in staat onze overtuigingen te veranderen, zoals we niet in staat zijn om de natuur te veranderen, en veinzen kunnen we allebei niet. Dat zou niet logisch en niet fair zijn. We moeten ons uitspreken en het over alles eens zien te worden. We hebben dat geprobeerd en zijn het niet eens geworden; dus is het enige wat ons overblijft zwijgen en gelukkig zijn in weerwil van onze overtuigingen; de hartstocht vraagt niet naar overtuigingen. We zullen zwijgen en we zullen gelukkig zijn. Ik hoop dat je je in die logica kunt vinden.'

Iets wat op een bittere glimlach leek verscheen weer om haar lippen.

'Ze zullen ons waarschijnlijk niet toestaan om samen te vertrekken, en dat kan ook niet. Alleen een waanzinnige hartstocht zou je daartoe kunnen brengen, maar daar reken ik niet op: jij bent geen dom wijfjesdier en ik ben geen jongetje meer. Ik bedoel dat je om te kunnen besluiten om te vertrekken mijn overtuigingen zou moeten delen en een andere toekomst voor je zou moeten hebben dan die welke je naasten je toewensen: een onzeker en onbekend lot, zonder eigen hoekje, zonder nestje, zonder huiselijke haard en zonder bezit, zoals dat mij beschoren is. Ik geef toe dat het voor jou onmogelijk is om hier weg te gaan. Dus moet ik een offer brengen; ik ben nu bereid om dat te brengen en zal dat ook doen. Als je denkt dat baboesjka daarmee instemt, laten we dan trouwen, en ik zal zo lang hier blijven tot... kortom, voor onbepaalde tijd. Ik heb alles gedaan wat ik kon, Vera, en ik zal mijn belofte nakomen. Nu moet jij iets doen. Denk erom dat als we nu uit elkaar gaan, dat zal lijken op een slechte komedie waarin jij een ondankbare rol vervult en waarom Rajski als eerste zal lachen als hij het hoort.

Je ziet dat ik je voor alles waarschuw zoals ik dat toen ook heb gedaan...'

Ze maakte een ongeduldig, bijna wanhopig gebaar en las vluchtig de laatste regels.

'Ik verwacht je antwoord op het adres van mijn hospita Sekleteja Boerdalachova.'

Het lezen van de brief scheen Vera vermoeid te hebben. Ze legde hem onverschillig opzij en pakte de andere die Jakov net had gebracht.

Hij was haastig met een potlood geschreven.

'Ik heb na mijn eerste brief iedere dag in het ravijn rondgezworven in afwachting van jou. Ik heb net toevallig gehoord dat het bij jullie in huis slecht gesteld is met de gezondheid. Dat verklaart waarom jij nergens bent te bekennen. Vera, kom hierheen, of, als je ziek bent, schrijf me dan een paar regels. Anders ben ik in staat om naar het oude huis te komen...'

Vera stopte vol angst weer even met lezen, vervolgens las ze haastig het einde.

'Als ik vandaag geen antwoord krijg,' stond verderop, 'zal ik morgen om vijf uur in het tuinhuisje zijn... Ik moet zo spoedig mogelijk besluiten of ik blijf of vertrek. Kom om een paar woorden te wisselen, om afscheid te nemen, als... Nee, ik kan niet geloven dat we nu voor altijd uit elkaar zijn gegaan. In ieder geval wacht ik op jou of op een antwoord van jou... Als je ziek bent, kom ik zelf...'

Mijn God! dacht Vera, hij is nog steeds daar, in het tuinhuisje...! Hij dreigt om hierheen te komen... De bode wacht... De reuzenslang kronkelt zich nog altijd door het gras... Het is nog niet voorbij... alles is nog niet dood...!

Ze deed snel een la open, haalde er een paar vellen papier uit, pakte een pen, doopte hem in de inkt en wilde schrijven – maar ze kon het niet. Haar handen trilden.

Ze legde de pen neer, verborg het hoofd weer in de handen, en trachtte haar gedachten te ordenen. Maar haar gedachten waren verward en vertoonden geen enkele samenhang, haar hart klopte hevig, en de weemoed hinderde haar. Ze legde haar hand op haar borst alsof ze de pijn wilde verlichten, pakte opnieuw de pen op om te schrijven en legde hem een ogenblik later weer neer.

'Ik kan het niet, ik heb er de kracht niet toe, ik stik!' Ze goot wat eau de cologne op haar hand en wreef daarmee haar voorhoofd en slapen in. Vervolgens wierp ze weer een blik in de ene brief, daarna in de andere, gooide ze op tafel en zei: 'Ik kan het niet, ik weet niet hoe ik moet beginnen, wat ik moet schrijven. Ik weet niet meer hoe ik hem vroeger heb geschreven, op welke toon... Ik ben alles vergeten!'

Wat voor antwoord moet de bode hem brengen? Ik heb maar één antwoord: ik kan het niet, ik heb geen kracht, ik weet hem niets te zeggen!

Ze ging naar beneden, gleed door de gangen, vond Jakov en beval hem de jongen te zeggen dat hij moest gaan, dat het antwoord later zou komen.

Maar wanneer is later? vroeg ze zich af terwijl ze langzaam weer teruggging naar boven. Zal ik de kracht in mezelf vinden om hem vandaag voor de avond een antwoord te sturen? En wat zal ik hem schrijven? Alleen maar dit: ik kan het niet, ik wil het niet, er is niets van vroeger in mijn hart overgebleven... En morgen zal hij daar in het tuinhuisje wachten. Als hij voor niets wacht, zal dat hem ergeren, hij zal weer schoten afvuren, zal op het personeel stuiten, op baboesjka. Zal ik er alleen heen gaan en hem zeggen dat hij zich 'unfair en onlogisch' gedraagt...? Het heeft geen zin met hem over grootmoedigheid te spreken, die is wolven onbekend.

Dat alles ging door haar heen en ze pakte nu eens haar pen op, legde hem dan weer neer, en dacht erover om er zelf heen te gaan, hem op te zoeken, hem dit alles in zijn gezicht te zeggen, zich om te draaien en weer weg te gaan, en ze pakte haar mantilla en haar hoofddoek zoals ze dat placht te doen wanneer ze zich naar het ravijn haastte. En net zoals toen viel alles op de grond en zakten haar handen krachteloos omlaag. Ze ging op de divan zitten en wist niet wat ze moest doen.

Moest ze het aan baboesjka vertellen? Baboesjka zou wel raad weten, maar de brieven zouden haar verdriet doen en dat wilde Vera vermijden.

Moest ze het aan haar neef Boris zeggen en het hem toevertrouwen om een eind te maken aan de verwachtingen van Mark en zijn pogingen een rendez-vous te regelen? Rajski was haar natuurlijke beschermer, haar intiemste vriend. Maar was zijn eigen hartstocht, of de weerspiegeling van die hartstocht in zijn fantasie die hij zelf voor hartstocht hield, al verdwenen? En als die al voorbij was, oordeelde Vera, was dat dan niet omdat het gevecht, de rivaliteit voorbij was, en alles rondom tot rust was gekomen? Als zijn rivaal weer op het toneel verscheen, zou dat de gedoofde ergernis in Rajski weer opwekken, hem herinneren aan de hem aangedane belediging; hij zou uit zijn rol van onbaatzuchtige bemiddelaar vallen en zich door zijn vurige temperament laten verleiden tot een of andere gevaarlijke stap.

Toesjin! Ja, die zou niet uit zijn rol vallen, zou geen fout maken en zijn doel bereiken. Maar mocht ze zo'n confrontatie met zijn rivaal van hem vergen, mocht ze hem samenbrengen met de man die heimelijk en als het ware terloops zijn hoop op geluk de bodem had ingeslagen?

Ze stelde zich voor wat deze vriend en aanbidder zou moeten doorstaan tijdens de ontmoeting met de held van de wolfskuil die haar toekomst en haar geluk had verwoest. Wat een wilskracht en zelfbeheersing zou hij aan den dag moeten leggen om ervoor te zorgen dat hun ontmoeting op de bodem van het ravijn geen ontmoeting werd tussen een beer en een wolf. Ze schudde het hoofd, nee, dat ging niet. Ze wilde het bestaan van de brieven niet voor Toesjin verzwijgen, maar hem tegelijk verre houden van de ontknoping van haar drama. Om hem te ontzien, maar ook omdat het de indruk zou wekken dat ze zich bij hem over Mark beklaagde als ze hem nu vroeg om met Mark af te rekenen. En ze beschuldigde Mark nergens van. God verhoede dat!

Er was dus niemand tot wie ze zich in haar nood kon wenden. Aan de borst van deze drie mensen had ze bescherming gevonden tegen haar wanhoop, had ze geleidelijk haar verloren zelfvertrouwen en haar zielenrust teruggevonden.

Nog een paar weken of maanden van rust en vergetelheid, van vriendschappelijke liefkozingen, en ze zou weer op eigen benen kunnen staan, een nieuw leven kunnen beginnen. Als ze nu aarzelde om de handen vol vertrouwen naar hen uit te strekken, dan was dat niet uit trots, maar uit liefde voor hen, om hen te ontzien. Maar nog langer wachten was ook onmogelijk. Morgen zou er weer een brief gebracht worden, en als ze weer niet antwoordde, zou hij zelf komen...

O, God verhoede dat. Als ze moest kiezen tussen twee kwaden, dan moest ze het minste van de twee kiezen, de brieven aan baboesjka geven en het aan haar overlaten om te doen wat gedaan moest worden. Baboesjka zou geen fout maken, ze begrepen elkaar nu.

Na even nagedacht te hebben schreef ze ook een briefje aan Toesjin. Dezelfde pen die haar een half uur geleden nog de dienst had geweigerd, gleed nu gewillig over het papier. Ze schreef maar twee regels: 'Komt u zo mogelijk morgenochtend! Ik heb u al lang niet gezien en wil u spreken. Ik verveel me!' Ze liet de brief door Prochor naar de aanlegplaats brengen: hij moest hem daar meegeven aan de mensen van Toesjin die iedere dag op hun boten naar de stad voeren.

Vroeger had Vera haar geheimen verborgen gehouden, was in zichzelf gekeerd geweest en had de omgang met de mensen uit haar omgeving, aan wie ze zich superieur voelde, zoveel mogelijk gemeden. Nu gebeurde het omgekeerde. Het vertrouwen in haar eigen kracht was bij de eerste ernstige beproeving bedrieglijk gebleken.

Haar trots was geknakt: op het moment van de storm had ze zich plotseling krachteloos gevoeld, en toen de storm voorbij was een armzalige, hulpeloze wees. En als een baby had ze haar armen naar de mensen uitgestrekt.

Vroeger had ze haar vertrouwen alleen aan haar hartsvriendin, de vrouw van de priester geschonken, en ook dat had ze meer uit vriendelijkheid dan uit een innerlijke behoefte gedaan. Ze had haar als het ware uit een gril een paar kruimels toegeworpen. Nu ging ze met gebogen hoofd hulp zoeken. Haar trots was aan banden gelegd en ze bespeurde naast haar een kracht die groter was dan de hare en een wijsheid waarvoor haar egoïstische vrijheidsdrang zich slechts kon buigen.

Vera placht haar vriendin gedetailleerd verslag te doen van haar alledaagse reilen en zeilen, van haar indrukken en zelfs haar gevoelens, ze had haar ook alles over haar relatie met Mark verteld, maar had de catastrofe voor haar verborgen gehouden en alleen gezegd dat alles voorbij was, dat ze voorgoed uit elkaar waren gegaan, verder niets. De vrouw van de priester wist dus niet wat zich de laatse keer op de bodem van het ravijn had afgespeeld en schreef Vera's ziekte toe aan wanhoop over de breuk.

Zoals ze van Natalja Ivanovna hield, zo hield Vera ook van Marfenka, maar ze hield van hen zoals men van kinderen houdt, of van goede kennissen met wie men graag omgaat. Zodra ze weer tot rust was gekomen, zou ze Natalja Ivanovna opnieuw bij zich roepen en haar opnieuw gedetailleerd verslag doen van alledaagse gebeurtenissen, en de ander zou opnieuw fluisterend alles wat ze zei beamen, haar helpen om de verveling te verdrijven.

Maar op beslissende momenten zou Vera zich steeds tot baboesjka wenden, Toesjin laten komen of op de deur van Rajski kloppen.

En nu klopte ze bij hen alle drie aan.

13

Ze stopte beide brieven in haar zak, begaf zich stil en peinzend naar Tatjana Markovna en ging naast haar zitten.

Baboesjka had net Marfenka's bruidsbed geïnspecteerd, had samen met een naaister opgemeten hoeveel mousseline en kant er nodig was voor de kussens, en was in haar fauteuil gaan zitten.

Ze keek Vera vluchtig aan, keek daarna nog een keer en liet toen een bezorgde blik op haar rusten.

'Wat is er gebeurd, Vera, ben je van streek?'

'Ik ben niet van streek, maar vermoeid. Ik heb een brief van dáár gekregen, van...'

'Van dáár?' vroeg baboesjka en ze verschoot van kleur.

'Eigenlijk zijn het twee brieven: de ene is al een tijd geleden gekomen. Ik had hem tot nu toe niet geopend en de andere heb ik vandaag gekregen.'

Ze legde beide brieven op tafel.

'Waarom moet ik ze lezen, Verotsjka?' vroeg Tatjana Markovna, die zichzelf nauwelijks onder controle had en probeerde niet naar de brieven te kijken.

Vera zweeg. Baboesjka merkte de verdrietige uitdrukking op die op haar gezicht lag.

'Wil je echt dat ik weet wat erin staat?'

'Ja, baboesjka, lees ze.'

Baboesjka zette haar bril op en begon te lezen.

'Ik word er niet uit wijs, liefje,' zei ze en schoof de brief van zich af. 'Vertel liever in het kort waarom ik moet weten wat erin staat.'

'Dat kan ik niet, ik heb er de kracht niet voor, ik zal ze voorlezen.'

Ze las baboesjka fluisterend de brieven voor, waarbij ze af en toe een woord of een uitdrukking oversloeg. Daarna verfrommelde ze beide brieven en stopte ze in haar zak. Tatjana Markovna richtte zich op in haar fauteuil en boog zich weer voorover, alsof ze haar smart onderdrukte. Daarna keek ze Vera strak in de ogen.

'Wat denk jij ervan, Verotsjka?' vroeg ze met onvaste stem.

'Je vraagt wat ik ervan denk!' zei Vera op verwijtende toon. 'Hetzelfde als jij, baboesjka.'

'Dat weet ik. Maar hij stelt voor om... te trouwen, wil hier blijven. Waarom niet... als hij zo wil leven als iedereen... als hij van je houdt,' zei Tatjana Markovna angstig, 'als jij daarvan je geluk verwacht...?'

'Hij noemt het huwelijk een komedie en stelt voor om te trouwen! Hij denkt dat ik gelukkig zal zijn als dat geregeld is. Je weet, baboesjka, hoe ik over dat alles denk... waarom vraag je het dan nog?'

'Je bent bij mij gekomen om te vragen wat je moet doen...'

Baboesjka zei dit op schuchtere toon omdat ze nog steeds niet wist waarom Vera haar de brieven had voorgelezen. De brutaliteit van Mark verontrustte haar en ze maakte zich ernstig zorgen om Vera, in wie de hartstocht misschien opnieuw de overhand kon krijgen, maar ze verborg haar verontrusting en bezorgdheid.

'Daarvoor ben ik niet bij je gekomen, baboesjka,' zei Vera. 'Weet je dan niet dat alles allang beslist is. Ik verwacht niets meer van dáár, kan nauwelijks op mijn benen staan... en als ik vrij adem en hoop weer op te leven, dan is dat op één voorwaarde: dat ik niets meer van hem hoor, alles kan vergeten... Maar hij roept de herinnering weer in me wakker, roept me daarheen, spiegelt me het geluk voor, wil trouwen! Mijn God...!'

Ze haalde wanhopig haar schouders op.

De onrust week uit het hart van Tatjana Markovna. Ze bewoog zich vrijelijk in de fauteuil, streek een plooi in haar jurk recht en veegde met haar hand een paar kruimels van tafel. Kortom, ze kwam tot zichzelf, als iemand die verstijfd is geweest van schrik maar meteen daarna weer opleeft.

'Ik wil helemaal niets van hem, baboesjka!' zei Vera, die haar krachten weer had verzameld. 'Je moet één ding begrijpen: als hij nu door een of ander wonder volledig veranderde, zo werd als ik vroeger wilde dat hij was, als hij zou geloven in alles waarin ik geloof... van me zou houden... zoals ik van hem wilde houden, ook dan zou ik geen gevolg geven aan zijn roep.'

Ze zweeg. Baboesjka had met ingehouden adem en heimelijke verrukking naar haar geluisterd.

'Ik zou niet gelukkig met hem zijn: ik zou de vroegere Mark niet kunnen vergeten en niet geloven aan de nieuwe Mark. Ik heb te zwaar geleden,' fluisterde ze en legde haar wang op de hand van baboesjka. 'Maar jij hebt mijn leed zelf gezien, hebt me begrepen en gered... jij, mijn moeder! Waarom vraag en twijfel je nog? Welke hartstocht houdt stand tegenover zulke kwellingen? Het is toch onmogelijk om zo'n fout te herhalen! Er leeft niets meer in me. Het is verlaten en kil in mijn hart en als jij er niet was, zou ik wanhopig zijn.'

Er stroomden tranen over Vera's wangen. Ze vlijde haar hoofd tegen de schouder van baboesjka.

'Herinner daar niet aan en wind je niet onnodig op!' zei baboesjka, die zichzelf nauwelijks kon inhouden en met haar hand de tranen van Vera's wangen veegde. 'We hebben toch afgesproken om daar niet meer over te praten...'

'Ik was er niet over begonnen als de brieven er niet waren geweest. Ik heb behoefte aan rust, baboesjka! Breng me weg, verberg me ergens... of ik sterf! Ik ben moe... heb geen kracht... laat me mijn rust hervinden... En hij roept me daarheen... wil zelfs hierheen komen...'

Haar tranen begonnen nog rijkelijker te stromen.

Baboesjka stond zachtjes op, liet Vera in haar fauteuil plaatsnemen en richtte zich in haar volle lengte op.

'Als de zaken zo staan,' zei ze met sidderende stem, 'als hij je nog steeds lastigvalt en kwelt, dan zal ik hem laten boeten voor die tranen. Wees gerust, mijn kind, baboesjka zal je voor hem weten te verbergen en beschermen, je zult niets meer van hem horen.'

Baboesjka beefde over haar hele lichaam terwijl ze deze woorden uitsprak.

'Wat wil je doen?' vroeg Vera verbaasd terwijl ze opstond en op Tatjana Markovna toetrad.

'Hij roept je, ik ga in plaats van jou naar hem toe in het ravijn voor het rendez-vous, en daarna zullen we zien of hij je nog schrijft, of hij hierheen komt en je roept...'

Baboesjka raakte buiten zichzelf van woede en liep door haar kabinet heen en weer.

'Hoe laat komt hij morgen naar het tuinhuisje? Om vijf uur, is het niet?' vroeg ze plotseling.

Vera keek haar nog steeds verbaasd aan.

'Baboesjka, je begrijpt me niet,' zei ze zacht en pakte haar handen. 'Kom tot rust, ik beklaag me niet bij jou over hem. Vergeet niet dat het allemaal mijn eigen schuld is. Hij weet niet wat er met me gebeurd is en daarom schrijft hij. Men moet hem alleen te verstaan geven dat ik ziek ben en terneergeslagen; maar jij schijnt met hem te willen afrekenen. Dat wil ik niet. Ik wilde hem zelf schrijven, maar ik kon het niet, ik heb de kracht niet om hem nog een keer te ontmoeten, ook al zou ik dat willen...'

Tatjana Markovna bedaarde en verzonk ik gepeins.

'Ik wilde het aan Ivan Ivanytsj vragen,' vervolgde Vera, 'maar je weet zelf hoe hij van me houdt, welke hoop hij koesterde. Ik kan hem niet confronteren met de man die dat allemaal vernietigd heeft...'

'Nee, dat gaat niet!' beaamde Tatjana Markovna hoofdschuddend. 'Waarom zou je hem erbij betrekken? God weet hoe dat afloopt... Dat gaat niet... Maar je hebt iemand die je zeer na staat, hij weet alles en houdt van je als een broer: Borjoesjka...'

Vera zweeg.

Als een broer... ja, als dat zo was, als hij geen andere gevoelens koesterde! dacht ze, maar ze wilde baboesjka niets onthullen van de hartstocht van Rajski, omdat ze vond dat dat niet op haar weg lag.

'Als je wilt, praat ik met hem...'

'Wacht, baboesjka, ik zal het hem zelf zeggen,' antwoordde Vera, die haar neef er liever niet bij wilde betrekken.

Ze had vertrouwen in zijn hart, in zijn intellect en zijn gevoelens, maar was bang voor zijn grillige fantasie en licht ontvlambare temperament.

'Ik laat via Boris een bericht overbrengen of ik verzamel mijn krachten en antwoord zelf op die brieven, laat hem weten in wat voor toestand ik verkeer en ontneem hem iedere hoop op een weerzien. Nu moet ik hem alleen laten weten dat hij niet naar het tuinhuisje moet komen en niet voor niets moet wachten...'

'Dat doe ík!' zei baboesjka plotseling.

'Maar je gaat er niet zelf heen, je zult hem niet ontmoeten?' vroeg Vera, terwijl ze baboesjka onderzoekend aankeek. 'Denk erom dat ik me niet over hem beklaag, hem geen kwaad toewens...'

'Dat wens ik hem ook niet toe!' fluisterde baboesjka, terwijl ze haar blik afwendde. 'Ik ga er niet heen, ik zal er alleen voor zorgen dat hij niet in het tuinhuisje op je wacht...'

'Vergeef me, baboesjka, dat ik je weer verdriet doe.'

Tatjana Markovna slaakte een zucht en kuste haar.

14

Slechts ten halve gerustgesteld verliet Vera baboesjka weer. Ze brak zich het hoofd over de vraag welke maatregel baboesjka zou kunnen treffen om Mark te verhinderen morgen in het tuinhuisje op haar te wachten. Ze was bang dat Tatjana Markovna, die niets wist van de hartstocht van Rajski voor haar, hem zonder haar hier over te raadplegen naar het tuinhuisje zou sturen en dat Rajski zich, onvoorbereid als hij was, zou laten leiden door zijn nog niet geheel gedoofde gevoelens en zijn fantasie.

Ze hoorde dat Rajski thuis was en ging naar het oude huis, waarheen hij samen met Kozlov verhuisd was. Ze wilde hem vertellen over de nieuwe brieven, zien hoe hij dit opnam en hem aan de hand daarvan te verstaan geven wat zijn rol moest zijn indien baboesjka hem vroeg om met Mark te spreken.

Als een schaduw gleed ze door de kamers van het oude huis, over het in de loop van de tijd donker geworden parket, langs de met lappen verhulde oude spiegels, staande klokken en zware meubels, passeerde haar vroegere kamers en betrad de gezellige kamertjes waarvan de ramen uitkeken op de voorstad en het vrije veld. Ze opende heel zacht de deur van de kamer waarin Rajski zijn intrek had genomen en bleef op de drempel staan.

Rajski zat aan tafel en bladerde in zijn artistieke portefeuille. Landschapsschetsen, aquarelportretten, ontwerpen voor niet afgemaakte schilderijen, kopieën in miniatuur van bekende kunstwerken, hopen dagboekbladen, aantekeningen, schetsen, ooit begonnen en nooit afgemaakte gedichten en verhalen lagen voor hem opgestapeld.

Hij had net zorgvuldig al het opgehoopte materiaal voor zijn roman ter zijde gelegd en scheen hierin verdiept te zijn. Zijn blik had iets duisters; hij sloeg bladzijde na bladzijde om, schudde nu eens het hoofd, slaakte dan weer een diepe zucht en gaapte zo hevig dat de tranen hem in de ogen stonden.

Zo ben ik een jaar of zes geleden ook begonnen aan een groot schilderij voor een tentoonstelling, dacht hij verdrietig, en ten slotte bleek dat zoiets jaren werk vergt. En nu heb ik weer zo'n last op me genomen: ik wil een roman schrijven. Ik heb alleen al kilo's aan materiaal verzameld. Allemaal notities, observaties en gegevens! Ik vraag me af of ik dat red. Al die karakters, situaties, scènes die ik moet uitbeelden, wat een opgave. En uiteindelijk draait het allemaal om Vera, de hoofdpersoon van mijn eigen roman. Als ik haar alleen nu eens tot het voorwerp van mijn boek maakte en al het overbodige, perifere liet schieten. Daarmee maak ik het mezelf veel makkelijker en kan ik al die ballast overboord gooien. Wat zit er niet allemaal bij!

Hij begon ijverig alles wat geen betrekking had op Vera opzij te leggen en hield een dozijn vellen over waarop hij aantekeningen over haar karakter, scènes, en gesprekken die hij met haar had gevoerd, had beschreven. Deze las hij met liefde door.

Plotseling legde hij de vellen opzij en er ging een nieuwe gedachte door hem heen.

Waarom heb ik eigenlijk nog nooit haar portret geschilderd? vroeg hij zich plotseling af, terwijl ik al na de eerste ontmoeting met Marfenka aan de hand van mijn eerste indrukken haar portret heb geschilderd en daar waarheid, leven en waarachtigheid in school... behalve in de schouders en armen. Maar een portret van Vera had hij nog steeds niet geschilderd. Hij kon niet vertrekken zonder dit verzuim goed te maken. Nu was er niets wat in de weg stond: zijn hartstocht was verdwenen, ze ontliep hem niet... Als hij eenmaal een portret van haar had, zou het makkelijk zijn om de roman te schrijven, hij zou haar dan steeds als in levenden lijve voor ogen hebben.

Hij keek op van de portefeuille. Voor hem stónd Vera in levenden lijve. Hij schrok.

'Het is het lot dat jou naar me toe stuurt, om de woorden van baboesjka te gebruiken...' zei hij.

Vera had zijn schrik opgemerkt en er trilde een glimlach om haar kin. Hij kon zijn ogen niet van haar afhouden, werd opnieuw getroffen door de schoonheid van zijn nicht; hoewel het niet die van vroeger was, met haar glans, met haar warme, levendige koloriet, met de fluwelen, trotse en vlammende blik, met de flonkering van de nacht, zoals hij het had genoemd vanwege de onvatbare bekoring van haar toen nog zo geheimzinnige, ondoorgrondelijke schoonheid.

De onbewuste glinstering van jeugd en schoonheid die haar zo'n intense en warme uitstraling had gegeven, was verdwenen.

Er sprak nu diepe treurnis en grote vermoeidheid uit haar ogen. Een doorzichtige bleekheid had de plaats ingenomen van de warme, levendige tinten in haar gezicht. In haar glimlach uitte zich niet langer de trots van de ongeduldige, nauwelijks ingehouden jeugdige kracht. Zachtmoedigheid en droefenis stonden op haar gezicht geschreven en heel haar slanke figuur was vervuld van tedere gratie en melancholieke rust.

Ze leek wel een lelie. Waar was de vroegere Vera gebleven? En welke was beter: deze of die van vroeger? vroeg hij zich af en strekte geroerd zijn handen naar haar uit. Ze liep op hem toe, niet met de vroegere soepele tred en het lichte wiegen van de heupen, maar met een rustige gelijkmatige gang. Haar stappen maakten een licht, droog geluid.

'Ik stoor je,' zei ze. 'Wat ben je aan het doen? Ik wou met je praten...'

Hij kon zijn ogen nog steeds niet van haar afhouden.

'Wat kijk je?'

'Wacht, Vera!' fluisterde hij. Hij had haar vraag niet gehoord en keek haar nog steeds met wijdgeopende, verbaasde ogen aan. 'Ga hier zitten, zo!' zei hij en liet haar plaatsnemen op een kleine divan.

Vervolgens liep hij naar een hoek van de kamer, haalde daar een met linnen bespannen lijst tevoorschijn, zette een ezel neer en begon in een andere hoek naar zijn verfdoos te zoeken.

'Wat wil je doen?' vroeg ze.

'Zeg niets, Vera, zeg niets, ik heb jouw schoonheid lang niet opgemerkt, alsof ik tijdelijk met blindheid was geslagen. Maar op het moment dat je binnenkwam, had ze weer dezelfde uitwerking als vroeger en werd de kunstschilder in mij wakker. Wees niet bang voor mijn verrukking... snel, snel, schenk me iets van je schoonheid voordat het moment voorbij is... ik heb je nog nooit geschilderd.'

'Hoe kom je erbij, Boris? Hoe kun je het nu over mijn schoonheid hebben? Wat is er van me geworden? Vasilisa zegt dat een lijk er nog beter uitziet dan ik. Stel het uit tot een andere keer.'

'Je begrijpt niets van je eigen schoonheid: je bent een chef-d'oeuvre. Nee, dit kan niet uitgesteld worden tot een andere keer. Kijk, mijn haar staat rechtovereind, de rillingen lopen me over de rug... zo direct staan de tranen in mijn ogen. Ga zitten, als ik niet van dit moment profiteer is alles verloren.'

'Ik ben moe, neef... en ik ben er niet sterk genoeg voor, ik kan nauwelijks op mijn benen staan... En ik heb het koud, het is fris hier...'

'Ik zal je goed inpakken, laat je in een makkelijke houding zitten. Je hoeft me niet aan te kijken, doe maar net alsof ik er helemaal niet ben...'

Hij legde een paar kussens in haar rug en onder haar armen, wierp zijn Schotse plaid over haar schouders en boezem, gaf haar een boek en liet haar op de divan plaatsnemen.

'Houd je hoofd maar zoals je wilt,' zei hij, 'zoals je het het prettigst vindt. Beweeg zoals je wilt, kijk waarheen je wilt of kijk helemaal niet, en vergeet dat ik er ben!'

Ze gaf uiteindelijk toe, ging in een vermoeide, onverschillige houding zitten en verzonk in gepeins.

'En ik wilde nog wel met je praten, je... brieven laten zien...' zei ze.

Hij zweeg, keek haar aan en begon met krijt op het doek te tekenen.

Er gingen tien minuten voorbij.

'Ik heb brieven gekregen... van Mark,' herhaalde ze zachtjes.

Hij bewoog zwijgend met het krijt over het doek.

Er ging een kwartier voorbij. Hij pakte zijn palet, deed er verf op en begon, vurige blikken op Vera werpend, haastig, alsof hij een diefstal pleegde, haar gelaatstrekken over te brengen op het doek.

Ze herhaalde haar mededeling over de brieven. Hij bleef zwijgend naar haar kijken, alsof hij haar voor het eerst zag.

'Hoor je me niet, neef?'

'Ja, ja... ik hoor je... je hebt brieven van Mark gekregen... Hoe gaat het met hem? Is hij gezond?' vroeg hij vluchtig.

Ze keek hem verwonderd aan. De naam Mark had ze nauwelijks durven noemen, vrezend dat hij in elkaar zou krimpen alsof iemand hem met een gloeiend heet ijzer had aangeraakt, en hij informeerde naar Marks gezondheid.

Ze keek hem nog een keer aan en verbaasde zich toen niet meer. Als ze in plaats van Mark Karp of Sidor had gezegd, was de uitwerking hetzelfde geweest. Rajski luisterde werktuiglijk, hoorde de klank van haar stem zonder dat de betekenis van haar woorden tot hem doordrong. Hij was geheel verdiept in zijn werk, zag alleen haar en had de naam Mark slechts werktuiglijk herhaald.

'Waarom geef je geen antwoord?' vroeg ze.

'Later, later, Vera, om Gods wil! Praat nu niet tegen me, denk aan iets anders! Ik ben er niet.'

Vera probeerde opnieuw om een gesprek met hem te beginnen, maar hij hoorde haar al niet meer en ging geheel op in het schilderen van haar gezicht.

Al spoedig verzonk ze in een chaos van gevoelens, gedachten en herinneringen: haar verdriet, haar bezorgdheid over de brieven, over de komst van Mark en de actie die baboesjka zou ondernemen, werden vaag en vormloos en ze was niet in staat haar gedachten op een gevoel, een moment te concentreren.

Ze wikkelde zich in de plaid om zich te verwarmen en wierp af en toe een blik op Rajski, bijna zonder op te merken wat hij deed. Ze verzonk steeds dieper en dieper in gepeins en in haar ogen weerspiegelde zich als het ware haar hele ondanks haar jeugd al zo sterk in beroering gebrachte en nog steeds niet tot rust gekomen leven, haar verlangen naar rust, haar verborgen kwellingen en haar schuchtere toekomstverwachting.

Rajski werkte intussen zwijgend, geconcentreerd en bleek van artistieke opwinding aan haar ogen, keek Vera af en toe aan of verwijlde in gedachten bij de herinnering aan zijn eerste ontmoeting met haar en de diepe indruk die ze toen op hem had gemaakt. Er heerste een doodse stilte in de kamer.

Plotseling stokte hij en probeerde het geheim van haar peinzende, nergens op gerichte maar als een afgrond zo diepe, veelzeggende blik te doorgronden.

Hij streek met zijn penseel over haar pupil op het doek, dacht de waarheid al betrapt te hebben en had inderdaad de waarheid van zijn gevoel vastgelegd, maar in de blik van de levende Vera schemerde nog een soort geheime, sluimerende kracht. Hij voegde nog een tweede kleur toe, bracht schaduw aan, maar wat hij ook probeerde, het waren wel haar ogen die hij geschilderd had, maar niet haar blik.

Tevergeefs riep hij de twee toverpunten van zijn oude leraar te hulp, de twee vonken waarmee Sofja's ogen onder diens penseel plotseling waren gaan leven.

'Nee, hier heb ik niet genoeg aan twee punten,' zei hij, na ettelijke pogingen om haar blik weer te geven.

Hij piekerde, mengde kleuren, deed een paar passen terug en keek opnieuw.

'Ik moet wachten!' besloot hij en begon haar wangen, neus en haren te schilderen.

Na een half uur gewerkt te hebben begon hij opnieuw aan de ogen.

Ik probeer het nog één keer! dacht hij, en als het nu niet lukt, houd ik ermee op, dan kan ik het gewoon niet.

'Kijk nu een minuut of vijf hierheen, Vera, naar dit punt hier,' zei Rajski, naar het betreffende punt wijzend en keek Vera aan.

Ze sliep. Hij verstomde en keek en keek maar naar haar, durfde nauwelijks te ademen.

'O, wat een schoonheid!' fluisterde hij ontroerd. 'Ze is precies op het goede moment ingeslapen. Ja, het was al te driest geweest om die blik, waarin haar hele drama besloten lag, te willen schilderen. Hier had zelfs een Greuze zijn penseel neergelegd.'

Hij schilderde haar ogen nu gesloten. Zwijgend stond hij daar en genoot van dit levensechte beeld van rustend denken en voelen, van sluimerende schoonheid.

Vervolgens legde hij palet en penseel neer, boog zich zachtjes naar haar over, beroerde met zijn lippen haar bleke hand en verliet met onhoorbare stappen het vertrek.

15

De volgende dag hoorde Vera rond het middaguur het geluid van paardenhoeven bij de poort. Ze keek uit het raam en haar ogen lichtten een moment op van vreugde toen ze de rijzige gestalte van Toesjin in het oog kreeg, die op een pikzwart paard het erf opreed.

Vera streek onwillekeurig haar haar recht voor de spiegel, keek met een zucht naar zichzelf en dacht: wat ziet neef Boris in mij dat-ie me zo graag wil schilderen?

Ze ging naar beneden, doorliep alle kamers en pakte de klink van de deur die uit de salon naar de vestibule leidde. Op hetzelfde moment had Toesjin de klink aan de andere kant vastgepakt. Ze openden de deur, botsten tegen elkaar aan en glimlachten tegen elkaar.

'Ik zag u van boven en kwam u tegemoet... Voelt u zich goed?' vroeg ze plotseling en keek hem strak aan.

'Wat zou me kunnen mankeren?' vroeg hij verward en wendde zijn gezicht af opdat ze niet zou merken hoezeer hij veranderd was. 'En u?'

'Met mij gaat het goed. Ik ben ziek geweest, maar nu is het weer over... Waar is baboesjka?' wendde ze zich tot Vasilisa.

Die zei dat baboesjka na de thee ergens heen was gegaan en Saveli had meegenomen.

Vera vroeg Toesjin om mee te komen naar haar kamer boven. Daar gingen ze allebei op de divan zitten, ieder aan een uiteinde, zwegen en wierpen verstolen blikken op elkaar.

Hij is bleek, dacht Vera, en vermagerd, zijn gekwetste gevoel van eigenwaarde en zijn verloren hoop drukken hem terneer.

Toesjin had de laatste tijd inderdaad weinig rust gehad, maar niet zozeer door zijn gekwetste gevoel van eigenwaarde als wel door bezorgdheid over wat er verder met Vera was gebeurd: was haar drama al voorbij of nog niet?

Zijn eigen verdriet, zijn gekwetste eigenliefde en zijn verloren hoop hadden de eerste dagen inderdaad zwaar op hem gedrukt en hij had de berenkracht van zijn organisme en zijn rijke voorraad aan geesteskracht hard nodig gehad om deze last te dragen. En hij had de strijd gewonnen dankzij deze kracht, dankzij zijn oprechte, zuivere natuur, waaraan afgunst, kwaadaardigheid en iedere kleinzielige ijdelheid vreemd waren.

Hij geloofde in de onschuld van Vera en dat geloof, dat in stand werd gehouden door zijn zuivere, volkomen kuise liefde voor haar, overwon in combinatie met de charme van haar betoverende schoonheid, het vertrouwen in haar heldere verstand en de zuiverheid van haar gevoelens het egoïsme van de zinnelijke hartstocht, redde hem niet alleen van de wanhoop, maar voorkwam ook de verkoeling van zijn gevoelens voor Vera.

Vanaf het eerste moment dat ze openhartig met hem had gesproken, had hij er, ondanks de bittere kwelling die hijzelf onderging, in strenge onpartijdigheid aan vastgehouden dat haar geen schuld trof, maar dat ze pech had gehad. Hij had dat indertijd meteen tegen haar gezegd en hield daar ook nu nog aan vast. Mark zag hij als de enige schuldige, en ook die was voor hem meer een pechvogel, iemand die met blindheid was geslagen.

Dit alles had ervoor gezorgd dat er in stilte en voorlopig zonder dat hij zich daarvan bewust was, ondanks al het verdriet, ondanks de chaos van gevoelens en gekwetstheden, een zwakke straal van hoop in hem leefde. Dat was geen hoop meer op het volledige en immense geluk van wederzijdse liefde, maar op het geluk om haar niet geheel uit het oog te verliezen, om haar vriendschap te behouden, en ooit, mettertijd, haar rustige, duurzame sympathie voor hem te versterken en... en...

Hier eindigden zijn dromen en durfde hij niet verder te gaan, omdat na dit 'en' de logische vraag volgde wat er nu met haar zou gebeuren. Was haar drama inderdaad verleden tijd? Had Mark zich niet gerealiseerd wat hij verloor en haastte hij zich niet om het verdwijnende geluk te achterhalen? Was hij niet vanaf de bodem van het ravijn achter haar aan geklommen? Had ook zij niet opnieuw omgekeken? Hadden ze elkaar niet voorgoed de hand gereikt, om gelukkig te zijn op de manier waarop hij, Toesjin, en Vera zelf het geluk opvatten?

Dezelfde twijfels en dezelfde vragen die Tatjana Markovna bestormden toen Vera haar de brieven voorlas, knaagden ook aan Toesjins ziel. Het leek hem onwaarschijnlijk dat Mark zou volharden in zijn opvattingen en zich er tevreden mee zou stellen op de bodem van het ravijn te blijven. Hij was toch geen dwaas, geen blinde! Nee, ze kon niet van hem houden, het was maar een verliefdheid, een roes... Misschien kwam hij nog tot bezinning en keerde naar haar terug, misschien werd ze dan nog gelukkig... God geve het! God geve het! Zo had hij gepiekerd en voor haar geluk gebeden, en in deze uren van gebed was hij bleek en mager geworden, vanwege de hopeloosheid, vanwege het troosteloze vooruitzicht op een leven zonder geluk, zonder doel, zonder Vera...

Wat is dat voor leven? vroeg hij zich af. Zoals vroeger, toen ik niet wist dat Vera Vasiljevna bestond, kan ik nu niet meer leven. Zonder haar stagneren mijn werk en mijn leven.

Om afleiding te vinden stortte hij zich op het werk. Hij ging zelf dennen vellen, volgde met meer ijver het werk op de zagerij en nam zijn boekhouders op het kantoor het werk uit handen. Of hij besteeg zijn paard en joeg twintig werst door het bos en weer terug, tot het dier overdekt was met schuim en zweet. Op die manier wilde hij zijn pijn verdoven en alle vragen die zich aan hem opdrongen ontlopen. Maar even onvermoeibaar als de fluitende herfstwind reed die ene vraag met hem mee: wat gebeurt er aan de andere kant van de Wolga?

Hoe vaak was hij niet naar de oever gereden om naar de andere kant te kijken? Wat was hij graag met het net vertrekkende veer overgevaren om aan de andere kant de steile oever op te rijden en te horen hoe de zaken ervoor stonden.

Maar ze had hem uitdrukkelijk gezegd: 'Wacht u nog' en dat woord was voor hem heilig.

Nu ging hij naar haar toe met haar briefje in zijn zak. Zij had hem geroepen. Hij was echter niet tegen de steile oever op gestormd, maar had langzaam gereden en was zonder haast van zijn paard gestegen, geduldig afwachtend tot de stalknechten hem vanuit het bediendeverblijf opmerkten en het paard van hem overnamen. Schuchter had hij de klink van de deur gepakt en zelfs in haar kamer wierp hij die schuchterheid niet af. Angstig en verstolen keek hij haar aan; hij wist immers niet hoe het met haar ging, waarom ze hem ontboden had en wat hij verwachten kon.

Verlegen stonden ze tegenover elkaar. Zij, omdat hij haar geheim kende: hij was weliswaar een vriend, maar hij stond toch ook ver van haar af en ze had hem haar geheim onthuld in een opwelling, in nerveuze opwinding, omdat ze uit enkele van zijn uitlatingen had opgemaakt dat hij het al kende.

Ze kon niet anders, omdat zijn vriendschap haar veel waard was en ze zijn achting niet wilde verliezen. Bovendien had hij haar een aanzoek gedaan. Maar nu hij haar geheim eenmaal kende, viel haar dat toch zwaar. Ze boog beschaamd het hoofd en ontweek zijn blik.

Hij ervoer het als pijnlijk dat hij haar op zo'n ongelegen moment zijn stille hoop, waarop ze met zo'n ontstellende openhartigheid had gereageerd, had onthuld... pijnlijk voor haar en pijnlijk voor hemzelf.

Elk van beiden begreep wat zich in de ander afspeelde en ze zwegen.

'Hebt u me vergeven?' vroeg ze ten slotte met haar diepe fluisterstem, waarbij ze zijn blik trachtte te ontwijken.

'Ik u vergeven? Waarvoor?'

'Voor alles wat u hebt moeten doorstaan, Ivan Ivanovitsj. U bent veranderd, magerder geworden, u hebt het moeilijk, dat zie ik. Ik ervaar het als een zware straf dat ik u en baboesjka zoveel verdriet heb bezorgd.'

'Mijn verdriet hoeft u niet te verontrusten, Vera Vasiljevna. Dat is mijn zaak. Ik heb er zelf om gevraagd en u hebt het alleen verzacht. U hebt aan mij gedacht en hebt geschreven dat u me wilde zien. Is dat zo?'

'Dat is zo, Ivan Ivanovitsj. Als ze mij u drieën... baboesjka, u en neef Boris... zouden afnemen, zou ik de eenzaamheid niet verdragen.'

'En u hebt het nog wel over verdriet. Kijkt u me aan: ik geloof dat ik alleen al op dit moment weer ben aangekomen.'

Hij kreeg een blos van blijdschap.

'Ik zie het,' zei ze. 'En als des te pijnlijker ervaar ik datgene wat ik jullie allen heb aangedaan. Als ik eraan denk wat baboesjka alleen al heeft doorgemaakt.'

'Hoezo? Dat heb ik niet durven vragen...'

Ze vertelde hem alles wat er in de laatste twee weken was gebeurd, behalve de bekentenis van baboesjka.

Hij wachtte gespannen of ze iets over Mark zou zeggen. Maar ze sprak met geen woord over hem.

'Als u zelf uw rust maar weer terugvindt,' zei hij peinzend, 'dan zal alles snel verleden tijd zijn en vergeten worden.'

'Het zal worden vergeten, maar niet vergeven.'

'Niemand heeft u iets te vergeven.'

'Als anderen het al vergeten en mij vergeven, dan kan ik dat zelf nog niet...' fluisterde ze en haperde. Haar gezicht kreeg een smartelijke uitdrukking.

'Ik begon me net een beetje te ontspannen en te vergeten,' zei ze. 'Binnenkort vindt de bruiloft plaats, er is veel te doen, dat heeft me afgeleid... en ik kon weer aan andere dingen denken...'

'En? Is er iets tussengekomen?'

'Ja... Ik heb gisteren een schokkende ervaring gehad, en ook nu heb ik mijn rust nog niet hervonden. Ik ben bang dat er iets... Ja, u hebt gelijk, ik moet zo snel mogelijk weer tot rust komen. Ik dacht dat alles afgelopen was... Ach, kon ik hier maar weg!'

Hij zweeg en keek naar de grond. Zijn blos en de blijdschap van zoeven waren van zijn gezicht verdwenen.

'Is er iets gebeurd?' vroeg hij. 'Kan ik u ergens mee van dienst zijn, Vera Vasiljevna?'

'Ja, er is iets gebeurd... Maar ik verlang niet van u dat u mij van dienst bent, Ivan Ivanovitsj.'

'Denkt u dat ik daar niet toe in staat ben?'

'Nee, dat is het niet. Leest u de brieven die ik gekregen heb...'

Ze pakte de beide brieven uit de la en gaf ze aan hem. Toesjin las ze door en hij werd weer net zo bleek en mager als hij bij zijn komst was geweest.

'Ja, hier sta ik machteloos natuurlijk, dit kunt u alleen zelf...'

'Nee, Ivan Ivanovitsj, dat kan ik niet...'

Hij keek haar vragend aan.

'Ik kan hem noch de paar regels schrijven waar hij om vraagt, noch hem ontmoeten...'

Hij kwam weer tot zichzelf, richtte het hoofd op en keek haar aan.

'En ik moet hem een antwoord geven. Hij wacht daar in het tuinhuisje of komt hierheen wanneer ik dat niet geef... En dat kan ik niet.'

'Wat voor een antwoord?' vroeg Toesjin terwijl hij weer het hoofd boog en zijn laarzen inspecteerde.

'U stelt dezelfde vraag als baboesjka. U hebt de brieven toch gelezen? Hij belooft me het geluk, biedt me zijn hand aan...'

'Nou... en?'

'Nou... en?' herhaalde ze op dezelfde toon, enigszins geïrriteerd. 'Ik heb gisteren geprobeerd hem twee regels te schrijven: "Ik was niet gelukkig met u en zal dat nooit zijn, ook niet na een huwelijk, ik zal u nooit meer terugzien. Vaarwel!" Dat wilde ik hem schrijven, maar ik kon het niet. Ik wilde naar hem toe gaan, het zelf zeggen en weer weggaan, maar mijn benen weigerden dienst, ik viel. Hij weet niets van wat ik heb doorgemaakt en denkt dat ik nog steeds in de ban van de hartstocht ben, daarom heeft hij nog steeds hoop en schrijft me. Hij moet beslist volledig op de hoogte gesteld worden, maar ik kan dat niet. Ik weet ook niemand die het voor me zou kunnen doen: baboesjka wist zich geen raad toen ze de brieven had gelezen. Ik was bang dat ze het niet uit zou houden en ik...'

Toesjin stond plotseling op en trad op haar toe.

'En u dacht aan mij: Toesjin zal het wel uithouden en zal me die dienst verlenen... En daarom hebt u mij geroepen... Is het niet zo?'

Hij straalde van vreugde.

'Nee, Ivan Ivanovitsj, zo is het niet. Ik heb u geroepen omdat... ik u wilde zien in deze uren van onrust... Wanneer u er bent, ben ik rustiger.'

'Vera Vasiljevna!' zei hij, en de blos keerde terug op zijn wangen.

Hij voelde zich bijna gelukkig.

'Ik denk er niet over om u daarheen te sturen,' vervolgde ze. 'Nee, ik kan u deze nieuwe belediging niet aandoen, ik zal u niet confronteren met de man die u niet kunt zien... zonder uw zelfbeheersing te verliezen... Nee, nee!'

Ze schudde het hoofd.

'U hebt het over een belediging! Vera Vasiljevna!'

Hij wilde verder spreken, maar vond geen woorden en vouwde alleen als in gebed zijn handen voor haar. Zijn ogen glansden terwijl hij haar aankeek.

Vol verbazing en dankbaarheid liet ze haar blik op hem rusten en zag hoe louter de consideratie die het fatsoen haar oplegde – deze futiliteit – hem gelukkig maakte. En dat na alles wat er gebeurd was.

Wat houdt hij van me! En waarom eigenlijk? dacht ze bedroefd.

'Een belediging!' herhaalde hij. 'Ja, het was me zwaar gevallen als u me daarheen gestuurd had met een olijftak om hem te helpen uit het ravijn te klimmen en hierheen te komen. Zo'n rol zou niets voor mij zijn, maar toch zou ik het doen, zou ik u beiden verzoenen als ik wist dat u daardoor gelukkig zou worden.'

Baboesjka zou het ook doen, dacht Vera, en mijn moeder, als ze nog leefde... En ook deze man is bereid om te gaan, om mijn geluk veilig te stellen en dat van hemzelf op te offeren...

'Ivan Ivanytsj,' zei ze met een door tranen verstikte stem, 'ik geloof het, u zou ook dat doen! Maar ik zou u er niet heen sturen...'

'Dat weet ik... hoewel u het rustig zou kunnen doen. Maar nu hoef ik niet eens uit mijn berenrol te vallen. Hem ontmoeten om hem die twee regels door te geven die u niet op hebt kunnen schrijven, dat zou me gelukkig maken, Vera Vasiljevna!'

Ze sloeg haar ogen neer.

Alleen dit geluk kan ik hem aanbieden in ruil voor alles wat hij voor me voelt, dacht ze.

Toen hij haar verdriet opmerkte, zonk de moed hem weer in de schoenen; zijn trotse houding, zijn stralende blik en de blos op zijn wangen verdwenen. Hij betreurde zijn voortijdige vreugde, het onbezonnen gebruik van het woord 'gelukkig'.

Alweer een stommiteit begaan! dacht hij geërgerd. Een simpele, vriendschappelijke opdracht die ze hem toevertrouwde omdat ze niemand anders kon vinden beschouwde hij al als een indirecte aanmoediging van zijn aspiraties.

Hij had met die onverhoedse blijdschap en door het woord 'gelukkig' als het ware zijn liefdesbekentenis en zijn aanzoek herhaald en had haar bovendien zijn zelfzuchtige vreugde over haar breuk met Mark geopenbaard.

Toen Vera hem zo zag, begreep ze dat zijn hoop op geluk voor de tweede keer de grond in was geboord. Haar hart, haar vrouwelijke instinct, haar vriendschap, alles kwam nu de arme Toesjin te hulp, en ze haastte zich hem minstens die ene hoop te laten die ze hem in haar situatie kon geven, namelijk de zekerheid dat hij nog steeds haar grenzeloze vertrouwen en respect genoot.

'Ja, Ivan Ivanytsj, ik zie nu dat ik ook in deze zaak op u gerekend heb, al wilde ik dat mezelf niet bekennen en zou ik nooit een dergelijke dienst van u durven verlangen. Maar als u zo grootmoedig bent om uzelf aan te bieden, dan verheug ik me daarover en dank u. Niemand zal me zo kunnen helpen als u dat kunt, omdat niemand zoveel van me houdt als u...'

'U bent te goed voor me, Vera Vasiljevna, door dat te zeggen, maar het is de waarheid! U doorziet me helemaal...'

'En als het voor u niet te pijnlijk is om hem te ontmoeten...' vervolgde ze.

'Nee, ik zal niet flauwvallen.'

'Gaat u dan vandaag om vijf uur naar het tuinhuisje en zegt u hem...'

Ze dacht er even over na wat hij tegen Mark moest zeggen. Vervolgens pakte ze een potlood en schreef de twee regels precies zo op als ze ze hem even tevoren mondeling had overgebracht.

'Dit is mijn antwoord!' zei ze en gaf hem het briefje zonder het op te vouwen of te verzegelen. 'Geef hem dit en voeg eraan toe wat u wilt als dat nodig is, u weet alles...'

Hij stopte de brief in zijn zak.

'Maar vergeet één ding niet,' voegde ze er haastig aan toe, 'ik beschuldig hem nergens van... beklaag me nergens over... dus...'

Ze aarzelde even. Hij wachtte af.

'...neemt u uw zweep niet mee!' zei ze zachtjes, bijna als een terzijde.

'Het is goed dat u dat zegt,' zei hij en slaakte een zucht.

'Neem me niet kwalijk,' zei ze en reikte hem de hand, 'dat is geen verwijt, God verhoede dat! Het schoot me alleen te binnen. En misschien zal dit ene woord u beter dan een lange uiteenzetting doen begrijpen wat mijn wens is en hoe ik het verloop van deze ontmoeting graag zou zien...'

'Het treft me alleen onaangenaam dat u denkt dat ik dat zonder deze wenk niet zou begrijpen.'

'Vergeeft u deze zieke vrouw, Ivan Ivanovitsj...'

Hij drukte de hand die ze hem reikte.

16

Na een poosje kwam Tatjana Markovna terug en verscheen ook Rajski. Tatjana Markovna en Toesjin raakten beiden enigszins in verwarring toen ze elkaar zagen. Ze voelden zich beiden niet op hun gemak: hij wist dat zij op de hoogte was van zijn gesprek met Vera terwijl zij het pijnlijk vond dat hij wist van het liefdesavontuur en de 'zonde' van Vera.

In zijn ogen stond moedeloosheid te lezen, in haar woorden kwam tot uiting dat ze haar hart vasthield voor Vera en dat ze met Toesjin te doen had. Ze spraken zelfs over alledaagse onderwerpen op een gedwongen manier, maar tegen het middageten had de wederzijdse sympathie weer de overhand gekregen en konden ze elkaar weer recht in de ogen kijken. Ze schenen zelfs nader tot elkaar gekomen te zijn en lazen, wanneer ze zwegen, in elkaars blikken hoe ze dachten over het gebeurde.

Tot het middageten bleef Vera voortdurend in de buurt van Tatjana Markovna, ze was nog steeds bang dat zij een of andere maatregel zou nemen om te voorkomen dat Mark in het tuinhuisje op haar wachtte. Ze besloot ook na het middageten niet van baboesjka's zijde te wijken, zodat ze niet zou bezwijken voor de verleiding om zelf naar het ravijn te gaan voor een ontmoeting met Mark...

Maar Tatjana zinspeelde tot het middageten niet op hun gesprek van gisteren en na het middageten, toen Rajski naar zijn kamer was gegaan en Toesjin na zijn jas aangetrokken te hebben ergens heen ging 'om zaken te regelen', bracht ze al het vrouwelijk personeel op de been om de zilveren thee- en koffiepotten en dienbladen die bestemd waren voor Marfenka's bruidsschat een schoonmaakbeurt te geven.

Vera was wat baboesjka betreft gerustgesteld en vergezelde Toesjin in gedachten naar het tuinhuisje. Onrust en bange voorgevoelens maakten zich van haar meester: als er maar niets ergs gebeurde! Als het daar maar mee afgelopen was! Wat gebeurde daar nu?

Daar naderde Toesjin precies om kwart voor vijf het tuinhuisje. Hij kende de omgeving, maar was er kennelijk lange tijd niet geweest, want hij keek nu eens naar rechts en dan weer naar links, liep nu eens deze en dan weer die kant op over het nauwelijks waarneembare pad en kon het tuinhuisje met geen mogelijkheid vinden. Midden in het struikgewas bleef hij staan, omdat hij zich herinnerde dat het tuinhuisje hier ergens was.

Hij keek alle kanten op, wierp een onrustige blik op zijn horloge en zag dat de wijzer al dicht bij de vijf was. Maar het tuinhuisje noch Mark was te bekennen.

Plotseling drong uit de verte het geluid van haastige stappen tot hem door en tussen het lage naaldhout verscheen een gestalte die nu eens verdween en dan weer tevoorschijn kwam.

Ik geloof dat hij het is, dacht Toesjin en zuchtte twee keer uit volle borst als een vermoeid paard, schudde de naast hem staande jonge spar heen en weer, stak vervolgens beide handen in de zakken van zijn jas en stond daar als aan de grond genageld.

Mark stormde als vanuit een hinderlaag naar de plek waar Toesjin stond, keek om zich heen en verstijfde toen hij hem in het oog kreeg.

Ze keken elkaar een ogenblik aan en tikten toen tegen hun pet. Volochov keek nog steeds verbaasd om zich heen.

'Waar is het tuinhuisje gebleven?' vroeg hij ten slotte hardop.

'Ik zoek het ook en weet niet aan welke kant het lag.'

'Hoezo "aan welke kant"? Het stond hier, waar wij nu staan, gistermorgen was het er nog...'

Beiden zwegen en wisten niet wat er met het tuinhuisje gebeurd was. Daarmee was echter het volgende gebeurd. Tatjana Markovna had Vera beloofd dat Mark niet meer in het tuinhuisje op haar zou wachten. Al een uur na het gesprek met Vera had zij maatregelen getroffen om haar belofte in letterlijke zin na te komen: met vijf boeren uit het dorp daalde Saveli in haar opdracht in het ravijn af en sloopten ze met hun bijlen in een uur of twee het tuinhuisje; de planken en balken namen ze op hun schouders mee. En de vrouwen en kinderen ruimden op baboesjka's bevel ook de spaanders en splinters op. De volgende morgen ging Tatjana Markovna zelf met de tuinman, opnieuw Saveli, en nog twee mannen naar het ravijn en liet de plek waar het tuinhuisje gestaan had zo snel mogelijk effenen, aanstampen en met graszoden bedekken. Ten slotte liet ze er een paar jonge dennen en sparren planten.

Had ik dat maar eerder gedaan! verweet ze zichzelf in stilte. Als ik het tuinhuisje meteen nadat Vera me alles verteld had, had laten afbreken... dan had die booswicht misschien begrepen hoe de zaken ervoor staan en had hij haar die vervloekte brieven niet gestuurd!

De booswicht had inderdaad begrepen hoe de zaken ervoor stonden.

Het oude mens is erachter gekomen, dit is haar werk! dacht hij. En Vera is deugdzaam geweest: ze heeft haar alles verteld!

Hij draaide zich om naar Toesjin, knikte hem toe en wilde gaan, maar op dat moment merkte hij diens strakke, staalharde blik op.

'Wat deed u hier, was u aan de wandel?' vroeg hij. 'Waarom staart u me aan? Logeert u boven?'

'Ja, ik logeer hier. Ik was niet aan de wandel, maar ben hierheen gekomen om met u te spreken,' zei Toesjin afgemeten maar beleefd.

'Met mij?' vroeg Volochov verbaasd en keek hem vragend aan. Wat heeft dat te betekenen? dacht hij, weet hij het soms ook al? Hij schijnt naar de hand van Vera te dingen. Is die Othello uit het bos soms van plan om hier een drama op te voeren, dorst hij naar bloed?

'Ja,' zei Toesjin, 'ik heb een boodschap voor u.'

'Van wie? Van het oude mens?'

'Welk oud mens?'

'Berezjkova! Van wie anders!'

'Nee.'

'Van Vera dan?' vroeg hij, bijna angstig.

'Van Vera Vasiljevna, bedoelt u?'

'Goed, voor mijn part van Vera Vasiljevna. Hoe is het met haar, is ze gezond? Wat moest u mij zeggen?'

Toesjin gaf hem zwijgend het briefje. Mark doorliep het snel met zijn ogen en stopte het achteloos in zijn jaszak, vervolgens deed hij zijn pet af en ging met zijn handen door zijn haar. Kennelijk voelde hij zich ongemakkelijk ten aanzien van Toesjin en probeerde hij zijn pijn, teleurstelling en ergernis voor hem te verbergen.

'Weet u... alles?' vroeg hij.

'Staat u me toe om het antwoord op die vraag schuldig te blijven en u van mijn kant te vragen of u een antwoord wilt geven.'

Van mij kun je iets krijgen, dacht Mark, maar geen antwoord, en zei toen luid op koele toon: 'Ik heb niets te zeggen!'

'Maar u zult natuurlijk gehoor geven aan haar verzoek om haar niet meer lastig te vallen, haar niet aan uzelf te herinneren... niet meer te schrijven, u niet meer hier te vertonen...'

'Wat gaat u dat aan? Bent u haar verloofde dat u deze vragen stelt?'

'Om deze opdracht uit te voeren hoef ik haar verloofde niet te zijn, het volstaat dat ik haar vriend ben.'

'En als ik haar wel schrijf en wel hierheen kom, wat dan?' vroeg Mark geprikkeld, Toesjin als het ware uitdagend.

'Ik weet niet hoe Vera Vasiljevna dat op zal nemen. Als ze weer een nieuwe opdracht geeft, zal ik opnieuw doen wat de situatie vereist.'

'Wat bent u een gehoorzame en trouwe vriend,' zei Mark met kwaadaardige spot.

Toesjin keek hem een ogenblik ernstig aan.

'Daar hebt u gelijk in, zo'n vriend ben ik inderdaad... Vergeet u niet, meneer Volochov,' voegde hij hieraan toe, 'dat u nu niet met Toesjin spreekt, maar met iemand die hier is in opdracht van een dame. Ik neem hier als het ware de plaats van deze dame in en zal in overeenstemming daarmee spreken en handelen, wat u ook zegt. Ik dacht dat het ook voor u genoeg zou zijn om te weten dat ze niet meer door u lastiggevallen wenst te worden. Ze is nu aan het herstellen van een ernstige ziekte...'

Mark liep zwijgend heen en weer over de graszoden en trad bij de laatste woorden op Toesjin toe.

'Wat mankeert ze?' vroeg hij bijna zachtmoedig.

Toesjin zweeg.

'Neem me niet kwalijk, ik wind me op, hoewel ik weet dat dat stom is... Maar u ziet dat ook ik... koortsig ben.'

'Dat spijt me zeer; dan hebt u zelf ook behoefte aan rust... Geeft u een of ander antwoord op het briefje.'

Mark had nog steeds geen zin om hem antwoord te geven.

'Ik zal zelf antwoorden, zal schrijven...'

'Het is haar uitdrukkelijke wens dat u dat niet doet, en ik kan u mijn woord geven dat ze niet anders kan... Ze is ziek, haar gezondheid vereist rust en die zal ze pas krijgen wanneer u haar niet meer aan uzelf herinnert. Ik zal overbrengen wat mij gezegd is en zal zeggen wat ik zelf heb gezien...'

'Zeg eens, wenst u haar toe wat het beste voor haar is?' begon Volochov.

'Ja, natuurlijk.'

'U ziet dat ze van me houdt, dat heeft ze u zelf gezegd...'

'Nee, dat zie ik niet, ze heeft me niet van liefde gesproken, maar heeft me dit briefje gegeven en mij verzocht te bevestigen dat ze u niet meer kan en wil ontmoeten en geen brieven meer van u wenst te ontvangen.'

'Absurd gewoon, jezelf kwellen en ook nog een ander!' zei Mark terwijl hij met zijn voet de verse, pas die ochtend aangebrachte aarde rond een boompje omwoelde. 'U zou haar kunnen verlossen van deze marteling, van haar ziekte, van het verval van haar krachten... kortom, van alles – als u... werkelijk haar vriend was. Het oude mens heeft het tuinhuisje laten slopen, maar de hartstocht is wat anders: de hartstocht zal Vera slopen. U zegt toch zelf dat ze ziek is...'

'Ik heb niet gezegd dat haar ziekte wordt veroorzaakt door hartstocht...'

'Waardoor dan wel?'

'Daardoor dat u haar schrijft, in het tuinhuisje op haar wacht en dreigt om zelf te komen. Zij verdraagt dat niet, en ze heeft me gevraagd alleen dat over te brengen.'

'Dat zegt ze, maar intussen...'

'Zij spreekt altijd de waarheid.'

'Waarom heeft ze juist u die opdracht gegeven?' vroeg Mark plotseling.

Toesjin zweeg.

'Ze vertrouwt u, dus kunt u haar ook duidelijk maken hoe dom het is om je te verzetten tegen je geluk. Ze zal het geluk thuis immers niet vinden. U zou haar moeten aanraden om zichzelf en een ander niet te kwellen en uw best moeten doen om de moraal van baboesjka in haar... aan het wankelen te brengen... Bovendien heb ik haar voorgesteld om...'

'Als u haar echt begrepen had,' onderbrak Toesjin hem, 'dan had u allang moeten weten dat zij tot degenen behoort wie je niets kunt uitleggen of aanraden. En wat de moraal van baboesjka betreft: ik vind het niet nodig om die aan het wankelen te brengen omdat ik die deel.'

'Kijk eens aan! U bent een voortreffelijk diplomaat en weet de opdrachten die men u geeft uitstekend uit te voeren,' zei Mark geïrriteerd.

Toesjin observeerde hem zwijgend en wachtte rustig af of hij hem, goedschiks of kwaadschiks, een antwoord zou geven.

Dat zwijgen en die rust maakten Mark razend. Het gesloopte tuinhuisje en de verschijning van Toesjin in de rol van bemiddelaar hadden hem duidelijk gemaakt dat hij geen hoop meer hoefde te koesteren, dat Vera niet langer twijfelde, dat ze volhardde in haar voornemen om hem niet meer te ontmoeten.

Geleidelijk daagde in hem het pijnlijke besef dat als Vera leed, dat inderdaad niet kwam door haar hartstocht voor hem; anders had ze niet alles aan baboesjka verteld, en zeker niet aan Toesjin. Hij kende haar koppigheid, die zelfs de hartstocht niet vermocht te breken, al langer en daarom had hij uit pure wanhoop een uiterste concessie gedaan, had hij besloten om met haar te trouwen en nog voor onbepaalde tijd hier, in deze stad, te blijven, zeker niet voor altijd maar zo lang als zijn hartstocht zou duren. Hij was vast overtuigd van de juistheid van zijn opvattingen over de liefde en voorzag dat ze vroeg of laat voor beide partijen op dezelfde manier zou eindigen, dat ze elkaar op de nek zouden zitten zo lang als het duurde, en dan...

Hij dacht er niet verder over na wat er dan moest gebeuren, hoopte dat Vera mettertijd, zodra de verkoeling intrad, zelf de moraal van baboesjka zou laten varen.

Nu scheen ook dit offer van zijn kant – het aanbod om met Vera te trouwen – overbodig geweest te zijn. Het was niet aanvaard. Hij was niet gevaarlijk, was zelfs overbodig. Men wees hem de deur. Hij doorstond nu zelf de kwellingen waarover hij zich nog onlangs vrolijk had gemaakt, waaraan hij niet geloofd had. Dit is niet logisch, zei hij bij zichzelf.

'Ik weet niet wat ik ga doen,' zei hij, nog steeds op trotse toon, 'en ik kan niet reageren op uw diplomatieke missie. In het tuinhuisje zal ik natuurlijk niet meer komen, want het is er niet meer...'

'En brieven zult u ook niet meer schrijven,' reageerde Toesjin in zijn plaats, 'omdat ze niet aangenomen zullen worden. In het huis zult u ook niet meer komen: men zal u niet ontvangen.'

'Wie zal dat niet doen... u?' repliceerde Mark kwaad. 'Gaat u het huis soms bewaken?'

'Als Vera Vasiljevna dat wenst, zal ik het doen. Overigens zijn de vrouw des huizes en de bedienden er ook nog. Maar ik neem aan dat u zelf binnen de perken van het fatsoen zult blijven en de rust van een vrouw zult respecteren...'

'Godallemachtig, wat een onzin allemaal,' brieste Mark. 'De mensen slaan zichzelf in de boeien... hangen de martelaar uit...'

Hij wilde zich nog steeds niet schikken in de situatie en zich met enige waardigheid verwijderen, hij wilde zich het recht voorbehouden om geen antwoord te geven op Toesjins vragen. Maar Toesjin wist al dat hij geen andere uitweg had dan toe te geven. Mark voelde dat en begon zich geleidelijk terug te trekken.

'Ik vertrek spoedig,' zei hij, 'over een week... Zou ik niet een paar minuten met Vera...Vasiljevna kunnen spreken...?'

'Dat is uitgesloten: ze is ziek.'

'Krijgt ze medicijnen?'

'De beste medicijn voor haar is dat u haar niet langer lastigvalt...'

'Ik vertrouw u niet erg,' onderbrak Mark hem vinnig. 'U schijnt zelf niet onverschillig tegenover haar te staan en...'

Toesjin schudde weer aan de spar, maar hij zweeg. Hij verplaatste zich in de situatie van Mark en begreep door welk een bitterheid en razernij hij beheerst moest worden; daarom ging hij niet in op diens kwaadaardige uitvallen, betaalde hij hem niet met gelijke munt, maar hield hij zich in. Hij koesterde alleen nog de vrees dat Mark, gedreven door trots en koppigheid, om niet gedwongen te zijn de aftocht te blazen, of door zijn nog niet geheel verdampte en nu weer geprikkelde hartstocht, nog een poging zou doen om Vera te schrijven of te spreken en daardoor haar rust zou verstoren.

'U vertrouwt mij niet, maar u hebt toch een bewijsstuk in uw zak,' zei Toesjin.

'Het briefje, ja. Maar dat betekent niets. Een hartstocht is als de zee: vandaag een storm, morgen windstilte... Misschien heeft ze er nu al spijt van dat ze u hierheen heeft gestuurd...'

'Dat denk ik niet: dat zou ze zeker voorzien hebben en dan had ze mij niet hierheen gestuurd. U kent haar helemaal niet, merk ik. Overigens heb ik u alles overgebracht, en u zult haar wensen natuurlijk respecteren... Een antwoord kunt u wat mij betreft achterwege laten...'

'Ik geef ook geen antwoord! Ik vertrek...'

'Dat is precies het antwoord dat ze nodig heeft...'

'Dat heeft zij niet nodig, maar u, en misschien ook die romanticus Rajski en dat oude mens...'

'Misschien, ja, en misschien heeft de hele stad het wel nodig. Ik zal zo vrij zijn Vera Vasiljevna te verzekeren dat u uw voornemen ook zult uitvoeren.'

'Vaarwel... ridder...'

'Wat?' vroeg Toesjin zijn wenkbrauwen fronsend.

Mark wendde, geheel verbleekt, zijn blik af. Toesjin tikte tegen zijn pet en verwijderde zich, terwijl Mark nog steeds op dezelfde plek stond.

Mark was woedend omdat zijn aftocht zich op zo'n pijnlijke, onverkwikkelijke wijze voltrok, veel beschamender dan die welke hij ooit aan Rajski had voorspeld, omdat zijn liefdesavontuur was geëindigd op de bodem van het ravijn dat hij nu moest verlaten, zonder ook maar om te kijken, omdat hij geen betuiging van medeleven of een afscheidswoord meekreeg, maar werd afgepoeierd als een vijand, en daarbij een zwakke vijand die men na een scheiding van een of twee weken, zodra hij achter de naburige heuvelrug is verdwenen, vergeten is.

Hoe was dat allemaal zo gekomen? Hij droeg nergens schuld aan, maar toch weigerde men hem een laatste rendez-vous; bovendien had men, kennelijk niet uit angst voor een opwelling van hartstocht, maar wel voor een grove belediging, een ander als bemiddelaar gestuurd.

En die ander had zich aan hem gepresenteerd als gevolmachtigde van Vera, had hem afgepoeierd zonder de grenzen van het fatsoen te overschrijden, behoedzaam, zoals men een verhitte gast afpoeiert of een dief: men sluit ramen en deuren en de hond wordt losgelaten. Toesjin had hem gewaarschuwd voor de vrouw des huizes, voor de bedienden, het ontbrak er nog maar aan dat hij de politie erbij had gehaald.

Hij had het misschien wel over zichzelf afgeroepen (zoals hij graag toegaf) door zich omgangsvormen eigen te maken die hij voor vrijmoedig en rationeel hield, maar die deze stad niet als zodanig erkende, en door de traditionele orde te verachten.

Was het niet daarom dat Vera zich nu scheen te schamen voor haar hartstocht, eraan wanhoopte hem ooit te kunnen heropvoeden, en zich via anderen van hem ontdeed, zoals men zich van een onaangename kennis ontdoet met wie men toevallig en zonder het te willen in contact is gekomen?

Door een bemiddelaar liet ze hem zeggen dat ze niets meer met hem te maken wilde hebben en deze bemiddelaar hield zich, ondanks de venijnige replieken van Mark, kennelijk in, omdat hij zowel in het belang van Vera als van zichzelf een pijnlijke scène met deze onfatsoenlijke kerel wilde vermijden. En bij dat al moest hij ook nog een antwoord geven, en wel juist dat ene antwoord dat deze ridder en diplomaat, die hem vernederd had door met koele hoffelijkheid te reageren op al zijn uitvallen, hem gedicteerd had. En Mark had ondanks zijn gedraai inderdaad dit ene antwoord gegeven.

Maar wat Vera ook besloten had, toch had ze uit respect voor datgene wat er tussen hen was voorgevallen hem, als ze te ziek was om hem te ontmoeten, tenminste in een brief de redenen voor haar besluit moeten meedelen. Ook al was het vuur van de hartstocht bekoeld, toch had ze in alle vriendschap afscheid van hem kunnen nemen, had ze nog eens moeten zeggen dat de ongewisse toekomst aan zijn zijde en zijn levensbeschouwing haar afschrokken.

Dan waren ze met wederzijdse achting uit elkaar gegaan, maar nu stuurde ze hem op een respectloze manier weg alsof ze hem geen laatste woord waardig keurde, alsof hij iets verkeerds had gedaan... Maar wat had hij dan misdaan? Hij riep hun laatste ontmoeting in zijn herinnering terug, maar vond niets wat hem te verwijten viel...

Hij had in alle opzichten gelijk gehad: waarom dan deze bruuske, woordeloze scheiding? Ze kon hem niet de schuld geven van haar 'misstap', zoals ouderwetse lieden dat noemden... Nee...! Hij had zich nog wel opgeofferd, had zijn eigen ideeën over de toekomst verloochend en zich bereid verklaard om... met haar te trouwen. Waarom dan deze dolkstoot, dit laconieke briefje in plaats van een vriendschappelijke brief, een bemiddelaar in plaats van haarzelf?

Deze dolkstoot had hem diep verwond. Er voer een koude huivering door hem heen, van zijn schedel tot zijn tenen. Maar welke hand had hem de dolkstoot toegebracht? Zat dat oude mens er soms achter? Nee, zo was Vera niet, die liet zich niets wijsmaken! Dus was ze het zelf geweest. Maar waarom deed ze hem dat aan, wat had hij misdaan?

Mark liep langzaam naar de omheining, klom erop, en sprong er niet meteen weer af maar bleef er met afhangende benen een poos op zitten en trachtte de vraag te beantwoorden wat hij had misdaan.

Hij bracht zich te binnen hoe hij haar bij de laatste ontmoeting 'eerlijk' had gewaarschuwd. Denk eraan dat ik je alles voorspeld heb, was ongeveer de strekking van zijn woorden geweest, en als je na alles wat ik je gezegd heb de handen naar mij uitstrekt, dan ben je de mijne: maar jij zult de schuld van alles zijn en niet ik...

Dat is toch logisch! zei hij bijna hardop en plotseling scheen er om hem heen walm en stank uit de aarde op te stijgen. Hij sprong van de omheining op de weg zonder om te kijken, net zoals toen...

Verder herinnerde hij zich hoe hij haar op diezelfde plek alleen had gelaten terwijl ze als het ware boven de afgrond hing. 'Ik ga nu,' had hij haar in zijn eerlijkheid gezegd en hij was gegaan, maar hij had zich omgedraaid en toen ze hem dat vertwijfelde, nerveuze 'vaarwel!' nariep, had hij dat opgevat alsof ze hem terugriep en had hij zich terug gehaast...

Dit eerste antwoord op de vraag wat hij misdaan had, trof hem als een mokerslag.

Hij liep de heuvel af; de dolk deed echter zijn werk en boorde zich steeds dieper in zijn hart. Zijn geheugen bracht hem zonder enig mededogen een reeks recente voorvallen in herinnering.

'Het is laf om te trouwen wanneer je niet in het huwelijk gelooft,' had hij trots gezegd. Hij had niets willen weten van de ceremonie en van de band voor het leven en gehoopt ook zonder dit offer de overwinning te behalen, en nu had hij zelf voorgesteld om deze ceremonie te laten voltrekken. Dat had hij niet voorzien. Hij had Vera niet op tijd naar waarde geschat, had zich van haar afgewend, haar trots de rug toegekeerd, en een paar dagen later was hij al op zijn schreden teruggekeerd!

'Dát heb je misdaan!' trof hem opnieuw een mokerslag!

De ratio en de eerzaamheid – zo zei het uit de roes van de eigenliefde ontwakende bewustzijn hem – moesten jou tot kamerschermen dienen waarachter jij je met je nieuwe kracht verborg terwijl je het aan een krachteloze vrouw overliet om boete te doen voor jouw eigen passie en die van haar, haar botweg hebt gezegd dat je je eigen weg zou gaan zonder je om regels of plichten te bekommeren... het aan haar zwakke schouders overliet om deze zware last te dragen.

Je was niet zo 'eerzaam' dat je haar spaarde toen ze, totaal verzwakt, struikelde, was niet zo 'rationeel' dat je je hartstocht een halt toeriep, maar je liet de teugels juist vieren om je achteraf, wat weer 'oneerzaam' is, te onderwerpen aan het door jouw 'ratio' verworpen ritueel, terwijl je voor de toekomst alweer onverbiddelijk de scheiding in het vooruitzicht stelde! Je hebt haar achter je aan gelokt, voor de gek gehouden... en ten slotte heb je gecapituleerd. Dát heb je misdaan! trof de moker hem nog eens.

Een wolf heeft ze je meer dan eens schertsend genoemd, sprak zijn innerlijke stem verder, maar nu zal ze, als ze in ernst aan je denkt, niet alleen het beeld van een roofzuchtige wolf voor ogen hebben, maar ook dat van een sluwe vos en dat van een razende, iedereen aanblaffende hond, en van de mens in jou zal niets overblijven. Wat ze uit het ravijn heeft meegebracht is louter ellende, een niet te stillen pijn voor het hele leven en een martelend berouw daarover dat ze zo blind is geweest, dat ze je niet allang had doorzien, zich heeft laten meeslepen, zichzelf is vergeten! Ja, triomfeer maar: ze zal je nooit vergeten!

Hij begreep nu alles: haar laconieke briefje, haar ziekte, en de verschijning van Toesjin op de bodem van het ravijn in plaats van die van haarzelf.

Kozlov kwam hem nog een keer tegen en vertelde Rajski dat Volochov voor enige tijd naar zijn oude tante in het gouvernement Novgorod was vertrokken; daarna wilde hij weer als aspirant-officier toetreden tot het leger en zich laten overplaatsen naar de Kaukasus.

18

Rajski sprak de hele avond met Toesjin. Ze leerden elkaar nu pas beter kennen en de indruk die ze op elkaar maakten was zo gunstig dat ze beiden afscheid namen met de wens om elkaar beter te leren kennen.

Die avond nodigde Toesjin Rajski uit om een week bij hem te komen logeren, een kijkje te nemen in zijn bos, en kennis te maken met zijn stoomzaagmachine en zijn arbeidscollectief, kortom met het hele bosbedrijf.

Rajski wilde echter eerst zijn portret van Vera afmaken en sloeg de uitnodiging aanvankelijk af. Maar toen hij de volgende morgen vroeg wakker werd, hoorde hij buiten hoefgetrappel. Hij keek uit het raam en zag dat Toesjin op zijn pikzwarte paard het erf verliet. Plotseling kreeg Rajski zin om met hem mee te gaan.

'Ivan Ivanovitsj!' riep hij door het ventilatieraampje, 'ik ga met u mee. Kunt u een kwartier wachten, tot ik aangekleed ben?'

'Met genoegen!' reageerde Toesjin en steeg van zijn paard af. 'Er is geen haast bij, ik wacht desnoods een uur!'

Hij begaf zich naar Rajski's kamer. Tatjana Markovna en Vera hadden hun gesprek gehoord, kleedden zich snel aan en nodigden beiden uit om thee te komen drinken. Bij de thee drong Tatjana Markovna er bij hen op aan om minstens tot het ontbijt te blijven en stelde hun zo'n copieus menu in het vooruitzicht dat beiden haar dreigden om op datzelfde moment op te stappen als ze zich niet beperkte tot biefstuk. Aan de biefstuk ging een overdadig borrelhapje vooraf, dat werd gevolgd door een visgerecht, en die vis weer door gebraden eend. Er werd ook nog een pasteitje opgediend, maar ze stonden van tafel op en namen afscheid, waarbij ze beloofden spoedig terug te komen.

Er werd een paard voor Rajski gezadeld en Tatjana Markovna stuurde een hele wagen met geschenken voor Natalja Ivanovna achter hen aan. In plaats van om acht uur, zoals ze gewild hadden, verlieten de beide mannen het huis pas om tien uur en betraden een half uur later Toesjins veerboot.

Toesjin was in zijn gesprekken met Tatjana Markovna en Rajski, en ook nadat hij met deze laatste thuisgekomen was, stil en terughoudend.

Over Vera zei geen van beiden een woord. Beiden wisten dat Vera's geheim aan de ander bekend was en alleen daardoor vonden ze het al pijnlijk om haar naam uit te spreken. Bovendien was Rajski op de hoogte van Toesjins aanzoek en wist hij welke rol hij in het drama van de laatste weken gespeeld had en hoe hij daaronder had geleden.

Vanaf het moment dat hij dat had gehoord, waren al zijn op afgunst gebaseerde vooroordelen tegen Toesjin verdwenen en maakten ze plaats, eerst voor een nieuwsgierige observatie en vervolgens, nadat Vera hem alles had verteld, voor medeleven, respect en zelfs bewondering.

Die bewondering groeide naarmate Rajski deze vriend van Vera beter leerde kennen. Ook in dit geval verleende zijn fantasie hem de gebruikelijke dienst door Toesjin in een fel licht te zetten zonder overigens een romantische held van hem te maken: daartoe was diens persoonlijkheid te simpel, te openhartig en onromantisch.

Nadat hij een week bij Toesjin had gelogeerd, hem in het veld, in het bos, in zijn bedrijf, in zijn werkkamer en in de omgang met zijn personeel bezig had gezien en 's nachts vaak tot het ochtendgloren bij de schoorsteen gesprekken met hem had gevoerd, begreep hij Toesjin ten volle, verbaasde zich over veel in hem en verbaasde zich nog sterker over de scherpe blik en de mensenkennis van Vera, die de aard van deze eenvoudige man uit één stuk had doorgrond en hem in haar sympathie een plaats naast baboesjka en haar zuster had gegeven.

Deze sympathie had zelfs op het hoogtepunt van haar hartstocht voor een ander standgehouden, terwijl toch gewoonlijk alle andere genegenheden en zelfs vriendschappen door een dergelijke zielenbrand meedogenloos verwoest worden. Maar haar vriendschap voor Toesjin behield ook toen haar kracht en frisheid. Alleen dat al sprak in de ogen van Rajski sterk in zijn voordeel.

Vera had instinctief aangevoeld dat zijn kracht, die ze had leren kennen en waarderen, iets algemeen menselijks had, zoals ook haar sympathie voor hem minder het karakter had van een persoonlijke voorliefde dan van een algemeen menselijk gevoel.

Ze hield niet van hem met een zinnelijke hartstocht, die niet van het bewustzijn en de wil afhangt, maar van een of andere zenuw (waarschijnlijk de stomste zenuw, dacht Rajski, die een of andere lage functie vervult, onder andere die van het verliefd worden), en ze hield ook niet alleen van hem als van een vriend, hoewel ze hem wel zo noemde; ze verwachtte van hem niet de diensten die men gewoonlijk van een vriend verwacht, daar ze volgens haar eigen theorie iedere baatzuchtige vorm van vriendschap verwierp; ze had Toesjin louter als mens lief gekregen, als mens zonder meer, zoals ze zich tegenover Rajski indertijd al, bij de eerste ontmoeting met hem, had uitgedrukt.

Rajski toetste via zijn observatie van Toesjin alles wat hij van Vera had gehoord, en alles bleek zo te zijn als zij het gezegd had. Zijn drang om te analyseren, die hem zo bereidwillig alle raadselachtige, of met glans en kleur overdekte kanten van een mens onthulde, moest plaatsmaken voor een natuurlijke sympathie voor deze eenvoudige persoonlijkheid die van iedere kleur en glans gespeend was.

Het was een klomp edelmetaal die hij hier voor zich zag, een man die men niet alleen met een baatzuchtige en obligate liefde kon beminnen, dat wil zeggen met de liefde van een vrouw, moeder, zuster of broer, maar ook als mens.

Terwijl Rajski hoorde en zag hoe Toesjin te werk ging, hoe hij in het bedrijf zijn instructies gaf, hoe hij omging met de mensen uit zijn omgeving, de boeren, de arbeiders en het kantoorpersoneel, met iedereen met wie hij te maken had, met wie hij samenwerkte of alleen sprak, verwonderde hij zich er op bijna naïeve wijze over hoe ogenschijnlijk sterke tegenstellingen in zijn wezen op harmonische wijze samengingen: een zekere zachtmoedigheid in de omgang met een bijna methodische kordaatheid van optreden en handelen; een standvastige, klare blik en een streng rechtvaardigheidsgevoel met goedmoedigheid, met een delicate, aangeboren en niet aangeleerde mildheid en humaniteit; een roerende scepsis ten aanzien van zijn eigen kwaliteiten, een schuchtere en beschaamde twijfel aan zichzelf met durf en vasthoudendheid in praktische zaken.

Er ging een onbewust, aangeboren, bijna feilloos systeem voor leven en werk in hem schuil. Hij scheen niet te weten wat hij deed, maar ondertussen deed hij alles precies zoals het moest, zoals een dozijn door wetenschap, arbeid en overleg geschoolde geesten het hem niet zouden verbeteren...

Rajski herinnerde zich de eerste indruk die Toesjin op hem gemaakt had, hoe hij hem zelfs voor enigzins beperkt had gehouden, een indruk die hij waarschijnlijk op het eerste gezicht ook op anderen maakte, vooral op de zogenaamd ontwikkelde mensen, die van een ander vooral de uiterlijke kenmerken van het intellect verlangden, zoals esprit en gevatheid, eigenschappen die ze misschien zelf bezaten, terwijl de meer fundamentele eigenschappen, die onder dat esprit en die gevatheid schuil moeten gaan, hun vaak ontbraken.

Nu hij hem van dichterbij en zonder enige vooringenomenheid observeerde, moest Rajski toegeven dat die zogenaamde beperktheid niets anders was dan het evenwicht van de kracht van het verstand met het totaal van de eigenschappen die de kracht van de ziel en de wil uitmaken, en dat alle drie bij hem hecht met elkaar verbonden waren; zodat geen daarvan boven de andere uit sprong, geen van hen glanzend en verblindend naar voren trad, terwijl het geheel van zijn wezen des te zekerder, zij het traag, functioneerde.

Naast een helder verstand bezat hij een warmvoelend hart – en beide benutte hij in zijn leven en zijn werk, dus ook zijn wil was een gehoorzaam instrument van zijn intellectuele en zedelijke krachten.

Zijn leven vormde een harmonieus geheel – alsof de hem door de natuur geschonken krachten een welluidende muzikale compositie uitvoerden.

Hij had niet hard aan zichzelf hoeven werken om degene te worden die hij was. Hij was geen schepper van zijn eigen geluk, die zich eerst een weg had moeten banen, zijn baan was hem als die van een planeet al gegeven, de natuur had hem voorzien van de nodige hoeveelheid warmte en licht, hem de noodzakelijke eigenschappen geschonken, zodat hij slechts gestaag over de aangegeven weg voorwaarts hoefde te gaan.

Maar hij was niet echt een planeet, hij had ver van zijn baan af kunnen wijken. Het harmonisch functionerende mechanisme van zijn natuurlijke krachten had onder invloed van allerlei tegenkrachten en de eigen misleide wil ontregeld kunnen raken.

Maar deze ontregeling deed zich bij hem niet voor. Met zijn innerlijke kracht bood hij weerstand aan alle vijandige invloeden, zijn innerlijk vuur brandde onafgebroken en hij dwaalde niet af, verloor niet het evenwicht tussen verstand enerzijds en het hart en de wil anderzijds, maar ging zonder zich van de wijs te laten brengen zijn eigen weg, handhaafde zich op die hoogte van verstandelijke en zedelijke ontwikkeling waarop de natuur en het lot hem, zonder dat hij zich hiervan bewust was, geplaatst hadden.

Hoe velen zijn er die die hoogte van ontwikkeling op eigen kracht via lijden en offers, door hun leven lang aan zichzelf te werken, zonder hulp van buiten of van gunstige omstandigheden bereiken? Het zijn er weinig, misschien nauwelijks een op vele duizenden, terwijl velen er uitgeput, wanhopig, of omdat ze genoeg hebben van de harde strijd, halverwege de brui aan geven of van de weg afwijken en het doel van hun zedelijke vervolmaking uit het oog verliezen of er niet langer in geloven.

Toesjin echter handhaafde zich op zijn hoogte en daalde er niet van af. Hij begroef het hem geschonken talent – om een mens in de ware zin des woords te zijn – niet, maar woekerde ermee. Dat hij zo was geschapen door de natuur en zichzelf niet had gemaakt tot degene die hij was, leverde hem geen verlies maar alleen winst op.

Nee, dit is geen beperktheid van Toesjin, concludeerde Rajski, maar zielenschoonheid, stralende, verheven schoonheid... dit zijn de beste krachten van de natuur, neergelegd in kant-en- klare, bestendige vormen. De opgave van de mens, en tegelijk zijn verdienste, bestaat er slechts in om die schoonheid van de natuurlijke eenvoud aan te voelen, haar te behouden en er een waardige drager van te zijn, oprecht te zijn, de bekoring van de waarheid te vatten en in haar en door haar te leven, kortom, niet meer en niet minder dan een hart te hebben en die kracht op haar juiste waarde te schatten, haar gelijk aan, zo niet hoger dan het verstand te achten.

Maar zolang de mensen zich voor deze kracht schamen, zolang ze de slangenslimheid waarderen en de duivenonschuld geringschattend overlaten aan naïeve naturen, intellectuele superioriteit prefereren boven zedelijke grootheid, zo lang is ook het bereiken van die hoogte ondenkbaar en daarmee werkelijke, solide, menselijke vooruitgang.

Zo te horen is de noodzakelijke graad van zedelijke ontwikkeling bij iedereen al aanwezig, alsof iedereen die al bereikt heeft en als een soort snuifdoos in zijn zak draagt, alsof het iets vanzelfsprekends is waarover niet meer gepraat hoeft te worden. Iedereen is het erover eens dat de samenleving niet zou kunnen bestaan als het niet zo was dat humaniteit, eerlijkheid, rechtvaardigheid de grondbeginselen zijn van zowel het particuliere als het maatschappelijke leven.

En het is allemaal gelogen, zei Rajski bij zichzelf, bij de meerderheid is zelfs van een begin van zedelijke ontwikkeling geen sprake, zelfs hoogontwikkelde geesten vormen hierop geen uitzondering en stellen zich er in zedelijk opzicht mee tevreden om als een soort reisgeld wat maximen (en geen principes) en fatsoensregels op te pikken, het soort regels waarvan de niet-inachtneming je in een lastig parket kan brengen, maar die niets met zedelijke principes te maken hebben.

De meeste mensen bewaren alleen een zeker decorum, dat als vervanging moet dienen voor alles wat principe heet. Met de principes zelf is het echter slecht gesteld: ze dienen, als ordetekenen, slechts afzonderlijke, geprivilegieerde, persoonlijkheden tot opsmuk. 'Hij is een man van principes,' zegt men van zo iemand, ongeveer op dezelfde toon als waarop men zegt: 'Hij heeft een buil op zijn hoofd.'

Wie beweert dat de ontwikkeling en verspreiding van zedelijke principes onder de massa even noodzakelijk is als bijvoorbeeld de aanleg van spoorwegen, die kan erop rekenen dat hij uitgelachen wordt. En dezelfde persoon zou men het geringste verzuim in zijn intellectuele ontwikkeling niet vergeven: als hij het bijvoorbeeld waagde om de laatste Franse of Engelse literaire sensatie niet te lezen, niet op de hoogte was van de nieuwste economische theorie, van de laatste ontwikkeling in de politiek of een belangrijke natuurkundige ontdekking.

Levenskunst staat tegenwoordig in hoog aanzien, dat wil zeggen de kunst om de schijn op te houden, om niet degene te zijn die men zou moeten zijn. Als levenskunst beschouwt men de kunst om zich zo te gedragen dat men met iedereen in vrede leeft, zodat zowel het eigen belang als dat van de ander gediend wordt, de kunst om je goede eigenschappen in het juiste licht te plaatsen en de slechte te verbergen, om op het klavier van het leven de juiste vingervlugheid aan den dag te leggen zonder over de muziek te beschikken.

Wat Toesjin betreft, die leefde zonder te weten of hij de levenskunst al of niet beheerste, zoals de *bourgeois-gentilhomme* van Molière leefde zonder te weten dat hij in proza sprak. Hij leefde gewoon en vroeg zich daarbij niet af of hij zich slecht of goed voelde. Hij was gewoon 'een mens', zoals de scherpzinnige Vera hem kort en treffend had genoemd.

Dat alles bedacht Rajski terwijl hij na een zesdaags verblijf in het bosbedrijf met Toesjin in diens calèche terugreed naar huis.

Zijn ontvankelijke natuur voelde zich aangetrokken tot deze nieuwe, eenvoudige, zowel zachtaardige als krachtige persoonlijkheid. Hij was van plan een andere keer wat langer op De Rookpluim te blijven, want hij wilde graag het hele mechanisme van Toesjins bedrijf leren kennen. Bij dit eerste bezoek had hij alleen de uiterlijke gang van zaken en de in het oog springende resultaten van dit bedrijf kunnen waarnemen, zonder zich in het productieproces te verdiepen.

In de bij het bedrijf horende dorpen was hem de afwezigheid opgevallen van alle treurige gebreken die Russische dorpen eigen plegen te zijn: geen wanorde, geen bouwvallige huizen, mesthopen of smerige plassen, geen vervuilde waterputten en halfvergane bruggetjes, geen bedelaars, zieken en dronkelappen, geen spoor van de gebruikelijke liederlijkheid.

Toen Rajski er tegenover Toesjin zijn verbazing en tevredenheid over uitsprak dat alle boerenhuizen er als nieuw uitzagen, fris en schoon waren en dat er zelfs geen enkel strooien dak te zien was, verbaasde Toesjin zich op zijn beurt over deze verbazing.

'Je hoort meteen dat u geen plattelander bent, geen boer,' zei hij. 'Hoe moeten we hier, midden in het bos, aan strooien daken komen? Die komen hier duurder uit dan houten daken! Het hout is van ons, waarom zouden we dan geen goede, stevige huizen bouwen?'

Rajski's ongeoefende oog was niet in staat om alle praktische vernieuwingen die Toesjin op zijn landgoed had ingevoerd naar waarde te schatten. Hij merkte terloops op dat er een soort sociale politie was om kleine geschillen tussen de boeren te beslechten, dat er een ziekenhuis was, een school, en iets wat aan een bank deed denken.

Toesjin ging aan veel dingen stilzwijgend voorbij omdat hij bang was zijn gast hiermee te vervelen, maar hij haastte zich om hem, de kunstenaar, zijn bos te laten zien, waarop hij trots was en in de ontginning waarvan hij een eer stelde.

Toesjins bos maakte inderdaad grote indruk op Rajski. Het werd bijna onderhouden als een park, bij elke stap zag je de tastbare resultaten van rationele exploitatie en doordachte arbeid. Het arbeidscollectief vormde een hechte eenheid. De boeren schenen zelfstandige ondernemers te zijn, die voor eigen rekening werkten.

'Ze krijgen allemaal een vast loon, of ze nu van hier zijn of van elders,' antwoordde Toesjin op Rajski's vraag waarom zijn boeren zo'n tevreden indruk maakten. De zagerij scheen Rajski met haar grote opslagplaatsen en haar moderne machinepark een ware bezienswaardigheid toe, een soort Engels modelbedrijf.

Toesjin ging zelf voorop bij het werk. Hij ging helemaal in het bedrijf op, kende alle details van de machines en kroop er zelf in om ze te inspecteren en met zijn hand de raderen aan te drijven.

Rajski observeerde Toesjin vol belangstelling in zijn bedrijfskantoor, vooral toen er een stuk of vijftig arbeiders tegelijk binnenkwamen en hem met vragen bestookten.

Hij was wel een uur met hen in de weer en merkte toen pas dat hij zijn gast helemaal was vergeten. Hij verontschuldigde zich verlegen tegenover Rajski, bracht hem uit het gedrang in de buitenlucht en reed met hem naar het bos om hem de mooiste plekjes te laten zien.

Rajski raakte sterk onder de indruk van alles wat hij zag, van de mensen die hij ontmoette, van het hele bedrijf en van de massa's hout die over het water naar Petersburg en naar het buitenland getransporteerd werden. Hij was graag nog een week langer gebleven, maar een brief van Tatjana Markovna riep hem naar huis: ze had iets voor hem te doen, schreef ze kort, hij moest meteen komen.

Toesjin bood aan om hem zelf naar Malinovka te brengen. Het verontrustte hem dat Tatjana Markovna Rajski zo plotseling terugriep en hij wilde horen of er misschien iets nieuws gebeurd was met Vera en of hij haar misschien weer van nut kon zijn. Niet zonder bezorgdheid herinnerde hij zich dat Volochov bij hun ontmoeting zeer tegen zijn zin en aarzelend verklaard had dat hij zou vertrekken.

Zou hij echt vertrokken zijn? Of zou hij haar opnieuw hebben geschreven of op een andere wijze hebben lastiggevallen? Deze en andere vragen drongen zich aan Toesjin op terwijl hij met Rajski naar de stad reed.

Rajski haastte zich na zijn thuiskomst meteen naar Vera om haar onder de invloed van zijn verse indrukken in felle kleuren een meer dan levensgroot portret van Toesjin te schilderen. Vol enthousiasme schetste hij diens betekenis in het milieu waarin hij werkte, gaf uiting aan zijn bewondering en sprak over de warme sympathie die zich tussen hem en Toesjin had ontwikkeld.

In de gestalte van deze eenvoudige, echt Russische, praktische man, die de scepter zwaaide over bos en veld, een arbeider onder zijn arbeiders en tegelijk de grondlegger en hoeder van hun welstand, zag hij een soort Robert Owen* van gene zijde van de Wolga.

'Wat heb je me weinig verteld van wat hij allemaal doet!' zei hij tot slot.

Vera hoorde hem vol vreugde aan; er verscheen zelfs een blos op haar wangen. Rajski's haast om haar de gunstige indruk over te brengen die 'de beer' en zijn 'hol' op hem gemaakt hadden, de warme kleuren waarmee hij de gestalte van Toesjin schilderde, zijn treffende analyse van diens betekenis te midden van zijn arbeiders, en zijn levendige schildering van het bedrijf en van het reilen en zeilen in het bosdorp en zijn omgeving, dat alles maakte ook Vera bijna enthousiast.

Ze beschouwde de schets van Rajski niet zonder trots als een indirecte lofprijzing van haarzelf omdat ze de authenticiteit van deze eenvoudige natuur op waarde had weten te schatten en Toesjin erom had lief gekregen.

'Neef,' zei ze, 'wat je zegt, dient minder om Ivan Ivanytsj, die ik al heel lang ken, te portretteren dan om jou zelf beter te leren kennen. Ik moet zeggen dat je karakteristiek zeer geslaagd is en je tot eer strekt. Je prijst mij omdat ik de mens in Toesjin gezien heb... Alsof dat zo moeilijk is. Ook baboesjka begrijpt hem en mag hem graag, en iederéén hier...'

Ze slaakte een zucht, alsof ze het betreurde dat ze hem niet op een andere manier liefhad.

Hij wilde iets antwoorden, maar baboesjka had iemand gestuurd om hem te vragen onmiddellijk naar haar kamer te komen.

'Zeg eens, Vera, weet jij niet waarover ze me wil spreken?' vroeg hij plotseling.

'Ik weet het niet, er schijnt haar iets dwars te zitten. Ze vertelt het mij niet en ik vraag het haar niet, maar ik zie het... Ik ben bang dat er weer iets gebeurd is,' zei Vera, die plotseling verkoelde en van haar vriendschappelijke toon weer terugviel in haar droevige gepeins.

Op het moment dat Rajski haar verliet, liet Toesjin haar vragen of ze hem wilde ontvangen. Ze liet hem zeggen dat hij kon komen.

19

Baboesjka stuurde Pasjoetka weg en deed de deur van haar kabinet op slot toen Rajski was gearriveerd. Ze was duidelijk van streek. Rajski schrok.

'Is er iets vervelends gebeurd, baboesjka?' vroeg hij, nadat hij tegenover haar was gaan zitten.

'Wat moest gebeuren, dat is ook gebeurd,' zei ze verdrietig en wendde haar blik af.

'Vertel alstublieft, ik zit op hete kolen!'

'De oude spitsboef Tytsjkov heeft zich op ons gewroken! Zelfs over mij heeft hij zich ergens door een halfgare vrouw een oude geschiedenis laten vertellen... Maar het heeft niets uitgehaald. De mensen staan onverschillig tegenover het verleden, bovendien sta ik al met één been in het graf en kan het me niets schelen. Maar Vera...'

Ze slaakte een zucht.

'Wat is er met Vera?'

'Haar geschiedenis is geen geheim meer... Er gaan geruchten in de stad,' fluisterde Tatjana Markovna bitter. 'Ik begreep eerst niet waarom op zondag de vrouw van de vice-gouverneur mij twee keer vroeg of Vera weer beter was, en waarom twee dames meteen hun neus ertussen staken om te horen wat ik zou zeggen. Ik keek om me heen en op ieders gezicht stond dezelfde vraag te lezen: wat is er met Vera aan de hand? Ze is ziek geweest, zei ik, maar nu is ze weer beter. Iedereen vroeg meteen wat haar gemankeerd had. Ik wist niet hoe ik me ervan af moest maken, wat ik moest zeggen! Iedereen heeft het gemerkt...'

'Is er dan iets bekend geworden?'

'Wat er werkelijk gebeurd is, dat is, God zij dank, nog een geheim. Ik heb gisteren via Tit Nikonytsj een en ander te horen gekregen, de achterklap zit er helemaal naast.'

Baboesjka wendde zich af.

'Wie verdenkt men?'

'Ivan Ivanytsj, dat is het ergste van alles. Hij is zo onschuldig als een lam... Herinner je je dat hij op Marfa's verjaardag hierheen kwam, zwijgend hier zat, met niemand een woord wisselde, als een dode, en opleefde toen Vera zich vertoonde? De gasten hebben dat gezien. Het is sowieso allang geen geheim meer dat hij van Vera houdt; hij weet zijn gevoelens niet te verbergen. Iedereen heeft gezien dat hij met haar het park in is gegaan, dat ze daarna naar haar kamer is gegaan en dat hij is vertrokken... Weet jij misschien wat hij toen is komen doen?'

Rajski knikte bevestigend.

'Ja? Nou, zie je wel, nu heeft iedereen het dus over Vera en Toesjin.'

'Maar wat heb ik ermee te maken? U zei dat Tytsjkov zich ook op mij heeft gewroken.'

'Jou heeft Polina Karpovna erbij betrokken! Op de avond dat jij nog laat met Vera bent gaan wandelen, is zij je gaan zoeken. Jij hebt haar iets op de mouw gespeld, waarschijnlijk voor de grap, maar zij heeft het op haar eigen manier opgevat en er een verhaal van gemaakt waar jij ook een rol in speelt! Ze zegt dat jij verliefd was op Vera, en zij heeft je zogenaamd van haar afgepakt en je uit de afgrond, dat wil zeggen het ravijn, omhooggetrokken. Daar heeft ze het voortdurend over. Wat is er tussen jullie gebeurd en wat voor geheim deel jij met Vera? Jij kende haar geheimen waarschijnlijk allang, maar hebt "de sleutels" voor baboesjka verborgen. Nu zie je waar jullie vrijheid toe leidt!'

Ze zuchtte zo diep dat het in de hele kamer te horen was.

Rajski balde zijn vuisten

'Die oude vogelverschrikster heeft er zeker nog niet genoeg van langs gekregen. Morgen geef ik haar een lesje dat haar nog lang zal heugen,' zei hij op dreigende toon.

'Spaar je de moeite! Het heeft geen zin om haar de schuld te geven, ze is belachelijk en niemand gelooft haar. Maar die oude roddelaar is erachter gekomen dat Vera op Marfenka's verjaardag naar het park is gegaan en daar lang met Toesjin heeft gesproken en dat ze de avond tevoren laat thuis is gekomen en daarna ziek in bed lag, en hij heeft het verhaal van Polina Karpovna op zijn manier doorverteld. Ze is niet met Rajski op stap geweest die nacht en de avond tevoren, zegt-ie, maar met Toesjin. En dat gerucht is de hele stad rondgegaan. Bovendien heeft een dronken vrouwspersoon allerlei onzin over mij uitgekraamd... Tytsjkov heeft daar handig gebruik van gemaakt...'

Tatjana Markovna sloeg haar ogen neer; ze werd zelfs even rood in haar gezicht.

'Ah, dat is iets anders!' zei Rajski op ernstige toon en begon in zijn opwinding door de kamer te ijsberen. 'Het lesje dat u Tytsjkov indertijd hebt gegeven, heeft niet gewerkt, ik zal het op een andere manier herhalen...'

'Wat haal je je in je hoofd? God verhoede dat! Laat die zaak liever rusten! Als je gaat bewijzen dat het onzin is, dan slaag je daar waarschijnlijk in. Dat is helemaal niet zo moeilijk, je hoeft alleen maar te informeren waar Ivan Ivanovitsj de avond voor Marfenka's verjaardag was. Als hij aan de overzijde van de Wolga was, thuis, dan zullen de mensen vragen: met wie was Vera dan in de bosjes? Kritskaja heeft jou in je eentje in het park gezien. Waar was Vera dan?'

Tatjana Markovna boog het hoofd.

Rajski liet zich in grote opwinding in een fauteuil zakken.

'Wat moeten we dan doen?' vroeg hij, bezorgd om het lot van Vera.

'Wat God beschikt!' fluisterde Tatjana Markovna in diepe droefenis. 'God oordeelt over de mensen via de mensen, daarom mogen we hun oordeel niet geringschatten! We moeten ons erbij neerleggen! We hebben de beker kennelijk nog niet tot op de bodem geleegd.'

Ze slaakte opnieuw een diepe zucht.

Rajski liep heen en weer door de kamer. Beiden zwegen: ze beseften ieder voor zich dat de situatie precair was. De mensen in de stad waren erachter gekomen dat zich een of ander drama had afgespeeld in hun hoekje, maar voorlopig hadden ze alleen nog de uiterlijke symptomen daarvan opgemerkt. Dat Vera haar eigen weg ging, dat Toesjin haar aanbad, dat ze zich had onttrokken aan het gezag van baboesjka, dat wist men sinds lang en men was eraan gewend geraakt.

Maar daar was de laatste tijd een soort nevelvlek bij gekomen die men nog niet goed wist te duiden. Men had allang gemerkt dat Rajski Vera het hof maakte, dat was zelfs Oeljana Andrejevna ter ore gekomen en zij had er bij hun laatste ontmoeting op gezinspeeld. Ook Kritskaja had het opgemerkt en had op dit punt geen enkele discretie betracht. Toch bleef men erbij dat Toesjin wat Vera betrof de meest kansrijke huwelijkskandidaat was, zoals men ook Marfa en Vikentjev al lang voor de bruiloft voor elkaar had bestemd. Maar nu hadden zich plotseling op Marfenka's verjaardag al die onbegrijpelijke voorvallen afgespeeld. Vera was maar heel even onder de gasten verschenen, had met niemand een woord gesproken, was met Toesjin verdwenen in het park en vandaar weer teruggegaan naar haar kamer, terwijl hij was vertrokken zonder afscheid te nemen van de vrouw des huizes.

Van Kritskaja hoorde men dat Rajski en Vera op de avond voor de feestdag een lange wandeling hadden gemaakt. Hierna werd bekendgemaakt dat Vera ziek was en dat ook Tatjana Markovna zelf ziek was geworden. Het huis was gesloten en men ontving niemand meer.

Rajski liep rond als een bezetene en ging iedereen uit de weg. Van de artsen was men niets wijzer geworden: zij zeiden iets heel algemeens over een ziekte...

Over een bruiloft werd met geen woord meer gesproken. Waarom deed Toesjin geen aanzoek, of, als hij dat wel had gedaan, waarom was het dan niet aanvaard? De verdenking viel op Rajski als degene die liefdesbetrekkingen met Vera had aangeknoopt; maar waarom trouwde hij dan niet met haar? De publieke opinie eiste dat schuldigen en onschuldigen voor haar rechtbank verschenen, zodat ze een oordeel kon uitspreken.

Zowel Tatjana Markovna als Rajski was zich bewust van de ernst van de situatie en beiden vreesden het oordeel dat de publieke opinie over Vera zou vellen. Vera was zelf niet bang, maar ze wist ook niets. Ze had andere zorgen aan haar hoofd. Ze werd geheel in beslag genomen door haar innerlijke onrust, door een pijn die vanbinnen zat, en ze gebruikte al haar kracht om die pijn te verlichten, ook al was dat haar toe nu toe nog niet gelukt.

'Luister eens, baboesjka!' zei Rajski plotseling na een lange stilte, 'u moet eerst zelf alles aan Ivan Ivanovitsj vertellen. Hij speelt de hoofdrol in deze lasterpraatjes, daarom moet hij beslissen wat ertegen gedaan moet worden. Houdt u zich aan zijn beslissing. Voor zijn oordeel hoeft u niet bang te zijn. Ik ken hem nu en vertrouw hem volledig. Hij wenst Vera niets slechts toe, want hij houdt van haar, dat heb ik gemerkt, ook al hebben we met geen woord over haar gesproken. Hij maakt zich meer zorgen over haar lot dan over dat van hemzelf. Er speelt zich een dubbele tragedie in hem af. Hij is ook alleen met mij hierheen gekomen omdat uw brief aan mij hem verontrust had, hij was bang dat Vera iets was overkomen... Zodra u hem gesproken hebt, zal ik met Polina Karpovna praten, en misschien ook met Tytsjkov...'

'Ik wil niet dat je met Tytsjkov praat!'

'Baboesjka, we kunnen het er niet bij laten zitten.'

'Ik wil het niet, Boris!' zei ze op zo'n besliste en strenge toon dat hij het hoofd boog en haar niet langer tegensprak. 'Daar kan niets goeds van komen. Wat je verder zei, was heel verstandig: we moeten het eerst aan Ivan Ivanovitsj vertellen, dan zien we daarna of je naar Kritskaja moet gaan om van haar te horen wat de mensen zeggen. Aan de hand daarvan zullen we beslissen of we de gebeurtenissen een andere uitleg moeten geven of dat we... de waarheid moeten vertellen,' voegde ze er zuchtend aan toe. 'We zullen zien hoe Ivan Ivanovitsj het opvat. Vraag hem om bij me te komen, maar vertel Vera niets. Ze weet van niets, en God geve dat ze het ook nooit te weten komt!'

Rajski ging naar Vera en Toesjin loste hem af bij Tatjana Markovna.

20

Tatjana Markovna raakte enigszins in verwarring toen Toesjin de drempel van haar kamer overschreed. Hij groette haar zwijgend en met neergeslagen blik en moest ook zijn innerlijke onrust overwinnen. Aanvankelijk ontweken ze elkaars blik.

Ze moesten nu de pijnlijke aangelegenheid aanroeren waarover ze tot nu toe tegenover elkaar met geen woord hadden gerept, hoewel ze veelzeggende blikken hadden uitgewisseld en begrepen waarom de ander er bedroefd het zwijgen toe deed. Het moest nu tot een openlijke confrontatie komen.

Beiden zwegen. Baboesjka wierp nu en dan een tersluikse blik op hem en merkte de veranderingen op die zich gedurende deze twee à drie weken in hem hadden voltrokken: zijn houding was niet zo trots en zelfverzekerd meer, zijn blik was soms dof en zijn bewegingen leken trager. Hij was mager en bleek geworden.

'Komt u nu van Vera?' vroeg ze ten slotte. 'Hoe vindt u haar?'

'Gaat wel... ze lijkt gezond... en schijnt haar rust teruggevonden te hebben...'

Tatjana Markovna slaakte een zucht.

'Was dat maar zo! Maar ik wil het nu niet over haar hebben, maar over u, Ivan Ivanytsj, uw rust heeft er ook onder geleden!' zei ze zacht en zonder hem aan te kijken.

'Wat doet mijn rust ertoe! Het gaat erom Vera Vasiljevna tot rust te brengen.'

'Het lot schijnt anders beschikt te hebben. Ze was net een beetje tot zichzelf gekomen en ik had me net hersteld van de ellende voorzover die binnen deze vier muren bleef; maar nu is het daarbuiten ook al begonnen...'

Toesjin spitste plotseling zijn oren alsof hij een schot had gehoord.

'Ivan Ivanovitsj,' begon Tatjana Markovna op besliste toon, 'er wordt over ons geroddeld in de stad. Borjoesjka en ik hebben ons kwaad gemaakt en die hypocriete Tytsjkov zijn masker afgerukt, dat weet u. Mij paste dat eigenlijk niet op mijn leeftijd, maar hij had wel erg veel praatjes. Het was gewoon onverdraaglijk! Maar nu rukt hij ons de maskers af...'

'Ons? Wie bedoelt u met "ons"?'

'Hij heeft er iets onzinnigs over mij uitgeflapt, maar daar luistert men niet naar, ik ben zo goed als dood... maar hij heeft ook over Vera gekletst...'

'Over Vera Vasiljevna?'

Toesjin wilde opstaan.

'Blijft u zitten, Ivan Ivanytsj,' zei Tatjana Markovna. 'Ja, ook over haar... Misschien moest dat wel gebeuren... misschien is dat onze straf. Maar men heeft u er ook in gemengd...'

'Mij? Samen met Vera Vasiljevna?'

'Ja, Ivan Ivanytsj, en dat is het wat ik moeilijk kan verdragen.'

'Mag ik vragen wat er gezegd wordt?'

Tatjana Markovna vertelde hem welke geruchten er in de stad de ronde deden.

'Het is de mensen opgevallen dat er hier in huis iets niet pluis was; ze hebben gezien dat u met Vera het park ingegaan bent, dat u bij het ravijn met haar op een bank hebt gezeten en druk met haar gesproken hebt en vervolgens bent vertrokken. Vera en ik waren daarna ziek en ontvingen niemand... daar zijn die praatjes uit voortgekomen!'

Hij had zwijgend geluisterd en wilde iets zeggen, maar Tatjana Markovna vervolgde haar relaas.

'Laat me mijn verhaal afmaken, Ivan Ivanovitsj, dit is nog niet alles. Boris Pavlovitsj is Vera de avond voor Marfenka's verjaardag gaan zoeken...'

Ze haperde even.

'En toen...?' vroeg Toesjin ongeduldig.

'Kritskaja is achter hem aan gegaan: ze merkte dat hij erg opgewonden was... Hij liet zich een paar woorden over Vera ontvallen... Polina Karpovna heeft die op haar eigen wijze geïnterpreteerd. Men geloofde haar natuurlijk niet, want men kent haar, en nu probeert men erachter te komen met wie Vera op de avond voor Marfenka's verjaardag in de bosjes was... Van de bodem van dat onzalige ravijn is een wolk opgestegen die haar schaduw geworpen heeft over ons allen... ook over u...'

'Wat zegt men over mij?'

'Dat Vera ook op de avond voor Marfenka's verjaardag daar beneden op de bodem van het ravijn was met iemand... men zegt met u.'

Ze zweeg.

'En wat wilt u nu dat ik doe?' vroeg hij deemoedig.

'Er blijft ons niets anders over dan de waarheid te vertellen. U moet op de eerste plaats uzelf zuiveren van alle blaam,' zei Tatjana Markovna op besliste toon. 'U bent altijd eerlijk en oprecht geweest en dat moet zo blijven... Vera en ik vertrekken na de bruiloft van Marfenka meteen naar mijn landgoed Novoselovo, voorgoed... Gaat u nu eerst naar Tytsjkov en zeg hem dat u de avond voor Marfenka's verjaardag niet in de stad bent geweest en dus ook niet in het ravijn kon zijn...'

Ze zweeg en verzonk in een droef gepeins.

Toesjin zat daar met voorovergebogen bovenlichaam, het hoofd omlaag gericht, en keek naar de vloer...

'En als ik dat níet zeg...' begon hij, plotseling opkijkend.

'Doe wat u goeddunkt, Ivan Ivanytsj. Wat zou u dan willen zeggen?'

'Ik zou tegen Tytsjkov zeggen, of liever niet tegen hem want met hem wil ik me niet inlaten, maar tegen anderen... dat ik in de stad was, omdat dat de waarheid is: ik was niet thuis, maar heb hier twee dagen bij een vriend gelogeerd. Ik zou verder zeggen dat ik de avond tevoren inderdaad met Vera Vasiljevna... in het ravijn was... ook al is dat niet waar... En ik zou eraan toevoegen dat ik haar een aanzoek heb gedaan en werd afgewezen, dat wij beiden, ik en u, omdat u mij steunt, zeer teleurgesteld waren over deze afwijzing en dat Vera Vasiljevna daar weer teleurgesteld over was, maar dat onze vriendschap daar niet onder heeft geleden. Ik kan er wellicht op zinspelen dat mij nog een flauwe hoop overgebleven is... dat Vera Vasiljevna heeft beloofd er nog eens over na te denken...'

'Ja dat zou een oplossing zijn,' zei Tatjana Markovna peinzend. 'U wilt zeggen dat u naar haar hand hebt gedongen, maar dat het niet door is gegaan... Ja, als u zo goed zou willen zijn... Zo zouden we het ook kunnen doen. Maar daarna zullen ze ons niet met rust laten: ze zullen wachten en vragen wanneer het dan eindelijk gaat gebeuren. Als ze u nog hoop heeft gelaten, dan moet die toch een keer in vervulling gaan...'

'Ze zullen het vergeten, Tatjana Markovna, vooral als u, zoals u zegt, vanhier vertrekt... En als ze het niet vergeten... en u blijven lastigvallen... dan kan Vera Vasiljevna mijn aanzoek altijd nog aannemen...' zei Toesjin zacht.

Tatjana Markovna verschoot van kleur.

'Ivan Ivanovitsj!' zei ze op verwijtende toon, 'voor wie ziet u Vera en mij aan? Om boze tongen tot zwijgen te brengen, vanwege een roddel die helaas op waarheid berust, zouden wij moeten profiteren van uw vroegere genegenheid voor haar en van uw grootmoedigheid? Zodat u, noch Vera ooit nog tot rust komt? Dat had ik niet van u verwacht...!'

'Ten onrechte! Er is hier geen sprake van grootmoedigheid! Toen u over die roddel vertelde, dacht ik dat u me had ontboden om me kort en bondig te zeggen: "Ivan Ivanovitsj, u bent ook bij deze zaak betrokken: zuivert u zichzelf en haar in één keer van alle blaam!" Dan had ik u spontaan, zoals Vikentjev, baboesjka genoemd en was voor u op mijn knieën gevallen. Ja, zo had het moeten gaan!' zei hij terneergeslagen. 'Neem me niet kwalijk, Tatjana Markovna, maar bij u gaat alles nog volgens de oude gewoonten, de oude regels, u moet eerst uitzoeken wat er gebeurd is en wat de mensen zeggen, en daarna laat u uw eigen verstand en uw eigen hart pas spreken. Als u daarmee was begonnen, dan was u deze treurige ervaring bespaard gebleven en dan had ik minder grijze haren gekregen, en Vera Vasiljevna...'

Hij stokte, alsof hij plotseling tot andere gedachten kwam.

'Neem me niet kwalijk!' zei hij, plotseling overgaand op een schuchtere toon, 'ik bemoei me met dingen die me niet aangaan. Ik beslis ook voor Vera Vasiljevna, en ik weet helemaal niet of ze dat wel goedvindt!'

'Ziet u nu wel, zonder mijn hart en verstand bent u zelf bij de waarheid aanbeland. Mijn hart en verstand hadden allang voor u gekozen, maar het lot heeft anders beschikt. U zou haar nu uit medelijden tot vrouw nemen en zij zou wellicht vanwege uw grootmoedigheid ja zeggen... Is dat wat u wilt? Zou dat niet unfair en dwaas zijn? Denkt u dat wij tot zoiets in staat zijn? U kent ons toch...'

'Het zou unfair noch dwaas zijn, als zij voor me voelt wat ze zegt dat ze voor me voelt. Ze mag me graag en waardeert me als mens en als vriend, en natuurlijk heeft ze meer waardering voor me dan ik verdien... Dat is een groot geluk voor mij! Het betekent immers dat ze mettertijd ook van mij zal houden als van een goede echtgenoot...'

'Ivan Ivanovitsj, wat zou dit huwelijk voor u een verdriet met zich meebrengen...! Denk daar toch aan! Mijn God!'

'Ik bemoei me niet met andermans zaken, Tatjana Markovna. Ik zie dat u veel verdriet hebt en ik bemoei me daar niet mee. Waarom maakt u zich dan wel zorgen om mij? Laat u het aan mij over om te beoordelen wat dit huwelijk me zal brengen!' zei Toesjin plotseling resoluut. 'Geluk voor een heel leven, dat zal het me brengen! En ik zal misschien nog wel een jaar of vijftig leven. En zo al niet vijftig, dan toch ten minste tien, twintig jaar! Dat betekent tien, twintig jaar van geluk.'

Hij krabde zich achter de oren, bijna wanhopig omdat deze twee vrouwen hem niet begrepen en niet bereid waren hem het geluk in handen te geven dat om hem heen fladderde, zich echter niet liet pakken en hem dreigde te ontglippen, terwijl hij het met zijn berenklauwen wilde grijpen om het nooit meer los te laten.

Maar zij zien het niet, begrijpen het niet, denken nog steeds dat er tussen hen in onoverkomelijke bergen liggen, terwijl hij die bergen toch met de reuzenkracht van zijn liefde in zware zielenstrijd allang uit de weg heeft geruimd.

Zou hij werkelijk deze strijd, waarin hij met moeite op de been was gebleven, voor niets gestreden hebben? Zou het geluk waar hij zo naar had verlangd hem toch nog ontglippen? Wat was het dan voor een berg die hem van dit geluk scheidde? Vera had van een ander gehouden, had gehoopt gelukkig te worden met een ander. Nu was haar hoop verdwenen, dat zei ze zelf en ze loog nooit, kende zichzelf heel goed. Dus was er helemaal geen berg meer, niets stond hun meer in de weg. Maar zij begrepen dat niet en bedachten steeds weer nieuwe hindernissen.

'Nee, nee, nee, er zijn geen hindernissen!' fluisterde Toesjin vertwijfeld en keek Tatjana Markovna tamelijk kwaad aan.

'Tatjana Markovna!' begon hij plotseling op een hartstochtelijke, vastberaden toon. 'Als een bos de opmars van de mens verhindert, hakt men dat om, zeeën steekt men over, als er een berg in de weg staat, blaast men hem op of boort een tunnel. Steeds moediger rukken de mensen op! En hier zijn bossen, zeeën, noch bergen, er is helemaal niets: er waren muren, maar die zijn ingestort, er was een ravijn, maar daar heb ik een brug over geslagen en ik loop eroverheen zonder dat mijn benen trillen... Geeft u me Vera Vasiljevna, geeft u me haar!' schreeuwde hij bijna. 'Ik zal haar over het ravijn en over de brug dragen en geen duivel zal mijn geluk en haar rust verstoren, ook al leeft ze honderd jaar! Ze zal de koningin van mijn hart zijn en in mijn bossen onder mijn bescherming een toevlucht vinden tegen alle donderbuien en alle ravijnen vergeten, al zijn het er duizenden! Waarom kunt u dat niet begrijpen!'

Hij stond op, haalde plotseling een zakdoek uit zijn zak, drukte die tegen zijn ogen en begon vertwijfeld door de kamer te ijsberen.

'Ik begrijp het wel, Ivan Ivanovitsj,' zei Tatjana Markovna na een korte stilte zacht, door haar tranen heen, 'maar het gaat niet om mij...'

Hij bleef plotseling staan, wreef zijn ogen droog, ging met zijn hand door zijn dichte haar en pakte beide handen van Tatjana Markovna.

'Vergeeft u me, Tatjana Markovna, ik vergeet voortdurend het voornaamste: er zijn helemaal geen bergen, bossen, of afgronden, maar er is wel één onoverkomelijke hindernis: Vera Vasiljevna wil het niet, dus ze ziet een gelukkiger toekomst voor zich dan ik haar kan bieden...'

De verbaasde, ontroerde Tatjana Markovna wilde hier iets tegen inbrengen, maar hij voorkwam dat.

'Neem me opnieuw niet kwalijk!' zei hij, 'ik zit er weer helemaal naast. Laten we niet over mij praten, maar naar ons oorspronkelijke onderwerp terugkeren. U hebt me ontboden om me te vertellen over een roddel en u dacht dat ik me daarover zou opwinden. Is het niet zo? Weest u gerust en stelt u Vera Vasiljevna gerust, neemt u haar mee naar uw landgoed zodat ze niets te horen krijgt van al dat gezwets! En maakt u zich over mij geen zorgen!'

Hij glimlachte.

'Ik ben niet zo gevoelig dat zoiets me zou verontrusten: ik spuug op al die roddels. En in de stad zal ik vertellen wat ik u al gezegd heb: dat ik een aanzoek heb gedaan en ben afgewezen, dat dat mij, u, en het hele huis verdriet heeft gedaan... aangezien ik al heel lang hoop koesterde... Ik heb inlichtingen ingewonnen over die ander en hij vertrekt morgen of overmorgen voorgoed. En alles zal vergeten worden. En wat mij betreft: het laat me onverschillig of ik leef of niet, aangezien het vaststaat dat Vera Vasiljevna nooit de mijne zal worden...'

'Ze zal de uwe zijn, Ivan Ivanovitsj,' zei Tatjana Markovna verblekend van opwinding, 'als... ze eroverheen is, als alles eenmaal vergeten is...' (Hij maakte een ongeduldig, vertwijfeld gebaar.) 'Als u dat ravijn niet als een afgrond ziet... Ik heb nu pas begrepen hoeveel u van haar houdt...'

Ze durfde nog steeds niet te geloven aan zijn simpele, ondubbelzinnige woorden, aan de tranen die in zijn ogen stonden, de tranen die zo'n rotsvaste waarborg leken voor Vera's toekomst, voor haar geluk, dat baboesjka al verloren waande.

'Zal ze mijn vrouw worden?' vroeg hij, trad met grote passen op haar toe en voelde dat zijn haar rechtovereind ging staan en er een rilling over zijn rug liep. 'Probeert u me niet te troosten met ijdele hoop, ik ben geen jongen meer! Wat ik zeg, daar kan men zich op verlaten; maar ik wil dat men ook tegenover mij zijn woord houdt en er niet op terugkomt. Wie garandeert me dat dat werkelijk eenmaal zal gebeuren, dat Vera Vasiljevna... ooit...'

'Baboesjka garandeert u dat: dat is hetzelfde als wanneer ze het zelf...'
Toesjin wierp haar een dankbare blik toe en pakte haar hand.

'Maar u moet wachten, Ivan Ivanovitsj!' voegde ze er haastig, bijna geschrokken aan toe en haalde haar hand weg toen ze zag dat Toesjin plotseling leek te groeien, jonger leek te worden, weer degene werd die hij vroeger was. 'Dat zeg ik u niet als baboesjka maar als vrouw: het is nog te vroeg, haar hoofd staat er niet naar! Ze is nog te zeer geschokt door wat ze heeft doorgemaakt, geef haar de tijd om tot zichzelf te komen! Val haar niet lastig, laat haar nog een tijd met rust... Ze zou u verkeerd begrijpen, denken dat u haast hebt, dat u nu uw kans wilt grijpen, maar er later spijt van krijgt... Verstoor haar rust niet! U hebt zojuist gesproken over mijn hart en mijn verstand; die zeggen me nu beide: wacht, wacht! Ja, ik ben haar baboesjka, maar ik zal die zaak nu niet aanroeren en u zou dat helemaal niet moeten doen... Denkt u aan wat ik u gezegd heb...'

'Ik zal één zin die u uitgesproken hebt nooit vergeten: "Ze zal de uwe zijn." En die zin zal me voorlopig in leven houden. Ziet u, Tatjana Markovna, wat die ene zin met me gedaan heeft...?'

'Ik zie het, Ivan Ivanytsj, en ik geloof dat u niet zomaar iets zegt. Daarom liet ik me die zin ontvallen, hecht er niet al te veel waarde aan, ik ben bang dat...'

'Ik zal ook hopen en wachten...' zei hij wat zachter en keek haar met smekende ogen aan.

'Ach, als ik u ook eens, zoals Vikentjev, baboesjka kon noemen.'

Ze beduidde hem met een gebaar dat hij haar alleen moest laten, en toen hij weggegaan was liet ze zich in haar fauteuil zakken en bedekte haar gezicht met een doek.

21

De volgende morgen vroeg schreef Rajski een briefje aan Kritskaja waarin hij haar om toestemming verzocht haar om half een te bezoeken en kreeg als antwoord: '*Charmée, j'attends*' enzovoort.

Haar gordijnen waren neergelaten en de kamers geurden naar reukkaarsen. Ze ontving hem in haar boudoir in een mousselinen jurk met wijde, kanten mouwen; om haar middel droeg ze een ceintuur, op haar boezem een gele dahlia en haar wangen waren lichtjes rood geschminkt. De tafel bij de divan was gedekt en er lagen twee couverts op.

'Ik ben gekomen om afscheid te nemen,' zei hij, maakte een buiging voor haar en liet een welwillende blik op haar rusten.

'Hoezo wilt u afscheid nemen!' antwoordde ze geschrokken. 'Daar wil ik niets van horen! U wilt nu vertrekken terwijl wij... Dat gaat niet! U maakt een grapje, maar wel een wreed grapje! Nee, nee, lacht u liever, neemt u dat verschrikkelijke woord terug.'

'Wat hebt u daar?' vroeg hij verheugd, zijn blik plotseling op de tafel richtend. 'Verse kaviaar!'

Ze gaf hem een arm en leidde hem naar de tafel, waarop een copieus ontbijt was aangericht. Hij bekeek gerecht na gerecht. Twee diepe kristallen borden waren gevuld met kaviaar.

'Ik weet dat u die graag eet... Dat is toch zo... nietwaar...?'

'Kaviaar? Ik begon gewoon te trillen toen ik het zag! En wat is dat?' vroeg hij met hernieuwd genoegen, de deksels van de zilveren terrines de een na de ander oplichtend. 'Wat bent u toch koket, Polina Karpovna: zelfs de koteletten die u eet voorziet u van papillotten... Ach, u hebt ook truffels, de vreugde van mijn jonge jaren!* ...*Petitfours, bouchées de dames*... Ach, wat doet u me aan!' zei hij, zich tot haar wendend, en wreef zich in de handen van plezier. 'Wat bent u met me van plan?'

'Dat is waar ik op wacht: een glimlach, grappen, vrolijkheid. Praat niet meer over uw vertrek. Weg met de treurigheid: *Vive l'amour et la joie.*'

Goh, wat een frivole toon! Ik word er gewoon bang van, dacht hij angstig.

'Gaat u zitten, laten we naast elkaar gaan zitten!' zei ze met een uitnodigend gebaar, pakte hem bij de hand, liet hem naast haar plaatsnemen en bond hem, als een kind of een oude man, een servet om.

Hij gehoorzaamde werktuiglijk, begerige blikken op de kaviaar werpend.

Ze schoof hem een bord toe en hij begon zijn aanzienlijke eetlust te stillen. Ze legde een kotelet op zijn bord en schonk hem champagne in een geslepen glas, terwijl ze zelf koket kleine stukjes zoet gebak naar haar mond bracht.

Daarna was er gebraden wild en dronken zij nog twee glazen champagne, waarbij ze toostten en elkaar in de ogen keken, zij met een uitdrukking van schalkse tederheid, hij met een vragende, bijna angstige blik. Ten slotte verbraken ze het stilzwijgen.

'Nou, wat zegt u ervan,' vroeg ze veelbetekenend, alsof ze iets heel bijzonders verwachtte.

'Ach, wat een heerlijke kaviaar. Ik ben er nog beduusd van.'

'Ik zie het, ik zie het, ' zei ze schalks. 'Legt u uw masker af, doet u niet langer alsof.'

'Ach!' zei hij, terwijl hij zijn glas aan de mond zette.

'*Enfin la glace est rompue?* Wie heeft er nu gewonnen? Wie heeft dat alles voorzien en voorspeld? *A votre santé!*'

'*A la votre!*'

Ze toostten.

'Herinnert u zich de avond waarop de hele natuur, zoals u zei, een liefdesfeest vierde?'

'Dat herinner ik me,' fluisterde hij somber, 'die avond heeft over alles beslist.'

'Dat dacht ik al. Ik wist het! Hoe kon zo'n armzalig meisje nu een man als u in haar zwakke netten houden... *une nullité, cette pauvre fille, qui n'a que sa figure!* Ze heeft geen ervaring, geen esprit, het is een primitief wezen...'

'Nee, dat kon ze niet! Ik heb me losgerukt...'

'En u hebt gevonden... waar u al zo lang naar op zoek was: geef het toe!'

Hij aarzelde.

'*Buvez... et du courage!*'

Ze schoof hem een glas toe. Hij dronk het leeg en zij vulde het meteen weer.

'Geeft u het toe?'

'Ja.'

'Wat is er toen gebeurd... in de bosjes? U was zo opgewonden. Het was een zware slag voor u, nietwaar?'

'Ja, een zware slag, en een teleurstelling.'

'Had het dan anders kunnen zijn: een meisje van het platteland en een man als u?'

Ze richtte zich trots op, wierp een blik op zichzelf in de spiegel en trok de kant van haar mouwen recht.

'Wat is daar dan gebeurd?' vroeg ze, trachtend haar vraag zo onschuldig mogelijk te doen klinken.

'Dat is niet míjn geheim,' zei hij, als het ware plotseling tot bezinning komend.

'*Oh, je respecte les secrets de famille...* Drinkt u toch.'

Ze schoof hem een glas toe. Hij dronk een paar slokken.

'Ach,' zuchtte hij zo luid dat het in de hele kamer te horen was. Kunnen we het ventilatieraampje niet openen? Ik voel me niet goed, heb het benauwd.'

'*Oh, je vous comprends!*' Ze haastte zich om het raampje open te doen. '*Voilà des sels, du vinaigre de toilette...*'

'Nee, dank u!' zei hij, zich met zijn zakdoek koelte toewuivend.

'Wat zag u er toen verschrikkelijk uit! Ik kwam net op tijd, nietwaar? Zonder mij was u misschien weer teruggegaan naar de bodem van het ravijn. Wat was daar eigenlijk aan de hand, in de bosjes...? Nou?'

'Vraagt u dat liever niet!'

'*Buvez donc!*'

Hij dronk langzaam een slokje.

'Daar... waar ik dacht het geluk te vinden...' sprak hij, schijnbaar voor zichzelf, 'hoorde ik...'

'Wat?' vroeg ze met ingehouden adem.

'Ach!' zuchtte hij opnieuw luid, 'kunt u de deur niet opendoen?'

'Daar was... Toesjin, nietwaar?'

Hij knikte zwijgend en dronk weer een slokje.

Er stond leedvermaak in haar ogen.

'*Dites tout.*'

'Ze wandelde daar helemaal alleen, in gepeins verzonken,' zei hij zacht, terwijl Polina Karpovna met zijn horlogeketting speelde en haar oor dicht bij zijn lippen bracht. Ik volgde haar, wilde eindelijk haar antwoord horen... Ze was net een paar stappen de helling afgedaald toen er plotseling iemand uit de bosjes kwam.'

'Was hij het?'

'Ja.'

'Ik wist het, daarom ging ik naar het park... O, ik wist dat er iets niet in de haak was! Wat deed hij?'

'Hij zei: "Goedenavond, Vera Vasiljevna, hoe gaat het met u?"'

'De huichelaar!' zei Kritskaja.

'Ze schrok...'

'Ze deed alsof...'

'Nee, ze schrok echt en ik verborg me en luisterde. "Waar komt u vandaan?" vroeg ze, "en hoe bent u hier terechtgekomen?" "Ik ben vandaag voor twee dagen gekomen," zei hij, "om morgen op de verjaardag van uw zuster... Ik heb met opzet deze dag gekozen."'

'*Eh bien?*'

'*Eh bien!* "Beslist u, Vera Vasiljevna," zei hij, "of ik moet leven of sterven!"'

'*Ou le sentiment va-t-il se nicher!* In die eik!' merkte Polina Karpovna op.

'"Ivan Ivanovitsj," zei Vera met smekende stem. "Vera Vasiljevna!" onderbrak hij haar, "beslist u of ik morgen naar Tatjana Markovna moet gaan om uw hand te vragen of dat ik in de Wolga moet springen."'

'Zei hij dat?'

'Ja, precies zo.'

'*Mais il est ridicule!* Wat zei ze? Riep ze ach en wee?'

'"Nee, Ivan Ivanovitsj," zei ze, "geeft u me bedenktijd om te beslissen of ik het diepe, innige gevoel dat u voor me koestert kan beantwoorden met net zo'n gevoel. Geeft u me een half jaar of een jaar de tijd, dan zal ik ofwel uw aanzoek afwijzen ofwel u mijn jawoord geven." O, wat is het hier benauwd, kunt u niet wat frisse lucht binnenlaten?' zei hij, en keek Polina Karpovna aan.

Er verscheen een uitdrukking van grote teleurstelling op haar gezicht.

'*C'est tout?*' vroeg ze.

'*Oui,*' antwoordde hij. 'Maar Toesjin verloor de hoop niet en zei dat hij de volgende dag, op de verjaardag van Marfenka, opnieuw zou komen om haar laatste woord te horen. Hij daalde opnieuw door de bosjes in het ravijn af en zij begeleidde hem. Hij schijnt de volgende dag weer nieuwe hoop gekregen te hebben, terwijl de mijne geheel verdwenen was.'

'Is dat alles? En hier hebben ze God weet wat rondverteld... zowel over haar als over u! Ze hebben zelfs Tatjana Markovna niet gespaard, die eerbiedwaardige, misschien wel heilige vrouw... Wat hebben de mensen toch een giftige tongen...! Die weerzinwekkende Tytsjkov...'

'Wat heeft men over baboesjka gezegd?' vroeg Rajski zacht, met ingehouden adem en gespitste oren.

Hij had van Vera wel eens een toespeling gehoord op de liefde van baboesjka en Vasilisa had ook wel eens een paar woorden laten vallen. Maar welke vrouw heeft niet haar eigen liefdesavontuur beleefd? Wat voor leugen of roddel hadden ze na veertig jaar weer uit het stof tevoorschijn gehaald? Hij moest erachter zien te komen en Tytsjkov hoe dan ook de mond snoeren.

'Wat heeft men over baboesjka gezegd?' herhaalde hij zacht en flemend.

'*Ah, c'est dégoûtant.* Niemand gelooft het, iedereen lacht erom dat hij zich verlaagd heeft tot het uithoren van een door dronkenschap tot waanzin gebrachte bedelares... Ik ga het niet herhalen...'

'En als ik u dat vraag...?' fluisterde hij teder.

'Wilt u het horen?' vroeg ze, zich naar hem overbuigend. 'Ik doe alles voor u, alles...'

'Nou, wat is het dan?' vroeg hij gespannen.

'Die vrouw, ze bedelt altijd bij de kerk van Maria-Hemelvaart, heeft verteld dat Tit Nikonytsj van Tatjana Markovna gehouden zou hebben en zij van hem...'

'Ja, daar heb ik van gehoord...' onderbrak hij haar ongeduldig, 'dat is toch niet zo erg...?'

'En dat wijlen graaf Sergej Ivanytsj naar haar hand gedongen zou hebben...'

'Ook dat weet ik. Zij wilde niet, hij trouwde met een ander, en haar stond men niet toe om met Tit Nikonytsj te trouwen. Dat is de hele geschiedenis. Vasilisa kent haar...'

'*Mais non*! Dat is niet alles. Natuurlijk geloof ik niet wat men nog meer vertelt... het bestaat gewoon niet! Tatjana Markovna nog wel!'

'Wat vertelt dat dronken mens dan nog meer?' vroeg Rajski.

'Dat de graaf Tatjana Markovna en Tit Nikonytsj een keer 's nachts betrapt heeft op een rendez-vous in de oranjerie... En nog wel in een ondubbelzinnige houding... Nee, nee...' Ze stikte van het lachen. 'Tatjana Markovna! Wie gelooft dat nu?'

Rajski begon plotseling in alle ernst naar haar te luisteren.

Zijn fantasie begon zich te roeren en hij luisterde ademloos naar deze oude roddel.

'En toen?' vroeg hij zacht.

'De graaf gaf Tit Nikonytsj een oorvijg.'

'Dat is een leugen!' onderbrak Rajski haar en sprong op van zijn stoel. 'Tit Nikonytsj is een gentleman... Hij zou zoiets niet verdragen hebben...'

'Ik zeg ook dat het een leugen is!' was Kritskaja het onmiddellijk met hem eens. 'Hij verdroeg het ook niet...' vervolgde ze, 'hij gooide de graaf op de grond, kneep hem de keel dicht, pakte een tuinmansmes dat tussen de bloemen lag en sneed hem bijna de keel door...'

Rajski verschoot van kleur.

'En toen?' vroeg hij, nauwelijks ademhalend van ongeduld.

'Tatjana Markovna hield hem tegen. "Jij bent geen struikrover, maar een edelman, je hebt toch een degen!" zei ze en ze scheidde hen. Nu konden ze niet vechten zonder haar in opspraak te brengen en daarom spraken ze af dat de graaf zou zwijgen, en dat de ander niet met Tatjana Markovna zou trouwen... De rivalen gaven elkaar hun woord, en dat is de reden waarom Tatjana Markovna nooit getrouwd is... Is het niet gemeen om dergelijke afschuwelijke laster rond te vertellen?'

Rajski slaakte een diepe zucht van opwinding

'Het is toch duidelijk dat het... een leugen is,' zei hij. 'Wie kan ze nu gezien en gehoord hebben?'

'De tuinman sliep daar ergens in een hoek en schijnt alles gezien en gehoord te hebben. Maar hij zweeg, hij was bang omdat hij een lijfeigene was... En dat dronken mens, zijn weduwe, heeft het van hem gehoord en vertelt het rond... Het is natuurlijk allemaal onzin, wie gelooft er nou zoiets! Ik ben de eerste die met hen zegt: het is een leugen. Deze heilige, eerbiedwaardige Tatjana Markovna...!' Kritskaja stikte weer van het lachen en hield zich toen plotseling in. 'Maar wat is er met u? *Allons donc, oubliez tout! Vive la joie!*' zei ze. 'Waarom kijkt u zo somber? Doe dat toch niet! Ik laat nog wat wijn brengen!'

'Nee, nee, ik ben bang...'

'Waarvoor, als ik vragen mag?' vroeg ze smachtend.

'Ik voel me niet goed. Ik ben niet gewend om te drinken!' zei hij en stond op van zijn stoel. Ook zij stond op.

'Vaarwel, voorgoed...'

'Waarheen dan? Nee. Nee!'

'Ik ontvlucht deze gevaarlijke oorden, de ravijnen en de afgronden...! Vaarwel! Vaarwel...'

Hij pakte zijn hoed en maakte dat hij wegkwam. Zij bleef als versteend achter en schelde toen.

'Laat de calèche inspannen!' zei ze tegen het meisje dat binnenkwam. 'Ik wil me aankleden en bezoeken afleggen!'

Nadat Rajski haar had verlaten, dacht hij aan niets anders meer dan aan de roddel die hij had gehoord. Hij had het gevoel dat in het verhaal van de dronken vrouw, in deze roddel, waarheid school...

Hij had nu de sleutel in handen van het verleden, van het hele leven van baboesjka...

Alles was hem nu duidelijk: waarom ze zo geworden was als ze was, waar ze die morele kracht en praktische wijsheid vandaan had, deze kennis van het leven en het menselijk hart, hoe het haar zo snel was gelukt om Vera's vertrouwen te winnen en haar gerust te stellen, en waar haar eigen rust vandaan kwam. Ook Vera wist waarschijnlijk alles.

De gestalte van de oude vrouw rees in al haar grandeur voor hem op.

In zijn poging een andere richting te geven aan de geruchten over Vera, over zichzelf en over Toesjin, was hij onverhoeds gestoten op een vergeten, maar nog steeds levende bladzijde in de kroniek van zijn eigen familie, op een ander drama, dat weliswaar geen gevaar meer inhield voor de hoofdpersonen, omdat het al veertig jaar oud was, maar dat hemzelf diep had aangegrepen.

Hij begreep baboesjka nu. Hij betrad haar kamer met bonzend hart, vergat verslag uit te brengen van zijn bezoek aan Kritskaja en de manier waarop hij de gebeurtenissen op de avond voor de verjaardag voor haar geduid had en staarde haar nieuwsgierig aan.

'Borjoesjka!' zei ze verbaasd en deed een pas van hem vandaan, 'wat is er met je aan de hand, mijn vriend, je hebt een wijnkegel...'

Ze liet haar ogen een minuut lang op hem rusten, merkte zijn veelzeggende blik op, keek hem zelf onderzoekend aan en keerde hem toen plotseling de rug toe.

Ze had begrepen dat hij achter de roddel over haarzelf was gekomen.

22

Ten slotte kwam ook de dag waarop Marfenka en Vikentjev hun bruiloft vierden. Tegen ieders verwachting in viel die zeer bescheiden uit. Alleen de bovenlaag van de stad en enkele landheren uit de omgeving werden ervoor uitgenodigd — alles bij elkaar waren er een stuk of vijftig gasten.

De huwelijksplechtigheid werd op zondag na de vroegmis in de dorpskerk voltrokken, en daarna werd de gasten een feestelijk ontbijt voorgezet in de grote salon van het oude huis, die men in de week daarvoor gereinigd, gedweild en geboend had, zodat men er voor de laatste keer een feestje kon vieren.

De wijn stroomde niet, de gezichten raakten niet verhit, de tongen werden niet losgemaakt, en er klonken geen vreugdekreten. De bedienden waren nog het meest teleurgesteld door deze bescheidenheid; ze slaagden er wel in zich te bedrinken maar niet tot aan de bewusteloosheid toe, en daarom vonden ze het maar een saaie bruiloft.

De meesteres voorkwam met haar gebruikelijke vooruitziende blik dat de koetsiers, de koks en de lakeien zich bedronken. Ze waren allemaal nodig: de kok om het ontbijt klaar te maken, de lakeien om aan tafel te bedienen en de koetsiers om het jonge paar en hun hele gevolg in galakoetsen naar de overzetplaats bij de rivier te brengen. Daarvóór was er ook al heel wat werk verzet. De hele week transporteerde men Marfenka's uitzet naar de andere kant van de Wolga: haar garderobe, haar meubels, een hoop kostbaarheden uit het oude huis, kortom, een heel vermogen.

Marfenka straalde als een cherubijn, in haar jeugdige schoonheid leek ze op een pas ontbloeide roos. Er verscheen die dag een nieuwe trek op haar gezicht, een peinzende glimlach die erop scheen te wijzen dat ze het leven in een nieuw licht was gaan zien. Af en toe blonk er zelfs een traan op haar wimpers.

Het besef van het nieuwe leven dat voor haar lag, de blik in de verte, de strengheid van de plicht, de plechtigheid van het moment, en haar geluk —dat alles verleende haar gezicht en haar schoonheid een tedere, roerende uitdrukking. Haar bruidegom gedroeg zich bescheiden, bijna schuchter; zijn speelsheid was verdwenen, zijn grappen verstomd: hij was ontroerd. Baboesjka had een peinzende en gelukkige gezichtsuitdrukking en Vera was bleek en ondoorgrondelijk.

Rajski keek met de vertedering van een neef naar de bruid en toen ze geheel gekleed haar kamer verliet, slaakte hij aanvankelijk een kreet van verrukking; maar vervolgens schrok hij omdat hij in haar bruidsboeket van oranjebloesem een paar droge, verwelkte bloemen ontdekte.

'Wat is dat?' vroeg hij haastig, hoewel hij zelf al begrepen had wat er loos was.

'Dat zijn een paar bloemen uit het boeket dat Verotsjka me voor mijn verjaardag heeft geschonken,' antwoordde ze naïef.

Rajski overreedde haar ertoe om de verwelkte bloemen eruit te halen en hielp haar daar zelf bij. Als verklaring verzon hij ter plekke dat verwelkte bloemen een slecht voorteken waren.

Verder verliep alles voorspoedig, met inbegrip van de snikken van de jonge bruid, die men letterlijk aan de borst van baboesjka moest ontrukken, maar ook dit waren snikken van geluk.

Ook baboesjka zelf kon zich met moeite goed houden. Ze was bleek en het was haar aan te zien dat het haar veel moeite kostte om op de been te blijven, terwijl ze vanaf de oever keek naar haar zich verwijderende dochter, die ze zo lang aan haar borst en op haar schoot had gekoesterd.

Ze liet haar tranen pas thuis de vrije loop toen Vera zich hartstochtelijk in haar armen wierp en ze voelde dat ze nog niet geheel vereenzaamd was, dat haar liefde, die ze tot nu toe tussen de beide meisjes had verdeeld, nu geheel aan deze andere, bewust levende en door ervaring wijs geworden dochter toebehoorde.

Toesjin was na de bruiloft niet naar huis gegaan maar bij een vriend in de stad gebleven. De volgende dag maakte hij samen met een architect zijn opwachting bij Tatjana Markovna. De hele dag bekeken ze ontwerpen, daarna inspecteerden ze de beide huizen, het park, alle stallen en schuren, tekenden, rekenden, en bespraken de grote veranderingen die voor het komend voorjaar waren gepland.

Alles wat van waarde was – meubels, schilderijen, en zelfs de parketvloeren, voorzover ze nog bruikbaar waren – werd uit het oude huis verwijderd en deels opgeslagen in het nieuwe huis, deels in de ruime magazijnen, en zelfs op zolders.

Tatjana Markovna en Vera maakten aanstalten om naar Novoselovo te vertrekken en om daarna bij de Vikentjevs te gaan logeren. Toesjin nodigde hen beiden uit om de lente en de zomer door te brengen bij Anna Ivanovna, zijn zuster, op zijn hoeve.

Tatjana Markovna antwoordde hierop met een zucht: 'Ik weet het nog niet, Ivan Ivanovitsj. Ik durf het niet met zekerheid te beloven, maar ik sla het ook niet af: we zullen zien wat God beschikt en hoe de toestand van Vera zich ontwikkelt...!'

Toesjin begon toch voor alle zekerheid besprekingen met diezelfde architect over de verbouwing van zijn huis, zodat hij zijn dierbare gasten passend zou kunnen ontvangen en onderbrengen.

Rajski verhuisde uit het oude huis weer naar zijn kamers in het nieuwe huis. Kozlov ging weer terug naar zijn eigen huis, maar beloofde na het vertrek van Tatjana Markovna en Vera opnieuw naar Malinovka te komen. Toesjin nodigde hem uit om bij hem te komen wonen en de bewoners van zijn kolonie onderwijs te gaan geven, te beginnen met hemzelf. Kozlov krabde zich achter het oor, dacht even na en wierp zuchtend een blik op de weg naar Moskou.

'Later, in de winter...' zei hij, 'nu wacht ik nog...'

Hij maakte zijn zin niet af en verzonk in gepeins. Nog steeds wachtte hij op een antwoord op de brief die hij aan zijn vrouw had gestuurd. Oeljana Andrejevna had onlangs aan de eigenares van de woning geschreven of ze haar... de warme jas wilde sturen die ze had laten liggen. Ze had haar adres gegeven, maar over haar man had ze met geen woord gerept. Kozlov had zelf de jas opgestuurd en had haar in een hartstochtelijke brief bezworen om weer naar huis te komen. Hij had gesproken over vriendschap en zelfs over liefde.

De arme kerel! Er kwam geen antwoord. Hij vatte geleidelijk zijn werkzaamheid op het gymnasium weer op, maar tijdens de lessen was hij nu eens neerslachtig, dan weer verstrooid en merkte de grappen en kwajongensstreken niet op van zijn leerlingen, die geen medelijden met zijn verdriet hadden en alleen een belachelijk mens in hem zagen.

Tijdens de afwezigheid van Tatjana Markovna had Toesjin het beheer over Malinovka op zich genomen. Hij noemde het zijn winterkwartier en kwam iedere dag een keer over om het toezicht uit te oefenen over het huis, het dorp en de bedienden, van wie alleen Vasilisa, Jegor, de kok en de koetsier met hun meesteres naar Novoselovo waren vertrokken. De anderen waren op hun plek gebleven en Jakov en Saveli hadden opdracht gekregen om zich ter beschikking van Toesjin te houden.

Rajski maakte de portretten van baboesjka en Vera af, en voegde aan het onvoltooide portret van Kritskaja alleen een dahlia op haar boezem toe. Een week na de bruiloft kondigde hij aan dat hij over twee dagen zou vertrekken: 'Jegor, haal mijn koffer van de zolder, breng mijn kleren en mijn ondergoed in gereedheid: ik vertrek.'

Deze keer zag Jegor dat het hem ernst was. Terwijl hij kleren, ondergoed en schoeisel gereedlegde, ontdekte hij dat drie of vier fijne hemden al niet nieuw meer waren en confisqueerde ze daarom ten eigen bate, evenals een naar zijn mening overbodige pantalon, een vest en een paar schoenen met afgetrapte hakken.

Tit Nikonytsj had meer verdriet dan alle anderen. Vroeger was hij Tatjana Markovna gevolgd naar het einde van de wereld, maar nadat de roddel over hen de kop op had gestoken, was het, althans de eerste tijd, niet raadzaam om samen met haar te vertrekken. Dat zou de schijn wekken dat de oude geschiedenis op waarheid berustte, hoewel men die, omdat er behalve de halfgare vrouw geen getuigen meer in leven waren, deels niet geloofde en deels weer was vergeten.

Tatjana Markovna stond hem echter toe om zich met Kerstmis bij haar te voegen en vervolgens, al naar gelang de omstandigheden, ook te blijven. Hij herademde en verheugde zich over het voorstel van Toesjin om tot die tijd bij hem te logeren.

De geruchten die over Vera de ronde hadden gedaan, verstomden plotseling en in plaats daarvan verwachtte men haar verloving met Toesjin. Over deze laatste was men na het ontbijt van Rajski bij Kritskaja niet goed meer te spreken, vooral omdat zijn nachtelijke wandelingen met Vera beneden in het ravijn nog steeds niet genoegzaam waren opgehelderd.

Maar noch Toesjin, noch Vera, noch Tatjana Markovna zelf wisselde, na het gesprek van de eerste met baboesjka, nog een woord over het voorgevallene. De 'nevelvlek' bleef bestaan, niet alleen voor de gemeenschap, maar ook voor de handelende personen zelf, dat wil zeggen voor Toesjin en baboesjka.

Hoe grote verwachtingen ze ook koesterde van de vriendschap van Vera voor hem en van haar invloed op Vera, toch kwamen er in stilte bepaalde angstige voorgevoelens bij haar op. Ze rekende op de gehoorzaamheid van Vera, dat was zo, maar niet op een blinde onderwerping aan haar wil. Dat wilde ze ook niet en daarom zou ze nooit proberen invloed uit te oefenen op Vera's wil.

Ze rekende erop dat Vera's hart zelf binnenkort de beslissing zou nemen: het leek haar uitgesloten dat, nadat ze Ivan Ivanovitsj als mens en als vriend had lief gekregen, ze hem niet lief zou krijgen als echtgenoot; maar om op die manier van iemand te houden, moet je eerst trouwen, dat wil zeggen, beginnen bij het doel zelf.

Ze doorgrondde de gemoedstoestand van Vera en besloot dat de tijd voor dit alles nog niet gekomen was. Maar zou die tijd ooit komen? Zou Vera ooit weer tot rust komen? Ze was te bijzonder, je kon haar niet naar het voorbeeld van anderen beoordelen.

Daarom fronste Tatjana Markovna in stilte haar wenkbrauwen toen ze hoorde dat men het huwelijk van Vera met Toesjin in de stad als een uitgemaakte zaak beschouwde. Dat gerucht scheen haar te zeer op de zaak vooruit te lopen.

Alleen Vera wist of vermoedde niets van dat alles en bleef in Toesjin de vriend van vroeger zien, die ze nog meer was gaan waarderen sinds het moment dat hij in zijn volle lengte boven het ravijn was verschenen, zijn eigen verdriet manhaftig gedragen had en haar met zijn vroegere respect en sympathie de hand had gereikt, zich op een en hetzelfde moment zowel goedhartig als rechtvaardig en grootmoedig betonend, eigenschappen die hem door de natuur waren verleend, terwijl neef Rajski, die toch veel ontwikkelder was dan Toesjin, zich die slechts via pijnlijke ervaring had eigen gemaakt.

23

Op de dag voor zijn vertrek bood Rajski's kamer een ordeloze aanblik. Overal lagen of hingen zijn kleren, zijn ondergoed, schoeisel en andere zaken, terwijl de tafel bezaaid was met mappen, tekeningen en schriften die hij mee wilde nemen. De laatste twee, drie dagen voor zijn vertrek had hij al zijn literaire materiaal verzameld en doorgekeken, waaronder de bladen waarop hij zijn notities over Vera had opgetekend en die de kern van zijn nog te schrijven roman moesten gaan vormen.

Hier op de plaats van handeling begin ik, waag ik een eerste poging, zei hij tegen zichzelf tijdens de laatste nacht die hij doorbracht in zijn geboortehuis en ging aan zijn schrijftafel zitten. Al schrijf ik maar een hoofdstuk. En daarna, wanneer ik weg ben, afstand heb genomen van deze personen, van mijn hartstocht, van al deze drama's en komedies, zal ik uit de verte een beter overzicht hebben. De afstand zal hen hullen in een waas van poëzie; ik zal mijn ideaal, mijn standbeeld, in al haar zuiverheid zien zonder bijmenging van realistische details... Ik ga het proberen...! En hij schreef op:

VERA

ROMAN...

Vervolgens begon hij na te denken over de vraag hoeveel delen het boek moest krijgen. Eén deel, dat is geen roman, maar een novelle, dacht hij. Twee of drie delen dan? Voor drie delen heb ik minstens drie jaar nodig, dat wordt me te lang! Nee, twee is genoeg! En hij schreef:

ROMAN IN TWEE DELEN.

'Nu het motto... dat heb ik al lang geleden gekozen!' fluisterde hij en schreef recht uit zijn geheugen het volgende gedicht van Heine op.

Nun ist es Zeit, daß ich mit verstand
Mich aller Thorheit entled'ge;
Ich hab so lang als ein Komödiant
Mit dir gespielt die Komödie.

Die pracht'gen Kulissen, sie waren bemalt
Im hochromantischen Stile,

Mein Rittermantel hat goldig gestrahlt,
Ich fühlte die feinsten Gefühle.

Und nun ich mich gar säuberlich
Des tollen Tands entled'ge,
Noch immer elend fühle ich mich,
Als spielt' ich noch immer Komödie.

Ach Gott! Im Scherz und unbewußt
Sprach ich was ich gefühlet;
Ich hab mit dem Tod in der eignen Brust
Den sterbenden Fechter gespielet!

Hij las het nog een keer over, slaakte een zucht en keek met zijn ellebogen op tafel steunend en met zijn kin op zijn handen naar zichzelf in de spiegel. Hij zag tot zijn verdriet dat hij sterk vermagerd was, dat zijn vroegere levendige kleuren, de beweeglijke mimiek uit zijn gezicht verdwenen waren. Zijn jeugdige frisheid was definitief verleden tijd. Het afgelopen half jaar had zijn sporen nagelaten. Zijn grijze haren hadden een zilveren glans gekregen. Hij ging met zijn hand door zijn haar en merkte dat het lang niet zo dicht meer was als vroeger.

'Ja, zo is het: dodelijk gewond, heb ik de dood van de gladiator gespeeld!' fluisterde hij zuchtend, pakte zijn pen en wilde iets opschrijven.

Op dat moment kwam Jegor binnen om te vragen hoe laat hij hem moest wekken. Rajski zei hem dat hij hem niet hoefde te wekken, dat hij vanzelf wakker zou worden en misschien wel helemaal niet naar bed zou gaan, want hij had veel te doen.

Jegor vertelde dit tijdens het avondeten door aan de meisjes en voegde eraan toe dat meneer waarschijnlijk van plan was om 's nachts weer capriolen uit te halen, zoals in het begin van de herfst.

'Dat was heel leuk toen,' vond hij, 'maar soms werd je er ook bang van.'

Rajski schreef onder het motto:

OPDRACHT

Vervolgens dacht hij even na, liep een paar keer door de kamer heen en weer, ging toen plotseling zitten en begon te schrijven:

'O, vrouwen! Jullie hebben me tot dit werk geïnspireerd,' noteerde hij snel, 'en het wordt daarom ook aan jullie opgedragen. Wees zo goed deze opdracht te aanvaarden. Als mijn werk vijandig wordt ontvangen, als het hoon oproept, verkeerd wordt geduid of misverstanden oproept, dan zullen jullie het nochtans weten te waarderen en begrijpen wat mijn gevoelens, mijn fantasie en mijn pen heeft geleid. Aan uw machtige bescherming vertrouw ik mijn schepping en mezelf toe. Van u alleen verwacht ik... een beloning,' schreef hij, streepte dit woord weer door en schreef in plaats daarvan 'een welwillende beoordeling'.

'Ik heb lang als een waanzinnige met een Diogeneslantaarn tussen u rondgedwaald,' schreef hij verder, 'en zocht in jullie trekken van onvergankelijke schoonheid voor mijn ideaal, voor mijn standbeeld! Ik heb alle hindernissen overwonnen, alle ellende doorstaan (want hindernissen en ellende zullen er beslist zijn, dacht hij, er staat immers geschreven: in weeën zult gij uw vrucht baren) en vervolgde rustig de weg die naar de voltooiing van mijn schepping moest leiden. Ik zag uw schoonheid maar ook uw dwalingen, hartstochten en misstappen, zag u struikelen, ben zelf ook gestruikeld en weer opgestaan. Ik riep u naar een hoge berg, niet om u, als de duivel, in verzoeking te brengen, om u het rijk van de ijdelheid te tonen, ik riep u uit naam van een andere macht naar de weg die leidt tot de vervolmaking van uzelf, en daarnaast ook naar die van ons: uw kinderen, vaders, broeders, echtgenoten en... uw vrienden!

Geïnspireerd door uw verheven schoonheid en de onoverwinnelijke kracht van de liefde, uw terrein, heb ik met zwakke hand getracht de vrouw te schilderen, in de hoop dat u in dit portret al was het maar een flauwe weerspiegeling zou vinden, niet alleen van uw blikken, glimlachjes, schone vormen en gratie, maar ook van uw ziel, uw geest en uw hart, kortom, van de gehele bekoring van uw beste krachten.

Ik heb u niet naar de diepe afgrond van de geleerdheid gelokt, niet naar ruwe, onvrouwelijke arbeid, ben geen discussie met u aangegaan over uw rechten, daar ik u zonder strijd voorrang verleen. Wij zijn niet gelijkberechtigd: u staat hoger dan wij, u hebt de macht en wij zijn slechts uw werktuig. Ontneem ons, zo roep ik u toe, de ploeg noch de schop noch het zwaard. Wij zullen de aarde voor u omwoelen, haar verfraaien, we zullen afdalen in haar afgronden, de zeeën oversteken, de sterren tellen, u echter die ons het leven schenkt, behoed, als de voorzienigheid, onze kindertijd en jeugd, voed ons op tot eerbaarheid, arbeidzaamheid en menselijkheid, leer ons het goede en de liefde die de Schepper in uw harten heeft gelegd, en wij zullen de veldslagen van het leven moedig doorstaan en u daarheen volgen waar alles volmaakt is, waar de eeuwige schoonheid heerst.

De tijd heeft u verlost van de vele boeien waarin een even sluwe als wrede tirannie u had geslagen: ze zal u ook van de overige ketenen verlossen, ruimte en vrijheid geven aan uw grootse, verbonden krachten van hoofd en hart – en u zult in alle vrijheid uw weg gaan en die vrijheid beter gebruiken dan wij de onze!

Leg de sluwheid, dit wapen van de zwakte, af, evenals al haar listen en lagen...'

Hij stopte, dacht diep na en streepte de laatste twee regels door. 'Ik geloof dat ik me hier te grof heb uitgedrukt,' fluisterde hij in zichzelf. 'Tit Nikonytsj vindt dat men alleen aangename dingen tegen dames moet zeggen.' Na de opdracht schreef hij met grote letters:

DEEL EEN
Hoofdstuk 1

Hij stond op en begon in zijn handen wrijvend snel door de kamer te ijsberen, piekerend over de vraag hoe hij het eerste hoofdstuk zou beginnen en wat hij erin zou zeggen.

Nadat hij een half uur heen en weer had gelopen vertraagde hij zijn pas alsof hij in gedachten met problemen kampte. Zijn pas werd nog stiller en trager. Plotseling bleef hij midden in de kamer staan alsof hij de weg kwijt was, alsof hij zich had gestoten aan een steen.

'Mijn God,' fluisterde hij angstig, 'ik heb beloofd haar op een hoge berg te brengen en in plaats daarvan breng ik haar... Wat bezielt me in godsnaam!'

Hij verzonk in gepeins.

Tja, dacht hij, als ik Vera's drama beschrijf en ik weet het niet voor te stellen als een onheil, zullen de Russische deernen haar misstap aanzien voor een navolgenswaardig voorbeeld en zich, als geiten, de een na de ander in de afgrond storten. En er zijn veel afgronden in ons Russische land! Wat zullen hun papa's en mama's daarvan zeggen...?

Hij bleef vijf minuten op een plek staan, begon toen plotseling te lachen en begon opnieuw met snelle passen door de kamer te ijsberen.

'Wat zouden de Russische Vera's verbleken en wat zouden alle Marfenka's blozen als ze hoorden dat ik hen heb uitgemaakt voor... geiten! Maar dat is het niet wat mij ervan afhoudt om een roman te schrijven,' zei hij met een trieste zucht. 'Er zijn andere hindernissen... de censuur bijvoorbeeld! Ja, de censuur zal het me beletten!' sprak hij bijna blij, alsof hij een gelukkige vondst had gedaan. 'En wat nog meer?'

En hij begon na te denken... 'Ik geloof dat me verder niets meer in de weg staat, dus het enige wat ik nog hoef te doen, is hem te schrijven...'

Hij vertraagde opnieuw zijn pas en begon na te denken over de inhoud van zijn roman, over de handeling, de karakterisering van Vera en de voorlopig nog onopgeloste psychologische problemen... over de plaats van handeling, de rekwisieten. Peinzend ging hij aan de tafel zitten en ondersteunde zijn hoofd met zijn handen. Vervolgens kraste hij met een droge pen over het papier, doopte hem traag in de inktpot en begon nog trager na de woorden *Hoofdstuk 1* aan een nieuwe regel:

Er was eens...

Hij piekerde en piekerde, legde zijn hoofd op zijn armen om maar een voortzetting te vinden. Er ging een kwartier voorbij, zijn ogen begonnen te knipperen: hij kreeg slaap.

Hij had geen zin om zittend in te dutten en ging daarom op de divan liggen, liet zijn hoofd op de zachte bekleding rusten en strekte zijn benen uit. Ik rust wat uit en begin daarna opnieuw... besloot hij... en sliep al spoedig in. Zijn gelijkmatige, rustige gesnurk weerklonk door de kamer.

Toen hij wakker werd, was het al licht. Hij sprong op en keek met verbaasde, bijna angstige ogen om zich heen, alsof hij in zijn slaap iets nieuws en onverwachts had gezien, alsof hij een grote ontdekking had gedaan.

'Ik zie steeds weer standbeelden,' zei hij, 'zelfs in mijn droom. Alsmaar standbeelden en standbeelden. Wat betekent dat? Is het een vingerwijzing van het lot?'

Hij liep naar de tafel, bekeek de vellen die daar lagen aandachtig, las de inleiding die hij geschreven had, schudde zijn hoofd en verzonk in een somber gepeins.

'Wat ben ik aan het doen? Waar verspil ik mijn tijd en energie aan? Er is alweer een jaar voorbij! Een roman! Hoe kom ik erop?' fluisterde hij geërgerd.

Hij schoof het manuscript opzij, begon gejaagd in de la tussen zijn papieren te zoeken en haalde er de brief uit die hij een maand geleden van de kunstschilder Kirilov had gekregen. Hij las die haastig door, pakte een vel briefpapier en ging aan tafel zitten.

'Ik haast me, waarde Kirilov, om u om zo te zeggen op heterdaad te berichten over een nieuw en verrassend perspectief dat zich voor mijn activiteit als kunstenaar heeft geopend... U hebt me geschreven dat u van plan bent naar Italië, naar Rome te reizen. Ik sta zelf op het punt om naar Petersburg te gaan. Wacht u om Gods wil op me, dan ga ik met u mee. Neemt u me mee! Heb medelijden met een blinde, een waanzinnige, die pas vandaag ziende is geworden en zijn ware roeping heeft gevonden! Ik heb lang in het duister gedwaald en bijna zelfmoord gepleegd, heb mijn talent bijna te gronde gericht door een dwaalweg in te slaan! U hebt in mijn schilderijen sporen van talent ontdekt. Ik moest trouw blijven aan het penseel, vond u, maar ik heb me op de muziek geworpen en uiteindelijk op de literatuur en heb daardoor mijn talent vergooid. Ik kwam op het idee om een roman te schrijven! En u noch iemand anders heeft me tegengehouden, me gezegd dat ik in werkelijkheid een beeldhouwer ben, een heiden, een oude Griek in de kunst. Ik had me tot taak gesteld om een bezielde, met rede begaafde Venus te beschrijven, maar het is mijn taak niet om de zeden en gebruiken van de mensen uit te beelden, om de grondslagen van het leven te doorgronden en te belichten, om psychologie te bedrijven, verschijnselen te analyseren.

Nee, mijn terrein, dat zijn de vormen, de uiterlijke, onmiddellijk op de zenuwen inwerkende vormen.

Voor een roman heb je iets anders nodig... die vereist jarenlange arbeid! Die zou ik niet schuwen en ik zou er ook mijn tijd aan opofferen als ik er zeker van was dat mijn kracht in mijn pen lag.

Ik zal deze vellen overigens bewaren: misschien dat ooit... maar nee, ik wil mezelf niet vleien met zo'n wankele hoop. Met de pen ben ik niet creatief genoeg. Het ligt niet in mijn aard om me in het gecompliceerde mechanisme van het leven te verdiepen! Ik ben een beeldend kunstenaar, ik zeg het nog eens: het is mijn opgave slechts om de schoonheid te herkennen en die op simpele wijze zonder al te veel hoofdbrekens in mijn scheppingen weer te geven.

Ik zal die vellen bewaren, maar alleen om me er ooit aan te herinneren waar ik getuige van ben geweest, hoe anderen leefden en hoe ik zelf leefde, wat ik heb gevoeld, of liever waargenomen, en doorstaan...

En na mijn dood zal een ander misschien mijn papieren vinden:

Hij zal zoals ik zijn lamp onsteken...*

En misschien de roman schrijven die ik wilde schrijven...

Wilt u nu weten wat ik voor iemand ben? Ik ben een beeldhouwer!

Ja, een beeldhouwer, spreekt u me niet tegen en scheldt u me niet uit! Beeldhouwer, niets meer en niets minder. Ik ben er nu pas achter gekomen, na lange tijd de tekenen en stille wenken niet verstaan te hebben. Het is me nu pas duidelijk geworden waarom ik Vera en Sofja en vele, vele anderen altijd op de eerste plaats als standbeeld zag.

Ik ben een beeldend kunstenaar: u weet dat, u hebt mijn talent herkend. Ik moet nu alleen nog aan gereedschap en materiaal zien te komen! De hand van de een is geschapen voor het penseel, dat de kleurige dromen van zijn fantasie weergeeft, die van de ander voor snaren of het klavier, en die van mij, zoals ik nu besef, om te boetseren en te beitelen... Ik heb er het oog voor, ook de smaak, en het heilig vuur, dat wilt u toch niet ontkennen! Spreekt u me niet tegen, ik zal niet luisteren, redt u me liever, neemt u me mee en helpt u me om de eerste schreden op een nieuwe weg te zetten, de weg van een Phidias, een Praxiteles, een Canova, en nog een paar anderen!

Wie durft te beweren dat ik niet tot die paar anderen zal behoren... Ik heb een bijzonder rijke fantasie. Haar vonken zijn, zoals u zelf zegt, verstrooid over mijn portretten, lichten zelfs op in mijn bescheiden muzikale experimenten! En als ze niet opflakkerden bij het schrijven van een gedicht, een roman, een drama of een komedie, dan kwam dat omdat ik...'

Hij moest niezen.

Ik moest niezen, dacht hij, dus het is waar dat ik een beeldend kunstenaar ben. Ik doe afstand van de muziek, dat was slechts een toegift bij al het andere. Ik vervloek de tijd en de energie die ik aan haar en aan die roman heb verspild. Tot ziens, Kirilov, spreek me niet tegen: u zult me vermoorden als u mijn nieuwe kunst- en levensideaal verwoest. U zult me weer aan het wankelen brengen met uw twijfels, en dan zal ik onherroepelijk verzuipen in de golven van de illusies en de uitzichtloze verveling. Als ik in de beeldhouwkunst niet slaag... wat God verhoede en wat ik niet verwacht: er is te veel wat in haar voordeel spreekt... dan zal ik mezelf straffen, dan zal ik zelf degene opzoeken die er het eerst aan heeft getwijfeld dat ik een roman kon schrijven... Mark Volochov heet hij... en hem plechtig verzekeren: ja, je hebt gelijk: ik ben een mislukkeling! Maar laat me tot die tijd leven en hoop koesteren.

Naar Rome! Naar Rome! Daarheen waar de kunst geen luxe is, geen amusement, maar werk, genot, het leven zelf! Vaarwel! Tot spoedig!

Hij pakte alle papieren haastig bij elkaar, stopte ze ongeordend in een grote oude map, slaakte een zucht van opluchting, als een bochelaar die opeens zijn bochel heeft afgeworpen, en wreef zich vrolijk in de handen.

24

De volgende dag was het hele huis al vroeg op om de vertrekkende gast uitgeleide te doen. Ook Toesjin en de jonge Vikentjevs waren gekomen.

Marfenka was een wonder van schoonheid en beschaamde gelukzaligheid. Bij iedere blik, iedere vraag die tot haar werd gericht, kreeg ze een rood hoofd en antwoordde met een ongrijpbaar, nerveus spel van gewaarwordingen, tedere tinten en delicate gedachten – de hele inhoud van het nieuwe volle leven dat zich de afgelopen week aan haar had geopenbaard, weerspiegelde zich in haar ogen. Vikentjev liep achter haar aan als een page en keek haar voortdurend in de ogen om te zien of ze niet iets nodig had, iets wenste, of er niets was wat haar hinderde.

Ze waren zeer egocentrisch in hun jonge geluk en hadden behalve voor zichzelf nergens oog voor. De anderen waren te droevig en te melancholiek gestemd. Pas na de middag ontwaakte het jonge paar uit zijn zelfzuchtige droomleven en kreeg het oog voor de anderen. Marfenka zette een bedroefd gezicht en was de tederheid zelve tegen haar neef. Aan het ontbijt at niemand iets behalve Kozlov, die, de blik op een onbestemde verte gericht en af en toe een zucht slakend, helemaal alleen, werktuiglijk een heel bord met mayonaise verorberde.

Tatjana Markovna wilde over zaken praten en nog voor de overdracht van het landgoed aan de beide zusters verantwoording afleggen, maar Rajski keek haar met zulke vermoeide ogen aan dat ze de rekeningen opzij schoof en hem alleen een bedrag van zeshonderd roebel gaf dat hem nog toekwam. De helft van dat bedrag gaf hij in haar aanwezigheid aan Vasilisa en Jakov ter verdeling onder het huispersoneel: ze moesten hen in zijn naam bedanken voor de vriendelijkheid en de behulpzaamheid die ze hem bewezen hadden.

'Dat is veel te veel, je bent niet goed bij je hoofd, dat verzuipen ze maar...' fluisterde Tatjana Markovna.

'Laat ze hun gang gaan, baboesjka, en schenkt u ze de vrijheid.'

'Met genoegen, voor mijn part verlaten ze meteen het erf. Ik heb nu samen met Vera alleen een bediende en een meisje nodig. Maar ze zullen niet gaan! Waar moeten ze heen? Ze zijn verwend, hebben hier alles in overvloed...'

Na het ontbijt verdrongen allen zich om Rajski. Marfenka liet haar tranen de vrije loop, ze had wel drie of vier zakdoeken nodig. Vera steunde met haar hand op zijn schouder en keek hem met een smachtende blik aan. Toesjin keek ernstig. Op Vikentjevs gezicht lag een vriendschappelijke glimlach en langs zijn neus biggelde een reuzentraan, 'zo groot als een kers' merkte Marfenka op, terwijl ze beschaamd zijn gezicht met een zakdoek afdroogde.

Baboesjka keek bedroefd, maar ze hield zich goed en liet zich niet gaan.

'Blijf toch bij ons!' sprak ze verwijtend. 'Waar wil je eigenlijk heen? Je weet het zelf niet...'

'Toch wel... ik wil naar Rome, baboesjka.'

'Waarom? Wil je de paus zien?'

'Ik wil beeldhouwen...'

'Wat?'

Het zou te veel tijd gekost hebben om haar zijn nieuwe plannen uiteen te zetten, en hij liet het maar zo.

'Blijf, blijf!' drong ook Marfenka aan en pakte zijn andere schouder. Vera zei niets, omdat ze wist dat hij niet zou blijven. Niet zonder droefheid vroeg ze zich, nu ze zijn karakter had leren kennen, af wat er van hem zou worden, wat hij met zijn muze en zijn talenten zou doen. Zou hij ze altijd alleen maar 'in zich voelen' zonder het ene talent dat hij misschien bezat te ontdekken en tot ontwikkeling te brengen?

'Neef,' fluisterde ze, 'als je weer geplaagd wordt door de verveling, kom dan terug naar dit hoekje, waar men je nu begrijpt en van je houdt.'

'Absoluut, Vera! Mijn hart heeft hier een toevlucht gevonden, ik houd van jullie allen, jullie zijn en blijven mijn familie, een andere zal ik nooit hebben! Baboesjka, jij en Marfenka zullen me overal vergezellen... maar laat me nu gaan! De fantasie drijft me daarheen, waar... ik niet ben! Het gist in mijn hoofd,' fluisterde hij haar toe, 'over een jaar of zo maak ik misschien... jouw standbeeld van marmer...'

Om haar kin trilde een glimlach.

'En de roman?' vroeg ze.

Hij maakte een berustend gebaar.

'Als ik dood ben, mag de liefhebber in mijn papieren gaan grasduinen: er is veel materiaal. Maar ik ben voorbestemd om jouw buste te scheppen...'

'Voordat er een jaar voorbij is, ben je opnieuw verliefd en weet je niet wiens standbeeld je het eerst moet maken...'

'Misschien word ik opnieuw verliefd, maar ik zal nooit zoveel van iemand houden als van jou, en ik zal jouw standbeeld uit marmer houwen... Ik zie het nu al voor me...!'

Ze keek hem nog steeds glimlachend aan.

'Beslist, beslist!' verzekerde hij haar hartstochtelijk.

'Je zegt weer "beslist"!' bemoeide Tatjana Markovna zich ermee. 'Ik weet niet wat je van plan bent, maar als je "beslist" zegt, komt er zeker niets van terecht.'

Rajski liep op Toesjin toe, die peinzend in een hoek zat en zwijgend naar de afscheidsscène keek.

'Ik hoop dat zich een keer zal voltrekken wat we allemaal willen, Ivan Ivanovitsj,' fluisterde hij, zich naar hem toe buigend en hem strak aankijkend. Toesjin begreep hem.

'Willen jullie dat werkelijk allemaal, Boris Pavlovitsj? En zal het echt gebeuren?'

'Ik geloof echt dat het gaat gebeuren, het kan niet anders wanneer baboesjka en haar lot het willen...'

'Iemand anders moet het ook willen.'

'Op den duur zal ze het zeker willen!' zei Rajski op stellige toon. 'En áls het gebeurt, geef me dan uw woord dat u me een telegram stuurt, waar ik ook ben: ik wil haar bruidsjonker zijn...'

'Ja, als het gebeurt... dan geef ik u mijn woord.'

'En ik geef u mijn woord dat ik kom.'

Kozlov nam op zijn beurt Rajski apart en fluisterde lang met hem. Hij vroeg hem zijn vrouw op te zoeken, gaf hem een brief voor haar en haar adres en bedaarde pas toen Rajski de brief zorgvuldig in zijn portefeuille had gestopt.

'Praat met haar... en schrijf me...' zei hij ten slotte op smekende toon, 'en als ze besluit terug te komen, stuur me dan een telegram... dan ga ik naar Moskou om haar op te halen.'

Rajski beloofde alles en wendde zich met een bezwaard gemoed van hem af. Hij ried hem aan voorlopig nog uit te rusten en in de kerstvakantie bij Toesjin te gaan logeren.

Stil en bedroefd zwijgend liepen ze allemaal naar buiten en gingen om het rijtuig heen staan. Marfenka ging door met huilen. Vikentjev reikte haar al de vijfde zakdoek aan.

Op het laatste moment, toen hij al in het rijtuig wilde gaan zitten, keek Rajski nog een keer om naar de groep die hem uitgeleide deed. Hij wisselde nog een laatste blik met Tatjana Markovna, Vera en Toesjin, en in die ene blik drukte zich als het ware alle met moeite doorstane ellende uit van de benauwde droom die ze het afgelopen half jaar hadden gedroomd. Niemand zei een woord. Marfenka noch haar echtgenoot zag deze blik, en ook het huispersoneel, dat zich niet ver van hen vandaan had verzameld, merkte niets op.

Met die blik en met de herinnering aan die droom verdween Rajski uit het zicht.

In Petersburg aangekomen haastte hij zich naar Kirilov. Hij betastte hem bijna om zich ervan te verzekeren dat hij het werkelijk was en dat hij nog niet was vertrokken. Hij vertelde hem opnieuw dat hij een talent voor de beeldhouwkunst in zichzelf ontdekt meende te hebben. Kirilov fronste zijn wenkbrauwen, waarbij zijn neus bijna geheel in zijn baard verdween, en wendde zich misnoegd af.

'Wat is dat nou weer voor raar idee! Toen ik uw brief kreeg, dacht ik werkelijk dat u een klap van de molen had gekregen. U hebt immers maar een enkel talent, waarom hebt u nu weer een zijweg gekozen? Neemt u liever weer uw potlood ter hand en gaat u weer naar de academie. En koopt u dit.' Hij toonde hem een dik schrift met gelithografeerde anatomische tekeningen. 'Beeldhouwer worden! Daar is het te laat voor... Hoe komt u erop?'

'Ik geloof dat mijn vingers' – hij balde de vingers van zijn rechterhand samen tot een vuist en opende ze toen weer – 'zeer geschikt zijn om te beeldhouwen.'

'Wanneer hebt u dat bedacht? Al had u die aanleg, dan is het toch nog te laat.'

'Hoezo te laat? Ik ken een vaandrig die zich op de beeldhouwkunst geworpen heeft en prachtige dingen maakt.'

'Een vaandrig ja; maar u hebt al grijze haren.'

Hij schudde energiek het hoofd. Rajski ging niet met hem discussiëren, maar ging naar een beeldhouwleraar, maakte kennis met diens leerlingen en bezocht drie weken het atelier. Thuis legde hij een grote voorraad klei aan, kocht gipsmodellen van hoofden, handen, benen, en torso's, deed een schort voor en begon enthousiast te boetseren, hij sliep niet, ging niet uit, zag alleen de beeldhouwleraar en zijn leerlingen, ging met hen naar de Isaaks-kathedraal, werd stil van bewondering voor het werk van Vitali, verdiepte zich in het werk van deze meester en ging geheel op in deze voor hem nieuwe wereld. Kortom, hij leefde als het ware in een koortsdroom, zag nergens iets anders dan sculpturen, bracht hele dagen in de Hermitage door en zette Kirilov er voortdurend toe aan om zo snel mogelijk naar Italië te vertrekken, naar Rome.

Hij vergat de opdracht die Kozlov hem had gegeven niet en ging Oeljana Andrejevna opzoeken, die ergens een gemeubileerde kamer in de Gorochovajastraat moest bewonen. Toen hij de gang betrad waar haar kamer op uitkwam, hoorde hij het geluid van een wals en vrolijk geklets. Hij meende de stem van Oeljana Andrejevna te herkennen. Het meisje dat de deur voor hem opendeed, overhandigde hij zijn kaartje en de brief van Kozlov. Na een poosje kwam het meisje, enigszins in verwarring gebracht, terug en zei dat Oeljana Andrejevna niet thuis was, dat ze naar Tsarskoe Selo was vertrokken, naar kennissen, en dat ze daarvandaan regelrecht naar Moskou zou gaan. Rajski ging weer weg. In de hal van het huis kwam hij een vrouw tegen die hem vroeg wie hij zocht. Hij zei dat hij de vrouw van Kozlov had willen bezoeken.

'Die is ziek, ze ligt in bed en ontvangt niemand!' loog ook zij.

Rajski schreef Kozlov niets over zijn bezoek.

Met Ajanov had hij slechts een vluchtige ontmoeting. Hij liet zijn meubilair naar hem toe brengen en zei de huur van zijn woning op. Na van zijn voogd, die Rajski's landgoed had beleend, een flinke som geld ontvangen te hebben, vertrok hij in januari met Kirilov eerst naar Dresden, om eer te bewijzen aan de Sixtijnse Madonna, 'De nachten' van Correggio, en aan Titiaan, Paolo Veronese en nog vele anderen.

In Dresden bracht hij iedere morgen met Kirilov in het museum door, ook ging hij af en toe naar het theater. Rajski drong er bij Kirilov op aan om verder te reizen, naar Nederland, daarna naar Engeland en Parijs. Maar van Engeland wilde Kirilov niets weten.

'Wat moet ik in Engeland? Daar ga ik niet heen,' zei hij. 'Alle kunstschatten bevinden zich daar in privé-galerieën, waar men geen vreemden toelaat. De openbare musea zijn daar slecht voorzien. Ga vanuit Nederland maar alleen naar Engeland, dan ga ik ondertussen naar Parijs, naar het Louvre. Daar zal ik op u wachten.'

Zo gezegd, zo gedaan. Overigens bracht Rajski maar twee weken in Engeland door. Het machtige raderwerk van het maatschappelijk leven in dit land verbaasde hem weliswaar, maar sprak hem niet erg aan, en hij haastte zich naar het vrolijke Parijs. 's Morgens bezocht hij het Louvre, en 's avonds mengde hij zich in de mensenmassa met zijn vrolijke kreten, zijn bruisende leven en eeuwige orgieën. Het was slechts een roes die deze orgieën bij hem opwekten, een diepere uitwerking hadden de gedachten, observaties en indrukken die deze maalstroom in hem opriep niet.

Nauwelijks lichtten de eerste stralen van de jonge lentezon op achter de toppen van de Alpen of de beide kunstenaars haastten zich via Zwitserland naar Italië.

Met zijn ontvankelijke geest nam Rajski de beelden en indrukken op die het land en de mensen hem hier boden. Van de kunst wendde hij zich naar de natuur en vandaar naar de mensen, zowel de inheemsen als de vreemden. In deze mengelmoes werd hij zich duidelijk bewust van het feit dat de drie diepste indrukken die hij had opgedaan, de drie dierbaarste herinneringen die het leven hem geschonken had – baboesjka, Vera en Marfenka –, hem overal volgden, dat ze in iedere nieuwe omgeving aan zijn zijde bleven en zijn vrije uren vulden, dat hij door een hechte band was verbonden met hen drieën, dat deze band hem dierbaarder was dan wat dan ook in zijn leven en dat hij het als zeer pijnlijk zou ervaren wanneer het lot deze zielsgemeenschap zou aantasten.

Deze drie gestalten vergezelden hem ook in zijn kwaliteit van kunstenaar overal. De schuimende grauwe golfkammen op zee en de besneeuwde toppen in de Alpen deden hem denken aan baboesjka's grijze hoofd. Hij zag haar in de oudevrouwenportretten van Velasquez en Gerard Dou, zoals hij Vera zag in de gestalten van Murillo en Marfenka in de hoofdjes van Greuze en soms in die van Rafaël...

Op de bodem van de Zwitserse bergkloven meende hij de gestalte van Vera te zien, boven op de rotsen droomde hij van het wanhopige gevecht dat hij met haar had gevoerd, van het oranjebloesemboeket dat hij door haar raam had geworpen, van haar lijden, haar boetedoening...

Hij schrok op uit zijn droom, werd weer nuchter en zag ze daarna opnieuw terwijl ze met een liefdevolle glimlach hun handen naar hem uitstrekten.

De drie gestalten volgden hem naar de andere kant van de Alpen, waar drie andere majestueuze gestalten voor hem oprezen: de natuur, de kunst en de geschiedenis...

Hartstochtelijk gaf hij zich daaraan over en aan de nieuwe gewaarwordingen die zijn organisme hevig schokten.

Na in Rome samen met Kirilov een atelier ingericht te hebben, verdeelde hij zijn tijd tussen musea, paleizen en ruïnes, had aanvankelijk nauwelijks oog voor de schoonheid van de natuur, sloot zich op, werkte en nam dan weer een bad in de mensenmenigte, die op hem de indruk maakte van een bont reuzenschilderij, dat de duizenden jaren van voor de helft al vergane en voor de andere helft nog levende geschiedenis van de mensheid weerspiegelde met alle schittering van haar grandeur en de treffende naaktheid van haar gruwelen.

Overal echter te midden van dit pulserende kunstenaarsleven bleef hij trouw aan zijn familie, zijn groep; hij raakte niet geworteld in de vreemde bodem, maar bleef zichzelf er een gast, een vreemde voelen. Vaak, tijdens de uren waarin hij uitrustte van zijn werk en afstand nam van de nieuwe en hevige indrukken, de prikkelende kleuren van het zuiden, kreeg hij heimwee. Hij had het liefst deze eeuwige schoonheid van natuur en kunst willen opslaan en mee naar huis willen nemen...

Op de achtergrond stonden nog steeds dezelfde drie gestalten die hem hartstochtelijk naar zich toe lokten: zijn Vera, zijn Marfenka en zijn baboesjka. En daar weer achter stond nog een andere reuzengestalte, die hem nog sterker aantrok, een andere, levensgrote baboesjka: moedertje Rusland.

Noten

DEEL EEN

Pagina 10 — Peter de Grote stelde in Rusland veertien ambtelijke rangen in, die parallel liepen met militaire rangen. Een staatsraad is een ambtenaar van de vijfde rang en te vergelijken met een brigadegeneraal; een werkelijk staatsraad is een ambtenaar van de vierde rang en te vergelijken met een generaal, en een geheimraad is een ambtenaar van de derde rang en te vergelijken met een luitenant-generaal.

Pagina 24 — Hymenaeus (Grieks *Humenaios*): in het oude Griekenland het bruiloftslied dat het gehuwde paar voor het bruidsvertrek door een koor werd toegezongen en waarbij Hymenaeus (Hymen), de God van de echtverbintenis, veelvuldig werd aangeroepen. Hier: bruidegom.

Pagina 29 — Jean-Baptiste Greuze (1725-1805): meester van het burgerlijk-moraliserende genrestuk, onder invloed van Rousseau schilderde hij vooral de geneugten van het buitenleven, vaak als tegenstelling tot de volgens hem ontaarde stadsgenoegens.

Pagina 30 — Tsjatski: hoofdpersoon van de komedie *Lijden door verstand* (1824) van Alexander Gribojedov (1795-1829), een Russische variant van *Le misanthrope* van Molière. Hiervan verscheen in 2001 een Nederlandse vertaling door Michel Lambrecht bij uitgeverij Benerus te Antwerpen.

Pagina 30 — 'van het schip naar het bal gekomen': citaat uit *Jevgeni Onegin* (hoofdstuk VIII, strofe 13) van Alexander Poesjkin (1799-1837). Daar luidt de zin: 'hij keerde terug en kwam, zoals Tsjatski, van het schip op het bal terecht'. ('Hij' slaat hier op Onegin.)
    Famoesov, een bullebak, is de vader van de door Tsjatski begeerde Sofja.

Pagina 40 — Moltsjalin: secretaris van Famoesov en de beoogde bruidegom van Sofja in *Lijden door verstand*.

Pagina 48 — *Jeruzalem bevrijd*: ridderroman in verzen van de Italiaanse dichter Torquato Tasso (1544-1595). De eerste Russische vertaling, van S. Moskotilnikov (1768-1852), verscheen in 1819 in Moskou, de eerste Nederlandse van Frans van Dooren in 2003.

Pagina 48 — Armida en Rinaldo: figuren uit *Orlando Furioso* van Ludovico Ariosto (1474-1533), dat in 1787 door Michail Popov in het Russsisch werd vertaald en in 1998 in het Nederlands door Ike Cialona.

Pagina 48 – Sophie Cottin, geboren Marie Risteau (1770-1807): Frans schrijfster in het historisch-romantische genre. Malek-Adel is de hoofdpersoon van haar roman *Matilda*.

Pagina 49 – *Telemachus*: de geschiedenis van Odysseus' zoon Telemachus was onderwerp van een roman van François Fénelon (1651-1715), *Les Aventures de Télémaque* (1712), die door Vasili Tredjakovski (1703-1769) is bewerkt in Russische verzen.

Pagina 50 – Poegatsj: Jemeljan Poegatsjov, leider van een opstand van kozakken en boeren in de jaren 1773-1774.

Pagina 50 – *De Saksische rover*: avonturenroman van een anonieme auteur.

Pagina 50 – Karl von Eckartshausen (1752-1803): Duits schrijver en mysticus die een groot aantal pseudo-wetenschappelijke boeken publiceerde.

Pagina 53 – Fingal: titel van een gedicht van de Schotse letterkundige James Macpherson (1736-1796). Aanvankelijk beweerde deze dat hij het had gevonden en dat het afkomstig was van de legendarische Schotse bard Ossian.

Pagina 77 – Adelsmaarschalk: functionaris die door de adel van een bepaald district of gouvernement uit zijn midden werd gekozen om hem te vertegenwoordigen bij de autoriteiten.

Pagina 80 – Alexander Soemarokov (1717-1777), Russisch, classicistisch dichter en tragedieschrijver.
    Gavril Derzjavin (1743-1816): Ruslands grootste achttiende-eeuwse dichter.

Pagina 89 – *Voyage du jeune Anacharsis en Gréc* (1787) door Jean-Jacques Barthélemy (1716-1795). Beschrijving van het oude Griekenland die destijds grote opgang maakte.

Pagina 90 – Dmitri Donskoj (1350-1389): aanvoerder van de Russen bij de slag op het Snippenveld (1380), waar de Tataren voor het eerst verslagen werden.

Pagina 119 – Perugino: eigenlijk: Pietro di Cristoforo Vanucci (1450-1523). Hij woonde lang in Perugia en was een van de belangrijkste vertegenwoordigers van de Umbrische school. Architectuur en landschappen spelen een belangrijke rol in zijn werk. Die landschappen zijn geschilderd in de zachte tinten van het avondlicht. Zijn figuren doen nogal leeg en pathetisch aan. Voor de Sixtijnse kapel maakte hij het fresco *Sleuteloverdracht aan Petrus* (1482).

Pagina 124 – *Arme Liza*: sentimentele novelle uit 1792 van de schrijver en historicus Nikolaj Karamzin (1766-1826).

Pagina 128 – Omar: islamitische kalief en veroveraar uit de zevende eeuw, die volgens de overlevering bevolen zou hebben om de beroemde bibliotheek van Alexandrië in brand te steken.

Pagina 136 – Hiram: koning van het Phoenicische Tyrus die regeerde van 969 tot 936 v.Chr. en David en Salomon hielp bij het bouwen van hun tempel.

Pagina 150 – Uit het gedicht 'De dood van de dichter' van Michaïl Lermontov (1814-1841). Bij hem slaat het op Georges d'Anthès, die Poesjkin in een duel doodde.

DEEL TWEE

Pagina 167 – Desjatine: oppervlaktemaat (1,09 hectare) die in Rusland werd gehanteerd vóór de invoering van het metrische stelsel (dit werd in 1899 ingevoerd op vrijwillige basis en in 1918 verplicht gesteld).

Pagina 168 – Uit het gedicht 'Aan de Wolga' (1794) van de Russische dichter I. I. Dmitrijev (1760-1837).

Pagina 184 – Maria Edgeworth (1767-1849): Anglo-Iers schrijfster, publiceerde samen met haar vader, een uitvinder en pedagoog uit de school van Rousseau, de verhandeling *Practical Education* (1798). Haar eerste roman *Castle Rackrent* (1800) maakte haar op slag beroemd. Haar roman *Helen* verscheen in 1834 in Engeland en in 1835 in Rusland.

Pagina 184 – Vasili Andrejevitsj Zjoekovski (1783-1852): romantisch Russisch dichter en vertaler.
 Mazepa: Marfenka doelt op het lange gedicht 'Poltava' van Poesjkin. De opera hiernaar van Tsjaikovski heet ook *Mazepa*, maar die kan Marfa niet gekend hebben, want hij ging pas in 1884 in première.

Pagina 184 – Werken van de romantische Duitse schrijver E. T. A. Hoffmann (1776-1822).

Pagina 185 – *De heiden*: historische roman uit 1834 van I. I. Lazjetsjnikov. De criticus Vissarion Bjelinski noemde hem 'de eerste Russische romanschrijver'. Zelf noemde hij zich 'een kleinzoon van Walter Scott'.

Pagina 187 – Poed: inhoudsmaat van 16,4 kilo.

Pagina 189 – Kwas: licht-alcoholische drank op basis van water, roggemeel en mout.

Pagina 196 – Het gaat hier om twee werken van Goethe: *Prometheus* (1773) en *Tasso* (1789).

Pagina 198 – *Paul et Virginie* (1787): roman van de Franse schrijver Bernardin de Saint-Pierre (1737-1814) waarin hij de ideeën van Rousseau over de terugkeer van de mens naar de natuur verwerkte.

Pagina 198 — Madame de Genlis (1746-1830), eigenlijk Stéphanie Félicité du Crest de Saint-Aubin, gravin van Genlis: Frans schrijfster van historische, moraliserende bestsellers.

Pagina 211 — Lucretia: echtgenote van Tarquinius Collatinus. Volgens de legende werd zij in 510 v.Chr. verkracht door Sextus, een zoon van Tarquinius Superbus. Zij vertelde dit aan haar man en pleegde vervolgens zelfmoord.

Postumia: lid van het oude Romeinse patriciërsgeslacht Postumius (vijfde-zesde eeuw v.Chr.).

Lavinia: dochter van Latinus, de koning van Latium. Volgens de, voornamelijk uit de Aeneïs bekende, legende werd zij door haar vader uitgehuwelijkt aan Aeneas. Hierop volgde een verbitterde strijd met Turnus, de koning der Rutuli, die met Lavinia verloofd was. Aeneas zegevierde, trouwde met Lavinia en nam de heerschappij over Latium over.

Cornelia (tweede eeuw v.Chr.): dochter van Scipio Africanus Maior en moeder van de volkstribunen Tiberius en Gaius Gracchus, gold als het ideaal van een Romeinse matrone.

Pagina 216 — Kozlov vergelijkt hier Napoleon III vanwege het doen van een valse belofte met Regulus, een Romeinse veldheer uit de derde eeuw v.Chr., die door de Carthagers gevangen werd genomen en vervolgens naar Rome gestuurd om vrede te sluiten; eenmaal terug in Rome zorgde hij er echter voor dat er geen vrede werd gesloten, maar dat de oorlog werd voortgezet.

Pagina 256 — Diogenes van Sinope (ca. 404 tot ca. 324 v.Chr): Grieks wijsgeer, stichter van de cynische school. Hij trachtte zijn levensopvatting niet te propageren door middel van theorieën, maar via zijn levenswijze. Volgens hem moest de mens zich vrijmaken van conventie en cultuur en genoegen nemen met een dierlijk bestaansminimum. Daarom woonde hij in een ton. Na zijn dood deden vele anekdoten over hem de ronde, onder andere dat hij overdag met een lantaarn zocht naar een mens die die naam waardig was.

Pagina 287 — Karl Moor: figuur uit het drama *Die Räuber* van Friedrich Schiller (1759-1805), die de rijken bestal en de armen spaarde.

Pagina 291 — Koeznetski Most: chique winkelstraat in het centrum van Moskou.

DEEL DRIE

Pagina 378 — Christiania: zo heette Oslo van 1624 tot 1925.

Pagina 378 — Napoleon: gedoeld wordt op Napoleon III (1808-1873) die op 10 december 1851 in Frankrijk de macht greep.

Pagina 383 – College-assessor: ambtenaar van de achtste rang, te vergelijken met majoor.

Pagina 455 – Uit het gedicht 'De demon' van Michaïl Lermontov.

Pagina 470 – Nimrod: sterke jager uit de bijbel. Niet geheel duidelijk is wie Gontsjarov bedoelt met Humboldt. Misschien de Duitse gebroeders Alexander (1769-1859) en Wilhelm (1767-1835) von Humboldt, de bekende geleerden.

Pagina 515 – Pygmalion: in de Griekse mythologie een beeldhouwer die verliefd werd op een beeld dat hij zelf had gemaakt. Nadat het op zijn verzoek door de godin Aphrodite tot leven was gewekt en de naam Galatea had gekregen, trouwde Pygmalion met haar.

Pagina 522 – Met 'de oude man die de slangen wurgt' doelt Marfenka op de bekende klassieke beeldengroep Laöcoon. Laöcoon was een Griekse priester van Apollo en Poseidon. Volgens de legende trachtte hij samen met zijn zoons de Trojanen ervan te weerhouden het door de Grieken achtergelaten houten paard binnen hun stadsmuren te brengen. Pallas Athene, de beschermgodin van de Grieken, stuurde toen twee reusachtige slangen die Laöcoon en zijn zoons verstikten.

DEEL VIER

Pagina 563 – Het Michajlovskitheater: Gontsjarov doelt op de zogenaamde Franse Schouwburg, waarvan het repertoire voornamelijk bestond uit komedies van (nu vergeten) Franse schrijvers die beantwoordden aan de kleinburgerlijke smaak van de Petersburgse society.

Pagina 581 – Malinovka: 'frambozendorp'; Smorodinovka: 'aalbessendorp'.

DEEL VIJF

Pagina 760 – Robert Owen: Brits industrieel en sociaal hervormer (1771-1858).

Pagina 771 – 'truffels, de vreugde van mijn jonge jaren!': regel uit *Jevgeni Onegin* (1830) van Poesjkin.

Pagina 787 – *Hij zal zoals ik zijn lamp ontsteken*: woorden gesproken door patriarch Pimen in *Boris Godoenov* (1831) van Alexander Poesjkin.